二十世纪中国民间文学学术史

上 卷

刘锡诚 著

中国文联出版社
http://www.clapnet.cn

图书在版编目（CIP）数据

　　20 世纪中国民间文学学术史：全 2 册 / 刘锡诚著 . -- 北京：中国文联出版社，2014.12

　　ISBN 978-7-5059-9587-1

　　Ⅰ . ① 2… Ⅱ . ①刘… Ⅲ . ①民间文学—文学史—中国—20 世纪 Ⅳ . ① I207.7

　　中国版本图书馆 CIP 数据核字 (2014) 第 310617 号

中国文学艺术基金会资助项目
中国文联文艺出版精品工程项目

20 世纪中国民间文学学术史

作　　者：刘锡诚

出 版 人：朱　庆

终 审 人：奚耀华　　　　　　复 审 人：王　军

责任编辑：顾　苹　　　　　　责任校对：师自运

封面设计：马庆晓　　　　　　责任印制：陈　晨

出版发行：中国文联出版社

地　　址：北京市朝阳区农展馆南里 10 号，100125

电　　话：010-65389144（咨询）65067803（发行）65389150（邮购）

传　　真：010-65933115（总编室），010-65033859（发行部）

网　　址：http://www.clapnet.cn

E - mail：clap@clapnet.cn　　　　　gup@clapnet.cn

印　　刷：中煤涿州制图印刷厂北京分厂

装　　订：中煤涿州制图印刷厂北京分厂

法律顾问：北京市天驰洪范律师事务所徐波律师

本书如有破损、缺页、装订错误，请与本社联系调换

开　　本：710×1000　　　　　　1/16

字　　数：1100 千字　　　　　　印张：64

版　　次：2014 年 12 月第 1 版　　印次：2015 年 8 月第 2 次印刷

书　　号：ISBN 978-7-5059-9587-1

定　　价：198.00 元（全 2 册）

目　录

Table of Contents

ChapterFour　Disciplinary construction during the war (1937–1949)

绪 论

第一节 "20世纪中国民间文艺学"作为概念

据多年来民间文学研究者业已得到公认的说法，中国现代民间文学学术史——民间文艺学①史发端于五四新文化运动前后。具体地说，其起点是1918年2月北京大学歌谣征集处的成立，由刘复、沈尹默、周作人负责在校刊《北京大学日刊》上逐日刊登近世歌谣。此后，1920年冬歌谣征集处改为歌谣研究会；两年后创办《歌谣》周刊，出版了97期；再后，《歌谣》并入《北京大学研究所国学门周刊》（1925年10月14日创刊；1926年9月改为月刊）；1923年5月24日又成立了风俗调查会。

近年来，随着"重写文学史"的呼声的日高，一些文学史家提出了"20世纪文学"的概念。几部题为《20世纪文学史》的著作相继出版，以"五四"为开端的现代文学史的格局，正在失去大一统的地位。文学史写作的这种思路的出现，也给民间文艺学史的研究以启发："20世纪中国民间文艺学"这一概念是不是更切合科学的真实？

需要指出的是，中国现代民间文艺学的滥觞，实际上确比五四新文化运动更早，应在晚清末年。从文化发展的一般道理上说，五四新文化运动是划时代的，但它不是突发的、孤立的事件，而是以科学、民主为核心的新思潮积累到一定程度才爆发起来的。从20世纪初起，严格地说，从1898

---

① "民间文艺学"这个术语，最早是钟敬文于1936年1月出版的《艺风》杂志（杭州）第4卷第1期上发表的《民间文艺学的建设》一文中提出来的。到2002年编辑的《钟敬文文集·民间文艺学卷》收入此文时，作者加了一条注解："'民间文艺学'这个术语，一般用以指关于民间文学的理论、研究，有时也兼及民间文学的收集、整理等学术活动。"（安徽教育出版社2002年，第211页。）

1

年维新运动及其失败之后，西学东渐，对抗传统的新思潮一浪高过一浪。政治领域里改良派发动的维新运动和革命派发动的推翻帝制的革命运动，文化领域里旨在对抗旧传统而兴起的白话文、通俗小说等文化浪潮，为"五四运动"的爆发作了铺垫和积累。中国现代民间文学学术史，正是在晚清的改良派和革命派这两股势力从政体上和文化上改变中国传统社会的情况下肇始，而在"五四运动"爆发及其以后，汇入了文学革命的洪流中去，成为文学革命的一支的。

晚清时代，中国的政治处在激烈的动荡和变化之中。文学史家陈子展先生在其《中国近代文学之变迁》（1929）一书中说："所谓近代究竟从何说起？我想来想去，才决定不采取一般历史家区分时代的方法，断自'戊戌维新运动'时候（1898）说起。……中国自经1840年（道光二十年）鸦片之战大败于英，割地赔款并开五口通商；……尤其是1894年（光绪二十年）为着朝鲜问题与日本开战，海陆军打得大败，以致割地赔款，认罪讲和。当时全国震动，一班年少气盛之士，莫不疾首扼腕，争言洋务。光绪皇帝遂下变法维新之诏，重用一班新进少年。是为'戊戌维新运动'。这个运动虽遭守旧党的反对，不久即归消灭，但这种政治上的革新运动，实在是中国从古未有的大变动，也就是中国由旧的时代走入新的时代的第一步。总之：从这时候起，古旧的中国总算有了一点近代的觉悟。所以我讲中国近代文学的变迁，就从这个时期开始。"[1]有学者指出，陈先生的指定未免过于笼统。认为，中国新文学的起点不是"戊戌维新运动"，而是它的失败之日。[2]维新变法虽只有百日，但维新运动的彻底失败，在1900年。应该承认，这个修正是有道理的。"戊戌维新运动"失败之后，中国思想界和学术界的思想变得深沉而活跃了。西方的或外国的文化思潮对中国知识界发生着重大影响。失败后逃往东京的梁启超后来说："既旅日数月，肆日本之文，读日本之书，畴昔所未见之籍，纷触于目；畴昔所未穷之理，腾跃于脑。如幽室见日，枯腹得酒。"[3]说明了维新运动失败之后知识界思想界所起的变化。中国文化从此真正进入转型期。中国的现代民间文艺学，正是在这样一种社会政治情景下

① 陈子展《中国近代文学之变迁》，见《中国近代文学之变迁·最近三十年中国文学史》，第5—6页，上海古籍出版社2000年。
② 孔范今《新文学史概念提出的依据和意义》，《二十世纪中国文学史》，第22页，济南：山东文艺出版社1997年。
③ 梁启超《论学日本文之益》，《清议报》第10册，光绪二十五年（1899）2月21日。

和文化转型期里产生的。

关于中国现代民间文艺学的滥觞期的时限问题，民间文艺学界早就有人在思考，并且早已提出新的见解来了，不过由于当时社会政治时机的未成熟和表述语言的欠明确，而没有受到学术界的注意和响应而已。钟敬文早在20世纪60年代写作的三篇关于晚清民间文艺学的文章，较早地提出并论述了这个问题。[①] 时过四十年后，他在《建立中国民俗学学派》中说："其实，严格地讲，中国的科学的民俗学，应该从晚清算起。"[②]

我很赞成钟敬文关于中国现代民间文艺学（晚年他的学术立场从民间文艺学转向了民俗学）的肇始的见解。1992年12月15日，中国俗文学学会在北京大学召开的纪念《歌谣》周刊创刊70周年暨俗文学学术研讨会，笔者在向大会宣读的题为《中国民俗学的滥觞与外来文化的影响》的论文里提出，中国现代民间文学运动，是在20世纪初一批眼界开阔、知识深厚、思想进步的哲学家、历史家、政治家、外交家们掀起猛烈的反孔运动，抨击摇摇欲坠的中华帝国的种种弊端，呼吁参照西方社会模式改造中国、疗救中国的新思潮和启蒙运动中诞生的。我把较早地接受了日本和西方民俗学熏陶的周作人为所翻译的英国小说家罗达哈葛德和英国人类学派民俗学家安度阑俱根据神话合作撰写的《红星佚史》一书（商务印书馆1907年11月，上海，《说部丛书》第78编）的序言，认定为中国最早出现的民间文学理论文章。[③] 1995年5月，正值中国民俗学运动、特别是开民俗学田野调查之先河的1925年顾颉刚先生一行的"妙峰山进香庙会调查"70周年时，中国旅游文化学会旅游民俗专业委员会在北京召开"中国民俗论坛"学术研讨会，我再次捡起这个三年前作过但意犹未尽的题目，作了一篇《世纪回顾：中国民俗学面临的选择——为顾颉刚等妙峰山进香调查70周年而作》提交大会。[④] 在该文中，我根据

---

① 指作者的《晚清革命派著作家的民间文艺学》《晚清革命派作家对民间文学的运用》《晚清改良派学者的民间文学见解》以及写作于60年代而发表于1980年的《晚清时期民间文艺学史试探》等文章。后收入钟敬文《民间文艺学及其历史》，济南：山东教育出版社1998年。

② 钟敬文《建立中国民俗学学派》，第6页，哈尔滨：黑龙江教育出版社1999年。

③ 拙文《中国民俗学的滥觞与外来文化的影响》，收入《中国俗文学七十年》（吴同瑞、王文宝、段宝林编）第13—14页，北京大学出版社1994年。

④ 拙文《世纪回顾：中国民俗学面临的选择》，见《民俗研究》1995年第3期，济南；收入刘锡诚主编《妙峰山·世纪之交的中国民俗流变》，北京：中国城市出版社1996年。《广东民俗》杂志主编刘志文又将其转载于该刊1998年第3、4期上。

马昌仪在《中国神话学文论选萃》中提供的材料，修改了以前的看法，把蒋观云（智由）发表于1903年《新民丛报·谈丛》第36号上的《神话·历史养成之人物》，指认为中国现代民间文艺学最早的论文，于是把我认为的中国民间文艺学发端的年代提前到了1903年。到20世纪末，陈建宪的《精神还乡的引魂之幡——20世纪中国神话学的回眸》一文，也持这种说法。

近几年来的研究工作，使"百年民俗"问题有了新的进展。对黄遵宪的研究，使我们有理由认为，他是前"五四"时期中国民间文艺学和民俗学的一位重要的先驱。黄遵宪，在政治上是个改良派，但并不妨碍他在民间文艺学和民俗学理论上和民俗学实践上所作出的建树。他兼有政治家、外交家、诗人和学者的多重素质和身份，不仅有中国传统文化的修养，而且深受西方和日本资产阶级学术思想的浸染。1877年出使日本任参赞，其间在当地作民俗学调查并于1887年完成《日本国志》（包括《序》《学术志》和《礼俗志》）。1897年在湖南推行新政，大刀阔斧地进行的移风易俗改革，实现他的"治国化民"、"移风易俗"的民俗观和政治社会改革抱负。在文学创作上，他以家乡客家人的民俗为本，创作了具有民俗风味的《己亥杂诗》及诗论。他说："虽然，天下万国之人、之心、之理，既已无不同，而稽其节文，而乃南辕北辙，乖隔歧异，不可合并，至于如此；盖各因其所习以为故也。礼也者，非从天降，非从地出，因人情而为之者也。人情者何？习惯也。川岳分区，风气间阻，此因其所习，彼因其所习，日增月益，各行其道。习惯既久，至于一成而不可易，而礼与俗皆出于其中。"他又说："风俗之端，始于至微，搏之而无物，察之而无形，听之而无声；然一二人倡之，千百人合之，人与人相接，人与人相续，又踵而行之，及其既成，虽其极陋其弊者，举国之人，习以为常；上智所不能察，大力所不能挽，严刑峻法所不能变。"[1]他还自称"外史氏"，在所供职的日本国，"采其歌谣，询其风俗"，并"勒为一书"。所有这些，特别是《日本国志》一书，都应看作是中国现代民俗学早期阶段，即"前五四时期"民俗学的重要遗产。黄遵宪关于民俗学的关注以及论述，显示了他对民俗的本质和社会功能的真知。尽管在钟敬文之后，近年来又有人写过有关黄遵宪民间文学、民俗学思想的文章，[2]但遗憾的

---

① 黄遵宪《日本国志·礼俗志》。

② 参阅：杨宏海《黄遵宪与民俗学》，见《中国文化》（研究集刊）第2辑，上海：复旦大学出版社1985年。

是，民俗学界似乎并没有给他在中国现代民间文艺学、民俗学形成初期的地位和作用以足够的重视。

1900年维新变法失败，八国联军入京。留日学生戢翼翚于同年在日创刊《译书汇编》月刊，系统介绍西学，是为我国近代第一份哲学社会科学综合杂志。梁启超逃亡日本，于1902年在横滨创办《新民丛报》半月刊，发表维新派政论，介绍西方资产阶级政治，抨击封建顽固派，也发表维新派诗人的作品文章。蒋观云于1902年将自己介绍西方文化和进化论思想所撰之人类学、社会学、民俗学的文章，集为《海上观云集初编》交付出版。在该书《风俗篇》里，蒋观云对风俗的形成和社会作用发表了系统的意见。他说：“国之形质，土地人民社会工艺物产也，其精神元气则政治宗教人心风俗也。人者血肉之躯，缘地以生，因水土以为性情，因地形以为执业，循是焉而后有理想，理想之感受同，谓之曰人心，人心之措置同，谓之曰风俗，同此人心风俗之间，而有大办事之人出，则政治家焉。……大政治家、大宗教家，虽亦以其一己之理想，欲改易夫人心风俗……是故人心风俗，掌握国家莫大之权，而国家万事其本原亦于是焉。”他的风俗观，旨在从中西风俗的比较中，强调中国人的风俗有亟待改革的必要。他说：“安田里，重乡井，溪异谷别，老死不相往来以为乐者，中国人之俗也；而欧洲人则欲绕游全球，奇探两极，何其不相类也。重生命，能屈辱，贱任侠而高名哲，是非然否，争以笔舌，不争以干戈者，中国人之俗也；而欧洲人则知心成党，流血为荣……。事一人之事业，一人之业，朝政世变，则曰吾侪小人，何敢与者，中国人之俗也；而欧洲人……人人有国家之一份，而重有国家之思想……”等等。“今夫中国，风教固已相安，制度固已相习，使果能锁国，果能绝交，虽循此旧俗，无进步之可言。”他的结论是：“中国入于耕稼之期最早，出于耕稼之期最迟。”“数千年便安之风俗，乃对镜而知其病根之所在”。[①]1902年冬蒋赴日，在梁启超主编的《新民丛报》作编辑，并于1903年在该刊《丛谈》上发表了《神话·历史养成之人物》一文。[②]这篇文章被学界认为是最早的神话学论文。

王国维、梁启超、夏曾佑、周作人、周树人、章太炎等，相继把“神

---

　　① 蒋观云《海上观云集初编》，第17—22页，上海广智书局1902年（光绪二十八年）。

　　② 蒋观云《神话·历史养成之人物》，原载《新民丛报·丛谈》第36号，1903年；又见马昌仪编《中国神话学文论选萃》（上册），北京：中国广播电视出版社1994年。

话"作为启迪民智的新工具引入文学、历史领域，用以探讨民族之起源、文学之开端、历史之原貌。①晚清末年，革命派"驱逐鞑虏"的反清情绪和政治运动，也直接激发和推动了神话学和民俗学的发展。章炳麟、刘师培、黄节等以民族主义的立场，对感生神话和图腾主义的研究和阐释，除了对民俗学、神话学等学术思想的推进外，还用来从政治上指斥异族统治者的民族压迫。钟敬文说："他（章炳麟，指他在《訄书》中对感生神话的论述）用原始社会的母系制度，图腾主义（托德模即图腾的异译）等事例来解明中国古帝王感生神话的谜。尽管阐发并不充分，可是，的确在这个长时期以来经师、学者们所困惑的老问题上作了另一种答案。从当时世界学术史的角度来看，这种答案，自然不能算是怎样新创，但是，从我们传统的神话学看，它无疑走上了一个新的阶段。从学术的道理说，它基本上是正确的。同时，还使我们原来闭关自守的神话学，向世界性的学术坛坛迈进了一大步。"②等等。潜明兹说：他们"提出了一些超越前人的见解，例如感孕神话和图腾制的关系；对帝王感生说的批判；通过感孕神话推断人类社会的母系制；以及世界上不同民族间有类似的洪水神话等等问题，都是前人未曾接触过，或接触过但说不清楚的问题，他们都作了一定的探索。而对神话与历史关系问题的论述，肯定神话的教育作用，更是对封建文化的直接冲击。"③晚清时期，无论是改良派还是革命派学者们，虽然他们不是专门从事民俗学或民间文艺学的研究者，但他们关于民俗学和民间文艺的理论和实践，都是为他们张扬的资产阶级民主主义理想服务的，无疑也催生了或奠定了一门新的人文学科——现代民间文艺学及神话学的基础。

五四新文化运动的历史意义在于，它是一次思想革命、语言革命和人性解放的革命。晚清近二十年间在外来文化的影响下萌生和成长起来的中国现代民间文艺学，虽然在学理上还显得幼稚，却因其以蕴藏在普通老百姓中间、对民族团结和社会整合起着重要作用的民俗事象，特别是民间文艺为对象，而对抨击和对抗封建思想、拯救人的灵魂起着更为深入的作用，所以在五四新文化运动前后，受到了许多进步知识分子的重视，并纳

---

① 马昌仪《中国神话学发展的一个轮廓》，见所编《中国神话学文论选萃·序言》，北京：中国广播电视出版社1994年。

② 钟敬文《晚清革命派著作家的民间文艺学》，见所著《民间文艺学及其历史》，第288—289页，济南：山东教育出版社1998年。

③ 潜明兹《晚清神话观》，见《吉林师范学院学报》1986年第1期。

入新文学运动的洪流之中，成为新文学运动的一翼，得到了迅猛的发展。这也就决定了中国现代民间文艺学从这时起，暂时放弃了从西方移植来的在文化人类学的学理方面的探讨，而转向了主要以文化对抗和心灵教化为指归的民间文艺的搜集研究为方向的发展道路。这也就是作者把中国现代民间文艺学史断代为从1900年起到20世纪末，并把本课题的题目确定为《20世纪中国民间文学学术史研究》的原因。

第二节　民间文艺学流派的消长

在回顾和梳理已经逝去的20世纪百年民间文学学术史时，我们遇到的第一个问题，就是：我们把民间文艺学看作是人文科学的一个分支学科，那么，20世纪中国民间文学学术发展史上有没有出现过流派或学派？如存在着和存在过流派或学派的话，都是些什么流派？其代表人物是谁？代表作和主要观点是什么？什么时候形成的？后来的发展状况怎样？等等。流派的消长，将是笔者对百年民间文学学术史进行梳理的一个重要的、甚至是基本的视角。

在判断和考察百年中国民间文学学术史上的学派或流派以及研究这些学派或流派的消长时，笔者所遵循的是以下四个方面的原则：一、学派或流派是历史的（社会的和文化的）产物，一定的社会历史条件必然催生学派或流派的出现，如果这种社会条件变化了、不存在了，与其相适应的学派或流派也就衰落了，或消亡了；二、不论是否自觉，大凡学派或流派必然拥有一个基本学者队伍，这个队伍阵容一般是由小到大逐渐发展起来的；三、大凡称得上学派或流派的学者群体，大体会有他们共同的纲领或共同的学术理念；四、大凡称得上学派或流派，肯定有其代表性著作。

笔者认为，中国民间文学百年学术史上，在学科内部，大体上有两种思潮：一种是以文以载道的中国传统文学价值观为引导和宗旨的文学研究和价值评判体系；一种是以西方人类学派的价值观和学术理念为引导和评价体系的民俗研究。这两种思潮几乎是并行地或错落地向前发展，既有对抗，又有吸收。而在学科外部，由于民间文学属于下层民众所传承的文化，始终受到以儒家文化为代表的上层文化的挤压，虽有一大批文化名流的不懈提倡，但始终未能获得像西方社会那样的人文条件，民间文学始终处于被压抑的地位。具体说来，一部百年学术史上，并非由一种流派或一种思潮一以贯之，而是存在过若干的流派，这些不同的流派之间也互有消长。大略说来，前五十年，除了断断续续延续几十年之久的"民俗学派"①而外，至少还出现过以乡土研究为特点的歌谣研究会；以沈雁冰、鲁迅、周作人为代表的"文学人类学派"；以顾颉刚、杨宽、童书业为代表的"古史辨"派神话学；以凌纯声、芮逸夫、吴泽霖等为代表的"社会—民族学派"；以郑振铎、赵景深为代表的"俗文学派"；以何其芳、周文、吕骥、柯仲平为代表的"延安学派"等流派。1949年后的五十年间，除了十年"文化大革命"外，又可分为"十七年"（1949年10月—1966年6月）和"新时期"（1976年—2000年底）两个阶段。主要由于意识形态的原因，"十七年"时期，"延安学派"所倡导的民间文学的文学研究，得到了很大发展，换言之，在学术界占了绝对优势，而其他流派，诸如30年代兴盛一时的民俗学派和40年代兴盛一时的俗文学派，在多次学术政治批判运动中受到批判从而逐渐归于消歇。而到了"新时期"的大约二十年中，特别是80年代中期到90年代末，被冷落了多年的民俗学派又再次中兴，而俗文学派虽也有人倡导，但由于种种原因，却再也未能重振起来。

有的学者不赞成以社会历史分期、以社会政治事件作为学术分期的标准或参照。其实，这无异于是一种自命"纯"学术研究的错误选择。20世纪的中国，是一个革命、战争、政治运动和社会变革连绵不断的世纪，这种社会背景对于人文科学的学术命运的影响常常是不可抗拒的，其实这才是20世纪人文学术发展的最大的特点。如20年代奉系军阀在北平的暴政，曾经打断了处于创始阶段的中国民间文艺学的正常进程。抗日战争的爆发，再次使在南方兴起的民俗学运动夭折。决定中国之命运的第三次国内革命战争，促使许多学者走向民间，但他们几乎无暇投入稳定的民间文学的学术研究。至于新中国成立后此起彼伏的政治运动和学术批判斗争怎样地影响了学术的建设，就不须细述了。鉴于这种情况，本课题的分期，基本上参照社会政治的进程和制度的转型为依据，想来是大体符合实际的。

由于受社会历史文化背景的制约，中国现代民间文艺学史上出现的流派或学派，大都是发育并不成熟、也不完善的。而且即使有流派或学派的

---

① 见钟敬文《建立中国民俗学派》，哈尔滨：黑龙江教育出版社1999年。在写作这篇绪论时，我注意到，有学者著文说，钟敬文所说的，是要"建立民俗学的中国学派"。但纵览百年来的中国民间文学学术发展史，确有一个"民俗学派"，而钟敬文本人，早年基本上可算是一个从文学的立场研究民间文学的学人，甚至有点儿乡土研究派的色彩，但到了晚年，却放弃了他的民间文艺学理念和对民间文学的研究，而全力倡导民俗学。

存在，也会有些有成就的学者并不属于任何流派。还有的学者，先是属于这一派，后又成为另一派，各流派或学派之间，也并不是冰炭的关系，它们之间往往是既有差别和对抗，又有交叉和融汇。

从学术发展史的角度说，笔者对百年民间文艺学的流派和思潮的梳理与述略，旨在表达一个观点：在百年民间文学学术发展史上，理论、观念、方法，甚至流派（学派），是多元而不是一元的，而且从来也没有统一过，即使是共和国50年的时代。这，一方面说明了民间文艺学作为学科的不成熟性，另一方面又显示了民间文艺学的边缘性和跨学科性。

第三节　学科与国情

从其诞生之日起，中国现代民间文艺学就显示出"反传统"的思想锋芒和"到民间去"的平民意识，百年的发展历程中时刻与国家民族的命运休戚相关。换言之，中国现代民间文艺学绝非几个人想象出来、不食人间烟火的"纯"科学，而是具有鲜明的时代性和强烈的社会功能性的一个人文学科。

学科的发展和沿革的每一步，都与中国社会发展有割不断的联系。美国的中国民间文学运动研究者洪长泰说："鉴于政治和社会的责任，民间文学运动的发展使中国知识界把目光逐渐转向关心农村。他们认为民间文化正是从那里发源的，因此把研究的焦点也汇集到乡村问题上。"[①]有些生活于本土的研究者，往往就事论事地研究民间文学运动的历史及其成败得失，把民间文艺学看成是一个自我发展、自我调整、自我完善的封闭性的学科，而洪长泰却看到了中国民间文学的研究者们自觉地肩负着"政治和社会的责任"。他看到了这一特点，也就使他一下子抓住了研究中国民间文学运动或民间文艺学史的钥匙。钟敬文在看了洪先生的这个论点后说："当时我们提倡收集、研究民间文学，不但在活动的产生上，有显著的时代、文化背景；就是在活动的行为动机上，也跟当时的国情和民众（包括儿童）的文化现状和改革要求，密切联系在一起。"[②]历史正如他们所说的这样发展过来的。

---

①　［美］洪长泰《到民间去——1918—1937年的中国知识分子与民间文学运动》（董晓萍译），第3页，上海文艺出版社1993年。

②　钟敬文《洪长泰〈到民间去〉序言》，见［美］洪长泰《到民间去——1918—1937年的中国知识分子与民间文学运动》（董晓萍译），第13页，上海文艺出版社1993年。

"到民间去"不是民间文学研究者们发明的。最早是李大钊在1919年写的《青年与农村》一文中提出来的。他所以提出"到民间去",是基于这样一个认识:中国是一个农民占劳动阶级人口绝大多数的国家,而农民的境遇就是中国的境遇,惟有解放农民才能救中国。如果从社会文化的角度来考察,"到民间去"在中国有两翼:一翼是以北京大学为中心的征集歌谣运动;一翼是"民众(平民)教育"运动。后者是从维新派的兴民权、开民智、育新民思想,到孙中山的三民主义学说,直至五四新文化运动,应着中华民族救亡图存的需要而产生的。这两翼都是在民主主义思潮影响之下而产生的。笔者见到的民间文学研究者使用这个词汇,最早则出于常惠的《我们为什么要研究歌谣》:"依民俗学的条件:非得到民间去搜集不可;书本上的一点也靠不住;又是在民俗学中最忌讳的。"[①]而常惠也曾是(1919年1月)李大钊影响下组成的北京大学"平民教育讲演团"的成员。

洪长泰和曾蓝莹两位美国学者都认为"到民间去"这个口号,是从俄国民粹派那里取来的,其实,这是一种对历史的误读。洪长泰说:"自1910年后期至20年代,许多中国知识分子接受了19世纪70年代俄国民粹派的理论,开始倡导'到民间去'。这一趋势无疑对中国现代民间文学理论和运动产生了直接的影响。"[②]曾蓝莹说:"'到民间去'的文化运动可视为广义的"五四运动"的一个分支,其主要源头大抵有三:一是由民间歌谣研究而兴起的民俗调查活动,先是1918年以刘复、周作人、钱玄同等为首成立的北大歌谣研究会开其端,再由1923年常惠发起组织的风俗调查会踵继之,特别提倡到民间进行实地调查;另一源头则来自俄国19世纪下半叶的民粹经验,由李大钊在1919年首先摇笔介绍,号召青年到农村去,并促成北大平民教育演讲团的组成,其所进行的社会启蒙工作一直持续到1925年左右,而中国共产党于1921年成立之后,部分演讲团团员开始投身政治化的农民运动,邓中夏在1923年左右已经为文论述农民问题;第三个源头是由推行民众教育进而开展的乡村建设活动,为首的晏阳初和梁漱溟,尽管理念不同,却分别在1929年、1931年先后深入乡间,选择河北定县和山东邹平进行实验。这三股思潮纷沓而至,交相汇聚,形成二三十年

---

① 常惠《我们为什么要研究歌谣》,见《歌谣》周刊第2、3号,1922年12月24、25日。

② [美]洪长泰《到民间去——1918—1937年的中国知识分子与民间文学运动》(董晓萍译),第19—20页,上海文艺出版社1993年。

代'到民间去'的洪流。"①他们在对早期民间文学运动的研究中发掘出了"到民间去"这一思想并描述了沿革的图景,但看来,他们并不懂得是中国的社会发展和特殊国情促使"到民间去"的思想应运而生。

与歌谣运动交相辉映的"民众教育运动",以晏阳初为代表的平民教育派、以梁漱溟为代表的乡村建设派、以陶行知为代表的生活教育派、以黄炎培为代表的职业教育派,无论是哪一派,都是以启民智为己任,尽管在思想理念上与平民文学运动相通,但他们并没有专心于歌谣的搜集和研究。只有晏阳初所率领的"中华平民教育促进会"1929年在河北定县和山东邹平县所作的社会调查中,在其"文艺教育"的平民文学研究项目下,采集了当地的秧歌和歌谣、鼓词等民间文艺,并编辑出版了《定县秧歌选》(李景汉、张世文编,中华平民教育促进会刊行1933年)、《定县歌谣集》(钢板写印本)和《邹平民间文艺集》(1948年,海外版)。②历来的研究者大都注意于《定县秧歌选》一书,该书选辑了在定县根据传承老人刘洛便的演唱和背诵而采录下来的48出秧歌,同时还有由调查者撰写的秧歌发展沿革的论文;而在调查中采集的鼓词203段、歌谣200余则、歇后语300则、谜语300余则、谚语600余则、故事笑话100余则,是否就是前面说的那本《定县歌谣集》所选,因笔者没有见到原书,不敢断言,有待再作研究。③

40年代从内地迁徙到大西南的社会学—民族学者们所做的民间文学调查与研究,不仅以学者的亲历的民族调查,为中国民间文艺学开了田野调查的先河,积累了大量极其珍贵的第一手资料,而且,最为珍贵的是,使民间文学及其研究发挥了国家民族团结御侮的凝聚力的作用。在民族危亡的大时代,民间文学研究者们以国家存亡、民族大局为至上,推动了学科的变革。同样,40年代,延安的学者和文艺工作者们在解放区所做的民歌与民间艺术收集工作,改造旧说书、旧秧歌的工作,不也是在抗战的大时代中适应时代和社会需要而符合规律的学科变革吗?正是他们不仅使陕北民歌(信天游)从偏远的陕北传遍了大江南北,成为以激越高昂的风格而

---

① [美]曾蓝莹《图像再现与历史书写·"到民间去"的文化运动》(3),见《中国乡村研究》第3辑。转自国学网——中国经济史论坛http://economy.guoxue.com/article.php/5991.

② 钟敬文在为洪长泰《到民间去》做的序中写道:"至于邹平的这方面的工作及其成果(《邹平民间文艺集》,1948年,海外版),我们以前简直就不太知道了。"(第10页)

③ 此数据据李志会《晏阳初与定县乡村建设》,见《集美大学学报(教育科学版)》2003年第3期。

在文学艺术百花园中一枝不朽的民间文学奇葩，而且也使韩起祥等说书艺人的名字和作品传之后世，不被历史烟尘所湮没。

第四节　民间文艺学学科体系

回顾百年的中国民间文学学术史，虽然有许多文学家，包括一些造诣高深的文学大家提倡搜集和研究民间文学，在某些方面作出了榜样和贡献，但毕竟没有能够提出一套比较科学的理论设想，更谈不上建立理论体系。而从不同学科（如史学、民族学等）先后走到民间文艺学的研究道路上来的学者，着实并不算少，也不乏大家，各自作出了不同的贡献。从蔡元培、刘半农、周作人、钱玄同一路数下来，顾颉刚、茅盾、郑振铎、董作宾、常惠、容肇祖、凌纯声、芮逸夫、闻一多、朱自清、陈梦家、徐旭生、杨宽、孙作云、程憬、丁山、何其芳、钟敬文……这一长串名字，构成了百年中国现代民间文艺学的史册。从北大于1918年开始征集歌谣、国学门设立歌谣研究机构始，民间文学的课程就开始登上高等学校的讲坛，除北大外，清华（朱自清）、女师大（周作人）、中央大学（程憬）、齐鲁和山大（丁山）等校，都曾开过民间文学或神话学的课程，而且主要是文学系的课程。到新中国成立前，虽然断断续续，却也一直没有中断过。

新中国成立后，举凡重要的大学中文系，也都开设了民间文学（或人民口头创作）课程，60年代我国开始培养民间文学的硕士研究生，80年代末开始培养我国自己的博士生。唯感遗憾的是，许多从事民间文学研究的人，多半是"客串者"，没有从一而终地把民间文学研究作为自己终生的事业，只有极少数人坚持了下来。学者队伍的有欠稳定，学科的建设的有欠完善，这二者之间是否存在着相互的影响，至今依然是一个值得探讨的问题。

前面说，第一个提出建立"民间文艺学"这个概念的是钟敬文。他在1936年发表了《民间文艺学的建设》，阐述了建立民间文艺学的必要性和设计了这门学科的大体框架。50年后，他在1986年为《中国大百科全书·中国文学卷》写的《民间文学述要》中，虽然没有放弃早年的那些观点和希望，但实际上从这个时候起，他的学术的兴趣和方向，已转到了民俗学上，直到他的逝世，在民间文学方面再也没有付出较多的辛劳，同样也没有取得引人注目的成果。而传统的文学研究流派的学者及其研究方法，在"新时期"以来受到某些质疑后，也多彷徨于道，处于踟蹰不前的状态。经过众多青年学人的努力耕耘，包括引进西方和日本现代民间文学的研究成果和方法，我们的民间文学学术研究，特别是神话学和史诗学领域，在恢复中呈现出令人欣喜的势头和局面。

对流派及其起伏消长进行探索性的耙梳，使我们有机会回首往事，启示未来。如果我们的前辈所说的民间文学应该是我们的"国故"的题中应有之义这个命题还不致大错的话，那么，摆在年轻一代民间文艺学学者们面前的责任，将仍然是任重而道远的。

20世纪90年代以来，虽然有一些孜孜矻矻、矢志不移的学者，在这片寂寞的园地里勤奋耕耘、努力攀登，但毋庸讳言的是，中国民间文艺学的学科建设再次进入了一个低谷时代。为此，笔者在2001年曾写过一篇《为民间文学的生存——向国家学位委员会进一言》的短文，表达我的隐忧，自然也大体反映出这门学科在现时所面临的困境。拙文如下：

民间文学作为人文学科中的一门新兴边缘学科，在中国，从20世纪初开始，经过了几代学者前赴后继的拓荒、垦殖，特别是近二十年来的建设，近百卷的《中国民间故事集成》、《中国歌谣集成》和《中国谚语集成》（总称"三套集成"）的陆续编纂出版，已经初步建立起了包括若干分支学科的学科体系，其中以神话学和史诗学领域的成就最为引人注目。

神话学从单纯的文艺社会学的阐释，发展为多学科的参与，触及到了世界神话学几乎所有重要问题，而且提出了许多值得注意的新见解。在古典神话及其文献资料之外，近年又在全国各地、各民族的居民中搜集了大量流传在口头上的活态神话文本，填补了中国神话学的空白。在我国，神话学一时成为显学。

史诗研究虽然起步较晚，却后来居上，如今已成磅礴之势，一批中青年学者成长起来。中国不仅有了研究《江格尔》、《玛纳斯》、《格萨尔》的知名学者和博士，史诗研究的"中国学派"也已经登上了世界史诗学坛。中国的史诗是活态的，不像古希腊罗马的史诗是已经死亡了的，因此中国史诗的搜集和研究，对于中国文化史和世界文化史的书写，有着特别重要的意义。

除了长篇的史诗以外，中国还是一个富于其他民间叙事长诗的国家。20世纪50—80年代，在云南、贵州、广西、内蒙古等省区的各少数民族中搜集出版了上百部民间叙事长诗。60—80年代在东南沿海吴语地区的汉民族中也发现、搜集、整理、出版了几十部长篇叙事诗。50年代鄂西北广袤地带，曾搜集出版过几部长篇叙事诗；到90年代，又在武当山后山的吕家河村发现和搜集了15部叙事长诗。民间长篇叙事诗的搜集出版，纠正了上世纪20年代由胡适提出、在人文学术界延续了八十年的中国民族是"不富于想象力的民族"的结论，在中国文学史上具有重大意义。

传说故事的研究，近二十年除了着力建立中国自己的理论体系外，主要成就表现在两个方面：一是对故事家的发掘与研究，特别是故事家个性的研究；一是发现了一些故事村，最著名而且开掘和研究得较深的有两个，一是湖北省的伍家沟村，一是河北省的耿村。这两个故事村的发现和研究，在国际学术界发生了广泛的影响，前者并受到了联合国教科文组织的关注。

在改革开放的步伐中，随着社会结构的变化，新的民间文学应运而生。因此，除了旧时代传承下来的口头文学应予继续搜集研究而外，民间文学工作者还应抓住时机采摘新时代的"国风"。古代有"十五国风"留给我们，我们也应把当代的"国风"（31个省市自治区）留给后人。这是时代赋予我们这一代民间文学工作者的历史使命。在这一领域里，民间文学工作者们是大有作为的。

但民间文学事业也存在着令人焦灼的隐忧。

首先，围绕着"三套集成"而开展的全国民间文学普查工作告一段落，编辑工作集中在少数人手中，多数民间文学工作者因缺乏前进的方向，而处于彷徨迷茫状态。从人员结构来说，目前专业人员进入了一个自然换代的高峰时期，专业机构中的高素质研究人员流失严重，又没有及时补充有专业技能的人员，特别是有真才实学的大学生、硕士生和博士生。专业研究人员的青黄不接造成了民间文学工作的断档。我没有这方面的统计数字，但我可以断言，与一些部门比较起来，硕士、博士、甚至大学本科毕业生，在民间文学机构人员中的比例是很小的，结构是有欠合理的。

其次，学科调整的不合理，也造成了人员的严重流失和学科水平的下降。几年前，国务院学位委员会决定将民间文学降低为三级学科，导致许多高校文学系的民间文学课程变为选修课或干脆取消了。（据了解，全国哲学社会科学规划领导小组及其办公室的《课题指南》学科名录，还保持着过去的排列，与学位委员会的决定有别。）一百年来几代人文学者努力争取到的东西，由于这个行政决定的影响，而不仅倒退到了1942年延安文艺座谈会之前，甚至倒退到了五四新文化运动之前。许多老师和研究生都纷纷抛弃民间文学而转向民俗学或其他学科。笔者以为，这样的决策，是一个失误。这样的有违传统的决策所以做出，大半是因为参与决策的某些学者和领导，即使不是站在蔑视民间文化的立场上，也是对民间文学学科缺乏应有的了解与研究。笔者在此呼吁，在调整"十五"计划期间学科配置时，建议有关部门将这个错误的决策改正过来，恢复民间文学学科原有的二级学科地位，给我们这样一个在农耕文明基地上蓬勃生长起来的民间文艺的搜集、研究、继承和发展，提供一个合理的良好环境，给予一个恰当的地位。

以团结全国民间文艺工作者和推动搜集、编辑、出版、研究民间文艺为职志的中国民间文艺家协会，近年来也迷失了方向，在某种程度上放弃了自己的本行，不再把重点放在民间文学的搜集、编辑、出版、研究，更多地热衷于某些民间艺术的演出活动和民间工艺品的展销（这些是应当做的，但不是其工作的重点，即使要抓民间艺术，也没有真正深入民间去做发现和发掘、整理提高的工作，更不应越俎代庖取代或代替在这方面更有实力和更有经验的那些政府职能部门），向其他艺术家协会靠拢，以组织在城市里的演出活动代替对民间作品的搜集整理和理论研究。民间文学作品和理论刊物也随之转了向，放弃了或改变了历届经中央宣传部批准的民间文学工作方针，放弃了促进民间文学的搜集整理和理论研究，从而建立和建设有中国特色的以马克思主义、毛泽东思想、邓小平理论为指导的民间文学理论体系的任务。作为一个文学评论工作者和民间文学理论工作者，我呼吁恢复发表民间文学作品和理论园地，并通过民间文学家们的广泛讨论，改变目前的现状。

有学者说过，在孔子的儒家学说影响下的中国文化之外，还有另一种中国文化。这种独立于儒家影响之外的中国文化，就是包括民间文艺在内的下层文化。下层文化、民间文化在传承流变过程中虽然也受到了儒家文化、上层统治阶级的文化、宗教文化的影响，甚至发生了某种程度的交融，但不论什么影响，民间文化的根本和内核不会消失，总是保持着自己独立的传统，而这些传统是受到历代统治者的鄙视和排斥的。关于这一点，上世纪初，特别是五四新文化运动的前后，许多新文化运动的倡导者和战士，许多进步的知识分子，都曾指出过。近世歌谣运动的发生，虽然先于"五四运动"，但它无疑是思想解放运动的产物，是五四新文化运动的一支和成果。现在看来，这个成果仍然需要我们大声疾呼地加以捍卫。

儒家思想影响下的上层文化，两千年来固然达到了相当的高度，但也有严重的阶级局限和思想局限；下层文化固然搀杂着许多不健康的杂质，但它却饱含着劳动者的智慧和有着比儒家思想更为久远的原始文化的传统。二者共同构成源远流长、多元一体的中华文化。从下层文化中，我们可以更直接地观察到下层民众的世界观、生活史、风俗史、礼法史，可以从中研究导致中国历代社会稳定和发展的多种因素，从而为中国的现代化服务。搜集、研究、继承、发扬民间文学及其传统，建设和完善民间文学学科，仍然任重而道远。①

拙文发表后，有好几位同好在报刊上撰文予以支持，发表了同样的见解，表达了同样的隐忧之情。现在的情况是，除了神话研究和史诗研究，随着国家文化研究和文化建设的步伐一路领先，作出了让人兴奋不已的成绩外，其他分支学科大致处在涣散无闻、萧条寂寞的景况之中。也正是这一点，促使笔者从2002—2003年间思考并下定决心放下手中颇感顺手的文学写作，不顾年迈体衰，不自量力地毅然向国家社会科学规划办公室申报了"20世纪中国民间文学学术史研究"这个研究项目，单枪匹马地去啃这块被搁置久矣而至今无人问津的"硬骨头"，以期能梳理一下百年来民间文学运动和学术研究，从起伏兴衰中寻找历史的足迹和经验，对学科的建设有所助益。

百年的民间文学学术之路，漫漫其修远，前面并没有人踏察过。笔者所"走"的路途，也许是条弯路或岔路，只能算是一次"探险"之旅。尽管笔者从年轻时就曾投身于民间文学队伍的行列，从80年代中期起又重回到此行里一连工作了八年，前后五十年来陆续积累了不少史料和做了一些笔记，没有这些积累，要做这样的课题是想都不敢想的，但真正动手进入研究，却只有三年，而三年时间实在是太短暂，浩瀚而杂乱的资料，凭个人精力无法翻览无遗，故对诸种学派和学人的评价，也只能算是尝试。希望得到专家学者、同好朋友以及读者的指正和批评，以便有机会能修改得更好些。

---

① 刘锡诚《为民间文学的生存——向国家学位委员会进一言》，见《文艺报》2001年12月8日第2版。

第一章
现代民间文艺学的滥觞期
（1900—1918）

　　中国现代民间文艺学作为一门学问，滥觞于19世纪末20世纪初的启蒙思潮，并成为稍后五四新文化运动的一个重要组成部分。它的兴起与鸦片战争之后西方文化、日本文化和印度文化等外来文化在中国的传播与影响有着直接的关系，是中国民族文化与外国文化学术思想相撞击的结果。五四新文化运动的反帝反封建的历史使命和反传统、倡科学的斗争锋芒，在20世纪初中国民间文艺学的形成时期打下了深刻的烙印。

第一节　神话学：现代民间文艺学的第一页

　　主张打开门户，向西方寻求真理，促使落后了的中国现代化——亦即西方化，在1840年之后，已成为中国各个阶层人士的共同认识。林纾、周桂笙、徐念慈、苏曼殊、马君武、伍光建等翻译家，纷纷把外国文学作品翻译成汉语，引进了国门，给长期封闭中的中国人打开了一扇了解世界的窗户。张裕钊、薛福成、黎庶昌、吴汝纶、单士厘、张德彝等许多出使外国的外交人士和知识界人士，撰写了一些访问游记、随笔、闻见记一类纪实作品，把人们陌生的国家和民族的政治制度、法律典章、历史文化、风土人情、生活习惯介绍给了生活于半封建半殖民地环境中的中国人。眼界开阔、知识深厚，思想进步的哲学家、历史家、政治家们，掀起了猛烈的反孔思想运动，分析和抨击摇摇欲坠的中华帝国的种种弊端，呼吁参照西方的社会模式改良中国、疗救中国。

　　在20世纪之初中国民间文学学术史的滥觞期，最早兴起的并非歌谣和

17

研究歌谣的歌谣学，而是神话学。神话学是滥觞于现代启蒙思潮之中并逐渐在20世纪10—20年代形成的第一个民间文艺学的分支学科。而对神话传说的关注与研究，不仅是19世纪末和20世纪初的求变的中国，而且也是文艺复兴后的欧洲和全世界性的一个热点。这反映了一种共同的文化思潮：人们普遍希望能够从古人的精神遗存中，寻找认识文明社会种种问题的钥匙。神话学在中国的兴起，还有更为深层的原因，即：在文化渊源上，与中国历代文人对古史和神话的阐释与追寻有着深厚的基础不无关系；在国家民族关系上，学界对神话的研究和张扬适应了"驱逐鞑虏"的民族情绪；更重要的，是因为晚清以来在"西学东渐"的浪潮中，在西方的科学与民主思潮的影响下，从而使中国发生了一次深刻的"文艺复兴"和社会转型。以神话学为先导的中国现代民间文艺学，就是在这样的思想背景下和社会转型期应运而生和发展起来的。

在中国古文献里谈论或探索神话的文人和文章汗牛充栋，但零碎杂乱而了无系统，而且由于受儒家思想的影响，史前神话要么被历史化了，要么被斥为荒诞无稽。因此可以说，直至19世纪末至20世纪初中国的启蒙运动到来之前，欧洲人类学派的神话学形成和兴盛之际，我们还没有形成自己独立的、系统的、完整的中国神话学科。中国现代神话学是在启蒙运动中、在欧洲和日本学界的世界文明史追溯思潮以及欧洲人类学派及其神话学的影响下，创立和发展起来的一门新兴的人文学科，并成为20世纪初兴起的新文化运动风暴的重要一翼。

有论者道："西方神话学传入我国，主要通过两条途径：间接的通过日本；直接的来自欧洲。'神话'和'比较神话学'这两个词，最早于1903年出现在几部从日文翻译过来的文明史著作（如高山林次郎的《西洋文明史》，上海文明书局版；白河次郎、国府种德的《支那文明史》，竞化书局版；高山林次郎的《世界文明史》，作新社版）中。同年，留日学生蒋观云在《新民丛报》（梁启超于1902年在日本创办的杂志）上，发表了《神话历史养成之人物》一文。此后，一批留日学生，如王国维、梁启超、夏曾佑、周作人、周树人、章太炎等，相继把'神话'的概念作为启迪民智的新工具，引入文学、历史领域，用以探讨民族之起源、文学之开端、历史之原貌。"[①]在日本，明治以前是神代史的研究，德川时代日本学者尚不知"神话"的名称。"神话"一词，最早出现在明治中后期。明治三十二年（1899）高山樗牛《古事记神话研究》是最早提出以"神话"研

---

① 马昌仪《中国神话学发展的一个轮廓》，见《民间文学论坛》1992年第6期。

究为题的论文。这一年，有久米邦武提出"神道是祭天的古俗"把日本古史推向神话而引起大争论。明治三十七年（1904），留学德国的高木敏雄出版了他的《比较神话学》一书，正是这部神话学的专著把欧洲的神话学说带进了日本。高木的此著中关于中国神话的研究，也使他处于中国神话研究史上的先驱者地位。与日本学者把欧洲神话学的学说介绍到日本差不多同时，或许稍晚些时候，也很快把"神话"这个词语以及神话研究介绍到了中国，于是，神话学成为中国现代民间文艺学的最早的一页。

第二节　梁启超：第一个使用"神话"一词的学人

梁启超（1873—1929），清末民初启蒙思想家、维新派鼓动家、历史学家。第一个把"神话"一词引进中国学术界的人。中国古文献中本没有"神话"这个名词。古人常用"怪"、"神"、"谐"、"异"这样一些词汇，其意思与我们现在所说的"神话"一词大致相同，或更为宽泛些。梁启超在自己的文章中最早使用了"神话"这个词汇。

戊戌年（1898）春天，以康有为为首的维新派发动的"百日维新"，由于慈禧太后发动政变，囚禁光绪皇帝，而宣告失败。梁启超遂于同年9月亡命日本，开始了流亡生活。于1902年1月在横滨创办《新民丛报》半月刊，继续进行文化革命宣传，提倡民族主义。该刊从1902年2月8日起开始连续刊载他写的系列文章《新史学》，从而拉开了继1896年在《时务报》发表的《变法通议》系列文章之后的第二次文化革命行动。《新史学》系列文章中有一篇题为《历史与人种之关系》，他在该文中第一次使用了"神话"这个新的名词。他写道："当希腊人文发达之始，其政治学术宗教卓然笼罩一世之概者，厥惟亚西里亚（或译作亚述）、巴比仑、腓尼西亚诸国。沁密式人（今译闪族人——引者），实世界宗教之源泉也，犹太教起于是，基督教起于是，回回教起于是。希腊古代之神话，其神名及其祭礼，无一不自亚西里亚、腓尼西亚而来。"[1] 在没有发现更早的材料之前，我们姑且认定他是第一个使用"神话"这个词汇的中国人。梁启超以要强大中国必应提倡民族主义为指归的"新史学"观，显然是在当时日本明治维新领袖们的思想影响下形成的，在思想上对陈独秀等人领导的五四新文化运动起了奠基的作用，然而他的"新史学"观也因其将几千年的中国文化定位为"封建专制文化"而

---

[1]　梁启超《历史与人种之关系》，见《饮冰室文集》第34卷；又见《梁启超史学论著四种》，第255页，长沙：岳麓书社1985年。

发生过不可忽视的负面影响；他关于神话和宗教的观点，显然也受到了当时在日本有很大影响的欧洲人类学派神话学的影响，以进化论的观点反观人类神话与宗教等文化现象的嬗变，但他也或多或少地宣扬了"欧洲文化中心"论的观点。梁启超的"新史学"观，显然包含着很不成熟的方面，后来，1921年写的《中国历史研究法》，1922年写的《太古及三代载记》，1926年写的《中国历史研究法补编》，对早年的《新史学》的偏颇作了修正。

梁启超在《太古及三代载记》中，对上古洪水神话所作的论述和解读，既反映了世纪初学界的进化论倾向，也表达了他个人的独特见解。他认为，中华民族的上古史上发生的大洪水，古籍记载有三次："其一，在伏羲神农间，所谓女娲氏积芦灰以止淫水是也。""其二，在少昊颛顼间，所谓共工氏触不周之山是也。""其三，在尧舜时，即《尚书》、《史记》所载，而鲧禹所治也。""似洪水曾有三度，相距各数百年，每度祸皆甚烈，实则只有尧舜之一度。前乎此者，不过神话传说之歧出。"他在与犹太人、印度人的古洪水神话的比较研究的背景下，指出中华民族在洪水神话上所表现的思想与它们有所不同的。他写道：

> 以科学推论之，（大洪水）大抵当为地球与他行星或彗星躔道偶尔偾错，忽相接近，致全球之水见吸而涨也。初民蒙昧，不能明斯理，则以其原因归诸神秘，固所当然。惟就其神话剖析比较之，亦可见彼我民族思想之渊源，从古即有差别。彼中类皆言末俗堕落，婴帝之怒，降罚以剿绝人类，我先民亦知畏天，然谓天威自有分际，一怒而尽歼含生之族，我国古来教宗，无此理想也，故不言干天怒而水发，乃言得天佑而水平。（《尚书·洪范》言帝震怒，不畀鲧洪范九畴。禹嗣兴，天乃锡之，盖以禹治水为得天助也。）彼中纯视此等巨劫为出于一种不可抗力，绝非人事所能挽救，获全者惟归诸天幸。我则反是，其在邃古，所谓炼石补天积灰止水，言诚夸诞，然隐然示人类万能之理想焉。唐虞之朝，君臣孳孳，以治水为业，共工鲧禹，相继从事，前踬后起，务底厥成，盖不甘屈服于自然，而常欲以人力抗制自然。我先民之特性，盖如是也。（比较神话学可以察各民族思想之源泉，此类是也。凡读先秦古书，今所见为荒唐悠谬之言者，皆不可忽视，举其例于此。）[1]

---

[1] 梁启超《太古及三代载记·洪水》和《洪水考》，见《饮冰室专集》第12册第43卷。此据马昌仪编《中国神话学文论选萃》（上册），第54—57页，北京：中国广播电视出版社1994年。

　　他关于上古神话的解读，不止于对先民观念及其对后世社会思想影响的探讨，他还将笔触深入到作为人类记忆的神话中所隐含着的自然生态与社会结构的史实：第一个方面，是洪水与前此文明的关系。他认为，炎黄时代的文物已颇可观，由于大洪水的发生而将其湮没无闻了，以至于到了虞夏时代，不得不再重新创造。第二个方面，是洪水对华夏民族之完成、社会组织之变化的影响。他认为："以避水故，四方诸侯，咸集高原，其于华夏民族之完成，社会组织之变化，不无影响。"第三个方面，是洪水退后形成沙漠和造成河患。世界三大沙漠并非地球与生俱来，而是积水沉淀所致。

　　梁启超于1921年在南开大学讲授《中国历史研究法》，其讲义于次年出版。1925年又在清华学校国学研究院讲授该书的《补编》，其中《文化专史及其做法》一节，系统地表述了他的神话观。他在《神话史》一节里写道：

　　　　语言文字之后，发表思想的工具，最重要的是神话，由民间无意识中渐渐发生。某神话到某时代断绝了，到某时代，新的神话又发生。和神话相连的是礼俗。神话和礼俗合起来讲，系统的思想可以看得出来。欧洲方面，研究神话的很多，中国人对于神话有二种态度。一种把神话与历史合在一起，以致历史很不正确。一种因为神话扰乱历史真相，便加以排斥。前者不足责，后者若从历史着眼是对的，但不能完全排斥。应另换一方面，专门研究。最近北京大学研究所研究孟姜女的故事，成绩很好，但范围很狭窄，应该大规模的去研究一切神话。其在古代，可以年代分；在近代，可以地方分或以性质分。有种神话竟变成一种地方风俗，我们可以看出此时此地的社会心理。①

　　他认为神话是"由无意识中渐渐发生"的最重要的"发表思想的工具"，神话是与礼俗相结合着的，到一定的时代就"断绝"了；"各族各有其相传的神话，那些神话互相征服同化，有些很难分别谁是谁族的"。他还批评此前中国神话研究的弊端说："中国人对于神话有二种态度，一

---

　　①　梁启超《中国历史研究法补编·文化专史及其做法》，见《饮冰室专集》之九十九。此据马昌仪编《中国神话学文论选萃》（上册），第93—96页；又见梁启超《中国历史研究法》，第280—282页，上海古籍出版社1998年。

种把神话与历史合在一起，以致历史很不正确；一种因为神话扰乱历史真相，便加以排斥。前者不足责，后者若从历史着眼是对的，但不能完全排斥，应另换一方面，专门研究。"

在对神话的认识和研究问题上，梁启超的过人之处，在于他对包含着大量神话材料的纬书和说部之类的古书的肯定，他的这一立场，把他与以前的正统的儒家学者们区别开来。他写道："有许多神话夹在纪真事的古书里。如《山海经》。若拿来作地理研究，固然很危险，若拿来作神话研究，追求出所以发生的原因来，亦可以得心理表现的资料。如纬书。从盘古、伏羲、神农、轩辕以来的事情很多，又包含许多古代对于宇宙的起源和人类社会的发生的解释。我们研究古人的宇宙观、人生观和古代社会心理，与其靠《易经》，还不如靠纬书和古代说部如《山海经》之类，或者可以得到真相。又如《金滕》夹在二十八篇真《尚书》中，所述的事非常离奇，那些反风起禾的故事，当时人当然相信，如不相信，必不记下来。我们虽不必相信历史上真有这类事，但当时社会心理确是如此。又如《左传》里有许多灾怪离奇的话，当然不能相信，但春秋时代的社会心理大概如此。"[①] 他认为，拿《山海经》甚至纬书和说部里包含的神话材料来作神话学的研究，既"可以追求出所以发生的原因来，亦可以得心理表现的资料"，可以"研究古人的宇宙观、人生观和古代社会心理"。

在这篇"正编"成稿于1921年、"补编"出书于1925年的著作中，他关于神话的这番理论，不仅显示了他本人在神话认识上观点的前进，而且把神话研究的方法和领域大为拓展了。

第三节 "求新声于异邦"

中国近代文化的一个显著特点，借用鲁迅在《摩罗诗力说》中的话说，是"求新声于异邦"。西方进步文化的种子在我国民族的土壤上生根、发芽。中国现代神话学就是这个"求新声"过程中的产物，经历了从粗浅认同到求其会通的过程。外来文化不仅影响了中国现代神话学的发生和发展，甚至可以说造就了这门新兴学科的学术品格与特色。

神话学在中国发端之际，并不是一门独立的学科，它有着深刻的社会和文化背景，而且对文学与史学的依附性质有着深远的根源；而外国人的中国

---

① 梁启超《中国历史研究法补编·文化专史及其做法》，见梁启超《中国历史研究法》，第280—282页，上海古籍出版社1998年。

神话的研究，作为外国学人探讨中国文明史和世界文明史的一个部分，却对中国神话学的创立起了重要的作用。现将几部重要的译作分述如下：

（一）［俄］格奥尔吉耶夫斯基《中国人的神话观与神话》

　　世界上第一部研究中国神话的专著，是俄国圣彼得堡大学东方系教授格奥尔吉耶夫斯基（С.М. Георгиевский，1851—1893）的《中国人的神话观与神话》（1891年在圣彼得堡出版）。^①这本书第一次提出了"中国神话"与"中国人的神话观"的概念，他认为后者是"在全部民众中形成的"，是先于神话本身的一种世界观基础，如古代中国人有了星空"倾斜"的观念后，才会出现共工与祝融交战，共工不胜而怒触不周山、天柱折断东南倾斜的神话。在这部著作中，他首次对中国古代神话进行分类，分析了古代中国人对于宇宙形成的观念、宇宙神话、古代帝王神奇诞生的传说等等，介绍了中国的宇宙生成神话、天体神话、动植物神话、亡灵神话、善神与恶鬼的神话等等，并对中国神话与五行观念的关系、与道家、儒家以及不成体系的民间信仰的关系，与文人创作的关系，神话与民族等一系列理论问题，进行了初步的探讨。他批评当时西方流行的欧洲中心主义观念，认为中国历史、中国文化也是世界史及文化的一部分，与其他西方国家历史享有同等地位。俄罗斯汉学家李福清这样评价格奥尔吉耶夫斯基的这部著作："Georgievsiy教授对中国神话的许多问题（如古书记载的古神话中道教与原始元素的关系）都有正确的理解，他认为伏羲、神农、黄帝、帝喾、尧、舜、大禹等帝王形象是在神话概念的基础上形成于民间的神话形象，后来孔子加以利用，塑造成'指导中国人未来的历史生活'的理想人物。Georgievsiy 依据《尚书》《诗经》《礼记》，以及《搜神记》《太平御览》《太平广记》《文献通考》《三才图会》等典籍和类书的资料，对中国古神话观念及其演化过程进行了首次描述。"^②

　　遗憾的是，这部研究中国神话的重要著作，在中国学界几乎不为人知，并没有在世界和中国学术界产生多大的影响。这种本不该发生的情况之所以发生，主要是因为当时我们中国的知识界把目光主要投向了俄罗斯以外的西方，而俄罗斯的汉学界对中国社会和人文的研究则相当深入而全

---

　　①　［俄］李福清《中国各民族神话研究外文论著目录》第9页，С·М·格奥尔吉耶夫斯基《中国人的神话观与神话》，首发于《俄罗斯观察》1891年第5、6期，北京图书馆出版社2007年12月第1版。

　　②　［俄］李福清《外国研究中国各民族神话概况》，见前引书，第10页。

面，无论是我们的学者还根本没有顾及的西域研究、西夏研究、敦煌研究，还是民间文化研究，他们都已在19世纪末捷足先登了。

西方神话学的传入中国，主要通过两个途径：一是通过近邻日本学者的转译和转介；一是直接从西方引进。早期翻译和介绍进来的，主要是西方或日本人写的世界文明史、中国文明史、人种学、史学、文学这些领域里的著作，也包括一些介绍和译述希腊罗马神话与文学作品。比较神话学是与人类学、地质学等新兴学科一起传入的，其理论基础，主要是达尔文的进化论，在方法论上，尚经验重归纳，推崇实证，注重材料的搜集、专题的考订（主要来自德国和日本）。西方神话学、主要是欧洲人类学派的理论原则和方法的引进，推动了国人以新的观点和方法探索中国神话、主要是古史帝王传说与历史的种种问题，对中国神话学起了启蒙的作用。但，不能不指出的是，在论述中国神话时，多以希腊神话为参照，其价值判断大都是西方式的；相当一部分著述流露出浓厚的西方中心说，有的著作甚至崇尚"中国民族来自迦勒底（即巴比伦，terrian leconperio）"说。①

（二）［日］白河次郎、国府种德《支那文明史》

据现有材料，按出版的时间先后算，日本学者白河次郎、国府种德合著的《支那文明史》是最早翻译成汉语的一部中国文明史著作。译者即出版者：竞化书局；印刷所：澄衷蒙学堂。出版时间是光绪二十九年（1903）五月初六日印刷、发行。全书247页。共11章。作者所持基本观点是世界古文明由五大中心组成，即：（1）中国之黄河、扬子江；（2）印度之印度河、恒河；（3）美索帕德米之底格里士、阿付腊底斯两河；（4）埃及之尼罗河；（5）亚米利加之米司希比河。因其重点是讲中国的文明史，故第2章《原始时代之神话及古代史之开展》一章尤其值得注意。该章提出了以下值得注意的观点（下文所引，均出自该书，不另注出）：

1. 区别神话史与太古史，而神话是太古创基之历史

白河与国府写道："书契以前，地球万国，无不以神话为其太古创基之历史者。如支那国于大陆，其民族太古之思想，多产一种大陆的神话

---

① ［法］拉克百里《中国古代文明西源记》持此说，他认为"中国神王系表乃巴克族移往之地，译迦勒底太古神王，携带东来者。"［日］白河次郎《支那文明史》一书（译者：竞化书局，光绪二十九年［1903］）有介绍。见李泰（芬木）《记录以前之人类史略》，第102页，北京：中华印刷局1927年。

者。"他批评一些外国历史学家认为中国神话"系于后世之所作"故无研究价值的观点。"所谓神话历史者，确以代表其国民之思想焉故也。少亦足知一国民自对于其古代有如何之思想焉故也。""大陆的神话"所反映的正是中国国民的太古思想，也是太古创基的历史。"支那与他邦之历史，同有神话之历史，又有太古史。其最古之年月及事实，概以神话之法记述之，虽极不明不备，然时代迭移，至近世史之初期，则稍正确。……不论何国国民，其最古时代之案件所记录者，概在印刷术发明以前，又在创作种种适当记录法以前，因之失其明确，不免埋没于信疑参半之中，是固数之当然，而不独支那尔也。即支那之太古史，较他之太古民族，其所传虽若多足措信者，然国民之空想与好奇心，左右一切之史传。因其好奇，而使研究之精神，悉为之变。使强半之史话，尽为神奇。无论为国民，为一个人，无不足以表新支那民族之幼稚矣。"（第6—7页）与其他民族之神话不同的地方，无非是中国先民的想象力（"空想与好奇心"）太盛，因而"左右（了）一切之史传"，"使强半之史话，尽为神奇"而已。作者并不把神话的历史与太古史混为一谈，而是把二者分开；无论中国还是世界各国，最早的历史都是以"神话之法记述之"，而随着时代的推移，至近世初期，不明不备的"神话史"稍见"正确"，特别是经过研究家不断的探求，发现证据，太古史究竟是怎样的，已经大概知道了。也就是说，太古史是在神话史的基础上成立的。

2. 阴阳二元力初创宇宙，盘古最终完成创世大业

作者说："支那学者概以世界之创造，归于阴阳二元力之相动的作用。此二元力初造宇宙之表面；由二者之创造，而万物乃生云。学者或精细理测而言曰：'天无形也。全然混沌，物体淆乱。秩序由清爱特尔（爱特尔，假定之名词，如太阳光线无微不至，爱特尔引致之力也）生。自此宇宙形成。阳者男性之根元。轻清而上浮者为天，重浊而下凝者为地。其精微之诸分子，直相统合。唯重厚部分，结合极迟，故天先成立，而地次之。自天地直体之氤氲，而阴阳二元力以成。自二力结合之作用，而四时生。地上万物之禀生，爰兆于此。阳气暖，蒸腾而生火，火之精为大阳；阴气冷，蒸发而生水，水之精为太阴，因日与月之精力，而星乃灿烂生。是故天以日月星辰饰，而地亦受雨河尘泽焉。'此深邃之说，比诸普通人民，则精妙诚过之。"

"学者更以此等之势力与作用，归于神人。然无希腊之想像力与美趣，故其人极凶暴奇怪，理论上不过无形之怪物焉耳。……或传为创世之

第一人曰盘古氏，有赋与之大力，彼于塑造生己之混沌，凿开存己之地球外，无他事业。或曰混沌剖判之时，阴阳二元力以定。混沌如卵中之鸡子，有泡立之浊水，混和二元力。其于盘古出现之时，二元力之作用乃显。盘者，槃也，与卵之壳有关系焉。古者，固也，意为可拥护之固体也。据此意义，而盘古因二元力从混沌而孵化，然后整顿生彼之根元而配剂之者，乃顾名而见焉矣。

　　"理论者欲较此神奇之开辟论，更进而说明盘古氏之所为，及彼所为之如何。彼等描出盘古，使其手持大凿与大锤，彼乃举错综于空间之花岗大岩石，割碎之而创造焉。彼手劈大岩石之后，乃有日有月有星，森罗而悬光，以为彼可惊可敬之一纪念碑。彼之右手，不绝劳动。唯初现之时代，已埋没于鸿濛之中，而无由知之。又为创造动物，有飞龙，有灵龟，或有一角虫，有凤皇，神禽灵兽，与芝草、苏苔、海枣等之植物，共纷纠于彼之膝下，而跳跃，而蠕动，而茂生。彼之作业费八万年之长日月，然亦不过成其少部分耳。天为盖，地加厚，盘古身日长六尺，彼乃倚其塑造之大岩石而死，其头为山岳，其呼吸为风为云，其声为雷霆，其四肢为四极，其血管为江河，其筋为地球表面之波动，其肉为原野，其髯为倍兰尼斯（Berenice）之毛发，同为星辰，其皮肤与毛发化为草木，其齿变金属，其骨变岩石，其髓变宝石，其汗变雨，卒乃附于其身体之昆虫，化为人类。此为盘古氏之传奇，较之希腊之神话及埃及之传奇，殆无足观。"（第9—11页）

　　他分析说："盘古因二元力从混沌而孵化，然后整顿生彼之根元"，然后再化生万物、创造世界。如果没有二元力的作用，盘古既不会从混沌中孵化而生，也就不会有后来的化生万物的种种事迹。盘古神话所体现的中国人的世界观是：天地之成立是有先有后的，天成在先，地成在后；天地结合，阴阳二元力才得以形成，二元力形成，而四时生。

3. 中国神话之特点

　　作者写道："支那无教主统辖之观念。……无一宗教，无一灵想，悉无智觉，无情趣，无兴味。神话则不以文雅之诗歌表彰焉，不以华丽之仪式、庄严之祭祀装饰焉，不以精巧之雕刻表示焉，不于祠庙及殿堂、联想理想之创造时代焉。故以此比诸希腊，则不足引起崇大高秀庄严灵异之感觉，而直不过一滑稽耳。此支那造化之理想，自太古极幼稚而不发达之结果欤。沿大陆之山川江泽而转移于诸方之民族，其神话所固有者，不得不认为已丧失焉矣。而支那学者所描写之神话，确于固有神话已失之后，强文饰之，仿佛若见其真，而其最古之神话，遂卒以不传，是所以缺诸神统一之观念，而多神论乃为此淆杂之民族所传也。"（第12—13页）根据作者的归纳和概括，中国上古神话的特点是：第一，由于民族迁徙等原因，最古之神话已丧失不存，而现在所见的神话，皆出自学者之手，"强文饰之"倒也"仿佛若见其真"；第二，由于前项所说原因，导致中国人没有形成一神观念，而是多神论，内容"淆杂"有加，而一切归于上帝；第三，神话不以诗歌为饰、不具华丽的仪式、缺乏希腊神话的崇大高秀庄严灵异之气。前两点说得恰到好处，而最后一点、特别是不以诗歌为饰则未必正确。中国上古神话，除了如《山海经》《尧典》等，还得益于诗歌（如被学界认为是最早的文献《诗经》十五国风、屈原的《天问》等诗歌作品）而保存下来。

4. 中国的神话时代与太古史的始终

作者说："（支那）神话时代，始盘古而燧人氏终之。而太古史盖始伏羲氏而终于舜，不可不以三皇五帝之八君主为其初期，禹承其后而王朝始开。"（第19页）"支那之神话历史，终于伏羲氏，年代记则推为50万年云。伏羲之即位，于支那年代记，为耶稣降生前2852年，当埃奴司之死后8年，世界创造后1152年，大洪水前508年也（据倭赛尔Usher之年代记）……而支那古代史之开始，吾人不得不以为在大洪水后303年……伏羲后相继七人，为神农黄帝及五帝，其治世平均93年……伏羲之首府在河南省之开封府……至神农及黄帝，其发明多有价值者，神农防护农耕，发明草木之医药性。黄帝发明浑天仪，今尚沿用之。历则此治世间所编成焉，文字则为案牍记载而作焉……黄帝之后，帝尧之前，少昊颛顼帝喾之三治世，平均各八十年……然生活上切要之一切工艺事业制度等，至尧舜时代而始完备，故足证其为黄金时代（极盛时代也）而无欠点者，唯唐尧一世尔。"（第13—17页）尽管他们声称把神话史与太古史加以区分，但在具体论述中，却又将中国神话中的传说人物整个地帝王化、历史化了。他们甚至根据当时西方流行的耶稣纪年、比照西洋太古史上的重要案件，给中国神话史和太古史拟了各自的纪年，各自排定了相对的时间表。百年以后，中国学界正在实施的"夏商周断代工程"虽然已经证实了古籍史书（如《左传》）上记载的一些事件的真实性和可靠性，但也还没有提供任何有关神话时代的可靠的或可资借鉴的信息。可以认为，尽管白河和国府两位作者通过他们的研究，提供了可供后人参考的重要意见，如把"支那（中国）神话时代"定为"始盘古而燧人氏终之"，但他们所拟定的中国太古史纪年和神话史纪年却很可能是徒劳的。

5. 尧洪水乃中国北方诸河川的泛滥

两作者的此著中，论到了尧大洪水及其神话。书中写道："尧之治世间，相传大洪水（起于降诞前2293年），从支那北方诸川河，泛滥流溢。谓奴亚（诺亚）大洪水在降生前2348年者，以为同事（时）而发现于异方面也。……《书经》之载洪水，有难据以证奄至之大洪水者，曰：'帝曰：咨，四岳。汤汤洪水方割，荡荡怀山襄陵。浩浩滔天。天下民其咨，有能俾乂？佥曰：於鲧哉！帝曰：吁，咈哉！方命圮族。岳曰：异哉！试可乃已。帝曰：往，钦哉！九载，绩用弗成。'盖四岳推鲧为善治水者。然彼劳役及九年，决洪水而功勿得成。尧欲用舜，舜举鲧之子禹。于是浚渫诸川，更凿开水路，故竟决大洪水而使流入海。如此者，固有不得与奴亚大洪水之泛滥同一观者，而不过为大河川之泛滥流溢焉耳。……支那历史无奴亚大洪水之形迹者，盖事实也。唯此洪水固不过北方一部河水之泛滥。而其治水之功，固不可不推君位之绍继者也。禹助舜治水，有功，嗣舜而受帝位，而王朝自此始，即夏是也。"（第17—19页）他们的观点是：第一，尧洪水几与《旧约》中的诺亚大洪水同时；第二，治水者，禹助舜治水有功，嗣舜而受帝位；第三，尧洪水只是北方诸河川（黄河）的一次河水泛滥，而并非大洪水，中国历史上并没有大洪水发生的形迹。历史学家徐旭生于1940年写《洪水解》，对尧洪水及禹与四岳治水的地望作了详细的考证，并引用《孟子》中的"禹疏九河，瀹济、漯而注诸海；决汝、汉，排淮、泗而注之江。"并认为，禹治水的地望就在黄河当日沿河的几条支流。白河与国种的这个结论，实与徐旭生的结论和方法异曲同工。

总之，白河次郎和国府种德的《支那文明史》（汉译本）一书，以较为宽阔的学术视野和当时流行的文化理念，对不同文化，主要是希腊和中国的文化，以学术及技术的、文字及文学的、制度政治及宗教的、神话传说及传奇的等问题考察为对象，进行了比较研究，阐发了一些国人没有说过的观点，无论是其结论还是其研究方法，对于当时还处在萌芽状态的中国神话学来说，自然都是新鲜而深刻的。

（三）［日］高山林次郎《世界文明史》和《西洋文明史》

日本学者高山林次郎的《世界文明史》汉译本于光绪二十九年（1903）七月二十五日出版，译者兼发行者：作新社（上海）。另一部文明史著作《西洋文明史》的汉译本也于同年的七月出版，译者：支那翻译会社；印刷者：文明书局（上海）。《世界文明史》汉译本在中国第一次引用了在西方学界已经流行的"比较神话学"这一专名。作者还运用欧洲进化论的理论阐述神话在历史发展中的作用，甚至也有保留地借鉴了马克斯·缪勒的"语言疾病说"理论。

1. 以达尔文进化论的观点研究文明史

《世界文明史》第一篇《非文明之人类》之第一章《原始人》。作者倡导用达尔文的进化论看原始人："夫原始时代之人类，其生活之状态何如，所谓人文史者，其记载果以何为新纪元。近世科学大明，据而调查之，则吾人人类之原起也，极为遥远，其始侪伍于群动，以生以息。殆后物竞天择……迨达尔文近著之进化说出版，尤可得确证。"（第9页）作者谈到对原始人的看法，不外两种：一是《圣经》上的解释，二是人类学的解释。作者认为前者"实近于无稽，不明辨之，将益致迷信。夫宗教与学术异，一虚构一实验，不相为谋。基督教乃宗教家言，不免捏造事实，铺张其教以耸动人，非学术上必经验，乃始记载者。今欲解释此种问题，亦就经验之科学而考查之。……"（第10—11页）

2. 引入"比较神话学"

作者写道："然今日之文明史，实非昔日之比。盖今日之文明史中，如地质学、比较语言学、人种学、比较神话学、人类学等，皆研究精深，而为科学之基础。"（第6—7页）此为中国出版的书籍中第一次出现"比较神话学"这一专名，而把"比较神话学"视为"科学之基础"之一。"（希腊）神话者，实希腊宗教之本，其大致殆与印度波斯同。皆由人从自然现象而造成者也，然其神之意义颇异。或以为神话者，于胚胎韦'阿利安'人种未分裂以前，惟与印度之韦陀神话相较，则尊奉之神同一，而彼此面目迥异，殆归于天然之影响乎。要之，希腊之神话，其清朗明媚，一与其土地相映象也。"（第113页）

3. 野蛮人的观念与创作

作者所著因系世界文明史，故用很大篇幅写到各不同民族先民的原始文学，以及歌谣、传说、故事等："夫蒙昧野蛮之人民，感于自然界之事物，由神之威力所成，此宗教心之种子也。雷声隆隆，怒涛澎湃，而疑为有使之然者。然未达有神而为之之想像的观念也。又如山川木石、风雨星宿，诸种现象，似幻非幻，自野蛮人观之，只觉为不可思议而已。……由是举无形之威力，尽归于死者灵魂之所为，有所谓灵魂不灭之说，已渐见明畅矣。彼以为忽风忽雨，乍雷乍电，以使草木繁盛，花果烂然者，莫非死之灵魂为之也。而如是无数灵魂中，必有一君主而统辖之，是为最大之灵魂，为众魂之主宰，彼在天而司人，天实彼之形体也。诸灵魂即奉其意志行于人间。其有信仰者即轮回流转于世界中，仿佛间若确有机体之统辖主者。虽然，自然民族于此等之信仰，尚不免为受动的。何则？如是观念，非依思索与意力而得者，盖不外放掷自己之存在意识，而一依外界之结果而已，与野蛮人由梦里之幻响（想）诧为神奇而信之者同一，其智力及意志，则非有能动的本能也。是故野蛮人之宗教，遂永为荒唐怪异之自然教。故不能与他民族之高尚唯一神教，由哲学科学并行而发达也。夫表发内部之感情思想，在自然民族一依言语身手作态以达之。盖心内所欲达者，则身体之运动必随而生者也。从言语中而谐调合节，是谓歌谣。视其感情如何，而催促四肢之运动焉。盖歌谣之节调，不外表彰身体之生理也。故舞蹈亦为一种之技艺，而与歌谣同为表发性情之要具……又自然民族亦非全无审美的感觉，如彼等民族所通用之文身，亦以代衣服而装饰身体者也……歌谣以野蛮人最多用，而概于战斗渔猎之时歌之，其句法常从简单。……有所谓世袭之歌人，褒贬者皆寄托歌中……亦有称为记诵之诗人者，古代传说，藉此保存不少。"（第20—25页）

4. 中国人的文学创作及其保守主义民族性

讲到中国人的民族性和文化史与文学创作时，作者批判了中国人保守主义民族性。他写道："要而论之，支那民族之性质，立于极浅近功利主义之上。苟于实际生活上，稍无关系，则无论如何之事，皆以为不急也，无益也，而摈斥之。且此功利主义，非进步而保守者也。即支那人盛称唐虞三代之古帝王，亦惟是谨守先型，而是效是则已耳。此支那四千余年历史上思想之中心点也。浸淫至于今日，保守之精神，遂成一巩固之形式主义，其历史之惰性，卒至以绝对无上之威力，而钳制国民之行为思想。此支那历史，所以有变迁而无发达，有退脚而无前进也。唯然此幼稚而老大之帝国，乃于世界人文史上，而占一极无意义之地位焉矣。"（第46页）而中国人的这种保守主义和固步自封，盖来源于儒教对人的思想的钳制。谈到中国的文学时，他写道："支那最古之文学为《诗经》。若就一切典籍之中，而求其古者，则当推《尚书》之今文三十四篇及《山海经》。"（第42页）"支那之文学，亦自始至终铸造于此保守主义模型之中。且其浅薄之现世主义，亦时寓于诗歌之中。"（第41页）"诗也者，极长言咏叹之妙，而自然流露者也。通观三百篇之中，可目为纯粹之抒情诗者，又甚少。盖其为诗，多以与寓教训之意而已，即实有一二抒情之诗。"他认为，这都是孔子编诗专以资教育政治之用的恶果。（第43页）故作者强调地指出，中国要跟上世界，要变，就得推行进化论的思想。

（四）［日］萨幼实编译本《东洋文明史》

《东洋文明史》，此书系以日本白河次郎氏之《支那文明史》及高山林次郎之《世界文明史》为蓝本，参以他书编成。编译者：支那翻译会社［萨幼实编辑（译），郭奇远、马君武润饰。印刷所：作新社印刷局。光绪二十九年（1903）六月初一付印，初十出版。贩卖所：开明书店、新民丛报支店、广益书室、会文堂。］推崇达尔文学说，尚归纳重经验。"亚洲之文明，开辟最先，然学者不知归纳经验之用，迷信神鬼，服从君主，治化退而不进，民智降而愈下。达尔文曰，物种竞争，旧种之不变者，一遇新种之善变者，即降为不宜，而灭亡随之，呜呼。"认为支那学者谓阴阳二力造宇宙之说"不足为实验也"；而创世第一人为盘古氏之说"尤不经者也"。（第4—5页）

1903年之前，除了上述几本日本人撰著的文明史著作涉及或论述了神话传说的有关问题而外，还有几本著作或使用了"神话"、"神话学"词语或论述到"神话学"。它们是：德国人科培尔原著、日本人下田次郎译、蔡元培重译的《哲学要领》（商务印书馆，光绪二十九年［1903］九月第一版）；[1] 汪荣宝、叶澜原编的《新尔雅》（上海明权社发行，1903年。）关于神话，作者的释义是："记宇宙初生各国开辟之事，而状其勇武者，谓之神话。"[2]

第四节　蒋观云《神话历史养成之人物》

蒋观云（1866—1929），名智由，原名国亮，字观云、星僭、心斋，号因明子。浙江诸暨东浒山人。早年就读于杭州紫阳书院，能诗善文，工

---

① 参见钟少华《试论民俗学科词语概念的近代阐述》，济南：《民俗研究》2002年第4期。

② 参见钟少华编并导读《词语的知惠》，第178页，贵阳：贵州教育出版社2000年。

书法。清光绪二十三年（1897）以廪贡生应京兆乡试举人，授山东曲阜知县，因见国势衰弱，怀救国革新之志，未赴任。同情和支持康有为、梁启超变法。1902年冬自费留学日本，在梁启超主办的《新民丛报》任主编，撰写文章在该报发表。投身诗界革命，前期诗作多反对封建专制、颂扬西方民主，史称"近世诗界三杰"之一。[①]晚年寓居上海，诗作转向保守。

撰于清光绪二十七年辛丑（1901）秋冬和二十八年壬寅（1902）春夏的《海上观云集初编》一书，于1902年十一月十日由上海广智书局出版。作者论述了"荒古之民"及"鬼神怪异之术"等初民社会，论述了风俗之生成、因袭、风俗与人心之关系、中西风俗之比较、神道妖怪之说与破迷信、启民智之革命等，但却未见"神话"二字出现于其中。

1903年，在他主编的《新民丛报》（日本横滨）第36号上以"谈丛"为栏题，发表了《神话·历史养成之人物》一文，采用了梁启超在他之前已经采用的"神话"这一新词。在这篇被称为中国现代民间文艺学史上第一篇神话论文的文章中，作为诗人的蒋观云，是以中国古代"文以载道"的观点来看神话的，他写道：

> 一国之神话与一国之历史，皆于人心上有莫大之影响。……神话、历史者，能造成一国之人才。然神话、历史之所由成，即其一国人天才所发显之处。其神话、历史不足以增长人之兴味，鼓动人之志气，则其国人天才之短可知也。神话之事，世界文明多以为荒诞而不足道。然近世欧洲文学之思潮，多受影响于北欧神话与歌谣之复活，而风靡于保尔亨利马来氏。……盖人心者，不能无一物以鼓荡之。鼓荡之有力者，恃乎文学，而历史与神话，（以近世而言，可易为小说。）其重要之首端矣。中国神话，如"盘古开辟天地，头为山岳，肉为原野，血为江河，毛发为草木，目为日月，声为雷霆，呼吸为风云"等类，最简枯而乏崇大高秀、庄严灵异之致。至历史，又呆举事实，为泥塑木雕之历史，非龙跳虎踯之历史。故人才之生，其规模志趣，代降而愈趋于狭小。（如汉不及周，唐不及汉，宋不及唐，明不及宋，清不及明，是其证。）[②]

① 梁启超在《饮冰室诗话》中把蒋智由、黄遵宪、夏曾佑称为"近世诗界三杰"。

② 观云《神话·历史养成之人物》，《新民丛报·谈丛》第36号，1903年，日本横滨。此据马昌仪编《中国神话学文论选萃》（上册），第18—19页。

他反对传统儒学家经学家们特别是乾嘉学派，把神话看成是荒诞怪异（怪、神、谐、异）的梦呓，"以为荒诞而不足道"，而认为神话是文学，是"鼓荡"人心之"有力者"、"重要之首端"，充分地估价了神话有益于世道人心的积极作用，这是他的学术思想的进步之所在。他所重视的神话之"增长人之兴味，鼓动人之志气"、"鼓荡"人心的作用，即我们今天所说的对于人心的启迪和教育作用。在神话学在西方世界（主要是欧洲）已相当发达、甚至趋于成熟，而我国许多进步知识分子如同"盗火者"那样向西方盗取现代文明和思想之火，竭力挣脱旧经学旧儒学的禁锢的时候，作为我国现代神话学史上第一篇独立的学术文章作者的蒋观云，无疑是一个披荆斩棘的开创性角色。但由于他把古代的神话与后世的文学完全等同视之，故而认为中国的神话，即使像盘古那样气势恢宏，而又神秘莫解的创世和推原神话，都不能不显得"简枯而乏崇大高秀、庄严灵异之致"（白河次郎与国府种德语），特别是他关于中国社会发展"代降而趋于狭小"的断言，可见出他关于神话和历史的阐释，在学理上显示出某种幼稚和偏颇。

二十年后，蒋观云又写了一部《中国人种考》（1929年11月）。在这部书里，在其论述中华民族起源地、大洪水等问题时，作者显然也受了日本学者的影响，甚至大量采用了他们的论点，但他对神话的"想象附会"（即幻想性）特性所作的发挥，则特别值得注意，表达了自己的见地。他写道："基督教中洪水之说，曾有人谓在纪元前2349年，而与中国尧时之洪水，为同一时期之事，其前后相差，仅不过五十余年。西方洪水，以泛滥潴蓄之余，越帕米尔高原，超阿尔泰山，汇合于戈壁沙漠，而从甘肃之低地，进于陕西山西之低地，以出于河南直隶（今河北）之平原，余势横溢以及南方，其间或费五十余年之岁月，然后西方之洪水，东方始见其影响。顾是说也，以为太古不知何年代之事，则戈壁一带，曾有人认为太古时一大海，故西藏今日，尚有咸水之湖，与有人认阿非利加撒哈喇之大沙漠，为太古时一大海者，其说相同。如是，则由戈壁之水，以淹中国之大陆者，于地势为顺。若当尧之时代，则地壳之皱纹亦已大定，山海凹凸之形势，与今日之小有变迁，而必无大相异同之事。然则……且尧时洪水，或不过中国一部分之事，未必当其时，而谓全地球俱浸没于浩浩滔天之中，即征之各国古书，载洪水之事，亦见不一见；然多系一方之小洪水，而不足以当挪亚之大洪水。若必欲据中国之事以实之乎？古史中有云：'共工氏以水乘火（似应为"木"字——引者），头触不周山崩，天柱折，地维缺，女娲氏乃炼五色石以补天，断鳌足以立四极，聚炉灰以止淫水。'似明言上古有一次大洪水之事，其云天柱折者，犹后世之言天漏，地维缺者，犹言大地陆沉，雨息而得再见日月云霞，则以为炼五色石而补之矣；水退而地体奠定，则以为立鳌足以扶之矣。上古神话之时代，其言多想象附会，荒诞盖不足怪。要之，惟此洪水，其时期为最古，以吾人始祖亦从幼发拉底、底格里士两河间而来，或者与巴比仑、犹太希腊同载其相传之古说欤？未可知也，而其年代则固未能确定也。"①说华夏民族自幼发拉底、底格里士两河间而来，是当时西方和日本学界十分盛行的一种观点，20世纪一百年来的考古发掘已经证明此说不过是一伪说而已。

蒋观云一反在《神话·历史养成之人物》里将神话看作是文学之"首端"（滥觞），强调其作用于人心的文学观，而把古代神话作为考证和论述中国人种起源和历史演化的比较资料，阐述和宣传其社会发展的进化论思想，显然更多地受到了人类学派的某些影响。他写道："……印度书中所言八明之化身，中国书中所言黄土抟人，希腊神话中所言掷石化人，一入于吾辈今日之眼，既不免惊其说之离奇，而又邈无证据，置之于学术界中，无一毫价值可言。然欲认人类为突出，则虽欲不若是之荒诞而有所不可，而试从是等诸说，以回顾达氏（达尔文）之所言，则所谓由万物进化而来者，其说实至平易，而固毫不足为怪异也。"②相比之下，此时他的学术思想，已经比年轻时变得开阔了。

进而，他还从人种学的角度对《山海经》中的异形之神人作释义："《山海经》者，中国所传之古书，真赝糅杂，未可尽据为典要。顾其言亦有可释以今义者。如云长股之民，长臂之民，殆指一种之类人猿。类人猿中有名'萨弥阿'者，其前肢盖极长。又所谓'毛民'者，当太古栖息林木中，为防寒暑护风雨，一般无不有毛，其后以无用毛之必要，渐次淘汰而至于尽，而其时原人之一种，或犹有毛，故号之曰'毛民'耳。又黑齿为文身之俗，今日蛮民中尚多有之，是固易解者，至当时之所谓国，决非如今日之状态，或于一方之间，取其有特异者而言之，如后世称马多者曰'马国'，象多者曰'象国'，其所指者或为类人猿，或为兽类，而不必专泥于人类以相求，则亦可稍无疑于其言之怪诞矣。夫今日学问中可据为论点者，自必以科学为本，而无庸引此荒远之书。虽然，既为我国流传之古籍，故亦略举一而二附于其次也。"③他的这种解释，其立场，不是

---

① 蒋智由《中国人种考》，第5—6页，上海：华通书局1929年。

② 蒋智由《中国人种考》，第14页，上海：华通书局1929年。

③ 蒋智由《中国人种考》，第16—17页，上海：华通书局1929年。

神话学的，而是科学的。论者说："他企图利用所知道的动物学、民族志及原始文化史等知识，去解释《山海经》里一些奇异的人物、事象，而且对这部古典著作所记载的资料，采取了有区别的对待的态度。虽然他所解释的现象，只限于书里的一部分，解说也不太充分，可是这种说法，大体上还是站得住的，的确进入了过去学者在这问题上所未踏到的境界。它可以说是当时学界，对于这部古典著作的某些疑难部分所作的比较科学的新见解。"[1]

在此书中，蒋观云对《山海经》中的昆仑之丘作了解说："中国古书，多言昆仑，而又述黄帝之所游（注：《庄子·天地篇》：黄帝游乎赤水之北，登乎昆仑之丘。《山海经》：流沙之滨，赤水之后，黑水之前，有大山名昆仑之丘……）及黄帝之行宫。至周之穆王，欲骋八骏，一巡游其地以为快，而屈原作赋，亦若不胜驰慕之情。此明示中国古来，于昆仑若有特别之关系。且观古书所载，述昆仑之形势，亦颇详尽。夫以吾人所知三代以后之事例之，如所谓张骞玄奘之西行者，其事盖少。何则？以中国气候之温和，物产之丰备，土地之平易，既无须出塞西行，为逐水草而谋生计，而以其道路之险难，亦足阻人旅行之情。然则，太古时代，以何因由，而反于往来西方之事独密？此而谓由中国西行，以探其地，毋宁谓由西东来，而道路所经由，因得熟悉其地形也。且犹有不可解者，古书所言西方之事，何以皆归之于黄帝，而取百家之说，以参差互证，又俱言西方盖有乐国，即黄帝之梦华胥，亦云在弇州之西，台州之北。"[2]今天看来，他的这段解说尽管不无捕风捉影之嫌疑，但他看取问题和立论阐发的角度，也有可取之处。

蒋观云在他的时代，发表了中国神话学史上了第一篇神话专文，为中国现代神话学揭开了第一章，其功绩永垂史籍。

第五节　夏曾佑：进化论的神话观

同时被称为"近世诗界三杰"之一的夏曾佑（1865—1924），字穗卿，浙江杭县人。清光绪十六年（1890）进士，入词林，后改补礼部主事。戊戌时期，与严复在天津创办《国闻报》，宣传西学，鼓吹变法，并

---

① 钟敬文《晚清改良派学者的民间文学见解》，见钟敬文《民间文艺学及其历史》，第393—394页，济南：山东教育出版社1998年。

② 蒋智由《中国人种考》，第35—36页，上海：华通书局1929年。

支持严复的翻译工作。1899年任祁门知县。1906年随五大臣赴日本考察宪政，归国后任泗州知府。辛亥革命后，任中华民国临时政府教育部普通教育司司长，1916年调任京师图书馆馆长。1904年出版了我国近世第一部史学专著《最新中学教科书·中国历史》（1933年重版时改名《中国古代史》）。①

清末以姚际恒、崔述、章太炎等人为代表的"疑古"思想有很大的发展，在学界颇有影响，也影响了后来的顾颉刚等人。在20世纪之初，夏曾佑在"中学教科书"《中国古代史》中，首次把太古三代称之为"传疑时代"，也充分表现了他的"疑古"思想，甚至可以说他是20世纪初年古史研究和神话学领域里"疑古"思潮的先驱之一。他在这本书里写道：

> 由开辟至周初，为传疑之期。因此期之事，并无信史，均从群经与诸子中见之。（经史子之如何分别后详之。）往往寓言、实事，两不可分，读者各信其所习惯而已。故谓之传疑期。②

他不仅认为周以前之古史可疑，而且进一步提出以神话的眼光治古史："如言古代，则详于神话"（见第一篇《凡例》），并设《上古神话》一节专门论述神话，以探讨"神话之原因"和神话与社会发展的关系：

> 包牺之义，正为出渔猎社会，而进游牧社会之期。此为万国各族所必历，但为时有迟速，而我国之出渔猎社会为较早也。故制嫁娶，则离去知有母而不知有父之陋习，而变为家族，亦为进化必历之阶级。而其中至大之一端，则为作八卦。③（第七节）

> （女娲）抟黄土作人，与巴比伦神话合。（《创世纪》亦出于巴

---

① 夏曾佑《最新中学教科书·中国历史》一书的出版年代，学界众说纷纭。倪墨炎说是1902年；方鸣说是1904年；钟敬文说是1905年。吴怀祺在新版的《中国古代史·前言》里说："是书计划写五册，实际只写三册。第一册初版发行在清光绪三十年（1904年），光绪三十二年（1906年）发行了六版。第二、三册于同年初版，宣统元年（1909年）二、三册发行了五版。1933年，商务印书馆印大学课本，列入大学丛书，改名为《中国古代史》。"（河北教育出版社2000年）本书下用《中国古代史》书名。

② 夏曾佑《中国古代史》，第5页，商务印书馆1905年；第12页，石家庄：河北教育出版社2000年。

③ 夏曾佑《中国古代史·上古神话》，据马昌仪编《中国神话学文论选萃》（上册），第24页。

比伦）其故未详。共工之役，为古人兵争之始。其战也殆有决水灌城之举，补天杀龙，均指此耳。（第八节）

（神农）时代，发明二大事。一为医药，一为耕稼。而耕稼一端，尤为社会中至大之因缘。盖民生而有饮食，饮食不能无所取，取之道，渔猎而已。然其得之也，无一定之时，亦无一定之数。民日冒风雨，蓦溪山，以从事于饮食，饥饱生死，不可预决。若是之群，其文化必不足开发，故凡今日文明之国，其初必由渔猎社会，以进入游牧社会。自渔猎社会，改为游牧社会，而社会一大进。（第九节）

综观伏羲、女娲、神农，三世之纪载，则有一理可明。大凡人类初生，由野番以成部落，养生之事，次第而备，而其造文字，必在生事略备之后。其初，族之古事，但凭口舌之传，其后乃绘以为画，再后则画变为字。字者，画之精者也。故一群之中，既有文字，其第一种书，必为纪载其族之古事，必言天地如何开辟，古人如何创制，往往年代杳邈神人杂糅，不可以理求也。然既为其族至古之书，则其族之性情、风俗、法律、政治，莫不出乎其间。而此等书，当为其俗之所尊信，胥文明野蛮之种族，莫不然也。中国自黄帝以上，包牺、女娲、神农、诸帝，其人之形貌，事业，年寿，皆在半人半神之间，皆神话也。故言中国信史者，必自炎黄之际始。（第十节）①

夏曾佑的论述，接触到了神话学的一些基础问题，诸如：（1）用达尔文的种源论（进化论）来分析神话产生的时代"必在生事略备之后"，并非与生俱有；（2）神话经历了从口传、绘画到文字的传写过程；（3）神话记载本族之古事，天地开辟，万物创制，但因年代久远，神人杂糅，包含有不合理的因素，不可以理求之；（4）神话是一族"至古之书"，体现了该民族的"性情，风俗，法律，政治"，因此，无论文明或野蛮的种族，无不视之为神圣，且信以为真；（5）中国之信史始于炎黄，而炎黄以前的包牺、女娲、神农诸帝，其人之形貌、事业、年寿，皆在半人半神之间，都属于神话；传说中的黄帝战蚩尤，或云使应龙杀蚩尤，或云使女魃杀蚩尤，或云黄帝受玄女兵符杀蚩尤等说，亦"皆古之神话"。

---

① 夏曾佑《中国古代史·上古神话》，据马昌仪编《中国神话学文论选萃》（上册），第26—27页。

关于盘古神话，夏氏认为，盘古之名不见于古籍而疑非汉族旧有之说。他写道：

> 今案盘古之名，古籍不见，疑非汉族旧有之说。或盘古、槃瓠音近，槃瓠为南蛮之祖。（《后汉书·南蛮传》）此为南蛮自说其天地开辟之文，吾人误以为己有也。故南海独有盘古墓，桂林又有盘古祠。（任昉《述异记》）不然，吾族古皇并在北方，何盘古独居南荒哉。（第六节）

夏曾佑在《中国古代史》第一编之《凡例》中说："言古代则详于神话，周则详于学派，秦则详于政术"。统揽其第一编《传疑时代》及有关神话的各节，主要是集合古书中既有的记录而加以叙述，在关于盘古为南蛮之祖、感生神话出于"宗教"、禅让为贵族政体、洪水为世界各民族所共有的事实、桀纣之恶出于附会等问题的论述上，尽管后来都各有争议，如杨宽在其《中国上古史导论》（1938）长文中论到关于盘古与槃瓠关系时也曾对夏氏之说有所非议，但应该说在当时夏曾佑的阐述还是有创意的。而对于包牺、女娲、神农等神话的形成、发展、变异与价值，他是以进化论的观点来阐述的，他从人类社会进展的过程去解释这些神话的原因，认为"包牺之义"正是说明人类出渔猎社会而进入游牧社会之期，由包牺到神农，其时日必然很久，到了神农，则中华民族已经脱离了游牧社会了。

但我们也要看到，夏曾佑的历史观是很复杂的，一方面他在"疑古"和"辨伪"，认为炎黄之前的历史只不过是"传疑时代"，是神话，一方面他又沿袭了汉以前的许多主流观点，如认为天文、井田、文字、衣裳、岁名、律吕、壬禽、神仙、医经等九项，即"今日中国所有之文化，尚皆黄帝所发明也。"夏曾佑这种奉汉学为圭臬的学术思想，曾受到顾颉刚的严厉批评："我觉得他们（按指今文家——作者）拿辨伪做手段，把改制做目的，是为运用政策而非研究学问。他们的政策，是：第一步先推翻了上古，然后第二步说孔子托古作《六经》以改制，更进而为第三步把自己的改制援引孔子为先例。因为他们的目的只在运用政策作自己的方便，所以虽是极鄙陋的谶纬也要假借了做自己的武器而不肯丢去。因为他们把政策与学问混而为一，所以在学问上也就肯轻易地屈抑自己的理性于怪妄之说的下面。例如夏穗卿（曾佑）先生在《中国历史教科书》的正文中说，'孔子母征在，游于大泽之陂，梦黑帝使请己，己往，梦交，语曰，——

汝乳必于空桑之中——；觉则若感，生丘于空桑之中，故曰玄圣，'注中说明道，'案此文学者毋以为怪，因古人谓受天命之神圣人必为上帝之所生，孔子虽不有天下，然实受天命，比于文王，故亦以王者之瑞归之；虽其事之信否不烦言而喻，然古意实如此，改之则《六经》之说不可通矣；凡解经者必兼纬，非纬则无以明经，此汉学所以胜于宋学也。'他明知道'其事之信否不烦言而喻'，但为要顺从汉人之说解释《六经》，便不得不依了纬书中的怪诞之说，这真是自欺欺人了！这班自欺欺人的人，说来也可怜。他们并不是不要明白古代的事实，只为汉学是如此说的，所以宁取其不信者。他们并不是没有知识，只为汉学是如此说的，所以虽是应怪而终于不敢怪。"①

顾颉刚到了晚年，则多少改变了过去对夏曾佑的严厉，而充分肯定他作为我国第一个从古史中探询神话者的先驱作用，他写道："外国的神话既传入中国，读古书的人只要稍微转移一点角度，就必然会在比较资料里得到启发，再从古代记载里搜寻出若干在二三千年前普遍流行的神话。第一个做这工作的人是夏曾佑先生，他在清末读了《旧约》的《创世纪》等等，知道希伯来诸族有洪水神话，又看到我国西南少数民族中也有洪水神话，于是联想起儒家经典里的洪水记载，仿佛是一件事情，他就说：'洪水之祸实起于尧以前，特至尧时人事进化，始治之耳。考天下各族述其古事，莫不有洪水。巴比伦古书言洪水乃一神西苏诗罗斯所造，洪水前有十王，凡四十三万年，洪水后乃今世。希伯来《创世纪》言耶和华鉴世人罪恶贯盈，以洪水灭之；历百五十日，不死者惟挪亚一家。最近发现云南倮倮古书，亦言洪水，言古有宇宙干燥时代，其后即洪水时代；有兄弟四人，三男一女，各思避水，长男乘铁箱，次男乘铜箱，三男与季女同乘木箱，其后惟木箱不没而人类遂存。观此知洪水为上古之实事，而此诸族者亦必有相连之故矣。'"认为夏曾佑的论述，"从现在看来固然很平常，但在当时的思想界上则无异于霹雳一声的革命爆发，使人们陡然认识了我国的古代史是具有宗教性的，其中有不少神话的成分。"②

夏曾佑在1890年在北京结识了梁启超、谭嗣同等革新派，他们反对乾嘉考据学，认为汉以后的学问要不得，提倡"新学"，对梁启超发生过重

---

① 顾颉刚《古史辨》（第一册），自序，第43—44页，上海古籍出版社1982年。
② 顾颉刚《程憬〈中国古代神话研究〉序》，《博览群书》杂志1993年第11期，北京。

大影响。梁写道："穗卿是我少年做学问最有力的一位导师。"[1]他又曾于1897年与严复一道在天津创办《国闻报》，以写序和按语等方式，宣传严复翻译的《原富》《社会通诠》《群学肄言》等西方名著。在他对中国神话的论述里，包含了进化论的观点。夏曾佑在二十世纪之初的这段论述，表现了他作为一个青年史学家的学术见解和胆识。

第六节　鲁迅的神话观

鲁迅（1881—1936），本名周树人。浙江绍兴人。现代作家。对中国古代神话有精湛的论述，是第一个把神话作为我国现代文学史和现代民间文艺学史的研究对象的人。他对文学艺术的起源、民间文学的思维特点、民间文学与作家文学的关系诸问题，发表过许多精辟的见解。他有关民间文学的理论遗产，在中国现代民间文艺学史上，对学术理念的确立和学科的建设，都发生过非常重要的影响。[2]

鲁迅于1908年2月发表《摩罗诗力说》，这是一篇从论述外国文学的发展规律而借以激发中国人革新和奋斗的文章。在文章的开头，他这样评述原始时代产生的民间诗歌："盖人文之留遗后世者，最有力莫如心声。古民神思，接天然之閟宫，冥契万有，与之灵会，道其能道，爰为诗歌。其声度时劫而入人心，不与缄口同绝；且益曼衍，视其种人。递文事式微，则种人之运命亦尽，群生辍响，荣华收光；读史者萧条之感，即以怒起，而此文明史记，亦渐临末页矣。"[3]大意是说，古代人们的想象，和自然的奥秘相沟通，和万物相默契，心领神会，说出他们要说的话，这就是诗歌。它的声音经历了无数代而深入人心，不因人们的沉默而断绝。

同年，他在《破恶声论》里驳斥了中国传统理学对神话的歪曲，阐述了他对神话的见解："举其大略，首有嘲神话者，总希腊埃及印度，咸与诽笑，谓足作解颐之具。夫神话之作，本于古民，睹天物之奇觚，则逞神思而施以人化，想出古异，諔诡可观，虽信之失当，而嘲之则大惑也。太

---

①　梁启超《亡友夏穗卿先生》，《东方杂志》第21卷第9号，1924年。

②　本章主要根据并迻录了马昌仪《鲁迅论神话》一文的论述，见中国民间文艺研究会研究部编《民间文学论丛》，北京：中国民间文艺出版社1981年，特此声明并表示感谢。

③　《摩罗诗力说》，最初发表于《河南》月刊1908年2月出版的第2号、3月出版的第3号。署名令飞。后收入《坟》。

古之民，神思如是，为后人者，当若何惊异瑰大之；矧欧西艺文，多蒙其泽，思想文术，赖是而庄严美妙者，不知几何。倘欲究西国人文，治此则其首事，盖不知神话，即莫由解其艺文，暗艺文者，于内部文明何获焉。若谓埃及以迷信亡，举彼上古文明，胥加呵斥，则竖子之见，古今之别，且不能知者，虽一哂可靳之矣。"鲁迅的这篇文章奠定了中国神话学理论基础；其主要观点，显然是受了当时西方人文科学及其思想的影响。特别值得注意的是，他把研究一个民族的神话作为了解该民族的"民性"的绝好材料和重要途径。他说："古则有印度希腊，近之者则东欧北欧诸邦，神话古传以至神物重言之丰，他国莫与并，而民性亦瑰奇渊雅，甲天下焉，吾未见其为世诟病也。惟不能自造神话神物，而贩诸殊方，则念古民神思之穷，有足愧尔。"①鲁迅在此提出的由神话认识"民性"的思想，而改造国民性，一直贯穿在稍后他所写的那些成为中国现代小说史上开山之作的小说中。

1910年前后，时值清末民初，鲁迅辑录了《古小说钩沉》和《会稽郡故事杂集》两书。到1912年中华民国成立后，应蔡元培之请，到教育部任职，不久迁到北京。1913年2月，他在所主持的《教育部编纂处月刊》第1卷第1期上发表了一篇题为《拟播布美术意见书》的文章。在这篇文章里，他开宗明义就论述了美术的产生与原始先民的信仰之间的密切关系，不从先民的信仰入手，就难于了解美术的本质及其意义。他说："美术为词，中国古所不道，此之所用，译自英之爱忒（art or fine art）。爱忒云者，原出希腊，其谊为艺，是有九神，先民所祈，以冀功巧之具足，亦犹华土工师，无不有崇祀拜祷矣。"他的上述文章，不仅把艺术学与民俗学联系起来，融汇于一炉，而且在更深的层面上理解美术和儿歌的内含和功能，表现出他对于世界进步学术思潮的熟悉和认同。他还十分重视歌谣、传说等民俗文化及其社会功能，主张成立"国民文术研究会，以理各地歌谣、俚谚、传说、童话等；详其意谊，辨其特性，又发挥而光大之，并以辅翼教育。"②这时期，他还在北京搜集和抄录了六首儿歌寄给在绍兴的周作人，供他搜集和研究之用。对待民间作品，他强调了"详其意谊，辨其特性"八个字，不因为作品的明白如话就忽视其深义。他抄录的儿歌"月

---

① 《破恶声论》，最初发表于1908年12月出版的《河南》月刊第8号。署名迅行。后收入《集外集拾遗》，北京：人民文学出版社1958年。

② 此文发表于1913年2月教育部《编审处月刊》第1卷第1册。署名周树人。后收入《集外集拾遗》。

公爷爷，保佑娃娃。娃娃长大，上街买菜"下作了一个小注，说"月公爷爷""案此以月为男性也"。月指男性，这自然是从这首小小儿歌中看出来的深义。

（一）神话的发生发展和消亡

在《破恶声论》《中国小说史略》（下文简称《史略》）第二篇《神话与传说》以及《中国小说的历史变迁》（下文简称《变迁》）第一讲《从神话到神仙传》等文章和著作中，鲁迅对神话的一些基本问题，如神话是初民现实生活的反映、神话神思的特点、神话为文艺之萌芽及小说之开端、诗人为神话之仇敌等，提出了一系列历史主义的见解。

1. 神话的产生

围绕着神话是怎样产生的这个问题，不同的学派有着不同的解释。神话学派主张古代宗教观念是神话创作的源泉。人类学派一方面提出神话是原始人生活和思想的产物，但同时又强调认为神话是古代巫术、意识、信仰、魔法咒语的遗留物。历史地理学派主张各民族的神话不是各民族人民所创作，而是产生于一个中心，尔后按一定的地理路线向世界各地传播。心理学派认为梦幻、噩梦、幻觉是神话幻想的源泉，"梦是个人的神话，神话则是非个人的梦"。①鲁迅摒弃了这些观点，接受了人类学派神话起源学说中的某些观点，认为神话是原始社会初民现实生活的一种反映。

（1）神话是初民在社会发展的原始阶段上对自然现象所作的神奇的、幻想的解释。他说："昔者初民，见天地万物，变异不常，其诸现象，又出于人力所能以上，则自造众说以解释之：凡所解释，今谓之神话。"（《史略》）鲁迅这段话的主要思想是：原始人的神话创作是客观世界在原始人头脑中的反映，是一种属于观念形态的东西。原始人见天地万物变异不常，对各种自然现象不能正确认识，于是产生了种种天真幼稚的解释；这种解释，就是我们今天所说的神话。原始人"心志郁于内，则任情而歌呼，天地变于外，则只畏以颂祝"（《汉文学史纲要》），深刻而辩证地描述了客观现实与反映这个现实的观念形态之间的正确关系。但由于早期思想的局限，鲁迅当时只论述了初民对自然界的解释这一个方面，而

---

① J.Cambell.The Hero with Thousand Faces［J.坎伯《千面英雄》］，子午线书店，纽约，1956年。此据朱侃如译本，第17页，台北：立绪文化事业有限公司，1997年7月。

没有认识到、因而也无法从理论上概括出神话同时也是对"社会形态"的艺术加工，把人间的事情搬到了天上。

（2）神话是人类童年时代客观现实世界的曲折的、幻想的反映，而不是客观现实世界的科学的反映。鲁迅在1908年写的《破恶声论》一文中说："夫神话之作，本于古民，睹天物之奇觚，则逞神思而施以人化，想出古异，诚诡可观。"他认为，古代人看见自然世界的奇特威凌，就展开想象把它拟人化了，他们想象得古朴而玄妙，奇异而客观。这就是说，神话中所反映的自然界是原始人运用幻想、借助想象虚构出来的，而不是自然界的本来的、真实的面貌。因此，鲁迅说，对于神话，"虽信之失当，而嘲之则大惑也。"（《破恶声论》）

（3）神话中的神是人按照自己的面貌创造的。鲁迅说："神话大抵以一'神格'为中枢"（《史略》）。又说："原始民族，穴居野处，见天地万物，变化不常——如风、雨、地震等——有非人力所可捉摸抵抗，很为惊怪，以为必有个主宰万物者在，因之拟名为神；并想象神的生活，动作，……这便成功了'神话'"（《变迁》）。在原始社会物质生活水平极其低下的情况下，人们认识世界的能力微弱，在变化万千的天地万物面前既无知，又无能，以为必有个万物主宰存在，并把这个万物主宰者拟名为神，把它们的生活、动作编成故事，这就是神话。而且，神话中神的生活、动作，是人按照自己的生活、动作想象出来的。是人创造了神，而不是神创造了人。

"神格"一词是鲁迅最早从日文借用过来的。日文"神格"（シソヵワ）是"神的地位"的意思。①鲁迅借用"神格"一词来说明神话是以神为中心的古代传说，大体包含下面两个意思：一、强调神在故事中的地位，神话的主要形象是神，神处于故事的中心地位而不是从属地位；而随着神话的发展，"则为中枢者近于人性……或为神性之人，或为古英雄"（《史略》），中枢改变了，神的地位逐渐让位于半神和英雄，于是，代替神话就出现了传说。（鲁迅这一论点有不够科学的地方，下文将要谈及。）二、"神格"一词当是仿"人格"而称之词，说的是有特定性格如人那样、但又与人有区别，非人而又超人的神；神话就是以这些有特定性格，如人那样，但又非人、超人的神为中心的故事。

---

① 见陈涛主编《日汉辞典》，第1022页，北京：商务印书馆1978年；又见日本东京同文馆藏版《大日本百科辞书》之《哲学大辞典书》："更加严格地来说，以神格为中心之某种说话叫做神话。"（该书册，第1652页）

鲁迅只是提出了神话以"神格"为中枢这个问题，却并没有认识到，神话之所以以"神格"为中枢，这种把自然力量神灵化，这种对自然界的特定关系，是受社会形态所制约的，是由当时社会生产力发展水平所决定的。

神话的起源问题是神话学里一个很重要的理论问题。鲁迅只是从小说史、文艺学的角度对这个问题提出了一些基本看法，许多问题并未谈到；某些问题（如神话与宗教的关系等）虽有所触及，但从他几次论到而前后不一的情况可以看出，他对这些问题并未很好地加以解决。

2. 神话是先民的集体口头创作，是社会发展到一定阶段的产物

最初的原始人过的是动物般的生活，用摩尔根的话说：是"从知识及经验的零点出发，没有火，没有发音分明的语言，也没有技术"[1]，在意识上还不能把主体（人本身）和客体（人以外的自然界）分开，对于自身或赖以生存的自然条件，对于事物之间、现象之间，还缺乏相互联系的观念。就像鲁迅所说的："夫人在两间，若知识混沌，思虑简陋，斯无论已；倘其不安物质之生活，则自必有形上之需求。"（《破恶声论》）人类生存于天地之间，若是无知无识，混混沌沌，思想简单，那就不用说了；要是不满足于物质生活，必然会有精神上的要求。因此，只有当人们在与自然界的斗争过程中，有了一定的生产劳动经验，才会不满足于极端低下的物质生活，从而产生要求改善自己劳动条件、征服自然、战胜自然的愿望。在劳动的过程中，人的脑髓和为它服务的感官逐渐发达，人的自我意识愈来愈清楚，抽象能力和推理能力有了一定的发展，才能逐渐把自身及周围的自然界分开，从而有可能去探索现象与现象之间、事物与事物之间的关系，并对之作出自己力所能及的解释。最早的神话就是这样产生的。这种"形上之需求"是社会发展到一定阶段才能产生的。

鲁迅在这里所提出的"倘其不安物质之生活，则自必有形上之需求"的论点，深刻而辩证地阐述了人类社会初期物质生活与精神生活二者之间的关系，后者是倚赖前者而产生、而生存的，说明人类的精神需求最初是直接与人们的物质活动、与人们的物质交往联系在一起的。人类由于对物质生活的不满足，要求改变低劣的物质生活条件，因而产生了要求改变自然、征服自然、战胜自然、支配自然的愿望（这种愿望以幻想的方式充分反映在神话中），从而使人同其他仅能利用自然的动物最后区别开来。鲁

---

[1]　摩尔根《古代社会》（第1册），第64页，北京：商务印书馆1972年。

迅的这个认识表现出辩证法和唯物论的思想力量。

人类最初产生"形上之需求"的时候，生产水平仍然十分低下，思维能力还很不发达，他们对于变化无常的天地万物不可能作出正确的解释，因而产生了神、灵魂、魔力等观念。"这类关于自然界、关于人本身的本质、关于灵魂、魔力等等的形形色色的虚假观念，大都只有否定性的经济基础；史前时期的低级经济发展有关于自然界的虚假观念作为自己的补充，但是有时也作为条件，甚至作为原因。"①这就是说，史前时期的低级经济发展决定了原始人产生出精灵、魔力、神等虚假观念，而这些观念一旦产生，原始人就往往将其作为自己经济生活和经济发展的补充、条件和原因。鲁迅当时没有能够从经济生活和经济发展来探讨构成原始人神的观念的条件和原因，这是他的局限。

3. 神话的演进与消亡

鲁迅进一步指出，神话作为一定社会阶段上的产物，有其发生、发展和消亡的过程。鲁迅说："从神话演进，故事渐近于人性，出现的大半是'半神'，如说古来建大功的英雄，其才能在凡人以上，由于天授的就是。……这些口传，今人谓之'传说'。由此再演进，则正事归为史；逸事即变为小说了。"（《变迁》）又说："迨神话演进，则为中枢者渐近于人性，凡所叙述，今谓之传说。传说之所道，或为神性之人，或为古英雄，其奇才异能神勇为凡人所不及"。（《史略》）

在这些论述里，鲁迅描述了神话发展演变的过程和特点。其发展的路线是：神话—传说；形象的演变轨迹：神—半神—神人—人。神话逐渐消亡，而被传说所代替。他在《中国小说史略》中以西王母为例，论述了从神话到传说的演变规律。《山海经·西山经》说："西王母其状如人，豹尾虎齿而善啸，蓬发戴胜，是司天之厉及五残。"《海内北经》说："……其南有三青鸟，为西王母取食。"《大荒西经》说："有人戴胜虎齿，豹尾，穴处，名曰西王母。"然而，到了《穆天子传》（一般认为是战国之作），西王母的形象变了，"吉日甲子，天子宾于西王母，乃执白圭玄璧以见西王母。好献锦组百纯，□组三百纯，西王母再拜受之。□乙丑。天子觞西王母于瑶池之上。西王母为天子谣……"鲁迅分析了西王母形象的演变，指出："传亦言见西王母，而不叙诸异相，其状已颇近于人

---

① 恩格斯《致康·施密特》（1890年10月27日），见《马克思恩格斯选集》第4卷，第484页，北京：人民出版社1972年。

王。"(《史略》)假如说《山海经》中的西王母还保持了古代神话的面貌的话，那么，到了《穆天子传》中，"戴胜虎齿、豹尾、穴处"的西王母，已经失去了"异相"，"颇近于人王"，能够与穆王歌谣和答，完全成为传说中的人物了。至于后期托名班固所作《汉武故事》中所载的"可年三十许"的丽人西王母则已经面目全非、完全失去古代神话的气质而蜕变成道家传说了。

鲁迅用发展的观点研究神话的演变，他的功绩应予充分肯定，但他所提出的神话演变为传说的论点也有不尽科学的地方。因为神话、传说、故事这三种关系密切而各不相同的体裁，都是人类社会早期的精神产品。作为一种体裁，很难说某一种全都由另一种演变而来。至于说到演变的原因，就以西王母传说的演变而论，西王母从一个狰狞的怪物发展成标致的王母，之所以失去"异相"而"近于人王"，固然和神话的历史化和历代儒家、史学家对神话的篡改歪曲有一定的关系，但更重要的是反映了神话的幻想方式、神话的艺术思维在不同的历史发展阶段所产生的变化。鲁迅仅仅指出了这个形象的演变，并未从神话学的角度来阐明变化的原因。

（二）神话的幻想

1. 神话幻想的特点是把自然现象人格化、把自然力神灵化

鲁迅认为神话的特点是运用幻想把自然现象人格化，把自然力神灵化，并想象神的生活、动作。用他的话说，神话是原始人"逞神思而施以人化"，也就是说，用幻想的方式把自然界人格化的产物。"神思"是我国典籍中已有的术语。《文心雕龙·神思篇》说："寂然凝虑，思接千载；悄然动容，视通万里。"鲁迅在这里就是取这个意思，即丰富的想象、神奇的幻想。他在《摩罗诗力说》中说："古民神思，接天然之閟宫，冥契万有，与之灵会，道其能道，爰为诗歌。"还在《破恶声论》中说："太古之民，神思如是，为后人者，当若何惊异瑰大之。"鲁迅所指出的是，神话所以值得惊叹与珍视，就是因为其中包含着原始人丰富而瑰丽的幻想。幻想是神话的灵魂，神话赖幻想而存在，没有了幻想，神话的生命就停止了。原始人的想象力，是一种促进人类发展的伟大天赋，曾经给社会以很大的推进。鲁迅对我国古代先民丰富的想象力给予很高的评价。早在1908年，他就驳斥了那些不懂艺术，把形象思维、神话幻想和科学混为一谈，并借口科学，怀疑中国有过神龙形象的人。他指出：龙这种东西，本来就是我国古代先民运用想象创造出来的，用动物学来验证，这

只能暴露他们的愚蠢罢了，何况我国人民有了这种神龙，不但无需惭愧，而且由于古人想象力丰富，我们倒可以自豪。（《破恶声论》："乃有借口科学，怀疑于中国固然之神龙者，按其由来，实在拾外人之余唾。……夫龙之为物，本吾古民神思所创造，例以动物学，则既自白其愚矣，……抑国民有是，非特无足愧恶已也，神思美富，益可自扬。"）

把自然现象人格化，是神话幻想的主要的思维方式和表现形式。用鲁迅的话说，神话的幻想就是原始人对自然现象"施以人化"即人格化。他说古印度人看见凄风烈雨，乌云滚滚，雷电交加，就想象出雷神因陀罗这样一个形象（参见《破恶声论》）并编织出因陀罗同敌人战斗的神话故事来。在这里，原始人把雷电等自然现象人格化了，雷电变成了一个具有人形的神。原始人不仅把自然现象人格化，还把自然力神灵化。在古印度人看来，雷神因陀罗既是人（有人所具有的一切喜怒哀乐，时而温顺，时而暴怒），又是神（具有超人的权威性、威慑力）。我们的祖先，见沧海横溢，百川东流，因而创造出共工怒触不周山的神话。可见，把自然现象人格化，把自然力神灵化，在神话中是有普遍性的，并非某地区、某民族的原始神话所独具。

2. 神话中的幻想是以现实作依据的

鲁迅指出，神话的幻想在今人看来似乎是荒诞不经、幼稚可笑的，但在初民看来却不然，"其叙述异事，与记载人间常事，自视固无诚妄之别"（《史略·六朝之鬼神志怪书》），"大抵一如今日之记新闻，在当时并非有意做小说"（《变迁·六朝时之志怪与志人》）。鲁迅在谈到西王母的神话时指出，西王母其状如人，豹尾虎齿而善啸，这个"司天之厉及五残"的恶煞固然不是现实中的"人"，也不是现实中的生物，但没有现实中的豹、虎，原始人能创造出西王母的形象来吗？在这个神话中，原始人把现实中存在的豹之尾、虎之齿集于一身，在现实的基础上加以想象和虚构，才创造出了这个"其状如人"而又非人的神。又如鲁迅青年时代十分神往的"长股奇肱之域"[①]，就是《山海经》所记载的长股国（又称长脚国）和奇肱国（又称奇股国）。据传说，长股国的人脚很长，很可能是水边居住的原始人，看见水鸟捕鱼，幻想人有长脚，能站在水中捕鱼的一种想象。奇肱国的人"一臂三目"，"能为风车，从风远行"，"因风构

---

① 鲁迅在《月界旅行辨言》（1903年）中写道："《山海经》……诸书，未尝梦见，而亦能津津然识长股奇肱之域。"

思，制为车轮"，是原始人看见风、云的运动，企图借助风力，表达出他们想快跑、快飞的愿望。这种幻想是和劳动生活紧紧结合在一起的，是有其现实的物质基础的。

因此，鲁迅说："归根结蒂，还是不能凭空创造。描神画鬼，毫无对证，本可以专靠了神思，所谓'天马行空'似的挥写了。然而他们写出来的，也不过是三只眼，长颈子，就是在常见的人体上，增加了眼睛一只，增长了颈子二三尺而已。"（《且介亭杂文二集·叶紫作〈丰收〉序》）鲁迅在这里所谈的，虽然不是专指神话的幻想，而是指一般文学创作与现实的关系，但就幻想的性质而言，不论是神话还是一般的文学创作的幻想，都必须以现实为基础，不能"独凭神思构架而然"（《坟·文化偏至论》）。就是说，一切艺术作品，都不能单凭作者脱离现实的臆想去杜撰。即使是"描神画鬼，毫无对证"，也要有所根据。鲁迅还说：所谓"上帝创造，……亦有一定的范围，必以有存在之可能为限，故火中无鱼，泥里无鸟也。"①

鲁迅说："爱忒云者，原出希腊，其谊为艺，是有九神，先民所祈，以冀工巧之具足，亦犹华土工师，无不有崇祀拜祷矣。"②神话中的神，并不是不食人间烟火的那种高高在上的神，而是与原始人的现实生活、劳动密切地关联着的。原始人创造出能射九日、诛凿齿、杀九婴、射河伯的羿的形象，是出于人们在极端恶劣的条件下与大自然搏斗的需要，是以人类已经发明了原始的弓箭等武器为依据的。羿就是人对自己劳动能力的赞美，对人能够发明劳动工具（哪怕是极简陋的）、能够逐步驾驭自然力的歌颂。

原始神话在幻想的美丽外衣之下，向我们展现了人类社会早期社会生产力发展水平和技术进步的有趣资料。鲁迅在翻译了普列汉诺夫的《艺术论》后，在译本序中写道："生产技术和生活方法，最密切地反映于艺术现象上者，是在原始民族的时候。"③鲁迅所以认为生产技术和生活方法最直接反映于艺术中的是在原始民族的时候，那是因为在当时，艺术不仅是艺术（今天意义上的艺术），而且也是科学（生活经验的结晶）。我们可以在原始艺术（包括神话）中找到药草的知识、制陶器的技术、天文学知识等内容。以造人的神话而论，女娲氏抟黄土作人，"力不暇供，乃引

---

① 鲁迅《致徐懋庸》（1933年12月20日），《鲁迅书信集》（上集），第464页。
② 鲁迅《集外集拾遗·拟播布美术意见书》。
③ 鲁迅《二心集·〈艺术论〉译本序》。

绳于泥中，举以为人。"说明人类已经学会了制陶术，由蒙昧期进入了野蛮期。

3. 原始先民对神话所述是信以为真的

原始人把幻想当作现实，以幻想代替现实，对经过他们自己的头脑幻想和虚构的一切信以为真，甚至把二者等同起来。换言之，他们压根儿不认为自己是在虚构，反以为现实世界、客观事物的确如他们头脑里虚构出来的一样。鲁迅说："吾乡皆谓太阳之生日为三月十九日，此非小说，非童话，实亦神话"，"因众皆信之"。如鲁迅所分析的：原始人把他们幻想的一切"统当作事实"，"自视固无诚妄之别"。今人看来，固然荒唐怪诞，不可置信，但在原始时代，无论是讲者和听者都深信不疑，"众皆信之"，决不觉得有半点虚妄。

（三）神话与文学的关系

1. 盐谷温对鲁迅观点形成的影响和两人的异同

关于神话和文学的关系，俄罗斯汉学家李福清在《中国古代神话及小说的发展》一文中指出："中国小说史以古神话为开端已经成为一个传统。首次指出这个传统的是日本教授盐谷温（他的《中国文学概论讲话》于1918年出版）；1924年鲁迅在《中国小说史略》中阐述了同样的观点。此后，中国的文艺学家全都同意这个看法。"①对这一观点，需要加以辨证。

盐谷温的《支那文学概论》一书出版于1918年（大正七年）。鲁迅在撰述《中国小说史略》（1924）一书时，曾参考了盐谷氏的这本著作，吸收了其中的若干观点。鲁迅提出"神话为文艺之萌芽"、"小说之开端"这一见解以后，在中国的文学史学家中发生了一定的影响（如沈雁冰《近代文学体系的研究》第12页；刘贞晦、沈雁冰《中国文学变迁史》等），但并非"全都同意"和接受鲁迅的观点。②至于鲁迅的《史略》与盐谷温的《概论》在"神话为小说之开端"问题上发表了同样的观点，在鲁迅的《史略》问世以后，陈源等人曾攻击鲁迅的书是"剽窃"日本人盐

① ［俄］李福清《中国古代小说及小说的发展》，见《中国古代文学》（论文集），第6页，苏联科学出版社1969年。
② 据笔者翻阅新中国成立前出版的32种文学史、小说史，其中全然不提神话者有6种；从各种角度谈到神话者12种；基本上根据鲁迅的观点而别无新意者4种。新中国成立后出版的，除个别以外，均辟列专章论述神话。

谷温《支那文学概论讲话》里面"小说"一部分而写成的。鲁迅于1926年写了《华盖集续编·不是信》一文予以反击。他写道:"盐谷氏的书,确是我的参考书之一,我的《小说史略》二十八篇的第二篇(按指《神话与传说》——引者)是根据它的,……但不过是大意,次序和意见就很不同。"又写道:"好在盐谷氏的书听说(!)已有人译成(?)中文,两书的异点如何,怎样'整大本的剽窃',还是做'蓝本',不久(?)就可以明白了。"鲁迅此处所说译成中文之书,指的是1926年北京朴社印的《中国文学概论》,陈彬和译。此书为盐谷氏书之节译,全书共104页,小说部分共15页,"古代神话传说"一节仅只两页,十分简单。1929年上海开明书店又出版了孙俍工的译本《中国文学概论讲话》,全书共572页。盐谷温的《中国文学概论讲话》一书把神话放在第一节,并指出"欲求一小说的先驱则不能不先推《楚辞》的《天问》和《山海经》。"这本著作对鲁迅观点的形成确是有影响的。鲁迅在《史略》之第二篇参阅了盐谷温的一些观点,如神话乃小说之开端、对多含古神话之书如《山海经》的评价、中国古神话仅存零星的原因等,但鲁迅对这些观点作了较为独到和详细的论述,应该说,对神话为文艺之萌芽、小说之开端这个问题进行了理论上阐发的是鲁迅。盐谷氏书中所述内容简单,在叙说中国神话仅存零星之两点原因后,即罗列一些材料,着重介绍几本多含神话之书,论述极简单;鲁迅则着重理论阐述,其中对小说之渊源、神话及其产生的客观条件、神话与文学之关系、诗人为神话之仇敌等理论问题,多有灼见,均为盐谷氏所无。在次序上,也与盐谷氏有所不同,鲁迅把中国神话散亡的原因,放在第二篇的最后论列。

2. 神话是文艺的萌芽、小说的开端

(1)鲁迅在《中国小说史略》第二篇《神话与传说》里,开宗明义写的就是"小说的渊源:神话";在《中国小说的历史变迁》第一讲《从神话到神仙传》开篇写的就是"神话是文艺的萌芽",十分明确地指明神话与文学的关系。鲁迅全面地研究了中国的文学发展史和小说变迁史,指出前人仅把有关道术的稗官野史和所谓琐屑之言、街谈巷语称为"小说"(《变迁》);而这种琐语支言,又被史官视为末学,叙述神鬼精灵故事的,在数术家眼中,也被看作余波末流(《〈古小说钩沉〉·序》:"琐语支言,史官末学,神鬼精物,数术波流"),并无现在所谓小说价值。关于小说的起源,鲁迅作了进一步的探讨,他说:"《汉志》乃云出于稗官,然稗官者,职惟采集而非创作,'街谈巷语'自生于民间,固非一谁

某之所独造也，探其本根，则亦犹他民族然，在于神话与传说。"（《史略》）鲁迅总结了中外各国古代神话对文学（包括小说）的形成和发展的共同规律，追根溯源，指出神话是中外任何一个民族文学艺术的"本根"，这和他反复论述的"神话……实为文章之渊源"、"神话……生文章"（《史略》）、"小说起源于神话"（《变迁》）等等观点，意思是一样的，无非是要强调说明神话是文学艺术的母胎、又是培育和滋润文学艺术的土壤，概括一句话："神话是文艺的萌芽"。这是鲁迅对神话和文学关系的比较确切、比较科学的认识。

神话是小说的开端。中国古小说里有不少神话的片断。鲁迅对这些采自民间的作品给以很高的评价，指出儒家曾贬斥它们难以达到远大的境地，殊不知后起的鸿篇名作，正是从这些民间小书开始发展起来的。何况这些作品采自民间，反映了人民的思想；而创作的作品，则是文人学士构思的结果（《〈古小说钩沉〉序》："人间小书，致远恐泥，而洪笔晚起，此其权舆。况乃录自里巷，为国人所白心；出于造作，则思士之结想。"）。又说："或有文人起而结集润色之，则方为鸿篇巨制之胚胎也。"（《史略·明之神魔小说》）无论是"鸿篇巨制之胚胎"，还是"洪笔"之"权舆"，都是说，神话不仅是文艺的母胎和萌芽，而且也是文学艺术的素材和原料，是民族珍贵的艺术宝库。

鲁迅说："在古代，不问小说或诗歌，其要素总离不开神话。印度、埃及、希腊都如此，中国亦然。"这里所说的"要素"主要是指神话的动人的艺术形象、引人入胜的情节、神奇的构思和幻想方式等等。此外，神话的乐观的浪漫主义精神，渴望战胜自然、改变现实的积极态度和必胜信念，对历代小说诗歌的创作有着相当的影响。中外各国的诗人作家从神话中吸取养料，创造了许多不朽名篇。其中最引起鲁迅注意的是我国古代著名诗人屈原。

许寿裳在《亡友鲁迅印象记》第二节写了"屈原和鲁迅"，记叙鲁迅曾对他说过："《天问》是中国神话和传说的渊薮。"①认为屈原在保存与光大神话上做出了杰出的贡献。这和鲁迅在《史略》中所说意思是一样的："若求之诗歌，则屈原所赋，尤在《天问》中，多见神话与传说。"他举了几个例子，如"夜光何德，死则又育？厥利惟何，而顾菟在腹？"就是月亮的神话。"鲧何所营？禹何所成？康回凭怒，地何故以东南倾？"就是大禹治水，康回（即共工）怒触不周山，故天倾西北，百川东流的神话。

---

① 许寿裳《亡友鲁迅印象记》，第4页，北京：人民文学出版社1977年。

　　鲁迅喜爱屈原，不仅因为他的《天问》诸作，乃"凭心而言，不遵矩变"（《汉文学史纲要》）的泄愤之作，而且因为他的《天问》等诗篇保存了大量美丽的古代神话。鲁迅引《天问篇》王逸序中的话说："'屈原放逐，彷徨山泽，见楚有先王之庙及公卿祠堂，图画天地山川神灵，琦玮谲诡，及古贤圣怪物行事，……因书其壁，何而问之。'是知此种故事，当时不特流传人口，且用为庙堂文饰矣。"（《史略》）屈原见荆楚地祠庙的绘画及雕刻，深有感触，遂写诗"以泄愤舒泻愁思"（王逸语），何而问天，一口气提出了一百几十个问题，对自然现象、神话传说提出了种种疑问。可见屈原把当时民间流传人口的大量神奇瑰丽的神话故事作为原料和素材，加以"结集润色"，融会于自己的创作之中。这些作品直到今天，仍然放射出不灭的光辉。

　　鲁迅本人也曾采取神话作为素材，把女娲抟黄土作人，炼五色石补天的故事写入《补天》，把羿的故事写入《奔月》，把大禹的故事写入《理水》，[①]收在1936年出版的历史小说集《故事新编》里。[②]鲁迅历来反对那种认为神话只能充当使人逗乐的东西的观点（《破恶声论》："有嘲神话者，……谓足作解颐之具"）。他利用神话题材，摄取神话形象，发扬神话中敢于斗争的积极进取精神，把神话作为斗争武器，创造性地把神话素材和现实斗争结合起来。他以"很认真的"态度（《〈故事新编〉序言》），"以神话作题材写短篇小说"[③]，但并非为了恢复神话的原貌，而"只是采取一端，加以改造，或生发开去，到足以几乎完全发表我的意思为止"（《南腔北调集·我怎样做起小说来》）。女娲、羿、大禹是我国人民世代传颂、家喻户晓的神话英雄形象，他们体现了中华民族勤劳勇敢、百折不挠的精神面貌和英雄气概。在自己的再创作中，鲁迅选择了这几个作为民族精神象征的神话人物，既保留了他们的主要精神和品质，但又不受神话原来故事情节的约束，只是采取一端，加以改造、生发，在赞颂这些英雄形象的同时，把斗争的锋芒直指当时的社会。这就是如他自己所说的，叙事时既有"旧书上的根据"，又"并没有将古人写得更死"（《〈故事新

---

　　①　20世纪末发现的鲁迅对会稽禹庙空石的考证文章，从一个侧面说明鲁迅对人民群众中所流传的禹的神话故事的重视和热爱。据《关于新发现的鲁迅〈会稽禹庙空石考〉》，见《光明日报》1978年11月1日第3版。

　　②　鲁迅在《南腔北调集·〈自选集〉自序》中说："《故事新编》是神话、传说及史实的演义。"

　　③　鲁迅1935年12月3日给赠田涉、次日给王冶秋的信中，都提到"目前正以神话作题材写短篇小说"。见《鲁迅书信集》（下册），第1239、918页。

篇〉序言》）。这些故事是鲁迅创作中别具一格的优秀作品。

（2）鲁迅还探讨了外国古代神话与文学的关系，指出西欧的文学艺术，大都受到神话的启示，要研究西方的人文科学，首先要研究他们的神话。因为不懂得神话，就无从了解他们的文学艺术，不了解他们的文学艺术，就不能对他们的精神文明有所领会。（《破恶声论》："灿欧西艺文，多蒙其泽，思想文术，赖是而庄严美妙者，不知几何。倘欲究西国人文，治此则其首事，盖不知神话，则莫由解其艺文，暗艺文者，于内部文明何获焉。"）

鲁迅本人就是这些世界神话宝藏的出色的鉴赏家和辛勤的采掘者。从希腊荷马的神话史诗、印度的《摩诃波罗多》和《罗摩衍那》（《摩罗诗力说》），到亚剌伯的《天方夜谭》（《且介亭杂文二集·"题未定"草》）；从非洲瓦仰安提族火的神话（《准风月谈·别一个窃火者》），到多岛海神话（《热风·四十二》）；从反抗上帝的天魔撒旦到伟大的普洛美修斯；从天神宙斯（《二心集·风马牛》）、诗神亚波罗（《且介亭杂文二集·"题未定"草》）、希腊专司文艺的九位女神（《拟播布美术意见书》），到为了折断巨人安太乌斯的肋骨而紧抱着他的英雄赫尔库来斯（《且介亭杂文二集·再论"文人相轻"》）；还有希腊神话里那张可怕的恶鬼的床（《且介亭杂文二集·叶紫作〈丰收〉序》）等等等等。这些内涵丰富的神话，众多的形象，都成了鲁迅作品中的血肉，焕发出光辉。而最动人、最使人难忘的是鲁迅把自己比作希腊神话中的普洛美修斯，"窃火给人，虽遭天帝之虐待不悔，其博大坚忍正相同。但我从别国里窃得火来，本意却在煮自己的肉的"（《二心集·"硬译"与"文学的阶级性"》），"在生活的路上，将血一滴一滴地滴过去，以饲别人，虽自觉渐渐瘦弱，也以为快活。"（《两地书》九五）这就是鲁迅的精神，鲁迅的性格，也是我们的民族，我们的人民最可宝贵的性格。正是在这里，我们看到，鲁迅给了普洛美修斯这个神话形象以多么高的评价。

《破恶声论》是鲁迅1908年的作品，早在辛亥革命以前，鲁迅对神话和各国文学艺术发展的辩证关系就有了如此精辟的见解，到了20年代写《中国小说史略》等书时，又在掌握了大量资料的情况下，深入探讨了二者之间的关系。因此，他引出的神话是文艺的萌芽、小说的开端这个结论，是和他一贯的思想一脉相承的。

（四）中国古神话仅存片断问题

鲁迅博览群书，特别是仔细阅读、比较和研究了我国古代多含神话的典籍，探索了我国古代神话仅存零星片断的原因，并把上古至唐群书析为三期，指出多含古神话之书，多出在上古至周末（《鲁迅书信集》上册，第66页），是我国有文字记载以来最古老的文字。

《山海经》是一部成书于战国时期的多含神话的奇书，但我国历代学者很少有人从文学或神话研究的角度来评价。自班固《汉书·艺文志》把《山海经》列在形法家之首，以后多被看作是实用的地理书。到明胡应麟第一个提出"《山海经》是古今语怪之祖"，及至清乾隆朝敕撰《四库全书总目提要》，把《山海经》放在子部小说家类。"五四"以前的文学史家，亦多袭前人的主张，认为"其文闳诞迂夸"，"其旨奇怪俶傥"，并称之为"无稽之小说"。①鲁迅在其著作中，不仅明确地提出了《山海经》是一部多含古神话的典籍，"记海内外山川神祇异物"（《史略》），从文学的角度给予它很高的评价，认为它所保存的神话数量"特多"（《史略》），又"最重要"（《变迁》）；而且以科学的观点，根据它记载了"祭祀所宜，……所载祠神之物多用糈（精米），与巫术合"的内容（《史略》），断定它同时也是"古之巫书"②，而上古至周末或秦汉之多含有古神话之书"其根柢在巫"。③

从鲁迅的分析中，我们可以看出，《山海经》首先是一部有文学价值的神话书，但它的内容又远远超出了一般文学专书的范围，保存了我国古代文化（包括文学、历史、天文、地理、宗教、动物学、植物学等）的许多史料，"实百家之权舆"④，是一部珍贵的古代文献。

（五）诗人为神话之仇敌

鲁迅在《史略》中写道："惟神话虽生文章，而诗人则为神话之仇敌，盖当歌颂记叙之际，每不免有所粉饰，失其本来，是以神话虽托诗歌以广大，以存留，然亦因之改易，而销歇也。"

诗人为神话之仇敌，是鲁迅的独创性的见解。过去的研究者对这个问

---

① 林传甲《中国文学史》，第96页，京师大学堂国文讲义，上海：科学书局1914年。

② 盐谷温在其《中国文学概论讲话》中论到《山海经》时说："与其说是地理书，不如说是各方的异闻传说的杂录"（见孙俍工译本第317页）。此说虽比前人进了一步，但仍未明确该书之性质。鲁迅比较全面地阐明了此书的神话性质，同时指出它亦是"古之巫书"。

③ 鲁迅致傅筑夫、梁绳褘信（1925年3月15日），见《鲁迅书信集》（上册），第67页。

④ 顾实《中国文学史大纲》，第36页，上海：商务印书馆1926年。

题多有异议，有人认为："诗人主要该是神话的功臣，如希腊荷马、中国屈原"；有人认为："在这一件事实中，功过是并存的。但今天看来，如无诗人借用，则神话将亡佚更多，因此他们的功要加以肯定。"对诗人的功过，莫衷一是。

鲁迅提出诗人为神话之仇敌，其目的是否仅仅在于评论诗人的是非功过？而且既然说诗人为神话之仇敌，是否就是说鲁迅在对待诗人与神话的关系问题上，对诗人的作用持贬斥的态度呢？不是的。鲁迅的这段话至少包含以下两层意思：

第一，作者首先指出神话是文学的母胎和萌芽，充分肯定了诗人在保存神话并使之发扬光大方面的伟大功劳。对于诗人的作用，鲁迅向来是持肯定态度的。我们在上文已经提到了鲁迅对屈原等诗人、作家在保存和光大神话上所给予的充分肯定与赞赏，因此，这一点是自不待言的。

第二，鲁迅这段论述的中心意思，是要表明神话虽然是文艺创作的母胎，但诗人作家在采用神话时，对神话"不免有所粉饰，失其本来，……因之而改易，而销歇也。"为什么这样说呢？鲁迅举例说明："如天地开辟之说，在中国所留遗者，已设想较高，而初民之本色不可见，即其例矣。"他引出盘古神话为例：

> 天地混沌如鸡子，盘古生其中，一万八千岁。天地开辟，阳清为天，阴浊为地，盘古在其中，一日九变，神于天，圣于地。天日高一丈，地日厚一丈，盘古日长一丈，如此万八千岁，天数极高，地数极深，盘古极长。后乃有三皇。
>
> 《艺文类聚》一引徐整《三五历记》

鲁迅所引的这个关于盘古神话的文本，出自三国时吴人徐整所著《三五历记》，出现得较晚，其哲理推想比较浓厚，而且把盘古作为三皇之始也是后期才出现的观念。郭沫若曾经把这类神话传说称为"人为的传说"。他说："人为的传说如盘古，天、地、人三皇，……等，那个邃古的传说系统显然是周秦之际或其后的学者们所拟议的一种考古学般的推察，而且是很合理（！）的一个推察。便是在宇宙开辟之前只有混沌，继后才有天，继后才有地，继后也才有人……这真是十二分合理的一种有科学性的推察，然而也就是那个传说系统完全是人造的证明。"[①]郭沫若所说的"人为的"、"人

---

① 郭沫若《中国古代社会研究》，第245—246页，北京：人民出版社1955年。

造的"或"合理的",和鲁迅所分析的"设想较高"、"初民之本色不可见",本质是一样的。就是说,神话一经文人加工润色以后,不合理的变得合理了,"不雅驯"的变得"雅训"了,粗犷、简陋的变得精致而美丽了,这样一来,初民的本色不可见,神话就失去了它的本来面目。1929年茅盾也对此作过大致相同的分析。他写道:"这些古代诗人的努力,一方面固使朴陋的原始形式的神话变为诡丽多变,一方面却也使得神话历史化或哲学化,甚至脱离了神话的范畴而成为古代史与哲学的一部分。这在神话的发扬光大和保存上,不能不说是'厄运'。"①

鲁迅所说的"诗人为神话之仇敌",恰恰是指神话的这种"改易"、"销歇"的"厄运"而言的。既然诗人使神话的面目"改易",生命"销歇",那么诗人不是"神话之仇敌"又是什么呢?

鲁迅这一见解的深刻之处在于,他不仅指出了在神话与诗人关系这个问题上的一种众所周知的现象:即诗人从神话中吸取养料(从题材、形象到幻想方式),神话借诗人得以保存、光大;而且透过现象,看到了本质(即诗人对神话加工的结果,致使神话"改易"并"销歇"),揭示了它们之间内在的辩证关系,指出这种关系是历史发展的必然结果。

神话是太古初民的集体口头创作,其时还没有出现文字,神话的传布全靠口诵,而巫祝就成为传布神话的重要角色。后来文化渐进,出现了诗人,他们取神话入诗,用以祭祀颂神,或娱乐大众,因此,许多神话故事和神话形象就保存在他们的作品之中。但这已经是社会发展到相当阶段,即出现了"从事单纯体力劳动的群众"和"从事于科学和艺术的少数特权分子"的"大规模的分工"②的时代。而在我国已经是殷商等奴隶社会阶段了。

诗人并非神话的专门采录者与职业保存者,他们采用神话题材,摄取神话形象,驰骋神话幻想,是为了表达自己的思想,抒发自己的情感,他们的创作都是有意识的,自觉的,受他们的世界观所支配的。诗人对于神话素材当然有所选择,有所取舍,在加工再创作的时候,当然要注入自己的东西,反映出诗人所处的时代的特色,时代的面貌,时代的精神;而这种时代特色,时代面貌,时代精神,往往是同远古人类童年时代格格不入的。鲁迅所说的作为神话标志的"初民之本色"在历史的发展中,加上儒家思想的干扰和利用,或者被"合理化"了,或者被改造了,或者被歪曲了。特别是到了阶级社会,这种现象尤为突出。诗人根据神话的再创作,

① 玄珠《中国神话研究ABC》,第6页,上海:世界书局1929年。
② 恩格斯《反杜林论》,引自《马克思恩格斯论艺术》(二),第37页。

可以是一部极好的诗，但作为素材的神话，常常因为失去了"初民之本色"，不复是神话。当然，历史上诗人对神话加工再创作的情况也不完全一样。一般说，距离神话产生的时代越近，诗人的采取越能保存神话的原貌（屈原的《天问》就是一个突出的例子）；反之，距离神话产生的时代越远，对神话原貌的破坏就越严重。因为神话的产生总是同一定社会发展形式联系着的，从而也是同一定历史时期人类对自然的观点和对社会的观点以及幻想的方式联系在一起的。由于生产力的发展，科学的进步，那种神话地对待自然的态度和把自然神话化的态度便不复存在，并因而要求诗人具备一种与神话无关的观点和幻想，这样，神话借以产生的必要条件也就消失了。所以说，"诗人为神话之仇敌"一说不但符合神话和作家艺术创作的规律，同时也符合人类社会发展的历史规律。

（六）结语

鲁迅无疑是我国神话研究领域的开创者之一。但鲁迅主要生活在二十世纪初期，又长期被恶劣的政治空气所包围，在紧张的战斗生活中，无暇对神话进行更多更专门的研究。他对神话的论述，主要是他早期的看法。鲁迅根据他对社会生活和历史的深刻观察和了解，依靠他对中外历史文化的丰厚素养，吸取了欧洲神话学的精华，以一个伟大思想家所特有的方式，对神话研究的一些主要问题提出了自己的独到的见解，并从理论上作了认真的探讨。但是，鲁迅对这些问题的阐述还是初步的，还缺乏系统性和严密的科学性。这是因为神话学是一门完全新的学科，前辈所留下的可供师法的东西不多，而且鲁迅对神话的理解也还没有牢固地建立在对社会历史发展的规律性的认识上，还不能有意识地用历史唯物主义的观点，从经济基础、物质生活的生产方式等根本方面去分析神话的各种现象、性质和规律，去探求神话发生、发展、消亡的根本原因。而这一切，又与他早期的哲学观、历史观和自然观都有着密切的关联，因而鲁迅的神话观点往往带有他早期的思想特色和局限。这是十分自然的。

第七节 周作人早期民间文学研究

周作人（1885—1976），原名栅寿，字星杓。常用仲密、启明（岂明）、知堂、遐寿等笔名。现代作家、文艺理论家，民俗学家。中国民间文艺学和民俗学最早的奠基者和理论家之一。他也是第一个把英国人类学派神话学译介和引进中国的学人。

周作人1885年1月16日出生于绍兴府会稽县的一个没落的封建士大夫家庭，1901年10月考入南京江南水师学堂，读了严复翻译的《天演论》《物竞论》等书，开始受到进化论的熏陶。1904年开始文学创作、文学翻译和民间文学的搜集、研究，下半年翻译了阿拉伯故事《天方夜谭》中的《侠女奴》（即《阿里巴巴和四十个强盗》）。1906年到日本留学，与鲁迅同住在本乡汤岛二丁目的伏见馆，先后读了该莱编《英文学中之古典神话》等书，激起了他对希腊神话的研究兴趣。根据英国人类学派神话学家安德鲁·兰（Lang, A.）的《习俗与神话》《神话仪式与宗教》等书，为正筹办中的《新生》杂志撰写了《三辰神话》一文，后因《新生》流产而未能发表，原稿也散失了。在东京学习的六年中，接受了英国和日本的民俗学著作的影响，特别是读了英国人类学派神话学家安德鲁·兰的神话学著作，深受他的学说的影响。1911年10月10日，即辛亥革命爆发的那年秋天，周作人携妻回到绍兴。先是在家赋闲，次年（1912）由朱遏先介绍到浙江军政府教育司任省教育司视学，后在县教育会编辑月刊，再后来做中学教员。由于他长期受家乡民间文化传统的熏陶，又加之在日本读了弗雷泽和安德鲁·兰的著作，懂得一些人类学派的神话学的理论和方法，于是对研究民间故事和搜集儿歌倍感兴趣，于是，从1913年起，一连写了《童话研究》等专门探讨传说故事的文章。1917年4月，经鲁迅推荐到北京大学国史馆任职。9月被聘为北大文科教授兼国史馆编纂处编辑员。1918年12月在《新青年》上发表《人的文学》一文，跻身于文化革命者的行列，并成为文化革命的主将之一。同年，参加刘半农、沈尹默、钱玄同等组织的北大歌谣征集处的工作。10月15日在《北京大学日刊》上发表《致刘半农函论歌谣事》。从此开始了他的北大歌谣研究会之旅，先后担任北大歌谣研究会两主任、《歌谣》周刊两主编之一。

（一）神话传说研究的利器

周作人青少年时代成长在越文化的民俗民风环境里，自幼受到浓郁的民间文化的熏染与滋养，从神话传说中的大禹、名垂青史的勾践、文化名人王羲之、顾恺之、陆游、徐文长，到乡间的目连戏、社戏、五猖会，以及各种繁缛的礼仪，无不给少年周作人的心灵以浸润。加上他性格的原因，绍兴的民俗使他沉醉，甚至养成了他一生的"偏好"。在1936年出版的《周作人随笔抄》里，他写过这样一段话："对于神异故事之原始的要求，长在我的血脉里，所以《山海经》《十洲记》《博物志》之类千余年前的著作，在现代人的心里仍有一种新鲜的引力：九头的鸟，一足的牛，实在是荒唐无稽的话，但又是怎样的愉快呵。"①这可以作为我们理解周作人何以在青年时代就喜欢民间故事和歌谣，并开始对其进行搜集和研究的一把钥匙。

晚清末年，世纪之交，中国知识界把目光投向西方，西学东渐成为历史大潮。这时正是周作人的青年时代，出身于越中绍兴的他，在日本留学期间，接触到了西方的人类学派神话学理论，使他对神话发生了浓厚的兴趣。在留学之际和归来之后，周作人参加到这个时代思潮之中，他是第一个介绍并运用英国人类学派比较神话学的方法和理论于中国民间文学和民俗学的理论建设的人。1962年他在回忆在日本留学生活时写道："我在日本东京得到英国安得路朗的几本关于神话的书，对于神话发生兴趣，因为神话与传说和童话有密切的关系，所以对于童话也十分注意，又因童话而牵连及于儿歌。朗氏博学，著书甚多，除编有童话十余册之外，又有《儿歌之书》一种，编注甚详，也为我所得到。"②英国人类学派神话学家安德路朗（案：即安德鲁·兰）的神话学理论，使本来就喜爱民间文艺而又缺乏利器的周作人，终于得到了研究和剖析的利器，他几乎全盘接受了，而且这种影响几乎伴随了他的一生。对他产生影响的还有人类学派的重要理论家泰勒（Tylor.E.B）、弗雷泽（Frazer, J.G.）以及原籍芬兰而寄居英国的威斯特玛克（Westermarck,E.A.）等。终其一生，周作人的全部著作，包括写于不同时期的民俗学和民间文学的专论以及数量很多的小品文，无不时隐时显地显示出英国人类学派神话学的影子。

1907年（丁未年）2月，周作人以周逴的笔名③，译述了安度阑俱（通译安德鲁·兰）和罗达·葛哈德合作根据古希腊和古埃及神话创作的《红星佚史》（The World's Desire），由商务印书馆出版，列入《说部丛书》初集第七十八编。他把这部书定名为"神话小说"。这是我国著作界最早介绍英国人类学派神话学家安度阑俱的书。他为该译作写的序言，涉及或提出了一些神话学的问题。他批评了当时我国学术和文艺界存在的固守传统、不求革新的倾向。他说："读泰西之书，当并函泰西之意。以古目观新制，适自蔽耳。""他如书中所记埃及人之习俗礼仪，古希腊人之战争服饰，亦咸本古乘，其以色列男巫，盖即摩西亚伦，见于旧约，所呼神名，亦当彼国人所崇信者，具见神话中。著者之一人阑俱氏，即以神话之学，名英

----

① 周作人《镜花缘》，见《周作人随笔抄》，1936年。无出版社名。

② 周启明《一点回忆》，见《民间文学》（双月刊）1962年第6期，北京。

③ 鲁迅《古小说钩沉》，也曾借署了这个笔名。另有一说：周逴是周作人与鲁迅早期共用的笔名。

国近世者也。"①他还写道：

> 罗安二氏，掇四千五百年前黄金海伦事，著为佚史，字曰"世界之欲"（World's desire）。尔时称人间尚具神性，天声神迹，往往遇之，故所述率幽閟荒唐，读之令生异感，顾事则初非始作，大半本诸鄂谟。……而《红星佚史》一书，即设第三次浪游，述其终局者也。……亦本鄂谟以后传言，非臆造也。中国近方以说部教道德为桀，举世靡然。斯书之繙，似无益于今日之群道，顾说部曼衍自诗，泰西诗多私制，主美，故能出自繇之意，舒其文心。而中国则以典章视诗，演至说部，亦立劝惩为臬极，文章与教训，漫无畛畦。昼最隘之界，使勿驰其神智，否者成群逼械之，所意不同，成果斯异。然世之现为文辞者，实不外学与文二事，学以益智，文以移情，……书中所记埃及人之习俗礼仪，古希腊人之战争服饰，亦咸本古乘，其以色列男亚伦，盖即摩西亚伦，见于《旧约》，所呼神名，亦当时彼国人所崇信者，具见神话中。著者之一人阑俱氏，即亦神话之学，名英国近世者也。②

文中的"鄂谟"，是假托古代行吟诗人荷马之别译。全书的内容是"假诸鄂谟诗史"（指希腊史诗《伊里亚得》与《奥得塞》），述为"阿迭修斯述亚佳亚侵袭埃及事"，即因女神海伦而引起特洛亚战争的著名故事，海伦因其美丽绝伦而被称之为"世界之欲"。周作人在翻译这部神话小说时，就书中所涉及的古埃及和古希腊神话，逐一作了注解附在后面，对神话人物和神话情节作了解释，但在出版时，可惜这些注释被编辑部全部删掉了。他对出版社编辑此举甚为不满。③《红星佚史》是他于1904年翻译《侠女奴》（《天方夜谭》故事之一）之后最重要的一部译作，从选题的确定到翻译注释，特别是他的序言，明显地显示出他所受安德鲁·兰神话学理论的影响。

在绍兴的那几年，他开始研究神话故事。他说："以前因为涉猎英国安德路朗的著作，略微懂得一点人类学派的神话解释法，开始对于'民间故事'感到兴趣，觉得神话传说、童话儿歌，都是古代没有文字以前的文

---

① 《红星佚史·原序》，见《说部丛书初集》第78编（神怪小说），上海：商务印书馆丁未年（1907）。

② 罗达哈葛德、安度阑俱《红星佚史》，《说部丛书》初集，第七十八编，丁未年（1907）11月初版。安度阑俱，即安德鲁·兰，是周作人最早的译笔。

③ 周作人《知堂回想录》，第620页，香港：三育图书有限公司1980年。

字，正如麦卡洛克的一本书名所说，是'小说之童年'。我就在这两三年中写了好些文章，有《儿歌之研究》《童话略论》与《童话之研究》，又就《酉阳杂俎》中所记录的故事加以解释，题作《古童话释义》。"①他的第一篇民间故事论文《童话研究》，是发表于1913年8月19日出版的《教育部编审处月刊》第一卷第7期上的。时隔不久，又在他所编辑的《绍兴县教育会月刊》第2号（1913年11月15日）上发表了另一篇题为《童话略论》的论文。对古书中记载下来的故事进行释义的《古童话释义》，是发表在《绍兴教育会月刊》第7号（1914年7月）上的。研究民间文学的文章，在当时是很难发表的。他在1932年2月25日为上海儿童书局编辑《儿童文学小论》写的序言中说："前四篇都是民国二三年所作，是用文言写的。《童话略论》与《童话研究》写成后没有地方发表，……寄给中华书局的《中华教育界》，信里说明是奉送的，只希望他送报一年。原稿退回了，说是不会用的。恰巧北京教育部编纂处办一种月刊，便白送给他刊登了事，也就恧不续作了。后来县教育会要出刊物，由我编辑，写了两篇讲童话、儿歌的论文补白。不到一年又复改组，我的沉闷的文章不大合适，于是趁此收摊，沉默了有六七年。"②但周作人以这三篇童话研究的论文，开创了中国学界以人类学派神话学观点研究民间故事的基业。

这个时期，他还帮助在北京教育部会刊做事的鲁迅，在家乡绍兴刊刻了一部《会稽郡故事杂集》。他在回想录里写道："此外我在绍兴所做的一件事情，是刊刻那《会稽郡故事杂集》。这原稿是鲁迅预备好了，订成三册，甲寅（1914）年十月十七日由北京寄到；廿五日至清道桥许广记刻字铺定刻木板，到第二年的五月廿一日，这才刻成，全书凡85页，外加题页一纸，连用粉纸印刷100本，共付洋48元。书于六月十四日印成，十五日寄书20本往北京，这本书是我亲自校对的，自己以为已是十分仔细了，可是后来经鲁迅复阅，却还错了两个字，可见校书这件事是很困难的。《故事杂集》的题页是陈师曾所写。"③陈师曾是当时北京著名的画家，与鲁迅关系甚好。

中国古文献里没有"童话"一词，"童话"一词是20世纪初从外国翻译过来的。是谁最先采用了这个词儿呢？据周作人考证说："中国自昔无童话之目，近始有坊本流行，商务童话第十四篇《玻璃鞋》发端云，

---

① 周作人《知堂回想录》，第252页，香港：三育图书有限公司1980年。

② 《儿童文学小论·序》，上海儿童书局1932年。

③ 周作人《知堂回想录》，第283—284页。

'《无猫国》是诸君的第一本童话，在六年前刚才发现，从此诸君始识得讲故事的朋友，《无猫国》要算中国第一本童话，然世界上第一本童话要推这本《玻璃鞋》，在四千年前已出现于埃及国内'云云，实乃不然，中国虽古无童话之名，然固有成文之童话，见晋唐小说，特多归诸志怪之中，莫为辨别耳。"①

在《童话略论》里，他明确地申明，他主张引进西方民俗学的观点来探讨童话的本原："童话研究当以民俗学为据，探讨其本原，更益以儿童学，以定其应用之范围，乃得为之。"他进而运用外国民俗学者的理论，对童话（Marchen）、神话（Mythos）、世说（Saga）三者作了相当科学的界说，阐述了神话、传说和童话的发生和特点。他写道："上古之时，宗教初萌，民皆拜物，其教以为天下万物各有生气，故天神地祇，物魅人鬼，皆有定作，不异生人，本其时之信仰，演为故事，而神话兴焉。其次亦述神人之事，为众所信，但尊而不威，敬而不畏者，则为世说。童话者，与此同物，但意主传奇，其时代人地皆无定名，以供娱乐为主，是其区别。盖约言之，神话者原人之宗教，世说者其历史，而童话则其文学也。"②周作人文中所用之"童话"，即指民间所说的"故事"或"民间故事"；所用之"世说"，是我国古文献中早已有的名词，实为我们现代所说的"传说"。他还在差不多同时发表的另一篇论童话的文章《童话研究》中，对神话、世说、童话三者的区别和相互关系作了进一步地阐述："童话之源盖出于世说，惟世说载事，信如固有，时地人物，咸具定名，童话则漠然无所指尺，此其大别也。生民之初，未有文史，而人知渐启，鉴于自然之神化，人事之繁变，辄复综所征受，作为神话世说，寄其印感，迨教化迭嬗，信守亦移，传说转昧，流为童话。征诸上国，大较如是，而荒服野人，闻异邦童话，则恒附以神人之名，录为世说用之。二者之间，本无大垠，惟以化俗之殊，乃生转移而已。"③

周作人笔下论述的神话、世说（传说）、童话（民间故事），不是从这些民间文艺的"文"的方面，而是其"学"的方面，即揭示其更为深

---

① 周作人《古童话释义》，见《儿童文学小论》，第39页，上海儿童书局1932年；又见《周作人民俗学论集》，第46页，上海文艺出版社1999年。

② 周作人《童话略论》（1913），见《儿童文学小论》，第8页，上海儿童书局1932年；又见《周作人民俗学论集》，第39—40页，上海文艺出版社1999年。

③ 周作人《童话研究》，见《儿童文学小论》，第19页；又见《周作人民俗学论集》，第29页。

层的民俗宗教的含义——他所说的"本原"。他的这两篇文章，是他运用十九世纪末兴起的英国人类学派的民俗学的观点和方法，来解释神话、世说、童话的试笔之作，是我国民间文学学术领域里最早运用人类学派理论和方法讨论神话、世说、童话的文章，尽管它们难免有生吞活剥之嫌，但比较起我国封建文人的"以为荒唐之言，无足稽考"之类的说法来，却令人耳目一新，显然是向科学地认识这些对象的本质大大推进了一步。

他特别推崇英国人类学派神话学的理论，认为这种理论是比其他理论更能解释诸多民俗现象的真理。他进而说道："童话取材既多怪异，叙述复简单，率尔一读，莫明其旨，古人遂以为荒唐之言，无足稽考，或又附会道德，以为外假调查，中寓微旨，如英人之培更，即其一人。近世德人缪勒（Max Müller）欲以语病说解之，亦卒不可通。英有安特路阑（Andrew Lang）始以人类学法治比较神话学，于是世说童话乃得真解。其意以为今人读童话不能解其意，然考其源流来自上古，又旁征蛮地，则土人传说亦有类似，可知童话本意今人虽不能知，而古人知之，文明人虽不能知，而野人知之，今考野人宗教礼俗，率与其所有世说童话中事迹两相吻合，故知童话解释不难于人类学中求而得之，盖举凡神话世说以至童话，皆不外于用以表现原人之思想与其习俗者也。"①

他认为在已有的诸多民俗学学派中，只有人类学派的方法能够解开童话的真义。他写道："今言童话，不能不兼及世说，而其本原解释则当于比较神话学求之。自文教大敷，群俗悉革，及今而闻在昔之谭，已谊与时湮，莫得通释，西方学者多比附事实，或寻绎语源，求通其旨，而涂附之说，适长歧误，及英人安德路朗出，以人类学法为之比量。古说荒唐，今昧其意，然绝域野人，独能领会，征其礼俗，诡异相类，取以印证，一一弥合，乃知神话真诠，原本风习，今所谓无稽之谈，其在当时，乃实文明之信史也。"②周作人参考和汲取人类学派神话学的学说，为童话所作的界说以及关于童话、世说、神话的性质与功能的解释，跳出了儒家学说的藩篱，带有拓荒的性质。

以人类学研究法研究童话，目的何在？周作人解释说："依人类学法研究童话，其用在探讨民俗，阐章史事，而传说本谊亦得发明，若更以

---

① 周作人《童话略论》，见《儿童文学小论》，第7—11页；又见《周作人民俗学论集》，第41页。

② 周作人《童话研究》，见《儿童文学小论》，第20页；又见《周作人民俗学论集》，第29—30页。

文史家言治童话者，当于文章原起亦得会益。盖童话者（兼世说）原人之文学，茫昧初觉，与自然接，忽有感婴，是非畏懔即为赞叹，本是印象，发为言词，无间雅乱，或当祭典，用以宣诵先德，或会间暇，因以道说异闻，已及妇孺相娱，乐师所唱，虽庄愉不同，而为心声所寄，乃无有异，外景所临，中怀自应，力求表见，有不能自已者，此固人类之同然，而艺文真谛亦即在是，故探文章之源者，当于童话民歌求解说也。"[1]按照周作人的解释，童话的人类学派研究，其目的在"探讨民俗，阐章史事"；而在完成这种对民俗的探讨和对史事的阐章的同时，传说的本意也就彰明昭著了。如：神话中所反映的原始文明，一是思想，二是制度。作为思想，"原人之教"——原始信仰，多为精灵信仰。"意谓人禽木石皆秉生气，形躯虽异，而精魂无间，能自出入，附形而止。"由此而生出神话的种种形式。崇兽为祖的图腾之制，"不食同宗之兽，同徽为妃，法为不敬，男子必外婚"，便是原始社会的制度。只看到童话（世说、神话亦然）是民俗的载体，而看不到或忽视童话（世说、神话亦然）也是原始先民的意识形态，这既是人类学派的优长，也是人类学的弱点之所在。人类学派的确有其进步性和历史功绩，但他的历史局限性也是显而易见的。

年轻的周作人是人类学派神话学的信奉者，他把人类学派神话学的方法奉为圭臬。他说："于我影响最多的是神话学类中之《习俗与神话》、《神话仪式与宗教》这两部书，因为我由此知道神话的正当解释，传说与童话的研究也于是有了门路了。……人类学派乃代之而兴，以类似的心理状态发生类似的行为为解说，大抵可以得到合理的解决。这最初称之曰民俗学的方法，在《习俗与神话》中曾有说明，其方法是，如在一国见有显是荒唐怪异的习俗，要去找到别一国，在那里也有类似的习俗，但是在那里不特并不荒唐怪异，却正与那人民的礼仪思想相合。"[2]

（二）以类型理论和比较方法研究本土故事

他没有停留在对英国人类学派神话学的简单介绍上，而是运用人类学派神话学的方法和原则，来具体比较分析中国本土的神话故事产生、范式、演变，以期建立中国的神话学和故事学。因此，周作人在介绍、解说英国人类学派的神话学方法，并运用于建立中国童话（故事）、世说（传

---

① 周作人《童话研究》，见《儿童文学小论》，第32页；又见《周作人民俗学论集》，第35—36页。

② 周作人《我的杂学》，见《周作人民俗学论集》，第12页。

说）和神话的研究上，是有其贡献的。

他运用人类学派比较神话学的方法，特别是类型学的理论和比较方法，具体地分析了中国古籍中"固有成文之童话"中的几个型式。这当然也是没有先例的。《蛇郎》故事就是其中之一。

> 越（地）童话有《蛇郎》者，略云：樵人有三女，一日入山，问女所欲，幼者乞得鲜花一枝，樵方折华，乃遇蛇郎，言当以一女见妻，否则相噬。季女请往，他日其姊造访，妒其富美，诱使窥池，溺而杀之，自以身代。女死化为鸟，哀鸣树间，姊复杀之，埋诸园中，因生枣木。蛇郎食之，其食甚甘，姊若取啖，皆化毛虫，乃伐以为灶下椽。蛇郎用之甚适，姊坐辄蹶，又碎而然之，木乃爆裂，中姊之目，遂瞎。①

他认为，中国的"蛇郎"童话，与欧洲之"美与兽"童话同为一个类型，即所谓"物婚式"。"蛮荒之民，人兽等视，长蛇封豕，特人之甲而毛者，本非异物，故婚媾可通，况图腾之谊方在民心，则于物婚之事，纵不谓能见之当世，若曰古昔有之，斯乃深信不疑者也。……物婚式童话最为近纯，其中兽偶，皆信为异类。北美土人传说，多有妇人与蛇为匹，极地居人亦言女嫁蝘蜓事，其关于图腾起源者传说尤众。中国所传盘瓠之民，即其一例。迨及后世，渐见修饰，则其物能变形为人，或本为人类而为魔术所制者，西方'美与兽'之说，为其第三类，盖其初为物，次为物彪，又次为人，变化之迹，大较如此也。"②他还分析说，樵夫"折花"是蛇郎故事中的禁忌，"折花"触怒了精灵，而此禁忌母题乃是"美与兽"类故事的一个特点。"此式童话中，多具折华一节，盖亦属于禁制，又以草木万物皆有精灵，妄肆摧折，会遭其怒，故野人获兽，必祝其鬼，或诿咎于弓矢，伐木则折枝插地，代其居宅，俾游魂有依，不为厉也，于此仿佛可见遗意。"③

在分析《蛇郎》故事中的"化鸟"情节时，他认为多见于"故妻式"故事中。故事中的女人"化鸟"，大多数情况下，是由他人以巫术使女人化而为鸟（或鱼鹿等），而像《蛇郎》故事中那样"自代之"的"化鸟"，"其

---

① 周作人《童话研究》，见《儿童文学小论》，第22—23页；又见《周作人民俗学论集》，第31页。

② 周作人《童话研究》，《儿童文学小论》，第24—25页，又见《周作人民俗学论集》，第32页。

③ 周作人《童话研究》，《儿童文学小论》，第24—25页；又见《周作人民俗学论集》，第32页。

人率为妖巫，或为后母，或为女姊，鸟自鸣冤，复得解脱，置罪人于法"。《蛇郎》故事中的"易女"情节，周作人认为来自于民俗遗意。"原民婚礼，夫妇幽会，不及明而别，至生子乃始相见，欧土乡曲亦有新婚之夕不相觌面者，中国新妇之绛巾，亦其遗意。"原人的夫妇幽会，天不亮而别，欧人的新婚之夕不相睹面、中国人的新娘戴红盖头，这些习俗，与《蛇郎》故事中"易女"情节都有类似的民俗渊源。他还指出，蛇郎故事中，蛇郎以姊姊"大足而面多瘢痕为怪，姊诡言由于操作及枕麻袋故尔"的情节，非原生情节，而是在流传中，逐渐"本谊渐晦，则率加以润色，肆意增删削缘附以为诠释"，属于"后世夸饰"，"杂糅"到故事中来的。

解读《蛇郎》故事中的妹妹（季女）被姊姊溺杀的情节时，周作人也从人类学派比较神话学的立场予以剖析，并指出两姊妹的故事与两兄弟的故事中，所以成者总是妹妹或弟弟，盖因为有一个共同的制度的根源。他说："童话述兄弟或姊妹共举一事，少者恒成，或独贤良，说者谓长兄既先尝试，相继败绩，终及少子，故必事成，此或行文之法使尔，然征诸史事，乃别有故。"这类故事中的"少者恒成"之"故"是什么呢？他认为，可以追溯到季子继承权。"欧洲中世纪有所谓季子权者，法以末子传家，无子则传末女，英国13世纪时犹有行者，东方鞑靼诸族亦有此制。论者谓诸子既长，出为公民，不复数为家人，故以幼子承业，若人情之爱少子，盖亦为之傅助，以成此俗。今遗迹之见于童话者，人称季女式（或季子式），蛇郎亦其一也。"周作人以欧洲的"季子继承权"而解释中国蛇郎故事中妹妹（季女）的最终胜利，其立论是否正确，尚可商榷，因为在中国，除了那些实行"不落夫家"婚制的少数民族地区外，在汉民族中，历史上似并没有广泛实行过"季子继承"制，倒是长子享有法定的继承地位。

在《童话研究》中，周作人也对《老虎外婆》故事作了人类学派比较神话学的解析。

> 又有《老虎外婆》者，略云：母有二女，一日宁家，因止宿焉。夕有虎至，伪言母归，乃夜共卧，即杀幼女食之，长女闻声询其何作，曰方食鸡骨头糕干也，女乞分啖，乃掷一指予之，女惧谋逸，诡言欲溲，便命溺被中，女诿以被冷，乃索足带牵之，女以带端系溺器盖上，登树匿，虎曳带不见有人，乞猿往捕，猿堕地死，卒不能得。①

---

① 周作人《童话研究》，《儿童文学小论》，第28页；又见《周作人民俗学论集》，第33—34页。

　　他认为，中国的《老虎外婆》系"食人式"类故事。他说："希腊史诗言奥德修斯遇圜目之民，其事最著。异族相食，本于蛮荒习俗，人所共知，其原由于食俭，或雪愤报仇，又因感应魔术，以为食其肉者并有其德，故敢啖之，冀分死者之勇气，今日本俗谓妊娠者食兔肉令子唇缺（《博物志》亦云），越俗亦谓食羊蹄者令足健，食羊睛可以愈目疾，犹有此意也。童话中食人者多为厉鬼，或为神自吞其子，今所举者则为妖巫类。上古之时，用人以祭，而巫觋承其事，逮后淫祀虽废，传说终存，遂以食人之恶德属于巫师（食人之国祭后巫医酋长分胙各得佳肉），故今之妖媪，实古昔地母之女巫，欧洲中世尤信是说，谓老妪窃食小儿，捕得辄焚杀之，与童话所言，可相印证。俄国童话则别称巴巴耶迦（baba yaga），居鸡脚舍中，日本曰山姥，亦云山母，皆为丑媪，未尝异人，老虎外婆正亦此类，惟以奇俗骇人，因传兽名，殆非原谊。越中一说有称野扁婆者，未详其意，但亦人类，不言有毛。老虎外婆中言女欲秉火出迎，虎止勿须，坐瓮上，藏其尾，又卧时女怪其毛毿毿然，虎以被裘自解，恐皆后出，以为前言文饰者也。"[1]他认为在老虎外婆故事里，老虎外婆令猿追女，猿以绳缠颈，缘树而上，女惶迫溺下，猿呼"热"，虎误解为"曳"，即曳其绳，猿遂缢死，其结果重在猿虎姻缘，与《老虎怕漏》故事相同。

　　在写于1914年的《古童话释义》这篇长文中，周作人又选择借古籍而保存下来的《吴洞》《旁㐌》《女雀》等三个著名故事，以人类学的方法进行了释义。这种解读，在当时西学东渐的大形势下，无疑是一种以"他山之石"解剖中国故事的尝试之举。《吴洞》的故事，见于唐段成式《西阳杂俎续集·支诺皋上》：

　　　　南人相传，秦汉前有洞主吴氏，土人呼为吴洞。娶两妻，一妻卒，有女名叶限。少慧，善淘金，父爱之。末岁父卒，为后母所苦，常令樵险汲深。时尝得一鳞，二寸余，赪鬐金目，遂潜养于盆水，日日长，易数器，大不能受，乃投于后池中。女所得余食，辄沉以食之。女至池，鱼必露首枕岸，他人至不复出。其母知之，每伺之，鱼未尝见也。因诈女曰："尔无劳乎，吾为尔新其襦。"乃易其弊衣。后令汲于他泉，计里数百也。母徐衣其女衣，袖利刃，行向池呼鱼，鱼即出首，因斫杀之。鱼已长尺余，膳其肉，味倍常鱼，藏其骨于郁栖下之。逾日,女至向池,不复见鱼矣,乃哭于野。忽有人被发粗(亦作粗)衣,自天而降,慰女曰:"尔勿哭,尔母杀尔鱼矣!骨在粪下,尔归,可取鱼骨藏于室,所须第祈之,当随尔也。"女用其言,金玑衣食随欲而具。及洞节,母往,令女守庭果。女伺母行远,亦往,衣翠纺上衣,蹑金履。母所生女认之,谓母曰:"此甚似姊也。"母亦疑之,女觉,遽反,遂遗一只履,为洞人所得。母归,但见女抱庭树眠,亦不之虑。其洞邻海岛,岛中有国名陀汗,兵强,王数十岛,水界数千里。洞人遂货其履于陀汗国。国主得之,命其左右履之,足小者履减一寸。乃令一国妇人履之,竟无一称者。其轻如毛,履石无声。陀汗王意其洞人以非道得之,遂禁锢而拷掠之,竟不知所从来,乃以是履弃之于道旁,即遍历人家捕之,若有女履者,捕之以告。陀汗王怪之,乃搜其室,得叶限,令履之而信。叶限因衣翠纺衣,蹑履而进,色若天人也。始具事于王,戴鱼骨与叶限俱还国。其母及女即为飞石击死,洞人哀之,埋于石坑,命曰懊女冢。洞人以为祺祀,求女必应。陀汗王至国,以叶限为上妇。一年,王贪求,祈于鱼骨,宝玉无限。逾年,不复应。王乃葬鱼骨于海岸,用珠百斛藏之,以金为际。至征卒叛时,将发以赡军。一夕,为海潮所沦。成式旧家人李士元所说。士元本邕州洞中人,多记得南中怪事。①

周作人把《吴洞》故事归于欧洲人所制定的故事类型中的"灰娘式"。提出《吴洞》属于"灰娘式"这一观点,这在中国学术界是第一人。他的这个观点,被后来的许多民间文学专家所认同。而且他还提出了"中国童话当以此为最早"的论断。这一论点也不应埋没。他说:"此类童话中,恒有一物阴为女助,如牛马鸟蛇等,今则为一鱼。在蛮荒传说,其物即为女母,或母死后所化,或墓上物,盖太初信仰,物我等视,异类相偶,常见其说,灵魂不灭,易形复活,不昧前因,佑其后世,此第二悦之所本也。逮文化渐进,以异闻骇俗,则为之删改,如德国灰娘中,女以母墓木上白鸽之助,得诸衣饰,法国为女之教母,乃神女也。《玻璃鞋》本其说而线索中脱,乃觉兀突,吴洞之鱼当为母所化,观后母之刻意谋杀可见,否者或以图腾意谊,与死者有神秘之关系,而原本缺之,殆前传闻异词之故欤。执履求女,各本皆同,其履或丝或金,或为玻璃,亦有以金

---

① 《吴洞》故事见段成式《酉阳杂俎》,第200—201页,北京:中华书局1981年。笔者对其标点有改易。

环或一缕发为证，物色得之者。感应魔术有以分及全之法，凡得人一物者，即得有其一身，故生此式，又其发者以表颜色之美，其环或履者，以表手足之美，初无所异，埃及王得履，令求主者，曰履主必美妇人，以有是美足也。吴洞述求女及禁治洞人，又祈鱼骨等，事较繁细，盖传说交错，非纯粹童话，当系本土世说，而柯古杂述之者耳。"①

《酉阳杂俎续集·支诺皋》所收之《旁㐌》，是他重点解析的第二个载籍中的民间故事。段成式写定的故事如下：

> 新罗国有第一贵族金哥，其远祖名旁㐌，有弟一人，甚有家财。其兄旁㐌因分居，乞衣食。国人有与其隙地一亩，乃求蚕谷种于弟，弟蒸而与之，㐌不知也。至蚕时，有一蚕生焉，日长寸余，居旬大如牛，食数树叶不足，其弟知之，伺间杀其蚕。经日，四方百里内蚕飞集其家，国人谓之巨蚕，意其蚕之王也，四邻共缲之不供。谷唯一茎植焉，其穗长尺余，旁㐌常守之，忽为鸟所折，衔去，旁㐌追之。上山五六里，鸟入一石罅，日没径黑，旁㐌因止石侧。至夜半月明，见群小儿赤衣共戏，一小儿云："尔要何物？"一曰："要酒。"小儿露一金锥子击石，酒及尊悉具。一曰："要食。"又击之，饼饵羹炙罗于石上。良久，饮食而散，以金锥插于石罅。旁㐌大喜，取其锥而还，所欲随击而办，因是富侔国力，常以矶珠赡其弟。弟方始悔其前所欺蚕谷事，仍谓旁㐌试以蚕谷欺我，我或如兄得金锥也。旁㐌知其愚，喻之不及，乃如其言。弟蚕之，止得一蚕如常蚕。谷种之，复一茎植焉，将熟，亦为鸟所衔。其弟大悦，随之入山，至鸟入处，遇群鬼，怒曰："是窃予金锥者。"乃执之，谓曰："尔欲为我筑糠三版乎？尔欲鼻长一丈乎？"其弟请筑糠三版。三日饥困不成，求哀于鬼，乃拔其鼻，鼻如象而归。国人怪而聚观之，惭恚而卒。其后，子孙戏击锥求狼粪，因雷震，锥失所在。②

周作人采用比较神话学的方法，将其与日本、东亚以及越地等地同类的童话故事进行比较，得出结论说："此类童话多出一型，大抵一人得利，他人从而效之，乃至失败，颇有滑稽之趣。日本童话有《舌切雀》，言翁媪畜

① 周作人《古童话释义》，见《儿童文学小论》，42—43页；又见《周作人民俗学论集》，第48页。
② 《旁㐌》故事见段成式《酉阳杂俎》，第199页。

一雀，一日雀食浆衣粉糊，媪剪其舌斥之去，翁归往寻之，至雀居，大见款待，临行以葛笼为赠，翁择其轻者，中皆珍宝，媪欣羡亦往，负重者归，半途笼启，妖魔悉出，惊恐逃回，改行为善。此外又有《花笑翁》及《瘤取》皆近似，而《瘤取》一篇尤妙。有翁病瘤，入山樵采，遇大风雨，匿树穴中，及雨霁忽闻人声，有鬼方酒宴，翁为所见，出而跳舞，鬼大悦，命次日更来，取其瘤为质。邻翁亦有瘤，明日往舞甚拙，鬼怒，以瘤加其颊，乃负两瘤而归。与旁㤄弟之鼻长一丈，皆多诸趣，可相仿佛也。"①

他的家乡越中所流传的《雀折足》故事，其情节多有异变，有媪见雀儿折足坠地，将其收养，并放飞而去。雀儿衔来南瓜子一粒，媪将瓜子种下，结出一瓜，剖开后，里面装的全是黄金。邻居老媪的雀儿也折足，亦养之，雀儿报以瓜子，亦得一瓜，但瓜里却是些粪便。周作人说：此类故事"仿佛有彰善瘅恶之思，意东亚受佛教影响，故为独多，如衔环赠珠之类，见诸传记。欧洲亦有此式童话，大抵用诸季女式中，鲜有以翁媪作主人者，或亦因思想之异，东方固多趣于消极欤。"②旁㤄童话中的金锥，如常说的聚宝盆一样，实为民俗中常见之物，但民众赋予它一种特性：给善良者以供应不竭的所需物品；而给贪心者以惩罚。这类宝物，在不同文化背景的国家的民间故事里有着不同形态，或为案、或为磨、或为箱等不一。这种思想的所以产生，据周作人说，盖因为"原人所求首在衣食，而得滋不易"。

周作人所分析的第三个中国古书上记载的童话故事是《女雀》。这一故事见于晋·郭璞《玄中记》、《太平御览》引《搜神记》和《水经注》引《玄中记》等书。晋·干宝《搜神记》第354号故事《毛衣女》即为其不同变体，讲的也是豫章县发生的事。欧洲国家有《天鹅处女》（周作人译《鹄女》）故事。此故事的内容大致如下：一男子窥观在水中沐浴的鸟女，藏其年幼者（三女）脱下之毛衣。其它鸟女均飞走，独三女因无衣而留下来，娶以为妇，后生一女。其母命小女问父，得知其毛衣藏在稻垛之下。鸟女取衣飞去。

周作人说：童话《女雀》"其根本思想出于精灵信仰及感应魔（巫）术，盖形隔神通，故人兽可接，衣入人手则去住因之。或言古人多信怪

---

① 周作人《古童话释义》，见《儿童文学小论》，第45—46页；又见《周作人民俗学论集》，第49—50页。

② 周作人《古童话释义》，见《儿童文学小论》，第45—46页；又见《周作人民俗学论集》，第49—50页。

鸟，因生此想，观上言姑获鸟信仰可见，然此种传说不仅限于鸟类，多有走兽鳞介化为人者，大抵原出于一，第以风土所习，斯生变化，山居者言禽，水居者言鱼，就各所见者而已。……此类童话，初由人力作合，而实有无限之势力隐伺其后，如失衣而女住，得衣而女去。盖民俗学中禁制，其律本于宗教，设立约束，逾越则败。"①《女雀》或《毛衣女》故事，在世界许多国家和民族中都有不同变体流传，受到民众的喜爱，周作人指出这一故事的内核，来源于原始先民的精灵信仰和感应巫术。他的学术思想，摆脱了中国古文献中的神鬼之谈，而向科学地认识原人的世界观及其在口头文学中的遗留前进了一大步。

周作人对神话故事发生浓厚兴趣以及他撰写文章探讨神话故事问题，时值"五四运动"爆发前夕，那时正是一些先进的知识分子精英所代表的启蒙思想迅速传播的时期，他在这些文章中所阐述的一些思想观点，虽然在一般人看来是专业性很强的，但与当时的启蒙运动却是非常合拍的。正如他自己所说："我对于人类学稍有一点兴味，原因并不是为学，大抵只是为人，而这人的事情也原是以文化之起源与发达为主。但是人在自然中的地位，如严几道古雅的译语所云'化中人位'，我们也是很想知道的，那么这条路略一拐弯便又一直引到进化论与生物学那边去了。"②在当时的中国，进化论自然是一个先进的理论武器。

（三）抨击占验旧说　阐发儿歌新见

在家乡绍兴时，除了对故事的研究兴趣外，周作人还从1913年起开始搜集绍兴当地的童谣（儿歌）。③这一年的12月，他写了一篇《儿歌之研究》，发表在第二年（1914年1月20日）第4号的《绍兴县教育会月刊》上。④以"占验"学说解释童谣起源，把童谣比之谶纬，列诸五行妖异之中，在中国史书中一向有很大的势力。如《晋书·天文志》云："凡五星盈缩失位，其精降于地为人，荧惑降为童儿，歌谣游戏，吉凶之应，随其众告。"《魏书·崔浩传》云："太史奏荧惑在匏瓜星中，一夜忽然亡

---

① 周作人《古童话释义》，见《儿童文学小论》，第48页；又见《周作人民俗学论集》，第51页。
② 周作人《我的杂学》，见《周作人民俗学论集》，第15页。
③ 《知堂回想录》，第253页。
④ 《儿歌之研究》一文，在周作人到北京大学文科任教后，从1918年10月29日起，再次在《北京大学日刊》第239、240、241、242、243号上连载。

失，不知所在，或谓下入危亡之国，将为童谣妖言。"等。周作人在这篇文章中，首先痛击了此前中国古人关于"占验童谣"的谬论："自来书史纪录童谣者，率本此意，多列诸五行妖异之中。盖中国视童谣，不以为孺子之歌，而以为鬼神凭托，如乱卜之言，其来远矣。""以荧惑为童谣主者，盖望文生义，名学所谓'丐词'也。"他指出："儿歌起源约有二端，或其歌词为儿童所自造，或本大人所作，而儿童歌之者。"他还从发生学的原理出发，指出并分析儿歌之产生的必然性和顺序性："凡儿生半载，听觉发达，能辨别声音，闻有韵或有律之音，甚感愉快。儿初学语，不成字句，而自有节调，及能言时，恒复述歌词，自能成诵，易于常言。盖儿歌学语，先音节而后词意，此儿歌之所由发生，其在幼稚教育上所以重要，亦正在此。"而"迨级次逮进，知虑渐周，儿童之心，自能厌歌之诘屈，话之荒唐，而更求其上者，斯时进以达雅之词，崇正之义，则翕然应受，如石投水，无他，亦顺其自然之机耳。"[1]

至于儿歌的种类，他认为："大要分为前后两级，一曰母歌，一曰儿戏。"而儿戏，是儿童自戏自歌之词，又可再分为游戏、谜语、叙事三类。与前人的见解不同，他说，儿歌不仅是"研究教育者之一助"，"童谣之佳者，味覃隽永，有若醇诗"，"有三百篇遗意"。"依民俗学，以童歌与民歌比量，而得探知诗之起源，与艺术之在人生相维若何，犹从童话而知小说原始，为文史家所不废。"在这里，他破天荒地把儿歌看成是文学的原始和文学体裁的一种。几年后，他受聘到北京大学任教，仍然对儿歌抱着浓厚的兴趣，并曾以此为题到孔德学院做过讲演，他的"母歌"与"儿戏"的分类理论得到了继续发挥。

在写这篇文章的同时，他还刊布了一份征集儿歌童话的启事，希望在儿歌童话的搜集上能迈出一步。启事如下：

> 作人今欲采集儿歌童话，录为一编，以存越国土风之特色，为民俗研究儿童教育之资料。即大人读之，如闻天籁，起怀旧之思，儿时钓游故地，风雨异时，朋侪之嬉戏，母姊之话言，犹景象宛在，颜色可亲，亦一乐也。第兹事体繁重，非一人才力所能及，尚希当世方闻之士，举其所知，曲赐教意，得以有成，实为大幸。[2]

---

[1] 周作人《儿歌之研究》，见《绍兴教育会月刊》1914年第4号；又见《周作人民俗论集》，第130—137页。

[2] 《知堂回想录》，第398页。

　　但此举却遭到了意外的失败。启事登出去以后过了几个月，只有一个人响应。他的这个富有探索性的计划就这样烟消火灭了。绍兴虽是人杰地灵、人才荟萃，鲁迅和周作人两兄弟首倡搜集民间文艺，研究越谚民俗，但由于当时民主思想还没有得到广泛传播，而且绍兴毕竟地处一隅，并不具备登高一呼就应者云集的主客观条件，搜集歌谣计划的失败是必然的。

　　但周作人于1913年1月搜集和编定的《童谣研究》一书的稿本，在他身后，由鲍耀明先生整理、标点，发表在《鲁迅研究月刊》2000年第9期上，其中搜罗了不同来源的童谣100则，保存下来了百年前流行于绍兴社会上的儿歌材料，无论对于社会发展研究、还是民间文艺本身的研究，此稿本都是殊为珍贵的。此稿本中，还包括下列内容：《童谣论资》《杂记》（昔年鲁迅所记）《集说》（历代关于童谣的理论学说资料），以及《资料》（所收童谣之书面来源参考文献）。

第八节　孙毓修的童话故事论

　　孙毓修（1871—1922），字星如，号留庵，无锡城郊孙巷人。幼得庭训，擅作骈体文，后就读于江阴南菁书院，曾随师缪荃孙学习版本目录学。清道光二十一年（1841）中秀才。光绪二十八年（1902）在苏州从美国牧师赖昂女士学英文。光绪三十三年（1908）进上海商务印书馆编译所任高级编辑。宣统元年（1909）在国文部主编《童话》丛书。《童话》丛书共出版二集，第一集共100多本。二集共出版多少本，现在已经很不容易查清。他参照《泰西五十轶事》等西欧童话传说，编写了《无猫国》《大拇指》等儿童读物。被称为"中国有童话的开山祖师"（茅盾语）。

　　商务印书馆印行的"商务童话"第十四篇《玻璃鞋》之"发端"云："《无猫国》是诸君的第一本童话，在六年前刚才发现，……《无猫国》要算中国第一本童话……"。《无猫国》虽然并非真正的民间故事，而是《童话》的编辑孙毓修模仿或参照《泰西五十轶事》中的西欧传说故事而编写的文人童话，但它毕竟开了中国童话写作的先河。

　　孙毓修著于1913年的《欧美小说丛谈》（"文艺丛刻甲集"，商务印书馆1916年12月初版）一书，被认为是"我国第一部世界文学论著"。在这部书里所收的《神怪小说之著者及其杰作》一文中，作者从世界（主要是欧洲）文学发展史的角度，对神话和民间故事中的神怪故事的产生、性质、特点等作了阐述。他说：

披萝带荔，三闾见之为骚；牛鬼蛇神，长吉感之作赋。其后搜神有记，诺皋成书。语怪之书，在中国发达最早。英语名此为 Fairy Tales，其风始于希腊。益以间巷谣俗，代有流传，虽无益于事实而有裨于词章，遂于小说界中，独树一帜。古时真理未明，处处以神道设教，狐鬼之谈，感人尤易，故恒以语小儿，为蒙养之基。小儿亦乐其诞而爱听之。①

神怪小说（Fairy Tales）者，其小说之祖乎。生民之初，智识愚昧，见禽兽亦有知觉，而不能与人接音词、通款曲也，遂疑此中有大秘密存，而牛鬼蛇神之说起焉。山川险阻，风云雷雨，并足限制人之活动，心疑冥漠之中，必有一种杰出之人类，足以挥斥八极、宰制万物者，而神仙妖怪之说起焉。后世科学发达，先民臆度之见，既已辞而辟之，宜乎神怪小说，可以不作，借日有之，亦只宜于豆棚架侧，见悦于里巷之人，与无知之小儿而已。不知小说本于文学，而神怪小说，又文学之原素也。天下之事，因易而创难。神怪小说，则皆创而非因，且此创之一字，仅上古无名之人，足以当之。而今日文学史上赫赫之巨子，惟掇拾人之唾余，附于述而不作之列，尚无术以自创也。由此言之，神怪小说，岂易言哉，岂易言哉。

神怪小说与神话（Mythology）不同。神话者，未有文学以前之历史，各国皆有之。我国一部《路史》，大足为此类之代表。后人觉其荒唐，斥为不典，当时视之，则固金匮石室之秘史，即今日粤若籍古，亦不能尽废其书。神怪小说起于晚近，尽知其寓言八九而已。神话史谓之有小说滋味则可，竟隶之于小说，则不可也。②

关于Fairy Tales 这个词译为汉语中的什么术语恰当，稍后，1922年初，赵景深与周作人曾在《晨报副镌》（孙伏园主编）上进行过一番讨论。他们认为其含义应近于"神怪故事"或"魔法故事"。后来也有人译为"精怪故事"或"童话故事"。孙毓修著此文时，"神话"一词的运用，在学界已趋普遍，而他把Fairy Tales译为"神怪小说"，在当时则还没有后来出现的那些相对固定的对应词汇。但审视他对 Fairy Tales 的界说，虽后来未被学界广泛承认，但其从与神话（Mythology）的比较视角切入，却颇见出他的见地的深刻。他的见解至少包括四层意思：其

① 孙毓修《神怪小说》，见《欧美小说丛谈》，第37页，商务印书馆1916年。
② 孙毓修《神怪小说之著者及其杰作》，见《欧美小说丛谈》，第54—55页，商务印书馆1916年。

一，"神怪小说Fairy Tales 者，其小说之祖乎。" 神怪小说Fairy Tales
是小说的先祖和源泉。其二，"生之初民，知识愚昧，见禽兽亦有知
觉，而不能与人接音词、通款曲也，遂疑此中有大秘密存，而牛鬼蛇神
之说起焉。山川险阻，风云雷雨，并足限制人之活动，心疑冥漠之中，
必有一种杰出之人类，足以挥斥八极、宰制万物者，而神仙妖怪之说起
焉。" "古时真理未明，处处以神道设教，狐鬼之谈，感人尤易，故恒
以语小儿，为蒙养之基。"即传说故事形成于初民知识愚昧时代，那是
一个真理未明、神道设教的时代，故故事里充满着荒诞不经的想象和神
灵思想与狐鬼形象。其三，"后世科学发达，先民臆度之见，既已辞而
辟之，宜乎神怪小说，可以不作，藉曰有之，亦只宜于豆棚架侧，见悦
于里巷之人，与无知之小儿而已。"即使后世科学发达起来，先民的这
些臆想之作，依然流传于豆棚架侧、里巷之间，被民众和儿童接受和传
播，成为儿童的启蒙材料，并被记载下来。其四，神怪小说起于晚近，
出现在神话之后，成为小说的滥觞。

在神怪故事（或精怪故事）之外，孙毓修论到"寓言故事"（Fable）。
他写道：

> Fable者，捉鱼虫草木鸟兽天然之物，而强之入世，以代表人类
> 喜怒哀乐，纷纭静默，忠佞邪正之概。《国策》桃梗土人之互语，鹬
> 蚌渔夫之得失，理足而喻显，事近而旨远，为Fable之正宗矣。译者取
> 《庄子》寓言八九之意，名曰寓言。日本称为物语。此非深于哲学，
> 老于人情，富于道德，工于词章者，未易为也。自教育大兴，以此颇
> 合于儿童之性，可使不懈而几于道。教科书遂采用之。高文典册，一
> 变而为妇孺皆知之书矣。[1]

孙毓修，在20世纪之初，能从世界文学史的发展着眼，借鉴外国的
文艺学以及民俗学的理论，在与欧美文学的比较研究中，对神怪故事（或
称精怪故事、童话）作出如上的解释和论述，特别是指出神怪故事的发生
在神话之后，滥觞于人类思维不发达、真理未明的上古时代，受神道设
教、多神崇拜的影响，故而创造出一些狐鬼妖怪形象，以表达心中的思想
（"臆度之见"），不失是一种较为深刻的民间文艺学见解。

---

[1]　孙毓修《寓言》，见《欧美小说丛谈》，第71—72页。

第九节　梅光迪：文学革命自当从民间文学入手

在20世纪初兴起的"文学革命"运动之初，几个在美国留学的青年学生——进步知识分子对民间文学的重视，扮演着一个不可忽视的角色。积极倡导和推动"文学革命"的胡适，1915年夏季，与在美国读书的几位好友，任叔永（鸿隽）、梅觐庄（光迪）、杨杏佛（铨）、唐擘黄（钺），都在绮色佳度夏，他们常常聚在一起讨论中国文学的问题。关于他们讨论文学的故事，胡适在《逼上梁山——文学革命的开始》一文里这样写道："这一班人中，最守旧的是梅觐庄，他绝对不承认中国古文是半死或全死的文字。因为他的反驳，我不能不细细想过我自己的立场。他越驳越守旧，我倒渐渐变的更激烈了。我那时常提到中国文学必须经过一场革命；'文学革命'的口号，就是那个夏天我们乱谈出来的。"他在与后来成为"学衡派"中坚分子的梅光迪的通信中，梅的立场大变，谈到了民间文学在文学革命中的作用，叫胡适倍感高兴。梅光迪于1916年3月19日写给胡适的信件中，使用了"民间文学"这个词汇，并提出"文学革命"要从"民间文学"入手这一思想。用"民间文学"这个词儿和提出"文学革命"要从"民间文学"入手，仅此两点，在当时的学界当属首创。

> 1916年3月间，我曾写信给梅觐庄，略说我的新见解，指出宋元的白话文学的重要价值。觐庄究竟是研究过西洋文学的人，他回信居然很赞成我的意见。他说："来书论宋元文学，甚启聋聩。文学革命自当从'民间文学'（Folklore,Popularpoetry,Spoken Language,etc.）入手，此无待言。惟非经一番大战争不可。骤言俚俗文学，必为旧派文家所讪笑攻击。但我辈正欢迎其讪笑攻击耳。"这封信真叫我高兴，梅觐庄也成了"我辈"了！[①]

梅光迪（1890—1945），字觐庄，又号迪生。文学博士。民国二年（1913）派往美国威斯康辛大学留学。旋入芝加哥西北大学攻读西洋文学。1915年转入美国著名的哈佛大学研究院，师承新人文主义大师白璧

---

① 胡适《逼上梁山——文学革命的开始》，原载《东方杂志》第31卷第1期，1934年1月1日；后收入《中国新文学大系·建设理论卷》，上海良友图书印刷公司1935年。此据姜义华主编《胡适学术文集》，第201页，北京：中华书局1995年。

德，继续攻读西洋文学，获文学博士学位。1920年，学成回国，任南开大学英文系主任。不久，应南京高等师范学校（翌年改称东南大学）刘伯明之邀，任该校西洋文学系主任。梅氏还以《学衡》为阵地，撰文同胡适开展辩论。梅认为文言白话之递兴，只是文学体裁的增加，并非革命；文言与白话各有所长，不可更代与混淆，有其独立并存之价值。

1924—1936年间（除在中央大学任文学院院长两年外），均在美国哈佛大学担任东方文学教授，执教10年，讲授孔子儒家哲学，宣扬东方文化，培养了大批汉学人才。梅光迪身居异邦，心念祖国，1936年，决定放弃优厚待遇回国。回国后，应浙江大学校长竺可桢之聘，担任外国文学系主任。1937年10月，梅在《言论界之新使命》一文中，呼吁全国言论界阐扬我国历史上反抗外来侵略的斗争传统，恢复民族自信力，打破劣等民族之自卑心理，团结起来，以实现抗战之胜利。抗战中，浙大迁遵义，梅任文学院长。病逝后，教育部长朱家骅挽联写道："博学重通才流拨遗风开往史，清言匡大计婆娑乔木启英豪"。身后辑有《梅光迪文录》、《梅光迪先生家书集》等。

仔细研读胡适《逼上梁山——文学革命的开始》一文，感到这时的胡适，高兴归高兴，却似并没有理解到梅光迪的"文学革命自当从'民间文学'入手"的真意。他写道："我到此才把中国文学史看明白了，才认清了中国俗话文学从宋儒的白话语录到元朝明朝的白话戏曲和白话小说，是中国的正统文学，是代表中国文学革命自然发展的趋势的。我到此时才敢正式承认中国今日需要的文学革命是用白话代替古文的革命，是用活的工具代替死的工具的革命。"

第二章
歌谣运动的兴衰
（1918—1926）

　　歌谣运动于1918年2月在北京大学异军突起，不是偶然的，而是时代、时势、环境、人事的共同产儿。歌谣运动的兴起，与新文学运动有着不可分割的血肉联系，甚至可以说是新文学运动的一翼。沈雁冰在《中国新文学大系·小说一集》导言里说："现在我们回顾民国六年（1917）到民国十年（1921）这五年的期间（这是中国新文学史上第一个'十年'的前半期），总会觉得那时的创作界很寂寞似的。作者固然不多，发表的机关也寥寥可数。然而我们再看看那时期的后半的五年（1922—1926），那情形可就大不同了。从民国十一年起（1922），一个普遍的全国的文学的活动开始来到！""第一个'十年'的后半期顿然有声有色！"①这段话之所以常常被文学史家们引用，是因为它恰如其分地概括了新文学运动第一个十年的情况。现代学术史上的歌谣运动和歌谣学的初建时期的情况，不也与对新文学史上的第一个十年的这段描述正相契合吗？

　　没有酝酿已久的启蒙思想运动，没有北京大学及其校长蔡元培的思想和支持，没有鲁迅的著文呼吁，没有刘半农、沈尹默、沈兼士、钱玄同等文化先锋人物的策划与身体力行，就不会有歌谣的征集和研究运动。从根本上说，歌谣运动体现了中国知识界平民意识的觉醒。稍后几年间，在

---

　　① 茅盾《〈中国新文学大系·小说一集〉导言》，最初刊载于《中国新文学大系·小说一集》，上海良友图书印刷公司1935年；现据《茅盾全集》（第20卷），第456—461页，1990年。

《歌谣》周刊、《晨报副镌》[①]周围的以北大的和外省的教授、教师们组成的歌谣乡土研究派为主体的一大批歌谣研究者，以先进的理念在全国范围内征集近世歌谣，收到了前所未有的成效，并逐渐扩大到征集和研究传说故事（如孟姜女故事）。编辑了前期《歌谣》周刊1—97期（1922年12月17日—1925年6月28日，外加一期《北大二十五周年歌谣纪念增刊》，1923年12月17日出版，未列入期号）；编辑了《歌谣丛书》和《歌谣小丛书》，出版了《看见她》（1924）、《吴歌甲集》（1926）、《孟姜女故事的歌曲甲集》等。他们所做的，无疑是中国文化史上的一件惊天动地的大事业。北大歌谣研究会之外，茅盾（沈雁冰）的神话研究和赵景深的童话故事研究等，在中国现代神话学发轫之后，创建了中国的歌谣学和传说故事学的雏形。从学术史的历程来说，自1918年冬北大歌谣征集处的诞生至1925年暑期《歌谣》周刊的停刊，无疑应是中国现代民间文艺学的奠基时期。

第一节　北大歌谣研究会与启蒙运动

作为19世纪末20世纪初"文化革命"和启蒙运动的一个组成部分，从1918年2月1日成立的北京大学歌谣征集处[②]，到五四新文化运动落潮期的1920年12月9日北大歌谣研究会成立[③]、1922年12月17日《歌谣》周刊创

---

① 《晨报》为爱国报人成舍我创办的报纸。《晨报附刊》原为该报刊载文艺作品的第七版，简称《晨附》。1921年10月12日脱离《晨报》独立发行，定名为《晨报副镌》。李大钊、孙伏园先后任主编。1925年由徐志摩接编，改名《晨报副刊》，简称《晨副》。《歌谣》周刊创刊前，《晨报副镌》发表了许多有关歌谣的研究和评论文章，如：郭绍虞的《村歌俚谣在文艺上的位置》（1920年8月21日）、顾颉刚的《吴歈集录的序》（1920年11月3日）、周作人的《歌谣》（1922年4月13日）、顾颉刚、魏建功、沈兼士的《歌谣的讨论》（1922年12月）等。《歌谣》周刊创刊后的一段时间里，《晨报副镌》仍然是歌谣运动的重要园地。

② 北大歌谣征集处由刘半农、钱玄同、沈兼士、沈尹默发起。由刘半农草拟的《北京大学征集全国近世歌谣简章》和北大校长蔡元培的《校长启事》，发表在《北京大学日刊》第61号（1918年2月1日）上。

③ 北京大学歌谣研究会成立日期，据《国立北京大学研究所国学门概略》，1927年2月1日；又据容肇祖《北大歌谣研究会及风俗调查会的经过》（上），广州：中山大学《民俗》周刊第15—16期合刊，1928年。

刊，到1925年6月停刊；继而又于1925年10月14日创刊《北京大学研究所国学门周刊》部分选刊歌谣研究会的资料和文章，至1926年8月底停刊。歌谣运动从兴起到衰亡，大约经历了七年的时间。如果加上胡适于1936年主持复刊《歌谣》，又出了一年，总共也不过八年。歌谣研究会的成立和《歌谣》周刊的创刊，作为中国现代民间文艺学史上的第一个流派，征集和研究流传于下层老百姓中间、向来不登大雅之堂不为圣贤文化所承认的歌谣、谚语、俚语等口碑文学，其在中国文化史上的思想启蒙意义，应当得到充分的估价。

北大歌谣研究会是一个松散的流派，在这个大的研究群体中，至少包括了三种类型的学者：其一，是受西方人类学派影响较多的学者，如周作人等；其二，是重视和提倡搜集歌谣、但就其立场而言是从文学的角度研究歌谣的学者，如刘半农、胡适等；其三，是乡土研究的学者，如顾颉刚、董作宾、常惠等。

（一）在启蒙运动中诞生

20世纪初的中国，是一个风起云涌的思变的时代。陈独秀、李大钊等激进的民主主义者，首先举起了批判以孔丘为代表的封建思想文化的旗帜，揭开了五四新文化运动的序幕。袁世凯提倡尊孔读经，康有为等请求以孔教为"国教"，严重地阻碍着思想解放运动的发展。一些接受了西方思想影响的知识界人士，尤其是民主主义者，纷纷起而反抗。在《新青年》等刊物上接连发表了多篇文学革命的文章，以"选学妖孽，桐城谬种"为代表的顽固派成了知识界声讨的对象。在这种形势下，在著名民主主义革命家、教育家和学者蔡元培的支持下，钱玄同、沈兼士、沈尹默、刘复发起的北京大学歌谣征集处于1918年2月成立了。陈独秀、李大钊、蔡元培、刘复（半农）、钱玄同、沈尹默、周作人、沈兼士等一大批具有民主主义思想的学者，从提倡征集歌谣入手，正式揭开了中国民间文学运动和中国民间文艺学的第一幕。

歌谣运动的真正的首倡者，是1917年应蔡元培校长之聘，由家乡江阴来北平到北大任预科教授的刘半农。他在1927年写的《国外民歌译·自序》里说："这已是九年以前的事了。那天，正是大雪之后，我与（沈）尹默在北河沿闲着走，我忽然说：'歌谣中也有很好的文章，我们何妨征集一下呢？'尹默说：'你这个意思很好。你去拟个办法，我们请蔡先生用北大的名义征集就是了。'第二天我将章程拟好，蔡先生看了一看，随即批交文牍处印刷五千份，分寄各省官厅学校。中国征集歌谣的事业，就从此开始了。"①于是，中国近代史上第一个专门的民间文学研究机构"歌谣征集处"便在最高学府北京大学诞生了。征集事宜由刘复、沈尹默和周作人负责编辑，钱玄同、沈兼士担任考订方言。

刘半农拟定的《北京大学征集全国近世歌谣简章》和以北京大学校长蔡元培名义发布的《校长启事》这两个文告，一起刊登在1918年2月1日出版的《北京大学日刊》第61号上。陈独秀主编的《新青年》积极给予支持，于第4卷第3期上转载了《简章》。征集活动在校内外引起了强烈的反响。三个月后，就收到了来稿80余起计歌谣一千一百余章。《北京大学日刊》自同年5月20日出版的第141号起，由刘复编订发表，计一年时间，共刊出了148则。可贵的是，刘复在所选发的歌谣后面，加了注释，这些注释，就像是中国古代文人在古书上的批注一样，表达了他的歌谣观。比如，他重视对歌谣进行社会学的研究（第22首"杨柳树结疤多"注："与此章类似之歌谣，多至不可胜数，亦社会现状中极可研究之问题也"）；他注意从歌谣研究文化之变迁（第92首"春打六九头"注："苟能搜罗完备，依地理区域排列而比较之，以求各地岁时风俗差异之所在及其渐次变迁之迹，亦研究歌谣中一极有趣味之事也。"）；他重视和提倡在歌谣研究中运用比较法（就第61首的发表致罗家伦信："吾辈今日研究歌谣当以'比较'与'搜集'并重。所谓比较，即排列多数之歌谣用研究科学之法，以证其起源流变。"）由于"五四运动"的政治斗争的爆发，而使这一史无前例的壮举暂时中断了。"五四运动"以后，刘复和沈尹默先后都出国留学去了，征集和编订工作暂告停顿。

当时参与其事的北京大学教授魏建功40年后曾经这样写道："本世纪十年代中国刚经过辛亥革命，北洋军阀正当权，顽固的旧文化统治着，新旧思想斗争非常激烈。众所周知的，林纾（琴南）反对新文化运动，反对白话文，公开攻击北京大学，写信责骂蔡元培校长，蔡校长发表过有名的《答林琴南书》。林纾信里攻击白话是'引车卖浆者流'的话，虽然搜集歌谣本是传统'采风'的工作，在封建文人的眼光里，却并不是看得起的。林纾的信是五四前（1919年3月中）发表的，据说曾有企图，想让安福系军伐对提倡新文学的北大文科部分教授进行迫害。搜集近世歌谣当时受到了从事新文学的人的很大注意。其证据之一是开始征集的简章，由提倡新文学的人登载在宣传新文化的刊物《新青年》上（第4卷第3期）。同号

---

① 《国外民歌译》（刘半农译），北新书局1927年。

《新青年》还发表了《文学革命之反响》，内容是一封具名王敬轩反对文学革命的信和记者半农写的《奉答王敬轩先生》。这封答信严峻尖锐地抨击了保守落后的封建主义文艺观点，主要批判对象之一就是林纾的写作。这位记者半农也就是征集歌谣主持人刘复。他答王敬轩的信和拟征集歌谣的简章，该是同时期先后的工作。惹得林纾及其代表的阶级阶层那样动火的因素，不言而喻和这些都有关系。"①

刘复不仅是征集近代歌谣的首倡者，而且是中国近代史上科学地采集民歌的第一人。他于1917年暑期在由江阴到北平的船上，搜集了20首江阴船歌，并且附有注释。周作人在1919年9月1日为其《江阴船歌》所写的序——《中国民歌的价值》中说："这二十首歌谣中，虽然没有很明了的地方色彩与水上生活的表现，但我的意思却以为颇足为中国民歌的一部分代表，有搜录与研究的价值。半农这一卷的江阴船歌，分量虽少，却是中国民歌的学术的采集上第一次的成绩。我们欣喜他的成功，还要希望此后多有这种撰述发表，使我们能够知道'社会之柱'的民众的心情，这益处是普遍的，不限于研究室的一角的；所以我虽然反对用赏鉴眼光批评民歌的态度，却极赞成公开这本小集，做一点同国人自己省察的资料。"②周作人的这个评价是公正的，刘复的这次民歌采集工作，的确不愧是近代文艺史上第一次科学的采集，是应该给予肯定的。这一时期，刘复在歌谣的搜集、编订、阐发论述等方面，做了许多开拓性的工作，有待进一步地发掘研究。如他在北大预科讲授《中国之下等小说》，入木三分地批判了下等小说里的那种捧皇帝的思想，认为"这本来是中国人万劫不灭的恶根性"，并指出，"骂皇帝的只有孟姜女万里寻夫一种"；为周作人从坊间搜集来的《越谚》写了《越谚序录》；写了《歌谣界说》，等等。由于《歌谣界说》一文未曾发表，因而不可得读。蔚文致信给《歌谣》周刊的编者常惠曾提到："有篇重要的作品，我以为你们应当提前发表，就是刘半农先生那篇《歌谣界说》。……你们不把《歌谣界说》尽先发表了，恐怕研究的人，无从着手；而搜集的人，也费此无谓的审查光阴。"常惠答复他说："刘半农先生那篇《歌谣界说》是他自己说过暂时不愿意发表，我们如今当然不敢冒昧从事。"③而《越谚序录》则发表于1918年7月30

---

① 魏建功《〈歌谣〉发刊四十年纪念》，见《民间文学》1962年第6期。

② 周作人《中国民歌的价值》，见《学艺杂志》第1卷第2号；《歌谣》周刊第6号转载，1923年1月21日。

③ 《讨论：几首可作比较研究的歌谣》，见《歌谣》周刊第4号，1923年1月7日。

日、8月1日、8月3日、8月6日的《北京大学日刊》上。

北大歌谣征集处的工作，在"五四运动"之后，暂时停顿下来。接着，刘复和沈尹默先后出国学习，一时没有人主持了。1920年12月15日《北京大学日刊》发表了《发起歌谣研究会征求会员》的启事，19日在北大一院开会，北京大学歌谣研究会宣告成立，由沈兼士、周作人主任，重整旗鼓。一个新的阶段开始了。

北大歌谣研究会是冲破政治和文化保守势力的笑骂和抨击，表达其观念、开展活动的。在对待歌谣的态度上，歌谣研究会之外的知识界，大致上有三派人：一曰赏鉴派，这一派认为歌谣只不过是"小玩意"，不但及不上那些喷饭下酒的歪诗，甚至也及不上那些消愁解闷的唱本。二曰混合派，他们把歌谣、谜语、方言、乡曲、唱本看作是不堪入目的下等作品、下贱品。三曰笑骂派，这一派的人数非常之多，势力甚是强大，他们是旧文化的卫道士。[1]即使歌谣研究会的一般会员——收集者们，在老百姓中收集歌谣时，也往往受到保守主义和在保守主义思想控制下的习惯势力的限制与阻碍，其困难是我们生活和工作在20世纪末与21世纪初的人们很难想象的。

先后参加歌谣研究会这个团体或流派的领袖或骨干人物，除了出国留学的刘半农、沈尹默外，有文学家周作人、胡适、常惠等，语言学家音韵学家钱玄同、沈兼士、魏建功，史学家顾颉刚等。正如刘半农所说：歌谣研究会成立之初，"研究歌谣，本有种种不同的趣旨：如顾颉刚先生研究《孟姜女》，是一类；魏建功先生研究吴歌声韵类，又是一类；此外，研究散语与韵语中的音节的异同，可以别归一类；研究各地俗曲音调及其色彩之变递，又可以另归一类；……如此等等，举不胜举，只要研究的人自己去找题目就是。而我自己的注意点，可始终是偏重在文艺的欣赏方面的。"[2]可以见出，其一，参与开创中国歌谣运动的人，不仅来自不同的学科，而且也采用了不同的方法和立场，而首倡歌谣搜集运动的刘半农，是从文艺欣赏的立场进入并发动这个事业的；其二，他所说的"歌谣"是广义的，包括像顾颉刚所搜集与研究的孟姜女传说，也在"歌谣"之列，"歌谣"与后来我们所指的"民间文学"是同义的。尽管参加进来的人员成分很杂，学术思想及其倾向也各不相同，但歌谣研究会一旦成立，他们就都以周作人执笔的《歌谣·发刊词》为行动纲领。周作人宣布："汇集

---

[1]　卫景周《歌谣在诗中的地位》，见《歌谣》周刊《周年纪念增刊》（1923年12月17日）第34版。

[2]　刘半农《国外民歌译·自序》，见北新书局1927年4月，上海。

歌谣的目的共有两种，一是学术的，一是文艺的。……歌谣是民俗学上的一种重要的资料。我们把它辑录起来，以备专门的研究；这是第一个目的。因此我们希望投稿者不必自己先加甄别，尽量地录寄，因为在学术上是无所谓卑猥或粗鄙的。从这学术的资料之中，再由文艺批评的眼光加以选择，编成一部国民心声的选集。意大利的卫太尔曾说'根据在这些歌谣之上，根据在人民的真情感之上，一种新的"民族的诗"也许能产生出来。'所以这种工作不仅是在表彰现在隐藏着的光辉，还在引起当来的民族的诗的发展；这是第二个目的。"①此后，在第26期以北京大学歌谣研究会名义复俄国教授伊凤阁的信（1923年9月24日）中，再次重申并进一步阐述了研究歌谣的两种方法："学术的研究当采用民俗学（Folk-lore）的方法，先就本国的范围加以考订后，再就亚洲各国的歌谣故事比较参证，找出他们的源泉与流派，次及较远的各国其文化思想与中国无甚关系者作为旁证；唯此事甚为繁重，恐非少数人所能胜任，须联合中外学者才能有成。本会事业目下虽只以歌谣为限，但因连带关系觉得民间的传说故事亦有汇集之必要，不久拟即开始工作。至于文艺的研究将来或只以本国为限，即选录代表的故事，一方面足以为民间文学之标本，一方面用以考见诗赋小说发达之迹。"②

以歌谣研究会及其《歌谣》周刊为中心的歌谣运动，持续到1925年5月11日北大文科研究所国学门开会议决暑假后归并《北京大学研究所国学门周刊》。至于改刊的原因，《国学门周刊·缘起》写道：

> 国学门原有一种《歌谣周刊》，发表关于歌谣的材料。去年风俗调查会成立，也就借它的余幅来记载一点消息。后来寖至一期之中，尽载风俗，歌谣反付缺如，顾此失彼，名与实乖。兼之国学门成立以来研究生之成绩，及各学会搜集得来整理就绪之材料，日积月累，亦复不少，也苦于没有机会发表。于是同仁遂有扩张《歌谣周刊》另行改组之举。

> 这个新周刊是包括国学门之编辑室、歌谣研究会、方言研究会、风俗调查会、考古学会、明清史料整理会所有的材料组合而成。其命意在于将这些材料编成一个略有系统的报告，以供学者之讨论，借以

---

① 周作人《歌谣·发刊词》，见《歌谣》周刊第1号，1922年12月17日，北京大学《北京大学日刊》科发行。

② 歌谣研究会复伊凤阁信，见《歌谣》周刊第26号，1923年9月30日。

引起同人之兴趣及社会之注意。其组织虽于本校《国学季刊》不同，却是表里相需并行不悖的。以后尚望同志随时赐教。

十四年十月十日[①]

《歌谣》周刊出到第97号（同年6月28日）停刊，原来《歌谣》周刊的任务，合并到了《国学门周刊》，征集和发表歌谣的园地，被所内的方言研究会、风俗调查会、考古学会、明清史料整理会等所挤占，不仅排除了许许多多远在外地的搜集和研究歌谣已颇有成绩的会员，即使围绕在《歌谣》周围的那一彪人马，如常惠、董作宾等，也陆续风流云散了。

歌谣运动派的解体，主要原因应是社会条件的变化。正如胡适在十年后为《歌谣》写的《复刊词》所说："歌谣周刊停办，正当上海'五卅'惨案震荡全国人心的时候。从此以后，北京教育界时时受了时局的震撼，研究所国学门的一班朋友不久也都散在各地了。歌谣的征集也停顿了，歌谣周刊一停就停了十多年。"[②]

到1935年，北大文科研究所决定恢复歌谣研究会，聘请周作人、魏建功、罗常培、顾颉刚、常惠、胡适诸位先生为歌谣委员会委员，但那时连会都开不起来。直到1936年3月，胡适才站出来重新收拾旧山河，恢复《歌谣》周刊，看起来所聘人员有些还是老搭档，但昔日的辉煌已经不再了。而且，胡适在《复刊词》里所宣布的新纲领，其基调，与当年周作人的旗号相比，已经出现了显著的改变。胡适写道："我们现在做这种整理流传歌谣的事业，为的是要给中国新文学开辟一块新的园地。这园地里，地面上到处是玲珑圆润的小宝石，地底下还蕴藏着无穷尽的宝矿。聪明的园丁可以掘下去，越掘的深时，他的发现越多，他的报酬也越大。"周作人当年宣布两种目的，而且是把"学术的"——即民俗学的目的放在第一位，到此时，胡适放弃了"民俗学"的目的，只重申"文艺的"目的，即为"给中国新文学的开辟一块新的园地"。

（二）歌谣研究会派的历史贡献

以北京大学歌谣征集处和歌谣研究会为中心的歌谣运动，是在19世纪末20世纪初的思想启蒙运动中出现的，是五四新文化运动的有力的一翼。

---

① 《北京大学研究所国学门周刊》第1期，1925年10月14日。

② 胡适《歌谣·复刊词》（1936年3月9日），见《歌谣》第2卷第1期，1936年4月4日。

作为中国民间文艺学史上的第一个流派，以《北京大学日刊》《歌谣》周刊以及《晨报》的副刊等报刊为理论阵地，一开始就高扬一向被以贵族文化为核心的传统文化所鄙睨的平民口头文学的旗帜，在建立中国新文化、新文学的伟大运动中，起了重要的作用和发生了深远的影响。尽管后《歌谣》周刊时代的一些团体的成员，对歌谣研究会和《歌谣》周刊这一主要以文学家组成的流派的成就持较多的否定态度，但这一流派的历史贡献不会因为它所固有的缺陷而被历史所埋没。歌谣研究会的成就主要表现在下列方面：

（1）通过他们在舆论上的大声疾呼、思想理论上的搏斗和包括搜集研究阐释等富有成效的工作，从根本上改变了两千年来只有统治集团及其文人雅士们所创造的圣贤文化才算是中华文化的文化偏见与文化保守主义，为不登"大雅之堂"的"平民文学"亦即民众的口碑文学争得了应有的地位，流传在民众口头上、传布于百姓中的民间文学，理应是中华文化的不可分割的重要组成部分，而且是最活跃、最富生气的一部分。歌谣学者们的搜集和研究活动，遇到了来自政治保守主义和文化保守主义以及习惯势力的重重阻挠和困难。用《歌谣》周刊编者常惠在《一年的回顾》里的话来说：他们是"委屈婉转于家庭反抗和社会讥评中间，去达到收获的目的。"[1]这一贡献是历史性的。

（2）他们把历史进化论的哲学思想引入中国民间文艺学研究中来，打破了传袭既久的中国儒学家们所创立和发展了的天命观哲学基础。如学者们透过歌谣研究中国的社会民族问题，提出了令人耳目一新的结论。如常惠《歌谣中的家庭问题》（第8号）、刘经菴《歌谣与妇女》（第30号）、刘经菴《歌谣中的舅母与继母》（第46号）、黄朴《歌谣与政治》（第37号之歌谣周刊纪念增刊）等对中国家庭问题的研究，以新的视角，新的理论思想，丰富了和拓展了初创时期的中国民间文艺学的架构和内涵。

（3）他们逐步把西方民俗学和其他人文学科的思想原则和方法，特别是比较研究法介绍到中国来，并使之与中国传统的国学研究方法（诸如训诂、考订等）结合起来。胡适发表在《努力》周报上、后来为《歌谣》周刊转载的《歌谣的比较的研究法的一个例》，[2]应该说是中国人写的第一

---

[1] 常惠《一年的回顾》，《歌谣》周刊第37号之纪念增刊第43版，1923年12月17日。

[2] 胡适《歌谣的比较的研究法的一个例》，《努力》第31期，1922年。常惠在《歌谣》周刊创刊号上就提到和推荐了胡适的这篇文章。

篇以比较研究法研究歌谣的文章，在后来的歌谣研究中发生过不容忽视的影响。周作人作为《歌谣》周刊的编者，在该刊和《晨报》等发表的文字中，对西方民俗学的思想和方法的介绍，对于推进歌谣的研究也起了重要作用。

（4）《歌谣》周刊前后历时八年，虽然主要以提倡歌谣搜集渐而及于故事传说材料为要旨，但一些学者，如顾颉刚、董作宾、白启明、刘经菴、张四维、孙少仙、刘策奇、王礼锡等，也在歌谣、传说、故事研究方面形成了一个乡土研究的流派，并创造了至少两个研究范式：一个是歌谣的，即董作宾的歌谣《看见她》母题研究；一个是传说的，即顾颉刚的孟姜女故事研究（那时"传说"、"故事"的界说还缺乏严格的界定）。顾颉刚的吴歌搜集与研究和孟姜女故事研究拟另文论述，这里仅以董作宾的《看见她》母题研究为例，略谈《歌谣》周刊在歌谣研究上的贡献。董作宾在《歌谣》周刊62、63两期（1924年10月5日、12日）上刊行专号《看见她》两期，开歌谣"母题"研究之先河。他从歌谣研究会征集到的7838首各地歌谣中，挑选出属于"看见她"母题的歌谣45首，又从中分解归纳出"娶了媳妇不要娘"、"寻个女婿不成材"、"隔着竹帘看见她"三个母题，进行统计学的比较研究，从而得出结论说："我把有线索可寻特别相同的地方，详细比较一次，作出个粗疏的分类，结果发现了'两大语系'、'四大政区'的关系。原来歌谣的行踪，是紧跟着水陆交通的孔道，尤其是水便于陆。在北可以说黄河流域为一系，也就是北方官话的领土，在南可以说长江流域为一系，也就是南方官话的领土。并且我们看了歌谣的传布，也可以得到政治区划和语言交通的关系。北方如秦晋、直鲁豫，南方如湘鄂（两湖）、苏皖赣，各因语言交通的关系而成自然的形势。这都是歌谣告诉我们的。"次之，他又作内容的和地理学的比较研究，在传承路线上取得了颇有说服力、因而十分可喜的结论。再次，他运用中国传统的训诂考订方法，对字、词、句、段进行考订，校正内容的合理与流传的变异。从而他得出结论说："一个母题，随各处的情形而字句必有变化，变化之处，就是地方的色彩，也就是我们采风问俗的师资。所以歌谣中一字一句的异同，甚至于别字和讹误，在研究者视之都是极贵重的东西。"[1]董作宾的"看见她"母题的研究，以及围绕着"看见她"母题开展的讨论，被后来学者称为中国民间文艺学的歌谣研究的一个范式，也

---

[1] 董作宾《一首歌谣整理研究的尝试》，见《歌谣》周刊第63号第1—2版，1924年10月12日。

为当时世界范围（特别是日本）的"文化移动学说"增添了中国文化的例证，并成为我国歌谣形式主义研究方法的鼻祖。

（5）在北京大学征集歌谣活动的影响下，北京和上海的一些报刊也加入到歌谣运动中来，歌谣受到普遍的重视，歌谣运动一时形成了一个全国性的文化运动。在上海出版的《妇女杂志》是较早关注和提倡民间文学的有影响的著名期刊，它于1921年1月出版的第7卷第1期上就发表了胡愈之的《论民间文学》一文。这家杂志被称为传播人类学派观点的主要期刊。在北京，当时的《晨报》连续发表西方文艺理论和社会科学理论的文章和著作，介绍西方的思潮和马克思主义的学说的同时，也不断地发表各地寄来的歌谣（如南京、浙江余姚、四川、鲁山等地）和开展关于歌谣的讨论。《晨报副镌》还发表了芬兰学者卫斯脱马（Westermarck）的《人类婚姻史》（从1921年12月21日起）。这部书与民俗学有着极为密切的关系。本来婚姻史就是民俗学的一个重要组成部分，况且在这部书中还有大量关于人类社会不同阶段上婚姻习俗的描写。从1920年底到1921年，断断续续发表了歌谣运动先驱者们魏建功（1920年1月26—30日）、顾颉刚（1921年1月30日）、沈兼士（1922年12月16日）等学者的有关歌谣与方言的讨论。孙伏园接手编《晨报副镌》后，这类文章更多起来了。周作人（笔名仲密）从1922年1月2日起在该报连载他的《自己的园地》；这本书里的文章，大部分是关于民俗学和民间文艺问题的，因而从中可以系统地看出他的民俗学的立场和观点。同年1月25日、2月12日、3月28—29日、4月9日，在"童话的讨论"栏内，连续发表了赵景深和周作人关于童话及相关问题的讨论。他们二位分别介绍了外国民俗学的理论观点，从而探讨建立中国的童话理论。比如在3月28日的信中，赵景深所提出的观点就是颇为重要的："我近来看了《神话学和民间故事》，知道童话的渊源是原始社会的神话和传说，所以你用民俗学去解释童话，我现在更为相信，这是最确当的。自然从童话里去研究原始社会的风俗习惯，才是极正当的方法，可以说是从童话的本身，把价值研究出来了。……童话虽不能不用民俗学去解释，但是却不必只从民俗学上去研究。各人研究了民俗学以后，就可以分途实施到别处去的。……我对于童话的志趣，便是将童话供给予儿童看；我愿用民俗学去和儿童学比较，我不愿用民俗学去研究民俗学。"《晨报》还发表了一些学者关于民间文学或民俗学的文章。郑振铎的《儿童世界宣言》（1921年12月30日）和郭绍虞的《村歌俚谣在文艺上的地位》（1923年4月1日）就是其中的代表。郑振铎针对着社会上对于儿童文学的误解或曲解，发表了很有见地的见解："近来有许多人对于儿童文学很是怀疑，以为故事、童话中多荒唐怪异之言，于儿童无益而有害。有几个人并且写信来同我说，童话中多言及皇帝，公主之事，恐与现在生活在共和国里的儿童不相宜。这都是过虑。人类儿童期的心理正是这样；他们所喜欢的正是这种怪诞之言。这不过是儿童期的爱好所在，与将来的心理是没有什么影响的。……又因为儿童心理与初民心理相类，所以我们在这个杂志里更特别多用各民族的神话与传说。"[①]关注歌谣研究和民间文艺研究的报刊还有《努力周刊》《民铎》《学艺杂志》《国报》等。胡适的著名论文《歌谣的比较研究法的一个例》和常惠的《谈北京的歌谣》，都是在胡适主编的《努力周刊》上发表的。

（三）思想分歧未果而终

前期歌谣运动的学者们，主要是文学家和语言学家，大多是"五四"前夕在西方的"民主与科学"的文化革命思潮的大形势下集拢而来的，他们在学术思想上显得很是驳杂，而歌谣研究会的成立，虽然在歌谣征集处之后又酝酿了三年之久，但毕竟还是很仓促的，应该说周作人在《歌谣·发刊词》里所宣布的歌谣运动的两个目的，想把西方民俗学的套路和由"国风"开启的中国文化传统弄到一块，并没有经过深思熟虑。因此，歌谣研究会内部始终存在着意见分歧就并非偶然。这种分歧或矛盾，在歌谣研究会的会刊《歌谣》周刊的版面上随时都能从字里行间见得到闻得出。

歌谣运动首倡者、早期的代表人物刘复是文学家，尽管他的文学活动是多方面的，但成就最大的应该说是诗歌创作，因此如前所说，这就决定了他的从事歌谣采集和编选，是从文艺的角度的；关于他的局限性，朱自清于1928年给罗香林编《粤东之风》所作的序文里一针见血地指出过："不过歌谣的研究，文艺只是一方面，此外还有民俗学、言语学、教育音乐等方面。我所以单从文艺方面说，只是性之所近的缘故。歌谣在文艺里，诚然'不占最高的位置'。"[②]文学派（文艺派）的代表者，除了刘半农外，还有胡适。他主张搜集研究歌谣的目的是为中国新文学开辟一块新的园地。胡适早在1922年《歌谣》周刊创刊之前就著文写道："近年来，国内颇有人搜集各地的歌谣，在报纸上发表的已很不少了。可惜至今还没有人用文学的眼光来选择一番，使那些真有文学意味的'风诗'特别显出

---

① 郑振铎《儿童世界宣言》，见《晨报副镌》1921年12月30日。
② 朱自清《〈粤东之风〉序》，见中山大学《民俗》周刊第36期，1928年11月28日，广州。

来，供大家的赏玩，供诗人的吟咏取材。"①

　　周作人既是文学家，又是民俗学家，他在日本时就接触到英国人类学派民俗学和日本民俗学的理论，而且受到了他们的很大的影响，20世纪初以来，特别是他从绍兴来到北京大学以后，在校内外的报章杂志上发表了大量的有关民俗学的文章。因此可以说，《歌谣》周刊的发刊词中所阐述的思想，特别是歌谣收集和研究的两个目的的说法，与周作人一贯的观点是衔接的，是一脉相承的；周作人担当了歌谣研究会的主席，他的个人的观点既然以《歌谣》发刊词的形式公之于众，那当然就是北大歌谣研究会的宣言了。周作人在发刊词和歌谣研究会的征集简章中修改了刘复于1918年起草的那个《北京大学征集近世歌谣简章》中的一段重要的话，即将第4项第3款"征夫野老游女怨妇之辞，不涉淫亵，而自然成趣者"改为"我们希望投稿者不必自己先加甄别，尽量地录寄，因为在学术上是无所谓卑猥或粗鄙的"。后来他还在《歌谣》周刊上写了专文《猥亵的歌谣》（见1923年12月《歌谣》周刊周年纪念增刊）着重论述和强调这个观点。他还在《歌谣》周刊创刊四十周年时写的一篇纪念文章《一点回忆》里承认，他的这种侧重从民俗学的角度研究歌谣的学术思想和从歌谣、故事、笑话以及猥亵话来研究人类关于性的观念的追求，来自德国民俗学家福克斯的理论。这个意向没有能够得到较为理想的结果，于是他、钱玄同和常惠三人便改由私人征集的办法，庶几可以顺利些。②他还在《歌谣》周刊第10号（1923年3月18日）上撰文说，研究歌谣（具体说研究童谣）者有三派："其一，是民俗学的，认定歌谣是民族心理的表现，含蓄着许多古代制度仪式的遗迹，我们可以从这里边得到考证的材料。其二，是教育的，既然知道歌吟是儿童的一种天然的需要，便顺应这个要求供给他们整理的适用的材料，能够收到更好的效果。其三，是文艺的，'晓得俗歌里有许多可以供我们取法的风格与方法，'把那些特别有文学意味的'风诗'选录出来，'供大家的赏玩，供诗人的吟咏取材。'这三派的观点尽管有不同，方法也迥异，——前者是全收的，后二者是选择的，——但是各有用处，又都凭了清明的理性及深厚的趣味去主持评判，所以一样的可以信赖尊重的。"③

　　追随周作人观点的，是他的伙伴《歌谣》周刊的编辑常惠。他虽然学的

---

①　胡适《北京的平民文学》，见《读书杂志》第2期，1922年10月1日；后收入《胡适文存二集》卷4，亚东图书馆1924年初版。

②　周启明《一点回忆》，见《民间文学》（双月刊）1962年第6期，北京。

③　周作人《读〈童谣大观〉》，见《歌谣》周刊第10号第1版，1923年3月18日。

是法国文学，是文艺家，但在歌谣研究上，却明显地倾向于民俗学而非文艺学、或曰逐渐从文艺学而转向民俗学。常惠受周作人的影响，并发展了周作人的理论，把歌谣研究归结为一句话："歌谣是民俗学的主要分子，平民文学的极好的材料"，而这句话几乎成了歌谣研究会当时的一个行动口号。主持常务编辑工作的常惠从在《歌谣》周刊第2号起发表的《我们为什么要研究歌谣》和第4号起在"研究与讨论"专栏里发表的一系列文章，明显地强调下面这些思想：（1）好诗在民间，但"依据民俗学的条件：非得亲自到民间去搜集不可"，德国的曼哈特、意大利的韦大列都是到民间去克服了种种困难才搜集到好歌谣的。而且歌谣的采集不是一劳永逸的，同样的一首歌谣在不同地区，往往有大同小异的说法，因此搜集歌谣是一项艰苦的工作；（2）歌谣不仅是文艺，而且是（甚至更重要的）民俗学的材料。"歌谣是民俗学中的主要分子"。歌谣中有社会的真实写照，是历史、地理和方言的最好的材料。歌谣是风土人情的材料。（3）"文化愈进步，歌谣愈退化"；"越是野蛮民族歌谣越发达"。（4）强调和推进胡适提出的比较研究法，强调大量搜集材料，不能一叶障目，在比较中发现文化流传中的规律（尽管整个《歌谣》周刊时代提倡比较研究的目的性是不明确的，这是那个时代的局限）；强调运用"直觉"的方法、"主观"的方法研究歌谣，这实际上就是我们今天所说的"参与"意识。

　　作为编者，常惠的这些虽然还不成体系、但方向大体明确的论点，以及隔三差五地转载的周作人、胡适、沈兼士、魏建功等歌谣研究会圈子里的人的文章和外国民俗学文章的译文，实际上起着引导搜集者和研究者方向的作用。第11号上发表的戴叔若的信件，对儿歌中的所谓"堆垛式"结构的歌谣提出诘难，认为无文学价值可言。在讨论中，常惠奉周刊同仁之命答复作者，充分地表达了他们几位一致同意的关于民俗学的观点。他写道："先生不赞成'堆垛式的文学'，若仅论文艺，似是不错。但要拿'民俗学'来论'堆垛式的歌谣'，就不然了。因为俗语说的好，'文从瞎说（话）起，诗从放屁来。'这正可以看出普通的人的心理来，本没有什么高深的思想和了不得的文学。就如《夹雨夹雪》是极重要的一首，差不多传遍了国中，各省有各省的讲解，各地方有各地方的说法。不过他们都认为有多大的寓意或迷信在里边；而在我们看着不值得一笑。确实说起来在'民俗学'里实在有重要的关系。我以为先生与其说歌谣是'文艺之结晶'，不如说它是'民族心理的表现'。"[1]

---

[1]　《讨论》，见《歌谣》周刊第11号，1923年3月25日。

《歌谣》周刊第16号发表了英国民俗学家 Frank Kindson 和 Mary Neal 合写的一篇《英国搜集歌谣的运动》，介绍了英国民俗学会成立之前英国民间文学的搜集情况和学术思潮。文章也报导了英国民俗学会于1897年成立之后对该国民间文学搜集工作的推进作用。第18—19号发表了著名英国民俗学家 Andrew Lang（通译安德鲁·兰）的《民歌》（Ballad）。这篇文章比较充分地表现了早期英国民俗学中的人类学派的观点，即他们把民歌看作是远古的"文化遗留物"。他说："这文的目的是想证明有些民歌与童话（德国叫 Marchen 的）一样，至少在所有欧洲人是从太古得的遗留物。"为了深化和解释他的这一观点，他用许多例子来说明："开尔特、日尔曼、斯拉夫，和印度诸民族的童话主要的事迹和情节是由于未知的古代的神秘的起原，大家全都承认。再没有人把这些童话算作这人或那人作的，或说这时或那时发生的。想找出一首真正的民歌的时代和作者，同想找出一篇童话的时代同作者是一般的没意味，于是有人问是不是对于童话——如《睡美人》和《玻璃鞋》等故事——确信为真的？是不是现在或从前唱这些歌同说童话一般的普遍？是不是这些歌还留着原始的信条，和意识和想象的原始状态的痕迹？是不是这些歌和童话一样大部分没很被较高的宗教，如基督教同泛神论的影响？是不是这些歌像童话似的，对于一件事迹一段故事说来说去，又老用同一样的能说话的鸟兽。最后，是不是每个民歌都可以溯源到极古的时候？好像这些问题都可以作正面的答词。"人类学派的这一基本观点，对正在形成和建设中的中国民俗学界曾经发生过一定的影响，但由于它对于民间作品的即兴创作——传唱者的创新作用的估计不足或干脆否认，对原始文化遗留物的绝对化，而妨碍了它更深刻地、历史地认识民俗现象（尤其是其中的意识形态部分）的本质，从而逐渐被后起的学说所代替就是很自然的了。

在持文艺立场的学者和持民俗立场的学者之外，还有一批从事语言学研究的学者，他们也是歌谣研究会成立时期的元老人物，如沈兼士以及钱玄同、魏建功、林玉堂，甚至稍晚些时候来《歌谣》周刊作编辑的董作宾。他们的学术理念是：歌谣是方言的文学，歌谣是言语学的研究材料，歌谣的搜集写定要用拼音记录方言方音。他们的主张和实践，曾得到很多人的赞同，在歌谣研究会中势力也相当强大，以致导致了方言调查会的成立和与歌谣研究会的多年的并肩合作，《歌谣》周刊从第49号以后，直到第97号停刊，成为两会共有的刊物。

从歌谣研究会主要成员们在学术理念上存在的分歧中，可见出歌谣研究会这个学术流派，是多么地驳杂而松散。用歌谣研究会成员杨世清的话说："现在研究歌谣的人，从他们的目的看来，大约可分以下四派：（1）注重民俗方面，（2）注重音韵训诂方面，（3）注重教育方面，（4）注重文艺方面。在这四派的里边，很难说哪派重要，哪派不重要；不过默察现在的情形，似乎注重文艺方面的人，较为多点。"①三派也好，四派也好，总之是在认识上和目的上存在着分歧，而且这种分歧越来越扩大。

1923年1月7日，《歌谣》周刊编辑常惠在回答蔚文的来信时写道："我们研究'民俗学'就是采集民间的材料，完全用科学的方法整理他，至于整理之后呢，不过供给学者采用罢了。" "等我们将来把'歌谣研究会'改为'民俗学会'扩充起来再说吧！"②同年10月，常惠在《歌谣》周刊第28号（1923年10月14日）头版编发了温寿链所撰《福建龙岩县的风俗调查》。此文是编者从风俗调查会发出的风俗调查表格反馈回来的调查报告中选出的一份。这篇文章的发表表明，歌谣研究会已向着民俗学方向迈出了一大步。歌谣研究会成员们在认识上和理念上的分歧，最终导致了在歌谣研究会的会议上提出并讨论把歌谣研究会改名为民俗学会的建议案。

1924年1月30日召开的歌谣研究会常会上，就歌谣研究会是否改名为民俗学会问题上进行了专题讨论，作为会议主席的周作人和常惠以及容肇祖最积极主张把歌谣研究会改名为民俗学会，而钱玄同、沈兼士、林玉堂、杨世清则反对改名。争论未果而终。③作为妥协的措施，会后，由周作人和常惠于下一期（第64号）上根据会上一些人的发言、特别是容肇祖的提议，刊出了一则《本会启事》："歌谣本是民俗学中之一部分，我们要研究他是处处离不开民俗学的；但是我们现在只管歌谣，旁的一切属于民俗学范围以内的全部都抛弃了，不但可惜而且颇感困难。所以我们先注重在民俗文艺中的两部分：一是散文的：童话，寓言，笑话，英雄故事，地方传说等；二是韵文的：歌谣，唱本，谜语，谚语，歇后语等，一律欢迎投稿。再倘有关于民俗学的论文，不拘长短都特别欢迎。"④这则《本会启事》，我们可以看作是对《歌谣》周刊初创时周作人所撰《发刊词》的补充、修正和调整。而《歌谣》周刊扩版，正式刊登民间散文体裁作品、方言和民俗研究文章，成为国学门所属歌谣研究会与方言调查会两个团体共

---

① 杨世清《怎样研究歌谣》，见《歌谣周年纪念增刊》，第19页，1923年12月17日。

② 蔚文与常惠的通信，见《歌谣》周刊第10号，1923年1月7日。

③ 《本会常会并欢迎新会员纪事》，见《歌谣》周刊第45号，1924年3月2日。

④ 《歌谣》周刊第64号，1924年3月9日。

同的机关刊，则是从第49期（1924年4月6日）起。作为刊物转折标志的，是在第49号刊登了董作宾的《为方言进一解》，在第50号刊登了顾颉刚的《东岳庙七十二司》。接着，第55号编发了一期《方言标音专号》，第56、57、58、59—60连续编发了四期《婚姻专号》，"民俗的"色彩日趋浓重。

南下广州到中山大学任教并于1928年参与创立了中大民俗学会的顾颉刚，在《歌谣》周刊1925年6月停刊四年后的1929年追溯北大歌谣研究会解体的原因时写道："当民国八九年间，北京大学初征集歌谣时，原没想到歌谣内容的复杂，数量的众多，所以只希望于短期内编成《汇编》及《选粹》两种；《汇编》是中国歌谣的全份，《选粹》是用文学眼光抉择的选本。因为那时征求歌谣的动机不过想供文艺界的参考，为白纻歌竹枝词等多一旁证而已。不料一经工作，昔日的设想再也支持不下。五六年中虽然征集到两万首，但把地图一比勘就知道只有很寥落的几处地方供给我们材料，况且这几处地方的材料尚是很零星的，哪里说得到《汇编》。歌谣的研究只使我们感到它在民俗学中的地位比较在文学中的地位为重要，逼得我们自愧民俗学方面的知识的缺乏而激起努力寻求的志愿，文学一义简直顾不到，更哪里说得到《选粹》。于是我们把原来的计划放弃了，从事于较有条理的搜集，这便是分了地方出专集。"①显然，顾颉刚对歌谣研究会里那些文学家从文艺学或从文艺欣赏的角度研究歌谣的立场是持否定态度的。

《歌谣》周刊停刊十年后，由胡适主持复刊时，在他于1936年3月9日所撰写的《复刊词》里，对初创时由周作人所表述的办刊宗旨，亦即歌谣研究会同人们的共同的纲领，作了重大的修改，在实际选稿办刊中，也与周作人、常惠时代迥然有别了。他写道："我以为歌谣的收集与保存，最大的目的是要替中国文学扩大范围，增添范本。我当然不看轻歌谣在民俗学和方言研究上的重要，但我总觉得这个文学的用途是最大的，最根本的。……所以我们现在做这种整理流传歌谣的事业，为的是要给中国新文学开辟一块新的园地。这园地里，地面上到处是玲珑圆润的小宝石，地底下还蕴藏着无穷尽的宝矿。聪明的园丁可以徘徊赏玩；勤苦的园丁可以掘下去，越掘的深时，他的发现越多，他的报酬也越大。"②一向就存在的民俗派和文学派之争，后期《歌谣》坚定地选择了文学派的立场。一大批文

---

① 顾颉刚《福州歌谣甲集·序》，见《民俗》第49—50期，1929年3月6日。

② 胡适《歌谣·复刊词》，见《歌谣》第2卷第1期，1936年4月4日。

学研究者和教授，如朱光潜、李长之、吴世昌、林庚、台静农、陆侃如、吴晓铃、寿生等参加进来，他们分别从自己的文学立场对歌谣作出种种微观的阐发。容肇祖的《粤讴》研究、佟晶心的宝卷研究、吴晓铃的影戏研究等，既为新版《歌谣》开辟了新径，也为20世纪30年代民间文艺学研究中的俗文学派的登上舞台作了铺垫。刊物上虽然也不时有不同的声音（如编者徐芳的推介李安宅译马林诺夫斯基的《巫术科学宗教与神话》文章、于道源译翟孟生著《童话型式表》等），但总体说来，已成为民间文学的文学研究者流派的单一园地。胡适时代的《歌谣》与周作人、常惠时代的《歌谣》相比，所走的全然是两股车道了。

《歌谣》周刊的最后一期是3卷第13期，出版于1937年6月26日暑假开始之日，离日军攻打北平的"卢沟桥事变"，大约仅差十天。前后存在了8年的北京大学歌谣研究会，也随着抗日战争的逼近北平而宣告解体了。

附录一：《北京大学征集全国近世歌谣简章》

（1918年2月1日）

1. 本大学拟于相当期限内刊印左列二书：

　　一、中国近世歌谣汇编；

　　二、中国近世歌谣选粹。

2. 其材料之征集用左列二法：

　　一、本校教职员学生各就闻见所及自行搜集；

　　二、嘱托各省官厅转嘱各县学校或教育团体代为搜集。

3. 规定时期自宋以及于当代。

4. 入选之歌谣当具左列各项资格之一：

　　一、有关一地方、一社会或一时代之人情风俗政教沿革者；

　　二、寓意深远有关格言者；

　　三、征夫野老游女怨妇之辞，不涉淫亵，而自然成趣者；

　　四、童谣谶语，似解非解，而有天然之神韵者。

5. 歌谣之长短无定限。

6. 歌谣之来历如左所限：

　　一、不知作者姓名而自然通行于一社会或一时代中者；

　　二、虽为个人著述，然确已通行于一社会或一时代中者。

7. 寄稿人应行注意之事项：

　　一、字迹贵清楚；如用洋纸，只写一面；

　　二、方言成语当加以解释；

三、歌辞文俗一仍其真，不可加以润饰，俗字俗语亦不可改为官话；

四、一地通行之俗字为字书所不载者，当附注字音，能用罗马字或phonetics尤佳；

五、有其音无其字者，当在其原处地位画一空格加□，而以罗马字或phonetics附注其音，并详注字义，以便考证；

六、歌谣通行于某社会、某时代，当注明之；

七、歌谣中有关历史地理或地方风物之辞句，当注明其所以；

八、歌谣之有音节者，当附注谱（用中国工尺、日本简谱或西洋五线谱，均可）；

九、寄稿者当书明籍贯姓氏，以便刊入书中；

十、寄稿者当书明详细住址，将来书成之后，依所寄稿件多少，赠以《汇编》或《选粹》一部；

十一、稿件寄交"北京东安门内北京大学法科刘复收"，封面应写明"某省某县歌谣"，以便分类保存，且免与私人函件相混；

十二、稿件过多者，应粘订成册，挂号付寄。

8. 此项征集，由左列四人分任其事：沈尹默主任一切，并编辑《选粹》；刘复担任来稿之初次审订，并编辑《汇编》；钱玄同、沈兼士考订方言。

9. 来稿之合用与否，寄稿人当予本校以自由审定之权。

定民国八年六月三十一日为征集截止期，九年十二月三十一日为编辑告竣期，十年本校二十五周年纪念日为《汇编》、《选粹》两书出版期。

附录二：北大歌谣研究会征集全国近世歌谣简章

（1920年12月19日歌谣研究会成立时拟订；

1922年2月17日《歌谣》创刊时改定）

1. 本会拟刊印左列二书：

一、中国近世歌谣汇编。

二、中国近世歌谣选录。

2. 其材料之征集用左列三法：

一、本校教职员学生，各就闻见所及，自行搜集。

二、嘱托各省官厅，转嘱各县学校或教育团体，代为搜集。

三、如有私人搜集寄示，不拘多少，均所欢迎。

3. 规定时间，以当代通行为限。

4. 寄稿人应行注意之事项：

一、字迹宜清楚；如用洋纸，只写一面。

二、方言成语，当加以解释。

三、歌辞文俗，一仍其真，不可加以润饰；俗字俗语，亦不可改为官话。

四、歌谣性质并无限制；即语涉迷信或猥亵者，亦有研之价值，当一并录寄，不必先由寄稿者加以甄择。

五、一地通行之俗字，及有其音无其字者，均当以注音字母，或罗马字母，或国际音标（International Phonetic Alphabet）注其音；并详注其义，以便考证。

六、歌谣通行于某地方某社会，当注明之。

七、歌谣中有关于历史地理，或地方风俗之词句，当注明其所以。

八、歌谣之有音节者；当附注音谱。（用中国工尺，日本简谱，或西洋五线谱均可。）

九、寄稿者当书明籍贯姓氏，以便刊入书中。

十、寄稿者当书明详细地址；将来书成之后，依所寄稿件多少，赠以《汇编》或《选录》。

十一、稿件寄交"北京大学第一院研究所国学门歌谣研究室"。

十二、稿件过多者，应粘订成册，挂号付寄。

5. 来稿之合用与否，寄稿人当予本会以自由审定之权。

6. 稿件如须寄还，来函中应声明之。

7. 如有个人搜集某处或数处歌谣，已经编辑成书者，本会亦可酌量代印。

8. 本会征集关于研究中国歌谣之书籍：

一、无论古今。

二、不拘何国文字。

三、已经刻印者：或赠或售，以及借阅，均可函商。

四、未曾刻印者：须以挂号将稿寄下，阅毕亦以挂号奉还。

（原载《歌谣》周刊第1号1922年12月17日）

附录三：《歌谣》周刊发刊词

（1922年12月17日）

我本校发起征集全国近世歌谣，前后已有五年，但是因为种种事情，不能顺利进行，以致所拟刊行的歌谣汇编和选录均未能编就，现在乘本年纪念日的机会创刊《歌谣周刊》，作为征集和讨论的机关，庶几集思广益，使这编集歌谣的事业得有完成的日子。

歌谣征集，发起于民国七年二月，由刘复、沈尹默、周作人三位教授担任编辑，钱玄同、沈兼士二位担任考订方言。从五月末起，在《（北大）日刊》上揭载刘先生所编订的《歌谣选》，共出148则。"五四运动"以后，进行暂时停顿，随后刘沈二先生都出国留学去了，缺人主持，事务更不能发展。九年的冬天，组织"歌谣研究会"，管理其事，由沈兼士、周作人二先生主任。但是十年春天因为经费问题，闭校数次，周先生又久病，这两年里几乎一点都没有举动，所以虽有五年的岁月，成绩却很寥寥，这是不得不望大家共力合作，兼程并进，期补救于将来的了。

本会蒐集歌谣的目的共有两种，一是学术的，一是文艺的。我们相信民俗学的研究在现今的中国确是很重要的一件事业，虽然还没有学者注意及此，只靠几个有志未逮的人是做不出什么来的，但是也不能不各尽一分的力，至少去供给多少材料或引起一点兴味。歌谣是民俗学上的一种重要的资料，我们把他辑录起来，以备专门的研究；这是第一个目的。因此我们希望投稿者不必自己先加甄别，尽量的录寄，因为在学术上是无所谓卑猥或粗鄙的。从这些学术的资料之中，再由文艺批评的眼光加以选择，编成一部国民心声的选集。意大利的卫太尔曾说"根据在这些歌谣之上，根据在人民的真感情之上，一种新的'民族的诗'也许能产生出来。"所以这种工作不仅是在表彰隐藏着的光辉，还在引起当来的民族的诗的发展；这是第二个目的。汇编与选录即是这两方面的预定的结果的名目。

但是这个事业非常繁重，没有大家的帮助是断不能成功的，所以本会决计发起这个周刊，作为机关，登载歌谣材料及论著等，借以引起一般的兴趣，欢迎歌谣及讨论的投稿，如特殊的歌谣固然最所需要，即普通大同小异的歌词，于比较研究上也极有价值，更希望注意抄示。倘若承大家热心的帮助，到了本校二十五周年纪念时能够拿出一部分有价值的成绩来，那就是本会最大的希望与喜悦了。

原载《歌谣》周刊第1号1922年12月17日

第二节　刘半农：歌谣运动的首倡者

收集歌谣，编订歌谣，出版歌谣，研究歌谣，把歌谣（逐步扩及民间文学）研究当成一门学问，登大雅之堂，入学术之室，是20世纪中国文化史上的一件大事。它的意义在于，在以孔子思想为代表的儒家文化以外，先辈学者们大胆地发掘和张扬另一种中国文化，老百姓的文化。近百年来，经过几代学者的孜孜努力，民间文学已初步建立起学科体系。

（一）歌谣运动的开台锣鼓

鲁迅先生是中国现代文化史上第一个发表文章，提出搜集和研究歌谣的人。他于1913年2月在教育部《编纂处月刊》第1卷第1期上发表的《拟播布美术意见书》里写道："当立国民文术研究会，以理各地歌谣，俚谚，传说，童话等；详其意谊，辨其特性，又发挥而光大之，并辅翼教育。"①次年1月，周作人又在《绍兴县教育会月刊》上发表了《儿歌之研究》一文和采集儿歌的启事。但他们兄弟二人关于搜集歌谣的呼吁，都成为旷野里的呼喊，没有得到社会上和学术界的回应。中国现代收集歌谣的运动的兴起，其首倡者应为当年在北京大学法科教书的刘半农。

刘半农（复）自江阴北上，于1918年1月底在北京大学首倡歌谣运动，是为中国现代倡导收集歌谣运动的第一人。他在《〈国外民歌译〉自序》里说："这已是九年前的事了。那天，正是大雪之后，我与（沈）尹默在北河沿闲走着，我忽然说：'歌谣中也有很好的文章，我们何妨征集一下呢？'尹默说：'你这个意思很好。你去拟个办法，我们请蔡（元培）先生用北大的名义征集就是了。'第二天我将章程拟好，蔡先生看了一看，随即批交文牍处印刷五千份，分寄各省官厅学校。中国征集歌谣的事业，就从此开场了。"②许多大主意、大谋略，往往是在不经意中偶然被提出来并付诸实施的。中国民间文艺事业，就这样在刘半农和沈尹默两个人散步闲谈中开场了。随之，他和沈尹默、沈兼士、钱玄同一起成立了北大歌谣征集处，由他执笔的《北京大学征集全国近世歌谣简章》，发表在1918年2月1日出版的《北京大学日刊》上。这篇文告，成为中国歌谣运动的开台锣鼓。从此，中国普通老百姓的口传作品，登上了大学的殿堂。

北京大学歌谣征集处从全国征集歌谣，从《简章》发出的三个月中，来稿共计1100余章。由刘半农编订，从1918年5月20日起在《北京大学日刊》（第141号）上以"歌谣选"为栏题陆续发表，日刊一章，至1919年5月22日，总共发表了148首。

刘半农的"编订"歌谣，当然不限于简单地编选，而是对每一首歌谣都在研究的基础上作出注释，这些注释涉及到地方的民俗、方言等许多领域里的知识。如《歌谣选》第61在《北京大学日刊》上发表后，刘半农收到常惠先生的来信，与他讨论歌谣中提到的北京民俗生活"六件事"：

---

① 署名周树人，后收入鲁迅《集外集拾遗》，北京：人民文学出版社1958年。
② 刘半农《国外民歌译·自序》，北新书局1927年4月初版，上海。

"歌谣选（61）说有六件事，是北京高等旗人家中之所必具。与惠所知，微有不合。即如第一项的'凉棚'，北京人都叫他'天棚'，决没有叫作'凉棚'的。这个名目上的差异，虽然无关宏旨，然而因为他已经成了一处地方的习惯名，在普通文字中，或可随便改得，在于歌谣之中，要是改了，就失了研究歌谣的本旨了。……那六件事，好象是五件——'天棚，鱼缸，石榴树，肥狗，胖丫头'，这是北京人富厚人家所惯有的，决不是高等旗人家中所独有的。再说北京的旗人，也没有高等下等的分别，只有穷富就是了。"刘半农当即在刊物上作出回答："来信言习惯名之不可擅改，极是极是。但罗君来稿，是传闻或记忆之误，未必有意代改也。至'高等旗人'四字，来稿本作'亲贵'。复以凉棚等物，较为富厚之人即可有之，不必亲贵，故用'高等'二字，以别于不富厚者。今见来书所言，亦自悔用此二字之不当也。"[1]

（二）比较研究的提出

《北京大学日刊》上常惠与刘半农的讨论，引起了罗家伦先生的注意，他也写来一稿参加讨论。罗文说："关于这首歌谣的来源，我还有几句话说。今年三月间，在东城我的朋友王觉生家里赴宴。这位王先生在北京住了三十几年，知道北京情形很熟。他在席上忽然说起这个歌谣，我听了有趣得很，就记住了。今年暑假住在西山静宜园消夏，一天，同一位商科同学李光忠先生谈起这个歌谣，他所听见的，也同我所记的一样。我以为王先生在京多年，李先生在京也有多年，两位所知的竟不谋而合，所以我以为这条是千真万真的了。那天我同先生在图书馆主任室遇见，说起房东（旗人）的家庭生活，我忽然想起这个歌谣来，立刻就在李守常先生桌上写给先生，……总观以上的事实，这条歌谣大约不是假的，或是'传闻或记忆之误'了。但是常先生从习惯名词上说的一番话，也有道理。我自己想了一想，并且打电话去问王先生，方知这条歌谣系旅京的南方人所编的，通行于北京的'客籍'社会，前清光绪末年更盛行于官场。所以一切名词，与习惯并不相悖，与常先生所说的，及足相互发明。再说'先生'一物，确是北京旗人家中所常有的。"

刘半农借与罗家伦讨论之机，发表了有关歌谣研究的一个重要理论观点："尊稿所举是通行于北京客籍社会之歌谣，常君以北京人之眼光评判

---

① 常惠君与刘复教授往来之函论歌谣选（六十一），见《北京大学日刊》第256号，1918年11月22日。

之，自不能相合。亦或常君所举五种，是北京社会中原有之谣。当时旅京南人，以旗人中有不读书之子，而亦居然延师，乃为增入'先生'一种，遂成尊稿所举六事，亦未可知。总之，歌谣随时代与地方为转移，并非永远不变之一物。故吾辈今日研究歌谣，当以'比较'与'搜集'并重。所谓比较，即排列多数之歌谣，用研究科学之法，以证其起源流变。虽一音一字之微，苟可讨论，亦大足增研究之兴味也。"①刘半农在这篇小文章里，所提出的运用"比较"方法之于歌谣研究，并提出"搜集与比较并重"的卓越见解，在中国现代民间文学学术史上是前无古人的。同样热心提倡歌谣的胡适先生也写过《比较研究法的一个例》（《努力》杂志第4号）和《歌谣的比较研究法》（《努力》第31号），但那已经是三年以后北大歌谣研究会成立之后的事了。刘半农的首倡之功当不可没。

1918年5月初，刘半农在北京大学国文研究所以《中国之下等小说》为题作过一次演讲，讲稿也连载于《北京大学日刊》（第142—154号）上。他透露，他写了一篇《歌谣界说》。刘半农等人提倡搜集歌谣，已渐成气候，但歌谣是指什么，除了清代杜文澜的《古谣谚》中的《凡例》外，当时的学坛上还缺乏科学的界说。看来他是想对"歌谣"的性质、特点等作出科学的界说，而且已经成文，但他说此文暂时还不打算发表。《歌谣》周刊创刊后，出到第4号时，一个叫蔚文的人给编者常惠先生写信提出："有篇重要的作品，我以为你们应当提前发表，就是刘半农先生那篇《歌谣界说》。因为民俗文学里有好些东西：如谚语、乡曲、下等小说……都和歌谣厮在一起，而且能通行一方。还有些文学家也拟歌谣，都打着百姓的旗号来厮混。你们不把《歌谣界说》尽先发表了，恐怕研究的人，无从着手，而蒐集的人，也费些无谓的审查光阴。"②后来，也一直没有读到刘半农的这篇文章。

《北京大学日刊》发表征集歌谣一举，在中国民间文学学术史和中国文化史上所发生的影响十分巨大，使许多学界人士改变了轻视民间作品的贵族老爷态度，包括《晨报》（郭绍虞任文艺稿件的撰述）在内的许多报刊，也相继发表了大量歌谣及其研究文章，一时间使提倡民间文学蔚成风气。

---

① 罗家伦君与刘复教授往来之函，见《北京大学日刊》第258号，1918年11月25日。
② 《几首可作比较研究的歌谣（讨论）》，见《歌谣》周刊第4号第4版，1923年1月7日。

刘半农在提倡搜集歌谣的同时，也撰文谈论谚语，而且是20世纪我国最早从理论上给谚语以科学阐释的人。1918年北京发生了张勋复辟，社会很不安定。从绍兴到北京未久的周作人也在北大教书，但他在的是文科，住在绍兴会馆，而刘半农在的是法科。某日，他给刘半农寄了一部从家乡绍兴带来的光绪八年（1882年）版的《越谚》刻本，请刘半农写序。此时刘半农在教书之余，正为《北京大学日刊》选编歌谣选，对民间文学甚为关注，遂于1918年7月写成《越谚序录》一文，分别发表于《北京大学日刊》7月30日第187号、8月1日第188号、8月3日第189号、8月6日第190号、8月8日第191号上。他写道："昨由周启明先生寄赠《越谚》三卷。会稽范寅辑。镇海黄以周、山阴王诒寿订定。书成于光绪四年，刊于光绪八年，实为通历千八百八十二年。启明来函，言此书越地甚多，而余则前此未尝寓目。问诸友人，亦鲜有知其标目者。是此书之未能流行海内可知也。书中所辑，以绍兴一地为限，然搜罗颇为详尽。上卷总目曰语言，凡成句之谚，及童谣、俚曲尽属之。分十有八部。曰述古之谚、譬世之谚、引用之谚、谣诼之谚、隐谜之谚、事类之谚、数目之谚、十只之谚、十当之谚、头字之谚、哩字之谚、翻译禽音之谚、詈骂讥讽之谚、孩语孺歌之谚、劝譬颂祷之谚。虽其编制不无可议，如述古譬世谚语，是论其性质；十只十当诸谚，又论其体材，颇觉漫无定律，而搜集之功，要自不可磨灭。况文章分类，久为选家聚讼。谣谚本于天籁，其不易分列，固尤甚于文章也。"刘半农在序中注重从语音的角度对稿本中的俗字作了很独到的分析。最后写道："要之，此书对于方言学者，所开法门不少，对于越地言语，已集往及当代之大观。虽编制未尽完备，要亦初治一种学问者必经之阶级。吾愿世人不以其流行不广而忽视之。"

（三）中国民歌史上第一次科学采集

刘半农一生对民众文艺，特别是对民歌和戏曲抱着浓厚的兴趣。青年刘半农初在上海以卖文为生，写"礼拜六"派的文章。后响应《新青年》的号召，成为文学革命的战士，与钱玄同一起发表"双簧"信，推进革命文学运动。1917年8月从家乡江阴出发北上北平，经北京大学文科学长陈独秀的推荐，到北大法科预科任教授。10月16日致书钱玄同，提出文学改良已经锣鼓喧天的开场，"你，我，独秀，适之，四人，当自认为'台柱'，当仁不让，不计毁誉"，成为文学革命的重要角色。

1919年8月，在由江阴北上途中，刘半农向船夫采集记录了20首吴语民歌。船夫怎么唱，他就怎么记下来。到北平后，编辑成《江阴船歌》一册，准备出版。这20首民歌，船歌的特点并不明显，都是江南情歌。情歌一般是山歌，即在田野里唱，而不能在家里唱的。从这些船歌中可以窥见，江阴河网地区的船夫，本来也是农民或出身于农民，或与农民有着文化上的和血缘上的关系，当他们在船上面对着浩瀚的水域引吭高歌这一类私情山歌的时候，就如同在山野里的农民一样，是没有什么顾忌的。刘半农的记录忠实可靠，语言都是吴语方言，深得以沈兼士为代表的一些语言学家的称颂。这些歌谣中，包含着许多民俗事象，最值得重视的，是在"三从四德"等封建礼教的束缚下，农村男女青年对自由择偶的渴求，和对性自由的大胆反叛。这样的内容和观点，在深受儒家思想和封建礼教影响的文人文学中，是很难找得到的。可贵的是，作为一个学者，刘半农对每一首民歌的吴语方言和民俗事象，都一一作了注释。

他将誊清稿交给周作人，请他为之作序。周作人写了一篇题为《中国民歌的价值》的序言，发表在《学艺杂志》上。周作人给予他的这项开创性的工作很高的评价："民歌的中心思想，专在恋爱，也是自然的事。但词意上很有高下，凡不很高明的民歌，对于民俗学的研究，虽然一样有用，从文艺和道德说，便不免有可以非难的地方。绍兴'秧歌'的扮演，至于列入禁令，江、浙通行的印本'山歌'，也被排斥；这册中所选的二十篇，原是未经著录的山歌，难免也有这些缺点。我想民间的原人的道德思想，本极简单，不足为怪；中国的特别文字，尤为造成这现象的大原因。……半农这一卷的《江阴船歌》，分量虽少，却是中国民歌的学术的采集上第一次的成绩。"[1]周作人把这些江阴民歌的收集，定位为中国民歌科学采集史上的第一次的成绩，评价是很高的。事实也正是如此。在刘半农的江阴船歌之后，顾颉刚于1919年2月开始在苏州搜集歌谣，后结集出版了《吴歈集录》（后改为《吴歌甲集》，1920）。

刘半农由于忙着为出国做准备，没有来得及将这20首船歌付诸出版，出国后，将原稿交给了朋友朱遏代为保存。周作人的序文在《学艺杂志》发表后，当时编辑《歌谣周刊》的常惠到处打听，终于打听到了下落，就从朱遏处借来，全文发表于《歌谣周刊》第24号上。常惠还撰附文加以说明，并对吴地船歌做了一个小小的考证和比较："因为'船歌'这两个字我就想起一首来：'月子弯弯照九洲，/几家欢乐几家愁，

---

① 周作人《中国民歌的价值》，撰于1919年9月1日，首发于北京丙辰学社编《学艺杂志》2卷1号，1920年4月30日；《歌谣》周刊第6号（1923年1月21日出版）转载。此文系作者为刘半农搜集《江阴船歌》的序言。

/几家夫妻同罗帐，/几家飘散在他洲。'这首很古的了，当宋时极流行的，《京本通俗小说》也引过这首。邱宗卿的'柳梢青'的词也用'月子弯弯'句，还有《云麓漫钞》管他叫'吴中舟师歌'，可见宋时流行到现在还是很有生气的。"①

（四）在法国期间的歌谣情结

当时文学革命派圈子里的人中，胡适被称为胡博士，而刘半农虽有才思，又有锋芒，却因没有学历而受到讥讽，因而发奋出国留学。②1920年去法国。于是《北京大学征集全国近世歌谣简章》中规定的编辑《歌谣汇编》的工作不得不半途而废。

他虽身在国外，却时时想着他提议的歌谣征集之事，无法割舍民间文艺的情结。1923年5月25日，从英国人Charles G. Leland 所著Pidgin –English Sing-Song（贸易英语）一书里翻译了五首海外中国民歌，写成《海外的中国民歌》一文，寄回国内他的同道常惠，请其在所主编的《歌谣周刊》上发表。③1924年1月8日，他就如何借鉴法国歌谣研究方法和聘请法人阿脑而特女士（Mademoisele Theruse P.Arnonld）担任北大歌谣研究会通讯会员事，从巴黎给歌谣研究会的负责人沈兼士、周作人、常惠来信。他在信中写道："我校征集歌谣，年来所得虽已不少，但在研究上，不免时时感到困难。至外人研究此学之方法，并其已得之结果，足以为吾人之参证者，尤为隔膜万分。弟为提议征集歌谣之一人，故于此事甚为关怀。适前月中巴黎大学助教职阿脑而特女士开一私人的歌谣演讲会，会中除一篇系统的演讲外，中间例证，由女士自己并其他女士二人按曲歌唱，配以音乐，极饶趣味。至于演讲词，亦是一篇甚有价值之文章。弟当时甚为感动，觉吾校征集歌谣，若其中能有如此人材，成绩岂可限量。"④

在巴黎的刘半农，心中念念不忘歌谣的研究。当他读到沈雁冰主编的《文学周报》周报第95期上发表的吴立模研究五更调的文章《五更调与五更转》后，遂于1923年12月22日给沈先生写了一封信，请转当时在上海的吴立模，主动向他提供两篇自己在巴黎国家图书馆所藏敦煌石室写本中抄录来的五更调异文，供他比较研究参考。一篇题为《太子五更转》，一篇

---

① 常惠《江阴船歌》附记，见《歌谣》周刊第24号，1923年6月24日。
② 周作人《知堂回想录》，第358页，香港三育图书有限公司1980年。
③ 刘复《海外的中国民歌》，见《歌谣》第25号，1923年9月30日。
④ 刘复致沈兼士、周作人、常维钧信，见《歌谣》第48号，1924年3月13日。

为阙题。他断定这些抄本的时代系唐以后、宋以前。他在信中还说："这一类的东西，巴黎所有的，我在两年前已苦了近半年的工夫抄完了，将来付印，如是洋装，是很不薄的一本；如是华装，大约是四本一函。但付印前的整理和校订的工夫，恐怕很大。只得待我明年回国之后再说。那时先生和雁冰、平伯、颉刚诸先生如肯多多赐教，就荣幸极了。"[1]

吴立模也是苏州人，是顾颉刚的表弟，当时正在研究苏州的唱本。得到刘复寄来的两篇五更调写本，与他所掌握的五更调比较研究，得出结论说："《太子五更转》同阙题，都有不少同五更调相像的地方，而《太子五更转》同唱本里的五更十送（凤阳调）更相似。……因此，我可以说五更转，是从前民间的流行的歌调，同现在的许多五更调一样；并可以断定现在的许多的五更调，大都是从五更转一类的东西里递变过来的。"[2]

第三节　周作人20年代的民间文学理论

在北大歌谣征集处和歌谣研究会成立之前，具体地说，从1904年到1917年4月初到北京大学国史编纂处任职之前的十多年间，周作人在家乡绍兴以及在日本留学时，就开始搜集和研究歌谣（主要是儿歌）、谚语和故事，并翻译介绍英国人类学派的民俗学理论了。其中在1913—1915年间，他写了《童话研究》《儿歌的研究》《童话略论》《古童话释义》这四篇有关民间文学的文章，奠定了他在中国现代民间文艺学史上的地位。从1918年之后的大约十年间，以北大歌谣征集处和歌谣研究会的相继成立为契机，以《歌谣》周刊、《语丝》周刊、《晨报副镌》等报刊为园地，周作人继续写了许多有关民间文学（主要侧重民歌）的文章和民俗随笔小品，在学校讲授儿歌课程和讲座，推动了中国民间文艺学学科的发展。

（一）修改刘半农拟订的搜集方针

在蔡元培的帮助下，先在北大国史编纂处任编纂、旋即又被聘为文科教授的周作人，开始与《新青年》编辑部的那些文化革命战士们结交。1918年2月1日刘半农、沈尹默、钱玄同发起组织的北大歌谣征集处成立，

---

① 刘复《致吴立模书》，原载《文学周报》；《歌谣》第51号转载，1924年4月20日。又见钟敬文编《歌谣论集》，第167—169页，北京/上海：北新书局1928年。
② 吴立模《答刘复书》，原载《文学周报》；《歌谣》第51号转载，1924年4月20日。又见钟敬文编《歌谣论集》，第171—173页，北京/上海：北新书局1928年。

启动了北京大学征集近世歌谣的运动。未久，因周作人也对歌谣有兴趣，遂被吸收进来，开始与闻其事。在9月21日出版的《北京大学日刊》上发表的"征集歌谣之进行"栏里，始出现了周作人的名字："由刘复、周作人两教授担任撰译关于歌谣之论文及记载"。改变了原先发表的征集近世歌谣启事和《北京大学征集全国近世歌谣简章》里的"沈尹默主任一切，并编辑《选粹》；刘复担任来稿之初次审订，并编辑《汇编》；钱玄同、沈兼士考订方言"的分工。

1918年12月，周作人在《新青年》第5卷第6号上发表《人的文学》，阐述了和以往的从儒家与道教出来的"非人的文学"相对立的"人的文学"的文学理念，提倡"为人生的文学"和"人道主义的文学"，在文坛上耳目一新。何为人的文学？他说："用这人道主义为本，对于人生诸问题，加以记录研究的文字，便谓之人的文学。"他在这篇文章里还谈到了歌谣与风俗的研究："至于郭巨埋儿、丁兰刻木那一类残忍迷信的行为，当然不应再行赞扬提倡。割股一事，尚是魔术与食人风俗的遗留，自然算不得道德，不必再叫他混入文学里，更不消说了。""原始时代，本来只有原始思想，行魔术食人肉，原是分所当然。所以关于这宗风俗的歌谣故事，我们还要拿来研究，增点见识。"1919年1月他又在《每周评论》（第5期）发表了《平民文学》，提倡"以普通的文体，记普遍的思想与事实"的文学主张。这些文章，产生了很大影响，使他在革命文学阵营获得了名声。

但很快他便认识到了自己思想和言论的偏激。两年后发表《贵族的和平民的》一文，对在《平民的文学》中的过激的、绝对化的主张作了自我批评和纠正："我先前在《平民的文学》一篇文章里，用普遍与真挚两个条件，去做区分平民的与贵族的文学的标准，也觉得不很妥当。我觉得古代的贵族文学里并不缺乏真挚的作品，而真挚的作品便自有普遍的可能性，不论思想与形式的如何。我现在的意见，以为在文艺上可以假定有贵族的与平民的这两种精神，但只是对于人生的两样态度，是人类共通的，并不专属于某一阶级，虽然它的分布最初与经济状况有关——这便是两个名称的来源。平民的精神可以说是叔本华所说的求生意志，贵族的精神便是尼采所说的求胜意志了。"[1]周作人的这一修正，对于认识民间文学及其所体现的文化精神、认识民间文学与作家文学的关系颇为有益。

20世纪20年代的周作人，不但是文学家，而且是思想家。女作家兼神

---

[1]　周作人《贵族的与平民的》，《晨报副刊》，1922年2月19日；后收入《自己的园地》。

话学家苏雪林曾说过："我们与其说周作人是个文学家，不如说他是个思想家。十年以来他给予青年的影响之大和胡适、陈独秀不相上下。固然他的思想也有许多不大正确的地方——如他的历史轮回观——但大部分对于青年的利益是非常之大的。他与乃兄鲁迅在过去时代同成为'思想界的权威'。"①

《新潮》杂志作为《新青年》的姊妹刊物，创刊于1919年1月，从第二年起改由周作人主编，但由于傅斯年、罗家伦等的相继出国而星散，于1920年11月出版了12期后便悄然停刊了。就在《新潮》停刊的同月，周作人与朱希祖、耿济之、郑振铎、瞿世英、王统照、沈雁冰、蒋百里、叶绍钧、郭绍虞、孙伏园、许地山一道发起并在北京成了文学研究会，由他起草了《文学研究会宣言》。而在这12个发起人中间，周作人、蒋百里和朱希祖三人是事实上的领导成员。②尽管文学研究会是一个很松散、并没有一致的文学纲领的文学团体，但在发起成立时，周作人等却并没有邀请胡适、沈尹默、钱玄同、刘半农参加。因此，文学史家们猜测说，胡适等后来另办《努力》周报、《读书杂志》《现代评论》《新月》杂志等，似乎与周作人此举不无关系。胡适提倡和论述歌谣的几篇重要文章，的确都不是在稍后创刊的《歌谣》周刊上发表的，而是在《努力》周刊和《读书杂志》上发表的：《歌谣的比较的研究法的一个例》发表于《努力》第31期（1922）、《北京的平民文学》发表于《读书杂志》第2期（1922年10月1日）。

在组建文学研究会之后，周作人又于1922年8月1日与胡愈之、周建人等17人发起组织了"妇女问题研究会"，并在《晨报》上发表《妇女问题研究会宣言》。胡愈之的《论民间文学》一文早在1921年就发表在章锡琛主编的《妇女杂志》上。创刊于1915年的《妇女杂志》由商务印书馆在上海出版，初由王莼农主编，自7卷1期起由章锡琛主编，成为民间文学研究中的人类学派的一个主要发表园地。

鉴于周作人在"文学革命"运动中的"思想家"的锋芒和所获得的声誉，以及他十多年来对于民间文学和民俗学的"偏爱"（苏雪林语）与提倡，在北大歌谣研究会于1920年12月19日宣告成立时，理所当然地被推为该研究会的两主任之一（另一主任是沈兼士）。歌谣研究会虽然成立了，刘半农留学国外，周作人病了年余，因此，除了征集资料外，并没有什么活动，工作几近中断。两年后，重整旗鼓，即1922年12月17日北大25周年

① 苏雪林《周作人先生研究》，《青年界》1934年12月，第5卷第5号。
② 司马长风《中国新文学史》（上卷），第131页，香港：昭明出版社1980年。

校庆日这一天创刊了歌谣研究会所属的《歌谣》周刊，周作人又兼任了主编（常务编辑是常惠）。周作人成了歌谣运动的领袖人物。《歌谣》周刊创刊伊始，他便以《发刊词》的形式公布了他关于歌谣（民间文学）运动和歌谣搜集研究的学术理念和行动纲领：

> 本会蒐集歌谣的目的共有两种，一是学术的，一是文艺的。我们相信民俗学的研究在现今的中国确是很重要的一件事情，虽然还没有学者注意及此，只靠几个有志未逮的人是做不出什么来的，但是也不能不各尽一分的力，至少去供给多少材料或引起一点兴味。歌谣是民俗学的一种重要的资料，我们把他辑录起来，以备专门的研究；这是第一个目的。因此我们希望投稿者不必自己先加甄别，尽量的录寄，因为在学术上是无所谓卑猥或粗鄙的。从这学术的资料之中，再由文艺批评的眼光加以选择，编成一部国民心声的选集。意大利的卫太尔曾说"根据在这些歌谣之上，根据在人民的真感情之上，一种新的'民族的诗'也许能产生出来。"所以这种工作不仅是在表彰现在隐藏着的光辉，还在引起当来的民族的诗的发展；这是第二个目的。[①]

在《歌谣》周刊同一期上，还同时发表了由周作人起草的《本会征集全国近世歌谣简章》，与《发刊词》相呼应。这份《本会征集全国近世歌谣简章》与三年前（1918年2月1日）刘半农为北大歌谣征集处起草、经北大校长蔡元培批发而分别刊登在《北京大学日刊》和《新青年》上的第一份《北京大学征集全国近世歌谣简章》相对照，可以见出，周作人在某些重大原则上作了修改。1918年文本规定征集入选范围是："一、有关一地方、一社会或一时代之人情风俗政教沿革者；二、寓意深远有关格言者；三、征夫野老游女怨妇之辞，不涉淫亵，而自然成趣者；四、童谣谶语，似解非解，而有天然之神韵者。"到了1920年周作人修订的文本中则改成了："四、歌谣性质并无限制；即（使）语涉迷信或猥亵者，亦有研究之价值，当一并录寄，不必先由寄稿者加以甄择。"周作人将刘半农稿中的"征夫野老游女怨妇之辞，不涉淫秽，而自然成趣者"改成了："歌谣性质并无限制；即（使）语涉迷信或猥亵者，亦有研究之价值，当一并录寄，不必先由寄稿者加以甄择。"这当然是一个涉及提倡和坚持什么样的学术理念的原则性的修改。

---

① 《歌谣》周刊第1号，1922年12月17日。

　　周作人不仅把《简章》里的条文作了这样的改动，而且还在《歌谣》周刊的《创刊词》里作了进一步的阐述，宣布搜集歌谣的目的是两个：一个是文艺的，一个是学术的。尽管宣布两个目的，而在具体阐释时，却侧重强调了学术的目的，即"歌谣是民俗学上的一种重要的资料"，而任何民间文学材料对于学术研究而言，都是有用的，包括"语涉迷信或猥亵"者，"希望投稿者尽量的录寄，因为在学术上是无所谓卑猥或粗鄙的"，搜集者们不必先加甄择。[①]实际上，他在这篇文字里所表明的，是民俗学研究的立场。

　　再扩大一点看，对照周作人起草的《文学研究会宣言》中的"对于为艺术的艺术与为人生的艺术，两无所祖。必将忠实介绍，以为研究之资料"，可以见出，在文艺思想上，周作人已从"五四"时期大声疾呼提倡的"为人生的艺术"大为倒退了。《宣言》中所说的"必将忠实介绍，以为研究之资料"与《简章》中的把歌谣仅仅当作学术研究资料的主张不啻是异曲同工。

　　在对待神话的问题上，周作人既崇信人类学派神话学家安德鲁·兰的神话理论，又十分推崇神话的文学价值。而在民歌的价值判断上，他则更多地将其作为民俗研究的材料而非纯粹的文学作品，其实，这原本是周作人民间文学观的一贯思想，而且这个思想也并非他的发明，同样是来源于欧洲的民俗学者的著述。回想他在1919年9月1日为刘半农的《江阴船歌》所写的序言里就表达了这样的思想："我们所要的'民歌'是民俗研究的资料，不是纯粹的抒情或教训诗，所以无论如何粗鄙，都要收集保存。"[②]上文提到的1920年4月在《晨报》副刊上发表的《歌谣》一文亦然。再后来，1923年12月，他在为《歌谣》周刊创刊一周年而编辑出版的《歌谣周年纪念增刊》里再次就这个问题专门写了一篇《猥亵的歌谣》的文章，回顾了围绕着搜集猥亵歌谣问题上的思想演变过程，在阐述搜集猥亵歌谣在学术研究上的必要性时写道：

　　　　民国七年本校开始征集歌谣，简章上规定入选歌谣的资格，其三是"征夫野老游女怨妇之辞，不涉淫秽而自然成趣者。"十一年发行《歌谣》周刊，改定章程，第四条寄稿人注意事项之四云，"歌谣性

---

　　① 周作人在《猥亵的歌谣》一文里对此修改有一段自白。《歌谣周刊纪念增刊》，1923年12月17日。

　　② 周作人《中国民歌的价值——刘半农编〈江阴船歌〉的序文》，《学艺杂志》第1卷第1号，1919年，北京。又见《歌谣》周刊第6号，1923年1月21日。

质并无限制，即语涉迷信或猥亵者亦有研究之价值，当一并录寄，不必先由寄稿者加以甄择。"在发刊词中亦特别声明，"我们希望投稿者……尽量的录寄，因为在学术上是无所谓卑猥或粗鄙的"。据王礼锡先生在《安福歌谣的研究》（本刊22号转录）上说，家庭中传说，经过了一次选择，"所以发于男女之情的，简直没有听过"。这当然也是一种原因，但我想更重要的总是由于记录者的过于拘谨。

……猥亵的歌谣的解说所以须从别方面去找才对。据我的臆测，可以从两点上加以说明。其一，是生活的关系。中国社会上禁欲思想虽然不很占势力，似乎未必会有反动，但是一般男女关系很不圆满，那是自明的事实。我们不要以为两性的烦闷起于五四以后，乡间的男妇便是现在也很愉快地过着家庭生活；这种烦闷在时地上都是普遍的，乡间也不能独居例外。蓄妾宿娼私通，我们对于这些事实当然要加以非难，但是我们见了中产阶级的蓄妾宿娼，乡民的私通，要知道这未必全然由于东方人的放逸，至少有一半是由于求自由的爱之动机，不过方法弄错了罢了。……其二，是言语的关系。……①

他在这篇专门谈猥亵歌谣的文章里强调说，他之所以提出猥亵歌谣的问题，目的只想略略说明猥亵的分子在文艺上是常见的，不值得大惊小怪，只是因为描写性交的措辞上的拙劣而被屏弃在公刊之外，但对于研究者来说，却是一样的珍贵，更由于材料的难得而特别欢迎。而他的这篇文章不过是对《歌谣》周刊《发刊词》的一个补充，倒是对于猥亵歌谣的产生及其意义的解说——"猥亵的歌谣，赞美私情种种的民歌，即是有此动机而不实行的人所采用的别求满足的方法。他们过着贫困的生活可以不希求富贵，过着端庄的生活而总不能忘情于欢乐，于是唯一的方法是意淫，那些歌谣即是他们的梦，他们的法悦（Ekatasia）。"——不失是一番别有新意的中肯的议论。

在这篇文章之后，也是《歌谣》周刊于1924年6月28日出版了第97号停刊之后，他还与钱玄同、常惠三人联名在《语丝》上发布了一个《征求猥亵的歌谣启》，共同发起征集猥亵歌谣故事。在这份由周作人署名的文告里写道："大家知道民间有许多猥亵的歌，谜语，成语等，但是编辑歌谣的人向来不大看重，采集的更是不愿记录，以为这是不道德的东西，不能写在书本子上。我们觉得这是很可惜的，现在由我们来做这个工作，专门

---

① 周作人《猥亵的歌谣》，《歌谣周年纪念增刊》，1923年12月17日。

搜集这类猥亵的歌谣等，希望大家加以帮助，建设起这种猥亵的学术的研究之始基来。"①由于在刊物上发了启事，征求工作是顺利的、有成绩的。他在晚年写的回忆录里写道："我个人所收到的部分便很不少，足有一抽斗之多，但是这些在国民党劫收之余已几乎散失了，目下只剩下河南唐河和山东寿光的一点寄稿，——玄同已久归道山，维钧还时常会见，但也没有勇气去和他谈当日的事了。"②

从1913年起的十多年间，周作人偏好儿歌的搜集与研究，从未间断，还在孔德学院的讲堂上讲课，并逐渐扩大到一般的民歌。甚至到了1958年，还将他一生积存的223首绍兴歌谣（他自己搜集的85首）编成了一部《绍兴儿歌集》。③但他却一向对民歌的艺术上的价值持贬低态度，而对民歌的民俗学的价值则常常挂在嘴边，他对猥亵歌谣的执着的偏好，恰恰成为他的民歌观的一个佐证。

（二）提出歌谣分类方案

在北大歌谣研究会成立之后、《歌谣》周刊创刊之前，歌谣的研究相对沉寂的时期，周作人于1922年4月13日的《晨报副镌》上以仲密的笔名发表了一篇题为《歌谣》的文章④，就歌谣的研究方法、歌谣与新诗的关系、歌谣的分类等问题提出了自己的见解。北京的《晨报》副刊、上海的《时事新报》的《学灯》副刊、《民国日报》的《觉悟》副刊在当时被称为三大著名副刊。从1920年10月起，《晨报》副刊由北大毕业生孙伏园接编，定名为《副镌》，周作人、鲁迅、胡适、刘半农、顾颉刚、杨振声、冰心等都是《副镌》的作者，而孙伏园又是鲁迅和周作人的老乡和学生。他在这篇文章里，把歌谣的研究分为"文艺的"和"历史的"两个方面，这一论点，实际上是他两年后在《歌谣》周刊《创刊词》中所宣布的歌谣研究的"文艺的"和"学术的"两个目的的预演。而他就歌谣的分类发表的见解，则在当时的歌谣研究中属发人之所未发之作，占了学术研究的首倡之功。

从歌谣征集处到歌谣研究会，在歌谣搜集工作进行了四年之后，无论

---

① 《征求猥亵的歌谣启》，《语丝》第48期，1925年10月。

② 周作人《知堂回想录》第400—401页，香港：三育图书文具公司1980年1月初版。

③ 周作人《一点回忆》，《民间文学》1962年第12期；《文艺新世纪》1964年3月号。

④ 周作人《歌谣》，后收入《自己的园地》，北京晨报社出版部1923年9月。

是搜集、保管，还是研究，都痛感到没有科学的分类，事情就难以进行下去了。所以，歌谣分类问题因搜集工作的现实需要而被提到了歌谣研究会的议事日程上来。顾颉刚1919年在家乡苏州搜集吴歌，陆续在《晨报》上发表，就遇到了诸如记音、分类等问题，与魏建功、沈兼士等有过一些书信往来，探讨这些问题。沈兼士于1921年12月16日给顾颉刚的信里就谈到了分类问题："民谣可以分为两种：一种为自然民谣；一种为假作民谣。二者的同点，都是流行乡里间的徒歌。二者的异点，假作民歌的命意属辞，没有自然民谣那们单纯直朴，其调子也渐变而流入弹词小曲的范围去了，例如广东的粤讴，和你所采苏州的《戏婢十劝郎》诸首皆是。我主张把这两种民谣分作两类，所以示区别，明限制，不知你以为如何。"①其实沈兼士所谈的民谣分类，还远非是民谣内部的分类，而是属于民谣这种体裁的范围界定问题。

周作人的《歌谣》一文发表的时间在《歌谣》周刊创刊的前夕。歌谣研究会成立后，因人员的流散和他的养病而停止了活动很长一段时间。他从1920年又重新开始参与歌谣研究活动。他写道："在1920年我又开始——这说是开始，或者不如说是复活更是恰当，一种特别的文学活动，这便是此处所说的儿童文学与歌谣。"②值得注意的是，他说是"一种特别的文学活动"而没有说是民俗学的"偏好"。1922年这一年，他在北大国文系的课很少（仅欧洲文学史三小时、日本文学史两小时），已签约于下半年到燕京大学客座教现代国文，这篇他"复活"后写的为数不多的歌谣问题的文章，就写于这段空档里。有论者指出："《歌谣》一文最引人注目的，是它对于歌谣文艺价值的重新认定。"③因为他过去虽然热心于歌谣的搜集、研究和提倡，但对歌谣的文学价值却多持贬低的态度，这篇文章则有了明显的转变。譬如他写道："民歌与新诗的关系，或者有人怀疑，其实是很自然的，因为民歌的最强烈最有价值的特色是它的真挚与诚信，这是艺术品的共通的精魂，于文艺趣味的养成极是有益的。"④检阅他过去

---

① 顾颉刚、沈兼士《歌谣的谈论》，《晨报》1922年；《歌谣》周刊第7号（1923年1月28日）转载。

② 周作人《知堂回想录》第134节，第397页，香港：三育图书文具公司1980年11月。

③ 陈泳超《周作人的民歌研究及其民众立场》，《鲁迅研究月刊》2000年第9期，北京。

④ 周作人《歌谣》，《晨报》1922年4月13日；《歌谣》周刊第16号（1923年4月29日）转载。

有关的歌谣文章，对歌谣文学价值的肯定，充其量多在肯定对新诗的参照和滋养方面，而这篇文章则首次肯定民歌的最有价值的特色，是"它的真挚与诚信"——"艺术品共通的精魂"，是对读者"文艺趣味的养成"能发生有益的影响。

周作人的歌谣分类与沈兼士所说的歌谣分类，不是同一个层面上的问题。如果说沈兼士所谈的分类是歌谣的外部问题，那么周作人所谈的分类则属于歌谣这种文体的内部问题。况且周文所谈的歌谣分类问题，过去还没有人系统论述过，故而有着很强的学科意义和现实意义。他把歌谣分为：1. 情歌；2. 生活歌；3. 滑稽歌；4. 叙事歌；5. 仪式歌；6. 儿歌六大类。而在这六大类里，以对仪式歌和儿歌的阐述最值得注意。对儿歌的界说，融会了他多年研究的心得，最具有学理价值。他说："儿歌的性质与普通的民歌颇有不同，所以别立一类。也有本是大人的歌而儿童学唱者，虽然依照通行的范围可以当作儿歌，但严格的说来应归入民歌部门才对。欧洲编儿歌集的人普通分作母戏母歌和儿戏儿歌两部，以母亲或儿童自己主动为断，其次序先儿童本身，次及其关系者与熟习的事物，次及其他各事物。现在只就歌的性质上分作两项：（1）事物歌；（2）游戏歌。"

在《歌谣》周刊创刊后，曾对他的这个分类法进行过一些讨论。陆续发表的文章不少，据笔者不完全的统计，大致有：邵纯熙《我对于研究歌谣发表一点意见》（《歌谣》周刊第13号），白启明《对〈我对于研究歌谣发表一点意见〉的商榷》（《歌谣》周刊第14号），邵纯熙《歌谣分类问题》（《歌谣》周刊第15期），刘文林、白启明《再论歌谣分类问题》（《歌谣》周刊第16号），邵纯熙、常惠《歌谣分类问题》（通讯）（《歌谣》周刊第17号），何植三、常惠《歌谣分类的商榷》（《歌谣》周刊第27号），傅振伦《歌谣分类问题的我见》（《歌谣》周刊第84号），张若谷《江南民歌的分类》（《艺术三家言》，1927年），寿生《我所知的山歌的分类》（《歌谣》第2卷第32期，1937年1月）等。通过讨论，学界跨出了仅在歌谣的社会内容和社会功能上做文章的局限，在歌谣的文体、类别及其特点上，有了长足的进步。当然这不是哪一个个人的作用，但周作人在分类问题上是功不可没的。

（三）对五行志派的批评

北大歌谣研究会是作为新文学运动的一部分而出现在中国新文学舞台上的一个团体。歌谣研究会的学者们虽然在学术立场上并不一致，有从民俗学立场认定"歌谣是民族心理的表现，含蓄着许多古代制度仪式的遗迹"

的，有从教育的立场把歌谣当作儿童教育的"适用的材料，能够收到更好的效果"的，有从文艺的立场把歌谣选录出来"供大家的赏玩，供诗人的吟咏取材"的。①但把歌谣看作是植根于民众之中、反映"国民心声"的"民族的诗"的基本立场则是一致的，正是在这一点上，歌谣研究会代表了一种新的学说和一个新的学派。但是，如前所说，从儒家学说和观念衍生出来的种种贬抑歌谣邪说、把歌谣看成是淫乱之源的旧学观点，还在社会上和学界相当普遍地存在着。1922年由上海广益书局出版的《绘图童谣大观》（陈祥和编）所代表的"五行志派"的观点，就是一个典型的例子。

周作人于1923年3月18日在《歌谣》周刊上发表《读〈童谣大观〉》一文，对《绘图童谣大观》所代表的"五行志派"的错误观点进行了有力的批判。他写道：

> 上面所说的三派，都是现代对于童谣的态度，但在古时，却有一派别的极有势力的意见，那便是五行志派。《左传》庄公五年杜注云："重龀之子，未有念虑之感，而会成嬉戏之言，似或有凭者。其言或中或否，博览之士，能惧思之人，兼而志之，以为鉴戒，以为将来之验，有益于世教。"《晋书·天文志》又云："凡五星盈缩失位，其星降于地为人。荧惑降为童儿，歌谣游戏，吉凶之应随其众告。"这两节话，可以总括这派学说的精义。虽然因为可"以为鉴戒"的缘故，有好些歌谣得以侥幸的保存在史书里，但在现代，其理论之不合原是很了然的了。我在民国二年所做的《儿歌之研究》里，曾有一节说及这个问题，"占验之童谣实亦儿歌一种，但其属词兴咏，皆在一时事实，而非自然流露，泛咏物情，学者称之曰历史的儿歌。……"

> 童谣并不是荧惑星所编，教给儿童唱的，这件极简单的事，本来也不值得反复申说！但是我看见民国十一年出版的《童谣大观》里还说着五行志一派的话，所以不禁又想起来了。该书的编辑概要里说："童谣随便从儿童嘴里唱出，自然能够应着气运；所以古来大事变，往往先有一种奇怪的童谣，起始大家莫名其妙，后来方才知道事有先机，竟被它说着了。这不是儿童先见之明，实在是一时间跟着气运走的东西。现在把近时的各地童谣录出，有识见的人也许看得出几分将来的国运，到底是怎样？"在篇末又引了明末"朱家面，李家磨"的童谣来作例证，说"后来都一一应了！"这样的解说，不能不算是奇

---

① 周作人《读〈童谣大观〉》，《歌谣》周刊第10号，1923年3月18日。

事怪事。什么是先机？什么是一时间跟着运气走的东西？真是莫名其妙。虽然不曾明说有荧惑星来口授，但也确已说出"似或有凭者"一类的意思，而且足"以为将来之验"了。在杜预注《左传》还不妨这样说，现代童谣集的序文里便决不应有；《推背图》、《烧饼歌》和《断梦秘书》之类，未尝不堆在店头，但那只应归入"占卜奇书类"中，却不能说是"新时代儿童游戏之一"了。①

此前周作人在1922年写的《歌谣》一文里就对所谓"应验的童谣"的阐释说过"中国史书上所载有应验的'童谣'，有一部分是这些歌谣，其大多数原是普通的儿歌，经古人附会作荧惑的神示罢了"的话，现在借评《绘图童谣大观》对歌谣阐释中曾经活跃一时的"五行志派"观点提出的尖锐批评，表明他早年宣布的"为人生的文学"的艺术观点和"革命文学"战士的思想锋芒又在他身上"复活"了。他赞成将这类歌谣编辑起来当作参考研究，但他反对编者这样的解说会把读者引"入于邪道"。

20世纪后半叶的读者、甚至某些民间文学研究者们，可能会感到周作人对《绘图童谣大观》的批评是小题大做了，或抱着无足轻重的态度，这是因为他们对唯心的、宿命的"五行志派"对平民百姓的心灵和中国文化现代化的危害缺乏深切的体验；而把手中的笔当作投枪杀向"五行志派"的文化革命战士们的檄文，正昭示着中国现代文化和现代学术的前进方向。

（四）发起"歌谣与方言"的讨论

北京大学成立歌谣征集处，发起者中除了文学家刘半农和沈尹默外，还有语言学家钱玄同和沈兼士，他们虽然不直接参与歌谣来稿的编选拔粹工作，但在章程（第8条）里写明了他们两位的工作是参与方言的考订。方言与歌谣密不可分的关系，是早就考虑到了的。不过，一方面由于初始阶段编辑部人力的限制和记音的方案还没有创立出来，二方面由于当时是从各地征集而非研究者自己动手作田野的搜集记录，完全用方言记录口述文本，以及在方言中有音无字的情况甚多，所以用方言记录歌谣这件事，一直没有得到顺利执行。

到1923年11月4日出版的《歌谣》周刊第31号，作为歌谣研究会两主任和两编者之一的周作人发表了一篇题为《歌谣与方言调查》的文章，预示着"歌谣与方言"的讨论提到议事日程上来了。周作人写道："歌谣与方

---

① 周作人《读〈童谣大观〉》。

言的密切的关系，这里可以不必多说，因为歌谣原是方言的诗。当初我们征集歌谣的时候，原想一面调查方言，但是人力不足，而且歌谣采集的运动正在起头，还未为社会所知，没有十分把握，恐怕一时提出许多题目，反要分心，得不到什么效果，所以暂且中止了。这一二年来，承会内外诸君的尽力，采集事业略有根底，歌谣采到的也日渐增加，方言调查的必要因此也就日益迫切的感到。"①

如周作人所说，歌谣是方言的文学。歌谣里有许多俗字是有音无字的，当时制订的注音字母还不够完善，除了华北地区和当时已制订了俗字的广东等省外，用汉字记录俗歌，决非一件容易的事，有的记录下来却干脆看不懂什么意思。周作人以他的故乡绍兴的一首歌谣为例，参照钱玄同的意见试用罗马字注音，并建议以此为基础，由歌谣研究会制订出一套用罗马字音标记音的方案来。他所以对歌谣的方言方音如此感兴趣，是因为：一、他把歌谣研究看作是一种学术研究，歌谣是这种学术的研究资料，歌谣既然是方言的文学，方言方音就可能会在歌谣涵义的表达上别有意义；二、歌谣搜集大可推动方言调查，而方言调查又会有益于其他学科的研究，他也意在推动方言调查的实行。他说："要做研究的工夫，充分的参考资料必不可少，方言也就是其中的一种重要分子。所以为将来研究的预备起见，方言调查觉得是此时应该着手的工作，虽然歌谣搜集的事业也还正在幼稚时代；因这件工作不是一年半载所能成就的，早一点着手较为适当。好在方言调查的利益不仅是歌谣研究能够得到，其大部分还在别的文学方面，可以希望得到大家的注意与赞助，或者还不是很难成功的事业。"他还指出在当时"国语文学"的建设之中，完善"文学的国语"的重要性："我觉得现在中国语体文的缺点在于语汇之太贫弱，而文法之不密还在其次，这个救济的方法当然有采用古文及外来语这两件事，但采用方言也是同样重要的事情。"②

歌谣搜集与方言调查的相依相存，对方言方音的重视与强调，是中国早期歌谣运动的重要特点之一，也因而使早期中国歌谣运动带上了那么一点学术的自觉。周作人写作此文的目的，与其说在提倡用罗马音标记录歌谣，毋宁说借以推动方言调查的开展与方言调查会的建立。他的这篇文章发表后，接连发表了当时已在《歌谣》周刊编辑部当编辑的董作宾的《歌谣与方言问题》（第32号）、容肇祖的《征集方言的我见》（第35

① 周作人《歌谣与方言调查》，《歌谣》周刊第31号，1923年11月4日。
② 周作人《歌谣与方言调查》，《歌谣》周刊第31号，1923年11月4日。

号）等文章以示响应和进一步深化，以及于1923年12月17日出版的《歌谣周年纪念增刊》上发表的钱玄同的《歌谣音标私议》、林玉堂的《研究方言应有的几个语言学观察点》、魏建功的《蒐集歌谣应全注音并标语调之提议》、黎锦熙的《歌谣调查根本谈》、沈兼士的《今后研究方言之新趋势》等，可见周作人的文章是有备而来。周文的发表，也显示了歌谣研究会内部在歌谣与方言互相配合的问题上的意见，地位已较前大为上升了，从而成为1924年1月26日北京大学研究所国学门方言调查会的成立[1]和寒假过后、《歌谣》周刊从第49号（1924年4月6日）起改版成为歌谣研究会与方言调查会联合主办的周刊的先奏。

（五）为神话的辩护

北大歌谣研究会时代，周作人在《歌谣》周刊上发表的文章和参与的活动，基本上是歌谣的搜集与论述，已如前述，而在这段时间里，他还写作了一组神话的文章，却都不是发表在《歌谣》周刊，而是发表在《晨报》副刊上的。

周作人的这一组谈论神话的文章，如《神话与传说》（1923年9月）、《神话的辩护》（1924年1月29日）、《续神话的辩护》（1924年4月10日）、《神话的趣味》（1924年12月5日），其动机是针对当时文学批评界有人“用了科学的知识，不作历史的研究，却去下法律的判断，以为神话都是荒唐无稽的话，不但没有研究的价值，而且还有排斥的必要”；[2]“反对把神话当作儿童读物的人说，神话是迷信，儿童读了要变成义和团与同善社”。[3]故而他这几篇的文章带有很强的论辩性。这是周文第一个特点，也是最重要的特点。另一个特点是，与此前他的其他文章相比，更多地在张扬神话在文学上的价值和特点。

他写道：“我们依了这人类学派的学说，能够正当了解神话的意义，知道他并非完全是荒诞不经的东西，并不是几个特殊阶级的人任意编造出来，用以愚民，更不是大人随口胡诌骗小孩子的了。……离开了科学的解

---

[1]　《北大研究所国学门方言调查会宣言书》，见《歌谣》周刊第47号（1924年3月16日）。

[2]　周作人《神话与传说》，《自己的园地》，北京晨报社1923年9月；又见吴平、邱明一编《周作人民俗学论集》第4页，上海文艺出版社1999年1月。

[3]　周作人《神话的辩护》，《晨报》副刊，1924年1月29日；又见《周作人民俗学论集》第5页。

说，即使单从文学的立脚点看去，神话也自有其独立的价值，不是可以轻蔑的东西。本来现在的所谓神话等，原是文学，出在古代原民的史诗史传及小说里边；他们做出这些东西，本不是存心作伪以欺骗民众，实在只是真诚的表现出他们质朴的感想，无论其内容与外形如何奇异，但在表现自己这一点上与现代人的著作并无什么距离。文学的进化上，虽有连接的反动（即运动）造成种种的派别，但如根本的人性没有改变，各派里的共通的文艺之力，一样的能感动人，区区的时间和空间的阻隔只足加上一层异样的纹彩，不能遮住他的波动。"①

他以望夫石的传说为例，批评了文学批评界在神话传说认识上的偏向："研究文学的人运用现代的科学知识，能够分析文学的成分，探讨时代的背景，个人的生活与心理的动因，成为极精密的研究，唯在文艺本体的赏鉴，还不得不求诸一己的心，便是受过科学洗礼而仍无束缚的情感，不是科学知识自己。中国凡事多是两极端的，一部分的人现在还抱着神话里的信仰，一部分的人便以神话为不合科学的诳话，非排斥不可。"于是他提出"要用历史批评或艺术鉴赏"的方法对待神话，下面这段话成了常被文坛引用的名言：

> 我想把神话等提出在崇信与攻击之外，还它一个中立的位置，加以学术的考订，归入文化史里去，一方面当作古代文学看，用历史批评或艺术赏鉴去对待它，可以收获相当的好结果：这个办法，庶几得中，也是世界通行的对于神话的办法。好广大肥沃的田地摊放在那里，只等人去耕种。国内有能耐劳苦与寂寞的这样的农夫吗？②

周作人关于神话的这段名言，至少包括了两个意思：一、给神话一个中立的位置，把它当作古代文学看，以历史的批评和艺术赏鉴的立场去对待它；二、学术上将其加以考订，归入文化史里去研究。他的这个思想观点，实际上不仅被文学界、也被文化史研究者所认同了。

当然，周作人在张扬神话的文学的特点的时候，所坚守的仍然是人类学派神话学的理论观点。他针对郑振铎发表在《文学》第113期上介绍希

---

① 周作人《神话与传说》，《自己的园地》，北京晨报社1923年9月；又见《周作人民俗学论集》第4页。

② 周作人《神话与传说》，《自己的园地》，北京晨报社1923年9月；又见《周作人民俗学论集》第4页。

腊神话的文章写道："神话是原始人的文学，原始人的哲学，——原始人的科学，原始人的宗教传说，但这是人民信仰的表现，并不是造成信仰的原因。说神话会养成迷信，那是倒果为因的话，一点都没有理由。我们研究神话，可以从好几个方面着眼，但在大多数最有趣味的当然是文学的方面，这不但因为文艺美术多以神话为材料，实在还因为他自身正是极好的文学。'希腊的神话具有永久不磨的美丽与趣味'，与一切希腊的创作相同，爱好文学的人所不可轻轻错过的。"①他引用的"希腊的神话具有永久不磨的美丽与趣味"一语，可能是马克思在《〈政治经济学批判〉导言》中的那段高度评价希腊神话的艺术魅力的话的自译。

他还批评了郑振铎对希腊神话中的阿波罗追赶达芙娜故事的阐释，认为郑说是走进了言语学派的迷途。他写道："郑先生说：'这故事是叙写太阳对于露点的现象。阿波罗是日神，达芬是露水之神。太阳为露点的美丽所惑，欲迫近她；露点惧怕她的热烈的爱人，逃遁了。当太阳的热息接触着她的时候，她消灭了，仅留一绿点在消去的那个地方。希腊的神话大部分都具有如此的解释自然现象的意义的。'希腊神话里的确有些解释自然现象的，但这达芙娜化树的故事却并不是，更不是'太阳神话'。……语言学派的旁支有气象学解释法，则到处看出雷神，而以达芙娜为闪电。郑先生所据大约是此派的学说。……人类学派并不废语源的研究，但不把一切神人看作自然现象，却从古今原始文明的事实中搜集类例，根据礼俗思想说明神话的意义，即使未能尽善，大致却已可以满意了。"②

（六）矛盾的立场与不确定的价值判断

从前面的论述中，我们已经可以看出，周作人在歌谣的价值判断上或歌谣的审视立场上，常常处于一种矛盾性和不确定性之中，一会儿说"民歌的最强烈最有价值的特色是它的真挚与诚信，这是艺术品的共通的精魂，于文艺趣味的养成极是有益的"（《歌谣》），一会儿又说民歌"具有一种特异的性质，即是，他可以说是原始文学的遗迹，也是现代民众文学的一部分；我们可以从那里去考察余留着的蛮风古俗，一面也可看出民间儿女的心情，家庭社会中种种情状，作风俗调查的资料。"（《歌谣与妇女》）在1925年之前，他的这两种观点（心情）或曰两种立场是交织于

---

①　周作人《续神话的辩护》，《晨报》副刊1924年4月10日；又见《周作人民俗学论集》第8页。

②　周作人《续神话的辩护》。

胸、交替出现，无法排解的。因为他一方面是一个曾经喊出"人的文学"口号的文学革命的战士和以小品文抨击现实和影响现实的多产作家，另一方面他是一个对本属于田野实证学科的民俗学而他却只能坐拥书斋又抱着超常热情的"偏好"者。[①]

对于周作人来说，这种情况的出现，大体来自三方面的原因。首先，是因为他的民间文学理论是多来源的，还未能将不同渠道"拿来"的外来学说融会贯通，化为自己的思想和语言。其次，在当时，他所能接触到的或进入他的视野的民歌资料还相当有限，他研究最多的是儿歌，其他种类繁多、内容繁杂的民歌，他几乎没有接触到，一旦读到新的歌谣，不免使他顿生新的感觉和思想。再次，他基本上是个坐而论道的文人，除了青年时代在家乡绍兴时在有限的空间里接触和搜集的儿歌外，他几乎没有在田野调查中深入了解歌谣和获取信息的亲历生涯。这三个方面的局限，在他的歌谣观里打下了很深的烙印。

在社会环境方面，20世纪20年代后五年至30年代前五年的这十年间，中国社会政治上发生了很多足以使一个人的世界观发生转变的事情。在北京，先是在1926年3月发生了段祺瑞政府制造的"三·一八"惨案，6月发生了奉系军阀张作霖枪杀进步报人、封闭舆论的暴行。9月北洋教育部改组学校，周作人、徐祖正等声明"同人反对改组"，拒绝接受张作霖解散北京大学后成立的京师大学校女一院的聘书，而就任作为北京大学"孑遗"的北京大学国学馆导师和学术审议员。"语丝"社于1927年10月被张作霖查禁，"北新京局"（北新书局北京分部）迁移上海，许多旧日的朋友离京南下，江绍原去了广州而后杭州，川岛（章廷谦）去了杭州，章衣萍、李小峰去了上海……接着，1927年，爆发了上海工人第三次武装起义和南昌起义，发生了国民党右派屠杀共产党人的"四·一二"事变。在广州，发生了"四·一五"政变。在时局发生了这一系列重大变故的情况下，留在北京的周作人，思想上也出现了重大转折。有过抗争，但抗争之后却是消沉和退缩。开始了周作人从一个文化革命战士向一个"都市隐者"的蜕变。

周作人在1927致江绍原的一封信里写道："北大的光荣孟真（案：系傅斯年的字）还以为是在过去，我则更怀疑，以为它就还未有，近十年来北大

120

的作为实在只是'幼稚运动'，那种'新文化运动'——注意，这新文化不是那新文化，与张竞生博士之大报有别，——实无功罪可说，而有人大吹大擂以为中国之'文艺复兴'，殊属过奖，试观我中华之学问艺术界何处有一丝想破起讲之意乎？北大某系为世诟病，有人以为（校内）把持之数，有人以为（非圣无法）捣乱之源，第一问且不管，若第二问亦大冤枉，我看本预科各教授亦犹是普通教员，学生亦犹是普通学生，其思想行动无一点异于常人也。安国军（案：奉系军阀张作霖）现将合并九校，此举我虽未必赞成，觉得这样办亦无妨，因我也觉得北大或其他各大之毁坏殊不甚足惜也。唯敝人系国立北大之教员，北大消灭则此资格亦遂消灭，下学年可以不告假而告假，比以前可以少几点钟的功课，未始非得。……'语丝'社友几乎走完，平伯将赴广州，衣萍亦到上海去了，玄同或将赴杭，留此者只有我及国授博士刘复而已。"①故论者说："可以说1927年是周作人个人历史上最有光彩的一年。但也暴露出思想上的某些阴暗面，例如对五四新文化运动和北京大学光荣传统的否定。"②这种思想上的乃至世界观上的寂寞、苦闷、颓唐乃至变化，不能不在他的歌谣研究以至整个学术观点上反映出来。这种生存状况与颓唐情绪在他与好友江绍原的通信中还所在多有。

　　1930年，"语丝"社老友章衣萍要重刊《霓裳续谱》，向他索序。他在序言里写道："我自己对于民歌的意见有点动摇，不，或者不如说是转变了。我从前对于民歌的价值是极端的信仰与尊重，现在虽然不曾轻视，但有点儿怀疑了，假如序文必须是拥护的或喝彩的，那么我恐怕实在已经是失去了做序的资格了。……我把《白雪遗音》正续编看了一遍，又将《霓裳续谱》找出来一翻之后，好像有魔鬼诱惑似地有一缕不虔敬的怀疑之黑云慢慢地在心里飘扬起来，慢慢地结成形体，成为英国好立得教授（W.R.Halliday）在所著《民俗研究》序上的一句话，'欧洲民间故事的研究，主要地，虽非全然地，是一个文学史上的研究。'别的且不管，总之在中国的民歌研究上，这句话即使不能奉为规律，也是极应注意的，特别是在对付文献上的材料的时候。这个疑心既然起来，我以前对于这些民谣所感觉的浪漫的美不免要走动了，然而她们的真与其真的美或者因此可以看见一点，那也是说不定的。""我们如用了绝对的诗的标准来看，民间诗歌之美的价值总是被计算得过高，或者大抵由于感情作用的缘故。……

　　①　周作人致江绍原信（1927年7月29日），见《周作人早年佚简笺注》第24—25页，四川文艺出版社1992年，成都。

　　②　张挺、江小蕙《周作人早年佚简笺注》第26页，四川文艺出版社1992年9月。

'据我所知，民间的讲故事或说书都是很是因袭的技艺。这里边的新奇大抵在于陈旧的事件或陈旧的诗句之重排改造。这好像是用了儿童的积木玩具搭房屋。那些重排改造平常又并不是故意的，却是由于疏忽，所谓联想这非论理的心理作用常引起一件事情或一句成语，这照理本来都属别处的。……民间诗歌的即兴，在我所见到的说来，同样地在于将因袭的陈言很巧妙地结合起来，这与真诗人的真创作来比较，正如我们早年照了《诗学梯阶》而诌出来的一样，相去很远。'"①

周作人在20世纪20年代在歌谣研究会短短几年的工作，以及陆续不断发表的有关民间文学的著述，对中国民间文艺学的学科建设，起了重要的奠基作用。但这篇序言里所流露的对民歌的艺术价值的失望，民歌充其量只配充当文学史研究的材料而别无所长，大概可以看作是崇尚和研究民歌三十年，而又对民歌的价值怀着矛盾心理和不确定性见解的周作人的一个总结。至于30年代后期，周作人由隐士而沦丧为日本军国主义侵华的走狗，这已不属于本文的范围了。

第四节　胡愈之与胡寄尘

1918年2月成立的北大歌谣征集处，在全国文化界和教育界产生了很大的影响。除了北京的《晨报副镌》连续发表歌谣和歌谣讨论和研究文章，成为提倡和宣传歌谣的重要阵地外，在上海，也得到了呼应。商务印书馆编辑出版的《妇女杂志》从第七卷第1号（1921年1月）起，特辟"民间文学"专栏，征集各地流行的故事、歌谣，"预备作为中国民间文学的研究资料"，并由商务印书馆的编辑、文学研究会成员胡愈之撰写了一篇《论民间文学》作为全国征集工作的"引子"。差不多同一时间，由商务印书馆发行的另一份杂志《小说世界》也加入到提倡和宣传民间文学的行列中来，主编胡寄尘（怀琛）作为该刊民间文学文章的执笔人和组织者。

（一）胡愈之与《妇女杂志》

胡愈之（1896—1986），笔名伏生。浙江上虞人。1914年进商务印书馆编译所任练习生。"五四运动"时在《东方杂志》连续撰文，提倡科

---

① 周作人《重刊〈霓裳续谱〉序》，后收入《看云集》，上海开明书店1932年10月初版。此据吴平、邱明一编《周作人民俗学论集》第124—126页，上海文艺出版社1999年1月。

学与民主。积极创建上海世界语学会，介绍俄国和一些弱小民族的文学。1920年与郑振铎、沈雁冰共同发起成立"文学研究会"。1921年1月在《妇女杂志》发表《论民间文学》。

　　尽管1916年3月梅光迪已在致胡适的私人信件中采用了"民间文学"这一专有术语，但在1921年1月《妇女杂志》第七卷第1期发起征集故事、歌谣和胡愈之发表《论民间文学》之前，南北报刊上所采用的和论述的大多是"歌谣"、"儿歌"、"山歌"、"传说"、"传奇"、"故事"、"神话"等这些民间文学某一体裁的名词，还少有人采用"民间文学"这个专名；报刊上固然发表过若干论述民间文学某些体裁的文章，如：蒋观云的《神话·历史养成之人物》（发表于1903年第36号的《新民丛报·谈丛》）、迅行（鲁迅）的《破恶声论》（发表于1908年12月出版的《河南》月刊第8号）、周作人的《童话略论》（发表于1913年《教育部编纂处月刊》）、刘半农的《中国之下等小说》（《北京大学日刊》自1918年5月21日出版的第142号起连载）和《越谚续录》（发表于《北京大学日刊》1918年7月30—8月8日）、周作人的《儿歌之研究》（发表于1918年11月1日《北京大学日刊》第242号）、李大钊的《歌谣的解释》（发表于《北京大学日刊》1918年11月3—6日）、周作人的《中国民歌的价值》（发表于1919年1卷2号的《学艺杂志》）、陈汉章的《弹词原始》（发表于1919年2月14日《北京大学日刊》第308号）、郭绍虞的《村歌俚谣在文艺上的地位》（发表于1920年8月21日的《晨报·艺术谈》），也还有外国人如美国人何德兰的（Headland）的《孺子歌图》、意大利人卫太尔（Baron Guido Vitale）的《〈北京的歌谣〉序》、日本人平泽平七（H.Hirazawa）的《台湾之歌谣》等寥寥几篇文章，但由中国人写的全面论述和介绍"民间文学是什么"的文章，却一篇也没有见诸报端，而胡愈之的《论民间文学》应运而生，成为中国现代文化史和现代民间文学学术史上第一篇全面系统论述民间文学及其特征的文章。

　　胡愈之精通世界语，他的这篇论民间文学的文章，广泛地参考了和介绍了当时外国民间文学的学说和情况。他写道：

　　　　民间文学的意义，与英文的"Folklore"，德文的"Volkskunde"大略相同，是指流行于民族中间的文学；像那些神话、故事、传说、山歌、船歌、儿歌等等都是。民间文学的作品，有两个特质：第一，创作的人乃是民族全体，不是个人。普通的文学著作，都是从个人创作出来的，每一种著作，都有一个作家。民间文学可是不然，创作的决不是甲，也不是乙，乃是民族的全体。老农所讲的故事，婴儿所唱的乳歌，真实的创作家是谁，恐怕谁也说不出的。有许多故事歌谣，最初发生的时候，也许是先有一个创意的人，但形式和字句却必经过许多的自然修正，才能流行民间；因为任凭你是个了不得的天才，个人的作品，断不能使无智识的社会永久传诵的。个人的作品，传到妇女儿童的口里，不免逐渐蜕变，到了最后，便会把作品中的作者个性完全消失，所表现的只是民族共通的思想和情感了。所以个人创意的作品，待变成了民间文学，中间必经过无量数人的修改；换句话，仍旧是全民族的作品，不是个人的作品了。第二民间文学是口述的文学（Oral Literature），不是书本的文学（Book Literature），书本的文学是固定的，作品完成之后，便难变易。民间文学可是不然：因为故事歌谣的流行，全仗口头的传述，所以是流动的，不是固定的。经过几度的传述，往往跟着时代地点而生变易；所以同是一段故事，或一首歌谣，甲地所讲的和乙地不同，几十年前所讲的又和几十年后不同。这也是民间文学的一个特征。所以民间文学和普通文学的不同：一个是个人创作出来的，一个却是民族全体创作出来的；一个是成文的，一个却是口述的不成文的。①

胡愈之关于民间文学的两个特质——一个是民族全体的创作而不是个人的创作，一个是口述的而不是成文的——的论述，把握准确、叙述得当，是一篇难得的民间文学启蒙论文，即使在百年之后的今天来审视，也还没有失去其现实的和科学的意义。

作者并没有停留在民间文学的特质上止步，而是继续从艺术的本质、民族心理、社会教育三个角度，深化对民间文学的价值的阐发。他写道：

从艺术的本质来看，文学的发生，是由于原始人类的艺术冲动（Art-impulse）。表现这一种艺术冲动的，在野蛮人类是跳舞、神话、歌谣等等。这种故事、歌曲，虽然形式是很简陋的，思想是很单纯的，但也一样能够表现自然，抒写感情。而且民间文学更具极大的普遍性。又因为民间文学是口述的文学，是耳的文学，不是目的文

---

① 愈之《论民间文学》，《妇女杂志》第7卷第1号，上海：商务印书馆1921年1月。又见《胡愈之文集》第1卷第142—148页，北京：生活·读书·新知三联书店1996年。下面凡引自此文的，不再注明。

学，所以在有韵的民间歌谣中，往往具有很自然的谐律（rhythm）。有许多歌谣当中的音律，决不是文学作家所能推敲出来的。再从心理上看来，民间文学是表现民族思想感情的东西，而且有是表现"人的"思想，"人的"情感的最好的东西。因为个人的文学作品，往往加入技巧的制作，和文字形式的拘束，所以不能把人的思想感情很确切很真率的表现出来。只有民间文学乃是人们思想感情的自然流露。而且流露出来的是民族共通的思想感情，不是个人的思想感情。所以研究民族生活民族心理的，研究人类学社会学或比较宗教学的都不可不拿民间文学做研究的资料。再从教育上看来，民间文学是原始人类的本能的产物，和儿童性情最合，所以又是最好的儿童文学。

可以看出，作者借鉴了19世纪下半叶外国学术界在原始艺术和民俗学领域里的研究成果和学术观点。作者在此文中也介绍了欧美的民间文学和民俗学的研究状况和研究方法。他说，到了近世，欧美学者知道民间文学有重要价值，便起首用科学的方法研究民间文学。作者把欧洲的"Folklore"翻译成"民情学"。他说，民情学中研究的事项分为三种：一是民间的信仰和风俗；二是民间文学；三是民间艺术。他接着简略地介绍了欧洲民情学的发展史和欧美各国的研究机构，并遵循欧美民俗学的理念，把民间文学看作是"民情学"的一部分。他呼吁在我国建立"民情学会"和"民间文学研究会"，合力做好民间文学的搜集和研究。此时，北京大学的进步学者和"五四"文化战士们正在酝酿创建北大歌谣研究会，而在南方，在上海，胡愈之是第一个呼吁创建"民情学会"和"民间文学研究会"的人。他说：

中国民族在世界上占有特殊的位置，所以中国的民间风俗，民间文艺，当然是极有研究的价值。可是中国的故事歌谣，却从来没有人采集过；虽有几个外国人的著作，但是其中所收的，也不过是断片的材料罢了。现在要建立我国国民文学，研究我国国民性，自然应该把各地的民间文学，大规模的采集下来，用科学方法，整理一番才好呢。但是我国地大人多，交通又不便，各省的民风，各各不同，所以要下手研究，恐怕没有像别国的容易。除非我国也设起许多民情学会，民间文学研究会，许多人合力做去才好啊！

研究民间文学应该分两个阶段：最先把各地的民间故事、民间传说、民间歌谣采集下来，编成民间故事集、歌谣集等；随后把这种资料，用归纳的分类的方法，编成总合的著作。总合的著作，要算佛赖瑞博士（Dr. J.G.Frazer）的《金枝集》（*Golden Bough*），哈德兰（E. S. Hartland）的 *Legend of Perseus* 最为著名。但现在研究我国民间文学，还没有现成的研究资料，所以应该从采集入手。采集民间文学有几桩事情应该注意：（1）下手时候应该先研究语学（Philology）和各地的方言；因为不懂得语学和方言，对于民间文学的真趣，往往不容易领会。（2）用文字表现民间的作品，很不容易，因为文字是固定的，板滞的，语言却是流动的；最好是用简单的辞句，把作品老老实实的表现出来，切不可加入主观的辞句，和艺术的制作，像丹麦安徒生（Christian Andersen）那种文体最为合适。（3）采集的时候，应该留心辨别，到底所采的故事或歌谣，是不是真正的民间作品；因为有许多故事或民歌，也许是好事的文人造作出来的，而且造作得未久，还没有变成民族的文学，所以不应该采集进去。（4）民间作品的价值，在于永久和普遍；流行的年代最久而且流行的地方最广的，才是纯粹的民间文学；采集的时候最应该注意。

胡愈之在此文中还借鉴英国学者N. W. Thomas的分类方法，设定和论述了中国民间文学的分类问题，并提出了自己的分类方案。即把民情（俗）学的研究资料分为三大类：信仰和礼制、讲谭和歌谣、艺术。而在"民间文学"（他认为"民情学上最重要的部分"）项下，又分为三类：故事、歌曲、片段的材料。再细分为

（一）故事：

（A）演义（Sagas）即俗传的史事；

（B）童话（Marchen or Nursery tales）；

（C）寓言（Fables）；

（D）趣话（Drolls）、喻言（Apologues）等；

（F）神话（Myths）；

（E）地方传说（Place Legends）。

（二）有韵的歌谣和小曲。

（三）片段的材料，例如乳歌（nursery rymes）、谜（riddles）、俗谚（proverbs）、绰号（nicknames）、地名歌（place rymes）。

他说："以上的分类自然不能说十分完全，但是民间文学的普通种类，大多包括在内了。""我们现在既没有完善的分类法，那么便依据了这种分类，从事采集，也未始不可以。"民间文学的分类，此前没有人做

过。周作人曾经对童话做过分类的尝试，但仅限于童话，虽然也涉及传说、故事，未及其他体裁。胡愈之的民间文学分类法，今天看来未免简单，但他是在没有我国自己的理论遗产可以借鉴的情况下，参照外国的分类法、结合我国民间文学的实际状况而拟定的，作为世纪初中国民间文学的最初阶段上的分类法，特别是给当时的搜集实践提供了依据，显然是具有学术价值和现实意义的。

作为作家、翻译家的胡愈之，虽然不是民间文学的专业研究者，他却在热心地提倡民间文学的搜集与研究，而且他的文章并非草草从事，而是具有兼具文艺学和民俗学理论深度与国际学术视野的。在1921年这一年中，他还写过两篇有关民间文学的文章：一篇是《研究民间传说歌谣的必要》（《文学旬刊》1921年6月20日），一篇是《童话与神异的故事》（《文学旬刊》1921年6月30日）。[①]这两篇文章，都带有提倡和指导的性质。对《妇女杂志》的倡导民间故事和民间歌谣的搜集起了很大作用。他说："民间的神话、传说、歌谣、俗曲，在中国埋着极大的宝藏，却从来没有人发掘过。自从北大着手征集歌谣之后，总算已有许多人注意了，而搜罗各地的传说故事的，（除今年《妇女杂志》登过几篇）却绝不多见。"（《研究民间传说歌谣的必要》）事情正如他所说的，北方的北大歌谣研究会及其《歌谣》周刊主要是提倡歌谣的征集与研究，而并没有更多地顾及传说故事，而南方的《妇女杂志》，则着力提倡传说故事的搜集，其主要理论家鼓吹家就是胡愈之。

在北方，以北大歌谣研究会为中心，团结了一大批搜集和研究歌谣的爱好者和专门家，除了周作人从一开始就持西方人类学派的立场观点外，基本上都持乡土研究的立场；而在南方，以《妇女杂志》为中心的一派，则最先提倡用英国人类学派神话学的观点搜集和研究故事与歌谣，开风气之先。南北形成犄角之势。对《妇女杂志》的学术立场，赵景深曾经说过："我国最初以人类学研究民间故事的自然要推《妇女杂志》社诸君。他们已很能做到照农民的口吻一点不加修饰的复写下来这一层，却没有做

---

① 《文学旬刊》，文学研究会的刊物。由郑振铎、沈雁冰、叶绍钧、许地山、王统照、耿济之、郭绍虞、周作人等发起的文学研究会，于1921年1月正式成立于北京。他们把由上海商务印书馆出版、沈雁冰接编的《小说月报》自第12卷第1号起作为会刊，又陆续编辑了《文学旬刊》（上海《文学旬刊》自1921年出到1929年第9卷第5期止），共出380期；从第81期起改名《文学》，每周一期，从第172期起又改名《文学周报》，脱离《时事新报》，单独发行。

到搜集大同小异的材料这一层，对于犯重复的故事每不采录。这一工夫最近方才从单行本《徐文长故事》看到。《徐文长故事》重复的很多，均未删去，这便是这本书的价值所在处。"[①]注意收集大同小异的民间故事的异文进行比较的研究，到20世纪30年代上海北新书局老板李小峰以林兰的笔名编辑出版的系列民间故事丛书和杭州中国民俗学会时期的民俗学者们才成气候。

"四·一二"政变后，胡愈之由于起草对国民党当局的抗议信而被迫流亡法国。在法国翻译了法国人倍松（M·Besson）的《图腾主义》一书，由上海开明书店于1932年出版。他在中国民间文学的学术史上、特别是在其开创时期发挥了重要作用。

《妇女杂志》于1915年1月5日创办于上海，1931年12月停刊。期间每年出一卷，每卷12期，共出17卷。它是中国妇女报刊史上第一份历时最久的大型刊物。初由王莼农主编，商务印书馆出版。自1921年第7卷第1期起改由章锡琛主编。章锡琛（1989—1969），别名雪村，浙江绍兴人，中国民主同盟盟员。1912年1月至1925年12月任上海商务印书馆《东方杂志》编辑、《妇女杂志》主编、国文部编辑，并编辑上海《时事新报》副刊《现代妇女》《民国日报》副刊《妇女周刊》。他接任《妇女杂志》主编后，即在刊物上开辟了《民间文学》专栏，与胡愈之等一起，倡导搜集民间故事和民间歌谣等，成为传播人类学派神话学的一个阵地，对中国民间故事的搜集研究充当了先声夺人的角色。

（二）胡寄尘与《小说世界》

与《妇女杂志》差不多同时的另一份由商务印书馆发行的杂志《小说世界》，也是在上海发表民间文学作品和文章、提倡民间文学的重要刊物之一。《小说世界》（月刊）于1923年1月15日创刊。32开本。先后由叶劲风、胡寄尘编辑。设有小说、笔记、野史、奇迹志异、音乐等25个栏目。其中沈雁冰的《私奔》、王统照的《夜谈》、林琴南的《情天补恨录》、刘培风的《块肉余生述》等影响较大。主要撰述人还有胡寄尘、何海鸣、赵苕狂、徐卓呆、范烟桥等。曾另出《民众文学》《闺阁诗选》《童话》等单行本随刊附送。1929年12月停刊，共出264期。次年，又以丛刊形式继续出版。

---

① 赵景深《徐文长故事与西洋传说》，原载长沙：《潇湘绿波》1925年第2期。又见林兰编《徐文长故事·附录》第163—164页，上海：北新书局1929年10月。

　　胡寄尘（1886—1938），字怀琛，别署季仁、季尘、有怀、秋山。安徽泾县人。早年毕业于上海育才学校。辛亥革命时，曾协助柳亚子编辑《警报》。民国元年（1912年）在《神州日报》工作，因不满该报当时的保守态度，辞职后转入《太平洋报》任编辑、文艺版的主编，又曾任《广益书局》的编辑主任，编辑出版过许多民间文学图书。善写短篇小说和诗词，对于老庄、释道也无不精研。与胡朴安合编过《俗语典》。服务商务印书馆编译所多年，曾继叶劲风主编《小说世界》、在上海《大晚报》编辑出版《上海通》周刊。八一三事变后，淞沪沦陷，因久病兼忧国而壮年去世。一生著作等身，如《小说革命军》《胡寄尘小说集》《中国诗学通评》《中国文学通评》《修辞学要略》等。还曾任南方大学、上海大学、沪江大学、爱国女学等诗学教授多年。

　　在主编《小说世界》期间，胡寄尘在该刊上发表多篇民间文学的文章，大力宣传和提倡民间文学，如《中国地方文学之一斑》（第2卷第3期）、《中国民间文学之一斑》（第2卷第4期）、《民间诗人》（第2卷第8期、第4卷第13期、第13卷第15期、第14卷第14期）、《〈国风〉不能确切代表各国风俗辨》（第13卷第4期）、《〈诗经〉国风中所表现的民族精神》（第13卷第4期）、《辨〈国风〉中之巫诗》（第14卷第22期）、《民间文艺书籍的调查》（第16卷第10期）等；专著有《中国民歌研究》（商务印书馆1925年9月）、《中国寓言研究》（商务印书馆1930年11月）、《民歌选》（商务印书馆1939年9月）。

　　《中国民歌研究》是中国现代民间文学学术史上第一本全面论述中国民歌的专著，作者以平易的笔法和广泛的取材——历代载籍资料和现代流传资料，论述中国民歌（包括谣谚、抒情短歌和叙事长歌）的构成、特点以及民歌与诗的关系。他批评了原封不动地把西方的民歌理论搬到中国来把民歌界定为"流传在民间的长篇纪事诗"的做法。什么是民歌？民歌和其他的诗怎样分别？他的答案是："流传在平民口上的诗歌，纯是歌咏平民生活，没染着贵族的彩色；全是天籁，没经过雕琢的工夫，谓之民歌。"[①]

　　他的一个基本论点是："一切诗皆发源于民歌。"这是世纪初中国人文学界十分关心的一个话题，许多学者都曾著文参与讨论，发表过意见。这一思想也是胡适的《白话文学史》的一个基本论点。胡怀琛在该著中阐述说，考诗之发生，大约不出五种原因：（1）为男女爱情的媒介物。

　　① 胡怀琛《中国民歌研究》第2页，商务印书馆1925年。下面凡引自此书者，不再注明。

（2）为劳苦时发抒郁结之用，或快乐时助兴之用。（3）为战争时鼓动尚武精神之用。（4）祀神时唱来媚神。（5）将语言编为整齐有韵的诗歌式，使得便于记诵。胡怀琛是一个多产作家，一个深谙国学的学者，他甚至排斥在为"民间文学"作界说时搬用外国的模式，但他的这五个诗歌发生学上的原因，却显然借鉴了19世纪末、20世纪初外国学界的某些观点和方法。请看他是怎样阐述诗歌发生的战争和祀神的原因：

> 为什么说战争时用诗歌来鼓动尚武的精神呢？因为诗歌含有一种刺激性，如烟和酒一般的，能够使人改变常度，能够使人发狂；（专指一种激烈的诗歌。）战争的时候，很用得着。所以无论哪一国，都有他的军歌。独是中国，因为爱和平的缘故，很不注重军歌。在汉唐以前，更没有提倡"经生敢死，雪耻杀仇"的诗。汉唐以后，和外来的民族接触了，受了他族的压迫的痛苦，才有这样的诗歌出现。
>
> 为什么说祀神时唱来媚神呢？在初民时代，没有不祀神的；祀神的仪式，除了拜以外，就是歌和舞。那么，就用得着这样媚神的诗了。就西洋说，在希腊时，便有这样的诗歌，叶（伴）以四丝（弦）琴，遇着节期赛会祀神，便唱着给神听。相传荷马就是唱这样诗歌的一个人。就中国说，《楚辞》里的《九歌》，本是楚人祀神时所唱的曲子，屈原见他文词鄙陋，把他改了一下，便成为今日《楚辞》里的《九歌》。《九歌》是当时南方的彩色，在北方是没有的；其实也未必没有，大约是被孔子删《诗》时，一笔勾销了，所以后来就看不见。这样唱歌媚神的风气，在中国直到现在还没有革除；乡下里每年迎神赛会时，必要演戏，这就是古时遗留下来的风俗，至今没有改变。

依照胡怀琛的论说，无论是初民时代，还是野蛮民族，"其他文化是没有的，歌总是有的。"诗歌之发生的原因或驱动力不外乎五项。我们从胡怀琛的论述中发现，他所说的在这五个原因或驱动力中，诗是男女爱情的媒介、诗是劳苦时发抒郁结的出口、诗是语言和音律的组合，都常被学界所提及，惟独诗是战争和祀神的激励因素这两项，却是不大为传统的中国学界所提及和述论，而常为外国的原始艺术研究者和人类学者所称道的。在中国，原始初民和野蛮时代，并非如作者所说，没有发生过战争，一路从和平中走来，部落之间、方国之间的仇杀、征战、甚至灭国连绵不绝，历史是很残酷的，出征前必有类似于军歌的歌唱以鼓舞士气，凯旋时必有类似军歌的歌唱以庆功，甚至这些歌唱总是与祭祀仪式相关联着的。

至于汉唐以前的这类作品所以没有留下来，原因固多，秦的焚书、孔子的删诗，是人人挂在口头上的；最重要的原因，恐怕还是民歌是在民众口头上流传的，来无踪去无影，大多数都自生自灭于历史的烟尘之中了。即使我们今天所能见到的为数很少的古代民歌，也都是从后代的文学家和哲学家们的字里行间中侥幸保留下来的。

作者论民歌，大而分为抒情的短歌和叙事的长歌两类。论述抒情短歌的部分，在地理的审视中加入历史的沿革，如周时黄河流域十三国的"国风"，长江流域的吴风、越风、楚风，北方的胡风；体裁的论列中夹有内容的分析，如子夜歌及其他吴声歌曲、月节折杨柳歌及其他西曲、以民俗内容为主的竹枝词、俗曲莲花落、道情。叙事诗单列为一章，从五言的《孔雀东南飞》论到七言的《木兰诗》再论到长短句，一路下来，为中国叙事诗描绘出了一条发展的道路："从整齐而变为不整齐，由束缚而变为活泼，这是诗歌界里的一个大关键，却也是自然的趋势。叙事诗为诗的一种，当然也要跟着变的。于是就有叙事的词了。"

他不仅着力梳理和论述历史上的各地区、各类别的民歌，他还借助于《努力》周报、《歌谣》周刊等报刊以及世纪初兴起的歌谣运动中积累起来的各地的口传歌谣和俗曲。这应该说是难能可贵的。

论民歌，固然可以从多角度入手，可以写出不同的文章来，但作者毕竟抓住了民歌发生和演变的一个重要而不可忽视、不可替代的特点："地理的不同，政治的不同，人情、风俗的不同；这许多不同之点，一一从他们的诗里表现出来。这就可见得民歌的真价值。"（第15页）离开了或忽视了民歌的这个基本的特点，民歌就是不可索解的。这也就是许多毕生论诗的所谓诗家不得其门而入的一个关键，也是那些貌似学富五车而对"引车卖浆者流"的民歌却无知妄说的一个关键。从这个立场说，被列为民国初年影响很大的王云五主编《百科小丛书》之一、中国学界第一部民歌研究专著的胡寄尘（怀琛）的民歌论的出版，是中国歌谣学开始走向学科化的第一步。整整三年后，即1928年9月，才有钟敬文编辑的《歌谣论集》这个《歌谣》周刊歌谣论文选本的编纂出版。

要指出的是，作为民间文学研究者的胡怀琛，在写作这部《中国民歌研究》时，受到历史的制约，他所采用的材料，特别是当时还在口传的歌谣资料，实在是太过有限，他不得不把所能找到的资料，都吸纳到自己的著作中去，于是就显得有些庞杂而无秩序。当时的《歌谣》周刊里发表的文章中，已初步触及歌谣与社会、歌谣与妇女、甚至歌谣与舅权等问题，而胡著中却没有以此为起点而作深入的探讨。这也不能不说是来自作者自身的一大局限。他也采用了许多被后来的学者称作"俗文学"的材料，有的也许并非民歌的范畴，以及有些出自个人之手的作品，如传为蔡文姬的《胡笳十八拍》等，但他也因此为俗文学的研究开了一条路子。如果从他的全部经历和理念来衡量，这也是顺理成章的事，因为在他一生多彩的文艺生涯中，通俗文学和俗文学不仅占有重要地位，也是卓有成就的。

第五节　董作宾：乡土研究的先驱

董作宾（1895—1963），原名作仁，后改作宾，字彦堂，别署平庐。河南省南阳人，祖居温县董阳门村。1915年春，考入县立师范讲习所，毕业后留校任教员。1928年游学开封，入河南育才馆肄业；从时经训先生受商简，得知甲骨文。1919年冬与同学筹办《新豫日报》，任编辑、编校，兼实业厅调查委员。1922年入北京大学作旁听生，初学甲骨文字，以油彩影写殷墟书契前编拓本。1923年入北大研究所国学门作研究生。1925年春，离北大赴福州就任福建协和大学国文系教授。1927年到中山大学历史语言研究所筹备处，结识筹备负责人傅斯年。1928年因母病回南阳，在南阳中学任教。同年主持安阳殷墟发掘。1930年参加山东城子崖发掘。1932年升任语言历史学研究所研究员。1947年出国，任芝加哥大学教授，并在耶鲁大学讲学。1948年当选中央研究院院士。1949年去台北。任历史语言研究所所长、台湾大学教授、香港大学教授，创办《大陆杂志》。1963年11月23日逝世于台北。在中国考古学上被称为"甲骨四堂"之一。[1]

于1923年便进入北大研究所国学门做研究生的董作宾，先后参加了考古学会、风俗调查会、方言研究会，兼任歌谣研究会主办的《歌谣》周刊的编校，并开始在《歌谣》周刊上发表文章、崭露头角。在北大的一年多时间里，除了参加过一段故宫的点查工作外，他的主要精力放在方言和歌谣的研究上。最初在《歌谣》周刊上发表的文章如《歌谣与方言问题》（第32号，1923年11月11日出版）、《为方言进一解》（第49号，1924年4月6日出版）、《研究婴孩发音的提议》（第50号，1924年4月13日出版），并没有给这个青年学者带来多大的名声，但继而于1924年10月在《歌谣》周刊第62、63、64三期上连载的一篇关于歌谣《看见她》母题研

---

[1]　综合钟柏生《董作宾传》（台湾大学中国文学系系史）、《董作宾生平传略》（台北中国上古秦汉学会《傅斯年董作宾先生百岁纪念专刊》）、裘锡圭《董作宾》（《文史丛稿——上古思想、民俗与古文字学史》，上海远东出版社1996年）。

究的长文——《一首歌谣的整理研究的尝试》，却一下子引起了歌谣研究界的关注与重视，并由此而掀起了一场笔墨讨论。

此后，董作宾的主要精力和专业是考古学，先后11次主持、参加和监察安阳殷墟的发掘，参加山东城子崖的发掘、滕县的发掘等，无暇再更多顾及他喜爱的歌谣研究，但他仍然时常有民间文学和民俗学的文章和著作问世。在福州协和大学任教时，特开歌谣研究一班，①并作为北大歌谣研究会"辀轩使者"在福州作民歌调查，撰著了《歌谣通论》《福州歌谣》第一章。②在开封中州大学任教时，发表了《〈邶风·静女〉篇"黄"的讨论》。他参与发起创立中山大学民俗学会并参加了《民间文艺》周刊和《民俗》周刊的编辑工作，在《民间文艺》周刊上发表《为〈民间文艺〉敬告读者》《几首农谚"九九"的比较研究》《闽谣篇》《南阳歌谣》和《净土宗的歌谣化》等文章。钟敬文离开中山大学到杭州成立杭州中国民俗学会，他们之间又建立了联系，并在钟敬文主持的《艺风》月刊（民间专号）上发表《苦女吟》，在《逸经》上发表《西门豹故事的转化》等文。晚年，于1952年在《台湾风物》第2卷第2、3期上发表《福州岁时记》。这位把一生贡献给了考古事业的学者，也终生与民间文学和民俗研究结下了不解之缘。

（一）"母题"的引入和比较研究的实践

在20世纪20年代之初中国歌谣研究还处于初创阶段时期，董作宾对《看见她》母题的歌谣研究，把考订研究、比较研究、地理研究、民俗研究、方言研究与文艺研究诸种方法熔为一炉，从理论上开启了以家乡人的视角研究家乡歌谣的先河。他在《歌谣》周刊上发表的这项关于《看见她》的研究——《一首歌谣整理研究的尝试》（《歌谣》周刊第63—64期）以及此后不久在同一刊物《歌谣》周刊上连续发表的顾颉刚的《吴歌甲集》及其相关研究，构成了一个可以以"乡土歌谣学"或"歌谣的乡土研究"名之的歌谣研究会学派，使刚刚有6年零8个月的歌谣征集研究运动在理论建设上迈出了无可替代的、非常重要的一步。

事情是由作为《歌谣》周刊编辑的常惠先生发表在《歌谣》周刊创刊号上的一篇《对于投稿诸君进一解》引起的。常惠在文章里引用了一首叫做《隔着竹帘看见她》的歌谣在北京、北地、京兆、河北、安徽绩溪、

---

① 据江鼎伊《我与歌谣的过去和将来》，《歌谣》周刊第95号，1925年6月14日。
② 董作宾《福州民歌的第一章》，《歌谣》周刊第88号，1925年4月26日。

旌德、江西丰城、江苏镇江、夏口、陕西10个省份和地方的不同变体，并写道："我们征集了几年的歌谣：现在差不多二三千首，再拿地方来说也有22省。本应出书了，但是为什么又出周刊呢？因为有二层问题：一层还是材料太少（因为许多谚语混在里面），二层就是整理的困难。现在关于这两层问题：我们要同时下手，一方面还要各处征集歌谣，一方面设法整理。所以每星期我们必有几首歌谣和研究歌谣的文章登出来，为引起大家的兴会来研究；再者提醒大家的记忆或因为看见我们登了这首而想起那首来了。或者虽是一首歌谣而到处的说法不同。就拿一首《隔着竹帘看见她》作例。卫大列辑的《北京歌谣》上说：'沙土地儿，跑白马，/一跑，跑到丈人家。/大舅儿往里让，/小舅儿往里拉，/隔着竹帘儿看见她：/银盘大脸黑头发，/月白缎子棉袄银疙瘩。'……"又写道："从一首歌谣脱出十几首来，地方倒占了八九省，几乎传遍了国中。但是各有各的说法，即便相隔很近的地方，说法也都不同；很有研究的价值。并且我不相信只有这几首，还希望有的多。我更怕有一层：若是有人见了我们报上登的无论哪一首，'说这首与我们家乡的简直差不多，或者是几乎完全一样。'因此没有把它写来，那真可惜了。"[①]

常惠的文章对于稍后到《歌谣》周刊来作编校的董作宾是一个启发，他便从歌谣研究会当时已收集到的一万多首歌谣中筛选出45首同一"母题"的《看见她》歌谣，并对这些流传于不同地区、又大同小异的歌谣作了认真深入的考订和研究。这就是他的那篇《一首歌谣整理研究的尝试》。常惠开了头但没有做下去的这个题目，由董作宾接过手来做成了一篇产生过很大影响的大文章。

董作宾着手做这项研究，还受了另一个人的直接影响。这个人就是在五四新文化运动前夕就大声疾呼地提倡白话文学、同时也早就关注民间文学的胡适。他在一篇论写作时间与常惠文章相差无几、但与读者见面的时间则要比常惠文章早大约十天的文章《歌谣的比较的研究法的一个例》里第一次把"母题"这个民俗学（也是文艺学）上的术语引进了中国的民间文学研究学苑。胡适写道："研究歌谣，有一个很有趣的法子，就是'比较的研究法'。有许多歌谣是大同小异的。大同的地方是他们的本旨，在文学的术语上叫做'母题'（motif）。小异的地方是随时随地地添上的枝叶细节。往往有一个'母题'，从北方直传到南方，从江苏直传到四川，随地加上许多'本地风光'；变到末了，几乎句句变了，字字变了，然而

---

① 常惠《对于投稿诸君进一解》，《歌谣》周刊第1号，1922年12月17日。

我们试把这些歌谣比较看看，剥去枝叶，仍旧可以看出他们原来同出于一个'母题'。这种研究法，叫做'比较研究法'。"①

"母题"这一术语是适应民间故事分类研究的需要而被学者应用的，最早可能是出于德国学者科尔勒（J. Köhler）笔下，后逐渐被民俗学界所采用。②胡适采用"母题"这个术语，董作宾运用这一概念来作中国歌谣的比较研究时，编制了《民间故事类型索引》（*Types of Folktale*,1928）和《民间文学母题索引》（*Motif-Index of folk-literature*,1932—1936）的美国民俗学家斯蒂斯·汤普森（Stith Thompson,1885—1976）的这两部划时代的著作还没有问世。现在，学术界普遍认可的是汤普森在《民俗、神话和传说标准大辞典》（Funk & Wagnalls, *Standard Dictionary of Folklore,Mythology, and Legend*）中对"母题"这个词条的释文。他在晚年撰著的《世界民间故事分类学》（*The Folklore*）一书中对"母题"作了如下论说："一个母题是一个故事中最小的、能够持续在传统中的成分。""组成它的（指一个故事——笔者）可以仅仅是一个母题，也可以是多个母题。大多数动物故事、笑话和轶事是只含一个母题的类型。标准的幻想故事如《灰姑娘》或《白雪公主》则是包含了许多母题的类型。"③在他的论述中和在学者的运用中，"母题"都是指的民间叙事体裁，如神话、传说、故事，而没有人论说过歌谣中的"母题"及其作用。

周作人在1922年4月13日发表的《歌谣》一文里说："我们的（歌谣）研究却有两个方面，一是文艺的，一是历史的。"④所谓文艺的研究，用我们今天的话说，就是对歌谣做诗学的研究；常说的，兴、比、赋是也。所谓历史的研究，用我们今天的话说，就是历史的、政治的、民俗的研究；常说的观、群、怨是也。用当年周作人的话说："（历史的研究）大抵是属于民俗学的，便是从民歌里去考见国民的思想、风俗与迷信等，言语学上也可以得到多少参考的材料。"这篇文章发表半年多以后，他又在《歌谣》周刊的发刊词里说："本会汇集歌谣的目的共有两种，一是学术的，

① 胡适《歌谣的比较的研究法的一个例》（作于1922年12月3日），《努力》周刊第31期，1922年12月4日。后收入《胡适文存》二集，亚东图书馆1924年11月初版。

② ［美］汤普森著，郑海等译，《世界民间故事分类学》，第497页，上海文艺出版社。

③ ［美］汤普森著，郑海等译，《世界民间故事分类学》，第499页。

④ 周作人《歌谣》，《晨报》副刊1922年4月13日。《歌谣》周刊第16号（1923年4月29日）转载。《周作人民俗学论集》（上海文艺出版社1999年）在收入此文时，编者将《歌谣》周刊转载的时间1923年9月误为写作的时间了。

一是文艺的。我们相信民俗学的研究在现今的中国确是很重要的一件事情，虽然还没有学者注意及此，……歌谣是民俗学上的一种重要的资料，我们把它辑录起来，以备专门的研究；这是第一个目的。"[①]而董作宾这篇文章，却撇开这些传统的研究方法和路数，从"母题"这一概念——后来被称为形式主义的研究切入，并以其作为比较研究的基础。

他从一首儿歌的"母题"着眼，翻检了上万首歌谣（准确地说是7838首，除去了谚语等；可以认为，在歌谣研究会的同仁中，董作宾是唯一认真读过当时征集到的全部歌谣的人），找出了45首同一"母题"的《看见她》歌谣。然后对这首歌谣进行分析，析出这首歌谣的三个"母题"：

（1）是"娶了媳妇不要娘"；

（2）是"寻个女婿不成材"；

（3）是"隔着竹帘看见她"。

他对含有本"母题"的《看见她》歌谣的地理分布（当时全国24个省区中，有这个"母题"的歌谣的为12个省区，没有这个"母题"的歌谣的也是12个省区）发现了"两大语系"和"四大政区"的关系。他得出的第一个结论是：

> 原来歌谣的行踪，是紧跟着水陆交通的孔道，尤其是水便于陆。在北可以说黄河流域为一系，也就是北方官话的领土；在南可以说长江流域为一系，也就是南方官话的领土。并且我们看了歌谣的分布，也可以得到政治区划和语言交流的关系。北方如秦晋、直鲁豫，南方如湘鄂（两湖）、苏皖赣，各因语言交通的关系而成自然的形势。这都是歌谣告诉我们的。

他又以图表的方式，把歌谣的"母题"加以分解和排比，细细地分析和认定"母题"在相邻的地区和不同的移动路线上出现的变化。从歌谣的"母题"的分布和变异作研究分析，看似形式主义的研究方法，然而却得出了文艺的研究和历史的研究都无法或很难得出的结论，不能不令人感到惊异！

歌谣《看见她》地理分布上呈现出的"两大语系"和"四大政区"，是董作宾的一大发现。但这还只是他这项研究的第一层面的结论。他继续做进一步的分析，探讨第二层面的问题——这首歌谣的发源地在哪里，即

---

① 《歌谣》周刊创刊号，1922年12月17日。

文化的移动或传播流向。作者写道："这首歌谣的发源，可以假定在陕西的中部，因为我们见到的三原和陕西东南部两首大同小异的歌谣，实可以为南北各系一切歌谣之母。至于它的时代，现在还不易考求，且不必去妄猜。由三原顺流而下沿着黄河，分布于河北三府，西而山西晋城，北而直隶南宫，似乎都是河北的派别，这是第一支。南阳，单独成为一派，可以说是第二支。第三支由唐县北传至毗邻的完县，东传到南阳，南传到赵县，到宁晋；宁晋又分歧为两小支，一经束鹿到山东的威海卫，再传到莱阳。一则迳达山东的泰安而北至长山，东抵莱芜。第四支由武清到北京。"董作宾认定的《看见她》南北各系之母的三原和陕西那首歌谣的原文是这样的：

你骑驴儿我骑马，/看谁先到丈人家。/丈人丈母没在家，/吃一袋烟儿就走价。/大嫂子留，二嫂子拉，/拉拉扯扯到她家：/白白儿手长指甲，/樱桃小口糯米牙。/回去说与你妈妈，/卖田卖地要娶她。

——陕西三原张安人搜集

燕雀燕，双屹岔，/你骑骡子我压马，/看谁先到丈人家。/进的门磕一头就走呀！/大姨子留，小姨子拉，/拉拉扯扯就坐下，/油漆桌子摄布摸，/乌木筷子厅哩（疑为里——引者注）川，/四个菜碟单摆下，/坐煎酒，泡桂花。/风摆门帘看见她：/白白脸，黑头发，包包嘴，/糯米牙，/白白手，红指甲，/银镯子，十两八，/银筒箍，珐琅花，/缎子鞋，打子花，/还是奴家亲手扎，/步步走路踩莲花。/走路好像风摆柳，/立下就像一股香，/坐下就像活娘娘。/我回去，先与爹娘夸一夸，/卖房卖地要娶她。/娶回来莫当人看待，/一天三根香，三天九根香；/后来三天下了炕，/扫脚地，腰吊腿长，/尻子跟着拶摛！

——陕西（东南部）王焕猷搜集[1]

至于南系，即长江流域，他认为有两大干：一是成都，一是南京。成都一干的来源是从陕西输入的，其传播途径是：沿岷江、扬子江而下，直到湖北的汉阳；往北到夏口；往南溯长江、入洞庭、逆沅江而上，达沅陵、芷江。南京一干，向上传到北岸的安徽和县，向下传到南岸的江苏丹徒（镇江）和南通。一分支入安徽、越巢湖而合肥、而霍山；另一分支逆

[1]　这两首歌谣，载《歌谣》周刊第62号——《看见她》专号，1924年10月5日。

运河而淮阴、而涟水，再渡鄱阳而江西丰城。

笔者不敢轻言董作宾在撰作此文时，是否受了西方人类学派以及继之而起的传播学派的直接影响。但董文发表之前不久，《歌谣》周刊就曾连续发表了家斌所译的安德鲁·兰（Andrew Lang）所著的《民歌（Ballad）》长文。[1]兰之所论，其根据尽管大多是以在欧洲大陆传播的、有故事情节的民歌（Ballad，我们通常称为"叙事歌"者——引者注），其不同地区、不同时代的歌谣中的"相似"，不过是原始"遗留物"的传递的观点，而非《看见她》这类抒情的短歌，但他所采用的比较研究的方法，无疑在当时还是为学界耳目一新、可供借鉴的。我们从董作宾文中看到的，作者以歌谣的"母题"为切入点而对流传于各地的《看见她》歌谣所作的比较研究及其结论，倒是更多地表达了与在世界范围内取以进化论为哲学基础的人类学派而代之的传播学派相当接近的观点，而在此之前，以进化论为世界观和方法论的文学人类学派正在我国学界传播得如火如荼。

一个相同"母题"的故事，能在世界不同地区产生和传递，是何种原因所致，至今也没有获得解决。正如历史主义学派代表人物戈登惠塞（Alexander Goldenweiser）在《社会科学史纲·文化人类学》一书中所说："同时吾人亦有多种证例，不易获得切实之结论。魔妖故事（Magic Flight）即为一例。此故事虽未普及全世界，但其分布之广，即谓之传播全球，亦无不可。惟考其内容则颇为复杂。此种故事我人是否能目为由数处独自发展者，抑或仅从一处发展者观？其内容之复杂，我人能否视为在一地上一次发明后，全由传播而普及于各处？解决此种问题极为不易，尤其上述之故事，至今仍无定谳。"[2]一个相同"母题"的故事的相似问题固然复杂，一个相同"母题"的歌谣的相似或几近同一，看来也非易事。不同地区的歌谣仅仅是传播所致吗？董作宾从《看见她》"母题"的比较研究中，提供了解决这个问题的一种可行的途径，尽管未必是唯一的途径。

（二）家乡歌谣学应时而生

北大歌谣征集处于1918年初成立后，自5月20日起由刘半农编订《歌谣选》在《北京大学日刊》上逐日发表，前后共发表了148首。其时就已经遇到了文字和注解出现歧义的问题。举例来说，民国七年（1918）《北京大

[1] Andrew Lang著，家斌译，《民歌》，《歌谣》周刊第18、19期，1923年5月13、20日。
[2] 哥登惠塞著，陆德音译，《社会科学史纲》，第306页，商务印书馆1930年。

学日刊》第256号上发表了常惠和刘半农、罗家伦和刘半农的通信，就歌谣中涉及的北京旗人的风俗习惯、特别是惯用名词的问题进行讨论：

半农先生：

　　歌谣选（61）说有六件事，是北京高等旗人家中之所必具。与惠所知，微有不合。即如第一项的"凉棚"，北京人都叫它"天棚"，决没有叫作"凉棚"的。这个名目上的差异，虽然无关宏旨，然而它已经成了一处地方的习惯名，在普通文字中，或可随便改得，在于歌谣之中，就断断改不得的。要是改了，就失了研究歌谣的本旨了。

　　第二项的"水缸"。北京谁家没有盛水的缸，何必要单说高等旗人家中才有呢。其实是摆在院子中间，养金鱼的缸。北京人都叫它"鱼缸"。

　　第四项的"先生"。北京在前清的时候，"先生"二字不很常有。因为是在皇上脚底下的地方，有钱的，人人都可称"老爷"。即使没有"老"字，也要称"爷"。再拿"先生"说吧，若是教书的"先生"，就称他"老师"或"师老爷"。若是管帐的"先生"，就称他"帐房先生"或"师爷"。决没有单叫"先生"的。

　　那六件事，好像是五件——"天棚、鱼缸、石榴树、肥狗、胖丫头"。这是北京富厚人家所惯有的，决不是高等旗人家中所独有的。再说北京的旗人，也没有高等下等的，只有穷富就是了。或讲差使红不红、或讲支派近不近。要说有钱的旗人，没有受过教育的，很多很多。他们家中，何尝没有那五样东西，那么，也可叫他高等旗人吗。

常　惠

维钧兄：

　　来书言习惯名之不可擅改，极是极是。但罗君来稿，当是传闻或记忆之误，未必有意代改也。至"高等旗人"四字，来稿本作"亲贵"。复以凉棚等物，较为富厚之人即可有之，不必亲贵，故用"高等"二字，以别于不富厚者。今见来书所言，亦自悔用此二字之不当也。

刘　复[1]

---

[1]　《常惠君与刘复教授往来之函论歌谣选（61）》，《北京大学日刊》第256号，1918年11月22日。

半农先生:

　　我今天在日刊上看见常维钧先生论第61章歌谣的信,同先生的回信。常先生事事求真的热心,我十分佩服。但是关于这些歌谣的来源,我还有几句话说。今年3月间,在东城我的朋友王觉生家里赴宴。这位王先生,在北京住了三十几年,知道北京情形很熟。他在席上,忽然说起这个歌谣,我听了有趣得很,就记住了。今年暑假,住在西山静宜园消夏,一天,同一位商科同学李光忠先生谈起这个歌谣,他所听见的,也同我所记的一样。我以为王先生在京多年,李先生在京也有多年,两位所知的竟不谋而合,所以我以为这条是千真万真的了。那天我同先生在图书馆主任室遇见,说起先生房东(旗人)的家庭生活,我忽然想起这个歌谣来,立刻就在李守常先生桌上写给先生,当时的情形,先生大约还可以记得。总观以上的事实,这条歌谣大约不是假的,或是"传闻或记忆之误"了。当是常先生从习惯名词上说的一番话,也有道理。我自己想了一想,并且打电话去问王先生,方知道这条歌谣系旅京的南方人所编的,通行于北京的"客籍"社会。前清光绪末年更盛行于官场。所以一切名词,与习惯并不相悖,与常先生所说的,及足互相发明。再说"先生"一物,却是北京旗人家中所常有的。我有两位朋友的同居,都是旗人。他们都有不读书的儿子,却是都有"先生"呢。附书于此,聊博一笑。并请质之常先生而且代我多谢他的盛意。

罗家伦 谨白 11月22日

志希兄:

　　尊稿所举是通行于北京客籍社会之歌谣,常君以北京人之眼光评判之,自不能相合。亦或常君所举五种,是北京社会中原有之谣。当时旅京南人,以旗人有不读书之子,而亦居然延师,乃为增入"先生"一种,遂成尊稿所举六事,亦未可知。总之,歌谣随时代与地方为转移,并非永远不变之一物。故吾辈今日研究歌谣,常以"比较"与"搜集"并重。所谓比较,即排列多数之歌谣,用研究科学之法,以证其起源流变。虽一音一字之微,苟可讨论,亦大足增研究之兴味也。

刘 复[①]

---

① 《罗家伦君与刘复教授往来之函》,《北京大学日刊》第258号,1918年11月25日。

笔者所以要在此全文引出歌谣征集处时代刘复、常惠、罗家伦三位歌谣研究学者的通信，是因为这次讨论涉及了研究歌谣的学人的立场问题：是家乡人研究家乡的歌谣，还是外乡人研究外乡的歌谣？二者是存在显著差异的。这种差异，为日后歌谣研究会同仁们所持和倡导的学术立场的确立，起了重要的催生和奠基作用。最好的一个代表，也是最直接的一个结果，就是顾颉刚《吴歌甲集》中的那200来首吴歌的搜集。[1]顾颉刚受到北大歌谣征集处征集活动和《北京大学日刊》发表的《歌谣选》的影响，从1918年休学在家养病，就在家乡苏州开始了向家人搜集吴歌，1919年9月完成。从1920年10月起，由《晨报》副刊主编、友人郭绍虞帮他抄录，并在《晨报》副刊上每天一首陆续发表，连续发表了三个月，用的笔名是铭坚。

一俟歌谣研究会成立、《歌谣》周刊创刊，稿件和资料日渐多了起来，家乡人研究本地歌谣和外地人研究外乡歌谣的差异问题，便日趋尖锐了。在歌谣研究会和《歌谣》周刊的周围的大多数的歌谣搜集研究者，都是本地人搜集研究本地的歌谣，成为北大歌谣研究会的主导学术思潮。一些著名的歌谣搜集家和研究家，如北京的常惠、河南的刘经菴、河南的白启明、河北的王森然、云南的张四维和孙少仙、广东的钟敬文、广西的刘策奇、贵州的申寿生等，大多都是搜集和研究家乡的歌谣的。

（三）考订与考订者

董作宾在作歌谣《看见她》母题的探讨尝试时，把对歌谣进行"考订"作为研究歌谣的最基本的一项程序，而"考订"的进行，首先是考订者资格的认定——"非歌谣的同乡不可"。他说："考订的手续，应该分做四层：一是字，二是词，三是句，四是段。这四层功夫，首先要限制具有考订的资格的人才能着手，干脆一句话就是非歌谣的同乡不可。因为不是本地方的人就不能断定某字某词是错的；某句短了某句长了。况且关于方言用字，又非有专门学识不能考定。"考订者需要具备方言方音等多方面的知识。否则，或对一些记录的地方性字词不能索解，或对记录错误的字词无从辨别，因而产生词义或事物上的误解。比如对第27首的"换茶"的解释：

---

① 据王煦华的研究，顾颉刚所辑之吴歌，不是300来首，也不是200来首，当为198首。见《吴歌·吴歌小史》（顾颉刚等辑，王煦华整理，"江苏地方文献丛书"本）《前言》，江苏古籍出版社1999年8月初版。

白纸扇，手中拿，/亲哥听见走人家。/黄家门前跕一跕，/大舅子扯，二舅子拉，/拉拉扯扯吃杯茶，/吃了清茶吃换茶，/八把椅子是摆家，/红漆桌子拭布拭，/十二碟，摆下它，/风吹隔眼瞧见她；/漂白袜头栀子花，/青丝头发糯米牙，/还缓三年不接她，/摇窝扁担挑娃娃。

　　　　　　　　　　——汉阳（甲），收集者：周敏仲

　　对于这首歌谣中的"换茶"的解释，由于解释者的本乡和外乡身份的不同，便发生了歧义。董作宾解释说："换，当作红。汉阳方音读ng为n，舌后收声之字，多变为舌前收声。红字在北方多侈音为黄，在南即可变音为huan。'换茶'必是红茶之误，清茶，红茶，也同粗茶细茶相类。若'换茶'对清茶便无所谓了。原注曲解为'换易佳品'，似不甚妥。"许原道的来信指出董作宾的解释有误："先生谓'换'当作'红'，引了许多音韵学上及音义上的证据，其实'换（换字不知应当怎样写？）茶'，本有这样东西，并不是茶，是用芝麻、豆子、炒米、胡椒、盐一类的东西混合在一块，以开水泡之，名曰'换茶'，上等人家，有用橘饼与白糖和在一块的，乡间有喜事或接待非常宾客用之。如此说来，换字应为形容词，实非动词，而先生说'原注曲解为换易佳品'，似乎收集这首歌谣的人，也不知有所谓换茶似的。"但所惜的是，许先生是湖南人而非湖北人，虽然两省是近邻，但此"换茶"究竟是否如他所说的那种食品，仍不得而知。所以董作宾在发表这封信的"附记"中，一面表示感谢，一面又将信将疑："许先生'换茶'的解释，就令将来不能证实，也不失为方言和风俗中一个很好的材料。"①

　　考订的方法不仅能解决一些字、词、句、段的问题，而且还能借以判断和纠正地区归属上的谬误和辨识歌谣流变的形迹。胡适致信董作宾说："此书②的整理方法极好。凡能用精密方法来做学问的，不妨大胆地假设；此项假设，虽暂时没有证据，将来自有证据出来。此语未可为一般粗心人道。但可为少数小心排比事实小心求证的学者道。不然，流弊将无穷无极了！此书中有我征集的两首。其旌德一首是我的夫人念出而我写出的；她说明是从南京传去的，故我注出是南京。其绩溪一首是我的表弟曹胜之君

_____

① 《关于〈看见她〉的通讯（4）》，《歌谣》周刊第70号，1924年11月30日。

② 此处指董作宾根据在《歌谣》周刊上发表的各地歌谣《看见她》而编辑成书的《看见她》一书。此书系北大研究所国学门歌谣研究会歌谣小丛书。出版者：北大歌谣研究会，1924年。共74页。书前有周作人的《弁言》，董作宾的《整理研究的过程》。

写给我的。你在此书里（页11）说此首有北系的风味，疑是北京传去的。曹君今天见了此段，甚赞你的细心。他说此首是他的母亲从四川带回绩溪的；后来他家的人因久居汉口武昌，故又不知不觉地染了湖北的风味。你试把绩溪这一首（45）和成都（26）汉阳（乙，28）两首相比较，便可明白你的假设已得了证实了。"[①]胡适称赞董作宾"整理的方法极好"，是用"精密的方法来做学问"。后来遭到猛烈批判的胡适的名言"大胆假设，小心求证"，也出自这封信中。

歌谣的地域特点是由许多因素构成的，其中最重要的，莫过于方言和民俗。所谓考订，当然不限于字词的解析考证，还包括史地、风俗、器用等方面的考查与判断。在《歌谣》周刊创刊的初期，除了刘半农、常惠等负责编订歌谣的编辑者和学者外，考订的问题还没有、也不可能提到研究的日程上来，显得那样迫切，但由于歌谣研究会的章程中提倡并规定"方言成语，当加以解释"，"歌词文俗，一仍其真，不可加以润饰；俗字俗语，亦不可改为官话"，还规定有音无字者，用注音字母或罗马字母或国际音标注其音，并详解其义，故而，涉及方言、民俗、史地、器用等方面的问题，相继在研究文章中被提了出来。

歌谣研究会早期成员杨世清应《歌谣》周刊编者常惠之约所写的《一首歌谣整理的经过》一文，讲他在整理一首朋友搜集来的歌谣时遇到的考订问题，在当时研究中颇具代表性。这首歌谣的原文如下：

思夫梦醒歌

绡窗外，月正东，/小奴房中冷清清；/两块铁码丁当享，/小奴房中点着灯。/一更一点梦中情，/我往河南找云成；/鱼城有鱼鱼城过，/陆铎哲城问扭宁。/好商城，到尚城，向夏城；/归德府久几不见面，/陈州伤心到二更。/二更列，到眼宁，/雪插牌房到眼城；/相爷府，东西行，/东京城里听三更。/三更列，到磁州，/俺家卫辉泪交流，/君州许下四更头。/四更列，到当山，/西睛路上共四川，/西列有个娘娘庙，/黄河两沿缺载舟。/五更列，明了天，/河南八方找个遍，/没见丈夫什么面。

正如杨世清所说，这首歌谣"表情遣词，都是非常之好"，但由于搜集者在搜集记录时"求真"的缘故，错字太多，费解的地方太多，对其

---

① 关于《关于〈看见她〉的通讯（4）》，《歌谣》周刊第70号，1924年11月30日。

进行考订，也就显得特别必要。他作为外乡人考订外乡的歌谣，自然就非常艰难。他把"铁码"改为"铁马"；"享"改作"响"。"云成"疑为"永城"，因为"云""永"为双声字，且音近；"成""城"同音，容易相转。"有鱼"二字未详。"哲城"疑为"枳城"。"扭宁"疑为"汝宁"，因"哲"与"枳"、"扭"与"汝"都是双声字，容易相转。以上属于字句方面的问题，而下面的，就不仅是字句而属于地理方位和历史知识的判断了。他说："陆铎"疑为"路打"之误，"路打"即"路自"之意；因为枳城在虞城、汝宁之间，虞城至汝宁，必须经过枳城，故说"路打枳城"。"尚城"疑似为"商城"，"夏城"疑为"项城"，此因"尚""商"一音之转，而"夏""项"二字为双声。"眼宁"疑为"永宁"，"眼""永"声相近。"牌房"疑为"牌坊"，"雪插"二字未详。"眼城"疑为"偃城"，"君州"疑为"钧州"，当山疑为光山，"当""光"为垒韵字。"西晴"疑为"西京"，"四川"疑为"淅川"："晴"与"京"为垒韵，"四"与"淅"为双声。"舟"疑为"船"。

作者对于他的考订做了下面的说明："我初上因为歌中有东京西京相爷府等字样，遂假定它起于宋时，后来觉着假定错了；因为歌中的河南，玩其语气，似指河南省而言，决不是宋时的河南府所能包括。又如汝宁、卫辉等地名，都是元时才有（见《元史》），那么，这首歌当然是起于宋以后了。因为我又假定它起于元时，但是元时的河南省，是不包括磁州、卫辉的（见《元史》），最后，我才断定它是起于明时。这有两条证据：（1）歌中的磁州，元时直隶中书省，清时属直隶省；只有明朝是属于河南省的。（见元明清三朝史）（2）由歌中的磁州、卫辉，证明这首歌是起于元以后；由歌中的钧州，证明它起于清以前。（见元明两朝史）更由钧州一地，证明这首歌是起于明洪武以后，万历以前，上下二百年。"[①]

杨世清不是这首歌谣的搜集者，即他不是本乡人整理本乡的歌谣，但他的整理、考订和说明，从另一面说明了本乡人整理研究本乡歌谣、即我们所说的乡土研究的长处，是外乡人很难达到的。后世的许多民俗学家强调本乡人整理研究本乡的歌谣，有陷入主观性的危险，从而否定乡土研究的科学性。我们可以肯定的是，外人对陌生地作客观的调查研究固然有其必要性，但本乡本土的学者的调查阐释，却也是外地人绝对无法代替的。

在其治学的初期，董作宾着力于考古和方言的研究。在《看见她》的研究中，他借助于方言和风俗等比较的方法，对各地不同属系的《看见

---

① 杨世清《一首歌谣整理的经过》，《歌谣》周刊第14号，1923年4月15日。

她》文本所作的考订和对错讹的辨伪，其功夫是很深厚的。除了字句词段的考证本身而外，他还从考订和比较中，得出了一些意想不到的收获。比如他在进行"段"的考订时，把歌谣分成五个段落（相当于故事中的"母题"或"情节单元"）：（1）因物起兴；（2）到丈人家；（3）招待情形；（4）看见她了；（5）非娶不可。根据这五个段落逐个地对他所掌握的45首歌谣进行分析，从分析中得到的信息是：在全部5个段落（母题或情节单元）中，惟第2（到丈人家）和4（看见她了）这两个段落（母题或情节单元）最为重要，每一首歌谣都具备这两个情节。这两个情节是本题的"精华"，而"起兴"、"招待"都不重要，有些歌谣甚至把"要娶"这个情节也给遗漏了。他写道：

> 第1段有的很长（南通6句），有的很短（南阳2句），有的简直不要了（三原等处）。第2段因何而去，颇有些形形色色。第3段招待情形，唱的人可以随口改去，有些是大姨子（陕西），有些是大嫂子（三原），有的是大舅媳妇（晋城），大舅官（南阳），大舅子（河北），大妗子（铜山），舅子（柠晋），山东的泰安莱芜，却又加倍了，生添了三舅子、四舅子两个招待员，江华的舅嫂，到威海卫又成舅母了，每一变更便多多带点地方的色彩。南京一系竟把这段完全删掉，这也足见它们的特点。第4段是全题的主脑，所以无论哪一首都有，不过形式各有不同。看见她的装束、容貌、衣饰因地而异，叙述也各有繁简。最怪的是威海卫（甲）和莱阳的两首，独他们看见是丑的，并且发下宏誓大愿，是"打十辈子光棍也不娶她"了。第5段普通是表示非娶不可的意思，以"卖田卖地要娶她"为最多。有的把尾巴变化了，有的附加了句子，有的竟附会上另外一首歌谣。像完县的两首，因为传来的是不娶便要上吊吊死（唐县），就接连上姑娘吊孝的另一首歌。[①]

董作宾在研究《看见她》时考订的方法，得到了包括胡适在内的同时代人的赞扬，同时也为中国的家乡歌谣学的建设做出了范例、打下了基础。可惜，这个好（"求真"）的学术传统，到了后来就被轻易地放弃了，甚至发展到了容许那些不懂装懂的半瓶醋的小文人们对民间的歌谣随

---

① 董作宾《一首歌谣整理研究的尝试》，《歌谣》周刊第63、64号，1924年10月12、19日。

便乱改的地步，为中国的歌谣学（大而言之中国民俗学）长期处于无法建立起科学体系和学术规范埋下了隐患。

（四）综合研究模式的尝试

董作宾写道："一个母题，随各处的情形而字句必有变化，变化之处，就是地方的色彩，也就是我们采风问俗的师资。所以歌谣中一字一句的异同，甚至于别字和讹误，在研究者视之都是极贵重的东西。从歌谣中得来的各地风俗，才是真确的材料，因为它是一点点从民众的口中贡献出来的。像本题一首寥寥百余字，到一地方就染了一层深深的颜色，以前他处的颜色，同时慢慢的退却。"这段话，非常简练地表述了他所建构的歌谣研究综合模式的学术理念：在研究方法上，《看见她》的研究，远远超出了文艺学的畛域，而是从文艺的比较品评中，旁及了和发现了民俗和方言是怎样成为一个具体的作品的不可分割的构成部分，并因此而显示出地方色彩的差异。

1. 歌谣是民俗中的重要分子

关于歌谣《看见她》中所表现的风俗，作者将其归纳为四个节目：女子的装束、婚姻的状况、待客的情形、器用的一斑。他列举了北京、南京、直隶、河北、山东、山西、陕西、成都、湖北、湖南、南阳、绩溪等12个地区（区域）每地一首，加以排比，从中见出各地的衣饰、婚俗、待客、器用的描述，都因其风俗的不同，而显示出各自的独特韵味。如北京（参用武清）的这首说：

> 脸儿大大的四方白净净的，长得赛似银盘；头发黑黝黝的梳了个大辫子；上身穿一件月白色缎子小棉袄，掐着"狗牙"的边儿，缀着银疙瘩似的纽扣儿；下身中衣是青缎子做的，裤筒紧紧扎着；脚上穿的一双小红鞋儿那有三寸！刚刚只是二寸八分，鞋面上还绣着喇叭花呢。

而直隶（参用唐、完、赵、高阳、宁晋各县）的一首：

> 漆黑的头发有了一大排，鲜红的头绳把它没根扎着；有时改了妆，梳了一个大抓家，倒插些鲜花；粉头花似的脸儿，是官粉搽的；唇是红的；牙是白的；手儿也同面疙瘩一样的白；浑身全是绸衣：上穿绿衫，下穿红裤；小脚和针锥把似的，穿的是木底子鞋，还带着绒尖儿。

　　衣饰是风俗的内容之一。将北京的一首，与近邻的直隶的一首，两相对照，可以见出，对女子衣饰、装束、头饰、化妆的描写，其形态、其用语、其审美、其风习，多有不同。同一个母题的《看见她》中的"她"，因其装束的不同而显得仪态万方，民间作者的多才多艺和体验洞察能力，不能不叫人惊叹。正如作者所说的："这一段叙述本是小学生眼中标准的未婚妻，其实可以说是该地方女子衣饰容貌的一个具体写真，也可以说是民俗文学家理想中的美人。这种风习最近须在清初或清末？与民国以来的风俗习惯，已有不同，若想知道彼时的情形，舍此无由。"作为民俗的载体，歌谣因其所载之旧日风习，而成为文化史、民俗史的重要材料。

　　12个地区的《看见她》文本，都众口一词地描绘了从晚清到民国这段时期里农村流行的婚姻状态，即婚制、婚俗：

　　（1）早婚。从各地歌谣中所说的"小儿童"（南阳：小儿童，放白马，/一放，放到丈人家。/丈人没在屋，/舅官出来拢住马。/大马拴到梧桐树，/小马拴到栀子花。/剩下鞭子没处挂，挂到小姐绣楼ㄅㄧㄚ。——白启明搜集）、"小花孩"（河北—乙：小花孩，骑花马，/花马不走使鞭打，/一走，走到丈人家。/大舅子出来接着鞭，/二舅子出来拢住马。/大姨子扯，二姨子拉，/羞羞答答到她家，/大马拴在梧桐树，/小马拴在后园一枝花，/马鞭挂在小姐楼底下，/隔着薄帘望见她：梳头油，带翠花，脸上又使官粉搽，/再等三年不来娶，/老了莲蓬谢了花。——刘枝搜集）、"小相公"（汉阳—乙：小相公，骑白马，/一骑，骑到丈家，/扯的扯，拉的拉，/拉到堂屋坐一下。/格子帘，格子纱，/不是舅妈就是她。——周敏仲搜集）、"小学生"（南京：东边来了个小学生：/辫子拖到脚后跟，/骑花马，坐花轿，走到丈人家，/丈人丈母不在家，/帘背后看见她：金簪子，玉耳挖。/雪白脸，淀粉搽；/雪白手，银指甲；/梳了个元宝头，/戴了一头好翠花；/大红棉袄绣兰花，/天青背心蝴蝶花。/我回家，告诉妈：卖田卖地来娶她；/洋钻手圈就是他！——胡适之搜集），可以看出，主人公都是很小年纪的少年。至于大相公（绩溪）、张相公（成都），或者年龄稍长，但都是预约婚姻，与儿童订婚娶亲是一样的。①

　　（2）订婚固然由父母包办，迎娶也须禀请父母批准。婚费也要花很多的钱，非等年成好了（南通等），或卖田卖地卖房（陕西三原等）才能操办。如遇爹娘不答应，或经济不凑手，便要寻死上吊（直隶唐县等）。

---

　　①　所引《看见她》歌谣，均见《歌谣》周刊第62号——《看见她》专号（1），1924年10月5日。

作者从歌谣所描写的婚制婚俗，概括出下面的思想："中国的婚制是父母包办式的，这首歌谣，就是它的小影。一对陌生的男女，从不曾见过一面，两地的怀想是少不了的。此歌决不是出自男子所作，大都是长年的妇女替儿童描写想象中的未婚妻的作品，一方给儿童一个婚姻的概念，一方抒发她们文学的天才，才产生出来的东西：多少还带一点自况的意味。"

至于农村待客、具体到是招待小女婿的习俗，歌谣中也写得活龙活现，恰恰印证了北大歌谣研究会成立后该流派的众学者们常常申述的那个信条："歌谣是民俗学上的重要的资料。"[①]女婿是丈人家的娇客，款待是自不待言的。董作宾注意到，在他研究的45首歌谣的描写中，对女婿的招待以陕西、山西、河南、四川最为周到，都有四个菜碟、酒和茶、烟的应酬。京兆、直隶、山东，只有茶、酒招待，而不预备菜。湖北、湖南则格外排场，一桌摆了12个菜碟，并且讲究什么清茶、红茶、粗茶、细茶。作者从而得出一个认识："从待客的情形也可以看见北方的朴实，南方的奢华。"还看出："招待的时候，男女可以互相拉扯，可以让座，劝酒递茶。虽是作者的滑稽态度，故意这样开玩笑，然而也足见男女可以公开交际。在民众社会里早已有这种思想。"董作宾的这个发现，在民间文艺学和民俗学上，无疑是一个新的独到的发现，此前似乎还没有人注意到。

2. 歌谣与语言的变迁之间存在着同步关系

在《一首歌谣整理研究的尝试》发表之前，董作宾已在《歌谣》周刊上发表过《歌谣与方音问题》（第32号）、《为方言进一解》（第49号）等有关歌谣与方言的文章。对《看见她》的研究，使他对歌谣与方言关系的认识得到了提升。他说："由分地整理之结果，可以知语言的变迁与歌谣有同样的关系。据歌谣的传布情形，绘出地图，便也是方言地图的蓝本；因为甲地和乙地的歌谣相同，就是甲乙两地语言相通的证据；歌谣不同，也可以说就是语言不通。" 他还说："这样看来，歌谣又是方言的顶可靠而且有价值的参考材料了。一山相隔，歌谣便自不同，一水相通，歌谣便可传布。……努力的采辑歌谣，同时就是调查方言的根本大计。"董作宾之后，歌谣采辑对方言调查起过何种作用，笔者没有做过研究，故

---

① 此语最早出现于周作人《歌谣》周刊《发刊词》。后常惠在《我们为什么要研究歌谣》一文中对此有所改变，说："歌谣是民俗学中的主要分子。"见《歌谣》周刊第3号，1922年12月31日。

不得而知。绘制歌谣流布地图的设想，是歌谣"母题"研究的必然和合理的结果，顺着这条"蹊径"走下去，也许我们后来的歌谣研究，会是另一番景象，不至于因只充当文艺学的"附庸"而被扭曲得残破不全；可惜的是，董作宾的这一设想，无论是他本人，还是此后八十多年来的民间文艺研究者们，谁都没有去做！

3. 文艺学的研究

歌谣的文艺学的研究，是歌谣研究会时代教授学者们的强项。董作宾的《看见她》研究，也不例外，尽管他并没有把文艺学的研究放在首位。他写道："文艺是一种天才的表现，歌谣虽寥寥短章，要皆出自民俗文学家的锦心绣口；北方的悲壮醇朴，南方的靡丽浮华，也和一般文学有同样的趋势。明明一首歌谣，到过一处，经一处民俗的洗礼，便另换一种风趣。到水国就撑红船，在陆地便骑白马，因物起兴，与下文都有叶和烘托之妙。" 他对这首歌谣的审视与解剖，既融合了一般文艺批评的常规品评，又结合了民俗学的独特视角（如水国与陆地在歌谣中造成的意境的差异），故而他的见解与一般文艺批评相比，又更多地显出其独到的色彩。对"到丈人家"的叙述中的心理刻画，他的观察和分析可谓深切入微。他指出，按习俗，没过门的女婿是不能到丈人家的，（一般的文艺评论家也许不会顾及这一点。）故而三原、晋城的是借端说是"赛跑"；北京的是"一跑跑到"；南阳的是"一放放到"；河北的是"一走走到"；绩溪的是"一骑骑到"；武清的是"一逛逛到"；成都的是"一踏踏到"，凡此等等，几乎所有的笔墨都意在表现主人公小女婿到丈人家去"只在有心无心之间"，而非有意为之的。董作宾在"看见她了"这个情节的描写中的这一发现，就纯属一个文艺批评家在阅读时的艺术感悟，而缺乏艺术感悟的人，是无法进入艺术批评境界的。

（五）余绪

在《一首歌谣整理研究的尝试》长文发表十三年之后，董作宾于1937年3月27日又写作了一篇《〈看见她〉之回顾》的文章，简述他这些年来在《看见她》研究上的收获，公布了在原来辑录的45首歌谣之外又辑录了23首，以及将来进一步整理研究的方案。在谈到何以写这篇文章时，他写道："曾受了最大的暗示而从事《看见她》之整理研究，在原文中我忘却了提及，这是大不该的！十年以来，时常觉得过意不去，在此地特别再补述一下。是民国十一年的十二月四日吧？在《努力》的第三十一期，胡适之先生写过一篇文字，叫做《歌谣的比较研究法的一个例》。开首就说：

> 研究歌谣，有一个很有趣的法子，就是'比较的研究法'，有许多歌谣是大同小异的。大同的地方，是他们的本旨，在文学的术语上叫做'母题（motif）'。小异的地方，是随时随地添上的枝叶细节。往往有一个'母题'，从北方直传到南方，从江苏直传到四川，随地加上许多'本地风光'；变到末了，几乎句句变了，字字变了，然而我们试把这些歌谣比较看看，剥去枝叶，仍旧可以看出他们原来同出于一个'母题'。这种研究法，叫做'比较研究法'。

接着，胡先生就举出《看见她》母题的两首歌谣为例。我当然受了胡先生很大的暗示，我那篇文字研究的结果，丝毫也不曾跳出胡先生所指出的规范，所以在这里不惮烦琐的重述一遍。可是在当时我竟忘记称道这位指引路途的向导而没有一字提及，岂不该打！"[1]

他说，他下一步的计划，是要把后搜集到的23首歌谣，按照他在《一首歌谣整理研究的经过》里抽绎出的五个段落——对照，加以比较，"看出各段的全缺，各地的异同"，凡是缺少五段中的两个主要部分（二、四两段）者，便不能算是这个"母题"了。可惜的是，我们并没有等到董作宾把这个题目做完。

第六节　乡土研究派的其他学者

在五四新文化运动前后兴起的歌谣运动，一时间席卷全国，在知识分子中发生了很大的影响，许多文学家和人文学者都参加了进来。但北大歌谣研究会是一个学术观点上颇不一致的学术团体和学术流派。在其主要领导人中间，周作人较多受英国人类学派民俗学的影响，关注研究歌谣和民间故事，但逐渐把歌谣研究向民俗学的方向引导；刘半农和沈尹默都是优秀的作家和古典文学研究者，在歌谣运动中一向持文艺的观点，基本上没有受到西方民俗学的影响；沈兼士、钱玄同是从方言和训诂学的角度介入歌谣研究；常惠对歌谣研究会的成立起了重要作用，但就其在会内的地位来讲，开始是个学生，后来成为《歌谣》周刊的编辑，联系许多学者，推动歌谣运动起了很大作用，功不可没，最初他持文艺的观点，后逐渐倾向

---

[1] 董作宾《〈看见她〉之回顾》，《歌谣》周刊第3卷第2期，1937年4月10日。

于周作人的民俗学，积极主张把歌谣研究会改名为民俗学会。

特别值得注意的是，北大歌谣研究会的近世歌谣搜集活动主要方式是"征集"，而非学者亲自到民众中去做后来学界所称的"田野调查"，因而在它的周围，团结了一大批地方的知识分子，主要是教师，他们成为民间文学（前期主要是歌谣）搜集研究的一股劲旅。他们以1922年12月17日创刊的《歌谣》周刊为园地，发表在各地搜集的各类歌谣（开始阶段主要是儿歌童谣），讨论商榷搜集问题和经验，发表研究文章，形成了一个以本乡人研究本乡歌谣的"乡土研究"群体或流派。在这批学人中，除了在北京大学研究所中的顾颉刚、董作宾、常惠、台静农等外，外省的还有白启明（河南）、刘经菴（河南），王森然（河北），钟敬文（广东海丰），平和子（江苏），刘策奇（广西），邵纯熙、何植三（浙江），孙少仙、张四维（云南），王锡礼（江西），申寿生（贵州）等。歌谣研究会中的这一流派，在中国民间文学学术史的早期阶段非常活跃，特别是在搜集和积累歌谣资料方面，同时也在研究方面，奠定了中国民间文艺学的最初的基础，起了无可替代的作用。

（一）白启明："歌谣迷"

白启明（1895—1926），河南南阳人。又署白东村。时任开封河南第一女中教师。自称"歌谣迷"。北大歌谣研究会成立伊始，他就开始了家乡歌谣的搜集活动，并响应该会征集歌谣的号召，向其寄送所搜集的歌谣。始见于记载的文稿是《歌谣》周刊创刊号（1922年12月17日）《来件》栏："1922年12月22日收到白启明河南歌谣10则。"这是他与歌谣搜集和研究结缘的开始。接着，第4号（1923年1月7日）上发表了他的文章《几首可供比较研究的歌谣》一文。此文是呼应常惠在《努力》周报第27期上发表的《谈北京的歌谣》和胡适在同刊第31号上发表的《歌谣的比较的研究法的一个例》二文中所提倡的比较研究方法的。他写道："我不揣冒昧，毅然决然的首先响应，将我们南阳堪作比较研究的几首，尽为录出。"他不仅就意大利韦大列所辑的《北京歌谣》的第17首提供了可供比较的不同的异文（十二月花），而且很敏锐地发现常惠在《歌谣》周刊第1号辑录的《隔着竹帘看见她》是一首具有较深的开发意义的歌谣，并提供了他居住的南阳流传的两首，特别是一首前半截大同小异后半截则迥然有别的异文："小学生放白马，/一放放到丈人家。/丈人没在屋，/舅官出来拢住马。/大马拴在梧桐树，/小马拴到栀子花。/剩下鞭子没处挂，/挂到小姐绣楼ㄉㄚ。/小姐说，/她婆家。/梳头油，/戴金花，/两只小脚丢地下。"

与前半截迥然不同，后半截的叙述方式是："不从男孩子方面说，反从女孩子方面去演，那又是独开生面！"[①]他的这篇文章，在当时还十分缺乏理论文字的情况下，真可谓难能可贵。无怪乎作为《歌谣》周刊编辑的常惠在他的文后另文写道："你对于我们的'比较研究法'很表同情，我们也极感谢你'首先响应'。你说，你们南阳一县之中，依你所知道的就有两首。我不是也说过吗？'即使相隔很近的地方，说法也都不同'，岂止一县之中呢！现在投稿的很有几首《隔着竹帘看见她》的，我们将来全把它们录出来。"[②]

《歌谣》周刊创刊早期有过一次关于歌谣分类问题的讨论，这是歌谣征集活动几年来第一次有关歌谣分类问题的学术性讨论，而歌谣的分类是歌谣学学理上的一个重要问题。参加这次讨论的主要是四个人：邵纯熙、白启明、刘文林、常惠。邵纯熙在《歌谣》第13号（1923年4月8日）上发表《我对于研究歌谣发表一点意见》，阐述了他对歌谣研究的一些见解，特别是歌谣与民俗的关系的论述，在当时有十分积极的意义。他说："民俗不但随时而各异，亦随地而变更，处于流动性状态的。古语说：'千里不同风，百里不同俗'，又说'异方异俗'。足见社会上，此地与彼地的民俗，一定是不同的。可是要知道民俗在社会上，很占重要势力，故不得不研究民俗学；欲研究民俗学，又不得不研究歌谣。因为歌谣完全是表现民俗的一种东西，代表各地风俗人情的特色，最为鲜明。所以我们研究歌谣，是为民俗学立一基础，能将各地的歌谣，收拾整齐，对于民俗学不无贡献了。"[③]但他关于歌谣分类的意见，即把歌谣分为民歌、民谣、儿歌、童谣四类；而在这四类中又按"喜、怒、哀、惧、爱、恶、欲"通常所说的"七情"分为七类，却遭到了白启明等学人的反对。白启明指出："邵君说：'歌是……咏，……引长其声，……以曲合乐唱之者；徒歌而无章曲者曰谣。……歌谣……既有区别，自不能混为一起，……将属歌者归歌，属谣者归谣……'。按邵君的话，是根据'歌咏言'（《尚书》），及'言之不足，故长言之'（《诗大序》），'歌有章曲，谣无章曲'（《韩诗章句》），'曲合乐曰歌，徒歌曰谣'（《毛传》）等话来的。但邵君何以独未看见《魏风正义》说：'歌谣对文如

---

① 白启明《几首可作比较研究的歌谣》，《歌谣》第4号，1923年1月7日。
② 常惠《讨论》，《歌谣》周刊第4号，1923年1月7日。
③ 邵纯熙《我对于研究歌谣发表一点意见》，《歌谣》周刊第13号，1923年4月8日。

此；散文则歌为总名。《论语》云"子与人歌"；《檀弓》称孔子歌太山
其颓乎……之类，未必合乐也'呢？又何以未看见明徐师曾'考上古之
世，如《卿云采薇》，并为徒歌不皆称谣；《击壤叩角》，亦皆可歌，不
尽比有琴瑟（《广雅》——声比于琴瑟曰歌）——则歌谣通称之明验也'
的话呢（《文体明辨·古歌谣辞》）？以我个人的意见，歌谣的严格区
分，（依）历史中字义方面的讲法。若普通所说的歌谣，就是民间所口唱
的很自然很真挚的一类徒歌，并不曾合乐；其合乐者，则为弹词，为小
曲——这些东西，我们久主张当另加搜辑，另去研究；不能与单纯直朴的
歌谣——徒歌，混在一块。"[1]白启明还认为：邵纯熙的四项办法，实可
括为民歌、儿歌两项；而"七情"的办法"颇不为错，可惜这条绳索，嫌
短一点，只能捆绑住歌谣的一部"，他赞成周仲密（周作人）在《晨报》
上发表的文章中提出的分类主张，[2]即：在民歌这个总名之下，可以约略
分作：一、情歌；二、生活歌；三、滑稽歌；四、叙事歌；五、仪式歌；
六、儿歌六类。于是，他针对着邵纯熙的分类表，于第16号（1923年4月29
日）上提出了自己的分类表，并声明说："这个分类，大体上系采用周仲
密先生的办法；我绝不敢说'这是一条极长的绳'，不过这是我研究的结
果，觉得这个法宝，对我所对敌之三头六臂姓歌名谣的这位豫宛（河南西
南部）家乡的神仙，尚能用得出，拿得住，使他俯首帖耳，归降于我。"[3]
由于白启明在争鸣文章中提到了他赞同周作人的分类表，导致了常惠在同
一期（第16号）的《歌谣》周刊上转载了周作人发表在《晨报》上的这篇
文章。常惠也是赞同周作人观点的，他在回答邵纯熙再次发表的《歌谣分
类问题》（《歌谣》第17号）时写道："我的意思是：我们研究的东西是
在民俗学中民众传袭文里的韵文类的一部分：'歌谣'类；这类中再分两
项：'民歌'，'儿歌'。（就是再分出'民谣'和'童谣'来也可，只
要能指出'歌'和'谣'之别来。）"[4]歌谣的分类问题，此后，有许多学
者都曾涉足论述，不同学术倾向的学者之间多存在着分歧的意见。此后的
一两年内，也还不断有谈论歌谣分类问题的文章发表，例如傅振伦的长文

---

[1]　白启明《对〈我对于研究歌谣发表一点意见〉的商榷》，《歌谣》周刊第14
号，1923年4月5日。

[2]　指周作人的《歌谣》，载《晨报》附刊1922年4月13日。

[3]　白启明《刘文林〈再论歌谣分类问题〉附录》，《歌谣》第16号，1923年4月
29日。

[4]　常惠《致邵纯熙信》，《歌谣》周刊第17号，1923年5月6日。

《歌谣分类问题的我见》，就发表在两年之后，他将研究歌谣的学者分为三派，即民俗学家、文学家、教育家，各派的分类法是大有差异的，他还制定出了一个《近代中国歌谣普通分类略表》和一个"歌谣研究会歌谣采集实用卡片"。①

白启明曾著文《采辑歌谣的一个经济方法》，提倡由教师发动学生采辑歌谣，说能收到事半功倍的效果。题旨在提倡采辑歌谣的"一个经济方法"，但此文的贡献，在笔者看来，倒是通过《洗衣歌》的采辑和比较，无意中提出了并论证了歌谣"母题"和同一"母题"的歌谣的采辑和研究方法。《洗衣歌》是河南农村很流行的一个妇女歌，白启明通过布置他的学生为他采辑的方法，很快搜集到了豫北的孟县、修武，豫西的洛阳，豫东的通许，豫南的南阳、正阳、唐河、商城、西平等地的这同一"母题"的洗衣歌多首，从而得出结论说："由这些例子看来，可知歌谣这样东西，地域的色彩很是浓厚。但是若非用这个经济的方法，仅恃个人的躬自采辑，那么，这个'母题'——洗衣裳，打发哥哥上学堂——的许多首，定是不易得来的。"②他的关注点是采辑的方法，布置学生代为采辑，③而歌谣"母题"的提出则属于"无心插柳柳成荫"式的歪打正着。至于洗衣裳、打发哥哥上学堂"母题"所隐含的社会的和文化的意义，限于文章的题旨和局限，他并没有刻意加以阐发。这方面的缺憾在后来写的《河南婚姻歌谣的一斑》④那篇万字长文中多少得到了一些弥补。

白启明勤奋地采辑河南歌谣，后来又陆续采辑歇后语、谜语等，其成绩惊人，成为20世纪20年代采辑家乡民众文艺的大家和当时形成的歌谣的乡土研究群体的一员。他还先后在《心声》（第6、7期）和《歌谣》（第44号）上发表关于歇后语的长文，在《歌谣》（第53号）上发表关于谚语及其分类问题的文章。1923年编成《豫宛民众艺术丛录》的稿本，其中既包括歌谣，也收有歇后语、谜语，共两千余首。他将这部稿本寄交北京大学歌谣研究会，该会也决定列入"北大歌谣研究会歌谣丛书"，准备予以

---

① 傅振伦《歌谣分类问题的我见》，见《歌谣》周刊第84号，1925年3月29日。

② 白启明《采辑歌谣的一个经济方法》，见《歌谣》周刊第34号，1923年11月25日。

③ 常惠为《歌谣周年纪念增刊》（1923年12月17日）写的《一年的回顾》一文中，对白启明的这篇文章提出的"经济方法"极尽肯定。

④ 白启明《河南婚姻歌谣的一斑》（婚姻专号之四），《歌谣》周刊第59号，1924年6月15日。

出版。据常惠在为《歌谣》周刊一周年而编辑出版的《歌谣周年纪念增刊》所撰《一年的回顾》中记载："我要首先道歉的就是白启明先生因为他的《豫宛民众艺术丛录》早就送给本会审查，预备在这次纪念会，合我的《北京歌谣之一零》、顾颉刚先生的《吴歈集录》同时出版，至今因为各方面的耽搁以至不能出来。我们现在又加上了孙少仙先生的《云南昆明歌谣集》……预备在明年出版，这是无论如何我们要尽先办的一宗事！不然，不但对不起著者，也同时对不起引颈以待的读者了。"①所惜的是，白启明的这部手稿，终于没有能够出版。

从《歌谣》周刊的版面来看，1924年6月5日《歌谣》周刊第59号发表《河南婚姻歌谣的一斑》之后，白启明的名字，就再也没有出现在《歌谣》周刊上了。他不幸逝世了，是死于1924年，还是1925年，没有材料可以证明。他的这部《豫宛民众艺术丛录》稿本，据笔者推测，可能由编辑他的《河南婚姻歌谣的一斑》的编辑，于1925年春南下福建就任福建协和大学教职，继而转赴广州中山大学进入筹备中的中央研究院语言历史学研究所的同乡董作宾带到了广州。那时，中山大学语言历史学研究所民俗学会计划编辑一套民俗丛书，白启明这部谜语遗稿，就到了主持编辑工作的钟敬文手中。钟敬文在1926年清明次日写的一篇《纪念两位早死的民俗学致力者——白启明先生与刘策奇先生》中写道："据我们所见，白先生的工作，是偏于民间文学一面的，这是当时大家尚没有注意到民俗学整部的工作之缘故。白先生所搜集及整理过的《南阳歌谣集》（存放在北大国学门的研究所中）和《河南谜语集》（凡五册，现存在我处），其工作的精细费力，固然令我们很佩服，但他写的许多关于民间文学研究讨论的文章，也是很有贡献的。"②"存在"钟敬文处的《河南谜语集》手稿五册，后由顾颉刚将其编为《河南谜语》一书，纳入"中山大学民俗学会丛书"中于1929年1月出版。顾颉刚于1928年9月16日为刘万章的《广州谜语》（第一集）写的序里有一段交代："……日前看到白启明先生的《河南民众文艺丛录》的遗稿（按："遗稿"的题名有误。——笔者注）的一部分，其中收集的谜语约有六百首，分为动物、植物、用物、天、地……等。我所见的收集谜语成绩最多的，要算白先生了。可惜他已于三年前逝

① 常惠《一年的回顾》，《歌谣周年纪念增刊》第44版，1923年12月17日。
② 钟敬文《纪念两位早死的民俗学致力者——白启明先生与刘策奇先生》，《民俗》周刊1928年第6期；又见《钟敬文文集·民俗学卷》，第325—328页，合肥：安徽教育出版社2002年。

世，不然，河南的民众文艺岂不要由他一手搜完了吗？……"①顾颉刚因功课忙，嘱托刘万章为之写序。刘万章在序言中写道："不久的以前，颉刚先生竟把白先生的遗稿付梓，书印将半，因为自己忙于功课，要我替他为它写一篇序。唉！我这两月来，碰了几桩我直觉以为对，事实却反常的事体，把我一颗专一向学问的心儿，生生地打成'千头万绪'，'终无明了'的'昏心'！又加以环境的恶劣，人们的不谅解，光的成为一个社会上顶没用的人；自己以前对于民间文艺下决心的预计，努力搜集得来的材料，尚且漠淡而疏于整理，还有一些和自己所研究有关系的材料、书籍，也不愿意去探讨；何况为一个有系统的材料作序，尤其是替已死的白先生遗稿作序？这断不可能的事！但是，念到颉刚先生，他在百忙中为民俗学做工作：有一种人，自己没工夫，旁的事体，哪里打理到那么多，索性不负责任了；他能够这样，我们又哪里可以袖手旁观？虽然自己的力量还薄弱。其次白先生那样努力搜集材料，不幸死了，那么他生前的工作成绩，便是他遗留人间的赠品。又哪里可埋没不理？还有一件，谜语的材料，在学术上很少见，我曾有一点儿的贡献，后者继续发刊多一点材料，便是增加自己一些快愉。所以，不怕'昏心'，也就来说一说。"②白启明的谜语分类法，最受刘万章的称赞，说他是"谜语分类中的老祖"，尽管也有向他提出反问的地方。

由于顾颉刚对民俗学的执着和对新秀的提携与眷顾，已不在人世的歌谣学家白启明采辑的谜语，终于出版了，给早期的中国民间文艺学的建设增添了一部难得的资料专集。但，《豫宛民众艺术丛录》中谜语以外的其他材料哪里去了？近浏览台湾傅斯年图书馆网站，该馆所藏董作宾的藏书"典藏介绍"说："董先生藏有民国十二年白启明《豫宛民众艺术丛录》的朱丝栏稿本。白氏为民初征集歌谣等通俗文学的大家，短暂的一生中征集有歌谣、歇后语、谜语二千余首，编辑成《豫宛民众艺术丛录》《南阳歌谣集》《河南谜语集》三书。顾颉刚与董作宾两位先生相当推崇其蒐集的功力，其中《河南谜语集》一书由顾颉刚于中山大学民俗学丛书出版。而《豫宛民众艺术丛录》的手稿，经北京大学研究所国学门，辗转流传至董先生的手中。全书收录歌谣、歇后语、谜语2061首，现稿本仅存歌谣230首、序文、凡例以及特别词汇等部分，共119页，占全书收录歌谣的二分之

---

① 顾颉刚《广州谜语·序》（第一集），中山大学民俗学会1928年，广州。

② 刘万章《白启明〈河南谜语〉序》（民俗学会丛书），第2页，国立中山大学语言历史研究所1929年。

一强，全书内容的四分之一左右。本书虽不完整，却是唯一大量保存白氏征集歌谣的稿本，且表达白氏歌谣分类理念的序文、凡例，以及河南方言特别词汇的收集，均不见其他出处，是独一相当珍贵的资料。"①80年前的这部珍贵稿本，还妥善地保存在人间，学界应当感激也已故去的白启明的同乡学者董作宾先生。近来得友人之助，笔者终于得以看到白启明自撰的《豫宛民众艺术丛录》封面和自序的影印件，了解这部未刊稿的真相。自序说：

> 三年多来，采辑豫宛（河南西南部）的歌谣，谚，谜，歇后语，两千有零（2061首）；课余之暇，分类整理。既毕，因序之曰：庄子尝说："道在屎溺，"何况民歌民语，岂可轻视它么？歌谣是口唱，成诵的，所谓咏言；谜，谚，歇后，只是口说，不成诵，谓之直言。谣、谜、歇后，是情意的产品，其性质属于文学；谚语则理智的产品，其性质多属格言。——这是它们或同或异的大概区别；至于它们毕同的地方，就是："艺术品"（歌、谜、歇后，既是文学，当然可以谓之艺术；谚语虽多为格言，但亦可谓之艺术；因为艺术从广义说：凡精巧的技巧，和由于精巧的技巧的作品都是艺术。）三个大字。这些艺术非庙堂的，贵族的，乃田野间老老幼幼男男女女无量数之民众的，因此就题名叫做《豫宛民众艺术丛录》，一可以表产婆之为谁（民众），一可以明所产为何（艺术），一可以得产地之所在（豫宛）。

> 十二年六月十二日启明自述

> 数年来周仲密先生作了好些关于歌谣的文章，给我们研究歌谣的人许多指导。本书歌谣部的分类，大体上就是采周先生的主张，谨志以表谢意。

> 本书所得的材料，有大半是家叔紫昌所供给的；还有许多朋友，都有零星的帮助，我一并感谢他们。

> 启明附识

从白启明的《自序》里，我们看出他的观点和立场是文艺的，即把歌谣、谚语、谜语、歇后语等这些民间口头文学的小体裁作品，看成是文学

---

① 录自"傅斯年图书馆诸先生纪念网站·董作宾典藏介绍"。

或艺术，是"田野间老老少少男男女女无量数之民众的"艺术。但他在采录和写定时，却又持以科学的态度。他拟订的"凡例"，表明了他的这种科学的态度：

一、本书分上下两册，上册为歌谣部，下册为谜，谚，歇后语三部；由"数"上看，似甚不均；由"量"上察，却略相等。

二、本书遵"有闻必录"（歇后语除外，理由详于本部——歇后语——后附识中。）之旨，不拿主观之善恶，作客观的弃取，故虽相似而有半数的不同，即录为另条，设仅几个字的不同，则以双行注于不同的下边，若半数以下的不同，则录入案语中；由此可以得一个"比较观"。

三、古籍中许多谣谚，都经过文人的润色，致失却本来面目，——如《小儿语》，《演小儿语》。……本书绝不敢"自我作古"，少有删改。

四、本书关于方言，或特别名物，特别习俗，……都详为注解；至于雾（乌）烟瘴气的种种附会，种种理解，则敬谢不敏。

五、本书注解中分注，说，案三项：注是关于名词方面的；说就是说明，——这一项仅仅式歌及游戏歌两类用之；至于每首或每条半数以下的不同，及自己略有意见，或另有参考处，都归入案语内。

六、陈振孙《书录解题》说："古之为诗学者，多以讽诵，不专在竹帛；竹帛所传，不过文字，而'声音'不可得而传也。……"（《小学类韵补》）有下边两条的补救，则"声音不可得而传"的缺憾，要减好些。

a.我国的语言，每带"子""儿"两音。关于"子"音，多直接说出或唱出；至"儿"音每与相连属的上一字混合，变成一个尖音。本书于凡含儿音的地方，皆注较小儿字于右偏下方，以期不失"本来面目"。

b.关于有音无字的方言，用注音符号——国音，标出它的声音，写在原位置中。注音时用"·"标出五声，——阴平，阳平，上，去，入；其未有'·'的为阴平。

以上a.b.两条，可参看本书下册末附录——《歌谣中"儿"音的问题》。

七、本书于某首某条无确类可归时，即附录于性质相近一类的后边。

八、我国文字，语言，本无他，她，它三性的区分；故本书谣，谚，谜，歇后语的本文内，仍一律用"他"字以存本真。

九、本书仿赵元任先生所译的《阿丽斯漫游奇境记》，也制一个特别词汇表，以便检察。

十、辑者不工绘画，故关于歌谣中游戏类的各种状态，不能写出；又无相当机会用照相器去影出，这是本书一大缺憾。

十一、本书的注解，注音，用字，……想不无错误处；倘蒙高明瞧出，祈不吝赐教。

十二、本书的各部各类，限于所闻，所遗漏正自多多，异日如有续得，当再编为续集，三集，……。①

《凡例》所列，就是辑者所遵循的编辑原则，也是本乡人搜集研究本乡歌谣的拿手好戏：遵"有闻必录"之旨，"不拿主观之善恶，作客观的取舍"；不作"文人的润饰，致失却本来面目"；对方言、名物、习俗，都详加注解，"至于乌烟瘴气的种种附会、种种理解，则谢敬不敏"；注解则分"注"、"说"、"案"三种形式："注"分注音、注字、注句，"说"于"仪式歌及游戏歌两项用之"，"案"则略陈自己的意见，等等。

白启明关于歌谣的观点，还体现在他在《歌谣周年纪念增刊》上发表的《一首古代歌谣（弹歌）的研究》中。②他认为，只有"断竹，续竹，飞土，逐宍（古肉字）"四句的《弹歌》，是黄帝时代之前的民间作品，不是后人的"伪托"之作，而属于两千多年后的汉代人的"追记"之作。他对这首古歌谣的产生时间的论据，是对作品背景的分析。他写道："普通谁也知道凡研究某种思潮，或某种现象，最要紧的是先研究它的背景；因为把背景弄清楚后，那种思潮或现象的内蕴，就像势如破竹，不难迎刃而解。《弹歌》的背景是什么样呢？《吴越春秋》说：'……弹起于古之孝子不忍见父母为禽兽所食，故作弹以守之。……'这种弃尸旷野，为禽兽所食，是实在情形吗？是的。《孟子》说：'盖上世常有不葬其亲者，其亲死则举而委之壑。他日过之，狐狸食之，蝇蚋嘬之。……盖归返藁里

① 白启明《豫宛民众艺术丛录》（线装手稿），台湾中央研究院傅斯年图书馆纪念室藏，索书号：DUN399.213424。傅斯年图书馆工作人员在附注里说："（作者）'启明'似为'周作人之字'。"当是误解。《自序》末附言说："数年来周仲密先生作了好些关于歌谣的文章，给我们研究歌谣的人许多指导。本书歌谣部的分类，大体上就是采周先生的主张……"已经说得很清楚了，本书作者是白启明，而不是周启明。

② 白启明《一首古代歌谣（弹歌）的研究》，《歌谣周年纪念增刊》，1923年12月17日；又见钟敬文编《歌谣论集》，第105—108页，北新书局1928年初版。

而掩之。……'不过一不忍而出于掩尸，一不忍而出于守尸耳。"（《滕文公上》）他从文字学上对"弔"字考订，证明守尸在黄帝之前是真有其事的风俗。"那种背景，的确是上古的现象，决不是后世所有的。"

（二）刘经菴：从歌谣研究妇女问题

常惠是最早提倡"到民间去"搜集歌谣的学者之一。他在《歌谣》周刊创刊后的第二期上就在《我们为什么要研究歌谣》中呼吁"到民间去"："依民俗学的条件：非得亲自到民间去搜集不可；书本上的一点也靠不住；又是在民俗学中最忌讳的。每逢写在纸上，或著成书的，无论如何——至少著者也要读过一点书的。所以多少总有一点润色的地方，那便失了本来面目。而且无论怎样，文字决不能达到声调和情趣，一经写在纸上就不是它了。""到民间去"，在"五四"以后的学坛上，这无疑是一个"革命"的口号。

但"到民间去"又谈何容易！一方面，在思想认同和治学理念上，在知识分子中，都存在着相当多的障碍；另一方面，由于孔孟之道在一般民众中的深入人心，对搜集歌谣（包括民间故事）普遍存在着要么不屑、要么厌恶的情绪，对外来的、甚至是本乡本土的搜集者无不拒之千里之外。常惠说："义国韦大列在《北京歌谣》的序里说，搜集它的困难实在是想不到的，又哪里听得到和记得出呢？于是就问他的中文先生，可是他的先生觉着是位'文人'，对于韦氏的要求很不喜欢，他固执而且担保中国已没有这种没有价值的东西存了。……现在有一位刘经菴先生辑河南的歌谣，他说去问男子，他以为是轻慢他，不愿意说出；去问女子，她总是羞答答的不肯开口。我自己呢，到民间去搜集，大概总是不肯说的多。不是怕上洋报，就是来私访的，或者是失了自己的体统。"[①]显然常惠很看重刘经菴。

刘经菴（1898—1977）。河南汲县（卫辉）沿淀街人。20世纪20年代初入燕京大学上学。燕大国文系毕业后，执教于北京高等师范学堂（即今北京师范大学）。1926年，段祺瑞政府在北京制造了"三一八"惨案，奉系军阀张作霖枪杀进步报人邵飘萍、林白水，北方革命转入低潮。1927年8月张作霖下令取缔排日活动，将北大、北师大、女师大、女子大学、农大、工大、医大、法大、艺专等九所学校合并为京师大学校，北京大学名实俱亡。各校的名教授们遂四散各地。刘经菴于30年代初回故乡，执教于

---

① 常惠《我们为什么要研究歌谣》，《歌谣》周刊第2号，1922年12月24日。

汲县师范学校，即河南省第五师范（今新乡市一师）。40年代任职于北京某书局。1977年病故于家乡汲县。

刘经菴青年时代在卫辉时便开始搜集当地的歌谣。在北大歌谣研究会成立之初、《歌谣》周刊还未创刊的时候，他就向歌谣研究会投稿，寄来了他搜集的400首《河北歌谣》，并很快他就成了歌谣研究会的会员。刘经菴在1927年出版的《歌谣与妇女》一书的自序中写道："本书所引证的歌谣，除编者的《河北歌谣》外，多取材于《歌谣周刊》。"周作人在为该书所写的序言中写道："我知道刘君最初是在北京大学歌谣研究会，那时他在卫辉，寄来几百首的河北歌谣，都是他自己搜集的。"当时身在卫辉的刘经菴何以能搜集那么多的河北歌谣，没有材料说明，也许他的祖上是河北人，或他的祖上在河北做过事，使他有机会能搜到如此之多的河北歌谣？这个谜团姑且存疑了。

常惠之所以看重刘经菴，很重要的一层原因，就是他们二人对歌谣的研究上有一些共同之处。常惠是在《歌谣》周刊上最早提出从歌谣来研究家庭问题和妇女问题的人，刘经菴则是很快在《歌谣》周刊上发表研究歌谣与妇女、歌谣与家庭论文的人。而从歌谣研究家庭问题和妇女问题，标志着起步不久的中国歌谣研究，出现了一次较大的开拓和深化。常惠是北京人，他是最早在《晨报·副刊》上发表文章论述北京歌谣的学人，就其学术立场和观点而言，他是一个地道的乡土研究派。他在《歌谣》周刊创刊之初发表的《歌谣中的家庭问题》，第一次举起了从歌谣研究中国家庭问题的旗帜。他写道："中国的家庭问题是很大很大的，不是研究歌谣的人所能解决得了的；这也不过是供给研究家庭问题的小小的一点材料。因为现在有许多学者研究家庭问题都到处搜罗世界的名著来翻译或介绍。至于这种著作整个的拿到中国来，是否对症下药，实在是个问题。然而研究中国的家庭问题，还得由实行调查民间的家庭状况入手，我们研究歌谣的人，从歌谣中也略略看出一点民间的家庭问题来。"[1]他提出了问题，触及了女性在中国社会上的地位、夫妻观念、"嫁鸡随鸡，嫁狗随狗"、"不孝有三，无后为大"、婆媳关系、姑嫂关系、"婆家不容，娘家不管"等等问题和观念，尽管他的文章还没有作到深入的解剖，但从歌谣的社会学研究角度所作出的开拓，总算迈出了第一步。

刘经菴在《歌谣》周刊（第30号）上发表的《歌谣与妇女》一文，在副标题中开宗明义就点明了他所谈论的是"妇女的文学与妇女的问题"。

---

[1]　常惠《歌谣中的家庭问题》，《歌谣》周刊第8号，1923年3月4日。

继而，他又在《歌谣》周刊第46号发表了《歌谣中的舅母与继母——妇女的教育与儿童文学》。这一篇也是越出了歌谣本身来谈社会问题。嗣后，他把自己的研究结集和扩展为一部专著《歌谣与妇女》，交由商务印书馆于1927年出版。

他的论点和结论，归结起来，大体就是他自己归纳的两点：（一）"歌谣是平民文学的极好的材料，这材料多半是妇女贡献的——妇女的文学。"（二）"歌谣是民俗学的主要分子，这分子多半是讨论妇女问题的，——妇女的问题。"他写道："歌谣是平民文学的极好材料，但这样的材料，是谁造成的？据作者的观察，多半是由妇女们造成的。歌谣是民俗学的主要分子，但所谓一般民俗，以关乎哪一部分的为最多呢？据作者调查所得，多半是讨论妇女问题的。不知研究歌谣的诸君，亦以此说为然否？"①

在阐述歌谣何以多半是妇女创作的这一问题时，他写道："天所赋予妇女们的文学的天才，并不亚于男子，恐怕比男子还要富厚些；不过她们久为男子所征服，没有机会去发展罢了。但是她们的天才，未曾湮没，遇有所感，可随时而发，把潜伏的天才，自然的流露出来。她们既没有机会去发展，——受教育，求学识，——所以只有日居深闺，过那单调干燥的生活。它们因为寂寞无聊，就信口吟哦些歌谣，来排解忧闷。她们所歌唱出来的，虽有些是无什么意义，但有是关乎民情的，是表现她们的心理的。更是有些妇女们，受公婆的虐待，妯娌和姑嫂间的诽谤，以及婚姻的不满意，他们满腹的冤屈，向谁诉去。她们既不会作什么《离骚》的词，断肠的诗，所以就'不平则鸣'，把自己的痛苦，信口胡柴的歌唱出来了。她们信口歌唱时，并不讲什么规律，亦不限什么字句，心里有什么，就唱什么，意思说完，也就停止；所以歌唱出来的，很自然，很能动听。至于文人学士，他们终日在文字中讨生活，什么文啊，赋啊，闹个不休，是不屑为此的。其余一般的人呢，因为生活所迫，终日劳碌，亦无暇及此；所以歌谣的造成，一半是妇女们的贡献。"②

报刊文章《歌谣与妇女》所根据的是他在故乡卫辉搜集的歌谣材料，将文章扩展成书时，所根据的，已经不再是卫辉一地的歌谣，而是取材于

---

① 刘经菴《歌谣与妇女》，《歌谣》周刊第30号，1923年10月28日；后收入《歌谣与妇女》一书中时，改为《绪论》，文字有所修改。此据该书第1页，商务印书馆1927年3月初版。

② 刘经菴《歌谣与妇女》，《歌谣》周刊第30号。作者说"一半是妇女们的贡献"，在后来成书时，修改为"多半"。

《歌谣》周刊上发表的全国各地的歌谣了。在理论上，他也又有所发挥，加上了下面的一段话："若是我们拿艺术的眼光，来批评她们的作物，乃是人生的艺术观，不是唯美的艺术观。因为她们的歌谣是哭的叫的，不是歌的笑的，是在呼诉人生之苦，不是在颂赞自然之美，是为人生问题中某项目的而做的，不是为歌谣而做歌谣的。"①他所说的妇女歌谣是"哭的叫的，不是歌的笑的，是在呼诉人生之苦，不是在颂赞自然之美"，其实，也就是说，妇女歌谣的基调是悲哀的、悲凉的、悲怆的。这种基调的逐渐形成和长期延续，是由中国妇女在中国漫长的封建社会中所处的卑微地位决定的，她们不能不为她们的命运咏叹。

作者的另一发现是，就其内容来说，歌谣多半是反映妇女问题的。何以如此？他写道："中国的家庭，向来是主张大家族制的；因之娅娌与姑嫂间的倾轧，婆媳与夫妇间的不和，随处皆是，无家不有，中国家庭之腐败，真是糟到极点了。要知道家庭的腐败，就是妇女们的不幸，因为妇女们总是幸福之牺牲者。中国歌谣关乎妇女问题多，恐怕就是中国家庭不良之明证了。有人说，关乎中国妇女问题的歌谣，就是妇女们的《家庭鸣冤录》、《茹痛记》，我以为这话很有点道理。"这种现象的存在，又与"歌谣多半是妇女的文学"这一命题有关。既然歌谣多半是妇女所为，那么，她们自然就要倾诉她们内心的所思、所想、所感、所叹，妇女的问题也就自然成为歌谣的一大关注点。如少年女子唱的是：女孩子自幼必须缠足；女孩子在家庭和社会上地位低下，是"赔钱货"；中年妇女唱的是：不见容于姑嫂，不见容于婆家；老年妇女唱的是：儿媳不孝、夫死养家。婚姻不美满：一是嫌女婿不满意；二是怨媒人。男女不平等：丈夫打骂妻子，死了老婆再娶一个，丈夫死了，妻子要守节，要守寡。等等。

关于这部书的价值，周作人在《序言》中这样写道："他的办法是聚集各处关于妇女生活的歌谣，分别部类，加以解说，想从这民间诗风中间看出妇女在家庭社会中的地位，以及她们个人身上的苦乐。这是一部歌谣选集，但也是一部妇女生活诗史，可以知道过去和现在的情形——与将来的妇女运动的方向。中国妇女向来不但没有经济政治上的权利，便是个人种种的自由也没有，不能得到男子所有的几分，而男子实在也还过着奴隶的生活，至于所谓爱的权利在女子自然更不必说了。但是这种不平不满，事实上虽然还少有人出来抗争，在抒情的歌谣上却是处处无心的流露，翻开书来即可明了的看出，就是末后的一种要求我觉得在歌谣唱本里也颇直率的表示着；这是很

---

① 刘经菴《歌谣与妇女》，第3页，商务印书馆1927年初版。

可注意的事，倘若有人专来研究这一项，我相信也可以成就一本很有趣味更是很有意思的著作。"①可惜的是，刘经菴开始的这个"很有趣味更是很有意思的"题目，后来却再也没有人继续，更没有新的著作问世。

在《歌谣中的舅母与继母》一文中，刘经菴从对大量歌谣的分析中，发现了属于民族学家和人类学家们关注的舅母与继母问题。他说："关乎舅母与继母的歌谣，有共同的一个特点，叫我们很容易看到的，就是儿童们的眼中的舅母与继母是非常可恨可痛的。……儿童是天真烂漫、活泼可爱的，为什么当舅母与继母的竟不痛爱他们？这虽有点是血统的关系，舅母在'三不亲'之列（在我的家乡有'三亲'、'三不亲'之说。'三亲'：舅父、姑母、姨母，'三不亲'：姑父、姨夫、舅的媳妇——舅母），继母以前子为非己出。"②可惜的是，刘经菴的研究到此止步了，他停留在血统关系的一般表述上，而未能再深入地开掘下去。

除了在《歌谣》周刊上发表搜集的家乡歌谣和研究文章外，③刘经菴还在《燕大周刊》上连载过《歌谣杂话》等研究文章。④

对于刘经菴的妇女歌谣研究，周作人的评论是比较中肯的："歌谣的研究与神话传说一样有好几个方面。这都是要有长远的历史而现在流传于民间的，所以具有一种特异的性质，即是，他可以说是原始文学的遗迹，也是现代民众文学的一部分，我们可以从那里去考查余留着的蛮风古俗，一面也可看出民间的儿女的心情，家庭社会中种种情状，作风俗调查的资料。有些有考据癖的朋友，把歌谣传说的抄本堆在桌上，拉长了面孔一篇篇的推究，要在里边寻出高尚雅洁的文章的祖宗，或是找出吃人妻兽，拜树迎蛇等荒唐的迹象，写成一篇文论，于文化史的研究上放一道光明，这是一种办法，是我所极尊重的。或者有人拿去当《诗经》读，说这是上好的情诗，并且看出许多别的好处来，我虽然未必是属于这一派，但觉得这种办法也是别有意思。在这二者之外，还有一种折中的方法，从歌谣这文艺品中看出社会的意义来，实益与趣味都能顾到，在中国此刻歌谣研究刚才开始的时候，这类通俗的办法似乎是最为适当而且切要。刘经菴君所编的《歌谣与妇女》可以说是

---

① 周作人《刘经菴〈歌谣与妇女〉序》，上海：商务印书馆1927年3月初版。

② 刘经菴《歌谣中的舅母与继母》，《歌谣》周刊第46号，1924年3月9日。

③ 不知何故，《歌谣》周刊上多处文字把刘经菴搜集的歌谣，标明"河北歌谣"。如《歌谣》周刊第45号"来件"中写道："（1924年1月25日）收到刘经菴河北歌谣66则。"

④ 刘经菴《歌谣杂话》，《燕大周刊》第83、84期，1925年。

这第三类的代表著作。"①周作人所说的这种折中的研究方法，大概就相当于我们今天的文艺理论中所称的社会历史的研究方法。

在《妇女与歌谣》一书出版之后，刘经菴还在《小说月报》上发表了一篇研究歌谣的综合性文章《中国民众文艺研究之一斑——民谣》。②

（三）孙少仙：城市歌谣的特点与变迁

《歌谣》周刊的主持者在1924年之初告白说，此前歌谣研究会主要是做了些搜集工作，整理工作虽然也做了一些，但由于整理歌谣时遇到了方言方音的解释问题，进行得也并不顺利，至于研究则并无大的成绩。"至于1924年这一年，是要注重在有系统的整理和具体的研究"了。③在研究会的会员和《歌谣》的作者中，孙少仙就是《歌谣》声明要转向"具体的研究"时发表第一篇文章的人。

孙少仙是北大的学生，来自昆明，他所搜集和研究的主要对象，是他祖居的城市昆明的歌谣。从《歌谣》周刊的记载来看，他给歌谣研究会提供的云南歌谣始于1923年1月7日出版的《歌谣》第4号。他的《论云南的歌谣》一文，也主要论述城市歌谣的有关问题，而在城市歌谣上提出的见解，是此前没有人说过的。

他写道："昆明的歌谣，自民国成立以来，实在很多，并且是极复杂。因云南近来，屡次遭旱灾匪患……所以边僻县份的居民，有钱的富翁，大半迁居在昆明，于是一齐的人情风俗也迁到昆明：所以昆明的歌谣一天一天的繁杂起来了。现在几乎各州县……的歌谣，有十之七八，我们昆明都知道的。以我的眼光看来，昆明的歌谣，从民国成立以前到了现在，其中很改革变化了一些：民国成立以前，受专制官僚的驱使，老是讲究'古的好'，所以谁也不敢改革——变化——建设……到民国成立之后，驱使人民'服从'的官僚政客……换了一些，人民的知识也进步，有许多都知道歌谣是歌咏我们的人情风俗……我们依着环境来产生它，是我们应有的权利。并且于行政、法律、军事……有很好的现象，我们应作歌谣赞扬他，若是暴虐专制贪污……的官僚政客军阀……我们可以作为歌谣永远的使人民咒骂他，因此一切血气方刚的青年就乘此'言论自由'的时

①　周作人《刘经菴〈歌谣与妇女〉序》，上海：商务印书馆1927年3月初版。

②　刘经菴《中国民众文艺之一斑——民谣》，《小说月报》（中国文学研究专号）第17期号外，1927年6月。

③　《1924年应作的事》，《歌谣》周刊第40号，1924年1月6日。

代，大唱而特唱——昏歌乱歌的就产生起歌谣来。现在云南的行政、法律、军事……都是奇奇怪怪的，所以歌谣虽是经改革变化……后的萌芽时代，我可以说现在的昆明歌谣是产生极盛的时代。"①

他对昆明歌谣——都市歌谣——的复杂和变革的看法，应当说，在当时的歌谣研究界，甚为新鲜而独到，发他人之未发。常惠是最早发表关于北京歌谣研究文章的人，1918年11月22日在《北京大学日刊》上与刘复讨论北京歌谣中所述之北京人的"六件事"时，曾涉及久居北京的外乡人的歌谣与老北京居民的歌谣之间的差异问题，但他给刘复的信和他后来在《歌谣》周刊发表的文章里，并没有意识到、当然也就没有明确地提出作为大都市、作为帝都的北京歌谣中所表现出来的这种"五方杂处"状态给歌谣带来的特点。倒是罗家伦和刘复的通信里，刘复提出了"北京客籍社会之歌谣"这一观念："尊稿所举是通行于北京客籍社会之歌谣，常君（惠）以北京人之眼光评判之，自不能相合。"②城市歌谣的"五方杂处"与易于变迁的特点，却在这位来自云南的北大学生会员孙少仙的文章里，第一次提出来并得到了阐述。

第一，孙少仙注意到城市歌谣在内容上，较易随着环境的变迁、时代的变化而发生着或快或慢的嬗变。他比较民国成立前后两个不同时代的歌谣的差异，指出：民国成立以前，"受专制官僚的驱使，老是讲'古的好'，所以谁也不敢改革——变化——建设"；而民国成立以后，官僚政客垮台了，政局更迭，人民知识进步了，新的环境激发了新歌谣的大量涌现：歌颂新的政体和人情风俗，抨击暴虐专制贪污的官僚政客和军阀。

第二，孙少仙指出，作为人口密集、五方杂处的城市，昆明市的歌谣和民俗较之有固定居民的乡村，具有更多的"复杂"性和多样性，同时也具有更大的包容性和开放性。当然这种"复杂"性和包容性，是有条件的，即在民国成立前后，地处西南边疆的云南省，屡次旱灾匪患造成民众流动迁徙，富豪纷纷涌入城市昆明，极大地改变了昆明的人口结构，也带来了各地区和各民族的歌谣和独特的人情风俗，于是大大地增加了昆明歌谣的复杂多样性。没有旱灾匪祸的频繁发生，长期处于停滞状态的社会环境，就不可能出现人口的迁徙和社会结构的剧烈变化，从而导致歌谣和人情风俗的嬗变。

---

① 孙少仙《论云南的歌谣》，《歌谣》周刊第40号，1924年1月6日；后收入钟敬文编《歌谣论集》，第357—358页，北新书局1928年9月初版。

② 刘复致罗家伦函，《北京大学日刊》1918年11月25日。

第三，他所居住的昆明，不仅是一般的"五方杂处"，更是一个多民族杂居的城市。这一特点不仅是其他城市所没有的，甚至像北京这样满族聚居的城市也有所区别。作为"本乡"（当地）的歌谣研究者，他曾经对几个少数民族的歌谣演唱活动作过一些考察，他也在文章中举出白族的"大理调"和彝族撒尼人的"龙宗调"的例子，说明了方言在歌谣中的重要地位，描绘了歌谣的演唱与民俗舞蹈的密不可分的关系。

> 未婚的男女青年，每人于晚饭后，拿着乐器，提着很小的纸灯笼（可以点烛，照着行路），到那山的顶上，将灯笼挂在树上，先是一男一女分开，各人弄着乐器，口里呻着，跳着舞（他们的跳舞也是有一定的举动），好似预习一样，后来几十个集在一块儿，一男一女的排列起来，就手弹足舞口呻的热闹起来。一直到月落，他们又就照前的分开，分开后就有少数人归家（这是因为没有恋爱的），其余的就一对一对的又热闹起来，跳舞后就提着灯笼跑，跑到可以睡眠的地方，他们就一对一对睡眠了。但是他们的言语，真是比拉丁文难几十倍，只可口说，不可笔写。

孙少仙所描绘的，是猓猡（即彝族，在族名"果罗"两字前面加"犭"，是当时的知识界对少数民族的蔑称）青年男女们于夜晚到山间树林里的民歌对唱、舞蹈活动，以及对唱舞蹈后的野合。20世纪20年代，这种与渊源甚古的风俗紧密糅和在一起的歌唱活动，构成了作为城市的昆明的歌谣的一个重要特色。

他就"山歌"、"秧歌"、"民歌"的界定发表了自己的见解。他写道："'山歌（秧歌）'和'民歌'是大不同的，有许多人都误认了。'山歌（秧歌）'大半是有排列的，对站的，并且是有一定的调子（如前所举的四种调子），若非这四调中的调子，一定不是'山歌（秧歌）'。'山歌（秧歌）'只表情，别无他意，我可以武断说它是'情歌'；'民歌'就不然，它里头也有政治、法律、社会、家庭、私人……的赞扬和攻击、劝戒、警告……并且他的句子，长短不一律的很多，全无调之可言。"[①]这个界定曾经在《歌谣》上引起过争论。钟敬文在《歌谣杂谈·山歌》里说"'山歌'的一个名词是普遍的——至少也不止我们粤有了它——普遍的名词，自然应有它共通的解说，'山歌即情歌'，这个界

---

①　孙少仙《论云南的歌谣》，《歌谣》周刊第40号，1924年1月6日。

说，我前面已经证明它的不适用了……"①接着，又有云南人王嗣顺致钟敬文的信和钟敬文的答复，就"山歌"的界说进行讨论。②这些讨论文章的出现，足见本乡人和外乡人对歌谣和歌谣类别在认识上的分歧，也证明了乡土研究的价值所在。

1924年上半年，《歌谣》周刊要编辑"婚姻专号"，约他写有关婚姻歌谣的文章，他又写了一篇题为《云南关于婚姻的歌谣》，发表在第57号（1924年6月1日）上。这篇文章提供了一些有关婚姻的歌谣，其研究的方法就不再是文艺学的而完全是社会学和民俗学的了，他从歌谣中分析择女婿、过小礼、过大礼、媒人下通信帖、结婚、结婚后等关节的民俗。他的研究和举例，至今还是后来者研究民国初年的云南婚俗的一份很可贵的材料。

（四）张四维：歌谣代表了时代的民众的精神

张四维是另一个采集和研究云南歌谣的学人。"五四运动"爆发时，张四维是云南第一中学的学生，积极响应北京学联的号召，在昆明参与组织云南学联。1920年初，与段融生、柯维翰（柯仲平）等组织"大同社"，从事进步文化活动。与孙少仙不同，20世纪20年代，他当时生活与工作在昆明，在从事进步文化活动，他是受在北京的云南同学会中的朋友洪孟邻（北大学生，常惠的朋友）之托，为北大歌谣研究会搜集云南歌谣的。据《歌谣》周刊所载，他先后为歌谣研究会搜集的云南歌谣，有些在《歌谣》周刊上发表了，大多被研究会所收藏。不算已经发表的（仅第40号上发表的个旧歌谣就有75首），他寄给研究会的歌谣，据不完全统计，总数不少于300首。（第5号载：21首。第27号载：16首。第28号载：22首。第31号载：260首。）

他的歌谣搜集研究有两个功绩：

第一，他为歌谣研究会搜集到了第一批矿工歌谣。据已经在周刊上发表的歌谣的注释，他所搜集的歌谣涉及云南许多地区，这是因为他托各地的朋友代为搜集所致，但最多的则来自蒙自和个旧，而蒙自也是锡都个旧所辖之县和毗邻之地，正是锡矿之所在和工人最多的地方。他在给编者常惠的信里说："此次所抄的都是儿童的歌谣，此外还有'厂歌'——是矿

---

① 钟敬文《歌谣杂谈》，《歌谣》周刊第71号，1924年12月7日。

② 王嗣顺文，《歌谣》周刊第72号，1924年12月24日；钟敬文《答王嗣顺先生讨论山歌的信》，《歌谣》周刊第78号，1925年2月15日。

工唱的，表诉他们的苦楚——'山歌'——放牛和砍柴的人所唱，是说他们的快乐——'秧歌'——栽秧时唱的……第一、二种俟有机会再托人去办。"①自歌谣运动以来，搜集者多限于搜集农民的歌谣，而对工人，特别是矿工的歌谣，几乎没有触及。尽管矿工基本上是出身于农民，但由于职业、劳作的不同，矿工的劳动方式是集体性的劳作，一个人的力量是无法完成的，而农民的劳动方式基本上是个人单干，这种劳动方式的不同和生产环境的不同，决定了农民的山歌和秧歌，与矿工的歌谣，其格调是不同的，正如张四维所说，山歌和秧歌的调子是"快乐的"（情歌则不同），而矿工歌谣的基调则是"表诉他们的苦楚"。

第二，他提出了歌谣代表着"时代的民众的精神"的论点。他写道："凡是人类——或不止于人类——没有不有歌谣的；也正如语言一样。心里有所感受，普通都是发泄出来的，乐则笑，悲则号，愁则叹，怒则叫，就是发泄他心里所感受的极简单的。由如此的简单更进步，于是乎产生歌谣，再又产生诗词歌赋。后者虽处于最进步的地位，可是因为它是文人推敲出来的，所以很不能自然的明显的表露出他的感情；下一类就是无病呻吟，扭捏造作；更因其出诸文人之手，所以它虽则进步、精密，却不能代表时代的民众的精神。换言之，歌谣不是推敲出来的，所以它是极自然的，且能代表时代的民众的精神。两千几百年以前的白话歌谣组成的《诗经》，现在虽成了很古的文字，可是我们读它比读名人诗集还耐人咀嚼；就是因为它是极自然的表露感情，且能代表那时代的民众的精神。"②他的这个见解，应该承认是很精辟很深刻的，虽然多少有些绝对化。关于文人文化和民间文化，都是传统文化，两者有排斥也有融合，但谁更多地代表了民众精神和时代精神的问题，至今仍然是一个没有完全解决的问题。张四维之所以着眼于形而上的立场来看歌谣，而不是仅仅停止在就事论事上，大概与他在"五四运动"中始终站在文化革命和启蒙运动的前沿不无关系。

（五）台静农：淮南歌谣研究

在五四新文化运动前后兴起的歌谣运动，一时间席卷全国，在知识分子中发生了很大的影响，许多文学家和人文学者都参加了进来。在北京大学歌谣研究会的周围，出现了一大批以地方知识分子（主要是教师）为主体，也有北大的教师和学生参与其中的歌谣乡土研究流派。后来成为"未

---

① 张四维、常惠《研究与讨论》，《歌谣》周刊第5号，1923年1月14日。
② 张四维《云南山歌与猓猡歌谣》，《歌谣周年纪念专刊》，1923年12月7日。

名"社诗人、小说家和教授的台静农，也是这个流派的主力之一。

台静农（1902—1990），原名传严，改名静农。安徽省霍丘县叶家集镇人。1918年到汉口中学就读，1922年1月在《民国日报》（上海）副刊上发表处女作新诗《宝刀》，表达了一个年轻人"在面对军阀混战和人民的困难，决心以宝刀铲除战争罪恶"的理想和热情①，并参加了进步文学社团"明天社"；因学潮离校，经南京、上海至北京求学，9月在北大中文系旁听。1924年起转至北大研究所国学门肄业，半工半读，并在张竞生主持的风俗调查会当事务员。先后在北大研究所国学门学习、工作的台静农，在沈兼士、刘复等师长的影响下，与常惠、董作宾、庄尚严等结为莫逆，也开始了歌谣的搜集与研究。

台静农在晚年回忆与常惠的结识与友谊时写道："《歌谣周刊》第56号，有董作宾的《一对歌谣家的婚仪》记得翔实而有风趣，这儿不必引述了。鲁迅先生在婚礼前亲自到常家送了一部《太平乐府》作为贺礼，此书是元代乐府词汇编，足见鲁迅先生送这一书的含意。据说维钧夫妇对于这一纪念品，历经动乱，直保存到他们夫妇逝世。我认识维钧夫妇，可能在他们结婚的这一年或第二年，已经记不清了。我所收辑的《淮南民歌》113首，就发表在第二年（1925）的《歌谣周刊》上，虽然，我们的结合，并不单纯由于歌谣的爱好，而是文学，因为我们当时的文学社，他虽不是其中分子之一，而是有密切关系的。文学社在北大理学院对面西老胡同一号，是一座大的四合院，北房三间是社址，也就是我与李霁野的住处，西房两间庄尚严住在那儿，他是北大哲学系的学生，维钧先已认识的同学。维钧为人厚重，热诚正直，我们都以老大哥看待他，而他对我们也如兄弟一般。当我们遇到麻烦事，他挺身任之，决不回避。"②

1924年的8月底，台静农应主持《歌谣》周刊编辑事务的常惠之请，归乡（淮南霍丘）搜集歌谣，达半年之久，搜集到当地歌谣两千多首。其间，他在淮南写了《山歌原始之传说》一文，发表在1924年第10期的《语丝》周刊上。③他所搜集、编选的《淮南民歌》第一辑，于1925年在《歌

---

① 施淑女《台静农老师的文学界想》，转自叶嘉莹《〈台静农先生诗稿〉序言》。
② 台静农《忆常维钧与北大歌谣研究会》，原载台湾《联合报·副刊》1990年11月11日；后收入陈子善编《回忆台静农》，第349—355页，上海教育出版社1995年。
③ 台静农的这篇小文章在《语丝》发表后，引起了文艺界和学术界的注意和兴趣，钟敬文在《语丝》第23期、尚钺在《北京大学研究所国学门周刊》第7期（1925年11月25日）上各发表了一篇同题的文章，提供了广东海丰和河南罗山的不同传说。

谣》周刊第85号、第87号、第88号、第91号、第92号分五期揭载，共发表了113首。稍后他又在第97号发表了《致淮南民歌的读者》一文，作为这次搜集活动和这一批民歌的总结与说明。（1970年，娄子匡将其编入《民俗丛书》第24种，取名《淮南民歌集》，由台北东方文化书局印行。）《歌谣》周刊在发表了台静农搜集的这113首淮南民歌后，又出了五期，到第97号（1925年6月2日）出版后便停刊了。《北大研究所国学门周刊》随之于1925年10月14日创刊，负担了原《歌谣》周刊的一些任务。台静农的《淮南民歌》第一辑，便又在新创刊的《国学门周刊》第4期继续刊出。第4期（1925年11月4日）发表的是114—146首；第8期（1925年12月2日）发表的是第147—167首。①

台静农搜集歌谣告一段落，于1925年春从淮南家乡回北京后，经小学同学张目寒引介，结识了鲁迅。鲁迅、台静农、李霁野、韦素园、韦丛芜、曹靖华等在北京成立了文学社团"未名社"。此后，他陆续出版了与鲁迅风格相近的《地之子》《建塔者》两部短篇小说集，充满了对辛酸和凄楚的人间的关爱和同情。1927年8月，经北大国学门导师刘半农荐引，就任北京私立中法大学中文系讲师，从此步入杏坛。后辗转就任于辅仁大学、北平大学女子文理学院。鲁迅逝世两周年时，应"文协"之邀在重庆纪念大会上以"我以我血荐轩辕"为题旨作专题演说。因政治观点不为国民党当局所容，甚至被怀疑为打算制作炸弹暗杀军阀，而被国民党当局三次逮捕入狱。蔡元培、许寿裳、沈兼士、常惠等奔走营救。第三次出狱后，在北平学界已难立足，由胡适介绍前往厦门大学任教，后又转至山东大学、齐鲁大学。1936年4月4日《歌谣》周刊在胡适主持下复刊后，台静农在第16号（1936年9月19日）上发表了论文《从〈杵歌〉说到歌谣的起源（一）》。这篇论文一发表，就受到文学研究界朋友们的重视，《歌谣》紧接着就发表了冯沅君的《论杵歌》（第19号）、佟晶心的《夯歌》（第20号）予以补证。一时就《杵歌》问题展开了讨论。关于这篇文章，在台湾大学任教退休后的台静农为安徽教育出版社为他出版的《台静农论文集》所写的序言里写道："1936年予在厦门大学，见上海《申报》图画特刊有所谓'蕃女杵歌'照片，一时兴会，写《从杵歌说到歌谣的起源》投北大《歌谣周刊》。旋得冯、佟两君为之补证，以知早在南宋'杵歌'已

---

① 台湾学者方瑜在《台静农先生传》中说先生的《淮南民歌》只发表了113首，是因为他没有看到《歌谣》周刊停刊之后出版的《北京大学研究所国学门周刊》上的材料。但台静农《淮南民歌》的167首之后是否发表过，笔者没有查到，暂付阙如。

成为独立乐队矣。至于《南宋人体牺牲祭》者，为居蜀时涉猎《宋会要》发现在南宋时竟有此种野蛮风俗，且一时猖獗，分布颇广。不意昔年由图片看到之杵歌舞，居然来到台湾数数欣赏之。而杀人祭祀，台湾山地人亦曾有此风俗，因有吴凤故事之流传。"[①]

1937年7月，台静农回北平度暑假，适值抗战爆发，于此年秋携全家辗转逃难入蜀，定居江津之白沙，稍后就职于国立编译馆。1939年4月，到新成立的国立女子师范学院任教授，后任国文系主任。加入中华全国文艺界抗敌协会。在抗战期间发表各类报国文章近30篇，并有旧体诗《白沙草》一卷36首。而《从〈杵歌〉说到歌谣的起源（二）》的下篇，却再也无缘发表，成为一篇未完的残稿。抗战胜利，经魏建功介绍，应台湾大学之聘，渡海至台大中文系任教，后任系主任，直至1973年退休。

台静农早年致力于民间文学的搜集与研究，以本乡人的身份回本乡搜集了近两千首本乡歌谣，并作了整理和注解。从他的《致淮南民歌的读者》里我们知道，他所搜集的淮南民歌，一部分是转托朋友搜集来的，即当时北大歌谣研究会所用的"征集"之法；另一部分则是他自己直接从老乡口中记录下来的。应该说，他所作的，乃是后来民俗学者们所说的"田野调查"。他写道："又一次在满室菊花的别墅中，请了四位能歌的人，有的是小贩，有的是作杂活的，有的是量米的，他们的歌都是从田间学来的，虽然是生活在镇上；同时有唱的有休息的，有的记不完全，别人便即刻补成；有的一首歌的字句略有更变，他们便互相的参证。他们是异常的愉快，我也感到有一种不可言喻的快乐。现在对着孤灯对着已残的芍药，回忆那过去的时光，怅惘中而有无限的诗意。从此我便奇异着我们兵匪扰攘的乡间，居然有了这些美妙的民歌，因而我的欲望也扩大了，我托了许多朋友，为我在各处搜集。"[②]

他对所搜集的歌谣进行整理，遵循的原则有三项：

一是音注。"我们淮南的发音，同南方诸省比较起来，总算同普通话接近，但有些音是我们淮南特有的，有些音是淮南中一部分特有的，这都是在必注之例。在已发表的一百多首中虽然有些音注，可是极其粗忽与不精密，而且是用字注的。今后当采用国音字母注音，因以字注音是不见得正确的。"

二是意注。"这一层包括得极多，如风俗、人情、习惯、土语、地名

①　台静农《台静农论文集·序》，合肥：安徽教育出版社2002年。

②　台静农《致淮南民歌的读者》，《歌谣》周刊第97号，1925年6月28日。

等等，皆在必注之列的；如不详细注明，则易于使读者误会；误会一生，自不能领得其中意趣与价值。今后当于要注的必详细注明，使读者于领略歌谣的本身而外，同时还能了然于淮南的风俗人情及其他。"如对第68首的"意注"就是一例。民歌原词曰："想郎想的掉了魂，接个当公下个神，打柳打在奴房里，袖子口嘴笑殷殷，因为贪花你掉了魂！""当公"注曰："当公，即巫者，乡中请巫者为病人祷告，即谓之下神。""打柳"注曰："打柳，即巫者所用之柳枝，裹纸图女像，谓为柳神；借此柳神为病者招魂，招魂之后即将此柳神置病人床头，因此名之为'打柳'。"[1]因为有了这些注释，读者才能了解了民歌中涉及的民俗事象，否则读者只会感到茫然。十年后，他在《从〈杵歌〉说到歌谣的起源》里提出的"我们研究歌谣的起源，要注意到人类的实（际）生活的背景。"显然是他的"意注"的思想和理念的延伸。

三是标题与分类。他说："民歌本来是没有一定的题名，如诗词一样的；若强为之命名，也只有采歌的首句来作题名罢了。现在觉得淮南民歌既然有了这些首，是很有分类的必要，因而利用标题作分类的方法，也是为了在每一首的首句或中句，或末句，差不多总有与别首共同的，而且所同的句子，都是主要的，是全首关键的句子，尤其显著的是'送郎送到'、'日头已落……'、'巳时已过……'等句。还有一种例外，就是'反唱'，当另作一类，所谓'反唱'者，是表现与常情颠倒的事实。如：'日头渐渐往下丢，隔河看见秧吃牛，黄狼引着小鸡睡，干鱼又给猫枕头，反唱四句带呕愁。'这种种的表现，岂不是与事实绝对的相反吗？"[2]

尽管淮南民歌部分地在刊物上发表了，但他的民歌情结（"欲望"）和理想却远远没有实现，而那"不可言喻的快乐"，在后来多年辗转流徙的生活中，那一千多首余稿也不知流落何方。但淮南民歌从收集到整理的过程，却完整地体现出了他作为"乡土研究"派之一员的歌谣研究理念。

写于淮南民歌调查十年后的《从〈杵歌〉说到歌谣的起源》一文，作者重新拣拾起歌谣的论题，这次的研究，以《杵歌》为个例并由此生发开去，把流传在乡民口头上的歌谣与记录在纸上的古代歌谣以及风俗的演变联系起来、融会起来进行研究，其思想，显然已经超越了十年前他所固守

---

[1]　台静农《淮南民歌第一辑》（续）注，《歌谣》周刊第88号，1925年4月26日。
[2]　以上三段引文，均见台静农《致淮南民歌的读者》，《歌谣》周刊第97号，1925年6月28日。

的乡土研究，而向着多学科的比较研究前进了一步。他写道：

> 原始人同文明时代的人所不同的是生活（产）技术，而喜怒哀乐的情绪却没有什么分别。原始人主要的生产技术是渔猎、牧畜、播种，除了这些劳作以外，精神上的慰安，只有放情的歌唱。在辛苦的时候，拿歌来减轻疲乏；在喜悦的时候，拿歌来表示兴奋；在不幸的时候，拿歌来抒写悲哀。所歌唱的未必都有意义，至少与他们的情感一致的。感情是歌谣的原动力，而感情的现象如何，则决（定）于人类的生活。所以我们研究歌谣的起源，要注意到人类的实（际）生活的背景。可是时代久远了，最早的风格也随着改变了。现在论到的《杵歌》，还可以看出历史的蜕变的痕迹。荀子的"请成相"，一向认为是一种特殊的体制，然据俞樾的解说，此种特殊的体制，就是从《杵歌》演变成的。
>
> 《诸子·平议》卷十五云："此'相'字即'舂不相'之相"。《礼记·曲礼》篇："邻有丧，舂不相"，郑注曰"相谓送杵声"。盖古人于劳役之事，必为歌讴以相劝勉，亦举大木者呼"邪许"之比，其乐曲即谓之"相"；请成相者，谓成此曲也。
>
> 俞氏此种解说，看来颇为奇特，实则非常明锐。即如"邻有丧，舂不相"，显然"杵声"已变为丧乐，但在我们的典籍里竟找不出旁证，而野蛮民族则确有其实事，如《昭代丛书》中檀萃的《说蛮》云："死以杵击臼和歌哭，葬之幽岩，秘而无识。"这里所记的是苗民"狗耳龙家"族的风俗，"送杵声"之成为哀乐，大概是如此的。……杵臼是半开化民族日常必需的生活工具，所以能成为一种乐歌之启发。……在舂谷的时候，唱着歌——或哼着没有意义的调子，因声音的调协，感到音乐的美，进一步演成乐歌，离开了单独的杵臼的声音，这却是极自然的演变。①

关于歌谣的研究，他提出结论说："我以为研究歌谣：应该从题材里看出它的生活背景，从形式上发现它的技巧演变。题材所包含的是人类学同社会学的价值，由某种题材发现某一社会阶段，及其生活姿态，这也就是朱光潜先生所'想采用自然科学的方法'。至于型式上的音节的调谐，词类的排

---

① 台静农《从〈杵歌〉说到歌谣的起源》，《歌谣》周刊第2卷第16期，1936年9月19日；又见《台静农论文集》，第169—175页，合肥：安徽教育出版社2002年。

比，则属于文艺史的范围。"①显然他已超越了他自己早期的观点。

关于台静农的治学与学术思想，台静农传记研究者方瑜说："先生之兼容并蓄，观其治学可知。先生受五四新文化洗礼，具有理性、实证、百科全书式丰富多元，先生又留意文学与历史、哲学、甚至人类学、社会学、政治、经济等相关领域之会通，早年的学术论著《从〈杵歌〉说到歌谣的起源》即已揭示此一研究取径，此文关注文学形式之美学意义，同时亦处理相关社会因素，试图将文学研究与其他学科融会整合。故其学术论著，遍及中国古代神话、两汉乐舞、优戏、汉代简牍制度及风俗习惯之考释，亦触及版本、诸宫调、传奇与古小说文本之分析，更广及石刻以及书画等相关问题，其研究领域之宽广，研究态度之谨严征实，对新学说、新观念之批判性接受，启迪后学甚多。"②的确，台静农的歌谣研究，在方法论上的特点是：信奉"实证"研究而忌先下结论或空谈理论框架，主张和力求把文学研究与其他学科融会整合。

由于1925年前后在北大歌谣研究会时期主理风俗调查会的这段经历，台静农在后来的教授生涯（主要是教文学史）中，仍然常常不忘写些有关文化与民俗方面的研究文章。如《两汉乐舞考》（《台湾大学文史哲学报》1950年第1期）、《冥婚》（《大陆杂志》1950年第1卷第10期）、《南宋人体牺牲祭》（《宋史研究集》，1964）、《仪礼复原实验小组研究成果综合报告》（1970）、《〈说俗文学〉序》（1980）、《谈酒》（《龙坡杂文》1988）等。这些文章，大都收入他亲手编订的《台静农论文集》一书中。他对民俗文化和俗文学的兴趣和造诣，正如台湾学者柯庆明写的："台先生一生的奇遇甚多。他就读北大研究所时，兼在张竞生主持的'风俗调查会'当事务员，难怪他一生对古今风俗皆具浓厚兴趣，并且也成了他许多散文的题材与内容。手稿中有完成的《两汉社会史》、《汉代奴隶制度史微》《两汉乐舞考》等以毛笔小笺，一札一札分类抄录的史料、原稿、抄正稿。这显然是抗战时任职国立编译馆时的工作，信札中亦有在北大时的导师陈垣，谆谆提示他分类整理史料之重要的函件。他来台后主持《百种诗话类编》也就其来自有了。"③

---

① 台静农《从〈杵歌〉说到歌谣的起源》，《歌谣》周刊第2卷第16期，1936年9月19日；又见《台静农论文集》，第169—175页，合肥：安徽教育出版社2002年。

② 方瑜《台静农先生传》，《国立台湾大学中国文学系系史稿》。此据www.ccsun57.cc.ntu.edu.tw/教师资料。

③ 柯庆明《百年光华——为台大纪念台静农先生百岁冥诞系列活动》。

（六）钟敬文：歌谣传说研究

清光绪二十九年二月二十二日（1903年3月20日）出生于广东省海丰县公平圩的钟敬文，从陆安师范学校毕业后在公平圩、汕尾港等地教书。受五四新文化运动的影响，特别是受到北京大学歌谣征集处征集全国近世歌谣的活动和《歌谣》周刊的推动，他从1922年底开始在家乡海丰一带搜集歌谣和故事，并把所搜集记录的歌谣故事投寄到《陆安日报》以及上海、北京等地的报刊上去发表。①钟敬文在张振犁编纂《钟敬文采录口承故事集》的《自序》里写道："在那几年里，我记录、辑集的口承故事，始终没有作过统计。现在大略估算一下，当在七八十篇之谱。这些记录作品，除了出过一本专集《民间趣事》（1926，北新书局）之外，其它大都发表在当时的学术刊物上或别人所编的故事集子里，前者如以《陆安传说》的总名（共14篇）刊载在《北大研究所国学门周刊》的那一组，后者如那些被收入林兰所编的民间故事各个集子里的篇章。"②

与故事相比，歌谣搜集的数量更多些，据作者1926年7月24日的自白："我数年来，承北京大学歌谣研究会诸同人的奖励与诱掖，收集到了千首左右的歌谣，而这客音的山歌，便占据了它全数之半。两年前，曾草草录出数十首，编成一小册子，名曰《恋歌集》，寄交会（指北大歌谣研究会——笔者）中。不久同人要把它付印，我觉得那册东西，编集时太过草率，不成什么样子，因写信回绝了他们。年来会中为了经济缺乏，出版

---

① 关于钟敬文何时开始在海丰搜集歌谣和故事，其说不一，笔者姑且将其定为1922年底——这是《歌谣》周刊创刊的时间。钟敬文在《我在民俗学几个方面的活动》——《民俗学说苑·自序》中说："在20年代中期和后期，我就在收集、记录的基础上整理和出版了几个小册子……"（见杨利慧编《雪泥鸿爪——钟敬文自述》第247页，山西人民出版社1997年版）钟敬文在《张振犁编纂〈钟敬文采录口承故事集〉自序》中说是开始于1922年。（黄河文艺出版社1989年版）此后出版的杨哲著《风雨世纪行——钟敬文传》（华东师范大学出版社1999年3月初版）、安德明著《飞鸿遗影——钟敬文传》（山东教育出版社2003年11月初版）都采用了后说。

② 钟敬文《张振犁编纂〈钟敬文采录口承故事集〉自序》，郑州：黄河文艺出版社1989年。笔者将张编此书中的故事与钟敬文当年在刊物上发表的故事进行了对比，发现张振犁先生将钟敬文的文本进行了现代口语的改写，虽然故事梗概也许没有大的删减或增益，但毕竟在叙述的语言上已面目全非了。放大一点说，如果把胡适、鲁迅、冰心等人的早期作品也加以改写，那会是一种什么样子呢？因此，尽管张振犁先生把很少能有人读得到的这些故事重新整理出版，是做了一件好事，但对这种改写，笔者又不能不提出异议。

丛书的计划，不能不暂时中辍；而我也就没有多兴趣去再把那些积稿清理——除了去年勉强整理出一百首峯歌以外——所以这回的工作，算作一种侥幸，并不是什么过言了。"①

　　稍后，钟敬文把几年间陆续搜集的歌谣和故事分别编纂为《民间趣事》（北京北新书局1926年初版）、《客音情歌集》（上海北新书局1927年初版）、《蛋歌》（上海开明书店1927年初版）。还有一部《峯歌集》和《陆安民间传说集》，编好后没有出版。《陆安民间传说集》共三册，第一册《神话之部》，共26篇；第二册《童话之部》（包括寓言），共10篇；第三册《故事之部》，共11篇。这本书稿的"拟目"，附录于后来出版的《民间文艺丛话》（中山大学民俗学会丛书，国立中山大学语言历史学研究所刊行，1928年6月初版）书后。

　　对歌谣和民间文学其他题材的研究，则以在《歌谣》周刊上连续发表的15篇《歌谣杂谈》为开端和代表。1924年5月钟敬文开始向《歌谣》周刊投稿。他的名字第一次出现在《歌谣》周刊上的时间，是1924年5月11日出版的第54号，在"来件"栏里有："4月16日收到钟敬文广东海丰歌谣六则。"不久，第64号的"来件"栏里又登出："8月9日收到钟敬文广东海丰歌谣杂谈二册。"这两册歌谣杂谈稿子，就是《歌谣》周刊从第67号开始连续发表的钟敬文的《歌谣杂谈》。这15篇"歌谣杂谈"是：《读〈粤东笔记〉》（《歌谣》周刊第67号，1924年11月9日；续，第68号，11月16日）；《南洋的歌谣》（第70号，1924年11月30日）；《山歌》（第71号，1924年12月7日）；《潮州婚姻的俗诗》（第72号，1924年12月14日）；《海丰人表现于歌谣中之婚姻观》（第74号，1924年12月28日）；《猥亵的歌谣》（第74号，1924年12月28日）；《故事之俚谚》（第77号，1925年1月18日）；《从古诗窜改出来的歌谣》（第77号，1925年1月18日）；《附会的歌谣》（第78号，1925年2月15日）；《歌谣之一种表现法——双关语》（第80号，1925年3月1日）；《海丰的邪歌》（第81号，1925年3月8日）；《故事的歌谣》（第85号，1925年4月5日）；《再谈海丰医事用的歌谣》（第85号。注：此文先收到，故先予发表，后收到《谈谈海丰医事用的歌谣》，发表于第91号）；《偏韵语》（第85号）；《叠韵语》（第85号）。

　　这一组冠以"歌谣杂谈"的短文，以随笔的形式，表达了他初涉歌谣学坛时对民间文学（主要是各类歌谣）的一些理论思考，尽管从学术史

---

　　①　钟敬文《客音情歌集·引言》，上海北新书局1927年2月初。

上衡量，甚至还有些稚嫩，但在当时的《歌谣》周刊的版面上已属难能可贵，不少闪光的思想显露出了作者初期的学科意识。如：

——从清代李调元的《粤风》引申出来的学术自省："书中保存着的许多歌谣，是否有经过他改窜和润饰的地方，从古许多保存下来的歌谣，十之八九是已经受了采集者的一番改削的。因为前人对于歌谣，多半是取其内涵的义理，而不注重其外表的词句——无论歌谣之附会或赏鉴者，都是如此；——所以增削任情，是我们中国人对于歌谣的传统方法。"①钟敬文的这个观点，击中了中国古代以儒家思想为根基的古典文艺学在搜集和整理民间文学时的要害——重内涵的义理而轻表现的形式。我们今天所能读到的古代民歌，如果说，由于辑集者（如李调元）的酷爱民歌和由于民歌形式的相对固定不易窜改，而在文人的笔下保存下了数量不少的民间原作的话，那么，故事传说就显得更突出，古代的故事大都是以梗概的形式被吸纳在笔记小说中，几乎没有记录下任何流传状态中的叙事语言。李调元的《粤东笔记》这本本来并不是很流行、很受人重视的笔记杂书，由于钟敬文的发现、评价和介绍，其在近代民间文艺学史上也变得身价倍增了。

——对歌谣的表现法"双关语"的阐释，是钟敬文早期歌谣研究的关注点之一。在1925年3月发表的《歌谣杂谈》之十专论之后，又于1926年7月2日撰《客音的山歌》一文中再次讨论这个问题。他认为，双关语是歌谣中常见的表现手法，"虽然和诗歌大界可说相似，但细别之，实有许多不同之点"。他对双关语的解说是：一、"双关语是词在此而意在彼，借别的词以显它的内意，中间最素要的条件，便是声音的相同或类似。"这是主要的。二、假借"同体别意的字以见意"，如歌谣"古井烧香暗出烟，/唔知老妹乜人连？/饭甑落镬又无盖，/米筛做盖气飘天"中就是借"炊饭"的"烟气"为"怒气"的"气"。他指出，这种双关语的表现手法，所以"在歌谣中的势力颇形普遍，最大的缘故，是歌谣为 '口唱的文学'，所以能适合于这种'利用声音的关系'的表现。尤其是表现关于恋爱的文艺，这种婉转动人的方法，更切用而且多用。"他还指出，双关语的方法与隐比颇相类，但并不是一回事。②在后一篇文章中，他还着意论述了在当时的研究者颇感兴味的一个问题：《诗经》中常用的"起兴"手法，如何

---

① 钟敬文《读〈粤东笔记〉》，《歌谣》周刊第67号，1924年11月9日。
② 钟敬文《歌谣之一种表现法——双关语》，《歌谣》周刊第80号，1925年3月1日。

在当时还流传的客家山歌中得到承袭和延续。①

——对蛋民文学——咸水歌——的发掘和论述，在中国歌谣史上占有首倡之功。蛋人是沿海一带的水上族群。关于他们的口头文学，前人王士禛的《渔洋诗话》、李调元的《粤风》和屈大均的《广东新语》虽有所著录，但数量很少，总共两三首而已。钟敬文穷三年的时间，搜集到蛋人的歌谣52首，汇编而成为我国文学史上第一部《蛋歌》。他在该书的《序言》里说："蛋民，在中国是被视为化外的民族的。他们的一切，都很少有人加以注意，何况于微末的歌谣呢？但这种错误的眼光，我们现在不能再把它保存着了！别的且不提，就他们的歌谣而论，即使抛开民俗研究的价值，而单把欣赏艺术的眼光去估量它，已经就有了它相当的位置。所以，把它结集了一些，刊印出来，确是一件有意义的事，——我们应做的事。"②刘大白在《蛋歌·序》里评价说："这一册《蛋歌》，是他三年来苦心搜辑而结集起来的。他的工作，不但能弥补李氏（调元）《粤风》中《蛋歌》旧材料的不满足的缺陷，而且能作蛋族族风新材料的供给；在民间文学横的比较研究上，功绩是不容蔑视的。"③此前已在北京大学国学门从事研究工作并主持《歌谣》周刊编辑事务的顾颉刚与远在广东海丰的钟敬文建立了密切的联系并促成了这部蛋歌集的编辑出版。在编辑《蛋歌》的同时，钟敬文写了《中国蛋民文学一脔》的文章。这篇文章除了对族源的考证外，着重分析了作为蛋人的口头文学的蛋歌的一些特点：

> 至于他们的生活，其简单野陋的情形，与别的未开化的民族，是没有什么异样的。以舟楫为家，以捕渔为业，这差不多就是他们生活的概况。但他们足以使吾人注意的，却是那种"诗的生活"。这当然是一条通例：凡民族生活简单的，他们歌唱的生活，总要发达得多。几乎可以如此说：他们的生活的绝大的慰安与悦乐，便是唱歌。休息时，固然要唱，工作时，尤要唱，独居时，固然要唱，群居时，更加要唱。所以在他们居处中，无论是在烟雾犹迷的清晨，日中鸡唱的亭午，月明星稀的晚上，都可以闻到他们婉转嘹亮的歌声，有如歌者之国一样。壮人如此，苗民如此，便是我们一部分未尽开化的汉人，散

---

① 钟敬文《客音的山歌》，《语丝》1927年第118期；后作为附录收入《客音情歌集》一书中。

② 钟敬文《蛋歌·序言》，开明书店1927年。

③ 刘大白《蛋歌·序》，开明书店1927年。

居在山岭深处的，也何尝不然。记得有人在什么的文章上，说德国首都的柏林，一届入夜时，万乐齐奏，全市都为"音之雨"所充溢（但记大意如此，原文不复省忆），不知比较这些原人自然的歌唱的生活何如？不消说，蛋民的生活，除了简单的为口腹的工作外，大部分也是属于"诗的"。据说，他们当男女结婚之夕，风致尤为特别。男家和女家的船，皆张红灯，挂新彩，泊近一处，请了许多歌唱的能者，相与竞吟对唱，镇夜不息。这种生活，是多么浪漫而诗美哟！惟其环境如此，所以能够产出一种极有价值的文学——咸水歌！①

钟敬文还讨论了蛋民的"咸水歌"的形式结构和艺术表现上的特点："这种歌的形式，略同现在各地流行的山歌，多为七言四句体。每首一章的为普通，二章以上的，虽然也有，但不大多。最可注意的，是每句末端，皆附有助词，在我们这里一带通行的，是一个'罗'字。诗歌中，这种尾声的附加，在吾国颇不乏例。如古歌谣中的'兮'字，《楚辞》中的'些'字，都是和这一类的东西。""山歌……多喜用显比、隐比和双关等表现法，而咸水歌则除常以别的事物'起兴'外，其余都为极直率的陈述，回环吞吐的风格，绝少能得见到。""因为表现上过于直率之故，所以必至的流弊，就是鄙野与猥亵。虽然不过仅限于小部分，但总不能不算是它的一个缺点了。其所以致此之由，除表现的手段本身以外，如生活的野俚，及言辞的少经训练，都是很有关系的。"

这一时期钟敬文关于歌谣的论说，除了上面所举而外，还有一些，如《混号》（《歌谣》周刊第92号1925年5月24日）、《歌王——读台静农君〈山歌原始的传说〉》（《语丝》第23期，1925年4月20日）、《〈峑歌集〉序》（《文学周报》第234期，1926年7月18日）、《读〈中国民歌研究〉》（《黎明》第3卷第45期，1926年9月19日）、《重编〈粤风〉引言》（《文学周报》第255期，1926年11月17日）等，以及以通信的方式向顾颉刚提供的有关孟姜女传说的材料和看法。

总的看来，钟敬文这一时期在歌谣的研究上，除了本乡人研究本乡的歌谣这一基本的特点外，受当时歌谣研究思潮的影响是比较明显的，如关于歌谣中的婚姻观、婚姻俗诗、猥亵歌谣等，尽管有1926年8月发表的《汕尾新港蛋民调查》，但他所持的立场而言，本质上是文艺的。

在北大歌谣研究会独步民间文艺学坛的时代，钟敬文在"陆安传说"

---

① 钟敬文《中国蛋民文学一脔》，《蛋歌》，第86—88页，开明书店1927年。

的总名下对海丰一带故事和传说的搜集与研究，比较起歌谣的搜集与研究来，更具有开创性。晚年他在回顾这些记录时说：他所搜录的故事，基本上是忠实于口头传承的，但讲述者主要是用福佬话讲述的，考虑到读者能够读懂，他采用了普通话记录。"我知道，这并不是很科学的方法，而是权宜的办法。"这一组"陆安传说"共14则，是：《单身娘子》（《北京大学国学门周刊》第1期，1925年10月14日）、《姊夺妹夫》、《月华》（《北京大学国学门周刊》第2期，1925年10月21日）、《石棺材》、《黎明前的黑暗》、《鼠与牛和猫排生肖》（《北京大学国学门周刊》第4期，1925年11月4日）、《牛郎和织女》《老虎外婆》（《北京大学国学门周刊》第10期，1925年12月16日）、《享夫福的女儿》《憨子婿上厅（一）》《憨子婿上厅（二）》（《北京大学国学门周刊》第2卷第20期，1926年7月21日）、《当石》《嫁郎》《猴的故事》（《北京大学国学门周刊》第2卷第21期，1926年7月28日）。此外，他还在《黎明周刊》和林兰所编的《徐文长故事》第2集中发表了若干则徐文长的故事。他的《〈陆安传说〉缀言》，可以看作是他这一工作的一份宣言，兹引录如下：

　　这里所收辑的十多篇东西，内容颇为繁复，其中，有的是荒唐的传说，有的是滑稽的趣事，有的是空幻的童话。总之，无论它是属于哪一类的材料，如其是真为民众口里所流传的东西，我便把它如实的记录了出来。

　　这许多故事中，我相信必有若干是各地所共同的。（也许有的已经别人先我写出。）不过，大体虽然相近，性质上至少要各带着几分不同的地方色彩。这种大同小异，或竟是小同大异的东西，在研究者的眼光看来，正是绝好的足资比较研究的材料。然即在赏鉴方面也非无益处。因它在同一的事情上，可以感到异样的情调与色素。

　　我的文章，十分生硬与芜杂，是用不着自讳的。像这样稚弱到很可以的东西，献给文艺的鉴赏家，我固万分不敢，便是贡于天真活泼的小儿童，恐也不能有用。我的微愿，只在给予喜欢研究这门功课的先生们一点参考的材料，其他更非所敢想的了。

　　我们陆安的地域这么广，当然不只有区区十多篇的传说流行着，这不过我偶然在这几天内所想到写出的一点吧了。

　　"传说"两字，是取广义的旧释，非用专训作"英雄故事"的狭义新界说。①

70年后，钟敬文在谈到当年他所搜辑的这些陆安故事时写道：

> 这些故事，搜集地区虽然都在海丰县境内，但它们的实际流传地点，却决不限于这一地区。像邻县陆丰，民间口头上就有许多同样的故事在流传。广大一点说，这些记录中，有同一类型的故事，是在全国各省市扩布着的。例如《蛇郎》、《老虎外婆》、《有酒嫌无槽》及所谓机智人物的故事等等。当然，彼此的细节不免有些差异。
>
> 这些口承故事，不但有许多是各地共同的，并且还有些是很古以前流传下来的。例如《牛郎织女》，这个故事现在被称为"中国四大传说"之一，它的来源是相当古老的。从汉代以来的文献里就存在着有关于它的种种记载——有的是断片，有的比较完整（尽管很简略）。这个古老的传说，至今仍在我国各地流传着，但北方一些省市（如山东、河北等）所传的，情节跟古代所传已大不一样（它杂糅了"两兄弟型"等故事情节在内）。可是，在我们那里，现代口头所传承的基本仍与古代说法相同。这种情形，在故事学上很值得注意。它警告我们：故事上的问题，不能用类推法，不能简单地一刀切。②

在"陆安传说"这方天地之外，钟敬文还不断地关注着全国民间文学界的动向，并积极参与其中。由于他在这组陆安传说中辑录了两篇徐文长的故事，故而在读到林兰编《徐文长故事》第2集（上海北新书局，1925）上选录的赵景深撰《徐文长故事与西洋传说》③一文后，便很快以书信的形式在《京报副刊》上撰文与赵景深进行商榷。他针对赵景深在徐文长故事上的论点提出商榷："你说：徐文长本是明朝的文学家，所以关于他的故事总是'智慧'的多，比起'呆女婿'一类的东西是绝对相反的。不知

---

① 钟敬文《陆安传说·缀言》，《北京大学研究所国学门周刊》第1期，1925年10月14日。

② 钟敬文《张振犁编纂〈钟敬文采录口承故事集〉自序》，郑州：黄河文艺出版社1989年。

③ 赵景深《徐文长故事与西洋传说》，原载《潇湘绿波》杂志（赵景深、田汉、叶鼎洛编，1925年第2期，长沙），林兰编《徐文长故事》第2集（北新小丛书本）时将其作为附录收入；1927年作者编文集《童话论集》（开明书店1927年）时，收入该集中。

何故'徐文长故事'竟将那蠢人张五麻子的故事也放进了去，我以为十几页的叙述是应该属于呆女婿一系的。这段话，我以为颇有商榷的余地。'智慧'与'愚骏'，是人性中的两方面，在我们中国民间的传说里，代表智慧方面的人性的故事，便是徐文长；代表愚骏方面的人性的故事，便是呆女婿。据繁女君所述的张五麻子故事七则，差不多每条都是嘲弄和挖苦人家的，——虽然不是正当的行为，但此须有智慧和滑稽之天才者才行，——全没有一点愚蠢之气态，如俗间所传呆女婿干的一般的。——述者在序中，不是很明显的称他有'聪明的酸气'么？你说他应该归入呆女婿一类的故事中，不知到底别有什么解说？……我们试把它和繁女君所写的那一条，详细的比看一下，益发可以见得那张五麻子的故事，是应该属于徐文长一派的。"①

　　钟敬文在这篇通信中提出的问题，击中了赵景深研究的软肋，文章发表后，很快赵景深便于1925年12月10日复信给钟敬文②，承认他的《徐文长故事与西洋传说》一文是"急就章"，"因为当时《潇湘绿波》第一期发稿在即，所以将那篇文在深夜赶成。""你指出那段我所说的话确有错误，刊出后我才发现出来。我之所以错误由于只看了前两节，便断定后五节也同是'愚蠢'的故事。"由于钟敬文的这封信的发表，引发了钟赵之间（还有其他人）就徐文长故事的一次讨论。徐文长故事和呆女婿故事，也成了日后中国民间文学研究者们视野中的一个热门话题。第二年，即1926年7月，潮汕民俗和民间文艺研究者、后来成为汕头《民俗周刊》和《民俗汇刊》的主编林培庐写信给钟敬文，对他给赵景深的信里的观点提出疑义，说"徐文长故事，在中国民间传说里，不能绝对代表智慧方面的人性的故事已可灼见"。同年冬，钟敬文发表《复林培庐君论呆女婿故事》一文，就与赵景深讨论中的话题继续发表意见并在某些方面进行修正。三年后，钟敬文再次重新拾同一个话题，写成了《呆女婿故事探讨》一文，发表在他所编辑的《民俗》周刊第7期（1928年5月2日）上。③六年后，即1930年，赵景深则写了一篇关于徐文长故事的总结性文章，题为

①　钟敬文《致赵景深君论徐文长故事》，《京报副刊》第328期，1925年11月14日；后收入《民间文艺丛话》中，国立中山大学语言历史学研究所民俗学会1928年6月。

②　赵景深《答钟敬文先生》，《京报副刊》第352期，1925年12月9日；后收入林兰编《徐文长故事》第5集（北新小丛书之十）。

③　这几篇文章稍后都收在1928年出版的《民间文艺丛话》一书中。

《徐文长故事的新研究》，发表在《草野》第5卷第3期（1931年4月25日）上，后收入《文艺论集》（上海广益书局1933年4月初版）时，改题为《徐文长故事的研究》。

（七）寿生：歌谣研究要重视实地调查

寿生（1909—1996），本名申尚贤，贵州省务川县人。1925年到贵阳省立一中就读，1929年暑期赴北平求学，1930年考入汇文中学。由于偏爱文学和社会科学，两次投考北大未被录取，遂成为住在北平"拉丁区"的居民和北大的"偷听生"。[①]从1936年起，以寿生的笔名在《独立评论》《国闻周报》上发表小说和评论，在《歌谣》周刊上发表所搜集的歌谣和歌谣研究文章。1937年7月日本发动卢沟桥战事后，寿生于次年回到故乡隐居，后服务于当地教育事业，1996年逝世。

这位来自黔北的青年从进入文坛之始，就受到了胡适的赏识和重视。他的《我们要有信心》一文投到胡适主编的《独立评论》，在第103号发表，胡适在同一期上著文《信心与反省》写道："在这篇文里，他提出一个大问题：中华民族真不行吗？……我很高兴我们的青年在这种恶劣空气里还能保持他们对于国家前途的绝大信心。这种信心是一个民族生存的基础，我们当然是完全同情的。"[②]他在《独立评论》上发表的几乎每一篇小说、评论等文章，胡适都写了《编后》，予以点评，许以期待。

除了给《独立评论》投稿外，寿生从1936年初起也开始给胡适主持复刊的《歌谣》周刊投稿，并参加了由北大歌谣研究会同仁们发起于5月16日成立的风谣学会。他搜集的贵州歌谣《背时调》在《歌谣》周刊第2卷第2期（1936年4月11日）发表后，便一发不可收拾，接连在《歌谣》周刊第2卷第17号、第27号、第3卷第9期发表了几十首黔北家乡和贵阳的歌谣，在

---

① 胡适为寿生《论走直道儿》所写的《编辑后记》里写道："有人说，北平沙滩一带，从北河沿直到地安门，可说是北平的'拉丁区'。在这里，有许多从各地来的学生，或是预备考大学，或是在北大的各个系'偷听'，或是自己做点专题研究。北大的'偷听'是一个最有趣的制度：'旁听'是要考的，要缴费的；'偷听'是不考的，不注册的，不需交费。只要讲堂容得下，教员从不追究这些为学问知识而来的'野学生'。往往讲堂上的人数比点名册上的人数多到一倍或两倍以上。'偷听'的人不限于在沙滩一带寄住的学生，其中也有北平各校的学生，但多数是那个'拉丁区'的居民。寿生先生也是这个'拉丁区'的一个居民……"见《独立评论》第131号，1934年。

② 胡适《信心与反省》，《独立评论》第103号，1934年。

第2卷第21号发表贵州民间故事《围腰》。

他在《歌谣》周刊上发表的论文《莫把活人抬在死人坑》，在方法论上提出了歌谣研究要重视实地调查、反对把歌谣当成古董研究的学理。他写道："'事物'有死活，研究的途径也就不能尽同，我们不可把活歌谣与古史一样看待，我们现在不可走落一步实地调查的工作。古史是过去了的东西，欺它死无对证我们原可借重骨块竹片破绢烂纸你这么说我那么说。'歌谣'还是个活的玩意，它的环境还'未变'，它的音调正年青，唱它的人正多，在它未倒床时它是怎么就是怎么，有目共睹，用不着我们费多大劲故分派别说红道白。整理'歌谣'的好些工作本应当先经有社会调查训练与经验的人去详细调查，分类，这样别的人就很可少作好些无谓的文章了。如像在类分上只把'哭丧'、'叹情'作代表，把山歌与情歌并立都是不很恰当的。"① 他这篇文章的矛头所指，是李长之不久前在《歌谣》周刊上发表的《歌谣是什么》一文中的观点。他反对脱离生活实际、完全书斋里的那种僵死的研究。他说："我觉得有好些话李先生是太'站在时代的尖端'了，简直把'我们'看成了殷周的甲骨铜器似的。诚然我们这时的歌谣不尽同《诗经》的'我歌且谣'，也不尽同《水浒传》上'耗国因家木……'。但是你以为我们的时代进步到'无迷信''不预言'了吗？不幸呀！事实上现在还有'预言的，神秘的，政治色彩的''谣'呢。"② 歌谣研究会的成员和《歌谣》周刊的作者中，有一些人主张把民歌与民谣加以区分，他们认为，民谣的政治色彩要比民歌的政治色彩强得多；寿生就属于这一派的研究者。他说："实际，凡'童谣'倒是多有'政治色彩'的，不是'歌颂'就是'诅咒'。"

关于《诗经》时代的"我歌且谣"以及现代民间对歌谣的创作和传袭的情形，寿生与李长之持有不同的见解，应该说，他具体形象地描绘了歌谣的创作和传承过程，在我国现代歌谣史上尚属首次。

李长之说："关于歌谣的情形是相同的。我们指为民间创造的东西，即是有意无意间以为是集团的东西了，其实没有这么回事的，这只是新士大夫们的一种幻觉而已，倘因此而认为歌谣的价值特别高，这只是由于太崇拜平民（一如过去旧士大夫之太崇拜贵族）之故，将必不能得到歌谣的真价值的；又倘因此而认为有了教养的诗人的作品反而差些，那就根本走入魔道，歌谣反是不祥之物了。我们决不希望如此。在创作方面看，歌谣

---

① 寿生《莫把活人抬在死人坑》，《歌谣》周刊第2卷第9期，1936年5月13日。
② 李长之《歌谣是什么》，《歌谣》周刊第2卷第6期，1936年5月9日。

和知名的诗人的东西是一样的，同是个人的产品，同是天才的产品。……我们可以这样说，作'天上的星，颗颗黄，地下小姑无爹娘'的人，就是那些教养差些的作'黄河之水天上来'之类的人，反之，后者也不过是前者受了文化教养而已，其为天才则一，其作品是个人的成绩则一。这是平平常常的事。歌谣起源的神秘性，我们必须打破。我知道有不少人，在脑子里总转着一种观念，歌谣是多数人创作的，它和知名的诗人的作品不同的呀，它的出现是一件奇迹呀！"

寿生说："'歌谣'的范围极广，李先生要谈什么'集团创作''个人产品'，先应来点分类的研究，囫囵吞枣，说左说右都是错。据我所知'歌谣'有这几种：山歌，儿歌，哭嫁歌，嚎丧歌，石木匠号子，石木匠说福事，拉船歌，叫化新年喜词，化子喊街词，土工子歌，大班词，春宫词，推推灯歌，花灯词，四言八句，'土小调'，金钱板，莲花落，里连里，'小调'，道情（又叫词喊喊）词，洋琴词。洋琴词、道情、小调确是比较近于'个人产品'。经人改过的'较'少。'团体创作'、'个人生产'与长短复杂应付的对手如何、唱来娱己唱来娱人是有关系的。我们还最好承认有中间性的东西，不然理论也许'圆范'，而事与实是未见得合的。如说'歌谣'不是个人创造的就是集团创造的，也是不对的。有些种类它有个人创造的也有集团创造的。且有这样少那样多的。从洋琴词倒数上去，愈上前'集团化'愈深。而山歌，那简直是'集团创作'的了。这里所谓不是个人的作品，是说渐积而成的，并不是说从天上来的。一首新山歌的形成是这样的：一个乡人记熟了几百千把首山歌，碰机会无意中'唱'出一首新歌，'运气好'被别人听得记下，就散布开去了，不合腔调的地方又在无意中被人'唱'正了，不切生活的语句无意中又被人'唱'正了，这样辗转修改到了相当的程度，才算了了一首歌。这一首新歌起首'唱'出的人百分之九十九分是会忘了的，又要从别人口里记取。自己作歌在乡人是认为不道德的，他们说那是'自己乱说'。……所以说'山歌是自然演变成的'是事实，道理也很简单。说'是天才的创造'倒神秘呢！"

李长之的歌谣是个人创作而非集团创作的观点，除了寿生的商榷文章外，还有一位叫卓循的作者在《歌谣》第2卷第10期上发表了一篇题为《写给〈歌谣是什么〉的作者》的文章，与其进行争鸣，于是，在这个问题上展开了一场争论。李长之又在第2卷第12期上发表《论歌谣仍是个人的创作——答寿生、卓循二先生文》，再次申述自己的观点；林庚也于同期发表《为〈歌谣〉作文有感》，加入讨论，不同意寿生和卓循的观点，主张歌谣不是什么“集团艺术”而是个人创作。继而，寿生再于《歌谣》第2卷第13号上发表《答李长之先生》，同时也回答林庚的批评，继续深化自己的观点和论述。

关于诗人的创作与民间的创作的区别，寿生在这篇文章里继续发挥他的思想和见解：“‘士大夫’选择‘诗’一般是以‘首’为单位。而‘民间’对山歌的取舍是字、句。不能说‘成年的’山歌是个人的创作，亦如不能说《红楼梦》上以凤姐儿的‘一夜北风紧’开头的那首诗是凤姐或林妹妹的创作一样。我们更须知道，山歌，不协音调的小地方，乡人也不放过，除了‘骂人歌’，有时他们宁肯牺牲字义来将就音调。而且常常因歌势唱‘偷声’加字减字（甚至唱时的心情不同加减的地方也异）。……凡是口头上传诵的东西，可以说，就难免不‘集团化’。”所以他再三强调：“若采集山歌时不忠实的记录也来‘个人’一下子，那就把全部工作吹了。”

重视实地调查是寿生民间文学理论的一个中心思想。他用不无俏皮的话反驳在书斋里谈论研究民歌的宏论，他写道：“葛利普教授不能去开矿无碍于他‘利用’别人‘采集的工作’是真的。不过他不会不理‘采集者的工作’而胡说吧？他知道工作的步骤吧！我们不要忘了他的好友丁文江先生的命是献给实地调查的！不要忘了北大地质系的学生好些放假的日子消耗在‘野外实习’！我们也不能忘记刘半农先生的死吧！”①

寿生还在山歌的分类问题上写过专题的文章。他根据他对贵州流行于他的家乡务川民间的山歌，将山歌分为号子、风流歌、蛇蚤歌、盘歌、骂人歌五类，并在各类中又对在各种情景下所唱的歌加以细分。号子里面分为号头、催工歌、催饭歌、催放工歌、谢主歌、讥主人歌、讥工程歌等。②他对某些歌谣内容、文体机理构成，特别是对歌谣的某些细微的表达方式——如他所说的字、句，是非本乡本土、常常靠望文生义去判断的外地学者所无法体味和无法理解的。

当然，他搜集的歌谣并不限于家乡务川的，也有省会贵阳的。我们从这些歌谣中信手拈出几句，就可看出其内容丰富而有趣。比如号头唱的：“清早起，早早起，头不梳，脸不洗，搬起鼓儿就走起。”而讥主人歌唱道：“太阳出东门纳伟，主人叫工程喽为，工程来得早呵为，捱住不下田勒为，将自才下田喽为，薅其少午（午饭）阵勒为，‘二场拿是（给）你’丫伟，‘拿去要称盐’喽为，晒火窝，呀火为，晒火阳晒火为！”这

① 寿生《答李长之先生》，《歌谣》周刊第2卷第13期，1937年6月27日。

② 寿生《我所知的山歌的分类》，《歌谣》周刊第2卷第32期，1937年1月9日。

首歌看似纯客观地唱出了干活的一个过程，但通过歌者不能及时领酬的现象，委婉地讥讽了主人的不守诚信——要推到下一场才付工钱，雇工却急着要等这钱去称盐吃。盐是当年贵州老百姓最匮乏之物，盐价之昂贵被概括为"斗米斤盐"。因为雇主和雇工是长期的雇佣关系，所以，歌者不可能直接讨付，只有委婉陈情。这种歌谣的搜集，足以见得寿生原本就生活在民众之中，对他们窘迫的生活境况和有求于雇主又不满于雇主的心态有着细致入微的体察。风流歌中有一首，是摹拟女子口吻对乡间婚俗陋习的揶揄、抨击："十八小姣三岁郎，夜夜都要抱上床；睡在半夜要吃奶，'我是你妻不是娘！'"这种苦涩的幽默植根在寿生故乡的土地上，也植入了寿生为文之魂。在那个年代，这些下里巴人的东西很少进入文学艺术的殿堂，社会的上层人士乃至于一般文化人（除少数的民间文艺学、社会学研究者外）没有充分认识其价值，没有做过系统的搜集研究，甚至有的还对其采取不屑一顾的态度。在贵州汉族地区的乡里，"良家妇女"也不能唱一般男人可以唱的山歌，唱山歌乃"读书人"所不为。然而，寿生却从童年时期起，便放下书生的架子，成为搜集山歌的有心人，并将其视为至珍。

寿生来自贵州北部的务川，但他不仅是一个单纯的山歌采集者，他对民歌（民间文学）的了解和研究，显示出自己的个性和特点，其见解走在了学科的前面。概括起来，他在民间文学理论上的贡献有三点：其一，作为一种学问，民歌的研究要建立在田野调查的基础上；其二，强调搜集歌谣要"忠实的记录"，以"个人"的主观见解去修改民间作品，就使民间作品失去了意义；其三，就其基本特点而言，民间作品是"集团艺术"，即我们今天所说的集体性，而不是"个人的艺术"，并以此与作家的文学相区别。

第七节　顾颉刚的吴歌研究

顾颉刚（1892—1980），江苏省苏州人。历史学家，"古史辨"派的主要代表人物，中国现代神话学、民间文艺学和民俗学的奠基者之一。1913年考入北京大学预科，1920年北京大学本科哲学门毕业。后任教于北京大学、厦门大学、中山大学、燕京大学、云南大学、齐鲁大学、中央大学、复旦大学、社会教育学院、兰州大学等，并任北平研究院历史组主任、齐鲁大学国学研究所主任，先后主编《中山大学语言历史学研究所周刊》《燕京学报》《禹贡半月刊》《边疆周刊》《齐大国学季刊》《文史杂志》等学刊。中华人民共和国成立后，任中国科学院历史研究所研究员，社会兼职任中国民间文艺研究会副主席。

在北京大学歌谣征集处征集活动的影响下，于1919年在家乡苏州向家人搜集吴歌，陆续在《晨报副刊》和《歌谣》周刊上发表。嗣后编订为《吴歌甲集》并撰著歌谣论著。从1921年起的十年间，又着手研究孟姜女故事，发表论文《孟姜女故事的转变》，并在报刊上发表征集启事，与友人开展讨论。在中国现代民间文艺学史的初期，顾颉刚开创了歌谣（吴歌）的乡土研究和传说（孟姜女故事）的历史地理比较研究的先河，初步建构了中国歌谣学和中国传说学的理论模型，对以后的民间文学理论建设发生了深远的影响。

（一）搜集与编订

在北京大学歌谣征集处征集歌谣、刘复在《北京大学日刊》上刊登《歌谣选》的影响下，顾颉刚于1919年2月至9月在家乡苏州向其家人和朋友搜集吴歌，先后共得300首左右。王煦华《顾颉刚等辑〈吴歌·吴歌小史〉序》说："顾先生搜集的吴歌现在遗留下来的，仅有他亲手抄录的《吴歌杂录》三册，这三册封面上所写的年月，分别为'八年四月'、'九年一月'、'九年四月'，第三册后面有16页的空白，末尾还抄录了一封邓仲解的来信，内容是送还《吴歌杂录》，并评价其中几首吴歌，日期是'九、十、五'。由此可见，顾颉刚先生搜集的吴歌，抄录入册的都在这三册之内，这三册总共抄录了198首（其中有2首是吴谚）。因此，他所说的'我的箧中的吴歌有了二百首'，当是专就这三册所抄录的而言。在编辑本书（指《吴歌·吴歌小史》）时，我为了把《（吴歌）甲集》以外的吴歌编为《丁集》，就核对《杂录》和《甲集》，发现《甲集》的100首，在《杂录》中仅有96首，《困懒迷迷吃烟筒》《金风玉露动秋惊》《秋天明月桂花香》和《牡丹开放在庭前》等四首，《杂录》中并未录入；又他在《语丝》第54期上发表的《吴声恋歌》8首，仅有1首《摸摸那个手来软绵绵》是《杂录》中有的；发表在《民间文艺》（第11、12期合刊上）的《吴歌丙集》6首，《杂录》中的一首也没有，可见录入《杂录》的，并非是他所搜集到的全部吴歌，尚有一部分因为忙而一直没有抄录入册，因此300来首这一数字，乃是包括未抄录入册的而言。"[①]

---

① 王煦华《〈吴歌·吴歌小史〉序》，顾颉刚等辑《吴歌·吴歌小史》，第7页，南京：江苏古籍出版社1999年。

关于搜集吴歌的动机，他在《吴歈集录的序》里这样写道："我搜集歌谣的动机，不消说得，自然是北京大学征集歌谣的影响。那时我正病了很厉害的神经衰弱，在家养病，书也不能读，念头也不能动，看着时间一刻一刻过去，十分的难过。适《北京大学日刊》上天天有一二首歌谣登出来，我想，我不能做用心的事情，何妨做做这怡情的东西呢！所以我便着手采集歌谣。始而在家里就几个小孩口里去采集，继而托人到乡下去采集，居然成绩很好，到今有三百首的左右了。我当初采集的时候，原是想投稿到北大里去的，现在积了这些，似乎可以出一本《吴歈集录》的专书了。"①

1921年10月，苏州乡党、时任北京《晨报》文艺稿件撰述的郭绍虞向他约所搜集的吴歌稿，并由郭帮助抄录，开始在《晨报》上发表，到12月，连续登载了三个月。笔名铭坚（顾颉刚原名诵坤的表字）。"民国九年，郭绍虞先生担任撰述《晨报》的文艺稿件，他要求我把这些材料发表。我道：'我实在没有工夫；你若要把它发表，只要你替我抄出就是了。'他果然一天抄出几首，登入《晨报》。这时报纸上登载歌谣还是创举，很能引起人家的注意，于是我就以搜集歌谣出了名，大家称我为研究歌谣的专家。"②《晨报》是一张在学术界影响很大的报纸，吴歌的发表，自然也引起了歌谣研究会朋友们的关注。《歌谣》周刊于1922年12月创刊后，常务编辑常惠多次催促他，要他写完付印。于是他抄集了其中一部分，加以注释，编为《吴歌甲集》，交《歌谣》周刊先期发表。《歌谣》周刊从改版后的第64期（1924年10月19日）起，到第84号（1925年3月29日）止，连续刊登了半年多，共发表100首。嗣后，又发表了他的《写歌杂记——吴歌甲集附录之一》（第88、91、92、94、95号）和魏建功的《读歌札记——吴歌甲集附录之二》（第92、94、95号）。第97号（即休刊号）上又发表了《吴歌甲集自序》。在周刊上发表时，就预留了铅版，以备日后出书之用。《吴歌甲集》一书，作为"北大歌谣研究会歌谣丛书"的第一种，由北京大学研究所国学门歌谣研究会于1926年7月出版，长条32开，开本很是雅致和特别。书中除原有的两个附录外，又增加了《歌谣中标字的讨论》、《吴歌声韵类》（魏建功）和《苏州注音字母草案》（钱玄同）三个附录。

顾颉刚在后来（1926）写的《古史辨》第一册自序里写道："七八年

---

① 顾颉刚《吴歈集录的序》，《晨报》1920年11月3日；《歌谣》周刊第15号（1923年4月22日）转载。

② 顾颉刚《吴歌甲集自序》，《歌谣》周刊第97号，1925年6月28日。

前笔受（疑为'录'字）的苏州歌谣，也先写定了一百首，加上了注释，编成《吴歌甲集》一种。只因校中经费支绌，至今尚未出版。我很感谢玄同先生和魏建功先生，他们为了这一本歌谣集，用精密的方法整理出苏州方音的声韵的部类，在方音的研究上开了一个新纪元。"①《吴歌甲集》是顾颉刚漫长的学术生涯中出版的第一本书，是他在民间文学领域里最初的成果。

《吴歌甲集》出版后，顾颉刚原想继续出下去，并曾许愿："从此以后，如稍得闲暇，便当接抄《乙集》，陆续在《周刊》上发表。……如有人供给我材料，或我自己有工夫更去搜集新材料时，《丙集》、《丁集》……自可依次出版。但现在还不敢说定。"②可惜的是，后来顾颉刚没有时间再去编《乙集》。1926年7月，因北京时局变化，加之北大欠薪，顾与许多教授一道离北大而就教职于厦门大学，1927年3月，又因厦大校长停办国学研究院愤而辞职，转往广州中山大学任史学系主任，并发起在语言历史学研究所内创建中山大学民俗学会（1927年11月成立）和创刊《民间文艺》周刊（1927年11月1日创刊，由钟敬文编辑）。此时，友人王翼之将其搜集的苏州歌谣百余首寄来，编为《吴歌乙集》。顾见到此稿后，先将它推荐给《民间文艺》周刊陆续发表，并将其列入《民俗学会丛书》，由中山大学语言历史学研究所于1928年6月出版。王翼之的《吴歌乙集》交付出版后，顾颉刚又重新捡起七八年前搜集而未编印成集的吴歌稿子誊清，交《民间文艺》发表，冠题为《吴歌丙集》，但只在第11、12期合刊上登过6首，《民间文艺》便停刊了，没有能够继续登载下去，可见他计划中的《吴歌丙集》未能编成。两年后，即1931年，王君纲辑集的《吴歌丙集》于《礼俗》杂志第8、9期上刊出。顾颉刚逝世后，他的助手王煦华为顾颉刚编辑《吴歌·吴歌小史》一书时，把王君纲的《丙集》一并收入，又把顾颉刚发表在《语丝》第54期（1925年12月23日）上的《吴声恋歌》八首以及三册《吴歌杂录》中除去编入《甲集》的部分一并收入，汇编成为《丁集》。于是王煦华代编的《吴歌·吴歌小史》一书，就成为顾颉刚生前计划中的吴歌系列的集大成之书。③

① 顾颉刚《古史辨》第一册自序，《古史辨》第一册，第75页，上海古籍出版社1982年重印本。
② 顾颉刚《吴歌甲集自序》。
③ 顾颉刚等辑、王煦华整理《吴歌·吴歌小史》，南京：江苏古籍出版社1999年。

（二）歌谣的变异性——一个实证的结论

顾颉刚的搜集吴歌这件事本身，在1919年那样的时代，已经是一件遭人非议的新鲜事，而他编订的《吴歌甲集》，绝非一般意义上的那种把各类歌谣或某类歌谣编集到一起的歌谣集，而是一本按照民间文学的科学原则编辑的地区或方言歌谣集——吴语地区的歌谣集。钱玄同把它说成是"首开风气者"①，无疑是具有双重意义的。编者不仅为他所搜集的吴歌加了详细的注释，这是带有开拓性的学术工作，需要地方知识和民俗知识、历史知识和方言知识的人才能做得到，而且辑录了诸家关于《歌谣中标字的讨论》和他自己写的有关吴歌的长文《写歌杂记》，附录了魏建功和钱玄同关于吴歌音韵和方音的研究文章。尽管他说"我搜集苏州歌谣而编刊出来，乃是正要供给歌谣专家以研究的材料，并不是公布我的研究歌谣的结果"②，这本吴歌集堪称是我国文化史上的第一本吴歌的科学记录文本及其研究成果。

顾颉刚做学问的执着精神和一开始就显示出来的实证方法，使他的吴歌研究，从几个方面对世纪初刚刚兴起不久的中国歌谣学，添加了若干新东西。从他的搜集和编订中，对歌谣变异性的特点的追寻，就是他的吴歌研究的发现之一。

他在《古史辨·自序》里写道：

> 搜集的结果使我知道歌谣也和小说戏剧中的故事一样会得随时地变化。同是一首歌，两个人唱着便有不同。就是一个人唱的歌也许有把一首分成大同小异的两首的。有的歌因为形式的改变以至连意义也随着改变了。试举一例：

（1）

忽然想起皱眉头，自叹青春枉少年。
"想前世拆散双飞鸟，断头香点在佛门前。
今世夫妻成何比，细丝白发垂绵绵。
怨爹娘得了花银子；可恨大娘凶似虎。
日间弗有真心话；夜间寂寞到五更天。

---

① 疑古玄同《吴歌甲集·序》，北大研究所国学门歌谣研究会歌谣丛书，1926年。

② 顾颉刚《古史辨》第一册自序，《古史辨》第一册，第77页。

推开纱窗只看得凄凉月；拨转头来只看得一盏孤灯陪我眠。

今日大娘到了娘家去，结发偷情此刻间。"

急忙移步进房门，只见老相公盖了红绫被，花花被褥香微微。

还叫三声"老相公！你心中记着奴情意？"

抬起头来点三点，"吾终记着你情意。"

拔金钗，掠鬓边，三寸弓鞋脱床边。

"吾是紫藤花盘缠你枯树上，秋海棠斜插在你老人头。

花开花落年年有；陈老之人咒不吾再少年！"

（2）

佳人姐妮锁眉尖，自叹青春枉少年。

"想起前生修不得，断头香点在佛门前，

故此姻缘来作配，派奴奴正身作偏配。

上不怨天来下不怨地，只怨爹娘贪了钱。

可恨大娘多利（厉）害，不许冤家一刻见。

□□□□□□□，梦里偷情此刻间。"

抬转身，到床沿：只听丈夫昏昏能，背脊呼呼向里眠。

三寸金莲登拉踏板上颤。

抬转身，到床前：手托香腮眼看天。

抬头只见清凉月；夜来只怕静房间。

好比那木犀花种在冷坑边，好比那紫藤花盘缠在枯树中；

狮子抛球无着落，□□□□□□□。

　　这二首都是小老婆怨命的歌，都是从一个地方采集来的；又都以皱眉起，而自叹青春，而想前生，而埋怨爹娘，而咒骂大娘，而伺得偷情的机会，末尾也都以紫藤花盘缠枯树作比喻：可见是从一首歌词分化的。但中间主要的一段便不同了：上首是老相公承受了她的情意而她登床；下首是丈夫酣睡未醒而她孤身独立，看月自悲。究竟这首歌的原词是得恋呢，还是失恋呢，我们哪里能知道。我们只能从许多类似的字句里知道这两歌是一歌的分化，我们只能从两歌的不同的境界里知道这是分化的改变意义。①

　　歌谣的变异性是歌谣作为口头传承文学的一个重要的文体特点。歌

---

①　顾颉刚《古史辨》第一册自序，《古史辨》第一册，第37—39页。

谣研究会时代，比较研究方法已得到多数学者的运用，在比较研究中，他们不仅发现了变异性是歌谣传播和发展的规律，而且由于变异性而导致在流传过程中形成了某些歌谣"母题"，在这同一"母题"下流传着数量很大的大同小异的歌谣群。如《风来了，雨来了》，如《看见她》，如《月光光》……顾颉刚从对他搜集的吴歌中举出这首小老婆怨命的歌谣的两个变体，从而确认：这两歌是一歌的分化。顾颉刚在论述中涉及了歌谣（吴歌）的形式和意义，这是一个极有开拓空间、对歌谣学的发展也颇具意义的理论课题，遗憾的是，因受当时歌谣学理论和他本人研究的局限，未能作更深入的研究和阐发。

（三）历史民俗视角

对歌谣的研究，有两种视角（或立场）：一是文艺的视角，一是学术（历史或民俗）的视角。两种视角（立场）的观点，最早是周作人在1922年12月《歌谣》周刊创刊词里提出来的。顾颉刚曾宣称他是从研究历史的角度喜欢歌谣和搜集歌谣的；并且在研究阐释歌谣时，从一开始他就更多地站在了历史学和民俗学的立场上。他说："老实说，我对于歌谣的本身并没有多大的兴趣，我的研究歌谣是有所为而为的：我想借此窥见民歌和儿歌的真相，知道历史上所谓童谣的性质究竟是怎样的，《诗经》上所载的诗篇是否有一部分确为民间流行的徒歌。""我自己知道，我的研究文学的兴味远不及我的研究历史的兴味来得浓厚；我也不能在文学上有所主张，使得歌谣在文学的领土里占得它应有的地位：我只想把歌谣作我的历史研究的辅助。"他还说："我为要搜集歌谣，并明了它的意义，自然地把范围扩张得很大：方言，谚语，唱本，风俗，宗教各种材料都着手搜集起来。"①

与《吴歌甲集》差不多同时发表的《写歌杂记》的第一篇《撒帐》，是对歌谣《坐床撒帐挑方巾》的阐释，而对歌谣的阐释又是建立在对"撒帐"这种习俗的阐释上。如果没有这种阐释，这首歌谣的含义也许就很难完全明了。顾颉刚运用了一种文献，即赵翼的《陔余丛考》卷三十一《撒帐》条的记述，和三种今人提供的材料，即广西象县刘策奇给他的来信、魏建功《辴辞》一文中提供的南京刻本《新人坐床撒帐》（《歌谣》周刊第72号）、白启明《河南婚姻歌谣的一斑》一文中提供的河南流传的材料（《歌谣》周刊第59号），以纠正自己把"撒帐"解释为"把帐门放下，

---

① 顾颉刚《古史辨》第一册自序，《古史辨》第一册，第75、77、39页。

为他们的胖合的象征"的错误。他写道：这些材料和解释"使我们知道撒帐的仪式是为避煞而有的，也是为多子与长命的祝祷而有的。"①这种解读歌谣的方法，有点儿像古人对古籍的"注""疏"，与文学欣赏迥然有别，尽管文学欣赏也要首先弄懂文义、了解典故。

（四）歌谣乡土研究的典范

　　尽管从时间来说，顾颉刚搜集吴歌在先，他编订的《吴歌甲集》被同仁们称为北大歌谣研究会编辑的"歌谣丛书"的第一种，但从出版的时间来看，董作宾编的《看见她》却早于《吴歌甲集》于1924年出版，该集搜罗了全国各地当时能够搜集到的以"看见她"为母题的歌谣，开启了乡土研究的先例；与《看见她》不同，顾颉刚辑录的《吴歌甲集》，则是继刘半农的《江阴船歌》之后，又一部以吴语方言记录的吴语歌谣集。②《吴歌甲集》的出版，使顾颉刚在"本乡人研究本乡歌谣"的乡土研究者中，取得了同时代诸友人们未能达到的成就，成为搜集和编订歌谣的一个典范。

　　《吴歌甲集》在歌谣乡土研究上、甚至在文学史上的典范意义，可以从当时学界几位重要人物的评价中看出来。

　　胡适在序里写道："顾颉刚先生编的这部《吴歌甲集》是独立的吴语文学的第一部。……我们很热诚地欢迎这第一部吴语文学的专集的出世。颉刚收集之功，校注之勤，我们都很敬服。他的《写歌杂记》里有很多很有趣味又很有价值的讨论（如论'起兴'等章），可以使我们增添不少关于《诗经》的见识。但我们希望颉刚编辑乙集时，多多采集乡村妇女和农、工、流氓的歌。如果《甲集》的出版能引起苏州各地的人士的兴趣，能使他们帮助采集各乡村的'道地'民歌，使《乙集》以下都成为纯粹吴语的平民文学的专集，那么，这部书的出世真可说是给中国文学史开一新纪元了。"③胡适也指出了这部吴歌集的缺点是，由于被搜集者都是城里人，故而较多地偏重闺阁歌词，而较少乡村的妇女和农、工、流氓们的歌

---

①　顾颉刚《吴歌甲集附录（一）——写歌杂记》，《歌谣》周刊第88号，1925年4月26日；又见顾颉刚等辑、王煦华整理《吴歌·吴歌小史》，第114—116页。

②　钱玄同在《顾颉刚辑〈吴歌甲集·序〉》里说："这〈吴歌甲集〉，是咱们现在印的专集的第一部。"该书出版于1926年7月，而在该书出版之前，北大歌谣研究会编的"歌谣丛书"中，已有董作宾的《看见她》一书于1924年出版，且标明系"歌谣小丛书"字样。可见《吴歌甲集》不是歌谣研究会编的"歌谣丛书"的第一部。

③　胡适《吴歌甲集·序》。

谣，故而文学价值并不是很高。

刘复在序里写道："我们研究民歌俗曲，以至于一切的民间作品，有种种不同的意趣。归并起来，却不外乎语言、风土、艺术三项。艺术一项，大部分是偏向着文学一方面说；但如碰到了附带乐谱的作品，就得把音乐也归并在一起算帐。这语言、风土、艺术三件事，干脆说来，就是民族的灵魂。……前年颉刚做出孟姜女考证来，我就羡慕得眼睛里喷火，写信给他说：'中国民俗学上的第一把交椅，给你抢去坐稳了。'现在编出这部《吴歌集》，更是咱们'歌谣店'开张七八年以来第一件大事，不得不大书特书的。"①刘复认为，顾颉刚的《甲集》是一部融语言、风土、艺术三项、即表现了"民族的灵魂"的歌谣集。

20世纪初年，我国文坛上出现过"国语文学"与"方言文学"之争。《吴歌甲集》被认为是"方言文学"的一个代表。钱玄同说："这《吴歌甲集》，是咱们现在印的专集的第一部。颉刚先生！您做这事的首开风气者，厥功真不细呀！继您此书而将印行的，据我所知，有台静农先生的《淮南民歌》，张直觉先生们的《南阳民曲选》，宫璧成先生的《北京平民歌谣》，还有白启明先生跟常维钧先生，听说也有编成的民间歌谣集。从今以后，搜访无厌，层出不穷，民间歌谣、方言文学，蔚为大观，猗欤盛哉！"②胡适说："国语的文学从方言的文学里出来，仍须要向方言的文学里去寻找他的新材料、新血液、新生命。""方言的文学越多，国语的文学越有取材的资料，越有浓富的内容和活泼的生命。""《吴歌甲集》是独立的吴语文学的第一部。"③俞平伯说："我有一信念，凡是真的文学，不但要使用活的话语来表现它，并应当采用真的活人的话语。所以我不但主张国语的文学，而且希望方言的文学的产生。我赞成统一国语，但我却不因此赞成以国语统一文学。" "没有乡土的人真是畸零啊！苏、杭谁是我的故乡呢？我不知道。……比较起来，在苏州一住十六年不为不久，而方言的知识终欠高明。吴声的歌唱虽然惯听，但对于颉刚所结集的《吴歌甲集》又好意思讲什么呢？颉刚才真是苏州人。"④歌谣最是方言的文学。他们不仅高度赞扬吴歌所提供的活的话语，而且极为称赞顾颉刚在搜集、编次和注释吴歌时的方言知识。

---

① 刘复《吴歌甲集·序》。
② 疑古玄同《吴歌甲集·序》。
③ 胡适《吴歌甲集·序》。
④ 俞平伯《吴歌甲集·序》。

（五）吴歌之"名"与"实"

沈兼士曾对顾颉刚的"吴歌"定名提出异议，认为吴的地域不清，既是苏州的歌谣，用《吴歈集录》书名有笼统之嫌。但顾没有采纳他的老师沈兼士的意见，坚持用"吴歌"。他说："我在那时所以这样写，原是用的《楚辞》上面的'吴歈蔡讴'的典故。现在觉得典故可以不用，但吴字还没有法子换。所以然之故，只因为这些歌不是仅仅的从苏州城里搜集来的。'苏州'二字，现在只是吴县境内的一个市名，不能笼罩别的市乡。若题'吴县'，又不能尽，因为我的祖母住过荡口，荡口是属无锡县的；我的妻是甪直，甪直是一半属吴县，一半属昆山县的。况且我更希望吴县附近的人多多给我歌谣，亦不愿用吴县一名来自己画定。而佣在苏州人家的老妈子和婢女也不尽是吴县乡下人，它们尽多供给我以歌谣的机会，我也不肯用吴县一名来把她们挡住了。我总觉得，沿太湖居住的人民，无论在风俗上、生活上、言语上，都不应分隔；这些地方虽是给政治区域画断了，但实际上仍是打成一片的。所以我们尽可沿着旧有的模糊不清的'吴'名，来广求太湖沿岸人民的歌谣。"[①]

顾颉刚采用"吴歌"这个名称是经过慎重权衡的，他取名的标准不仅是操吴语，而是打破政治区划，按照文化的自然的分布（我借用"文化圈"理论来表达），即沿太湖居住的人民，在风俗、生活（方式）、语言这三个方面都是一样的，不容分隔。这个在20世纪初年提出来的问题，到了世纪末，江浙沪三省市的民间文学研究界大规模搜集吴歌和开展吴文化研究时，再次被提了出来，但各家的阐述，似乎并没有超出顾颉刚70年前的这些考虑。

（六）吴歌史研究：风格与特点

关于吴歌，顾颉刚断断续续写过不少文章，有侧重于吴歌的介绍的，有侧重于代表性作品的分析评价的，其中以《吴歌小史》[②]对吴歌发展史的研究最具学术性和代表性，是一部开创性的著作。他的学生和助手王煦华在为《吴歌·吴歌小史》一书所作的序言里说："他（指顾颉刚）对吴歌的形式与意义的演变虽未能作深入的研究，但在吴歌历史的研究上，却作

[①]　顾颉刚《吴歌甲集·自序》。关于"吴歌"、"吴"、"三吴"这些概念所涵盖的地域，顾颉刚在《吴歌小史》一文里也做过很详细的考述，发表过自己的意见。

[②]　顾颉刚《吴歌小史》，《歌谣》周刊第2卷第23期，1936年11月7日；又见顾颉刚等辑、王煦华整理《吴歌·吴歌小史》，南京：江苏古籍出版社1999年。

出了卓越的贡献。吴歌的历史，前人从未作过系统的研究，顾先生的《吴歌小史》从战国的吴歈越吟，一直叙述到现代铺陈景致的民歌，源源本本，实是吴歌史的开创之作。"①

顾颉刚在吴歌史的探讨和论述中，提出和论述了几个有关吴歌的理论问题。

1. 徒歌与乐歌的关系问题

徒歌与乐歌二者的关系，不仅是20世纪二三十年代的文学史研究者们所普遍关注的问题，也应是一个写作中国民间文学发展史无法忽略或绕过，而又恰恰被后来的研究者们普遍忽略了的问题。顾颉刚写道："乐歌虽不是民谣，而与民谣有不可分离的关系，例如《诗三百篇》中的'国风'定有一大部分是从民谣转过去的，我十余年前在苏州搜集民谣也从太太小姐们口中得到许多弹词开篇和把乐歌变了样的徒歌。所以，我们研究民歌，不能不连带研究乐歌，否则便无从得着它们的来踪去迹。"②他认为，在吴歌史上，一是徒歌短而乐歌长，二是乐歌为徒歌的"后身"。他写道："《晋书·乐志》曾有说明：'吴声杂曲，并出江南，东晋以来稍有增广。《子夜歌》……《懊侬歌》……始皆徒歌，既而被之管弦。'可知这些乐歌乃是徒歌的后身。……读此（按：指郑樵《通志·乐略》《白纻歌》条——引者）又可知道徒歌的《白纻》会变成乐歌的《子夜》，徒歌的一曲会变为乐歌的四曲。大约徒歌不妨短而乐歌必须长，故复沓而为四时歌，和现在民间《五更调》一样。"③

2. 凄清的音调——吴歌的艺术特点

在顾颉刚看来，与士大夫作品（包括拟作）比较，吴歌是"朴实自然"的，但"朴实自然"还不能说是吴歌的最重要的艺术风格，吴歌的艺术风格是"声调靡曼缠绵"，这是因为苏州一带的人"受了水乡的陶冶"之故。④更深一步，他又从吴歌的"声调靡曼缠绵"艺术风格里听出了"凄清的音

---

① 王煦华《〈吴歌·吴歌小史〉序》。
② 顾颉刚《苏州近代乐歌》，《歌谣》周刊第3卷第1期，1937年4月3日。
③ 顾颉刚《吴歌小史》。见顾颉刚等辑、王煦华整理《吴歌·吴歌小史》，第604—605页，南京：江苏古籍出版社1999年。
④ 顾颉刚《苏州的歌谣——为日本〈改造杂志〉作》，《民俗》周刊第11—12期合刊，1928年6月13日，广州。

调"，而这，才是吴歌的基本特点和格调。关于这一点，顾颉刚写道：

> ……士大夫拟作的民歌固然不伧佞，不俚野，但终不及真正民歌的朴实自然。即如苏东坡的"已作迟迟君去鲁"，用了《孟子》中典故，哪能教民众了解？只是士大夫们能欣赏民歌的已少了，能保存民歌的更绝无仅有。就我所找到的最早记录，要算南宋赵彦卫的《云麓漫抄》卷九所载的两句：
>
> 彭祭酒学校驰声，善破经义；每有难题，人多请破之，无不曲当。后在两省，同僚尝戏之，请破
>
> 月子弯弯照几州？
>
> 几家欢乐几家愁？
>
> 彭停思久之，云："运于上者无远近之殊，形于下者有悲欢之异。"人益叹伏。此两句乃吴中舟师之歌，每于更阑月夜，操舟荡桨，抑遏其词而歌之，声甚凄怨。唐人有诗云："徙倚仙居凭翠楼，分明宫漏静兼秋。长安一夜家家月，几处笙歌几处愁？"感行于时，具载《辇下岁时记》，与此意同。
>
> 这是用歌谣作八股文章。他说的"声甚凄怨"，也正与东坡所谓"听之凄然"一样，可见凄清的音调是吴歌的一个特点。
>
> 赵氏记此歌，只有两句，其全文见于明叶盛（昆山人）的《水东日记》（卷五），他说："吴人耕作或舟行之劳，多作讴歌以自遣，名'唱山歌'，中亦多可为警劝者，漫记一二：
>
> 月子弯弯照几州？
>
> 几家欢乐几家愁？
>
> 几家夫妇同罗帐？
>
> 多少飘零在外头？
>
> 南山脚下鹁鸪啼，
>
> 见说亲爹娶晚妻。
>
> 爹娶晚妻爹心喜，
>
> 前娘儿女好孤凄！"
>
> 这是正式的记录，可惜他只记了两首就停笔了。[①]

---

　　① 顾颉刚《吴歌小史》，顾颉刚等辑、王煦华整理《吴歌·吴歌小史》，第611—612页，南京：江苏古籍出版社1999年。

"凄清的音调"，不独吴歌有，几乎一切民族的民歌的格调都是悲怆凄凉的，这是由歌谣的作者——地位低下、生活悲苦的劳动者和妇女的社会地位与处境所决定的。恩格斯在论到爱尔兰歌谣时曾说过："这些歌曲大部分充满着深沉的忧郁，这种忧郁在今天也是民族情绪的表现。当统治者们发明着愈来愈新、愈来愈现代化的压迫手段，难道这个民族还能有其他的表现吗？"①19世纪俄罗斯古典作家果戈理在论到小俄罗斯歌谣时也说过："正像马克西莫维奇正确地指出的，俄罗斯的凄怆悲凉的音乐表现着对于生活的忘怀：它力图离开生活，扑灭日常的需要和忧虑；可是，在小俄罗斯的歌谣里，它却和生活打成一片，它的音节生动活泼，因此似乎不是在鸣响，而是在说话——用言语来说话，吐尽心中的郁积，……每一句话都深深地印入灵魂。"②顾颉刚从吴歌的发展演变史上，捕捉住了吴歌"凄清的音调"这个艺术上的特点，其艺术上的感悟是灵敏的、其理论上的结论是正确的。

3. 吴歌的类别

顾颉刚根据他对吴歌史的细致研究，并参照他搜集吴歌的实践和在现实生活中听吴歌的体味，得出结论说，就其内容和性质而论，吴歌大致有两大部类：一类是表现"儿女情致"的；一类是抒写"四季景物"的。

关于"儿女情致"的吴歌，主要是常说的情歌，也有家庭歌。顾颉刚说："歌谣中最有趣味的当然是情歌。但这些歌只在乡间发达，城市中人因为受了礼教的束缚，情爱变成了秘密的东西了。……城市中女子唱的歌，大都偏于家庭生活方面。家庭生活中有姑媳的不和，姑嫂的不和，夫妻的不和，妻妾的不和，所以唱歌的大都是这些痛苦之情。……这类闺阁中的歌，篇幅长的极多。因为这些女子大都识几个字，能看弹词唱本，所以它的风格就和弹词唱本接近了。"③

他又说："以上所说的都是关于儿女情致的吴歌；但是现在流行的吴歌中还有一部分，数量虽然较少，但在通行的程度上并不下于私情歌的，便是描写各地风光和景物以及四时花名节序的歌曲。因为这类歌曲虽

---

① 恩格斯《爱尔兰歌谣集序言札记》，见《民间文学》双月刊1962年第1期。

② 果戈理《论小俄罗斯歌谣》，见刘锡诚编《俄国作家论民间文学》，第26页，北京：中国民间文艺出版社1986年。

③ 顾颉刚《苏州的歌谣——为日本〈改造杂志〉作》，《民俗》周刊第11—12期合刊，1928年6月13日。

然不能引起情爱，却能供给人许多各地的知识（虽然不一定正确），并且因此也没有猥亵的词句，无伤大雅，所以许多老年人也爱唱唱。这类歌词可以分为三类，一类是专夸某一地的富丽景致的，一类是泛述各地风光和出产品的，一类是描写节序风光的唱词。第一类中，最通行的是'苏州景致'、'无锡景致'、'上海景致'之类。……我们不要以为这些歌词肤浅平板，假使我们并不健忘，《文选》中那些'汉赋'的题材和作法和它们也差不多，它们的直接渊源虽然不能附会到汉赋中去，（但至少作者的动机是相同的，不过汉赋是作给贵族看的，唱本是编给民众听罢了。）但是在乐府中却并不缺少这类作品的前身。"[1]而一些描写四季景物、抒写情思的吴歌，如古代的《子夜四时歌》和当代的《四季相思》，则常常是以借字寓意的方式来表现思念的情怀，把四季景物与情人相思融会在一起，打破了二者的界限。

（七）结语

顾颉刚是"五四"前后第一批从民间实地搜集歌谣和民间故事，并以历史的、实证的方法从事研究的民间文学奠基者之一。他的吴歌研究，虽然存在着搜集范围限于家人和亲戚而未能扩展到乡间民众、研究方法未能提升到稍后着手进行的孟姜女故事研究那样的地理—历史研究的成熟和高度，但他的吴歌搜集与研究的价值，正如钱玄同所评价的，不愧是歌谣研究史上的"猗欤盛哉"的"首开风气者"之作。

第八节　孟姜女故事研究

顾颉刚的孟姜女故事研究，开始于1921年冬，前后凡四十多年，到1966年"文化大革命"爆发被迫半途终止。这项研究在他的整个民间文学研究活动和思想理论遗产中占有重要地位，同时，开启了以历史—地理的方法研究传说故事的先河，在中国现代民间文艺学史上奠定了中国传说学与故事学的初步基础。孟姜女故事研究的意义，远不限于其成果本身；更为重要的，是他所采用的研究方法及其对中国民间文艺学学科建设所带来的影响。

---

① 顾颉刚《吴歌小史》，顾颉刚等辑、王煦华整理《吴歌·吴歌小史》，第620页，南京：江苏古籍出版社1999年。

（一）研究的原委

研究古史不仅是顾颉刚青年时代、也是他一生的志向，而研究神话传说，则是他研究古史的手段之一。他意欲"用民俗学的材料印证古史"，而孟姜女故事的研究，正是他用民俗学的材料印证古史的工作之一。

1925年2月，他在《答李玄伯先生》一文中写道："（1）用故事的眼光解释古史的构成的原因，（2）把古今的神话与传说为系统的叙述——是我个人研究古史愿意担任的工作。""用故事的眼光解释古史的构成"，"把古今的神话与传说为系统的叙述"，既是他研究神话故事的出发点和终点（目的），又是他介入神话故事研究的研究方法。对此，他进一步解释说：

> 我研究古史的愿望还有一个，是把神话与传说从古代的载记中，后世的小说诗歌戏剧以至道经善书中整理出来，使得二者互相衔接，成为一贯的记载。本来古代人对于真实的史迹反不及神话与传说的注意，所以古史中很多地方夹杂着这些话。后世知识阶级的程度增高了，懂得神话与传说不能算做史迹，他们便把这些话屏出了历史的范围以外。但它们的势力虽不能侵入历史范围，而在民众社会中的流行状况原与古代无殊，它们依然保持着它们的发展性与转换性。[1]

> 数年前，我们在北京大学发表这类文字时，常听到他人的责备，或者笑我们不去研究好好的学问而偏弄那些不登大雅之堂的东西，或者叹息我们的'可怜无益费精神'！现在我们发刊这类集子，少不得又惹起正统学者的鄙薄。但是，我们安心，一种学问在创造的时候不能得到一般人的了解是很寻常的。民间故事无论哪一件，从来不曾在学术界上整个的露过脸；等到它在天日之下漏出一丝一发的时候，一般学者早已不当它是传说而错认为史实了。我们立志打倒这种学者的假史实，表彰民众的真传说；我们深信在这个目的之下一定可以开出一个新局面，把古人解决不了的历史事实和社会制度解决了，把各地民众的生活方法和意欲要求都认清了。[2]

重视神话和传说对古史研究的价值，希望用神话和传说的材料印证古

---

① 顾颉刚《答李玄伯先生》（1925年2月3日），《古史辨》第一册，第273—274页，上海古籍出版社1982年。

② 顾颉刚《孟姜女故事研究集·自序》，第4页，上海古籍出版社1984年。

史，极力想在弄清神话和传说的真相的基础上，厘清神话传说与史实的界限，这无疑是他研究古史的一个总的方向。但是什么契机促动了他对孟姜女故事感到兴趣、进而作为第一个课题花费几乎毕生的精力去研究呢？

其直接导因是郑樵《通志乐略》和姚际恒《诗经通论》中关于孟姜女的记载。他说：

> 我原来单想用了民俗学的材料去印证古史，并不希望即向这一方面着手研究。事有出于意料之外的，十年冬间，我辑集郑樵的《诗说》，在《通志乐略》中读到他的论《琴操》的一段话："……杞梁之妻，于经传所言者不过数十言耳，彼则演成万千言。"
>
> 杞梁之妻即孟姜女，孟姜女有送寒衣和哭长城的故事，这是我一向听得的，但没有想到从经传的数十言中会得演成了稗官的万千言。我读了这一段，使我对于她的故事起了一回注意。过了一年多，点读姚际恒的《诗经通论》，在《郑风·有女同车》篇下见到他的一段注释。"《序》……谓'孟姜'为文姜。文姜淫乱杀夫，几亡鲁国，何以赞其'德音不忘'乎！……诗人之辞有相同者，如《采唐》曰'美孟姜矣'，岂亦文姜乎！见必当时齐国有长女美而贤，故诗人多以'孟姜'称之耳。"
>
> 这几句话又给我一个暗示，就在简端批道："今又有哭长城之孟姜。"经了这一回的提醒，使我知道在未有杞梁之妻的故事时，孟姜一名早已成为美女的通名了。我惊讶其历年的久远，引动了蒐辑这件故事的好奇心。[①]

其时，"吴歌甲集"的材料正在《歌谣》周刊上连续刊出还没有结束，顾颉刚便开始了蒐辑孟姜女故事材料的工作。到1924年冬，《歌谣》周刊改变编刊方针，决定编出专号，集中发表某一类的歌谣和故事以及研究文章，编者约顾颉刚撰文，他就选了孟姜女故事研究，并以《孟姜女故事的转变》为题，用三天的时间写了一篇12000字的长文，论述孟姜女故事在历史上的"转变"。

文章发表在《歌谣》周刊第69号（1924年11月23日）上，这一期刊物称为"专号二《孟姜女》（1）"。此文以材料的丰富、方法的新颖、论

---

① 顾颉刚《古史辨第一册自序》，《古史辨》第一册，第66—67页，上海古籍出版社1982年。

证的功力和见解的独到而震动了学术界，赢得了一派赞扬之声。五四文化革命的悍将刘半农从巴黎来信说："你用第一等史学家的眼光与手段来研究这故事；这故事是二千五百年来一个有价值的故事，你那文章也是二千五百年来一篇有价值的文章。"①时在南方的钟敬文来信说："读尊作《孟姜女故事的转变》，甚佩！这一条'流传了二千五百年，按其地域几乎传遍了中国全部'的老故事，本是千头万绪，很不容易捉摸的，给先生这么一度整理，竟如剥茧抽丝，毫不紊乱；而且替他解释了许多'所以转变'的理由，尤见精心独到。其实呢，像先生这样整理的方法，是对于中国现在学术界很有裨益的工作；尊作在工程上有无完全奏功，这是比较的次要一点的问题。"②许多相识和不相识的学者朋友寄来自己搜集的材料，顾颉刚将这些材料和文章编发在《歌谣》周刊的《孟姜女专号》上，一时间，孟姜女故事研究成了人文科学学坛的一个热门话题。但限于周刊的篇幅，顾文只写到南宋的初叶就结束了。由于工作的繁忙，下面的文章一直没有再写出来。

到1926年春，才在《古史辨第一册·自序》中续写了第二篇。因内容太多，遂听从陈伯通的意见，把这一部分内容从《自序》中独立为一文，题为《孟姜女故事研究》，交由《现代评论》③二周年增刊（1927年月）发表。因第一部分已先在《现代评论》第75、76、77期发表过，为读者阅读便利起见，应作者要求，把第一部分再次登在《增刊》上，与第二、第三部分合成一篇完整的文章。他自己称为"第一次结账"的这篇论文，把二千五百多年的"文献记录和遍布全国各地的各种民间传说、文学、艺术材料，整理出历史和地理两个系统，作出了杰出的成绩"④，真正成了他的孟姜女故事研究的"一篇总账"。

（二）研究的成果

顾颉刚的这项研究，梳理和整合历史的流变，广收各地各类材料，目

---

① 刘复致顾颉刚信（1925年1月2日），《歌谣》第83号，1925年3月22日。

② 钟敬文《关于孟姜女故事的通讯》（1924年12月15日），《歌谣》周刊第79号，1925年2月22日。

③ 《现代评论》，综合性周刊，1924年12月13日在北京创刊，是一部分曾经留学欧美的大学教授创办的同人刊物，署"现代评论社"编，实际由陈源、徐志摩等编辑，现代评论社出版发行，主要撰稿人有王世杰、高一涵、胡适、陈源、徐志摩、唐有壬等，出至1928年12月29日终刊，一共出版209期，另外有三期增刊。

④ 王煦华《顾颉刚等编著〈孟姜女故事研究集〉序》，上海古籍出版社1984年。

的在对孟姜女故事做系统的整理研究，取得了令人耳目一新的成绩。其主要成果包括：《孟姜女故事的转变》（《歌谣》周刊第69号1924年11月23日）、《杞梁妻的哭崩梁山》（《歌谣》周刊第86号1925年4月12日）、《〈孟姜女十二月歌〉与〈放羊调〉》（《歌谣》周刊第90号1925年5月11日）、《杞梁妻哭崩的城》（《歌谣》周刊第93号1925年5月31日）、《孟姜女故事研究的第二次开头》（《北京大学研究所国学门周刊》第1期1925年10月14日）、《唐代孟姜女故事的传说》（1925年，遗稿）、《孟姜女故事研究》（《现代评论》二周年增刊1927年1月）、《孟姜女故事材料目录说明》（天津《益世报·读书周刊》第8期1935年7月19日）。

除了上述论文外，顾颉刚还为《歌谣》周刊编辑了9期《孟姜女专号》（第69、73、76、79、83、86、90、93、96号），把各地朋友搜集和提供的有关孟姜女故事的民歌、小调、宝卷、唱本、碑文、图画等材料，撰写的通信、文章和讨论，陆续刊出；《歌谣》停刊后，又在续出的《北京大学研究所国学门周刊》上继续编发。顾颉刚还在几乎所有的通信的后面加写了按语，以小见大、发表看法，甚至进行考证，开展讨论。这些按语无疑也是顾颉刚关于孟姜女故事研究的重要遗产。

关于这些《孟姜女专号》，四十年后，魏建功在一篇题为《〈歌谣〉四十年》的文章中这样写道："专号成绩丰富多彩的是顾颉刚先生主编的《孟姜女》。顾先生用研究史学的方法、精神来对旧社会认为'不登大雅之堂'的故事传说进行研究，一时成了好几十位学者共同的课题，有帮助收集歌谣、唱本、鼓词、宝卷和图画、碑版的，有通讯分析讨论故事内容的。远在巴黎留学的刘复教授见到专号，忙忙抄回伯希和拿走的敦煌卷子里唐人《云谣集》《虞美人》词中有关孟姜女的资料，很令人兴奋。从那时起，人们对现行故事传说的源远流长，认识更加明确。《孟姜女》共出过九期，最典型地体现了人们自发自愿、肯想肯干、互相启发、不断影响的范例。"[1]那么多学者从不同的角度对一个一向"不登大雅之堂"的孟姜女故事所表现出来的学术热情，实在是旷世未见的学坛盛事。

1926年北京政治形势恶化，北大已发不出薪水，穷困中的顾颉刚应厦门大学之聘于8月5日离北京，借道天津、上海赴厦门，后又转到广州中山大学。1927年11月在中山大学语言历史学研究所内发起成立民俗学会，同时开始编辑《民俗学会小丛书》，并把此前在刊物上发表的《孟姜女故事的转变》和《孟姜女故事研究》二文辑为一册，题为《孟姜女故事研究

---

① 魏建功《〈歌谣〉四十年》，《民间文学》1962年第2期，北京。

集》第一册，作为《民俗学会小丛书》之一于1928年4月出版。后又陆续编辑出版了第二册（1929年1月）、第三册（1928年6月）。

关于三册《孟姜女故事研究集》的出版，顾颉刚既感到高兴，又看到尚存的缺陷。他为第三册写的《自序》里说："我的研究孟姜女故事将来也许完成到七八分（十分完成的事是世界上没有的），但若没有诸位同志给予我许多指示，我只有比顾亭林们考据孟姜女故事的文字多走上一步罢了，我们的成绩依然是限于书本的。书本虽博涉，总是士大夫们的'孟姜女'。孟姜女的故事，本不是士大夫们造成的，乃是民众们一层一层地造成之后而给士大夫们借去使用的。幸赖诸同志的指示，使我得见各地方的民众传说的本来面目！必须多看民众传说的本来面目，才说得上研究故事！"①他的孟姜女故事研究所以具有开创性，所以比顾亭林（炎武）们的研究有根本性的超越，除了对历代文献资料进行了历史—地理的梳理、归纳、比较，亦即他自己所说的"系统的"研究外，最具根本意义的，乃是在学界他第一个重视活在民众中的口头资料的采集和研究。后来的学者也许会批评他对口头传说资料的采集，不过是通过友人间接的采集，而不是亲到"田野"中按科学的原则所做的采录，我想这样的要求，对于生活和工作于20世纪初的历史学家顾颉刚来说，可能是超越历史的过苛了。

中华人民共和国成立后，顾颉刚仍然继续积累有关孟姜女故事的各种资料，积几十年之功，总量达百万字之巨，并在《民间文学》杂志1963年第3期上与他的助手姜又安合署发表过一篇《孟姜女名称的来源》的短文，把他过去的两篇论文的主要论点加以综合简化，加引了罗振玉《流沙坠简》卷三《简牍遗文考释》72件纸片上的"姜女白：取别之后，便尔西迈，相见无缘，书问疏简"的一段话，从而考定敦煌"变文"中出现的"姜女"这个名称的来源之久远。1966年6月"文革"爆发，打断了他的这项研究，他花费了几十年工夫搜集的孟姜女资料在社会动乱中"废于俄顷"。②顾颉刚逝世后，20世纪80年代初，他的助手王煦华将该书重编，除保留顾颉刚本人所编之前三册原貌不动外，补充辑选了这三册之外的几篇关于孟姜女故事的文章和从他的读书笔记中辑出的孟姜女笔记14篇，作为第4册，全面显示了顾颉刚孟姜女故事研究的成就。不知为何发表在

① 顾颉刚《孟姜女故事研究集》第三册，中山大学民俗学会民俗小丛书，1928年6月；又见顾颉刚编著《孟姜女故事研究集》，第176—177页，上海古籍出版社1984年。
② 参阅王煦华《〈孟姜女故事研究集〉序》，上海古籍出版社1984年。

《民间文学》1963年第3期上的《孟姜女名称的来源》（与姜又安合署）
却没有收入其中。

（三）转变：历史的考察

由于中国传统的学者——经学家们只注意于朝章国故而轻视民间传说，像孟姜女故事这样一个在民间流传了2500年之久、流传地域几乎遍布全国的民间传说，在流传中不免失去了许多材料、甚至环节，又不免粘连上了许多材料，甚至环节，其原本面貌和历史足迹变得朦胧不清了。顾颉刚通过对孟姜女故事（此"故事"是广泛意义上的，实际应是"传说"）的纵向的（历史的）和横向的（地理的）的耙梳、整理、比较、研究，在断篇残简中把它的系统搜寻和整理出来，这是前人没有做过的。他经过纵向和横两个维度的研究得出的结论是：孟姜女故事是在不断地"转变"之中。用我们现今的话来说，"转变"就是"变化"、"变迁"、"嬗变"。他的第一篇论文题曰《孟姜女故事的转变》，表明他的研究的重点，就落脚在故事的"如何转变"上。

（1）顾颉刚在研究中发现，孟姜女故事并不是一个一成不变的故事，而是随着时代的变迁而变化不居的。从春秋时代的《左传》中"杞梁之妻"的简单记载，经历了秦汉以至六朝、唐宋、明清，到20世纪初的民国初年，衍变成了孟姜女万里寻夫哭倒长城的、情节繁富、有枝有叶的传说。这中间所发生的"转变"（变化、变迁），可以归结为人物、情节、主题、思想（"民众情绪"）四个方面，亦即构成传说的四个基本要素上的递变。

从战国以前到魏晋，故事主人公杞梁夫妇，系齐国人，故事发生地点在齐国。战国以前，故事的中心（或曰主题）是，主人公杞梁之妻"谨守礼法"，"不受郊吊"；西汉以前，故事的中心变成了杞梁之妻"悲歌哀哭"（《檀弓》："曾子曰：'……齐庄公袭莒于夺，杞梁死焉。其妻迎其柩于路而哭之哀。……'"）；西汉后期，故事的中心变成了"崩城"（刘向《说苑·立节篇》："杞梁、华舟……进斗，杀二十七人而死。其妻闻之而哭，城为之陁，而隅为之崩。"）；到西晋，"崩城"出现了具体所指，即"杞都城"［崔豹《古今注》："（杞妻）乃抗声长哭。杞都城感之而颓。遂投水而死。"］；到后魏，郦道元说哭倒的城是莒城。不管情节发生了怎样的变化，主人公一直是春秋时代的齐国人杞梁夫妇。

到了唐朝，故事开始发生重大变化。这是第一次重大变化。一是主题发生了变化：由春秋时代死于战事的杞梁传说，而变成了秦时死于筑长城的范郎；二是人物发生了变化：男主人公由杞梁而杞良而范郎，女主人公由杞梁妻而孟仲姿而孟姜女；三是地点发生了变化：由杞（莒）城——齐长城变成了燕长城。顾颉刚依据的是：《同贤记》《文选集注》残卷的记载。据《同贤记》记载：燕人杞良避始皇筑长城之役，逃入孟超后园；孟超女仲姿浴于池中，仰见之，请为其妻。杞良辞之。她说："女人之体不得再见丈夫。"就告知父亲嫁他。夫妻礼毕，良回作所；主典怒其逃走，打杀之，筑城内。仲姿既知，往向哭城。死人白骨交横，不能辨别，乃刺指血滴白骨，云："若是杞良骨者，血可流入。"沥至良骸，血流迳入，便收归葬之。根据这段记载，顾颉刚得出结论说："第一，它把杞梁改为良，并且变成了秦朝的燕人而筑长城了。第二，它把杞梁之妻的姓名说出了，是姓孟名仲姿。第三，杞良是避役被捉打杀，筑在长城内的，所以她要向城而哭。第四，筑入长城内的死尸太多，所以她要滴血认尸。"①

第二次重大变化出现在唐至宋初。敦煌写本中的一首小曲，称杞梁妻为"孟姜女"，又说"造得寒衣无人送，不免自家送征衣；长城里，实难行，……"则证明了孟姜女故事到唐至宋初间又发生了一次重大变化："这是开始从'夫死哭城'而变为'寻夫送衣'，孟姜女一名也坐实了。"顾颉刚还从唐末周朴的《塞上行》和贯休的《杞梁妻》中，第一次发现了民间传说中的孟姜女故事在当时的面目和民间传说的强有力的影响，说："一种传说能够使文人引用，它的力量一定是大得超过了经典"。

第三次重大变化出现于明代以后。一是各地陆续兴起立孟姜女庙的风潮，孟姜女传说在民间"像春笋一般地透发出来"，于是孟姜女其人忽而成了同官（陕西）人，忽而成了澧州（湖南）人，忽而成了安肃（河北徐水）人，忽而成了山海关（燕地）人，忽而成了潼关人。二是孟姜女传说发生地愈来愈移近长城，与山海关发生了联系，而且这个"最后起的传说"到了明清之际，已演变成为"到现在三百余年中是最占势力的"传说文本。从清代到民国初期，故事又有很大发展，情节更加繁富起来，顾颉刚将晚近的孟姜女故事构成，归纳为七个情节：查拿逃走；花园相见；临婚被捕；辞家送衣；哭倒长城；秦皇想娶她，她要求造坟造庙和御祭；祭毕自杀，秦皇失意而归。

前后两篇论文，对孟姜女故事的历史演变及其走向作了详尽的考证和细致的比较，资料搜寻可谓前无古人，论述可谓发前人未发，功力十分扎实，充分支持了他的故事是"转变"的结论。前后两文在总的结论上没有变化，

---

① 顾颉刚《孟姜女故事研究》，第28页，上海古籍出版社1984年。

如把唐代贯休时代定为孟姜女故事发生重大变化——从"哭夫崩城"到"寻夫送衣"的关键，而在对个别材料的处理和个别结论的求证上，后文则有几处对前文作了修正。而在1929年编辑成书时，两文资料评估和结论修正的地方，则一仍其旧，如前文对杞姓和杞都的关系的设问，对齐长城和秦长城的混淆，让读者一眼便可以看出作者实事求是的科学态度。

"转变"是顾颉刚从孟姜女故事的比较研究中得出的一个最有学术价值和具有方法论意义的结论。在此之前，西方的神话学派早就倡导和运用进化论于神话的阐释，却也还没有人从这样的角度和以这样的立场，从历史的和地理的两个向度，对一个流传了2500年之久的人物传说做过如此繁复细致的比较研究，自然也没有提出过这样的结论。他的孟姜女故事研究，不仅在当时的中国人文学术界显示了石破天惊的天才与学识，更重要的，标志着他从文化进化主义跨越到了唯物史观。

在阐述传说故事是"转变"的这一基本特点时，顾颉刚所取得的成就，远远超出了同时代学者的思想和深度。周作人是一位早于顾颉刚发表关于传说故事的见解的民俗学学者，他的《童话研究》发表于1913年8月，《神话与传说》发表于1923年9月，但他与顾颉刚的研究道路与方法不同，他关于神话、传说、故事、童话的界说，基本上是借鉴或转述西方学者的见解，而缺乏自己独到的研究、特别是缺乏对某些典型性的中国传说故事的细致考察。比如他说："国民传说，原始之时类甚简单，大抵限于一事，后渐集数式为一，虽中心同意，而首尾离合，故极其繁变"。[①]他的这一结论，显然既不能套入或不适合孟姜女故事上，也与顾颉刚的研究所见不相切合，孟姜女故事的嬗变过程，显然不是"数式为一，虽中心同意，而首尾离合"，而是在人物、情节、主题、思想（民众情绪）四个方面的不断"扩张"。日本著名民俗学者柳田国男发表《传说论》时（1938），显然没有读到顾颉刚的《孟姜女故事的转变》一文，他的理论也并不能解决孟姜女故事及其演变问题。[②]

（2）是什么因素导致了孟姜女故事发生"转变"的？顾颉刚认为，是社会政治思想的变迁和不同时代不同的民众思想情绪的影响。

郭绍虞写道："此类故事之转变由于文人作品者为多，——如孟姜

---

① 周作人《童话研究》（1913），《儿童文学小论》，第30页，上海儿童书局1932年2月初版；又见《周作人民俗学论集》，第35页，上海文艺出版社1999年。

② ［日］柳田国男《传说论》（连湘译），北京：中国民间文艺出版社于1987年。

女之由贯休一诗，遂转移其时代到秦朝，即是一例。而文人所作，羌无故实，只凭他一时兴会，想像所及，随意掇拾，恐未必可作为一时之传说。但其影响所及，则使后人由此傅会，或竟成为一种传说亦未可知。"①钟敬文同意和附和郭绍虞的观点："绍虞君信中云云，颇有道理。因为这个意思，我们随处可以找到证见。如祝英台、梁山伯的故事，据书传所载，情节甚简，奇异之处亦不多（如地裂、化蝶等）。在民间流行的唱本上（至少我们这里的），便添上了许多许多乌有子虚的层折（如中元、市马、筑城、诛奸、团聚等等，不计其数），而且更古怪得非凡了（如判官对簿、阎王赐生等）。但现在社会口头上的传说，只是唱本里的故事，而不是原来（？）的故事了。……看来，则不但文人的作品足以转变故事的真相而成为后代的传说，即民俗作家的制作也有同等的力量（其实，民俗作家的产品，左右社会上传说的权力正要超越过文人的多多呢），虽然文人和民俗作家的产品有时也是从民间口头上的传说取材而成的。"②

而顾颉刚则有自己的看法。他针对二位的观点（其实他们二人的观点并不完全一致）写道："郭绍虞先生所说的'传说的转变多由于文人虚构的作品风行以后的影响'的话，我不能完全承认。一来是中国的文人最不敢虚构事实来变更传说，因为他们对于描写事实本来不感兴味，而且信古之念甚深，也不敢随情创造。二来是纯出于文人虚构的作品，决不会造成很大的影响。一种传说的成立，全由于民众的意想的结集；它的所以风行，也全由于民众的同情的倾注。杞梁妻的哭崩杞城和梁山的传说，所以发生于汉魏而不发生于其他时代，只因为汉魏的民众的头脑原是酷信'天人感应'之说的。孟姜女的送寒衣的传说所以发生于唐末而不发生于其他时代，也只因为唐代的民众的感情原是满装着'夫妻离别'的怨恨的。所以我们决不能说有了刘向和曹植，才有她的崩城和崩山的故事，也决不能说有了贯休和郑廷玉，才有她的哭长城与送寒衣的故事。"③

他的这一观点，还可以与上面提到的他对《同贤记》和《文选集注》中记载的情节变化所作的解释相比较。何以出现这样的变化？顾颉刚写

---

① 郭绍虞《文人的兴会与传说》，顾颉刚编著《孟姜女故事研究集》，第177页，上海古籍出版社1984年。

② 钟敬文《送寒衣的传说与民俗》，顾颉刚编著《孟姜女故事研究集》，第212页，上海古籍出版社1984年。

③ 顾颉刚《〈送寒衣的传说与民俗〉按语》，顾颉刚编著《孟姜女故事研究集》，第213—214页，上海古籍出版社1984年。

道："孟仲姿的姓名是从孟姜讹变的，也许孟姜是从孟仲姿讹变的，现在没有证据，未能断定。说杞梁为燕人，想因燕近长城之故，或者这一种传说是从燕地起来的。滴血认骨是六朝时盛行的一种信仰，萧综私发齐东昏墓一件事是一个证据。至于杞梁筑长城，孟仲姿哭长城，这里面自有复杂的原因。其一，是由于事实上的。隋唐间开边的武功极盛，长城是边疆上的屏障，戍役思家，闺人怀远，长城便是悲哀所集的中心。杞梁妻是以哭夫崩城著名的，但哭崩杞城和莒城与当时民众的情感不生什么联系，在他们的情感里非要求哭崩长城不可。其二，是由于乐曲上的。乐曲里说到城的，大抵是描写筑城士卒的痛苦。如陈琳《饮马长城窟》说'君独不见长城下死人骸骨相撑拄'……在这些歌词中，都有招他们的闺人去痛哭崩城的倾向。杞梁妻既以哭城和崩城著名，自然会得请她作这些歌词中的主人，把她的故事变为哭长城而收取了白骨归家了。"①

两相对照，可以看出，他对孟姜女故事何以会发生变化以及为什么发生这样的变化而不是那样的变化所作的解说，是一脉相承、首尾相顾的。

（四）辐射式传播：地理的考察

顾颉刚在1924年写《孟姜女故事的转变》里只是对孟姜女故事作了历史的考察（未写完，只写到南宋），那时，他还未能拥有更多的传说地理分布资料可供他作地理的比较研究，稍后，到1926年1月写作《孟姜女故事的研究》一文的时候，情况就大为不同了，他不仅有《歌谣》周刊上编辑的9期《孟姜女专号》，而且从1924年暑假之后又开始搜集孟姜女故事在各地流传的地方性材料，前后化了三年的时间，积累了大量的孟姜女故事的地理分布资料，于是，他便弥补前文的缺陷，在做历史的考察的基础上，又做了广泛的地理考察，得出了孟姜女故事是由一个中心向四方传播的研究结论，并整理出了这一故事的不同的"地域的系统"。笔者把他的这一结论名之为"辐射式传播"说。他在《孟姜女故事研究的第二次开头》一文中说："上一年中所发现的材料，纯是纵的方面的材料，是一个从春秋到现代的孟姜女故事的历史系统。我的眼光给这些材料围住了，以为只要搜出一个完整的历史系统就足以完成这个研究。这时看到了徐水县的古迹和河南的唱本，才觉悟这件故事还有地方性的不同，还有许多横的方面的

---

① 顾颉刚《〈送寒衣的传说与民俗〉按语》，顾颉刚编著《孟姜女故事研究集》，第28—29页，上海古籍出版社1984年。

材料可以搜集。于是我又在这个研究上开出了一个新境界了！"[1]

他对孟姜女故事的地理考察亦即地域系统的考察，大致包括两个方面的内容：一、是传说的地理流布系统及传播路线或规律；二、是传说在历史传递过程中同一地域的消长情况及其原因。

1. 孟姜女故事的地理流布系统及其传播规律

顾颉刚的孟姜女故事研究的最重要的一个结论是：孟姜女故事是由一个点出发，以"辐射式传播"方式向各地流播和移动，并由于种种因素（历代政治文化中心、时势和风俗、民众的感情和想象等）的影响发生嬗变的。

关于他的这个结论，他这样写道："春秋战国间，齐鲁的文化最高，所以这件故事起在齐都，它的生命会日见扩大。西汉以后，历代宅京以长安为最久，因此这件故事流到了西部时，又会发生崩梁山和崩长城的异说。从此沿了长城而发展：长城西到临洮，故敦煌小曲有孟姜寻夫之说；长城东到辽左，故《同贤记》有杞梁为燕人之说。北宋建都河南，西部的传说移到了中部，故有杞县的范郎庙。湖南受陕西的影响，合了本地的舜妃的信仰，故有澧州的孟姜山。广西、广东一方面承受北面传来的故事，一方面又往东推到福建、浙江，更由浙江传至江苏。浙江是南宋以来文化最盛的地方，所以那地的传说虽最后起，但在三百年中竟有支配全国的力量。北京自辽以来建都了近一千年，成为北方的文化中心，使得它附近的山海关成为孟姜女故事最有势力的根据地。江浙与山海关的传说连接了起来，遂形成了这件故事的坚确不拔的基础，以前的根据地完全失掉了势力。除非文化中心移动时，这件故事的方式是不会改变的了。"[2]他还写道："它（山东）是这件故事的出发点。""事实发生在齐郊。哭调是在齐都中盛行的。《檀弓》和《孟子》的作者也都是山东人。汉代起来的传说说她投的淄水和崩的杞城也都在山东。所以在这件故事的初期七百余年（公元前549—公元200年）之中，它的根据地全没有离开过山东的中部。就是后来郦道元说的莒城（今莒县），也是在山东。"[3]

他在这两段论述中，画出了孟姜女故事流播、移动和嬗变的路线与规

---

① 顾颉刚《孟姜女故事研究的第二次开头》，《北京大学研究所国学门周刊》第1期，1925年10月14日。

② 《孟姜女故事研究集》，第67页。

③ 《孟姜女做事研究集》，第37页。

律：由一个中心（山东"齐都"）出发，向西传到长安、而临洮，形成西部的传播中心；向东到辽左、而北京、而山海关，形成北方传播中心；这两个传播中心，都与长城联系起来。西部的传说系统，向南传到中原的河南、而湖南；北方的传说系统折向南方，传到两广、而福建、而江浙。长安、北京（山海关）、杭州这三个历史上的"文化中心"亦即孟姜女故事的传播"中心"一旦形成之后，原来的故事发源地——山东——的传说系统便逐渐衰落了。"这个区域（指山东）中的传说，现在是衰微极了，不但不能伸张它的势力到外面来，反而顺受了外面的传说的侵略。"①

他进一步又把孟姜女故事在全国的地理流布归纳为九个系统：山东；山西、陕西和湖北；直隶、京兆和奉天；河南；湖南和云南；广东和广西；福建；浙江；江苏。提出这九大地域系统的根据，是史籍（包括史书、地方志等）、民间传说（主要是文人著述如诗歌、笔记中记述的故事梗概）、风俗信仰（特别是相关庙宇、坟墓等）、戏曲（包括唱本、鼓词、宝卷、戏本、唱春调等俗文学）等多方面的材料。当然这九大地域系统的划定，每个系统既各有其特点，又有相通或相同的情节。但要指出的是，他所搜集并作为立论根据的关于孟姜女故事材料，从地理分布来讲，仍然是很不全面的，正如他自己承认的，安徽、四川、江西、贵州等省的材料他就没有搜集到，而且他所根据的这些地方志、唱本、笔记等的材料，并不一定是同一时代的产物（创作与流传），他也并没有把这些材料划出一个"共时性的"时间界限。

尽管顾颉刚在划定这九大故事流传系统时，受到材料的限制（有些材料也并非真正的民间传说记录，而多是文人的转述），还是颇为有力地支持了他上面的结论。而在尚没有材料证明顾颉刚的这个由一个出发点（中心）而扩散、流播，即移动的结论，是借鉴了当时在日本等国学界很有势力的"文化移动论"或受到"文化移动论"影响的时候，我们可以认定他的结论是与"文化移动论"相暗合的。

2. 孟姜女故事之"体"的变异消长及其原因

顾颉刚研究发现，孟姜女故事在地理的移动中往往出现两种变异的情况：一是在不同地方流传的孟姜女故事常常出现情节的增减；二是在同一地方流传的孟姜女故事有的发生重要情节的消长。其实，变异也是一般民间故事和传说的规律，并非孟姜女故事所独有。顾颉刚也表达了这样的意

---

① 《孟姜女故事研究集》，第37页。

思："故事是没有固定的体的，故事的体便在前后左右的种种变化上。"但孟姜女故事这两种变异情况的发生，又有其独特的原因，弄清这些原因，对于故事传说的研究是有重要意义的。出现这些情况的原因何在？

（1）历代文化中心的影响。春秋战国间，孟姜女故事起于齐都，是因为齐鲁的文化最高。到西汉以后，长安成为政治文化中心，孟姜女故事逐渐向西部和其他地方传播。到北宋，建都汴京，孟姜女故事逐渐转移到了中部。杭州成为南宋王朝的文化中心后，那里又成为孟姜女故事最盛的地方。自辽建都北京后，北京成为北方的文化中心，山海关便成为孟姜女故事最后形成的流传盛地。总之，文化中心的转移直接影响了这件故事的"迁流"。

（2）时势与风俗的影响。战国时齐都盛行哭调，需要悲剧的材料，于是故事便把杞梁战死而其妻迎柩的情节吸收了进去。到西汉，天人感应成为普遍信仰，于是以长安为中心的故事圈里便出现了哭而崩城和坏山的情节。陕西有姜嫄的崇拜，故杞梁妻变成了孟姜女。湖南有舜妃的崇拜，故孟姜女故事中有了望夫台和绣竹的名物和情节。广西有袚除的风俗，故孟姜女故事添加了6月中下莲塘洗澡的情节。河北静海有织黄袍的女工，故有了孟姜女织黄袍献给始皇的情节。江浙有厌胜的风俗，故故事中出现了万喜良能抵一万个筑城民工生命的情节和思想。等等。

（3）民众的感情与想象是孟姜女故事的"酝酿力"（即我们今天所说的"驱动力"）。杞梁妻哀哭的故事是由于齐都中哭调的酝酿，崩城和坏山的故事是由于天人感应之说的酝酿，孟姜女送寒衣哭长城的故事是由于《饮马长城窟》《筑城曲》《捣衣曲》《送衣曲》等诗歌的酝酿。"民众的感情中为了充满着夫妻离别的悲哀，故有捣衣寄远的诗歌，酝酿为孟姜女寻夫送衣的故事；有登高望夫的心愿，酝酿为孟姜女筑台望远的故事……；有骸骨撑拄的猜想，酝酿为孟姜女哭崩长城滴血觅骨的故事。所以我们与其说孟姜女故事的本来面目为民众所讹变，不如说从民众的感情与想象中建立出一个或若干个孟姜女来。"[①]

（4）不同的讲述者的意念、思想和知识决定着他所讲述的孟姜女故事的面目。如孟姜女的婚配，最早的记载只说她因杞梁窥见了她的身体，妇人之体不得再见丈夫，故毅然嫁与。后来为了解释她何以给他窥见身体之故，便想出了许多方法，或说她坠扇入池，捋臂拾取，为他所见；或说她入水取扇，污了一身泥，就此洗浴，为他所窥；或说她被狂风吹落池中，

---

① 《孟姜女故事研究集》，第69页。

为他所救；或说她怀春思嫁，烧香许愿，愿嫁与见她脱衣裳的人；或说她虔心事神，观音托梦，嘱她嫁与见她肌肤的人。又如范郎被筑在城内，最早的记载不过说他逃避工役，故处死填城。后来为了解释他何以要处死填城之故，或说万喜良自愿代万民灾难；或说仙人有意降下童谣，说只有他能抵人生命；或说赵高和他父亲不睦，故意要杀他祭禳长城。"因为各人有解释传说的要求，而各人的思想知识悉受时代和地域的影响，所以故事中就插入了各种的时势和风俗的分子。"总之，因各人的思想、知识、意念等的不同，才会出现不同的情节和异文。

（5）由于民众和士流的世界观的不同，他们的思想观念分别给故事的面目以有力的影响。杞梁妻的故事，最先为却郊吊；这原是知识分子所愿意颂扬的一件故事。后来变为哭之哀，善哭而变俗，以至于痛哭崩城，投淄而死，就成了纵情任欲的民众乐意称道的一件故事了。它的势力侵入了知识分子，故在这件故事上，民众的情感战胜了士流的礼教。后来民众方面的故事日益发展，故事的意义也日益倾向于纵情任欲的方面流注去：她未嫁时是思春许愿的，见了男子是要求在杨柳树下配成双，后来万里寻夫是经父母翁姑的苦劝而终不听的；秦始皇要娶她时，她又假意酬缪，要求三件事，等骗到手之后而自杀。（如北方中心即直隶、京兆和奉天流传的故事。）而在知识分子手里，却又是另一种面目。她的婚姻是经父母配合的，丈夫远行后她是奉事寡姑而不敢露出愁容的，姑死后亲自负土成坟而后寻夫；到后来也没有戏弄秦始皇的那个情节。（如两广流传的一些故事中，就把孟姜女塑造成个孝女，也没有要挟秦始皇的情节。）所以顾颉刚说："因为两方面的思想有这样的冲突，所以一个知礼的杞梁之妻会变成了自由恋爱的主张者，敢把自己的生命牺牲于爱情之下；但又因知识分子的牵制，所以虽有崩城的失礼而仍保留着却郊吊的知礼，虽有冒险远行的失礼而仍保留着尽孝终养的知礼。"[1]

（6）由于地域的不同而形成故事的异文，不同地域间又存在着互相融合、吸收、借用和改造。譬如哭崩梁山的问题就是一例。他写道："钟（敬文）先生疑哭崩梁山之说有地域上的关系，仅流行于秦地的，此说我极表同情。秦地的孟姜女故事，我虽没有得到什么材料，但是觉得关系很大，不可轻轻看过的。例如桂林刻本《花幡记》就说范杞郎的籍贯是华州，同官县北高山上又有孟姜女的哭泉，潼关亦为哭倒长城的一个地点，都可见。我以前见江浙间流行的唱本都说孟姜女为华亭人，不知其故；直

---

① 《孟姜女故事研究集》，第71—72页。

到近来，始觉悟华亭一名即是由华州演变来的。在这一点上，可见江浙的故事亦导源于秦地了。"①至于江浙的孟姜女故事中的华亭，何以源自于秦地的华州，他在《孟姜女故事研究》一文中还有论述。在这里，他承认了不同地域的故事之间有互相融合、吸收、借用和改造的情况。

（五）用历史的眼光看历史、用传说的眼光看传说

在20世纪的初年，对于着手研究孟姜女故事这类人物传说的顾颉刚来说，把历史与传说分开、把传说从历史中分离出来，是一个首先要解决的难题。因为这无异于推翻一种既定的历史观，开创一种崭新的研究方法，即"用历史的眼光看历史，用传说的眼光看传说"，否则，便不能顺利地进入传说研究的畛域，更无法解决像孟姜女故事这类有着长久历史渊源的传说问题。

顾颉刚说："传说与历史打混，最是讨厌的事。从前的人因为没有分别传说与历史的观念，所以永远缠绕不清，不是硬并（杞梁妻与孟姜为一），便是硬分（杞梁妻与孟姜为二）。现在我们的眼光变了，要用历史的眼光去看历史（杞梁妻的确实的事实），用传说的眼光去看传说（杞梁妻的变为孟姜），那么，它们就可以'并行而不悖'，用不着我们的委屈迁就，也用不着我们的强为安排了。"②在这里，顾颉刚清楚地表达了他的新方法论。应该说，对于传说学的建设来说，也对于古史研究来说，他的这个方法论原则的提出，是一个贡献。他运用"用历史的眼光看历史，用传说的眼光看传说"这个方法论原则，以实证的（大抵是中国式的）和比较的（大抵是西方的）方法，解决了杞梁妻的故事确实是历史上（春秋时人）发生过的事实和经过漫长的历史的演化过程杞梁妻这个人物变成了孟姜女这两个有争论的问题。所谓"以传说的眼光看传说"，亦即他在论古史和古史传说时提出的"层累地造成的"神话传说观，传说一般是"层累地造成的"，即我们现代常说的以"滚雪球"的方式造成的。应该说，他以实证的方法所做的论证是扎实的，结论是难于推翻的。

演化（嬗变）是以口头传承为传播方式的民间传说的一个基本特点。孟姜女故事的发生和演化问题，是20世纪初第一个被学界注意到并进行专题研究的传说，而这个传说既有历史文献的记载，又以鲜活的形态在现代

---

① 顾颉刚《〈懊侬歌〉中的崩城·按》，《孟姜女故事研究集》，第231页。
② 顾颉刚《〈广列女传〉中的杞植妻和杞梁妻·按》，《孟姜女故事研究集》第247页。

民众中传播着，故而如何以唯物史观来对待和解决这个人物传说的演化（嬗变），就成为一个涉及传说学根本理论的重要问题。但孟姜女故事是否就是从杞梁妻郊迎战死的丈夫灵柩的故事演化（嬗变）而来，后者是否是前者的本源这一问题，成为该传说转变的第一个关键。正是在这个问题上，一直存在着争议，这个争议甚至一直延续到20世纪五六十年代。

我国学者路工曾就这一问题提出过质疑。苏联汉学家李福清附和路工的见解。李福清在他的《万里长城的传说与中国民间文学的体裁问题》中写道："路工认为杞梁妻和孟姜女这两个传说在内容上根本不同，其主人公也有许多差异。路工的看法是有道理的。其一，《左传》所记的是一位武士之妻，在得知丈夫死去的悲哀时刻仍恪守礼法的节妇；而孟姜女则是一位万里寻夫历尽艰辛的妇女，为了不屈从于皇帝的淫威而牺牲了自己的生命。其二，《左传》的记载根本没有提及老百姓这一主题，而孟姜女传说所反映的正是老百姓在修筑长城时不堪压迫而进行的反抗，这一点正是传说最感人的地方。其三，两则传说的男主人公也并不相合：前者说的是一位在攻打莒国时战死的齐国武士，而后者（据大部分传记记载）是一位为修筑长城致死的儒生。因此，我们认为顾颉刚等中国学者在这个问题上论据不足，不能令人信服。"① 从行文中很容易看出，路工也好，李福清也好，对顾颉刚的质疑，都是从后世流传的内容和情节的增益设问的，似乎从杞梁妻故事到孟姜女故事之间的2500年历史间隔是不存在的，这种质疑并没有击中顾颉刚的要害。

在研究历史和研究传说的方法论问题解决之后，孟姜女故事的源头（杞梁妻郊迎战死的丈夫灵柩的故事）是文人之作、还是民众之作，是从文人之作下降到民间的、还是民间早就有所流传的故事的问题，便成为又一个不能不回答的问题。顾的朋友和同乡郭绍虞于1924年12月24日曾给他写信说："弟以为此类故事之转变由于文人作品者为多，——如孟姜女之由贯休一诗，遂转移其时代到秦朝，即是一例。而文人所作，羌无故实，只凭他一时兴会，想像所及，随意掇拾，恐未必可作为一时之传说。但其影响所及，则使后人由此傅会，或竟成为一种传说亦未可知。"② 在这里，郭绍虞把孟姜女故事（甚至扩大到"此类故事"）的发生归结到了文人的创作，而后又从文人创作（"由此傅会"）下流到了民间。这一见解得到

---

① 李福清著、马昌仪编《中国神话故事论集》，第280页，北京：中国民间文艺出版社1988年。

② 郭绍虞《文人的兴会与传说》，《孟姜女故事研究集》，第177页。

了钟敬文的呼应。钟敬文在《送寒衣的传说与俗歌》一文中写道："绍虞兄信中云云，颇有道理。因为这个意思，我们随处可以找到证见。如祝英台、梁山伯的故事，据书传所载，情节甚简，奇异之处亦不多（如地裂、化蝶等）。在民间流行的唱本上（至少我们这里的——按指他的故乡广东海丰公平镇——引者），便添上了许许多多乌有子虚的层折（如中元、市马、筑城、诛奸、团聚等等，不计其数），而且更古怪得非凡了（如判官对簿、阎王赐生等）。但现在社会口头上的传说，只是唱本里的故事，而不是原来（？）的故事了。其他之类此者尽多，可不用细举。看此，则不但文人的作品足以转变为故事的真相而成为后代的传说，即民俗作家的制作也有同等的力量（其实，民俗作家的产品，左右社会上传说的权力正要超过文人的多多呢），虽然文人和民俗作家的产品有时也是从民间口头上的传说取材而成的。"①

顾颉刚对郭、钟的见解表示了不同的意见。尽管顾颉刚在《孟姜女故事的转变》和《孟姜女故事研究》两文里都认为孟姜女故事最早的记载或故事的源头是《檀弓》里所记的杞梁妻迎战死的杞梁枢的故事，这是他的以实证为原则的历史研究法的不足，但从他的全文来看，并不能得出他主张故事起源于文人著述的结论。他写道："孟姜女故事的重要演化，在哭崩长城之后即继之以亲送寒衣；自此以后就没有什么大变动。……郭绍虞先生所说的'传说的转变多由于文人虚构的作品风行以后的影响'的话，我不能完全承认。一来是中国的文人最不敢虚构事实来变更传说，因为他们对于描写事实本来不感兴味，而且信古之念甚深，也不敢随情创造。二来是纯出于文人虚构的作品，决不会造成很大的影响。一种传说的成立，全由于民众的意想的结集；它的所以风行，也全由于民众的同情的倾注。杞梁妻的哭崩杞城和梁山的传说，所以发生于汉魏而不发生于其他时代，因为汉魏的民众的头脑原是酷信'天人感应'之说的。孟姜女的送寒衣的传说所以发生于唐末而不发生于其他时代，也只因唐代的民众的感情原是满装着'夫妻离别'的怨恨的。所以我们决不能说有了刘向和曹植，才有她的崩城和崩山的故事；也决不能说有了贯休和郑廷玉，才有她的哭长城与送寒衣的故事。"②概而言之，"孟姜女的故事，本不是士大夫们造成的，乃是民众们一层一层地

---

① 钟敬文《送寒衣的传说与俗歌》，《孟姜女故事研究集》，第212页。

② 顾颉刚《〈送寒衣的传说与俗歌〉按》，《孟姜女故事研究集》第213—214页。

造成之后而给士大夫们借去使用的。"①

至此，顾颉刚解决了在他的时代所遇到的几乎所有问题，还原了一个真实的孟姜女故事。时间过了八十年，到20世纪末，有关孟姜女故事的研究，包括江、浙、沪三地和河北省秦皇岛市在80年代先后召开的学术研讨会，尽管在局部问题上、在资料搜集上有所增益，但在总体上却还不能认为已经超越了顾颉刚的研究。

第九节　胡适：民间文学理论与实践

胡适（1891—1962），原名胡洪（马辛），字适之。安徽绩溪人。19世纪末20世纪初兴起的中国白话文运动和文学革命的先驱——"首举义旗之急先锋"②。检视他早期关于白话文、活文学、文学革命等的大量言论中，其所提倡的，只是以《聊斋志异》《西游记》《水浒传》《红楼梦》《儒林外史》等为模式的白话文学、语体（口语）文学、国语文学，并没有看到他有关民间文学的文字。换言之，最初他的提倡白话文学、平民文学，并没有有意识地提到或评价民间文学。最早向他谈到"民间文学"在文学革命中的作用的，是他在美国留学时结识的朋友梅觐庄（光迪）于1916年3月19日给他的一封信。梅在信里说："文学革命自当从'民间文学'（Folklore,Popularpoetry,Spoken Language,etc.）入手，此无待言。惟非经一番大战争不可。骤言俚俗文学，必为旧派文家所讪笑攻击。"③这时正是他关于"文学革命"的思想酝酿和形成的时期。

就现有的材料看，胡适有意识地提出和论到民间文学的问题，是在刘半农、沈尹默等于1918年2月酝酿搜集近世歌谣之后的事。晚年（1958）他在台北中国文艺协会八周年纪念会上发表的演讲辞《中国文艺复兴运动》中，在回顾当年的文学革命时说："我们中国几千年的文学史上有两个趋势，可以说是双重的演变，双重的进化，双重的文学，两条路子。一个是

---

①　顾颉刚《〈孟姜女故事研究集〉序》（第3册），中山大学民俗学会民俗小丛书，1928年6月。

②　陈独秀《文学革命论》，《独秀文存》卷1。

③　胡适《逼上梁山——文学革命的开始》（1933年12月3日），原载《东方杂志》1934年第31卷第1期。收入1935年10月15日良友图书印刷公司出版《中国新文学大系·建设理论集》。此据姜义华主编《胡适学术文集》（新文学运动），第201页，北京：中华书局1993年。

上层的文学，一个是下层的文学。上层文学呢？可以说是贵族文学，文人的文学，私人的文学，贵族的朝廷上的文学。大部分我们现在看起来，是毫无价值的死文学，模仿的文学，古典的文学，死了的文学，没有生气的文学，这是上层的文学。但是，同时在这一千年当中，无论哪个时代：汉朝、三国、唐朝、宋朝、元朝、明朝、清朝、到现在，有一个所谓下层的文艺。下层文艺是什么呢？是老百姓的文学，是活的文艺，是用白话写的文艺，人人可以懂，人人可以说的文艺。"①在胡适而言，"双重的文学"的思想，固然不是晚年才有而是早年就逐渐形成的，但作为一种观念，却是晚年才完整地表达出来。他解释说，他所说的下层文艺，就是流传在民众口头上的儿歌、情歌、故事、传说等民间文学。胡适关于民间文学及其在文学发展上的作用的思想，从文学革命之初就与白话文学的理念一同萌生了，"五四"以后，逐渐明确、逐渐系统和成熟，无论在理论上还是在方法论上，对于中国民间文学学科的形成与发展发生过不可忽视的重要影响。

（一）比较研究法

大约在1920年，北京大学的法科学生、后来《歌谣》周刊的常务编辑常惠送给胡适一本意大利驻华使馆参赞卫太尔（亦译韦大列）搜集的《北京歌唱》。胡适从中选择了16首发表在1922年10月1日出版的《读书杂志》第2期上，并在歌谣前面写了一篇题为《北京的平民文学》的短文。这可能是他专门谈论歌谣的第一篇文章。他在此文中把歌谣纳入他一直在提倡的平民文学概念之中。他写道：

> 近年来，国内颇有人搜集各地的歌谣，在报纸上发表的已很不少了。可惜至今没有人用文学的眼光来选择一番，使那些真有文学味的"风诗"特别显出来，供大家的赏玩，供诗人的吟咏取材。前年常惠先生送我一部《北京歌唱》（Pekinese Rhymes），是1896年驻京意大利使馆华文参赞卫太尔男爵（Baron Guido Vitale）搜集的。共有170首，每首先列原文，次附英文注解，次附英文译本。卫太尔男爵是一个有心的人，他在30年前就能认识这些歌谣之中有些"真诗"，他在序里指出18首来作例，并且说，"根据在这些歌谣之上，根据在人民的真

①　胡适《中国的文艺复兴》，原载台北《新生报》1958年5月5日。此据姜义华主编《胡适学术文集》第288页，北京：中华书局1993年。

感情之上，一种新的'民族的诗'也许能产生出来呢？"现在白话诗起来了，然而作诗的人似乎还不曾晓得俗歌里有许多可以供我们取法的风格与方法，所以他们宁可学那不容易读又不容易懂的生硬文句，却不屑研究那自然流利的民歌风格。这个似乎是今日诗国的一桩缺陷吧。我现在从卫太尔的书里，选出一些有文学趣味的俗歌，介绍给国中爱"真诗"的人们。

十一、九、二十

在这篇短文里，胡适引用、赞扬、接受并阐发了卫太尔的观点，即歌谣中有"真诗"，"根据在这些歌谣之上，根据在人民的真感情之上，一种新的'民族的诗'也许能产生出来"。（周作人也引用和赞扬过卫太尔的这段话，说他写于1896年这节话是"先见之明"。周的译文是："根于这些歌谣和人民的真的感情，新的一种国民的诗或者可以发生出来。"见《自己的园地》第十篇。[①]）卫太尔的这个观点，无疑奠定了或坚定了胡适民间文学思想的基础。胡适是个文艺家，他看民间文学主要是从文艺的角度的，认为从歌谣里会产生出新的、真正的民族的诗来，成为他的民间文学观的一个基本的观点，而且他是从一而终地坚持这个观点。后来他所写的有关文学和民间文学的文章和著作，如《白话文学史》这样的重要著作，莫不与这一观点相呼应。胡适、周作人的论述一出，歌谣研究者和爱好者大都奉为信条，[②]而在诗歌研究者中则分为两派：赞成拥护者有之，论者说，"好诗出自民间"；反对者也有之，论者说，歌谣与诗并不同义，歌谣"艺不精而体不尊"[③]。

刘半农、沈尹默等于1918年2月1日创立的北大歌谣征集处，沈兼士、钱玄同、周作人于1920年12月19日发起将其转为北大歌谣研究会，继而又于1922年12月17日创办《歌谣》周刊。其时，胡适只是偶尔襄助其事，如他曾把所搜集的一册故乡安徽绩溪的歌谣投了歌谣研究会，《歌谣》周刊的编辑常惠在创刊号上发表的《对于投稿诸君进一解》中引用了其中的一首《看见她》："胡适之先生送来一册安徽绩溪的歌谣也有一首：大相公，骑白马……"；第28号又选发了胡适投来的另一首《月亮起》："月

[①]　周作人《自己的园地》，第34页，北京：人民文学出版社1998年。
[②]　常惠在《谈北京的歌谣》一文里说："胡适先生……说道是'真诗'；我也很以为然。"原载《努力》周报第27期；收入《胡适文存二集》卷4。
[③]　语出朱自清《歌谣与诗》，《歌谣》周刊第3卷第1期，1937年4月3日。

亮起，'做贼'偷米。……"。胡适当时正忙于经营他于1922年5月7日创办的《努力》周报，这份周报上也发表歌谣和有关文章，故他没有参加歌谣研究会的事务，也就并非歌谣运动的主角。连他在1922年12月3日发表于《努力》周报第31期上的《歌谣的比较研究法的一个例》，《歌谣》周刊也是在一年零三个月之后才于1924年3月9日出版的第46号上转载的。

胡适的《歌谣的比较研究法的一个例》的发表，先于周作人为《歌谣》周刊创刊而作的《发刊词》14天，晚于《北京的平民文学》一文发表三个月，如果说，《北京的平民文学》的发表在中国歌谣学初创之时带有倡导的意向，那么，《歌谣的比较研究法的一个例》则是一篇带有方法论性质的文章，其价值不在周作人的《歌谣》周刊《发刊词》之下，胡周二文相与颉颃，甚至可以说，堪称早期中国民间文艺学史上的珠联璧合之作。

胡适在该文中写道：

> 研究歌谣，有一个很有趣的法子，就是"比较的研究法"。有许多歌谣是大同小异的。大同的地方是他们的本旨，在文学的术语上叫做"母题"（motif）。小异的地方是随时随地添上的枝叶细节。往往有一个"母题"，从北方直传到南方，从江苏直传到四川，随地加上许多"本地风光"；变到末了，几乎句句变了，字字变了，然而我们试把这些歌谣比较着看，剥去枝叶，仍旧可以看出他们原来同出于一个"母题"。这种研究法，叫做"比较研究法"。

> 这首歌（指《读书杂志》发表的《看见她》——本书作者）是全中国都有的；我们若去搜集，至少可得一两百种大同小异的歌谣：他们的"母题"是"到丈人家里，看见了未婚的妻子"，此外都是枝节了。比较研究的结果，可以看出：
> （1）某地的作者对于母题的见解之高低。
> （2）某地的特殊的风俗，服饰，语言等等——所谓"本地风光"。
> （3）作者的文学天才与技术。
> 如我的邻县——旌德——的这一只歌谣，虽可以看出当时本地的服饰，在文学技术上就远不如上文引的北京的同题歌了。

> 现在搜集歌谣的人，往往不耐烦搜集这种大同小异的歌谣，往往向许多类似的歌谣里挑出一首他自己认为最好的。这个法子是不很妥

当的。第一，选的人认为最好的，未必就是最好的。第二，即使他删的不错，他也不免删去了许多极好的比较参考的材料。即如上文"蒲棵子车"一首，若单只有这一首，我们也许把他看作一个赶车的男子回家受气的诗。但有了这五首互相比较，他们的母题就绝无可疑了。参考比较的重要如此！①

胡适指出，比较研究法是研究歌谣的"一个很有趣的法子"。歌谣研究所以要采用比较研究之法，是由歌谣的特点所决定的："有许多歌谣是大同小异的。大同的地方是他们的本旨，……小异的地方是随时随地添上的枝叶细节。……把这些歌谣比较着看，剥去枝叶，仍旧可以看出他们原来同出于一个'母题'。"胡适在文中引用了《读书杂志》第2期上发表的一首题名《看见她》的歌谣，《读书杂志》是民国之初王念孙、王引之父子创办的，出版的时间很短，内容完全是王氏父子读书心得，而且偏于考据；1922年胡适创办《努力》周报时，曾附着在《读书杂志》上发行。故这首歌谣，也应是胡适借用《读书杂志》的名义而编发的。而《歌谣的比较研究法的一个例》一文，又是在同年12月3日出版的《努力》周报第31期上。可见，胡适是把《努力》周报作为他提倡歌谣的一个阵地。

在此文中，胡适在倡导比较研究法的同时，还认定"母题"（motif）的存在是歌谣的一个重要特点，有了"母题"的普遍性，才为比较研究提供了可能。他在这篇文章里列举了两首歌谣。一首是《看见她》，他说这首歌谣是全中国都有的，倘若去搜集，"至少可得一两百种大同小异的歌谣：他们的'母题'是'到丈人家里，看见了未婚的妻子'"。他拿流传于他的家乡邻县的旌德流传的一种异文略作比较。顾颉刚在他的读书随笔中还提到："适之先生谓姑娘归宁之歌，各处均有，同是说父母如何喜欢，弟兄如何冷漠，阿嫂如何讨厌，而其词互异。至于状其首饰，则各因其地而变。"②

在胡适提倡的比较研究观念中，对"母题"的把握是至关重要的。他在对学生王伯祥的一次谈话中说："伯祥日记记适之先生昨日谈话云：故

---

① 原载《努力》周报第31期（1922年12月4日）。收入1924年11月亚东图书馆出版《胡适文存》卷4；又收入1925年文明书局出版《胡适之白话文钞》。此据姜义华主编《胡适学术文集》，第436—442页。

② 顾颉刚《两〈谷风〉之比较》，《顾颉刚读书笔记》（第1卷），第382页，台北：经联出版事业公司1990年。

事相传，只有几个motif（介泉译作主旨）作柱，流传久远，即微变其辞。若集拢来比较研究之，颇可看出纵的变痕与横的变痕。譬如此motif是明代发生的，其形容描写都用明代之习尚服装；传到清代，即改变为清代之习尚服装了。又如此motif是江苏发生的，其形容描写都是当地的风尚；传到安徽、江西、湖南、四川等处，又变成各该地的风尚了。所以motif不变，而演化出来，可以多方。如中国有'三愿'的祝告，无论小说、弹词、京腔、昆曲等都用，举必成三，各国亦均有之。又如佛经肇自印度，当地尊蛇，乃译成中国文字，即因中国人之崇拜，统易为龙矣。中国之龙王，固即印度传来者也。《西游记》一书，可以说作者集合《华严经》善才访百口城，及玄奘、法显等求经种种motif而成也。" 顾颉刚在胡的这段谈话之后附记说："予拟汇集此纵横变易之材料。如秋胡戏妻，可自《列女传》起，至各代乐府，元曲，昆、京、秦各剧，比较观之。此等著名之故事不甚多，此事颇易为也。又如《蝴蝶梦》，亦可如此勘之。"① "母题"（motif）是柱，是不变的，流传久远，即微变其辞。

胡适此文及其所倡导的比较研究，在歌谣研究者中发生了颇大影响，一个时间里人必称比较。除了对顾颉刚的影响外，董作宾的《看见她》研究，是受了胡适所倡导的比较研究的影响而付诸实践的佳篇之一。作者曾在《〈看见她〉之回顾》一文中写道："曾受了最大的暗示而从事《看见她》之整理研究，在原文中我却忘了提及，这是大不应该的！十年以来，时常觉得过意不去，在此地特别再补述一下。是民国十一年的十二月四日吧？在《努力》的第三十一期，胡适之先生写过一篇文字，叫做《歌谣的比较研究法的一个例》。……胡先生就举出《看见她》母题的两首歌谣为例。我当然受了胡先生很大的暗示，我那篇文字研究的结果，丝毫也不曾跳出胡先生所指出的轨范，所以在这里不惮烦琐的重述一遍。" 在他的启发下，董作宾对这首歌谣所作的'母题'的比较研究，前后花了十多年的功夫，第一次搜集到45首，第二次搜集到23首，总共得到78首，但终未达至胡适所预计的"一两百首"的规模，董作宾不得不愧疚地说："这仍是采辑未能周至的缘故。"②

胡适还举出他在《努力》第16期上选刊的另一首北京附近的歌谣《蒲

---

① 顾颉刚《故事主题》，见《顾颉刚读书随笔》（第1卷），第383—384页，台北：经联出版事业公司1990年。

② 董作宾《〈看见她〉之回顾》，见《歌谣》周刊第3卷第2期，1937年4月10日。

棍子车》，与常惠抄给他的五首同类的歌谣进行"母题"的比较研究。他得出结论说："这歌的'母题'是'小姑出嫁后回娘家，受了嫂嫂的气，发泄他对于嫂嫂的怨恨。'……若单只有这一首，我们也许把他看作一个赶车的男子回家受气的诗。但有了这五首互相比较，他们的母题就绝无可疑了。"他认为，歌谣的比较研究使研究者不是只从字面上了解歌谣的涵义，而是扩大了研究者的视野，可以看出：（1）同一"母题"的歌谣在不同的地方流传中，某地作者对于"母题"赋予自己的见解，因而可以从中见出他们的见解的高下。（2）在流传中加入了所谓"本地风光"，即各地不同的风俗、服饰、语言等。（3）传承和传播的作者会在流传中有所创新，因而可以见出不同作者的文学天才和技巧。

从上面提供的材料和分析中可以看出，胡适虽然身为知名的北大教授和文化革命的先锋，但他并没有直接参与北大歌谣研究会的工作，而是另外开辟了一个战场，即借他创办和主持的《努力》周报这块园地，也在进行着歌谣的倡导与研究，而且成绩斐然。

受《歌谣》周刊的影响，顾颉刚1921年在家乡苏州养病时搜集的吴歌，于1925年编成《吴歌甲集》一书。胡适是顾颉刚的老师，书稿编好后，顾颉刚请胡适写序。其时，《歌谣》周刊内部在学术思想上，已明显地分裂为民俗派和文艺派两路，第97期出版后又正遇暑假，北大国学门计划创办《国学门周刊》，将《歌谣》的稿子并入新的周刊，故《歌谣》周刊从此休刊，且一去十年。胡适的序言与其他诸家的序言不同，从他所一向提倡的国语文学、平民文学和文学欣赏的角度给予中肯的评价，继续坚持和显示他的歌谣研究的文学立场。他写道："中国各地的方言之中，有三种方言已产生了不少的文学，第一是北京话，第二是苏州话（吴语），第三是广州话（粤语）。京话产生的文学最多，传播也最远。北京做了五百年的京城，八旗子弟的游宦与驻防，近年京调戏的流行；这都是京语文学传播的原因。……吴语的文学……三百年来凡学昆曲的无不受吴音的训练；近百年中上海成为全国商业的中心，吴语也因此而占特殊的重要地位。加之江南女儿的秀美已征服了全国的少年心；向日所谓南蛮𫘝舌之音久已成了吴中女儿最系人心的软语了。故除了京语文学之外，吴语文学要算最有势力又最有希望的方言文学了。……要寻完全独立的吴语文学，我们须向苏州的歌谣里寻去。顾颉刚先生编的这部《吴歌甲集》是独立的吴语文学的第一部。《吴歌甲集》分为二卷：第一卷里全是儿歌，是最纯粹的吴语文学，我们读这一卷的时候，口口声声都仿佛看见苏州小孩子的伶俐、活泼、柔软、俏皮的神气。这是'道地'的方言文学。第二卷为 成人唱的歌，其中颇有粗通文事的人编制的长歌，已不纯粹是苏白的民歌了。其中虽然也有几首绝好的民歌，——如《快鞋》、《摘菜心》、《麻骨门闩》，——然而大部分的长歌都显出弹词唱本的恶影响：浮泛的滥调与烂熟的套语侵入到民歌之中，便减少了民歌的朴素的风味了。"

胡适"很热诚地欢迎这第一部吴语文学的专集出世。颉刚收集之功，校注之勤，我们都很敬服。"同时，他也以文学家的眼光给《吴歌甲集》以批评："颉刚在他的自序里分吴歌为五类：（1）儿歌，（2）乡村妇女的歌，（3）闺阁妇女的歌，（4）农、工、流氓的歌，（5）杂歌。我读第二卷的感想是嫌他收集的闺阁妇女的歌——弹词式的长歌——太多，而第二和第四类的真正民歌太少。这也难怪，颉刚生长苏州城里，那几位帮他搜集的朋友也都是城里人，他们都不大接近乡村的妇女和农、工、流氓，所以这一集里就不免有偏重闺阁歌词的缺点。这些闺阁歌词虽然也很能代表一部分人的心理习惯，却因为沿袭的部分太多，创造的部分太少，剪裁不严，言语不新鲜，他们的文学价值是不很高的。"他指出《吴歌甲集》的局限，眼光是锐利的，意见是中肯的。《甲集》中真正属于乡村的民歌不多，而城里闺阁妇女的歌相对丰富。他寄希望于顾颉刚在以后收集出版的《乙集》里，"多多采集乡村妇女和农、工、流氓的歌。如果《甲集》的出版能引起苏州各地的人士的兴趣，能使他们帮助采集各乡村的'道地'民歌，使《乙集》以下都成为纯粹吴语的平民文学的专集，那么，这部书的出世真可说是给中国文学史开一新纪元了。"[1]胡适对民歌是很喜欢的，也在市场上搜罗过歌册，[2]但胡适评价《吴歌甲集》的批评标准——"沿袭的部分太多，创造的部分太少，剪裁不严，言语不新鲜，他们的文学价值是不很高的"——却不能不显示出仅仅以纯文学的眼光评价民歌是多么地片面，这种左支右绌的评论，使他陷入了学理的谬误。

---

[1] 胡适《顾颉刚〈吴歌甲集〉·序》，北京大学歌谣研究会1926年7月。此据顾颉刚等辑、王煦华整理《吴歌·吴歌小史》，第9—13页，南京：江苏古籍出版社1999年。

[2] 胡适后来还托人搜集过冯梦龙的《挂枝儿》。他在给顾颉刚的信里说："今天上海寄来《挂枝儿》两册，寄一本给你。因为你那天好像说是没有此书。此册是翻印浮白主人的选本，但其书出于冯梦龙的原书是无疑的。《鸡》的一首，与《山歌》中《润五更》一首意思全同；冯氏在《山歌》此首后有跋，说已用《挂枝儿》了，今复收《山歌》。此不但可证此册《挂枝儿》确是冯氏原书；又可见《挂枝儿》与《山歌》或者都不尽出于民间，其中不但有苏子忠的一首，且有冯梦龙的许多创作。尊意以为如何？适之。廿四，五，十六。"（《山歌》，上海传经堂排印本1935年）

（二）"双重的文学"观

胡适的《白话文学史》是一部以民歌（民间文学）及其与文人文学交互影响（"全文学的民众化与民歌达到文人化"[①]）为主要线索的文学史，是中国现代民间文学学术研究领域的一部重要著作，故而它的出版理所当然地引起学界和读者的浓厚兴趣。当然，也有人批评这部著作的片面性，但这却恰恰表现了他与别人不同的品格。

这部文学史的讲授与写作，始于1921年，成于1928年。其间，北大歌谣研究会和《歌谣》周刊所征集的全国近世歌谣资料，使胡适大为获益，促使他从《国语文学史》到《白话文学史》进行了几度修改。他说："'白话文学史'，其实就是中国文学史。"（《自序》）"白话文学"的涵义何在？他写道："我从前曾说过，'白话'有三个意思：一是戏台上说白的'白'，就是说得出，听得懂的话；二是清白的'白'，就是不加粉饰的话；三是明白的'白'，就是明白畅晓的话。"（《自序》）可以看出，他所谓白话文学是与庙堂文学相对的，既包括老百姓口头上流传的民间文学，也包括文人采用口语写作的文学。他援引司马迁的外孙杨恽说的"田家作苦；岁时伏腊；烹羊煲羔；斗酒自劳；家本秦也，能为秦声"所造成的那种"民间文学的环境"说："这种环境里产生的文学自然是民间的白话文学。那无数的小百姓的喜怒悲欢，决不是那《子虚》《上林》的文体达得出的。他们到了'酒后耳热，仰天拊缶，拂衣而喜，顿足起舞'的时候，自然会有白话文学出来。还有痴男怨女的欢肠热泪，征夫弃妇的生离死别，刀兵苛政的痛苦煎熬，都是产生平民文学的爷娘。庙堂的文学可以取功名富贵，但达不出小百姓的悲欢哀怨：不但不能引出小百姓的一滴眼泪，竟不能引起普通人的开口一笑。因此，庙堂的文学尽管时髦，尽管胜利，终究没有'生气'，终究没有'人的意味'。二千年的文学史上，所以能有一点生气，所以能有一点人味，全靠有那无数小百姓的代表的平民文学在那里打点底子。"（第二章）在此他创造了个新的名词："民间的白话文学"。他所谓的"民间的白话文学"，其实就是口头文学或民间文学。

"双重的文学"是胡适的一贯的思想和理念。作于1922年3月3日的《五十年来中国之文学》一文，就已经提出并发挥了这一思想。继而，

---

① 胡适《白话文学史》，第一编第五章，新月书店1928年初版。此据百花文艺出版社2002年。下文所引，均见该书，只写章节，不另注出页码。

1925年9月29日在武昌大学的演讲《新文学运动之意义》，以澎湃的激情历数了二千年来匹夫匹妇、痴男怨女们创作的民歌、童谣、故事、戏剧。在《白话文学史》这本书里，这个思想和理念得到了最为完整和集中的体现。他说："从此（汉高祖）以后，中国的文学便分出了两条路子：一条是那模仿的，沿袭的，没有生气的古文文学；一条是那自然的，活泼的，表现人生的白话文学。向来的文学史只认得那前一条路，不承认那后一条路。我们现在讲的活文学史，是白话文学史，正是那后一条路。"（第二章）他说"一切新文学的来源都在民间"这个思想，是他在这部书里的个人心得之见。《国风》来自民间，《楚辞》里的《九歌》来自民间，汉魏六朝的乐府歌辞也来自民间。以后起的词起于歌妓舞女，元曲也是起于歌妓舞女。弹词起于街上唱鼓词的，小说起于街上说书讲史的。他在《白话文学史》中，不仅把历代民歌置于文学的"渊泉"地位，而且花费很大篇幅论述民间文学（主要是民歌）对文人文学的影响，验证他所说的"民歌是文学的渊泉"。三十年后，1958年5月4日，胡适在台北中国文艺协会八周年纪念会上发表的演说辞里再次重申这一思想："我们中国几千年的文学史上有两个趋势，可以说是双重的演变，双重的进化，双重的文学，两条路子。一个是上层的文学，一个是下层的文学。上层文学呢？可以说是贵族文学，文人的文学，私人的文学，贵族的朝廷上的文学。大部分我们现在看起来，是毫无价值的死文学，模仿的文学，古典的文学，死了的文学，没有生气的文学，这是上层的文学。但是，同时在这一千年当中，无论哪个时代：汉朝、三国、六朝、唐朝、宋朝、元朝、明朝、清朝、到现在，有一个所谓下层的文艺。下层文艺是什么呢？是老百姓的文学。是活的文艺，是用白话写的文艺，人人可以懂，人人可以说的文艺。"①1961年1月10日，胡适在台北中山路美军军官眷属俱乐部所作的20分钟英文演说中仍然坚持这一观点："中国文学有史以来有两个阶层：（1）皇室、考场、宫闱中没有生命的模仿的上层文字；（2）民间的通俗文字，特别是民谣、通俗的短篇故事与伟大的小说。""二十二个世纪的统一帝国与二十个世纪的文官考试共同维持了一个死去的文字，使它成为一个教育的工具，合法与官用的交通、与文学上——散文与诗——颇为尊重的媒介。可是许多世纪以来，普通的人民——街市与乡村的男人和妇女——他们所用仅有的一种语言，也就是他们本乡本土的语言，创造了一种活的文学，

① 胡适《中国文艺复兴运动》，见姜义华主编《胡适学术文集·新文学运动》，第288页，北京：中华书局1993年。

有各色各样的形式，——表达爱情与忧愁的民谣、古老的传说、街头流传的歌颂爱情、英雄事迹、社会不平、揭发罪恶等等的故事。"①虽然前后相距三四十年，可以见出，他的这个"双重的文学"的观点始终没有大的变化。

在这种"双重的文学"观的主导下，胡适对汉代以降的文学史上民间文学及其对文人文学影响的论述，多有精彩独到之处。对从汉到唐的乐府制度及乐府民歌的论述是其中之一。他说："乐府"就是平民文学的"征集所"、"保存馆"。他论列了如《江南可采莲》《战城南》《十五从军征》《有所思》《陌上桑》《陇西行》《东门行》《孤儿行》《上山采蘼芜》等民歌作品后，作了理论的归纳和提升，写道："以上略举向来相传的汉代民歌，可以证明当日在士大夫的贵族文学之外还有不少的民间文学。我们现在离汉朝太远了，保存的材料又太少，没有法子可以考见当时民间文学产生的详细情况。但从这些民歌里，我们可以看出一些活的问题，真的哀怨，真的情感，自然地产生出这些活的文学。……散文的故事不容易流传，故很少被保存的。韵文的歌曲却越传越远；你改一句，他改一句，你添一个花头，他翻一个花样，越传越有趣了，越传越好听了。遂有人传写下来，遂有人收到'乐府'里去。……'乐府'即是唐以后所谓'教坊'。"

关于"乐府"在文学史上的作用，他也有一段精彩的论述：

> "乐府"这种制度在文学史上很有关系。第一，民间歌曲因此得了写定的机会。第二，民间的文学因此有机会同文人接触，文人从此不能不受民歌的影响。第三，文人感觉民歌的可爱，有时因为音乐的关系不能不把民歌更改添减，使他协律；有时因为文学上的冲动，文人忍不住要模仿民歌，因此他们的作品便也往往带着"平民化"的趋势，因此便添了不少的白话或近于白话的诗歌。这三种关系，自汉至唐，继续存在。故民间的乐歌收在乐府里的，叫做"乐府"；而文人模仿民歌作的乐歌，也叫做"乐府"；而后来文人模仿乐府作的不能入乐的诗歌，也叫做"乐府"或"新乐府"。……汉以后的韵文的文学所以能保存一点生气，一点新生命，全靠有民间的歌曲时时供给活的体裁和新的风趣。（第一编第三章）

---

① 胡适《四十年来的文学革命》，原载 "*China News*" 1961年1月11日；又载同日《中央日报》（台北）。此据《胡适学术文集·新文学运动》，第309—310页。

胡适认为，东汉中叶以后，一直到魏晋的文学，在民歌的影响下开了一个新局面。汉代民歌在几百年的时期里"规定"了中古诗歌的形式体裁：五言诗、七言诗、长短不定的诗体，都是从民间歌辞里出来的。

（三）关于古代的故事诗

胡适在《白话文学史》里认为，与韵文比较而言，中国民间的散文传统发展得很晚。他虽然论述了《史记》、《汉书》中的一些口语化比较明显的作品，从中可以了解当时民间的口语是什么样子，但他毕竟没有谈到真正的民间故事的记载。其实，据研究者的研究，唐及唐以后的一些志怪志人小说，如李冗的《独异志》、张读的《宣室志》、牛僧儒的《玄怪录》等，魏晋以降的一些笔记小说，如刘义庆的《幽明录》、洪迈的《夷坚志》等，都收录了一些当时或前朝流传于民众中的民间故事和笑话之类的散文作品。所惜者，胡适对这些没有加以研究。

他把中国的故事诗单列一章予以论述，是《白话文学史》的独特之处。他写道：

> 故事诗（Epic）在中国起来得很迟，这是世界文学史上一个很少见的现象。要解释这个现象，却也不容易。我想，也许是中国古代民族的文学确是仅有风谣与祀神歌，而没有长篇的故事诗，也许是古代本有故事诗，而因为文字的困难，不曾有记录，故不得流传于后代；所流传的仅有短篇的抒情诗。这二说之中，我却倾向于前一说。"三百篇"中如《大雅》之《生民》，如《商颂》之《玄鸟》，都是很可以作故事诗的题目，然而终于没有故事诗出来。可见古代的中国民族是一种朴实而不富于想象力的民族。他们生在温带与寒带之间，天然的供给远没有南方的丰厚，他们须要时时对天然奋斗，不能像热带民族那样懒洋洋地睡在棕榈树下白日见鬼，白昼做梦。所以"三百篇"里竟没有神话的遗迹。所有的一点点神话如《生民》、《玄鸟》的"感生"故事，其中人物不过是祖宗与上帝而已（《商颂》作于周时，《玄鸟》的神话似是受了姜嫄故事的影响以后仿作的）。所以我们很可以说中国古代民族没有故事诗，仅有简单的祀神歌与风谣而已。
>
> 后来中国文化的疆域渐渐扩大了，南方民族的文学渐渐变成了中国文学的一部分。试把《周南》、《召南》的诗和《楚辞》比较，我们便可以看出汝汉之间的文学和湘沅之间的文学大不相同，便可以看出疆域越往南，文学越带有神话的分子与想象的能力。我们看《离

骚》里的许多神的名字——羲和、望舒等——便可以知道南方民族曾有不少的神话。至于这些神话是否取故事诗的形式，这一层我们却无法考证了。（第六章）

胡适认为，中国统一之后，南方的文学——赋体——成了贵族文学的正统体裁。传到北方后，没有发展成故事诗，而逐渐庙堂化了。而小百姓是爱听故事又爱说故事的，他们有时歌唱恋情，有时发泄苦痛，常诉诸故事这种体裁。所以有《孤儿行》《日出东南隅》等故事诗的行世。"故事诗的精神全在于说故事：只要怎样把故事说的津津有味，娓娓动听，不管故事的内容与教训。这种条件是当日的文人阶级所不能承认的。所以纯粹故事诗的产生不在于文人阶级而在于爱听故事又爱说故事的民间。"他说，魏黄初年间的左延年写了歌辞《秦女休行》，颇有故事诗的意味；此后数十年，傅玄也作了一篇《秦女休行》。两诗似是同一个故事。故而他认为，当年肯定有一个秦女休的故事流行于民间，而"这个故事的民间流行本大概是故事诗"，左延年和傅玄的《秦女休行》的材料都是大致根据于这种民间的传说的。此外，这一时代还有乐府歌辞《秋胡行》，这首歌辞的本辞固然不传了，但可证当年有秋胡的故事流行于世。他由此推断，汉末建安到西晋泰始之间，应是一个产生故事诗的时代。

《孔雀东南飞》这篇古代民间最伟大的故事诗就是流传于这个时代的，被收在徐陵编纂的《玉台新咏》里。梁启超认为《孔雀东南飞》起于六朝，陆侃如认为《孔雀东南飞》受了佛教的影响。胡适对此论进行了辩驳，认为应是汉末的作品。他写道："我以为《孔雀东南飞》的创作大概去那个故事本身的年代不远，大概在建安以后不远，约当3世纪的中叶。但我深信这篇故事诗流传在民间，经过三百年之久（230—550）方才收在《玉台新咏》里，方才有最后的写定，其间自然经过了无数民众的减增修削，添上了不少的'本地风光'（如'青庐'、'龙子幡'之类），吸收了不少的无名诗人的天才与风格，终于变成一篇不朽的杰作。""在当日实在是一篇白话的长篇民歌，质朴之中，夹着不少土气。"（第一编第六章）

如果说，胡适在民歌的论述上，在故事诗的梳理和论述上，不乏精辟之论的话，那么，在中国故事诗（叙事诗）不丰富的原因的分析上，却未免立论不周、捉襟见肘。同时代人茅盾对他的这个论断提出了批评：

据胡先生的意见，则古代中国民族因"生长在温带与寒带之间，天然的供给远没有南方民族的丰厚，他们须要时时对天然奋斗，不能像热带民族那样懒洋洋地睡在棕榈树下白日见鬼，白昼做梦。所以'三百篇'里竟没有神话的遗迹。"但是我觉得只就"三百篇"以论定中国古代民族之没有神话，证据未免薄弱了些吧？为什么呢？因为"三百篇"是孔子删定的，而孔子则不欲言鬼神。况且"时时要对天然奋斗"的北方民族也可以创造丰富的神话，例如北欧民族。……"神话是信仰的产物，而信仰又是经验的产物。人类的经验不能到处一律，而他们所见的地形与气候，也不能到处一律。有些民族早进于农业文明社会，于是他们的神话就呈现了农业社会的色彩……但是同时的山居而以游牧为生的民族，却因经验不同，故而有了极不同的神话。"（*Mackenzie's Myths of Crete and Pre-Hellenic Europe; Introduction*,P.23—24）可见地形和气候只能影响到神话的色彩，却不能掩没一民族在神话时代的创造冲动。现在世界上文化程度极低的野蛮民族如南非的布须曼（Bushmen）族，只会采掘植物的块根，打些小鸟小兽过生活，又如奥伐赫莱罗（Ovaherero）族，尚在游牧时代，他们都在热带，不必时时和天然苦斗，他们很可以懒洋洋地睡在棕榈树下白日见鬼，白昼做梦，然而他们只有绝简陋的神话。中国古代（北方）民族之曾有丰富的神话，大概是无疑的；问题是这些神话何以到战国时就好像歇灭了。"颇乏天惠，其生也勤"，不是神话销歇的原因，已经从北欧神话可得一证明；而孔子的"实用为教"，在战国时亦未有绝对的权威，则又已不像是北方神话的致命伤。所以中国北部神话之早就销歇，一定另有原因。据我个人的意见，原因有二：一为神话的历史化，二为当时社会上没有激动全民族心灵的大事件以诱引"神代诗人"的产生。[①]

茅盾的辩驳，着眼点在古代中国北方是否有丰富的神话和北方民众是否富于幻想的问题上，当然，他提出了一个令人思考的大问题，即在神话产生的那个时代，没有足以激动全民族和诱引"神代诗人"产生的大事件发生，使得北方的神话过早地歇灭。但他几乎没有正面回答胡适提出的中国民间的故事诗（叙事诗）何以不发达以及中国上古神话是否采取故事诗的形式等问题。

中国古代的民间故事诗流传下来的数量很少，固然是一个不争的事

---

① 茅盾《中国神话研究ABC》，《茅盾全集》第28卷，第182—183页，北京：人民文学出版社1993年。

实，这是要进一步探讨的问题。现代的民间文学搜集者们在20世纪50—90年代这五十年间在鄂西北地区和东南沿海吴语地区发现和搜集到的大量长篇民间叙事诗，也是一个不争的事实。这至少说明了，中国北方民族并不是没有叙事而只有抒情的传统，而是在古代什么原因把民间叙事诗这种形式中断了。

（四）历史演进法与古史传说的研究

顾颉刚与胡适来往甚密，受胡适的影响很大。由顾颉刚发难的"古史辨"大讨论中，胡适从一开始就与顾颉刚有书信来往讨论古史和古书真伪问题，支持顾颉刚的观点。顾颉刚在《我是怎样编写〈古史辨〉的？》一文中写道："当'五四'运动之后，人们对于一切旧事物都持了怀疑态度，要求批判接受，我和胡适、钱玄同等经常讨论如何审理古史和古书中的真伪问题……从姚际恒牵引到崔东壁，我们怀疑古史和古书中的问题又多起来了。在崔氏的信经而重新审查了传、记里的资料的基础上，我们进一步连经书本身也要走着姚际恒的路子，去分析它的可信程度。这就是《古史辨》的产生过程。"他们都认为所谓古史，都是不可信的，那些古史传说都是神话。在顾颉刚编的《古史辨》第一册的上编中所收录的，就是他在《读书杂志》发表辩论文章《与钱玄同先生论古史书》之前与胡适和钱玄同就疑古辨伪问题的来往信札。胡适有一句名言："宁疑古而失之，不可信古而失之。"后来，胡适的"疑古"立场发生了变化。1929年他任上海公学校长时，顾颉刚脱离中山大学到上海去看他，胡对顾说："现在我的思想变了，我不疑古了，要信古了！"胡适在回北大后，曾写了一篇《说儒》，受到郭沫若的"痛驳"。[1]这是一段历史的公案。

顾颉刚的著名古史辨伪论文《与钱玄同先生论古史书》，就是在胡适主办的《努力》增刊《读书杂志》第9期（1923年5月6日）上发表的。文章发表后，胡适于次年即1924年2月22日出版的《读书杂志》第18期上发表《古史讨论的读后感》，高度评价了顾颉刚等人的讨论文章，认为是"《努力》出世以来最有永久价值的文章"。他对顾颉刚的"层累地造成的古史"观用于古史传说研究发表了自己的见解，说：

顾先生的这个见解（按指"层累地造成的古史"），我想叫他做"剥

---

[1]　顾颉刚《我是怎样编写〈古史辨〉的？》，《古史辨》第一册，第9—13页，上海古籍出版社1982年。

皮主义"。……这种见解重在每一种传说的"经历"与演进。这是用历史演进的见解来观察历史上的传说。这是顾先生这一次讨论古史的根本见解，也就是他的根本方法。……他的方法可以总括成下列的方式：

（1）把每一件史实的种种传说，依次先后出现的次序，排列起来。

（2）研究这件史实在每一个时代有什么样子的传说。

（3）研究这件史实的渐渐演进，由简单变为复杂，由陋野变为雅驯，由地方的（局部的）变为全国的，由神变为人，由神话变为史事，由寓言变为事实。

（4）遇可能时，解释每一次演变的原因。

他举的例是"禹的演进史"。……顾先生的主要观点在于研究传说的经历。……其实古史上的故事没有一件不曾经过这样的演进，也没有一件不可用这个历史演进的（evolutiongary）方法去研究。尧舜禹的故事，黄帝神农庖牺的故事，汤的故事，伊尹的故事，后稷的故事，文王的故事，太公的故事，周公的故事，都可以做这个方法的实验品。[①]

胡适首肯和推崇顾颉刚在"层累地造成的古史"观下创立的研究古史传说的方法，并把它归纳为"历史演进法"。胡适并指出这种方法"在于研究传说的经历"；"重"在每一种传说的"经历与演进"，即"凡是一件史事，应看他最先是怎样，以后逐步逐步的变迁是怎样"。他所以如此肯定和推崇历史演进法，在于他看到古史上的故事没有一件不曾经过这样的演进，如尧、舜、禹的故事，黄帝、神农、庖牺的故事，等等，故他认为，演进是古史传说变迁的一个普遍现象或规律。应该说，胡适的这番论述，既是对顾颉刚提出的研究方法的首肯，也是对他提出的研究方法的一个补充。

五年后，杨宽对胡适的古史传说演进的方法提出了商榷。他写道：

胡适尝分别考辨古史传说演变之方法为四步骤：

（1）将每一事之种种传说，依先后出现次第排比。

（2）研究此一事在每一时代有如何之传说。

（3）探索此一事渐次演变之迹象。

（4）遇可能时，解释其每次演变之原因。

---

① 胡适《古史讨论的读后感》，《胡适文存》二集卷一，第153—157页，上海：亚东图书馆1931年；又见《古史辨》第一册，第192—194页，上海古籍出版社1982年。

其方法偏重时间性之探讨而略于地方性之注意，犹为未达一间！
胡氏又尝分析古史传说之来源与演变之程序：

（1）由简单变为复杂。

（2）由地方的变为全国的。

（3）由神话变为史实，由陋野变雅驯。

（4）由寓言变为事实。

就中古史传说以神话变为史实一例最为普遍，古史传说之初相几
无非为神话也。[①]

杨宽认为胡适提倡的古史传说方法，偏重于时间性之考察，而忽略地
方性的考察，故而是片面的。他则主张古史传说—神话演变的"分化与融
合说"，即"中国古史传说酝酿与写定，在商周之世，盖无非东西二系神
话之分化与融合而成。"

（五）滚雪球与箭垛式

在为俞平伯点校的《三侠五义》写的序言里，胡适通过对包拯这个
人物形象的历史演变，论述了所谓"箭垛式的人物"和传说演变规律的问
题。他写道：

> 历史上有许多有福之人。一个是黄帝，一个是周公，一个是包龙
> 图。上古有许多重要的发明，后人不知道是谁发明的，只好都归到黄
> 帝的身上，于是黄帝成了上古的大圣人。中古有许多制作，后人也不
> 知道是谁创始的，也就都归到周公的身上，于是周公成了中古的大圣
> 人，忙的不得了，忙的他"一沐三握发，一饭三吐哺！"
>
> 这种有福的人，我曾替他们取个名字，叫做"箭垛式的人物"；
> 就如同小说上的诸葛亮借箭时用的草人一样，本来只是一札干草，身
> 上刺猬也似的插着许多箭，不但不伤皮肉，反可以立大功，得大名。
>
> 包龙图——包拯——也是一个箭垛式的人物。古来有许多精巧的
> 折狱故事，或载在史书，或流传民间，一般人不知道他们的来历，这
> 些故事遂容易堆在一两个人的身上。在这些侦探式的清官之中，民间
> 的传说不知怎样选出了宋朝的包拯来做一个箭垛，把许多折狱的奇案

[①]　杨宽《中国上古史导论》，《古史辨》第七册，（上），第107—108页，上
海古籍出版社1982年。

都射的他身上。包龙图遂成了中国的歇洛克福尔摩斯了。[①]

早在《古史讨论的读后感》中，胡适就曾把顾颉刚的"层累地造成的古史"观概括为"历史的演进法"，并说："古史上的故事没有一件不曾经过这样的演进，也没有一件不可用这个历史演进的（evolutionary）方法去研究。尧舜禹的故事，黄帝神农庖牺的故事，汤的故事，伊尹的故事，后稷的故事，文王的故事，太公的故事，周公的故事，都可以做这个方法的实验品。" "箭垛式的人物"这个名词或概念的提出，显然与他早先提出的"历史的演进"法有着渊源关系，既适用于古史传说，又适用于人物传说。胡适把宋代以来九百年间，特别是元明两朝时期的包公传说的来龙去脉作了历史的钩沉，厘清了传说演变的线索，并对不同时代民间流传的故事和文人笔下（主要是杂剧和小说中）的故事里所包含的情节元素进行了比较研究，找出哪些元素属于包公传说的核心——"母题"，那些元素是在不同历史条件下被附会上去的或新创作的，他不但发现了包公传说在宋元之间就已在民间盛行，也发现了这个人物传说是民众按照自己的愿望把种种折狱的奇闻和材料加诸于他的身上，于是包公就成了一个"箭垛式的人物"。就包公这一形象的演变而言，他从诸多的记载中发现："《宋史》本传记载他的爱民善政很多，大概他当日所以深得民心，也正是因为这个原故。不过后世传说，注重他的刚毅峭直处，遂埋没了他的敦厚处了。"[②]从刚毅到敦厚，是由无数个细节的累积和叠压而成的，既闪现着脚步匆匆的历史的留影，又浸染着生活于社会下层的民众的愿望。"箭垛式的人物"不失是中国学者原创的传说论学说。

到明清间杂记体小说《包公案》（又名《龙图公案》）问世，在《桑林镇》一节中记述了包公断太后的事，从而牵出了李宸妃的传说。从元代起就流传于民间的李宸妃的传说，成为包公传说的一个重要构成情节。胡适说："李宸妃一案也堆到包拯身上去了。"[③]包公传说的"粘连"和"堆积"越来越丰富，作为传说中次要人物的李宸妃本身，因而自然进入了胡适的传说研究的视野。李宸妃的传说之外，"五鼠闹东京的神话"也粘连

---

① 胡适《〈三侠五义〉序》，《胡适文存》三集卷六，第661页，上海：亚东图书馆1931年。

② 胡适《〈三侠五义〉序》，《胡适文存》三集卷六，第663页，上海：亚东图书馆1931年。

③ 胡适《〈三侠五义〉序》，《胡适文存》三集卷六，第669页，上海：亚东图书馆1931年。

进了包公传说，而且五鼠后来成为五个义士，玉猫后来成为御猫展昭。胡适说，"这又可见传说的变迁与神话的人化了"。①

宋仁宗生母李宸妃的故事，在当时是一个大案，后世演变成一大传说，又渐而由传说演为杂剧和小说，到清代，又把"狸猫换太子"的故事情节也粘连进来，成为连台几十本的大戏。故胡适认为，李宸妃传说的演变，也颇有研究的价值。他以洞幽触微的观察力捕捉李宸妃故事中的若干因素，从中追索这个故事所以能流行和传播的原因。他指出："前条说民人繁用迎着张茂实的马首喊叫，后条说民间传说诛冷青时京师昏雾四塞。这都可见当时民间对于刘后的不满意，对于被她冤屈的人的不平。这种心理的反感便是李宸妃故事一类的传说所以流行而传播久远的原因。……李宸妃的一案，事实分明，沉冤至二十年之久，宸妃终身不敢认儿子，仁宗二十三年不知生母为谁，及至昭雪之时，皇帝下诏自责，闹到开棺改葬，震动全国的耳目：——这样的大案子自然最容易流传，最容易变成街谈巷议的资料，最容易添枝加叶，以讹传讹，渐渐地失掉本来的面目，渐渐地神话化。"②他认为，到小说《三侠五义》里的"狸猫换太子"故事，"是把元明两种故事参合起来，调和折衷，组成一种新传说，遂成为李宸妃故事的定本。……这个故事有两种很不同的传说，不像是同出一源逐渐变成的，乃是两种独立的传说。"③

胡适从包公传说、李宸妃传说的研究中得出了下列有关传说这种体裁的结论：

　　　　我们看这一个故事在九百年中变迁沿革的历史，可以得一个很好的教训。传说的生长，就同滚雪球一样，越滚越大，最初只有一个简单的故事作个中心的"母题"（Motif），你添一枝，他添一叶，便像个样子了。后来经过众口的传说，经过平话家的敷演，经过戏曲家的剪裁结构，经过小说家的修饰，这个故事便一天一天的改变面目，内容更丰富了，情节更精细圆满了，曲折更多了，人物更有生气了。……这个故事不过是传说生长史的一个有趣的实例。此事虽小，

---

① 胡适《〈三侠五义〉序》，《胡适文存》三集卷六，第669—670页，上海：亚东图书馆1931年。

② 胡适《〈三侠五义〉序》，《胡适文存》三集卷六，第676页，上海：亚东图书馆1931年。

③ 胡适《〈三侠五义〉序》，《胡适文存》三集卷六，第681页，上海：亚东图书馆1931年。

可以喻大。包公身上堆着许多有主名或无主名的奇案，正如黄帝、周公身上堆着许多大发明大制作一样。李宸妃故事的变迁沿革也就同尧、舜、桀、纣等等古史传说的变迁沿革一样，也就同井田禅让等等古史传说的变迁沿革一样。①

　　写于1925年3月15日的这个结论，包括了他的关于传说的构成与演变的两个思想："箭垛式的人物"和"滚雪球"式的流传与传播方式。他的这个表述与他于1923年2月25日提出的"历史演变"说是一致的，但比先前的表述更完善了。胡适在传说故事方面还做过一些其他的研究与阐述，如关于井田制与禅让传说的研究，曾导致了他的"历史演变"说的形成，恕不赘述了。

　　北大歌谣研究会停止活动、《歌谣》周刊停刊十年后，胡适受命于1936年4月将歌谣研究会复会，《歌谣》周刊同时复刊。这一时期的情况，将在下一章里再叙。

第十节　《歌谣》停刊

　　《歌谣》周刊于1925年6月28日出版第97期后，正值暑假到来，照例要停刊的。但在这一期的头版头条位置刊登了一则《启事》。全文如下：

> 本刊暑假内照例停刊，而本会向来有人负责，关于投稿或通讯，均可照平日一样。这事好像可以不必声明似的，但此次与前几次颇有些不同了。此次停刊后再出版时，或者不是现在的面目了。因为研究所国学门于5月11日开会讨论，结果决定"本刊"到96号为止，暑假后归并《研究所国学门周刊》，但"本刊"因稿件过多，不得不再出一期，然而此期仍算96号，以便装成第4册合订本，不日即可出版。至于暑假后的《周刊》的计划如何……

　　创刊于1922年12月17日的《歌谣》周刊，就此寿终正寝。两年多的时间里，共出了97期（包括校庆增刊和第96—2期）。《歌谣》停刊后，《北京大学研究所国学门周刊》第1期遂于1925年10月14日问世。正文前面有一

---

　　①　胡适《〈三侠五义〉序》，《胡适文存》三集卷六，第685—686页，上海：亚东图书馆1931年。

篇《缘起》：

> 国学门原有一种《歌谣周刊》，发表关于歌谣的材料。去年风俗调查会成立，也就借它的余幅来记载一点消息。后来寖至一期之中，尽载风俗，歌谣反付缺如，顾此失彼，名与实乖。兼之国学门成立以来研究生之成绩，及各学会搜集得来整理就绪之材料，日积月累，亦复不少，也苦于没有机会发表。于是同仁遂有扩张《歌谣周刊》另行改组之举。
>
> 这个新周刊是包括国学门之编辑室、歌谣研究会、方言研究会、风俗调查会、考古学会、明清史料整理会所有的材料组合而成。其命意在于将这些材料编成一个略有系统的报告，以供学者之讨论，借以引起同人之兴趣及社会之注意。其组织虽与本校《国学季刊》不同，却是表里相需并行不悖的。以后尚望同志随时赐教。
>
> 十四年十月十日

《北京大学研究所国学门周刊》，简称《国学门周刊》。此《缘起》就是创刊号的发刊词。出自谁的手笔，待考。该刊编辑为魏建功与顾颉刚二人，很有可能出自魏建功之手笔。作为后《歌谣》时期的《国学门周刊》，名义上是为解决歌谣材料和风俗材料发表之“顾此失彼，名与实乖”的矛盾，但实际上所显示的，却是起于1918年的歌谣运动的江河日下、风光不再。在笔者看来，在民间文学（歌谣）方面，《国学门周刊》仍然沿袭《歌谣》的旧制，继续发表一些各地的歌谣和故事的资料，理论研究，除了关于《诗经》中的国风的讨论外，几无成绩。由于顾颉刚是编辑之一，故孟姜女故事的研究资料优先选登。顾颉刚在《孟姜女故事研究的第二次开头》里写道：“《孟姜女故事专号》在《歌谣》周刊上发表了九次了。现在《歌谣》周刊并入《国学门周刊》，这个故事的研究文字就要在这个新周刊上作长期登载的材料了。”[①]《国学门周刊》从《孟姜女故事研究（10）》开始。其他，略有新意的是：钱南扬的《梁山伯与祝英台的故事》（《国学门周刊》第8期，1925年12月2日；《国学门月刊》第1卷第3号，1926年12月20日）；钟敬文的《陆安传说》（从第1卷第1期起至第10期）；谷凤田等人的山东近世歌谣、台静农的淮南情歌选刊。《国学门

---

① 顾颉刚《孟姜女故事研究的第二次开头》，《北京大学研究所国学门周刊》第1期，1925年10月14日。

周刊》出到1926年8月底，10月24日改为《国学门月刊》。

与《歌谣》周刊互相配合，热心关注和大力提倡歌谣的《晨报副镌》与《京报》副刊《民众文艺周刊》（从1924年2月9日—1925年11月20日，出版了47号）也先后停刊。

从此，以北大歌谣研究会为中心的中国歌谣运动暂告消歇。据资料，前后七八年的歌谣征集活动中，共征集到歌谣13908首，出版《歌谣》周刊97期。已裒辑成书亟待付印的《歌谣丛书》八种（顾颉刚《吴歌集》、常惠《北京歌谣》、刘经菴《河北歌谣》、白启明《南阳歌谣》、台静农《淮南情歌》一二集、常惠《山歌一千首》、孙少仙《昆明歌谣》和《直隶歌谣》），只出版了顾颉刚的《吴歌甲集》一种；《歌谣小丛书》4种：董作宾《看见她》、常惠《北京谜语》、常惠《北京歇后语》、常惠《谚语选录》，只出版了《看见她》一种；《故事丛书》2种：顾颉刚《孟姜女故事的歌曲甲集》和《孟姜女故事研究集》，只出版了前一种。①

前期歌谣研究会时代，歌谣的研究一时蔚然成风，成为全国人文学界和文学界的一个热点，这是时代所造成的。这个时期的民间文学研究专著有：董作宾《看见她》（北京大学歌谣研究会，1924）、刘经菴《歌谣与妇女》（上海：商务印书馆，1925）、罗香林《粤东之风》（上海：北新书局，1928）。还有胡寄尘（怀琛）的《中国民歌研究》（上海：商务印书馆，1925），作者不是北大歌谣研究会的会员，也不是《歌谣》周刊的作者，是南方民间文学研究的代表人物之一。此外，北大歌谣研究会的研究成果，还有一本钟敬文编的《歌谣论集》（上海：北新书局，1928）。这部文集的编选工作，是在北大歌谣研究会及《歌谣》周刊停止活动之后的1927年11月进行的，此时，编者已经到了广州中山大学，意在总结已经成为过去的那一段蓬勃发展的歌谣运动。该文集从《歌谣》周刊上选了41篇文章，并不包括《歌谣》周刊以外的其他报刊发表的文章，故只能代表北大歌谣研究会的成就。编者在《序》里引用何畏（思敬）发表在《新生》周刊（民间文学专号，1927年1卷24/25期合刊）上的一篇文章说："文学革命的意义有许多，如建设了一个新作家的文坛，输入了新思想，其外还有一个很重要的意义，即参加这个运动的人，都能想到要注意民间文学。"钟敬文在这段引文之后不无感慨地写道："真的，数年来国人对于民间文学的搜集与探究，是新文学运动中一件很有声势与价值的工程；而就中最致力于这个工程的建筑的，尤不得不于我们北京大学的歌谣研究会首屈一

---

① 据《国立北京大学研究所国学门概略》，1927年2月1日。

指了。"①

由于军阀横行，政局险恶，北大经费拮据，连薪水都发不出来，研究所的计划无法实现，鲁迅、沈兼士、顾颉刚、容肇祖等于1926年先后离开北大到厦门大学任教。不久，鲁迅、顾颉刚、容肇祖等又先后转到广州中山大学任教，傅斯年、顾颉刚在中山大学语言历史学研究所创立民俗学会。

第十一节　顾颉刚与"古史辨"神话学

20世纪10—20年代，在五四新文化运动的影响下，知识界对传统的批判，尤其是对被汉代以来的史家和儒家们伪造的或理想化了的古史的怀疑情绪日增，在这种思潮中诞生了一个以顾颉刚为代表、以"疑古"和"辨伪"为思想武器的"古史辨"派，他们力求把与历史融为一体的古代神话与历史史实剥离开来。由于"古史辨"派辨伪讨论中的"古史"即神话，所以清理或"破坏"古史的过程，也就是清理或"还原"神话的过程，于是，神话学界又把"古史辨"派延伸为"古史辨派神话学"。"古史辨"派的活跃期，前后大约持续了三十多年，可以认为，在杨宽的《中国上古史导论》发表和吕思勉与童书业编的《古史辨》第七册出版，"古史"辨伪浪潮渐告消歇。"古史辨"派在中国史学建设与发展和中国神话学建设与发展中的作用与影响是十分深远的。

（一）"古史辨"派形成的文化背景和学术渊源

在中国文化史上，疑古思潮萌生于战国时期，有着2000余年的悠久传统和漫长历史。到明清两代，疑古辨伪之学走向成熟，出现了被胡适称为"科学的古史家"的崔述的《东壁遗书》这样的著作。到20世纪初年，无论是晚清的今文家和外国的汉学家中，疑古辨伪思潮已发展为一种很有势力的学术潮流。在外国汉学家中，如日本的白鸟库吉，法国的马伯乐，他们都是疑古论者，他们的著作，大都主张中国传统学者的上古史观，是靠不住的，中国的上古史实际上是神话传说而非信史。

中国学者方面，如康有为、夏曾佑等，都是这个承上启下的转折时代中的疑古学者。钱玄同说："推倒汉人迂谬不通的经说，是宋儒；推倒秦汉以来传记中靠不住的事实，是崔述；推倒刘歆以来伪造的《古文经》，是康有为。但是宋儒推倒汉儒，自己取而代之，却仍是'以暴易暴'，

---

① 钟敬文《〈歌谣论集〉序》，上海：北新书局1928年。

'犹吾大夫崔子'。崔述推倒传记杂说，却又信《尚书》、《左传》之事实为实录。康有为推倒《古文经》，却有尊信《今文经》，——甚而至于尊信纬书。这都未免知二五而不知一十了！"[1]

夏曾佑著中学教科书《中国古代史》于1904年（或1905年，商务印书馆）问世，作者辟出《传疑时代》专章，把炎黄之前的"太古三代"定位为"神话"而非史实，是一个"传疑时代"，并说，那些古史传说都是秦汉间人根据自己的信仰编造出来的。就其古史观而言，夏曾佑无疑是20世纪初的"疑古"论的先驱者。尽管夏曾佑的疑古思想，特别是在对汉儒的学术思想和纬书的依赖上，还显示出他自身学养和历史环境的局限，并不彻底，甚至被钱玄同、顾颉刚等人批评。但顾颉刚到了晚年在为程憬遗著《中国古代神话研究》一书写的序言中说："从现在看来固然很平常，但在当时的思想界上则无异于霹雳一声的革命爆发，使人们陡然认识了我国的古代史是具有宗教性的，其中有不少神话的成分。"[2]他高度评价了夏曾佑作为我国第一个从古史中探询神话者的先驱作用。

"五四运动"前夕，反传统、反封建、借鉴西方、崇尚科学的浪潮日益高涨，疑古辨伪思潮在一些新思想的学者中以新的姿态兴盛起来。胡适、钱玄同、顾颉刚等北京大学的教授们经常讨论如何审理古史和古书中的真伪问题，他们既承袭并延续了宋代郑樵到清代姚际恒、崔述、章太炎、康有为等人的怀疑古史的思想传统，又接受了民主和科学以及进化论的进步思想，掀起了一个疑古辨伪的新史学运动。

顾颉刚出生于苏州一个书香家庭，幼年时期就饱览群书，喜欢史学，发现许多古书是靠不住的，传说中的古史也是靠不住的。"五四运动"之后，反封建成为社会潮流，人们对于一切事物都持怀疑态度，要求批判接受，终于，顾颉刚在怀疑、批判中产生了推翻古史的动机。他说："因为辑集《诗辨妄》，所以翻读宋以后人的经解很多。对于汉儒的坏处也见到了不少。接着又点读汉儒的《诗》说和《诗经》的本文。到了这个时候再读汉儒的《诗》说，自然触到他们的误谬，我更敢大胆的批抹了。到了这个时候再读《诗经》的本文，我也敢用了数年来在歌谣中得到的见解作比较的研究了。我真大胆，我要把汉学和宋学一起推翻，赤裸裸地看出

---

① 钱玄同《玄同先生与适之先生书》，《古史辨》第一册，第27页，上海古籍出版社1982年影印本。

② 顾颉刚《程憬〈中国古代神话研究〉序》，《博览群书》杂志1993年第11期，北京。

它的真相来。"①顾颉刚读郑樵的《通志》、姚际恒的《九经通论》和崔述的《崔东壁遗书》等书，开始怀疑古史和古书的可信性，而且从怀疑"传"、"记"，到怀疑"经"，从辨伪书、辨伪事，到辨伪史。

顾颉刚在胡适指导下标点《古今伪书考》时在给胡适写的一封信中写道："中国号称有四千年（有的说五千年）的历史，大家从《纲鉴》上得来的知识，一闭目就有一个完备的三皇五帝的统系，三皇五帝又各有各的事实，这里边真不知藏垢纳污到怎样！若能仔细的同他考一考，教他们涣然消释这个观念，从四千年的历史跌到二千年的历史，这真是一大改造呢！"②胡适对顾颉刚的这种大胆的疑古思想颇为欣赏，他在回信里这样说明他的古史观："大概我的古史观是：现在先把古史压缩二三千年，从《诗三百篇》做起。将来等到金石学、考古学发达上了科学轨道以后，然后用地底下掘出的史料，慢慢地拉长东周以前的古史。至于东周以下的史料，亦需严密评判，'宁疑古而失之，不可信古而失之。'"③

顾颉刚的疑古辨伪，经过了一段很长时间的酝酿期。他在《古史辨》第一册《自序》里写道：在"读了《孔子改制考》的第一篇（按在1921年——本书作者）之后，经过了五六年的酝酿，到这时始有推翻古史的明确的意识和清楚的计划。"④到1923年5月6日出版的《努力》增刊《读书杂志》第9期上刊登了顾颉刚的《与钱玄同先生论古史书》，在学界引起了一场轩然大波，接着发表了刘棪藜、胡堇人的辩驳文章，于是辩论文章相继见诸报端，一个震动中国学术界的、以顾颉刚为代表的"古史辨"学派便在论争中形成了。

从学术渊源上来说，"古史辨"派不是几个杰出思想家们的凭空杜撰，而是中国传统学术史上的前代疑古学者的思想和学术的继承与延续。顾颉刚说："在崔氏的信经而重新审查了传、记里的资料的基础上，我们进一步连经书本身也要走姚际恒的路子，去分析它的可信程度。这就是《古史辨》的产生过程。"⑤钱穆说："颉刚史学渊源于东壁之《考信录》，变而过激，乃有《古史辨》之跃起。"⑥胡适说："在中国古史学

①　顾颉刚《〈古史辨〉第一册·自序》（1926年1月12日），第48页。
②　顾颉刚《告拟作〈伪书考〉文书》（1910年12月15日），《古史辨》第一册，第13—14页。
③　胡适《自述古史观》（1921年1月28日），《古史辨》第一册，第22—23页。
④　顾颉刚《〈古史辨〉第1册·自序》，《古史辨》第一册，第43页。
⑤　顾颉刚《我是怎样编写〈古史辨〉的》，《古史辨》第一册，第9页。
⑥　钱穆《八十忆双亲·师友杂忆》，第143页，长沙：岳麓书社1986年。

上，崔述是第一次革命，顾颉刚是第二次革命，这是不须辨证的事实。"[1]
钱玄同说："前代学者如司马迁，如王充，如刘知几，如顾炎武，如崔述
诸人，都有辨伪的眼光，所以都有特别的见识。可是前代学者的辨伪，都
是自己做开山始祖，所以致力甚勤而所获甚少。咱们现在，席前人之成
业，更用新眼光来辨伪，便可事半功倍。"[2] "古史辨"派之于传统学术，
既有继承，又有超越。所谓"超越"，一是"用新的眼光来辨伪"（如引
进并运用了进化论的理论与方法，如"用故事的眼光解释古史构成的原
因"即比较研究等），二是辨伪范围的扩大（顾颉刚说他的"所谓辨伪，
大约有三方面：一是伪理，二是伪事，三是伪书。"[3]），三是提出了推翻
非信史的四项标准：第一，打破民族出于一元的观念；第二，打破地域向
来一统的观念；第三，打破古史人化的观念；第四，打破古代为黄金世界
的观念。[4]

晚清末年，正当中国知识界疑古思潮崛起之时，日本学界有些汉学
家也起于风气之先，加入到这个疑古潮流中。神话学家白鸟库吉（1865—
1942）就是其中一人。白鸟库吉是日本东洋史学与日本研究中国神话的创
始人。1890年毕业于东京帝国大学文学部史学科，1901—1903年留学欧洲
德、法、匈牙利等国。历任学习院大学教授，东京帝国大学文科大学教
授，东京帝国大学名誉教授。有《白鸟库吉全集》（全十卷）。研究中
国神话的论文有：《尚书的高等批评（特就关于尧舜禹的研究）》（刊
《东亚研究》第2卷第4号，明治四十五年［1912］）；《支那古代史之批
判》，昭和五年稿，未发表，收入《白鸟库吉全集》第8卷（昭和四十五年
岩波书店）。[5]他于1909年撰有《中国古传说之研究》（原载《东洋时报》
第131号，明治四十二年）一文。[6]此著的主要观点如下：

---

① 胡适《介绍几部新出的史学书》，《古史辨》第二册（下），第338页。

② 钱玄同《论今古文经学及〈辨伪丛书〉书》（1921年3月23日），《古史辨》
第一册，第29—30页。

③ 顾颉刚《答编录〈辨伪丛刊〉书》（1921年4月2日），《古史辨》第一册，
第32页。

④ 顾颉刚《答刘胡两先生书》（1923年7月1日），《古史辨》第一册，第99—
101页。

⑤ 有关白鸟库吉对中国古代神话的研究，参阅王孝廉《日本学者的中国古代神话
研究》，台北：《大陆杂志》第45卷第1期。

⑥ 刘俊文主编《日本学者研究中国史论著选译》（第一卷），北京：中华书局
1992年。

（1）把古传说视为历史。白鸟氏说：“传说仍有其属于历史之一面。不论传说如何荒唐无稽、难以置信，亦无非该国历史之产物，一国传说若离开其历史，即不能存立。凡传说必有其主角，其人是否真如所传，固值怀疑，然而传说用事实与虚构结合而成，其形成之经过，却依然传出事实真相。加之凡国民必有其理想，而古传说又必包含此理想，故欲研究一国国民之历史并论及其精神，必需探讨其国民固有之传说，加以妥当解释。因此传说之历史研究，决不应等闲视之。欲彻底了解中国之哲学宗教，必须考察其古传说。中国传说之背景以儒教为理想，其中包括负起儒教崇拜角色之主人翁。不少传说一直被视为历史事实，无人提出疑问。现在试以别种解释，批判其所谓之人物遗迹，并探讨其由来。”（第1—2页）

（2）尧舜禹三王的历史可疑。白鸟氏说：“尧舜禹三王之事迹……尧之事业主要关乎天文，舜之事业涉及人事，禹之事业则限于土地……吾人不得不疑尧舜禹三王之历史存在。尧主司天事，司人事者为舜，而彼之德为孝，并不为奇。孝乃百行之本，为中国人道德之基本。不难推知，彼等以舜为其道德理想之人格化。禹之事业与土地有关，已如上述。若尧舜禹三王传说之作者，应是心中先有自太古即存在之天地人三才说，始构成此传说。易言之，尧舜禹之三传说，实非一相继（succeessive，今译历时性）之事，乃一并立（coexistent，今译共时性）之事。因作者眼中存有三才说，故传说整体有不自然及人为之统一。”（第4—5页）“尧舜禹乃古之圣王，孔子祖述之，孟子尊崇之，后世儒者之流视为圣贤，言行极受推崇，无人怀疑此等古圣人历史之存在。然而如今检讨研究三王之传说，大有怀疑之理由……尧之至公至明、舜之孝顺笃敬、禹之勤勉力行，即古代中国人对王者之所望，实儒教之理想……三王传说渗入了天地人三才之思想……三才思想，由来甚远，《舜典》中有三礼：祀天神、享人鬼、祭地祇，《甘誓》中有三正，于三才之月以建正。《易经》中有三才之道……此种三才思想，不仅见于中国之古籍，亦为北方诸民族间传播之共有思想。蒙古、东北、突厥诸族莫不有此思想，所谓萨满教拜天之根本思想，即此三才思想。故中国此种思想，其来甚久，尧舜禹之传说为其反映，决非偶然。”（第7—8页）白鸟是历史学家，他怀疑尧舜禹的真实存在而是传说人物，此“疑古”思想也多少给顾颉刚的“疑古”学说和“古史辨”派历史观的形成以影响。

（3）儒教控制上层思想，道教支配民间思想。白鸟氏说：“就吾人所见，尧舜禹乃儒教传说，三皇五帝乃易及老庄派之传说，而后者以阴阳五行之说为其根据。故尧舜禹乃表现统领中国上层社会之儒教思想，三皇五帝则主要表现统领民间思想之道教崇拜。据史，三皇五帝早于尧舜禹，然传说成立之顺序决非如是，道教在反对儒教后始整备其形态，表现道教派理想之传说发生于儒教之后，当不言自明。如是，儒教与道教虽为中国哲学思想之两大对立潮流，然二者均朝拜苍苍皇天，有期于天地，实同为一种自然教。其异处唯在儒教发挥人类性质，不与天地瞑合，老庄及从其胚胎之道教，从其脱化之风水说等则灭却人性机能，与天地瞑合。若以佛语为喻，儒教当为自力教，而道教则为他力教。因此之故，前者主要控制中国上层社会思想，后者主要支配民间思想。"（第8页）白鸟在这段话里明确地指出，在中国的尧舜禹古史传说中掺杂有浓重的儒家思想的印迹，甚至称其为儒教传说。

顾颉刚是否直接受到过白鸟库吉这篇文章的"疑古"思想的影响，笔者没有直接的证据。但在他身后于台北出版的《顾颉刚读书笔记》[①]（联经出版社事业公司1990年版）第4卷《浪口随笔（三）》里收有《白鸟库吉释梁州名》《匈奴属突厥族或蒙古族问题》二文，都是评论白鸟库吉的中国学论著的短文。故我们有理由认为，顾在发表《古史辨》系列论文的时代，是直接或间接了解白鸟氏的观点的。

从时代来说，时代赋予了顾颉刚以勇气和力量，也赋予了顾颉刚以思想和智慧。五四新文化运动是"古史辨"得以形成的决定性因素。正如顾颉刚本人所说的："予若不处'五四'运动时代，决不敢辨古史；即敢辨矣，亦决无人信，生不出影响也。适宜之环境，与少年之勇气，如此真可宝贵也。"[②]"五四运动"以科学和民主的思想启蒙了和武装了中国的知识界。在学术上，从西方传入了进化论和实用主义，使学术界获得了做学问的利器，而顾颉刚的历史演进说，正是主要来自于进化论学说。

（二）层累的神话观

由于古史与神话之间有着难解难分的关系，而"古史即神话"又是"古史辨"派所信奉的一个重要原则，故而神话学界也把"古史辨"派叫做"古史辨神话学"。"古史辨"派最基本的学术理念是顾颉刚提出的"层累地造成的中国古史观"。

---

① 顾颉刚《顾颉刚读书笔记》（卷四），第2120—2121页，台北：联经出版事业公司1990年。

② 顾颉刚《顾颉刚读书笔记》卷九，第6616页，台北：联经出版事业公司1990年。

"层累地造成的古史观"的内涵是什么呢？顾颉刚写道：

> 我很想做一篇《层累地造成的中国古史》，把传说中的古史的经历详细一说。这有三个意思。第一，可以说明"时代愈后，传说的古史期愈长"。……周代人心目中最古的人是禹，到孔子时有尧舜，到战国时有皇帝、神农，到秦有三皇，到汉以后有盘古等。第二，可以说明"时代愈后，传说中的中心人物愈放愈大"。如舜，在孔子时只是一个"无为而治"的圣君，到《尧典》就成了一个"家齐而后国治"的圣人，到孟子时就成了一个孝子的模范了。第三，我们在这上，即不能知道某一事件的真确的状况，但可以知道某一事件在传说中的最早的状况。①

"层累"说的根本之点是："时代愈后，传说的古史期愈长"；或曰："时代越后，知道的古史越前；文籍越无征，知道的古史越多"②。禹最早见于西周，春秋时又出现了尧舜，战国时又出现了皇帝、神农，秦时又出现了三皇，汉代又出现了盘古。越是后出现的人神，他们的辈分越高或资格越老。这当然是指见诸于载籍的，而不是指原来流传在民众口头上的，没有注意到或没有提到神话的口头原始形态，正是顾颉刚的历史局限之所在。而古史的顺序，则恰恰反过来：盘古最晚出现却辈分最高资格最为古老（是创世始祖），三皇（天皇、地皇、泰皇）次之，皇帝、神农再次，尧舜更次，禹的辈分最小。顾颉刚遵循他所发现的这个规律，一方面根据神话传说的演化去审视和判断史实，另一方面又反过来根据历史演进去分析神话传说。胡适说，"他这个根本观念是颠扑不破的，他这个根本方法是愈用愈见功效的"。他把顾颉刚的方法概括为四种方式：

（1）把每一件史事的种种传说，依先后出现的次序，排列起来。

（2）研究这件史事在每一个时代有什么样子的传说。

（3）研究这件史事的渐渐演进，由简单变为复杂，由陋野变为雅驯，由地方的（局部的）变为全国的，由神变为人，由神话变为史事，由寓言变为事实。

---

① 顾颉刚《与钱玄同先生论古史书》，见《古史辨》第一册，第60页。
② 顾颉刚《与钱玄同先生论古史书》，见《古史辨》第一册，第65页。

（4）遇可能时，解释每一次演变的原因。①

　　他说，顾颉刚的主要观点在于研究传说的经历；顾颉刚的方法可以称之为历史演进的（evolutionary）方法。尧舜禹的神话、黄帝神农伏羲的故事等等，都可以用这样的方法去研究，研究史事和神话的演进，怎样由简单到复杂，由陋野变为雅驯，由地方的（局部的）变为全国的，由神变为人，由神话变为史事，由寓言变为事实，解释导致每一次变化的原因。

　　"尧舜禹的地位问题"是顾颉刚最早对古史产生疑窦的问题，也是顾颉刚研究古史进行辨伪的第一个实验性问题。在尧舜禹的地位问题之中，关键又是古代关于禹的观念及其演变。于是他便把禹的"演进史"作为重点讨论的首选。他从古籍的记载中看到，古代对禹的观念是那样的混乱和矛盾：

　　（1）《诗经·商颂·长发》："禹敷下土方，……帝立子生商。"顾颉刚说，在《生民》一诗里，"作者的意思为后稷始为种植的人，用不到继续前人之业。"也就是说，"在《长发》之前，还不曾有一个禹的观念。"而到了《商颂》里，作者说，禹是一个"敷下土方"、开天辟地的神。据王国维的考定，《商颂》是西周中叶的作品。

　　（2）《诗经·鲁颂·閟宫》："是生后稷，……俾民稼穑；……奄有下土，缵禹之绪。"到了《閟宫》，禹已经变成了最古的人，而且是最早的有"天神性"的人王，那个在《生民》里被认为是"始为种植"的后稷，如今不复是"始为种植"者而变成了"缵禹之绪"、继续禹的功业的人物了。

　　（3）《论语》："禹拜稽首，让于稷契。"把后生的人和缵绪的人都改成了他的同寅。

　　同样，尧舜的事迹也是照了这个次序：《诗经》和《尚书》（除首数篇）中全没有说到尧舜，似乎不曾知道有他们似的；《论语》中他们出现了，但还没有清楚的事实；到《尧典》中，他们的德行政事才粲然大备了。"因为得了这一个知识，所以在我的意想中觉得禹是西周时就有的，尧舜是到春秋末年才起来的。越是起得后，越是排在前面。等到有了伏羲神农之后，尧舜又成了晚辈，更不必说禹了。我就建立了一个假设：古史是层累地造成的，发生的次序和排列的系统恰是一个反背。"②

---

① 胡适《古史讨论的读后感》，《古史辨》第一册，第192—193页。
② 顾颉刚《〈古史辨〉第1册·自序》，第58页；《与钱玄同先生论古史书》，《古史辨》第一册，第62页。

　　他从《尧典》中的古史事实与《诗经》中的古史观念之间的冲突中，意识到中枢的人物是禹，对禹在传说中的地位特别加以注意，并从此旁及他种传说，以及西周、东周、战国、秦汉各时代人的历史观念，"不期然而然在我的意想中理出了一个古史成立的系统。"[1]而这个古史系统，概括说来就是"层累地造成的古史"。

　　在顾颉刚古史观和古史系统的建立中，禹的性质（最早是天神还是人王）、地位（尧舜禹的顺序和系统）和禹的神话是一个很有典型性的个案，解决了禹的性质、地位等问题，也就证明他的"层累地造成的古史观"是成立的了。他说："我以为自西周以至春秋初年，那时人对于古代原没有悠久的推测。《商颂》说，'天命玄鸟，降而生商。'《大雅》说，'民之初生，自土沮漆'；又说，'厥初生民，时维姜嫄'。可见他们只是把本民族形成时的人作为始祖，并没有很远的始祖存在他们的意想之中。他们只是认定一个民族有一个民族的始祖，并没有许多民族公认的始祖。但他们在始祖之外，还有一个'禹'。《商颂·长发》说：'洪水芒芒，禹敷下土方；……帝立子生商。'禹的见于载籍以此为最古。……看这诗的意义，似乎在洪水芒芒之中，上帝叫禹下来布土，而后建国。然则禹是上帝派下来的神，不是人。"[2]他又写道：

　　　　就现存的最早的材料看，禹确是一个富于神性的人物，他的故事也因各地的崇奉而传布得很远。至于我们现在所以知道他是一个历史上的人物，乃是由于他的神话性的故事经过了一番历史的安排以后的种种记载而来。我们只要把《诗经》和彝器铭辞的话放在一边，把战国诸子和史书的话放在另一边，比较看着，自可明白这些历史性质的故事乃是后起的。所以我说禹由神变人是顺着传说的次序说的；刘（棪藜）、冯（友兰）先生说禹由人变神，乃是先承认了后起的传说而更把它解释以前的传说的。更有一层，在实际上无论禹是人是神，但在那时人的心目中则他确是一个神性的人物。[3]

　　尽管在论争辩驳中，有人曾讥笑顾颉刚把禹说成是一条虫，但在今天的我们来看，廓清禹的渊源和性质，把禹认定是商族最古的天神，从后起

---

①　顾颉刚《答柳翼谋先生》，《古史辨》第一册，第223页。
②　顾颉刚《与钱玄同先生论古史书》，《古史辨》第一册，第61—62页。
③　顾颉刚《〈古史辨〉第1册·自序》，第64页。

的周族起才把他认作是最古的人王，至于黄帝、尧舜等，无论商族还是周族，都还一概不知道有这些神话先祖的存在（至少是载籍上还没见踪迹）呢。他对禹最早是上帝派下来的天神、后来逐渐变成了人的论断，对禹的职责是陈山（旬山）与铺土（敷土），禹是南方民族的神话中的人物等论断，即对禹的"演进史"的全程描绘，是进化论在中国古史和神话研究上的一个胜利。

尧舜的出现，晚于禹，见于战国时人的《尚书》中的《尧典》和《皋陶谟》。"《诗经》中有若干禹，但尧、舜不曾一见。《尚书》中除了后出的《尧典》《皋陶谟》，有若干禹，但尧、舜也不曾一见。故尧、舜、禹的传说，禹先起，尧、舜后起，是无疑义的。……尧、舜的传说本来与治水毫没干系，《论语》上如此，《楚辞》上也是如此。自从禹做了他们的臣子之后，于是他们不得不与治水发生关系了。但治水原是禹的大功，口碑载道，尧、舜夺不得的；没有法想，只得请尧做了一时的懵懂，由他任鲧治水；等到'九年，绩用弗成'，尧没有办法，就做了尧、舜交替的关键，并为舜举禹的地步。如此，禹的功绩既没有减损，而尧举了舜，舜举了禹，成就了这件事，尧、舜也很有间接的功勋，治水的事是他们三人合作的成绩了。"换句话说，"禹是西周中期起来的，尧舜是春秋后期起来的，他们本来没有关系，他们的关系是起于禅让之说上；禅让之说乃是战国学者受了时势的刺激，在想象中构成的乌托邦。"[1]他还了禹一个本来面貌，把混乱矛盾的尧舜禹的关系给理清楚了，把他们的地位摆正了。

遵照"层累"说来分析古史上其他的古帝王，顾颉刚认为，如黄帝、神农、庖牺、三皇（天皇、地皇、泰皇）以及盘古等，其出现的时间，比起尧舜禹来，则更晚，时间大约在战国至西汉间，可是他们都"譬如积薪，后来居上"，在古史上的地位一个比一个更居前，与神话相对照，则"恰是一个反背"。"古人心中原无史实与神话的区别，到汉以后始分了开来。因为历来学者不注意神话，所以史实至今有系统的记载，而神话在记载上就斩然中绝。（在实际上，当然至今没有间断过……）"[2]经过他的疑古辨伪，追根溯源，初步廓清了古史与神话混淆、人神杂糅的混乱局面，建立起了一个崭新的古史与神话的系统。

---

① 顾颉刚《讨论古史答刘胡二先生》，《古史辨》第一册，第127、129、133页。

② 顾颉刚《我的研究古史的计划》，《古史辨》第一册，第215—216页。

（三）历史演进法

与"层累说"相适应，顾颉刚也建立了相适应的古史和神话研究方法。胡适把顾颉刚研究古史、同时也是研究神话传说的方法，名之曰"历史演进"法。他概括说："这种见解重在每一种传说的'经历'与演进。这是用历史演进的见解来观察历史上的传说。""顾先生的主要观点在于研究传说的经历。"

前面已经说过，禹的故事的发生与演进，是顾颉刚建立"层累说"的根基性的证据；同样，也是他开创古史传说研究的"历史演进法"的一个最具典型性的例证。在顾颉刚笔下，禹的神话的历史演进，大致有三个时期：（1）南方民族的祖先神禹传入中原时期；（2）尧舜禹的故事粘连在一起的时期；（3）禹与后稷发生关联的时期。

商周间，在南方崛起的新民族——越族，因"土地卑湿，积水的泛滥"，"有宣泄积水的需要"①，于是禹的神话被创造出来，而且禹被奉为越族的祖先神。禹的神话由越族传至地域毗邻、生存条件相类的楚族。到西周中期，又由楚族传到了交往密切的中原，并为发祥于并居住在中原的周族所接受。周穆王末年的《吕刑》始有关于禹的记载。禹虽被周族所接受，却并不是周族的祖先，而是作为周族信仰的天神。如顾颉刚所说："他不是周族的祖先而为周族所称，不是商族的祖先而亦为商族所称"，只有天神的神话才有这样的普遍性。②作为天神，禹的功绩是敷土、甸山、治水。顾颉刚称这个时期的禹，是"山川之神"。到西周后期有了社祭，禹的神职延伸了、扩大了，山川之神之外又兼为社神，其神职是治沟洫，事耕稼。《大雅》《小雅》《商颂》《鲁颂》中屡屡出现禹的名字和事迹了。顾颉刚说："流播的地域既广，遂看得禹的平水土是极普遍的；进而至于说土地是禹铺填的，山川是禹陈列的，对于禹有了一个'地王'的观念。"③

据顾颉刚的研究，《诗经》中有若干个禹的记载，却没有尧舜的记载；《尚书》中除了后出的《尧典》和《皋陶谟》以外，有若干个禹的记载，却没有尧舜的记载。这说明尧舜禹的神话传说，禹先起（西周中期），尧舜后起（春秋后期）。从《论语》和《楚辞》的记载看，本来与治水毫无关系的尧舜传说，到战国时，与禹的传说粘连起来了，而且本来先起的禹，竟然成了后起的尧舜的臣子。不同的神话传说何以出现这样的

① 顾颉刚《讨论古史答刘胡二先生书》，《古史辨》第一册，第123页。
② 《古史辨》第一册，第109页。
③ 《古史辨》第一册，第127页。

粘连呢？顾颉刚说，是战国时的政治背景使然："战国时，各强国的国王都有统一天下的大志，不息的战争攻伐，贵族又是说不尽的豪侈，残伤民命，暴夺民财；人民憔悴于虐政之下，真是创深痛钜。……解决的方法最直接的无过革命，革命的事原有汤武的好例在前，所以他们竭力地骂桀纣，颂汤武。但当时人民对于国王，……虽是疾首痛心到极点，而要自己起来划除他们的势力终是无力的。他们在这般有心无力的境界中，只有把自己的希望构成一种根本解决的想象，做宣传的功夫。根本的想象是什么？乃是政治的道德化。……这一种想象就是禅让说。"于是，"尧舜禹的关系就因了禅让说的鼓吹而建筑得很坚固了。"①

禹神话演进的另一路径，是与后稷神话的粘连。西周人关于后稷的神话，见于《诗经》中的《生民》一诗："厥初生民，时维姜嫄……载生载育，时维后稷。……诞寘之隘巷，牛羊腓字之。诞寘之平林，会伐平林。诞寘之寒冰，鸟覆翼之。鸟乃去矣，后稷呱矣。……诞后稷之穑，有相之道。……诞降嘉种，……"顾颉刚说："在此很可注意的，后稷只是后稷，他没有做帝喾的儿子，没有做禹的辅佐，没有做舜的臣子，也没有做契的同官。"而到"鲁颂"《閟宫》诗里，则出现了"是生后稷，……缵禹之绪"的字句，把禹这个外来之神（初为周人的天神或山川之神）与周人的先祖、耕稼之神的后稷联系了起来，而且说后稷是"缵禹之绪"；既然耕稼之神后稷是"缵禹之绪"者，那么，禹也就应该是耕稼之神了。顾颉刚说："《閟宫》对于禹的态度和《论语》是一致的，它们看得禹是在后稷之前的一个耕稼的人王，对于治水方面反甚轻忽。"而对于晚出的《尧典》和《皋陶谟》里所说的"禹拜稽首，让于稷契暨皋陶"故事，顾颉刚认为那是《尧典》和《皋陶谟》的作者"称名的惑乱"，其叙述与《生民》和《閟宫》相去甚远，后稷在虞廷做官是晚出的故事。

用胡适所归纳并分列的顾颉刚的研究方法来对照，禹神话的历史演进，符合他拟定的"由简单变为复杂"规律，尽管顾颉刚所据以分析的材料是古籍的记载，而非禹神话在民众被创造出来并得以流传的最初的口头形态（尽管谈论它的最早的口头形态，不过是一种想象和愿望而已）。对禹神话的演进的分析研究，自然也如胡适所说，同样也适用于尧舜禹的故事、黄帝神农庖牺的故事、汤的故事、后稷的故事、文王的故事、太公的故事、周公的故事等。

但，神话的历史演进，不仅仅是由"简单变为复杂"一途，也还有、

---

① 《古史辨》第一册，第127—130页。

其至更多的是反向演进的另一途，即由复杂变为简单。胡适没有将由复杂变为简单的演进可能列入他所归纳和分列的四条规律之中，而顾颉刚在后来的研究中，倒是做过一些实际的有成效的分析。例如，他对《周易》卦、爻辞中还依稀可见的五个故事的片断和词句进行考证、比较，还原了这些几乎消失了的古神话故事。这五个故事乃王亥丧牛羊于有易、高宗伐鬼方、帝乙归妹、箕子明夷、唐侯用锡马蕃庶。

王国维在《殷卜辞中所见先公先王考》一文中考出王亥、王恒系殷人的先公："甲寅岁莫，上虞罗叔言参事撰《殷虚书契考释》，始于卜辞中发见王亥之名。嗣余读《山海经》、《竹书纪年》，乃知王亥为殷之先祖。""又观卜辞，王恒之祀与王亥同，太丁之祀与太乙、太甲同，孝己之祀与祖庚同，知商人兄弟，无论长幼与已立未立，其名号、典礼盖无差别。于是卜辞中人物，其名与礼皆类先王，而史无其人者，与夫父甲、兄乙等名称之浩繁求诸帝系而不可通者，至是理顺冰释。而《世本》、《史记》之为实录，且得于今日证之。"[1]

顾颉刚撰《周易卦爻辞中的故事》，在王著的基础上对王亥故事进行补缀阐释，大体上还原了这个失传已久的故事。他写道：

> 《易·大壮》六五爻辞："丧羊于易，无悔。"又《旅》上九爻辞："鸟焚其巢，旅人先笑后号咷，丧牛于易，凶。"这两条爻辞，从来易学大师，不曾懂得。自从甲骨卜辞出土之后，经王静安先生的研究，发现了商的先祖王亥和王恒；都是在汉以来的史书里失传了的。明白了这件事情的大概，再来看《大壮》和《旅》的爻辞，就很清楚了。这里所说的"丧羊"和"丧牛"，便是"胡终弊于有扈，牧夫牛羊"；也即是"有易杀王亥，取仆牛"。这里所说的"鸟焚其巢，旅人先笑后号咷"，便是"干协时舞，何以怀之？平胁曼肤，何以肥之？有扈牧竖，云何而逢？击床先出，其命何从？"也即是"殷王子亥宾于有易而淫焉，有易之君绵臣，杀而放之。"想来他初到有易的时候，曾经过着很安乐的日子，后来家破人亡，一齐失掉了，所以爻辞中有"先笑后号咷"的话。[2]

---

① 王国维《殷卜辞中所见先公先王考》，《王国维学术经典集》（下卷），第122—123页，南昌：江西人民出版社1997年。
② 顾颉刚《周易卦爻辞中的故事》（1929），《燕京学报》第6期，又见《顾颉刚选集》，天津人民出版社1988年。

这个由繁到简几至失传的故事，经过王国维和顾颉刚的考释和阐发，得以还原。顾颉刚文章发表之后，王亥被杀、主甲微（上甲微）假师河伯而伐有易的情节，又有新解。吴其昌写道：

> 《竹书》云："殷王子亥宾于有易而淫焉，有易之君绵臣杀而放之。"一若王亥之被杀，完全由于逗奸有易之女子，故《天问》云："平胁曼肤，何以肥之。"曼，媱，美，丽也。（《广雅·释诂》）"平胁曼肤"，女子之容也。今《天问》又云："眩弟并淫，危害厥兄。"则胲及其弟，同时并淫，而其弟忽"危害厥兄"，则是否即为争夺一女子之故，可想见矣。然则王玄之死，乃由与其弟并淫而内讧矣。又《竹书》云："是故殷主甲微假师河伯以伐有易。"不云主甲微即王亥之子。……主甲微当为王恒之子，不当为王亥之子矣。[1]

王亥的故事，作为殷商先公先王的神话，在他们的时代，应该是十分流行、甚至家喻户晓妇孺皆知的，但在其漫长的发展演变过程中，随着殷商历史本身的被历史烟尘所掩埋而逐渐失传了，而只在甲骨卜辞中和《周易》爻辞中保留下来了一鳞片爪，人们再也无法窥见其全貌，更无法得知其构成叙事文本的枝叶和细节。可以确认，王亥的故事乃是古代神话传说由复杂到简单的一个例子。

（四）神话的人化与历史化

顾颉刚神话研究的另一功绩在于，他提出了并在一定程度上合理地阐述了神话的"人化"和"历史化"的问题。从神话学的原理来说，"人化"和"历史化"这两大问题，既是属于神话范畴内的古史传说部分在其演进过程中的普遍性问题，又是他在中国古史的辨伪中遇到的特殊性问题。任何民族的神话中，除了古史传说的部分外，还应有数量更大的非古史传说部分，如对自然和社会万物的想象与崇拜。世界各地的后进民族保留下来的神话遗产，我国许多少数民族保留下来的或还在口头上流传的神话，已经雄辩地证明了这一点。由于过早地人化和历史化的进程，中国古神话中的非古史传说部分大多被改造了或被遗忘了。这一点，顾颉刚在他的时代还没有可能认识到，所以他并没有谈及，这是历史的局限。

---

[1] 吴其昌《卜辞所见殷先公先王三续考》，《古史辨》第七册（下），第360页。"王玄"疑为"王亥"。

1.“人化”问题

在中国古神话的演变过程中出现的所谓“人化”现象，不外两种情况：一是把神话中的古神和古人“人王化”了；二是把神话中的动物神“人王化”了。顾颉刚说：

> 古人对于神和人原没有界限，所谓历史差不多完全是神话。人与神混的，如后土原是地神，却也是共工氏之子。人与兽混的，如夔本是九鼎上的罔两，又是做乐正的官；饕餮本是鼎上图案画中的兽，又是缙云氏的不才子。兽与神混的，如秦文公梦见了一条黄虵，就作祠祭白帝；鲧化为黄熊而为夏郊。此类之事，举不胜举。……自春秋末期以后，诸子奋兴，人性发达，于是把神话中的古神古人都“人化”了。人化固是好事，但在历史上又多了一层的作伪，而反淆乱前人的想像祭祀之实，这是不容掩饰的。[①]

在古神话中，古人对于神和人原本是没有界限的，所谓“人神杂糅”是也。正如顾颉刚在上文中指出的，这种人神杂糅的神话思维，大致有三种情况：一是人与神混的；二是人与兽混的；三是兽与神混的。古神话的这种原始口头形态下的思维结构，到了春秋之际，“诸子奋兴，人性发达”，他们便根据自己的政治需要和学说理念，将这些原本属于原始思维的神话构思做了大量的修改，将其中的古神古人都“人化”了，“淆乱前人的想像祭祀之实”。顾颉刚把这次“人化”的浪潮叫做“作伪”，应该说，这是原始神话因外力而发生的第一次变异。

顾颉刚又说：

> 禹，《说文》云，“虫也，从内，象形。”内，《说文》云，“兽足蹂地也。”以虫而有足蹂地，大约是蜥蜴之类。我以为禹或是九鼎上铸的一种动物，当时铸鼎象物，奇怪的形状一定很多，禹是鼎上动物的最有力者；或者有敷土的样子，所以就算是开天辟地的人。（伯祥云，禹或即是龙，大禹治水的传说与水神祀龙王事恐相类。）流传到后来，就成了真的人王了。[②]

---

① 顾颉刚《讨论古史答刘胡二先生书》，《古史辨》第一册，第100—101页。
② 顾颉刚《与钱玄同先生论古史书》，《古史辨》第一册，第63页。

禹本为古代神话所集中的人物，看九鼎、《山海经》、《禹本纪》（《史记》引）诸文物可知。司马迁等虽不信这些东西，但这是用了他们的理性去做量度，他们原是不识得民众社会的神话传衍的本相的。这种神话在书本上流传下来的虽不多，但看《随巢子》有禹化熊的故事，《吴越春秋》又有禹娶九尾白狐的故事，可见在神话中禹与动物原是很接近的。……言禹为虫，就是言禹为动物。看古代的中原民族对于南方民族称为"闽"，称为"蛮"，可见当时看人作虫原无足奇。禹既是神话中的人物，则其形状特异自在意内。例如《山海经》所说"其神鸟身龙首"，"其神人面牛身"，都是想象神为怪物的表征。这些话用了我们的理性看固然要觉得很可怪诡，但是顺了神话的性质看原是极平常的。[①]

这里涉及的是"人化"问题的另一面，即神话的角色是动物（或怪物）的"人王化"衍化趋向。顾颉刚根据相传九鼎上的图像把禹说成是一条虫（蛇），或者有敷土的样子，可以算是个神话中开天辟地的神，因而受到那些守旧而浅薄的学者的讥笑和挖苦，甚至使顾自己也一度失去了自信。那毕竟是80年前的事，学术界受到知识的局限，不知道动物作为神话的主角、甚至民族祖先者，如印第安民族的美洲豹凯欧蒂，非洲布须曼族的蜘蛛，我国古代的犬戎族、现代的瑶族、畲族等的祖先槃瓠（神犬），等，在世界各地所在多有，并不是什么不光彩的事。蛇的形象在古代的图像中屡见不鲜，如新石器时代的陶器上，如汉画像石上，如马王堆出土的帛书上，蛇、蜥蜴等爬行动物是我们某些或某个民族的神话祖先，大概是不容怀疑的。说禹是一条虫（蛇——龙），是古代陈山敷土的开辟神，原是十分大胆而严肃的一个科学假设。后来，在其衍化过程中，受到包括儒家思想在内的理性思维和文化传统的影响，禹从九鼎上的动物形体——虫，《随巢子》记载的"化熊"的形体，逐渐演变成了一个备受崇敬的"人王"。在顾颉刚看来，禹是虫（蛇，动物），与《山海经》里的那些"鸟身龙首"、"人面牛身"的神兽一样，没有什么值得大惊小怪的，"顺了神话的性质看原是极平常的"。

顾颉刚认为，查禹的来踪去迹，本是一个地位独立、流传普遍的神话中的天神，一旦被"人化"而变成了"人王"，也就逐渐脱离神话了。他说："西周中期，禹为山川之神；后来有了社祭，又为社神（后土）。其

---

① 顾颉刚《答柳翼谋先生》，《古史辨》第一册，第225页。

神职全在土地上，故其神迹从全体上说，为铺地、陈列山川、治洪水；从农事上说，为治沟洫，事耕稼。耕稼与后稷的事业混淆，而在事实上必先有了土地然后可兴农事，易引起禹的耕稼先于稷的观念，故《閟宫》有后稷缵禹之绪的话。又因当时神人的界限不甚分清，禹又与周族的祖先并称，故禹的传说渐渐倾向于'人王'方面，而与神话脱离。"①

从顾颉刚的论述中可以看出，前后两种情况下的所谓"人化"，其关键都在于"人王化"。而古神话发展的"人王化"趋势，其原因，总的来说，是对春秋末期的诸子以及西汉以降的谶纬家的政治需要和学说理念的适应，是理性对神话的挤压；其结果，是使本来地位独立、流传普遍的神话（如禹神话），逐渐与神话脱离而变成了伪史。

2. "历史化"问题

顾颉刚说："凡是没有史料做基础的历史，当然只得收容许多传说。这种传说有真的，也有假的；会自由流行，也会自由改变。改变的缘故，有无意的，也有有意的。中国的历史，就集结于这样的交互错综的状态之中。"②古神话传说"改变"的大趋向，大半就是古神话传说的"历史化"。自春秋以降，神话的"历史化"趋势愈演愈烈，使一部中国古史真中有假、假中有真，真假难辨，故反对"历史化"就成为顾颉刚辨伪的矛头所指。"历史化"不是中国才有，古希腊就有，在西方神话学中称"爱凡麦化"③。简言之，"历史化"或"爱凡麦化"就是把神话中的人物解释为帝王或英雄。

顾颉刚在《战国秦汉间人的造伪与辨伪》（1934）一文中对古人（特别是战国秦汉间人）的造伪运动，有一句总结性的断语："战国秦汉之间，造成了两个大偶像：种族的偶像是黄帝，疆域的偶像是禹。"④造伪就是把神话传说说成是历史，把神话中的神人说成是人王——帝王或英雄。他指出，在《大戴礼记》的《五帝德》《帝系姓》诸篇中记载的黄帝及其属系，就是把不同的神话"历史化"——造伪的结果。"黄帝生昌意，昌

① 顾颉刚《讨论古史答刘胡二先生》，《古史辨》第一册，第114页。
② 顾颉刚《战国秦汉间人的造伪与辨伪》，《古史辨》第七册（上），第4页，上海古籍出版社1982年影印本。
③ 爱凡麦（Euhemerus,创作时期公元前300年），又译友赫麦鲁斯、欧伊迈罗斯，希腊哲学家。创立了神话即历史、神即历史英雄的著名理论。
④ 顾颉刚《战国秦汉间人的造伪与辨伪》，《古史辨》第七册（上），第23页，上海古籍出版社1982年影印本。

意生颛顼，这是一支；黄帝生玄嚣，玄嚣生蟜极，蟜极生帝喾，这是又一支。靠了这句话，颛顼和帝喾就成了同气联枝的叔侄。二千余年来，大家都以为是黄帝的子孙，原因就在这里。""他们岂仅把上帝拉做了人王，使神的系统变做了人的系统；而且把四方小种族的祖先排列起来，使横的系统变成了纵的系统。"①禹的情况也一样。在古代传说中他本是一个"平地成天"的神人，可是到了秦代，由于秦始皇的统一六国，也不得不逼得这个原本神话中的古帝王所拥有的土地，也必须和秦始皇的疆域一样广阔。在《禹贡》这部书里，当时的境域分为九州，硬叫禹担任了分州的责任，于是禹便成了"疆域的偶像"。中国的上古史就是在这样一种"历史化"的思绪中构成纵的和横的系统的。

法国汉学家马伯乐②在其《〈书经〉中的神话》一书中开宗明义第一句是这样写的："中国学者解释传说从来只用一种方法，就是'爱凡麦'（Euhemerus）派的方法。为了要在神话里找出历史的核心，他们排除了奇异的、不像真的分子，而保存了朴素的残渣。神与英雄于此变为圣王与贤相，妖怪于此变为叛逆的侯王或奸臣。这些穿凿附会的工作所得者，依着玄学的学说（尤其是五行说）所定的年代先后排列起来，便组成中国的起源史。"马伯乐以这样的思想为指导，对《尚书》中的三个神话（羲与和的传说、洪水的传说、重黎绝地天通的传说）进行了辨伪研究，指出这些传说虽有历史之名，实际上却只是传说。《尚书》中充满着这种纯神话的而误认作历史的传说。而历史家的任务，"不必坚执着在传说的外形下查寻从未存在过的历史的底子，而应该在冒牌历史的记叙中寻求出神话的底子，或通俗故事来。"③马伯乐对中国古史研究中的"爱凡麦化"（历史化）倾向的批评，可谓一箭中的，与顾颉刚疑古辨伪的一些见解不谋而合。顾颉刚在马伯乐著、冯沅君译《〈书经〉中的神话·序》里写道：

---

① 顾颉刚《战国秦汉间人的造伪与辨伪》，《古史辨》第七册（上），第20页。

② 马伯乐（M. Henri Maspèro,1883—1945），法国汉学家，敦煌学家、语言学家和史学家，主要研究中国历史，是法国道教研究的奠基者。1921年任法兰西学院汉学讲座教授，1944年任法兰西学院文学部会长。二战中因其子参加爱国抵抗运动被以"恐怖活动嫌疑罪"逮捕，病死于纳粹德国的集中营。主要著作有《古代中国》《中国宗教·历史杂考》等。

③ 马伯乐《书经中的神话·尚书中的神话》（冯沅君译），第1页，国立北平研究院史学研究会出版，商务印书馆发行1937年。

　　《尚书》中所有的神话并不止马先生所举的几条（这一点马先生自己也知道），如《尧典》"胤子朱启明"一语，就包含着一个神话。考《山海经·海内西经》云："海南昆仑之墟……帝之下都，……面有九门，门有开明兽守之。昆仑南渊深三百仞，开明兽身大类虎而九首皆人面，东响立昆仑上。"

　　它说昆仑山上有一种神兽，叫做开明，守着昆仑山的九门。开明兽是一种身体大到像老虎，长着九个脑袋和人的面孔的怪物。案"开""启"古音同，"启明"实在就是"开明"的变文。"朱"呢？《尧典》下文又云："益拜稽首，让于朱、虎、熊、罴。"

　　可见"朱"也是同"虎、熊、罴"差不多的一种大兽之名。《尧典》的作者把"朱"与"开明"连在一起，把"朱"说成了人，把"开明"作为"朱"的表德，这是不是一种"爱凡麦"式的历史解释法的例证？

　　《尧典》又云："舜……辟四门，明四目，达四聪。"

　　前人把这两句话解作"广致众贤"，"广视听于四方"（《尚书》伪孔安国传），自是合于《尧典》作者的原意。但是这句话里却也包含着几种神话的素质。考《天问》云："昆仑县圃，其居安在？……四方之门，其谁从焉？西北辟启，何气通焉？"

　　这是说昆仑山上有四方之门，只有西北方的门开启着。《尧典》的"辟四门""达四聪"，我以为就是从这里来的。在战国时，上帝的传说往往化成尧舜的传说，如上帝殛鲧，变成尧舜的殛鲧；上帝"遏绝苗民"，变成尧舜的放伐苗民等。昆仑山是"帝之下都"，它是上帝传说里的一个地名，所以会与舜发生关系。又舜有重华之号、又有"目重瞳子"的传说，这种传说的原始，或许是说舜长着四只眼睛，所以《尧典》又有"明四目"的记载。例如战国时传说"黄帝四面"，这本来是说他一个脖子上长着四张脸，但是《太平御览》七十九引《尸子》载："子贡问于孔子曰，'古者黄帝四面，信乎？'孔子曰，'皇帝取合己者四人，使治四方，不谋而亲，不约而成，大有成功，此之谓"四面"也。'"

　　经此一解，"四面"的神话就成了"四人治四方"的人事了。这与舜"明四目"的传说的演变何异？这是不是又是一件"爱凡麦"式的历史解释法的例证？

　　《尧典》同《皋陶谟》中又有夔的记载："帝曰：'夔，命汝典乐！……'夔曰：'於！予击石拊石，百兽率舞。'"（尧典）

"夔曰：'戛击鸣球，搏拊琴瑟以咏，祖考来格；……笙镛以闲，鸟兽跄跄；箫韶九成，凤凰来仪。'"（《皋陶谟》）这位夔能使"百兽率舞"，"鸟兽跄跄"，"凤凰来仪"，本领真大极了！但考《山海经·大荒东经》云："有龙状如牛，苍身而无角，一足，出入水则必风雨，其光如日月，其声如雷，其名曰'夔'。黄帝得之，以其皮为鼓，橛以雷兽之骨，声闻五百里，以威天下。"原来"夔"就是这么一个怪物，怪不得他与鸟兽这样关切哩！因为有了这"雷鼓声"的传说，于是讹传"夔"为乐官，仍说这位乐官是一足。有人觉得不合理，替它解释道：

鲁哀公问于孔子曰："乐正夔一足，信乎？"孔子曰："昔者舜欲以乐传教于天下，乃令重黎举夔于草莽之中而进之，舜以为乐正。夔于是正六律，和五声，以通八风，而天下大服。重黎又欲益求人。舜曰：'夫乐，天地之精也，得失之节也，故惟圣人为能和，乐之本也；夔能和之，以平天下，若夔者一而足矣！'故曰'夔一足'，非'一足'也。"（《吕氏春秋·察传》）

经此一解，"一只脚"就成了"一个就够了"。这是不是又是一件"爱凡麦"式的历史解释法的例证？[1]

中国古史上何以出现和盛行"历史化"或曰"爱凡麦化"呢？顾颉刚认为有下列原因：

第一，古人没有历史观念，只有致用观念。孔子"只拿了致用的观念来看夏殷，而不拿历史观念来看夏殷"，"在这种观念之下，与周有关的尚可仅凭传说，而与周无关的自然更不妨让它澌灭了。""古时虽以孔子之圣知，也曾起过'文献不足'的感叹，但究竟受时代的束缚，惟有宛转迁就于致用的观念之下而已。"[2]

第二，儒家和墨家的提倡。顾颉刚说："孔子的思想最为平实，他不愿讲'怪、力、乱、神'，所以我们翻开《论语》来，除了'凤鸟不至，河不出图'二语以外，毫无神话色彩。其实那时的社会最多神话。试看

---

[1] 马伯乐《书经中的神话·序》（冯沅君译），第3—5页，国立北平研究院史学研究会出版，商务印书馆发行，1937年。

[2] 顾颉刚《战国秦汉间人的造伪与辨伪》，《古史辨》第七册（上），第7—9页。

《左传》，神降于莘，赐虢公土田（庄三十二年），太子申生缢死之后，狐突白日见他（僖十年），河神向楚子玉强索琼弁玉缨（僖二十八年），夏后相夺卫康叔之享（僖三十一年），真可谓‘民神杂糅’。历史传说是社会情状的反映，所以那时的古史可以断定一半是神话，可惜没有系统的著作流传下来。流传下来的，以《楚辞》中的《天问》为最能表现那时人的历史观，但已是战国初期的了。……在《天问》中，禹是一个上天下地，移山倒海的神人，鲧是给上帝禁压在山里的。洪水是开辟时所有；平治水土不是人的力量，乃是神和怪物合作的成绩。有了这个了解，再去看《诗》《书》，那么，玄鸟生商的故事，履帝武生稷的故事，‘洪水芒芒，禹敷下土方’之句，‘殛鲧于羽山’之文，均不必曲为解释而自然发现了它们的真相。”①

在顾颉刚看来，在战国之前，中国古史的性质，大体是宗教的、神话的。所谓“历史化”的过程开始于战国时代。前面提到的顾颉刚给马伯乐《〈书经〉中的神话》序里提到的孔子对“黄帝四面”、“夔一足”的解释，以及顾颉刚在此前所写的《战国秦汉间人的造伪与辨伪》一文中提到的“黄帝三百年”的解释，如顾颉刚所说，“出发点虽在辨伪，但是结果则反而成了造伪：造了孔子的假话和古代的伪史来破除神话。”②

顾颉刚认为，墨子的“尚贤”、“尚同”的政治主张，对社会制度的变化发生了重大影响，连与他势不两立的儒家也不能不采取他的学说，而“社会组织的大变动，当然对于思想学术有剧烈的影响，古史传说遂更换了一种面目。”③最明显的一个例子是，在墨子的尚贤主义影响之下，出现了尧舜的禅让故事。尧舜禅让故事是神话“历史化”的一个典型案例。

第三，阴阳五行说的影响。阴阳五行说用了阴阳五行的交互错综所引起的变化，来说明自然界的状况和社会的状态。战国邹衍和西汉刘歆先后创立的五德始终说，不仅对社会政治制度的变革，而且对神话传说的系统化、历史化起了重要作用。顾颉刚说：“到了西汉的末叶，刘歆作《世经》，又另创了一种五德始终说，从伏羲的木德为始，以五行相生说为次：木生火，故炎帝以火德继；火生土，故黄帝以土德继；土生金，故少

① 顾颉刚《战国秦汉间人的造伪与辨伪》，《古史辨》第七册（上），第9—10页。
② 顾颉刚《战国秦汉间人的造伪与辨伪》，《古史辨》第七册（上），第44页。
③ 顾颉刚《战国秦汉间人的造伪与辨伪》，《古史辨》第七册（上），第11—12页。

皥以金德继；金生水，故颛顼以水德继；水又生木，故帝喾以木德继；木又生火，故帝尧以火德继；火又生土，故帝舜以土德继；……这样排下去，从伏羲到汉，这五德的系统共转了两次半，比邹衍的原说，丰富多了。因为中国一切学问都是到东汉时才凝固的，所以他的话非常占势力，所有讲古史的书不提伏羲则已，一提到则未有不说他'以木德王'的。"①阴阳五行说及其衍生的五德始终说，一旦被创立出来，由于适合于帝王们的政治需要，故而很快便大行其道，不仅严重地掩盖了史实的真相，同样也以一种新的神话系统和政治逻辑，严重地改变了神话传说的本意。

（五）结　语

顾颉刚是著名的历史学家，同时又是杰出的神话学家。他在古史"辨伪"的名义下所进行古史学术探索和论争中，阐述了自己完整的神话理论和神话研究方法，创立了一套神话学学术体系，并在他的带动和影响下，逐渐形成了一个中国神话研究上的学派——"古史辨派神话学"。先后属于这个神话学派的有：杨宽、童书业。从更大的范围来看，对于这个学派的神话学的形成发生过重要作用或影响的，前期还有对顾颉刚发生过重大影响的胡适和钱玄同，后期还有追随顾颉刚古史辨治史思路的吕思勉等。杨宽曾经这样描述过"古史辨"派对中国神话研究的影响："国人之治神话学者，如沈雁冰《中国神话研究ABC》，冯承钧《中国古神话研究》（见《国闻周报》）等无不以为古史传说出于神话之演变。迩来国内史学者，信古史传说出于神话者亦渐众，如姜亮夫《夏殷民族考》以禹为夏之宗神，舜为殷之宗神，近人著《中国社会与中国革命》者又云：'商有水土之神为禹，周有农神为后稷，秦有物神白帝、黄帝、炎帝及青帝，东夷有战神称蚩尤。'"②从此也可见出这个学派在中国现代神话学的建立与发展中发生过多么重要的作用。

概括一下"古史辨"派史学家们的神话研究活动及其理论原则：

第一，这个学派的代表人物在20—40年代的三十年间，以顾颉刚的《与钱玄同先生论古史书》③为起点，围绕着"古史即神话"这一命题，

---

① 顾颉刚《战国秦汉间人的造伪与辨伪》，《古史辨》第七册（上），第33—34页。

② 杨宽《中国上古史导论》（第1篇）注五，《古史辨》第七册（上），第119页，上海古籍出版社1982年。

③ 顾颉刚《与钱玄同先生论古史书》。

陆续发表和出版了相当数量的、内容坚实的、有着广泛影响的讨论古史和神话的研究著述，其主要论文和大量书信收辑在先后问世的七册《古史辨》中。①这一学派之外的一些国内外神话学者，如玄珠（沈雁冰）、马伯乐、冯承钧等，也发表了一些文章或专著，对这一命题加以肯定和阐述。正如论者所说：“把古史传说当作商周时代的神话加以科学性的分析与研究，则似乎是20世纪的新猷。在这方面开山的论著，从中国古代神话研究史来看，始于1923年顾颉刚《与钱玄同先生论古史书》，及1924年 Henri Maspero：*Légendes mythologiques dans le Chou King*（*Journal Asiatiqui*, t. 204, pp. 1—100, 1924）。……民国二十年（1931）以后，神话学者开始作深入的专题研究，但我们可以说中国现代古神话史研究的基础是奠立于民国十二年到十八年（1923—1929）这七年之间。”②

　　第二，“古史辨”派神话学学派以疑古、辨伪、释古作为共同的学术理念，在古史和神话的研究上所做的，可以概括为：“古史的破坏”、“神话的还原”。顾颉刚于1923年2月在《与钱玄同先生论古史书》中第一次提出了“层累地造成的中国古史”观③与“时代愈后，传说的古史期愈长”④的古史神话传说“演变说”。之后，杨宽于1928年1月在《中国上古史导论》中提出了神话的“自然演变分化说”与“东西民族神话系统”融合说。⑤继而，童书业于1940年8月在《〈古史辨〉第七册序》里阐述了“分化”说与“层累”说之间的关系是：“分化说是累层说的因、层累说则是分化说的果”。⑥杨宽和童书业等进一步发展了和完善了顾颉刚的神话研究理念，使“古史辨”神话学派得以最终形成。从神话学的角度而言，如果说顾颉刚所做的主要是“古史的破坏”，那么，杨宽和童书业等人所

---

　　①　《古史辨》第一册初版于1926年，第七册初版于1941年。1982年3月上海古籍出版社重印，并根据顾颉刚的建议，增加了第八册，内容为研究古代地理的专集。

　　②　张光直《商周神话之分类》，台湾：《中央研究院民族学研究所集刊》第14期，1962年；又见所著《中国青铜时代》，第251—252页，北京/香港：三联书店1983年。

　　③　顾颉刚《与钱玄同先生论古史书》（1923年2月25日），见《努力》增刊《读书杂志》第9期，1923年5月6日；又见《古史辨》第一册，第61页，上海古籍出版社1982年。

　　④　胡适《古史讨论的读后感》，《读书杂志》第18期，1924年2月22日；又见《古史辨》第一册，第191页，上海古籍出版社1982年。

　　⑤　杨宽《中国上古史导论·自序》，《古史辨》第七册（上），第69、106、113页，上海古籍出版社1982年。

　　⑥　童书业《古史辨·序》第七册（上），第6页，上海古籍出版社1982年。

做的，则主要是"神话的还原"了。

第三，这个学派逐渐形成和完善了自己独特的神话研究方法。顾颉刚把这个方法系统作了如下表述："用新式的话说为分析、归纳、分类、比较、科学方法，或者用旧式的话说为考据、思辨、博贯、综覈、实事求是"①；换言之，"求真的精神，客观的态度，丰富的材料，博洽的论辩"②。"求真的精神，客观的态度，丰富的材料，博洽的论辩"，本来是顾颉刚对罗振玉和王国维的研究方法的评价，但他说"这是以前的史学家所梦想不到的，他们正为我们开出一条研究的大路，我们只应对于他们表示尊敬和感谢"，故也是他所遵循的。胡适在评价顾颉刚提出的"层累地造成的古史观"时说："顾先生的这个见解，我想叫他做'剥皮主义'。……这种见解重在每一种传说的'经历'与演进。这是用历史演进的见解来观察历史上的传说。这是顾先生这一次讨论古史的根本见解，也就是他的根本方法。"③他正是遵循这些原则，把实事求是的态度和分析、归纳、分类、比较等科学的方法引进了神话学研究的领域，从而开创了中国神话学的实证研究的传统。

第四，古史辨神话学家们在辨伪的同时，在"古史即神话"的理念下，"把古今的神话与传说作为系统的叙述"④，即对古今神话与传说资料进行了认真的辨伪和考释，为古史神话的进一步研究提供了可资信赖的文献资料，既是他们对中国神话研究的贡献，又反证了他们所采取的研究方法的可取。

第五，古史辨神话学派作为我国现代第一个神话研究流派，以"层累"和"演变"的理论与坚实的辨伪和考据的实践，成为中国现代民间文艺学史上"神话研究的开拓者"⑤，为中国现代神话学的学科建设奠定了坚实的基础。

---

① 顾颉刚《孟姜女故事研究的第二次开头》，原载北京大学文科研究所《国学门周刊》第1期，1925年10月14日；后收入《孟姜女故事研究集》，第97页，上海古籍出版社1984年。

② 顾颉刚《古史辨·自序》，《古史辨》第一册，第51页，上海古籍出版社1982。

③ 胡适《古史讨论的读后感》，《古史辨》第一册，第192页，上海古籍出版社1982年。

④ 顾颉刚《古史辨·自序》，《古史辨》第一册，第61页。

⑤ 王孝廉《中原民族的神话与信仰·附录》，《中国的神话世界》（下编），第325页，台北：时报文化出版企业有限公司1992年。

随着考古文物和文献的大量出土，某些曾经被怀疑是"神话传说"的人物或事件，被证实确系真实的历史。历史进入改革开放的新时期以来，"走出疑古时代"的一派[①]的登上学坛，向"疑古""辨伪"学派提出了挑战。

第十二节　杨宽：神话分化说

杨宽（1914—2005），是另一位对"古史辨"神话学作出了重要贡献的学者。如果说，在古史学或神话学上，顾颉刚的主要贡献在破坏的话，那么，杨宽的主要贡献在建设。他一生写作了许多神话学的论文，而主要写作于学生时代、脱稿于1938年1月的长篇论文《中国上古史导论》，与其说是一部上古史论，毋宁说是一部神话学专著，是他的神话学研究的代表作。此著以细致入微的考辨和逻辑严密的论证，批评、补充和修正了顾颉刚的一些观点上和方法上的缺陷，提出和论证了神话演变的"分化"说（或曰"分化与融合"说），并运用此观点探析和追寻了一系列原始神话是怎样通过分化与融合而演变成为古史传说的。

（一）"分化融合说"的提出和内容

童书业在为他与吕思勉合编的《古史辨》第七册所写的序言里说："杨先生的古史学，一言以蔽之，是一种民族神话史观。他以为夏以前的古史传说全出各民族的神话，是自然演变成的，不是有什么人在那里有意作伪。这种见解，实是混合傅孟真先生一派的民族史说和顾颉刚先生一派的古史神话学而构成的。他的见解，虽然有些地方我们还嫌简单，或不能完全同意，但他确代表了'疑古'的古史观的最高峰！杨先生的最厉害的武器，是神话演变分化说。这种说法的一部分，是顾先生早已提倡过的（演变说），其他一部分，则是杨先生才应用到纯熟的地步的（分化说）。……所谓神话分化说者，就是主张古史上的人物和故事，会得在大众的传述中由一化二化三以至于无数。"他还对杨宽的"分化说"与顾颉刚的"层累说"的关系作了如下评价："有了分化说，'累层地造成的古史观'的真实性便越发显著：分化说是累层说的因，累层说则是分化说的果！"[②]童书业的这个评价经得了历史的检验，成为一个经典性的断语。杨宽的神话学说的特点，正如童书业所说，在方法上，综合了傅斯年所代表的"民族史说"（夷夏东西说）和顾颉

---

①　以李学勤著《走出疑古时代》（辽宁大学出版社，1994年）为代表。

②　童书业《古史辨·自序》第七册（上）。

刚所代表的"古史神话学"，对古史史料进行批判、分析、综合，"辨其伪而存其真"，整合"东系"和"西系"两大系统的神话，以神话学为武器，追溯和还原神话的原始面貌。

杨宽对顾颉刚的古史传说出于神话演变的见解给予肯定的评价："顾颉刚的层累地造成的古史观中，我最赞赏的是古史传说出于神话演变的见解，认为这是摧毁古史系统这个迷宫的锐利武器。……这对于古史研究是有其积极贡献的。辨伪的工作，固然属于史料学的范围，但是应该认识到，这样对古史传说作有系统的辨伪，不同于单纯地对某一件史料的辨伪，而是系统地对整个上古的伪史系统发动总攻击。这场总攻击的胜利，摧毁了三皇五帝等等的整个伪古史系统，打倒了代表圣贤帝王的尧舜禹的偶像，取得了古史领域里革新的重大成果。" 同时他也指出了顾颉刚的不足："顾颉刚的层累地造成的古史观，虽然这种观察古史传说的方法是从民俗学和神话学中学习来的，但是目的在于辨伪，是为了推翻古史系统而涉及神话的探索，又是为了辨伪而追溯古史传说出于神话的演变。所用的考订方法依然停留在辨伪这个目的上，没有把所有古史传说中的神话全部还原过来，更没有正式运用神话学的方法对古史传说作出全面的、系统的剖析，这是他的不足之处。因此我感到有拿起神话学这个武器继续前进的必要。"① 他"认为古史辨派对于古史传说的批判，所以还没有取得最后胜利，是由于治学方法上还存在问题，一是没有完全脱出今文经学家的成见束缚，二是没有充分运用神话学这个武器，应该运用这新武器作一次全面的突击，才可能把这方面的研究向前推进，从而取得最后胜利。"②

他检讨了顾颉刚们的古史辨的局限和不足，特别是从国内外的神话学著作得到启发，如人类学家林惠祥接连出版了《民俗学》（1932）、《神话学》（1933）、《文化人类学》（1934）三本著作；日本小川琢治《天地开辟及洪水传说》，都使他"得益匪浅"，对顾颉刚的学说和方法提出了修正。他说："古史之层累造成，实由于神话之层累转变，非出伪托也。"③而且顾颉刚的"历史演变"法的缺点，在于"偏重于时间性之探讨而略于地方性之注意，犹为未达一间"④，缺乏全面性，故而他提出"分化

---

① 杨宽《历史激流中的动荡和曲折——杨宽自传》，第74—75页，台北：时报文化出版企业有限公司1993年。
② 杨宽《历史激流中的动荡和曲折——杨宽自传》，第101页。
③ 杨宽《中国上古史导论》，《古史辨》第七册（上），第109页。
④ 杨宽《中国上古史导论》，《古史辨》第七册（上），第107页。

与融合"法，通过对大量史料的比较分析，探索传说演变分化之系统，为古史传说还其本来面目。他说："考辨古史传说之方法，贵乎比较其先后异同，异中见同，同中见异，究其分化融合之经历，然后古史传说之真相可得而明。"①

他在《中国上古史导论》中对古史传说所作的系统探讨和阐释，其结论是："古史传说之来源，本多由于殷周东西二系民族神话之分化与融合。"②夏以前的古史传说，来自神话而非全是"造伪"，古史传说是经过"分化"或"融合"的过程而演变为古史传说的。七十年后，他把他的这个结论，细析为下列四点：第一，认为夏以前的古史传说全部来自殷周时代的神话。第二，认为古史传说可以区分为殷人—东夷和周人—西戎两大系统。第三，认为古史传说的复杂内容是出于殷周时代东西两大系统神话的分化演变。第四，认为古史传说系统的形成，主要是长期经过分化演变的东西两大系复杂神话传说逐渐混合而重新组合的结果。③

关于神话的分化，他写道：

盖三皇五帝、尧、舜、禹等之出于神话，具有明确之直接证据……吾人证夏以上古史传说之出于神话，非谓古帝王尽为神而非人也。盖古史传说固多出于神话，而神话之来源有纯出幻想者，亦有真实历史为之背景者。吾国古史传说，如盘古之出于犬戎传说之讹变，泰皇、天皇、地皇之出于"太一"与天地阴阳之哲理，黄帝出于"皇帝"之音变，本为上帝之通名，此皆纯出虚构。至若帝俊、帝喾、大皞、帝舜之为东夷之上帝及祖先神话，少皞、羿、契之为殷人东夷之后土及祖先神话，益、句芒之为东夷之鸟神及祖先神话，鲧、共工、玄冥之为殷人东夷之河伯神话，朱明、昭明、祝融、丹朱、驩兜之为殷人东夷之火正神话，王亥之为殷人东夷之畜牧神神话；又若颛顼、尧之为周人西戎之上帝及祖先神话，禹、句龙之为西戎之后土及祖先神话；则皆由于原始神话分化演变而成者，固不免有原始社会之史影存乎其间。④

① 杨宽《中国上古史导论》，《古史辨》第七册（上），第106页。
② 杨宽《中国上古史导论》，《古史辨》第七册（上），第113页。
③ 杨宽《历史激流中的动荡和曲折——杨宽自传》，第102—106页。
④ 杨宽《中国上古史导论》，《古史辨》第七册（上），第69—70页。

关于神话的融合，他写道：

中国古史之构成，在长期演进中，固不免融合他民族之神话。然亦不必如顾（颉刚）、徐（中舒）二氏所云。盘古传说初非由南蛮传入，乃由犬戎传说之演变，铁案如山，余尝列举其证。（见下《盘古槃瓠篇》）……大皡即帝喾高祖夋，陈梦家已言之；少皡即契，亦即帝喾高祖夋，郭沫若已证之；皆无非商民族神话之演化。中国古史传说酝酿与写定，在商周之世，盖无非东西二系神话之分化与融合而成。①

显然，杨宽的"分化与融合"说，不仅是对古代先儒的"托古改制""造伪"的批评，而且也是对顾颉刚的古史之层累都是"造伪"的"疏略"和"简单化"的修正。杨宽很宽容地同意了胡适所概括的古史传说之来源与演变的"程序"，即："（1）由简单为复杂。（2）由地方的变为全国的。（3）由神话变为史实，由陋野变为雅驯。（4）由寓言变为事实。"并说："就中古史传说以神话变为史实一例最为普遍，古史传说之初相几无非为神话也。"②

杨宽于30年代提出并阐述的神话的"分化融合说"，成为他一生神话研究的最重要最坚定的理念。五十年后，到90年代，他在所撰《楚帛书的四季神像及其创世神话》（《文学遗产》1997年第4期）中依然运用其来破译长沙子弹库出土的楚帛书所绘之四季神像及其神话。他认为楚帛书四季神像之"玄司秋"，即水神玄冥，而古代神话中的水神玄冥，就是古史传说中的鲧，鲧的传说原来出于玄冥神话的分化演变。③鲧（鲧）出于玄冥的分化的论点，早在他的《中国上古史导论》之第12篇《鲧共工与玄冥冯夷》中阐述得十分周详了。所不同的是，在这篇论楚人帛书的文章里，他进一步认为，由于"玄司秋"即所谓"寥黄难"，就是说鲧被杀而尸体复活，变成黄能而成为水神，同理，楚人的鳖灵治水神话中，鳖灵被杀，尸体漂流到蜀地而复活，故鳖灵神话也是鲧化黄能神话的分化，黄能是龟鳖中的"强壮称能杰"者。④

① 杨宽《中国上古史导论》，《古史辨》第七册（上），第106页。
② 杨宽《中国上古史导论》，《古史辨》第七册（上），第107页。
③ 杨宽《楚帛书的四季神像及其创世神话》，《文学遗产》1997年第4期，北京；又见《杨宽古史论文选集》，第361页，上海人民出版社2003年。
④ 《杨宽古史论文选集》，第362—363页。

（二）器物创制与推原神话

为了阐明和深化他的夏以前的古史传说都是神话这一观点，杨宽还提出了另一个观点作为其补充，即古史传说中的人物（古帝及其臣属），"无非土地山川水火鸟兽之神"。如"禹契本社神，稷本稷神，四岳、伯夷、皋陶本岳神，鲧、共工本河伯水神，驩兜、丹朱本日神火神，无非土地山川水火之神"；而"益、夔龙、朱虎、熊罴则本属神话中之禽兽耳"。（《杨宽古史论文选集》第306页）关于夏以前的古史传说中的人物，其前身都是鸟兽之属。他这样写道：

> 夏以前的古史传说的前身是神话，这一点我绝对坚持的。最明显的，便是有那许多的神话掺入在中间。有许多古史传说中的人物，其前身不过是神话里的鸟兽罢了。舜的弟弟象，他的前身便是神话中的一头象。……还有秦国的祖先神叫伯益的，原本也只是神话里的一只燕子。……《山海经·海内经》说："帝俊生晏龙，晏龙是为琴瑟；帝俊有八子，是始为歌舞。"帝俊的八子，也就是高辛氏的八子（王国维说）《左传》高辛氏八子中有伯虎、仲熊、叔豹、季狸，《汉书·古今人表》作柏虎、仲熊、叔豹、季熊，"季熊"当是"季罴"之误，"注"："师古曰：即《左传》所谓季狸者也。"伯虎、仲熊、叔豹、季狸或季罴，是始为歌舞，不就是《尧典》上所谓"百兽率舞"和《吕氏春秋·古乐篇》所说"以致舞百兽"么？在神话里，做上帝乐师的，都是些野兽。……还有尧舜的乐师叫做夔，夔在神话里是一种一只脚的野兽，"状如牛，苍身而无角，一足，……其声如雷，黄帝以其皮为鼓，橛以雷兽之骨，声闻五百里。"（《山海经·大荒东经》）[1]

这个命题，在顾颉刚的古史传说研究和考辨中，是未占地位的。他的忽略之处，正是后继者杨宽的发挥空间。在杨宽作此古史传说人物的前身为鸟兽之论发表之前未久，前新月派诗人、时在燕京大学任教的陈梦家已在《商代的神话与巫术》[2]一文的第三章《荒古的记忆——动物的服用》第一节"商人服象与舜"中，在对甲骨卜辞的释读与破译和与古文献记载的对比研究后，提出了关于自然神和动物神的神话命题，并在某种程度上

---

[1]　杨宽《〈古史辨〉序》，《古史辨》第七册（上），第2—7页。

[2]　陈梦家《商代的神话与巫术》，《燕京学报》第20期，1936年12月，北平。

"还原"了殷人关于象的古神话。他的观点显然对杨宽有所启发，思路有所拓展。（陈梦家的神话研究，详另）至于一些"器物创制之传说"，也是顾颉刚所忽略的或未能细致研究的，而杨宽则注意到并指出，这类传说是先民的"推原"故事，与"造伪"绝无关系。

（三）研究方法及其渊源

杨宽对他的神话研究作过一个评价："夏以前之古史传说，其原形本出神话，经吾人若是之探讨，可无疑义，然吾人尚须由其原始神话而检讨其历史背景，以恢复其史料上原有之价值，然后古史学之能事尽也。"[①]也正如他自己所说，他的《中国上古史导论》，还只是将古史传说还原为神话，仅是初步的研究。

杨宽的神话研究，自称是"新释古学派"。他是在批判与继承顾颉刚的古史传说研究基础上，另辟蹊径，以期还原神话。他打破了当时学术界的浓重家派的成见，博采众长。重视一向被古史辨派所轻慢的郭沫若在《中国古代社会研究》和《卜辞通纂》的研究方法和研究结论：引用卜辞与古文献对比，用来证明帝喾、帝舜即是卜辞的高祖夋，并且推定殷商祖先传说中从上甲以上到高祖夋都属于神话范围，帝喾、帝舜是神话中的上帝。[②]

如前所说，杨宽批评并超越了在一定程度上束缚着顾颉刚的前辈今文经学家们的理念和方法；他借鉴了传自西方的神话学和人类学的理念和方法；也借鉴了日本学者对中国古史传说的研究。他也受了西方神话学中的语言学派的一些影响。他在论证夏以前的古史传说全部来自殷周时代的神话时，语言学派对他的影响尤为明显。如论定黄帝出于皇帝，是同音的演变；帝俊、帝喾、大皞、帝舜来自甲骨文的高祖夋；鲧、共工、玄冥、冯夷来源于甲骨文的玄冥传说——这些结论，几乎都借助于语言的音转通假之法。

王孝廉评论说："杨宽以他的东西二系民族神话之说补充了疑古学者顾颉刚的层累地造成之说的不足，并且杨宽又由神话学上的演变分化说修正了顾颉刚一派以为古史是后人伪造的说法，又以'疑古'、'考古'、'释古'的新释古学派的主张补充了疑古学派顾颉刚等人以纸上资料为中心的疑古和释古，在神话与古史的研究过程上，可以说是承继顾颉刚等人

---

①　杨宽《中国上古史导论》，《古史辨》第七册（上），第401页。

②　杨宽《历史激流中的动荡和曲折——杨宽自传》，第102页。

的疑古之后所更进一步的开拓工作。由顾颉刚的疑古到杨宽的新释古学派是一线发展下来的必然趋势。综合顾颉刚的古史研究论文来看，也可以看出顾氏并非纯粹地停留在疑古的过程，许多问题的研究上（如大禹问题等）也已经做了些释古的工作，只是杨宽的研究更强调释古。另外，杨宽的新释古学派的研究方法应该是受到王国维的影响。"[1]

第十三节 茅盾的神话研究

茅盾（1896—1981），本名沈德鸿，字雁冰，笔名亦用玄珠、方璧。著名现代作家和社会活动家，也是中国现代神话学的开拓者之一。1920年11月在北京成立的中国现代文学史上的文学社团"文学研究会"的发起人之一。在小说创作和文艺评论写作之外，他在20世纪20年代，接受了英国人类学派神话学的一些理念和观点，在神话研究上作出了突出成就。他的第一篇神话研究论文《中国神话研究》发表于1925年1月出版的《小说月报》上。此后，陆续出版了《中国神话研究ABC》（署名玄珠，上海：ABC书社1929年）、《神话杂论》（署名茅盾，上海：世界书局1929年）、《北欧神话ABC》（署名方璧，上海：世界书局1930年）等神话研究著作，为中国神话学的理论体系的建构奠定了基础。

（一）神话研究的历程

茅盾作为"五四"新文学战线上的重要作家和先锋战士，主要从事小说创作和文艺评论，他从事神话的研究，是业余的，而且主要在20世纪20年代末到30年代初的青年时代。他在正式着手研究神话之前，对神话研究有过相当充分的准备。幼年时，在父母的熏陶下，爱看西游、三国等"闲书"、"禁书"，酷爱文学。1916年到上海商务印书馆编译所工作后，该所图书馆的英文藏书十分丰富，这就给青年茅盾打开了一个新的领域。在新思潮的冲击下，他和当时先进的知识分子一样，迫切感觉到中国封建主义的崩溃是不可逆转的；而继之而起的东西则只能到外国去找，必须向西方寻求真理。因此，他如饥似渴地从欧洲各种书报中汲取外国传来的各种新知识、新思想。其中，欧洲的神话及其理论特别引起他的兴趣。他在晚年写的回忆录中写道："在当时，大家有这样的想法：既要借鉴于西洋，

① 王孝廉《中国的神话世界·附录——神话研究的开拓者》（下册），第834—835页，台北：时报文化出版企业有限公司1987年。

271

就必须穷本溯源，不能尝一脔而辄止。我从前治中国文学，就曾穷本溯源一番过来，现在既把线装书束之高阁了，转而借鉴于欧洲，自当从希腊、罗马开始，横贯19世纪，直到'世纪末'。……因而也给我一个机会对19世纪以前的欧洲文学作一番系统的研究。这就是我当时从事于希腊神话、北欧神话之研究的原因。"①

这个时期，他阅读了大量希腊、罗马、印度、古埃及、北欧以及19世纪时尚处于半开化状态的民族（诸如北美印第安、非洲、澳洲、新几内亚、南太平洋诸岛）的神话传说、外国民族志、风土志、旅行游记等，广泛涉猎了19世纪后期欧洲人类学派神话学者的著作，对欧洲的神话理论和神话学史有一定的了解。从1918年开始，他先后编写过十多种童话、寓言故事等。1921年，茅盾在《近代文学体系研究》一文中，对文学的起源、文学与原始宗教的关系、神话是短篇小说的开端等问题，发表了自己的见解。后一观点，即神话是短篇小说的开端，在中国文学史和小说史上实属首见。②他对文学（包括神话）起源的解释，强调原人冥想的作用，显然是受到英国人类学派神话学家爱德华·泰勒（Tylor，E.B，1832—1917）理论的影响。1923年，茅盾在上海大学英国文学系讲授希腊神话。这期间，他还在《小说月报》上著文介绍过捷克、波兰、爱尔兰等民族的神话。他在商务印书馆编译所作编辑，还校注了多含神话的《淮南子》《庄子》和《楚辞》等多种古籍，并分别撰写了序言，显示了青年茅盾在古典文献和神话研究上的深厚的学养。

茅盾于1925年1月10日 出版的《小说月报》第16卷第1号上发表了所撰《中国神话的研究》（署名沈雁冰）。这篇写于1924年12月11日的文章，是他研究中国神话的第一篇长文，也是他运用欧洲人类学派的神话理论以阐释中国神话问题的首次尝试。他在论述中国神话之前，先援引了安德鲁·兰（Andrew Lang, 1844—1912）和麦根西（A. Mackenzie，通译麦肯齐）的主要观点，作为他论述中国神话的理论根据。他写道：

> 神话是什么？这不是一句话就可以说明白的。如果我们一定要一个简单的定义，则我们可以说：神话是一种流行于上古时代的民间故

---

① 茅盾《商务印书馆编译所》，《新文学史料》1979年第2期，北京；又见《茅盾全集》（第34卷），第150页，北京：人民文学出版社1997年。

② 最早提出这种观点的是日本汉学家盐谷温所撰《中国文学概论讲话》（孙俍工译，1929年）。

事，所叙述的是超乎人类能力以上的神们的行事，虽然荒唐无稽，可是古代人民互相传述，却确信以为是真的。

神话是怎样发生的呢？这也有多种说法。已死的解释，我们不必去提及，单讲还活着的解释；安德鲁·兰以为神话是原始人民信仰及生活的反映。他说原人的思想有可举之特点六：（1）为万物皆有生命思想情绪，与人类一般，（2）为呼风唤雨和变形的魔术的迷信，（3）为相信死后灵魂有知，与生前无二，（4）为相信鬼可附于有生的或无生的各物，而灵魂常可脱离躯壳而变为鸟或其他兽以行其事，（5）为相信人类本可不死，所以死者乃是受了仇人的暗算（此思想大概只有少数原始民族始有之），（6）为好奇心。原人见自然界现象以及生死梦睡等事都觉得奇怪，渴求一个解释，而他们的智识不足以得合理的解释，则根据他们的蒙昧思想——就是上述六种——造一个故事来解释，以自满足其好奇心。麦根西也说，神话是信仰的产物，而信仰又为经验的产物。他们又是自然现象之绘画的记录。人类的经验并不是各处一律的，他们所见的世界的形状以及气候，也不是一律的。有些民族，是在农业生活的基础上得进于文明的，于是他们的信仰遂受了农业上经验的影响，而他们的神话亦呈现农业的特色。……

故据上述兰氏和麦根西氏之说，我们知道各民族在原始期的思想信仰大致相同，所以他们的神话都有相同处（例如关于天地开辟的神话，日月以及变形的神话等等），但又以民族因环境不同而各自有其不同的生活经验，所以他们的神话又复同中有异。观于一民族所处的环境以及他们有过的生活经验，我们可以猜到他们的神话的主要面目。[①]

茅盾在引用了上面安德鲁·兰氏和麦根西氏有关神话的界说和基本观点之后，直截了当地说："我们根据了这一点基本观念，然后来讨论中国神话，便有了一个范围，立了一个标准。"可见他是把人类学派神话学的基本观点当作他的神话研究的原则和方法来对待的，足见其重视。他根据兰氏的原则，理出来研究中国神话的"三层手续"（即三条原则）：

第一，区别原始神话与神仙故事。中国神话不但一向没有聚成专书，

---

① 茅盾《中国神话研究》，原发表于《小说月报》第16卷第1号（1925年1月10日）；见《茅盾全集》（第28卷），第1—2页，北京：人民文学出版社1993年。曾先后收入《神话杂论》（上海：世界书局，1929年）和《神话研究》（天津：百花文艺出版社1981年）。

散见于古籍中的，也非常复杂零碎，而许多古书涉及的神仙故事，大半不能"视作中华民族的原始信仰与生活状况的反映"。他说："应用兰氏对于神话的见解，以分别我们所有的神仙故事何者为我们民族的原始信仰与生活状况的反映，何者为后代方士迎合当时求神仙的君主的意志而造的谰言。"

第二，区别哪些是外来的神话。他说："自汉以来，中国与西域交通频繁，西方的艺术渐渐流入中华，料想那边的神话也有许多带过来而为好奇的文人所引用；于此，我们也应根据'生活经验不同则神话各异'的原则，以分别何者为外来的神话。"

第三，区别哪些是佛教的影响。"佛教流入中国而且极发达后，一方面自然也带来了一点印度神话（幽冥世界的神话等等），可是一方面中国固有的神话大概也受了佛教思想的影响而稍改其本来面目，犹之基督教化了北欧的神一样；于此，我们又应当找出他改变的痕迹，以求得未改变时的原样。"

他说，如果按照这三条原则来研究中国神话资料，把那些冒牌的货色开除之后，就可以视为表现中华民族的原始信仰与生活状况的神话。他把经过区分之后的中国神话归为六类：

（1）天地开辟的神话——盘古氏开天辟地，以及女娲氏炼石补天等等；

（2）日月风雨及其他自然现象的神话——羲和驭日，以及羿妻奔月等等；

（3）万物来源的神话——中国神话里这一类颇少，惟有中华民族的特惠物的蚕，还传下一段完全的神话；其余的即有亦多零碎，不能与希腊神话里关于蛙、蜘蛛、桂、回声，或者北欧神话里关于亚麻、盐等物来源的故事相比拟；

（4）记述神或民族英雄武功的神话，如黄帝征蚩尤，颛顼伐共工等等；

（5）幽冥世界的神话——此类神话，较古的书籍里很少见；后代的书里却很多，大概已经道教化或佛教化；

（6）人物变形的神话——此类独多，且后代亦时与新作增加。[①]

经过这一番梳理，去伪存真——当然是以兰氏和麦根西氏的人类学派的是否反映了原始信仰和生活状态为准则，茅盾神话体系中的中国神话宝库，最终只剩下了上面所说的六类。因此，可以说，1925年1月茅盾发表的平生第一篇神话研究文章，虽然是初涉这一领域，但其在中国现代神话学史上的开拓性却是自不待言的。

---

① 茅盾《中国神话研究》，《茅盾全集》（第28卷），第4—5页，北京：人民文学出版社1993年。

1925年5月30日，上海发生了震惊中外的"五卅"惨案。这一年，茅盾把主要时间和精力投入了政治斗争之中，文学活动只得抽空做一些。他在晚年写的回忆录里说："这一年，除了继续在《文学周报》（按：《文学》周刊从171期起改名为《文学周报》，单独发行）和《小说月报》上发表一些文学评论和杂文外，有如下三件事值得一提：一是介绍北欧神话和希腊神话，在商务印书馆出版的《儿童世界》上连载；这是我研究和介绍外国神话的开端。二是试写了一些散文，发表在《文学周报》上。在这之前，我只写评论文章和翻译，没有写过散文，'五卅'惨案使我突破了自设的禁忌，我觉得政论文已不足宣泄自己的情感和义愤。……三是写了长篇论文《论无产阶级艺术》。"①

作为五四新文化运动文艺战线的一名先锋战士和社会活动家、小说家、文艺批评家，他在不同的战线上参加各类活动，写各种文章，开始写文艺评论、杂文和翻译，后来开始写散文。他的神话研究完全是业余的。"五卅"惨案后，茅盾离开上海和商务印书馆，去了广州。第二年4月再次回到上海。他在一篇文章里写道："（1926年）四月中，我回到了上海；没有职业，可是很忙。那时我的身体比现在好多了，往往奔波竟日以后，还不觉得疲倦，还想做一点自己兴味所在的事。于是我就研究中国神话。这和我白天之所忙，好像有'天渊之隔'，可是我觉得这也是调换心力的一法。"②

大革命失败后，茅盾被列入了国民党南京政府的通缉名单，于是他不得不隐居起来，开始了长篇小说的创作。到1928年7月，又不得不亡命东京。在东京，他写了许多小说，神话学专著《中国神话研究ABC》就是这时候在东京写成的。此书于1929年由世界书局分上下两册在上海出版，署名玄珠（1978年收入由人民文学出版社出版的《茅盾评论文集》时，易名为《中国神话研究初探》）。同年，茅盾把近几年来发表的四篇神话论文《各民族的开辟神话》《自然界的神话》《中国神话研究》《希腊神话与北欧神话》汇集出版了《神话杂论》一书，交由世界书局出版。这一年茅盾除了写过几篇介绍北欧、希腊、罗马、埃及、印度神话的文章而外，到年底，又写完了一部神话学专著《北欧神话ABC》（上下册），1930年由世

---

① 茅盾《五卅运动与商务印书馆罢工》，《新文学史料》1980年第2期；又见《茅盾全集》（第34卷），第318页，北京：人民文学出版社1997年。
② 茅盾《几句旧话》，《创作的经验》，上海：天马书店1933年；又见《茅盾全集》（第19卷），第438—439页，北京：人民文学出版社1991年。

界书局出版。这个时期他的这些关于神话的专著或文章，都是在国外避难时写的，而且写作时缺少必要的参考资料。此后，由于社会政治活动和创作的繁忙，茅盾很少再有时间从事神话的研究了。30年代，他仅写过一篇评论黄芝岗《中国的水神》的文章。

《中国神话研究初探》这部写于半个多世纪前的著作于1978年再版，他在《前言》里谈到他早年的神话研究以及他所采用的人类学派的研究方法时说："我对神话发生兴趣，在1918年。最初，阅读了有关希腊、罗马、印度、古埃及乃至19世纪尚处于半开化状态的民族的神话和传说的外文书籍。其次，又阅读了若干研究神话的书籍，这些书籍大都是19世纪后期欧洲的'神话学'者的著作。这些著作以'人类学'的观点来探讨各民族神话产生的时代（人类历史发展的某一阶段），及其产生的原因，并比较研究各民族神话之何以异中有同，同中有异，其原因何在？这一派神话学者被称为人类学派的神话学者，在当时颇为流行，而且被公认为神话学的权威。当1925年我开始研究中国神话时，使用的观点就是这种观点。直到1928年我编写这本《中国神话研究初探》时仍用这个观点。当时我确实不知道马克思的《〈政治经济学批判〉导言》中有关神话何以发生及消失的一小段话……当后来知有此一段话时，我取以核查'人类学派神话学'的观点，觉得'人类学派神话学'对神话的发生与消失的解释，尚不算十分背谬。"[1]

（二）中国神话的演变：历史化与仙人化

茅盾在其神话研究著作中，论述了中国神话的历史化问题。神话的历史化问题，不仅是中国神话的重要问题，也是世界性（如古希腊神话）的问题，对于神话研究者来说是无法回避的。其时，由于顾颉刚的《与钱玄同先生论古史书》一文于1923年5月6日在《努力》增刊《读书杂志》上发表而引起的"古史辨"大讨论正方兴未艾，神话（古史传说）的历史化问题在学术界备受关注。

茅盾分析了中国神话历史化倾向的必然性，同时，他也指出神话与古史之间的相互作用。他写道："据我的武断的说法，中国的太古史——或说得妥当一点，我们相传的关于太古的史事，至少有大半就是中国的神话。神话的历史化，在各民族中是常见的；我们知道古代的神话学者中就

---

[1] 《茅盾评论文集·前言》（上册），第3—4页，北京：人民文学出版社1978年；又见《茅盾全集》第27卷第293页，北京：人民文学出版社1996年。

有所谓历史学派。""古代的历史家把神话当作历史的影写，竟是屡见而不一见的；从而我们若设想我们古代的历史家把神话当作历史加以修改（因为历史总是人群文明渐进后的产物，那时风俗习惯及人类的思想方式已大不同于发生神话的时代，所以历史家虽认神话为最古的史事，但又觉其不合理者太多，便常加以修改），亦似乎并不是不合理的。"①可见，他把历史家为了追求古史的合理性而把神话当作历史进行修改，是神话历史化的最重要的原因。盘古与女娲神话的演变过程是他论述神话历史化的一个例证：

> 盘古与女娲的故事，明明都是中国神话关于天地开辟的一部分，然而中国文人则视作历史，女娲氏竟常被视为伏羲之后的皇帝。我们要晓得，凡开辟神话中之神，只是自然力之象征——此在高等文化民族之神话为然——与此后关于日月风雨以至事物起源等神话内的神为渐近于人性者，有其大的分别，可是中国古代史家尚以为乃古代帝皇，无怪他们把其余的神话都视为帝皇之行事了。譬如羲和这个名字，根据屈原《离骚》经的"吾令羲和弭节兮，望崦嵫而勿迫"一句看来，所谓"羲和"，或竟如《书经》所说羲氏和氏是二人，乃驭日之神，与望舒之为月御（亦见《离骚》：前望舒先驱兮）相对待，我们知道希腊和北欧的神话都说日神驱黄金之车巡行天宇，下民望之是为日，中国的羲和将亦类是，然而《尚书》（《史纪》因之）则以为乃尧时主四时之官；这便是把神话中的日御羲和变化为人臣，而把神话中羲和的职掌，变化为"主四时之官"。以此类推，我们竟不妨说尧时的诸官，多半是神话中的神。尧舜之治乃我国史家所认为确是历史的，但我们尚可以怀疑他是历史化的神话，然则尧舜以前，太史公所谓为"其事不雅驯"的三五之事，当然更有理由可说是神话的历史化了。②

如上引文所举，茅盾认为，盘古、女娲、羲和、尧舜这些神话中的人物，经过历史家们的多次修改，都变成了历史上的帝王。女娲被视为伏羲之后的皇帝，日神羲和成了尧时的"主四时之官"。"盘古的神话……被

① 茅盾《中国神话研究》，《茅盾全集》（第28卷），第9—10页，北京：人民文学出版社1993年。
② 茅盾《中国神话研究》，《茅盾全集》（第28卷），第18页，北京：人民文学出版社1993年。

直截地当作历史材料，徐整收入了他的记载'三王五帝'之事的《三五历纪》，胡宏更收进了《皇王大纪》"。"禹以前的历史简直就是历史化了的古代神话。黄帝和蚩尤的战争，也许就是中国神话上的神（黄帝）与巨人族（蚩尤）的战争。""禹以上的历史都有疑窦，都可以说是历史化的神话。"除了这些开天辟地的神话人物之外，其他神话亦然。"'文雅'的后代人不能满意于祖先的原始思想而又热爱此等流传于民间的故事，因而依着他们当时的流行信仰，剥落了原始的犷野的面目，给披上了绮丽的衣裳。如《山海经》里的'豹尾虎齿'的西王母，到了《穆天子传》里已成了'人王'，到《汉武内传》里简直成为'年可三十许'的丽人了"。① "我们现有的神话，几乎没有一条不是经过修改而逐渐演化成的。除了上述西王母而外，还有昆仑的神话，月亮及牵牛织女的神话，都是明显的例子。"②

　　历史化是世界上所有民族的神话都未可避免的遭遇，希腊神话如此，北欧神话如此，中国神话亦如此。茅盾说，神话的历史化是历史的必然。但他并没有将神话的历史化进程一概否定，而是指出，神话的历史化有功也有过。神话毕竟是靠文学家和历史家们的著作而得以保存下来并传到我们手中的，而且"中国的文学家开始采用神话的时候，大部分的神话早已完全历史化了"。③他写道："神话的历史化，固然也保存了相当的神话；

----

① 关于西王母神话的演进，茅盾说经历了三个时期。"演进"与"历史化"有同义的地方，似也还有差异的地方，这里不赘。他说的三个时期是："在中国的原始神话中，西王母是半人半兽的神，'豹尾虎齿，蓬发戴胜'，'穴处'，'三青鸟为西王母取食'，是'司天之厉及五残'，即是一位凶神。到了战国，已经有些演化了，所以《淮南子》公然说'羿请不死之药于西王母'，而假定可说是战国时人所作的《穆天子传》也就不说西王母的异相而能与穆王歌谣和答了。我们从《淮南子》的一句'不死之药'，可以想见西王母的演化到汉初已是从凶神（司天之厉及五残）而变为'有不死之药'的吉神及仙人了。这可说是第一期的演化。于是从'不死之药'上化出'桃'来；据《汉武故事》的叙述，大概当时颇有以西王母的桃子代表了次等的不死之药的意义，所以说西王母拒绝了武帝请求不死之药，却给他'三千年一着子'的桃子。这可算是第二期的演化。及至魏晋间，就把西王母完全铺张成为群仙的领袖，并且是'年可三十许'的丽人，又在三青鸟之外，生出了董双成等一班侍女来。这是西王母神话的最后演化。西王母神话的修改增饰，至此已告完成，然而也就完全剥落了中国原始神话的气味而成为道教的传说了。"（《茅盾全集》第28卷第211—212页）

② 茅盾《中国神话研究ABC》，《茅盾全集》（第28卷），第212—216页，北京：人民文学出版社1993年。

③ 茅盾《中国神话研究ABC》，《茅盾全集》（第28卷），第214页，北京：人民文学出版社。

但神话的历史化太早，便容易使得神话僵死。中国北部的神话，大概在商周之交已经历史化得很完备，神话的色彩大半褪落，只剩了《生民》《玄鸟》的'感生'故事。至于诱引'神代诗人'产生的大事件，在武王伐纣以后，便似乎没有。穆王西征，一定是当时激动全民族心灵的大事件，所以后来就有了'神话'的《穆天子传》。自武王以至平王东迁，中国北方人民过的是'散文'的生活。不是'史诗'的生活，民间流传的原始时代的神话得不到新刺激以为光大之资，结果自然是渐就僵死。到了春秋战国，社会生活已经是写实主义的，离神话时代太远了，而当时的战乱，又迫人'重实际而黜玄想'，以此北方诸子争鸣，而皆不言及神话。然而被历史化了的一部分神话，到底还保存着。直到西汉儒术大盛以后，民间的口头的神话之和古史有关者，尚被文人采录了去，成为现在我们所见的关于女娲氏及蚩尤的神话的断片了。"①如果将他的这段话的意思加以概括，他的意思是，一方面，神话过早地历史化，容易使神话僵死；另一方面，神话的历史化又保存了一部分神话，尽管失去了原来的完整性，但毕竟能使后人接受其中的一部分而免于全部湮灭于历史的烟尘中。

需要着重强调的是：茅盾在神话的历史化这个命题之下，除了具体地梳理了一些神话被历史化的过程外，还提出并阐发了属于自己的见解，即：一方面分析了盘古开天辟地神话的历史化过程，并论证了中国开辟神话属于兰氏理论中的第二种模式，即"创造天地与万物的是神或超人的巨人，且谓万物乃依次渐渐造成"，与希腊和北欧相似，是"后来有伟大文化的民族的神话"；另一方面他以希腊神话的体系为模本，力图把两个各自独立的盘古开天辟地神话与女娲造人补天神话连接起来，把两者之间的缺环填补起来，特别是批评了补《史记》的《三皇本纪》对女娲神话的修改（"把女娲补天作为共工氏折断天柱以后的事……修改得太坏了"）从而将其整合统一为比较完整的中国创世神话："把这两段话合起来，便是开天辟地的神话。"②在这两个问题的论述上，此前和后来的神话研究者，都鲜有人论及，故应视为茅盾在中国神话研究上的独到见解。

茅盾认为，神话的演变，历史化是普遍的，中外神话概莫能外，但在中国神话遭遇历史化之外，则还有另一个方面，即"道化"或"仙化"。

---

① 茅盾《中国神话研究ABC》，《茅盾全集》（第28卷），第183—184页，北京：人民文学出版社。

② 茅盾《中国神话研究ABC》，《茅盾全集》（第28卷），第185、192页，北京：人民文学出版社。

这是因为自战国末燕齐之地的方士蜂起，把神话拿来为我所用，并加以修改所致。西王母的演变过程，就显示着神话"道化"或"仙化"的色彩。在论述《山海经》的《海内外经》的著作年代时，他作如是观："《淮南》本是杂采群书之作，可以不论；然言昆仑及西王母，则《淮南》已谓'羿请不死之药于西王母'，已经将《山海经》的'是司天之厉及五残'的西王母来'仙人化'了。这分明证实汉初已将西王母修改成合于方士辈的神仙之谭。原来言神仙之事，始于战国末的燕齐方士，至秦始皇统一天下前后而盛极一时，所以西王母的'仙人化'大概可以上溯至秦汉之间，乃至战国末；《海内外经》如为西汉时所增加，则其言西王母必不如彼其朴野而近于原始人的思想信仰。"①他从对西王母的"仙人化"过程的分析中，断定《海内外经》著作的时代不能晚于战国，至迟在春秋战国之交。可以认为，"道化"或"仙化"是中国神话发展或传承中的一个有别于其他国家的特殊遭遇。

（三）中国神话的再造

茅盾还论述了中国神话何以仅存零星和如何重构中国神话的问题。他说，鲁迅先生在他的《中国小说史略》第二篇里推究中国神话之所以仅存零星的理由举出了两条："一者华土之民，先居黄河流域，颇乏天惠，其生也勤，故重实际而黜玄想，不更能集古传以成大文。二者孔子出，以修身齐家治国平天下等实用为教，不欲言鬼神，太古荒唐之说，俱为儒者所不道，故其后不特无所光大，而又有散亡。"②他说，鲁迅的论断已属详尽确当，他就无庸再赘言了；他要说的，是如何用这些零星的材料来"再造"（即我们当代惯用的词汇："重构"）中国神话。

在中国神话何以仅存零星以及如何重构中国神话这两个问题上，茅盾着重就胡适在《白话文学史》中的观点进行了辩难和商榷。胡适在其《白话文学史》里说："'三百篇'里……没有神话的遗迹。""中国古代民族没有故事诗，仅有简单的神歌与风谣而已。"是因为文字的困难，不曾有记录。"南方民族（指'沅湘之间'）曾有不少的神话"，而北方民族（指'汝汉之间'）则缺乏神话式的想象力，是因为"古代

① 茅盾《中国神话研究ABC》，《茅盾全集》（第28卷），第204页，北京：人民文学出版社1993年。
② 鲁迅《中国小说史略》，《鲁迅全集》（第8卷），第16页，北京：人民文学出版社1957年。

的中国民族是一种朴实而不富于想象力的民族。他们生在温带与寒带之间，天然的供给远没有南方民族的丰厚，他们须要时时对天然奋斗，不能像热带民族那样懒洋洋地睡在棕榈树下白日见鬼，白昼做梦。"茅盾不同意胡适的这个论断，认为："中国民族确曾产生过伟大美丽的神话"；古代北方民族也曾有丰富的神话，只是到战国时代好像就歇灭了。神话早就消歇的原因有二：一是历史化，其中"大部"是被"秉笔的太史公""消灭"的；一是没有激动全民族心灵的大事件以诱发"神代诗人"的产生。"'三百篇'是孔子删定的，而孔子则不欲言鬼神"，况且"时时要对天然奋斗"的北方民族也可以创造丰富的神话。他根据《淮南子·览冥训》《淮南子·天文训》《列子·汤问》等书里的记载，和"天倾西北……地不满东南"所反映的对于宇宙形状的看法，以及《楚辞》里没有说到女娲及共工氏等神话材料，断言"女娲补天"是北方的神话。根据《山海经》卷十七"蚩尤作兵伐黄帝，黄帝乃命应龙攻之冀州之野"、《史记》载黄帝与蚩尤战于涿鹿之野等材料，他又断言黄帝讨伐蚩尤的神话也应是古代北方民族的神话。

茅盾认为，要"重造"（重构）中国神话，首先要建立正确的神话观。他以自汉至清许多学者对《山海经》这本包括神话最多的书的定位为例，检视其观点的错误所在，有视为地理书者，有视为小说书（广义的用法）者，都没有把握住《山海经》的本质，只有到清代的胡应麟认识到《山海经》是"古今语怪之祖"，表现了他的"灼见"。茅盾说："所谓'神话'者，原来是初民的知识的积累，其中有初民的宇宙观，宗教思想，道德标准，民族历史最初的传说，并对于自然界的认识等等。""据最近的神话研究的结论，各民族的神话是各民族在上古时代（或原始时代）的生活和思想的产物。神话所述者，是'神们的行事'，但是这些'神们'不是凭空跳出来的，而是原始人民的生活状况和心理状况之必然的产物。"[1]茅盾关于神话本质的论述，显然有英国人类学派神话学的影子，无疑应是"重构"中国神话所要遵循的基本原则，如果离开了这个基本的原则，那就不可能给"重构"工作一个路线。

他主张重构中国神话应从古籍中搜辑中国神话入手，而搜辑工作应遵循的理念是：一是材料愈古愈可靠，"不特要以周秦之书为准，并且要排斥后人伪造的周秦或三代的书"。二是也不能排斥后世文人书中所记的材

---

[1]　茅盾《中国神话研究ABC》，《茅盾全集》（第28卷），第179—180页，北京：人民文学出版社1993年。

料，"汉魏晋的材料固然要用，即如唐代的材料也未尝不可以采取；只要我们能从性质上确定这些材料是原始信仰与生活的混合的表现就好了"。因为，"神话原不过是流行于古代民间的故事，当原始信仰尚未坠失的地方，这种古老的故事照旧是人民口头的活文学，所以同在一民族内，有些地方文化进步得快，原始信仰早已衰歇，口头的神话亦渐渐澌灭，而有些地方文化进步较迟，原始信仰未全绝迹，则神话依然是人民口中最流行的故事。这些直至晚近尚流传于人民口头的神话，被同时代的文人采了去著录于书，在年代上看，固然是晚出，但其为真正的神话，却是不可诬的。"他的这个立论，说明他恪守着安德鲁·兰设定的神话原则："安特里·兰（此为茅盾原译——引者注）辩论Rig-Veda（即《梨俱吠陀》）的年代，也说无论它是不是较近代的作品，但其中的故事既合于原始信仰和原始生活，就有神话的价值。我以为这正是我们的一个榜样，正是我们搜求材料时的一个好方针。"①茅盾在此援引了安德鲁·兰的理论，把兰氏的是否"合于原始信仰和原始生活"作为是否是神话的判断原则，在我们当代仍然是有价值的。

茅盾把中国神话划分为北中南三部的理念，在中国神话学的学科建设上是颇有重要意义的。他写道："现存的中国神话只是全体中之小部，而且片断不复成系统；然此片断的材料亦非一地所产生……可分为北中南三部；或者此北中南三部的神话本来都是很美丽伟大，各自成为独立的系统，但不幸均以各种缘因而歇灭，至今三者都存了断片，并且三者合起来而成的中国神话也还是不成系统，只是片段而已。"②尽管在茅盾之前，学界已有人提出盘古神话是南方民族的神话，③但"南方"（地区、民族）通常指的是湘沅地区，而更南的南方——两粤地区（民族）的神话资料一向披露得较少，基本上还没有进入学者们的视野之中，所以茅盾第一个提出，把"湘沅之间"的神话即《楚辞》内的神话称作南方（或南方民族的）神话，是不准确的，真正的南方（或南方民族的）神话，应是"更南方"（两粤地方的）民族的神话，盘古的神话就是产生在南方而后渐渐北行的。

---

① 茅盾《中国神话研究ABC》，《茅盾全集》（第28卷），第29—30页，北京：人民文学出版社1993年。

② 茅盾《中国神话研究ABC》，《茅盾全集》（第28卷），第193页，北京：人民文学出版社。

③ 参见顾颉刚《讨论古史答刘胡二先生》，《古史辨》第一册，第121页，上海古籍出版社1982年。

茅盾写道：我们可以相信，当神话尚在民间口头活着的时候，一定有许多人采之入书，但已不可深考了。我们现在只知道直到离神话时代至少3000年的战国方有两种人把口头神话搜采了去，一是哲学家，二是文学家。这两种人对神话的保存作出了很大贡献。

哲学家方面，《庄子》和《韩非子》都有神话的断片，尤以《庄子》为多。今本《庄子》已非原形，外篇和杂篇，佚亡的很多。所以保存着的神话材料如鲲鹏之变，蜗角之争，藐姑射的仙人，十日并出等，已经不很像神话，或者太零碎。然据陆德明《庄子释文序》则谓《庄子》杂篇内的文章多似《山海经》，或类占梦书，因其驳杂，不为后人重视，故多佚亡。又郭璞注《山海经》，则常引《庄子》为参证。可知《庄子》杂篇的文字很含有神话分子，或竟是庄子的门人取当时民间流传的神话托为庄子所作而归之于杂篇。《列子》虽是伪书，然至少可信是晋人所作；此书在哲学上无多价值，但在中国神话上却不容抹杀；如太行王屋的神话，龙伯大人之国，终北的仙乡，都是很重要的神话材料。也都是被视为哲学而保存下来的。文学家采用神话，不能不推屈原为首。《离骚》和《九歌》保存了最有风趣的神话；《天问》亦包含了不少神话的片断，继屈原的宋玉亦采用神话；"巫山神女"的传说和冥土的守门者"土伯"的神话，都是宋玉保存下来的可贵的材料。《淮南子》流传了"女娲补天"和"嫦娥"的神话，又有羿的神话。故综合地看来，古代文学家保存神话的功绩，实在比哲学家还要大些。他们一方面保存了一些神话，一方面自然亦加以修改；但大体说来，他们还不至于像古代史官似的把神话完全换了面相。①

除了哲学家和文学家们保存了很多神话材料外，他还提到史家左丘明和一些野史的作者。关于左丘明，他说："左丘明也好引用神话传说，然而在他以前的史官早就把大批神话历史化而且大加删削，所以禹、羿、尧、舜，早已成为确实的历史人物，因此左丘明只能拾些小玩意，例如说尧殛鲧于羽山，其神化为黄熊，以入于羽渊。"关于野史作者，他举出采用了"南蛮"的开辟神话的三国时徐整；把盘古列为三皇之首的宋胡宏（《皇王大纪》）；《路史》的作者宋罗泌和《绎史》的作者清马骕。此

---

① 茅盾《中国神话研究ABC》，《茅盾全集》（第28卷），第196—197页，北京：人民文学出版社1993年。

外，茅盾辟出一节的篇幅专讲《山海经》这部保存神话最多的书以及历代学者对其进行的研究，对《山海经》神话学多有建树。

茅盾提出中国神话的"再造"（重建）之后的八十年间，许多神话研究者都在以不同的立场从事着这项工作，迄无间断，其间许多考古发掘，包括在长沙子弹库发现的楚帛书创世神话、马王堆发现的楚帛画等重要材料，但至今仍然没有把断裂了的和失落了的中国神话系统重建起来。

（四）神话时代的宇宙观

原始人的宇宙观问题，从来是发生学、史前艺术学、神话学、哲学等领域关注的问题。茅盾的神话研究触及并论述了原始人的宇宙观问题。他认为，不论如何落后野蛮的民族，都有代表他们的宇宙观的开天辟地的神话，尽管这些神话在我们现代人看来太浅陋可笑，但我们不能不承认这是他们的宇宙观。他写道："原始人的思想虽然简单，却喜欢去攻击那些巨大的问题，例如天地缘何而始，人类从何而来，天地之外有何物，等等。他们对于这些问题的答案便是天地开辟的神话，便是他们的原始的哲学，他们的宇宙观。"①

（1）与宇宙同生的盘古，是南方民族的原始宇宙观；而"盘古死而后有天地"和"四极五岳"则是北方民族的原始宇宙观。古籍中记载的盘古神话，无论是徐整在《三五历纪》中的记载，还是在《五运历年纪》中的记载，都"是北中南三部民族的神话的混合物"，也都是经过文人不同程度地加工过的，已经能够附丽上了一些后世的思想。茅盾一方面以人类学和民族学的方法，一方面通过比较研究，对徐整笔下的两段神话资料进行了剥离辨伪，使盘古神话的原始面貌得以显露出来：

> 天地混沌如鸡子，盘古生其中，万八千岁；天地开辟，阳清为天，阴浊为地；盘古在其中，一日九变，神于天，圣于地，天日高一丈，地日厚一丈。如此万八千岁，天数极高，地数极深，盘古极长。后乃有三皇。
>
> 《三五历纪》——《太平御览》七八所引

> 首生盘古，垂死化身，气成风云，声为雷霆。左眼为日，右眼为

---

① 茅盾《中国神话研究ABC》，《茅盾全集》（第28卷），第218页，北京：人民文学出版社1993年。

月，四肢五体为四极五岳，血液为江河，筋脉为地理，肌肉为田土，发髭为星辰，皮毛为草木，齿骨为珠石，汗流为雨泽；身之诸虫，因风所感，化为黎甿。

《五运历年纪》——马氏《绎史》所引

茅盾认为，在出自徐整的这两段文字里，较为可信的是《三五历纪》的记载。徐整所引的这段文字里记述的盘古，是与宇宙同生的神，"大概更接近南方民族的开辟神话的本来面目；然最后一句'后乃有三皇'大概是徐整所加添的。"而在同一个徐整的《五运历年纪》里的另一段记载里，"却是把盘古拟作未有天地时之一物，盘古死而后有天地"，故而是与《三五历纪》里的记载相矛盾。但茅盾指出，这一段记载里增补修饰之处一定很多，但由于其中出现了"四极五岳"这样的字样，而"四极五岳"无论作为原始意象，还是作为原始观念，都是只有中部及北部民族的神话里才可能有、而在南方的神话如《离骚》中所没有的，故而可以断言这段神话资料"流露了中部及北部民族之宇宙观"。

（2）茅盾认为，天地创造之后，经历再破坏和再创造，即"创造——破坏——再创造"，也是远古神话中所记述的原始人的宇宙观。女娲补天的神话所反映的，就是这种宇宙观。他说：《淮南子·览冥训》里的这段文字——"往古之时，四极废，九州裂，天不兼覆，地不周载；火爁炎而不灭，水浩洋而不息；猛兽食颛民，鸷鸟攫老弱，于是女娲炼五色石以补苍天，断鳌足以立四极，杀黑龙以济冀州，积芦灰以止淫水；苍天补，四极正，淫水涸，冀州平，狡虫死，颛民生。"——"很明显地可以抽绎出天地曾经一度毁坏而由女娲再造的意义"，而从其中的"杀黑龙以济冀州，积芦灰以止淫水"，则"可知这个神话的断片实是大洪水神话的一部分"。

把盘古创造天地神话与女娲再造天地神话合起来，便是中国原始先民创造的一个完整的开天辟地的神话，这是茅盾神话研究的一个基本论点。[①]但他在对这两个神话的文本进行了比较研究之后又指出，在这两个神话之间是"脱了榫的"，"《五运历年纪》云云大概是徐整因女娲氏补天的神话而私造的，或许不是徐整所造，也该是盘古神话流传到中部以后由民间所增的枝叶。"[②]而在《风俗通》（《太平御览》七八引）中所记载的女娲

---

① 茅盾《中国神话研究ABC》，《茅盾全集》（第28卷），第192页，北京：人民文学出版社1993年。

② 茅盾《中国神话研究ABC》，《茅盾全集》（第28卷），第221页，北京：人民文学出版社。

抟土造人神话，把所造之人分为"富贵贤知者"（"黄土人"）和"贫贱凡庸者"（"引绳人"）两种，并"不是原始人民应有的原始思想"。

（3）原始人设想神们是聚族而居的，他们住在极高的山上，如同希腊神话里的奥林帕斯山一样。中国神话也有这种观念。《山海经》中所说的昆仑，是"帝之下都"，是众多的神们居住的一座神山。昆仑山上居住着西王母、陆吾、开明兽、猛兽、怪鸟、奇树等众神，"尚可想见中国北方（后来也加入北中部）人民的原始宇宙观"。茅盾论道："大概中国神话里的昆仑的最初观念，……正好代表了北方民族的严肃的现实的气味"；而昆仑神话一旦传到南方民族中，便加上了许多美丽梦幻的色彩，于是在《离骚》里就被塑造成了"昆仑玄圃"。北方民族重现实，而南方民族重玄想，这既是民族性格，也是形成宇宙观的基点。

（4）原始人受了自然界的束缚，活动范围十分狭小，因自然界的阻隔而不能到达的地方，便是他们产生好奇心和驰骋幻想的地方。茅盾认为，不同生活环境、气象条件以及不同生活经验的民族的神话，不仅有着不同的幻想，甚至表现出不同的宇宙观。茅盾举出烛龙的例子。王逸对《天问》："日安不到，烛龙何照？"王逸注曰："言天之西北，有幽冥无日之国，有龙衔烛而照之也。"而在《山海经》中却把"烛龙"作为神名："钟山之神，名曰烛阴（郭注曰：烛龙也；是烛九阴，因名云），视为昼，瞑为夜，吹为冬，呼为夏，不饮不食不息，息为风。身长千里，在无启之东。其为物：人面蛇身赤色，居钟山下。"对于钟山之神的神名，王逸和郭璞的解释是不同的。"根据了《天问》的王逸注和《淮南子》，我们可以想象北方民族对于辽远的北方的观念是如何了。这个日光不到的地方，不论是名为烛龙也好，章尾山也好，钟山也好，总之，是等于北欧神话的尼非赫姆那样凄惨阴森的地方。……反之，气候温和地方的原始人，对于辽远地域的想象便不同了。" 在那里，也许是乐土或仙乡、福地，如中部民族设想的远方的终北、华胥、列姑射，就是这样的乐土。[①]

（五）结语

茅盾的中国神话研究，特别是在中国神话的"再造"（重构）和开天辟地创世神话的研究上，提出了许多重要的见解，多有建树，达到了相当成熟的境界。他引进并运用人类学派的方法和理念于中国神话研究，如运

[①] 茅盾《中国神话研究ABC》，《茅盾全集》（第28卷），第224—231页，北京：人民文学出版社1993年。

用原始思维的原理和比较研究的方法以解决中国上古神话的问题，在学理上为中国神话学的学科建设奠定了相当的基础。当然，在他的时代，神话学还是一门年轻的学问，材料的积累和学理的探讨都还很不完善，也给他设置了局限，譬如他对神话的分类，还只是划分为有关自然的神话和有关社会的神话两大部类六个类别，在研究创世神话时，还停留在将宇宙起源神话大略确定为"创造——破坏——再创造"的模式上，而未能像后来的神话学家们那样进行更为细致的分类与研究。

作为作家和文艺批评家，除了在神话研究上的理论贡献之外，茅盾一生热心关注民间文艺。在上海文学界讨论国防文学的时候，他曾写过一篇《民族的"深土"的产物——民间文艺》，阐述他对士大夫文学与民间文艺的观点。他还写道：

> 几乎是中国各地都有自己的独特作风的民间文艺，贯穿在这些"俚俗"的民间文艺内的，是老百姓的对于他们所爱所憎的人物的赞扬和讽刺，他们给这些人物创造了典型。而作为这些民间文艺的灵魂的，还有老百姓的从生活里得来的人生的真理和对于生活的积极的态度。

> 民间文艺中没有悲观和颓废的。民间文艺的男女关系描写，粗野则有之，然而决不是颓废，决没有病态，恰恰相反，——是健康。[1]

他说"诗赋词曲骈文四六乃至诗钟文虎之类"，不过是"民族的上层浮土所曾长育的文艺之花"，把它们比作一座大建筑上的"斗拱"；而民间文艺则是从民族的深土里长出来的："不过中国民族的深土里自来也不是竟然毫无所出。这就是流行于口头的民间文艺"，"它的基础是全民族民众的情绪和思想"，不仅形式应当被取来"实用"，"就是'内容'方面也有许多能帮助我们更了解中国农民性格上的优点，发生民族自信力的！"

他还引用鲁迅关于绍兴戏《目莲救母》的一段话，说："这些故事都表现了民众的对于世事的观察，——他们的所爱与所憎，他们的'哲学'，——他们的智慧。"他说，他"没有见过泥司木匠所演唱的真正的

---

[1] 茅盾《民族的"深土"的产物——民间文艺》，最初发表于1936年10月11日《生活星期刊》第1卷第19号；后收入《茅盾文艺杂论集》，上海文艺出版社1981年；现据《茅盾全集》第21卷第203—205页，北京：人民文学出版社1991年。

民间文艺的《目莲救母》绍兴戏",是一大遗憾。他的这番议论文字,使我们想起他的散文《乌镇的香市》对少年时代家乡乌镇每年举行的"香市"的盛况和江南民俗风情的深情的描写。

20世纪40年代,茅盾到了延安,为陕北和边区喜闻乐见的民间文艺所吸引,就边区文艺工作者帮助民间艺人改造说书、秧歌剧的成绩,以及民众中流行的快板、"吆号子"等民间文艺及其变化,曾为苏联《星火》杂志写过一篇《中国民间艺术的新发展》的文章,[①]在盛赞之余,他以学者的慧眼和视角指出抗日战争如何"有力地推动了"民间艺术的发展和变化。

---

① 茅盾《中国民间艺术的新发展》(1936年12月30日),发表于1947年3月出版的苏联《星火》杂志第9期。现据《茅盾全集》第23卷第382—383页,北京:人民文学出版社1996年。

第三章
学术转型时期
（1927—1937）

1926年6月，北方政治形势恶化，使以北京大学歌谣研究会为中心的中国现代民间文艺学的发展进程中断了。1928年中央研究院民间文艺组、中山大学语言历史学研究所民俗学会分别在北京、广州成立，1930年中国民俗学会在杭州宣告成立，标志着中国民间文艺学史进入了一个新的时期。这个新的时期，大约从1926年到1937年抗战爆发。其特点大约有三：（1）在民间文学的学术研究上看，前一时期文艺学的研究几近独霸天下的局面正在起变化，以民俗学的理念和方法研究民间文学正在抬头。（2）相应地，出现了学者的分化和流派的并立，一派大体可称作"文学人类学派"，一派可称为"民俗学派"。（3）在专业的研究机构和学术团体之外，报纸副刊、文艺刊物、学术刊物、妇女杂志、青年杂志以及出版社（如北新书局）纷纷刊发和出版民间文学作品和研究文章，出现了现代史上很少出现的知识界如此重视民间文学的局面，促进了知识分子（主要是教育界）记录搜集民间文学的活动。

第一节　中研院史语所民间文艺组

（一）组建

在国外留学的傅斯年于1926年底回国，受广州中山大学校长朱家骅之邀，到中大主持国文系和史学系。次年4月，受在上海的中央研究院院长蔡元培的委托，傅斯年着手在广州筹备中央研究院历史语言研究所，同时，开始筹办中山大学语言历史学研究所（1927年8月就任筹备主任）[1]及其所属的民俗学会。1928年8月13日中央研究院第三次院务会议议决，聘请吴稚晖、胡适、陈寅恪、赵元任、顾颉刚、刘复、林语堂为历史语言研究所研究员。同年10月1日，中央研究院史语所在广州正式成立。

在巴黎留学六年、获法国国家文学博士学位的刘半农，于1925年回国后，返北京大学任中国文学系教授，兼研究所国学门导师。后兼任中央研究院文史部主任。傅斯年写信给刘半农，请他在北京组建中研院史语所的"民间文艺组"。刘半农接受了这项委托。傅接着给他寄来了所聘人员的聘书。1928年10月12日，刘半农在给傅斯年的复信里写道："各研究员聘书已寄到，并已代为分发讫。"史语所拨给"民间文艺组"的经费为每月500元。刘半农向傅报告说：每个人的薪俸是：研究员刘半农150元，助理员常惠60元，书记李家瑞35元，书记李荐侬20元，民间音乐采集员刘天华50元，民间音乐采集员郑祖瀛暂不津贴，印刷费100元，杂费50元，购书20元，余15元。此15元余数拟作临时工作费，如请人吹奏之用。傅斯年在刘半农信的原件上"郑祖瀛"的名字旁批"50"的字样，决定月支郑氏50元。[2]

傅斯年主持的中研院史语所共有八个组。傅斯年的《拟中央研究院语言历史研究所筹备办法》中也有"民俗材料的征集"一项，拟订"此类材料，随征集，随整理，择要刊布"。史语所在其创立的初期，就曾派出几个调查团，每团都负有随地收集民俗材料的任务，如黎光明的"川康民俗调查团"，史国禄、容肇祖、杨成志的"云南人类学知识调查团"等，莫不如此。而在这八个组的行政编制中，"民间文艺组"也是其中的一个。1929年史语所的年度报告中，也提到"民间文艺组"："设于北平，由研究员刘复为组主任。研究范围包括歌谣、传说、故事、俗曲、俗乐、谚语、谜语、歇后语、切口语、叫卖声等，凡民众以语言、文字、音乐等表

---

① 据施爱东《傅斯年、顾颉刚与民俗学》，叶春生主编《现代社会与民俗文化》，第91页，哈尔滨：黑龙江人民出版社2002年6月。

② 据王汎森《刘半农与史语所的"民间文艺组"》，《新学术之路——中央研究院历史语言研究所七十周年纪念文集》，第124—125页，台北：中央研究院历史语言研究所印行，1998年10月；刘复致傅斯年信（1928年10月12日），原稿藏台北中央研究院傅斯年图书馆。

示其思想、情绪之作品一律加以蒐集研究。"①

刘半农在这封写于1928年10月12日的长信中，大致向傅斯年报告了新组建的史语所"民间文艺组"的工作规划：

> 关于民间文艺组的事，现在已经实行工作，打算：（一）先将车王府的俗曲抄录一份，并通盘校阅一遍，每曲作一提要，各曲的唱调，有现存的，有已失的，有将失的，打算先行调查清楚了，再分别作记载工夫。（二）北大所征到的歌谣，亦开始抄录。（三）民间音乐方面，由郑君（郑祖瘀）及舍弟（刘天华）自定了两个题目，每周规定时间找人吹奏（吹奏费另给），随即记录并加以研究。第一题，北京婚丧俗乐及江浙婚丧俗乐之记载及比较。第二题，北京的叫卖声。此两种工作，总共须一年光景方可做完，将来可另出一种单行本也。（四）杂志打算每月出两册，每册32面。现正开始筹备，大约赶得快些，阳历新年可出第一期；但亦不宜过于草草，如一时所收材料不多，便从阳历三月出起。

此信的第八点还说：

> 当初我们议决不用"组"的名目。现在就事实上看，我们这个小组织，实有用一个团体名称的必要。譬如和人家通信，或在杂志上印书，编辑机关的名目，究竟是"国立中央研究院历史语言研究所民间文艺什么东西"呢？是"组"呢？是"处"呢？是"股"呢？请你斟酌一下，速速示我。②

随这封信，刘半农附去了他起草的《国立中央研究院历史语言研究所民间文艺组工作计划书》。

---

① 据王汎森《刘半农与史语所的"民间文艺组"》，《新学术之路——中央研究院历史语言研究所七十周年纪念文集》，第124页，台北：中央研究院历史语言研究所印行，1998年10月。

② 据王汎森《刘半农与史语所的"民间文艺组"》，《新学术之路——中央研究院历史语言研究所七十周年纪念文集》，第124—125页，台北：中央研究院历史语言研究所印行，1998年10月；刘复致傅斯年信（1928年10月12日），原稿藏台北中央研究院傅斯年图书馆。

《国立中央研究院历史语言研究所民间文艺组工作计划书》
（1928·10）

本组职员　研究员　　　　　刘　复

　　　　　助理员　　　　　常　惠

　　　　　民间音乐采集员　郑祖瘳

　　　　　　　　　　　　　刘天华

　　　　　书记　　　　　　李家瑞

　　　　　　　　　　　　　李荐侬

办事处　暂设北平东华门大阮府胡同30号刘宅电话东局七八七

一、规定民间文艺之范围为歌谣，传说，故事，俗曲，俗乐，谚语，缩后语，切口语，叫卖声等。凡一般民众用语言、文字、音乐等表示其思想情绪之作品，无论有无意识，有无作用，均属之。

二、拟于一二年内，以搜集材料，并整理已得之材料为主要工作。俟材料稍丰，再作比较及综合的研究。

三、所搜集材料，暂以属于中国者为范围。外国材料之可供参考者，或可增进研究上之兴趣者，间亦选择一二。外人所著关于民间文艺之书籍及论文，亦择要翻译。

四、北平孔德学校所藏车王府曲本，现已商得该校同意，着手借抄。（因李家瑞李荐二人均别有工作，故另雇临时书记抄写，计字给值。）

五、右项曲本均随抄随校，并每校一种，随手作一提要，由刘复李家瑞二人任其事，将来拟仿清黄文旸《曲海总目提要》之例，汇为《车王府俗曲提要》一书。

六、关于此项曲本音乐上之研究，由郑祖瘳刘天华二人任之。

七、常惠十年来所搜集之现行俗曲七百余种，现已商请让归本组，由李荐侬担任分类及编目，并仍由常惠担任继续搜集。其属于北平者，常惠拟另行提出，作系统的研究。

八、右项曲本亦由刘复李家瑞二人担任作提要，将来拟汇为《现行俗曲提要》一书：其音乐上之研究，仍由郑祖瘳刘天华二人任之。

九、前北京大学歌谣研究会征集所得之歌谣一万余首，现由李荐侬担任抄一副本；用卡片抄录，每片一首，俾便于分类。将来本组征集所得，亦可随时按类加入。希望在数年之内，本组能造成一极可观之《全国歌谣总藏》。

十、十年来全国各处所出关于民间文艺之书籍，并散见报章杂志之论文及零碎材料等，由常惠李荐侬二人担任调查，可购买者购买，无从购买者抄录，总期一无遗漏。

十一、宋元以来小说及曲本中所刻俗字，由刘复李家瑞二人担任搜集比较，期于短期内，作成宋元以来俗字谱一书。

十二、拟将所得材料中有价值者，分别选录，编为《民歌选》、《俗曲选》、《民间故事选》、《谚语选》等书，由刘复担任；其《俗乐选》一种，则由郑祖瘳刘天华二人担任。

十三、郑祖瘳刘天华二人于前述工作外，兼研究北平之叫卖声，及平苏婚丧乐之比较。

十四、为便利征集材料起见，拟于三月后出《民间文艺半月刊》一种，编辑及发行事务，由刘复常惠二人担任之。

十五、凡本组所搜集之材料，暨整理或研究所得之结果，当斟酌情形，登入半月刊，或另印单行本，或先登半月刊，次印单行本。

十六、民歌俗曲等之音调，概用工尺及五线谱对照谱出；必要时，兼制为蓄音片。（收制音片工作由刘复担任，仪器向北平大学语音乐律实验室借用。）

十七、为人才及经济所限，本组工作计划，暂定如上。俟二三年后能将上述各种工作做得有相当成绩时，再作第二步计划。

十七年十一月　刘复　述

这份"民间文艺组"的《计划书》，无疑是中国现代民间文学史上第一份、也是相当全面地收集和研究民间文艺的计划书。此计划书，在刘复逝世后，由他的属下、朋友、原"民间文艺组"的书记员李家瑞在作家徐訏主编、由上海独立出版社出版的《天地人》半月刊1936年第2期（3月16日出版）上予以发表。原件藏于台北中央研究院历史语言研究所傅斯年图书馆。

《计划书》中的四、七、八、十二各项，均完成了一部分。《计划书》中所订"宋元以来小说及曲本中所刻俗字，由刘复、李家瑞二人搜集比较，期于短时期内，作成《宋元以来俗字谱》一书。"这部《宋元以来俗字谱》由他们师徒二人合作完成，由史语所于1930年单刊印行，曾风行一时。其中也收入了刘半农留法时在法国国家图书馆抄录的该馆所藏之敦煌文书中的俗字、别字。后来蔡元培在为《敦煌掇琐》作序时，曾指出了这一点。《计划书》之七、八两项，即常惠所搜集的"现行俗曲七百余种"和"拟汇为现行俗曲提要一书"，当系1932年由史语所出版的《中国俗曲总目提要》。

293

《计划书》中原拟创办之《民间文艺半月刊》，刘半农在1929年1月23日给傅斯年的一封信中表示决定取消。他在信中写道："时下滥杂志已多，再增一种亦不算什么。且既称月刊或半月刊，为时期所限，即不免有硬拉稿子杂凑材料之弊（此一切杂志之所不能免，不过成分有多少耳），因此，弟拟略改办法，按英国诗学Chabook之例，每年出《民文汇刊》若干册，……兄本来不大赞成出无聊小杂志，今改此法，想必欣然曰'正合孤怀'，于是乎大点其头，全身胖肉搜搜动。"①单独刊行的《宋元以来俗字谱》和《中国俗曲总目》两书，都是刘半农计划的《民文汇刊》的内容。在刘半农的计划中，除了这两书外，还有常惠编《北京小曲选——附北京俗曲中十三道辙之研究》，徐廉垣、刘复与常惠校订之《鲁谣》，台静农辑、刘复与常惠校订之《淮南对歌》，刘天华、郑颖孙（即郑祖瘗）辑之《民间乐歌第一辑》，以及刘复正在研究之《瑶音之研究》。②

"民间文艺组"原拟和征集歌谣颇有成就的北京大学国学门合作，却很快被傅斯年打消此意。刘半农在前信中说："……即欲合作，亦有许多麻烦，打起精神，单刀独马杀出，亦一痛快事。"

（二）收获时却遭遣散

在中研院兼职的刘半农，在1928年11月制定《国立中央研究院历史语言研究所民间文艺组工作计划书》后不到一年，终因北大事忙，无法兼顾，遂辞去中央研究院民间文艺研究员职务，中院也因经费原因，裁员并组，故短命的"民间文艺组"实际上到1929年的秋天便停止活动了。

刘复于1929年8月20日给傅斯年的信中写道："弟因本年担任杂务繁多，研究员一职，势难兼任，拟恳商子民、杏佛两先生，准予告假一年，在告假期内，暂用特约研究员名义，不支薪水，明年如能摆脱一切，自当按照所中新章，改为专任。"信中还提到，所有过去工作成绩，当继续付印，在告假期中，他每周仍然到所一次。信末"附开奉商各事"，是"民间文艺组"的遣散计划。他提到常惠、郑颖孙、刘天华自8月起停支薪水，但仍聘为特约采集员，"前购入抄本民间俗曲两大批约有万种以上，亟须清理，拟续聘李家

---

① 据王汎森《刘半农与史语所的"民间文艺组"》，《新学术之路——中央研究院历史语言研究所七十周年纪念文集》，第126—127页，台北：中央研究院历史语言研究所印行，1998年10月；刘复致傅斯年信（1929年1月23日），原稿藏台北中央研究院傅斯年图书馆。
② 据王汎森《刘半农与史语所的"民间文艺组"》。

瑞担任其事，用练习助理员名义。”“车王府曲本拟暂行停抄，俟将本所所藏抄本俗曲清理完毕后，查明有无重复，再定办法。”李家瑞则留在史语所一直工作到1942年。而刘复自1929年9月起任特约研究员，继续指导李家瑞的研究工作，直到1934年病故。中央研究院史语所民间文艺组所购之那一批万首俗曲，现藏于台北中央研究院傅斯年图书馆。

刘复（半农）和李家瑞合作的《中国俗曲总目稿》一巨册完成后，李家瑞在刘半农的计划和领导下，继续撰著《北平俗曲略》一书，也于1932年完稿，由国立中央研究院历史语言研究所于1933年印行。该书出版时，刘复的《序》称：“我在《中国俗曲总目稿》的序文中说过：‘李家瑞君以参加此项工作之心得，写了一部《北平俗曲略》，这是一部独立的书，但也可以与本书相辅而行，作为有力的补充。’现在这部书快要印成出版了；这是李君的第一部著作，也是我们中国人研究民间文艺以来第一部比较有系统的叙述，这是我乐于向同道诸君介绍的”。①

接着他又指导李家瑞编辑《北平风俗类征》，可惜的是，他未能看到该书的出版。刘半农于（1932年？）11月7日给李家瑞的信中说：“辑吾兄，手书敬悉。前此两接来信，因夏间弟往河南、山东等处旅行多时，归来诸事栗六，竟至忘却作复，甚以为歉，吾兄现无适当工作题目，可即着手编辑中国俗曲提要，一方再从事俗曲之搜求（上海石印本俗曲甚多，可注意之）。购买之费无多，请即商济之先生，随时由所支付。弟处如有所得，亦当随时购买寄出。此项工作，大约可做数年，请先拟一计划，并作一样本来，弟当即为酌定。北平风俗征稿积压弟处，此中所缺材料尚多，一时不易整理出版，弟每有所得，即为加入，至相当时方可再行通盘规划。”②

十年前从上海来京在北上的船上记录江阴船歌、与沈尹默等发起征集歌谣并在《北京大学日刊》上编订歌谣选时，刘半农是把歌谣看作是平民文学的一部分，是从文学的立场和文学的眼光研究民间文学的。而从法国留学归来后的刘半农，显然已多少接受了法国民俗学的理论和方法的一些影响。在他指导李家瑞写作《北平俗曲略》和编辑《北平风俗类征》时，其学术思想，比起当年发起征集歌谣时来，显然已不再局限于民间文学本身，而看到了民俗对于民间文学的生成和发展的重要作用，看到了二者的不可分割性。据李家瑞在《北平风俗类征·序》里所记，当时刘半农的思想可概括为三

---

① 刘复《〈北平俗曲略〉·序》，国立中央研究院历史语言研究所印行，1933年。此文写于1932年11月28日。

② 刘复致李家瑞信（1932年11月7日），《天地人》创刊号，1936年3月。

点："一，我们平常看北平掌故的书，总觉得记建筑、古迹、名胜的部分太多了，而记人民生活习俗的部分太缺乏，要是将古今书籍里零碎记着北平风俗的材料，辑聚成一书，也可以补偿这种缺陷。二，记载民俗细故的书，在以前是不大有人注意的，所以康熙年间人还可以看见的《岁华记游览志》之类的书。在现在也不容易得到了，但这种书以后是很重要的，为保存它们起见，编一种记载风俗的文字的总集，也是应当做的。三，记述民情风俗的书，士大夫做的往往不如平民做的详细确切，例如《京都竹枝词》《都门纪略》《京都风俗志》《朝市丛载》《燕市积弊》《一岁货声》等书，无一不是略通文理的人做的，但他们所记的风俗，往往比名人学士们详实，这一类的书，也可以收集起来，绍介于世。我们编这部书，那这种工作就可以包括在内了。"①李家瑞的这两本著述，内容丰富，在20世纪80年代分别由中国曲艺出版社和上海文艺出版社再版过，比较容易找到。

这个时期，刘半农对收集民间版画的兴趣也大增。这可以从他给李家瑞的另一封信里看出来：

手书敬悉，尊事已商之傅先生，请迳函上海办理，大约可望做到给假三月，不扣薪水。惟希吾兄假满即归，弗多延滞耳。弟近中有意搜集各地年画，即过年时民间所贴财神门神及故事戏情等，以木板中国纸印（纸质粗细可以不问）彩色者为最佳，单色者次之，木板洋纸印者又次之，石印者为下，可以不取。吾兄南归，乞于便中代为留意，因为时适在阴历新年也。弟着眼点在民间木刻艺术，故只在精而不在多，能得甚好者三五十张即可矣。但好坏应合布局，色彩，古拙等而论，非印细致之谓，吾兄当能办之。价想不贵，每张或只铜元数枚，当一并奉交。又方国瑜兄于客年前曾允为弟调查一种云南土人之象会意文字，至今无消息，吾兄如与见面乞一问，或就近代为通信一问亦可。方君在北大研究所国学门所提论文，已经通过，作为毕业，亦希告之。此上。即请大安。②

这个时期，刘半农还曾把从清光绪八年（1882）三庆班到宣统三年（1911）安庆班北平四十家戏班子上演过的几百出戏的戏单收集起来，编成了一部六册的《五十年来北平戏剧史材》。这本珍贵的北京地方文化史

①　李家瑞《北平风俗类征·序》，商务印书馆，1937年。
②　刘复致李家瑞信（1933年1月15日），《天地人》创刊号，1936年3月。

料著作，前二编系由刘半农编，名为《戏簿》；后编由他的助手周明泰编，于1932年8月作为"几礼居戏曲丛书"第二种在北平出版。（第一种是《都门纪略》中之戏曲史材——作者注）在这些戏单上，不仅写着戏班的名称，某年某月某日在什么戏园演出的戏名，主要演员的名字，而且对每个戏班和剧目都编了号。如双奎班于光绪九年（癸未）演出《嫁妹》；福寿班于光绪廿四年（戊戌）五月初九，演出地点庆和园、广德楼，演出剧目《嫁妹》；义顺和班光绪廿五年（己亥）腊月初十，外串代灯，演出《赐福》《百寿图》《（钟馗）嫁妹》（何佳山主演）等剧目。这部戏剧史料集大体搜尽了晚清末年到民国初年北平戏班子、戏园子、上演剧目和主要演员诸多方面的资料，特别珍贵的是有些戏班在社会转折时期不断解散、又不断复出的资料。如辛亥革命事起，安庆班的报散。民国六年，出现一个同和班，在东兴园演出；民国七年，又有侯益才、侯成章等的容庆社出现，在天乐园（即后来的大众剧场）演出等。这些史料，不仅是研究中国戏剧史和北平在清末作为北方戏曲中心的重要资料，也是研究中国和北平在从帝制到民国改制时期的社会情况的重要资料。

（三）最后的遗产：绥远采风

1934年6月19日，为庆贺瑞典学者斯文赫定（Sven Anders,Heding,1865—1952）博士七十正寿，刘半农偕国语统一委员会的白涤州等人，离北平赴绥远调查方言，顺道收集民歌民谣。他在绥远、宁夏、山西、河北北部狭长地区亲自作歌谣的田野调查，搜集了为数不少当地的"爬山歌"。他的这次绥远调查，不仅用笔作记录，而且携带了录音机，收录民歌七筒，因而堪称是二十世纪中国民间文学史上第一次科学的田野考察。所到之处有：1934年6月20日到包头、绥西、安北、五原、临河、固原、萍县、托县，工作五天，对地方音和民歌进行调查；24日到达呼和浩特、武川、丰镇、集静、陶林、兴和、清水、凉城，工作七天，用录音机收录歌谣五筒；在黄河边上，看到溯流而上的纤夫时，叹为人间地狱，让沈仲章随船而行，将船夫号子记录下来；4月30日进入阴山，到百灵庙；7月1日到蒙古包里考察牧民生活；7月5日去大同，停两日，调查雁北13个县的方言及声调，并用录音机收录当地歌谣五筒；7日到张家口，8日便感身体不适，结束了调查工作。[1]刘半农从雁北到张家口后，感到身体不适，原来是

---

① 《刘半农生平年表》，鲍晶编《刘半农研究资料》，第100页，天津人民出版社1985年。

染上了回归热。于7月14日在北平逝世，10月14日，在景山东街北京大学二院大礼堂举行追悼会。

刘半农率队在绥远收集的爬山歌，是他在民间文学领域里所做的最后一次科学采集，给我们留下了一份珍贵的遗产。他和助手们收集到的爬山歌的稿本，是用毛笔竖行写的，浅黄色的毛边纸，装订成厚厚的一大本，题为《北方民歌集》，全册共326页652面。按内容分为：民歌、情歌和儿歌三类，其中民歌234首、情歌1559首、儿歌85首。这些民歌分布的地区是归绥、包头、河套、河北、凉城、东胜、后套、大同、萨县、丰镇、清水河、任丘、托县、临河、阳高、察哈尔、和林、武川、因阳、兴和、灵丘、雁北、安北、应县、朔县、集宁、天县、河曲、塞北、定县、行唐、山西等，即今内蒙古自治区、山西省和河北省的一部分。据中国民间文艺家协会刘晓路考证，此稿本中所标明的搜集地点，与刘半农1934年率队赴绥远、山西考察的那些地点大体一致。可以认定是刘半农当年采录民歌的稿本。①1950年3月29日中国民间文艺研究会在北京成立，可能是家人将其捐献给了中国民间文艺研究会（1977年改名为中国民间文艺家协会），现收藏于该会资料室。

刘半农的好友、北大教授魏建功先生在《国语季刊》第四卷四期发表《故国立北京大学教授法国国家文学博士刘先生行状》悼念他，称："居上海时，陈独秀先生创《新青年》杂志，倡导思想解放，促成文学革命；胡适先生实先发难，钱玄同、周作人诸先生相继起应，而先生与焉。蔡元培先生长北京大学，领袖群伦，励精图治，以民国六年聘先生教授预科，始至北京。一时俊彦，同在北大，声气所播，学气丕变。努力文学建设，著《我之文学改良观》《诗于小说精神上之革命》《应用文之教授》。创作新诗，成《扬鞭集》。运用乡音方言，作《瓦釜集》，民歌格调而为诗人采取者，清季黄遵宪以后第一人也。既崇活语，首集歌谣，中国近代采录民众文艺之风，自先生开之。"对他在新文学革命中的功绩给了很高的估价。刘半农逝世时年仅44岁，遗体葬于北京西郊，由周作人撰墓志，魏建功书石，马衡篆盖。

对于刘半农的死，研究者王汎森写道："刘复病逝，一身萧然，史语所拟拨发恤金三千，因为与政府单位的恤金重复，无法报账，拖了两年，史语所档案中还存有廿六年二月九日傅斯年致刘夫人朱蕙信的抄件：'先

---

① 刘晓路《刘半农的绥远采风和〈北方民歌集〉》，《民间文化论坛》2012年第6期。

是政府恤金之能早日领到，并非弟等初意所及，故当时拟由本所恤三千，此事蔡先生及在君先生皆同意矣。当时所以未出者，乃虑此款一发，影响及于其他之大数。及大数既发，本院会计初及教育部皆谓再有恤金，绝不能报销。（盖两项皆经过审计部也）故有主张作罢者，弟乃在异常为难之中，此其所以迁延又迁延也。总之，弟以半农兄热心研究所事，深愿有所尽力，然如不能报销，则弟亦属无法可想，故与历任总干事商量又商量，用恤金名义仍属无法。'最后，史语所决定购置早已由史语所印行的《敦煌掇琐》版权的名义支付一千二百元，但是所方并无此数，故决定由史语所售书款下支付，但是这个做法又违法国家预算制度。傅斯年说他'惟愿此事早作一结束，故只有勉力为之耳。'在当时，一千二百元是笔大数目，不过，诚如傅氏自言因感念刘氏'热心研究所事'，故只有冒险为之。如今我们回顾史语所'民间文艺组'的历史，再看看傅斯年图书馆中庞大的俗文学收藏，对开创者们的学术眼光，及在短短几年内利用有限的经费收得大量珍贵史料，不能不由衷感佩，对于他们的眼光与气魄，也有较深的了解。"①

作为中国现代歌谣运动的倡导者、开拓者和研究者，刘半农如同他作为当年新文学运动的斗士一样，对中国现代民间文学的学科建设起了开路先锋的重要作用。自欧洲留学回国后，刘半农青年时代的那种思想锋芒和锐气，似乎消失了。他好像变成了另外一个人。故在知识界，对他褒贬不一。

第二节　民族学调查中的民间文学

蔡元培1928年4月就任中央研究院院长后，创立历史语言研究所和社会科学研究所。社会科学研究所下设置了四个组：法制学组、经济学组、社会学组、民族学组。民族学组由他自己兼任主任，研究的课题有六项：

（1）广西凌云瑶族的调查及研究；

（2）台湾高山族的调查及研究；

（3）松花江下游赫哲族的调查及研究；

（4）世界各民族结绳记事与原始文字的研究；

（5）外国民族名称的汉译；

---

① 王汛森《刘半农与史语所的"民间文艺组"》。

（6）西南少数民族研究资料的收集。[①]

与该所有契约互助关系的，是中华教育基金会董事会的社会调查所。承担这些研究课题的民族学组研究人员，先后分别对广西瑶族、台湾高山族、黑龙江赫哲族、湘西苗族等地区进行了民族学实地调查，并发表了若干文章和著作。其中较多涉及民间文艺内容的有：《台湾番族调查报告撮要》（林惠祥）、《台湾番族之原始文化》（林惠祥）、《松花江下游的赫哲族》（凌纯声）、《广西瑶歌记音》（赵元任）、《仓洋嘉措情歌》（于道泉）、《湘西苗族调查报告》（凌纯声、芮逸夫）等。最早进行的调查，是广西凌云瑶族的调查，时在1928年8月，是中央研究院成立后进行的第一次少数民族调查；调查人是颜复礼、商承祖；调查报告于1929年发表，但该报告重照片而轻资料与分析，故而显得疏漏简单。其他调查依次是：林惠祥的台湾高山族调查（1929年），凌纯声、商承祖的赫哲族调查（1930年），凌纯声、芮逸夫的湘西调查（1933年）。

（一）《松花江下游的赫哲族》

由凌纯声、商承祖（章孙）于1930年5—8月在松花江下游自依兰至抚远一带对赫哲族的民族生活状况和社会情形进行了为期三个月的民族学实地考察，由凌纯声撰著的调查报告《松花江下游的赫哲族》上下两册及图版一册，经蔡元培、傅斯年、李济之"精审"之后，由国立中央研究院历史语言研究所于1934年在南京出版（作为研究所单刊甲种之十四）。该调查报告把赫哲族的生活分为物质的、精神的、家庭的、社会的四个方面加以叙述和分析研究，更难能可贵的是，作者从赫哲的当时在世的传人口中记录下了19篇口述作品。因此，这部报告不仅是赫哲族有史以来最完善最权威的一部生活和社会情况以及文化形态的调查报告，而且以其记录的19篇故事（"伊玛堪"）而成为赫哲族民间文化的遗产和研究赫哲族社会发展的经典。

20世纪30年代，当凌纯声作田野调查的时候，赫哲族尚处在渔猎社会，沿三大江（黑龙、松花、乌苏里）居住，形成三个大本营——三大部落：佛尔什部落、竹勒什部落、阿尔奇都部落。由于自然条件的制约，人口繁衍极慢，且有锐减的趋势。据凌纯声"极不可靠"的调查估算：总人数约有千余，即松花江流域400余人；混同江约有380余人；乌苏里江约有

[①] 据蔡元培《三十五年来中国之新文化》，桂勤编《蔡元培学术文化随笔》，第151页，北京：中国青年出版社1996年。

400余人。①赫哲族由于没有自己的文字，他们的文化和历史，全靠口头的传承。凌纯声写道："赫哲自来无文字，常刻木裂革以记事。他们古代的文化，除在中国文献中，可找到片断的记载外，在他们的故事中，亦可得到许多材料。"他们的故事（"伊玛堪"），便成了研究这个民族的历史和文化的最为重要的资料。"在故事中也可以找到许多他们过去的文化。所以读一个民族的故事，虽不能信为史实，然总可以得到些关于他们的文物、制度、思想、信仰等各方面的知识；对于他们的文化就能有更进一层的了解。"②而在凌纯声作调查时的"赫哲文化，已受古亚洲族、满州族、汉族及其他邻族文化同化之处甚多；所以有很多地方已失去其本来面目。"③

对于民族学家们来说，他们参与民间文学的调查，重要的是他们所采用的方法。关于这一点，他在报告里写道："我们研究赫哲故事的主要目的，是要蒐集他们过去的文化以为研究现代文化的参证。所以在前面叙述赫哲文化的几章里，常常引用故事里的事物来参证或比较。至于故事本身有没有文学的和历史的价值，我们是无暇顾及的。因为研究民族学的人在研究一民族时，对于所见所闻，都要很忠实的——记录，既不能如文学家的作小说，可以凭空悬想；也不能如史学家的修史，必须考证事迹。我们只本了有闻必录的精神，不论其荒唐的神话，或可信的史料，一概记录。要知道，我们视为荒唐的神话，在初民的信仰上比可信的事实影响他们行为的力量更大。因此我们记录故事的目的，只在探求他们过去的生活各方面的情形，而不计及文学的和历史的价值。"④他们在赫哲人中记录故事（"伊玛堪"）时，正是遵循了上面所宣布的"有闻必录"的调查宗旨和"忠实记录"的方法。赫哲人讲唱的故事（"伊玛堪"）篇幅都比较长，讲唱者常常要分几天来讲；从文体来说，有说有唱，讲一段唱一段，空口唱，无乐器伴奏。在调查中发现，并非人人能讲，讲得最多的一个人，只能讲五六个故事。也就是说，这些故事（"伊玛堪"）是靠少数洞悉赫哲族文化和历史，而又靠记忆力特别强的传人来传承的。调查者当时还没有

---

① 凌纯声《松花江下游的赫哲族》（上册），第60页，国立中央研究院历史语言研究所1934年。

② 凌纯声《松花江下游的赫哲族·附录——赫哲族故事》（下册），第281页，国立中央研究院历史语言研究所1934年。

③ 凌纯声《松花江下游的赫哲族·序言》（上册），国立中央研究院历史语言研究所1934年。

④ 凌纯声《松花江下游的赫哲族·附录——赫哲族故事》（下册），第282页，国立中央研究院历史语言研究所1934年。

给这些善于讲唱故事（"伊玛堪"）的人命一个名称，也没有把本族人的自称记录下来。后来的学者根据赫哲人的自称将这些讲唱者—传承者，称为"伊玛卡乞玛发"。凌纯声记录的19篇故事（"伊玛堪"）中有18篇是这样从口述中记录下来的，只有一篇叫《一新萨满》的，则是赫哲人根据满文本子口译的。

凌纯声把搜集到的故事（"伊玛堪"）粗略地分为四类：（1）英雄故事，如《木竹林故事》等14篇；（2）宗教故事，如《一新萨满》和《那翁巴尔君》两篇；（3）狐仙故事，如《达布南》和《葛门主》两篇；（4）普通故事，如《查占哈特儿》一篇。分类的标准是什么呢？很明显的，作者对故事的判断，是以民族学上的一些事实或理念为标准，大而言之，是以社会进化观念——从简单到复杂——为基点的。凌纯声认为："虽然人类文化并无所谓绝对的进步，然就大体而论，总可以说是由简单而渐趋向于复杂的。"[①]讲交战，最初为个人间的互斗，进而成双方军队的战争；讲武器，最初是徒手，渐而弓箭刀枪，最后用火药。"这种进化的根基，很是显然，无可怀疑。现在所用的排列次序就应用这种原则，这样使读故事的人在次序上得到一种历史的概念。但并不是说，前面的故事中的事物，必比后面的时代较前，事实上毗连的两故事，大致是属于同一时代的，其中前后的次序，并不明显的表示时代的远近。这种排列法另有一种困难，就是讲故事的人会把现代的事物无意中插入故事中去，如在《木竹林》故事中曾述及布粗，布粗就是棉纱织成的布。此物传至赫哲人中尚为比较近代的事，无论如何，在那木竹林骑着鳇鱼在松花江一带征讨，又有许多妇女变成神鸟在空中助战斗的神话时代，赫哲人是不知道用布的。"[②]

作者对赫哲族的19篇故事（"伊玛堪"）与邻族故事进行了初步的比较研究。他说：根据Jochelson的调查，在土耳其雅库特、蒙古布利雅、楚克奇、科利雅克人中都有英雄故事，"以现在能得到的材料而论，科利雅克民俗（folklore）所含有的蒙古土耳其的成分的一部分，是从通古斯人借来的。"（the Koryak，p.349.）并由此得出结论："这样看来，英雄故事是起源于蒙古土耳其的。雅库特故事中英雄征讨的目的是在得妻寻姊，英雄间比武和夸耀武艺，这些是和赫哲故事相同的。"[③]

---

① 凌纯声《松花江下游的赫哲族·附录——赫哲族故事》（下册），第283页，国立中央研究院历史语言研究所1934年。

② 凌纯声《松花江下游的赫哲族·附录——赫哲族故事》（下册），第283页。

③ 凌纯声《松花江下游的赫哲族·附录——赫哲族故事》（下册），第285页。

作者认为，赫哲族的故事吸收了中国文化的某些因素，如狐仙故事（《葛门主》），如结婚时的"拜祖先、结发、拜灶王"（《沙日奇五》），如奴隶和移民（《西热沟》），如神女和奔月（《木竹林》）即中国古籍中的毛衣女故事、国际上的天鹅处女故事。[1]他的比较实在是一种简单的类比。只要出现了相同或相似的情节或因素，就断定两者之间要么是"吸收"、要么是"影响"，这个结论显然是过于简单了。以征战而论，这是赫哲族的"伊玛堪"中一个常见的主题，笔者以为这是部落战争在其口头作品中的一种民众记忆。胜者（英雄）往往要毁败者的家园，以强力迫使其族众悉数迁徙到胜者的土地上，沦为奴隶。凌纯声以为这故事与周人对待殷人的办法相同，就是受了中国文化的影响。把失败者沦为奴隶与整体移民的做法，应是部落社会战争后果的一般规律。[2]

作者还运用民族学的一些观念来解释故事中的一些情节和纠葛，这是民族学者们研究民间口头作品的一种常用理念和方法。如，根据杜步秀结婚前须与妻子的母舅竞走九里山（《杜步秀》）、文不尼姊妹三人在父死后占据五云琨苦为女汗（《香草》）这两个情节，而推论"赫哲历史上曾有过女权"社会。又如，文不尼姊妹嫁后，以所辖人民为妆奁，嫁给香草，并随至香草的故里，是"以妻从夫"制的证据。再如，"故事中有女萨满祖师修道成仙，如竹尔杭哈、面米尔金、紫热格尼等妈妈，而很少男祖师，女子能变成阔里飞行。这是因为萨满教中，最初只有女萨满，其后始有男萨满。女萨满的能力有时较男萨满更大。"[3]其实在民间文学作品的分析中采用这种理念和方法，与人类学派神话学的"遗形说"，即使不是不谋而合，也可以说是殊途同归吧。

（二）《湘西苗族调查报告》

1933年5—8月，凌纯声、芮逸夫执行中央研究院社会科学研究所（后并入历史语言研究所）民族学组的计划，到湘西的凤凰、乾城、永绥三县作苗族田野调查，其最终成果为《湘西苗族调查报告》一书。[4]1939年脱

---

① 凌纯声《松花江下游的赫哲族·附录——赫哲族故事》（下册），第288—291页。

② 关于这一点，笔者在为《伊玛堪》一书所写的《序言》中有详论。可参阅《伊玛堪》，哈尔滨：黑龙江人民出版社1997年。

③ 凌纯声《松花江下游的赫哲族》（下册），第292页。

④ 凌纯声、芮逸夫《湘西苗族调查报告》，上海：商务印书馆1947年。

稿，1940年付排，但由于战争而未能出版。

1938年出版的史语所的期刊《人类学集刊》第1卷第1期，发表了芮逸夫《苗族的洪水故事与伏羲女娲的传说》并公布了凌纯声、芮逸夫在湘西的凤凰、乾城、永绥三县边境地区对苗人进行民族调查时所得的几个洪水神话。[①]1947年又出版了《湘西苗族调查报告》一书。该书上册为调查报告，下册为民间文学作品。战后1947年付印时，有《作者告白》附于书前："本书于民国二十九年付印。越一年，排校已毕，适值太平洋战争爆发，上海沦陷，未克印行。胜利后，幸未散失。惟本书写成于二十八年，应予修订之处颇多，但因已经制成纸版，无法再改。"该著前八章由凌纯声撰写，故事、歌谣、语言三章由芮逸夫撰写。全书由历史语言研究所所长傅斯年审阅。

凌、芮二人把他们在湘西调查采集的故事分为四类：第一类——神话；第二类——传说；第三类——寓言；第四类——趣事。其实这第三、四类就是一般的民间故事。他们在记录这些故事时，是严格地遵循着民族学、民俗学和语言学的科学要求来做的。当然，为了读者读得顺，他们只在文字上略加修正，绝未改动原来的意义。称得上是中国现代民间文艺学和民俗学建立以来的第一批"科学版本"。因此，其科学价值是不可等闲视之的。他们在正式文本之前所写的说明，既表达了他们的一般意义上的民间文学观，又表明了他们对所搜集记录的湘西民间文学的一些基本看法，因而对于中国民间文学的学术发展是重要的。

第一，这些故事除一部分是我们在湘西亲听苗人讲述随时记录的以外，有一部分是我们的几位苗族士子如乾城石启贵、凤凰吴文祥、吴良佐诸君转请苗中耆老或能讲故事的苗人讲述，经他们记录下来之后，再由我们就记录的原文在文字上略加修整而成的；但绝未改动原来意义。还有一部分是由他们以苗语讲述，用汉字辅以注音符号记音（当然说不到正确）再按语一一注明意义，复由作者翻译出来的。所以这些故事的来源，完全是由苗人口述的，我们在每篇故事之后，均附讲述人的姓名籍贯。但那些故事并不一定都是纯粹的苗族故事，也许有好些是苗人讲述的汉族故事，因为在湘西一带，汉苗杂处，由来已久，且苗族的优秀分子，在近百年来，颇受汉化的教育，习闻汉族的故事。所以他们讲述的故事，一定不免杂有汉族的成分，或且难免有起源于汉族的。我们对

---

① 芮逸夫《苗族的洪水故事与伏羲女娲的传说》，《人类学集刊》第1卷第1期，1938年。

于这些故事有两种看法：一种是看作汉化的苗族故事，一种是看作苗化的汉族故事。但在这里，我们却不能一一分辨。

第二，在这些故事中，有好些是大同小异的。我们知道，大同的地方是它们的"母题（motif）"，小异的地方是随时随地添上去的枝节细叶。往往有一个母题，经过许多人辗转的传述，传播到各地，因为随时随地的改变，变到末了，几乎句句变了。但是无论如何改变，只要我们能把这些大同小异的故事比较着看，仍旧可以看出它们原来是不是处于一个母题。所以研究故事，首先要剥去枝叶细节，再拿来互相比较，而后可以看出它们的母题是什么。

第三，在这些故事中，有好些情节很像数学中的公式似的。在任何故事中的相当情节上，都可像代数方程式一般的用 xy 来代进去。例如"骑马觅夫"在《灶神故事》中有这样一段情节，在《贫女富命》故事中也有同样的一段。这正像平剧的唱词一般，有好些是在任何一出戏剧中的相当角色口中，都可唱同样的词儿。例如"听谯楼，打罢了，初更时分。"在《黄金台》剧中的田单是这样唱的，在《八大锤》剧中的王佐也是这样唱。我们决不能凭这种相同的唱词，来断定它们的母题也相同。要知道这种相同处乃是枝节的枝节，细叶的细叶，与原来的母题是毫不相涉的。[①]

书中还包括记录翻译的苗族歌谣44首，分属于：（1）婚嫁、宗教仪式歌；（2）打花鼓、打秋的游戏歌；（3）情歌；（4）苗乡匪乱歌。所有歌谣均用国际音标记录原语、注释、汉语翻译。随从陪同凌、芮调查的苗人石启贵，后来被聘为"补充调查员"，再次进行补充调查，历时数年，于1940年写成《湘西土著民族考察报告书》。以此为基础，于1951年又写成《湘西兄弟民族介绍》，再后，将两书整理合并为《湘西苗族实地调查报告》，由湖南人民出版社于1986年出版。

作者说，他们的这部调查报告"大体偏于叙述而少比较的研究"（《序言》）。但实在说来，凌纯声和芮逸夫在湘西苗族的调查方法，特别是他们从所调查的湘西苗族神话、故事中所引出的观点和结论，可以认为，这两个方面，都在当时的神话学界站在了学术的前沿地位。

首先，来看调查研究方法。因为在他们之前，民间文学的资料蒐集，

---

① 凌纯声、芮逸夫《湘西苗族调查报告》，第240—241页，上海：商务印书馆1947年。

除了从现有的书本（主要是古籍）上辑录而外，部分（多数）是沿袭北大歌谣研究会开启的在朋友间征集的方法，部分是通过教育厅等文化行政机构在教师和学生中搜集，像凌纯声、芮逸夫在湘西苗族中、赵元任在广西瑶族中[1]按照神话学的科学规程在田野调查中从民众口头上直接"忠实记录"神话和故事作品，本身就具有学术建设的开创性和参与调查的科学性。我们曾经在本书第一章中说过，顾颉刚等人1925年的妙峰山香会调查首开田野调查之风，但那是民俗学的田野调查，而凌纯声、芮逸夫、赵元任等中研院的学者的松花江下游的赫哲族"伊玛堪"调查采录、湘西苗族神话故事调查、广西瑶族歌谣调查等，则是开我国民间文学科学的田野调查之风者。他们在实地调查时，遵循"忠实记录""有闻必录"的原则，直接从民众中的民间文学传人口头记录作品，有些还是用国际音标记录的，同时注意搜集相关的民俗物件和摄制图片。他们把民族学的调查方法引进民间文学的领域，使资料的原生性、从而也使资料的科学性大为提高，为学科的走向系统和完善提供了非常可贵的基础。仅从科学资料的积累的角度来说，《湘西苗族调查报告》、《广西瑶歌记音》，以及上文所论的《松花江下游的赫哲族》中的"故事"（"伊玛堪"）部分等，经历了七十年的时代风雨，不仅为我们的民族文化保留下来了那个时代的民间文学珍贵文本，而且直到现在，也还难有超过者。

其次，在神话理论问题上的探索。实地调查中涉及苗族文化的方方面面，但真正对学术研究作出了贡献的，是芮逸夫执笔的调查报告中关于神话的文化作用的论证和他的《苗族的洪水故事与伏羲女娲的传说》中对二次创世的洪水神话的分析和考据。他写道："神话的文化作用，即表现在仪式、风俗、社会组织等的有时直接引证神话，以为神话故事所产生的结果。同时，神话也是产生道德规律、社会组织、仪式或风俗的真正原因。它形成了文化中一件有机的成分，并支配着许多文化的特点。原始文化中的武断的信仰，即由神话的存在与影响而成。在我们蒐集得来的苗族神话中，有上述的文化作用和功能的，最显明的例就是洪水神话。它至今仍活在现在苗族社会生活中，并且是影响苗人的生活、命运和活动的。"[2]作者把他们所搜集到的神话分为七类：（1）洪水神话；（2）自然神话；（3）事物起源神话；（4）神仙神话；（5）龙王神话；（6）鬼怪神话；（7）

---

① 赵元任《广西瑶歌记音》，国立中央研究院历史语言研究所1930年，单刊甲种之一。

② 凌纯声、芮逸夫《湘西苗族调查报告》，第243页，上海：商务印书馆1947年。

阴阳界神话。作者对神话的分类是否得当，并不重要，也许还有讨论的余地，重要的是，在他们搜集到的这些神话中，有的是属于苗族的，有的也可能并非苗族神话而是汉族的神话，或原为汉族神话后被苗族接受和融化了的，因为湘西地区民族杂居和文化交融的现象多有存在。苗族是一个古老的民族，有着非常丰富和古老的神话，包括神话学界和史学界讨论古史传说时都认为盘古神话最早可能是苗蛮集团的神话而后被中原文化所吸收的，以及中原民族和南方民族共有的伏羲女娲兄妹婚神话。从他们搜集的神话及其所描写或隐含的内容来看，又是独特的，如洪水神话中的雷公及其作用，如属于自然神话的那些神话，都是与中原神话相异的或缺少的，也许中原神话原本自然神话是很丰富的，在历史化、仙化、世俗化的漫长过程中逐渐被儒家等消解了。

　　芮逸夫对苗族神话的研究和阐释，从学术理念和研究方法上说，更多地受了他同时代的人类学家马林诺夫斯基（Bronislaw Malinowski）的影响。马林诺夫斯基的理论体系被认为是"功能"说，其理念是："承认历史与自然环境必然要在一切文化成就上留下深刻的痕迹，所以也在神话上留下深刻的痕迹，然将一切神话都看作历史，那就等于将它看作原始人自然主义的诗歌，是同样的错误。"[1]"存在野蛮社会里的神话，以原始的活的形式而出现的神话，不只是说一说的故事，乃是要活下去的实体。那不是我们在近代小说中所见到的虚构，乃是认为在荒古的时候发生的事实，而在那以后便继续影响世界影响人类命运的。"[2]芮逸夫对在湘西采集到的四个苗族洪水神话的比较分析，采用了"音变"考释、情节比较、剥去枝叶等方法，认定了洪水神话的"母题"，得出的结论是："（1）人类的始祖设计擒住雷公，旋被脱逃。（2）雷公为要报仇，就发洪水来淹人类的始祖。（3）世人尽被淹死，只留兄妹二人。（4）兄妹结为夫妇，生下怪胎，剖割抛弃，变化为人。这四个洪水故事的中心'母题'，只是以为'现代人类是由洪水遗民兄妹二人配偶传下来的子孙'。"[3]芮逸夫从比较研究中确认了苗族（南方）洪水神话的"母题"，又进一步将其与中国古籍中记

---

①　凌纯声、芮逸夫《湘西苗族调查报告》，第242页，上海：商务印书馆1947年。

②　马林诺夫斯基《巫术科学宗教与神话》（李安宅译），第85页，北京：中国民间文艺出版社1986年。

③　芮逸夫《苗族的洪水故事与伏羲女娲的传说》，中央研究院历史语言研究所《人类学集刊》第1卷第1期，1938年；又见马昌仪编《中国神话学文论选萃》（上册），第385页，北京：中国广播电视出版社1994年。

载的伏羲女娲故事作比较的研究，认为虽然有不同的变异，仍属于同一个"母题"的神话，将其定名为"兄妹配偶型遗传人类"神话。他写道：

> 我推测，兄妹配偶型的洪水故事或即起源于中国的西南，由此而传播到四方。因而中国的汉族会有类似的洪水故事；海南岛的黎族，台湾的阿眉族，婆罗洲的配甘族，印度支那半岛的巴那族，以及印度中部的比尔族与卡马尔族也都会有类似的洪水故事。中国西南的民族，除苗族外，虽尚有瑶人、仲家、摆夷、倮罗、么些，以及其他许多因地殊号的名称；但据现有的材料，如上文所考，大概兄妹配偶型的洪水故事，是起于苗族的可能性较多。在尚未发现更多材料可资证明起源于他族之前，则上文所云伏羲女娲乃苗人之说，或者可以说是较近似的推测。①

当然，芮逸夫的研究结论并不是最终的结论，后来还有许多学者从不同的角度对此神话进行了研究，并有许多新的见解，但应该说，他的研究及其结论是有非常积极的意义的，对中国版图内还在民众中流传的洪水后遗民二次创世神话或曰"兄妹配偶型洪水神话"的研究是一个很大的推动。

（三）《广西瑶歌记音》

中央研究院历史语言研究所民族学调查在民间文学方面还有一个重要成果，就是赵元任的《广西瑶歌记音》，被列入《中央研究院历史语言研究所单刊》甲种之一于1930年在北平出版。全书16开本187页。书内收入中山大学生物系学生石声汉在广西瑶山调查时搜集到的瑶族民歌197首。石声汉根据歌手的演唱用一种"很粗略的罗马字"记音。赵元任又请歌手赵光荣到广州重新演唱一遍，从第一首到第90首，用"蓄音机"灌了一遍，带回北平中央研究院史语所，进行翻译和做最后的修改。这就是赵元任的《广西瑶歌记音》一书。

赵元任记音的广西瑶歌，是用当时通行的"中国式"的国际音标记录的。按赵元任的说法，"严格说起来，其实不是瑶歌，乃是瑶人唱的汉歌。这些汉歌的派别很近乎有些两粤的民歌，它的读音大部分也是汉音。但是这种音的兴趣就在这里：它虽然是汉音，但并不是等于现在咱们所知

---

① 芮逸夫《苗族的洪水故事与伏羲女娲的传说》，中央研究院历史语言研究所《人类学集刊》第1卷第1期，1938年；又见马昌仪编《中国神话学文论选萃》，第408页，北京：中国广播电视出版社1994年。

道的广东或广西的某处方音。它简直是自成一种广西方音（属于粤语系的），除掉显然是汉音演化出来的字音，有些字，比方'鬒'读kla：n，显然不是汉语的字，不过找一个当那么讲的汉字代替它。……歌词的汉字都是照瑶人自己的写法，最后并经发音者自己审定了的。"①用罗马音标记音，是自北大歌谣研究会成立就开始采用的民歌记音方法，由于歌谣是研究方言的重要材料，故而用罗马音标记音成为记录民间文学的科学性的标志之一。关于这一点，歌谣研究会的发起者和同仁钱玄同、魏建功等语言学家，不仅多有论述，也多有实践。赵元任此著，无疑乃是设在北平的中央研究院历史语言研究所和设在广州的中山大学语言历史学研究所共同打造的一个记录民俗学——民间文学实地调查的经典样本。

由于赵元任不是实地调查者，而只是记音者，所以实地调查的情况，还是在广西实地调查的中山大学生物系学生石声汉的《卷头语》最具权威性和历史价值。赵元任在序言中也说："关于作瑶山记歌的情形，最好是莫过于把石声汉先生原来的卷头语抄一遍。"石声汉的《卷头语》是这样的：

瑶山两个月的居留中，在夜间围着我们的石油灯并坐闲话时，在我们借住的一个叫做罗香的瑶村，征集得了他们的歌词两百多首。

这两百多首的歌，是五种瑶人中的一种。自称"正瑶"的历代相传的一种宝藏。其中一部分是以干支综合的六十花甲子添上一点"五行"的尾巴为起句的，他们自己称做甲子歌，此外则是一些散散碎碎东鳞西爪的歌词，没有一定的名称。现在就依照他们的习惯，把它们分列开来。"甲子歌"另订一本［稿本］，算做第二集。其余的歌，因为是跳舞时所唱，所以给硬排上一个名称，叫它们做"舞歌"，算是第一集。

舞歌的征集，是我们到瑶山第一日开始的，当我们问及他们的山歌时，因为大家都很生涩，他们颇有点赧赧地，只笑着可坚持着不肯说。经过了再四的要求和解说，似乎有点却情面不过，才彼此推推悠悠，末了由一个比较年长的人，审慎地给我们说了一条。这就是《春到了，滴滴搭搭整犁耙》的一首（18.2）。当时他们总是半吞半吐，不肯实说，所以第一次将这首歌记出，寄回在语言历史研究所《周刊》上发表的，简直和原来的形式差得很远。到了第三天晚上，我们再张

---

① 赵元任《广西瑶歌记音·序言》，北平：中央研究院历史语言研究所1930年，单刊甲种。

起灯来和他们闲谈时，我随便检出复写纸留写的底稿出来，照着罗马字母拼音读给他们听。这事竟得到了意外的结果：他们惊奇而赞叹起来。我再乘这机会和他们说明用罗马字记音的方法，可以把他们的歌全部记出。他们又"咭咭呱呱"地商议了一会，大概是给一种好奇心驱使再试一试，于是又给我说了一条。这次说得很快，使我简直只刚好辨清楚他的音记了下来，连句读都没有弄清楚，不要说形式了。等我再复念给他们听，他们认为我这一次的考试"可以及格"之后，才慢慢一个个字要他们解释。当时我的粤语既不十分灵便，他们中间又没有一个识字的人，所以结果所得和第一次比较上还只有退步没有前进。"然而"，征集歌谣所必须的"信用"可是有了。

……不久，有一个和罗香相邻的龙军村人，叫做赵春荣的，用汉字写了一首瑶歌给我。这一种的变换使我更增加了许多兴趣。接着又有罗香的一位"年尊德大"的赵显周君（就是赵光荣），他给我写了两首，由这几首来对照从前得来的歌词，更发现了请不识汉字的瑶人给我们解释是不中用的，才决定以后专请识字的瑶人写汉字的歌，再记出它们的音来，方能有好的结果。

最初我们所能得到的歌，只是普通无甚意味的歌，问到情歌，是绝对地不承认有的。后来有一个少年无意中泄漏了一首，我便以此作范，用力征集，好容易得了七首之后，给那位赵显周知道了，他老大的不高兴，当场用瑶语责备了那些讲情歌给我听的人一顿，并且禁止他们再谈。以后几晚，他晚晚都来监督着我这"危险的人物"，不使我和他们有接触的机会。同时，却也从他自己的谈话中探知了它们有一本甲子歌，……

这里，有两点似乎也不妨略略地表明我关于这些瑶歌的意见。第一点，即是他们的歌，当然和外间的山歌之类一样，多少是保有原始的形式的。为什么南方的瑶歌山歌，以及《楚辞》中的"九歌"（九歌据说是仿当时民歌而作的）都是七言的格式？或者历来南方的歌词都用七言，而北方的歌词则是由四言（《诗经》）五言而渐变为七言的么？第二点即是甲子的问题。瑶人的甲子歌中所用的甲子，完全和汉人同一，究竟是汉人由瑶人借来，或瑶人从汉人借去，这一个问题也很有几分可以研究的地方。记得我在15岁时曾读过一篇关于苗人文化的英文记载（出处和篇名都忘记了），上面记着苗人也有甲子，不过属肖上和汉人甲子略有不同。则这个问题于中国文化和汉族起源上说不定很有一点关系。这种问题，或者可以供给语言历史研究所诸先

生的一番努力吧？……甲子歌，名义上虽是叫做甲子歌，但实际上情
歌却占了大多数。①

从石声汉的这段话里看出，民间文学的搜集记录并非一件轻而易举的
事，而是一桩艰难的事，需要有一种认真的科学态度。中国民间文艺学史
的早期学人们，包括语言学家们在内，是把民间文学的记录和研究，当作
科学来做的。石声汉的卷头语，当可以补瑶歌记音者赵元任的不足。

第三节　人类学派及其成就

对神话传说的关注与研究，是19世纪末和20世纪初的一个世界性的
热点。这反映了一种共同的文化思潮：人们普遍希望能够从古人的精神遗
存中，寻找认识文明社会种种问题的钥匙。而人类学派的进化论世界观和
"以今证古"的学术原则与方法，正好适应了人们的这一精神期望。于
是，神话研究领域中的人类学派取代语言学派在欧洲崛起，而且很快便成
为一个富有生命力的学术流派。

到20世纪初，人类学派神话学通过两条线传到了中国：一条线来自欧
洲，一条线来自日本，为一些向往新思潮的中国进步知识分子所接受。在
"五四"前后，直到20世纪30年代末40年代初，欧洲人类学派神话学，对
我国的神话研究发生了重要的影响。论者指出："以泰勒、安德留·兰等
为代表（特别是兰氏）的英国人类学的比较神话学派，是19世纪后期到本
世纪（按指20世纪）初年，在世界学坛上取得了压倒地位的一个学派。从
20年代到40年代，我国神话、故事方面研究观点主要受到这一派的影响。
当时这方面一些比较知名的学者如沈雁冰、赵景深、黄石及周作人等，都
是接受了这一派的理论，并把它应用到中国神话、传说、民间故事及风俗
的谈论、研究上的。"②"在马克思主义神话理论广为传播以前，人类学
派的神话学在欧洲和日本都拥有很大的势力，起过积极的作用，并于本世
纪（按指20世纪）初传到我国，为一些向往新思潮的进步的知识分子所接
受，在'五四'前后对我国的神话研究产生过深远的影响。这种影响主要
表现在相当数量的研究者在接受人类学派神话理论的同时，进一步加以改
造，并用之以探究中国神话和世界神话诸问题，从理论和方法上为我国的

---

① 转自赵元任《广西瑶歌记音·序言》。
② 钟敬文《钟敬文民间文学论集》（下册），上海文艺出版社1983年。

神话研究打下了良好的基础。"①民间文学（主要是神话、传说、故事）研究者接过了西方人类学神话学的理论和方法，以文学的眼光加以改造，用以探究中国神话、传说、故事等领域里的问题，为我国的口头叙事文学研究乃至中国神话学的创立奠定了基础。在中国民间文艺学的初创时期，人类学派所起的作用是巨大的，甚至可以说是举足轻重的。

（一）人类学派神话学的传入

人类学是以人为研究对象的人文科学。19世纪后半叶，欧洲文化人类学达到了鼎盛时期，出现了摩尔根、泰勒、弗雷泽、安德留·兰（一译安德鲁·兰）、马林诺夫斯基等一大批著名的人类学家，出现了《古代社会》《原始文化》《金枝》《神话、仪式与宗教》《文化论》等一大批赫赫有名的人类学著作。20世纪初，人类学派的神话学说以及"神话"与"比较神话学"这些词汇传入了我国。我国开始有人向国人介绍欧洲（古希腊罗马、北欧）的神话，并试图用西方的人文理论来解释和评述神话了。

回顾历史，人类学派学说的传入中国，主要表现为两个方面：一是翻译、介绍其理论与作品，二是运用其学说和方法来研究中国的神话和故事。

1. 翻译和介绍

本书第一章已经说过，1907年留学日本的周作人读到鲁迅回国前订购的美国人该莱（Gayley）编的《英文学上的古典神话》、法国人戴恩（Taine）编的《英国文学史》，开始对安德留·兰（AndrewLang，1844—1912）的人类学派神话学说有所了解。他根据安德留·兰和该莱的神话观点写了一篇题为《三辰神话》的文章，寄给了鲁迅、许寿裳正在筹办中的《新生》杂志，可惜的是《新生》胎死腹中，这篇文稿也就没有出世。②同年，鲁迅发表《破恶声论》的文言长文。这是继蒋观云《神话·历史养成之人物》1903年初在梁启超于横滨主办的《新民丛报》上发表之后，中国神话研究史上又一篇较早发表的探讨神话诸问题的重要文章，其中对神话的一些见解，如神话的起源和特点、神话与现实的关系以及对后世作家文

---

① 马昌仪《人类学派与中国近代神话学》，《民间文艺集刊》第1集，上海文艺出版社1981年；又见苑利主编《20世纪中国民俗学经典·学术史卷》，第77页，北京：社会科学文献出版社2002年。

② 周作人《知堂回想录》，第197—198页，香港：三育图书文具公司1980年。

学的影响等，显然受到西方人类学派神话学说的影响。①同一年（1907），周作人以周逴的笔名翻译了英国哈葛德和安德留·兰合作根据荷马史诗而撰著的神怪冒险小说《红星轶史》（原名《世界欲》）。周作人在《前言》中对作者之一的英国人类学神话学家安德留·兰作了简要的介绍。这可能是中国人第一次介绍安德留·兰的文字。1913—1914年周作人用文言文写的《童话略论》《童话研究》（见周作人《儿童文学小论》上海儿童书局1932年）等文章，对安德留·兰的神话观点作了相当详细的阐述，是我国最早直接介绍人类学派神话学，并运用它来研究神话的重要文章。周作人还于1926年翻译了英国哈里孙的《希腊神话引言》。

赵景深先后翻译了哈特兰德的《神话与民间故事的混合》（《新民意报·副刊》1923年第8期）和《神话与民间故事》（《小说月报》1926年第17卷第8期）；麦苟劳克的《民间故事的探讨》（《文学周报》1927年8月第4期）、《季子系的童话》《友谊的兽的童话》（原载报刊待查）、《兽婚故事与图腾》（《民众教育季刊》1933年1月31日第3卷第1期）、《民间故事之民俗学的解释》（《青年界》1936年11月第8卷第4期）等。麦苟劳克的《小说的童年》一书，他差不多译全了。他不仅翻译，也在自己研究童话和故事的著述中，介绍和运用人类学派神话学的理论和方法。他的观点，可以用他的一句话来概括："民间故事近来渐渐有人注意了，他的价值是在从故事里探讨古代的风俗礼仪和宗教，这是大家早已知道的。"②这种民间文学观，正是人类学派神话学、故事学的核心。

此外，杨成志翻译了英国该莱《关于相同神话解释的学说》（中山大学《民间文艺》1927年第3期）、英国班恩《民俗学概论》一书的附录部分《民俗学问题格》（《民俗》，1928），郑振铎翻译了英国柯克士的《民俗学浅说》（1934）。对泰勒、弗雷泽原作的翻译和介绍，散见于各种书刊之中。如周作人曾写《金枝上的叶子》，介绍弗雷泽的《金枝》（《夜读抄》，1934）；苏秉琦曾译弗雷泽的《旧约中的民俗》第四章《洪水故事的起源》，收在徐旭生《中国古史的传说时代》一书中；秋子曾译弗雷泽的《迷信与社会诸制度》（《民间月刊》，1933）与《外魂——见于民间故事的》（《文讯》，1946）等等。

---

① 参阅马昌仪《鲁迅论神话》，中国民间文艺研究会研究部编《民间文学论丛》，第120—152页，北京：中国民间文艺出版社1981年。

② 赵景深《民间故事专家哈特兰德逝世——呈江绍原先生》（1927年1月25日），引自《民间文学丛谈》第158—160页，长沙：湖南人民出版社1982年。

从日文的翻译也是一个重要渠道，如小川琢治的《天地开辟与洪水传说》与青木正儿的《中国小说底渊源与神仙说》（汪馥泉译，1929年），小川琢治的《山海经考》（江侠庵编译，收入《先秦经籍考》［下］，商务印书馆，1931），松村武雄的《地域决定的习俗与民谭》（白桦译，1931），《狗人国试论》（周学普译，1933）、《童话与儿童的研究》（钟子岩译，1935）、《中国神话传说短论》（石鹿译，1936）等等，都是一些有影响的著作和文章。

此外，在人类学派学说的介绍方面，还有一些文学史著作，如1906年新城王树枏著《希腊春秋》（八卷，兰州官报局藏版，日本三省堂书店发行）、1916年孙毓修著《欧美小说丛谈》（商务印书馆）与1923年谢六逸著《西洋小说发达史》（上海商务印书馆）等。

2. 研究方面

鲁迅、茅盾、周作人、赵景深、钟敬文、郑德坤、郑振铎等都运用人类学派神话理论和方法进行中国神话的研究，做了许多有益的探索。

鲁迅有关神话的著述，如《破恶声论》（1908）、《神话与传说》（《中国小说史略》第二篇，讲义本，1923）、《从神话到神仙传》（《中国小说的历史变迁》第一讲，1924）、《关于神话的通信——致傅筑夫、梁绳祎》（1925）以及他的某些神话见解（例如关于神话的产生、神话与巫的关系、神话演进为传说、神话的分类等），明显受到人类学派的影响。他在《汉文学史纲要》中，提出"试察今之蛮民"，"证以今日之野人，揆之人间之心理"，这种取今以证古，以今日之蛮人来推测荒古无文时代人类心理的方法，也是人类学的方法。

周作人在神话学（故事学）研究方面，写了《童话研究》（《教育部编审处月刊》第1卷第7期，1913年8月）、《神话与传说》（收入《自己的园地》，1923）、《神话的辩护》（收入《雨天的书》，1924）、《习俗与神话》（收入《夜读抄》，1933）等，进一步阐发了安德留·兰的人类学派观点。

茅盾（沈雁冰、玄珠）从1918年开始研究神话，1923年在上海大学讲授希腊神话，1925年开始发表神话论文，"处处以人类学的神话解释法以权衡中国古籍里的神话材料"（《中国神话研究ABC》序）。先后撰著了《中国神话研究》（写于1924年，发表于《小说月报》1925年第16卷第1期）、《楚辞与中国神话》（《文学周报》1928年第8期）、《神话杂论》（1929）、《北欧神话ABC》（世界书局，1930）等等，都是人类学派在中国土壤上的产物。他1928年撰写的《中国神话研究ABC》（1929年由世界书局刊行，1978年再版时易名为《中国神话研究初探》）成为中国神话学早期的代表作，并由此奠定了他在中国神话学史上开拓者与奠基者的学术地位。

赵景深早年出版的几部童话研究集子，如《童话论集》（1927）、《童话学ABC》（1929）、《童话评论》（1935）等，无不都是运用人类学派观点研究童话和神话的。

郑振铎在从事文学活动的早期，也受过人类学派学术思想很深的影响。二三十年代，他在《小说月报》《矛盾月刊》《东方杂志》等刊物上发表的许多民间文学文章，运用比较研究的方法，阐释研究中国的民间故事，字里行间无不渗透着人类学派学术思想和理念的因素。他在论述神话、故事的相似问题时写道："如今，正是人类学派的故事与神话研究者的专断时代。他们说的很好：自古隔绝不通的地域，却会发生相同的神话与故事者，其原因乃在人类同一文化阶段之中者，每能发生出同一的神话与传说，正如他们之能产生出同一的石斧石刀一般。而文明社会之所以尚有与原始民族相同的故事与神话，却是祖先的原始时代的遗留物，未随时代的逝去而俱逝者。"[①]《汤祷篇》借汤祷的故事，旨在对中国的"蛮性的遗留"作一番清理，并由此指出，原始生活的古老的"精灵"常常会不经意地侵入到现代人的生活之中，为神话研究另辟蹊径。这个时期他还翻译过柯克士的《民俗学浅说》。30年代后期，他以更多的精力搜集和研究俗文学，更多地转向俗文学的学术立场，成为民间文学研究领域中俗文学派的领袖。

钟敬文二三十年代写作的有关神话、故事的文章有二三十篇之多，如《楚辞中的神话和传说》（1928）、《与爱伯哈特博士谈中国神话》（1933）、《中国神话之文化史价值》（1933）与《老獭稚型传说底发生地》（1934）等等，都很有见解。他的神话观点有自己的特色，在接受人类学派学说的同时，还受了法国和日本社会学民俗学的影响。

二三十年代出版过几部采用人类学派观点写作的神话理论专著，如黄石的《神话研究》（1927），谢六逸的《神话学ABC》（1928），林惠祥的《民俗学》（1931）与《神话论》（1934）等等。这几部专著不仅在中

[①]　郑振铎《民间故事的巧合与转变》，上海：《矛盾月刊》第1卷第2期，1932年；后收入《郑振铎文集》第6卷（下），第255—258页，北京：人民文学出版社1988年。

国神话学的初创阶段，产生过重大的影响；直到20世纪80年代还作为神话学、故事学的入门书，受到研究者与读者的重视与欢迎。

追随茅盾，运用人类学派神话学说研究《山海经》的郑德坤，也取得了可喜的成绩。他在《山海经及其神话》（《史学年报》1932年第4期）一文中，运用人类学派的万物有灵学说、心理共同说来探讨《山海经》与经中的神怪鸟兽。他说："神话确能或明或晦地反映出原始人类心理状态的生活情形，是很可贵的文明史的史料。"在当时的《山海经》研究中，给人以耳目一新之感。

由于英国人类学派神话学在中国的传播，主要是由文学家或文学理论家们完成的，故而笔者把中国的人类学派神话学称之为文学人类学派。当然，这里所说的神话学是广义的，包括所有散文体的叙事作品的研究。如果说20世纪20年代初北京大学歌谣研究会主办的《歌谣》周刊以及《晨报副刊》《京报副刊》《语丝》等报刊杂志，也发表过一些翻译介绍英国人类学派、阐发研究其观点方法的文章，但该会及其代表的流派所倡导的主要是乡土研究思潮的话，①那么，上海出版的《妇女杂志》和文学研究会在上海主办的几个刊物等，则是民间文学研究中的文学人类学派的主要阵地，胡愈之早期的著名论文《论民间文学》，就是在《妇女杂志》（第7卷第1号，1921年1月）上发表的。关于《妇女杂志》在介绍英国人类学派神话学上的功劳，赵景深曾写道："关于神话和传说的研究，历来的学者多所争论。……直到人类学的解释出，神话和传说的研究方才愈加精密。完成此说的不可不推功于安特路·兰（Andrew Lang）。……要走这条路第一步工夫便是搜集类似的神话和传说。……我国最初以人类学研究民间故事的自然要推《妇女杂志》社诸君。他们已很能做到照农民口吻一点不加修饰的复写下来这一层，却没有做到搜集大同小异的材料这一层，对于犯重复的故事每不采录。这一工夫最近方才从单行本《徐文长故事》看到。《徐文长故事》重复的很多，均未删去，这便是这本书的价值所在处。"②20世纪20—30年代北新书局出版的《徐文长故事》，收录同一母题的故事的不同异文，这种编辑思想，正体现了人类学派故事研究的方法和原则，被赵景深看作是20世纪20—30年代中国民间文艺学界的一个成功范例。

---

① 参阅拙文《歌谣研究会：民间文艺学史上的第一个流派》，《民间文化论坛》创刊号，2004年6月；《董作宾：乡土研究的先驱》，《西北民族研究》2004年第2期。

② 赵景深《徐文长故事与西洋传说》，《潇湘绿波》第2期，1925年；后收入林兰编《徐文长故事》一书，作为附录，上海北新书局1933年。

（二）文学研究会及其《小说月报》和《文学周报》

民间文学研究的文学人类学派的演武阵地，除了上面提到的《妇女杂志》以外，还有一些影响很大的重要文学杂志，如文学研究会的刊物《小说月报》和《文学周报》。

文学研究会于1920年11月在北京成立。成立时发表有周作人草拟的《文学研究会宣言》及《文学研究会简章》。《文学研究会宣言》宣称："将文艺当作高兴时的游戏或失意时的消遣的时候，现在已经过去了。我们相信文学是一种工作，而且又是于人生很切要的一种工作；治文学的人也当以这事为他终身的事业，正同劳农一样。"[①]发起人有周作人、朱希祖、耿济之、郑振铎、瞿世英、王统照、沈雁冰、蒋百里、叶绍钧、郭绍虞、孙伏园、许地山，共12位。后来陆续发展的会员有谢婉莹、黄庐隐、谢六逸、朱自清、王鲁彦、夏丏尊、徐蔚南、老舍、胡愈之、刘半农、刘大白、朱湘、徐志摩、赵景深、俞平伯、许杰、彭家煌等，共达170余人。文学研究会在提倡"为人生"的文学的同时，也相当关注民间文学，特别是在传播和建立人类学的神话学理论上发挥了重要的作用，成为在中国现代民间文学学术史上起过重要作用的文学团体。这一方面与它的宗旨有关，另一方面取决于它的成员的学养和关注点。在文学研究会的发起成员中，至少周作人、朱希祖、郑振铎、沈雁冰、王统照、郭绍虞、孙伏园、许地山，都是写过提倡民间文学、为民间文学大声疾呼的作家或学者，有的还写过专门的研究论著，是在现代民间文学学术史上有开创之功、占有一席之地的人。还有一个非常重要的因素是，文学研究会发起人之一的蒋百里，是"研究系"的核心人物并主持"讲学会"和"共学社"两机构，而赞助新文学运动最力的两家报纸，上海的《时事新报》和北京的《晨报》，均系"研究系"所办。[②]这两家报纸，前者的《学灯》副刊，后者的《晨报副镌》，在倡导和支持民间文学研究上，所起的积极作用是不可轻估的。

文学研究会的两个机关刊物《小说月报》和《文学旬刊》，发表了不少颇有深度和影响的民间文学和神话学论文，还曾组编过若干期"民间文学专号"。在这两个刊物的周围，团结了一个强大的作者队伍群，在刊物上发表民间文学的论文的作者，多数是文学研究会的会员。

---

① 《中国新文学大系》第10集《社会史料》部分：《文学研究会宣言》。

② 司马长风《中国新文学史》，第132页，香港：昭明出版社1980年4月。

　　《小说月报》由商务印书馆出版，前后发行22年，是我国早期文学期刊中出版时间最长、影响最大的刊物。以1921年为界，前11年为鸳鸯蝴蝶派的主要刊物，后11年为文学研究会的主要阵地。自1921年1月10日第12卷第1号起，由茅盾接编，发表《改革宣言》，大力提倡写实主义文学，并介绍外国文学流派，研究中国古代文学。革新以后的《小说月报》成为文学研究会的机关刊物。茅盾接手编辑《小说月报》后不久，就在第12卷第6期（1921年6月1日）上发表了《神仙故事集汇志》。两年以后，先后由郑振铎、叶绍钧等接任。被学界认为是茅盾第一篇神话学论文的《中国神话研究》，就发表在他们主持编务时期的《小说月报》第16卷第1号（1925年1月10日）上。美国人类学者哈特兰德的《神话与民间故事》（赵景深译）发表于第17卷第8期（1926年8月）。日本学者盐谷温的《中国小说概论·神话及传说》发表于第17卷号外（1927年6月）。西谛（郑振铎）的《中山狼故事之变异》、《螺壳中之女郎》发表在第17卷"中国文学研究"号外（1927年6月）；《老虎外婆》发表在第20卷第5期（1929年5月10日）；《希腊罗马神话与传说中的英雄传说》发表在第21卷第1期—第22卷第6期（1930年1月—1931年6月）。

　　《文学旬刊》，1921年5月10日创刊于上海，附于《时事新报》发行。创刊一周年后，即1922年5月11日出版的第37期发表声明，称该刊是文学研究会的定期刊物。从1925年5月10日第172期起改名为《文学周报》。共出版380期。首任主编郑振铎。1922年12月由谢六逸接任。1923年5月12日第102期起，改由沈雁冰、叶绍钧、郑振铎、谢六逸等12人共同负责编辑。同年12月24日第102期起，由叶绍钧主编。1927年7月由赵景深主编。1929年1月8日第351期起，又改由赵景深、郑振铎、谢六逸、耿济之、傅东华、李青崖、徐调孚、樊仲云等集体负责编辑，直到终刊。相比之下，《文学周报》更称得上是一家民间文学理论研究的重要园地，先后发表的民间文学理论文章计有：郑振铎：《孟姜女》《研究民歌的两条大路》《阿波罗与挞芬——希腊神话之一》《古希腊菲洛狄摩士的恋歌》。赵景深：《研究童话的途径》《童话的分系》《中西童话的比较》《中西民间故事的进化》《太阳神话研究》《夏芝的民间故事分类法》《童话的印度来源说》《安徒生童话里的思想》《俄国民间故事研究》及所译英国麦苟劳克的《民间故事的探讨》。茅盾：《神话何以多相似》《〈楚辞〉与中国神话》《中国神话的保存》《人类学派神话的解释》《神话的意义与类别》《北欧神话的保存》《希腊罗马神话的保存》《埃及印度神话的保存》。顾颉刚：《吴歌甲集自序》《论地方传说》。钟敬文：《小鸟报恩的故事》《宋代民歌一斑》《中国印欧民间故事之相似》。刘大白：《我所闻见的徐文长故事》三篇。叶德均：《民间文艺的分类》。叶圣陶、朱自清、俞平伯：《民众文学的讨论》。

文学研究会是一个颇为松散的社团，并没有同一的文学主张和纲领，但它的《宣言》又表明它是一个"为人生"的文学社团，并因此而吸引了许多有影响的作家加入到研究会里来。综合来看，两刊所发表的民间文学论文显示了两个特点：其一，与1925年8月停刊前的《歌谣》周刊主要以歌谣搜集和研究为宗旨有明显的不同，文学研究会两刊发表的大多数文章所讨论的是神话和故事，对普及和推动神话和故事研究起了很大作用；其二，有相当数量的文章（如郑振铎、赵景深、茅盾）是以英国人类学派的理论和方法为本的，甚至使这些刊物成了引进和宣传人类学派神话（故事）学并使之本土化的大本营（前面说过，还有《妇女杂志》）。又因为这两份文学杂志在当时的发行量很大，其影响也就较一般的学术杂志或专业杂志为巨。

（三）郑振铎的民间文学研究

1. 五四新文化运动与民间文学观的形成

郑振铎（1898—1958）在学生时代参加了"五四运动"，正式开始从事文学活动是在1919年"五四运动"的高潮中。"五四运动"爆发前，他就和瞿秋白、耿济之、瞿世英、许地山等人一起参加了"北京社会实进社"，并组成《新社会》旬刊编辑部。《新社会》于1919年1月发刊，1920年5月被迫停刊，后又编辑出版《人道》月刊。"五四运动"爆发，他们都被选为代表。[①]继而，郑振铎于1921年参与发起和筹办文学研究会，在筹办中和成立后，都发挥了重要作用。在其后的文学活动中，郑振铎既是胡适、陈独秀等提倡的"白话文学"的追随者，又是胡适提倡的"整理国故"的同道人。"白话文学"取代"文言文学"是五四新文化运动的主要功绩之一，摒弃文言，改行白话，改变了中国文学（文化、教育）的僵死状态，激发了中国文学的生命活力，还文学于大众。作为"五四""白话

---

① 参阅郑振铎《耿济之先生传》《想起和济之同在一起的日子》，《郑振铎文集》（第3卷），第248—257页，北京：人民文学出版社1988年；林荣松《五四新文化运动中的郑振铎》，《新文化史料》，2000年第2期；郑尔康《郑振铎》，第30—34页，北京：北方交通大学出版社2008年。

文学"思潮和运动的一支，刘半农、钱玄同、沈兼士、沈尹默于1918年2月1日发起成立了北大歌谣征集处，并由刘半农编订和陆续在《北京大学日刊》上刊布"歌谣选"，从而导致了我国第一个民间文学团体北大歌谣研究会的诞生。被称为"匹夫匹妇"、"村妇野老"所口传心授、世代相传的口头文学、"下等小说"、戏曲，由于受到"五四"文化先锋们的重视、推崇、搜集和张扬而"登堂入室"。研究古代神话、征集现世歌谣、重视口传的民间文学、发掘遗落了的俗文学的思潮，成为五四新文化运动洪流的重要一脉。

郑振铎对民间文学的兴趣和关注，始于文学研究会的成立。文学研究会的成立（1921年1月4日），郑振铎是主要筹备者之一。不久，郑振铎从北京铁路管理学校毕业，便被派往上海火车西站当练习生。同年4月脱离铁路，接受张东荪的聘请出任上海《时事新报·学灯》副刊主编。他所筹办的文学研究会的《文学旬刊》，作为《时事新报》的另一副刊于5月10日创刊。11日，进商务印书馆编译所，负责编辑《文学研究会丛书》。次年创办《儿童世界》。从这时起，郑振铎就开始关注、介绍与研究民间文学了。由他起草的《儿童世界宣言》[1]，在中国现代民间文学学术史上，是一篇很有价值的文献，他把刊物的内容分为十类：插图、歌谱、诗歌童谣、故事、童话、戏剧、寓言、小说、格言、滑稽画，还有杂载、通信等。可以看出，我们今天认为的民间文学的内容，占了多么大的地位！作为主编，他除了在刊物上发表安徒生童话等民间作品和他的许多朋友写的文章外，还在其编刊的《文学研究会丛书》中，出版了他翻译的《莱森寓言》（1925）、《印度寓言》（1926）、《列那狐》（1926）和《高加索民间故事》（1928）；这几本外国故事选，他都写了序言。继而，他于1923年1月接替沈雁冰主持《小说月报》，《文学旬刊》也于1923年7月30日起改为《文学周刊》，他手中的这两个文学刊物，加上《时事新报·学灯》副刊，成为他发表和组织发表民间文学文章的主要园地。北京大学歌谣研究会主办的前期《歌谣》周刊于1925年暑假停刊之后，由于《文学周刊》作为《时事新报》的一份附刊，每周一期，刊期短，发稿量较大，见报快，又有文学研究会的会员为后盾，发表的民间文学文章更多了，一时间成为中国民间文学研究、主要是民间文学之文学研究阵容在上海的重镇。

郑振铎发表在《小说月报》上的民间文学，尤其是民间故事研究文章，如《中山狼故事之变异》（1927，17：《中国文学研究》号外）、《螺壳中

---

① 《儿童世界宣言》，《时事新报·学灯》1921年12月28日，上海。

之女郎》（1927，17：《中国文学研究》号外）、《榨牛奶的女郎》（未详）、《韩湘子》（1929，20：4）、《老虎外婆》（1929，20：5）等民间故事专论，以及《安徒生的作品及关于安徒生的参考书籍》（1925，16：8）、《水浒传的演化》（1929，20：9）、《三国演义的演化》（1929，20：10）等论述文学与民间关系的文章。民歌俗曲文章，如《诗经与楚辞》（1924，15：6）、《丹麦的民歌》（1925，16：1）、《佛曲叙录》（1927，17：《中国文学研究》号外）、《佛曲与俗文变文》（1929，20：3）、《跋挂枝儿》（1930，21：1）。当时备受文学界关注的希腊罗马神话问题，郑振铎有《希腊罗马神话传说中的恋爱故事》（1928，19：3—12）、《希腊罗马神话传说中的英雄传说》（21：1—22：6）。后来，1935年，由上海生活书店出版了他的《希腊神话》二册。在《文学周刊》上发表的民间文学文章，如《孟姜女》（1924）、《岳传的演化》（1929，9：1）、《研究民歌的两条大道路——岭东情歌集序》（1929年）等。另有《白雪遗音选序》（1926）、《山歌跋》（1935）。要指出的是，《孟姜女》一文发表的时间是1924年9月，在顾颉刚发表《孟姜女故事的转变》（1924年11月23日《歌谣》周刊）和《孟姜女故事研究》（1927年1月《现代评论》）之前，这篇文章的发表，因种种原因常被民间文学研究者所忽略，历史地看，却自有其开孟姜女故事研究先河的作用。

郑振铎在其主编的《小说月报》上除了刊出自己写的民间文学文章外，还发表了文学研究会成员和一般社会作者所写的民间文学文章，如朱湘的《古代的民歌》。文学研究会的另一会刊《文学周刊》所发表的民间文学文章数量则更多，而且这类文章的一个显著特点，几乎都是出自文坛上颇有影响的文学家之手，如茅盾的《神话何以多相似》《楚辞与中国神话》《中国神话的保存》《人类学派神话的解释》《神话的意义与类别》《北欧神话的保存》《希腊罗马神话的保存》《埃及印度神话的保存》等；赵景深的《研究童话的途径》《童话的分系》《童话的印度来源说》《安徒生童话里的思想》《中西童话的比较》《太阳神话研究》《夏芝的民间故事分类法》《俄国民间故事研究》《民间故事的探讨》（麦苟劳克）等；钟敬文的《小鸟报恩的故事》《宋代民歌一斑》《重续粤风引言》《中印欧民间故事相似》等；刘大白的《我所闻见的徐文长故事》三篇；李金发的《粤东恋歌序》；顾颉刚的《吴歌甲集自序》《论地方传说》等；朱湘的《中国神话的美丽想象》；顾均正的《风先生和雨太太序》《童话与想象》《童话的起源》等；叶德均的《绍兴歌谣》（书评）《民间文艺的分类》等。这些作者多是郑振铎的文学界朋友，他们在民间文学上有共同的理念和旨趣。正因为这些文章多出自文学家手笔，往往被那些狭隘的民间文学圈子研究者们所忽略。

2. 关于整理国故

1923年1月，商务印书馆决定由郑振铎接替沈雁冰担任《小说月报》的主编。郑接手《小说月报》后，断然地改变了沈雁冰时代的编辑方针，一方面继续沿着"血与泪"的文学、"为人生的文学"的编辑方向组稿编刊，一方面又组织了"整理国故与新文学运动"的讨论，并在《编者按》里明确表示："我主张在新文学运动的热潮里，应有整理国故的一种举动。"他还在《新文学建设与国故之新研究》里写道："我们所谓新文学运动，并不是要完全推翻一切中国的固有的文艺作品。这种运动的真意义，一方面在建设我们的新文学观，创作新的作品，一方面却要重新估定或发现中国文学的价值。"[1]

对于《小说月报》的这次人事变更所导致的刊物面貌的变化，现代文学研究界一直众说纷纭，有的人认为，郑振铎接替沈雁冰主政《小说月报》是"《小说月报》现代性进程停滞甚至是倒退的表现"。有的人则认为，"《小说月报》更换主编，主要被解释为新旧文学争夺文学阵地的结果，被解释为新文学的一次不得已的妥协。"[2]。笔者倾向于后者的观点。郑振铎所说的"国故"，包括他为扩展文学的疆域、倾全力搜集和研究的历史上的俗文学和民间文学。可以说，作为一个以平民意识为史识而且身体力行的文学史家，此后，他几乎毕其一生的精力于发掘和搜求反映平民立场的俗文学和民间文学作品，使这些遗落在历史深处的普通老百姓所创作和拥有的、比正统文学的受众多得多的口头文学再见天日，并将其作为中国文学史的"中心"。[3]

郑振铎在编《小说月报》期间，就已开始酝酿编著《中国俗文学史》，只是有关唐五代的民间文学史料搜集不全，而没有实现。[4]为了收

---

① 郑振铎《新文学建设与国故之新研究》，《小说月报》第14卷第1号。

② 参阅董丽敏《〈小说月报〉1923：被遮蔽的另一种现代性建构》，《当代作家评论》2006年第6期。

③ 郑振铎《中国俗文学史》，第2页，北京：作家出版社1954年。作者写道："'俗文学'不仅成了中国文学史主要的成分，且也成了中国文学史的中心。"关于郑振铎的"中心"说，学界争议颇多。

④ 崔石岗《许地山、郑振铎伦敦"盗宝"》，《人民日报》（海外版）1999年10月5日。

集这方面的材料，抄录被英国人斯坦因掠去的敦煌卷子中的俗文学作品，他委托在英国留学的朋友许地山在大英博物馆为他抄录了一批珍贵材料。1927年"四一二"政变后，郑振铎与胡愈之等致信国民党当局，强烈抗议屠杀革命，为此险遭逮捕，不得不去欧洲避难和游学。他在英法两国的国家图书馆里，大量研读了中国古小说、戏曲、变文等，如饥似渴地阅读和抄录了大量这方面的珍贵史料。这些收获，使他想写而又未能写完的《中国俗文学史》成为可能。到1929年，他根据所掌握的俗文学材料先期在《小说月报》上发表了一篇《敦煌的俗文学》，在中国现代文学史上第一次提出了"俗文学"这个名词。[1]他认为，俗曲、佛曲、俗文（变文）、弹词、宝卷等，都属于民间文学。[2]他说："佛曲为流行于南方的最古的民间叙事诗之一种；弹词及鼓词等，俱从变戏而成。其历史至少有1000余年。今知最古之佛曲乃为敦煌石室所发现之《八相成道经俗文》等数种。此种有很大影响于民间的文学作品，向未有人注意到过。"[3]

在"整理国故"的理念下，他除了大量收集、介绍、研究、阐发俗曲变文等唐五代以降而又多属遗落无闻的俗文学、民间文学外，关于历史上的民歌，他也写了一些文章。如《白雪遗音选序》（写于1925年10月23日）、《跋挂枝儿》（《小说月报》1930，21：1）、《明代的时曲》（《文学杂志》1933，1：2）、《跋山歌》（写于1935年9月19日）。

3. 进化的观念

在英法两国的国家图书馆里，郑振铎大量研读了中国古小说、戏曲、变文等，同时也研究希腊罗马文学和神话，接触了外国的民俗学理论，翻译了一本英国学者著的《民俗学概论》（后毁于战火）和英国民俗学家柯克士的《民俗学浅说》（上海商务印书馆，1934）。郑振铎在《译序》里

---

① 郑振铎《敦煌俗文学》，《小说月报》第20卷第3期，1929年3月，上海。吴晓铃在《朱自清先生与俗文学》一文写道："'俗文学'这个名词的提出，郑振铎先生是第一人，好像是在《敦煌俗文学》那篇文章里。"《华北日报·俗文学》（周刊）第60期，1948年8月20日，北平。

② 郑振铎《从变文到弹词》，《郑振铎文集》（第6卷），第244页，北京：人民文学出版社1988年。他说："敦煌写本中除民间俗曲、写本佛经及弹词外，尚有重要的一种文件，为从来所未见。此种文件，从前或名之曰佛曲（罗振玉），或名之曰俗文（北平图书馆），或名之曰唱文，其实都不是原名。……其上皆明书'变文'。"

③ 郑振铎《佛曲叙录》，《郑振铎文集》（第6卷），第213页，北京：人民文学出版社1988年。

说："近来的许多中国民俗学家们，每多从事于搜辑与比较专门的研究，对于最浅近的民俗学基本常识的介绍，反而不去注意到。难道以其太浅近了，故不屑一顾之么？我等得很久，这一类浅近还不曾有得出现过。于是，我也只好不敢再藏拙了。"①这时，郑振铎受到西方民俗学的影响，也关心国内学界的进展，他以急不可耐的心情率先把英国民俗学的这部入门著作介绍到国内来。这一时期，由于在伦敦和巴黎阅读了大量在国内看不到的敦煌卷子，不仅收集了过去文学史中没有触及的、理应是文学史史料主干的小说、戏曲、俗曲、讲唱等俗文学作品，从而形成了自己独特的文学史观念，也逐渐形成了自己的民间文学——俗文学的观念。20世纪之初，英国人类学派神话学的观点、理念、方法，主要是进化论和比较研究法，对我国文学界和学术界的许多名家都产生过重要的影响，如胡适、蒋观云、周作人、鲁迅、茅盾、胡愈之等，都或多或少地接受了这个学派的进化论思想和比较研究法。郑振铎对民间文学的热切关注和理解与阐释，也不例外地深受英国人类学派神话学和民俗学的影响，他不仅把柯克士的专著翻译介绍给国人，而且还运用这个学派的理论观点于自己的著述中，一改以往单纯地以传统的文学方法为手段来分析论述民间文学的情况。譬如他写的名篇《汤祷篇》（《东方杂志》第30卷第1号，1933）、《黄鸟篇》（《文艺复兴》第1卷第3期，1946；后收入集子里时，改为《玄鸟篇》）等，从材料的运用，到方法的选择，无不显示出人类学派的观念和方法的影响，而这在我国以往的文学理论和文学史界，要么是了无知识，要么是被忽视的。以至于一些为他编辑文集的编者感到无所适从，多把这两篇文章名之为"历史论文"。笔者认为，《民俗学浅说》的翻译出版，在郑振铎的民间文学治学道路上成为一个分水岭。

进化论观念之于19世纪末、20世纪初引入中国，对于中国的思想界来说无疑是一件大事，"打破"了中国文化界盛行已久的"摹拟古作"的风气。在郑振铎的世界观和文艺观的形成上，也发生了很大的影响，他成为一个进化论的文学研究者。他说："文学史上的许多错误，自把进化的观念引到文学的研究上以后，不知更正了多少。达尔文的进化论，竟不意的在基本上改变了人类的种种错谬的思想。""文学是时时在前进，在变异

---

① ［英］柯克士《民俗学浅说》（郑振铎译），《郑振铎全集》（第20卷），石家庄：花山文艺出版社1998年。这部书所阐述的学理，曾给郑先生在民间故事研究上以比较方法的影响。译者是在流亡伦敦时翻译这本书的，商务印书馆于抗战中出版以来，一直都没有再印过。近收入由花山文艺出版社出版的《郑振铎全集》中，俾可得以流传。

的，一个时代有一个时代的文学，一个时代有一个时代的作家。"①

进化的观念，由简单到复杂的观念，进化或退化的观念，变异的观念，成为郑振铎研究和解开民间文学乃至文学变化现象的一把钥匙。他认为，"同是一个故事，在最初总是很简单的，描写也很质朴，渐渐的却变得内容更复杂，描写更细腻了。"作为一个个例，他对白蛇传故事演变过程的梳理与分析，可以看作是他在民间故事研究中的进化观念的一个体现。他写道：

> 由唐无名氏《白蛇记》，变而为《西湖佳话》中的《雷峰怪迹》，再变而为无名氏传奇《雷峰塔》，再变而为陈遇乾的弹词《义妖传》，这其间又是如何的进化。《白蛇记》写的白蛇，完全是个害人的妖魔，她幻变了一个年青的美嬬，诱惑了李㘥，致他回家时身体消化而死。（记中又记一则变异的同样传说，说那少年是李琯，第二天归来，便脑疼而死，然以白蛇为妖魔则与前说一样。）到了《雷峰怪迹》中的白蛇，她的事迹却变更了，她已经不是一个纯粹的杀人巨魔，乃是一个恋着许宣的有情的女妖。在《怪迹》中，法海与小青第一次出现，后来传说中之许宣二次发配，亦始见于此。《白蛇记》不写白蛇的结果，《怪迹》则说白蛇与青鱼终为法海的钵盂所捉，幽禁于雷峰塔下，百世不得翻身。在传奇及弹词中，白蛇却更得人同情了；无端的加了报恩之说，无端的加了水漫金山之一幕大战，无端的加了盗仙草救夫之冒险而真情的一段故事，无端的加了白娘娘怀孕，生了一个贵子出来。这使白蛇更具有人间性，更使人敬爱，她不是一个可怖的妖，而是一个真挚的痴情女郎，其行事处处都可得人怜爱的了。许多人见到她的冒万险以救夫，冒万险以夺夫，都会不禁的加入她的一边，而怒许宣之卑怯，恨法海之强暴。在断桥重遇之一段，在她生子后惧怕法海之复来的一段，无论谁都要为之感泣的。于是她之幽囚，便为多数人所不满而增出了"仙圆"的最后一幕，叙她因贵子而终于得救。这是一个如何有趣的进步呢？
>
> 这些也都是很显著的"进化"。
>
> 同时，更可以因此打破了一班人摹拟古作的风气，这个风气惟中国最盛，且至今还是最盛。把进化的观念引了进来，至少可以减少

---

① 郑振铎《研究中国文学的新途径》，《郑振铎文集》（第6卷），第283、286页，北京：人民文学出版社1988年。

了盲从者在如今还学着做唐宋古文，做唐诗宋词，做唐人传奇体的小说，做"却说""且听下回分解"的章回体小说的迷信。[①]

前面说过，郑振铎在《佛曲叙录》一文里认为佛曲是流行于南方的最古老的民间叙事诗之一种，而弹词和鼓词则是从佛曲演变而来的。在《从变文到弹词》一文里，他又运用进化的观点阐释了敦煌石室发现的变文和弹词。他指出："弹词始于元代，宝卷则南宋即已发轫，变文虽因五代之乱僧侣西徙而掩埋于西陲之斗室，但其精灵实蜕化于诸宫调、宝卷、弹词之中，影响至今不泯。"[②]他在此文里还说到，变文乃是民间俗曲。

4. 人类学派的影响

在《插图本中国文学史》与《中国俗文学史》这两部专著之间，郑振铎还发表了一系列有关民间文学的单篇论文，如《民间故事的巧合与转变》（《矛盾月刊》1932年第1卷第2期）、《汤祷篇》（《东方杂志》1933年第30期）等。前者是运用以A.Lang为代表的人类学派的神话观，批评以 Max Müller为代表的"比较神话学派"所持"阿里安来源说"的。认为："自古隔绝不通的地域，却会发生相同的神话与故事者，其原因乃在于人类同一文化阶段之中者，每能发生出同一的神话与传说，正如他们之能产出同一的石斧石刀一般。而文明社会之所以尚有与原始民族相同的故事与神话，却是祖先的原始时代的遗留物，未随时代的逝去而俱逝者。"[③]后者是一篇试图运用人类学、人种志、民俗学等的研究方法和理论诠释与解析古代传说与观念的文章。关于这篇文章的写作意图，他有一段引言式的表白：

> 顾（颉刚）先生的《古史辨》已出了三册，还未有已。在青年读者们间有了相当的影响的。他告诉他们，古书是不可信的；用时须加以谨慎的拣择。他以为古代的圣人的以及其他的故事，都是累积而成的，即愈到后来，那故事附会的成分愈多。他的意见是很值得注意

---

① 郑振铎《研究中国文学的新途径》，《郑振铎文集》（第6卷），第286页，北京：人民文学出版社1988年。

② 郑振铎《从文变到弹词》，《郑振铎文集》（第6卷），第245页，北京：人民文学出版社1988年。

③ 郑振铎《民间故事的巧合与转变》，《矛盾月刊》1932年第1卷第2期；又见《郑振铎文集》（第6卷），第255—258页，北京：人民文学出版社1988年。

的。也有不少的跟从者曾做了同类的工作。据顾先生看来，古史的不真实的成分，实在是太多了。往往都是由于后代的人的附会与添加的。……但我以为，顾先生的《古史辨》，乃是最后一部的表现中国式的怀疑精神与求真理的热忱的书，它是结束，不是开创，他把郑（谯）崔（述）等人的路线，给了一个总结束。但如果从今以后要走上另一条更近真理的路，那只有别去开辟门户。像郭沫若先生他们对于古代社会的研究便是一个好例。他们下手，他们便各有所得而去。老在旧书堆里翻筋斗，是绝对跳不出如来佛的手掌心以外的。此亦一是非，彼亦一是非，旧书堆里的纠纷，老是不会减少的。我以为古书固不可尽信以为真实，但也不可单凭直觉的理智，去抹杀古代的事实。古人或不至像我们所相信的那末样的惯于作伪。惯于凭空捏造多多少少的故事出来；他们假使有什么附会，也必定有一个可以使他生出这种附会来的根据的。……自从人类学，人种志，和民俗学的研究开始以来，我们对于古代的神话和传说，已不仅视之为原始人里的"假语村言"了；自从萧菜曼在特洛伊城废址进行发掘以来，我们对于古代的神话和传说，也已不复仅仅把他们当作是诗人们的想象的创作了。我们为什么还要常把许多古史上的重要的事实，当作后人的附会和假造呢？[①]

在谈到他何以要写这篇（类）文章的原因时，他写道："我以为《古史辨》的时代是应该告一个结束了！为了使今人明了古代社会的真实的情形，似有另找一条路走的必要。如果有了《古史新辨》一类的东西，较《古史辨》似更有用，也许更可以证明《古史辨》所辨证的一部分的事实，是确切不移的真实可靠的。""在文明社会里，往往是会看出许多的'蛮性的遗留'的痕迹来的，原始生活的古老'精灵'常会不意的侵入现代人的生活之中；特别在我们中国，这古老的'精灵'更是胡闹得厉害。"他的意图是要通过对汤祷于桑林的传说，揭示出隐藏在这传说中的"蛮性的遗留"来。

郑振铎在早期写的《读毛诗序》中，就说明《诗经》是研究中国古代文学、古代社会情形、古代的思想的很好的资料，已显示了他的研究方法的端倪，既承袭了中国古代的研究传统，又吸收了西方现代人类学和民俗

---

① 郑振铎《汤祷篇》，据马昌仪编《中国神话学文论选萃》（上册），第191—192页，北京：中国广播电视出版社1994年。

学的积极成果。[①]特别是他的欧洲之旅，他伏案于英法两国的国家图书馆中，阅读了和搜集了不少西方人类学和民俗学的著作，也翻译过好几种希腊神话和英国民俗学论著（如柯克士的《民俗学浅说》），对人类学派民俗学、神话学的观点不仅颇为贯通，也有所接受。连赵景深这样的热心于民俗学和民间文艺的人，所翻译的耶阿斯莱的《童话学ABC》、麦苟劳克的《小说的童年》等，其底本也都是从郑振铎那里借来的。正如《郑振铎传》的作者陈福康说的："这篇文章的价值，主要还不在于它论述的关于'汤祷'的问题本身，而应该看作是他当时学术思想上的转变的一篇公开的宣言。而且，由于他的这一学术思想上的转变与号召十分踏实，合情合理，决无'赶时髦'、哗众取宠之意，因此在当时学术界很有影响。即以顾颉刚为例，在翌年2月《古史辨》第四册的序中就声明：'我自己决不反对唯物史观'，并且诚恳地说：我们的'下学'适以利唯物史观者的'上达'，'我们正为他们准备着初步工作的坚实的基础呢。'颉刚说的'下学'、'上达'，显然与他所说的'结束'、'开创'是相通的。这表明颉刚是受到他的启发教育的。"[②]《汤祷篇》就算是他试图运用人类学和民俗学方法解析中国的古代传说和信仰习俗，建立他想象中的《古史新辨》、亦即学术方法转换的一个实验吧。

在《汤祷篇》之后十年，他又于1946年写了另一篇与《汤祷篇》一脉相承的长文《玄鸟篇》。[③]作者在《玄鸟篇》中，用在《汤祷篇》中采用的相同的研究方法，即人类学和民俗学的比较方法，拨开诗人描绘的文学画面的重重迷雾，深入到中国古代社会的赘婿制度及其形成的经济原因，以及与赘婿制相关的婚俗、赘婿在家庭中的地位和作用这样的理性层面，甚至还旁及到了养子、童养媳、妾等封建社会的其他相关家庭制度。

（四）许地山的民间文学观

许地山（1892—1941），福建龙溪人，祖籍广东揭阳，生于台湾。他是文学研究会的发起人之一，既是杰出的作家散文家，又是杰出的民俗学家。他1923年就读于美国哥伦比亚大学，研究宗教史与比较宗教学；次年

---

① 参阅魏敏《郑振铎对民间文学诸体裁的研究》，南京：《东南大学学报》（哲学社会科学版）2001年第4期。

② 陈福康《郑振铎传》，第278页，北京十月文艺出版社1994年8月。

③ 《玄鸟篇》，原载上海《中华公论》创刊号，1946年7月15日；后收入《郑振铎古典文学论文集》（上），上海古籍出版社1984年。

进入英国牛津大学，研究宗教史、印度哲学、梵文、民俗学。回国途中短期逗留印度，研究梵文及佛学。从1927年起，任教于燕京大学，并在北京大学、清华大学等校兼课。1935年，因受司徒雷登一派的排挤，离开燕京大学，经胡适介绍，到香港大学文学院任主任教授。1937年抗日战争爆发后，担任中华全国文艺界抗敌协会香港分会常务理事，为抗日救国奔走呼号，开展组织教育工作。1941年8月因心脏病逝世于香港。

任教燕京大学和清华大学期间，在两校分别讲授"民俗学与历史"课程。其时正是北京大学歌谣研究会的同仁们因北平政局的恶化而南下厦门和广州，在中山大学成立了以容肇祖为主席的民俗学会的时候，而许地山在燕京和清华开设民俗学课程，则是北平的大学里的首创。许地山故而成为中国高校里最早讲授民俗学的先驱之一。在民俗学方面，他不仅发表过一些精湛的论说，如《女子的服饰》《观音崇拜之由来》《礼俗与民生》《民国一世——30年来我国礼俗变迁的简略的回观》等，还留下了丰富的专题著述，如《扶箕迷信的研究》[1]，这本民俗学专著是通过132个故事的分析来研究民间信仰（扶箕）的。他的民俗学知识和理论，应该说，主要受到了英国的人类学派的影响。他在指导燕京大学研究部历史系学生叶国庆的毕业论文《平闽十八洞研究》时，嘱他在"说明历史演变和故事关系的问题"时，以英国哥麦氏的《历史科学的民俗学》（G. L. Gomine, *Folk-lore as an Historieal Science*）为参考书。[2]他对民俗作了这样的解说：

礼俗是合礼仪与风俗而言。礼是属于宗教的及仪式的；俗是属于习惯的及经济的。风俗与礼仪乃国家民族的生活习惯所成，不过礼仪比较是强迫的，风俗比较是自由的。风俗的强迫不如道德律那么属于主观的命令；也不如法律那样有客观的威胁，人可以遵从它，也可以违背它。风俗是基于习惯，而此习惯是于群己都有利，而且便于举行和认识。我国古来有'风化''风俗''政俗''礼俗'等名称。风化是自上而下言；风俗是自一社团至一社团言；政俗是合法律与风俗言；礼俗是合道德与风俗言。

……礼仪是社会的产物，没有社会也就没有礼仪风俗。古代社会几乎整个生活是礼仪风俗捆绑住，所谓礼仪三百，成仪三千，是指示人没有一举一动是不在礼仪与习俗里头。在风俗里最易辨识的是礼

① 许地山《扶箕迷信的研究》，北京：商务印书馆1947年初版，1999年再版。
② 叶国庆《忆许地山师在燕大》，《漳州文史资料》1993年第18期。

仪。它是一种社会公认的行为，用来表示精神的与物质的生活的象征，行为的警告，和危机的克服。不被公认的习惯，便不是风俗，只可算为人的或家族的特殊行为。[1]

许地山是文学研究会的发起成员，是现代文学的重要作家，他在俗文学研究上也卓有建树。《粤讴》选注[2]和《孟加拉民间故事》的翻译[3]，是他这方面的代表作。许地山与郑振铎是同乡，又是很要好的文友。他们在俗文学上的观点互有影响和互为呼应。在牛津大学读书时，受郑振铎的委托在大英博物馆为其抄录过被斯坦因盗走的敦煌变文卷子，为郑著《中国俗文学史》的写作帮了大忙。他也是把俗文学的研究与民俗学的研究统一在一人身上的学者。他所译述的《孟加拉民间故事》一书，原是献给他的妻子周俟松的，而他的民间文学和俗文学观，集中体现在这本书的《译叙》中。他认为：

> 民俗学者对于民间故事认为重要的研究材料。凡未有文字而不甚通行的民族，他们的理智的奋勉大体有四种从嘴里说出来的。这四种便是故事，歌谣，格言（谚语），和谜语。这些都是人类对于推理，记忆，想象等最早的奋勉，所以不能把它们忽略掉。
>
> 故事是从往代传说下来的。……如果把故事分起类来，大体可分为神话，传说，野乘三种。神话（Myths）是解释的故事，……传说（Legends）是叙述的故事，……野乘（Marchen）包括童话（Nursery-tales），神仙故事（Fairy-tales）及民间故事或野语（Folk-tales）三种。……从古代遗留下来的故事，学者分它们为真说与游戏说二大类，神话和传说属于前一类，野语是属于后一类的。在下级的民族中，就不这样看，他们以神话和传说为神圣，为一族生活的历史源流，有时禁止说故事的人随意叙说。所以在他们当中，凡认真说的故事都是神圣的故事，甚至有时做在冠礼时长老为成年人述说，外人或常人是不容听见的。至于他们在打猎或耕作以后，在村中对妇孺说的

---

[1]　许地山《礼俗与民生》，原载《国粹与国学》，商务印书馆1947年6月；此处引自高巍选辑《许地山文集》（下），第707—710页，北京：新华出版社1998年。

[2]　许地山《粤讴在文学上的地位》，《民铎杂志》第3卷第3号，1922年3月。

[3]　许地山《孟加拉民间故事·译叙》，商务印书馆1929年1月初版；又《孟加拉民间故事研究》，《民俗》周刊第109期，1930年4月23日；又高巍选辑《许地山文集》（下卷），第819—826页，北京：新华出版社1998年。

故事只为娱乐，不必视为神圣，所以对神圣的故事而言，我们可以名它做庸俗的故事。

庸俗的故事，即是野语，在文化的各时期都可以产生出来。它虽然是为娱乐而说，可是那率直的内容很有历史的价值存在。我们从它可以看出一个时代的风尚，思想，和习惯。它是一段一段的人间社会史。研究民间故事的分布和类别，在社会人类学中是一门很重要的学问。因为那些故事的内容与体例不但是受过环境的陶冶，并且带着很浓厚的民族色彩。在各民族中，有些专会说解释的故事，有些专会说训诫或道德的故事，有些专会说神异的故事，彼此一经接触，便很容易互相传说，互相采用，用各族的环境和情形来修改那些外来的故事，使成为己有。民族间的接触不必尽采用彼此的风俗习惯，可是彼此的野乘很容易受同化。[①]

许地山虽然是个作家，由于他长期受的西方比较宗教学的教育，故他在思考问题时，毕竟更多地自觉不自觉地从民俗学和宗教的角度切入。这就养成了他与其他人的不同视角。他在《译叙》里说："我译述这22段故事的动机，一来是因为我对'民俗学'（Folk-Lore）的研究很有兴趣，每觉得中国有许多民间故事是从印度辗转流入的，多译些印度的故事，对于研究中国民俗学必定很有帮助；二来是因为今年春间芝子问我要小说看，我自己许久没有动笔了，一时也写不了许多，不如就用两三个月的工夫译述一二十段故事来给她看，更能使她满足。"

许地山于1941年英年早逝，年仅49岁，当时，文学界并没有多少文章悼念他和研究他，倒是民俗学界的杨成志在他所主编的《民俗》季刊第2卷第3、4期合刊（1943年12月）上辟"纪念民间宗教史家许地山先生"专栏，发表了罗致平的《前言》、李镜池《许地山先生传略》和《关于许氏道教研究的信》、叶启芳《追忆许地山先生》、于田《〈扶箕迷信研究〉提要》等一组文章予以纪念。他的民俗学和民间文学研究遗产，也一直被学界所忽视。在许地山逝世快半个世纪时，由他的遗孀周俟松和杜汝淼编辑的《许地山研究》一书，于1989年由南京大学出版社出版，其中收入了许多文学前辈对这位有独特个性的作家和学者的回忆和学人的研究。

---

① 《许地山文集》（下卷），第821—823页。

（五）徐蔚南与《民间文学》

徐蔚南（1900—1952），原名毓麟，笔名半梅，江苏吴县人。青年时期入上海震旦学院读书，旋赴日本留学。回国后在上海复旦实验中学任教，后在浙江大学任教。1925年由沈雁冰介绍加入文学研究会，翻译莫泊桑的《她的一生》《印度童话集》等。1928—1930年在上海世界书局任编辑。1932—1935年任上海通志馆编纂主任、上海博物馆历史部主任。抗战爆发，到重庆参加抗日活动。胜利后主持《民国日报》复刊并担任大东书局的编纂工作。中华人民共和国成立后在上海市文化局任职。任世界书局编辑时，主编"ABC丛书"达100多种，撰稿人有沈雁冰、杨贤江、陈望道、夏丏尊、洪深等进步作家。其中包括多种民间文学、神话学方面的著作：徐蔚南《民间文学》（1927）、谢六逸《神话学ABC》（1928）、汪倜然《希腊神话ABC》（1928）、玄珠（沈雁冰）《中国神话研究ABC》（1929）、方璧（沈雁冰）《北欧神话ABC》（1931）。

徐蔚南的《民间文学》（世界书局1927年6月）一书虽然是一本只有65页的篇幅不大的书，但却是我国第一本民间文学的概论式的著作。尽管是胡愈之在《妇女杂志》第七卷第1期（1921年1月）上发表《论民间文学》六年之后，才有这本比较全面地阐释民间文学理论体系的著作出版，但由于它被列入了世界书局出版的"ABC丛书"，便理所当然地很快被中国知识界所认知和接纳，在读者中发生了广泛的影响，故到第二年、即1928年的7月，就有机会得以再版。

这是一本以漂亮的文笔撰写的深入浅出的民间文学知识读物。作者对民间文学是什么、民间文学的守护者、民间文学的价值、民间文学与文学、民间文学的分类、中国原始的民间文学、中国古代和中古的民间诗歌、记忆中的民间文学、山歌的戏剧化、结论——民间文学的抬头十个理论问题，用行云流水般的叙述方式，特别是随文引用一些民间作品，既引人入胜，又不失其学术品格。

"民间文学是什么？"他回答说："民间文学是民族全体所合作的，属于无产阶级的、从民间来的、口述的、经万人修正而为最大多数人民所传诵爱护的文学。"①综观全书，可以看出，他是从民间文学与文学的分野这个"切入点"入手，而不是从民间文学与民俗学或人类学等社会科学的

---

① 徐蔚南《民间文学》，第6页，上海：世界书局1927年初版。以下凡引此书者，不再另行注出。

关系与异同为出发点的。他为民间文学与日常所说的文学的分别，设定了六个方面的不同点。过去曾有人列举过民间文学与文学的一些不同，但如此全面地开列异同并加以阐述的，徐蔚南此书可谓首屈一指。他列举的六个方面是：

（1）从作品的产生方面考察：民间文学不是作家个人的创作，而是"民族的全体所合作的"。"有许多故事、歌谣，最初发生的时候，或许是先有一个创意的人，但是那作品能够永久地流行在民间，作品的形式和词句一定改变了许多许多回才成今日存留的样子。"

（2）从作品所属的阶级考察："普通的文学都是有钱读书的人或者做官的人所创作的，换言之，所谓'仕'的那一班人所创作的，所以是属于知识阶级资本阶级的；至于民间文学的创作者，或许是一钱不名的一群流氓乞丐，或许是毫无知识的一群贩夫走卒，而且民间文学的流传也只在无产阶级的社会里最为普遍，所以民间文学是属于无知识阶级，无产阶级的。"

（3）从作品传布的方向考察：民间文学是"从民间来"的文学。

（4）从作品遗传的方法考察：民间文学是"口述的文学"（Oral literature）。

（5）从作品创作的经过考察：民间文学是"随着时代，跟着地域，任那作品的守护者去改削，修正，所以是万人修正的文学。"

（6）从读者的数目性质考察："民间文学的作品，流传只凭口耳，然而竟能传至几千几百年而不灭，并且有许多作品竟能成为后代一切文艺的泉源（例如神话）永不涸竭，为一切阶级所传诵。所以民间文学是最大多数的人民所爱护的文学。"

上面我们以极为简化的方式把作者徐蔚南的论述引述出来。有的只抽出了一句话，有的则引出他的全文，目的在于让读者看到，他一方面可能接受了前人的观点，如胡愈之在1921年为"民间文学"规定的两项标准：一是"创作的人乃是民族全体，不是个人"；二是"民间文学是口述的文学（Oral literature），不是书本的文学（Book literature）；另一方面又有属于他个人的独创之处。

有论者在评论胡愈之和徐蔚南两人的民间文学界说时，对二人有所褒贬。要点是：胡愈之说的民间文学的作者是"民族全体"，是跳脱于阶层序列之外的，其对立面只是"个人"，而徐蔚南的定义中虽然仍以"民族全体"开头，却立即加上"属于无产阶级"、"最大多数人民"之类的限制词，于是全民性便被阶层性非常简易地替换了。徐著的另一个要害是如民间说唱和民间戏曲这类符合"口头性"的民间文学样式，却没有被囊括进去。在价值判断上，如果民间文学只有在农民的底层文化的层面上其"集体性"和"口头性"才达到了最和谐的共谋，那么，农民的口头文学并不是那么高洁纯净的，也还有许多糟粕。

胡愈之的两点说也好，徐蔚南的六点说也好，他们给"民间文学"所下的定义或界说，其基本的内容和理念，显然是参照了西方当时流行的人类学派的民俗学理论和方法，同时又尽量从当时社会条件下中国民间文学的具体情况出发，因为他们都是文学家或从文学立场出发，而不是纯学者的研究。尽管他们的表述还有欠完善，但在20世纪初中国民间文学学科的幼稚阶段，应该说是比较科学的，故而也得到了许多后来的研究民间文学的人的认同与援引。早期的中国民间文学理论，大多没有把民间说唱和民间戏曲包括近来，并非一个人两个人，而带有普遍性，包括周作人的论说亦然。这显然是受英国民俗学学科结构的影响的一个表现。钟敬文在中山大学《民俗》周刊创刊号（1928年3月21日）上发表的《数年来民俗学工作的小结帐》一文，总结此前数年来的成就时，也是跟着英国人M.C.S.Burn的《民俗学概论》所举学科结构亦步亦趋，未敢越雷池一步。

一种学科的一些基本理念，随着时间的推移和学术理念与研究方法的进步（包括多元），会出现许多新的认识，后来者会比前人的认识更接近真理，故评论家的任务是要将被评论的对象放在他所处的历史现实环境中去评论，而不是超越他的环境向他要求更多的东西，更不能以机械论代替唯物史观。从"民间文学"的对象来说，胡、徐的立论，虽然也涉及"在市上卖唱的人"的演唱，毕竟他们更多地借鉴西方的民俗理论而局限于农民的口头文学，没有给市民的文学（如民间说唱和戏曲等）给予关注，他们的理念可能是一种局限。在这个问题上，同样是文学研究会的郑振铎，就比较关注民间的戏曲和说唱一类的民间作品，但他写的第一篇有关俗文学的文章《敦煌的俗文学》发表于1929年，在此文未发表之前，包括戏曲和俗曲之类的俗文学不被学界认为应属民间文学，是不值得奇怪的。郑振铎从法国学习考察回国，特别是写出《中国俗文学史》之后，一个以俗文学为特点的民间文学学术体系就在学界形成了。胡愈之设定"民间文学"是"民族全体"的创作，徐蔚南在此之外又强调了"属于无产阶级的"这一层意思。徐蔚南虽然那时已加入共产党，以共产主义为信仰，但从上下文来看，这个"无产阶级的"概念，是与"无知识阶级"、以下层的"贩夫走卒"为代表的"民间"同义的。

前面我们说徐蔚南的《民间文学》是一本知识读物，但它又具有严格的学术品格。他的长处在于，既叙述了中国历史上和载籍中的民间作品，又研究了20世纪以来今人所收集的活态的民间作品；既论述了大家关注较多的民歌和叙事诗，也论述了较少被学界关注的民间故事。其时，在北方，随着"古史辨"讨论的深入，顾颉刚的关于古史传说以及孟姜女故事的研究已经多有成果；在南方，赵景深的故事和童话研究，特别是徐文长故事的讨论也渐为读者注意，徐在他的书中多少吸收了这方面的成果。他对《蛇郎》《姑恶鸟》这个母题的故事的论述，特别是以"人变鸟"为个例对"变形"现象的阐释，应该说，对民间文学学术推进是有益的，尽管也还是初步的。他把当代在民众中收集的活态的民间故事、《四季相思》小调等称作"记忆里的民间文学"，以此与载籍中的民间文学相区别，正巧反映了中国民间文学学科世纪初的时代特色。

徐蔚南多才多艺，是写《山阴道上》这样广为读者熟悉的散文的作家，他除了《民间文学》外，也还撰著过多种文学论著以及《顾绣考》、《中国工艺美术》等。但他文章的骨子里，浸透着的毕竟是作家和翻译家的气质，故他的《民间文学》一书的风格，是与胡适、顾颉刚等人论著的风格迥然有别的。

（六）谢六逸的《神话学ABC》

谢六逸（1898—1945），笔名路易，贵阳人。1917年贵州省立模范中学毕业后，赴日本早稻田大学就读政治经济科，同时在国内《晨报》等报刊上发表文章。1921年加入文学研究会。著有《西洋小说发达史》，经沈雁冰审阅后在《小说月报》（1922年第1—11期）连载。1922年4月回国，经郑振铎引荐进商务印书馆编译所做编辑；同年接替郑振铎主编《文学旬刊》。1926年到复旦大学中文系任教，1929年创立复旦大学新闻系。在复旦教书期间，于1928年7月中旬写完《神话学ABC》一书，加入徐蔚然主编之《ABC丛书》中，于1928年问世。抗战爆发，回贵阳，出任上海迁黔的大夏大学文学院院长。

谢六逸加入文学研究会后，专攻小说，潜心研究西洋小说，后又在复旦大学中文系教书期间，研究当时成为世界人文学科显学的神话学。关于写作这本书的动机和他对神话学的基本认识，他在该书的《序》中这样写道：

> 对于原始民族的神话、传说与习俗的了解，是后代人的一种义务。现代有许多哲学家与科学家，他们不断的发现宇宙的秘密，获了很大的成功，是不必说的；可是能有今日的成功，实间接的有赖于先民对于自然现象与人间生活的惊异与怀疑。那些说明自然现象的先民

的传说或神话，是宇宙之谜的一管钥匙；也是各种知识的泉源。在这种意义上，我们应该负担研究各民族的神话或传说之义务。

我国的神话本来是片断的，很少有人去研究，所以没有"神话学"（Mythology）的这种人文科学出现。在近代欧洲，神话学者与民俗学者辈出，从文化人类学，从言语学，从社会学去探讨先民的遗物，在学术界上有了莫大的贡献；东方的日本也有一般学者注意这一类的研究，颇有成绩。我国则一切均在草创，关于神话学的著作尚不多见。本书之作成，在应入手研究神话的人的需要，将神话一般的知识；近代神话学的大略；以及研究神话的方法，简明的叙述在这一册里。[1]

谢著应属于编著性质，故他自谦说"愧无什么创见"。其前半部分是根据日本早稻田大学教授西村真次的《神话学概论》，后半部分是根据日本著名神话学家高木敏雄的《比较神话学》编译而成的。此外还参照了克赖格（H.A.Clarke）的《神话学入门》（*ABC Guide to Mythology*）。西村和高木两位都是日本人类学派神话学有造诣的神话学研究专家，其理论自成体系，对中国民间文学学术界影响甚大。他们的著作有别于西方的同类著作之"各主一说者"，而具有综合性、概述性的特点，"条理极明晰，所收材料也颇丰富"。谢著所显示的这一特点，其实也是那个时代出版的几部神话学著作所共有的一个特点。谢六逸根据两位日本学者的著作编著的这部《神话学ABC》的出版，晚于黄石的《神话研究》（出版于1927年），早于茅盾的《中国神话研究ABC》（出版于1929年），对于中国新文学运动的启蒙作用、对于我国文艺理论和神话学的初创，其影响是显而易见的。巴金在主编第二个十年的《中国新文学大系》时将谢六逸此著和《农民文学ABC》两书列入"基础理论"之中，肯定了其在中国现代文学史上的地位和价值。[2]

作为20年代初就登上文坛的一位重要作家、翻译家和理论家，谢六逸在1922年所写的《西洋小说发达史》中就已表达了神话是小说的渊源的观点，到1928年所著之《神话学ABC》，不仅在这个初始的观点上与前著一脉

---

① 谢六逸《神话学ABC·序》，上海：世界书局1928年。下引此书处不再注出。1989年11月，上海文艺出版社将玄珠《中国神话研究ABC》（世界书局1929年版）、谢六逸《神话学ABC》（世界书局1928年版）、林惠祥《神话论》（商务印书馆1933年版）合为一册，取名《神话三家论》，影印出版。1990年上海书店也曾影印出版过谢六逸《神话学ABC》。

② 参阅秋阳《谢六逸评传》（第五章），贵阳：贵州民族出版社1997年。

相承，而且把世界神话学的历史发展和理论现状作了全面的探讨和描述，成为当时一部全面介绍外国神话学的著作。

该书的第一章（绪论），特别是《神话学的进步》和《最近的神话学说》两节，实际上就是一部西方神话学史的简编。对于古代的神话学、中世的神话学、18世纪的神话学，以及19世纪到20世纪各派的神话学，如以马克斯·缪勒（Marx Muller, 1823—1900）为代表的言语学派、泰娄（今通译泰勒，E.B.Tylor）、斯宾塞（Herbert Spencer,1820—1903）、斯密司（W. Robertson Smith，1846—1894）、安德鲁·兰（Andrew Lang, 1844—1913）、弗莱柴（今通译弗雷泽，Sir James George Frazer）、吉芳斯（F.B.Jevous）、玛瑞特（R.R.Marett）、戈姆（SirG.L. Gomme）等为代表的人类学派对神话学的贡献，都有简要而独到的评述和介绍。作者从世界神话学的发展演化过程中，归纳和探讨神话学与民俗学的异同。他这样在两个学科的比较中描述神话学的特点："由此看来（按指比较施彭斯、戈姆两人的见解——本书作者），则神话学与民俗学的差异便可明了了。即是说神话不是近世的宗教科学，是神话的科学，以原始人、古代、野蛮人对于事物的本质、想象或思索的结果表现出来的宗教信仰，为他的研究对象。神话学不是近世的宗教学，不是哲学，也不是神学。"（第29页）作者以施彭斯和戈姆为代表，用以区别神话学与民俗学二者异同，不仅在19世纪末到20世纪初神话学和民俗学从初创到繁盛的时期是必要的，即使在20世纪末也还具有完善学科的意义。

在谢著所有篇章中，神话的"本论"（本体论）和神话的研究方法，是最为重要的两个部分。作者在论述神话的"特质"时说：尽管神话包括了诸神或英雄的神话，包括了自然现象或社会现象的神话，内容也各个不同，但，各种不同内容的神话却有共同之点，这个共同之点就是神话的特质。他认为，神话的特质可分为五个：（1）人格化（Personalization）。即表现在神话里的主人公必须是人格化。（2）野蛮素（Savage Element）。所谓野蛮的要素，即非文明的要素，意指神话里包含有许多不合理、不道德的分子。（3）说明性（Explanatoriness）。即原始人对自然与社会现象的惊异与疑问，在神话中作出的说明与回答。（4）形式美。指神话表现的方法，适合美的定则，如讲述（Telling）时有节奏、韵律、调子。（5）类似相（Analgousness）。世界上有若干的"民众"（按：作者采用的是"民众"，而非"民族"——本书作者），各有各的神话，有的可能与其他的完全类似，这便是类似相。对神话何以多相似，有二说：一为人心作用同似说；一为传播说，即神话由中心地移传到别的地方，在传播中发生种种变化，而其中有生命力者，所以发生相似。谢六逸在把人类学派神话学家们从不同国家/民族的神话材料中抽绎出来的这五个特质介绍给中国读者的同时，也对其进行了民族学的、人类学的、心理学的、艺术审美的阐述。

谢著在介绍和论述神话研究方法时，把神话的研究方法分列为三种：其一，蒐集（Collectin）的方法；其二，分类（Classification）的方法；其三，比较（Comparison）的方法。作者在论述这些研究方法时，运用了中国的、希腊的、日本的神话材料，并对之作了具体的分析。而对比较研究方法所作的理论阐述和运用比较方法对个案神话材料所作的分析，在书中可能算是最为光彩扎实的笔墨。但也不尽然。如把黄帝与蚩尤之战归为"自然神话"大类中的"太阳神话"就是一例。作者说："若以黄帝与蚩尤之争为太阳神话，即太阳与暴风雨的争斗，这说明在根据上甚为薄弱。黄帝为暴风雨神，有较有力的根据，可以这样说，如以黄帝为太阳神，未免是一个臆断。但是这个故事在另一方面，使太阳神话的解释有可能，也不必一定要确定黄帝是太阳神。蚩尤的势力，在纵大风雨这一点，黄帝降魃以止大风雨，蚩尤失了力，便被杀。魃是旱魃，旱是太阳的作用，即是说，由太阳的威力以征服蚩尤，自然神话（太阳神话）的解释，于此可以求得根据，而且这根据是不能动的。此神话在别的方面可以作人事神话的解释，但不妨碍自然神话的解释。或者经古代史研究的结果，有纯历史解释的可能，但是也一点不碍自然神话的解释。"（第88页）这样的解释，不失是较早地切入黄帝蚩尤之战神话的一种方法和角度，但从综合的观点看来，这种切入的方法和观点却未免牵强，怕是只见树木不见森林之见。

毋庸讳言，比较研究法是神话学的重要的、甚至是主要的研究方法之一，因为运用比较研究，可以发现材料的类似和差异，从而进入对神话文本和内涵的深层的研究。作者在书中把比较研究法分解为下列不同角度的研究法，如统计的研究法、人类学的研究法、心理学的研究法、社会学的方法、宗教学的研究法等。这也就是被后来的学者们说是多学科研究的雏形吧。其实，作者所举的这些不同的研究角度，都是有一定用途的研究方法，也都是与神话学毗邻的学科的研究方法，而不是神话学自身独具的研究法。这就暴露出了神话学学科的不完善性。后来，随着神话学的发展，又出现了象征研究（在本书中，作者把象征主义研究列在心理学研究中）、原型研究等方法，应该说，这些后起的研究角度或方法，比较起20世纪初来，已有了一些前进，但象征研究和原型研究是否就是神话学的基本研究方法，也还待以时日和实践的检验。

他把神话学看作是一门独立的科学，把人类学派神话学的三个有机组成部分（神话学史、神话基本理论、方法论），系统介绍给我国，对人类学派的传播，特别是对中国神话学的建立，起了不可低估的作用。

（七）黄石的《神话研究》

黄石（1901—？），本名黄华节，另一笔名黄养初。大约于1923年的"双十节"从海外（暹罗）"漂流归来"，到了广州，进入位于白鹤洞一带的协和神科大学上学，前后凡四年。在校期间，在校长龚约翰（Dr. John S. Kunkle）的支持下，潜心研究神话，完成《神话研究》一书的书稿，并部分地在学校的学生刊物《晓风周报》上发表。离开广州协和神科大学后，大约在1927年前后的暑假，着手整理、改削、增补已大体完成的书稿，交付出版社出版。大约于1928年初到香港《华侨日报》做编辑，时间很短，5月便又回到协和神科大学。[1]大约于1930年赴北平，就读于燕京大学研究院，在吴文藻门下专攻宗教及民俗，[2]他的许多重要民俗学论著是在此写作的，如《胭脂考》（上海：《妇女杂志》第17卷第4期，1931年）、《一篇表现妇女生活的古诗——郑风〈秦洧〉》（《妇女杂志》第17卷第7期，1931年）、《苗人的跳月》《迎紫姑之史的考察》（杭州：《开展月刊》第10—11期合刊《民俗学专号》，1931年）和《满洲的跳神》（《民俗学集镌》第2辑，杭州：中国民俗学会发行，1932年8月1日）、《再说紫姑神》（浙江省民众教育实验学校编《民众教育季刊·民间文学专号》第3卷第1号，1933年1月）等论文和专著《妇女风俗史话》（1933年）。自1932年10月、即《民间月刊》编委会改组后的第2卷第1期起，黄石被聘为该刊的撰稿人，但始终未见时在北京的他再为该刊撰文。[3]20世纪20—30年代，先后任广州协和神科大学教授和燕京大学研究院教授，以宗教学和民俗学为专攻。1949年后，移居于香港郊外的元郎东头村租屋，以卖文为生，少与外界联系。大约于20世纪70年代卒于香

---

① 参阅赵世瑜《黄石与中国早期的民俗学》，《北京师范大学学报》1997年第6期。

② 《民俗学集镌》第2辑《介绍本辑著译者》，杭州中国民俗学会1932年8月1日。

③ 《民间月刊》，原为陶茂康主编，在绍兴出版，第1卷共出版了2期，创刊于1931年6月，终刊于1932年8月。自2卷1号起，改由杭州中国民俗学会编辑出版。黄石列为撰稿人。《启事》："《民间月刊》自2卷1期起由杭州中国民俗学会出版，钟敬文、娄子匡、陶茂康编。撰稿人：周作人、江绍原、顾颉刚、赵景深、谢六逸、钟敬文、黄石、钱南扬、王鞠侯、娄子匡、曹松叶。"见2卷1号（出版日期是1932年10月1日）。

港。生平事迹待考。①一生民俗学的论著颇多，以《妇女风俗史话》（上海：商务印书馆，1933）和《端午礼俗史》（香港：泰兴书局1963年）最为学界重视。《神话研究》是他在协和神科大学任教期间所撰，先在该校一群学者创办的《晓风周刊》上发表，1927年由开明书店出版，是我国早期神话学的重要著作之一。

《神话研究》分上下两编：上编为《神话概论》，概述神话的界说、分类、解释和价值等神话学的一般问题；下编为《各国神话》，分别介绍埃及神话、巴比伦神话、希腊神话、北欧神话。作者在写作此书时，固然大量参照了西方神话学、特别是人类学派的神话学著作，但却并非原样抄袭，而是在融会各家理论的情况下而铸炼成自己的观点，使《神话概论》部分闪耀着独创的光彩。

黄石做学问，批评拘泥于沿袭久矣的吊书袋的考据，而崇尚西方已流行的人类学派的比较方法。他说："我愿研究文化史的学者不可用全副精力于古书的探讨和地层的挖掘，对于活存的史料，至少得分一部分精力去比较研究。"②他的《神话研究》虽然介绍了西方各派神话学的理论观点，但更多的受影响于人类学派的著作，汲取了该学派的一些重要的观点和方法，如用"万物有灵说"来解释神话中的某些现象和问题，但又兼有浓重的文学研究和美学研究的色彩。

对于什么是神话，他的回答是："神话起源于原人的求知心，想以此来解释自然的现象、社会的制度和人生的故事。——这些在后来都变成科学和哲学的研究资料。这是人类第一次应用推理力和想象力去解决不绝的吸引他们的注意的问题。所以说神话是人类最初的科学和哲学。神话最普通的形式是：某事之所以发生或存在，因为某某曾经做过某种事情。原人往往把这些记述，当时相传的历史事实，辨别不清，并且相信是不待证而自明的真理。这些解释的记述，有时只为赏心悦耳的缘故而传说，于是便成为元始时候的想象最初产生出来的民间文学了。"③他的这个不同于他人的回答，是从与传说、童话、寓言等的异同的比较中得出来的。他以为，神话的特质有四项：（1）无论唯美的神话还是解释的神话，都是用故事的

---

① 参阅拙文《黄石与〈端午礼俗史〉》，收入拙著《非物质文化遗产：理论与实践》，第317—322页，学苑出版社2009年5月。

② 黄石《苗人的跳月》，南京：《开展月刊·民俗学专号》，即《民俗学集镌》第1辑，1930年7月25日。

③ 黄石《神话研究》，第9页，开明书店1927年。下文所引此书者，不另注。

形式（即现在我们所说的叙事方式）表现的。叙事的方式，一是与原人的从具体到抽象的思维逻辑相适应，二是饶有兴味而易于记忆和传述。（2）在文明人看来，诚然怪诞荒唐，不容置信，但在原始时代的讲者和听者，却都信以为真。（3）从其创作过程来看，神话不是个人的作品，而是民众心理的结晶。（4）神话中渗透着万物有灵观，而万物有灵观是基于原人的状态和认知水平的。神话是原始时代、原始人的精神产品，任何与这四项特质不合的口述故事，都不能算是神话。

他特别强调"神话不是历史"这样一种观点，这在当时的学界是有特别意义的。他说："严格说来，历史是客观事实的记载，以人为本，其思想言行，不能越出理性的范围，与由主观的想象虚构而成的神奇荒诞的神话，迥然不同，这是很明显的。可是我们这样说法，并不是蔑视神话之历史的价值，反之，神话确能或明或晦地反映出原始时代人类的心理状态和生活情形，是很可贵的'史料'。我的意思只是说，神话不就是原人的历史就是了。"（第8页）由于人类历史的邈远，神话与历史的纠缠，一直是既困扰着原人又困扰着现代人包括历史学家们的一个大问题。

黄石所触及的或简略地论述的一些神话思维和神话理论问题，诸如"二次创世"模式的普泛性、创世者多为动物、创世程序的"演进（进化）的意味"、创造万物的原料都是"现成的"物质、世界毁灭和创世中的道德品格——善恶二元论等等，至今仍然是神话学者面临着的一些难题。

神话的浪漫主义色彩，是世纪初神话研究者们的一个共同的话题。后来有人批评说，浪漫主义这个词汇是文艺复兴之后的产物，不能用于原始文学的评定上。但浪漫主义产生于人对未知事物的索解、理想和憧憬，产生于人的对"美"的向往和追求。故黄石提出了"唯美的神话"（Aesthetic Myths）的概念，目的在于以别于"解释的神话"。他解释说："我们也可以说这就是人类最初的文学，因为其好丑的标准在于'美'，而其功用则不在使用而在乎享乐。"（第3页）他还有一段常被论者提及和引用的关于自然神话的美文："四季的更迁，对于人类生活，影响甚大，因而产生了不少美丽的神话。四季之中，最可爱者莫如春天：春色是这样的明媚，春风是如此的软暖轻柔，宇宙间的一切有情，没有不爱恋春天的。况且春天是万物滋长的时令，春天一到，宇宙便充满了活泼泼的生气，草木都欣欣向荣，众生都醅嬉欢乐。可是春天愈可爱，则人们当春归时亦愈增恋慕，'流水落花春去也！天上？人间？'这不单是李后主个人的悲戚，也是古往今来一切有情（人）共同叹息的声音，并且一致迫切地要求解答的。我们的远祖，相信有一位神做春天的主宰，他在世的时候，万物便生长繁荣；他离世他往的时候，世界便黯然失色，这位神或者是一个韶秀的美少年，例如巴比伦的坦穆斯（Tammus），或者是一个美丽娇好的女神，例如希腊的普洛色宾（Proserpine）。关于春之来去，或解作春之神的死亡与复苏，或说是离世他往，后来复归于人间，又因春与生物的繁殖、人间的情爱，有直接或间接的关系，所以春之神话，常带有可歌可泣的浪漫色彩。"（第17—18页）

黄石是专事宗教学研究的，从他的书中不难看出，他对中国古典文学和古史传说并没有深入的研究，而这两个领域又是包含中国神话最丰富的，故他在行文中尽量避免深入到中国古典神话的分析中去。如果说外文和外国神话是他的强项的话，那么，这个领域显然就是他的弱项。除了《神话研究》外，黄石还写过许多有关神话和民俗的文章，当时发生过较大影响的有：《七夕考》（《妇女杂志》第16卷第7期，1930年7月1日）、《月的神话与传说》（《北新》第4卷第16期，1930年8月16日）、《中国关于植物的神话传说》（《青年界》第2卷第2期，1932年9月20日）、《湿婆与沙谛的恋爱故事》（《青年界》第2卷第3期，1932年10月20日）等。

（八）林惠祥的比较神话研究

林惠祥（1901—1958），又名圣麟、石仁，原籍福建晋江，祖父时迁居台湾。1926年毕业于厦门大学文科社会学系，1928年毕业于菲律宾大学研究院人类学系，获硕士学位。历任中央研究院研究员、厦门大学历史系教授兼主任等职。执行中央研究院的民族学研究课题，曾两次到第二故乡台湾原住民中做人类学和民俗学调查，并撰有调查报告《台湾番族之原始文化》（国立中央研究院社会科学研究所专刊第3号，1930年）。其他相关著作还有：《神话论》（商务印书馆1933年）、《民俗学》（商务印书馆1934年）、《文化人类学》（商务印书馆1934年）等。

林惠祥《神话论》与黄石的《神话研究》有共同性，它的特点是介绍历史上和现在出现的各家神话学说，并在此基础上，归纳出神话学入门的四大问题：（1）神话的性质及解释、（2）神话的种类、（3）神话的比较研究、（4）各民族神话概略，分别加以论述。与当时同类的神话学入门之作相比，林著最值得重视的是对神话的比较研究的阐发。回想20世纪20—30年代，神话学所以引起人们、特别是文学界的关注，原因之一，是在建立和建设文艺学的过程中，对因相似性和雷同性而催生出来的比较研究法的渴求。林惠祥在写作这部书稿时，抓住了这个关注点。他笔下的《神话的比较研究》这个命题，注明了是"以自然神话为例"，而这个命题对中国神话学界来说，既是陌生的，又是需要的。所谓陌生者，是因为中国的上古神话多已被"历史化"（林著中特别写到了产生于希腊的"友赫麦鲁说"（Euhemerism）即"历史说"，又译爱凡麦）了，在祖先留下来的载籍中本来零星的神话材料中，主要是古史传说，而自然神话的材料非常鲜见，故而自然神话对我们的研究者来说，是比较陌生的。所谓需要者，是因为我们既然缺乏更多的自然神话材料，从而我们的自然神话理论比较起古史传说理论来说，也就更显得不发达，所以我们需要借鉴对其他民族、特别是对非洲和大洋洲的一些原始民族的自然神话的研究。林惠祥在菲律宾留学时，有可能较多地留意于大洋洲（他名之为海岛洲）及非洲若干原始民族的神话及其研究，也曾对台湾番族的神话进行过实地考察，所以他对自然神话的研究有更大的发言权。原始民族的"活"神话，在其流变过程中，固然已掺杂进了不同时代的种种的意识因素，但对其进行比较研究，一是比较容易获得充实的资料，二是容易使我们了解一个民族的活的宇宙观。

林惠祥阐述和运用比较研究法分析自然神话，从毛利人、非洲的祖鲁人等一些原始民族到我国古代民族的天地神话、日月神话、太阳神话、风雷电虹神话等，更多地引进了泰勒的学说。他说："泰勒说：科学的神话解释，有赖于类似点的比较（Comparison of Similar cases）。神话的例多，则证据也充实。解释神话所根据的原则，其实不多而且简单。整理各地方的相类似的神话，将他们排列为比较的群，便可由神话中寻出有规则的想象历程之运行。孤立的一件故事虽是很为奇异，其实也是出自人类的一致的心理。故神话实是比历史更为一致。"①

人类学派的学说，受到了林惠祥的推崇，他相信要解释神话的类似性现象，最好的理论是泰勒所主张的"心理共同说"，即不同民族的神话所以存在类似现象，主要是由共同的心理造成的。在比较研究神话相似问题上，泰勒的学说的要点是：（1）比较不同民族的类似的神话，以发现其根本的思想。单只一条孤立的神话材料，是不易发现什么的。（2）蛮族的神话比较简单，技术未进，离开原始状态不远，比较研究这些蛮族的神话可以窥见高等的神话的意义。泰勒是英国人类学派的代表人物，而"人类学

<hr />

① 林惠祥《神话论》，第32页，上海：商务印书馆1933年；又见《林惠祥人类学论著·神话论》，第81—151页，福州：福建人民出版社1981年。下面引文不再注出。

派又是神话解释家中最盛的一派"。

(九)人类学派神话学说在中国的本土化

五四新文化运动前夕，西方各种新思潮涌入我国，学术思想十分活跃。当时，一部分留学生和掌握外语的知识分子开始接触欧洲神话及其理论，并对之产生了浓厚的兴趣。西方人类学派学说这外来的种子，能够在中国的土壤上成活、生根、开花、结果，有一个拿来、认识和消化的过程。在我国，人类学派学说的本土化主要表现在人类学派学说的文学化与中国化；换句话说，所谓本土化，指的是用人类学派的神话学说和方法去构建和解释作为文学的中国神话和故事。

上文说过，在世纪初"睁眼看世界"的开放浪潮中，对欧洲神话理论首先产生兴趣的是一批掌握外语、与外界有联系的知识分子，其中有相当一部分是文学家。他们最初接触神话，只是凭着文学家的兴趣和爱好，以文学家的眼光，从文学的角度去认识神话。例如，郭沫若开始仅仅从诗人的兴趣出发去欣赏神话（《神话的世界》[1]）；鲁迅是为了和复古派、国粹派论争的需要而利用神话（见鲁迅1907—1908年的论文《破恶声论》《摩罗诗力说》等）；茅盾则为了穷本溯源，对19世纪的欧洲文学作一番系统的研究而钻研古典神话[2]；周作人最初只是为了研究西洋文学必须具备一些入门的、典故性的基础知识而涉猎神话[3]；钟敬文、赵景深则认为探讨民俗学与童话学必须同时旁及神话[4]；等等。尽管各人研究神话的目的不同，时代先后不一，修养各有深浅，成就各异；但是，他们在世纪之初都不约而同地从不同渠道接受了人类学派的影响，并以此为武器去探讨中国的神话世界。

神话首先是文学，中国文学史以神话为开端。首次提出并从理论上对此加以阐释的，是文学家史家的鲁迅。他在《中国小说史略》第二篇《神话与传说》里，写的就是"小说的渊源：神话"；《中国小说的历史变迁》的开篇也是："神话是文艺的萌芽"，明确地指出神话的性质是文学。神话在文学上定位的传统，自20世纪20年代鲁迅的阐明起，一直延续

[1] 郭沫若《神话的世界》，《创造周刊》第27号，1923年11月11日；后收入《文艺论集》，上海：光华书局1925年。
[2] 茅盾《商务印书馆编译所生活之二》，《新文学史料》1979年第2期。
[3] 周作人《希腊神话二》，《夜读抄》北新书局1934年。
[4] 赵景深《研究童话的途径》，《童话论集》1927年。

到今天并没有改变。其间传袭者，除了前面提到的茅盾等文学家理论家，到40年代，由何其芳为代表的"延安学派"所继承，到50年代及其以后，袁珂加以发扬光大。

神话是文学，但从神话学的学科来考察，神话的功能是多样的，它不仅仅是文学。正是由于神话的文学性质与功能被强调、被强化，所以在我国，神话学在其创始之初，从来就不是一门独立的科学，即使在世纪初人类学派学说如此强大之时，也未能改变它依附于文学的性质。可以说，二三十年代的文学家有关神话的主要言论，都是在"神话是小说的开端，文艺的萌芽"这个大前提下展开的。

20世纪初，我国学者接触神话，是在"五四运动"前后，与知识分子"向西方国家寻求真理"的过程同步的，因此，他们的兴趣和抉择不能不受到"五四"民主与科学的革命精神的浸染，目的性很明确。以茅盾为例。一方面，他借鉴欧洲的人类学派，"处处用人类学派的神话解释法以权衡中国古籍里的神话材料"[1]，认为"以此说为解释神话的钥匙，几乎无往而不合"[2]。另一方面，他善于吸取他人的精粹，化为自己的血肉，用以梳理中国的古神话问题。他对神话的一些基本看法，例如神话是原始人生活和思想的反映；神话和原始人的信仰和心理状况有密不可分的关系；必须从原始人的宇宙观、从神话的性质和内容，对神话和仙话、传说、寓言等非神话作品加以严格区分；在比较中探求神话演变的踪迹等等，虽然对人类学派的理论多有借鉴，但是许多结论是经过自己的分析和研究，结合中国神话的具体情况而得出来的。他重视原始人的生活和世界观对神话的性质、内容、产生和演变所起的制约作用，比起欧洲人类学家之更多地倾向于原始信仰、仪式与心理因素，可以看出茅盾的神话观点的独创之处。他主张学习外国，但反对一味模仿，主张大胆创造。这种"自行创造之宏愿"[3]，自始至终贯穿在他的神话研究之中。他借鉴欧洲的神话学，是为了"创造一个中国的神话的系统"[4]，这种朦胧的学科意识在

---

① 茅盾《中国神话研究ABC・序》，《茅盾全集》（第28卷），第173页，北京：人民文学出版社1993年。

② 茅盾《人类学派神话起源的解释》，《文学周报》1928年6月第6卷第19期；又见《茅盾全集》第28卷第105页，北京：人民文学出版社1993年。

③ 茅盾《一九一八年之学生》，《学生杂志》1918年1月。

④ 茅盾《中国神话研究ABC・序》，《茅盾全集》（第28卷），第173页，北京：人民文学出版社1993年。

当时是十分可贵的。

（十）人类学派的历史贡献与局限

在英国人类学派影响下出现而于20—30年代形成的中国文学人类学派，是一个在20世纪百年中国民间文艺学史上有过重要贡献的学术流派，即使一些不属于该流派的学者，也多少受到过人类学派的影响，或多或少地接受了这个派别的观点和方法。但这个流派也存在一些不足和局限。钟敬文晚年在回顾他的学术道路时，对人类学派在我国的历史贡献与局限有过一段十分中肯的分析：

> 这派理论在学术上的主要功绩，是它从进化论的观点去观察和说明人类不同时期神话的历史关系。它把"野蛮"时代的精神产物（神话）和所谓"文明"时代的同类文化现象联结起来，不把两者看作截然不相关的现象，从而给人文史现象以接近科学的解释，并打破了那种鄙视原始人群及其文化的偏见。其次，那些学者在建立自己的理论和具体论证上，是以当时所能看到的人类学资料为根据和凭证的。这是一种实证主义的方法。那些只凭思辨的方法是很不相同的。这也是此派成为比较科学的神话学、故事学的主要原因，是它所以能够取代语言学派，并有广泛影响的主要原因。这一学派尽管在观点和方法运用上有种种缺点（例如某些学者指出，他们对于各民族的风俗、神话等只着重看到它的普遍形相，却忽略了考察它的特殊形相等），但是，它在神话学史上的突出地位是不能抹杀的。
>
> 这个显赫一时的神话学派的主要缺点，是它的心理主义。在对原始神话和民间故事等的解释上，它虽然也注意到作为社会现象的风俗等因素，但着重的却是原始心理（思想、信仰等）。对于原始人的生产活动、社会关系等在形成原始神话思维上的基础作用，那些学者并不怎样重视。作为文化产物的神话，它对原始社会（或稍后的社会）的作用，他们也很少注意。他们所热心解释的，是在较高社会里存在的"遗留物"的来源。其他如我们所重视的神话的性质、特点以及历史发展对神话的影响等，都不是它的着眼点。总之，它跟马克思主义的神话学有根本差别之处；而它的那些缺点，在我那时受过影响的论文里是迹象显然的。自然，这并不是说它对于我们毫无用处。它的某些因素或某些侧面是可以批判地吸收的。我们知道恩格斯的某些神话

观点，与泰勒在《原始文化》中所阐述的不是没有关系的。[①]

（1）在中国民间文艺学的初创期和幼年期，文学人类学派的学者们采取翻译、转述等方式，译介了英国和日本人类学派神话学者的大量著作，成为学科建设的重要参照物，给中国学人带来了进化论的世界观，万物有灵观、心理共同说、图腾崇拜、遗留物（又称遗形说）等理论，以今证古、类型研究、比较研究的方法。泰勒、安德鲁·兰和弗雷泽的神话研究与成就，代表着人类学派兴起、发展与极盛三个重要阶段，他们的丰富理论和深远影响，远非万物有灵论、遗留物说、心理共同说、巫术与图腾制等几个核心观点所能概括，而我国二三十年代对人类学派的介绍也远非全部。然而，他们的代表作《原始文化》《神话与习俗》《神话、仪式与宗教》《近代神话学》《金枝》《旧约中的民俗》《图腾制与族外婚》等等，直到今天仍然具有经典的价值。

（2）文学人类学派学者所撰著的若干有关神话与故事的研究著作，为中国神话学与故事学的建立奠定了基础。他们以世界的眼光，采用归纳法、分类法和比较的方法，把发展的因素引进神话研究之中。强调搜集活态的口头资料，以今证古的方法，从现代野蛮人的生活、思想和信仰去考察原始人的神话、传说，是人类学派学者们的治学原则，也是人类学派神话学的学科特点。遗憾的是，中国的文学人类学家们较多地停留在书斋研究上，而搜集活态的口头资料这一人类学的学科原则，则做得甚少，因此使学派的活力受到了局限，并没有为中国民间文艺学的进一步发展积累多少可用的田野资料，显示出中国文学人类学派的天然的弱点，直到20世纪30—40年代社会—民族学派在西南地区崛起之后，才初步建立起田野调查的原则，活态资料的空白也才得到了一些弥补。

（3）进化论是人类学派的理论基础。把生物的进化观机械地套用到人文科学之中，认为不同民族不同地区的人类社会全都经历过从低级到高级、从野蛮到文明的过程；套用到神话研究之中，认为各民族的神话都经历过从多神——神，从兽形—半人半兽—人形的演变过程；而口头叙事从神话—传说—故事的发展，也是千篇一律的。人类学派的直线进化观，只看到对象的一般形态而忽视特殊形态的偏颇，给我国的神话研究带来的影响也是明显的。

[①] 钟敬文《钟敬文民间文学论集·后记》（下），第526—527页，上海：上海文艺出版社1983年。

第四节　民俗学派的崛起（上）
——广州中山大学民俗学会

1926年，由于段祺瑞政府制造了"三一八"惨案，奉系军阀张作霖入京，枪杀进步报人邵飘萍、林白水的血腥暴行，北方革命转入低潮，北京大学又欠薪日剧，使北大的一些进步教授学者无法继续留任。5月，林语堂以在北京无法立足而往厦门大学任文科学长。《歌谣》周刊于6月28日出版第97号之后停刊。7月，沈兼士、鲁迅、顾颉刚、张星烺、陈万里等，接到厦大聘书，取道天津、上海去厦大创办厦大国学研究院。半年后，1927年1—3月，厦门大学因校长林文庆解散国学研究院和闹风潮等原因，鲁迅、顾颉刚等先后辞职离开厦大，应朱家骅、傅斯年之聘而往广州中山大学任职。①

傅斯年（1896—1950）于1926年底回国，应朱家骅之邀到中山大学任文科学长。次年4月，受蔡元培之委托在广州筹备成立中央研究院历史语言研究所；8月，又受命创办了中山大学语言历史学研究所。顾颉刚任中山大学史学系主任后，1927年10月16日在傅斯年处开会，商讨出版刊物事，议定与余永梁、罗常培、商承祚等编辑《国立中山大学语言历史学研究所周刊》，钟敬文、董作宾编辑《歌谣周刊》。《国立中山大学语言历史学研究所周刊》于10月1日创刊；《歌谣周刊》于11月8日创刊，创刊时易名为《民间文艺》。《民间文艺》发刊之日，也就是在顾颉刚的发起下语言历史学研究所民俗学会成立之时。这一天，同时议决出版中山大学民俗学会丛书。②

从此，中国民间文学的学术研究开启了一个新的阶段：向民俗学的转向，从而在民间文学研究领域里逐渐形成了一个所谓"民俗学派"。

（一）中山大学民俗学会与《民间文艺》

中山大学民俗学会成立于1927年11月8日，第一任主席顾颉刚。学会

---

① 参阅顾潮编著《顾颉刚年谱》，第129、135—138页，北京：中国社会科学出版社1993年。

② 参阅顾潮编著《顾颉刚年谱》，第145页，北京：中国社会科学出版社1993年。

《简章》如下：

一、本会定名为国立中山大学语言历史学研究所民俗学会。

二、本会以调查，搜集，及研究本国之各地方，各种族的民俗为宗旨。一切关于民间的风俗、习惯、信仰、思想、行为、艺术等均在调查、搜集、研究之列。

三、凡赞同本会宗旨并愿协助本会进行者皆得为会员。

四、本会设主席一人，处理一切会务，有审定定期刊物，及丛书编印之权。

五、本会搜集所得之物品，及一切材料，在风俗物品陈列室陈列之。

六、举行开会及派员调查等事项，由主席商同研究所主任定之。

七、对于国内外同性质之团体之联络，由主席召集会议决定之。

八、本简章如有未尽事宜，得于本会会议时提出修改之。[1]

广州中山大学语言历史学研究所民俗学会，是在北京大学研究所国学门歌谣研究会停止活动之后不久崛起的。其时，北方革命处于低潮，而广州的革命形势则方兴未艾，中山大学迅速集中了大批进步文化人。顾颉刚一心想把北大率先举起的歌谣研究会和风俗调查会的薪火在中山大学传下去，所以在与傅斯年商量创办刊物时，商定仍采用《歌谣周刊》这个刊名。待到出刊时，临时改成了《民间文艺》。

董作宾为《民间文艺》创刊而作的《为〈民间文艺〉敬告读者》写道：

一般学者渐渐注意到"民间文艺"，这是最近几年来中国学术界一种很好的现象。其实，在东西各国，对于民间文艺的研究都已有许多的专书；而且对于中国的民间文艺，如欧美人士之采集神话传说，日本学者之研究中国的谣谚谜语，其都有鸿篇巨制的成绩发表。这实在使我们汗颜而且要加倍努力的！因为我们对于自己伯叔兄弟诸姑姊妹的生活、思想、文艺，反没有外人知道的详悉啊。

从历史上演成的一种势力，使社会分出贵族和平民的两个阶级，不但他们的生活迥异，而且文化悬殊。无疑义的，中国两千年来只有贵族的文化：二十四史，是他们的家乘族谱；一切文学，是他们的玩

---

① 《国立中山大学语言历史学研究所民俗学会简章》，见《国立中山大学语言历史学研究所年报》，1929年1月16日。

好娱乐之具；纲常伦理、政教律令，是他们的护身符和宰割平民的武器。而平民的文化，却很少有人去垂青。但是平民文化也并不因此而湮灭，他们用口耳相传来代替汉简漆书，他们把自己的思想、艺术、礼俗、道德及一切，都尽量的储藏在他们的文化之府——"民间文艺"的宝库里，永远的保存而且继续的发展着。

民间文艺，是平民文化的结晶品：我们要了解我们中国的民众心理、生活、语言、思想、习惯等等，不能不研究民间文艺；我们要欣赏活泼泼赤裸裸有生命的文学，不能不研究民间文艺；我们要改良社会，纠正民众的谬误的观念，指导民众以行为的标准，不能不研究民间文艺。因此，我们有三个目的：

第一是学术的：我们知道民间文艺的内涵丰富，有许许多多的重要材料，可以供给社会学、人类学、历史学、语言学、民俗学、宗教学、教育学、心理学各种学者的专门研究。

第二是文艺的：民间埋没过不少具有天才的无名文学家，他们有许多艳歌妙语、闲情逸事，不住的在流传着。我们倘能于采辑之后，加以整理，选出一部《民众文学丛编》来，以供大家欣赏，未尝不是文学坛坫上一面新鲜的旗帜呢。

第三是教育的：我们所搜辑的材料，既一面贡献给各项专门家去研究，一面精选编印纯文艺的作品；而一面又须审查它的内容，定一个去留的标准。我们感到"割股救亲"的愚孝，"奔丧守寡"的苦节，这些曲本唱书的教训，是20世纪所不应有的；恐吓欺骗的母歌，刁骂丑讥的民谣，也在应当取缔之列。我们为社会和家庭教育计，对于民间文艺，不能不加以审查，定出标准，使它日益改善。

这里，我们所谓"民间"，不限于汉族；凡属于中国领域内的一切民族，如苗、瑶、畲、蛋、罗罗……等等皆是。我们所谓"文艺"，不限于韵文的歌谣、谜语、谚语、曲本、唱书……等等，凡神话、童话、传说、故事、寓言、笑话……等等皆是。有时，我们还要把国外的民间文艺介绍一点，让大家作比较的研究。在我们的眼眶中，歌谣、谚语的价值，不亚于宋词、唐诗；故事、传说的重要，不下于正史、通鉴；寓言、笑话，不让于庄生东方的滑稽；小曲、唱书，不劣于昆腔、乐府的美妙。因为这是民族精神所寄托，这是平民文化的表现。我们为此而征集、发表、整理、研究中国全民族的各种文艺；这也就是本刊所负的唯一使命。

今天《民间文艺》第一次与读者相见了，我们要掬诚而恳切的要求读者给我们相当的助力，给我们充分的材料和重要的论文。这是我们所馨香祷祝、引领而望的！

最后我们要高呼我们的口号：

打破传统的腐化的贵族文艺的旧观念！

用研究学术的精神来探讨民间文艺！

用批评文艺的眼光来欣赏民间文艺！

用改良社会的手段来革新民间文艺！

热心民间文艺的同志团结起来！

提倡新颖而活泼的民间文艺！

这篇出自董作宾手笔的创刊辞所表达的办刊方向、宗旨以及对民间文艺的基本认识，大致上与周作人所拟的北大《歌谣》周刊的发刊词、与董作宾一度参与编辑的《歌谣》周刊的编辑方向是一致的。董作宾在发刊辞的末尾强调地提出了四个口号式的理念：（1）打破传统的腐化的贵族文艺的旧观念；（2）用研究学术的精神来探讨民间文艺；（3）用批评的眼光来欣赏民间文艺；（4）用改良社会的手段来革新民间文艺。这四个口号，包括了或体现了三个目的：学术的、文艺的、教育的。这就是说，在董作宾的学术理念中，《民间文艺》杂志应适应三个方向上的要求，而不仅仅是提供学术研究的资料或仅仅是学术研究本身。这篇发刊辞，与同时发表的、由顾颉刚起草的《国立中山大学语言历史学研究所周刊》的发刊辞中对民间文学的认识之间，显然有不小的差异，而与北大《歌谣》周刊时代的领袖人物胡适（他虽然没有在歌谣研究会和《歌谣》周刊任职，但其影响却不可忽视）、周作人、刘半农等的观点却一脉相承。《歌谣》周刊的《发刊词》里申明该刊的目的是两个：一个是文艺的；一个是学术的。不久，周作人在他的文章里添加上了教育的目的。

中山大学民俗学会成立一周年的时候，《国立中山大学语言历史学研究所年报》发表了一个文件：《民俗学会一年来的经过》，其中写道："本会的由来，始于十六年八月语言历史学研究所之成立，其时傅斯年教授兼任本所主任，适旧日国立北京大学之歌谣研究会，及风俗调查会的会员联翩至粤，如顾颉刚先生，董作宾先生，陈锡襄先生，容肇祖先生，钟敬文先生等，皆旧日热心于风俗调查，而卓有成绩者；此外则教育系教授而同情于民俗调查者，有庄泽宣先生及崔载阳先生。当时本研究民俗的精神及志愿，虽未成立为学会，而《民间文艺》周刊创刊号，乃于是年十一月一日出现。当日主持这刊的编辑事务，为董作宾，钟敬文两先生。不及一月，董作宾先生以母病乡旋，遂由钟敬文先生独任编辑之责。到十七年三月，《民间文艺》已出满十二期，以《民间文艺》名称狭小，因扩充范围，改名为《民俗》，当时同情于《民俗》的编辑的，有法科主任何思敬先生，亦愿负责帮忙。以后，因民俗的调查及研究的关系，不能不需要训练一些人才，于是年四月民俗学传习班开始设立。语言历史学研究所亦以民俗事务日渐发展，即开始设立'民俗学会'由顾颉刚先生主持之。……"①中山大学民俗学会断断续续前后出版了《民间文艺》周刊（1927年11月8日—1928年1月10日，共出12期）和《民俗》周刊（1928年3月21日—1933年6月13日，共出123期）以及后期的《民俗》季刊（1936年9月15日—1943年12月? 日，共出2卷8期）。

回顾北大风俗调查会时代，空有愿望而行动不多，未成气候，仅发布简章、调查表、开开会而已。②而中山大学语言历史学研究所之把《民间文艺》改为《民俗》，同时设立民俗学会，其直接原因，固然是嫌名称太狭窄，也还有一个研究人员的成分、学术立场和观点的问题，恐怕是更不容忽视的。即使研究民俗中的民间文艺者，也有个用什么立场、观点的问题。况且，北大时期歌谣研究会的骨干成员，大都是来自文学、也有语言方面的，而中大时期参加进来的人员，已远非北大时期可比了。《民俗》周刊自创刊号起，与原来的《民间文艺》周刊相比，其面貌迥然有别。顾颉刚执笔写的《〈民俗〉发刊辞》开宗明义说："本刊原名《民间文艺》，因放宽范围，收及宗教风俗材料，嫌原名不称，故易名《民俗》而重为发刊辞。……我们要把几千年埋没着的民间艺术，民众信仰，民众习惯，一层一层地发掘出来！"③没有就研究方法着笔，而仅强调了研究的对象，一则民间艺术，一则民间信仰，一则民众习惯。也许是把民间文学包括在民间艺术里，也有可能是把民间文学包括在民间信仰里，总之，民间文学从此不再是单列项目了。

刚刚过了半年，钟敬文便于1928年9月在他编辑的《民俗》上公开表达了对顾颉刚这篇宣言式的文章的疑义："各人对于这个学问的意见，颇

---

① 《民俗学会一年来的经过》，载广州：《国立中山大学语言历史学研究所年报》第6卷第60期，1929年1月16日。

② 王文宝《中国民俗研究史》下编第四章第二节《北京大学发动民俗学运动》说："风俗调查会成立一年取得了不小的成绩。"（第55页，哈尔滨：黑龙江人民出版社2003年）然，除开辟了一个陈列室、开了几次会外，并没有举出究竟有何成绩。

③ 广州：《民俗》周刊创刊号，1928年3月21日。

有未能尽同之处，这也是我们所觉得缺憾的。譬如，我们第一期所披露的《发刊辞》，便很可作这个的证见。这个发刊辞，是顾颉刚先生的手笔，顾先生是一位史学家，他看什么东西，有时都带着历史的意味。他那惊人的《孟姜女故事的研究》，据他在《古史辨》序的供词，便是为他研究古史工作的一部分。所以这个发刊辞，就是他用他历史学家的眼光写成的，——是否有意，我不得而知，——我们只要把她和同期所载何思敬先生的《民俗学的问题》略一比看，就可明白。又在许多文字里，颇有些话，不很与民俗学的正统的观念相符的，我在看稿时，虽然很清楚地看到，但因为种种关系，也就容许过去了。"[1]这种"疑义"所表达的，无异于他们之间在学术思想上存在的分歧的公开化。钟敬文不满于顾颉刚在学科的初创时期，就用历史学的观点代替了民俗学的"正统观念"和学理，只是碍于对老师辈的面子和尊严，才以含蓄的口气表达这种不满，而没有直截了当地批评它的非正宗性。钟敬文的民俗学的正统观念是什么呢？他说："我是颇爱好民俗学的，因为这种研究的工作，一方面是科学的，一方面也很饶着艺术的兴味。"（出处同前）钟敬文说这番话过了半年之后，顾颉刚在为魏应麒的《福州歌谣甲集》写的序中，借评价北大歌谣研究会的成败得失，间接回答了钟敬文的指责："当民国八九年间，北京大学初征集歌谣时，原没想到歌谣内容的复杂，数量的众多，所以只希望于短期内编成《汇编》及《选粹》两种；《汇编》是中国歌谣的全份，《选粹》是用文学眼光抉择的选本。因为那时征求歌谣的动机不过想供文艺界的参考，为白纻歌竹枝词等多一旁证而已。不料一经工作，昔日的设想再也支持不下。五六年中虽然征集到两万首，但把地图一比勘就知道只有很寥落的几处地方供给我们材料，况且这几处地方的材料尚是很零星的，哪里说得到《汇编》。歌谣的研究只使我们感到它在民俗学中的地位比较在文学中的地位为重要，逼得我们自愧民俗学方面的知识的缺乏而激起努力寻求的志愿，文学一义简直顾不到，更哪里说得到《选粹》。"[2]他强调用文学的立场观点从事歌谣研究证明是没有出路的。

《民间文艺》一共出了12期，以发表各地的民间文学作品为主，内容涉及故事、传说、歌谣、谜语、谚语、趣事，也发表了一篇风俗稿件（许厚基《越透山麓客民唱山歌的风俗》，大致可划在歌谣之列）。列在"研究"栏目中的大小研究或评论文章，一共发了10篇，其中董作宾两篇（一

---

① 钟敬文《编辑余谈》，《民俗》第23—24期合刊，1928年9月5日，广州。

② 顾颉刚《福州歌谣甲集》序，《民俗》第49—50期，1929年3月6日，广州。

篇是《敬告读者》，一篇是《几首农谚——九九——的比较研究》），钟敬文六篇。其他大多是些序跋、编辑余谈之类。故而，真正称得上是研究文章者，大约只有钟敬文的《马头娘传说辨》（第6期）和杨成志的《关于相同神话解释的学说》（第3期）两篇。与同时代其他一些文学刊物和学术刊物比较起来，可以说，《民间文艺》除了提供了一些民间作品而外，对民间文学的学术研究并没有什么贡献和推动。

（二）《民俗》周刊

《民俗》周刊发刊于1928年3月21日，终刊于1933年6月13日，共出123期。顾颉刚于1929年离校回京，1930年1月，因校方宣布取消民俗学会而将其改编为民俗学组，削减经费，民俗学会主席容肇祖离校，由何思敬就任民俗组组长，《民俗》周刊第110期（1930年4月30日）出版后即告停刊。①三年后，1933年3月，朱希祖接任中山大学文史研究所主任，重新恢复民俗学会，宣布容肇祖复职民俗学会主席及《民俗》周刊复刊。复刊号（第111期）于1933年3月21日问世。写复刊词，已不复是顾颉刚，而是朱希祖了。"百期纪念号"当时因约稿未全，故暂付阙如，是1933年6月16日补出的。第123期出版后，民俗学会再度停办，随之，《民俗》周刊也再次停刊。四年后，杨成志回国，重新恢复民俗学会并复刊《民俗》杂志。复刊后的《民俗》定为季刊，共出两卷八期，复刊号出版于1936年9月15日，终刊号（第3/4期合刊）出版于1943年12月。从此民俗学会寿终正寝。

对《民间文艺》这个刊物，顾颉刚并不满意，遂决定将其停刊而改出《民俗》周刊。顾颉刚给《民俗》撰写的《发刊辞》里，开宗明义就说明易名的理由："本刊原名《民间文艺》，因放宽范围，收及宗教风俗材料，嫌原名不称，故易名《民俗》而重为发刊辞。""我们要把几千年埋没着的民众艺术，民间信仰，民众习惯，一层一层地发掘出来。""放宽范围"是名，改变方向是实。所追求和希冀的，是要把北大《歌谣》周刊、甚至《北大研究所国学门周刊》时期都没有能够实现的包括风俗调查和研究在内的民俗学的任务全部承担起来。为配合《发刊辞》，还约社会学家何思敬撰写了《民俗学问题》，全面介绍和论述19世纪末起于英国的民俗学的历史与内涵，以期以英国民俗学为榜样把中国的民俗学纳入正规；编辑钟敬文写了《数年来民俗学工作的小结帐》，全面检讨中国开展

---

① 何思敬《民俗学组通函一则》、刘万章《本刊结束的话》，《民俗》第110期，1930年4月30日，广州。

歌谣运动以来的成败得失，并弥补顾颉刚《民俗》周刊创刊词的偏颇与不足："歌谣研究会，所从事的虽只是民俗学中的一小部分的工作，而当日致力于此种运动的诸先生，也非全为民俗的研究而着眼，但他们终于做了中国民俗学工作的开始者，并且成绩很不坏。……若非因经济困竭而停止进行，它的前程正未可限量呢！风俗调查会，虽无多大成绩，但总算做过一回有意识的宣传，使国人知道研究风俗也是学术界一件重要的工作。"而"我们要尽我们所有的力量，集拢艰苦力作的同志，一齐把这民俗学的工作，整个地肩负起来"。把这些言论综合起来看，把《民间文艺》易名为《民俗》的真正意图就自明了。

　　与《民间文艺》相比，《民俗》周刊在稿件的选择编发上，除继续选发故事、传说、歌谣、谚语等民间文学材料并保持一半以上的篇幅外，明显加大了风俗、信仰、趣事、逸闻等方面的民俗资料的征集与选刊。而在研究上，占压倒优势的是对民俗事象的描述、鬼神信仰的调查、民风民俗的采录，真正属于研究性的、特别是民间文学的研究文章，则少之又少，即使发表这样的文章，也偏重于历史的考据或资料的排比，运用顾颉刚的"历史系统的研究"而又停止在顾颉刚古史传说和孟姜女故事研究的"前水平"上，有新意、有创见，而又写得用功的文章实属鲜见。缺乏有新见、有分量的学术研究文章，这也正是民俗学会当时遭到一些包括傅斯年在内的反对派人士的责难的原因。民俗学会的历届领导人，包括后期的杨成志，在评价这一段学术史时，似乎都缺乏清醒的历史意识和学术意识。杨成志在复刊《民俗》季刊的复刊号上著文《民俗学会的经过及其出版物目录一览》中说："这十年来，尽可说民俗学的研究，在中国学术上树起一根新旗帜的时期。"[1]作为从北大歌谣研究会倡导的民间文学研究向民俗研究的过渡，杨成志的"一根新的旗帜"论是站得住脚的，但从民间文艺学的角度来审视，那就大可存疑。在此笔者愿意借用也是曾任中大民俗学会主席和《民俗》周刊主编的容肇祖的观点：

　　　　综计已往的成绩，除忠实搜集材料外，江绍原先生的《发须爪》及《血与天癸》，皆就书籍的记载及自己所知道的，及听到的材料而为分析的说明。江先生是研究宗教学及迷信的人，故于说明这种迷信的关系，甚为清楚。民俗学本来是一种解释的学问，故此

---

　　①　杨成志《民俗学会的经过及其出版物目录一览》，《民俗》季刊复刊号，第223页，国立中山大学研究院文科研究所，1936年9月15日，广州。

江先生的贡献，开我国民俗学研究的先路。顾颉刚先生的《孟姜女故事研究集》，由书籍记录与传说故事的变异不同，而发现历史的演变，无论古典的正统的历史，与民间的、地方的故事，都是一样的。他用历史的眼光去照着历史的真实，由时代的迁流，而失其本来的面目，他用传说的故事的研究结果，与他的古史的研究结果，互相证明。结果，他不特于古史的研究上开一个新方法，而且于民俗研究上亦开一新路径。本来民俗学是个历史的科学，由民俗学研究的结果，可以供给文化史一部（分）的新材料。民俗的材料，可以说是古史中一部分的实绩的遗留，或者至少可以由此推证得历史中一部分少人注意的资料。由顾先生的历史与民俗的研究，于是近来研究民俗学者引起一种历史的眼光，知把民俗的研究与历史的研究打成一片，而在我国，可以使尊重历史的记录，而鄙弃民间的口传的人们予以一种大大的影响。我的《占卜的源流》和钱南扬先生的《祝英台故事集》等，便是其应声。本来古籍中不少民俗的材料的遗留，如江绍原先生的《发须爪》中，说及发须爪被认为有药物的功效时，亦说道："虽也参考了好几种方药书，然大致以明人李时珍的《本草纲目》为本。"认定一种古书而研究其中的民俗材料者，有钟敬文先生的《〈楚辞〉中的神话与传说》。由此开端，将来《山海经》、《水经注》等各书，致力研究其中的民俗者，当必继起有人，亦如英国人研究莎士比亚著作中的民俗，可以预料。郑振铎先生近作《汤祷篇》（《东方杂志》30卷1号），用民俗学的眼光去看古史，发现古史中的神话和传说，不是野蛮人里的"假语村言"，是真实可靠的材料，更把现代中许多"蛮性的遗留"的痕迹，来证明古史的真实。他自号为"古史新辨"。这种扩大民俗学的利用，与顾颉刚先生把民俗学和历史学打成一片的研究，当然有同样的效果。他们二人的方法表面似是相反，而实际是相成的。考古学的方法，在民俗学上亦有时用得着的，田章的故事，我曾作《西陲木简中所记的田章》（《岭南学报》2卷3期）及《田章故事再考》（《民俗学论集》中），以找回古代有之而久经沉埋的故事。但是近来出现的古器物中，如唐宋的明器，我们更可依据以考古代沉埋的民俗。赵景深先生的《民间故事丛话》，（以）文艺的眼光，考较我国民间故事的型式，更拿西洋的故事相比较，其性质是偏于文艺方面为多。然而现在一般作民俗的研究者，大率纵的或历史性的比较为多，而横的地理性的比较为少。顾颉刚的孟姜女研究，虽亦曾注意到各地方的传说，然而各地方的材料未易为普遍的搜集，故不免横的研究，因而更感觉困难。前中山大学《民俗》周刊，所以出种种专号的目的，本为向各地方征求材料，但结果仍只限于几个地方的投稿者。因此民俗研究，一涉及比较之点，我们每觉纵的较横的为多，而引证则称述古代为盛，盖翻书之功易为，而采访或调查的不易呵！故此我在前面说道："不完满的研究待后人的修正补充，正如忠实的材料的记录待研究者的引用，为一样的可以帮助学问的成立。"从现在研究的作品看，补偏救弊，正恨材料的质量，我们所得有限呢！[1]

应该说，经历过中山大学内部派系争斗而且不得不愤而辞职离开过中大几年的容肇祖，再返回中大来工作，对已往《民俗》周刊的评价，就比较符合实际，既不像反对派那样的全盘否定，也不像歌颂派那样全盘肯定。他指出的纵的研究比横的研究为多，引证称述古代为盛，采访和调查不足等，都是他所多年倾心的民俗研究方面的缺点，至于民间文学方面的研究，他并没有特别顾及，只是讲了赵景深几句。

《民俗》周刊曾经编发过五个专号：（1）第47期传说专号（1929年2月13日）；（2）第51期故事专号（1929年3月）；（3）第93—95期合刊祝英台故事专号（1930年2月12日）；（4）第116期《山海经》研究专号（1933年3月30日）；（5）第121期王昭君专号（1933年5月30日）。虽说是传说、故事研究专号，但多为资料的搜集与选刊，研究文章大多是"历史的考据"而缺乏新鲜的资料和观点。正如第47号传说专号顾颉刚的《传说专号序》所云："现在我们出这个传说专号，是表示我们的能力还不过在搜集材料的时期，……等到材料多了之后，我们要作综合的研究了。"他的思路和观点，还停留在多年前研究孟姜女故事和"古史传说"的时候，期望通过刊物汇集更多的"小传说"的材料以供他（们）去研究"大问题"，而"这些大问题不得解决时，这个小传说中所说的事情便没法完全了解的"。[2]又如第121期王昭君专号发表的黄紫琇《王昭君故事的演变》，旨在研究王昭君传说的变迁，却完全是以考据的模式排列历史材料，甚至没有作到顾颉刚的把历史材料与口传材料

---

① 容肇祖《我最近于"民俗学"要说的话》，《民俗》第111期，1923年3月21日，广州。

② 顾颉刚《传说专号序》，《民俗》第7期，1929年2月13日，广州。

相印证、相比较，停止在了"前历史系统的研究"上，缺乏学术的和时代的新意。类似这些文章所表现出来的学术倾向，正代表了《民俗》周刊在民间文学研究上的倾向。

除了编辑出版刊物外，民俗学会还编辑出版了39种民俗丛书。①顾颉刚到中山大学后，接受北大歌谣研究会疏于及时编辑出版物的教训，极力主张编辑出版民俗学的资料读物和学术著作。但以中山大学民俗学会丛书的名义出版的丛书，大多是民间文学和民俗资料集，少量是理论研究著作；有些是北大歌谣研究会时代成书的，有些则是中大民俗学会时代新编的。真正属于民间文学理论研究著作的只有：顾颉刚等《孟姜女故事研究集》1—3集、钟敬文编《歌谣论集》、钟敬文《民间文艺丛话》和《楚辞中神话和传说》、赵景深《民间故事丛话》等七种，这些著作固然足以代表那个时代民间文学研究的水平，但其中真正属于中山大学时期的研究成果者，则只有《民间文艺丛话》中的部分文章和《楚辞中的神话和传说》。

（三）民俗学者群的民间文学研究

《民俗》周刊的作者中，大多是中山大学文科各系科的教师和民俗学会的会员，包括顾颉刚、朱希祖、何思敬、何思泽、招勉之、崔载阳、夏廷械、容肇祖、钟敬文等。也有一些来自各地的教育和文化工作者，包括赵景深、朱自清、杨宽、罗香林、张清水、陈元柱、魏应麟等。但在这许多作者中，撰写民间文学研究文章者尤少，最能体现此刊最高学术水准、最具学科意识的民间文学研究文章，莫过于该刊前24期的编辑、后被戴季陶解聘的钟敬文的两篇文章：《呆女婿故事探讨》（第7期，1928年5月2日）、《中国印欧民间故事之相似》（第11/12期，1928年6月13日；同时发表于《文学周报》1928年第6卷第7期）。这两篇文章，不仅是《民俗》周刊发表的最优秀的民间文学研究论文，大致也是钟敬文在20世纪20年代、即离开中大到杭州另谋职务之前最有代表性的论文。其他，钱南

---

① 关于中山大学语言历史学研究所民俗学会出版的丛书数量说法不一。娄子匡在《国立中山大学民俗学会出版书提要》称民俗学会丛书34种（截止到1932年）。杨成志在《民俗》季刊复刊号发表的《民俗学会的经过及其出版物目录一览》中说是36种。80年后，中山大学后起的学者叶春生等总共搜集到当年的民俗学丛书39种，编为《典藏中山大学民俗学丛书》，哈尔滨：黑龙江人民出版社2004年。

扬《祝英台故事叙论》（第93/94/95期合刊）[1]，张清水《〈海龙王的女儿〉序》[2]、《山海经》研究专号（第116/117/118期合刊）中朱希祖、容肇祖、杨宽、叶德均的文章，也是有影响的文章。中大时期的顾颉刚，发起成立了民俗学会这个组织，搜罗人才，组织出版民俗学丛书，其贡献殊大，他的学问在中大的青年民俗学者中的影响也已开花结果，但由于忙于事务和给他人写序等，加上他在中大逗留的时间很短（1929年2月就离校北上），故他在民间文学理论研究领域里，没有什么值得称道的成绩，歌谣研究会时代的那种书生意气和学术风采不再复现。

钟敬文是我国现代民间文艺学史上第一个提出并论述呆女婿故事及呆女婿这一类型人物的文章。他之提出这个选题并运用西方故事类型法论述和解析呆女婿故事，显然是受了1925—1926年间民间文学界关于徐文长故事讨论的影响。他在《呆女婿故事探讨》这篇文章里写道："'呆女婿故事，可说是很通行的，在民间传说中。他之集合关于愚骏方面之故事的大成，（是所谓箭垛）正犹如徐文长之集合关于人性尖刻方面的故事之大成一样。'像这样意思的话，我不知道重复地说了多少次，若我们承认徐文长一类的故事，在中国民间故事中，是很值得特别注意探究的，那么，同样的，我们对于这呆女婿的故事，也不能不加以相当的研讨。徐文长的故事，已早有周作人、赵景深两先生替他论述过，呆女婿故事，则除了故事本身的传写外，尚没有人肯把它探讨一下。我是很早提议记录呆女婿故事的，老是看看人家对它默然地不别加青眼的状态，心里实在有点忍受不下。好，现在我就来摇笔尝试一下这个不为人们所感到重要的事情。"[3]

作者从当时他所能见到的20余篇这类故事的文本的比较研究中，研究

---

[1] 钱南扬最早发表的关于梁祝故事的文章是《梁山伯和祝英台的故事》（未完），发表在《北京大学研究所国学门周刊》第8期，1925年12月2日。［美］洪长泰说这是"钱南扬的第一篇祝英台传说研究论文"（董晓萍译《到民间去——1918—1937年的中国知识分子与民间文学运动》第164页，上海文艺出版社1993年），其实这篇文章并非研究论文，更不能与顾颉刚的孟姜女故事研究相提并论，充其量不过是宁波一些有关梁祝史迹材料的连缀而已。而钱南扬在《民俗》周刊第93/94/95期合刊上发表的这篇《祝英台故事叙论》，无论在材料的收集上，还是对其起源与流变的考察上，都可看作他多年研究祝英台故事的力作。

[2] 清水《〈海龙王的女儿〉序》，《民俗》周刊第65期，1929年6月15日，广州。

[3] 钟敬文《呆女婿故事探讨》，广州：《民俗》周刊第7期，1928年5月2日。《钟敬文文集·民间文艺学卷》（安徽教育出版社2002年初版）收入此文时，题目改为《呆女婿故事试说》，内文有些字句也有改动。下文所引不再注出。

了并窥见了这个代表愚骏人性的故事的成因和这类愚骏人物的形迹特征。他分别从人性和中国社会家族礼教两个方面做了探讨。从人性方面看，"人群中之免不了有愚骏人性的表现，正犹如也免不了有伶俐人性的表现一样。无论如何，在一群人当中，总有些是蠢得可怜，和有些是聪明得可爱的。就一个人说，所表现的举动，也往往有极聪明可爱的地方，和愚骏得可厌的地方。代表了极端的智慧机警方面的人性而出现于民间故事中的，在希腊有伊索，在中国有徐文长，代表了极端愚骏方面的人性而出现于民间故事中的，则是我们这位贵同胞呆女婿了。"而从家族礼教方面看，"礼教的严重，尤为个人生活上的极大枷锁，差不多无论何人，都不许超越的，你有意的超越了，或愚笨的干不来，那你只好做了大众的叛逆者和摈弃者。……中国人的儿子，（假使他是讨了老婆的）不但是自己父亲母亲的'属物'，而且还要做老婆的父亲母亲的'半属物'。……最被重视的，当无过于一岁之首的元正，又生辰上寿，乃是后辈的对于尊长者一种免不得的重要礼数。因此，呆女婿故事中许多元正上厅，及称樽上寿等情节，便产生出来了。"对钟敬文的这个论断，刘万章说："我们对钟敬文这段话，认为可以做一种探讨的公式；由此可以明了民众口里的传述，是一种有代表性的表现，他会用许多事体，可笑的，可恨的，可爱的，可憎的，……用一种故事（构造事实）来陈述，是多么巧妙，虽然有时事实是假的或真而附增的！"①作者的呆女婿故事研究使用了西方民俗学的类型理论，但在对愚骏人性成因的探讨时，却又远远超出了西方理论的束缚和制约，引入了社会学和文艺学的理念与方法。

至于钟敬文对中国与印欧故事的相似和类同的文章，也多少受了西方理论的启发与影响。他在中山大学中文系任助理教员和语言历史学研究所民俗学会任编辑时，于1927年冬向研究所申报了这样的一个课题，并与杨成志合作翻译了经库路德那改编的约瑟·雅科布斯（Joseph Jacobs）著的《印欧民间故事型式表》（*Some type of Indo-European folk-tales*）。②此时，赵景深已经在报刊上发表了他介绍和研究夏芝的故事类型的理论。③因而，类型研究一时成了中国故事研究的小气候。于是，钟敬文动手搜集和整理中国民间故事

---

① 刘万章《读〈赵景深〉〈民间故事研究〉》，《民俗》周刊第51期，1929年3月13日，广州。

② 《印欧民间故事型式表》（杨成志、钟敬文译），国立中山大学语言历史学研究所民俗学会1928年3月出版单行本。

③ 赵景深《夏芝的民间故事分类法》，《文学周报》第237期，1926年。

的材料，企图编制中国民间故事的类型表。《中国印欧民间故事之相似》便是他这一计划中先期完成的一篇文章。他很重视自己的这篇文章，在向他们自己研究所的刊物《民俗》周刊交稿的同时，也向文学研究会所属的《文学周报》投稿，并被采用。赵景深为此给了很高的评价："最近蒙钟敬文兄赠给我一册他和杨成志先生合译的《印欧民间故事型式表》，在付印题记中说及'对于中国民间故事加以整理和探讨的人，它很可给予他们以一种相当之助力的。'果然，他自己便应用了这个型式表，在《文学周报》第6卷第7号发表了一篇《中国印欧民间故事之相似》。这种企图在我国实为研究民间故事型式之发端。"①资格很老的作家兼学者赵景深把青年的钟敬文此文，认可为在中国研究民间故事型式的"发端"之作。编制中国民间故事型式表的计划，在中大时期并没有完成，直到他被迫离开中大转到杭州以后，才写完了《中国民间故事型式》一文，并在他自己主编的《民间文学集镌》第1期（1931年7月26日）上发表。这是后话。

　　刘万章从被民俗学会聘为干事，到主持《民俗》周刊编务，在刊物上写了不少小文章，还先后编辑出版了四种民间文学和民俗读物：《苏粤的婚丧》、《广州儿歌甲集》、《广州民间故事》、《广州谜语第一集》；一种民间文学研究：《粤讴研究》。最有学术价值的，是他为他人所编民间作品写的序言，特别是受容肇祖之托代《民俗》编辑的"故事专号"上发表的《记述民间故事的几件事》。这是一篇在民间文艺学史上较早提倡记录故事的科学性要求的文章。他所提出的记录原则包括：（1）记录故事要设定一个题目。（2）要标明故事的出处。"我们记述民间故事的，对于故事流传的空间，一定要明白地写出来，这不但那个故事的特质可以表现出来，并且可以研究各地故事的异同；我最不赞成……不说明流传的所在。"（3）故事中的韵语、谚语、歌谣、方言，要实在地直写出来。"我们知道各地故事不同的特质，和各地的谚语、歌谣、方言以及社会民俗有莫大的关系，我们记述故事的时候，要尽情地照俗叙去，老不要自卖聪明，附会己意变成白话诗，或抹杀不理！这是我们最要留心的。——比方呆女婿吧，各地的方言，尽可以表现出各地的呆女婿，我们试用统一的方言，那么，中国正有一个呆女婿，一个死的呆女婿。"（4）搜集者不要妄加评论意见。（5）要保持故事的平直的叙述方式和风格。"民间故事的叙述，总要能够把故事平直地、完满地叙述得逼真，不要尚浮耀，像做小

---

　　① 赵景深《中国民间故事型式发端》，《民俗》周刊第8期，1928年5月9日，广州。

说般，描写一堆风景、心灵的话"。①他遵照这样的既定原则去做故事的搜集工作，所编的《广州故事集》，不仅提供了可供进行中外故事比较研究的珍贵材料，而且还同时收录了不同的故事异文，受到了赵景深的高度评价。赵景深说：

> 读了《广州民间故事》第一篇《牛奶娘》和第二篇《疤妹和靓妹》，使我非常高兴；原来在广州蛇郎不但把"天鹅处女"（此式故事详见拙编《童话学ABC》第八章）拉在一起，这与"灰娘"（此式故事详见拙编《童话学ABC》第四章及《童话概要》第五章P.51—56）结了因缘。也就是说，这两篇故事的任何一篇都是三篇故事的结合体，公式应该是这样的：牛奶娘＝灰娘＋蛇郎＋天鹅处女。……使我最感兴味的是蛇郎除吸引天鹅处女故事以外，还能吸引灰娘。这简直是一个发现！②

中山大学民俗学会存在期间，编辑和出版了很多民间故事集，但受到称颂者并不多，大概只有张清水的《海龙王的女儿》和刘万章的《广州民间故事》两本。刘万章搜集的广州故事，惟其遵守了科学的原则，而为赵景深从事已久的中西故事型式比较增加了好几例中国的故事异式：除了"灰娘"故事外，还有"熊人婆"故事（赵将其命名为"牝牡鸡式"）和陈君济故事（赵将其命名为"天财"式）。刘万章还在《读（赵景深）〈民间故事研究〉》和《娄子匡〈绍兴故事序〉》等文章里，为学界讨论久矣的愚骏人物"呆仔"、"呆女婿"和伶俐人物徐文长这两种对立的故事人物，提供了相应的女性故事人物。

张清水（1902—1940），广东翁源人，广东大学预科毕业。后在当地做小学教员、翁大公路车站任站长等。在《民俗》周刊的影响下，从事民间文学（歌谣和故事）搜集工作，成绩突出，受到民俗学会同仁们的赏识，遂被吸收为中山大学民俗学会会员。他先后出版过《海龙王的女儿》（收入故事10篇，容肇祖、赵景深序，广州：民俗学会，1929）、《太阳和月亮》（收入广东流传的起源传说50篇，赵景深、钟敬文、罗香林、

---

① 刘万章《记述民间故事的几件事》，《民俗》周刊第51期，1929年3月13日，广州；又见《〈广州民间故事〉附录》，国立中山大学语言历史学研究所民俗学会1929年10月。

② 赵景深《刘万章〈广州民间故事序〉》，国立中山大学语言历史学研究所民俗学会1929年10月。

官世科序及自序，82页，绍兴：汤浦民间出版部，1933）、《魔术师》（与克刚、世科合编，收入翁源故事20篇，容肇祖序，翁源：联兴书局，1934）、《伯公衣》（厦门：新民书社，未出版）、《宝盒》《狗耕田的故事集》等民间故事集；发表过《阿斯皮尔孙的〈三公主〉》《读〈波斯故事〉》《中西民间故事比较》等研究性探讨性的文章。[①]

所编故事集《海龙王的女儿》以及自序中表现出来的对民间故事类型研究和比较研究的兴趣和倾向，引发了学界的广泛关注和评议探讨。他为该书所写的序言，运用了杨成志和钟敬文翻译的《印欧民间故事型式表》中类型方法和比较研究讨论中国民间故事，提出"'呆女婿故事'是另一系的故事，以其代表人物愚呆方面，我很想叫他做'愚呆系'"的观点，是一篇虽谈不上"精审"但确可值得注意的论文，显示了当时故事研究的较好水平。[②]因此，张清水可以看作是中山大学民俗学会学者群中的一员。《海龙王的女儿》所引发的评论或曰讨论，其意义也许远非一篇故事或一本故事集，而涉及到了当时民间文学的研究主旨或方向。樊缤就在一篇评论里指出过："前与清水书，非仅评其《海王女》，且谤及一般民学研究之概况。就是在考察过去研究的主旨，觉得现在已走入歧途是。北大歌谣研究会时代，研究歌谣是为了统一国语，研究传说是为了订正伪史，而今呢？研究歌谣成了蒐集歌谣，研究传说成了比较传说。一切都拿过去与欧美的成绩去比附。尤其是研究'型式'的先生们……"[③]

中山大学民俗学会消歇之后，清水到南京谋职。这个时期所编的故事集《太阳和月亮》由浙江绍兴民间出版部于1933年出版，周作人、赵景深、钟敬文、罗香林都为他写序。罗香林的序说："清水是一个最努力于民俗材料的青年学者，自离开中大以后，即效力于民俗材料的汇集，数年如一日，终不稍懒。中大民俗百一十期中，清水撰述的稿件，不下200篇，

---

①　关于张清水的生平、民间文学活动与著述业绩，可参阅王焰安《张清水的民间歌谣搜集实践与研究》（《韶关学院学报》2005年第7期）、《张清水的民间故事、传说类型研究述评》（《韶关学院学报》2006年第1期）、《张清水对民间故事、传说的搜集整理与研究》（《广东技术师范学院学报》2006年第2期）。

②　清水《〈海龙王的女儿〉序》，《民俗》周刊第65期，1929年6月15日。张清水编、题名为《龙王的女儿及其他》的故事集，中山大学民俗学会1929年；中国民间文艺研究会图书室有藏，见中国民间文艺研究会资料室编《民间文学参考书目》（古代—解放前），第15页，1959年9月印。

③　樊缤《论民俗学书》，见江绍原《现代英吉利谣俗及谣俗学》，第310页，上海：中华书局1932年。

厦门，汕头，揭阳，陆丰，广州，香港，杭州，南京，绍兴，漳州，福州，宁波，各地已停版或未停刊的民俗周刊，旬刊，月刊，无往而不有他的记述，其数量之多，真是骇人！"①对张清水的民间文学业绩的这个评价是公允的。

（四）罗香林《粤东之风》

罗香林（1906—1978），字元一。广东兴宁人。1924年毕业于本县兴民中学后，到上海就读承天英文学校。1926年夏入清华大学史学系，兼修社会人类学。1930年，进清华研究院。研究唐史和百越源流。1932年获哈佛燕京学社奖学金，到华南考察民族问题、广东客家文化与社会组织。1936年任广州市图书馆馆长兼中山大学副教授。抗战爆发后抵重庆。日本投降后，任广东省政府委员兼省立文理学院院长。1949年移居香港，任香港大学教授、中文系主任等。著有《客家研究导论》《客家史料汇编》等。

作为清华大学的学生，北京大学歌谣研究会时代，罗香林就开始在《歌谣》上陆续发表民间文学的文章。中大创立民俗学会、出版《民俗》周刊，罗香林因与顾颉刚、容肇祖等在《歌谣》周刊时的老关系，又是广东籍客家人，与钟敬文等是乡党，也自然被列入《民俗》周刊的重要作者名单之中，尽管他远在清华，并不是民俗学会的骨干。《粤东之风》是他从1924年起多年来搜集和研究客家民间文学的集大成之作。全书由两部分组成：上编为"讨论之部"；下编为"歌谣之部"（收入500首包括客家在内的五种"民族"的情歌）。"讨论之部"的第一章《什么是粤东之风》、第二章《客家歌谣的形质》两篇论文，曾先后在朱湘主编的《文艺汇刊》（清华文学社的刊物）上发表，颇产生过一些影响。全书单行本1936年由上海北新书局出版，却并没有纳入顾颉刚主持、钟敬文等编辑的中山大学民俗丛书。

《粤东之风》是一本在中国歌谣史和歌谣理论上占有重要地位的歌谣选集和歌谣论著，虽然论述部分只有六万字。曾经任职北大研究所国学门、参与发起歌谣研究会的朱希祖在为其撰写的序言里这样评价它的价值：

我国风诗的采集，就是十五国风，都在中国北部采集来的，只

① 参阅刘坚南《民俗学家张清水》，《韶关文史资料》第13辑。

有《周南》、《召南》及《陈风》，稍入南方。陈在陈州，周南召南，据胡承琪《毛诗后笺》采王夫之说："召南在汉中商、颂、兴安、郧、夔、顺庆、保宁一带；周南在南阳、襄樊、承天（竟陵）、德安、光、黄、汝、颖一带"，都在江汉、江淮之间，没有采集到扬子江以南。当周朝初年，楚受封于丹阳，在宜昌的归州东南，北枕大江，与夔国并处；后徙枝江，亦名丹阳，北据大江，是最初的楚地，似在江南多些。因为楚是子爵，他的初封，不过五十里，周南、召南还没有达到楚国疆域以内，所以他们的诗，没有一句涉乎楚国的。近来有人说："《周南》、《召南》就是楚国的风诗"，这是很不对啊！到了战国的时候，屈原的《九歌》崛起于江南，后人集为《楚辞》，于是歌诗就扩张到楚国，并且扩张到江南了。汉武帝立乐府，采各地的歌诗，也用地名来做标记，也是一种风诗。他所采的，北方却到了燕、代、雁门、云中、陇西；南方却不过到吴、楚地方。我看《汉书》歌诗的目录，就可以知道，可惜他采集的诗，已经亡了。可是，宋郭茂倩《乐府诗集》，却有《楚调曲》三卷、《吴声曲》四卷，又有《西曲》三卷，是襄阳、石城（竟陵）樊、邓、江陵、荆州、巴陵、寻阳、寿阳、扬州各地方的歌诗，实在也不出乎吴、楚之外；惟有巴州之《竹枝词》、道州之《欸乃曲》是儿童舟子所唱，流传得很广。又有《蜀国弦》、《蜀道难》、《湘中弦》、《湘中曲》、《豫章行》（唐薛道衡《豫章行》云："江南地远接闽、瓯"，又云："君行远过茱萸岭。"）《越城曲》、《永嘉行》等等，那么更扩张到五岭那边去了！《乐府诗集》采集北方的歌诗，扩张得更远，所以说是到中国本部的塞外，所以他的功绩也不小；但是对于南方的五岭以南，却还没有！近来兴宁罗香林君，有《粤东之风》第一集三卷，于是我国的风诗，方采集到最南部。自从周朝初年算到现在，这种工作，经过三千年，方从最北采到最南，罗君的功绩，实在比较收集《楚辞》的功绩，更加卓越了！[1]

《粤东之风》前面有两篇名家写的序言：一是时任中山大学教授的朱希祖写的，他对《粤东之风》的评价是从文化史的角度着眼的；一篇是清华大学教授朱自清写的，他则是从文艺的立场看歌谣、评价《粤东之风》的。在罗香林之前采集岭南风诗者，固然有前代人刘彬华的《岭南群

---

[1]　朱希祖《罗香林〈粤东之风〉序》，上海：北新书局1936年。

雅》、伍崇曜的《楚庭耆旧诗》等，现代人李金发的《岭东恋歌集》、刘信芳的《梅县歌谣集》、钟敬文的《客音情歌集》、苗志周的《两粤情歌》等，但朱希祖认为："我以为罗君的《粤东之风》，虽然不能算首倡，却希望可以集大成！他把这件事看得很重大，要追踪十五国风，这一点见识，就高出于众人之上啊！至于剖析的细密，整理的完善，也是他们所不能及的！"①朱希祖的评价，固然有提携之意，但决无阿谀之嫌，在学术上是公允的。

罗香林《粤东之风》的"讨论之部"，除了前面所举两篇而外，还有《客家歌谣的价值》《客家歌谣与客家的诗人》《客家歌谣的整理》三篇。朱自清在《序言》里说："歌谣的好处却有一桩，就是自然。这个境界，是诗里所不易有；即有，也已加过一番烹炼，与此只相近而不同的。刘半农先生比作野花的香，很是确当。但说的'清新'应是对诗而言：因为歌谣的自然，是诗中所无，故说是'清新'；就歌谣本身说，'清'是有的，'新'却很难说——我宁可说，它的材料与思想，大都是有一定类型的。"②客家歌谣是岭南地区的"风诗"，罗香林之论客家歌谣，文艺的研究当然是他研究的一种立场，但罗香林虽然受到诗人朱湘的青睐，但他毕竟是出身于人类学、社会学，不是文艺家，故从民俗学方面研究是他的又一个重要特点。如他自己说的："现在研究歌谣除了艺术上的贡献以外，尚有代表民间风俗习惯和语言转变的价值，而且还可以为教育家增进教育效能的工具。真的好歌谣，其生命决不仅寄托在文艺里头。上面我已说过，歌谣是普遍的、活动的，平民所借以表现其苦乐的唱声，所以从艺术上看，固有它天然的美节；从声韵上看，更足以明示语言的递演；而其功用则能使人兴趣振作，和教育亦甚有关系。倘把它在民俗、语言和教育各方面的精神完全抽去，无论它不复能发生艺术的价值，即使能之，也不过差可和文人无病呻吟的作品相比拟罢了，哪里还有平民文学的意味呢？"③他以为歌谣的生命，实寄托在文艺、民俗、语音三方面中，要想检核它的价值，必要从这三方面着想。他认为，文艺派的见解，已嫌狭隘；历史派的说话，也欠详实；教育派也不足取。他宣布他是从文艺、语言、民俗、教育四个方面看待和研究客家歌谣的。从民俗的角度进行的研究，他从客家歌谣中看到了为客族人所特有的四个方面的习俗：（1）女子种田

① 朱希祖《罗香林〈粤东之风〉序》，上海：北新书局1936年。
② 朱自清《罗香林〈粤东之风〉序》，上海：北新书局1936年。
③ 罗香林《粤东之风》，第7页，上海：北新书局1936年。

或采薪的习俗；（2）男人重商的实况；（3）资本阶级压迫农人的景况；（4）迷信风水和神权的俗尚。而这些习俗，都是中国北、中两部的汉族所传习的。"我们若能循着它所表现的风尚，去探索客族人民习俗的构成和转变，不难推知古中原民族的习俗，——历来史家没有注意到的习俗。"①从文艺的角度进行的研究，他的结论是："从文艺的方面看，小之可以为我们研究诗体演变的资料，大之可以做我们创作的参考。所以一般对于文学稍有涵养的人，都不敢看轻它的价值。客家的歌谣既多为社会压迫和因其他特殊关系而产生的唱声，则其情绪的迫切，音节的自然，和地方的个性，比之其他歌谣，当然有过之而无不及。"②此外，就编辑、整理而言，作者在客家歌谣的考订（句、字）、诠注（方音、字义、词句、谱调）上都下了一番功夫。

（五）贡献与局限

北京大学歌谣研究会主要以歌谣（逐渐扩大为民间文学）的搜集和研究为主，到了后期，在一些同仁中成立风俗调查会的呼声日高。风俗调查会成立并存在的时间甚短，没有什么成绩可言。民俗学的真正成为气候，自中山大学民俗学会始。

中山大学民俗学会的贡献何在？

20世纪30年代时任上海中华艺术大学校长的作家、翻译家、民间文艺学家汪馥泉综合各家之言，概括地评论道："民俗学的对象，曾有张竞生（北大所发风俗调查表），林幽（见《厦大国学研究所周刊》），陈锡襄（见中大《民俗》），钟敬文（风俗学资料征求范围纲目）四先生拟议过。至于任务及方法，似乎还没有看到正式谈论过。如其有的话，如最初的北大歌谣征集，一方面'汇集与发刊'，'清歌雅词'，一方面由钱玄同、沈兼士二先生担任考订方言；如顾颉刚先生，用（载）藉文献考订古史的方法，整理孟姜女故事；如刘经菴先生在歌谣之中来看妇女问题；如赵景深先生、钟敬文先生，用'型式'来研究故事，这便是了。……现在最为中国研究民俗学的人重视的老密斯班（Miss Burne）的《民俗学要览》（*The Handbook of Folklore*），也分为三部：（1）信仰与行为；（2）习惯；（3）故事、歌谣与俗语。钟敬文先生的范围纲目，系据班

---

① 罗香林《粤东之风》，第7页，上海：北新书局1936年。
② 罗香林《粤东之风》，第7页，上海：北新书局1936年。

女士，略加增损而成的：（1）信仰与行为；（2）制度与习惯；（3）艺术与语言。（除第一部分仍班女士之旧外，第二部分第一段修改了好些，第三部分的修改，很有特色。）……钟先生所拟议的对象，大体说来是对的。"他在肯定钟敬文关于民俗学的研究对象方面的贡献之外，在民俗学的方法上，他比较肯定江绍原的建树："在我的眼中，觉得江绍原先生的研究，较为正确，这大概与他专门的学问'宗教学'是有关系的。"①至于民俗学的任务问题，他提出的第一说明现社会的情况、第二说明历代社会的情况、第三研究经济形态与上层建筑的关系见解，不仅在中山大学民俗学会时代没有得到较好的解决，甚至直到20世纪末也还没有得到比较令人满意的解决。

从民间文学学术发展史的角度来看，中山大学民俗学会及其主要成员，一开始就以范围狭窄为由，企图摆脱北大歌谣研究会的以歌谣、传说等为研究对象的学科定位，而把包括风俗、信仰、社会制度等在内的民俗生活作为研究对象；即使对民间文学（故事、传说、歌谣、谚语等）的研究，也是力图摆脱北大歌谣研究会所标榜的文艺的研究，而侧重于民俗学的学术的研究。因此，中山大学民俗学会的存在，成为中国民间文学学术研究的一个转型时期。由北大风俗调查会开启、由中大民俗学会继续的、主要是风俗与信仰两方面的资料汇集和研究，取得了一些成绩，并办过民俗学的传习班，为民俗学的学科建设奠定了基础、培养了人才。但可惜的是，由北大歌谣研究会开启的民间文学研究传统却没有得到很好的继承、推动与发展，甚至在一定程度上出现了滑坡和倒退。与同时代的一些学术期刊上发表的同类文章相比，《民俗》周刊上发表的研究文章，除了上面所举之外，大多是些民间作品的序跋和随笔之类，对后人了解学术发展的历程固然有益，但因其学术含量不高，价值不大。站在历史的高度看，顾颉刚与傅斯年在办会（民俗学会）和办刊（《民俗》周刊、丛书）上的争论与芥蒂，固然不是没有缘由的，但傅斯年对中大民俗学会和顾颉刚的责难和批评，也不是完全没有道理的。至于有的外国学者说，中山大学民俗学会成立后，中国民俗学研究才进入科学研究的轨道，这种论述和评价，也许在民俗的研究上勉强说得过去，而在民间文学的研究上，则未必。中山大学民俗学会的成败得失，到1930年江绍原、钟敬文、娄子匡发起成立的杭州中国民俗学会时代，就看得更清楚了。

---

① 汪馥泉《民俗学的对象任务及方法》，《民俗学集镌》第1辑，1931年，杭州。

第五节　民俗学派的崛起（下）
——杭州中国民俗学会

（一）杭州中国民俗学会的成立

随着中山大学民俗学会的一波三折，民间文学和民俗学的研究几起几落。《民俗》周刊在1933年6月13日出版了第123期后宣告停刊，中大民俗学会也随之解散了。这一停就是差不多四年。到杨成志从国外回来，收拾旧山河，1936年9月重新复刊《民俗》季刊时，已经是物是人非了。杨成志是专修人类学的，他虽然对民俗学葆有热心和志愿，但在实际工作和治学中，是要把民俗学带到人类学的道路上去，尽管他在出国留学前也曾写过数量有限的几篇有关民间文学的文章，包括与钟敬文合作翻译的《印欧民间故事型式表》，在他主持中大民俗学会时期所执掌的民俗学活动中，包括他主编的民俗学刊物，民间文学已形同陌路，其理论研究和学科建设，没有任何地位了。

以《民间文艺》和前期《民俗》周刊为标志的中大民俗学会，虽然仍属中国民间文学和民俗学的初创时期，但在民间文学的材料征集上，特别是在《歌谣》周刊没有做到的故事、传说的征集上，做了许多开创性的工作，取得了令人瞩目的成绩。在其影响下，差不多从1930年起，许多地方陆续成立了地方性的民俗学会，如福建的厦门最先成立分会（主持人谢云声）、继而浙江的鄞县成立民间文艺会（主持人娄子匡）、继而广东揭阳（后扩大为汕头）成立民间文学会（主持人天卧生即林培庐）、继而杭州、绍兴、福州、漳州、重庆等地，也相继成立了民间文学研究会或民俗学会，有的成为中山大学民俗学会的分会。这些在中大民俗学会之后成立的民俗学社团，多以民间文学搜集和研究为职志，薪火相传，使民间文学和民俗学的研究出现了勃兴之势。各地的民俗学会及民俗刊物，如雨后春笋，一大批新的民间文学和民俗学研究者随之脱颖而出。借用娄子匡的话说："一方面中大民俗学会在快将没落中太息，另一方面有几个受它指引的各地的民俗学会，已在承接它的未尽的声息，于是杭州、宁波、厦门、福州、漳州、汕头……内地和沿海线一带，都现出民俗运动的熹微的光辉，联接青黄不接的时代，维护民俗学的生命线的延长，这也是值得记录的一页。"①

钟敬文是中山大学民俗学会同仁中唯一对民间文学有造诣而且是唯一从文艺学的立场研究民间文学的成员，故他不仅写过比较有分量的民间文学文章，而且在《民俗》周刊上选发较多的民间文学材料与文章。因编辑《吴歌乙集》，他被中大校长戴季陶以语涉"猥亵"而解聘；解聘钟敬文不过是大形势的表面，背后则是语言历史学研究所里、甚至是中大文科中更深层次的人士纠葛和学术观点的对立。钟敬文不得不离开中山大学，于1928年8月26日编完《民俗》周刊第23/24期并发表了一则《敬文启事》之后，便结束了在中大的不到两年的民俗研究和编辑生涯。他在为《民俗》周刊写的最后一篇《编辑余谈》里就辞退他和两派的对立发表了一篇不无激愤的文字，因其所表达的不仅是个人的情绪，而涉及在民俗学的地位和民俗学研究方向等问题上的两派对立，故将其要点引在下面：

> 我们这个老大的中国，虽然负荷着一块"数千年文化灿烂之邦"的金字招牌，其实，它店里所陈列着的货色的价值，是很要使我们怀疑的。随便举个例，就譬如文学吧，二三千年来文人学士接踵产生，文学作物，真可说汗天下之牛，而充天下之栋，这还不能说是"懿欤休哉"吗？然而，一考其实，连"文学"两字的定义尚弄不清楚，你说"文以载道"，我说"文以匡时"，你说"必沉思翰藻，始谓之文"，我说"著之竹帛谓之文，论其法式，谓之文学"，众说纷纭，莫得要领。又如文学批评，除了刘勰的《文心雕龙》和钟嵘的《诗品》两部略具雏形的著作外，简直更找不到一册系统的书，虽然评头品足，鸡零狗碎的诗话文评是写得那么多。我们自己本国过去学术成绩是这样低薄浅陋，再看看外人的这种园地，却那样开拓得扩大，兴盛有条理，苟不是甘于长此做落伍者的人，其能再安然不思有以自奋吗？在学术的丛林中，选择了一种急待下手的，并且是自己颇感到兴味而略能致力的，不恤人言地，不顾辛苦地，努力去做一个忠实的园工，这就是我们几个浅学的人所以要来创立民俗学会的动机，也就是本刊所以出版的一点旨趣！

> 为了以上的原因，本刊终于刊行了，到现在虽只及半年，却出满了24小册，共20余万字，同时，本会所印行的丛书，亦出至20余种，字

---

① 娄子匡《中国运动的昨夜和今晨》，杭州中国民俗学会编《民间月刊》1933年第2卷第5号。

数在数十万以上。我们很明白自己工作的浅陋，不敢夸说这样一来，已稳当地奠定了中国民俗学的基础，但我们可以自信而信人，这个小小的努力，最少是在我们敝国这门新苗芽的学问上，稍尽了一点宣传启发的任务。一种学术的创设成立，自然需要有极伟大的心力的合作，与相当岁月的培栽，但我们这个小小的发端，无论如何，是应有的，是颇可珍贵的！

但是，我们不能因为我们这个工作在历史上的价值，便把它本身所具有的许多缺点疏略看过。真的，我们不能否认、也不想否认，本刊确有种种不满人意的缺点！现在，把比较重要的两三点提出说说。

第一，我们最感到惭愧的，是每期没有比较精深有力的论著发表。综观24小册中，除了崔载阳、何思敬、顾颉刚诸先生三数篇关于学理及整理的文字外，其余，比较精审之作殊不多。

第二，各人对于这个学问的意见，颇有未能尽同之处，这也是我们所觉得缺憾的。譬如，我们第一期所披露的《发刊词》，便很可作这个的证见。……这个发刊词，就是他（顾颉刚）用他史学家的眼光写成的，——是否有意，我不得而知——我们只要把它和同期所载何思敬先生的《民俗学的问题》略一比看，就可明白。又在许多文字里，颇有些话，不很与民俗学的正统的观念相符的……

第三，每期材料的分配，似乎不能很均匀，这就是说，各期中，最占多数的，大概是民间文学方面的材料或论文，关于初民生活习惯及信仰宗教等材料来得太少，这也是一个小小的缺点。……

这些显然的缺点，……我们也想略作点辩解。

我在本刊第六期的《编后》上，曾经说过如下的几句话："我们都不是什么民俗学的专家，我们只以爱好者的资格，来从事于这刻不容缓而又重大非常的工作。我们大家都差不多各有别的要努力的学业与任务，我们对于这个学问的致力是基于一种心理的兼爱与余力的奋展。所以，我们的工作，不能使高明的读者满意，那是自己早意料到而又很当然的事。"我们民俗学会里几位朋友，都是终日以教书为职业的人，这想大家都知道的。加以所学不同，同时研究所尚有《语言历史学周刊》，执笔的也多半是这几个人，你想想，在这种情况下，本刊怎能每期都有精心结构的文章发表？至于见解不能尽同一点，我也要来多说几句，我们这几个人中，差不多没有一个是专门研攻民俗学的，如顾先生是专治史学的，这可不用说了。何思敬先生，他是学社会学的，崔载阳先生，他是治心理学的，他们的注意民俗学，乃是因它和它们有些关系的缘故。其他如庄泽宜、陈锡襄、黄仲琴诸先生，都是因个人兴趣或与其所学略有关系而热心于民俗学的。我自己呢，说来更是惭愧，我只对于民间文学略注意过一二，其余都不是我所在行的。为此缘故，大家文字里所表露的见解，有时不能齐一，这是很可原谅的。……

材料或论著，不能有均匀的分配，这个缘故也很容易解答。第一，民间文学，比较其他材料来得有趣，并且在中国已有多年运动的历史，所以关于它的投稿要比较多点，这是很自然的。我自己是一个对它较有兴味的人，写起文章来，就不免关于它的多，又因为几位会外的朋友，兴趣及研究的对象也多半是倾注于此面的，因之，就难免有这项色彩独浓厚点的表象了。说句笑话，本刊的前身，原是《民间文艺周刊》，现在如此，倒也是不背根源呢。……

自本刊产生以来，局外的人对它大概抱着两种不同的态度。一种是赞成的，一种是鄙视的。赞成方面的，以为我们这种努力，是一个可贵的贡献，于中国的学术坛上。他们不但用语言、文字赞美和鼓励我们，有的还十分诚意的予我们以实力上的援助，如周作人、赵景深、徐调孚、顾均正、黄诏年、清水、谢云声诸先生，都是我们所分外感激的！鄙视方面的，似可分为两种。那受支配于因袭社会的伦理和陋见的近视论者，这在我们是犯不着去计较的。稍可惊异的，是有些素号为头脑清晰的学者们，也不能予我们以同情，甚至深恶而痛恨之，几比它于洪水猛兽！我们的工作，诚然是幼稚可议，但自信总是为学术为真理而努力，至少心是纯洁可谅的！我们不恤承受社会一般盲人的诅骂，头脑混浊者的仇视，但我们却要求大度的学者们平心静气的理解，鉴别，甚而至严厉的指摘亦得，只要他是确能为真理的！为了保护学术的庄严，我们实在没有受鄙视的惧怕。公平的判断，终当有个出现的时辰，即使不是在现在！①

在这篇《编后余谈》里，钟敬文讲了中山大学民俗学会、《民俗》周刊半年来的艰难创业和取得的成绩，也谈了民俗学会和周刊的一些突出缺点，如同仁中见解不一（如对顾颉刚所拟《〈民俗〉发刊词》的批评）、均非民俗学专攻等，特别是《民俗》上发表的"精审"的论著不多，而正是这些缺陷引来了校内某些学者的非议、甚至尖锐攻讦。应该说，其对民

---

① 钟敬文《编辑余谈》，《民俗》第23/24期合刊，1928年9月5日，广州。

俗学会和刊物的评价是比较冷静的、客观的。此外，最值得注意的是，从字里行间表达了他对"素号为头脑清晰的学者们"对他们这批为建立民俗学学科而努力的人的"深恶而痛恨"的激愤之情；而这些学者们的非议和攻讦，不仅是导致钟敬文去职、甚至后来导致容肇祖去职，以及《民俗》周刊停刊和学会停办的主要原因。在这一派学者中，曾经是顾颉刚好友的傅斯年大概是脱不了干系的。

钟敬文于1928年秋天到了杭州。在刘大白的引荐下，先后在商业学校、浙江大学等任教。此时的钟敬文，经历了中山大学的变故，毕竟已不再是在广州编《民间文艺》和《民俗》周刊时的钟敬文了，他在山清水秀的西子湖畔，一面沉醉于散文的写作中，一面思考着民俗学应该怎么做。为了创建中国的民俗学学科，组建新的中国民俗学会和创办民俗学刊物，在文学朋友之外，他又广泛与旧日的民俗学朋友建立联系。1929年2月18日他在给容肇祖的信里写道：

> 民俗的研究，是一种纯粹的学术运动，——最少在我们从事者的立意和态度，应该是如此！——致用与否，是另外一个问题，不能混为一谈，更不该至于喧宾夺主！民俗中文字，有时不免稍犯此嫌，在写作诸君，自然有他们的苦心，不能过责；但为严肃我们学术研究的营垒起见，以后不能不望兄略加注意于此！……颉刚兄于旧历年底来信，提起我们在此谋出版民俗杂志的事。记（得）我刚到此间不久时，曾经有过这样的一种计议。负责撰著文稿者，由赵景深先生拟定周作人、江绍原、郑振铎、徐调孚、顾均正、招勉之及他和我八个人，我并拟加上崔载阳、黄石二位。每期稿子编好，由上海某书店付印发行，我们只拿一点稿费和编辑费。我当时曾和江先生接头谈商了一两次，赵先生处，也函商了几回。后来因为别的问题发生，此事便致搁浅。到现在没有一点消息，大约暂时是这样的无望了。所可喜的，是据说郑振铎先生已翻译了一部关于民俗学的巨著，将印以奉献国人。最近《小说月报》启事，又自有今年起，将兼讨论及民俗学与文学有关系的问题，那真略可以使人告慰了。[1]

为了重振民俗学研究，钟敬文第一个选择就是寻求创办刊物，通过刊物重新组织起研究队伍。1929年夏，他与钱南扬始在杭州《民国日报》上

---

[1] 钟敬文《与容肇祖的通信》，《民俗》第52期，1929年3月20日，广州。

编发《民俗周刊》。①为此，钟敬文为杭州《民间月刊》创刊写了一篇《关于民俗》的文章，中大《民俗》周刊第85期予以转载。这篇文章中的一些观点，也很能表达他当时的学术观点和心情：

> 民俗学的研究……已有着鲜薄的一点成绩的贡献。……真的研究攻伐的工作，自然还没有很正式的开始，可是这不必引为诟病，或过于心急。……我们只能、愿就自己暂时能力所能够做的，去尽一点应该而乐意的职责。——广泛地收集我们所需要的材料，在可能范围中，施与细心的整理及部分的尝试研究，这是我们最近的工作的目标。
>
> 在我们意料之中，本刊开始发行后，除了许多贤明的头脑清晰的先生们，将由衷地眉飞色舞着同情我们的工作外，必然地有一部分的人要冷酷地或恶心地恣肆着他们的嘲讽与鄙蔑，最少呢，是不免蕴着满肚子莫名其妙的心情而怀疑起来。过去的经验告诉我们是这样，在推理上也是个必然的结论。我们怎样去应付这个未来而必定到临的不幸的对手呢？谩骂吗？这徒然深增了误解而已，又何必！我们愿意诚恳地在这里先做点表白，倘使这表白在事实上能招来我们所不敢十分预期的效果，那真将不知怎样来述说我们的高兴好呢！
>
> "这种触目都是凡庸贱俗的材料，也值得你们受了高等教育和在从事着高等教育工作的学人们的费心研究吗？要研究中国的国故，那材料可不是多着，周鼎汉壶，唐诗宋词，何一不可作专门的研攻，而必以这些粗野之至的东西当对象呢？是研究不来那些而只好以此为足？抑天生贱骨头，只配弄弄这些凡品呢？"对于这样的说着，而显

---

① 杭州《民国日报·民俗周刊》到底出版了多少期？钟敬文在1929年9月25日给容肇祖的信《别来无恙的一封信》里说："两三月前，因刘大白先生的高兴，我们曾在此间的《民国日报》，附出一种《民俗周刊》，由我与南扬兄负责编辑。前后共出了九期。嗣以南扬兄回家去，我又搬居到西湖上的庄子中居住，力薄机滞，因之便停了刊。"（《民俗》第83期）至于它的创刊日期，据王文宝推算，创刊于1929年5月30日。（《中国民俗学运动的分期》）另据袁洪铭《民俗学界情报》之五《杭州〈民间月刊〉征求读者》称："钟敬文、娄子匡二先生在杭州组织中国民俗学会，其成绩之高，较之北大歌谣研究会暨中大民俗学会，可谓不相上下。这点事情，凡稍微留心斯学运动的人，是谁也不能加以否认。它过去的工作：除出版60余期的《民俗周刊》及内容丰富、为'过去'与'现在'的中国出版界所未曾有过这样鸿篇巨帙的民俗研究论集的《民俗学集镌》第一、二辑，并其他一些民俗丛书。在去年十月间，复与绍兴民间出版部陶茂康先生合编一《民间月刊》，由该会发行出版。"（《民俗》周刊第123期，1933年6月13日）

出一种嘲笑的脸色的朋友，我们以为他还是未明近代的所谓科学吧！只要是一种在时间空间上曾经存在过，或者正在存在着的事物，无论它所具的价值，怎地高贵或凡贱，都可作学者研究的对象。在这研究的范围内，只要是真实的材料就是一点一滴，都是很尊贵而有用的。植物学者的对象，是树木花草，矿物学者的对象，是岩石金属，动物学者的对象，是鸟兽虫鱼，他们只问能否求到事物的真相，从不计及所研究的现象，在商品上价格的高下。非然者，将以研究人类及事物某部分的科学为尊荣，而贱视其他一切的研究了。这种不合理的观念，和吾国传统思想上以官吏为贵人，士子为高品等，有什么不同的分别？朋友，已经开明的20世纪时代，是不容许我们做这样非理地妄生轩轾的谬想的了！①

钟敬文在此所做的辩解和论述，与顾颉刚在离开北大之前为《北京大学研究所国学门周刊》所写的《1926年始刊词》之所论几乎是完全一样的。呜呼，三年后的南方的中山大学的和杭州的民间文学研究者们，与三年前北大的民间文学研究者们所面临的处境和指摘，并没有太大的变化。他们甚至还要在学科的研究对象的是否合法性上进行抗争。顾颉刚在那篇文章里不无激愤地写道：

凡是真实的学问，都是不受制于时代的古今、阶级的尊卑、价格的贵贱、应用的好坏的。研究学问的人只该问这是不是一件事实；他既不该支配事物的用途，也不该为事物的用途所支配。所以我们对于考古方面、史料方面、风俗歌谣方面，我们的眼光是一律平等的。我们绝不因为古物是值钱的古董而特别宝贵它，也决不因为史料是帝王家的遗物而特别尊敬它，也决不因为风俗物品和歌谣是小玩意儿而轻蔑它。在我们的眼光里，只见到各个的古物、史料、风俗物品和歌谣都是一件东西，这些东西都有它的来源，都有它的经历，都有它的生存的寿命；这些来源、经历和生存的寿命都是我们可以着手研究的，只要我们有研究的方法和兴致。固然，在风俗物品和歌谣中有许多是荒谬的、猥亵的、残忍的，但这些东西都从社会上搜集来，社会上有着这些事实乃是我们所不能随心否认的。我们所要得到的是事实，我们自己愿意做的是研究；我

---

① 钟敬文《关于民俗》，中山大学《民俗》周刊第85期（1929年11月6日）予以转载。

们并不要把我们的机关改做社会教育的宣讲所，也不要把自己造成"劝人为善"的老道士。何况这些荒谬、秽亵、残忍的东西原不是风俗和歌谣所专有。考古室里的甲骨卜辞和明器便是荒谬思想的遗迹。史料室中更不少残忍的榜样，如凌迟处死、剚尸枭士等案卷。但这些荒谬和残忍的遗迹却是研究的最好的材料，因为它们能觳清楚地表出历史的情状。假使我们一旦得到了汉代"素女图"，当然不嫌它的秽亵，也要放到考古室里备研究。如果风俗室里有"磨镜党"的照片，我们当然可以把它和素女图比较研究。我们研究这种东西的不犯淫罪，正如我们研究青洪帮不犯强盗罪，研究谶纬的不犯造反罪一样。我们原不要把学问致用，也不要在学问里寻出道德的标准来做自己立身的信条，我们为什么要对于事实作不忠实的遮掩呢！①

就是在这样的思想和学术形势下，由江绍原、钟敬文和娄子匡三人发起，中国民俗学会于1930年春天，在杭州正式诞生了。（关于学会的名称，用得颇为混乱。在《民俗学集镌》第一辑上出现为"杭州民俗学会"，在《民间月刊》上则为"中国民俗学会"。）娄子匡说：杭州中国民俗学会的成立，是"南国没落后的各地学会对民俗学生命线的维护"；中国民俗学的生命乃是"西子湖滨中国民俗学会的创化"。②中国民俗学会宣告成立后，一方面为了蒐集资料建立基础，一方面为了提高学术研究的水平，创刊了好几种刊物。如：

（1）杭州《民国日报·民俗周刊》。1930年8月28日发刊。第60期（1931年10月）出版后停刊。娄子匡、钟敬文先后主编。该期有钟敬文撰《本刊休刊告读者》。何时复刊并继续出至多少期，研究者说法不一。③

（2）南京《南京民报·民俗周刊》。1931年1月8日发刊。

（3）宁波《民国日报·民俗旬刊》。共出3期。

---

① 顾颉刚《国学门周刊1926年始刊词》，《北京大学研究所国学门周刊》1926年第1期。

② 娄子匡《中国民俗学运动的昨夜和今晨——应德儒爱堡哈特博士、日儒小山荣三氏而作》，《民间月刊》第2卷第5号，1933年，杭州。娄子匡在文中称：中国民俗学会成立的时间是1930年夏天。

③ 据《民间月刊》第2卷第7号（1933年7月），载《民俗周刊》第71—77期要目。《民间月刊》第2卷第9号（1933年9月），载《近十期周刊要目》，似是第77期之后的10期的要目。另，莫高在《浙江民俗》第1期上著文《1930年杭州的中国民俗学会》说，《民俗周刊》出至150期，但学界尚没有人能提供目录。

以上三种报纸附刊，均为杭州中国民俗学会的刊物，其性质为大众读物，以发表民俗和民间文学材料为主，偶有论文，但水平一般不高。

（4）杭州《民间月刊》。绍兴原有陶茂康主编的《民间月刊》，1931年6月创刊，每月一期，出至第12期（1932年8月）停刊。从1932年10月起改为2卷1期，由陶茂康、钟敬文、娄子匡主编，中国民俗学会编纂，成为中国民俗学会的刊物。2卷1期出版于1932年10月1日；2卷第10/11期于1934年4月出版后终刊。此刊系杭州中国民俗学会的主要期刊，每期都有论文发表，但以读者计，论文不能占很大篇幅，故于第9期（1933年9月）、第10/11期合刊（1934年4月）加出《谭论之部》各一册，加大论文的分量。钟敬文在2卷1期发表《老虎与老婆儿故事考察》，张长弓在2卷2期发表《中国古代水神的传说》，娄子匡在2卷5期发表的《中国民俗学运动的昨夜和今晨》，都属于该刊发表的有一定学术分量的民间文学论文。

（5）《民俗学集镌》两辑：

第一辑：钟敬文与娄子匡借用南京开展文艺社的《开展月刊》第10/11期合刊的版面，编辑了一期《民俗学专号》（后取名为《民俗学集镌》第一辑）。出版时间是1931年7月25日。民间文学方面的重要论文有钟敬文《中国的地方传说》。第二辑：这一辑，不再是借用刊物的刊号，而是用书的形式出版的。正式用《民俗学集镌》第二辑的名称，出版时间是1932年8月1日。民间文学方面的重要论文有：赵景深《英国童话略谭》、顾颉刚《周汉风俗和传说琐拾》、钟敬文《蛇郎故事试探》、刘大白《故事的坛子引言》。资料方面，刊载了中国民俗学会的同仁录。钟敬文在《编后小记》里说二辑与一辑的不同是："本辑所收的十多篇文章，大都是属于理论方面的，这一点，和前辑的兼收'材料'不同。"

（6）《艺风·民间》专号（共三期）。钟敬文从1933年起借《艺风》月刊编《民间专号》3期。每年一期。第1卷第9期《民间专号》（1933年11月15日补出），重要民间文学文章有：孙伏园《定县的平民文学工作略说》；第2卷第12期（1934年12月1日），为《人类学、考古学、民族学、民俗学特辑》，重要民间文学论文有：赵景深《南曲中的唐僧出世传说》、钟敬文《老獭稚型传说的发生地》；第4卷第1期（1936年1月1日），为《民间文学专号》，重要民间文学论文有：钟敬文《民间文艺学的建设》、松村武雄《中国神话传说短论》。[①]

---

① 钟敬文于1934年4月至1936年7月在日本留学，《艺风》"民间"专号第2期起以及《民俗园地》的稿子，是在日本编就的。

（7）《民俗园地》（共10期）。钟敬文从1935年起为《艺风》月刊编《民俗园地》附刊10期，单独发行。《民俗园地》第1期（《艺风》第3卷第2期附刊，1935年2月1日出版）；《民俗园地》第2期（《艺风》第3卷第3期附刊）；《民俗园地》第3期（《艺风》第3卷第4期附刊），重要民间文学论文有钟敬文《南蛮种族起源神话之异式》；《民俗园地》第4期（《艺风》第3卷第5期附刊），重要民间文学论文有柳田国男《民间传承论导言》；《民俗园地》第5期（《艺风》第3卷第6期附刊）；《民俗园地》第6期（《艺风》第3卷第7期附刊）；《民俗园地》第7期（《艺风》第3卷第8期附刊），重要民间文学论文有钟敬文《文物起源神话》；《民俗园地》第8期（《艺风》第3卷第9期附刊），重要民间文学论文有松村武雄《神话传说中的话根和母题》；《民俗园地》第9期（《艺风》第3卷第10期附刊）；《民俗园地》第10期（《艺风》第3卷第11期附刊）。

（8）《孟姜女》（月刊），娄子匡主编。1937年1月1日创刊，共出五期。其前身是《妇女与儿童》。刊物为中国民俗学会的学术刊物，封面上标明"民俗学、民族学、文化史、社会史期刊"字样。所发文章均为民俗内容的探讨，但没有民间文学的论文。钟敬文于1936年7月在日本学成回国，仍居住在杭州，任教于民众教育实验学校，同时担任国立艺术学院文艺导师，为《民众教育》月刊编辑了"民众艺术"等几个专号，参与组织了西湖博览会的"民间图画展览会"，在《孟姜女》第3期发表了《法国民族学研究》的文章，但并没有参与娄子匡主编的《孟姜女》的编辑出版。

除了这些刊物外，还有几个分会主办的民俗刊物，如中国民俗学会吴兴分会主办的《民俗周镌》，中国民俗学会汕头分会林培庐主编的《民俗周刊》，汕头揭阳出版的《民俗旬刊》，福州乌石山师范魏应麒主编的《民俗周刊》，漳州民俗学会编的《民俗》，中国民俗学会四川分会樊缜主编的《民俗周刊》，中国民俗学会徽州分会谢麟生主编的《民俗周刊》等。这些刊物，以发表地方性的民间文学和民俗材料为主，间或发表几个名人的文章，但都影响不大，在历史的烟尘中湮没无闻了。

杭州中国民俗学会还陆续出版了自己的丛书。计有：刘大白著《故事的坛子》、钟敬文著《中国民谈型式表》、娄子匡编著《新年风俗志》、钱南扬著《民俗旧闻集》、张之金等编《湖州歌谣》、秋子女士编《人熊婆》、林培庐编《潮州七贤故事集》、谢麟生编《金牛洞》、江风编《浙江风景线》、娄子匡编著《巧女和呆娘的故事》、翁国梁著《水仙花考》、张子海编《急口令》、林培庐编《民间说世》。[①]另据《民间出版部出版物》提供的资料，还有叶德均《李调元故事》、叶德均《淮安谚语集》。[②]

以钟敬文为领军人物的杭州中国民俗学会，利用一切可能的机会办刊物，出版书籍或专著，加上其伙伴娄子匡在活动和编辑方面的能量，民俗学刊物一时此起彼伏，目的是要树立和强化民俗学的学科意识，作为重要的措施之一，是在自己主持的刊物上发表批评北大歌谣研究会和中大民俗学会的文章，以求摆正中国民俗学学科的方向，使中国的民俗学"正统"化。为此，钟敬文像1928年3月编辑《民俗》周刊创刊号时发表社会学家何思敬撰写的《民俗学问题》一样，今又在《开展月刊》民俗学专号（即《民俗学集镌》第1辑）上发表了汪馥泉的文章《民俗学的对象任务及方法》和英国民俗学者班恩女士的《民俗学概论》（ *The Handbook of Folklore* ）的中译本译者乐嗣炳的文章《民俗学是什么以及今后研究的方向》。

汪馥泉写道：

> 民俗学的对象，曾有张竞生（北大所发风俗调查表），林幽（见《厦大国学研究所周刊》），陈锡襄（见中大《民俗》），钟敬文（风俗学资料征求范围纲目）四先生拟议过。至于任务及方法，似乎还没有看到正式谈论过。如其有的话，如最初的北大歌谣征集，一方面'汇集与刊发'，'清歌雅辞'，一方面由钱玄同、沈兼士二先生担任考订方言；如顾颉刚先生，用典籍文献考订古史的方法，整理孟姜女故事；如刘经菴先生在歌谣之中来看妇女问题；如赵景深先生、钟敬文先生，用'型式'来研究故事，这便是了。……钟敬文先生的范围纲目，系据班女士（Miss Barne），略加增损而成的：（1）信仰与行为；（2）制度与习惯；（3）艺术与语言。（除第一部分任班

---

① 《中国民俗学会丛书》，见《孟姜女》第1卷第1号，1937年1月1日，杭州。

② 《民间出版部出版物》，《民间月刊》第2卷第9期，1933年9月，杭州。杭州中国民俗学会的出版物（丛书），钱小柏《浙江民俗活动忆旧·中国民俗学会当年的活动》（手稿）认定26种，除了笔者所举者外，还包括：林培庐《民俗汇刊》（汕头《民俗周刊》1—20期）、陶茂康《文虎汇刊》、钟敬文《老虎外婆故事集》（即《民间月刊》第2卷第2号《老虎外婆专辑》）、萧然《月容的诗歌》、张×编《游戏的革命》、娄子匡《月光光歌谣集》（即《民间月刊》第2卷第4号《浙江月光光歌谣专辑》）、林培庐《民俗学论文集》（岭东分会丛书）、娄子匡《西藏恋歌》、萱宝女士《田螺女》（故事小丛刊之一）、娄子伦《祝英台》（故事小丛刊之二）、施方《斗牛》（习俗小丛刊之一）。

女士之旧外，第二部分第一段修改了好些，第三部分的修改很有特色。）……钟所拟的对象，大体说来是对的。

汪馥泉（1899—1959）浙江余杭人，原名汪浚，曾用笔名汪正禾。作家兼翻译家、教授。文学研究会的成员。中国现代文学史上的重要作家。时任上海中华艺术大学教务长。早期著译很多，从文化到政治到学术，涉猎广泛，关于民间文学和民俗学的著译，在当时的文化学术界颇有影响。钟敬文在杭州经营杭州中国民俗学会和编刊《民俗学集镌》（《开展》月刊附刊）时，汪是该刊的撰稿人。他撰写的民间文学文章有：《印度神话中的洪水》（《民国日报·觉悟》1923年12月17日）、《神话及传说的动态》（《绸缪月刊》第2卷第5期，1936年1月15日）、《整理中国古代歌谣的意见及其他》（《文学》第53期，1937年）等。他翻译的民间文学论著更多，如：〔日〕中岛孤岛《欧洲神话和传说中的恋爱》（上海：《妇女杂志》第8卷第8期，1922年8月）、〔日〕狩野直喜《中国俗文学史研究的材料》（《语丝》第4卷第52期，1928年12月）、〔日〕青木正儿《民歌研究的片面》（《北新半月刊》1929年2月）和《中国俗文学三种的研究》（《语丝》第5卷第28期，1929年9月）、《马来民歌》（《新国民日报》1931年9月19日）、〔日〕稻叶岩吉《中国五岳的由来》（杭州：《孟姜女》第1期，1937年2月）。钟敬文编发的《民俗学的对象任务及方法》一文，表达了汪馥泉对民俗学对象和方法的独立见解。1949年后，汪馥泉任东北人民大学图书馆馆长兼中文系主任。1957年被错划为右派，受到不公正的待遇，1959年逝世。研究者认为，汪馥泉是一个"沉潜在中国现代文学河床中"而其文学遗产没有被充分发掘的文学研究先驱：

> 命途多舛的汪馥泉，是中国现代文学历史进程当中的风云人物，一度活跃在中国现代文坛。文化史实和历史资料能够证明。汪馥泉一直是一位思想进取，学养精深的五四新文化运动的自由先驱者和民主战士。虽然，汪馥泉一生无党无派，其所经历的时代背景复杂，社会变迁的历史跨度巨大，但是，汪馥泉先生在中国五四新文化运动中的独立地位及其在中国现代文学史上独特的影响力，还有他早期的自由思想和一直以来所坚持的现代精神却值得任何人尊重。
>
> 汪馥泉在1957年被错划为右派，两年之后（1959）就较早地含冤离世了，由于当时的社会背景与政治运动的种种原因，加之"文化大革命"前后十年浩劫带来的无法估量的民族灾难，还有汪馥泉家庭及其

后人所遭受的人间劫难，汪馥泉其人其事其史其名，几乎被社会有意无意地遗忘，被政治尘埃厚厚地埋没，被历史无情的遮蔽。汪馥泉知识广博，一生著作甚丰，直至1959年汪馥泉含冤逝世为止，他大量涉猎文化、政治、经济各个领域的文章和著作、译作在中国现代文化历史上的独立作用，先进意义，学术价值和思想旨趣都值得真正的研究和深入的挖掘。①

乐嗣炳写道：

　　在中国这类事业（按指民俗学——引者）的萌芽，大都归之于北大《歌谣周刊》的刊行。不幸《歌谣周刊》刊行的动机，是由于少数文学家一时高兴，不单并非接受西洋科学民俗学理论的影响，并且是偏重在文艺方面找材料。直到顾颉刚先生等在周刊上发表了孟姜女研究和妙峰山研究、东岳庙研究等等之后，周刊的民俗学的色彩逐渐浓厚，不过周刊根本既不是由于民俗学而产生，虽然有胡适之先生劝顾颉刚先生读民俗学西书的一段佳话，而实际上始终没有人提过正确的民俗学理论。《歌谣周刊》改变作《国学门周刊》，那是扩大作民族学的刊物了，范围宽宏，更没有人提到民俗学的理论了。广大（按即中山大学——引者）《民俗学周刊》（按即《民俗》周刊——引者）出版，开始明显地用"民俗"，接着钟敬文先生翻译"*The Handbook of Folk-lore*"附录C，杨成志先生翻译附录B，陆续出版，才算是科学的民俗学真的萌芽于中国了。然而同时广大还出有一种《民间文艺》，承继《歌谣周刊》，肯定歌谣、故事是属于文艺的，否定歌谣、故事跟民俗学的关系，（不然既有《民俗周刊》何必再有这种刊物）暴露了对于民俗学认识的不彻底。就说娄子匡先生等努力在宁波、杭州、南京刊行三种叫做《民俗》的刊物，而投稿的依然偏重在含有文艺性的歌谣、故事或传说，这种现象不能不说是历史的遗毒！

　　正合着布恩（又译班恩）女士说："民间传承采集者是不能离开理论而独立研究。……若是在当初就误解了证据的意味（即为什么要采集这些材料），那么所观察的事实的记录，在有更深洞察力的思想家出现以前，无论怎样误解，就得依着所误解的流传下去。"过去的

---

① 李磊《沉潜在中国现代文学河床中的馥泉》，见李磊"新浪"博客——blog.sina.com.cn/lilei5382。

中国民俗学界就为了基本理论有些儿误解，错过了许多采集良好资料的机会，浪费了许多心血作无意的研究。例如依照布恩女士列举的项目已经采集的资料就都残缺不齐，或是由于"文艺的"这个词儿先入之见，把"非文艺的"资料置之不理，这固然是最大的缺点。单拿最有成绩的歌谣来说，一方面上了文艺的当，凡是不能勉强算作"文艺的"歌谣遗漏很多，更重要的一方面几乎又可以说跟民俗学没有发生关系。……引起民俗学者对于歌谣的注意，并非歌谣本质上音乐的价值或文艺的价值，而是人们使用这些歌谣之际所有的风尚或习惯。民俗学者所要的是歌谣的风俗，民俗学者所谓歌谣是指风俗中的歌谣。目前已经公表的歌谣，偶然的几首附带着风俗的记录，未附带风俗说明的很多歌谣，也许它们有其他方面的意味，就纯粹民俗学立场来说，是跟民俗学没有什么直接的关系。

过去已经过去了，为未来计，我们要求科学的民俗学健全地发展，切实地对于人类知识的总量有所贡献，我以为目前至少限度应该决定下面三个方面——

第一，传布正确的理论，使采集者得依理论的指导收获切实的资料，研究者得依切实的资料作具体的贡献。

第二，为研究民俗学而采集民俗学的资料，别再牵丝攀藤，在"文艺"招牌下耍"民俗学的"把戏，在"民俗"招牌底下闹"文艺的"玩意儿，两相耽误。

第三，各部门研究要平均发展，既然跟民俗学以外的学问分了家，别又过于偏重歌谣、故事或神怪等等，当然不能把非文艺的民俗学资料置之不理。[①]

乐嗣炳（1901—1984）的这段阐述和评论，是中国的民俗学者中最直截了当、最淋漓尽致的一次学理陈述和颠覆。乐嗣炳先后在上海大学、暨南大学、复旦大学从教多年，研究语言学和歌谣。抗日战争爆发后，举家迁移到广西三江县，并在这个多民族杂居地区进行采风和调查。1941年被聘为广西教育研究所特约研究导师，研究少数民族问题。《歌谣与风俗》（《微音月刊》第1卷第1期，1931年6月15日）、《桂江两岸的歌

---

① 汪馥泉《民俗学的对象任务及方法》、乐嗣炳《民俗学是什么以及今后研究的方向》，均见《开展月刊》第10/11期合刊（即《民俗学集镌》第1辑），1931年7月25日，杭州。

谣风俗》（《微音月刊》第1卷第2期，1931年7月15日）、《柳江上游的歌谣节》（《太白》第1卷第2期，1931年10月5日）、《怎样研究中国歌谣》（《当代文艺》第1卷第4期，1931年4月15日）、《怎样采集歌谣》（《微音月刊》第1卷第3期，1931年8月15日）、《歌谣与文艺》（《微音月刊》第1卷第8期，1932年1月》）、《民族艺术——永定山歌》（《微音月刊》第1卷第9/10期合刊，1932年3月）以及《粤风之地理的考察》等文章，都是那时写的。他对民间文学的兴趣和执着，从青年时代就开始了，1922年北大歌谣征集处和后来的歌谣研究会从全国各地征集来的10000多首歌谣，就是由时任中华书局编辑员的乐嗣炳编选成集（《儿童歌谣集》八册），由中华书局出版的。[1]虽然他前期对歌谣，尤其是少数民族歌谣如此钟情，但到了30年代，他在《开展》月刊之《民俗学集镌》中发表的这篇文章，却以对北大《歌谣》周刊的宗旨和中山大学《民间文艺》周刊为对象所进行的批判和清算，表明他的学术立场，从根本上排除了"文艺的"民俗学的地位。

笔者以为，钟敬文在他主持的刊物上发表这两篇锋芒毕露的文章，也绝非无意之举。钟敬文在《编后缀言》里说："（汪馥泉）郑重地提出了民俗学上今日所面对着的问题的。至文中对于斯界同人不客气的批评，这不但不足以怀疑汪先生的'别有恩怨'，我们以为这反可看出他对人与对学术的坦白与诚恳的态度。……汪先生对于顾先生等关于民俗学等意见的批判，与其说是消极的不留余情的责备，实不如说是带着热烈的诚恳的希望较妥当吧。"[2]当然，钟敬文本是一个文艺家，他之从事民俗学，也以歌谣、故事研究入籍，但他毕竟介绍过班女士的《民俗学概论》之附录C即印欧故事型式表，笃信英国人类学派的民俗学是"正统观念"，而且他在中山大学民俗学会时期所拟议的"纲目"，"语言与艺术"——民间文艺——在民俗学中只占三分之一的地位，而且摆在第三位，因而他的民间文艺学的核心，与乐嗣炳所说的"为研究民俗学而采集民俗学的资料"并无二致。应该认为，对于汪馥泉和乐嗣炳的批评以及他们为中国民俗学所设计的对象任务及发展方向，钟敬文是同意的，至少是默认的。钟敬文传记作者安德明写道："去日本之前，钟敬文和他的杭州中国民俗学会的同

---

[1] 戴红、何定华《民俗学探索者的脚印——访乐嗣炳教授》，《采风报》第15期（总第46期），1983年8月1日第4版，上海。

[2] 钟敬文《编后缀言》，《开展月刊》第10/11期合刊（即《民俗学集镌》第1辑），1931年7月25日，杭州。

事，已经开始把研究的视野，从关注口承文艺等精神文化，扩展到关心民众所创造的多种文化事象，这比北大歌谣研究会和中大民俗学会时期，都迈进了一大步。"①到编辑《民俗学集镌》第1辑和《艺风》的"民间专号"时，特别是在日本系统地研习了日本和西欧的民俗学理论回国后，他已经从一个以文艺学方法和立场研究民间文学的青年学者，转到了以民俗学的方法和立场研究民间文学和民俗学，甚至成为正在形成中的民俗学派的中坚人物了。

（二）钟敬文的民间文学学术思想

钟敬文在杭州生活和工作的时间分为前后两段：第一段，从1929年春到1934年春。第二段，从1936年秋到1937年抗战爆发。其间赴日本留学两年。1937年7月7日卢沟桥事变后，随浙江民众教育实验学校内迁，而后投笔从戎到广州第四战区政治部。在杭州时期，他发表了一系列颇有分量的民间文学论文，对西方和日本的民俗学学说兼容并包，又努力使其本土化，从而造就了他学术生涯中最为辉煌的一个时期，也使他成为1928年中山大学民俗学会以来、1930年杭州中国民俗学会以来最有代表性的民间文学研究学者，他的著述与活动（编刊）在很大程度上推动了中国民间文学研究中的"民俗学派"的形成。

1. 神话学研究

初到杭州，他不再染指已经成为过去的编辑工作需要的那种导向性文章，而倾心于神话和民间故事的专题研究。开始阶段，他以神话研究为重点，陆续发表了《答茅盾先生关于〈楚辞〉神话的讨论》（作于1929年10月10日，中大《民俗》周刊第86—89期，1929年12月4日）、《关于〈山海经研究〉——一封回答郑德坤先生的信》（杭州《民国日报·民俗周刊》第5期，1930年）、《〈山海经〉神话的讨论及其他》（中大《民俗》周刊第92期，1930年1月25日）、《中国的水灾传说》（浙江《民众教育季刊》第1卷第2号，1931年2月）、《种族起源神话》（浙江《民众教育季刊》第1卷第3期，1931年4月30日）、《中国的地方传说》（《开展月刊·民俗学专号》第10/11期合刊，1931年7月）、《中国神话之文化史价值——序清水君的〈太阳和月亮〉》（《青年界》第4卷第1期，1933年8月）、《与爱伯哈特博士谈中国神话》（杭州《民间月刊》第2卷第7期，1933年4月）。

① 安德明《飞鸿遗影——钟敬文传》，第73页，济南：山东教育出版社2003年。

在日本留学期间，又撰写和发表了《老獭稚型传说的发生地》（《艺风》第2卷第12期，1934年10月）、《南蛮种族起源神话之异式》（《艺风》第3卷第4期，即《民俗园地》第3期，1935年4月1日）、《文物起源神话》（《艺风》第3卷第8期，即《民俗园地》第7期，1935年8月1日）、《槃瓠神话的考察》（日本《同仁》第10卷第2、3、4号，1936年2、3、4月）等。这方面的研究，显然是他在中大语言历史学研究所时就开始的神话研究《〈西南民族起源的神话——槃瓠〉书后》（《中山大学语言历史学研究所周刊》第3卷第35/36期合刊，1928年）、《楚辞中的神话与传说》（《大江月刊》1928年11/12月号，1930年2月中大语言历史学研究所出版单行本）的再续。

　　钟敬文的神话学理念，大体上来自于英国的和日本的人类学派神话学。所谓神话传说，包含下面两个方面：其一，原始先民的神话传说，是现代民间文艺学必不可缺的重要组成部分。其二，神话传说既包括古籍中保存下来的上古神话，也包括现存原始民族的口传神话（钟敬文的概念是"口碑神话"）。后者的被视为神话学的研究对象，正是西方人类学派神话学的基本学术理念；它的被引入中国神话研究，从根本上改变了传统国学的研究格局。当《楚辞》《山海经》等古籍中所保存和传承下来的中国上古神话，在20世纪20年代末—30年代再次引起学界的广泛关注、在许多学术刊物上展开讨论的同时，中山大学语言历史学研究所和稍后成立的中央研究院历史语言研究所首创对西南少数民族民俗和神话的调查与研究。钟敬文虽然没有参与到这些调查队伍中去，但他对某些种族的起源神话的兴趣，很可能就是受到了这种研究思潮的触发。1928年5月，中山大学生物系的教授辛树帜率领石兆荣深入广西瑶族和壮族中去做调查，傅斯年告之顺道调查当地民族的民俗。在研究所里首开民俗田野调查之风。《国立中山大学语言历史学研究所周刊》编辑绍孟（余永梁）、钟敬文为"要解决西南各种人是否一个种族"的问题，决定编辑《西南民族研究专号》。[①]当余永梁如约撰写的论文《西南民族起源神话——槃瓠》交付《国立中山大学语言历史学研究所周刊》第3集第35—36期合刊上发表时，是钟敬文为之写的《书后》。他在这篇《书后》中围绕着种族起源神话（槃瓠神话、黎族起源神话、盘古开天辟地神话等），简略论述了"人兽通婚"（特别是图腾）、变形等观念在种族起源神话中的作用，文中所述的论

---

① 绍孟《国立中山大学语言历史学研究所周刊·西南民族研究专号·编后》，第3集第35—36期合刊，1928年7月4日。

点，实际上埋伏着他后来所写的几篇种族起源神话专论的雏形，而且其论点也是前后一脉相承的。

那时，他们（无论是钟敬文还是余永梁）还只是笼统地把槃瓠传说说成是西南民族的神话，并不能确定是哪几个民族的起源神话。但钟敬文却从槃瓠传说的话题，引出了几个类似情况的民族起源神话来一起讨论。他说："图腾（Totem）的思想，是世界上任何民族的初期所必具的，所以这种以犬为始祖的传说，并不足以为奇怪的事。……如元人的初祖，不就是说一匹苍色的狼和一头白色的鹿相匹而起始的吗？人兽通婚的思想，原是初民时代所一例通行的，在现在半开化或比较文明的国家中，其人民的口碑上，尚残留有这类思想的故事传说。中国现在尚流行在民间的蛇郎娶妻的童话，就是一个'人兽通婚系'故事的好例。又如我们两广福建民间传说中，有杨文广征南蛮十八洞与金龙精（称金龙公主）结婚的故事，这也可为一证。若从中国古来记载异闻怪事的说部中去找，那更不知要有多少呢。只就《聊斋志异》一书中所记的人和狐结合交媾的故事，也就不少了。（让我附带声明一下，《聊斋志异》中所记许多离奇的故事——尤其是关于狐的——未必一定是民间传说忠实的记录，但我们也得相信，这种兽婚系以及其他种种在现在诧为怪异的思想，大部分是本自初民，或暗合于初民的。）我国南方特殊民族中的黎人，关于他们的起源，也有一个很诡异的神话。《琼州府志》云：'安定县，有黎母山，故老相传，雷摄一卵在黎山中，有女破卵而出，食山果为粮，巢居野处。岁久，值交趾蛮入山采香，女与之媾，遂生子。其后子孙众多，是谓黎人之祖，因称黎母。'对于这个神话，我发觉了两点小意见：（1）这故事，颇可以证明各民族原始时期是经过母系制度（Maternal）的，（2）于雷州雷神的故事，必有交错传递转变等因缘。……虽不是说民族的起源，是由两头兽类的相匹合而成（如元人），或一个人或一头兽类相匹合而成（如苗瑶），但这位始祖的女性，并不是一个平平常常的人，她是由一颗雷神所摄来的卵所变成的。"他以哈特兰德《神话与民间故事》中关于变形的一段话为依据，论证了黎母出生自雷神所摄来的卵中，由于原人不懂得胎生和卵生的区别，才有此等思想观念，故他们的"此种推想与相信变形无异"。[①]钟敬文很欣赏余文提出的两个问题，一个是"槃瓠故事和盘古故事"，一个是"槃瓠故事与马头娘传说"。他后来在日本，因松村武雄的《狗人国试

---

① 钟敬文《西南民族起源的神话——槃瓠·书后》，《国立中山大学语言历史学研究所周刊·西南民族研究专号》，第3集第35—36期合刊，1928年7月4日。

论》一文的发表而勾起他写完的《槃瓠神话的考察》中，不惟旁征博引，大加发挥，也还不忘称十年前余永梁的文章"是一种开创性的而且合理的研究"。他在余文的基础上，主要论述了两个问题：对槃瓠神话记录（文献的和口碑的）的搜集和比较研究；对神话人物槃瓠的图腾性质的确认。[①]在杭州时期，钟敬文开始着手研究《山海经》，原计划撰写的《〈山海经〉之文化史的研究》一书，因故没有完成。但从他已经发表的若干章节和主要观点来看，与当时学术界占主导地位的人类学派神话学主要从文学角度立论，认为《山海经》是古人想象与幻想的产物这样一种看法相比，有了明显的突破，在当时的《山海经》研究中具有开创性意义。

钟敬文对《山海经》的性质、文化史内涵、博物学品格、图文关系等诸多方面都有自己独到的见解。他在《〈山海经〉是一部什么书》（《山海经研究》之第三章）中写道："这部书，是集合着各时代性质不同的作品而成的。其中，有些是释图像或绘画的，有些光是记载事物之词。因为它陆续写于东周及秦汉，而所记的又多是民间的传说、习俗、信仰，故保存了许多我国古代的文化史料（神话、传说，只是这些材料的一部分）。至于山川、草木、禽兽、金玉等记载，是有一部分可以相信的，虽然理想及无稽的也着实不少。"[②]

2. 民间故事型式研究

钟敬文到杭州不久，在教学之余，重新回到了在中山大学时向刚刚成立的中央研究院历史语言研究所申报的民间故事类型研究的课题上，运用外来的"型式"理论和人类学派的遗形理论，研究中国的民间故事，一方面编制一个中国民间故事类型表，一方面选取一些故事"类型"撰写专题性研究文章。他曾就这个研究历程这样说过：

> 民十六年的冬天，我和友人杨成志先生合译了库路德那被修正过的《印度欧罗巴民谭型式》（*Some types of indo-European folk-tales*），当时想，把中国的民谭，照样来整理一下，该不是无意义的

① 钟敬文《槃瓠神话的考察》，《钟敬文民间文学论集》，上海文艺出版社1983年；又见《钟敬文文集·民间文艺学卷》，第412—440页，合肥：安徽教育出版社2002年。

② 钟敬文《山海经是一部什么书》（写于1929年寒假），见《钟敬文民间文学论集》（下）第340页，上海文艺出版社1985年6月。

吧。次年（民十七）春，国立中央研究院历史语言研究所在粤成立，谋出《集刊》第一期。当其事为傅斯年、顾颉刚诸先生，承邀分题作文，我即提出《中国民谭型式》的题目。但只在忙碌中草就了数型，即以诸感困难之故中断进行。后来，赵景深先生，似来函提议过大家分力合作；我也有时想起此事中断的可惜。但兴味既弛，课务也忙，因之，便成长期的悬搁。

去年夏，以神经衰弱过甚，不能应付较忙的课务，便决定辞去浙大文理学院的教职，来就省立民众教育实验学校"民间文学"的讲席。因为常常浏览国内民谭一类书籍之故，所以整理型式的心思又形活动。高兴时，即信手草写两三个，以填塞此间《民俗周刊》的空白。本拟等写成一百个左右时，略加修订，印一单行本以问世。但数月以来，半因为所讲的功课，已换了新题目；半因为自己的兴趣，又另转了一个方向：这样，写到了原定数目一半的型式，又只好"中断"了。但这回的结果，却不能与前次"一概而论"，它终算有了相当的收成呢！虽然是那样薄弱与粗糙。①

他在教学之余，断断续续地"草写"中国民间故事的"型式"，到1931年7月，已完成了45个故事"型式"的写作，除在《民间月刊》作"补白"发表外，一次性地全文发表在他自己主编的学术辑刊《民俗学集镌》第1辑上，在学界开了编制中国民间故事型式表的先河。与此故事型式表相配合，他陆续发表了一些专题性故事研究文章，在"型式"理论下探讨了与某型式故事相关的民俗学问题，取得了可喜的成绩，堪可与早已在这一领域里老资格的学者赵景深相比肩。

这一时期他发表的此类文章（按发表时间为序）有：《狗耕田型故事的试探》（宁波《民俗周刊》，1930年第2/3期）、《中国民间故事型式》（《开展月刊·民俗学专号》第10/11期合刊，1931年7月）、《中国民间故事试探——田螺精》（《民众教育季刊》第1卷第1期，1931年1月）、《中国民间故事试探——蛤蟆儿子》（《民众教育季刊》第2卷第2期，1932年6月）、《蛇郎故事试探》（《民俗学集镌》第2集，1932年8月；又见《青年界》2卷1号）、《老虎与外婆故事考察》（杭州《民间月刊》第2卷第1号，1932年10月）、《中国的天鹅处女型故事》（《民众教育季刊》第3卷

---

① 钟敬文《中国民谭型式·小引》，《民俗学集镌》第1辑，《开展月刊》第10/11期合刊，1931年7月25日，杭州。

第1号，1933年1月）。他还为《民间月刊》第2卷第2期编辑了一期《老虎外婆故事专辑》并写了序言。

他的这一组故事型式研究文章，成为他民间文学研究生涯中从文艺学立场过渡到民俗学立场的一个转折点。他以库路德（S.Bring Gould，又译哥尔德）原编、经约瑟·雅科布斯（Mr. Joseph Jocobs）修正的《印度欧罗巴民间故事型式》为型式分类底本为据，接受了和参照了英国人类学者哈特兰德（Dr. E. S. Hartland）的《童话的科学》、安德鲁·兰（Andrew Lang）的《神话学》、班恩女士（Miss Burne）的《民俗学手册》和日本学者西村真次的《神话学概述》中所提供的类型理论，对某些流传广泛的中国民间故事进行分析。这种分析是从两个方面进行的：其一，以同一型式的不同故事文本进行比较，以达到对故事原型、发生地、变异等方面的揭示；其二，以人类学派神话学的理论，对故事中所含的"素质"即某些情节、事物、变化等所表现的初民社会与原始思维进行"解释"。

诚然，在钟敬文写作这些文章的30年代之前，周作人已发表过不少介绍人类学派神话学的文章和根据人类学派的原理分析中国故事的文章；赵景深也已出版了《童话概要》《童话论集》《民间故事研究》等著作，人类学派神话学的一些基本观点，已比较广泛地为学界所知晓和认同，但钟敬文选择一些比较典型的中国民间故事型式，采用文献资料和新采集的口传资料相印证，进行历史的和地理的比较与阐释，无疑是一个大胆的、而且是成功的尝试。在他之前，有关中国民间故事的简略的文献资料，只要是有点名气的学者，没有不重视且都是能掌握的，但口传资料则不然。在中山大学《民俗》周刊上发表文章的不少作者一般是只能运用文献资料，还没有人能涉猎和掌握如此众多的口传资料。在当时，钟敬文是唯一的一个既愿意查阅文献资料又广泛搜罗口传资料并把二者结合起来进行研究的年轻学者。

他的《中国的天鹅处女型故事》（1933年）、《老獭稚型传说的发生地》（1934年），不仅通过比较研究弄清楚了这两种型式的故事的流变情况及其演变规律，最重要的还在于，以大量实证的资料和剥笋式的论证方法，力排众议，包括他的老师西村真次的论断，雄辩地认定了在世界各地流传的"毛衣女"（天鹅处女）型故事、在中日韩三国流传的老獭稚型传说的最早形态（原型）和原生地在中国。

他的这一组文章，以人类学派的理念为武器，剖析了故事中若隐若显的初民观念和风俗遗留，在具体问题的分析上，他比前人有了某些前进。比如《蛇郎故事试探》中对变形的分析与阐释就是一例。周作人说："这篇里包含着兽婚、变形、季女胜利诸事，都是构成传说神话的重要分子，处处可与原始文化对照发明，是极有学术价值的故事之一。"①赵景深在《童话学ABC》一书中，以意尔斯莱（Macleod Yearsley）的《童话的民俗》（*The Folklore of Fairy Tales*）作根据，并参照麦苟劳克的《小说的童年》和哈特兰德的《童话的科学》，对故事中包含的万物有灵观、变形、禁忌等初民观念都作了阐述。但钟敬文结合具体故事和中国人的习俗所作的分析与阐述，虽来自西方学者的学说，却又比西方学者又深入了一步、细化了一步。他认为，变形是蛇郎故事中所含有的原人思想中非常重要的一项，蛇郎故事中的变形，通常有两处：第一处，是说蛇郎由虫（蛇）变成人，这是此型故事中普遍存在的形式，是"因文化的变迁"之故；第二处，是由人的灵魂辗转变换成鸟、树（或竹）、金菩萨、人（女人），而这第二次的变形，则属于"再生的变形"，"根源于初民的思想和信仰而产生的"，"目的在达到报复或发泄所身受的冤屈"。②

关于民间故事在流传中出现的形态上的变化这种普遍现象，钟敬文的解释，也是富于新意的。他批评了西方神话学史上的"语言错讹说"。他说："这种修改，有人仅仅归因于口舌传述的错误，这是太把修改者的心理（无论是意识的、或非意识的）忽略了。因为时间上的或地理上的文化程度高低的不同，往往把传来故事的原有情节，给予以适合于自己社会的习俗和心理的改正，这是学者们所公认了的事实。例如灰姑娘式故事，在文化较高的社会里所说的那位帮助女主人公的仙女，在文化低级的社会里，原只是山羊或牛或狗之类。把这种歧异，单看作由于误传的缘故是很缺少理解的。"③他认为，所有故事情节的改变，大都有社会文化史的意义，原始社会成为历史之后，它所遗留在文艺（神话、故事、民谣等）中的事物和思想，不再适宜于后阶段社会人的观念了，所以不能不按照当时的思想和社会需要给以变形——"一方面是促进了故事的合理性，一方面却渐渐地使它远离了原始创作时的形态"。这就是故事发展演变的规律之所在。

1927年冬，钟敬文与杨成志编译的英国库路德（Baring Gould）原编、由约翰·雅科布斯（Joseph Jacobs）修订的《印欧民间故事型式表》在广州

---

① 周作人《关于菜瓜蛇的通信》。

② 钟敬文《蛇郎故事试探》，《民俗学集镌》第2集，1932年8月；又见《青年界》2卷1号；又见《钟敬文文集·民间文艺学卷》，第576—680页，合肥：安徽教育出版社2002年。

③ 钟敬文《中国的天鹅处女型故事——献给西村真次和顾颉刚两先生》，《民众教育季刊》第3卷第1号，1933年1月，杭州；又见《钟敬文文集·民间文艺学卷》，第605页，合肥：安徽教育出版社2002年。

出版；此后陆续编纂，断断续续，到1931年春（？）在杭州才最终编纂完成了《中国民间故事型式》的编制。此型式表的前一部分发表在《民国日报·民俗周刊》第1—18期，后一部分发表在《民俗学集镌》第一辑（1931年7月）上。

民间故事的型式研究，受到了一些学人的批评。时任河南省立师范院教职的民间文学研究者樊缜在一篇《论民俗学书》中写道：

> 前与清水书，非仅评其《海王女》，且谤及一般民学研究之概况。就是在考察过去研究的主旨，觉得现在已走入歧途。北大歌谣研究会时代，研究歌谣是为了统一国语，研究传说是为了订正伪史，而今呢，研究歌谣成了蒐集歌谣，研究传说成了比较传说。一切都拿去与欧美的成绩去比附。尤其是研究"型式"的先生们，把传说都塞到那里边去，而不会发现"型式"，例如中国的诗，对的故事，显然自成一种Type，且是我所谓的 Petit-intelligents 所特有的，然而"型式"先生并不留意之；又徐文长故事与"呆女婿"故事，又是代表智与愚两极端的型式，然而也并不为他们所津津乐道。盖这些多有不合乎《印欧民间故事型式表》（？）也。所以现在的民学研究之一般，是已无目的，而仅考究形式的玩意了。我们应该转换方向，蒐罗仍属不可少的工作，但是在解释方面，应该放弃流行的附会者的Dillettante's态度。不必老步陈规，努力另辟新径。[1]

> 只重型式的比附，而无视内容的解释。即在这种以比附型式作研究上，也是把欧印民间故事型式作间架，将合于那些型式的中国故事尽量留心塞入；而特为民族所产，不在那型式中的，竟弃置不顾（近来钟敬文已有研究中国民间故事型式之计划——江绍原注），终于只见模样，不闻创造。一言以蔽之，搜集则有之，研究则未也。江绍原先生此时于上海刊行了《发须爪》，在各杂志上陆续发表小品，注重内容的解释，而为有用的工作，算是续住了北大的坠绪，揭出了真正的牌号，与在南方如先生所指摘的那般人的研究，形成对峙之势。[2]

---

[1]　樊缜《论民俗学书》，见《野草周刊·民俗学专号》（叶德均编），1931年4月25日，杭州。此据江绍原《现代英吉利谣俗与谣俗学》，第310—311页，上海：中华书局1932年。

[2]　樊缜《关于民俗》，见江绍原《现代英吉利谣俗与谣俗学》，第322页，上海：中华书局1932年。

客观地说，钟敬文采用西方的型式理论进行故事的研究时，比较注意本土化，也注意着力于研究西方型式表中没有地位的中国特有的故事，如呆女婿故事，注意找出同类型的中西故事之差异，如在论到变形时指出"西洋民间故事中的变形较多属于后者（指被动变形），在中国呢，却以前者（指自动变形）为常见。"但仍然不能掩盖型式研究法的形式主义本质，忽略如樊缜所说的"内容的解释"。

他在《〈中国民间文学研究〉自序》（1934）里的一段话，可以看作是对批评意见的一个答复："我以为，神话、故事的研究，是可以从种种方面去着眼的。型式的整理或探索，是从它的形式方面（同时当然和内容有关系）去研究的一种方法，这自然不是故事研究工作的全部，但这种研究，于故事的传承、演化、混合等阐明上是很关重要的。我不愿引什么外国学者的话来助证自己的论点，……故事的内容的研究是重要的（至少我自己，无论过去或现在，都不曾理论地或实践地忘记了这个原则），同时形式方面的研究，也不是容许疏忽的。或者更确切地说，这两方面的研究，是应该相辅而行的。"①

五十多年后，钟敬文对故事型式研究和编制工作又有了新的认识。他在为丁乃通所编《中国民间故事类型索引》撰写的序言里写道：

> 从整个民间故事学的观点看，这种工作无疑是有意义的，但它只是整体的一个侧面，或一个环节。我们所理解和要求的故事学，主要是对故事这类特殊意识形态的一种研究。它首先把故事作为一定社会形态中的人们的精神产物看待。研究者联系着它产生和流传的社会生活、文化传承，对它的内容、表现技术以及演唱的人和情景等进行分析、论证，以达到阐明这种民众文艺的性质、特点、形态变化及社会功用等目的。类型索引的编著乃至根据这种观点、方法的探索，一般比较不重视它的思想内容和艺术特点等的分析和阐明。它的注意力比较集中于故事梗概的共同点及相异点，比较重视探究故事的流变过程和原始形态。没有疑问，应该说这种探索成果，对整个故事学的建立是有益的；对我们的研究来说，也是有用的。对于某些作品，或这种口头文学体裁的某些侧面，这种做法，不仅是有用的，甚至于是必要的（当然，主要是在我们的指导思想的统率下）。但是，作为一种故事的整理、研究的主要观点

---

① 钟敬文《〈中国民间文学探究〉自叙》，《亚波罗》1934年第13期。

和方法，它跟我们所奉行的，不能说没有一定的差别。[①]

3. 民间文艺学的理念

1935年11月4日，钟敬文客寓东京时写了一篇题为《民间文艺学的建设》的文章，发表在杭州出版的《艺风》第4卷第1期（1936年1月1日）上。[②]这是一篇全面阐述他关于民间文艺学学科建设的见解的论文。不仅"民间文艺学"这个概念的提出在中国学坛上尚属首次，同样重要的，是他对"民间文艺学"的学科建设发表的见解是经过深思熟虑、深刻而周全的。正如论者所说："他第一次提出了把民间文艺学作为文艺科学中一门独立的、系统的学科的构想，并就其对象特点、建立的社会条件、所应采用的方法及主要任务等，提出了自己的主张。"[③]从中国民间文学学科的百年发展的历程看，钟敬文的《民间文艺学的建设》一文，既是把民间文艺学作为一个独立学科的第一声呐喊，又是为民间文艺学绘制的第一份学科蓝图。

在钟敬文的论说中，民间文学是文学的一种，但它又与普通的文学不同，是特殊的文学。之所以是特殊的文学，不仅因为它是"组织和促进民众生活的利器，同时也是反映他们内外生活的明镜"，而且因为它有自己的特点，即口传性、集团性、类同性和朴素性。所谓类同性，是指不论它是散文的神话、童话，还是韵文的民谣、俚谚，"大都一个作品，同时或异时，在同一个地域或许多地域的社会中，往往存在着和它相同的或相近的东西。甚至于时代相隔千年以上，地域相距千里以外，都会有这种现象。"而这在文人文学中是很少见到的。而在机能上，民间文艺和文人文艺的不同在于，民间文艺"大抵是很卑近的、实用的"，而文人文艺一般是不应用于现实生活，而发生影响于人的精神世界的。

民间文艺学作为文化科学之一，它的任务是要对民间文学的一般特点、起源、发展以及功能等重要方面进行叙述和说明。同时，作为一种文

---

① 钟敬文《丁乃通〈中国民间故事类型索引〉中译本序》，北京：中国民间文艺出版社1986年；又见《钟敬文文集·民间文艺学卷》，第874页，合肥：安徽教育出版社2002年。

② 钟敬文《民间文艺学的建设》，《艺风》第4卷第1期，1936年1月1日，杭州；又见《钟敬文文集·民间文艺学卷》，第3—14页，合肥：安徽教育出版社2002年。以下引文不再注出。

③ 杨利慧《钟敬文民间文艺学思想研究》，见苑利主编《20世纪中国民俗学经典·学术史卷》，第256页，北京：社会科学文献出版社2002年。

化学科，民间文艺学也有自己的方法论：实证主义。他接受并阐释了孔德（A. Comte）——莫尼哀（R. Maunier）的实证方法论为民间文艺学的方法论。他说："这方法论，对于我们民间文艺学的研究，固然未必毫无问题地适用，但是，比较起埃尔马亭迦教授的意见，是更为有利于我们学科的建设的。"民间文艺学要求材料和研究的结论的客观性，但，民间文艺学研究的对象毕竟是社会现象，故而它不可能像自然科学那样做到纯粹的客观。应该说，在30年代初，钟敬文提出把"观察、比较、解释"，或曰"调查、对照、说明"，把这种实证的方法作为民间文艺学的基本研究方法论，是非常了不起的一件事，而且被后来学科的发展证明了是正确的。

在20世纪30年代，如钟敬文所说，民间文艺学还不过是"文化科学的幼子"。尽管"这种科学的能够成立，乃至于具有相当的发展前途，是没有较大的问题的。但是，在诞生以及发展的程途上，困难，也不是全可以幸免的事。"事情被钟敬文不幸而言中。到了晚年，他所设计的这个与民族学、考古学、人类学、民俗学相并而立的"独立的系统的科学——民间文艺学"，没有想到，却被他自己另外设计的学科"中国民俗学"所吞并，从而使已有80年发展史的"民间文艺学"失去了"独立"学科的地位。

钟敬文在日本留学期间，先后师从西村真次和柳田国男，又系统研习了欧洲的民俗学理论，写了《槃瓠神话的考察》和《民间文艺学的建设》等文章，编了《民俗学集镌》第二辑和《民俗园地》（十期），并在刊物上亲自翻译和介绍了柳田的《民间传承论导言》（《民俗园地》第4期）和松村武雄的《神话传说中的话根和母题》（《民俗园地》第8期）等。可以看出，他在学术思想上的矛盾状态，说明他正游弋于民间文艺学和民俗学之间。从日本留学归来后，在《孟姜女》（1卷3期）上发表《法国民族学的研究及教育》，介绍法国民族学与社会学、心理学的研究领域的异同之争。显然，对他原来构想和笃信的民间文艺学（文艺学的民俗学）多少发生了怀疑，并逐渐向日本的民俗学理论与体系靠拢。如果说广州时期的钟敬文，在其研究中更多地受着北大教授们和英国人类学的影响，而"人类学派的理论和方法的不少弊端，在钟敬文早期的研究中也有所反映"的话，[①]那么，杭州时期的钟敬文，特别是从日本归国之后的钟敬

---

① 马昌仪《求索篇——钟敬文早期民间文艺学道路探讨》，上海《民间文艺集刊》1983年第4集；又见杨哲编《钟敬文生平·思想及著作》，第698页，石家庄：河北教育出版社1991年。

文，不仅其研究领域从歌谣而扩展到了神话、传说、故事以及民间文学的总体研究，在方法上更多地受了孔德哲学以及日本民俗学和法国社会学的影响。

杭州中国民俗学会时期，中国民间文艺学和民俗学的学科得到了很大的发展，学科建设意识逐渐得以强化，学科理论有了长足进步。其代表人物，在民俗学方面首推江绍原，在民间文艺学方面首推钟敬文。钟敬文杭州时期的著述和种种活动，使他在民间文学的理论研究方面，跃居到这一学科的前沿地位，为中国民间文艺学中的"民俗学派"的最终形成奠定了理论基础，从而也成为民间文艺研究中"民俗学派"的最重要的代表人物。

（三）娄子匡对民间文学事业的贡献

1. 创办和编辑民间文学刊物和丛书

娄子匡（1905—2005），浙江绍兴人。杭州中国民俗学会的创始人之一。绍兴中学肄业。在舅父顾仲雍的鼓励和老师赵景深的指导下收集的《绍兴歌谣》和《绍兴故事》（与陈德长合作），经赵景深推荐，被收入中山大学民俗学会丛书在广州出版。①此后，积极投入民间文艺和民俗的收集，向报刊投稿，并先后创办多种民俗刊物。1930年夏，与江绍原、钟敬文在杭州创立中国民俗学会，并创办了《民国日报·民俗周刊》（1930年8月创刊，出了60期后停刊）。由娄子匡出面商请绍兴民间出版部的陶茂康将其所编之《民间》改刊为中国民俗学会的机关刊《民间月刊》，由陶茂康、钟敬文、娄子匡合编。②同一时期各地创办的民俗学刊物很多，好几种与娄子匡有关。据娄子匡晚年回忆录，他在这个时期先后办了七

---

① 娄子匡编《绍兴歌谣·自记》，国立中山大学语言历史学研究所民俗学会1928年8月，广州；陈德长、娄子匡合编《绍兴故事·刘万章序》，国立中山大学语言历史学研究所民俗学会1929年10月，广州。

② 原为陶茂康主编，1931年6月创刊，在绍兴出版。自2卷1期起，改名为《民间月刊》，中国民俗学会编纂，陶茂康、钟敬文、娄子匡编，民间出版部发行。撰稿人有周作人、江绍原、顾颉刚、赵景深、谢六逸、钟敬文、黄石、钱南扬、王鞠侯、娄子匡、曹松叶。资料征集者有张清水、林培庐、叶德均、陶茂康、翁国栋、陈伯昂、叶明镜、郭坚、于飞、钱巽盦、丁梦魁、蔡鲁馥、姚世兰、张之金。出至第2卷第9期（1933年9月1日）终刊。

个《民俗周刊》。[①]其中有：南京的《民俗周刊》（娄子匡主编，至1932年8月1日已出12期）、宁波的《民俗周刊》（娄子匡主编，1931年创刊，共出版3期停刊）。还有一些地方的刊物，如四川分会的《民俗周刊》（樊缜编纂，至1933年6月已出10期）、绍兴分会的《民俗周刊》（陶茂康主编，至1933年12月已出13期）、汕头分会的《民俗周刊》（林培庐编纂，原名《岭东民俗周刊》，至1933年12月已出74期，在揭阳出版）、徽州分会的《民俗周刊》（谢麟生编，至1937年1月已出21期）。[②]另有吴兴分会的《民俗周镌》（张之金编，至1933年6月已出53期）、福州石山师范民俗学会的《民俗周刊》（魏应麒、江鼎伊编，至1933年6月已出153期）[③]等。其中有些是在中山大学民俗学会影响下诞生并隶属于该会的，有些是在杭州民俗学会的影响下诞生并隶属于该会的，因缺乏可靠资料，难以准确认定其归属。这些民俗刊物的内容，大体都以民间文学作品和理论阐述为重点。

中国民俗学会成立后，娄子匡还协助钟敬文编辑了《开展月刊》的民俗学专号《民俗学集镌》一、二两辑，为第一辑编写了《国立中山大学"民俗学会"出版丛书提要》、《广东中山大学〈民俗〉周刊要目》和《杭州民俗学会〈民俗周刊〉总目》三个资料。钟敬文到日本留学后，中国民俗学会的刊物编辑事务，由娄子匡一人独担。钟回国后，基本不再参与中国民俗学会的工作，娄子匡单人独马继续着中国民俗学会的工作，并于1937年1月1日将他原来执掌的《妇女与儿童》改为《孟姜女》（月刊），由他主编，中国民俗学会发行。该刊共发行了五期，第五期的出版日期是1937年6月1日，即"七七"事变爆发的前一个月。杨堃在其《我国民俗学运动史略》一文里评价说："北大的《歌谣》，中大的《民俗》，与杭州的《孟姜女》，这不仅是三个发表机关，而且是三个有组织的研究

---

① 据陈益源《民俗学家娄子匡教授》，见《广西民族学院学报》（哲学社会科学版）2000年第3期，后收入作者《民间文化图像——台湾民间文学论集》，第200—203页，南宁：广西民族出版社2001年。郭英三《娄子匡对民俗学术的终身经营》，见《民间文化论坛》2005年第1期，北京。两文所引，均据娄子匡晚年的回忆散稿《中国民俗学会创立》，作者记忆可能有误，如其中所说柳州的《民俗周刊》，就不是杭州时期中国民俗学会的刊物，而是40年代在重庆时期与顾颉刚一起重建的中国民俗学会在《柳州日报》办的附刊《民风》，执行编者是薛汕。事见本书第4章《战火烽烟中的民间文学学科》之《薛汕与民风》一节。

② 据《孟姜女》月刊第1期，1937年1月，杭州。

③ 据《民俗学集镌》第2辑，1932年12月，南京。

机关。在我国民俗学运动的阵营中，这是三大据点。《歌谣》周刊的势力在于华北，《民俗》周刊的势力在于华南，《孟姜女》月刊的势力在于华中。而且此三组织，彼此亦有联系。并各有分会或学术集团与丛书等等。其势力可谓遍于全国。蓬蓬勃勃，颇极一时之盛。如无阻力，可以继续下去，则三五年后，一定大有可观。不幸七七事变突然爆发，全国学术界均受一致的打击。这个民俗学运动自亦不能例外。"[①]对《孟姜女》月刊来说，这样的评价是超乎其实的，因为它的出版固然以中国民俗学会的名义，北与胡适支持的《歌谣》周刊、南与杨成志主持的《民俗》季刊相呼应，作者也都是一些民俗学界的宿将，如顾颉刚、董作宾、赵景深、钟敬文、汪馥泉等，但其时毕竟已属强弩之末，大江东去，总共只出了半年（五期）就停刊了。特别是对民间文学的学术史而言，除了德国人爱吉士的《中国古代太阳信仰》外，几乎没有提供什么引人瞩目的文章和具有创新意义的思想。

娄子匡修改了《中国民俗学会会约》并将其刊登在《孟姜女》月刊上。《会约》全文如下：

一、本会系集合研究民俗学、民族学、文化史、社会史之同工所组织。

二、本会不举行具有形式之任何会议，以会报相互报告及研究或讨论。

三、凡与本会研究志趣相同，愿加入本会者，须经会员一人备函介绍，方得入会；各中等以上学校教师或曾有斯学之著作者，如愿参加本会，不必觅人介绍。

四、会员研究某一题目，可在会报刊布题名，征求其他会员，合作或供给该题资料。

五、会员研究心得，或疑难问题，可撰成文字，送交会刊发表，共同研讨。

六、会员有受赠会刊、新刊丛书一二种之权利。

七、会员入会，须交入会费二元，常年费一元，以作会刊印行之费用。

八、凡各地有会员五人以上，得组织分会。

---

① 杨堃《我国民俗学运动史略》，见中山文化教育馆《民族学研究集刊》第6期，1948年8月，南京。

这个《会约》虽是中国民俗学会的会约，但，其一，那时钟敬文和江绍原已不再过问和参与其事，其二，《孟姜女》月刊是从娄子匡个人所有的《妇女与儿童》改刊而来，故应是出自娄子匡之手笔。他把刊物定位为"民俗学、民族学、文化史、社会史期刊"，体现了他此时对民俗学的认识和设想，也想把此刊办成一个学术性的期刊。

除了编辑刊物外，他还编辑出版了一套《中国民俗学会丛书》。其中民间文学方面又属于他个人的代表作是《巧女和呆娘的故事》一书。

抗战爆发，娄子匡的民俗活动中断，他作为国民党驻浙办事处主任，由杭州到了重庆。1944年1月，在重庆与顾颉刚一道商量恢复中国民俗学会，推顾为会长，并创办了《风物志》杂志（这份新杂志，娄子匡也像《孟姜女》一样，定位为"民俗学、民族学、文化史、社会史期刊"）；此外，又在柳州借《柳州日报》版面创办了附刊《民风》，由从桂林来到柳州的薛汕主持编辑事务。（详后）1949年5月，娄子匡跟随国民党由大陆到台湾，在台继续搜集、研究民间文学与民俗的事业，创办东方文化供应社与东方文化书局，整理出版自北大歌谣研究会以来的民国时期出版的民俗丛书，为保存资料、发展研究多有贡献，被台湾学者称为"中国民俗研究论著的守护神"。[1]

2. 学术倾向与理论成果

从学术渊源上说，娄子匡既没有外国民俗学的背景，又与中山大学民俗学会没有关系（只是《民俗》周刊的投稿者），他是在绍兴和宁波土生土长起来的民间文艺学者，初期在鄞县成立的也是"民间文艺会"而非民俗学会。在杭州中国民俗学会成立前后，即1930年，学术思想开始发生明显的转变，倾向于用民俗学派的观点来搜集和研究民间文艺。他在杭州《民俗周刊》第17期的《启事》里说："本刊自出版以来，候将四月，无时或释，对于同好应征及投送文稿，纷纷惠赐，雅意铭怀，惟以篇幅狭小，实虽多揭鸿著，歉愧迄今；故拟再在本埠添出《民间故事周刊》一种。庶几积稿可清，美意可酬，当已启事于先，兹有更以《民学》内包括博大，国内少人注意，为广普之鼓吹计，又拟假南京民报，宁波民国日

---

① 陈益源《中国民俗研究论著的守护神：娄子匡》，见《中国时报·民俗周刊》第6号，1988年2月22日，台北；又见作者《民间文化图像》，第193—195页，南宁：广西民族出版社2001年。

报，添出《民俗》刊物两种。凡我同好，祈忆及之！"①与他在民俗学理论方面的成就相比，娄子匡在开展民俗学运动、特别是办刊物、联系作者、推动民间文学的搜集方面的功绩，要大得多，影响也深远得多。

如果说，在杭州民俗学会里，钟敬文是理论家、著述家，那么，娄子匡便是组织家、出版家。他从搜集研究民间文学步入民俗学界，渐而进入民俗的研究。他的研究民间文学，也强调运用民俗学的方法，他在《民间月刊》的《月光光歌谣专辑》序里说：

> 我的蒐集以"月"起兴的歌谣，已有七个年头了。当时我要如此干的动机，半是想集得全国的月歌，作民俗学的探讨；半是想把它分区的编成一部《中国月歌全集》，贡献给全国各地的需求者浏览。
>
> ……我集得的月歌，差不多中国各省都有，只有比较偏僻的几省——蒙古、新疆、青海……三五省，蒐集不到，离我较近的几省，怕每一县都有一曲，因此就大着胆，边在搜集，边在编纂，付印出版公世了。②

按娄子匡的计划是，等到全国都征集（还是沿用歌谣研究会开创的"征集"的办法）到了，将要编成二十多个集子。他之作《月光光》歌谣的蒐集，从直接的师承关系来考察，比较肯定的，可以说是受了当年董作宾的《看见她》歌谣横向蒐集与比较研究思路的启发；从结果来看，则显示了地理历史研究方法和比较研究方法，在中国民间文学研究者中间所发生的强大影响。这个《月光光歌谣专辑》，是娄子匡民俗生涯中在民间文学搜集与研究方面最为成功的两件大事之一，另一件是巧女与呆娘故事的搜集与研究，有《巧女和呆娘的故事》作品集问世（上海：汉文正楷印书局1931年），书中附有《巧女和呆娘故事的探讨》之作。

娄子匡以巧女与呆娘故事的型式研究，而加入到30年代民间故事型式研究的行列中来，备受学界注目。1931年7月他始在《民俗学集镌》第一辑上发表《搜集巧拙女故事的小报告》，1935年又在《妇女与儿童》第19卷第14期上发表《巧女与呆娘故事的演变》，其搜集与研究，前后继续了七年之久。他把该故事分为两系："巧女系"分为三型（其一，善处事型；

---

① 娄子匡《民俗周刊》第17期《启事》，1930年12月，杭州。

② 娄子匡《月光光歌谣专辑·序言》，《民间月刊》第2卷第4号，1933年1月，杭州。

其二，善说话型；其三，善理解型）11式；"拙女系"分为二型（其一，做错事型；其二，讲错话型）。他还对该型式的故事进行地理分布的分析和编排。在进行地理的分布分析时，显然借鉴了顾颉刚研究孟姜女故事和董作宾研究《看见她》歌谣的方法，但由于资料的局限，可惜他并没有得出应有的结论。难得的是，作者对巧女和呆娘故事的演变，作了历史的追溯与演变研究，以及与藏印同式故事进行了比较研究。他把巧女系故事追溯到了晋·裴启《裴子语林》中的一个故事记载；把拙女系故事追溯到了《太平广记》中所载《北梦琐言·不识镜》。[1]尽管如前所说，型式研究只能是形式的研究，但对于认识故事的发展和形态的变迁的研究，也不失是一种有效的方法。

《中国民俗学的昨夜和今晨——应德儒爱堡哈特博士、日儒小山荣三氏而作》被学界认为是他在杭州时期的代表作。同时发表于日本《民俗学》第5卷第1号；又曾由爱堡哈特译载于德国《宇宙》杂志。文章从集团与个人两个方面着手，提纲挈领地梳理了北大歌谣研究会——中大民俗学会——杭州中国民俗学会以来，我国民间文学民俗学运动方方面面的成就。关于"民俗学三大部门"（按英国人类学派的分类法）中第三部分——民间文艺，他作了如此评价："民俗学的园地本像一方广漠无垠的戈壁，更加这园子的通路，又四通八达，在中国，它确和文学的广场毗连得最近，交往也最密，因此又形成了民俗学三大部门中的第三部故事歌谣和语言（依英班妮分类法）最丰盛了。这眼前不远的近像，我们看了就会联念到周作人、顾颉刚诸氏提倡的功绩：周氏的蒐罗和探究故事，谁都知道他是发风气的最先；顾氏的整理吴歌和研究孟姜女故事，在民俗学的园外，又另辟了史学的蹊径。继续着的是赵景深、林兰等的采探的成绩，到如今也很有收获，可是他多半是出发于文学和儿童教育的。钟敬文氏的对于民谈的探讨和分型的工作，也曾下过相当的气力。作者七年来征集的月光光歌谣和巧女呆娘的故事，如今也已有大量的收获，初度的整理和再度的研讨，预计在不远的将来，可以对学界公告。"[2]他对民俗学和民间文学历史的评价，大体上是准确的，在中国民俗学的领域里，最有成绩的确实是民间文学的搜集与研究；但他对许

---

① 娄子匡《蒐集巧拙女故事的小报告》，见《民俗学集镌》第一辑，1931年7月，南京。

② 娄子匡《中国民俗学的昨夜和今晨——应德儒爱剥哈特博士、日儒小山荣三氏而作》，见《民间月刊》第2卷第5号，1933年2月1日，杭州。

多从文学立场出发研究民间文学而又成绩卓著的学者，如沈雁冰，如郑振铎，甚至赵景深，要么是忽略不计，要么是评价不高。显然这是他所持的西方人类学派的立场的局限。

还应提及的是娄子匡的另一部民间文学论著：与朱介凡合著的《五十年来的中国俗文学》（台北：正中书局1963年8月初版）。这部论著写作的时间，正是蒋介石和国民党扬言反攻大陆、两岸关系十分紧张的时候，作者对大陆有许多误解和污蔑之辞。尽管如此，书中还是有不少历史资料和独到见解可供借鉴。这部著作的整体构思，是讲俗文学研究的发展史，而他笔下的"俗文学"又与"民间文学"基本同义，而且这部书稿被列入一套"现代中国文艺史丛书"中，故他所论述的，是民间文学学科的发展史，而非他一贯坚持的民俗学发展史。

其中关于五十年来神话研究的回顾，是一篇资料丰富、视角独特、有理论见地的文章。他说：神话的研究虽然已有五十年的历史，研究方法也有了很大的发展和前进，但玄珠的《中国神话ABC》和《神话研究》、谢六逸的《神话学ABC》、黄石的《神话研究》，直到目前，"依旧是说明神话的好读物"。至于研究中国古代神话的著作，差不多都着眼于《楚辞》《山海经》和《水经注》等，例如郑师许的《中国古代史上神话与传说的发展》（《风物志》第1期）、郑德坤的《山海经及其神话》（《史学年报》第4期）、钟敬文的《楚辞中的神话和传说》和《山海经神话研究的讨论》（中山大学版）、苏梅（苏雪林）的《屈原〈天问〉里的〈旧约创世纪〉》（《说文月刊》第4期）、许翰章的《水经注神话表解》（《南风》8卷1号）、古铁的《中国古代神祇——读〈山海经〉随笔》（《中原文化》第22期），都是比较早期的中国古代神话研究著作，而以郑师许的文章最为简明而具体。

他还指出，由文献扩大到口碑，是神话研究的一大进步。他举出了以下文章：杨宽的《盘古传说试探》（《光华大学半月刊》2卷2期）、《鲧共工与玄冥冯夷》和《丹朱驩兜与朱明祝融》（《说文月刊》1卷）、卫聚贤的《天地开辟与盘古传说的探源》（《学艺》13卷1号）和《昆仑与陆浑》（《说文月刊》1卷）、程憬的《古代中国的创世纪》（《文史哲季刊》1卷1期）和《古代神话中的天地及昆仑》（《说文月刊》第4卷）、耕尚的《中国古代史上的理想帝王——尧舜及其传说》（《珞珈月刊》2卷7期）、忆芙的《中国原始神话传说之研究》（《无锡国专季刊》，1933年5月号）、于京的《创造中的神话》（北平《晨报·学园》707期）、黄芝岗的《中国的水神》（生活书店，1934）、张长弓的《中国古代水神传说》

（《民间月刊》2卷3号）、陈志良的《灌山水神考》（《新垒月刊》5卷1期）等。尽管他所举出的这些文章，有的是40年代的作品，如在《说文月刊》上发表的一些文章，就不属于我们所论的这个时期，为保存资料，笔者还是原文照录在这里了。

（四）杭州中国民俗学会的溃散

抗日战争爆发，杭州的中国民俗学会经历了七年的聚合之后，终于被彻底打散了。发起人之一的江绍原在中国民俗学会成立后不久便离杭返京，后曾任北京女子文理学院、北平大学、中法大学、河南大学等校教职；国难当头时，困留北京。在杭州民众教育实验学校任教的钟敬文则随校西迁，辗转去了前线。时任国民党高官的娄子匡也去了大西南，而后到了重庆，再后与顾颉刚会合。当年中国民俗学会的同仁们，如今天各一方了。队伍四散了。杭州的民俗学之梦，因抗日战争的爆发无果而终了。

下面还要简要地说说曾被钟敬文提到的两位对中国民间文艺学发生过重要作用和重要影响的学者：顾颉刚和江绍原。他们两位对于中国民间文学的理论建设，起过他人无法超越的作用。顾颉刚在民间文学上的成就有二：一个是"古史辨"派神话学"层累说"的提出；一个是孟姜女故事和吴歌的辑录研究。但他的主业是古史学，抗战时期，他兼职很多，往来于成都、重庆等地之间，授课、编刊、参加社会活动，不可能更多地沉入民间文学的研究中。江绍原对民俗学学科建设的贡献，在论者中都是给予高度评价的，除了前面提到的钟敬文、汪馥泉对他的评价而外，叶德均在《中国民俗学的过去和现在》一文中也对他的研究极尽赞叹之能事，称"他的研究，在民俗学各部分中是最有生机的一部分"。[①]江绍原对迷信的研究，涉及领域之广，挖掘内涵之深，都是学界公认的，如发、须、爪的迷信和象征，如端午竞渡的法术含义，如礼俗迷信的文化剖析，等等，[②]既显示了他的思维的缜密和逻辑的严谨，又见出他"拿来"外国的研究方法又将其变为自己血肉的功力。但这些著作基本上没有涉及民间文学的问题。倒是他所著《中国古代旅行之研究》（商务印书馆，1937）对《山海

---

① 叶德均《中国民俗学的过去及现在》，《草野》第5卷第3号，1931年4月25日。

② 江绍原《发须爪——关于它们的迷信》《端午竞渡本意考》《礼俗迷信之研究概说》等，均见《江绍原民俗学论集》，上海文艺出版社1998年。

经》及其神话的研究，以及所译瑞爱德著《英吉利谣俗与谣俗学》一书和关于谣俗的讨论、特别是与清水关于《海龙王的女儿》的讨论，在民间文学理论上具有积极的意义。共和国成立后，他又研究恩格斯早年写作的《德国民间故事书》中提到的龙鳞胜和故事，撰写了长篇论文，在20世纪60年代的学坛上闪烁出一道光彩。[1]作为科学出版社的编审，他于60年代编辑出版了已故神话学家丁山的遗著《中国古代宗教神话考》，使这部著作免遭埋没的厄运。

民俗学派的中坚人物，除了钟敬文郑重地提到的这两位对民俗学初创时期作出了非凡贡献的学者外，还应该提到《歌谣》周刊时期就崭露头角、后一度担任过中山大学民俗学会主席和《民俗》周刊主编的容肇祖。容肇祖除著有《迷信与传说》外，当年在《民俗》周刊上撰著过许多有分量的文章。可是到了40年代，他就几乎无暇他顾了。中山大学文科研究所的那些人类学家们，如杨成志、陈序经、罗香林、江应梁、岑家梧、王兴瑞、罗致平等学人。抗战时期，罗香林去了重庆，江应梁去了凉山考察。在民族问题受到普遍关注的时代里，他们也从人类学—民族学的角度，介入民间文学的收集与研究，但他们距离民间文学较远。只有岑家梧的民间艺术和图腾艺术研究和王兴瑞的南方少数民族民间文学研究，颇为人瞩目。有些侧重或重点研究民间文学的民俗学者，虽然一度放出耀眼的光芒，但他们就像是一颗颗一闪即逝的流星，在天穹中一划就消失了。故此处不再一一列举。

顾颉刚也好，江绍原也好，容肇祖也好，他们毕竟是以历史研究、宗教研究、哲学研究为本职的专家学者，其所以介入民间文学，只是他们从事古史研究、宗教研究、哲学研究的手段之一，正如顾颉刚在他那篇《古史辨》的长序中说的："我原来单想用了民俗学的材料去印证古史，并不希望即向这一方面着手研究。"[2]终身献身于民间文学事业的学者只有钟敬文一人。类似钟敬文这样锲而不舍终身从事民俗学研究的学者的缺乏，严重地影响了民间文艺学作为一门学科的建设与成熟，这正是中国民间文艺学的悲哀。

---

① 江绍原《恩格斯论德国民间传说中的英雄龙鳞胜和》，《民间文学》1961年第1期，北京。

② 顾颉刚《〈古史辨〉自序》，见《古史辨》第一册，第66页，上海古籍出版社1982年。

第六节　民间文学理论的建设

钟敬文在杭州《艺风》上著文把研究民间文学的学科称"民间文艺学"。民间文艺学能够成为一门独立的人文学科，只有材料的蒐集和体裁的论述是远远不够的，建立一套完整的理论体系是绝对必要的。作为初创之作，徐蔚南著《民间文学》一书于1927年由世界书局出版以来，筚路蓝缕，以启山林，为这门学科奠定了初步的基础，尽管这个基础还很薄弱。（上文已有所叙，这里不再赘述。）继之，杨荫深著有《中国民间文学概说》（上海：华通书局1930年），作者持民间文学研究的俗文学观点，把民间文学的研究范围扩大，将宝卷、弹词等说唱文学和滩簧等民间戏曲纳入民间文学的范畴，并有较为系统的学术观点，自成一家，故将在第四章另论。

（一）陈子展《最近三十年中国文学史》

20年代末，文学史家陈子展有《中国近代文学之变迁》（1929）和《最近三十年中国文学史》（1930）两部文学史问世。这两部文学史，尤其是后者，分出两章的篇幅来专论敦煌俗文学的发现和民间文艺的研究，与郑振铎大力倡导的俗文学说相呼应，[1]为民间文学的学科体系的建构提出了新的概念。陈子展的文学史，是国人所著文学史著作中唯一一部开辟专章论述民间文学研究、评述20世纪以来民间文学运动的著作。他认为，搜集歌谣不仅对文艺创作可以提供参考，还必能发生影响于文艺思潮。"梁实秋虽然不甚满意于搜集歌谣的浪漫心理，至说现今从事搜集歌谣的人，似乎也正需要英国18世纪的批评家珊斯通对于和他同时的纂《诗歌拾零》的波西的那种的劝告。但他以为搜集歌谣大有影响于文艺思潮，我认为他这种观察是很对的。"他还说："研究诗歌史的人，同时研究歌谣，似乎是一种必要的工作。"[2]

敦煌千佛洞的唐、五代、宋初人所写的卷子，包括大量俗文学材料，为文学史料上的一大发现。陈子展说："在现在高唱白话文学的时代，提倡民间文艺的时代，对于这种俗文学的发现，当然要视为奇迹的了。"（第248页）"从敦煌石窟发现了唐、五代的俗文学，我们才得看见千年前

---

[1]　郑振铎《敦煌的俗文学》，发表在《小说月报》第13卷第3号，1929年。

[2]　陈子展《中国近代文学之变迁·最近三十年中国文学史》，第276—278页，上海古籍出版社2000年版。下引同书不再注出。

的民间文学之一鳞一爪；同时，还可以找出现代许多流行民间的文艺之来源。"（第269页）关于俗文学与民间文学的异同，是敦煌藏经洞的俗文学被发现后学界广泛议论的一个问题。陈著中用了"平民文学"、"俗文学"、"民间的文学"、"民间文学"等概念，而它们之间的差异讲得并不是很清楚。作者说的"才得看见千年前的民间文学之一鳞一爪；同时，还可以找出现代许多流行民间的文艺之来源"，既谈到了唐、五代俗文学与民间文学的联系，又接触到了二者的区别。

作为文学史家，陈子展历数了自北大歌谣征集活动以来十年间民间文学各个门类的搜集和研究所取得的成绩，并给予适当的评说，实在是难能可贵的。他说："其实民间文艺范围以内的各种东西，材料都是丰富得很。口头传述的需要人采访记录，文字记载的需要人搜集整理，总之：这种文艺上的研究须得多数人分头工作的，何止故事一门？即以故事而论，就我所知道的，湖南方面流传的，例如关于婚姻的故事（这种故事，一部分是说巧妻拙夫的，即所谓呆女婿的故事；一部分是说婚姻论财的，即所谓'嫌贫爱富'的故事），光棍的故事（一部分为讼师的故事，一部分是各地相传有名的光棍的故事，却不定关乎词讼的。这种有名的光棍，便是那地方的'徐文长'。）乡里人的故事，书呆子的故事（湖南称为'书憨子'，这类故事不少。光棍的故事是属于人性智慧狡猾方面的，乡里人和书呆子的故事，是属于人性呆呆老实方面的。）兄弟分家的故事（都是说兄弟析产不均的果报。）为小失大的故事（都是说悭吝的富人遭了意外的大破费。）此外还多得很，哪一种不值得采访记录？不过现在的人对于这种研究已经发端，只要有人继续努力下去，二三十年之后，民间文艺研究的成绩将有惊人的进步，尤其是因研究民间文艺的结果，会要影响到整个文学上的趋向，乃至影响于整个的文化问题，怕不是现在的我们所能想象得到的了。"[①]

显然，陈子展是摆脱开民俗学的背景，而是把民间文学完全放到"最近三十年中国文学史"上，把20世纪初十年的民间文学研究放到文学的史学史上评述的。

（二）杨荫深《中国民间文学概说》

杨荫深（1908—1989）原名杨德恩，字泽夫，浙江鄞县人。是一位在民间文学的观点上与陈子展基本一致的文学史家兼民间文学理论家。1930

① 陈子展《中国近代文学之变迁·最近三十年中国文学史》，第280页。

年出版《中国民间文学概说》（上海：华通书局1930年1月）。1932年主编《汉文小丛书》《活页本当代名家小说选》。1935年入商务印书馆编译所，编辑《高中国文课本》《职业学校高级国文教科书》《职业学校初级国文教科书》等。抗日战争爆发后，留沪参加修订《辞源》；抗战胜利后于1946年出版《中国俗文学概论》。以《中国民间文学概说》《中国文学史大纲》《中国俗文学概论》《隋唐五代文学编年长编》等著作而在文坛上成为一位著名的文学史家、民间文学和俗文学家。

如果把杨荫深的《中国民间文学概说》这本著作放到当时的时代背景上来评价，该著显示出三个突出的特点：

第一，作者写的是民间文学的"概说"，即我们今天惯用的"概论"，目的在通过此著来连接20年代初一度颇为热闹，而到了30年代初由于内部和外部的原因呈现出了消沉、甚至"云散烟消"了的民间文学研究，并希图建立一个学科体系。他写道："民间文学既然具有这样永久性和广泛性，那么，我们便应当有相当的爱护它。中国年来虽也有人提倡研究，然而时不经久，到现在又像云散烟消了。而且关于这种研究的书籍，现在也很少见，——虽有，不过是些民间文学的搜集而已。现在我不揣冒昧，写了这一本小册子，为研究此项文学的人们做一参考。"①情况确如作者所说，民间文学的研究，北平已处于低谷，广州大致转向了民俗，杭州一起步就偏重关注民俗，民间文学的研究"虽有，（也）不过是些民间文学的搜集而已"。可以说，他的这本书的写作，是有目的和指向的。

第二，在民间文学观上，杨荫深与在他之前的胡愈之、徐蔚南有同也有异，主张把被某些学者认为的在劳动者中流传的民间文学和在市民阶层中流传的俗文学（如小调）之间的界限打通，统称为民间文学。陈泳超在一篇题为《20世纪关于中国俗文学概论与发展史著作述评》的专论里对这部著作作了这样的评论："（与胡愈之和徐蔚南相比，）杨荫深的《中国民间文学概说》开始有所变化，它似乎在民间文学的定义、特性以及分类等方面经过了比较认真的独立思考，而且是从中国民间文学的实际情况中概括出来的，尤其是分类，其中将'唱本'单列，实际代表民间的讲唱文学和戏曲，比那些单纯套用外国理论框架，将讲唱文学等丢弃不顾的做法，显然是有了较大的进步。"②杨荫深在《概说》第六章《民间文学的作

---

① 杨荫深《中国民间文学概说·引言》，上海：华通书局1930年1月。

② 陈泳超《20世纪关于中国俗文学概论与发展史著作述评》，见陈平原主编《现代学术史上的俗文学》第310页，武汉：湖北教育出版社2004年10月。

品》里对唱本一类民间文学给予了很高的评价，说："总之（《双落发》这类唱曲）在文字上思想上，唱曲实在是一种最有价值的文学，我们中国的文人把它弃之如遗，这实在是件很可惜的事情。"[1]显然，他的民间文学思想和理念，与胡愈之、徐蔚南有所不同；在其后来的学术生涯中，他甚至把主要精力放在了俗文学的研究上。十五年后，他的另一部著作《中国俗文学概论》的出版便是一个证明。

第三，民间文学是文学。他说道：

> 在引言里我已说过，像歌谣、谚语、时调、笑话、传记（说）、神话……，便是所谓"民间文学"。那么，民间文学便是合拢这许多文学的文学。不过"文学"，普通所指的，是书本上的文学，是口述的，耳听的，是一般民众——不论其为知识阶级或无知识阶级，他们都有演述口传的可能，这便是真正的民间文学。
>
> 也许有人要问，既然被认为文学，那么至少要有文学的条件；现在民间文学这样的粗俚野俗，似乎不好登上"大雅之堂"。不是失了文学的威严吗？
>
> ……我借美国亨德(Theodore W.Hunt)的话来说明吧。他说："文学是思想的文字的表现，通过了想象、感情及趣味，而在于使一般人们对之容易理解并且在惹起兴味的那样非专门的形式中的。"
>
> 从上面的话来看，文学的条件便是（1）思想，（2）想象，（3）感情，（4）惹起一般人们的理解与兴味。这便是说，文字是"一般的"，不是"专门的"。民间文学是一般人都能理解，都能惹起他们去欣赏兴味，这是毋庸讳言的事实，这便是具有一般性的。我们也知道民间文学，断不是一种杂乱无为的东西，它有自然的音律，精密的结构。是有一种思想的、想象的、感情的，所以它能够传递至几千几百年而不灭，有各地各方的人们的歌咏而不绝，这便是它的最好的佐证。……
>
> 总之，民间文学是一种真正的文学，值得我们去欣赏去研究的。[2]

这段论述，比较完整地说出了或论证了民间文学的文学性质。他在指出民间文学的口头性特点之外，又规定了民间文学是"一般民众——不论其为知识阶级或无知识阶级"的口传作品。有研究者对此前的民间文学定

---

① 杨荫深《中国民间文学概说》，第177页。

② 杨荫深《中国民间文学概说·民间文学是什么》，第1—2页。

义中的"民众"有所比较、有所质疑，杨荫深笔下的"一般民众"，既包括无知识阶级，也包括知识阶级，亦即全社会或全民族的民众，显然，要比专指不识字的民众广阔得多，与胡愈之笔下的"全民族的"大体相仿。

（三）王显恩《中国民间文艺》

王显恩，沪江大学教授。与徐蔚南1927年出版的《民间文学》一书相比，王显恩著《中国民间文艺》（上海：广益书局1932）一书，在论述民间文学的特质时，照抄了徐著的观点，略有发挥。最基本的观点是：（1）民间文艺是文艺。"民间文艺的本身就是艺术。""民间文艺是文学。"其价值在："文学的充实的内容和其美丽的形式的本身价值，和其予文艺思潮的影响并贡献，及其由比较而见的考据上的或是历史的推考上的价值。……"它具有文学的内质即"情绪、想象和思想"。"从文学的特性观察，它的内质是诉于感情的瞬间性的永久性与普遍性，作者个性（即扩大于国民性）和文学的'真''美'。"（本姜亮夫先生说）[1]（2）民间文艺是民族全体的："全体的产生于民间，口头的流传于民间"。"民族全体所合作的，属于无产阶级的，从民间来的，口述的，经万人的修正而为最大多数人民所传诵爱护的。"[2]

但从全书看来，王著与徐著有两点显然的不同：其一是所用的资料、特别是近十年来从民众口头上搜集记录的民间文艺资料和研究进展与成果，甚为丰富、详细，如徐文长故事的研究讨论一例，作者就罗列举证了36种材料。每一个论题，都是从材料的征引、排比、分析中抽绎出某种概念或规律，这是徐著所不及的。由于史料的丰富与翔实，亦可看作是一本民间文学研究的十年史论。其二是徐著所论是严格的民间文学，而王论虽然也以民间文学为主，却涵盖了民间音乐。王著出版于30年代初，在写作时吸收了近十年来民间文学学术发展所提出的许多理论和方法。如《民间文学的分类》一章，作者把国内外各家22种分类法都简要地列出，并对其优劣长短加以比较、批评，然后提出作者自己的主张。这种叙述和论列方法，无疑是大大优于前人的，既提供了知识，又启发读者的思考。反映出

---

[1] 王显恩《中国民间文艺》，第158页，上海广益书局1932年1月。下引同书不再注出。

[2] 有论者对徐蔚南关于民间文学的"无产阶级"身份的批评，笔者在前面讨论徐蔚南时已有所涉及。他所谓"无产阶级"系指与"知识阶级、资本阶级"相对称的"无知识阶级"。

了20世纪30年代中国民间文艺界对分类问题的关注。①关于民间文学的产生和流传，是任何概论式的著作的题中应有之义，谁都少不了的，但民间文学的转变，却是一个新的课题。关于转变的"无意"性和"复合"性，应是王著在前人基础上的新开拓。所谓"复合"性，就是我们今天所说的"滚雪球"或"粘连"现象。

此书出版时，敦煌遗书已被陆续发现，遗书中的俗文学资料开始引起文学研究界、特别是民间文学研究界的重视，这一点在王著中有所反映。据此，作者在给"民间文艺"下定义时，不是直接正面地给其界定，而是采取了比较"俗文学"、"平民文学"、"通俗文学"、"白话文学"、"民间文学"等概念的异同的方式。厘清了不同概念的意涵，也就确认了"民间文学"（民间文艺）的意涵。

在出版了《中国民间文艺》一书之后，王显恩所编《原始趣事集》一书由广益书局于1933年在上海出版。陶茂康、钟敬文、娄子匡所编《民间月刊》的编者评价说："（该书）内容民间起源传说75篇，记载真实，文笔也颇清畅，却阙记流传地域。"②

第七节　陈梦家的神话研究

陈梦家（1911—1966），笔名陈慢哉。浙江省上虞县人。现代著名古文字学家、考古学家、诗人。新月派的重要成员之一，1931年编辑《新月诗集》。早年毕业于南京中央大学法律系。1932年在燕京大学宗教学院做研究生，后留校任教，主讲古文字学、《尚书》通论等课程。1944年赴美国芝加哥大学讲授古文字学。1947年在游历了英国、法国、丹麦、荷

---

①　［日］西村真志叶《反思与重构——中国民间文艺学体裁学研究的再检讨》，《民间文化论坛》2006年第2期。作者注意到了王显恩对分类问题的焦虑和意义："随着资料数量的逐渐增多，20世纪前半期，尤其是从20年代到30年代，国内研究者在有关体裁分类系统的问题上展开了热烈讨论。而令他们感到困惑的问题是，尽管此时国内积累了一定的本土资料，但无论从搜集数量上看，还是从搜集范围上看，还远远不能满足建立中国民间文艺学体裁系统的需要。'现在我们再拿民间文艺来分类时就感觉到这些困难，就是没有充分资料……虽是这样，分类的工作竟是不容再缓，介绍的介绍，创作的创作，勇敢地从事这个工作了。'（王显恩，1932：115—117）当初，他们大多出于这种无奈，根据国外故事文本提出了一些体裁系统草案。有的甚至直接挪用了国外研究者的分类方案、或影响巨大的古代体裁系统。"

②　《民间月刊》第2卷第9号，第95页，1933年9月，杭州。

兰、瑞典等国后，于同年秋季到清华大学任教。1952年在中国科学院考古研究所任研究员。醉心于古史年代学、古代神话的研究。著有《古文字中之商周祭祀》（1936）、《西周年代考》（1940）、《西周铜器断代》（1955—1956）、《尚书通论》（1956）、《殷墟卜辞综述》（1956）等。

以甲骨卜辞为解读对象、以考据学为主要手段的陈梦家，在《燕京学报》第20期（1936年12月）上发表《商代的神话与巫术》长篇神话研究论文，上编论神话，下编论巫术。如他所说，神话的发生，大别为二。一是自然的，一是人为的。而他的神话研究，则"偏重从神话传说中提取古史，建立一个可信的世系；其次是对于商民族的来源，从神话中探求其地带；又次对于若干伟大历史人物的创制造物，审查其真伪及由此而生的神话；又次对于始姁略有所论述。"可见，建立一个"神话传说中的历史系统"，是作者此文的目的。他的古史神话观，大体如下面的表述："古代历史，端赖神话口传，神话口传，遂分衍化：由于口传一事，言人人殊，故一事分化为数事，各异面目；由于人与神与兽之间分界不清，故人史与神话相杂；由于神道设教，人史赖神话以传，故人史尽皆神话。有此三故，古史因具重复性与神话性。古史有神话性，故以人为兽为神，以兽为人为神，以神为人为兽；古史有重复性，故虞夏商三系实本于一种传说。"①

在整理论证古史神话系统时，他以"重复性"为原则，考定了：（1）"虞夏商为一系"，即：舜即帝喾，喾之子商即舜之子商均，商契即仓颉，等。（2）商民族的玄鸟故事有分化和转衍：始祖生于燕卵神话，经分化转衍，流行于东北民族、亦流行于淮夷民族、亦流行于夫余国。除了对古史神话系统的考证外，他还论证了此前其他神话学者没有触及或没有下工夫加以挖掘和论证的一些神话问题：主要是一些有关动物和狩猎者的神话。如自"商人服象"而衍生的种种有关"象"神话——象耕、弜象等。如以明义士牧师所据之甲骨卜辞拓片为根据，论证了王亥系畜牧之神和蓐收之神。陈梦家"还原"殷人关于"象"的古神话的论述发表后，曾对"古史辨"派神话学的后继者杨宽的神话理论发生过一定的影响，促进和成就了杨宽关于推原神话和器物创制神话的阐发。②陈梦家还论证了"荒古

---

① 陈梦家《商代的神话与巫术》，《燕京学报》1936年第20期。又见马昌仪编《中国神话学文论选萃》，第283—284页，中国广播电视出版社1994年。此书所载陈文，只节选其第一章《神话的发生》、第二章《神话传说中的历史系统》以及《余论——凤》。

② 参阅杨宽《〈古史辨〉序》（第7册上），第2—7页。

记忆"中的一些有关"人兽之争"的神话和水神神话。

在水神和旱神神话的研究上，陈梦家关于上帝与先祖的分野的论说，也属发前人之所未发。他写道：

> 卜辞中的"帝"是惟一降暵降雨的主宰，然而所有求雨求年的对象是先祖（先公先王先妣先正）与河岳之神而不是帝，而先祖与河岳之神也绝无降祸降雨的权能；这是上帝与先祖间最紧要的分野。帝是自然的主宰，所以风是帝的使者，《卜通》（三九八）"于帝史凤二犬"，所以卜辞说"帝隹癸其雨"（前3.21.3）就是帝命于癸日下雨；帝是超能力的自然之存在，所以，商的"帝"演进到周的"天"，仍不失其为自然主宰之意义。商人之帝，为纯粹对自然的崇拜，其帝为普遍存在的宇宙之帝，与以色列的上帝不同；……而商人自始即以"大公无私"的天帝为至高无上的主宰，平等的以灾祸刑罚下民，故其观念易于为异族的周人所袭用，而造成后来的"天命观念"，此观念直支配到如今，以为一切灾祸乃天意的表现，一切福佑乃天意公平的赏赐。[1]

他对郭沫若根据《山海经》帝俊有天神人王的双重资格而认定"卜辞中的帝便是高祖夒"的论断提出商榷，认为郭沫若的"论断是错的"。他认为，高祖夒"在卜辞中仅为求雨求年的对象而从无降暵施雨的权力，他实是人王而非天帝。《山海经》虽为富有殷色彩的故籍，然在其做成时代已跻'帝俊家族'为'自然神族'。此因它经过了神话的演进，与卜辞时代的商人观念已距离极遥了。"[2]

陈梦家这篇关于商代神话和巫术的论文，以历史学的研究视角探讨商代历史与神话的混杂性与重复性，又从中发掘、考证并进而连缀成一个神话的系统；而这个系统，虽不能说独树一帜，却也显然与以前"古史辨"派所提炼的古史神话（传说）系统有同有异，显示了他有异于"古史辨"学者在神话观上的立场。他对商代神话的整理和系统化工作，在中国古代神话的整理上，以其扎实的考证功夫，作出了自己的贡献。

此文发表时，正值北方（北平）和南方（杭州）的民间文学学坛都处在萧条期，他的研究成果恰如旷野里的一声呼喊，没有响应者，没有引起学

---

① 陈梦家《商代的神话与巫术》，《燕京学报》1936年第20期第526—527页。

② 陈梦家《商代的神话与巫术》，《燕京学报》1936年第20期第526—527页。

界的重视。此时，胡适正在重整旗鼓，筹备复刊《歌谣》，希图以此拯救衰落中的民间文学学科。此时在北平任教的陈梦家，也聚集到胡适的大旗下，为《歌谣》周刊写了一篇《"风""谣"释名——附论国风为风谣》的短文，[①]加入到意欲重新崛起的歌谣（民间文学）研究的文学派行列之中。

第八节　《歌谣》周刊的再起

《歌谣》周刊作为北大歌谣研究会的机关刊物，自1922年12月17日创刊到1925年6月28日停刊，共出版了97期，外加一期校庆纪念增刊。《歌谣》停刊后，将歌谣研究会的歌谣征集与研究文章，归并到了《北京大学研究所国学门周刊》。但在其影响上，后者与前者是无法相提并论的。由于时局等原因，歌谣研究会的一班朋友们转移到了各地，歌谣研究会也停顿了。《歌谣》周刊一停就是十年。1935年北大文科研究所决定恢复歌谣研究会，聘请周作人、魏建功、罗常培、顾颉刚、常惠、胡适为歌谣研究会为委员。1936年4月4日，《歌谣》在胡适的主持下复刊。

（一）《复刊词》——新的纲领

胡适为《歌谣》的复刊写了复刊词。《复刊词》说：

> 我以为歌谣的收集与保存，最大的目的是要替中国文学扩大范围，增添范本。我当然不看轻歌谣在民俗学和方言研究上的重要，但我总觉得这个文学的用途是最大的，最根本的。诗三百篇的结果，最伟大最永久的影响当然是他们在中国文学上的影响，虽然我们至今还可以用他们作古代社会史料。我们的韵文史上，一切新的花样都是从民间来的。三百篇中的国风《二南》和《小雅》中的一部分，是从民间来的歌唱。《楚辞》中的《九歌》也是从民间来的。汉魏六朝的《乐府》歌辞都是从民间来的。这些都是文学史上划分时代的文学范本。我们今日的新文学，特别是新诗，也需要一些新的范本。中国新诗的范本，有两个来源：一个是外国的文学，一个是我们自己的民间歌唱。二十年来的新诗运动，似乎是太偏重了前者而太忽略了后者。其实在这个时候，能读外国诗的人实在太少了，翻译外国诗的工作只算得刚开始，大部分作新

---

① 陈梦家《"风""谣"释名——附论国风为风谣》，《歌谣》周刊第3卷第12期，1937年6月19日。

诗的人至多只能说是全凭一点天才，在黑暗中自己摸索一点道路，差不多没有什么伟大的作品可以供他们的参考取法。我们综观这二十年的新诗，不能不感觉他们的技术上，音节上，甚至于在语言上，都显出很大的缺陷。我们深信，民间歌唱的最优美的作品往往有很灵巧的技术，很美丽的音节，很流利漂亮的语言，可以供今日新诗人的学习师法。……所以我们现在做这种整理流传歌谣的事业，为的是要给中国新文学开辟一块新的园地。这园地里，地面上到处是玲珑圆润的小宝石，地底下还蕴藏着无穷尽的宝矿。聪明的园丁可以徘徊赏玩；勤苦的园丁可以掘下去，越掘的深时，他的发现越多，他的报酬也越大。[①]

　　这是胡适的民间文学观的宣言，也是他所领导的民间文学时期的新的纲领。胡适强调的是："歌谣的收集与保存，最大的目的是要替中国文学扩大范围，增添范本。"这与十四年前周作人为《歌谣》周刊创刊写的那份《发刊词》相比，已是物是人非，不可同日而语了。也与1928年3月他的学生顾颉刚为广州中山大学语言历史学研究所民俗学会主办的《民俗》周刊写的《发刊辞》大相径庭，并形成南北对峙之势。胡适再次以歌谣研究文学派的旗帜出现于文坛上。

　　《歌谣》复刊一年后，1937年3月25日，他又发表了一篇《全国歌谣调查的建议》，写这篇文章的意图，在继续推动北京大学的以至全国的歌谣收集与研究。这篇以建议的形式发表的文章，表现了胡适对中国歌谣的深知和抱负。他写道：

　　　　我在这里说的"调查"，不仅是零星的收集，乃是像"地质调查"、"生物调查"、"土壤调查"、"方言调查"那样的有计划有系统的调查。全国歌谣调查的目的是要知道全国的各省各县流行的是些什么样子的歌谣。我们要知道全国共总有多少歌谣分布在各省各县的情形，——正如同我们要知道各种植物或各种矿物如何分布在各省各县一样；正如同我们要知道"黄土区域"或"吴语区域"起于何省何地迄于何省何地一样。

　　　　试举例子来说明。我们知道唐朝以来的七言绝句体最初是从民间的歌谣来的。从现在已收集的歌谣看来，我们可以知道这个七言绝句

────────────

　　① 《〈歌谣〉复刊词》，北大研究院文科研究所歌谣研究会编《歌谣》第2卷第1期，1936年4月4日。

体（四句，每句七字，第一第二第四句押韵）至今还是西南各省民歌的最普遍体裁。西南各省之外，如武夷山的采茶歌，如吴歌，也都保存这个七言绝句体裁。吴歌虽然已有自由添字的倾向，有时一句可以拉长到十六七个字，然而山歌的组织和节奏都还是用七言绝句体做基本的。所以我可以说：四川，云南，贵州，广西，广东，福建的武夷山，苏州的歌谣的最普遍形式是七言四句的"山歌"体裁。这个七言四句的"山歌"体就是中国歌谣的一个大"种类"（Species），就像植物里的稻，麦，或矿物里的煤，铁，或方言里的"吴语"，"客话"一样。因为没有一个总调查，所以我们现在还不能知道究竟这一个大种类——"山歌体"——分布流行的区域有多么大；究竟北边到什么地方，西边到什么地方；究竟湖南江西的若干地方在这山歌区域之内；究竟福建除武夷山的采茶歌之外还有多少地方也在这山歌区域内；究竟这个山歌区域是否可以说是"从四川沿西南东南各省到苏州而始变成自由添字的吴歌"。歌谣调查的一个结果是要帮助我们用精确的统计图表来解答这些问题。

再举一个例子。三百年前，冯梦龙印行了一部《山歌》（有顾颉刚、朱瑞轩两先生的校点排印本），后面附了一卷《桐城时兴歌》。这种"桐城时兴歌"的特别色彩是他们的七言五句体，第一、二、四、五句押韵，例如：

　　新生月儿似银钩，

　　钩住嫦娥在里头。

　　嫦娥也被勾住了，

　　不愁冤家不上钩；

　　团圆日子在后头。

很明显的，这是七言四句的山歌体的变体，加上一句押韵的第五句，往往这最后一句是全首里最精彩的部分。这个变体，在歌谣里就好像生物学上的"变种"，我们可以叫他做"桐城歌体"。奇怪的很，如果我们检查北京大学所藏的各地歌谣，我们就可以知道台静农先生所收集的几百首"淮南民歌"，通行在安徽的西北部，完全是这种七言五句体；曾广西先生所收集的几百首"豫南民歌"——从豫南带到南京的句容县的，——也完全是这种七言五句体。于是我们才知道这种"桐城歌体"，在三百年中，已经流传很广了，北边到豫南，南边到句容县。最近储皖峰先生到皖南的休宁县，在一个安庆工人的嘴里记录出了420首歌谣，也都是这种"桐城歌体"！于是我们又知道这种三百年前"时兴"的变体已被劳农的移动带到徽州山中去了。如果我们有歌谣调查，我们就可以精确的知道这种七言五句的"桐城歌体"的区域究竟有多么大了。[1]

胡适不失是个极有学问和思想的学者，在他执掌北大歌谣研究会的领导权期间，为了推动歌谣的收集和研究工作而提出的全国歌谣调查的建议书，虽然是从纯文艺学的立场出发，以摸清各地歌谣的"歌体"的种类和结构为目的，但他根据以往北大所收藏的歌谣资料而归纳和总结出来的七言四句体及其变体七言五句体——他命名为"桐城歌体"，虽然还缺乏更广泛的地区的歌谣资料的支持，但已经给他解决中国历史上的诗体的形成找到了某些根据。他希望通过他的建议书能在全国开展一次范围广泛的调查，从而解决中国诗体这个中国诗学上的难题。他的这番言论，显然与此前刚刚落潮的中山大学民俗学会的学者们的立场迥然有别，仍然坚持北大歌谣研究会初创时期的文学派朋友们的文艺学立场。

胡适希望在他的建议实施之前，先根据北大据有的资料绘制一份初步的"全国歌谣分布区域图"，有了这份歌谣分布的初步地图，就可以大体知道哪些地区的收集工作还不曾进行，或不曾努力，从而有计划地使用力量，争取在二三十年内完成全国的歌谣调查。到了那时，就可以绘制出更精密的"全国歌谣分布流传区域图"了。这当然是一个高瞻远瞩、令人兴奋的调查计划，如果从那时起，这个计划能够付诸实施，那么，现在我们的歌谣学就已经建立在十分扎实的基础上了。可惜，由于种种原因，他的计划没有能够付诸实施，更没有得以实现，至今我国民间文学界对我国各地的歌谣还是若明若暗，不甚了了，更谈不上对歌谣诗学的研究了。真可谓任重而道远！

（二）梁实秋的"浪漫趋势"论

复刊后的《歌谣》周刊一共出了两卷53期：第2卷40期；第3卷13期。1937年6月26日出完第13期后，暑假停刊。原定于9月4日开学出第14期的，因"七七"卢沟桥事变爆发，日本侵略军进攻北京，而永远停刊。

新版《歌谣》周刊在胡适的"替中国文学扩大范围，增添范本"、"给中国新文学开辟一块新的园地"的办刊宗旨下，集拢了一大批文学名家为作者队伍，如周作人、朱光潜、梁实秋、李长之、林庚、吴世昌、台

---

[1]　胡适《全国歌谣调查的建议》，《歌谣》周刊第3卷第1期，1937年4月3日。

静农、朱自清、杨向奎、赵景深等，还有十年前《歌谣》的老作者，如顾颉刚、容肇祖、魏建功、闻宥，以及已经停刊的中山大学《民俗》和杭州中国民俗学会《民间月刊》的主持者刘万章、娄子匡等，以文学研究为方向，加大了民间文学理论研究的分量。据复刊第一年的统计，共发表研究文章51篇，属于语言语音研究的只有四篇，其余都属于民间文学的文学研究。有代表性的，如梁实秋的《歌谣与新诗》（第2卷第9期）、朱光潜的《从研究歌谣后我对于诗的形式问题的意见》（第2卷第2期），朱自清的《歌谣与诗》（第3卷第1期），要么是谈歌谣与新诗的关系，要么是谈歌谣的诗学构成，总之，都是以文学研究的视角去谈论和探讨歌谣的。梁实秋十年前在一篇题为《现代中国文学之浪漫的趋势》的文章中说，收集歌谣"是对中国历来因袭的文学一个反抗"，是"中国文学之浪漫趋势"的表现，在文坛上几成名言，常被文学界人士征引。[1]在这篇《歌谣与新诗》里，他又旧调重弹，继续深化他的论点。他写道："歌谣当然不仅是有文学的价值，它还有民俗学上的价值。我当时所以说这样一段话，是因为我正在研究英国18世纪的浪漫运动中之歌谣复兴，我看出歌谣与初期浪漫运动的关系，恰巧那时我们新文学运动中也有征集歌谣的举动。我现在仍然觉得歌谣与新诗是可以有关系的。"梁实秋的此文，在歌谣学界和文学研究者中发生了很大的影响。朱自清稍后发表的《歌谣与诗》就是呼应梁实秋观点的一位诗人学者。

（三）一个缺乏深度和新意的时代

复刊后的《歌谣》虽然作者阵容颇为强大，但刊物的面孔并没有多大的变化，也没有发表什么有影响的研究文章。大致是第一流的作者的二三流的文章。与南方已经停刊的中大《民俗》和杭州中国民俗学会《民间月刊》相比，在深度和新意上，都略嫌不足。其所反映的内容，也显得狭窄，大多限于歌谣与新诗的领域，少量是关于谚语的，而属于故事的研究文章（实际上不过是故事集子的序言而已）也只有两篇。倒是增加了几篇关于俗文学的文章（如皮影、宝卷），令人耳目一新。综合看来，台静农的《从〈杵歌〉说到歌谣的起源》（第2卷第16期）、张为纲的《〈张打铁〉的研究》（第3卷第1期）、魏建功的《歌谣采辑十五年的回顾》（第3卷第1期），应是复刊后的《歌谣》上发表的较有深度和较有新意的研究文

---

[1] 梁实秋的这一观点，对朱自清的影响是明显的。朱自清在为罗香林著《粤东之风》做的序中，不仅征引了梁的这段言论，还由此而予以引申发挥。

章了。张为纲关于《张打铁》歌谣的母题研究，虽然并没有超出十年前顾颉刚的孟姜女故事研究、董作宾的《看见她》研究的老路子，仍然恪守着十年前刘半农与罗家伦讨论歌谣时提出的研究方法（"所谓比较，即排列字数之歌谣，用研究科学之方法，以证其起源流变。"[①]），但他对此在内容上可能与张献忠起义有关的同一母题的歌谣在奉天、安徽青阳、安徽安庆、安徽望江、湖北汉阳、湖北罗田、四川南充、四川重庆、四川梁山、江西南昌、江西临川、江西丰城、云南昆明、云南巧家、云南蒙化、云南腾冲、江苏江宁、江苏溧水、江苏溧阳、江苏宜兴、湖南凤凰、湖南长沙以及广西等地流传中产生的不同文本，进行了情节、地理、音韵、形式结构等诸种因素的比较研究，从而推衍出关于该歌谣的起源时代（明末清初）、起源区域（大体在安徽望江一带）等方面的结论，是非常可贵的。

在《歌谣》复刊一周年出版第3卷第1期（1937年4月3日）时，编辑徐芳女士照例约请从当年创刊就在《歌谣》当事、现在还在参与其事的魏建功写了一篇《歌谣采辑十五年的回顾》，此文对《歌谣》的反省、对评价北大歌谣研究会及其刊物《歌谣》周刊的成就和不足是一个重要的见证。

前期《歌谣》周刊时期，总共收到的歌谣13339首。

（1）河北（原分京兆和直隶）3693首

（2）东三省24首

（3）山东1037首

（4）河南933首

（5）山西607首

（6）江苏1375首

（7）安徽383首

（8）江西80首

（9）福建54首

（10）浙江306首

（11）湖北465首

（12）湖南404首

（13）陕西248首

（14）甘肃45首

（15）新疆0首

---

① 刘半农《与罗家伦论歌谣书》，《北京大学日刊》1918年11月25日。

（16）四川330首

（17）广东701首

（18）云南2385首

（19）贵州83首

（20）广西465首

（21）热河0首

后期《歌谣》发表的歌谣，总数为600多首。

魏建功总结十五年的发展历程说："十五年中间注意民俗学的人渐渐多了，这是一个可喜的现象，歌谣一部分的采辑整理研究或者因此抽减了力量。胡适之先生在2卷1期《复刊词》里说他以为歌谣的收集与保存，最大的目的是要替中国文学扩大范围，增添范本；这原是我们的最初的目的之一。我们回顾到最初宣言的两个目的，不由得不重整旗鼓担负起蒐录'中国近世歌谣总档'的责任了。我们检阅全体材料需要一个有组织的收藏法，吸收未得材料需要一个有系统的出版物。前《歌谣》、今《歌谣》的发刊的意义就是关于这珍藏和吸收工作的辅佐。我们的工作应该集中精神到这最基本的一步。回顾前《歌谣》最后一年收集的首数反不如头一个半年的事情，我们明白了这一点。"[①]这个回顾有些悲凉的意味。何以会越办越衰落了呢？响应者何以越来越少了呢？归根结底，是十五年来，并没有形成一个比较稳固的收集和研究队伍，参与者，充其量不过是一些从事其他行当的学人凭个人兴趣或看主持者的面子偶尔写点民间文学方面的文章而已。这一点，其实早就有不少人看到了。

活跃于南方的娄子匡就是其中的一个。当《歌谣》复刊的同时，在杭州的娄子匡在钟敬文从日本回国后还没有更多地参加杭州中国民俗学会的活动时，就着手把他的《妇女与儿童》改编为《孟姜女》（月刊），并将其性质改造为一个以"民俗学、民族学、文化史、社会史"为方向的学术性期刊，第1卷第1号于1937年1月1日与读者见面了。

无论是后期《歌谣》，还是《孟姜女》，都是短命的，统统被随之而来的战争打断了。"七七"事变的爆发，日本军国主义者的炮火，把爱好和平的亿万中国老百姓推上了战争的深渊，中国960万平方公里的大好河山，相继变成了制造废墟和死亡的战场。

---

① 魏建功《歌谣采辑十五年的回顾》，《歌谣》周刊第3卷第1期，1937年4月3日。

第四章
战火烽烟中的学科建设
（1937—1949）

　　战争改变了一切。一切为了战争。1937年"七七"事变之后，由于国民党当局实行不抵抗主义，使形势急转直下。先是平津失守，华北地区沦陷，继而把战火烧到了南京、武汉、长沙。接着粤西告急，全中国被投入了战争的深渊。在这民族危亡的严重关头，中国的知识界，包括从事民间文学搜集研究的学界人士，发生了分化瓦解。有的卖身求荣，当了汉奸；有的不堪做亡国奴的境遇，逃到了大后方；有的投笔从戎，走上了抗击侵略者的前线；有的毅然奔赴延安。作为中国文化中心的孤岛上海，仍然有许多进步人士在困难和险恶的环境中坚持，民间文学事业的发展带动了学术研究的进步。抗战胜利后，又开始了连绵四年的第三次国内革命战争。

　　尽管战乱不已，生活颠沛流离，仍然有一大批热爱中华本土文化、中国民族传统的民间文学家、作家、文化工作者，在极端困难的条件下，坚持着五四新文化运动开拓的道路，进行民间文学的搜集、调查、研究、出版以及推广事业，并且做出了足以彪炳青史的可喜成就。

第一节　沦陷区北平的民间文学研究

（一）《歌谣》的停刊与学界的分化

　　复刊一年零三个月的北大歌谣研究会主办的《歌谣》周刊，经历过短短的一阵痉挛似的兴奋之后，在1937年6月26日出版了第3卷第13期之后停刊了。这次《歌谣》周刊的停刊，意味着创刊于1922年12月17日的我国第一份民间文学刊物的终结。《歌谣》周刊最后一期（第3卷第13期）的第8版末端登了一则小小的《启事》云："本刊在暑假中停刊，准于9月4日继续出版第14期。读者如有稿件，请仍寄沙滩北大研究院文科研究所本会。"尽管华北形势早就吃紧，手无寸铁的爱国知识界纷纷南下，而《歌谣》的编者们还在做着暑假后继续出刊的美梦，他们万万没有料到，宣布休刊十天之后，就在7月7日，发生了震惊中外的卢沟桥事变，北平沦陷于侵华日军之手。

在民族危亡之际，北京大学、清华大学和天津的南开大学迁到了长沙，组成临时大学；后又迁至昆明，组成了西南联合大学。北大和清华从事过民间文学教学和研究的学者，如闻一多、魏建功、朱自清、容肇祖、徐炳昶等，都随校随院到了西南。其他学校的一些爱国的学者、文化人，如在燕京大学任教的吴文藻、冰心夫妇，也都陆续纷纷流亡到南方。《歌谣》的编者徐芳也去了重庆。平津成了文化空白。也有多年从事民间文学搜集和研究的人士，陆续上了前线，无法再顾及自己所从事的老行当。不仅南下的爱国知识分子，拒绝给日本占领下的报刊撰文，即使留在北平的一些学者，也只能闭门读书，埋头于学术。朱自清就曾从昆明给当时还在北平的朋友俞平伯写信，劝他不要为日本人占领的北平报纸写稿。也有的人，如周作人，1938年2月参加敌人召开的"更生中国文化建设座谈会"，1939年8月出任伪北京大学文学院院长，1941年1月出任伪华北政务委员会常务委员兼教育总署督办，同年10月，兼任伪东亚文化协议会会长，当了日本人的汉奸。周作人的附敌，激起了包括武汉、重庆、延安在内的全国文化界、文艺界的声讨。5月5日，武汉文化界首先严电申讨，通电全国文化界，"请援鸣鼓而攻之义，声明周作人、钱稻孙及其他参加所谓'更生中国文化建设座谈会'诸汉奸，应即驱逐出我文化界以外，借示精神制裁。"第二天，重庆《新华日报》发表短评《文化界驱逐周作人》。5月14日出版的中华全国文艺界抗敌协会总会机关刊物《抗战文艺》第4号发表茅盾、郁达夫、老舍、冯乃超、胡风、张天翼、丁玲、夏衍等18人《给周作人的一封公开信》，最后一次忠告他"幡然悔悟，急速离平"。6月3日，陕甘宁边区文化界救亡协会响应武汉文化界抗敌协会的倡议，也向全国发出讨周通电。

北平沦陷于敌手后，还有一些留在北平的文化界教育界人士（包括民间文学专门家），他们在日本帝国主义的占领和奴役下，保持了民族气节，他们或闭门躲进书斋里做学问，或利用其他书刊不易出版的环境，将手头上已经掌握的民间文学作品交付出版，以此向中国广大读者、特别是青少年读者进行民族精神、民族传统和中国民族文化的教育。正如当时接替南下的吴文藻担任了燕京大学社会学系主任的杨堃在抗战胜利后写的："自'七七'事变以来，因为中日战争的爆发，北平各国立大学及研究机关均行内迁，《歌谣》周刊亦因之而停刊。然而北平的民俗学研究却并未因此而中断。因为北平毕竟仍是全国文化的一个中心，而且北平在此抗战期内始终未经过大战，故一切文献，均未受大损失。一切学人，亦均未完全走光，且在日伪的统治之下，既不能直接参加抗战更无所谓言论自由，故报国之道似亦仅有各守岗位埋首苦干与努力潜修之一途。因此之故，轰轰烈烈的民俗学运动虽为时局所不许，然而闭门读书埋首苦干的民俗学研究却亦系时势所造成。"[①]北平的传统民间文学的搜集与研究，不再像20年代，甚至不可能像《歌谣》复刊后的1936—1937年6月以前那样活跃，进入了衰微或消歇时期。

（二）沦陷后的民间文学研究

在沦陷后的北平，还在继续开展有关民俗学和民间文艺研究的学术机构，大多是些有外国背景或教会背景的学校和学术机构，如燕京大学的社会学系和《燕京学报》《史学年报》《文学年报》；法国使馆办的中法汉学研究所及《汉学》和《中法汉学研究所图书馆馆刊》杂志；辅仁大学的《辅仁学志》和人类学博物馆的《民俗学志》。

1. 燕京大学

吴文藻1937年辞去社会学系主任南下后，社会学系的主任一职，由留法的民族学家杨堃继任。杨除了统筹系里的事务讲授"原始社区"、"当代社会学学说"、"社区研究"等课程外，还指导了19位学生，其中杜含英的学位论文是《河北的歌谣》。杨堃本人的研究著述与民间文学几乎没有什么关系。该校《文学年报》在此期间发表了几篇民间文学的论文，有薛成之《谚语的探讨》、李素英《论歌谣》（均载第2期）、周澍的《仓颉传说汇考》（第7期，1941年6月）。

2. 中法汉学研究所

法国使馆于1941年9月1日在北平创办中法大学汉学研究所。主要开

---

①　杨堃《我国民俗学运动史略》，南京：《民族学研究集刊》第6期，1948年8月；又见《杨堃民族研究文集》，第226页，北京：民族出版社1991年。

展中国民俗研究，出版《汉学》与《中法汉学研究所图书馆馆刊》两种刊物。下设民俗学组，由留法归国、时任燕京大学社会学教授的杨堃负责。该组在神祃资料、年画资料、照相资料的搜集、整理与研究上成绩斐然，至1944年时收藏的神祃资料计3900余件，共4900张，年画350余件，拍摄照片600余张。同时，民俗学组在编制民俗学分类表、日报论文通检、杂志论文通检以及编纂风土全志和五祀研究等方面，也多有斩获。1942年7月间，在北平举办"民间新年神像图画展览会"，将研究所所藏各种神祃资料选出一部分，加以简单分析、研究、陈列，旨在表现神祃的不同种类及其在画像学上的演变。共展出神祃93份。①该所民俗学组还编制报纸杂志文论"通检"。此外，几乎完全没有涉及民间文学的研究。

《汉学》第1辑（1944年9月）发表杨堃的《灶神考》、孙楷第的《傀儡戏考源》。《馆刊》（景培元主编）第2期（1945年10月）发表沦陷区中文民俗学刊物论文目录。抗战胜利后，杨堃于1948年8月在南京中山文化教育馆出版的《民族学研究集刊》第6期上发表《我国民俗学运动史略》一文。②

该所于1953年结束在北京的工作，所有材料随同人员撤回法国巴黎大学。

3.《艺文杂志》

《艺文杂志》于1943年7月在北平创刊。沦陷时期任伪教育督办职务的周作人，到处演讲、发表文章。学术界已经指出，这一时期他的主要文章，如《中国的思想问题》《中国文学上的两种思想》《汉文学的前途》《汉文学的传统》等，所宣传的是"共存共荣"的思想。③到1943年2月，伪华北政务委员会改组，周作人不再当教育督办了，但3月12日又接汪精卫电，任命他为国府委员。同年7月，周作人与朋友创办《艺文杂志》，并在第10、11、12期上连载了他早年译就的阿波罗多洛斯的《希

---

① 参阅葛夫平《北京中法汉学研究所的沿革及其学术活动》，《汉学研究通讯》第24卷第4期（总96期）第1—6页，2005年11月，台北。

② 杨堃《我国民俗学运动史略》，中山文化教育馆编《民族学研究集刊》第6期，1948年8月，南京。

③ 见林辰《沦陷期周作人的政治立场》、钱理群《走向深渊之路》、陈福康《有关周作人"新史料"的质疑》等文，均见《鲁迅研究动态》1987年第1期。

腊神话》以及注释和引言。在这个刊物上发表文章的，都是留在北平的文化学术界人士，其中从事俗文学和民俗学的有傅惜华的《中国古代笑话集》、傅芸子的《从宛平署杂记见明代的京俗片影》、俞平伯的《古槐随笔》等。

第二节　上海、香港、北平：俗文学派的崛起

在20世纪中国民间文艺学史上，自郑振铎1929年在《小说月报》上发表《敦煌俗文学》一文，把俗文学看作是民间文学的组成部分起，突破了原有的比较狭窄的民间文学概念，于是这种新的民间文艺学思潮，很快便被文学界和民间文学界一些学者所接受；到了1938年郑振铎著的《中国俗文学史》出版，并以此为标志，一个以郑振铎、赵景深为代表的"俗文学派"就形成了。从抗战胜利后到1949年10月中华人民共和国成立这四年，是中国民间文学研究相对低潮的一个时段，而由郑振铎的追随者及其以他的文艺学术思想为旗帜的俗文学刊物，却异常活跃，几乎同时在香港、上海、北平三地创办了通常被史家所称的"港字号"《俗文学》周刊（戴望舒在香港《星岛日报》）、"沪字号"《俗文学》周刊（赵景深在上海《神州日报》《大晚报》《中央日报》）和"平字号"《俗文学》周刊（傅芸子、傅惜华在北平《华北日报》），一时间遥相呼应，争奇斗艳。这时，这一派的民间文学研究，发展到了鼎盛时期，成为中国文坛和学坛的一时之盛。

（一）郑振铎《中国俗文学史》的问世

在第三章第三节里，我们已经全面地介绍和论述了郑振铎的民间文学观点、研究成就以及人类学派对他的影响。本节我们将重点讨论他的专著《中国俗文学史》以及他的俗文学观发生的影响。

在编《小说月报》期间，郑振铎就已开始酝酿编著《中国俗文学史》，为了收集历史上俗文学的材料，曾委托在英国留学的朋友许地山在大英博物馆为他抄录被英国人斯坦因掠去的敦煌卷子中的俗文学作品。1927年"四一二"政变后，他被迫流亡国外，在英法两国的国家图书馆里大量研读了中国古小说、戏曲、变文等，抄录了大量这方面的珍贵史料。回国后，在上海，他开始花较大精力于古籍整理和中国古典文学的研究，写了一系列史料钩沉和介绍性质的文章。他除了在各大学讲授中国文学史外，已着手撰写一部以新的文学观为统领的《中国文学史》，这部文学

史，主要包括以前被忽视的"非正统"的文学和民间文学。1929年，他在《小说月报》上发表了一篇题为《敦煌的俗文学》的文章，第一次提出了"俗文学"这个文学概念，为他正在撰写的《中国文学史》和《中国俗文学史》定下了一个基调。

1931年秋，应时任北平燕京大学中文系主任郭绍虞的邀请，郑振铎以请假的方式，离开上海转移到北平，受聘于燕京和清华两校合任教授（第二年后，专任燕大教授）。他多年来写作的四卷本《插图本中国文学史》于1932年由朴社在北平出版了。尽管《插图本中国文学史》的出版受到了社会上的普遍好评，[①]而他总觉得还是言犹未尽，虽然第一次将唐、五代的变文，金、元的诸宫调，宋明的平话，明清的弹词写了进去，但也还只是占了约80万字的全书总篇幅的三分之一。因此，他还要另外写一部早就构思着的"中国俗文学史"。为此，郑振铎在繁忙的教学和社会上频繁的文学活动外，从1934—1936年底，大约花费了一年多的时间，把继《插图本中国文学史》之后的又一部文学史专著《中国俗文学史》写完了。[②]

由于受到司徒雷登及其一伙的排挤，郑振铎于1935年夏离开燕京大学，由北平回到上海，[③]到暨南大学任文学院长兼中文系主任，同时又主编《文学》月刊、《文学季刊》和《世界文库》。"八一三"事变后，1937年11月10日日军在浦东登陆，上海成了"孤岛"。文化界许多朋友都纷纷撤退到内地去了，郑振铎留在"孤岛"上海，在艰难的困境下做了许多工作。1936年底就在北平竣稿的《中国俗文学史》一书，终于由内地迁移到长沙的商务印书馆于1938年出版了。

《插图本中国文学史》和《中国俗文学史》这两部大著的出版，加上过去出版的《文学大纲》中的一些篇章，完整地体现出了他的文学观，奠定了他的民间文学—俗文学理论体系，也为民间文艺学阵容中的"俗文学派"奠定了基础。

郑振铎的俗文学观，以最简练扼要的语言，浓缩在了《中国俗文学

---

① 《插图本中国文学史》出版后，全国唯一一篇批评、甚至是全盘否定的文章，发表在《新月》1933年3月号上，作者是燕京大学学生吴世昌。参见陈福康《郑振铎传》，第309—311页，北京十月文艺出版社1994年。

② 郑尔康《郑振铎》，第223页，北京交通大学出版社2008年。

③ 郑振铎《〈许地山选集·序〉》："我在燕京大学被司徒雷登和他的一派的人强迫离开。"

史》这部著作中：

> 何谓"俗文学"？"俗文学"就是通俗的文学，就是民间的文学，也就是大众的文学。换一句话，所谓俗文学就是不登大雅之堂，不为学士大夫所重视，而流行于民间，成为大众所嗜好，所喜悦的东西。
>
> 中国的"俗文学"，包括的范围很广。因为正统的文学的范围太狭小了，于是"俗文学"的地盘便愈显其大。差不多除诗与散文之外，凡重要的文体，像小说、戏曲、变文、弹词之类，都要归到"俗文学"的范围里去。
>
> ……在许多今日被目为正统文学的作品或文体里，其（起）初有许多原是民间的东西，被升格了的，故我们说，中国文学史的中心是"俗文学"，这话是并不过分的。[①]

他认为俗文学"就是通俗的文学，就是民间的文学"。他进而把俗文学的"特质"归纳为六个：第一，是大众的，出生于民间，为民众所写作，为民众而生存。第二，是无名的。第三是口传的。第四，是新鲜的，但是粗鄙的。第五，其想象力往往是奔放的，并非一般正统文学所能梦见，其作者的气魄往往是很伟大的，也非一般正统的文学的作者所能梦见，但也有种种坏处，如黏附着许多民间的习惯和传统的观念。第六，勇于引进新的东西，即我们今天常讲的"开放性"和"包容性"。按内容，他列出了五大类：第一，诗歌——民歌、民谣、初期的词曲；第二，小说——专指话本；第三，戏曲；第四，讲唱文学；第五，游戏文章。

《中国俗文学史》的出版，从20年代那一帮进步文化战士们所信奉的进化论的世界观，进到以唯物史观的治学理念和研究方法，梳理中国文学史的进程与演变，论述了民间口传文学在中国文学史上的地位和作用，其在民众中的影响和流传存在的价值，不仅在资料占有上无与伦比，而且在观点上自成一说，发人所未发，成为他在中国文学史研究上的又一颗璀璨的明珠，也是他的民间文学—俗文学思想达到成熟的标志。

郑振铎对"俗文学"概念及其解释，到了20世纪50年代末，遭到了猛烈的批判和非议。1958年出版的一部影响很大的《中国民间文学史》的作者们写道："我们说'民间文学'就是指劳动人民在生产斗争和阶

---

① 郑振铎《中国俗文学史》，第1—2页，北京：作家出版社1953年据商务印书馆1938年版影印本。

级斗争过程中所创造的口头文学。民间文学是劳动人民自己的创作，它直接表现劳动人民的思想感情、要求和愿望，在奴隶制社会里，民间文学主要是指奴隶的创作；在封建社会里民间文学主要是指农民和手工业者的创作。通俗的、在民间流传的文学，不一定就是劳动人民自己的创作，不一定就是直接表现劳动人民的思想、感情、要求和愿望的，因而也就不一定是民间文学。……在民间流传的通俗的文学，不能一概认为是民间文学，同等看待，而应以阶级的观点去检查这些作品，看看它对劳动人民的态度如何，是否真正是劳动人民的思想感情。郑先生既然用一种‘超阶级’的观点，实质是资产阶级观点，来对待民间文学，说民间文学‘就是通俗的文学’，因而他就把一些地主的小市民的通俗作品，都滥竽充数地算作民间文学。"①这些作者的基本观点可以概括为：（1）民间文学史应该是阶级斗争历史的反映，而《中国俗文学史》没有反映出历史上的阶级斗争。（2）文学史应该是现实主义发展与斗争的历史，而《中国俗文学史》却成了某种文学形式的延续的形式主义、唯心主义的文学史。（3）《中国俗文学史》是一些地主阶级、小市民的庸俗作品的堆积，没有反映出我国民间文学史的真实面貌。被批判者与批判者的分歧点很多，涉及得也很广，但根本点在于：一个说俗文学是大众的文学、民间的文学，一个说民间文学是劳动人民的口头创作，而劳动人民及其口头创作乃是纯而又纯的、是没有糟粕的文学，一切糟粕都来自于统治阶级强加于劳动人民的，俗文学则恰恰是"小市民"所创作、为"小市民"所享受的、充满了消极因素甚至封建毒素的文学。后者指责前者模糊了、抹杀了或取消了阶级界限。

进入历史新时期，在消除了这种政治教条主义的理论的影响之后，俗文学的研究再次兴盛起来。特别是中国俗文学学会成立（1984年2月）以来，全国有志于俗文学研究的学者以民间的方式集合起来，尽管还没有被主流意识和机构所采纳，没有进入中文系的课堂，但关于变文、宝卷、子弟书、唱本等俗文学的研究著作已多有出版，即使有的著作不被大陆出版机构采纳，台湾和香港的出版机构也接纳出版，关于俗文学的研究论文和史料辑录，也开始受到人文社会科学学术期刊的关注。总之，郑振铎开创的俗文学研究正在缓慢地回升。国内学者对民间文学和俗文学这两个概念

---

① 北京师范大学中文系55级学生集体编写《中国民间文学史》（初稿）上册，第9—17页，北京：人民文学出版社1958年版。

也出现了新的阐释。①

（二）赵景深的故事研究

赵景深（1902—1985）是"俗文学派"的另一个代表人物。赵景深于1961年10月17日郑振铎逝世三周年忌日写的《郑振铎与童话》这篇文章中写道："我在古典小说和戏曲以及民间文学、儿童文学方面都是他的忠实的追随者。"论者也指出："赵景深先生的俗文学研究，是在20世纪30年代末郑振铎先生《中国俗文学史》出版，确立'俗文学'这一学科之后，在郑先生一再启迪和引导下，投入到俗文学研究中去的。"②说赵景深是郑振铎所创立的"俗文学派"的重要的追随者和代表人物，不仅是因为他所理解和从事的俗文学—民间文学研究对象（即范围）上一脉相承，还在于他的研究俗文学—民间文艺的方法，以及他后来主持编辑的几种"俗文学"周刊在自己周围团结了一大批同道者。

赵景深对民间文学的研究是从童话开始的。他的第一批童话文章，是1922年1月22日，2月12日,3月28—29日，4月9日在《晨报·副刊》

---

① 黄永林说："尽管郑振铎对俗文学的六大特质未作十分详尽的论述，而且有些方面还值得商讨，但从他的基本观点来看，与我们今当对民间文学的基本特征的认识是一致的。"（《郑振铎与民间文艺》第60页，南京大学出版社1996年）吕微提出了以类型学代替分层理论："从类型学的角度看待民间文学，就可知对民间文学与作家文学作传统的两分法定位如上层与下层、平民与贵族、愚昧与圣贤之分是怎样地简单化了。民间文学和作家文学分属两种不同的文学类型，但二者之间也有复杂的互动关系。简单社会分层理论无法解释，为何在民间文学当中会有那么多'统治阶级文学的糟粕'。面对这些糟粕，简单分层理论陷入了困境。为了保持理论的至高尊严和彻底性质，人们不得不'严格地提出那些在民间流传的封建统治阶级的文学'，将其逐出民间文学的领域。但是从类型学的立场看，民间文学与作家文学的互动就是一个十分正常的现象。"（《中华民间文学史·导言》第14页，河北教育出版社1999年10月）李玫的《古代戏曲与正统文学、俗文学及民间文学》一文，也对俗文学作了新的阐释："一般认为，俗文学与正统文学之间的界限主要有三。其一，从文体分。因为中国古代正统文学的主体是散文和诗歌，所以对俗文学的理解往往会从文体的角度，指诗文以外的文学体裁。其二，作品风格。名为俗文学，顾名思义是从文学作品的风格着眼的，指俚俗、通俗的文学作品。其三，流传范围。文学艺术的流传范围很难截然划分，这里指主要范围，即流行于社会的普通民众中。而现在的研究者认定的民间文学的特征主要在于：（1）自发的、集体的创作，也即非作家创作；（2）群体的、口头的传承方式；（3）题材、主题趋向模式化。"（《中国社会科学院院报》2003年7月30日）

② 关家铮《赵景深先生主编的"沪字号"〈俗文学〉周刊》，《新文学史料》2002年第1期。

上，就童话问题与周作人所作的讨论。他结识了郑振铎和文学研究会的其他成员后，其民间文学研究领域，逐渐扩及俗文学的其他门类，如戏曲、曲艺、鼓词、小说等，并逐渐形成自己的特点。晚年他曾说，有人称他是民间文学和民俗学方面的专家，他以"愧不敢当"四个字答之。有论者说他这是自谦之词。①其实，他在学术思想上，可以分为前后两期，前期受英国人类学派民俗学的影响较深，在我国学界倾向于文学人类学学派，而后期又受郑振铎的俗文学思想影响较深，不仅在研究领域上，而且在研究方法上，逐渐成为俗文学学派的重要代表。总的看来，赵景深在民间文艺学上的学术功绩，主要在童话学（故事学）和戏曲、曲艺等民间文学方面，堪称中国现代故事学的先驱者和开拓者。早期他不仅是最早翻译英国人类学派学者（如英国民俗学会前会长葛劳德、麦苟劳克等）的民间文学理论著作的学者之一，因而深受人类学派的影响，而且他在研究和阐释民间文学作品（主要是民间故事）时，运用的也是人类学派民俗学的理论与方法。他在民间文学方面的成就，以早年的《童话评论》（开明书店1924年）、《童话概要》（北新书局1927年）、《童话论集》（开明书店1927年）、《民间故事研究》（复旦书店1928年）、《童话学ABC》（世界书局1929年）、《民间故事丛话》（中山大学民俗学会1930年）等著作为代表。他在长期兼任北新书局总编辑时，参与了李小峰以林兰笔名编辑的民间故事集近40种、收入民间故事近千篇②，成为20世纪以来出版民间故事最多的一个时期，为中国民间文艺学的发展奠定了丰厚的史料基础；而从民间故事的理论研究和学科建设上说，他的成就则集中地表现在打破当时国外学者在型式研究上把神话、传说、故事混为一谈的非学术倾向，厘清了神话、传说、故事的概念和界限，为故事学的科学化奠定了一块基石。③已故美籍华人民间文艺学家丁乃通生前在他的《中国民间故事类型索引·导言》里写道："中国最大的故事研究权威之一赵景深写了一本书名叫《童话学ABC》。在这本书中，他说神话是'严肃的故事'而童话则是'游戏的故事'，意思是说着好玩的游戏之作。……中国最优秀的权威们显然仍

---

① 参阅张紫晨《忆赵景深先生》，《新文学史料》2002年第1期。

② 此数字据车锡伦《"林兰"与赵景深》文中的统计，《新文学史料》2002年第1期。

③ 参阅段宝林《赵景深先生与民间文学》，《新文学史料》2002年第1期。

旧遵守和尊重神话、传说和童话之间的区别的。"①

关于他的民间文学研究的特点，在《民间文学丛谈》的后记中写道："我对于民间文学的探索是从童话开始着手的。……系统地探讨民间文学是在1927年以后。那时，在许多零星文章之外，我先后发表了几本专著，如《童话概要》《童话ABC》《童话论集》和《民间故事研究》等。那时，国际上民间文学的研究，人类学派及其比较研究故事的方法正在流行，我国的研究也深得这一学派的影响。……在那一时期（20年代后半期到30年代），我国主要从事民间文学研究的，除我之外，还有顾颉刚、钟敬文、董作宾和黄石等人。顾颉刚、钟敬文、董作宾等虽然也研究民间故事，却偏重于民间文学中的韵文部分即歌谣的研究。著作有《吴歌甲集》《蛋歌》《看见她》等等；而我及黄石则主要从事散文部分，即民间故事、童话故事传说等等的探索，很少涉足民间歌谣的园圃。"②

在赵景深早期的民间文学研究视野中，主要的研究对象是民间故事（童话），涉及神话的研究文章为数很少，似乎只有《太阳神话研究》（《文学周报》第5卷第2期，1928年）一篇。而在民间故事研究上的成就，主要表现在两个领域：一个是故事型式与分类的探索，虽有开风气之先之功，却未像继之而起的钟敬文那样结出果实；二是对蛇郎故事、海龙王的女儿、徐文长故事的论述，其见解的学术水准则是众所公认的，尽管他的结论学者们未必认同。例如对《灰娘》《蛇郎故事》和《海龙王的女儿》的论述就属于这种种情况。在赵景深的论述中，在国际故事型式表中都属于天鹅处女型故事，或被"吸引"（粘连或附着）到天鹅处女故事上的。"原来在广州《蛇郎》不但把'天鹅处女'（此式故事详见拙编《童话学ABC》第八章）拉在一起，还与'灰娘'（此式故事详见拙编《童话学ABC》第四章及《童话概要》第五章）结了因缘。也就是说，这两篇故事的任何一篇都是三篇故事的结合体。"③他的结论是："灰娘后来嫁了王子，但是中国女人的虚荣心却要低一点，只想攀秀才；所以王子到了中国，便变成秀才。从秀才推想，我又疑心这是由于五口通商后（早一点在鸦片之战前后），洋鬼子把他们的童话也搬了来，因此《蛇郎》像海绵似的，

---

① 丁乃通《中国民间故事类型索引·导言》，第4页，北京：中国民间文艺出版社1986年。

② 赵景深《民间文学丛谈·后记》，长沙：湖南人民出版社1982年。

③ 赵景深《中西民间故事的进化——序刘万章的〈广州民间故事〉》，国立中山大学民俗学会丛书《民间故事丛话》，第15页，1930年2月，广州。

又把《灰娘》吸收了去，因为我总不相信《灰娘》是我国本来就有的童话。"至于《熊人婆》（通常说的"老虎外婆"故事），他在与格林的同型故事比较后说："说中国故事比德国故事进化者，自然并不是说要与德国争个短长，学一学浅薄的爱国主义者的口吻说：'你们外国的东西，在我们中国已是古已有之的，并且还比你们外国货好！'我的意思也不过是说德国的发生较早，而中国的发生较迟罢了。"①赵景深关于这两个故事的论断，自有其道理在，但《灰娘》（天鹅处女型）、《熊人婆》在中国文化中始见的时间，是否就如赵所说在德国之后，显然并不是最终的结论。

关于徐文长故事，赵景深先后写过两篇长文，一篇是1925年写的《徐文长故事与西洋传说》，发表在他和田汉、叶鼎洛等主编的《潇湘绿波》（1925年，长沙）；一篇是1930年为北新书局新版（大32开本）的《徐文长故事》写的序，以《徐文长故事的新研究》为题发表在《草野》第5卷第3期（1931年4月25日）上，后收入《文艺论集》（广益书局1933年）中。此外，1925年在《京报副刊》上讨论徐文长故事时，还有与钟敬文的答问（《答钟敬文先生——关于徐文长故事的讨论》，1925年12月9日，第352期）。《徐文长故事与西洋传说》以安德鲁·兰的学说为依据，对林兰和他自己所搜集到的多种徐文长故事异文变体进行比较，以及与荷马史诗、德国传说浮士德、英国儿童剧的比较，得出了故事传播的两条规律性的结论：（1）"传播地区愈远大，转变也愈分歧。"（2）"传播时间愈长久，真实也愈减损。"②

在郑振铎的影响下，从20世纪30年代中期起，赵景深的研究领域扩大了，触角伸展到了我们称之为俗文学的一些文体中。1936年北新书局出版了他的《读曲随笔》，1937年商务印书馆出版了他的《大鼓研究》，1938年商务印书馆出版了他的《弹词考证》等。商务印书馆还于1938年出版了他选注的"中学语文补充读本"《弹词选》（第1集）。他认为："弹词亦为南方的叙事诗，……北方的叙事诗则为鼓词。"③这时，他因而结识了好些读曲、研究俗文学的朋友，包括王玉章、吴梅、沃圃、杜颖陶、陈乃乾、张次溪、贺昌群、钱南扬、卢冀野、顾名、顾随等。

① 赵景深《中西民间故事的进化——序刘万章的〈广州民间故事〉》，国立中山大学民俗学会丛书《民间故事丛话》，第18、22页，1930年2月，广州。

② 赵景深《徐文长故事与西洋传说》，《徐文长故事》，第163—169页，上海：北新书局1933年。

③ 赵景深选注《弹词选》（中学语文补充读本），第2页，商务印书馆1938年。

抗日战争胜利后，民间文学界陷入沉寂状态。在上海，虽有丁景唐、田仲洛（袁鹰）、薛汕等组织的民歌社在活动，但很快便因国民党当局的迫害而逃的逃散的散。赵景深在《神州日报》编刊《俗文学》周刊，继而又在《大晚报》编刊《通俗文学》周刊、在《中央日报》编刊《俗文学》周刊。正如论者关家铮所指出的："'沪字号'《俗文学》周刊，深受学院派文化影响，整体上呈现出浓厚的学术气息，承载的内容是当时文化精英们提供的学院派研究，也就是说'沪字号'《俗文学》周刊刊载过程是一个促进、推动、拓展中国俗文学研究深入发展的过程。"①因而可以认为，由于在20世纪40年代主持的三个刊物，无论在规模上，还是在深度上，使中国俗文学—民间文学的研究，有了很大的推进。

赵景深一生的民间文艺活动和著述中，虽然有时为形势所迫也不得不讲了一些"跟风走"的言不由衷的话，但总体上说，他的民间文学观与郑振铎的阐释是大体一致的。姑且不说早期，在1950年出版的《民间文艺概论》这本复旦大学的讲稿中，关于他的民间文艺观，是这样说的："民间文艺这一名称，有人以为有'士大夫'与'雅'的自高的含义在内，是不好的。其实'民间'也可以解释做'在人民中间'，并无轻视之意。说实话，知识分子在现在还是一个阶层，到将来社会主义时期，人人都受到平等的教育，都有知识，也就无所谓特殊的'民间文艺'了。最近在报纸杂志上，也常有'民间艺人'这样的名词出现。又有人以为要改称作'民俗文艺'，他解释这'俗'字是指风俗，不是'雅俗'的'俗'。但我以为这名词太生硬，不通用，并且在意义和用途上，民间文艺已经扩大为通俗文艺，注重这形式来改造人民的思想，已经不是民俗学（folklore）所能范围的了。"②

（三）阿英、冯沅君

属于"俗文学派"的学者，还有戴望舒、谢六逸、许地山、钱杏邨（阿英）、杨荫深、孙楷第、朱自清、冯沅君、王重民、钱南扬、陈志良、傅芸子、傅惜华、杜颖陶、徐嘉瑞、吴晓铃、关德栋、黄芝冈等人。他们有的是在20年代与郑振铎一起或协助他办刊物、著文和编书的朋友，

---

① 关家铮《四十年代上海〈神州日报〉赵景深主编的〈俗文学〉周刊》，见《山东大学学报》哲学社会科学版2000年第6期。

② 赵景深《民间文艺概论·民间文艺的意义与性质》，第1页，北新书局1950年9月初版。

多数是团结在40年代的"港字号"《俗文学》周刊、"沪字号"的《俗文学》周刊（以及《通俗文学》周刊）、"平字号"《俗文学》周刊周围并在这些周刊上发表俗文学—民间文学文章的学人，当然他们之所论，主要是以戏曲、俗曲、变文、宝卷等为主体的广义的俗文学，也有不少是狭义的民间文学（诸如故事、歌谣和谚语等）文章。①"俗文学派"的学者们，横跨于作家文学与民间文学两个研究领域之间，从自己的角度、以自己的方式从事着俗文学—民间文学的发掘研究，不仅学者人数很多，而且个个都是卓有成绩的人物。作为一个流派，"俗文学派"的学者们，有着共同的学术理念，而作为个人，他们又各有其专攻和特点。

阿英（1906—1977），原名钱杏邨、钱德富。笔名钱谦吾、张若英、阮无名等。青年时期参加过"五四运动"，1926年参加中国共产党，1927年从芜湖逃亡到武汉后到上海，长期从事革命文艺活动。与蒋光慈等组织"太阳社"，曾编辑《太阳月刊》《海风周报》。1930年加入"左联"，任常委。孤岛时期，与郭沫若、夏衍创办《救亡日报》，主编《文献》杂志。1946年任中共华东局文委书记，后任中共大连市委宣传部文委书记。新中国成立后曾任天津市文化局长、华北文联主席、全国文联副秘书长等职。一生著述丰富，涉及文学、文艺理论、文艺批评、戏剧、电影文学史、美术史等多方面，又重视俗文学及曲艺资料的搜集、整理和研究工作。在弹词方面著有《弹词小说评考》《女弹词小史》等。有关小说、弹词的著述，收入《小说闲谈》《小说二谈》《小

---

① 关于港、沪、平三地的《俗文学》周刊及其他俗文学刊物与动态，参阅关家铮的系列文章：《四十年代上海〈神州日报〉赵景深主编的〈俗文学〉周刊》，《山东大学学报》哲学社会科学版2000年第6期；又见《新文学史料》2002年第1期；又见李平、胡忌编《赵景深印象》，上海：学林出版社2002年；《二十世纪四十年代北平〈华北日报〉的〈俗文学〉周刊》，台湾中央研究院中国文哲研究所《中国文哲研究通讯》第12卷第2期；《冯沅君先生与〈俗文学〉周刊》，《文教资料》2001年第6期；《二十世纪四十年代几种〈俗文学〉周刊中有关"满汉兼"及满文译本的研究》，《满族研究》2001年第3期；《四十年代几种〈俗文学〉周刊中的蒲松龄研究》，《蒲松龄研究》2000年第3/4期；《读王重民先生佚札——有关敦煌遗书总目的一宗史料》，《敦煌学》第24期，2003年6月，台湾；《20世纪40年代几种〈俗文学〉周刊中的宝卷研究》，《书目季刊》第36卷第2期，2002年9月16日，台湾。至于戴望舒20世纪40年代在香港《星岛日报》编的《俗文学》周刊，马幼垣先生有《香港星岛日报俗文学副刊全目——附题解》一文，收入《冯平山图书馆金禧纪念论文集》，香港大学书报出版社1982年；《戴望舒小说研究和〈俗文学〉副刊》，载香港《明报》1979年6月12日。惜此二文均未读到。

说三谈》《小说四谈》等文集中。

《小说二谈》里所收《玉堂春故事的演变》一文，主要意旨在考证《玉堂春》故事的本事及其400年来的演变脉络，在追踪情节演变、特别是故事主线玉堂春与王金龙的爱情纠葛时，所得出的结论是："根据传说而来"。他写道：

> 按傅（惜华）先生的疑问是对的，而即此也可反证永城说的可靠与有据。此书（《全像海刚峰居官公案传》）卷首有万历丙午晋人義齐李春芳所作序，其间有几句话极是重要：'决狱在明，口碑载道，人莫不喜谭之。时有好事者，以耳目所睹记，即其历官所案，为之传其颠末。余偶过金陵，虚舟生为予道其事若此，欲付之梓，而乞言于予。予亦建言得罪者，忽有感于中，因喜为之序。'从这序文里，可以看到几件事。最主要的是'耳目所睹记'五字，可以证明此公案所述，一部分得自传闻，不尽确切可靠。海瑞在当时有明朝的包公之目，安知不会有许多人，把无关于他的奇狱，辗转相传，附会到他身上去，用他作为一个判冤狱箭垛人物？……
>
> 是以根据各方面的事实去看，既有《明史》、县志、碑碣等实物作证，仍不得不以无名氏的考证最为可靠。有一种传说，说今陇海路郑州有明刑部侍郎王斌墓，王斌即王金龙，那是毫无根据。大概是由地域的临近，和姓氏的相同，遂附会而成。到这里，我们可以更进一步的断定，《玉堂春》故事的发生，大概是在万历初年，地域是在南京、山西两处，男、女主人公都实有其人。这事发生以后，就传遍了遐迩，有人把他演成小说，也有人把他附会成海瑞的公案。①

阿英是个作家兼文学史家，他对历史上的俗文学—民间文学（如戏曲、弹词、时调、大鼓、戏文等）的兴趣之浓厚，恐怕难以有人可与之比肩。在上海时，主要是从书本文献中搜寻和辑选俗文学并作历史研究和比较研究阐释。这一时期，他搜集到的明清流行的时调杂曲数量也不少，据《满江红杂曲》一文所记，一年（1935？）中所搜集到的明清散佚小曲，就达数百首（曲近300首、调门14种）之多。他写过《清末的时调》《满江红杂曲》《黄花岗纪事——广东的拍板歌》等文章，为我国民间文学—

---

① 阿英《玉堂春故事的演变》，《小说二谈》，第8—9页，上海古籍出版社1985年。

俗文学史和学术史谱写了新的篇章。明清两朝，特别是清末，是大动荡的时代，重大的历史事件往往激发产生了许许多多的时调（时政歌谣），而时调的流行便成为这个时代民间精神文化的一个特点。阿英说："颇想搜集一些清末流行在民间的时调，看一看维新运动、庚子事变，在这一方面的反映如何。""清末第一件大事情，自然是庚子事变。反映这大事件的时调，曾经看到的，有《送郎君》《警世吴歌》《时事曲》《十二月太平年》《小五更》，有的全部唱庚子，有的是部分接触到。"他从清末流行的时调里看到了对那个时代的世相的记录和民情的反映：

> 从这里，颇能看到民间的一些愤恨，正和作者在《小五更》里所唱的"第二更"一样："二更鼓里鸣，二更鼓里鸣，外国的人马进了北京。乱奸淫苦坏了众百姓，男女放悲声，家破财又倾。武卫三军无影又无声，文武官这时难顾命。"大概那时候的百姓，都希望政府能背城借一的干，而事实竟相反。目击种种失败，弹唱起来，遂不免有无限愤恨，托微词以达。
>
> 对于维新运动，态度也很一致，即是主张维新，但反对假维新。而实质上，自上而下，都并没有诚意来改革，骗骗老百姓而已。①

阿英在《清末的时调》这篇文章里还引用了一首题为《警世吴歌》的时调："正月里梅花朵朵开，外国人杀进中原来。文官只想拿个家当保，武官只怕做炮灰。……十一月里山茶雪里开，小百姓命里要当灾。横捐竖捐捐勿断，弄得卖田卖地卖婴孩！"这首吴歌的引用，说明"吴歌"这个名词在清末已普遍流行了。它的流行，比笔者在本书第二章第七节《顾颉刚的吴歌研究》之《吴歌之'名'与'实'》里所说的"吴歌的定名"在时间上要早得多。

迫于国民党的追缉，阿英于1942年7月14日，率全家由沪抵苏北阜宁县停翅港新四军军部。从这时起，他除了做文艺指导工作外，也常到苏北解放区的一些农村老百姓中去搜集歌谣和故事。据记载："1943年10月27日，阿英、张仲惠、钱毅与海边老人漫谈，收集海边风俗、谣谚、神话等民间文学资料，作为研究民间文学和创作大众文艺参考。"②1954年后，他

---

① 阿英《清末的时调》，《小说二谈》，第192—196页，上海古籍出版社1985年。

② 《苏北抗日根据地文化大事记》，据"盐城旅游信息港"网站。

兼任《民间文学》杂志的主编。他对俗文学—民间文学作品的解析评论的方法，显然与许地山迥然有别。他没有受到人类学派的影响。

冯沅君（1900—1974），女作家，女学者。冯沅君早年就关注民间文学，她与赵景深颇有相同之点，关注之点主要是民间故事，也喜欢运用比较研究之法。她在北京大学国学门作古典文学研究时，就于1925年10月28日出版的《北京大学研究所国学门周刊》（第3期）上，发表了根据记忆记录下来的她小时候老妈唱给她听的歌谣体的梁祝故事《祝英台的歌》，并附文作了很有见地的分析：

> 当我七八岁时，晚上总跟老妈睡觉；睡不着时她总给我唱这个歌。日长睡余，烦得猫不是，狗不是的，遂将此段歌谣消遣。至于它的名字是什么，我那位老干娘未告诉我，我不得而知。反正是记述梁山伯送祝英台回家的。据说梁山伯的父亲和祝英台的父亲原是挚友。当梁祝二人还未生时，这两位老先生已给他们俩定下所谓终身大事。当时话是这样说的：如果两家生的孩子是一男一女，他们俩朋友就做亲家；若果两家生的都是女孩，则她俩在一处学针线；若果两家生的都是男孩，则他们在一处读书。后来祝家生的是女，梁家生的是男；依前约是要结为夫妇的，但是生后不久，祝家的父亲就死了，而梁家又一贫如洗；祝的母亲怕她女儿将来受穷，便告梁家说她生的也是男孩，好在出生不久，相隔又远，他家也知道不清。可是后来他们俩都到入学的年龄了，梁家便约祝家同送儿子到位老先生那里读书。祝家以有言在先，不能反汗，乃将祝英台扮成男孩送到学里。读了数年书，祝英台渐渐大了，女性所有的种种特征也渐渐显露出来；先生的夫人也起了疑心，用了许多方法调查出她是位小姐。为维持风化计，先生决定令英台退学回家。偏偏梁祝两位又是要好不过，所以祝离学回家时梁便去送她。不过祝知道梁是她的未婚夫，而梁不知她是他的未婚妻。所以一路上祝借了道上种种景物做比喻，希望梁知道她不是个男子；以上所做的歌谣便是。然而忠厚的梁山伯始终未了解她的意思，二人也只好糊糊涂涂的分开了。别后许久，梁到祝家访她，祝的母亲令祝改装出见，她不肯改，梁于是恍然大悟，他的同床共砚的挚友，是易钗而弁的。后来祝的母亲将她另聘给一家，梁闻信，悲愤而死。祝对于她的母亲代定的这门亲也是抵死不承认；最后那家许她先拜了梁秀才的墓再到家去，她方允许上花轿。轿到了梁的墓上，她便下来拜墓；说也奇怪，墓忽然裂开，祝也钻进墓中了。墓复在。合

后，坟头出来一双花蝴蝶，这件恋爱的故事由此结局。这个故事中，我觉得它有种矛盾点。就说故事者的心理看，这个故事所以能传得如此久远，全由人们钦佩祝英台的贞洁，合于烈女不事二夫的条件。但同时他们又述叙祝如何爱梁；当他俩同睡时，祝如何想教梁知道她是个女子。再看前面的歌谣上"有心摘个尝尝吧，又怕摸着连根拔"两句，可知若果梁能"下例"，她对他是很可通融的。用现在的眼光看，这是祝英台的人性未被冷酷的礼教的毒水浸蚀的一点；她所殉的是情，不是贞洁坊；但在迈方步，维持风化的老夫子看，这是最要不得的；然而他们竟未见及此。怪啊！

七，二十

墨盒已盖上了，蓦的想起梁山伯的墓忽然裂开，祝英台遂即钻入的一节，大和六朝时《华山畿》一节故事相似，又记得蒋瑞藻的《小说考证》上曾说，梁祝的事发生于东晋时，可惜蒋先生的大作还是八年前看的，是否真这样说的，我记不清了。不过若果我未记错，他的考证也可信；这两件恋爱的故事间也许有段因缘。

沅君再志[①]

冯沅君写此文时，还是一个25岁的女研究生，能以这样独特的视角和如此犀利的思想指出梁祝故事中存在着的矛盾———一方面，梁祝故事所以能传得如此久远，全由人们钦佩祝英台的贞洁（观），合于"烈女不事二夫"的礼教；另一方面，又叙述祝英台如何爱梁山伯，在他们同睡的日子里，祝是如何想教梁知道她是个女子，而只要他能"下例"，她是可通融的……"贞洁烈女"的评论视角和价值判断，的确是梁祝故事所以能在漫长的封建社会里得以流传的原因，而这一点被后来的研究者们放逐了，几乎异口同声地只宣扬其反封建的一面。

稍后，冯沅君又以"漱峦"的笔名，在1926年《北京大学研究所国学门月刊》第1卷第3期上发表《老丑虎——关于老虎母亲的传说》，是呼应钟敬文发表在《国学周刊》同年第10期上的陆安传说《老虎外婆》，进行比较研究的。接着在第4期上发表《牛郎织女的来历——唐河传说之一》《灶爷的来历——唐河传说之二》《猴老精——唐河传说之三》《蛇吞相（象）——唐河传说之四》。对民间故事的关注和研究，是她早期学术研

---

① 沅君《祝英台的歌》，《北京大学研究所国学门周刊》第3期，1925年10月28日。

究的一个重要领地。

1934年从法国留学回国后，任教于天津河北女子师范期间，完成南戏曲文的辑遗工作，编成了《南戏拾遗》（1936）一书，于是，从此她的研究兴趣转移到了古代戏剧上，并作出了卓著的成绩。[1]到了抗战胜利后的40年代，她又成为香港、上海《俗文学》周刊的积极撰稿人。如发表在《星岛日报·俗文学》第27期（1941年7月19日）上的《货郎孤：院本补说之一》一文，释义"货郎"的演变及体制，考证了货郎孤院本的由来，是由于其中的主角孤是个唱货郎儿的，既是古剧的悬疑，又是对古俗的新研。[2]

（四）黄芝岗、叶德均

黄芝岗（1895—1971），原名黄德修，又名黄衍仁、黄素、黄伯钧。湖南长沙人。杂文家、民间文艺家、戏曲史家。早年与田汉同时毕业于长沙师范。1926年主编《湖南民报》"短棍"副刊。1929年在上海参加田汉主持的南国社。30年代参加"左联"，任左翼作家联盟执委、中国自由大同盟常委。1930年被国民党逮捕，互济会设法营救出狱。1931年8月，与曹聚仁、陈子展创办《涛声》周刊，得到鲁迅大力支持。后任教于重庆复旦大学、社会大学、南京戏剧专科学校。1935年前后任南宁《国民日报》"铜鼓"副刊编辑。编辑《谣俗周刊》，搜集广西民歌数万首。抗战时期任中华全国戏剧界抗敌协会常务理事。中华人民共和国成立后，任文化部戏曲改进局编辑处副处长、中国戏曲研究院研究员、《戏曲研究》编委等，长期从事戏曲研究。著有《中国的水神》（生活书店1934年）、《湖南歌谣和广西歌谣的流通——土语文学到大众文学之实证之一》（《太白》第1卷第2期，1934年10月5日）、《沈万三传说考》（《东方杂志》第32卷第1期，1935年月1日）、《广西民歌和性爱的探讨》（《中流》第1卷第8期，1936年12月）、《论山魈的传说和祀典》（《中流》第1卷第11期，1937年2月）、《粤风与刘三妹传说》（《中山文化教育馆季刊》第4卷第2期，1937年夏季号）、《汤显祖年谱》、《明代初、中期北杂剧的兴盛和衰落》等。他的《中国的水神》与谢六逸的《神话学ABC》、黄石的《神话研究》等30年代其他神话学专著不同，他并没有接受人类学派神话

---

[1] 参阅袁世硕、严蓉仙《冯沅君先生传略》，《冯沅君创作译文集》，第336—347页，济南：山东人民出版社1983年。

[2] 参阅关家铮《冯沅君先生与〈俗文学〉周刊》，南京师范大学主办《文教资料》2001年第6期。

学理论的影响，而是独立地从搜罗中国本土的口头文学、文人笔记、杂剧戏曲、方志等杂著中记载的种种水神资料入手，围绕着杨四将军、灌口二郎神、许慎君，一直到龙公龙母、大禹锁巫支祁神话的产生和演变，进行类比、梳理、连通、研究，探讨中国水神神话的原始面貌与流传变异。

叶德均（1911—1956），戏曲史家、理论家。江苏淮安人，毕业于复旦大学中文系。曾任湖州中学教师、湖南大学教授、云南大学教授。从1925年起搜集语言、歌谣和故事，向《京报》附刊《国语周刊》、《民众周刊》投稿。著有《淮安谚语集》（国立中山大学语言历史学研究所民俗学会1929年7月）、《无支祁传说考》（《逸经》第33/34期，1937年7月5日）、《曲品考》（江苏省立教育学院研究室1944年）、《戏曲论丛》（日新出版社1947年）、《宋元明讲唱文学》（上杂出版社1953年）等。其遗著由赵景深、李平校订，连同已出版二书，重行编纂为《戏曲小说丛考》（中华书局1979年）。

民间文学研究中的俗文学一派，在抗战胜利后一度得到了很大的发展。可惜的是，在中华人民共和国成立后，由于"左"的思潮和历次政治运动的冲击，俗文学一向被指为充满了封建毒素的小市民文学，从冷落到扼杀，研究俗文学的学者们也因而受到批判。改革开放的新时期，才出现了转机。

（五）孤岛时期上海的民间文学出版

上海沦陷后，进步文化人许多去了武汉，上海因而失去了往日文化中心的地位。但上海毕竟从20年代以来就是中国的文化中心，即使在孤岛时期，上海的民间文艺学家还有不少人在坚守，如前面论的郑振铎、赵景深等俗文学家们；上海的出版界，如正气书局、国光书局、儿童书局、大方书局等，在困难的情况下，也还是发表了不少理论研究文章，出版了不少民间故事、歌谣等民间文学图书。

从民间文艺学的角度来考察，特别值得提出来加以注意的是方明整理、上海元新书局出版的《民间故事集》和作家王统照编、上海儿童书局出版的《山东民间故事》这两本书。这两本书分别出版于1937年的3月和8月。其中所收录的民间故事，都是流传于山东境内的，以胶东各县为主。这两本集子的特点是，所有故事都是搜集者直接从民间搜集记录而来，首次公开发表的，而不是像有些集子那样从现成的选集中转录过来的。

方明编《民间故事集》收27篇民间故事，搜集者是曾宪敏、林秀容等多人，可能是某地中小学的教员。根据受义所撰序言（1937年1月8日）来看，方明所以编选这部民间故事集子，是为了提供一部上好的作为精神食粮的儿童读物：

> 我们小孩子，肚子饿了要吃饭；脑袋饿了也要吃饭。肚子饿了，要吃米饭，馒头，……喝粥，牛奶……，脑袋饿了，要听故事，看故事。肚子饿了，若不吃米饭，馒头，……喝粥，牛奶……就饿的难受；脑袋饿了，若不听故事，看故事，也要饿的难受。我们不是常拉着老师，或缠着母亲，要求他们给讲故事么？若老师给讲一个《老虎外婆》，母亲给说一个《傻女婿》，我们就像吃了好菜饭一样，乐的大跳大叫起来。肚子里吃了好菜好饭，我们高兴；脑袋里听了好故事，也一样的高兴。
>
> 在从前，一般人拿我们小孩子当成人看，便逼着我们念"人之初，性本善"，"赵钱孙李，周吴郑王"，……我们念不好，老师就用戒尺打。说实话，就是念好了，背过了，还不是跟肚子里吃了块大石头一样？不但不能消化，恐怕还有生病的危险罢！
>
> 现在好了，有些成人，专心来考察我们小孩子的活动，他们发现我们小孩子和成人不一样，知道我们的思想，情感，想象，能力，兴趣……都和成人不同。了解我们有我们自己的生活，有我们自己的小天地，小宇宙。他们不再拿些生硬的，念不懂的东西，像填鸭似的，往我们脑子里塞了。
>
> 就像这本《民间故事集》，所讲的故事，都是根据着我们的思想，情感，想象能力和兴趣的。情节离奇有趣，文字也是我们学过的。你在功课完了以后，读一读，一定能使着你的脑袋，吃些好粮食。若在冬夜火炉旁边，或夏季月下乘凉时，讲给你的弟弟妹妹听，一定能使他们奇怪到瞪着眼睛，高兴得合不煞嘴唇。不信么？试试看。
>
> 我们要感谢记录这些故事的先生们，给我们小孩子制造这些脑袋想吃的好食品。我们更希望这些先生们，再编著些合乎现实生活，述叙大自然秘密的故事；领导我们从幻想到真实，从迷信到真理，从个人的享乐主义到大众的集团里去；让我们往创造、革命的路上走，因为我们小孩子是未来社会的主人翁啊！①

这本民间故事集中所收录的大部分是社会生活故事，如两兄弟型故事

---

① 方明编《民间故事集·序》，上海元新书局1937年。

《小狗耕地》《继母》《呆女婿》《可恨的嫂嫂》等。这类故事具有明显的道德指向和训诫意义。也有相当比例的幻想故事，如《牛郎和织女》《凝翠晚钟》《聚宝盆》《姑姑鸟》等，以瑰丽诡谲的幻想和曲折迷离的情节，折射着俗凡的人生。在这些故事中，有些是其他毗邻地区或省份也有的故事，起码其骨干情节（母题）是相同或大同小异的。也有充满浓郁地方特色的，如《皮狐子娘》，与《聊斋志异》中的鬼狐成仙故事一脉相承。

《山东民间故事集》的编者王统照先生是文学研究会的发起者之一，又是当代著名作家。他的长篇小说《山雨》问世以后，遭到国民党政权反动书报审查机构的查禁，人身安全面临危险，遂于1935年出游欧洲。1936年回国后，由上海回山东诸城老家住了半个月。他的在当地当小学校长的侄子王至坚呈给他一部民间故事的稿子，请他过目，后他将其带回上海，挑选其中的28篇编为一册，交由陈伯吹主持的儿童书局出版。研究者们一般较多注意王统照的文学创作，而对他的民间文学思想和他的创作与民间文化传统的关系往往忽略不提，其实他为这部民间故事集所写的序言，不仅对于了解他的民间文化观，而且对于了解他的创作思想，都不失为一篇很重要的文字。现移录如下：

> 这几十篇民间故事从多年以来便流行于山东的胶东几县，——在诸城、安邱、高密各县所传说的大同小异。本来民间故事自有类型，甚至远隔数千里的地方的社会状况，地理的环境，民间的理想与乞求，——爱慕与憎恶，赞美与怨恨等，都很清楚地表现于故事中间。
>
> 去年由外国归来，以偶然的机会到乡下去住了半个月。一天清早，我的侄子志坚抱了一包小学生的抄本给我看。他说：
>
> "小学生练习国语的写作，就出题目上说很不容易，不是敷衍应景，就易至于呆板无味，引不起孩子们的兴致。我与各位先生们从去年秋间想出了这个方法，教高级生搜集地方上的故事、俗语、歌谣、谜语，详记出来，既然可以保存，又便于作他们写国语的练习。……办去很有效果，学生都高兴。他们哪个不知道一些故事与歌谣？自几岁起，听见他们的祖母、母亲、姊姊，在灯前月下讲说的，所以记出来并不费力。这都是学校中五六年级的学生写的，除掉几个字外用不到改正。因为故事是流传多年了，谁也不能作假，先生们是本地人大都知道，学生要改头换面还没有像文人似的那种本领……"
>
> 我的侄子（他是我的故乡的小学校长）走后，我在三十年前童年读书时的书房纸窗下，将薄薄的小本子看了十多篇，向着窗外呆想。

这些故事在三十年前我就听过不少，家里的老仆妇，常到我家说书的盲妇人，为了哄孩子不闹，他们讲述给我听。但谁的年光能够倒流回去！年龄稍大，得用心的事多，又离开故乡那样久了，这些故事的影子在我的记忆里愈来愈淡，渐至消失得无从记起。那天仿佛把我又索回童年！繁星闪光的夏夜，凄凉风冷雨的秋夕，在母亲的大屋里，在姆妈的身旁，听说那些能言能动的怪物，听说那些简单有味的人情，述事，当时何曾有什么教训与警戒的观念，与什么什么的批评，只是一团纯真的喜悦与忧念关心于故事中的人与物而已。现在三十几个年头过去了，想不到把忘尽的故事在他们的笔下温回了旧梦。……我那时把难以言说的心情沉落在啼鸟飞絮的庭院里，直待有人喊我吃饭，才将这些故事的记本放下。

后来我劝志坚把这些故事集印起来，不止是可作乡土的教材，也可作民间文艺的探讨。虽然不过在几个县分中流行着，但如果每一个地方都有一样的搜集，我想对于好好研究中国民俗学、民间文艺与童话的都大有帮助。

及至我离开故乡，便把这些小本子带在行箧里。现在儿童书局的陈伯吹先生乐意印出来给小学生们看，我异常高兴！陈先生要我写篇序言，故略述如上，至于分析这些故事中的风俗、思想等，且让于有专门研究的学者罢。

但我须代表那个学校与那些笔记的小学生们谢谢陈先生！

王统照 廿五年十二月八日

（这个学校的名字是诸城相州镇王氏私立小学）[1]

儿童书局总编辑陈伯吹为此书的出版，特在王统照的序言之后，单辟一页印上《我的意见》："教育部于中华民国二十五年七月修正颁布的《小学国语课程标准》，规定小学第三、第四、第五、第六各年级的学生，须阅读有关儿童生活及含有道德教训或国家民族意识等的民间传说的故事，所以本书选作山东各市县小学的国语补充读物，再适宜没有了！至于民俗学家，民间文艺学者，备作参考，尤其余事。陈伯吹二六，三，二〇。"

如果说方明在编选《民间故事集》时，只是重视了作为儿童精神食品的价值的一面，那么，作为作家兼学者的王统照，在他编的集子里，则不仅第一次向读者展现了胶东几个县的民间故事，而且触及了民间故事学的

---

[1] 王统照编著《山东民间故事·序》，上海：儿童书局1937年。

一些普遍问题，具有一定的学术性和科学性。这些故事是由小学生们从他们的父母兄弟中间记录下来的，没有知识分子的那种加工和曲意文饰。因此，从这些作品中透露着普通老百姓的朴素的民风和对世事的见解。乍看起来，也许会觉得那不过是些幼稚糊涂的观念，只要稍加深究，就会发现其中所包含的真理。

在孤岛时期的上海，出版的民间作品不是很多。比较重要的有：胡开瑜著《中国民间趣事》共4册（儿童书局1939年4月），清野著《中国民间趣事集》一集上虞传说、二集余姚传说（儿童书局1939年），王显恩编《元始趣事集》（广益书局1945年）等，都是值得一提的民间文学读物。编选者编选民间文学作品集，既反映了读书界在孤岛时期的精神苦闷，又表现出知识界的拳拳爱国之心。民间作品在民族危亡之时，起到团结人民鼓舞人民的作用，在世界上是不乏先例的。芬兰的民族史诗，爱尔兰的民歌，都起过如此的作用。李浩说："处在这个动荡时代中的少年朋友们，尤其是在这特殊形势下之孤岛中的少年朋友们；除了每天例规的学校课程以外，不必说，当然是得不到良好的读物。其实呢？素称文化先进者的我国，何致于没有这些？所以没有者，就是被文学巨轮进展的神速，以致把几千年历史固有的民间文学弃诸于几千里之外。……它的固有的美妙，永远保持着每个时代的风俗。所以我们对于这珍贵瑰丽的民间文学决不能暴殄它，尤其在这畸形污浊的环境下，更不能抛弃它，而是需要它！……它的庄严灿烂和善细致的艺术光辉，决不能埋没，我们要提倡它！惟有它才是我们真正的民族精神浓厚的表现者！"这部故事集选了54篇流传于民间的传统民间故事。

此外，这一时期出版的比较重要的民间故事集还有乔东黎编《中国民间故事》（春江书局1940年），李浩编选《民间故事新集》（大方书局1941、1945、1946、1947年再版），王忱石编《民间故事》4册（经纬百科丛书，经纬书局1941年版、1946年再版）。民歌民谣选集有张亦庵编绘《民间情歌画集》（中央书局1937年），朱雨尊编《民间歌谣全集》（普益书局1943年）等。

第三节　社会—民族学派

"七七"事变后，中国的半壁江山沦陷于日本帝国主义的铁蹄之下，北方和沿海的许多大学，都被迫转移到了大西南。平津陷落后，北京大学、清华大学和南开大学迁到了长沙，组成了临时大学。不久，长沙又面临敌机轰炸，复又迁到昆明，成立西南联合大学。上海大夏大学迁到了贵阳。长沙、昆明、贵阳、桂林、柳州、成都、重庆，麇集了大批的人文科学家和作家艺术家。中央研究院也转移到了四川南溪县的李庄。加上当地的文化界人士，大西南聚集了雄厚的学术力量，成为战时中国的学术中心。

在大西南此时参与到民间文学的调查与研究中来的许多社会—民族学家，都是在国外受的学科教育，国难当头激励了他们的民族情感和民族意识；表现在学术思想上，他们既接受了西方的民族学理论，又希望把外国的理论与我国的实际结合起来，走自己的路。在研究中，对西方人类学民族学不同学派表现出一种强烈的"综合"意识。受到德国民族学更多影响的陶云逵提出："我们颇希望功能与体相派的生理学、腺学、体格学式的研究法去研究边疆民族文化。但是功能或体相研究的大前提是在知道其文化形态之后，因此，历史重造派的详尽的文化形态描写也为必不可少的入手步骤。我们须得综合各法，择善而取，以应当今之需要而树百世之基。"李济也主张"要研究人类学，中西名词和中西观念都要融会贯通。因此不论是西洋玩意儿，还是中国固有文化，只要与研究论题有关，都得采用。进一步说，只要与研究论题有关，不论哪种资料，哪种学科，都可以毫无顾忌地拿来使用。"吴文藻、杨堃、凌纯声、黄文山、孙本文、芮逸夫、江应樑等许多学者也都主张和实践了学术探索的"综合取向"。这种"综合取向"在当时民间文艺学领域里的社会—民族学派学者们中间，也成为研究的主流。

在民族危亡之际，民族精神和民族凝聚力成为中华民族团结御侮的精神力量，在此新的形势下，民族学家、考古学家、人类学家、社会学家、历史学家、文艺学家、语言学家、民俗学家们，纷纷把注意力投向西南边疆地区的少数民族的活态的民间口头文学，并以各自的成绩，大大地拓展了以往仅仅根据文献来研究中原文化和阐释国学的畛域，丰富和提升了我国的社会人文学科的品格。民间文学从来没有如此受到学界的重视，也从来没有对人文社会科学发生过如此强有力的影响。他们从不同角度，对当地的若干民族的民间文学进行了有组织、有计划的调查与搜集。较之20年代和30年代初期所进行的个人搜集，西南地区的民间文学的调查与搜集，不仅范围有了较大的开拓，而且学术水平也有了较大的提高。这种在调查的基础上的搜集，以其卓著的成就，揭开了中国现代民间文学运动史上崭新的一页。

（一）南溪：中央研究院系统的学者

（1）战时到长沙、再迁昆明、1940年后又迁到川南南溪县李庄的中央研究院的一批学者，对西南少数民族民间文学进行调查，搜集了大量资料，对我国民间文学事业贡献殊多。芮逸夫此前在湘西苗族的调查成果之一《苗族的洪水故事与伏羲女娲的传说》一文，在中央研究院历史语言研究所主办的《人类学集刊》第1期（1938）上发表后，与傅斯年的研究生胡庆钧于1940年冬从临时所址李庄出发，赴川南之叙永县鸦雀苗居住地进行婚丧礼俗田野调查，搜集到仪式歌多首，对于研究鸦雀苗的礼俗和口头文学有相当价值。所惜的也是拖了二十年才与读者见面。[①]当时也在李庄的，还有先是北京大学文科研究所助理研究员的马学良，由于中央研究院历史语言研究所与北大文科研究所合并，他也是中央研究院的研究人员了。他长期在云南彝族地区进行彝语学习和彝族民族调查，与彝胞朝夕相处，搜集了大量彝族的民俗、信仰以及神话、传说和故事。他所搜集的神话、传说和故事，如《洪水》《八卦》《山神》等都发表在方国瑜等人创办的《西南边疆》和《中央研究院历史语言研究所集刊》《边政公论》等期刊上，由于他在西南联大大迁徙中跟随闻一多采过风，又在语言学家李方桂门下受过专门的语言训练，所以，他搜集的彝族口头文学，都是从讲述者口中原原本本记录下来的。他崇尚马林诺夫斯基的学说，反对平面地搜集，主张立体地搜集研究，所以他搜集口头文学又同时把搜集研究彝族的宗教、信仰、民俗结合起来。这一时期，他所撰写的民间文学论文有《云南土民的神话》《云南罗族（白夷）之神话》等。[②]

（2）原杭州艺专的学生，后成为中央博物馆研究人员的李霖灿，1939年也在抗战促成的大迁徙中来到了昆明，抱着绘画的目的去了丽江的玉龙山，被纳西族（当时译名通用么些族）东巴经里的民间故事所吸引，改变了终生的事业。他在纳西人和才的帮助下，搜集了几十个东巴故事，其中包括几个创世神话。《敦和庶的故事》是关于人类始祖某莉敦孜的神话，曲折地反映着人类早期的氏族斗争的情景。中华人民共和国成立后搜集翻译的《董述战争》或《黑白战争》，与此是同一神话的异译。《洪水神话》是在洪水之后人类再传的神话。这些纳西族（么些族）的传说故事的

---

① 芮逸夫、管东贵《川南鸦雀苗的婚丧礼》（资料之部），中央研究院历史语言研究所单刊甲种之23，1962年，台北。

② 马学良《云南土民的神话》，《西南边疆》1941年第12期；《云南罗族（白夷）之神话》，《西南边疆》，1942年第15—17期。

搜集与翻译，大大推动了对纳西族文学艺术、宗教、哲学和社会的认识与研究。可惜的是，这些材料在二十年之后才在台湾发表，流传不是很广。[①]

（3）由设在南京的中山文化教育馆研究部民族问题研究室主办、在上海创刊后迁到重庆的《民族学研究集刊》（1936年5月—1948年8月），是抗战期间重庆最重要的民族学和民间文学研究期刊之一，共出了六期，该刊团结了一大批从民族学家以及从民族学视角研究民间文学的学者，发表过许多重要的文章。第1期发表了刘咸的《海南黎人文身之研究》等文章后，随即迁至长沙；在长沙出版的第2期，发表了神话学家马长寿的《苗瑶之起源神话》（第2期，1940年）、熊海平的《三千年来虹蜺故事》（第2期，1940年）；从第3期起又迁往重庆，于1948年8月出版了第6期后终刊。

（二）昆明：边疆研究群体

春城昆明，集中了一大批原本从事西南民族社会文化和转向西南民族社会文化研究的知名学者。当地学者中，如楚图南、徐家瑞、方国瑜、蒙文通、李霖灿等。顾颉刚也于1939年受聘于云南大学讲授中国上古史。外来的学者中，有由北京大学、清华大学和天津南开大学组成的西南联合大学的教授们，如闻一多、朱自清、游国恩、马云逵等。有中央大学的民族学家马长寿。有中山大学（后又迁至广东坪石）的人类学、民俗学家们，杨成志主持的文科研究所里，有陈序经（后转到南开大学任经济研究所所长，研究西南社会文化）、罗香林、江应樑、岑家梧（后转到南开大学，再转到大夏大学）、王兴瑞、罗致平等学人。可供发表民族学和民间文学调查与研究文章的学术刊物也有好几家，如《国文月刊》《西南边疆》《边政公论》《边疆人文》《边疆研究论丛》《西南研究》等。《西南边疆》是方国瑜等人于1938年10月创刊的，以云南大学西南文化研究室的那些人类学家和历史学家为后盾，陆续发表了一些云、贵、川的民俗、神话论文和民间文学作品。楚图南的《中国西南民族神话之研究》长文，白寿彝的《关于咸同滇乱之弹词及小说》，以及马学良的关于土人神话的论文，都是在这家刊物上发表的。《西南研究》是西南学会刊行的学术刊物，1940年在昆明出版。早年在燕京大学执教、后来在上海中国学社的刘咸的《海南黎族起源之初步探讨》长文就发表在该刊第1号上。

[①] 李霖灿《么些族的故事》，《民族研究所集刊》第26期，1968年，台北。其中第二部分为《么些族的故事8篇举例》。

马长寿（1907—1971）是一位出身于山西晋阳的学者，早年就曾经参加过中央研究院和中央博物馆组织的民族学和民间艺术调查。抗战时期在中央大学边疆政治系任教。他所著《苗瑶之起源神话》一文，其研究方法，与闻一多如出一辙，运用考古学、史学、训诂学、神话学的多重互证与古今及相邻民族的综合比较，探讨与苗瑶神话起源有关的问题。何以要选择苗瑶神话为研究课题呢？他自问自答说："欲明晰中原与西南古代交错之迹者，当自研究西南神话始。"所以选定这样的课题和作出这样的回答者，我想，决非马长寿一人，许多爱国的民族学家和民俗学家都会这样的。马长寿以"综合"之法和多重互证比较研究之后认为，中原神话中的包羲与女娲原为楚籍，系"楚中苗族创世之祖"。"自中原与楚苗交通后，汉苗文化交流，于是楚苗之古帝王及主神，不特通行于苗族，汉族亦从而假借之。时代匡远，于是中原人士不复知伏羲女娲为楚苗之始祖矣。盖汉族之假借苗族伏羲神农为古帝王，亦犹苗傮之祀孔子，与夫汉族之以瑶祖盘古为开辟之神，其例相同。"[1]如前所说，他的结论如何，也许是可以继续探讨的。

楚图南（1899—1994），字高寒，云南文山人，是当地作家和学者。早年在东北、山东从事革命活动，30年代回昆明从事民主运动。1937年起任云南大学文史系主任、教授。对西南民族的民间文学传统十分熟悉。写诗、翻译过惠特曼的《草叶集选》和涅克拉索夫的长诗《严寒，通红的鼻子》。1938—1939年在《西南边疆》上发表长篇论文《中国西南民族神话的研究》。他对自己的神话观和方法论作了下面的表述："要想对于西南民族及其文化得到一个明确的认识，最先得探险，调查，搜集，和根据于过去的成文的与未成文的史实，各作分科或专题的研究。譬如言语，文字，民族，社会组织，风俗习惯，宗教思想等，由初步的分析，比较，以进于统整的认识和理解。又由统整的认识和理解，以进于与四邻文化和民族的交互的影响的研究。在所能得到的资料中，有属于神话，或是近于神话的，也只能把它作为神话或传说来加以研究和处理，不能即直截了当的作为史实或信史来应用。过去已被误认，或误用了的史实，现在也得先将它们还原为神话，然后以对于神话的态度，以神话学的一般的方法，来将它们清疏，整理，研究，判断，得出正确的结论。又从这些结论中，来推

---

① 马长寿《苗瑶之起源神话》，《民族学研究集刊》第2期，1940年。此处据《中国神话学文论选萃》（上册），第511页。

论，来研究出西南民族的比较可靠的信史来。"①他正是运用这样的研究方法，将西南民族的神话传说，和别的民族（包括印度）的神话传说"互相对证，比较，或者探究出它们之间的相互关系"。

岑家梧（1912—1966），海南人，也是属于社会—民族学派的学者，他的民间艺术和图腾艺术研究自成一家，其《史前艺术史》《图腾艺术史》和《中国艺术论集》（1949年辑成）以及论民间传说的《槃瓠传说与瑶畬的图腾制度》②一文，至今也还没有失去学术魅力，仍然是民间文艺学界不可或缺的参考著作。③他于1943年夏偕贵阳大夏大学社会研究部的同行朋友到黔南考察仲家文化，撰成的《黔南仲家的祭礼》一文，其对仲家祭礼的研究，实际上是对仲家神话传说和古歌的研究，述及他所接触到的许多在其他地方苗族中没有见到的神话传说材料。他对芮逸夫在《苗族的洪水故事与伏羲女娲的传说》一文中根据南方民族洪水神话的流传地区而提出的"东南亚文化区"说表示赞同，说："这个文化区的文化性质，除铜鼓、芦笙及芮氏所谓兄妹配偶型的洪水故事外，尚有口琴（Harp）、蜡染、文身、几何纹及盘瓠传说。但芮氏推测兄妹配偶型的洪水故事起源于苗人，我们却未敢同意，因为这种传说，除芮氏所述者外，如广西都安，象县板瑶（原注：陈志良《广西特种部族歌谣集·历史歌类》，第4—9页，1942年，《说文月刊》丛书，桂林版），融县罗城的瑶人（原注：常任侠《沙坪坝出土之石棺画像研究》一文所引，《说文月刊》第10、11期合刊，第61—66页，1939年，上海），川南的苗人，贵州威宁的花苗（原注：见大夏大学社会研究部编《社会研究》第9期所载《威宁花苗之洪水滔天歌》），下江的生苗（原注：《社会研究》第21期所载《生苗的人祖神话》），黔南的侗家（原注：《社会研究》第8期所载《侗家洪水歌》），云南鲁魁山的黑夷（原注：陶云逵《大寨黑夷之宗族与图腾制》，《边疆人文》第1卷第1期，1943年9月，昆明南开大学文科研究所边疆人文研究室油印本），西康的罗罗（原注：庄学本《西康夷族调查报告》第5页，1941年5月，西康省政府印行），以及荔波、三都的仲家水家（原注：荔波仲家水家的洪水传说，作者采得8种），贵

---

① 楚图南《中国西南民族神话的研究》，《西南边疆》第1、2、7、9期，1938—1939年，昆明。此处据《中国神话学文论选萃》（上册），第448页。
② 岑家梧《槃瓠传说与瑶畬的图腾制度》，《责善》半月刊1941年第6期。
③ 参阅罗致平为岑家梧《民族研究文集》所作的序言，北京：民族出版社1992年。

州西南部的苗人（原注：S.R.Clarke,*Amongthe Tribes in South-West China*, P.55,1911,London），都极盛行，所以此刻要解决它的起源问题，颇觉为时过早。"[①]他的老师陈钟凡评论说："家梧应用社会学的方法，详细分析唐代仕女画、妇女装饰及唐宋花鸟画的发展，与当时的社会背景，均有密切的关系；同时又指出中国民间艺术及边疆艺术，都是中国人民社会生活的一面，由此说明一切艺术，无不受时代社会的影响。我觉得这是家梧特殊的成就。"[②]

（三）贵阳：吴泽霖与社会学家们

最早在贵州搜集记录翻译苗族歌谣的，是英国传教士克拉克（Samuel R Clarke）于1896年在贵阳在黔东南黄平苗人潘秀山的协助下记录的苗族民间故事和《洪水滔天》《兄妹结婚》《开天辟地》等古歌。继之，日人鸟居龙藏于1902年到贵州西部进行人类学和民俗学调查，在安顺地区搜集记录了青苗的《创生记》神话以及瑶族的槃瓠神话等。在抗日战火初起，由上海的大夏大学（今华东师范大学）于1937年迁至贵阳，该校的社会学家们在贵阳，除了在社会学和民族学方面作出贡献外，对民间文学的搜集与研究也作出了令人瞩目的成绩。该校于1938年春设立了"社会经济调查室"，旨在调查与研究西南少数民族的社会与经济。一年后又改名为"社会研究部"，把重点转向了社会状况和民俗材料的调查与研究上。由社会学家吴泽霖主持的这一机构，曾先后到安顺、定番、炉山、下江、都云、八寨、三合、荔波、都江、榕江、永从、黎平以及广西的三江、融县等地调查社会状况和民族资料，并于1938年春起主编《社会旬刊》（以《贵州革命日报》副刊形式发行，共出40期，因报社被炸停刊），后又从1940年2月起主编《社会研究》（以《贵州日报》副刊形式发行的半月刊，出版总期数未详）期刊，发表的文章有陈志良《广西蛮瑶的传说》（第46期）。社会研究部还出版了《炉山县苗民调查报告》《安顺县苗民调查报告》《定番县苗

---

① 岑家梧《黔南仲家的祭礼》，重庆《风物志集刊》第1期，1944年2月；后经修改收入《西南文化论丛》，改题为《仲家作桥的道场与经典》，1949年；李绍明、程贤敏据原发表文本选入所编《西南民族研究论文集》，第390—396页，成都：四川大学出版社1991年。此处所据作者《民族研究文集》所载修改后的文本，北京：民族出版社1992年。

② 岑家梧《中国艺术论集·序》，考古社1949年初版；此据北京：中国书店1991年影印本。

民调查报告》等调查报告多种，以及"贵州苗夷研究丛刊"：《贵州苗夷歌谣》《贵州苗夷社会研究》《贵州苗夷影荟》等著作。[①]

吴泽霖（1898—1990），江苏省常熟人。社会学家。1922年起，先后在美国威斯康辛大学、密苏里大学、俄亥俄州立大学留学，回国后在上海大夏大学、昆明西南联大、清华大学、中央民族学院、中国社会科学院民族学研究所、中南民族学院等任教、任职。40年代是大夏大学"社会研究部"的负责人，主要研究苗族的社会生活，也作些民间文学的调查。大夏大学还在上海时，吴泽霖的学生管思九和丁仲皋曾在被称为"江北"的江口一带（江苏的启东、海门等地）搜集了一部《江口情歌集》，作为"大夏大学丛刊第三种"于1935年3月出版，吴泽霖就为该书写了序言。他在序言中写道："近年来我国青年的注意和努力又转入革命的思想和活动，对于这一类'无聊'的研究工作（按指歌谣运动——本书作者），又遭唾弃，这或许又是一种时代精神，我们很难与之逆流对抗。但是我们如能放大眼光，我们立刻就可以看到这一类民谣、情歌、风俗的研究，也正足以明了中国社会的结构、变迁和动向。这类的调查研究倒是一种脚踏实地的工作。这本情歌集的编者能在国家扰乱之际，苦心地搜集了百首之多，再加上注音解释，实足令人钦佩。如果他们的工作能够引起江口以外人的兴趣，而去同样的搜集研究，那他们的功绩，真是大呢！"[②]大夏大学迁贵阳之后，他主持社会研究部的调查研究，而他自己也调查记录了贵州花苗的兄妹婚神话、大花苗的古歌《洪水滔天歌》、八寨黑苗的洪水遗民神话以及炉山等地的短裙黑苗的洪水神话。[③]在贵阳《革命日报·社会旬刊》第4—5期（1938年5月19日）发表的论文《苗族中祖先来历的传说》（后收入《贵州苗夷社会研究》一书中）和在《社会研究》第1期发表的论文《苗族中的神话传说》，成为他在民间文学研究方面的代表作。

在吴泽霖之前，日本考古学家、东京帝国大学理科大学讲师鸟居龙藏曾于1902年对贵州苗族进行过民族学和考古学的调查，并写过一部《苗族调查报告》，第二章D节是《苗族之神话》，记录了两则青苗神话。作者

①　参阅柴骋陆《参观苗夷文物展览记》，大夏大学社会研究部主编《社会研究》第36期，上海。

②　吴泽霖《管思九、丁仲皋编〈江口情歌集〉序》，上海：大夏大学1935年。

③　吴泽霖《苗族中祖先来历的传说》，《贵州苗夷社会研究》，贵阳：文通书局1942年；又见马昌仪编《中国神话学文论选萃》（上册），北京：中国广播电视出版社1994年。

写道：

> 关于苗蛮之神话，以往文献史上最著名者，为《后汉书》中所记槃瓠之传说及夜郎大竹之传说二种。此等神话，凡欲言苗蛮事者必引用之，此处则无叙述之必要，兹所宜研究者为关于现时苗族有如何之神话传说耳。据余所知，青苗间有一种甚有趣味之创世记的传说，为人类学上最有裨益之材料，兹记载之于下：
>
> 安顺附近青苗之耆老曰：
>
> 太古之世，岩石破裂生一男一女，时有天神告之曰：汝等二人宜为夫妇。二人遂配为夫妇各居于相对之一山中，常相往来，某时二人误落岩中，即有神鸟自天飞来，救之出险。后此夫妇产生多数子孙，卒形成今日之苗族。
>
> 又有一安顺青苗之耆老曰：
>
> 太古之世，有兄妹二人，结为夫妇，生一树，是树复生桃、杨等树，各依其种类而附之以姓，桃树姓"桃"名Chè lá，杨树姓"杨"名Gai Yang，桃杨等后分为九种，此九种互为夫妇，遂产生如今日之多数苗族。此九种之祖先即Munga chantai, Mun bān（花苗），Mun jan（青苗），Mun lō（黑苗）,Mun lai（红苗）,Mun la'i（白苗）,Mun ahália, M'man, Mun anju 是也。
>
> 多数人产生后，分居于二山中，二山之间有深谷，彼等落入谷中时，有鹰（Lan Pal è）一羽自天上飞来救之出，由是苗族再流传于四方。因此吾人视鹰为神鸟，常感其恩而祭之。吾等苗族，贵州最多，明时，吾等中有移住于西部及 Sio tsuo 者。
>
> 据以上神话考之，白、黑、红、青、花苗等皆出自同一祖先，且皆以Mun为名，故此传说实可证明苗族为同一种族也。[①]

鸟居龙藏在调查报告中，除此而外，还记录了瑶族的槃瓠神话。在鸟居龙藏的苗族调查报告之后，凌纯声和芮逸夫于1934年在湘西苗族中也作过类似调查，调查报告未发表，1938年先期发表了芮逸夫的《苗族的洪水故事与伏羲女娲的传说》长文，文中也提供了几个苗族（花苗和黑苗）的同类神话。吴泽霖的此番调查，提供了居住在几个不同地点的花苗和黑苗

---

① 鸟居龙藏《苗族调查报告》（上）（国立编译馆译），第48—49页，南京：国立编译馆1936年。

族群的祖先来源神话的重要材料，并对其作了比较研究。经过比较研究，他得出了两个结论：

第一，他说，这些神话，不是亚当夏娃那一类的神话，乃是诺亚式的传说。"他们所述的都不是开天辟地后第一个老祖宗的故事，乃是人类遇灾后民族复兴的神话。"鉴于故事中提到了铁刀、铁块及针等金属品，而铁器的使用至早在春秋时才开始，于是，他断言，这种传说的起源总在春秋以后。在这些神话中，都是洪水过后仅剩兄妹二人互相婚配。妹都不愿意，一再提出条件后，始勉强答应。"这很可以证明在这些神话形成的时候，兄妹间的婚姻已不流行或已在严厉禁止之列。"而在"黑苗及花苗的神话中，兄妹所生的小孩，都是残缺不全的怪物。在鸦雀苗中，也有类似的故事，其后裔非但没有四肢并且还是哑子。""这又可以证明这样神话的形成，当在春秋以后又产生了许多的变化。"关于苗族的神话并非开天辟地后第一个祖宗的故事，而是洪水后兄妹婚配繁衍子孙这一标志性特征，芮逸夫也注意到并加以论述了，只是芮著着重于论述苗族洪水故事的起源与汉族伏羲女娲传说的关系。

第二，他说，在这些神话中，我们又可得到一点关于利用火的起源的参考资料。人类最初所用的火，是利用自然界已有的火，如树木森林触电后引起的火，火山喷发引起的火，以及自然界种种燃烧资料（如枯枝落叶）、摩擦或其他原因而自然燃烧之火。后来，人们知道了人工取火：一是撞击法，一是摩擦法。这两种方法，谁先谁后，向为人类学上不易解决的问题。吴泽霖从苗族神话中得到了启发，解决了人类学上的这个难题。他说："美国的人类学家在美洲的印第安人中得到不少材料，证明摩擦的方法，较撞击法为早。这在花苗的神话中，火是用铁块投掷于石上而产生的。这明明是撞击的方法，当然撞击不一定需要铁块，在事实上人工造火的开端，远在使用铁器以前，凡燧石之类互相撞击，都可以生火星，铁块显系由苗人后来改编的。无论如何这是撞击较摩擦为早的证据，并且证明造火方法的次序至少带有地方性，而不一定循古典派所主张的一定的程序和阶段。所以，这一点在人类学上也是值得注意的。"[1]而这一点，则是芮逸夫完全没有触及的。

吴泽霖的神话研究，所采用的方法是人类学的立场和方法，而与文学

① 吴泽霖《苗族祖先来历的传说》，吴泽霖、陈国钧《贵州苗夷社会研究》，贵阳：文通书局1942年；又见马昌仪编《中国神话学文论选萃》，北京：中国广播电视出版社1994年。

研究的方法显然迥异，他从苗族神话的比较研究中所得出的结论，既有属于神话学本身的问题，如洪水后人类再殖的创世观念（二次创世）和民族学上的"兄妹婚"的被禁止；也有属于民族学和社会学上的问题，如原人取火的方法——撞击法和摩擦法——孰先孰后的问题。因此，他的研究及其结论，无疑具有重要的意义。

在吴泽霖的这个研究集体中，陈国钧在民间文学调查方面的成绩最为显著。他到下江一带深山中的生苗（少与外界交往的一支苗族）进行社会与民俗调查，用国际音标记录了三则生苗的《人祖神话》，其中一则是诗体的，即《起源歌》，长达488行，是演唱时记录的。并用陈赤子的笔名在《社会研究》第20—21、22期（1941年3月25日）上发表了论文《生苗的人祖神话》。据作者说，这三则生苗的人祖神话，是最为普遍的三则，"散布于生苗区的每个角落"，内容结构虽然有些出入，但却都是从同一个"母胎"演化出来的。而这个"母胎"就是："古时候曾经有一次洪水泛滥，世上人类全被淹死，只有两个兄妹躲免过，后来洪水退却，这对兄妹不得已结成夫妻，他们生了一个瓜形儿子，气得把这瓜儿用刀切成碎块，撒在四处，这些碎块即变成各种人了。"①

其他人员，如陈志良、杨汉先、张少微、李植人，在歌谣的搜集与研究上也各自有所贡献。②

陈志良除了编辑《广西特种部族歌谣集》，为研究者提供了广西少数民族歌谣的研究资料外，还先后在《社会研究》上发表了《广西蛮傜的传说》（1942年，第46期）等文章；在《说文月刊》上发表了《广西特种部族歌谣之研究》（1940年，第2卷第6、7期）、《广西东陇瑶的礼俗与传说》（1945年，第5卷第3、4期）；在《风土什志》上发表了《恭域大士瑶的礼俗与传说》（1948年，第2卷第2期）。

杨汉先在华西大学文化研究所主办的《中国文化研究汇刊》1942年第2期发表《大花苗移乌撒传说考》一文，就是他的大花苗研究的丛论之一。

张少微在《社会研究》第37期发表《歌谣之研究法》。

在《社会研究》上发表的民族民间文学作品有：《太阳月亮的神话》《洪水滔天歌》（威宁花苗神话，第9期）、《苗族放蛊的故事》（第23期）、《侗家洪水歌》（第28期）、《花苗开路歌》（第29期）、《侗家朱

①　陈国钧《生苗的人祖神话》，《贵州苗夷社会研究》。
②　参阅李德芳《三四十年代我国社会学者对西南民族民间文学的研究》，《民族文学研究》1989年第3期，北京。

洪武歌》（第36期）、《黑苗七月会歌》《仲家酒歌》《红苗情歌》（第36期）、《榕江黑苗情歌》《下江生苗起源歌》（第37期）、《黑苗情歌》《侗家弹棉花歌》《水家酒歌》（第38期）、《普定水西苗婚歌》《普定水西苗送郎歌》《罗甸仲家情歌》《永丛侗家情歌》（第39期）等。

以大夏大学为中心，社会学部的吴泽霖和他的同事、学生陈国钧、李植人、张少微等，以及早年撰写了《神话学ABC》并介绍过人类学派理论、时任文学院院长的谢六逸，他们以社会学的理论和方法深入贵州的少数民族地区进行民族调查和民间文学采录，其成绩甚为可观。多年前，笔者曾在一篇文章中说过："社会学家们不仅在搜集少数民族的神话、传说、歌谣方面作出了成绩，在考察神话、传说的社会文化背景方面迈出了扎实的一步，而且对神话、传说的母题的考察和社会文化功能进行了极为有益的探讨。继民族学家芮逸夫在《苗族的洪水故事与伏羲女娲的传说》（1938年）中提出'兄妹配偶型'洪水故事的地理分布大约北自中国北部，南至南洋群岛，西起印度中部，东迄台湾岛，并且进一步论证了所谓东南亚文化区，从地理上察看，其中心当在中国本部的西南，从而推论兄妹配偶型洪水故事或即起源于中国的西南，由此而传播到四方。吴泽霖和陈国钧进而就兄妹配偶型洪水故事提出了若干有价值的探讨性见解。如关于神话中透视出的苗民（生苗、花苗、鸦雀苗等他们曾亲自调查过的地区）对于血亲婚的观念，说明禁止血亲婚，优生的事实在他们的神话时代已被重视。"[1]与我国传统的国学和儒家思想不同，也与"五四"之后兴起的新文学理论不同，吴泽霖受博厄斯理论的影响，特别重视神话传说的社会文化功能的考察，他对八寨苗民神话进行考察研究后，提出那些神话传说并非开天辟地之后的第一代始祖的故事，而是人类遇灾后"民族复兴的神话"；根据神话中关于火的起源，提出了苗族关于撞击生火的说法，打破了美国人类学家关于摩擦生火的单一见解，具有开拓性的意义。他们对神话、传说和歌谣的研究，显示出明显的社会学—民族学的色彩。在大夏大学社会学部里，当时还是学生的陈国钧在民间文学的调查和研究上成绩最为显著，他先后出版《炉山黑苗的生活》（与吴泽霖合作）、《贵州苗夷歌谣》等书[2]，发表了不少文章。张少微在为《贵州苗夷歌谣》写的序里

---

① 拙作《中国新文艺大系·民间文学集》（1937—1949）序言，北京：中国文联出版公司1996年。

② 吴泽霖、陈国钧《炉山黑苗的生活》，大夏大学社会研究部，1940年12月，贵阳；陈国钧《贵州苗夷歌谣》，贵阳：文通书局1942年。

有一段话，可以看作是社会—民族学派民间文学研究的学术理念："人类社会文化有了种族性和地方性的区别，学术上的研究便不能够一概而论，除非个别的加以分析之外，结果一定难望深刻彻底。个别研究的途径固然很多，但是利用歌谣来作分析的资料，实不失为犀利的工具之一，倘若所研究的社会文化是属于缺乏文献的落后民族，则这种工具尤擅重要。因歌谣是人类社会生活的附产品，可以反映出来各种族和各区域的特有形态。不过歌谣的研究系客观研究的性质，必须首先从事于多量歌谣的蒐集，否则便无法着手研究。是以蒐集歌谣乃是以分析歌谣为研究人类社会文化的途径的初步工作。"[①]这个申明，即把歌谣作为研究人类文化，尤其是缺乏文献的民族的文化的"工具"，与文学派、文学人类学派、俗文学派，甚至与民俗学派等的学术理念，存在着显然的差异，甚至恰恰是反过来，文学派的研究者是强调把与歌谣产生与流传相关的社会文化事象（如民俗、传统等）来作为解读歌谣的资料。

（四）社会—民族学派的贡献与局限

作为民间文学研究的一个派别，社会—民族学派在20世纪中国民间文艺学史上自有其不可磨灭的贡献：

（1）民间文艺学中的社会—民族学派，以科学的田野调查为其强项和特质。他们在不同的民族和地区所作扎实的调查，获得的材料经得起时间的检验（当年中央研究院的文字材料和图片，还藏在台湾的中央研究院的档案库里，目前见到有目录公布在网上），因而异常珍贵。较之其他流派的民间文学工作者，在这方面作出了更多的贡献。

（2）把外来的理论和方法与中国的考据注疏传统相结合，以综合研究为取向；吸收人类学、社会学、考古学、训诂学、文化学等相关学科的成果和方法，将其融为一体；进行多重互证和比较研究，是这一派的又一强项和特质。

但他们都是从社会学、人类学和民族学的立场、运用这些学科的方法介入和研究民间文学，并没有人专注于民间文学的研究，更没有人终生献身于民间文学事业，故而这个学派的成就受到了它本身的局限，而没有得到充分的发展。

---

① 张少微《〈贵州苗夷歌谣·序〉》。

二十世纪中国民间文学学术史

下 卷

刘锡诚　著

中国文联出版社
http://www.clapnet.cn

第四节　大西南的民间文学采录

（一）刘兆吉的《西南采风录》

由北京大学、清华大学和天津南开大学组成的西南临时大学在长沙立足未久，一方面由于敌机的威胁，一方面为了更大的计划和使命，于1938年春天决定迁址昆明。一路乘火车赴广州，转香港，经海防由滇越铁路去昆明。一路则由200人组成的"湘黔滇旅行团"，徒步向昆明进发。大家不愿虚此一行，加入步行团的教授和学生，分别成立了各种沿途考察的组织，民间歌谣组就是其中之一。闻一多先生是参加步行团的四位教授之一，他担任民间歌谣组的指导，而且沿途对少数民族的习俗、语言、服装、山歌、民谣、民间传说亲作调查。"每到一处山寨，他顾不得安顿住处，也顾不得沿途的疲劳，一到宿营地就带着我们几个年轻人走家串户，采风问俗。他在破旧的村舍里和老乡们促膝长谈，谁也看不出他是中外著名的教授和学者。他兴味十足地观看少数民族青年男女的舞蹈，并从中考证《楚辞》与当地民俗的关系。他喜欢去茶馆酒楼闲坐，听素不相识的老乡论古道今，了解当地的风土人情。他亲自指导同行的原南开大学学生刘兆吉沿途搜集民歌民谣，到昆明后整理成《西南采风录》，并亲自为之作序。"①

刘兆吉在书的前面，有一篇有关这次三千三百华里搜集采录方面的一些细节记载以及他对民歌的观点，不失是一篇极有价值的文字：

命名的解释——吾临时大学（迁昆明后改名国立西南联合大学）旅行团，自长沙到昆明，一路的足迹是在我国西南的湘、黔、滇三省之内，故谓之"西南"。所谓"采风"者，朱子解释"国风"道："国者诸侯所封之域，而风者民俗歌谣之诗也。……"那么在湘、黔、滇三省的旅程中，采集的民间歌谣，名谓"西南采风"，大概不至于名不正吧！至于加上一个"录"字，是因为汇集民歌这样工作，在笔者还是第一次尝试，虽然具有浓厚的兴趣，但素常没有深刻的研究，采集来了也没有特殊的发现和见解，只好牢牢（老老）实实的集而"录"之。

采集民歌动机——采集民歌的蓄意已经很久了，我记得在中学读

---

① 马学良《记闻一多先生在湘西采风二三事》，《楚风》1982年第2期，长沙。

书的时候，就特别喜欢浅显的诗歌，尤其是民间歌谣。不过当时的意思是很单纯，只是为的浅显有韵，易于了解记忆，并且念起来也顺口悦耳，如："哭一声，叫一声，儿的声音娘惯听，为何娘不应！"听一次便能会意背诵了。不但如此，这样的诗歌，描写得很逼真动人，民间所流行的歌谣都具着这种特点，因为他们不是咬文嚼字的文人，惯作无病呻吟或"为赋新词强说愁"的勾当，故意从字汇中捡些生涩的字来组成难懂的诗文。民间歌谣的作者，不必识字，只要有丰富的情感，受了外界的刺激，他的情感冲动于心，无论是喜怒哀乐都要发泄出来，这种真情的流露，有时即成为极美的民歌，惯于雕琢字句的文人也许难能。所谓："情动于中，而形于言；言之不足，故嗟叹之，嗟叹之不足，故咏歌之……"所以无论村妇野老，当他们喜怒哀乐的情感奔放出来的时候，亦可成就好的诗歌，如古时两位粗野的英雄——汉高项羽。在情感激动的时候，也可以唱出极悲壮哀婉的《大风歌》及《垓下歌》来；所以我以前便相信好的诗歌，不必尽在唐诗宋诗及历代的诗集里去找。垄头田畔村妇野老的口中，一样的有绝妙的诗歌，由这个初步的信念，采集民歌的兴头，便因之萌芽了。

再者古代诗文中，如诗（经）中国风及雅的一部分，都是古代的民歌。就是《楚辞》，现在也有许多人相信：屈原因楚国俗歌而作《九歌》，那么《九歌》的本体也是楚国的民歌了。又据许多学者的考究，谓《胡笳十八拍》、《子夜歌》它的原本，多半也是民歌，这更可以看出民歌在文学上的价值了。由此可以联想到古人有丰富的情感，今人亦有之；古时民间能吟咏出幽（优）美哀婉的诗歌来，今人的情感聪慧既不减于古人，现在的民间自然也会产生出很好的歌谣来。古人既有采风集录保存的举动，今人哪好任这些有价值的民歌自生自灭呢？不错，现在也有少数人已经注意到这个问题，但所采集的真是沧海一粟，尤其是西南诸省，因为交通阻塞，能深入其境，亲自作这番"采风"工作的，简直寥如晨星。所以关于民歌的集子虽然有几种，而记载西南几省——尤其是黔、滇——民歌的，可说是太少了，这实在是一种憾事。

自去年平津沦陷敌手，学校南迁，便流亡到南方，途中常想一种苦中作乐的工作，也就是要实现以前的志趣，计划沿途考察些民间歌谣，作为研究风俗民情的材料。只因自津至湘，一路非乘车即乘船，途中耽搁的孜孜很少，没有机会与沿途各地的民众接近，结果经过了数千里的旅程，而毫无所得。

机会的到来——吾临时大学（北大清华南开三校联合而成）在长沙成立不久，又感受到敌机的威胁，学校为了更大的计划和使命，迁往昆明，湘、黔、滇旅行团就因此产生了。大家既不愿空此一行，所以加入旅行团的教授和同学，便成立了各种沿途考察的组织，民间歌谣组便是其中之一。由闻一多先生指导。笔者恰巧被指定担任这门工作。

由长沙至昆明，三千三百华里的徒步旅行，路过的大小城池近三十个，所过村镇不可胜计，为期两月余，沿途与民众接近的机会很多。以前既有采集民歌的志趣，当然不肯辜负了这个良好的机会。

个人采风的方法——以往既未从事过这种工作，所以谈不上经验，一切的方法都是很幼稚的，简直可说是由瞎摸索中得来，有的是收到了相当的效果，有的是尝了些闭门羹。现在举出这几种方法来，贡献给喜欢这种工作的人们，并请更正批评补充，指示出一条更好的途径免得以后努力多而收获少。今将个人采集歌谣的方法，略述如左：

a. 田畔牧场茶馆街头的访问——这种访问的对象，多半是农夫牧童。

b. 沿途中小学民众教育馆、教育局、及其他文化机关的访问，或请其代为采集。

c. 注意街头墙垣庙壁上的涂写——中国人无论老幼文俗，都犯着随意涂抹墙壁的毛病，若不信，请你随时留意街头庙宇，或有名胜的地方，满墙上都有歪歪斜斜大大小小的字句，有的是儿童的泄愤，如"张小三是个大王八"，有的即所谓浪漫名士之流，所题的歪诗，有时也会发现很好的山歌谣谚，也可以看到"天皇皇，地皇皇，我家有个夜哭郎；过路君子念三遍，一睡直到大天光。"也许是"天青地绿，小儿夜哭，君子念读，睡到日出"等等的黄纸条。也有是骂地方官区长村长的歪诗谜语。总而言之，街头庙壁上的涂鸦，也可以找到有价值的材料。

d. 汇集当地印行的歌谣本及钞本——这种小册子是有学识的人不值一看的东西，我记得在湘西桃源买了本《茶山歌》，一位朋友不知我的用意，认为低级兴趣，然这些小册子对于粗通文字的民众，在精神方面却是极好的食粮。因为文字浅显，音调和谐简单，易懂易唱，价值又很便宜，只要四五文钱，便可买一本，即使很贫苦的民众，也很容易担负这笔消费。再者这种歌本的内容，多半是秧歌茶歌，或是描写天灾人祸民众所受的疾苦，也有是节妇烈夫神奇古怪的故事，都极合民众的口味；不然，书店老板绝不会大批的印行，做些亏本的生意。在常德一家印行歌谣册子的书店中，据其老板言：如梁祝同窗、佳人思节等小册子，每年可销到三万册，可见流行的普遍了。除了印行的小册子之外，还有些农民在工作之暇，收集了许多山歌小曲，集录在一块。以上所说的印本钞本，当然有许许多多的别字及土话，因为这是民众的作品，古漏的印刷，当然不像文人的写作集录，精致印刷，哪里谈得上文雅正确，但它的价值就在这里，因为由其中的土话别字及淳朴的描写，可以窥探出一部分的方言及一地的风尚人情来。

遭受的困难及引起的误会——世上的一切事情，是不会完全顺利的，多多少少都要受点挫折，不过绝没有想到采集民歌，也有困难，按平常的揣想，在被访问的人，不会就说不会，谁也没有权力来强人所难。会就告诉我们，在采访者既无恶意，在被采访者也毫无亏吃，当然不会发生什么问题了。不过事实上竟遇到以下的困难：

a. 言语不通——我国领土广大，交通不便，各省言语差异很大，尤其北方人初到南方来，时时会感到言语不通的困难。当我采集民歌的工作开始时，第一步便受到这种痛苦，因为民歌童谣不像载诸书册的诗词，它是村夫野老以当地土语吟咏出来的，听他们歌唱也很悦耳，但有时不懂歌的意思，要把歌词记下来，而没有相当的字能恰巧符合它的音意。求他们解释，但问答有时不能互相了解。再者一般的农夫牧童，虽然能唱歌谣，而多不识字，请他们把歌词写出来更不可能。往往为了仅仅四五句的短歌，费了不少的话和时间。还有一点也是因为语言不通而引起的困难。一般老守乡里又没受过教育的乡民，逢着异言异服的外乡人，生疏的很，即便好心好意和和气气的请他们告诉几首歌谣，也曾引起他们的怀疑。虽再三的解释他始终不肯尽量的告及，这也是由于自己的经验不够，不能洞悉民众的心理，以致在湘西碰了不少这样的钉子。

b. 假道学的闭门羹——我记得是在沅陵的一个小学里，该校的先生，是一位四十来岁的学究，当我把来意告诉他，并问该校有没有来自田间的学生（据我一路访问的经验，生长在城市里的学生，多不会民歌），起初他似乎很不乐意帮忙，立刻召集了十数个年龄比较大些的儿童。我便请他们唱几首当地的歌谣或用笔写出来，他们由那笑眯眯的脸上表示会意了。没想到这位先生忽然对我说："他们都能写字，我领他们到课堂上去写，小学生在生人面前是不好意思的，请少待，等他们写好了我就交把你。"

不多时这位先生送来了几张纸片，上面写的却是《义勇军进行曲》、《抗日歌》、《锄头舞》一类的歌曲。

"这哪是本地的民歌呢？这是全国流行的歌曲，我再三声明要采集贵处的民间歌谣。"我还怕他不知民歌的价值，以为粗俗之词，不堪为外乡人知道，所以又说明民歌童谣虽然是农人的土歌，也是很有价值的民间文学。至于这类的抗日歌曲，到处都有，并且自己也会唱，同时又请求他允许我直接对学生访问。这时他带着很习滑的样子说："我们这里根本没有什么山歌民谣，此地人民很淳朴，没有这种淫词。本乡人民富于国家观念，民族思想，自抗战以来，无论学生农民男女老幼，都会唱抗日的歌曲，这就是本地的山歌童谣。至于伤风败俗的鄙陋之歌谣，敝处没有，所以本校儿童是不会的。"其实完全是这位三家村的先生作梗，并且那些纸片上模模糊糊的有"橘子树上开白花，白花丛中有人家……"又有"月亮亮，月亮亮……"这明明是山歌童谣的句子，而被他们的先生涂去了，而又强迫他们写抗日歌曲，假充本地的歌谣。这样假道学的闭门羹，也遇着数次。他们挡驾的方法虽不尽同，但我揣想他们的出发点却是一致的。以个人的观察，这些人都读过四书，自认为饱学而深经世故的人，其实他们是一知半解，固执不化。他们那封建的头脑，以为山歌童谣是粗鄙浪漫之词，更以为民歌当中的情歌，淫乱不雅，若被外乡人知道了，恐怕要讥笑他们的民风不佳。这般人的成见很深，枉费许多唇舌，也难转移他的观念。一路尝了他们不少的闭门羹，后来遇到类似这样的人，便不耐烦再向他们问津了。也许因此失掉了不少的机会。

c. 在旧礼教束缚之下，不易于妇女口中访问歌谣——儿时便有一种经验，有许多歌谣是从祖母母亲口中学来的，同时感到祖父爸爸哥哥记得的歌谣，没有她们那样多，我想大家都有这种感觉。刘经菴的《妇女与歌谣》的《绪论》中说："歌谣是民众文艺极好的材料，但这样的材料是谁造成的？据作者观察，多半由于妇女们造成的……"我认为这话有相当的道理。就个人所采集到的歌谣中，也有很多是妇女的口气，所以采集民歌这个工作，只是访问男子是不够的，因为还有许多很好的歌谣被妇女记忆着，吟咏着，但在旧礼教的束缚之下，虽然有这样的打算，而没有这样的勇气，眼巴巴的走完了三千三百多华里。这种念头也无时无刻不在脑中盘旋，心有余而力不足，丢掉了千千百百的机会，因为文化越不开通的地方，男女的关系越隔膜。一般妇女乍逢我们这些异言异服的外乡人，简直像怪物一样的看待。也许从前过境的军队已给她们以一种坏印象，我们即有菩萨一样的心肠，但一看我们着的军服，伊们即敬鬼神而远之了。要向伊们口中调查歌谣哪怕好心也成了恶意，也许会加给调戏妇女的罪名，所以胆怯的我，始终未敢尝试，这也是引为遗憾的！假设女性作这种工作，或者比较方便些。

从长沙到昆明3300华里，路经大小城池30余座，村镇不计其数。旅行团走了68天。刘兆吉在闻一多指导下沿途采风，采得各地区、各民族民间歌谣2000多首。这本《西南采风录》中所录的歌谣，不仅有3000多华里广袤地区都有流行的情歌（七言四句式），而且也有即席编唱的"抗战歌谣"和"民怨"歌谣，强烈地反映出民心的背向，虽然没有什么技巧，却可以作为民众敌忾的见证。

作为刘兆吉沿途搜集歌谣的指导老师，闻一多先生为他的书写了一篇序言。作为西南联大中文系主任的朱自清，也为刘兆吉的《西南采风录》一书写了序言，从与闻一多不同的角度，高度评价了刘兆吉的采风成果（详后）。

《西南采风录》在中国民间文学的学术史上，的确不愧是一个直接从老百姓口头采风的典范。朱自清说："他（刘兆吉）以一个人的力量来作采风的工作，可以说是前无古人。"[1]"前无古人"的评价，并不为过。朱自清指出了他采风的特点是：与五四以后新文化运动初期北大歌谣研究会的前辈不同，那时一方面行文到各省教育厅，请求帮助，另一方面提倡私人搜集，这些人的采集，大概是请各自乡里的老人和孩子，由于是同乡，不存在语言和习惯的隔膜。而刘兆吉的采风，却是在外乡、外民族，遇到的问题和困难更多。但他同时搜集了湘、黔、滇一部分地区的民歌，不仅对认识民歌的源流与变迁，而且对认识社会风尚提供了弥足珍贵的资料。

（二）光未然和袁家骅的《阿细的先鸡》

西南地区当时还有一些对民间文学感兴趣的外来的文化人和当地的文化人，他们对民间文学事业的发展作出了各自的贡献。首先应提及的是诗人光未然。

光未然（1913—2002），原名张光年，湖北老河口人。诗人、文学批评家。1939年1月，他率抗敌演剧第三队由晋西抗日游击区赴延安；同年3月间写了著名组诗《黄水谣》，经冼星海谱曲后广为流传，成为抗日军民的一支号角；皖南事变后，被迫从重庆流亡缅甸；1942年回到云南，在路

---

[1]　朱自清《西南采风录·序》，商务印书馆1946年。

南县一所中学里教书。他根据彝族青年学生毕荣亮提供的讲述，记录、写定了彝族支系阿细人的民间长篇叙事诗《阿细的先鸡》，于1944年2月由李公朴主持的昆明北门出版社出版。（"先鸡"是阿细语，即"歌"的意思。中华人民共和国成立后，中国民间文艺研究会将其收入"民间文学丛书"时，改为《阿细人的歌》。）光未然是诗人，为了把这部民间叙事长诗翻译、写定，曾经研究彝语语法，在"发音人"（讲唱者）的帮助下，搜集神话传说和社会生活方面的其他口头材料。他说：他在写定时，是忠实于原作的，只是在某些不连贯性的地方，才作某些修补。[1]这一点，他在新中国成立后为新版本所写的序言中也作了交代。光未然记录写定的《阿细的先鸡》，是我国民间文学史上从口头讲述者记录下来的第一部少数民族叙事长诗。

《阿细的先鸡》包括了阿细人的创世神话（包括创世记和洪水记），也汇集了阿细人的情歌。长诗也并非一个时代形成的。整理写定者光未然说："第一部的神话传说的部分，来源一定是极其悠久的，而且我猜想，说不定其中还保存了若干已经湮灭了的汉民族神话传说的转化或变形。至于创世纪和洪水记的部分，是不是掺杂了后来传播到该地的基督教传说的若干影响，我这时还不敢断言。第二部描写民族风习的地方，形成的年代自然较后些，其中汉民族文化风习的影响，显然占有重要的支配地位。此外，这部先鸡的生动的形象和语言，哪些是由来已久的，哪些是由于毕荣亮君的发展和创造，此刻也很难辨别了。我所以说这位毕荣亮君，这位保存了先鸡而且发展了先鸡的阿细人民的诗人，不愧为'阿细的荷马'，其理由也就在此。"[2]

关于阿细人的"先鸡"，光未然在《阿细的先鸡解题》中写道：

> 云南是一个多民族的省份。我们在昆明附近常见的夷人（Lolo），是云南少数民族中间的一系；而阿细族又是夷族（Lolo）中的一个支系；他们的地区散布在路南、弥勒、陆良……一带的高山峻岭中。夷族各支系（如阿细、撒尼、阿哲、黑夷等）彼此之间，在文化上虽大同小异，语言上却相当隔阂，甚至到彼此不能通话的地步。这种种族

---

① 光未然《我怎样整理〈阿细的先鸡〉》（代跋），《阿细的先鸡》，第156—168页，昆明：北门出版社1944年。

② 光未然《阿细的先鸡题解》，《阿细的先鸡》，第12页，昆明：北门出版社1944年。

上语言上的隔阂，或许就是今天云南的少数民族不能团结起来走上进步的文化生活的一个重要原因吧！……

据我们所知道的，分布在云南各地支派繁多的少数民族中间，经过年长月久的积累，都有他们丰富而瑰丽的史诗一般的民歌流传着。《阿细的先鸡》就是千百年来流传在阿细族中的一部长诗。"先鸡"是阿细语asy的音译，意即歌曲，当地汉人恒译为先鸡。据我们现在所记录下来的，全部约计两千行，内容包括丰富的神话传说，男女的恋情，和民族生活与民族风习的忠实而准确的记录；阿细人民的幻想与希望，欢乐与痛苦，大概都可以从他们自己这部长诗中窥见一斑了。

《阿细的先鸡》是一部活的口碑文学。随着他们的历史与生活的发展，随着一代代的流传，这部长诗也不断地在增加它丰富的创造性。然而我们也可以说，这种发展到今天为止已经告一段落。因为即（使）在阿细部落中的男女青年，能够从头至尾唱完这"先鸡"的全部的，已经不多了。把这部长诗逐句传述给我的阿细青年毕荣亮君，是在邻近的数十个村落中能够唱完"先鸡"全部的唯一的一人，所以被当地同族的青年戏呼为"王子"，大家都不敢和他对唱。当地的男女青年们日常所歌唱着或者说所使用着的，大概都是这部"先鸡"中的某些片段。如果不很快的记录下来，再经过若干岁月，我想这部长诗会有逐渐泯灭的危险。

同时，"先鸡"是一部活的情歌，有着现实的使用价值的。在阿细族的村落中，青年男女们在耕作之暇互相对唱，作为求偶的手段。受过近代文明洗礼的我们，或许觉得惊异；在男女恋爱的场合，为什么要反复无穷地歌唱一些与当前的现实无关的神话故事以及风俗习惯这一类的题材呢？我们或许可以这样解释：在原始文化的部落中，歌唱是发挥青年智慧的重要手段，甚至可说是唯一的手段。谁唱得最多，谁记得最多，谁创造得最多，谁的歌声最响亮，最美丽，也就代表谁的智慧最丰富，谁才有资格博得异性对手的欢心。这和我们的社会中某些人以资格学历学位等等头衔来换取异性的赞佩，或者说，如在鸟类与昆虫社会中以羽毛、以歌喉来换取异性的爱悦，是初无二致的。

在阿细部落中所流传的原诗，全部是五言体，这里是由阿细族青年毕荣亮君逐句口译，由我在不失原诗情趣的原则下略加润色发展而写定的。原诗天然地分上下二部，现在由我分为若干章并加上标题。

……毕君是路南县中学毕业的学生，他的家住在弥勒路南两县交接处的深山中。在这个山岳地带里，散布着许多大大小小的阿细族的村落，其中有些已经汉化了。毕荣亮君的家乡磨香井，因为位置在崇山峻岭的最深处，所以还大部分保留着自己的文化面貌；这也许就是这部《阿细的先鸡》所以在磨香井部落得以保全下来的重要原因吧。①

20世纪40年代，阿细人的社会，以光未然记录的发音人毕荣亮所在的磨香井村而言，其生产力还处在比较落后的农耕时代，村里没有出现严重的阶级分化，相对处于低级阶段上的社会平等状态，妇女没有什么权利。但从婚姻风俗来看，"公房"的存在和妇女交友的自由则又显示着，大量保留着母系社会的遗留。而这就成为民歌、主要是情歌所以流行的社会条件。光未然不是个简单的民歌记录者，他为了整理写定《阿细的先鸡》这部长诗，研究了阿细人的社会状况和婚姻制度，并援引了学者张举人在磨香井所做的《磨香井调查研究报告》。下面我们引其中的相关段落：

> 在夷族中通行的"公房"制度，在这里也有类似的存在。磨香井的"公房"叫做"小姑娘睡处"。当某家的女孩子长到十五六岁，假如她家里有空闲的房子，她便邀几个年龄相若的少女一齐来住；她们或是亲戚，或是朋友。这些小姑娘都是晚上才来，白天各自在地里工作，回自己家吃饭。
>
> 在"小姑娘睡处"度着极其自由的恋爱生活，说话几乎是没有限制的，拥抱也是被允许的。假如是一对爱人时，男的更可以带女的到自己的住处去同睡。但是在结婚前女子是不轻易和男子发生实际关系的，因为假如和她发生实际关系的男子，将来不与她结婚，她便很难再找到丈夫。
>
> 虽然在"小姑娘睡处"是这样的自由，但仍有很严格的限制。青年人绝不敢在长辈面前说一句关于恋爱的话，唱一曲恋爱的歌，甚至同一个祖先七八代以内的血族男女绝不能同在一个"小姑娘睡处"玩耍。不能在"小姑娘睡处"见面的人甚多，除掉上面说过的以外，一个男子也不能与她舅父同辈的女子及舅父的孙女们见面，不能和姑父的姊妹、姑父的孙女们见面。对本村来讲，年老的和年少的也不能见面。（不能在"小姑娘睡处"见面的这些人，将来也是不能互相结婚的。）
>
> 结过婚的女子，是不许到"小姑娘睡处"去的，除非为了家里有

---

① 光未然《阿细的先鸡题解》，《阿细的先鸡》，第1—5页，昆明：北门出版社1944年。

事才能在很短的时间内去和她要找的人说几句话。假如随便跑去玩，是会遭到丈夫的毒打的；事实上，这种事情几年都不发生一次。

　　结过婚的男子却可以不受妻子的限制，自由的去"小姑娘睡处"，不过他的举动是拘束得多了。小姑娘们也会说他："你已经结过婚了，还是不要到这里来吧，免得伤害你们夫妻间的感情。"

　　……这里没有守寡的寡妇，女子的丈夫死后，假如她还未及五十岁，是可以再嫁人的，而且可以再回到"小姑娘睡处"。[①]

　　用阿细语唱的《阿细的先鸡》，每一句都是五个单音构成，全诗共两千行，大体如是。光未然根据诗的语言的原始性，断言诗的原始性。他写道："这固然说明了阿细族的语言还停留在非常原始的阶段，他们的诗也还停留在我们汉魏之间的五言诗的时期；但是，值得惊异的就在这里：他们用这样原始的语言，原始的体裁，居然创造了洋洋数千行的长诗，而且在必要的时候还可以连唱四天四夜也唱不完！比起我们现存的汉唐之间的五言长篇歌行，不管就行数来讲还是就包纳的内容来讲，无论如何都可说是一个奇迹！《阿细的先鸡》正是这样一个半开化的少数民族的奇迹的创造，我们费了将近两年的时间来翻译它，研究它，编写它，介绍它，难道是一件徒劳无功的劳作吗？"[②]

　　光未然整理写定《阿细的先鸡》，既把它看作是一部叙事长诗，又不是一般意义上的叙事诗，而是一部透着民族原始文化及其观念的长诗，在作为代序的《阿细的先鸡题解》中，他对阿细人的社会情况、民俗风情、婚姻制度作了分析，既是对这部诗作的说明（题解），也是向读者的介绍，因而是一篇很有学术价值的文章。谁知，新中国成立后，中国民间文艺研究会成立后编辑《民间文学丛书》时，编者却把这篇介绍删掉，把《阿细的先鸡》完全当成一部普通的文学作品叙事诗了。

　　当时也在西南过着流亡生活的北京大学文科研究所语音乐律实验室的语言学家袁家骅，参加路南县政府编修县志的工作，在路南读到光未然整理的《阿细的先鸡》北门版后，就想找到"先鸡"的原文。他找到了光未然记录整理《先鸡》的"发音人"毕荣亮，用国际音标再次记录了这部叙

[①] 张举文《磨香井调查研究报告》，转自光未然《阿细的先鸡题解》，见《阿细的先鸡》，第7—9页，昆明：北门出版社1944年。

[②] 光未然《阿细的先鸡题解》，《阿细的先鸡》，第16页，昆明：北门出版社1944年。

事诗，这就是1951年由中国科学院印行的《阿细民歌及其语言》。袁家骅在他的国际音标记音、阿细语—汉语对译、汉语意译本的第一章里写道："光未然先生写定的汉译，给我们介绍了这部长诗的内容，但是他凭歌者的解释，对于'原文'难以兼顾，所以译文在润饰上有卓越的功绩，而于原文的真相和细节也许不能完全传达。歌词并不太固定，歌者所凭的是记忆和兴会，所以光译和我的记录并不能完全符合，更不可能句句符合。"[1]这种情况在民间口头作品说来是极其正常的，由于歌词是不固定的，有些地方甚至由歌者即席编唱，多有增删。况且光未然搜集于1942年，写定于1943年，袁家骅记录于1945年下半年，他们的共同的"发音人"毕荣亮已由一个中学生变为一个24岁的成熟青年，他接触了汉人的新思潮，有着较为广泛的社交，尽管同是出自他一人之口，自然会有所变异的。新中国成立后的1958年，中国作家协会昆明分会和昆明师范学院1955级的部分学生，组织了云南省民族民间文学红河调查队，在弥勒县又搜集记录了一种《阿细的先鸡》的新的异文，主要的"发音人"（讲唱者）是盲歌手潘正兴。[2]新异文当然与光未然的写定本是不同的两种文本。光未然在1952年底为《阿细人的歌》新版所撰的序言中说："《阿细人的歌》是一部活的口头文学，在实际演唱的场合，往往要随着演唱的环境和对象发生若干变化，添加若干灵巧的诗句，并在一唱一和的互相酬答中发挥若干新的创造。毕荣亮君告诉我，如果让他回到自己的山村，找到适当的对唱对象，他可以连唱四天四夜也唱不完。"[3]这是行家的话，自有道理在。《阿细人的歌》今后也还可能有新异文被记录写定。光未然和袁家骅的劳动，为我国少数民族民间文学作品的科学记录和写定打下了基础，作出了贡献。

（三）陈国钧的《贵州苗夷歌谣》

前面说过，陈国钧在上海大夏大学任教，抗战时期，随校迁移到贵阳。该校在民族学家吴泽霖主持下，于1938年设立了"社会经济调查室"（后改为社会研究部），对贵州的一些少数民族地区，如安顺、定番、炉山、下江、都匀、八寨、三合、荔波、都江、榕江、永从、黎平等，进行了包括民间文学和民俗在内的社会调查。

---

① 袁家骅《阿细民歌及其语言》，第4页，北京：中国科学院出版1953年。
② 云南省民族民间文学红河调查队《阿细的先鸡》，中国民间文艺研究会主编《中国民间叙事诗丛书》，北京：人民文学出版社1960年。
③ 光未然《阿细人的歌·序》，北京：人民文学出版社1953年。

在这次调查中，陈国钧以一人之力，从贵州各民族及其支系民众口中搜集记录了歌谣一千首，包括黑苗、花苗、红苗、白苗、生苗、花衣苗、水西苗、仲家、水家、侗族等，编辑成一册达250页的《贵州苗夷歌谣》集子，交由贵阳的文通书局出版，并由他的同事、也是民间文学研究者杨汉先作序。书中同时也收入了杨汉先收集记录和翻译的一首流传于威宁一带花苗中的《洪水滔天歌》。

陈国钧是该校社会研究部的重要成员，曾在下江一带的生苗中搜集记录到三则该民族支系的长篇诗体人祖神话，题曰《苗族起源歌》，其中一则长达488行，叙述的是洪水后兄妹婚配繁衍人类的故事，属于洪水后同胞配偶型神话类型。洪水后，兄妹二人婚后生育了一个南瓜形的儿子，无奈之下，将其切碎后，撒在四处，这些碎块变成了九种人。[①]生苗生活在下江一带的深山里，环境甚是封闭，与外界较少交往，少受外来文化的影响，故他于1938年所搜集的这则洪水后遗民神话，在人类学、民俗学和民间文学上有着很高的价值。

陈国钧在贵州苗族地区搜集的歌谣，涵盖了黑苗、花苗、红苗、白苗、生苗、花衣苗、水西苗、仲家、水家、侗族等。他从中选择出965首编成《贵州苗夷歌谣》（吴泽霖主编《苗夷研究丛刊》之一）厚厚的一册。[②]他在《自序》里说："我专事调查贵州苗夷族生活，已历多年，早就打定主意，在我所编的书中，一定要先编这本书。因为当我每次作苗夷族调查，附带搜集歌谣材料，是件轻而易举并有意味的事，而且材料积到相当多时，也不必化多大的整理工夫，就可以编成书。现在，经过了几年的采集，略有一些所得，……本书在国内尚属第一本集录特种民族的歌谣，所以，我不敢随便在中间加以修改和诠释，只原原本本把它转译编汇在一起，以便保存它本来朴质的真面目，并就它的内容种属分了先后，我想，这样仍不会减却它的价值，也可以供研究苗夷族者，一大堆材料。"原本在上海的谢六逸，抗战时期也回到了家乡贵阳，在大夏大学文学院任院长。谢六逸在为该书写的序言中写道：

> 歌谣的本身无异于民间文化的储蓄所，民俗学家文学家历史家都重视它的价值，以它为研究的资料。如果我们今日要寻觅各地的民间歌谣，只要在各省府县志里面，可以看见一部分，可惜又是零篇短

---

① 陈国钧《贵州苗夷歌谣》，贵阳：文通书局1942年。
② 陈国钧《贵州苗夷歌谣》，贵阳：文通书局1942年。

简，不完不备，甚或经过多次删改，失去本来的面目。要想拿来当作研究的资料，还是不敢。……

大夏大学自民国二十六年迁到贵阳以后，即设立"社会研究部"，从事于贵州省苗夷文物研究与生活状况调查。数年以来，始终为此项工作努力的，陈国钧先生就是其中的一位。陈先生对于调查与汇集的工作，不辞劳苦！这一部歌谣集就是陈先生费了许多心血汇集而来的。此集出版以后，贵州苗夷族的歌谣始有定本。我们翻开来一看，其中无一首不是天籁。我们很庆幸，中国的民间文艺从此又增加了一种宝贵的资料。我想：凡是对于民间文艺感觉兴趣的人，都得对陈先生这种工作表示敬意。

民国三十一年青年节谢六逸识于贵阳

（四）张亚雄的《花儿集》

张亚雄（1910—1989），甘肃省榆中县人。北平平民大学毕业。20世纪二三十年代在兰州作新闻工作。卢沟桥事变后，辗转流徙，浪迹大西南，1940年到达重庆。他把他十年来在从事新闻工作时，在甘肃《民国日报》上登启事公开征集花儿所得，以及从牧童、脚伕、小工、车夫、雇农、学生、排字工友以及各阶层的文化人和朋友中间搜集起来，珍藏在贴身之处的一部《花儿选》的原稿，带到重庆，于1940年由青年书店出版。全书342页，选录花儿653首，论述八万字。发行5000册。

他在《花儿集·西北民歌花儿叙录·引言》里说道：

在"七七"的烽火未举以前，编者尝以断断续续十年的工夫，作搜集三陇——甘青宁——民间歌谣的工作，在这十年辰光当中，只着手搜集民间歌谣山歌当中名字叫作花儿的一部分。好像研究昆虫学只研究蜜蜂那样的缩小范围。我于三千首花儿当中，选得六百余首，做了一点注解与叙述的事情。这一工作刚刚告一段落的时候，突然卢沟桥响了炮声。为了参加这个大时代的圣战，我离开了辽远的西北原野，跑上中华好儿女扫荡疯狂妖寇的阵线。几经转徙流离，又到了天府之国的四川，战时的首都重庆。我们因为战略而退守，敌人施其惨绝人寰的轰炸。在一个长的旅程中，生命从弹灰里捡起，这些苦心搜集的东西，我把它敝帚自珍，小心翼翼地摆在贴身，一路护持，终于没有失散。把它略加整理，编印出来。

花儿是流行于甘青宁广大地区的汉、回、蒙、藏各民族中的民间文艺形式，但此前并没有人去搜集记录过，张亚雄《花儿集》的出版，使我国出版史上有了"第一部"。该书所选600多首花儿，是搜集者由3000首中挑选出来，实属洋洋大观！这部民歌集的特点是，不仅汇集和保留了极其丰富多样的各个地区和各种类型的花儿资料，并在每首花儿的后面附有注释，而且在《叙论》中对花儿的相关问题，如方言、社会、民俗、文学，以及花儿的流派及其结构、句式等，都作了论列。作者所论触及了花儿释名、花儿源流、流派、流传地区、调令、音乐、演唱形式、歌手、会场、语言特色（包括语法、衬词虚字等）等。尽管在张亚雄之前，袁复礼已在20年代的《歌谣》周刊上报道过花儿，也发表过若干花儿的作品，但应该说，张亚雄的《花儿集》及其《叙论》，是花儿学最早的选本和论著。①

第五节　中国民俗学会复会

重庆是国民党的陪都，是抗战的大后方，除了政要外，一时云集了大批文化人。许多民间文学家和民俗学家也陆续到了重庆。如顾颉刚、娄子匡、黄芝冈、罗香林、陈锡襄、徐芳等，以及当地的民俗学者樊缤、于飞两兄弟。于是，重庆便成了抗战时期国统区民间文学运动的中心之一。

（一）当地学人于飞与樊缤

于飞（本名李文衡）和樊缤（本名李承祥），当地学人，搜集民间文学出道很早。早在十年前中山大学民俗学会时期，不仅在《民俗周刊》上发表搜集的作品，还创建过中国民俗学会四川分会。从（张）清水给赵景深的信知道，1929年樊缤在上海办一份名为《俗物》民俗杂志："上海，吴淞，中国公学樊缤先生等出版的《俗物》（以袁罗社的名义出版），也是以研究民俗为职志的，篇幅每期虽仅八页，但内容却很丰富，间有江绍原先生的作品，倒是很有意思的。"②据绍兴出版的《民间月刊》第6号载："题：四川创刊《民俗周刊》已出版四川民俗同工于飞，樊缤诸氏，看得四川和环绕四川各省的民俗资料的采集和探讨，很少人来干；因此，

---

①　后来的研究情况参阅：刘凯《西部花儿散论》，南宁：广西民族出版社1995年；魏泉鸣《中国"花儿"学史纲》，兰州：甘肃人民出版社2005年；赵宗福《花儿通论》，西宁：青海人民出版社1989年。

②　清水《本刊通信》，《民俗》周刊第74期，1929年8月21日。

已于前日中积极筹备，愿合力担负这个重要的使命，于是《民俗周刊》如今已经出刊两期了。它的内容，颇可珍贵。（于飞）"①《民间月刊》第2卷第7期报道，1933年初，四川（重庆）的《民俗周刊》已出至第10期。于飞被列在《民间月刊》的"广征资料者"名录中。②樊缜在自己主持的《民俗周刊》第3期上发表了《重庆传说集·序》和《歌谣的性质》，于飞发表了《地域决定的习俗与传说》。1930年前后，当时已从上海公学到河南就职的樊缜，在河南省民众师范任教，已成为一个在民间文学理论造诣上颇为成熟的学人。他前后与张清水讨论过《海龙王的女儿》，与江绍原讨论过"民俗学"的定名问题，表现出具有相当宽阔的学术眼界和理论修养，引起学界的注目。他在《论民俗学书》里尖锐地批评当时学界的形式主义倾向：

> 前与清水书，非仅评其《海王女》，且谤及一般民学研究之概况。就是在考察过去研究的主旨，觉得现在已走入歧途是。北大歌谣研究会时代，研究歌谣是为了统一国语，研究传说是为了订正伪史，而今呢，研究歌谣成了蒐集歌谣，研究传说成了比较传说。一切都拿去与欧美的成绩去比附。尤其是研究"型式"的先生们，把传说都塞到那里边去，而不会发现"型式"，例如中国的诗，对的故事，显然自成一种type，且是我所谓的petit-interlligents所特有的，然而"型式"先生并不留意之；又《徐文长故事》与《呆女婿》故事，又是代表智与愚两极端的型式，然而也并不为他们所津津乐道。盖这些多有不合乎《印欧民间故事型式表》（？）也。所以现在的民学研究之一般，是已无目的，而仅考究形式的玩意了。我们现在应该转换方向，汇罗仍属不可少的工作，但是在解释方面，应该放弃流行的附会者的Dillettante's态度。不必老步陈规，努力另辟新径。接着我便批评其《海王女》，这并未有怎么可观，只是一种试作罢了。……③

在民间文学的研究上，樊缜主张引进史学和社会学的观点。他写道：

---

① 陶茂康主编《民间月刊》第6号，1931年11月，绍兴。

② 《民间月刊》自第2卷第1期起改由杭州中国民俗学会出版，钟敬文、娄子匡、陶茂康编。第2卷第1期的出版日期是1933年1月1日。

③ 江绍原《现代英吉利谣俗与谣俗学》附录七，第310页，上海中华书局1932年。此据上海文艺出版社1988年3月影印本。

站在史学、社会学的观点上，《海龙王的女儿》集中的10篇故事，所给予我们的映像，有这么几点：第一，是反映到那里边的封建的社会意识，特别浓重。从一方面去看，就如容（肇祖）序中所说："民间的故事，每每从理想上满足人们的欲望的要求。"如果是这样，（正是这样的），那么，透视过去，我们将理会到隐藏在那内容背后的实际生活的痛苦了。对于财产制度，遗产制度而发生的欲望，便表示着在那下面挣扎者的悲哀。又从另一方面去看，如故事内容所说的满足，则一些民间故事，适成其为俘虏被压迫者的心意的工具了。请看吧，你如对这种社会感到不满，你却不能推翻它的，因为那是有神或佛在主宰着。神或佛是正直的，只要你们安分守己，总会有那么一天，你们将得到神或佛的赏与——金银与美女（《海龙王的女儿》、《范丹的故事》、《两兄弟》）。贫苦的青年们要想脱离你们的地位，那你们须先得做"卫社稷"的工作（《蟾蜍的故事》）；贫苦的少女们也不必烦恼，你们只要长的美，便会"一朝选在君王侧"去过富贵的生活（《嫁蛇》）。总之，无论怎样着，你们且忍耐，静候，自然会成仙，或接受怜悯的（《吕洞宾故事》之一部）。

其次是作为广告般用的。封建社会的共同心理，主要的是因循，惯例，爱好传统，敬神等思想。所以在商业方面，"百年老店"，"祖传秘方"，"时代儒医"等，最为社会所信服。要想取得这种地位，或维持这种地位，于是当作广告的传说，故事，被巧妙地施行起来了。江浙一带卖酱肉，酱鸭的陆稿荐，何莫非起先因为陆老板善待了吕纯阳道人，才得了他的报酬——一领破稿荐，偶然间以之薰出肉和鸭来，以致于现在这们香喷喷的，叫你们闻而流涎呵喂！要吃酱肉和酱鸭的，都来归我！（《吕洞宾故事》之一部）

第三是当作教育用的。甚或于农村社会里，有许多生活上所必须的用具，是要习记的。它们的名称，属性，及用途（《呆女婿故事》之一部），它们的作为随机应变的用途，以及随机应变的才泄（《狨瓜麻的故事》、《梁山伯与祝英台》）。同时，在那种社会里，礼节是特别地推尚。最有礼貌的，便算是最优秀的。尤其是在宗法制度之下，无论那是怎样的繁缛，礼节成为间接的一种过社会生活的手段，而不能不讲求（《呆女婿故事》之一部）。

最后，《彭祖的故事》，虽说有些幽默的情趣，但亦未尝不可不归之于上项中，那也是教导人如何去应付困难，做事应该不要疏忽的。《梁山伯与祝英台》，除其中密斯祝之怎样推脱去其窗友们的责难，之有教育的意义外，要之，是一段浪漫故事，一般petit intelligent's 桃色的梦。

这一种从内容上去解释的企图，似乎比从型式上去比附的研究更为有意义些。①

（二）中国民俗学会的复会

娄子匡作为浙江省国民党的办事处主任早到重庆，在《中央日报》上发刊《风物志》周刊。顾颉刚于1942年3月31日抵重庆后，住在江北柏溪，他的主要工作岗位在成都齐鲁大学等，常来往于成都和重庆之间，与娄子匡等并没有发生多少联系。到1942年年末，顾颉刚学术活动的重点转移到重庆，娄子匡向顾颉刚约稿，顾遂于12月11日作《赶紧搜罗风俗材料》的文章。②娄子匡同他商量恢复民俗学会事。岁末，在樊缜、于飞兄弟的张罗下，在重庆的各地民俗学者聚会座谈，商议恢复中国民俗学会等事宜。12月29日，在重庆的民俗学同人举行的第二次座谈会，座谈纪要《记在渝同仁两次座谈》写道：

> 好不容易地留渝的同工们，和战前在渝致力民俗学运动的同工们联系起来了。
>
> 去年初冬，渝分会的负责同工于飞、樊缜，和由东南来渝的同工娄子匡见面了，初觐的愉快，立刻引出了首次的座谈。是一个冬天的傍晚，林森路的大厦里，先后来出席的同工有陈锡襄、罗香林、黄芝冈、娄子匡，他们很想和川籍的同工们多年通讯而未聚首的渴望里见见面，于飞、樊缜，也早为川籍同工同样的期望，约集了徐匀、王乃昌、徐鸣亚、陈季云、萧懋功、刘璧生六位同工们。本来还有同工顾颉刚、白寿彝、方豪、范任、贡沛诚想来参加，但是为了路远、事冗，不能赶来。座谈会未开始，大家就自由放谭，情绪是形容不出的兴奋和挚密。接着大家把话语转向一个焦点：
>
> 我们要紧紧地联系，需要成立学术研究的集团，我们要鼓舞研究的情绪和成就，要刊出《风物志》，要刊出丛镌，发挥学术，交换意见。

---

① 江绍原《现代英吉利谣俗与谣俗学》附录七，第311—314页，上海中华书局1932年。此据上海文艺出版社1988年3月影印本。

② 顾潮《顾颉刚年谱》，第316页，北京：中国社会科学出版社1993年。

大家齐一要求的，成了共同的决议。席散以前，还就四川习俗为题材，李冰、二郎神、秦梁王……的种种，成了这次座谈会的结语。

二次的座谈，因为首次的热烈而更扩大。

顾颉刚同工由北碚赶了来，娄子匡、黄芝冈、罗香林、于飞、樊缜、徐鸣亚、王乃昌、陈季云、萧懋功、刘璧生诸同工仍来参加，新的参加的同工有贡沛诚、王烈望、汪祖华、郭笃士、康心远，还有徐芳同工姗姗地到迟。

大家推于飞同工来主席。接着请顾颉刚同工先发言，他就庄重地说：

民俗学在中国，只有二十年的历史，当初在北大搜集歌谣、出版周刊，以后由歌而谚而故事唱本，范围扩大些。民十六年中大搜罗广东风俗资料，特别是苗瑶……的，出版《民俗周刊》。各地成立民俗分会的，有闽、浙……

浙江的分会，由娄子匡同工主持，他在东南把民俗学风气激荡起来了。当时影响到各地，四川也因之而成立了分会。

抗战发生，大家分散，民俗的研究工作不能继续，直到近时娄子匡同工来渝，赓续发动这一运动，联系同工，刊出《风物志》周刊，因而引起四川同工樊缜、于飞的联合，而举行两次有意义的座谈。大家来商讨今后工作的推进。现时研究民俗，曾有人以为不合时宜。但是，如今建国建礼，当局对礼制之重视，风俗和礼乐的关系是不言而喻的。

我所特殊注意的，是目今时代的推进影响风气的变动，风俗资料因此而湮没的，所以大家要赶紧搜集风俗资料，来整理研究，保存学术于万世。同工们！快把民俗学运动推广开去。

娄子匡同工接着起立，报告这次来到陪都致力于民俗学运动和联系同工和同好的经过，还有个人独立筹刊《风物志》的情形。

同工们听取了都很兴奋，一致的感觉需要筹立中国民俗学会，当场推举七位同工——顾颉刚、罗香林、黄芝冈、娄子匡、贡沛诚、樊缜、徐鸣亚为筹备员。

于飞同工很热情地表示愿去找一个会址，于是又决定推他去负责办到。

基金是学会的动力，共同决定两个月内筹集二十万元，同工们是多么地热烈，各人自认筹募的数量，有的还马上拿出钱来，一下子二十万的数目的来源就确定了，最有力量去筹募的，又是于飞同工。

罗香林同工提出举办民俗学讲座，一致通过了。

大家觉得还要多出几个《风物志》，于是又推定徐芳同工编一个，以歌谣、谚语、唱本……为主题；推王烈望同工编一个，以民生问题的衣、食、住、行的习俗制度为主题。

同工们一边在用膳，一边在座谈，灯光和炉火的温和，同工们的情绪浓郁，充溢着为学术而活跃的力量。座谈结束，把力量就发挥开去——十二万分诚挚地，希望各地的同工，也快把民俗学运动推广开去！①

（三）《风物志集刊》

由顾颉刚和娄子匡主编、顾作《序辞》的《风物志集刊》第1期，于1944年1月31日出版了（共出一期）。顾颉刚的《序辞》写道：

或问："《风物志》刊出的理由在哪里？"

我们欢忭地接受这个发问，很诚恳地把理由一件一件地奉答：

第一，《风物志》是民俗学、民族学、文化史、社会史的理论和资料的集刊。是一本学术性的集刊，但是它的学术性能，决不和现实之间有距离，而要和现实问题密切联系着。所以，

第二，《风物志》是在建国步骤中，建礼的任务里，想从搜集风俗资料，研究它的成长、展布、和存在价值，因势利导的来移风易俗，创化出现时代适应于中国的新风气。因此，

第三，我们要高呼：我们一面要欢迎全国"道一风同"的新风俗的实施，一面要赶紧搜罗那已经实施了千百年而现在奄奄欲绝的旧风俗而加以整理和研究。

学术研究趋势于现实应用，建国建礼，先定要搜罗史料，留下给后代鉴观。这是我们简单地答复出刊的理由。我们接着也要请问：

"发问的朋友们，你们以为怎样？"②

从顾颉刚的这篇发刊辞里，我们看到，它的性质是一本"民俗学、民族学、文化史、社会史的理论和资料的集刊"，而搜集和研究风俗资

---

①　《记在渝同仁两次座谈》，《风物志集刊》第1期，1944年1月31日，重庆。

②　顾颉刚《风物志集刊序辞》，《风物志集刊》第1期，1944年1月31日，重庆。

料的目的是要"因势利导的来移风易俗，创化出现时代适应于中国的新风气"，完成"建礼"的任务。尽管从西方民俗学的学理上说，民间文学应包括在民俗里，但从顾颉刚的发刊辞里我们却没有看到这本《风物志集刊》对民间文学的任何观照。从编刊的实际情况看，也大体如此。该期所载多为风物风习的文章，有关民间文学的仅有三篇：郑师许《中国古史上神话与传说的发展》、于飞《重庆歌谣的研究》和黄灼耀、禤毓枢《瑶人的耍歌堂节》。

二三十年后，娄子匡于1963年8月在台湾出版的《五十年来的中国俗文学·导论》说："民国三十三年一月，顾颉刚、娄子匡在重庆主编的《风物志》，中国民俗学会出版，特别标示：'民俗学、民族学、民族学、文化史、社会史集刊'，其16篇文字，就有三篇属于俗文学范畴：于飞：《重庆歌谣研究》；郑师许：《中国古代史上神话与传说的发展》；李禺：《伊索寓言与百喻经》。抗战八年，日军入侵，我学术南移，多少清风亮节之士，在抗战大后方，过着日食粗糙，衣不蔽体的匮乏生活，却走出书斋，掀起了边疆学术调查研究的高潮，其人文部分，少有不与俗文学有关。据古氏选目（按：古道济《抗战以来我国民族学选目》，载《民族学研究集刊》第4期，1944年10月），战时出版虽极度困难，而边疆期刊，有27种。"①

郑师许的《中国古代史上神话与传说的发展》，是仅出了一期的《风物志集刊》发表的一篇在中国神话研究史上有着重要阶段意义的论文。娄子匡在《五十年来的中国俗文学·神话》中评价道：

中国学人对民俗文学的研究兴趣，以对神话比较高，他们大都从史学或文学的观点来细加考证，因为治史一追溯到往古，必得涉及神话的境域；而不少出色的上代的文学作品，也多含蓄着神话的光彩。所以毋须等到有人呼喊：为了研究民俗学或民俗文学，别再抛弃那神话了！早早已经有不少与神话有关的著作问世了。虽然其中的见解，和现时的神话研究的方法，已经大大的不同了；同时不站在神话的立场来研究神话，也被看是劳而无功于神话的应用了。但是话又得说回来，吾国学人过去已有不在少数的有关神话的著作，也是应该十分重视的，最低限度在他们的立场把神话作历史的进一步的考证，或是进一步作文学创作的技巧的研究，他们都扩展了各个的研究的领域，这全有着高度的价值，

---

① 娄子匡《五十年来的中国俗文学》，第3页，台北：正中书局1963年。

我们端端不容忽视的。尤其是近50年来，对于'神话'二字的已为人们看成专有名词，不能不溯源到下面我将列举的有关神话的记述和著作，虽然他们对于神话的见解，仍须保留商榷的余地。如玄珠的《中国神话ABC》（世界版）和《神话研究》（商务），谢六逸的《神话学ABC》（世界），和黄石的《神话研究》（开明），直到目前为止，它们依旧是说明神话的好读物。至于研究中国古代神话的著作，差不多大家都着眼于《楚辞》、《山海经》和《水经注》等等，例如郑师许的《中国古代史上神话与传说的发展》（《风物志集刊》第1期），郑德坤的《山海经及其神话》（《史学年报》第4期），钟敬文的《楚辞中的神话和传说》和《山海经神话研究的讨论》（中山大学版），苏梅的《屈原天问里的旧约创世纪》（《说文月刊》第4期），许翰章的《水经注神话表解》（《南风》8卷1号），古铁的《中国古代神祇——读山海经随笔》（《中原文化》第22期），这多是比较早期的有关中国古代神话研究的著作，其中尤以郑师许是指示出研究中国古代神话的道路，他说的最为简明而具体：

"我国神话与传说，最初见于《楚辞·天问》篇，对于天地开辟、日月星辰的诸神话，有所不满而发为疑问，实在是我国片段古史的总集。其他若《离骚·招魂》，及《庄子》、《吕氏春秋》等战国晚年诸著作，也都含有神话传说。《诗经·商颂》的《玄鸟》篇，《大雅》的《生民》篇，尚存多少史事化的神话和传说的遗迹。

"秦汉以后，杂家如《淮南王书》，《纬书》如《春秋元命苞》，《春秋命历序》，《春秋运斗枢》，《春秋保乾图》，《尚书·中候》，《易·通卦验》，《易·乾坤凿度》，《礼含文嘉》，《诗含神雾》，晚出诸书如《神异经》，《说苑》，《山海经》，《论衡》，《穆天子传》，《竹书纪年》等，这类的材料，日益丰富。

"及至佛教东来，印度的神话流入中国，如郭璞《玄中记》，张华《博物志》，王嘉《拾遗记》，干宝《搜神记》，梁·宗懔《荆楚岁时记》，任昉《述异记》，吴均《续齐谐记》等，莫不开始从神话的素朴的形态及片段的材料，组织成为系统化和神秘化了。

"又如皇甫谧《帝王世纪》和《晋书》，《宋书》，《南齐书》，《南史》等正史，也对这些神话视同真实的史料了。直到徐整作《五运历年记》，《三五历记》，司马贞补作《三皇本纪》，所说的更为详尽了。这些书本不特对天地开辟和日月星辰、山川河岳的由来，都有很好的解答，而且对于人类的出生和草木金石珠玉的生长变化，也有了主观的理论。

"到了宋代，罗泌著《路史》，清代马骕著《绎史》，就集合古史和神话传说于一炉，而又条列之，排比之，于是渐次补足了古史上所缺的材料，使吾辈于千载之下，俨然如与羲皇并世，而眼见其嬗变的陈迹。"

上面五节意见，把我国古史上神话的发展，说得非常清晰，也就因此而指引了不少对于中国古代神话研究者，可以漫步而进入神话研究的蹊径了。[①]

（四）顾颉刚与《文史杂志》

顾颉刚在重庆、成都等地学校（云南大学、齐鲁大学、中央大学等）和文化机构任职很多。与民间文学关系较多的机构有两个：一是于1933年在北平成立的通俗读物编刊社，其事务，虽有专人在做，但他仍然在主持其事。该社从1942年5月起在《新中国日报》上发刊《新文》周刊，发表通俗作品。一是他主编的《文史杂志》（原由商务印书馆、到重庆改由中华书局出版）。该刊第5卷第3、4期发表了王兴瑞《海南岛苗人的歌谣与传说》。王兴瑞是当时西南地区研究民族学、海南岛苗族民间文学的一位活跃人物，在各种期刊上发表的文章很多，如《苗人起源传说之研究》（《新政治》1938年第1卷第2期）、《海南岛苗人的来源》（《西南边疆》1939年第6期）、《海南岛的苗人生活》（《边疆研究季刊》1940年创刊号）、《黎人的文身、结婚、丧葬——从史籍上所见》（《风物志集刊》1944年第1期）等。《文史杂志》第9—10期合刊（1945年10月出版）系"民俗学专号"，但没有民间文学方面的文章。

至于顾颉刚本人在重庆时期所写的有关民间文学方面的著作，并不是很多。对后来中国神话学研究发生了很大影响的《古史辨》第七册的编著、序言，是在重庆时所撰。1939年到1940年初，他还广泛搜集了水神李冰治水和二郎神的传说材料，打算撰写一篇文章，后把材料交给了从甘肃来投奔他的杨向奎，杨写成了一书。

（五）罗香林的《中夏系统中之百越》

参加了中国民俗学会复会座谈会的罗香林，在重庆期间写的一部专著

---

① 娄子匡《五十年来的中国俗文学》，第53—55页，台北：正中书局1963年。

《中夏系统中之百越》，作为《现代学术丛书》之一，由独立出版社1943年8月出版。40年代，外来的图腾学说在西南学界异常盛行，特别是学者们的视野扩大到少数民族的社会制度、风俗习惯，了解了大量以前并不知道的材料之后，图腾主义的理论大有普泛化的趋势。罗香林在这本书里认为，夏族初以龙蛇为图腾，而越族源出于夏族。作者在论述蛇郎传说之地理分布与百越族群地理分布的关系时说，浙江、两广、云南、贵州等地流传的蛇郎故事，与古代的图腾组织和信仰有关，故而，蛇郎传说的流传地区，亦即中夏系统的骨干。

（六）报纸副刊、文艺刊物与民间文学研究

重庆的报纸也常常有民间文学和民俗学的文章发表，如岑家梧的《民族艺术与民俗艺术》就发表在《中央日报》（1944年2月2日）上。国民党教育部国语推行委员会背景的《国语千字报》于1942年在重庆创刊，广泛刊登民俗学、民间文学和民间艺术的材料。

抗战时期各地的文艺刊物，一般很少发表民间文学作品，间或也能看到一些，主要是抗战歌谣，能够配合抗日，鼓动人民抗战的。如1938年5月在武汉创刊的《抗战文艺》，1940年在成都出版的《战时文艺》等，大致都是这种情况。究其原因，这大概是因为办文艺刊物的作家们，对民间文学不熟悉，同时战局的发展又要求文艺期刊以配合，以鼓舞军民的士气，因此，发掘民间文学遗产的工作，就自然而然地被排除在自己的范围之外了。还应当指出，某些中国作家脱离中国老百姓的生活，轻视他们所创造的民间文艺，甚至错误地把民间文艺看成是封建主义的文艺，也是一个重要的原因。

（七）《说文月刊》的学术贡献

《说文月刊》（卫聚贤主编）1939年1月在上海创刊，出至3卷6期（1941年12月），因上海沦陷而停刊；从3卷7期（1942年7月）起移至重庆出版。作为"卫派"历史学家们的学术阵地，该刊在传统文化研究上有几个重点和主张，是一家非常有影响的大型学术月刊。在主编卫聚贤的周围，团结了一大批学者，他们在关注的焦点上和学术观点上，都与在西南的社会—民族学派很是相近。包括"卫派"史学家孔令谷（他的"神话还原论"就是在《说文月刊》上发表的）。[1]孔令谷、常任侠、吕思勉、

---

[1]　见孔令谷《说文月刊》1940年合订本序。

郑德坤、陈志良、罗香林、程憬、黄芝冈、丁山、苏梅（雪林）等都在该刊上发表有关民间文学（主要是与神话有关）的文章。由于该刊曾就禹的出生地和禹神话问题，组织过对据传是禹的出生地刳儿坪的实地考察，故在该刊上开展过相当深入的理论探讨。卫聚贤的《序》中说："我对于学术上有几个问题提出，一为春秋战国的中国学术受有外来的影响，一为文化起于东南，一为汉高祖以前历史年代应扩张。"孔令谷的《序》中概括地申明了"卫派"历史学家们的几个学术主张，如认为中国古代也有图腾制度，卫聚贤、郭沫若提出，"禹化黄龙"一语，说明禹的图腾即为龙，但遭到一般人的反对，认为"禹是我国上古圣王，岂有我们的皇祖会不是人类，而是爬虫动物之理？"；如世界文化在上古曾互相沟通；如深信我国文化起于东南，周秦汉时，泰山是我民族活动的中心地；如主张"神话还原"论，"古代原始民族往往以歌谣神话表叙自己民族的著名史事"，"神话传说决无无因而至"，"神话并不是梦话，而是实际的事"。该刊发表了许多颇有分量的有关民间文学的文章，对中国现代民间文艺学，特别是对中国神话学的建设贡献殊大。民间文学（神话学）文章计有：

第1卷（1940年）：杨宽《丹朱驩兜与朱明祝融》《鲧共工与玄冥冯夷》、卫聚贤《昆仑与陆浑》、陈志良《广西特种部族歌谣之研究》（第6、7期）；常任侠《重庆沙坪坝出土之石棺画像研究》（第10/11期合刊）。

第2卷（1942年3月）：孔令谷《从伏羲等陵说到文化始于东南》、吕思勉《西王母考》、常任侠《饕餮终葵神荼郁垒石敢当》、卫聚贤《泰山石敢当》、陈志良《僈俗札记》《文身与图腾的关系》《始祖诞生与图腾主义》《图腾主义概论》《始祖诞生与图腾主义》。

第3卷（1943年1月）：程仰之《古蜀的洪水神话与中原的洪水神话》《古神话中的水神》、陈志良《禹与四川之关系》。

第4卷（1944年5月）：丁山《论炎帝大岳与昆仑山》、程憬（仰之）《古代神话中的天地及昆仑》、苏梅《屈原〈天问〉里的〈旧约·创世纪〉》。

第5卷（1945年）：陈志良《广西东陇瑶的礼俗与传说》（第3、4期）。

（八）成都：期刊与研究

在成都，也汇聚了好几所内地名牌大学的教授，加上当地的风土研究者和西藏问题研究者，故而民间文学的研究呈现出多姿多彩的特点。齐鲁大学国学研究所主任顾颉刚，在成都办有《责善半月刊》（顾颉刚主编）；华西、金陵、齐鲁三大学办有《中国文化研究汇刊》；齐鲁、华西、金陵、金陵女子四大学成立中国边疆学会（因重庆有中国边疆学会，故后改为四川分会）。

1.《责善半月刊》

《责善半月刊》（1940—1942），齐鲁大学国学研究所主办，顾颉刚主编。1941年6、7月第2卷第7、8期发表岑家梧的《盘瓠传说与瑶畲的图腾崇拜》。

2.《中国文化研究汇刊》

华西大学文学院中国文学研究、燕京大学国学研究所、金陵大学文化研究所主办的《中国文化研究汇刊》是在成都出版的一份大型学术刊物。贵阳大夏大学社会学部的杨汉先的《大花苗移乌撒传说考》一文发表在该刊1942年第2期上。

3.《康导月刊》

《康导月刊》是西康省的刊物，在成都出版，于1938年9月25日创刊。几乎每期都有西康和西藏两省藏族的民俗、民间故事和民歌披露于版面。王铭深用五言译的《康藏情歌》就是在该刊分期连载的。陈宗祥译的藏族伟大史诗《格萨王传》序幕之一、序幕之二，发表在该刊第6卷第9、10两期（1947年1月出版）上。①朱祖明《塔弓寺与其神话》发表于该刊第5卷第2/3合刊（1943年）；岭光电辑《圣母的故事》（倮民故事）发表于第5卷第7/8合刊（1943年11月）；任乃强《关于〈蛮三国〉》发表于第6卷第9、10期（1947年）研究西藏问题的李安宅、任乃强、庄学本等都在成都，庄学本还曾于1942年4月在蓉举办过"庄学本先生西康摄影展览会"。

4.《风土什志》

在成都出版的另一份杂志《风土什志》，创刊于1943年9月30日，发行人樊凤林，编辑有谢扬清、雷肇唐、萧远煜、裴君牧、杨正芯，其宗旨在于弘扬西南地区的乡土民俗文化，团结了四川的一批本地研究乡土文化和民间文艺者，包括作家李劼人。该刊是一本25开的杂志，文章篇幅不能

---

① 据信该刊在出版这一期后，就停刊了，所以《格萨王传》后面的章节未能读到。确否，因北京资料不全，不做定论。

太长，因此常常发表一些各地的民俗随笔、民间故事和民歌，趣味性较强，是一份大众读物。但也发表过像《格萨王传》这样价值较高、篇幅不算很短的作品的断片。论文方面，1944年第1卷第3期发表吕朝相关于羌民端公神话的文章《羌民生活一瞥》；1944年第1卷第4期李元福《倮倮的文学》；1946年第1卷第6期陈志良《板瑶情曲》；1948年第2卷第2期陈志良《恭城大土瑶的礼俗与传说》和林荣标《介绍几条高山族民歌》；1949年3月发表《神话中的西藏》。该刊还发表了若干少数民族的神话传说资料，如第1卷第6期的《瑶民情歌四首》《苗民恋歌》；第2卷第2期的《独龙族创世故事》、第2卷第4期的《闷域的传说》（按：闷域，门巴族）、第3卷第1期的《西藏民歌》。

5.《采风》月刊

《采风》月刊创刊于1945年9月1日，系四川国立礼乐馆创办的刊物，一共出了五期。发刊词系由冀野所作，述该刊的创办缘起，在于为配合该馆礼制组婚丧嫁娶特异风俗和岁时祭礼仪式的调查、征集工作，搜集保存山歌、童谣、农谚。同时也发表论文。重要的民间文学文章有：吴伯威《歌谣的价值》（第1期，1945年9月）、卢冀野《歌谣的搜集与拟作》（第2期，1945年10月）、李渭良《歌谣偶谈》（第4期，1945年12月）、洪波《论民歌曲调的运用》（第5期，1946年1月）。只出版了5期就停刊了。

第六节　神话的考古和史学研究

从20世纪20年代初起，以沈雁冰为代表的人类学派神话学和以顾颉刚为代表的"古史辨"派神话学，一直在中国神话研究的领域里各自占据着半壁江山，其影响是深远的。30年代芮逸夫的《苗族的洪水故事与伏羲女娲的传说》的发表，以实地调查的鲜活材料和人类学的比较研究，弥补了人类学早期传入阶段只重视学科理论建构而未能本土化的缺陷，把神话研究大大向前推动了。到40年代，常任侠的神话考古研究和徐旭生的神话历史学研究，从不同的方面入手，再次把神话研究引向深化。

（一）常任侠：神话考古与图像研究

常任侠（1904—1996），安徽颍上人。1931年毕业于南京中央大学文学院。后赴日入东京帝国大学文学部研究东方艺术史。回国后在国立艺专、中央大学任教。"七七"事变后，历任《抗日日报》编辑，武汉军委政治部周恩来副部长联络秘书，国立艺专国文教授，昆明东方语言专科学校教授兼教务长，赴印度国际大学任中国文化史教授，最后任中央美术学院教授。论著有《民俗艺术考古论集》（上海：正中书局1943年）、《中国古典艺术》（上海出版公司1954年）、《东方艺术丛谈》（新文艺出版社1956年）、《中国舞蹈史话》（上海文艺出版社1983年）、《常任侠艺术考古论文集》（文物出版社1984年）、《海上丝绸之路与文化交流》（海洋出版社1985年）等。

常任侠于1939年末在由沪迁渝的《时事新报·学灯》副刊上发表了《沙坪坝出土之石棺画像研究》一文[①]，对重庆沙坪坝中央大学开辟农场时出土的东汉墓葬石棺上大小两前额上所刻之人首蛇身像，作了图像神话学的和考古神话学的分析，并与南北各地发现的汉画中的人首蛇身像（如山东藤县武梁祠石室画像、南阳汉画、斯坦因发掘的新疆高昌古墓绢画等）、汉文典籍记载中的伏羲女娲传说、苗瑶民众流传的洪水传说作了精细的比较研究，认定沙坪坝石棺上所刻之人首蛇身像，就是中国上古传说中的伏羲女娲。他此项研究的意义，不仅在于确认了汉墓人首蛇身画像阴阳两性是伏羲和女娲，而且在古籍研究、人类学研究之外，为神话学的研究又开了一条新路。故此文一出，颇受到当时重庆文史界的重视，不久，史学家卫聚贤主持的《说文月刊》上就再次全文发表了此文，作者也因此而跻身于神话学界。常文和前一年（1938年）在《人类学集刊》上发表的芮逸夫《苗族的洪水故事与伏羲女娲的传说》，成为闻一多40年代写作的《伏羲考》等系列神话研究论文的重要导因。闻一多写道："芮、常二文，芮文以洪水遗民故事为重心，而旁及于人首蛇身画像，常文则以人首蛇身画像为主题，而附论及洪水遗民故事。前者的立场是人类学的，后者是考古学的。而前者论列的尤其精细，创见亦较多。本文的材料既多根据于二文，则在性质上亦可视为二文的继续。"[②]

沙坪坝汉墓石棺上的"人首蛇身画像即伏羲女娲"结论的得出，主要借助于考古资料的比较研究。当时已发现的汉墓石（砖）画像人首蛇身像有两种形态：一、两人首蛇身、两尾相交型，有武梁祠石室画像、嘉陵江

---

①　常任侠《沙坪坝出土之石棺画像研究》，《时事新报·学灯》第41/42期，1939年，重庆；又《说文月刊》第1卷第10/11期合刊，1940年，重庆。后收入《民俗艺术考古论集》，上海：正中书局1943年。

②　闻一多《伏羲考》，见马昌仪编《中国神话学文论选萃》（上册），第692页，北京：中国广播电视出版社1994年。

岸磐溪无名汉阙画像、四川新津宝山子画像石，以及日人橘瑞超在新疆高昌古墓所获画像、斯坦因在高昌古墓所获绢画等。形态风格各异，大体一致。以武梁祠的画像为代表，一人执矩向右，一妇人执器向左。有铭曰："伏戏仓精，初造王业。"磐溪汉画像两人首蛇身捧日月、日中有踆乌、月中有蟾蜍。二、两人首蛇身对立、下有一人承之型。以金陵大学中国文化研究所所印南阳汉画第68图为代表，图为两人首蛇身对立像，下一巨人承之。沙坪坝石棺图像与武梁祠像大体是一致的。常任侠根据《汉书》卷七四魏相丙吉传之"东方之神太昊乘震执规司春"断定："此执规者，即太昊伏羲也。"而且认为，"执矩执铗，盖至唐演变为执刀尺矣。"他进而认为，伏羲女娲的传说，是原始传说，大量见于汉代著述，"盖非后世杜撰，大率原始传说神话之记录"①；与此同时，在祠室中绘此类人首蛇身交尾像的风俗也盛行一时。常任侠引唐张彦远《历代名画记》所论"'东汉明帝，雅好绘事，特开画室，别立画官，又创立鸿都学，以集奇艺，天下之艺云集，曾诏班固、贾逵等博洽之士，取材经史，命上方画工作图，而固等为之赞，成殿阁赞五十卷。首起庖牺，末收杂画。'……（此皆）古代图绘伏羲、女娲于祠殿者。今虽不可见，而文献尤足征。"以为据而断言，此等将两人首蛇身像绘于祠殿中的风俗，"约在唐以后始绝"。②

闻一多说常任侠文章的主题是"以人首蛇身画像为主题，而附论及洪水遗民故事"，此"附论及洪水遗民故事"，不仅是古籍上记载的洪水遗民故事、也涉及苗瑶民众中还在流传着的洪水遗民故事。在论述洪水遗民故事时，常任侠与芮逸夫多有歧见。芮逸夫力主伏羲女娲传说的族属（始作者）应是苗族说，③而常任侠则认为：

> 稽考中国古史，苗瑶之民，亦中夏原住民族之一。古先传说，谓伏羲、女娲而后，黄帝尝与蚩尤战而胜之。至舜，更窜三苗三危。此说虽不必为信史，而古者苗民亦尝杂居中原，殆属可信。故于伏羲、女娲二灵，称为人类之祖。崇敬既深，传说亦富，固不仅为汉族之神

---

① 常任侠《沙坪坝出土之石棺画像研究》，见《常任侠艺术考古论文选集》，第4页，北京：文物出版社1984年。

② 常任侠《沙坪坝出土之石棺画像研究》，见《常任侠艺术考古论文选集》，第5页，北京：文物出版社1984年。

③ 芮逸夫《苗族的洪水故事与伏羲女娲的传说》，第四节《伏羲女娲之族属的推测》，见马昌仪编《中国神话学文论选萃》（上册），第401—409页，北京：中国广播电视出版社1994年。

话也。苗、瑶相传为槃瓠之裔，《后汉书·南蛮传》及干宝《搜神记》，述之颇详。而槃瓠亦即盘古。《赤雅》载刘禹锡诗曰："时节起槃瓠"。谓苗人祀其祖也。《岭表纪蛮》引《昭平县志》曰："瑶人祀盘古，三年一醮会。招族类，设醮场，行七献之礼，男女歌舞，称盛一时，数日而后散，三年所畜鸡犬，尽于此会。"《洞溪纤志》记苗俗曰："苗人祀伏羲、女娲。"伏羲一名，古无定书，或作伏戏、庖牺、宓羲、虙羲，同声俱可相假。伏羲与槃瓠为双声。伏戏、庖牺、盘古、槃瓠，声训可通，殆属一词，无间汉苗，俱自承为盘古之后。两者神话，盖亦同出于一源也。[1]

常文的问世在芮文之后，显然，常氏谓"苗族亦尝杂居中原"，伏羲女娲"固不仅为汉族之神话"，并不认同芮氏的伏羲女娲神话源自苗族或南方民族之说。

1927年11月，上海三位艺术家傅彦长、朱应鹏、张若谷由良友图书印刷公司出版了三人合集《艺术三家言》，收入朱文《神话》《弹词与大鼓》《申曲的口传本》《蒙古民族的伟绩》；张文《太阳神话研究》《黎明神女》《"游地狱"传说的种种》《江南民歌的分类》《风神莫考莱》，成为从艺术的立场研究神话的代表人物。特别是张若谷的《太阳神话研究》一文，在民间文学学术界曾发生过一定影响。到了30年代末、40年代初，美术史家常任侠在《时事新报·学灯》副刊和《说文月刊》先后发表了《沙坪坝出土之石棺画像研究》，此两刊又联袂发表了他的另外两篇有关神话传说的文章《饕餮终葵神荼郁垒石敢当小考》和《牵牛与织女》，从而使常任侠成为继朱应鹏和张若谷之后又一位从艺术考古的角度介入神话研究的新锐人物。

《牵牛与织女》的写作，有一段艺术家的姻缘：一次，常任侠与西洋画画家吴作人谈希腊神话，他们两人都喜欢希腊神话。吴作人提议，要常任侠写一本《中国神话》，由吴作人译为法文，并作插绘，"以贡献于世界的同好者"。这篇写于1940年"重九"之日的《牵牛与织女》，便是作为开始的一篇。文章的结构是，前面是作者写的一篇相当完整的牵牛与织女的故事，后面是一篇以《织女神话后记》为题目的文章，两者合为一文。文章详尽地梳理了以"牛郎与织女"故事为主题、为题材，或形象的

---

[1]　常任侠《沙坪坝出土之石棺画像研究》，《常任侠艺术考古论文选集》，第5—6页，北京：文物出版社1984年。

文学作品，探索这个神话故事产生的时代和不同时代的演变形态。他的结论是："其起源也很久远。大概早产生于中国原始的耕稼时代，因为约当西历纪元前十一二世纪的时候，中国周代的民歌中，已歌唱着牵牛织女双星的名字。如周时《小雅·大东》中所说的'惟南有箕，不可以簸扬，惟北有斗，不可以挹酒浆，虽有牵牛，不以服箱，跂彼织女，终日七襄，虽则七襄，不成报章'等句，这当是农作的劳动者把人世的艰辛怨叹，借牛女来自写中愁。古代人朴美的心灵中，已经把清夜所见的许多星光，拟物化了。这歌中牛女两星的故事，便已早具雏形。"[①]作者观点的核心是，牛女神话之所以产生和形成，是因为先民把牛女两星"拟物化"了，而"拟物化"是"原始社会人类的思想共同之点"。

（二）徐旭生：三大集团说和古史神话系统

史学家徐旭生（1888—1976），原名徐炳昶。从1921年起，历任北京大学哲学系教授、北京大学教务长、《猛进》主编、北平女师大校长、中国西北科学考察团中方团长、北平师范大学校长、北平研究院史学研究所所长等职。"七七"事变爆发，1938年冬离平赴昆明。在留居昆明期间，于1941年完成专著《中国古史的传说时代》，1943年12月由重庆中国文化服务社出版（《青年文库》之一）。此著出版后不久，《图书季刊》第5卷第2、3期合刊（1944年6月9日出版）发表了署名毓介的评论文章，称徐此著为中国第一本系统地研究古史传说的重要著作。书后附有苏秉琦译英国人类学家弗雷泽《金枝》中的一节《洪水故事的起源》和作者自己的《读〈山海经〉札记》。新中国成立后，先后由科学出版社和文物出版社再版。一直是史学、神话学和传说学研究的必读参考著作。

徐旭生写作《中国古史的传说时代》的动机，起于顾颉刚、刘掞藜关于古史的辩论，而其观点，则与顾颉刚相左。他认为顾颉刚"走的太远，又复失真，所以颇不以他的结论为是"；其所使用的研究方法，又是如张梦麟所指出的"太无限度地使用默证"[②]。徐旭生认为："《尧典》、《皋陶谟》、《禹贡》诸篇《尚书》固然非当日的或离当日不远的著作，是由于后人的追记，篇首'曰若稽古'四个字已经可以证明；但是他们

---

① 常任侠《牵牛与织女》，《民俗艺术考古论集》，第66页，上海：正中书局1943年。作者所引《大东》诗句，多有舛误。

② 徐旭生《中国古史的传说时代》（增订本），第23页，北京：文物出版社1985年。

的记录未必无根据，记录的时期最早也或者可以溯到商朝。"①故而他认为，顾颉刚所说的"古史即神话"的那一段漫长的古史，虽然是口述而被后人记录下来的历史，却应是真实的历史，故名"传说时代"。所谓"传说时代"，上限尚不可定，或自炎黄时期；下限暂定在盘庚迁殷以前，因为盘庚以后就已经有明确的史料，进入了狭义历史的范围，不属于传说时代了。

值得注意的是，为了论证"传说时代"的史料，即神话和传说，也应是真实的史料，徐旭生采用了对古籍中所载的四千年前的天文现象进行追溯和研究的方法。他写道："很久我就听到人家说：按着岁差的定律可以证明《尧典》上所记二至、二分的中星的确是四千年以前的中星。我因为想救出来《尧典》等三篇的材料，就想到天文上的现象大致可以说是按着恒定的规律变化的；现代天文学的进步可以说已经达到相当高的精确程度。我们如果能用现代天文学的精确知识证明《尧典》上所载的天文现象实在非四千年前不能有，那岂不是已经可以证明这种传说虽是登简策的时期相当地晚，它自身却是很古老和可靠的传说吗？这一部分可靠，岂不是就可以推想别部分也并不是向壁虚造，它因此也就可以增加了不少的重量吗？这样的意思虽说很诱惑人，但是因为我个人对于天文知识仅仅一知半解，所以无法达到目的。虽然如此，我当日总觉得这个问题颇为简单，只要得到当年的二至、二分在黄昏初见时的中星宿度，就可以推算出来个大概。我于1924—1925年请故友高鲁先生（当时任中央观象台台长）把这些数字及现在实用的岁差率告诉我。承他的厚意把这些及岁差率50″.25开给我。我因为星鸟的范围太广，弃去不用。余下火（房）、虚、昴三宿，我也不能指定何星，仅仅拿《汉书·律历志》所记的各宿的度数（我当日相信它与二千年前所用的各宿度虽未必全同，但总是比较相近的），用岁差率运算，看看在四千年前这些宿度是否全在限度以内。结果是有两个宿度范围很宽，在四千年前后固然在此限度以内，但到三千年前后，中星仍未出此宿的限度内。只有一个宿度范围很狭，仅仅三千年左右可以在此限度内，绝无到四千年前后的可能性。……由于此次推算才感觉到这些中星观测的时期不能超过殷、周之际以前；这三篇《尚书》的文字不惟登简策的时期相当地晚，就是那里面所记的事迹也全有为后代人所掺加的嫌疑。从前对于此三篇记录的古老性和比较可靠性还是若信若疑，自此以后，对于它那比较可靠性的信仰更有限制了。"（出处同上引）他非常推崇和看

---

① 徐旭生《中国古史的传说时代·叙言》（增订本），第1—2页。

重竺可桢《论以岁差定〈尚书·尧典〉四仲中星之年代》一文，作者以科学的方法推定"《尧典》四仲中星盖殷末、周初之现象"的结论，与他的研究结论"没有大差"。从而得出结论认为，《尚书》前三篇文字记录，既是神话、传说，又大体是真实的史料。徐旭生强调，"传说时代"的史料，包括神话和传说两个部分，要对这二者加以区分。神话是基于社会生活的艺术的夸张与渲染，但也或多或少地反映着历史的影像，它一般不大可能转化为历史。而古代传说则不然，大凡古史传说大都有其历史的核心和史实的渊源，是未经后人加工过的零散资料，应比经过加工过的系统化了的"正经"和"正史"中的史料更为质朴。

徐旭生在"传说时代"古史的研究上，提出了华夏、东夷、苗蛮三大集团说，并以三大集团为基本路数，把古籍记载的史料、考古发掘的资料、民俗遗存的资料（如方志中古地名和口传资料），做了通盘的梳理和重构，构拟出了一个古史传说类的神话系统。他还写了一篇《洪水解》，把洪水神话（传说）作为一个个案进行了传说学的、地理历史学的和自然科学的考证与破解，认定洪水传说是历史上曾经发生过的洪水的记忆。他说："我国洪水传说发生于我们初进农业阶段的时候"。"在我国上古部族的三集团中，主持治洪水的人为华夏集团的禹及四岳。同他们密切合作的为东夷集团的皋陶及伯益。"[①]他既承认大禹治水是古史传说，又承认大禹是人不是神。

在重庆时，徐旭生还与苏秉琦合写了一篇题为《试论传说材料的整理与传说时代的研究》的论文。抗战胜利后回到北平，在北平研究院任史学研究所所长时，创办了学术期刊《史学集刊》。徐旭生对此文颇为珍惜，将其发表在该刊的第5期（1947年12月）上。他在这篇文章中指出，对传说时代的研究，主要应靠传说材料。而判断传说材料的价值，要解决一个先决问题，这就是要从它的本质与来源区分为两类：一是原生的，一是再生的。要注意史料的原始性、等次性。[②]40年代的北平，民间文学学坛除了俗文学研究显得活跃、成绩卓著外，其他方面的研究处于恢复时期，徐、苏文章的发表，颇引人注目。

作为一位历史学家和从历史学的立场从事古史和神话研究的学者，他所面对着的，是以顾颉刚为代表的"古史辨"派神话学在"古史破坏、神

---

① 徐旭生《洪水解》，《中国古史的传说时代》（增订本），第161页。

② 黄石林《徐旭生先生传略》，见徐旭生《中国古史的传说世代》（增订本）第6—8页。

话还原"中所达到的非凡成就和因怀疑一切而走过了头的"泛神话"观，徐旭生所重构的古史神话系统，是一个有别于顾颉刚及其"古史辨"派神话学观点的中国古史神话系统；他融合文献、考古、民俗三种手段而创立的三大集团古史说和古史传说观，在主要以文本辨析为手段取得突出成就的中国神话学的历史学研究中，无疑成为奇伟独立的一支。

第七节　闻一多的民间文学研究

闻一多（1899—1946），原名亦多，湖北浠水人。诗人和学者。1912年入清华学校，1922年赴美留学，先后在芝加哥美术学院、珂泉科罗拉大学美术系和纽约艺术学院学习西洋美术。1925年7月回国，任北京艺术专门学校教务长，后又任教（职）于上海吴淞国立政治大学、《新潮》月刊编辑、中央大学外文系主任、武汉大学文学院院长、青岛大学文学院中文系主任、清华大学中文系教授、西南联大教授等。1943年后，积极投身于反对国民党的独裁政权、争取人民民主的斗争。1946年7月15日，在昆明被国民党特务暗杀。

20世纪30年代中期到40年代初，闻一多在研究《周易》《诗经》《楚辞》《庄子》等古籍的同时，也醉心于中国神话的研究，撰写了几篇影响很大的论文。可以认为，诗歌（民歌）研究和神话研究是这个时期闻一多左右开弓、相辅相成的两条战线。开明书店于1948年出版的《闻一多全集》，将他的神话研究论文与《诗经》《楚辞》研究论文编为一集，取名《神话与诗》。神话研究，是闻一多在学术上成就最高、贡献最大的一个领域。他把传统的训诂考据与现代的人类学民族学方法结合起来，通过对载籍材料与田野调查材料的综合分析比较，对高唐神女神话、姜嫄履大人迹神话、人首蛇身神、伏羲女娲兄妹配偶婚、战争与洪水以及洪水遗民神话、图腾社会与图腾神话等做了精缜的研究，在中国神话学史上开了一个时代。

（一）民歌研究：寻找丢失了的真意

闻一多从20年代末起研究《诗经》，对这部近于原始时代的诗歌总集中的民歌（二南和十三国风）进行解释，研究的视角也与一般学者殊异。其所以"异"，在于一般被简单地解释为比、兴等艺术手法的词句、名物、事物、风俗，在他的手中，因借用了西方的文化人类学、象征学（后翻译为符号学）和弗洛伊德的心理学这些武器，却发现了这些词句、名物、事物、风俗背后所隐藏着的、因时代的久远而被遗忘了或丢失了的真意。

在这方面，他写的文章有：《〈诗经〉的性欲观》（《时事新报·学灯》1927年7月9—21日）、《匡斋尺牍》（《学文月刊》1934年第1卷第1期，1934年5月1日）、《诗新台鸿字说》（《清华学报》第10卷第3期，1935年7月）、《诗经通义》（《清华学报》第12卷第1期，1937年1月）等。

对《诗经·周南·芣苢》中"芣苢"的象征学的阐释，乃是他研究《诗经》、表达他的观点的一个极好的例子。《芣苢》原文曰："采采芣苢，薄言采之！采采芣苢，薄言有之！采采芣苢，薄言掇之！采采芣苢，薄言捋之！采采芣苢，薄言袺之！采采芣苢，薄言襭之！"看似简单，但解义却难。闻一多写《匡斋谈诗·芣苢》，对诗中的芣苢背后隐藏着的真实意义加以挖掘。他说：古代有种传说，见于《礼含文嘉》《论衡》《吴越春秋》等书，说是禹母吞薏苡而生禹，所以夏人姓姒。这薏苡便是芣苢。古籍中提到芣苢，都说它有"宜子"的功能。那便是因禹母吞了芣苢而孕禹的故事产生的一种观念。古音"芣苢"与"胚胎"相同，证以"声同义亦同"的原则，闻一多认为，"芣苢"的本意就是"胚胎"，用在人身上，变作"胚胎"，乃是文字孳乳分化的结果。在《诗经》里，这两个字便是双关的隐语，英语所谓pun。"这又证明后世歌谣中以莲为怜，以藕为偶，以丝为思一类的字法，乃是中国民歌中极古旧的一个传统。"

他说："从生物学的观点看去，芣苢既是生命的仁子，那么采芣苢的习俗，便是性的演出，而《芣苢》这首诗便是那种本能的呐喊了。""结子的欲望，在原始女性，是强烈得非常，强到恐怕不是我们能想象的程度。""《芣苢》诗中所表现的意识也是极原始的，不，或许是胜利上的盲目的冲动。"

他说："再借社会学的观点看。……宗法社会里是没有'个人'的，一个人的存在是为他的种族而存在的，一个女人是在为种族传递并蕃衍生机的功能上而存在的。如果她不能证实这功能，就得被她的侪类贱视，被她的男人诅咒以致驱逐，而尤其令人胆战的是据说还得遭神——祖宗的谴责。""总之，你若想象得到一个妇人在做妻以后，做母以前的憧憬和恐怖，你便明白这采芣苢的风俗所含的意义是何等严重与神圣。"

闻一多在《诗经通义》（甲）中对《周南》《召南》以及《邶风》中的一些诗歌也作了类似上述"芣苢"的人类学的和象征学的研究和解读。如对"鸟"、对"鱼"的解读就最有代表性。

《诗经·周南·关雎》中的"我高祖少暤之立也，凤鸟适至，故纪于鸟，为鸟师而鸟名"，"鸟"字何解最能与原意贴切？作者说："《三百篇》中以鸟起兴者，不可胜计，其基本观点，疑亦导源于图腾。歌谣中称鸟者，在歌者之心理，最初本只自视为鸟，非假鸟以为喻也。假鸟为喻，但为一种修辞术；自视为鸟，则图腾意识之残余。历时愈久，图腾意识愈淡，而修辞意味愈浓，乃以各种鸟类不同的属性分别代表人类的各种属性，上揭诸诗以鸠为女性之象征，即其一例也。后人于此类及汉魏乐府诗'乌生八九子'，'飞来双白鹄'，'翩翩堂前燕'，'孔雀东南飞'等，胥以比兴目之，殊未窥其本源。"[①]作者批评了把"鸟"作为"比"、"兴"来理解的观点，而以图腾和象征解之。如上述"鸠"之为女性之象征，《诗经·周南·汝坟》中写到的"鱼"，亦"皆两性间互称其对方之瘦语，无一实指鱼者"。他在《说鱼》[②]中指出：鱼，以及经常和鱼组合而用的"饥"、"食"，均是"匹偶"、"情侣"、"合欢"、"结配"的隐语，这种隐语含义的运用，在《诗经》中比比皆是。以鱼为性的象征的观念，其流传的时间和地域甚广，"时代至少从东周到今天，地域从黄河流域到珠江流域，民族至少包括汉、苗、瑶、壮，作品的种类有筮辞、故事、民间的歌曲和文人的诗词"。在世界许多野蛮民族中，如埃及、亚洲西部及希腊等民族亦然。在我国许多地方，在民俗中、民歌中、年画中，"鱼"和"莲"常组合在一起，"鱼"喻男子，"莲"喻女子，"说鱼与莲戏，实等于说男与女戏"。常作为"性"的象征，如年画之"鱼儿钻莲"。至于何以把"鱼"作为"情偶"的象征，他说，"除了它的繁殖功能，似乎没有更好的解释。"

在《诗经》的研究上，考据之外，闻一多还大量引用他自己搜集的和他人搜集的各地民间歌谣，作为他的歌谣之象征解读的印证。如汉族山歌《华山畿》、贵州苗族《黑苗情歌》、瑶族《盘瑶情歌》和《陇瑶情歌》、广西镇边壮族《黑衣恋爱歌》等。他的这种解读和研究古代民歌的方法，也可以叫做"以今证古"或"多重证据"吧。他附言说："本文中所引的近代民歌，除作者自己采辑的一小部分外，大部分出自下列各种书刊：陈志良著《广西特种民族歌谣集》，陈国钧著《贵州苗夷歌谣》，《民俗》和《北京大学研究所国学门月刊》，两种歌谣集都是承陈志良先生赠送的。"陈志良和陈国钧当时都是在贵阳的大夏大学社会学部的教师

---

① 闻一多《诗经通义》（周南、召南），《清华学报》第12卷第1期，1937年1月。

② 闻一多《说鱼》，《边疆人文》第2卷第3/4期合刊，1945年6月，昆明。

和研究人员，他们在民族地区采辑的这些歌谣都是当时流传于民间口头上的。从这段话里，可以看出闻一多对歌谣的关注、喜爱和熟悉。

论者说闻一多的《诗经》研究的"性学观"，源自于弗洛伊德的心理分析学说。朱自清说："他不但研究人类文化学，还研究伏洛依德的心理分析来照明原始社会这个对象。"①其实，性欲观念、生命观念、子孙繁息观念、族群绵延观念等，原本是原始先民的必然思维，也是包括歌谣在内的一切原始艺术的最重要的主题和内容。研究民歌，不论是以《诗经》的国风为代表的先周民歌，还是现代仍流传着的民歌，只有把原始先民信仰和民俗遗迹联系起来去理解和考察，才是正确的途径；只做纯文艺的或纯技巧的研究，是不得其门而入的。

抗战爆发之初，闻一多随清华南迁到长沙，组成联合大学。后因日军轰炸长沙，临时大学再迁往昆明。学校迁徙时，他与学生一起步行，长途跋涉，途中深入少数民族地区民众中访谈，支持和指导南开大学学生刘兆吉进行沿途采风，最后集为《西南采风录》一书。途中所见老百姓的悲惨生活情景，对他的思想和治学方法产生了不小的影响。

他在《西南采风录》序里写道：

> 正在去年这个时候，学校由长沙迁昆明，我们一部分人组织了一个湘黔滇旅行团，徒步西来，沿途分门别类收集了不少材料。其中歌谣一部分，共计二千多首，是刘君兆吉一个人独力采集的。他这种毅力实在令人惊佩。现在这些歌谣要出版行世了，刘君因我当时曾挂名为这部分工作的指导人，要我在书前说几句话。我惭愧对这部分材料在采集工作上，毫未尽力，但事后却对它发生了极大兴趣。一年以来，总想下一番工夫把他好好整理一下，但因种种关系，终未实行。这回书将出版，答应刘君作序，本拟将个人对这材料的意见先详尽的写出来，作为整理工作的开端，结果又一再因事耽延，不能实现。这实在不但对不起刘君，也辜负了这宝贵材料。然而我读过这些歌谣，曾发生一个极大感想，在当前这时期，却不能不尽先提出国人注意。
>
> 在都市街道上，一群群乡下人从你眼前滑过，你的印象是愚鲁，迟钝，萎缩，你万想不到他们每颗心里都自有一段骄傲，他们男人的憧憬是：
>
> 快刀不磨生黄锈，

---

① 朱自清《闻一多全集·序》，上海：开明书店1948年。

　　　　胸膛不挺背腰驼。（安南）

　　女子所得意的是：

　　　　斯文滔滔讨人厌，

　　　　庄稼粗汉爱死人；

　　　　郎是庄稼老粗汉，

　　　　不是白脸假斯文。（贵阳）

　　他们何尝不要物质的享受，但鼠窃狗偷的手段，都是他们所不齿的：

　　　　吃菜要吃白菜头，

　　　　跟哥要跟大贼头；

　　　　睡到半夜钢刀响，

　　　　妹穿绫罗哥穿绸。（盘县）

　　哪一个都市人，有气魄这样讲话或设想？

　　　　生要恋来死要恋，

　　　　不怕亲夫在眼前。

　　　　见官犹如见父母，

　　　　坐牢犹如坐花园。（盘县）……

　　你说这是原始，是野蛮。对了，如今我们需要的正是它。我们文明得太久了，如今人家逼得我们没有路走，我们该拿出人性最后、最神圣的一张牌来，让我们在那在人性的幽暗角落里伏蛰了数千年的兽行跳出来反噬他一口。打仗本不是一种文明姿态，当不起什么"正义感"、"自尊心"、"为国家争人格"一类的奉承，干脆的是人家要我们的命，我们是豁出去了，是困兽犹斗。如今是千载一时的机会，给我们试验自己血中是否还有着那只狰狞的动物，如果没有，只好自认是个精神上"天阉"的民族，休想在这个地面上混下去了。感谢上苍，在前方姚自青，八百壮士，每个在大地上或天空中粉身碎骨了的男儿，在后方几万万以"睡到半夜钢刀响"为乐的"庄稼老粗汉"，已经保证了我们不是"天阉"！如果我们是一个乐观主义者，我的根据就只这一点。我们能战，我们渴望一战而以得到一战为至上的愉快。至于胜利，那是多么泄气的事，胜利到了手，不是搏斗的愉快也得终止，"快刀"又得"生黄锈"了吗？还好，还好，四千年的文化，没有把我们都变成"白脸斯文人"！（1939年3月5日）[①]

---

　　① 闻一多《〈西南采风录〉序》，见《闻一多选集》（第1卷），第350—353页，成都：四川文艺出版社1987年。

读闻一多的诗论，常常给我们以唯美主义审美观和浪漫主义风格的难忘印象。而战时的闻一多在昆明所写下的一些诗论所显示的，却洋溢着民主主义爱国主义的和战士的情怀。他在为《西南采风录》写的这篇序里，一反由于引经据典、训诂小学的考据而显出的古奥，而是一个民族志士读了这些歌谣后的第一感想。他从这些民间歌谣里所捕捉到的，是散发出来的昂扬不屈的民族精神：中华民族不是精神上"天阉"的民族！"我们能战，我们渴望一战而以得到一战为至上的愉快。"遗憾的是，他没有时间实现他的愿望，对这些采自民间的民歌加以认真的整理和深入的研究，否则，可以想见，他是会写出比他的《诗经》研究更深刻的研究著述来的。

（二）神话研究

《高唐神女传说之分析》是闻一多最早的神话研究成果，发表于《清华学报》第10卷第4期（1935年10月）上。在西南联大教学期间，闻一多在研究《诗经》《楚辞》《乐府》的同时，潜心于中国神话的研究，先后写作了《姜嫄履大人迹考》（昆明：《中央日报·文学副刊》第72期，1940年3月5日）、《从人首蛇身像谈到龙与图腾》（《人文科学学报》第1卷第1期，1942年）、《伏羲与葫芦》（《文艺复兴》中国文学研究专号，1948年9月），以及《战争与洪水》《汉苗的种族关系》（生前未发表）等一组神话研究论文。闻一多被暗杀后，朱自清将其手稿合为《伏羲考》，编入《闻一多全集》中。除了著述外，闻一多还先后于1942年5月应邀为云南省地方行政干部训练团讲演《神话与古代文化》，同年12月17日在中法大学讲演《神话与诗》，从不同的角度（如历史教育和民族意识、神话与巫术等）阐述他对神话的见解。[①]

写于1940年的《姜嫄履大人迹考》，作者运用文化人类学的方法，揭示了"姜嫄履大人迹"神话的象征的真实和意义的世界。他说：《诗经·大雅·生民》中姜嫄"履帝武敏歆"而生后稷的神话，所叙述的场景是，代表上帝的"神尸"舞之于前，姜嫄尾随其后，践神尸之迹而舞，"舞毕而相携止息于幽闲之处，因而有孕。"当时的实情，是与人野合而有身孕。后人讳言野合，则曰履人之迹；更欲神异其事，曰履帝迹。用人类学的观点来解释，《释文》引舍人本注"古者姜嫄履天帝之迹于畎亩之中，而生后稷"，"履迹"之说，不过是"祭礼中一种象征的舞蹈，其所

---

① 《闻一多年谱长编》，第634—637、653—654页，武汉：湖北人民出版社1994年。

象者殆亦即耕种之事"。①闻一多对姜嫄履大人迹而生后稷这一常被称为"感生神话"的神话作了象征学的解释。故有学者说，闻一多在此神话的分析上，运用的是"综合的整体的系统观念，以及意象的系统联想与论证方法"。②

《伏羲考》是闻一多神话研究的代表作。③它包括了《引论》以及与伏羲相关的四个既有联系又有区别的问题，四篇文章：《从人首蛇身像谈到龙与图腾》《战争与洪水》《汉苗的种族关系》《伏羲与葫芦》。作者综合考证训诂、比较研究、象征研究等多种方法和手段，对远离我们的残破了的远古神话进行研究，在某种意义上也可以说是对神话的整合、重构和破译。他的结论大致是：

（1）已知的人首蛇身交尾像（石刻和绢像），据清代及近代中外诸考古学者的考证，确即伏羲、女娲，两尾相交正是夫妇的象征。这些图像与文字记载的年代，大致上起战国末叶、下至魏晋之间。从西汉末到东汉末是伏羲女娲在史乘上最煊赫的时期。到三国时徐整《三五历记》，盘古传说开始出现，伏羲的地位便开始低落了。所以拟定魏晋之间为这个传说终止活跃的年代。而史乘上伏羲、女娲传说最活跃的时期，也就是人首蛇身神的画像与记载出现的时期，这现象也暗示着人首蛇身神即伏羲、女娲的极大可能性。

（2）图腾的林立与合并是荒古时代社会发展的必然途径。而人首蛇身神的伏羲、女娲，则是荒古时代由蛇到龙到人（始祖）的图腾主义的遗迹。"在半人半兽型的人首蛇身神以前，必有一个全兽型的蛇神阶段。"而"人首蛇身神，正代表图腾开始蜕变为始祖的一种心态"。龙是诸夏团族的图腾。龙是什么呢？作者回答说："它是一种图腾（totem），并且是只存在于图腾中而不存在于生物界中的一种虚拟的生物，因为它是由许多不同的图腾糅合成的一种综合体。……龙图腾，不拘它的局部的像马也好，像狗也好，或像鱼，像鸟，像鹿都好，它的主干部分和基本形态却是

---

①　闻一多《姜嫄履大人迹考》，《中央日报·文学副刊》第72期，1940年3月5日，昆明；又见闻一多《神话与诗》，第75—118页，上海：华东师范大学出版社1997年；又见闻一多《神话研究》，第40—47页，成都：巴蜀书社2002年。

②　田兆元《评闻一多先生的神话研究》，《文艺理论研究》2005年第2期，上海。

③　闻一多《伏羲考》，部分发表于《人文科学学报》，第1卷第1期，1942年；《文艺复兴》，中国文学研究专号，1948年9月。又见闻一多《神话与诗》，第3—69页，上海：华东师范大学出版社1997年；又见闻一多《神话研究》，第49—129页，成都：巴蜀书社2002年。

蛇。"龙的基调是蛇，大概图腾未合并以前，所谓龙者只是一种大蛇。这种蛇的名字便叫做"龙"。

（3）洪水遗民故事包括两个主要元素：一、兄妹之父与雷公斗争，雷公发动洪水；二、兄妹配婚与遗传人类。"四极废，九州裂，天不兼覆，地不周载"乃是共工触山的结果；"振滔洪水"的也是共工。汉籍中发动洪水者是共工，苗族传说中是雷公，较早的汉籍中雷神的形象是龙身人头，故作者由此得出结论说：共工即雷公。洪水传说与战争故事本是两个传说，在流传中粘连到了一起。洪水传说产生很早，而共工发动洪水，尤其以雍防百川的方法来发动洪水，则较迟出。

（4）西南民族的洪水故事中，葫芦既是避水工具，又是造人素材。从语音上考察，认定伏羲、女娲就是葫芦。

关于《伏羲考》的写作，作者搜集了此前发表的25种相关图像和文字，是在已有的研究和结论的基础上进行研究的。这个基础：其一，"考古家对本题的贡献，是由确定图中另一人为伏羲的配偶女娲，因而证实了二人的夫妇关系。"其二，"人类学报告……，说在许多边疆和邻近民族的传说中，伏羲、女娲原是以兄妹为夫妇的一对人类的始祖。""人类学对这问题的贡献，不仅是因那些故事的发现，而使文献中有关二人的传说得到了印证，最要紧的还是以前七零八落的传说或传说的痕迹，现在可以连贯成一个完整的有机体了。从前是兄妹，是夫妇，是人类的创造，是洪水等等隔离的，有时还是矛盾的个别事件，现在则是一个整个兄妹配偶兼洪水遗民型的人类推原故事。"总之，"'兄妹配偶'是伏羲、女娲传说的最基本的轮廓。"作者还说：他的研究是以芮逸夫的《苗族的洪水故事与伏羲女娲的传说》和常任侠的《沙坪坝出土之石棺画像研究》二文为"先导"的。前者以洪水遗民故事为重心而旁及于人首蛇身画像，而后者则以人首蛇身画像为主题而附论及洪水遗民故事。前者的立场是人类学的，后者是考古学的。而他的研究，"不过作者于神话有癖好，而对于广义的语言学（Philology）与历史兴味也浓，故本文若有立场，其立场显与二家不同，就这观点说，则本文又可视为对二文的一种补充。"

仅就神话研究而言，一般认为，闻一多对伏羲、女娲人首蛇身图像与洪水遗民神话的研究，是把王国维1925年在清华学校研究院讲课的讲义中提出的把"纸上之材料"与"地下之新材料"互相参证的"二重证据法"[①]

---

① 王国维《古诗新证》，见《古史辨》（第1册），第264页，上海古籍出版社1982年。

发展为"三重证据法"，即扩而大之，把考古学、民族学、训诂学、文化史、文艺理论的材料、理论和方法熔为一炉，拿现时还生存于边疆少数民族中间的种种文化现象（包括活态神话及其残留的零碎情节），参证和解读古代已经死亡了的神话，取得了超越前人的重大进展，从而为"以今证古"和跨学科比较研究提供了一种范式。

另有学者说，闻一多对《诗经》《楚辞》《庄子》以及神话的研究，在方法论上，与"信古"、"疑古"两学派不同，应属于"释古学派"。"清华学派"的宗旨是"会通"，即会通中学西学，交融京派海派。在梁启超、王国维、陈寅恪、吴宓、冯友兰、朱自清等一系列清华学派的名家学人中，在"释古方面成就最突出的是闻一多"。[①]"清华学派"这个概念是王瑶最先提出来的。他在1985年纪念闻一多逝世40周年的会上说："以前的清华文科似乎有一种大家默契的学风，就是要求对古代文化现象做出合理的科学的解释。"[②]闻一多"在开拓本土文化中，他继承了清代朴学大师们的'每个字里的意义要追问透彻，不许存入丝毫疑惑'的求实精神，并辅之以近代西方的符号学、语义学、阐释学、统计学等科学方法，不避繁难，细密考证。郭沫若说：'他对于《周易》《诗经》《庄子》《楚辞》这四种古籍实实在在下了惊人的很大的功夫。就他所已经成就的而言，我自己是这样感觉着，他那眼光的犀利，考虑的赅博，立说的新颖和翔实，不仅是前无古人，恐怕还要后无来者的。'[③]后两句或多少有些过誉，但闻一多在治学态度的严谨方面确是堪称楷模的，从而他的学术成就就能够经得住历史的检验。"[④]

在神话的阐释和理论的开拓上，在某些问题上，闻一多取得了前人没有做到的发现与进展。如对龙图腾的形成演变（龙图腾的合并与融化，从"人的拟兽化"到"兽的拟人化"再到"全人化"的演变路径）的考证和阐释，在图腾学说十分盛行而其研究尚嫌浮泛的时代，不仅有理论意义，而且有现实意义——在民族危亡的紧要关头，以此"原始的野蛮"来唤起民族生命力和凝聚力。在图腾这一大题目之下，对"腾（？）蛇"古意的考释与破解，恢复其"雄鸣于上风，雌鸣于下风，而化成形"的二蛇相交

① 徐葆耕《释古与清华学派》，第56页，北京：清华大学出版社1997年。

② 王瑶《念闻一多先生》，见季镇淮主编《闻一多研究四十年》，第140页，北京：清华大学出版社1988年。

③ 郭沫若《闻一多全集·序》，开明书店1948年。

④ 徐葆耕《释古与清华学派》，第56—57页，北京：清华大学出版社1997年。

的原始意义，确认"由交龙到腾（？）蛇，由腾（？）蛇到两头蛇，是传说演变过程中三个必然的步骤"。图腾理论——"荒古时代的图腾主义的遗迹"说，帮助闻一多对人首蛇身对偶图像是伏羲、女娲的确证。

闻一多神话研究的特点，可以归纳为下面的话："研究伏羲的故事或神话，是将这神话跟人们的生活打成一片。""为了探求这民族、'这文化'的源头，而这原始的文化是集体的力，也是集体的诗，他也许要借这原始的集体的力给后代的散漫和萎靡来个对症下药吧！""他的研究神话，实在给我们学术界开辟了一条新的大道。"①

（三）对闻一多神话研究的批评

对于闻一多的《伏羲考》一文的下面几个结论，即：（1）西南诸民族洪水神话中出现的雷神即汉籍文献中所见的共工。（2）神占而婚的兄妹，即是汉籍所见的伏羲与女娲。（3）避水工具的葫芦、瓠、瓢瓜，其原始都是伏羲神名的演绎，伏羲神名的原义是葫芦、女娲的原义是女葫芦。（4）槃瓠与包羲原异而声同，在初本系一人为二民族共同之祖，同祖故同姓，也就是说槃瓠（盘古）与伏羲原是一神，王孝廉在其所著《中国的神话世界》一书之第五章《西南民族创世神话研究的综合结论》中提出了异议和批评。他写道：

　　我们对于闻一多在中国神话研究上所做的努力和业绩是充满了敬意的，但对于他把《伏羲考》一文中所做的上述几项结论，却持有不同甚至是完全相反的看法，如果先把我们研究的结论提到前面来论说的话，我们基本的看法是：

　　（1）我们认为西南诸族洪水神话所出现的雷神雷公，只是像其他同样故事中出现的玉皇天帝或是龙王，都只是超自然神威中的水神，与"振洪水以薄空桑"的共工，除了水神的神话性格相同以外，没有什么直接的关系。

　　（2）兄妹经过神占而结婚的故事中的兄妹，并不是汉籍中神话中的伏羲女娲，伏羲是中原风姓族的祖神，女娲是嬴姓族的母神，与南方诸少数民族中的兄妹神婚神话完全无关。

---

① 朱自清《中国学术界的大损失——悼闻一多先生》，《文艺复兴》第2卷第1期，1946年8月；又见季镇淮主编《闻一多研究四十年》，北京：清华大学出版社1988年。

（3）避水工具的葫芦、瓜果等是源于这些少数民族葫芦生出人类的神话信仰，这种信仰除了西南各少数民族之外，汉籍以及其他如印度等地方也广泛存在，不必一定是由伏羲女娲二神的神名而产生的。

（4）盘古是南方苗蛮族群的原始生物之神，其神话的基型是分布于世界各地的"巨人尸化万物"的类型，与原是中原风姓部族始祖神的伏羲了无相涉。①

尽管闻一多的神话研究存在着不少可商榷和可批评之点，但无可怀疑的是，闻一多的神话研究在中国现代神话学史上开辟了一条新路，创始了一种新的神话研究范式。有论者说，"应该说中国现代神话学的发展中有一个'闻一多时代'"②，也许并非夸张之论。

第八节　朱自清的歌谣研究

朱自清（1989—1948年），原名自华，字佩弦，号秋实，原籍浙江绍兴，生于江苏省海州。现代散文家、诗人、教授。1920年毕业于北京大学哲学系，学生时代即创作新诗，后又从事散文写作。1920年秋，创办《诗刊》。1925年，清华学校增设大学部，由胡适、俞平伯推荐，到北京清华任教；后任中国文学系第二任系主任。1931年到欧洲休假游学。抗日战争时期，任西南联合大学教授。抗战胜利后，仍在清华大学任教。1947年，在《十三教授宣言》上签名，抗议当局任意逮捕群众。1948年6月，在京参加了反对美国扶持日本的游行，并在《抗议美国扶日政策并拒绝领取美国面粉宣言》上签名。1948年8月20日，因贫病在北平逝世。著有《踪迹》，散文集《背影》《欧游杂记》《你我》《伦敦杂记》，文艺论著《诗言志辨》《记雅俗共赏》等。身后由浦江清将其在清华的讲义稿本编为《中国歌谣》一书，于1957年9月由作家出版社在北京出版。

（一）把歌谣故事纳入现代学术

与蔡元培在北京大学提倡"兼容并包"的学术风格，从而校内形成

---

① 王孝廉《伏羲与女娲——闻一多〈伏羲考〉批判之一》，见《中国的神话世界》（上册），第387页，台北：时报文化出版企业有限公司1987年。

② 高有鹏《闻一多的民间文学观》，见《中国现代民间文学史论》，第454页，开封：河南大学出版社2004年。

"攻守之势"的格局不同，清华大学的一批学者则另辟一途，不以"守成"与"破坏"为追求，而以"建设"、以"中西融会，古今会通"为风格，贯穿文史哲各系，形成了一个广义上的"清华学派"。朱自清理应属于"清华学派"中的重要一员。

朱自清在杨振声之后任中文系主任，前后达16年之久，是对中文系学风影响最深的一人。杨振声在悼念朱自清的文章里说，他在任期间，凡关乎系的事情，他与之商量最多的就是朱自清。朱自清早期的成就在散文和诗，曾编过《新潮》，创办过《诗》，1927年写下了散文名篇《荷塘月色》。然而，此后，他确定"国学是我的职业，文学是我的娱乐"，毅然放弃文学创作，走上了学术之路，以中国新文学史、古代文学批评和歌谣研究为方向。而在系里学人中树立"中西会通"的学风，也极尽努力。1988年王瑶在清华大学举行的"纪念朱自清先生逝世40周年座谈会"上发言说：

> 清华大学中文系的成就和贡献，是和朱先生的心血分不开的；朱先生当了16年之久的系主任，对清华中文系付出了巨大的精力，朱先生在日记中提到要把清华中文系的学风培养成兼有京派海派之长，用现在流行的话来说，就是微观与宏观相结合；既要视野开阔，又不要大而空，既要理论谨严，又不要钻牛角尖。他曾和冯友兰先生讨论过学风问题，冯先生认为清朝人研究古代文化是"信古"，要求遵守家法；"五四"以后的学者是"疑古"，他们要重新估定价值，喜作翻案文章；我们应该采取第三种观点，要在"释古"上用功夫，作出合理的符合当时情况的解释。研究者的见解或观点尽管可以有所不同，但都应该对某一历史现象找出它之所以如此的时代和社会的原因，解释这为什么是这样的。这个学风大体上是贯穿于清华文科各系的。朱先生在中文系是一直贯彻这一点的。清华中文系的学者们的学术观点不尽相同，但总的来说，他们的治学方法与墨守乾嘉遗风的京派不同，也和空疏泛论的海派有别，而是形成了自己的谨严、开阔的学风的。……他强调要适应我们的时代发展。……清华中文系的许多学者都强调时代色彩，都力求对历史作出合理的解释，而不仅仅停留在考据上，这个学派是有全国影响的，在社会上发生了很大的作用。①

---

① 王瑶《我的欣慰与期待》，《文艺报》1988年12月6日。

清华中文系的学者们的学术研究，如闻一多的上古神话研究和《诗经》《楚辞》研究，杨树达的汉字研究，俞平伯的《红楼梦》研究，许维遹的管子、尚书研究，浦江清和余冠英的古代文学研究，都呼应了朱自清强调的兼取"京派海派之长"、追求微观上谨严与宏观上开阔的理念。朱自清自己，则先后写下《现代生活的学术价值》（1926年4月）和《诗言志辨》（1937年6月）这两篇著名的论文，阐述了他的学术观和治学观，受到学界的重视。

在《现代生活的学术价值》一文中，朱自清认为："现代人研究现代生活，比较地实在最为适宜；所以为真理的缘故，我们也应该有些人负这个责任。"并具体提出了"以现代生活为出发点的两种研究工作"："一是专门就现代生活作种种研究，如宗教、政治、经济、文学等；搜集现存的歌谣和民间故事，也便是这种研究的一面。一是以现代生活的材料，加入旧有的材料里共同研究，一面可以完成各种学术专史，一面可以完成各种独立的中国学问，如中国社会学，中国宗教学，中国哲学。"①

在《诗言志辨·序》中，他说："现在我们固然愿意有些人去试写中国文学批评史，但更愿意有许多人分头来搜集材料，寻出各个批评的意念如何发生，如何演变——寻出它们的史迹。"②他正是抓住"诗言志"、"比兴"、"诗教"、"正变"几个核心主题，搜集整理资料，辑录而成《古逸歌谣集说》《诗名著笺》等。

在这些文章里，他提出了现代人的学术研究，不能只是以研究古代为职志，而要关注现代生活，也就是说，宗教、政治、经济、文学等都应当是现代学；同时，他也阐述了"搜集现存的歌谣和民间故事，也便是这种研究的一面"，"认识经史以外的材料（即使是弓鞋和俗曲）的学术价值"，把歌谣学和故事学纳入到现代学术的范畴和轨道之中。这一原则，不仅在当时，即使在现在，也是葆有前沿意义的。朱自清的学术见解、学术风格及其学术研究实践，不仅是与当时"清华学派"的学术风格一致的，也与当时兴起的"白话文运动""歌谣运动"等思潮血肉相连。

在此"搜集现存歌谣和民间故事，也便是（这种现代）研究的一面"的学术思想下，朱自清一面撰写《中国新文学研究纲要》和《中国文学史讲稿提要》，一面于1929年春在《大公报·文学周刊》上连续两期发表

---

① 朱自清《现代生活的学术价值》，朱乔森编《朱自清全集》（第4卷），南京：江苏教育出版社1996年。

② 朱自清《诗言志辨·序》，上海：开明书店1947年8月版。

了《中国近世歌谣叙录》①，同年暑假后开设了"歌谣"课程，并编有讲义。②显然，《中国近世歌谣叙录》这个20世纪初歌谣收集与研究的目录，是为即将于暑期过后开设的"歌谣"课程准备的材料。

朱自清生前最后一年的日记中写道："芝生（即冯友兰——本书作者注）谓余等之研究工作兼有京派海派之风，其言甚是；惟望能兼有二者之长。"③显然，他对冯友兰的这一评价倍感温馨和认同。

（二）歌谣研究

朱自清在文学研究的领域里涉及很广，给我们留下的最重要的歌谣研究遗产，是他在清华大学多年的讲稿《中国歌谣》一书。浦江清先生在新中国成立后于1950年6月为其《中国歌谣》一书写的《跋记》里说："朱先生在清华大学讲授'歌谣'这课程是从1929年开始的，在当时保守的中国文学系学程表上显得突出而新鲜，很能引起学生的兴味。他编好讲义四章：（1）歌谣释名，（2）歌谣的起源与发展，（3）歌谣的分类，（4）歌谣的结构；有油印本，题名《歌谣发凡》。在1931年，又增补了两章：歌谣的历史；歌谣的修辞，作为第三和第六章，改题《中国歌谣》，有铅印本。他的计划一共要编写十章，后面四章，粗具纲目，收罗了材料，没有完成。这是部有系统的著作，材料通乎古今，也吸取外国学者的理论，别人没有这样做过，可惜没有写成，单就这六章，已足见他知识的广博，用心的细密了。"④

这部书的确是他人没有做过的。在朱自清之前，虽有王国维的《宋元戏曲考》、郭绍虞的《中国文学史纲要·韵文先发生之痕迹》和《中国文学演进之趋势》论及歌谣的起源，虽有胡怀琛撰《中国民歌研究》（出版于1935年）、钟敬文编《歌谣论集》（出版于1928年），但相比之下，胡著没有朱著来得深刻精审，钟编没有朱著来得系统全面。

朱著《中国歌谣》的"系统性"表现在：（1）全书分十章，前六章依次为：《歌谣的释名》《歌谣的起源与发展》《歌谣的历史》《歌谣的

---

① 朱自清《中国近世歌谣叙录》，《大公报·文学周刊》第68期，1929年4月29日；第69期，5月6日。后收入《朱自清全集》第8卷。

② 季镇淮编《朱自清先生年谱》，见郎良夫编《完美的人格——朱自清的治学和为人》，第210页，北京：清华大学出版社2003年。

③ 郭良夫《怀念我的老师朱佩弦先生》，见郭良夫编《完美的人格——朱自清的治学和为人》。

④ 浦江清《中国歌谣·跋记》，北京：作家出版社1957年。

分类》《歌谣的结构》《歌谣的修辞》，构成了中国歌谣学的基本理论框架，所论包括了起源、演进、形态学与修辞学等问题。遗憾的是，只是一部未完成稿，后四章有目无文。（2）在内容及材料上，既非清代选家杜文澜那样立足于古谣谚，也非歌谣研究会同仁们的以"近世歌谣"为限，而是"通乎古今"，联结传统与现代。这样，有利于全面探寻歌谣发生、变异，以及艺术结构的规律（如他对"重叠"的研究）。还要指出的是，朱自清的"通乎古今"，并不是古今并重，而是广泛地吸收了北大歌谣征集处以来搜集并在报刊上发表的各地区、各民族的近世歌谣，显示了歌谣研究的现代性，与上面所引述的他的力作《现代生活的学术价值》中所宣布的理念相吻合。（3）既全面梳理和批判地继承了此前本土学者的种种理论学说，也吸取了外国现代民歌研究的成果和理论，眼光开阔，少了一些井底之蛙、闭目塞听之弊。这一点也正合于"清华学派"的"中西会通"的理念与学风。

《歌谣的起源与发展》是常被学界提到并颇为赞赏的一章（篇）。作者写作此文，确曾下了一番功夫，既旁征博引，搜罗宏富，又善于思辨，不乏深刻的思想和独到的论点。以起源问题而论，《外国关于歌谣起源的学说》一节，据英国人R. Adelaide Witham的《英吉利苏格兰民间叙事歌选粹》（*Representative English and Scotish Popular Ballads*）引述、比较和评论了西方学界流行的"民众与个人合作说"、"Grimm说"、"散文先起说"、"个人创造说"、"Pound说"（亦主张个人制作说）五种学说。最终得出结论说："以上各说，都以叙事歌为主。但他们除了Pound外，都以叙事歌为最古的歌谣；我们只须当他们是在论'最古的歌谣'的起源看，便很有用。至于叙事歌本身，我相信Pound的话，是后起的东西。"[①]根据朱自清的引述，Pound的观点是：

　　她说，主张民众与个人合作说的人，大抵根据旅行家、探险家、历史家、论说家的五花八门的材料，那些是靠不住的。他们由这些材料里，推想史前的社会，只是瞎猜罢了。我们现在却从南美洲、非洲、澳洲、大洋洲得着许多可靠的现存的初民社会的材料；由这里下手研究，或可有比较确实的结论——要绝对确实，我们是做不到的。这是她的根本方法。

　　她说文学批评家的正统的意见（民众与个人合作说），人类学家

---

①　朱自清《中国歌谣》，第14页，北京：作家出版社1957年。

并不相信（4页）。他们的材料，都使他们走向个人一面去。她说歌谣不起源于群舞；歌舞同是本能，并非歌由舞出。儿童的发展，反映着种族的发展，现在的儿童本能地歌唱，并不等待群舞给以感兴，正是一证（85页）。其实说歌与舞起源于节日的聚会，在理都不通。各个人若本不会歌舞，怎么一到节日聚在一起，便会忽然既歌且舞呢？这岂非奇迹？（9页）她研究现在初民社会的结果，以为初民时代，歌唱也是个人的才能，大家都承认的，正如赛跑、掷标枪、跳高、跳远一样（13页）。

正统派的意见以为叙事歌是最古的歌谣。她说最古的歌谣是抒情的，不是叙事的。那时最重要的是声，是曲调，不是义，不是词句。古歌里的字极少，且常无意义，实是可有可无的，正统派说叙事歌起于节日舞，所以歌谣起于节日舞。但我们现在知道，最古的歌谣，有医事歌、魔术歌、猎歌、游戏歌、情歌、颂歌、祷歌、悲歌、凯歌、讽刺歌、妇歌、儿歌等，都是与节日舞无关的。又如催眠歌，也是古代抒情体的歌，但与歌舞的群众何关呢？（29页）她说和歌与独唱或者起于同时，或者独唱在先；但它决不会在后。（35页）她又疑心上文所说各种歌还不是最古的；最古的或者是宗教歌。这才是一切歌诗的源头。（第五章《英国叙事歌与教会》）

正统派又说叙事歌的特性是没有个性。这因叙事歌没有作者；并非全然没有作者，只作者决不在歌里表现自己。什么人唱，什么人就是作者，而这个人唱时也是不表现自己的情调的。所以叙事歌中，用第三身多而用第一身少。这一层和正统派的民众与个人合作说是相关的。Pound承认叙事歌大多数是无个性的，但她另有解说（101页、178页）此地不能详论。①

朱自清如此大段地引用Pound的论述，旨在为他自己的观点铺垫。他是认为歌谣起于个人的创造的，原始的歌其主流是抒情的而非叙事的。而Pound关于歌谣的第一身（人称）和第三身（人称）的论说，朱自清并不同意，但Pound的论点，对他在后面《歌谣里的第一身与歌谣的作者》一节里阐述自己关于歌谣中第一身与第三身的观点，无疑却是一个重要参照。他写道：

---

① 朱自清《中国歌谣》，第12—14页，北京：作家出版社1957年。

歌谣原是流行民间的，它不能有个性；第三身，第一身，只是形式上的变换，其不应表现个性是一样——即使本有一些个性，流行之后，也就渐渐消磨掉了。所以可以说，第一身，第三身，都是歌谣随便采用的形式，无甚轻重可言。至于歌谣的起源，我以为是不能依此作准的。①

这是歌谣研究中的一个有趣问题，也是诗体论不可忽视的问题，可惜的是，朱自清的论述已经过去七十多年了，民间文学界和诗界却好像还没有人做过超过他的论述。

至于《中国关于歌谣起源的学说》，朱自清的笔墨，主要集中在史前时代是韵文在先、还是散文在先的发生学问题上。作者说："韵文先于散文，是文学史的公例，中国何以独异呢？"他援引了郭绍虞《中国文学史纲要·韵文先发生之痕迹》据王国维在《宋元戏曲史》里的观点："舞必合歌，歌必有辞。所歌的辞在未用文字记录以前是空间性的文学；在既用文字记录以后便成为时间性的文学。此等歌辞当然与普通的祝辞不同；祝辞可以用平常的语言，歌辞必用修饰的协比的语调，所以祝辞之不用韵语者，尚不足为文学的萌芽，而歌辞则以修饰协比的缘故，便已有文艺的技巧。这便是韵文的滥觞。"朱自清既赞同郭绍虞的观点，又有所批评和补充。他写道："郭先生着眼在诗；他只说古初'先'有韵文，却不说'怎样'有的。我们研究他的引证及解释，我想会得着民众制作说的结论，至少也会得着民众与个人合作说的结论。但他原只是推测，并没有具体的证据；况且他也不是有意地论这问题，自然不能视为定说。"②

在歌谣的历史、分类等歌谣理论问题上，作者广泛评述和吸收了前人（包括同时代人）的研究成果，如胡适的比较研究法和"母题"说，周作人、顾颉刚、褚东郊③等关于的分类法和儿歌研究，魏建功和钟敬文关于仪式歌的研究，等。我们不妨把这两章当作歌谣研究小史来看。但我们发现，作者最感到得意的，应是《歌谣的结构》这一章，特别是对歌谣的

---

①　朱自清《中国歌谣》，第28—29页，北京：作家出版社1957年。

②　朱自清《中国歌谣》，第15—20页，北京：作家出版社1957年。

③　胡适、周作人、顾颉刚、钟敬文、魏建功等关于歌谣的文章，本书前面略有论及，这里不予标出。而褚东郊《中国儿歌的研究》，在儿歌研究中占有不可忽略的地位，此文刊《小说月报》（中国文学研究专号），即第17卷号外，1927年6月，上海。

重叠的研究，这里面体现了作者作为诗人的特有的艺术感悟。他还在这一章之外，写了一篇同题散文（随笔）《歌谣里的重叠》，可证。那篇散文（随笔）这样写道：

> 歌谣以重叠为生命，脚韵只是重叠的一种方式。从史的发展上看，歌谣原只要重叠，这重叠并不一定是脚韵；那就是说，歌谣并不一定要用韵。韵大概是后起的，是重叠的简化。现在的歌谣有又用韵又用别种重叠的，更可见出重叠的重要来。重叠为了强调，也为了记忆。

> 顾颉刚先生说过："对山歌因问作答，非复沓不可。……儿歌注重于说话的练习，事物的记忆与滑稽的趣味，所以也有复沓的需要。"（《论〈诗经〉所录全为乐歌》上）

> "复沓"就是重叠。说"对山歌因问作答，非复沓不可"，是说重叠由于合唱；当然，合唱不止于对山歌。这可说是为了强调。说"儿歌注重于说话的练习，事物的记忆，……也有复沓的需要"，是为了记忆；但是这也不限于儿歌。至于滑稽的趣味，似乎与重叠无关，绕口令或拗口令里的滑稽的趣味，是从词语的意义和声音来的，不是从重叠来的。

> 现在举几首近代的歌谣为例，意在欣赏，但是同时也在表示重叠的作用。美国何德兰《孺子歌图》（收录的以北平儿歌为主）里有一首《足五趾歌》：
>> 这个小牛儿吃草。
>> 这个小牛儿吃料。
>> 这个小牛儿喝水儿。
>> 这个小牛儿打滚儿。
>> 这个小牛儿竟卧着，
>> 我们打它。

> 这是一首游戏歌，一面念，一面用手指点着，末了儿还打一下。这首歌的完整全靠重叠，没有韵。将五个足趾作五个"小牛儿"，末一个不做事，懒卧着，所以打他。这是变化。同书另一首歌：
>> 铃珑塔，
>> 塔铃珑，
>> 铃珑宝塔十三层。

> 这首歌主要的是"铃珑"一个词。前两行是颠倒的重叠，后一行还

是重叠前两行，但是颠倒了"铃珑"这个词，又加上了"宝"和"十三层"两个词语，将句子伸长，其实还只是"铃珑"的意思。这些都是变化。这首歌据说现在还在游艺场里唱着，可是编得很长很复杂了。

邱峻先生辑的《情歌唱答》里有两首对山歌，是客家话：

女唱：

　　一日唔见涯心肝，

　　唔见心肝心不安。

　　唔见心肝心肝脱，

　　一见心肝脱心肝。

男答：

　　闲来么事想心肝，

　　紧想心肝紧不安。

　　我想心肝心肝想，

　　正是心肝想心肝。

两首全篇各自重叠，又彼此重叠，强调的是"心肝"，就是情人。还有北京大学印的《歌谣纪念增刊》里有刘达九先生记的四川的两首对山歌，是两个牧童在赛唱：

唱：

　　你的山歌没得我的山歌多，

　　我的山歌几箩筛。

　　箩筛底下几个洞，

　　唱得没得漏的多。

答：

　　你的山歌没得我的山歌多，

　　我的山歌牛毛多。

　　唱了三年三个月，

　　还没有唱完牛耳朵。

两首的头两句各自重叠，又彼此重叠，各自夸各自的"山歌多"；比喻都是本地风光，活泼，新鲜，有趣味。重叠的方式多得很，这里只算是"牛耳朵"罢了。[1]

---

[1]　朱自清《歌谣里的重叠》，《华北日报·俗文学》周刊第27期，1948年1月2日，北平。收入《朱自清全集》（第3卷），第290—293页。

从这一段作者的散文（随笔）里，大可见出这位诗人兼学者的艺术的鉴赏力和触觉。"歌谣以重叠为生命"，没有重叠，就没有歌谣。较之散文，《中国歌谣》之《歌谣的结构》这一章里，其论述则更加细密而周全。俗文学专家吴晓铃在《朱自清先生和俗文学》一文中，对朱自清的这篇文章给予很高的评价，并认为此文扩大了此前俗文学界的研究范围，成为《华北日报·俗文学》周刊（俗称"平"字号俗文学周刊）的"分水岭"之作。

（三）西南联大与《西南采风录》序

抗战期间，朱自清与闻一多一样，随校撤到了大西南的长沙。在长沙落脚未久，因敌机轰炸，战火逼近，学校再向昆明迁移。学生刘兆吉参加师生旅行团徒步而行，沿途搜集各地歌谣，辑成《西南采风录》一书。时任西南联合大学中文系主任的朱自清，应邀为该书写了序言，给予很高的评价。他写道：

古代有采风的传说。说是每年七八月间，天子派了使者乘着轻车到各地去采集歌谣。各国也都设着太师的官，专管采集歌谣。目的是在"观风俗，知厚薄"，一面也可以供歌唱。这叫做采风，是一种要政。这传说有好几种变形。有人说是在每年四月开始农作的时候，"行人"的官摇着木铃子随地聚众采访歌谣。又有人说，男女六十岁以上没有儿子，便叫他们穿上花衣服，带着乐器，去采访歌谣。这些都说得很认真，可惜都不是实际的制度，都只是理想。原来汉武帝时，确有过采集歌谣的工作，那完全是为了歌唱。一般学者看了这件事，便创造出一个采风的理想，安排在美丽的古代。但后来人很相信这个传说。白居易曾经热烈地希望恢复这个制度，他不知道这个制度原是不曾有过的。

民国六年，北京大学成立了歌谣研究会，开始征集歌谣。他们行文到各省教育厅，请求帮助。一面提倡私人采集。这就成了一种运动。目的却不是政治的，音乐的，而是文艺的学术的。他们要将歌谣作为新诗的参考，要将歌谣作为民俗研究的一种张本。这其间私人采集的成绩很好。二十年来，出了好些歌谣集，是很有意义的材料的记录。这些人采集歌谣，大概是请教各人乡里的老人和孩子。这中间自然有许多劳苦艰难，但究竟是同乡，方言和习惯都没有多少隔阂的地方，比在外乡总好办得多。这回南开大学的同学山东刘兆吉先生在西南采集歌谣，却是在外乡，这需要更多的努力。刘先生居然能采到二千多首，他的成绩是值得赞美的。

刘先生是长沙临时大学步行团的一员。他从湖南过贵州到云南，三千里路费了三个月。在开始的时候，他就决定从事采集歌谣的工作。一路上他也请教老人和孩子；有时候他请小学里教师帮忙，让小朋友写他们所知道的歌谣。但他是外乡人，请教人的时候，有些懒得告诉他；有些是告诉他了，他却不见得能够听懂每一个字。这些时候，他得小心的再三的请教。若有小学教师帮助，自然方便得多。但有的教师觉得真正的歌谣究竟"不登大雅"；他们便教小朋友们只写些文绉绉的唱歌儿充数。这是一眼就看得出的，刘先生只得割爱，因为他要的是歌谣。他这样辛辛苦苦的搜索，记录，分辨，又几番的校正，几番的整理，才成了这本小书。他这才真是采风呢。他以一个人的力量来做采风的工作，可以说是前无古人。

他将采集的歌谣分为六类。就中七言四句的"情歌"最多，这就是西南各省流行的山歌。四百多首里有三分之一可以说是好诗。这中间不缺少新鲜的语句和特殊的地方色彩，读了都可以增扩我们自己。还有"抗战歌谣"和"民怨"两类，虽然没有什么技巧，却可以见出民众的敌忾和他们对于政治的态度；这真可以"观风俗"了。历来各家采集的歌谣，大概都流传已久；新唱出来的时事歌谣，非像刘先生这样亲历民间，是不容易得到的。书中所录，偶有唱本。刘先生所经各地，有些没能采得歌谣，他便酌选唱本，弥补这个缺憾。但是唱本出于文人之手，不同歌谣的自然，似乎还是分开来好些。刘先生采集的歌谣，因不适于一般读者，都已删去。总之，这是一本有意义的民俗的记录；刘先生的力量是不会白费的。

朱自清二十八年（1939）四月　昆明①

朱自清在西南联大期间，先后在蒙自和昆明两地任教，从蒙自回到昆明后，就一直担任中文系的教授和系主任，又是刘兆吉等学生的诗社的顾问。1939年4月12—13日，他为刘兆吉辑录的《西南采风录》写了这篇序言。他说刘兆吉"他以一个人的力量来做采风的工作，可以说是前无古

---

①　朱自清《西南采风录·序》，商务印书馆1946年；又载《新生报》副刊《语言与文学》，第106期，1948年10月19日。收入《朱自清全集》（第4卷），第411—413页。

人。"平时惜墨如金的朱自清，慷慨地给了刘兆吉如此之高的评价。当然，刘兆吉的工作，也的确是"物有所值"吧。前面笔者已有论述，这里不赘。说开来，这也不是刘兆吉一个人的成绩，而是西南联大造就了和促成了这部在中国民间文艺学史上占有显著地位的歌谣集，从一个方面代表了西南联大在民间文学领域里的作用。

（四）歌谣与新诗

在朱自清关于歌谣的文章里，"歌谣与新诗"这个论题占了不轻的分量，既是他一生中所关注的文学问题之一，也可看出他的研究歌谣的基本立场。

我们不妨依照写作的时序来作一点分析。

1928年5月，清华的学生罗香林在歌谣运动影响下多年辑录的《粤东之风》一书竣稿，请在清华学校改制为清华大学后就任教授之职的朱自清写序。当年写序之风很盛，序言成为一种有效的评论文体。朱自清为《粤东之风》写序时，北京大学的歌谣征集活动已经落潮，歌谣研究会及其主办的《歌谣》周刊也已停刊，许多知名教授因时局原因已移师广州中山大学。罗香林是广东人，也曾是《歌谣》周刊的作者，于是，他便把朱自清为他写的序言交到了中山大学主办的《民俗》周刊的编辑手中，此文便发表在该刊第36期（1928年11月28日）上。在这篇序言里，表达了任教早期、还保留着较为浓厚的诗人气质的朱自清关于歌谣与新诗的观点。他写道：

> 从民国六年，北京大学征集歌谣以来，歌谣的搜集，成为一种风气，直到现在。梁实秋先生说这是我们现今中国文学趋于浪漫的一个凭据。他说：
> "歌谣在文学里并不占最高的位置。中国现今有人极热心的搜集歌谣，这是对中国历来因袭的文学的一个反抗，也是……'皈依自然'的精神的表现。"（《浪漫的与古典的》第37页）
> 我想他说的是实在情形；看了下面刘半农先生的话便可明白：
> "我以为若然文艺可以比作花的香，那么民歌的文艺，就可以比作野花的香。要是有时候，我们被纤丽的芝兰的香味薰得有些腻了，或者尤其不幸，被戴春林的香粉香，或者是Coty公司的香水香，薰得头痛得可以，那么，且让我们走到野外去，吸一点永远清新的野花香来醒醒神吧。"（《瓦釜集》第89页）

　　这不但说明了"反抗"是怎样的，并且将歌谣的文学价值，也估计出来。我们现在说起歌谣，最容易联想到新诗上去。这两者的关系，我想不宜夸张地说；刘先生的话固然很有分寸，但周启明先生的所论，似乎更具体些：他以为歌谣"可以供诗的变迁的研究，或做新诗创作的参考"——从文艺方面看。

　　严格地说，我以为在文艺方面，歌谣只"可以供诗的变迁的研究"；我们将它看作是原始的诗而加以衡量，是最公平的办法。因为是原始的"幼稚的文体"，"缺乏细腻的表现力"，如周先生在另一文里所说，所以"做新诗创作的参考"，我以为还当附带相当的条件才行。这因歌谣以声音的表现为主，意义的表现是不大重要的。所以除了曾经文人润色的以外，真正的民歌，字句大致很单调，描写也极简略、直致，若不用耳朵去听而用眼睛去看，有些竟是浅薄无聊之至。固然，用耳朵听，也只是那一套的靡靡的调子，但究竟是一件完成（整）的东西；从文字上看，却有时竟粗糙得不成东西。我也承认歌谣（在）流行中，民众的修正，但这是没计划、没把握的；我也承认歌谣也有本来精炼的，但这也只是偶然一见，不能常如此。歌谣的好处却有一桩，就是自然。这个境界，是诗里所不易有；即有，也已加过一番烹炼，与此只相近而不相同。刘半农先生比作野花的香，很是确当。但他说的"清新"，应是对诗而言，是诗中所无，故说是"清新"；就歌谣本身说，"清"是有的，"新"却很难说——我宁可说，它的材料与思想，大都是有一定的类型的。

　　从浅陋的我看来，"念"过的歌谣里，北京的和客家的，艺术上比较要精美些。北京歌谣的风格是爽快简练，念起来脆生生的；客家歌谣的风格是缠绵曲折，念起来嫋嫋有余情——这自然只是大体的区分。其他各处的，则未免松懈或平庸，无甚特色；就是吴歌，佳处也怕在声音而不在文字。

　　不过歌谣的研究，文艺只是一方面，此外还有民俗学、语言学、教育等方面。我所以只从文艺方面说，只是性之所近的缘故，歌谣在文艺里诚然"不占最高的位置"，如梁先生所说；但并不因此失去研究的价值。在学术里，只要可以研究，喜欢研究的东西，我们不妨随便选择；若必计较高低，估量大小，那么未免是势利的见解。至少从研究方面论，学术总应是平等的；这是我的相信。所以歌谣无论如何，该有它独立的价值，只要不夸张地，恰如其分的看去便好。

　　这册《粤东之风》，是罗香林先生几年来搜集的结果，便是说过的客家歌谣了。近来搜集客家歌谣的很多，罗先生的比较是最后的，最完备的；只要看他《前经采集的成绩》一节，便可知道。他是歌谣流行最少的兴宁地方的人，居然有这样的成绩，真是难能可贵。他除排比歌谣之外，还做了一个系统的研究。他将客家歌谣的各方面，一一论列；虽然其中有些处还待补充材料，但规模已具。就中论客家歌谣的背景，及与客家诗人的关系，最可注意；《前经采集的成绩》一节里罗列书目，也颇有用。就书中所录的歌谣看来，约有三种特色：一是比体极多，二是谐音的双关语极多。这两种都是六朝时"吴声歌曲"的风格，当时是很普遍的。现在吴歌里却少此种，反盛行于客家歌谣里，正是可以研究的事。"吴声歌曲"的"缠绵婉转"是我们所共赏；客家歌谣的妙处，也正在此。这种风格，在恋歌里尤多，——其实歌谣里，恋歌总是占大多数——也与"吴声歌曲"一样。这与北京歌谣之多用赋体，措语洒落，恰成一个很好的对比，各有各的胜境。

歌谣的研究，历史甚短。这种研究的范围，虽不算大，但要作总括的、贯通的研究，却也不是目前的事。现在只有先搜集材料，随时作局部的整理。搜集的方法有两种：一是分地，一是分题；分题的如《看见她》。分地之中，京语、吴语、粤语的最为重要，因为这三种方言，各有其特异之处，而产生的文学也很多。（说本胡适之先生）所以罗先生的工作是极有分量的。这才是第一集，我盼望他继续做下去！

朱自清，北京清华园，

十七年五月三十一晚[1]

考虑到材料的难找，故全文引在这里，以方便阅读和研究。很容易看出，朱自清此序，几乎是从纯粹文艺的立场或从一个诗人的立场评价歌谣，虽然显示了作者对歌谣征集及研究情况的稔熟，却也反映了作者对歌谣在文艺上的价值的轻估。应该说，作为诗人的朱自清，肯定是熟悉鲁迅在《门外文谈》里、胡适在《白话文学史》的那些关于歌谣的评价用语，但他却宁愿选择了梁实秋的那段"征集歌谣"不过是"中国文学趋于浪漫的"的一个凭证的名言。由于站在这样的立场上，所以他在引证刘半农《瓦釜集》里的那段关于"野花的香"的话时，作了连刘半农本人大概也没有想到的解释。当然，他坦荡地声明，他是站在文艺的立场上说这话的。至于周作人的歌谣

---

[1] 朱自清《罗香林编〈粤东之风〉序》，《民俗》周刊第36期，1928年11月28日，广州；见罗香林编《粤东之风》，上海：北新书局1936年。

"可以供诗的变迁的研究，或做新诗创作的参考"的观点，有学者注意到了周作人关于歌谣的价值的评价是前后不一的。[①]尽管朱自清也发表过《妙峰山圣母灵签的分析》[②]这样纯属民俗学的文章，但他毕竟是个文学研究的学者兼诗人，他从文艺的立场看歌谣，大体认为歌谣是原始的诗，较多地看到歌谣是"类型化"的东西，原是可以理解的。但他在《中国歌谣》里讲到各个时代、各种类型的歌谣时，又对民间的文学天才，对"缠绵婉转"的南方新民族的儿女文学，"激扬亢爽"的北方鲜卑民歌，……无不赞不绝口，表现出评价上的前后矛盾。当然，朱自清也充分肯定了民歌在学术上的价值，强调了在学术研究上任何对象都是平等的。

九年后的1937年4月，朱自清在离开北平南下之前，又在胡适主持的后期《歌谣》周刊上发表过一篇题为《歌谣与诗》的短文，重提歌谣与新诗的旧话题。[③]他的这篇文章分《真诗》和《创作新诗的参考》两部分，对这两个命题都给予了否定性的答案。

他在《真诗》里写道：胡适之和周作人都相信意大利卫太尔的话——"在中国民歌里可以寻到一点真的诗。""说歌谣里有'真'诗，那就不止于是'诗'而已；似乎'诗'里'真诗'已少，'歌谣'里却有，比一

---

① 民间文艺学史家陈泳超在《"个人主义的人间本位主义"——周作人的民间文学思想》里说："虽然周作人没有将民歌的文艺价值直接地一概抹杀，但文中也没有提及民歌在艺术上的任何一点优胜之处，而且还公开宣布'反对用赏鉴眼光批评民歌的态度'，这在当时歌谣运动方兴未艾，歌谣同人大多觉得歌谣样样都好的普遍思潮中，显得出奇地冷静，甚至似乎有些异类的感觉了。……（到1922年在《晨报副镌》上发表）《歌谣》一文，是它对于歌谣文艺价值的重新认定。周作人在文中直截了当地说：'民歌是原始社会的诗，但我们的研究却有两个方面，一是文艺的，一是历史的。'其中关于'文艺的'，他认为民歌不单对考察'诗的变迁'有所帮助，而且对新诗的发展也自有意义。他说：'民歌与新诗的关系，或者有人怀疑，其实是很自然的，因为民歌的最强烈最有价值的特色是它的真挚与诚信，这是艺术品的共通的精魂，于文艺趣味的养成极是有益的。'……看来，周作人对于民歌文艺价值的根本改变，除了应合歌谣运动的时代因素外，大约Vitale（包括何德兰、平泽平七等人）之类的外来影响是要占很大势力的。又，《歌谣》周刊的发刊词在歌谣运动中具有宣言与旗帜的意义，其中将歌谣研究的意义就归结为'学术的'与'文艺的'两项，似乎也是周作人这里所谓的'文艺的'与'历史的'的自然延伸。"见陈泳超《中国民间文学研究的现代轨辙》，第84—86页，北京大学出版社2005年。

② 佩弦（朱自清）《妙峰山圣母灵签》，《民俗》周刊第69/70期合刊（妙峰山进香调查专号），1929年7月24日，广州；收入《朱自清全集》（第4卷），第279—283页。

③ 朱自清《歌谣与诗》，《歌谣》周刊第3卷第1期，1937年4月3日。

般'不真'的诗价值高得多。但什么是'真'呢？……所谓'真'似乎就是'自然'，就是'天然'；……'真'还有一个意义，便是'认真'的'真'，歌谣的性质里却似乎没有。……歌谣在读者在听者，一向也只是玩意儿，即使歌咏悲情，也还是轻快的俳味；乐歌的音调也如此。在这种意味里，歌谣便不是真是。"

他在《创作新诗的参考》里写道："在现代，歌谣的文艺的价值在作为一种诗，供人作文学史的研究；供人欣赏，也供人模仿——止于偶然模仿，当作玩意儿，却不能发展为新体，所以与创作新诗是无关的；又作为一种文体，供人利用来说教，那却兼具教育的价值。"歌谣不能发展为新诗，与创作新诗无关。——这就是他关于"歌谣与新诗"这个讨论久矣的问题的结论。

如果说九年前他还认为歌谣可资新诗创作的参考，而九年后，当他看到从新文化运动以来新诗的发展中插进来的外国诗的强大影响已使传统中断，他原来的那个理念，现在不得不宣告放弃了。

（五）与俗文学派的姻缘

前面说过，朱自清在《现代生活的学术价值》中，就提出要"认识经史以外的材料（即使是弓鞋和俗曲）的学术价值"。自20世纪20年代以来，俗曲一般被视为俗文学。朱自清的歌谣观，虽然在分类上严格地限制在狭隘的歌谣界说之内，但在论到其发展时，就带有明显的"俗文学"的色彩。《中国歌谣》第二章《歌谣的起源与发展》中讲"歌谣所受的影响"，分为七种情形：一、诗的歌谣化。二、佛经的歌谣化，如20年代在敦煌发现的唐五代俚曲《太子五更转》等，如净土宗的歌谣《金炉香》、《线蛋儿经》等。三、童蒙书的歌谣化，如陕西汉中里的用三弦合唱的《论语》等。四、曲的歌谣化，如杂曲、小曲。五、历史的歌谣化，如《岳传山歌》，姜太公故事、吕蒙正故事等。六、传说的歌谣化。七、戏剧的歌谣化，如对唱山歌《看相》、申曲等。这七种情况中，有些显然越出了一般认为的歌谣，而是公认的俗文学作品。

30年代，郑振铎在《小说月报》第20卷第3期（1929年3月）上发表了《敦煌的俗文学》一文，第一次提出了"俗文学"这个名称。1938年郑著《中国俗文学史》由商务印书馆在长沙出版，把俗文学归到民间文学之内或俗文学即民间文学的观点，在全国文学研究者中间逐渐催生并形成了一股强大的力量。民间文学理论界遂把用俗文学的观点和立场研究民间文学的学者，看作是一个流派，称其为俗文学派。到20世纪40年代下半期，朱自清的民间文学观更加与俗文学派学者们的观点接近起来，甚至在一些学术问题上与这一派的学者们相唱和。

抗战胜利后，俗文学派在香港、上海和北平三地各办了一个附在报纸上发行的《俗文学》周刊，一时学术探讨之风兴盛起来。1947年7月4日在北平创刊的《华北日报·俗文学》由傅芸子主编，团结了一大批抗战时期留在北平的著名学者和其他地方的学者。西南联大关闭后，朱自清回到北平清华大学后，也成为这个"平"字号俗文学副刊的撰稿人之一。上文提到，朱自清于1937年底交给傅芸子一篇《歌谣里的重叠》的文章。俗文学派的重要学者吴晓铃评论说："芸子兄把那篇文章故意迟发到今年的正月2日登载颇有缘由，是'平字号'俗文学之内容放大，正是在朱先生那篇识大体不拘小节的文章发表以后，以前30期为分水岭。""所谓职业的俗文学者，毛病都是犯在搞得太窄，专门诚然不假，结果实未能在大处着眼，这也就是我们直到现在还写不出有系统的东西的原因。因此，我们希望能有像朱先生那样的又擅长创作，又做专门研究，注意到了普及和启蒙运动的人多多帮助和支持。读者可以看得出来'平字号'俗文学的范围比较广泛些，除了作为骨干的戏曲小说之外，我们还顾及到戏曲、故事、变文、谚语、笑话、宝卷、皮簧和乡土戏等等。"[①]朱自清的加入其中，发表从文艺的立场研究和介绍歌谣的文章，使"平字号"俗文学周刊从第30期起改变了过去相对狭窄的学术范围，成为其"分水岭"。

1947年，朱自清还写过一篇他一生中颇有分量的文章《诗言志辨》。他在《诗言志辨·序》里说："民间的歌谣和故事也升到了文学里，'变文'和弹词也跟着升，于是乎有郑振铎先生的《中国俗文学史》。""从目录学上看，俗文学和民间文学的歌谣部分虽然因为用作乐歌，早得著录，但别的部分差不多从不登大雅之堂。……可以说是没有地位。"可见朱自清的"民间文学"概念范围，比狭隘的民间文学界限范围要宽。

第九节 薛汕与柳州《民风》

薛汕（1916—1999），本名黄谷农，诗人，民间文艺学家，俗文学家。广东潮州湘桥人。与碧野、梅益、饶宗颐、陈辛仁，都是金山中学的同学。1933年因参与领导金山中学罢课风潮被开除学籍，后与碧野到北

---

① 吴晓铃《朱自清先生和俗文学》，《华北日报·俗文学》周刊第60期，1948年8月20日，北平。

平，就读于中国大学化学系、后转国学系。1935年参加"一二·九"运动，参加南下宣传队到无锡、常州、上海一带，后在上海全国学生抗日救国联合会宣传部工作，并在沈起予、洪深编的《文艺》半月刊上发表作品，参加了司马文森、钟望阳组织的"文艺俱乐部"。抗战爆发，他辗转到江西赣州。1940年被捕，关进泰和马家洲"江西青年留训所"。1941年到桂林，任教于中学，在西南各报刊上写文章。1943—1945年在《柳州日报》编《民风》副刊（署顾颉刚、娄子匡主编）。1946年到上海，任震旦大学教授。与丁景唐等组织民歌社。1948年《民风》在香港继续出版发行，至1950年终刊。作为一生的追求，创办和编辑民间文学杂志《民风》，前后各出50期，成为他一生的夙愿和业绩。

（一）柳州：《民风》双周刊

薛汕在1986年12月3日写了一篇《〈民风〉及其他》的未刊文章，记述了有关《民风》副刊创办的情况，现引述如下：

> 我在1941年开始搜集民歌，主要在广西，后来扩大到西南地区，即抗日战争的大后方：从江西、广东、广西、贵州、云南、四川到陕西等地，除少数民族地区系学生陪我作记录以外，其余大多自己记录。还有一部分是间接搜集的，通过我的朋友、学生借给我的。当时，由于很多人知道我在搜集民歌，我不免要参加有关的活动。
>
> 那时，俗文学不是被普遍注意，民间文学稍有提及，只有民俗学较为人所知道，主要是与人类学、社会学的调查联系在一起，而在西南又非接触这些学科不可。因此，也就比较开展了。而民俗学，也不像现在限于调查研究并作理论的探讨，基本是把民间文学的民歌、谚语、传说、习俗……作为常见的内容。
>
> 这个时候，有好几个特点：
>
> 广东的乐昌坪石有中山大学钟敬文在主编《民俗周刊》；
>
> 在广西，因有特种（即少数民族，当时广西规定这么称呼）的师范和研究所，有刘介、雷镜鎏、乐嗣炳等人，陈志良编辑了《广西特种部族歌谣集》，还分散在各个刊物上不断发表文章；
>
> 贵州有大夏大学社会学研究所的胡体乾、梁瓯弟等人，又有文通书局谢六逸编的《文讯》，还出版过陈国钧的《苗夷歌谣》；
>
> 云南有光未然对彝族史诗的记录整理，印出《阿细的先鸡》；
>
> 重庆有娄子匡、顾颉刚编的《风物志》，卫聚贤编的《说文》，

在成都有《风土什志》；

西安有杜斌丞、李敷仁的"易俗社"；

甘肃有张亚雄的《花儿集》……

这就形成了一条线，虽然没有一个组织，却已有了一股力量，基本是以娄子匡、顾颉刚为首，还有黄芝冈、朱介凡、于飞、谭彼岸、罗香林……可数的名字很多，交往相助、交换资料、交换意见……

我和他们都有交往，书信不断，终于导致1943年期间，由娄子匡、顾颉刚挂名，在《柳州日报》刊载《民风》副刊。原来想用《风物志》，因不通俗改名。这是个双周刊，另印单页，由我负责实际编务，一位叫朱宗海的与我联系。我因为组稿，在东南、西南间形成一个中心，内容为民歌、谚语、传说、故事、少数民族风尚，还有民俗学的论文。我几乎是二、三期就必写一篇。记得第一、二期就写过《反对称特族》、《用其自称》……等。《民风》最少出版了将近二年，写稿的不限于广西，其他地区的文章从不间断。娄子匡也亲自来过柳州，商量过这方面的工作。

我在这期间，完成的民歌稿本有：《邕江儿歌》《刘三姐歌乡》《瑶歌》《侗歌》《岭南梅》和《客家山歌》等，每部十万字左右。除《苗歌》在（20世纪）50年代出版过外，余稿保存至今。至于《民风》刊样，几经战乱，一无存报。现在广西各大图书馆也没有保存，真是可惜。这刊物，反映在艰苦岁月里，俗文学、民间文学工作者怎样继续采风，写出有关文章，没有停笔。现在的广西民间文学研究会主席蓝鸿恩等人，那时还是学生，曾经向我提供过各种资料，所以说，这刊物还有过培养人的作用。

1944年，我到重庆，仅搜集民歌，编《长短歌》、《巴山情》、《望秦川》等稿本，共50万字，没有出版，也没有编刊物。倒是在邓初民编的《民主周报》写过一篇《无可奈何而歌》的歌谣偶谈，各报竞相转载。

1946年，我到了上海，就在转载《无可奈何而歌》的《文萃》上，连续写了好几篇相似的文章，如《水乡吟》等，最长一篇是《为人民服务的歌谣工作》，影响较大，各报刊也就不断刊登创作的歌谣了。我又在《新民报》上写了十多篇"歌谣随谈"。

这时候，有几件事，值得一谈：

一、我与沙鸥、李凌编《新诗歌》，创刊号上登了一组《胜利灾》的民谣，接着又登《抗战梦》以及少数民族的歌谣，马上流传开去，或转载、或评介，民歌成为民主革命斗争的武器，显示出其力量来。

二、我与丁景唐、袁鹰、廖晓帆、刘岚山、庄稼等十余人成立了一个"民歌社"，开了几次会，在报刊上征集民歌资料，也有影响，后拟出《歌谣通讯》，因故未实现。

三、由春草社出版了我的《金沙江上情歌》，是作为"中华民族歌谣文学大系"的第一部。这书的文学价值较高，一直到现在，在评价这个时期的俗文学著作时，仍很招人欣赏。与这同时的，还有柳亚子、戈宝权、王辛笛等编印的《民歌》期刊，仅出一次就夭折了。

1947年，我到了香港，大部分时间，投入文艺活动。由于《新诗歌》在上海被国民党搜查被迫停刊，因要逮捕我而不得不南下，所以，第一件事，马上恢复《新诗歌》这个刊物，以示不屈。《新诗歌》港刊出版了五、六期，仍然保持过去的做法，刊载民歌，工作上还团结一批诗歌工作者，出版了我编的《岭南谣》民歌集子。接着，中华全国文艺协会粤港分会，出版了我的《愤怒的谣》，由冯乃超执笔写《前记》，肯定人民歌谣的战斗力量。这个协会，成立了民间文艺研究部，由钟敬文负责。下面设立了三个组，各拥有一批作者，广州话方言组由符公望负责，客家方言组由楼栖负责，潮州方言组由我负责，各自分别进行搜集、研究、座谈和编辑的活动。潮州方言文艺组出版了五、六期座谈记录。单行本除我的《和尚舍》方言小说外，还有：黄雨的《潮州有个许亚标》、丹木的《暹罗救济米》、王嵩编的潮州方言民歌《老爷歌》等。

最重要而且应该提到的是：马鉴主编、由我和戴望舒组织稿件编辑的《民风》在《星岛日报》出刊，双周一次，共编了50期左右，延至50年代初才停刊。

这是我实际编的《民风》，从柳州到香港的继续，由我倡议而出，因我离港而终刊。最先是我向冯平山图书馆长陈君葆提出，希望他与报社谈妥后由他出面主编，可他因各报挂名多，谦逊地请香港大学中文系主任马鉴挂名；这时，戴望舒从上海来了，生活无着，即征询我的意见，把编辑费给他，就这样工作开来。我征集、编好稿，按时由戴望舒送到报社。因此，与报社往来的事，我就不管了。这样，我们几乎是每星期见一次面，由于都住在湾仔区，就显得亲切无间了。

《民风》这个刊物，登的是民歌、谚语、习俗、传说，比较长的故事，无法刊载。还有论文，每期都有。我用"谷辰"等笔名，写了20多篇文章，大多是关于民俗学的基本理论和与现实有关的论文。以广东为主，旁及其他省份。这个刊物，通过组稿，团结了一批俗文学工作者，更重要的是民俗学者。这个刊物，我和戴望舒都走了以后，就请梁石甫代理。说起来很有趣，戴望舒在1941年的《星岛日报》上编过《俗文学》，也出了近50期，无独有偶，不论怎么说，劳绩不可抹杀。

香港《民风》，现在已经找到，而且复印一份。我已抄了一个目录登在《民间文学研究动态》总第2期上，可以查阅参考。①

这个时候，我又完成了几个民歌集子的稿本，计有《近风歌》、《喜歌与哭歌》、《谜的歌》、《浙江潮》、《榴花红》、《阮台湾》等，约百万字。

我在港期间，深感遗憾的是当时没有考虑多做民俗学组织活动的工作。

40年代十年的时间很短，我在俗文学、民间文学的范围内，不外是一个过客，连票友也谈不上，因为对这方面的理论，没有进行钻研，只做了些搜集和编辑工作，微小得很，何足道哉！但经不住有心人的一再询问，特别想知道鲜为人知的西南地区的情况，就写了这篇小文，免去我口述了。

（1986年12月3日北京）

挣脱了国民党的"留训所"之后，薛汕流浪到桂林，一面教书，一面写文章。这期间所写的文章，主要是文艺随笔，也包括一篇民歌的论文《民间诗歌的几种表现形式》。这些文章大都收在1947年8月由（上海）春草社出版的《文艺街头》里。从几篇文章里可以看出他的政治苦闷和战士信念。1943年6月4日，在他离开桂林到柳州后为这本集子写的《后记》里写道："三四年来的生活颠簸得多么厉害呀，我作过被称为战士，也作过奴隶，而战士与奴隶之间，似乎缺少联系，其实并不，因为感到奴隶的枷锁太可怕了，所以打碎它，形成了一个战士的行动；可是奴隶的对手是占着优势而握有一切摧残人们的工具，稍有疏忽，就会坠入对方的网罟里，那就被彻底的以最标准的奴隶来苛役，我就是这样体验了苦刑。……而在这集子里，有一部分已替我留了一个痕迹，我为了纪念。我呼吸自由的空气已快三年了。"他所以把这本书取名"街头"，是为了表示他当时的心迹："这里一共有17篇毫无系统，鸡零狗碎的旧作，内容平淡得很，

---

① 《〈民风〉双周刊目录》，见中国民间文艺研究会研究部编《民间文学研究动态》总第2期，1984年2月，北京。薛汕提供的《民风》目录，只到第41期。

不外略说几句老实话，因为既抛弃到街头上来，故以此名。"

《民风》1943年创办于柳州。因战乱，该刊现已无存。《民风》究竟出了多少期，连薛汕自己都说不清楚。薛汕只保留下来两篇在柳州撰写和在《民风》上发表过的文章：一篇题为《反对称"特族"》（1944年5月15日）；一篇题为《族名用其自称》（1944年6月）。文章的意旨在批评针对当时的种族主义者或大汉族主义者及其思潮的。他在前文里写道："以汉族为本位，将其他民族称为东夷、西戎、南蛮、北狄的时代应该是过去了。或者是如《周礼》所云，把'四夷、八蛮、九闽、九貉、五戎、六狄'等说得有声有色的高傲态度也应该收起来了。不久以前，有不少人已经知道将其他民族的名称，加上从'犬'、从'虫'、从'草'、从'豸'等贱视的符号为不当了。我们算是解除《说文》所注视的谎语，什么'南方蛮闽，从虫……'。同样，对存在于各县的所谓"通志"的大片骗词，什么猺，什么獞，什么'兽身犬祖宗'……虽然'狗头瑶'传说中是以犬为祖先，甚至连他们本族的习俗亦显示出这一点，但单凭这粗浅的看法是危险的。我们由于有所谓历史'武功'，对他们加以迫害，更由于历史的记载极其模糊，对这一点是值得考虑的。到现在，亦始获揭发了。是的，我们很赞成教育当局将有侮辱性的字眼改为从'人'。"后文是与民族学者陈志良（他出版了一本《广西特种部族歌谣集》，也以此种指称写过不少文章）商榷的，主张对少数民族称其自称。

（二）重庆：《金沙江上情歌》

湘战打响后，桂林和柳州的文化人很快都疏散了。《民风》停刊，薛汕于1944年的夏天也由柳州到了重庆。此时的陪都重庆已人满为患，刚到重庆的薛汕没有工作，生活穷困，同居十年的W也因他只顾那些歌谣稿本而离他而去。他曾写道："乃抱了另一部《自由形式的歌谣》稿，送到朝天门说文社去找卫大法师[1]那里，结果是支了17000元的版税，书名被改为《中国的歌谣》，——这一改，与我的原意大相出入，然而，我几乎是无权再饶舌什么，在那些年头，有书可出版，已经是大功大德了，后来听说纸型已打好了，却顾虑到销路有问题，如今'出否莫卜'。"[2]《自由形式的歌谣》一书没有出版，卫聚贤却交给他一部李霖灿（薛汕将他的名字误写成李灿霖了）采录编辑的《金沙江上情歌》，嘱他按照他的方法重编出

---

[1] 即《说文月刊》主编卫聚贤。
[2] 薛汕《金沙江上情歌·序》，第2页，上海：春草社1947年。

版。李霖灿原是杭州艺专的学生，抗日战争爆发，许多学校迁往大西南，他先到了长沙，继而又从长沙徒步到了昆明。在沈从文的鼓励下，后与李晨岚、周炼心等一道，先后到金沙江北岸地区的么些族（纳西）、古宗族[①]等地区去采风。[②]这部书稿，就是他们在古宗族采风的成果。记录者是：李霖灿、和晋吉、和即贤、和才、周瑄、周炼心、刘贡三。薛汕只是编者而已。但薛汕不仅遵照卫聚贤的嘱托按一定的体系分类编辑，而且写了一篇才情并茂、述论俱佳的序言。他在序言里引用了李霖灿在稿本中录自自己的一篇《中甸十记》的短文，报道他的采风历程和观感思绪。由于这是一篇出自民间文学工作者之手的难得的采风手记，故而也引在下面：

　　二十八年春天到了丽江，不久，我便计划着过金沙江到中甸去走一趟，一来是想到古宗人的生活中心去考察他们的艺术，再者是想替徐霞客先生完成他当日未了的心愿，当日木土司（木僧）因为路上有古宗盗匪曾阻止了这位伟大的旅行家的心愿，现在时过境迁，我反而随着一群古宗朋友同道走进横断山脉。

　　第一次宿营阿喜，帐篷就拉在金沙江边，对于横断山脉，我从小的时候就很神往，尤其是由横断山脉中下来的金沙江，这是长江的上游，对他有更深切的思慕，当坐着渡船由江上轻轻滑过去的时候，我曾想到这水是要流到江南去的，因之也想到了不少往事。

　　过金沙江后，就到了玉龙雪山的后面，横看成岭，侧看成峰，在丽江看玉龙山只是峭拔，现在隔江看去，真是一条玉龙蜿蜒的摆在绿水之上，江山清丽，使人神魂俱洁。

　　金沙江边气候很热，白天逼得人下江水中洗澡，当我在水中仰着头看到在云中出没的白雪奇峰时，心中想对着白雪来游水，也是一种怪有意味的人生奇观。

　　白天就是夏天的金沙江上，夜里倒又清凉得极可人意，而且金沙江上的明月，凡是曾经看过的人，再不作兴会忘记。吹过江上的风，更好像还带有雪的气味，在普鲁士蓝的天空中，又涌出两座银雾披蒙的大雪山，那里还是人间的境界，应该是一个北冰洋上的清凉的夜梦。

　　如此江山，如此明月，使人不禁抽引出无限的绮思遐想……

---

① 纳西语称"古宗"族者，系指今与纳西族毗邻而居的藏族。
② 李霖灿在后来发表的《么些族的故事》长文的开头部分里曾对此有过简略的记述，见《民族学研究集刊》第26期，1968年，台北。

　　忽然江的两岸，微风低涛声中传来了一缕悠远曼长的歌声，我们已经睡下了，又禁不住走出了帐篷，坐在月明中静静的听：——是谁在这江上月明中细细倾吐他们的情怀？

　　渐渐地也听得出这些情歌的词句，又像是一对情人隔江相闻的在倾吐他们的无限情愫，又像是在歌诵金沙江上的美丽：

　　雪山不老年年白，江水长流日日清。

　　这就是这些古宗人的情歌之所创作和歌唱的情景和环境。李霖灿们这些记录者不但捕捉到了，而且准确地把握住了。李霖灿深情地说过："途经大理，我已心醉，登点苍山顶，望玉龙白雪，我更神驰，等我到达'金生丽水'的丽江，民俗朴实，父老迎人，忽生如归故里的亲切感觉。我家在豫省苏门山下，百泉水清，景色亦称奇绝，但抗手玉龙太古绿雪，'故乡无此好湖山'，等在金江玉龙之间作了一番巡礼之后，对这一带景色，我更虔诚皈依，悠然生了愿终老斯乡的意念。"[1]其所吐露的情怀，感人至深，也是中国现代民间文学学术史上的一段佳话。薛汕作为诗人兼民歌研究者，极重视李霖灿对民歌流传的这个环境的记述和描绘。他说："无异议的，李霖灿先生是陶醉在大自然的怀抱中，在一个人的生命中，能得享受这飘飘欲仙的乐境的，毕竟不多，不过，这些幸福，对于在痛苦与饥饿线上挣扎的人们，乃至于我这么一个流浪汉，简直是一件不可想象下去的事。——我尊重李霖灿先生的用心，尽有着不同的看法，但用不着我有所强，我还是把他的原意一字不易的征引在上面，我相信对于不能亲自到金沙江的人们，因此一触发，更会体味到在污浊的寰宇中，究竟尚有一些忠洁的灵魂在倾吐：'雪山不老年年白，江水长流日日清。'"这也就是他为什么如此加意保护这些材料，一直带到上海付诸出版的缘故。他说："对于这些材料，我说过，一向把它当成生命的，我保护它而且是日夜为它祈祷，尤当这些东西复员是转托友人顺江东带，时间约莫半年，却不断的谣传着翻船、遇劫，及其他的意外，使我曾一度心灰意冷，如果是证实，在这一辈子活得少色少光的岁月里，似乎交替不下去了。所幸的'庆以生还'，原物得以到达，才真真正正的鼓励了我，赋我以生命。"[2]

　　薛汕除了编纂歌谣选集、写文章外，还接触了许多民间文学界和民俗

①　李霖灿《么些族的故事》，见《民族学研究所集刊》第26期。
②　薛汕《金沙江上情歌·序》，第4—5页。

学界的朋友，开展多项民间文学、民俗学的活动，为他后来的民间文学活动、特别是在香港继续办《民风》双周刊打下了基础。关于薛汕在重庆的民俗学活动，朱介凡回忆说："1943年，先后得顾颉刚师、娄子匡兄的介绍，与薛汕通信。……我俩通信之初，谈文论道，一下子即成莫逆之交。其时，新写成《中国谚语研究述略》，寄重庆顾颉刚师求正，冀望在他主编的《文史杂志》发表。薛汕见到，以为此著六章，《文史》连载不易，不如马上印书，因携往卫聚贤教授处代洽。卫氏欣然同意，决由说文社出版，但希望增加附录，多列一些谚语例句。重庆长安间邮传，并不快畅。战时物资缺乏，新刊书册，谈何容易。薛汕并不就此罢休，胜利突来，他带了拙稿复员上海。百废待举的京沪，社会上有'五子登科'之谣，咱们这些书生，则很少是受当时民谣讽刺的人。仍然九死其犹未悔也，百变不离其宗，惟知下力笔耕生涯。薛汕让这部稿子的一半，分为三篇，连载《新中华杂志》，乃使远在台北的陈绍馨教授读到。绍馨正撰写《谚语之社会学的研究》（刊1949年2月台北《人文科学论丛》第1辑），奠下了我跟绍馨在世之日，后此十多年极深的情谊。起初，薛汕在重庆，购得杨世才《言子选辑》再版本。此书登载了我《请征集中国谚语》的启文，他读后，赐予许多关切，令人感激。在中央通讯社黄芝冈处，他看到了娄子匡兄所留下我的谚语文稿，在别人，不过是看看问问便吧了，他却定要为求出版、发表的机会。这种热忱，真是惟薛汕所独有。……在重庆，薛汕见到黎锦熙师，黎师居然看准了我俩，他治歌谣，我治谚语，必定出以毕生之力。黎师觉得十分欣慰，认为全国再无第三人，有似我俩这股傻劲，教育部国语推行委员会第3届全会，于青木关举行，黎师建议，顾师赞助，乃有一项动人决议。设全国谣谚采集处，并组谣谚学会，以期朝野双向协力进行。虽迄未实现，这构想可圈可点。"[1]1942年前后，语言学大师黎锦熙在西安工作，主持陕西城固、洛川、同官、中部、宜川等八县县志的纂修，重视方言谣谚、生活礼俗、岁时节令等的采访、记录、叙述、分析，在艰苦的战乱时期完成本属太平年月才做的盛事。他此番到重庆，是作为国语运动的领导人，来参加国语推行委员会会议的，在他的提议和推动下，在教育部国语推行委员会下设立一全国谣谚采集处，也是应在民间文学学术史上记下一笔的。

---

[1]　朱介凡《诗人作家俗文学家民俗学家薛汕》，见所著《中国民俗学历史发微》（上册）第101—104页，台北：渤海堂文化事业有限公司1995年；又见赵景深、碧野等《博者风采》（非卖品），第10-11页，北京：东方文化馆1997年编印。

第十节　程憬的神话研究

程憬（1903—1950），字仰之，安徽绩溪人。1920年春，与同乡汪静之、胡冠英、曹佩声一同到杭州求学，入杭州第一师范读书。1921年10月，一师学生汪静之、潘漠华、魏金枝、柔石、冯雪峰等发起成立晨光文学社，程仰之也是成员之一。后入北京大学，毕业后，经胡适的帮助，进入清华大学研究院。据顾潮发表于《中外杂志》1989年第9期（台湾）上有关鲁迅和顾颉刚的文章中说，1926年"有一清华研究院毕业生程憬，乃胡适同乡（安徽绩溪——引者），毕业后尚未就职，要先生在厦大（顾先生当时在那里教书——引者按）替他找一个助教职位。"实际上，他并没有去厦门大学，而到了家乡的安徽大学任教。据苏雪林《我的教书生活》（《传记文学》第10卷第2期，台湾）说，1929年程憬在安徽大学任教务长兼文学院长并教文化史。苏雪林写道："十八年，我夫妇又到苏州东吴大学，教过一年，安徽省立安徽大学杨亮工校长写信来聘我。那时安大颇延揽了一批知名之士如陆侃如、冯沅君、朱湘、饶孟侃、刘英士等。教务长兼文学院长程憬，字仰之，北京大学出身，也许曾在清华国学研究所肄过业。他兼有几点钟功课，其中有三小时是文化史。我到校时，有一门课我不愿教，钟点凑不出，仰之说自己行政工作太忙，将文化史推了给我。我原是一个搞文学的人，与'史'之一字从无交涉，这个担子怎挑得起？仰之却说他可以将他编好的大纲给我看，再介绍几本西洋文化史供我参考，总可勉强对付下去。我无可奈何，只有答应。仰之那个文化史大纲共分八篇，即：A、史前文化；B、太古文化；C、人类成人时代的文化；D、古文化衰老时代化的再生；E、……；F、近世文化；G、19世纪的文化；H、文化混合的倾向。每篇各细目他叫我照目找材编纂讲义。说他自己的讲义涂鸦狼藉，字迹难于辨认，不肯出示，我也不好意思强索。我在法邦学美术时，原买了几种美术史，史前艺术亦粗知梗概。我又有几本法文本的历史书，前几章所论皆属史前文化，两河流域、埃及、腓尼基、希伯来、希腊、罗马，虽属粗枝大叶的叙述，也算应有尽有。于是我的胆子骤然壮了起来，竟敢以一'门外汉'教起程仰之让给我的功课了。"1934年到1948年，他先在上海几所大学教书，后到南京中央大学任教。胡适担任中国公学校长后，请他到中国公学任教授。[①]上海沦陷后，随中央大学

[①]　参阅罗尔纲《师门五年记·胡适琐记》，北京：三联书店1995年。

迁至重庆，任出版委员会委员。[①]他一面教书，一面从事中国历史和神话的研究与著述。

他于1943年在时任中央大学出版部主任的顾颉刚主编的《国立中央大学文史哲季刊》第1期发表了《古代中国的创世纪》等文章。在重庆时代，先后在上海和重庆两地出版的、由史学家卫聚贤主持的《说文月刊》上一连发表了好几篇有分量的神话学论文。如《古神话中的水神》《古蜀的洪水神话与中原的洪水神话》（均见《说文月刊》1942年第3卷第9期）、《古代中国神话中的天、地及昆仑》（《说文月刊》1944年第4期）等。这些都曾引起人们的注意。他把淹没在儒家典籍中的中国神话资料系统化，理论化，成为一位崭露头角的神话研究者。年未50岁的程憬逝世于1950年。

（一）遗稿《中国古代神话研究》

大约在1957年，程憬的遗孀沙应若女士，从南京将程先生的一部27万字的遗稿《中国古代神话研究》寄交当时任《民间文学》杂志编辑部主任的汪曾祺，并附有一信，说经顾颉刚的引荐，请他设法帮助出版，以实现程先生的遗愿。汪曾祺遂将程稿（排印校样）转交给中国民间文艺研究会丛书编辑部主任陶建基和研究部主任路工处理。笔者于1957年秋天大学毕业，分配到中国民间文艺研究会研究部工作，于是编发这部稿子便成了我的一项工作任务。我把程稿送交当时在中国科学院文学研究所各民族民间文学室的文艺理论家毛星，请他帮助审阅。1958年1月，中国民间文艺研究会研究部决定把程著收入《民间文学理论丛书》发稿，由研究部主任路工撰写了《出版说明》，请顾颉刚写序。顾先生欣然从命，很快就把序文写好了。由于"大跃进"，反右倾，文艺界的小整风，等等，接连不断的运动，这部写于40年代的书稿，终于未能得到出版。[②]不幸，顾先生于1980年辞别人世，这部书稿也就一直放在他的遗稿之中。[③]也得益于顾先生，这部书稿虽经"文革"浩劫还能保存下来。

---

① "（1942年1月，顾颉刚）任中央大学出版委员会委员。该会委员还有沈刚伯、辛树帜、童冠贤、伍俶、程憬。"见顾潮《顾颉刚年谱》，第309页，北京：中国社会科学出版社1993年。

② 参阅刘锡诚《一个抒情的人道主义者——作家汪曾祺》，《钟山》杂志1998年第3期。

③ 顾潮《顾颉刚年谱》说，此遗稿是沙应若送交顾颉刚的，与笔者所藏汪曾祺遗札说法有异。

　　程憬的史学著作不少，而神话文论，论者却只收集到八篇。除了上面引出的三篇外，还有《夏民族考》（《大陆杂志》1932年1卷6期）、《中国的羿与希腊的赫克利斯》（《安徽大学季刊》1卷3期，1936年7月）[①]、《古代中国的创世纪》（《国立中央大学文史哲季刊》1943年1卷1期）、《泰一考（神统记之一）》（《文史哲季刊》1944年2卷1期、《山海经考》（《图书季刊》1943年新4卷3/4期合刊）。[②]

　　仔细研究他的这些神话学论文的论点和方法，可以看出，既与他的专著《中国古代神话研究》相呼应相衔接，其中的未尽之处在专著中得到了丰富和发展，形成了自己的中国神话体系。而这部专著《中国古代神话研究》主要包括四部分内容：第一，天地开辟及神统：创世纪——天地开辟、神统纪。第二，神：天地及昆仑、天神、地祇、物、鬼与幽都。第三，英雄传说：后羿和后稷、巧倕、夔及后启等的传说。第四，海内外纪——古人对异方的幻想。附录：西王母传说的演变；《山海经》中的神话人物；《山海经》考。不难看出，这部神话学著作不仅是他从事神话研究以来的一个总结，而且体现了他自成体系的中国神话研究格局和观点。

　　顾颉刚的序言写于1958年五一劳动节，生前没有发表。顾先生逝世后，他的女儿顾潮将其发表在《博览群书》1993年第11期上。因其不易查找，故引在下面，以作参阅：

　　　　我们从小读书，读的都是儒家的经典，只看见古代有很多的圣帝明王、贤人隐士，却看不见人民群众，更看不见人民群众所创造的神话传说。因此，一般人都不觉得中国古代有过一段神话时期。1913年，章炳麟先生说："中国素无国教矣。……盖自伏羲、炎、黄，事多隐怪，而偏为后世称颂者无过田、渔、衣裳诸业。国民常性，所察在政事、日用，所务在工、商、耕稼，志尽于有生，语绝于无验，人思自尊而不欲守死事神以为真宰，此华夏之民所以为达；视彼伉诔上帝、拜谒法皇、举全国而宗事一尊且著之典常者，其智愚相去远矣。"（《驳建立孔教议》，《太炎文录》卷二）他以为中国没有宗

────────────

　　① 程憬《中国的羿与希腊的赫克利斯》，收入北京大学比较文学研究所编《中国比较文学研究资料（1919—1949）》一书，北京大学出版社1989年3月第1版。
　　② 马昌仪《程憬及其神话研究》，《中国文化研究》（北京语言学院主办）1994年秋之卷，北京。本节的思想和论述文字，主要根据或直接采自马昌仪此作。特此说明。

教是中国的国民性；中国的国民性同别国的国民性不一样，所以别国有宗教而我们古代没有，因为我国的国民性只注意日常生活的技术，凡是没法实践的神怪空谈都是不相信的。这种思想不但章炳麟先生有，凡是熟读儒家经典的人都可以有，正和以前因为考古工作者只注意铜器和碑刻，使得一般人连资本主义国家的学者在内都认为中国古代一向用的是铜器，中国没有经过一个石器时代，和别国的历史不一样，有极相类似的见解。

　　然而这种想法毕竟是要破产的。自从地质工作者在勘探矿藏的偶然机缘里发现了仰韶文化的遗址之后，直到现在，接接连连在每一省里都发现了大量的石器，经各个博物馆陈列了出来，如果谁再说中国没有经过石器时代，就可判定他是一个没有常识的人。神话固然不像石器一般，可以在土里把原物发掘出来，然而外国的神话既经传入中国，读古书的人只要稍微转移一点角度，就必然会在比较资料里得到启发，再从古代记载里搜索出若干在二三千年前普遍流行的神话。第一个做这工作的人是夏曾佑先生，他在清末先读了《旧约》的《创世纪》等等，知道希伯来诸族有洪水神话，又看到我国西南少数民族中也有洪水神话，于是联想起儒家经典里的洪水记载，仿佛是一件事情，他就说：“洪水之祸实起于尧以前，特至尧时人事进化，始治之耳。考天下各族述其古事，莫不有洪水。巴比伦古书言洪水乃一神西苏诗罗斯所造；洪水前有十王，凡四十三万年，洪水后乃今世。希伯来《创世纪》言耶和华鉴世人罪恶贯盈，以洪水灭之；历百五十日，不死者惟娜亚一家。最近发现云南保保古书，亦言洪水，言古有宇宙干燥时代，其后即洪水时代；有兄弟四人，三男一女，各思避水，长男乘铁箱，次男乘铜箱，三男与季女同乘木箱，其后惟木箱不没而人类遂存。观此则知洪水为上古之事实，而此诸族者亦必有相连之故矣。”（《中国古代史》，传疑时代，禹之政教）他似乎主张文化一元说，以为这个神话是由某一族传播到各个民族的，而中国亦其一支。他又从这种资料里看出各个古国都有关于远古时代的神话，当时掌握这些神话的是宗教家，所以说：“人类之生决不能谓其无所始，然言其所始，说各不同，大约分为两派：古言人类之始者为宗教学家，今言人类之始者为生物学家。宗教学者，随其教而异，各以其最古之书为凭。世界各古国如埃及、印度、希伯来等各自有书，详天地剖判之形，元祖降生之事，……而我神州亦其一也。顾各国所说无一同者；昔之学人笃于宗教，每多入主出奴之意。……至于生物学家，创于此百年以内，……其说本于考察当世之生物与地层之化石，条分缕析，观其会通，而得物与物相嬗之故。由古之说则人之生为神造，由今之说则人之生为天演，其学如水火之不相容。"（同书，传疑时代，世界之初）他说明了对于远古情状的观察，古人和今人的意图是绝对相反的。他的《中国古代史》大约出版于1907年，这些话从现在看来固然很平常，但在当时的思想界上则无异于霹雳一声的革命爆发，使人们陡然认识了我国的古代史是具有宗教性的，其中有不少神话的成分，而中国的神话和别国的神话也有其共同性，所以春秋以前的传统历史只能当作"传疑时代"看，不能因为它载在儒家的经典里而无条件地接受。

1919年"五四"运动以后，思想解放，有些人读古书时就想搜集我国古代的神话资料，要从儒家的粉饰和曲解里解放出来，恢复它的本来面目。程憬先生在这个时代的要求下专心致志，工作了二十年，写成这本《中国古代神话研究》。他把他的研究的结论分成四部分：第一部分是天地开辟和神统，说明了世界的出现和帝（上帝和人帝）的统治；第二部分是神祇，说明了天神、地祇、物魁（魅，精怪）、鬼和他们所居住的天上和地下的情况；第三部分是英雄传说，说明了在我国古代神话里占主要地位的人物射神后羿、农神后稷、工艺神倕、音乐歌舞神夔和启等许多生动活泼的故事，和希腊神话非常相像；第四部分是海内和海外纪，从巫歌和《山海经》里说明了古人对于广大世界的实际知识及其幻想。又附录三篇，讨论《山海经》这书的性质和在《山海经》里面的许多神话人物的地位及其关系。他所运用的资料，以《山海经》、《楚辞·天问》、《淮南子》为主，而遍及于各种古籍，并总结了解放以前这方面的研究成果。由于程憬先生费了极大的气力做这组织贯穿和批判解释的工作，因而使得中国古代的许多神话获着了一个整体的系统，我们读了这本书之后就可以大致掌握中国古代神话的整个面貌。我们可以说，夏曾佑先生开始发现了这个问题，而程憬先生则是初步解决了这个问题。我所以说初步，并不是有意压低程憬先生的成就，而是因为一个人的学力和时间终究有限，决不可能把某一种学问里的每个问题都研究妥帖，尤其在一部创造性的而又系统化的著作里留待他人研究之处必然更多，待到将来，工作越来越深入，直接资料和比较资料愈找愈丰富，方法和观点也愈后愈精密正确，在既有的基础上建设起一种具有高度科学性的中国古代神话研究是完全可能的。到那时，人们看了这部书一定会感觉他写得很平凡，像我们现在看夏曾佑先生在五十年前所说的一样；但我们须知任何工作的开创阶段是最困难的，这部书必然和夏先生的《中国古代史》永远为人民所记忆。

程憬先生不幸，他已于1950年逝世了，年未五十，正当可以大量发挥工作能力的时候，无疑是我国学术界上的一个损失。他的爱人沙应若同志把他的遗稿送给我，嘱我替他整理出版。现承中国民间文艺研究会接受此稿，编入丛书，从此程先生的一生心血及其成果可以贡献给人民了，我们都非常快慰。今值付印，匆促写成这一篇序，作个简单的介绍。至于这部书里有些可以商讨和补充的地方，只要我将来有时间，还可就我的学力来仔细批评一下，补入再版或三版的书里。

1958年五一劳动节

顾颉刚先生的女公子顾潮在发表这篇序言时写的"后记"说："今年，值先父诞生100周年纪念之际，我编著的《顾颉刚年谱》在中国社会科学出版社的大力支持下得以出版。社科院文学所马昌仪同志致力于神话学研究多年，她由《年谱》中得知，先父于50年代曾为程憬《中国古代神话研究》作序，而此书后来未能出版；便与我联系，知此书之排样及序文还得以保存，即来借读，读后认为值得发表，乃先将序文推荐至《博览群书》。先父撰此序时正逢轰轰烈烈的整风运动，无日不处在自我检查之中，他在4月29日日记中曰：'近日事情这样忙，而民间文艺会犹必令作神话研究序文。在热烈运动中强作镇静，殊为苦事。'因此，这篇在当时甚为不合时宜之文难免不带有那个年代的气息。顾潮1993年6月"[①]

（二）《中国古代神话研究》在神话学史上的地位

当程憬从事神话研究并登上学坛的时候，中国神话学作为一门学科，已经初步奠定了基础。[②]如果说，玄珠（茅盾）写于1929年的《中国神话研究ABC》这一部具有开山意义，堪可作为奠基阶段系统研究中国神话的第一部专著的话，那么，程憬于40年代末完成的《中国古代神话研究》一书，则可以认为是第二部，在中国神话学史上具有不可忽视的意义。

---

① 程憬著、顾颉刚整理《中国古代神话研究》，由陈永超编订，已于2011年1月由北京大学出版社出版。

② 马昌仪《中国神话学发展的一个轮廓》，见《民间文学论坛》1992年第6期；后作为序言收入《中国神话学文论选萃》，北京：中国广播电视出版社1994年。

把程憬的神话研究及其专著《中国古代神话研究》一书放在中国现代人文学术思潮史和中国神话学史上来看，其意义主要表现在下列三个方面：

第一，学术史意义。我国学者对中国古代神话的科学认识和研究，萌芽于本世纪初。西方学术、地质考古学，外国神话及其理论的传入，刺激和启发了中国学术界，开始以一种新的科学的眼光重新审视古人称之为怪异的神话传说。到20—40年代，我国神话研究领域里形成了两个很有实力的研究群体，一个是以顾颉刚、杨宽为代表的"古史辨"神话学派，一个是以鲁迅、茅盾、周作人、郑振铎、江绍原、钟敬文为代表的以西方人类学派神话理论为武器的文学家宗教史学家研究群体。与茅盾在中国神话研究中主要采用安德留·兰等西方学者的人类学派的研究方法去分析中国古代神话不同，程憬则主要采用了中国近代史学中疑古学派的辨伪考释的方法和传统，同时又借用了西方人类学派神话学说和以古证今的方法，他在材料的处理上却实实在在是古史辨式的，目的在于以神话印证古史，"用古代原始及演进的神话，来证明中国古史的荒谬"①，这正是顾颉刚的"用故事的眼光解释历史"②的学术主张。程憬有选择地继承了上述中国神话学的两大传统，创造了自己独特的神话理论，形成了自己的特色。从这个意义上说，他对中国神话学的研究具有另辟蹊径的学术意义。

第二，在理论建设上有所创建，有一些见解具有开创意义。例如，他论证了中国在洪水时代以前有一个神话时代。神话时代所产生的神话在当时的人的心目中是合理的、可信的，因而是神圣的。又如，他提出了中国有系统神话的观点，并对中国古代神话进行了"全貌素描"（见程著自序）和专门的研究。再如，他从巫药、巫术、祭礼、神话四个方面，论证了《山海经》是古代巫觋之宝典的学术观点，对巫觋在保存、传播、创作神话中的巨大作用，有着比同时代人更进一步的开拓。此外，他对中国神话与谶纬的关系也有独到的见解。

第三，史料意义。程憬对散见于古籍的零散纷乱的神话资料，进行辨伪考释，并加以条分缕析，使之纳入一个神话系统之中，为后人对典籍神话的研究奠定了基础。

---

① 程憬《中国古代神话研究》（校样）附录第二篇《山海经中的神话人物》。本文写作时，因遗稿尚未出版，故所引之文句、段落，凡不注出处者，均出自校样。

② 《古史辨》（第一册），第274页。

（三）"古史辨"派神话观的延伸

程憬在他的著作中把夏曾佑在本世纪初所提出的"传疑时代"说，明确为"神话时代"说。夏氏把开辟至周这一段古史称之为"传疑时代"，在当时的思想界无异于"霹雳一声的革命爆发"（顾颉刚语），严复称提出这一观点的夏著《中国历史教科书》是"旷世之作"。中国人思想里长期以来根深蒂固的那些三皇五帝、圣帝明王的绝对权威与历史传统，由于夏曾佑等一批疑古学者的发难，而在顷刻之间化为乌有。程憬从神话学的角度把夏曾佑从史学角度构拟的"传疑时代"明确为"神话时代"。这种研究视角的转换，显然比夏曾佑前进了一大步。程憬的"神话时代"指的是"洪水时代及那个时代以前"的漫长而又漫长的时代。那个时代的史事，都是神话，所有的人物如黄帝、尧、舜、禹、稷等等，都是神话中的人物。程憬把"洪水时代"作为"神话时代"与正史的分界线。把历史上溯到"洪水时代"，并非近人所创。西汉刘秀的《上山海经表》中的话"《山海经》者，出于唐虞之际。昔洪水洋溢，漫衍中国"，指出洪水实"荒古之标志"，但由此而引入"神话时代"这一概念，却是程憬的见解。他说《山海经》"所记之物乃本之古旧之传闻"（《〈山海经〉考》）。他的这种观点，显然是"古史辨"派视神话为"失真的史实"这一核心观点的延伸。

在程憬的神话研究中，"神话时代"的神话是怎样的呢？他写道：

> 这个远古的"神话时代"，这些古老的故事，在我们眼中看来，虽似荒妄，然制作这些故事的那个时代的人们却以为是合理而不离奇的。他们深信这些故事的真确，而一代一代的传述着。他们不只是爱听爱讲而已，实则他们的生活及信仰同这些故事已发生一种不可分解的关系。他们不是为了闲暇的消遣而讲而听，他们看这些古老的故事，实与那些虔诚的教徒之视圣经中的离奇而不合情理的传说为神圣而真确的旧闻一样。

他对"神话时代"所产生的神话的这种描述，包括了这样几层意思：第一，对于当时的原人来说，神话是真实的事情，具有不可侵犯的神圣性；第二，神话并非消遣之作，对于原人来说，它具有实用的功能，他们的生活与这些故事有着某种不可分解的关系；第三，神话并非个人创作，而是世世代代口耳相传的集体的创作；第四，神话与原人的原始信仰有着不可分解的关系，换句话说，没有原始的信仰，就不会有神话的产生和流传，在那个时代，神话不会也不可能脱离信仰而独立存在。他这种对神话的认识，正是19世纪末到20世纪初人类学神话学家深入到世界许多原始民族中作田野考察以后所得出的结论，也正是西方人类学派、功能学派有代表性的神话观点。

在"神话时代"，神话中出没的神与半神，是一些有生命、有情欲、有爱憎的实体，与凡人是一样的。他在《中国古代神话研究》中说：

> 神话的世界为一神迹的世界，其中神与半神的英雄活灵活现，所行所为，无一不光怪离奇，惊人魂魄，动人心趣。这种人物，说他们不是凡人吧，却与凡人无二，有爱憎，有情欲，有生老病死，且不时往来人世，喜则和好，怒则争斗。"民神杂糅"（《国语·楚语》），不可分辨。说他们是凡人吧，却又不同于凡人，他们能变化，可永生，具有超人的意（毅）力；且自成神国，歧视凡人，不可登入。民神不杂，界限甚明。总之，在这个"神话时代"，神人之间的关系至为密切。

他的这个分析在当时来说，也是有独到之处的。古籍中早有"民神杂糅"之说，但"民神杂糅"并没有概括神话中角色的特点，更没有切中要害地说明人与神的那种既与凡人相同、又超越凡人的特殊的关系。神或半神与人保持着这样一种不可逾越的距离，才使人对神话中的神或半神永远持有一种神圣感和真实感。

（四）重建中国神话体系的努力

顾颉刚在给程著《中国古代神话研究》所作的序中说：

> 1919年"五四运动"以后，思想解放，有些人读古史时就想搜集我国古代的神话资料，要从儒家的粉饰和曲解里解放出来，恢复它的本来面目。程憬先生在这个时代的要求下专心致志，工作了二十年，写成这本《中国古代神话研究》。……使得中国古代的许多神话获着了一个整体的系统……，我们可以说：夏曾佑先生开始发现了这问题，而程憬先生则是初步解决了这问题。

由于中外学者大都认为汉民族的典籍神话零星片段，不成体系，所以从事神话研究的人都试图以各自的方式重构中国神话的系统。鲁迅、茅盾如此，顾颉刚如此，程憬也不例外。但程憬和他们的出发点不同，他并不认为中国神话零星片断，不成体系。他在其专著《中国古代神话研究》的自序中就说，"我们的古代有系统的神话"，他的目的是要把"古代的神话系统之全貌素描出来"。

在评论程憬为自己设置的目标之一——体系神话之前，先要弄清楚体系神话的含义是什么。人类学研究认为，任何原始民族都有自己的单个的独立神话，而只有行将进入文明时代的民族，才有可能产生本民族的体系神话。因此，独立神话又称为原始神话，体系神话又称为文明神话。[①]并非任何独立神话都可经后人主观编造、系列化而成为体系神话，体系神话所具有的内在一致性与结构的完整性，并非后人所可杜撰的。这种内在的一致性与结构的完整性表现为：

（1）由主神为核心构成神际关系网，早期以主神的生殖行为和神族血统体现，后期则体现为某种抽象观念，如天命观等，并由此形成了具有权威性的神界秩序，规范着神们的行为；

（2）形成了相对完整的神界故事系列，上至宇宙来源、诸神世系，下及人类诞生、英雄救世；

（3）诸神之神际关系具有社会色彩，人形、人神同形逐渐取代兽形、人兽同体，人性因素逐渐加强。[②]

中国的上古神话，由于始自东周的历史化运动，逐渐分裂为古史传说和原始神话两大系统。一方面，原始神话中的一部分神或半神，演变成为古帝王，形成了以帝为核心、以天命观为主宰的帝系网络，并敷衍成为一个尊卑分明、上下先后有序的帝系传说系列。另一方面，未被帝系神话传说吸收改造的原始诸神或半神，依然保存着兽形或人兽同形的形貌，以独立神话的形态保存在《山海经》一类古之巫书之中。对于中国早期神话中这种分裂现象和二元结构，二三十年代的两派神话学家，都未能进行较为深入系统的探究。以顾颉刚为代表的"古史辨"派神话学家们，只着眼于古史中帝系传说的辨伪与清理，而茅盾等人又因帝系传说多失去原始信仰而把它们排除在神话研究的视野之外。程憬与他们的不同之处，在于把帝系传说与原始神话同时纳入他的神话系统之中。

《中国古代神话研究》第二章《神统纪》所论述的就是中国神话系统中的帝系传说。他说：

---

① 参见谢六逸《神话学ABC》，第67—71页，世界书局1928年。

② 参见谢选骏《中国体系神话简论》，《民间文学论坛》1985年第5期。

> 若就神话系统的本质言之，神统纪与创世纪乃一个故事，不可分说……神界也同人世一样有家族、组织，因而有先世、职掌、神国禅让之故事。

作者说的神统纪和创世纪原本是一个故事，这大约是指神统纪是从创世记所由出的意思。创世神在经历了历史化过程之后，便成为后来的家族和组织，有先世、职掌和神国禅让的神统纪了。程憬在他的著作中，在论述《山海经》中的原始神话的同时，多次谈到原始神话如何被历史化而进入了帝系传说的情况。在这一论题上，程憬显然比他的前辈们走出了重要的一步。

程憬所构建的中国神话系统，其大框架是印欧式的：创世纪（如《古代中国的创世纪》）、天地神祇（如《古代中国的天、地及昆仑》）、英雄救世创业（如《中国的羿与希腊的赫克利斯》）；其细部则是中国式的，既吸收了夏曾佑、顾颉刚，又吸收了玄珠、鲁迅等人的神话观点。所不足的是，程憬的中国神话体系，还嫌粗糙，缺乏理论的支持，他不过简单地把大量的中国神话材料放进印欧体系神话的既定框架之中罢了。即使如此，他的这项研究的开创意义是不能抹杀的。

（五）《山海经》乃古巫觋之宝典

程憬关于《山海经》的研究和他关于《山海经》是古之巫书的论考，是他整个神话研究中最具特色的部分，功力最深，即使在今天看来，仍然不失其重要的资料价值和学术价值。他写道：

> 实则视此书为地理书，固非全是，然以为小说家言，亦大不可。至近人，始知此书所有怪物故事乃古昔之神话，然对此书之实质上为何物，仍未能确言之也。……欲考此书，当从其内容上加以研究。……《山海经》盖为巫书，乃古代巫觋之宝典也。

他在此篇的附记中，引用了鲁迅先生在《中国小说史略》中有关《山海经》为"古之巫书"的论述，并说此说"先得我心之所同然"。显然他是受了鲁迅先生的"古之巫书"说的启示和影响，又在鲁迅先生的基础上加以深化的。

他的这一观点，是从四个方面分别论证的。

第一，从巫药方面看。《大荒西经》记："有灵山……十巫从此升降，百药爰在。"注曰："群巫上下此山采之也。"《海外西经》："登葆山，群巫所从上下也。"注曰："采药往来。"又记："龙鱼……有神巫（郝懿行作'神圣'）乘此以行九野。"程憬认为"行九野亦采药也。"程憬根据此类材料，认为："传说彼等乘龙鱼，游行大泽，深入名山，探采百药。余意《山海经》（尤其是《山经》）之作，盖与此传说有关系。考今传之《山经》，记其九野之事物是以山川为之纲纪。然其目的不在山川之叙述，而在记录其间之所有怪物（神怪及自然物），而所谓怪物之一部又皆为医用之药物。"

第二，从巫术方面看。程憬认为，"巫觋之行使法术，或用符咒，或用法物。此种法物大多以'物'——如鸟兽之皮骨羽毛以及草木玉石等等——为之。彼辈相信此种'物'（'怪物'）是具有神秘力，可以魇祟人，亦可以驱邪逐怪。由此而初民便深信，如服佩此种具有神秘力之'物'，便能发生某种特别之作用，可以御不祥。此种以物御物之方术，大多从'同类相克'之原则而推得者。（如'沙棠木轻，可以御水'，其佳证也。）《山经》中多载此种怪物。"由此可见程憬对《山海经》中的神怪异象所作的实用的、理性的解释。

第三，从祭礼方面看。《山经》各载一方之山神，并举行各种形式之祭礼。程憬据此而认为，举行祭礼，于人类而言，"乃欲和解神灵之愤怒或引起其欢心。"主持祭礼者为巫觋。经中详略不一地记载了巫觋主持之各种仪式及其所使用的器物和祭牲。故《山海经》是为巫书。

第四，从神话方面看。程憬指出：

> 神话乃叙述神怪之故事。古之巫觋最熟知神话。神话不是宗教然和仪式同为宗教之工具或辅助品。神话同时又供给巫术种种有力之实据，可用为巫术真理之保证。故《山经》中所载之神话，其目的大多不在叙述此等故事，而在证明某种宗教意念或巫术，借以加强人民之信仰。

程憬以《西山经》中玉的神话为例：

> 黄帝乃取峣山之玉荣（郭注："玉华也。"），而投之钟山之阳（郭注："以为玉种。"）……天地鬼神，是食是飨；君子服之（袁珂注："服，佩带也。"），以御不祥。

程憬指出，玉可御不祥；祠神要用玉，因此种玉为帝所种，所以能

"御不祥"，"鬼神是食是飨"。他的这种观点与宗教民俗学家江绍原在《中国古代旅行之研究》中的观点是一致的。江先生认为古人把玉区分为两类，一为信玉，一类为祭祀之玉，而通过对《山海经》的考察，可以发现，玉不仅是饰物、玩物，而且是有辟邪驱祟功能的护身物。程憬从宗教和巫术的角度探讨《山海经》，揭示其中一部分神话的巫术实用功能，为神话研究开辟了一个新天地。

对《山海经》的研究是30年代神话研究中的一个重要课题，吸引了许多学者从不同方面进行过卓有成效的研究，如茅盾、郑德坤从文学角度，冯承钧、吴晗、顾颉刚、胡钦甫、杨宽从史学角度，江绍原、陈梦家从宗教巫术角度，钟敬文从文化史角度，均有所掘进。程憬在前人的研究基础上，采诸说之长，形成了自己的"古代巫觋之宝典"说。特别是关于巫觋的作用的阐释，有着独到的见解。他说："巫觋为初民社会之智者，初民之生活中无一事不受其支配。彼辈自谓（且自信）：能同神秘之奥，能动用巫术。同时初民亦相信彼辈确有此种可怖可畏的能力，能使人生病，并能为人疗病，能降祟祸，并能驱邪逐怪。""古之巫觋，博闻广知。他们是圣人，是博物君子。"他还说"此经（包括图）为古之巫觋—祠官—所作"，《山海经》是非一人所作、非一时期成书的一部巫觋所奉的经典。"其书所记之物，乃本之古旧之传闻，决非当时巫觋所创造者。此种旧闻大多传自邃古。最初专恃口传，未尝书以文字。其后或有图画，最后乃书之简帛。当巫觋将口传之古说写为文字之时，或曾参考图画，或即对依画而诵处于之相关之古谈而记述之。故《山海经》者，实为当时巫觋久奉之旧典，而非一时创作之物也。"

（六）谶纬与神话的关系

程著对谶纬与神话的关系的论述，是他的神话研究中最具新意的另一领域。

盛行于汉代的谶纬，历来被认为是一种"为封建统治说教"的"宗教迷信"[1]。历代神话学家也多认为谶纬之说以及纬书所记，多"涉迷信荒诞"[2]，是"方士的胡言乱道"[3]，因而"今集神话，自不应杂入神仙

---

[1] 参见《辞海》，第402页，上海辞书出版社1980年。
[2] 袁珂《古神话选释·前言》，第29页，北京：人民文学出版社1979年。
[3] 玄珠《中国神话研究ABC》，第94页，1929年初版。

谈"①，或把谶纬之说排除于神话之外，或认为是伪作或荒诞之胡言而没有给予足够的重视。程憬在他的著作中，正面肯定谶纬与中国神话的关系，特别应引起我们的注意。他把谶纬与《山海经》并称为"记怪之书"（见《创世纪》），指出：

> 谶纬起源于秦汉之际，然其"所造"之说，实多案据巫觋所传以及民间的俗说，推衍而成。

> 阴阳神仙及谶纬家之说与神话，关系密切，不待详解可喻，假如《山海经》的写定，是当此种思想盛行之时，势必受其影响。汉鲁灵光殿赋可证也。赋曰："图画天地……山海神灵，写载其状……上纪开辟，遂古之初。五龙比翼，人皇九天。伏羲鳞身，女娲蛇躯。"（《文选》）其中"五龙……"乃谶纬家言，而已入殿壁画中，与"伏羲……"之古说混然为一矣。

这里程憬从两方面肯定了谶纬与神话的密切关系：首先，谶纬的来源有二，一为巫觋所传，一为民间俗说，都是神话所由产生的根源，二者均不可忽视；其次，考察《山海经》时，不可忽视谶纬家之说的影响，许多神话就是古说与谶纬家言浑然为一而成的。

兴起于西汉，盛行于东汉的谶纬思想，以天命观和阴阳五行观为基础，融合了秦汉时期天文、地理、鬼神、巫术、伦理等各种文化因素，吸收了古代祖先崇拜、天子诸侯祭祀，以及民间世俗的诸神信仰，形成了独特的鬼神观念和错综复杂的神系网络。天神、社稷、五岳、四渎、河海山川之神、日月星辰风伯雨师、司命司中及人身体内的诸神，不仅与原始神话中的诸神并存，而且极大地改变着原始诸神的风貌，加速了古神历史化的进程，对帝系神话的日益体系化与原始神话的分崩离析有着至关重要的影响。谶纬又与道佛观念及其信仰相结合，进入到民间世俗生活之中，形成了一个庞大的民间信仰神系，主宰着各民族人数众多的中下层民众的思想和信仰，至今仍有着相当强大的势力，未可轻估。因此，由此可以看出，程憬对谶纬与神话的关系的见解，不仅在当时有力排众议、独树一帜的勇气，而且至今还不失其现实意义。

---

① 鲁迅《致傅筑夫、梁绳祎信》（1925年3月15日），《鲁迅书信集》，第66页，北京：人民文学出版社1976年。此处所说的"神仙谈"，指的是杂有方士神仙之说的秦汉六朝之书，自然也包括谶纬在内。

第十一节　孙作云的神话研究

孙作云（1912—1978），字雨庵，辽宁复县（今瓦房店市）人。历任清华大学、北京大学、北京历史博物馆（今国家博物馆）、河南大学等教职和研究人员。毕生从事神话研究，写了200多篇（部）约300万字的学术论文（著）。2003年，河南大学出版社整理出版了《孙作云文集》4卷6册：《楚辞研究》（上、下）、《诗经研究》、《中国古代神话传说研究》（上、下）、《美术考古与民俗研究》。此前，还有《天问研究》（1989）、《诗经与周代社会研究》（1966）两部专著。在古典神话的解读与阐释、特别是神话图像学的建立方面，自成一家，在中国现代神话学史上起了不可替代的作用。

（一）神话研究的历程

孙作云的神话研究大致分为三个阶段：

第一阶段，30—40年代初，经闻一多指引，从研修《楚辞》进入神话殿堂。1932年考入清华大学中国文学系，第一篇学术论文《九歌·山鬼考》刊载在1936年《清华学报》上。曾担任《清华周刊》编委。1936年清华大学毕业，获文学学士学位。同年秋天考入清华大学研究院文科研究所，师从闻一多继续研究《九歌》，写过《九歌山鬼考》（1936）、《九歌司命神考》（1937）、《九歌东君考》（1941）、《九歌湘神考》（1942）、《九歌河伯考》（1942）、《九歌非民歌说》（1937）等论文。

第二阶段，40年代，运用图腾学说以期构建一个中国式的图腾神话体系。1941年秋，受聘于北京大学文学院，任讲师、副教授，讲授中国古代神话研究、民俗学、《楚辞》、中国古代史课程，撰写了《周先祖以熊为图腾考》（1941）、《蚩尤考——中国古代蛇氏族研究》（1942）、《盘瓠考》（1942）、《飞廉考——中国古代凤氏族研究》（1943）、《后羿传说丛考——夏初蛇、鸟、猪、鳖四族之斗争》（1944）、《鸟官考——中国古代鸟氏族诸酋长考补》（1946）等。这一时期写的《饕餮考——中国铜器花纹中图腾遗痕之研究》（1944）是他在考古器物图像研究上的起步之作。1946—1949年间，在东北大学讲授中国古代神话研究、《楚辞》、《诗经》、中国新文学研究等课程，同时担任沈阳博物院研究员。这期间，继续从事神话传说的研究，著有《说丹朱——中国古代鹤氏族的研究》（1946）、《说羽人——羽人国、羽人神话、飞仙思想之图腾主义考察》（1947），最终形成了自己独特的研究方法和理论体系。

第三阶段，50—70年代，开辟新的领域——帛画壁画与汉画像石神话母题研究。

（二）跨学科多元综合研究

受五四新文化运动新思潮新方法的启迪，孙作云的神话研究，在学术观上，主要是通过郭沫若等的古史研究，接受了摩尔根的进化论人类学与社会发展观以及法国社会学家杜尔干（Durkheim, é，今译迪尔凯姆）的图腾主义学说；在方法论上，则继承了传统的考据和由王国维首创、闻一多发展了的"二重论证法"。他在《中国古代图腾研究》一文中写道："古史的研究，不但取材于书本，而且要取材于古物，所谓两层证明法是治史的不二法门。我的意思，应该在古物之外，再加一个古俗，用古代的风俗来帮助文献和考古之不足；这个方法可以叫做三层证明法。"[①]

孙作云毕生致力于神话传说研究与闻一多的影响有莫大的关系。20世纪30年代初，在清华大学读书时，孙作云选修闻一多的《楚辞》课，上课时师生三人相对而坐，半学期就读完了一部《天问》。据孙作云之子孙心一的回忆："闻先生精辟的见解，深邃的剖析，打动了他的心扉，改变了他的志向，奠定了他研究《楚辞》的坚实基石，师生之间也结下了笃厚的情谊。父亲在《忆一多师》一文中写道：'育我者父母，教我者恩师。'1938年，闻先生给我父亲的一封信中说：'在学生中没有比你更能了解我的，做学问如此，其他一切莫不皆然。'"[②]孙作云继承了闻一多穷本溯源、考证辨析的国学传统，以多学科的学术视野来考察中国神话，同时又有了许多新的开拓。例如，当西方的图腾理论全面传入我国时，治古史者与治社会学者却大都不得其门，孙作云受闻一多的启发，从神话学另辟蹊径，并提出以多重综合论证法探索和论证中国的图腾社会及其神话。孙作云回忆说：当时，"治古史者不措意于古代社会，治社会学者又多不及古史，即或注意之，亦多视宗教迷信及神话传说诸方面为不急之务，遂使中国图腾社会之真相，亘数千年而不见知于人间，此非吾人之遗憾乎？余年来从闻一多先生受教，于神话研究诸方面颇饶兴趣。乃不揣驽钝之资，为此艰深之业。其法以纸上材料，

---

① 孙作云《中国古代图腾研究》，《中和月刊》1941年第2卷第4、5期；又见《孙作云文集·中国古代神话传说研究》（上），第37页。

② 孙心一《闻一多先生与我父亲之间二三事》，《今昔谈》1981年第1期；转自孙作云《天问研究》，北京：中华书局1989年。

参以古物实证，益以民间传说，分析推引，以求一解。"①

他把史前文化的诸多领域，如文字学、天文、史学、考古、神话传说、古器物图像、文学、民俗等等，统统纳入自己的视野之中。由于古神话正好处于史前文化诸领域的发生地带，与上述诸学科有着千丝万缕的渊源上的联系。研究古史、《楚辞》、《诗经》、古器物、民俗，都离不开神话传说，正所谓"你中有我，我中有你"。这就不仅决定了孙作云的神话研究领域十分宽广，而且具有跨学科、多元的特点。孙作云把研究古史所使用的研究方法——多元综合研究法——运用于神话研究中。他在《盘瓠考》中写道："对古史研究的方法，就是从社会制度的研究，来判断古史的真伪，用考古学上的实物来证明制度的有无，用文字学音韵学的方法来考证一个名词的得名之故，用民间的俗说、迷信以补文献的不足。我所用的方法不是限于一隅的，是综合的。我的态度，是'疑'了之后再'释'，'释'了之后再'信'。我不是徒然地疑古，也不是盲目地信古，我的方法是二者结合。再用具体的话来说，就是我以为古史的事实，大致可信，古书并非尽伪。我们要在神话之中求'人话'，疑史之中找'信史'。"②对羽人神话的考释，就是他运用综合论证法非常成功的一例。

《说羽人——羽人图羽人神话及其飞仙思想之图腾主义的考察》③一文，不仅利用了古器图像与载籍神话的比较，而且还从文学表现、图腾崇拜、民间信仰等多方面入手，对羽人神话及其内涵、变异进行了分析考释。孙作云认为，一切民族的文化，皆先有图而后有文。因此，就发生的先后来说，当以图像上所见的鸟人为主，而以神话传说上的记载为副。神话传说上的羽民国或鸟民国，只不过是古器图像上的鸟人图或羽人图的一种说明而已。战国猎壶④上的羽人图（鸟人图）乃是现在所见最早的羽人

---

① 孙作云《蚩尤考》，原载《中和月刊》1941年第2卷第4、5期；又见《孙作云文集·中国古代神话传说研究》（上），第175页，开封：河南大学出版社2003年。

② 孙作云《盘瓠考——中国古代狗氏族之研究》，原题《夸父盘瓠犬戎考》，《中原思想》1942年1卷1期；又见《孙作云文集·中国古代神话传说研究》（上），第421页。

③ 孙作云《说羽人——羽人图羽人神话及其飞仙思想之图腾主义的考察》，《国立沈阳博物院筹备委员会汇刊》1947年第1期；又见《孙作云文集·中国古代神话传说研究》（下），第561页。

④ 容庚《武英殿彝器图录》（下册），第109页，北平：燕京大学燕京哈佛社出版。

图。此猎壶图的下段为羽人图，羽人作鸟首鸟喙，两翼飞举，人身人足之形，鸟喙与右翼之间有一黑点，用以象日。羽民国的神话，最早见于《山海经》。综合《山海经》上记载的四则羽人神话，可以看出羽民或鸟人有六个特点：长头、长颊、鸟喙、身生毛羽、有翼、鸟首。这六点与上述战国猎壶上所见的鸟人图完全相合。到汉代，无论神仙画像和有关神话的载籍材料，也完全吻合，且自成一段落。关于战国的羽人图和汉代的神仙画像的异同，孙作云说："这二者（无论是实物图像和古书记载）最大的不同点，就是前者接近较原始的形式，而后者富于人间的情趣，而这二者的过渡的中间样式，便是汉代铜镜上和漆器上的长头仙人。"①针对着学界有人认为"鸟人观念"是外来的，孙作云强调指出：人生翼会飞的观念是本土的，而非外来的。②

孙作云并非单从古物来论证神话，他还从"文学表现"的角度来研究神话。如对《楚辞》中所反映的鸟人观念的阐释。孙作云说：楚民族源于东方，其先祖可能与殷民族为一系（闻一多亦持此说），因而其神话与思想也当属于东方系统。《楚辞》的神话传说，当与《山海经》《淮南子》为一系。《远游》中有"仍羽人于丹丘兮，留不死之旧乡。"孙氏认为，王逸注"羽人丹丘"——"丹丘，昼夜常明也。《九怀》曰'夕宿乎明光'，明光即丹丘也。《山海经》言有羽人之国，不死之民。或曰：人得道，身生毛羽也。"最为恰当。孙氏考证，丹丘在今山东半岛一带，是羽民国较早活动的地区，说明《山海经》的羽民、猎壶的鸟人，《远游》丹丘上的羽人，出自同一思想。③

此外，孙作云并不固守考据法，还从图腾理论的角度对神话进行阐释。他说：以上所论羽人图像、羽人神话及文学表现，"是某种图腾信仰之三个不同方面的表现，图腾主义才是这三者共同的根源。它如一把利刃似地可以解释许多中国古代神话上的、文学上的、古物图像上的盘根错节。"④在他看来，羽人图或羽人神话都是古代以鸟为图腾的氏族在后

---

① 孙作云《说羽人——羽人图羽人神话及其飞仙思想之图腾主义的考察》，见《孙作云文集·中国古代神话传说研究》（下），第585页。

② 孙作云《说羽人——羽人图羽人神话及其飞仙思想之图腾主义的考察》，见《孙作云文集·中国古代神话传说研究》（下），第587页。

③ 孙作云《说羽人——羽人图羽人神话及其飞仙思想之图腾主义的考察》，见《孙作云文集·中国古代神话传说研究》（下），第596页。

④ 孙作云《说羽人——羽人图羽人神话及其飞仙思想之图腾主义的考察》，见《孙作云文集·中国古代神话传说研究》（下），第602页。

代所遗留的痕迹，其特点不外下列五点：（1）羽民国卵生。（2）《海内经》之鸟民即鸟夷，是崇拜鸟图腾的氏族。（3）以鸟羽为衣，以象其图腾鸟。（4）模仿图腾的动作，郭璞注羽民国"身生羽"句时说："能飞不能远"，正是对图腾动作的模仿。（5）东夷以鸟为主图腾，又以日为副图腾。他还解读说，河南辉县琉璃阁出土猎壶颈上之射鸟怪人应是后羿，是羿射日神话的图像。

（三）图像神话学的探讨

20世纪40年代起，孙作云一方面写作了一些有关中国神话与图腾关系的论文，另一方面，也从神话学的角度考察考古器物中的美术图像，提出了神话图像的背后隐藏着一整套文化传统的学术主张。他说："此种美术花纹，在昔皆视为考古学所研究之课题，著录考证，代有其人，然于此种花纹造作之由来，殊少得当之解释。愚年来颇治神话学与民俗学，窃思若能由神话学探索此种花纹之神话的意义，由民俗学解释此种花纹之原始的性质，当为极饶兴趣之事。今即以此为线索，由古书上之记载，合之古器上之材料，参以初民社会之风俗，推衍比勘，以求一解，此即本文所采用之方法与目的也。"①他进一步说明，这种探讨，既可"以神话传说说明铜器花纹之意义"，又可"由铜器花纹证明神话传说，二者之取舍虽异，然殊途同归也。"②于是，"以神话传说说明铜器花纹之意义"与"由铜器花纹证明神话传说"便成为他后来执着地研究神话与图像及其关系的一种学术理念。到50年代，他非但没有放弃这一领域的研究，还写了饕餮纹研究的续篇，在理论上多有开拓。

1. 饕餮图像与神话图像学

孙作云认为，解开饕餮图像的象征涵义，有利于对神话肖像学（神话图像学）构成的认识。人神异形是原始神话形象造型的鲜明特征。神话肖像学正是通过对神话形象的形貌造型、肖像特征、异形特禀的分析，探求形象的构成与神话根源。《山海经·海外南经》有"神灵所生，其物异

---

① 孙作云《饕餮考——中国铜器花纹中图腾遗痕之研究》，见《中和月刊》1944年第5卷第1、2、3期；又见《孙作云文集·中国古代神话传说研究》（上），第299页。

② 孙作云《饕餮考——中国铜器花纹中图腾遗痕之研究》，见《孙作云文集·中国古代神话传说研究》（上），第319页。

形"的说法，说的是宇宙之间，人神万物的形貌常常是超自然的、非现实的。神话中的主要角色是鸟兽虫蛇，人常以超自然的、与鸟兽蛇虫合体的面目出现。饕餮，即《山海经》中的狍鸮。孙作云说：《左传》宣公三年有"昔夏之方有德也，铸鼎象物"之说，"铸鼎象物"之"物"，亦即饕餮。他指出："据《左传》，知所象之物可以禁御不祥，其用为'畏图'，与饕餮之为畏图亦合，则禹鼎所象之物，当为饕餮无疑。"孙作云进一步解释说，《左传》中所说的"德"指的是"神力"；而"物"指的是"图腾"。以"德为神力"，法人葛兰言说过，[1]闻一多先生也说过，所谓"五德终始"即五种神力之循环。所谓"物"即"图腾"，傅斯年在论述《左传》这段话时也曾说过："则物为图腾标识更显而易见……盖物者，社会组织宗教信仰之所系，故如此重言之。"孙作云由此得出结论："盖当夏民族之神力未衰时，铸鼎象其图腾（物），其图腾有保护氏族之能力，故又为禁御不祥之法物。其后夏德衰败，鼎迁于商；商并于周，鼎迁于洛；因其民族之式微，重器遂为他族所攫有，此即《左传》之文之译解也。"[2]"综合以上所述，知夏人铸鼎象物，即所以象其图腾，其图腾为蛇，故饕餮即蛇，其图腾后与其祖先、酋长合一，故其物亦即蚩尤，易言之，饕餮亦即蚩尤。"[3]孙作云对饕餮图像特征的探讨，对神话图像学的建立有着重要的启示意义。

2.《山海经》"畏兽画"的神话学阐释

据孙作云研究，《山海经》是先有图后有文的。郭璞将山海图称之为"畏兽画"。孙作云对《山海经》"畏兽画"的阐释，不仅在某些古图的破译上屡见新意，而且较早地揭开了《山海经》研究新的一页。

孙作云说：《山海经》"诸图之中有畏图，皆绘食人之凶恶，如《西山经》㺒次之山，'有兽焉，其状如禺而长臂善投，其名曰嚣。'郭注：'亦在畏兽画中。'《北山经》谯明之山，有'兽焉……名曰孟槐，可以

① 格拉勒（葛兰言）著、李璜译述《古中国的跳舞与神秘故事》，上海：中华书局1933年。
② 孙作云《饕餮考——中国铜器花纹中图腾遗痕之研究》，见《中和月刊》1944年第5卷第1、2、3期；又见《孙作云文集·中国古代神话传说研究》（上），第313—315页。
③ 孙作云《饕餮考——中国铜器花纹中图腾遗痕之研究》，见《孙作云文集·中国古代神话传说研究》（上），第317页。

御凶。’郭注：‘辟凶邪也，亦在畏兽画中也。’”①孙作云比较战国猎壶上的羽人图（鸟人图）与《山海经》中有关羽人的四则神话，得出结论说："我们可以武断地说《山海经》这一段记载就是这些图像的说明，至少原始的山海图画这段画，就是像猎壶上所铸的那个样子。我想原始的山海图和猎壶上的图像当系出于一本：即出于一个共同的宗教和艺术传统。并且，我们再就时代上说，猎壶的时代是战国中期，山海图（写成为今本样式）的时代也绝不会晚于战国，可能与猎壶同时。然则，二者有如此多的雷同点，自属当然之事了。"②

孙作云从而阐明了一个重要的观点："《山海经》上所载的羽民国人或鸟民的神话传说相当于猎壶上的鸟人图；汉及汉以后古书上所载的神仙传说（或言生毛，或言变臂为翼，或言披羽衣），不啻为汉画中神仙图像的说明。照艺术上传说上的演化上讲，假若营城子汉墓壁画上的仙人，源于铜器花纹上的羽人，则《论衡》以下所载的仙人传说，一定是脱胎于《山海经》上的羽民或鸟夷。这二者——美术图像与古书记载——的演进程序，正是取着同一的步骤而前进，而且这步骤是有条不紊的。"③

在孙作云之前，美术史家常任侠已于1939年在《说文月刊》上发表了《重庆沙坪坝出土之石棺画像研究》一文，认定沙坪坝石棺前额上的人首蛇身画像，与山东武梁祠汉画像石人首蛇身交尾像、新疆高昌故城阿斯塔那古墓的人首蛇身交尾绢画等一样，都是伏羲女娲、从而及于古籍中和苗瑶传说中的伏羲女娲，以及关于日月金乌灵蟾传说等神话问题，开了以古物图像研究神话和从神话阐释古物图像的先河，一时在重庆和西南人文学界引起了很大的效应。④在常任侠之后，闻一多撰《伏羲考》，运用在不同地方发现的人首蛇身交尾像图像和人类学民族学调查材料（如芮逸夫的调查报告）论证了伏羲女娲兄妹婚繁衍人类的神话，不仅认定了伏羲女娲兄妹婚说的合理性，而且为神话图像学的建立奠定了基础。此后，孙作云作

---

① 孙作云《饕餮考——中国铜器花纹中图腾遗痕之研究》，见《孙作云文集·中国古代神话传说研究》（上），第312—313页。

② 孙作云《说羽人——羽人图羽人神话及其飞仙思想之图腾主义的考察》，见《国立沈阳博物院筹备委员会汇刊》1947年第1期；又见《孙作云文集·中国古代神话传说研究》（下），第584页。

③ 孙作云《说羽人——羽人图羽人神话及其飞仙思想之图腾主义的考察》，见《孙作云文集·中国古代神话传说研究》（下），第587页。

④ 常任侠《重庆沙坪坝出土之石棺画像研究》，见《时事新报·学灯》第41—42期，1939年，重庆；又《说文月刊》第1卷第10/11期合刊，1940年，上海/重庆。

为后继者，以饕餮纹、羽人图等多个案例，进行包括人类学在内的多学科的解读，就"图像与神话"或"神话肖像学"这一论题撰写了几篇文章，初步造就了20世纪40年代神话与图像研究的新"景观"，成为神话图像学这一神话学分支学科的少数先行者之一。

（四）训诂考据和图腾主义

20世纪40年代的孙作云，对于外来的神话学说采取广纳博采的态度，但他并没有青睐由文学研究家们引进而且在当时学坛上非常盛行的英国人类学派神话学，而似乎更多地接受了历史学家们所广泛接受和认同的美国人类学家摩尔根的进化论的社会学和人类学与法国杜尔干社会学的图腾主义学说，用以重构中国的神话体系；接受了并运用德国马克斯·缪勒的语言学派的学术理念与方法，用以解释和破译中国神话。

1. 打通中国传统的训诂小学与外国的语言学派语言疾病说

孙作云在《飞廉考——中国古代鸟氏族之研究》（1943）一文中，高度评述了西方语言学派的神话学说。他说："他们的方法是从吠陀神话与希腊神话之中，推知许多神名的溯义，再经比较考察之后，寻绎一个最古的形式以为通乎印度日尔曼民族全体的最初的神名；再以此神名为基础，来解释神话的意义……据他的解释，说一切神话皆由于'语言的疾病'。什么叫语言的毛病呢？原来语言的特质有'性'，'多名使用'，'同义语使用'，及'诗的隐喻'诸点。随着时代的变迁与人性的健忘，这些意义遂逐渐发生混乱和误解……人们便将错就错地视之为神话或神事。神话的发生便由于此，神话学史上有名的'言语疾病说'，便是此说。"[1]他还说："马克斯·缪勒所提出的神话学的研究方法，无疑地是研究神话学最有效的方法之一。研究神话首先要研究神名的得义，若能把神名的初义解释清楚，无疑地就等于把这个神话了解了大半，而比较语言学是很能做到这一点的。"[2]从中不难见出他对马克斯·缪勒学说的欣赏。

综观孙作云的神话研究，马克斯·缪勒的语言神话学对他发生过相当重要的影响。他认为，神话是语言的叙事，语言学的诸多法则，如音

---

[1] 孙作云《说羽人——羽人图羽人神话及其飞仙思想之图腾主义的考察》，见《孙作云文集·中国古代神话传说研究》（下），第456页。

[2] 孙作云《说羽人——羽人图羽人神话及其飞仙思想之图腾主义的考察》，见《孙作云文集·中国古代神话传说研究》（下），第458页。

韵、音变、谐音、词语构成、一词多义、同义词、象征与隐喻等等,对神话的发生、生成、变异和演变,都有着至关重要的影响。于是,他大量运用音韵学和文字学的方法考据和求证神话。孙作云说:"在考证事迹或解释内容之前,必先推寻得名的初旨。这种推寻的方法大概从两方面下手:一是从音韵学上求其音读,二是从文字学上求其形义;行之既久,颇有领悟,深信这是研究中国神话的首要之途。把一个神话上的神名辗转由音韵学上解释通了之后,再从这声中求义,拿来和故事本身的意义相比较,这不是最简单最有效的方法么?拿这方法和马克斯·缪勒的方法相比,真是若合符节。不过我的方法,还要求证于民俗学、人类学的实例,不像马克斯·缪勒之限于一隅罢了。"[1]对于风神飞廉神话的阐释,孙氏说:"风字古音即读若飞廉。其后风字在口语上失掉了P-L-复辅音之成分,人们不知道飞廉即风,便以为飞廉为风神了。我们用音韵学的方法来解释,马上就可以了解这种神话的成因,拿这个例子来比附马克斯·缪勒的'语言疾病说',真是再也恰当没有的了。"[2]他在《说丹朱》(1946)一文里说:对王子乔丧履的故事的解释上,"业师闻一多先生在清华大学讲《楚辞·天问》'大鸟何鸣,夫焉丧厥体(履)'时曾言及之,其大意谓王子乔之乔即跻字,而跻即履,王乔为什么有丧履的故事,即因其名为跻。恩师释此段神话大似马克斯·缪勒用语言学解释神话的方法。"[3]

同时,不能否认,孙作云也看到了语言学派神话学的严重缺陷。他参照松村武雄《神话学原论》列举了语言学派的十大"罪状":(1)所应用的音韵学之法则无一定之标准,常出错。(2)解释神话时,只凭语言学的证据,而忽视祭仪与构成神话元素的民间传统的事实。(3)一元的神话观,以为只有自然神话,而忽视人文神话。(4)以为神话是固定不变的,神名即代表神话的本体,据此即可推断神话的意义。(5)他们用作比较的《梨俱吠陀》神话不能代表整个印度日尔曼民族的神话。(6)这一学派以语言中的"性"为神话发生的原因,但世界上有许多民族的语言并无"性"的标识,但他们也有神话。(7)不能以语言有病作为神话发生的根本原因,神话学也不是语言学的一个分科。(8)印度日尔曼语系诸民族的神话,也有

① 孙作云《说羽人——羽人图羽人神话及其飞仙思想之图腾主义的考察》,见《孙作云文集·中国古代神话传说研究》(下),第459页。

② 孙作云《说羽人——羽人图羽人神话及其飞仙思想之图腾主义的考察》,见《孙作云文集·中国古代神话传说研究》(下),第461页。

③ 孙作云《说羽人——羽人图羽人神话及其飞仙思想之图腾主义的考察》,见《孙作云文集·中国古代神话传说研究》(下),第543页。

与其他民族神话相同者，单凭语言学的解释几乎无法说明。（9）印度日尔曼诸族相同的神话非常少，难以进行比较研究。（10）缪勒的学说，历史的实证少，而抽象的思维多。有此清醒的认识，实属难能可贵。

2. 运用图腾学说于中国神话研究

20世纪初，西方社会学派人类学的图腾学说传入我国。首倡此说的是严复，他在光绪二十九年翻译英国甄克斯《社会通诠》时在注中说："古书称闽为蛇种、盘瓠犬种，诸此类说，皆以宗法之意，推言图腾，而蛮夷之俗，实亦有笃信图腾为其先者，十口相传不自知其怪诞也。"其后，郭沫若在中国古代社会研究中运用图腾学说释铜器铭文中时人所认为"文字画"的奇字。[①]再后，胡愈之翻译法国倍松《图腾主义》，全面介绍图腾主义的理论与方法。[②]接着，法国汉学家葛兰言著《中国古代之舞蹈及传说》（1926）之汉译本，就中国古代之舞蹈，寻求图腾社会之遗迹，又以玄鸟生子姜原履迹等传说为图腾社会之实例。[③]其时，孙作云正好受教于闻一多，专攻《楚辞》与神话，受闻先生的启发，决心从神话学另辟蹊径，以多重论证之法，追寻中国图腾神话的轨迹，而图腾主义学说对他来说，正如久旱逢甘霖。与几乎同时被中国文学家们引进国门并用以研究中国神话的英国人类学派神话学相比，美国人摩尔根的进化论社会学和人类学说、法国人杜尔干、倍松的图腾主义人类学学说，似乎更适合于孙作云的胃口，也能更好地解释中国的社会及其神话。

孙作云在1940年写的《中国的第一位战神——蚩尤》（未发表）中，开始运用摩尔根学说来考察蚩尤所属的社会。1941年写的《中国古代图腾研究》（《中和月刊》1941年第2卷4、5两期）标志着他全面研究图腾神话的开始。此后，他一发不可收拾，发表了许多有关图腾神话的文章，力图构建一个中国式的图腾神话体系。

什么是图腾？为什么说图腾理论是研究中国神话的最妙的方法呢？孙作云在《饕餮形象与饕餮传说的综合研究》一文中说："图腾主义在漫长的十几万年的氏族社会中，是随着氏族社会的发展而有其不同的特点。最早的图腾崇拜，似乎已经无法知道，我们所知道的，只是它的晚期形态。'图

---

① 郭沫若《中国古代社会研究》，上海：中亚书局1930年。

② ［法］倍松著、胡愈之译《图腾主义》，上海：开明书店1932年。

③ ［法］格拉勒（葛兰言）著、（李璜译述）《古中国的跳舞与神秘故事》，上海：中华书局1933年2月初版。

腾'被认为是氏族的祖先、保护者、标志。氏族人相信：他们出生于图腾，死后再复归于图腾，他们与图腾同一化，他们是图腾的化身。"在谈到原始社会末期祖先有动物形态时，他引用原苏联阿·格拉德舍夫斯基《原始社会史》的话："相信祖先起源于幻想的人、动物、植物等等，叫做图腾主义。"[1] "中国今日之民俗，大半有其原始的根据，即中国今日之民俗多植基于古代图腾氏族社会。"[2] 孙作云认为，中国图腾社会中有三件大事是中国一切神话的中心。中国古代曾经广泛地实行过图腾制度，这时间相当于三代以前，约去今5000年左右。五帝时代就是图腾社会。保存在历史上有三件大事：第一，黄帝杀了蚩尤。蚩尤部落在文化上达到相当的高度，脱离了图腾社会，即摩尔根所谓半开化社会，而进入奴隶社会，即父系家长制的社会亦即摩尔根所谓文明社会。第二，灭了蚩尤的黄帝把王位传给舜而不给他的儿子丹朱。这表示父系制度未正式建立，财产与王位的继承尚保存母系社会的过渡形态。第三，蚩尤的孙子禹复国中兴以后，不把王位传给据说帮助他"烈山泽"的伯益，而传给他的儿子启，表明父系制度完全建立。这三件大事，在中国上古史，特别是神话传说的历史，构成了三个最重要的课题，是一切神话传说的中心。孙作云说，"中国古代曾经广泛地盛行过图腾主义。假使允许我们做一个鸟瞰式的考察的话，我们大致可以说东方民族（沿海各地）多以鸟为图腾，以日月为副图腾；中原民族（河南一带）多以龟蛇等爬行动物为图腾；西北民族（陕甘高原地带）多以野兽为图腾。不过因为各民族的来源不一，各民族的基于生产技术而发展的文化不同，又因为山川的阻隔，以及民族间的战争与迁徙等问题，遂呈现了中国古代图腾社会的错综复杂多种多样的文化相……。一般地说起来，中国古代在三代之前，在黄河流域曾经广泛地实行过图腾主义。"[3]

　　孙作云就是在上述理论的基础上，重构了一个庞大的中国图腾神话体系，并把上古诸神和他们的故事，统统纳入到这个图腾神话体系之中。图腾主义学说与摩尔根的进化论学说同时盛行于40年代的中国学坛，不是没有社会原因的。随着马克思的《摩尔根〈古代社会〉一书的摘要》在中国的传播，学界普遍地接受了摩尔根的进化论观念，人类社会由母系到父系的演进过程也随之成为唯物史观的重要基石，而图腾作为族群的标识或制

---

① 孙作云《饕餮形象与饕餮传说的综合研究》，《孙作云文集·中国古代神话传说研究》（上），第364—365页。

② 《孙作云文集·中国古代神话传说研究》（下），第530页。

③ 《孙作云文集·中国古代神话传说研究》（下），第602—603页。

度，也就成为研究古代社会的重要一途被学界所认可。孙作云正是在这样的古代社会研究和古代神话研究背景下，垂青于图腾主义学说的。图腾主义成为他的神话研究的最大特点。

然而，中国是否像西方人类学家笔下的古代澳洲一样，经历过一个发达而成熟的图腾社会？图腾崇拜是属于信仰范围还是属于制度范围的问题？在孙作云笔下，泛图腾主义的倾向比比可见。如"鲧禹治水是两栖动物图腾社团败亡以后被罚的苦役。"①如民国初年，河南出土一鱼匕，上有铭文："出游水虫，下民无知，参蠡蚖命。"孙作云解释说，水虫指的是以蛇为图腾的蚩尤，当时的民众"敬奉蚩尤之令"。"下民当指当时一般的人民而言，也许指当时还存在的夏人而言。闻一多先生说：夏的意思就是'下'，商的意思就是'上'。若依我的说法，则商之名为上，因为他们的图腾是天上的鸟和日，所以叫做'上'；夏民族的图腾为蛇，蛇为水虫，所以叫做'下'"。②如认为《山海经》中的珥蛇、践蛇是对图腾蛇的一种虐待。③《山海经》中之巫操持夹践蛇是对图腾的一种压迫。④强良衔蛇操蛇，夸父珥蛇都是对图腾蛇的一种虐待。⑤

（五）"凿破混沌之功"与"行之太过"

关于孙作云神话研究的成就，笔者愿借两位史家的评论加以描述。

姚鉴（茫子）称："雨庵兄每持人类学家犀利之观察，整理古代散漫之传说，将之组成极有趣之神话系统，用以说明历史上之事实，皆能洞悉其底蕴，发明其真相，道古人所不能知，而成一代伟业者也。今此《蚩尤考》文中，因蚩尤黄帝之战及鲧禹治水之事，而得考知蹴鞠之戏、咸池之乐、战神兵主之祀皆始于黄帝蚩尤之战；鱼龙曼衍之戏、大夏之乐、及水神龙王之祀皆始于鲧禹治水之传说。是雨庵兄于神话传说之外，更注意于

---

① 孙作云《中国古代图腾研究》，见《孙作云文集·中国古代神话传说研究》（上），第6页。

② 孙作云《中国古代图腾研究》，《孙作云文集·中国古代神话传说研究》（上），第38页。

③ 孙作云《中国古代图腾研究》，《孙作云文集·中国古代神话传说研究》（上），第87页。

④ 孙作云《中国古代图腾研究》，《孙作云文集·中国古代神话传说研究》（上），第88页。

⑤ 孙作云《中国古代图腾研究》，《孙作云文集·中国古代神话传说研究》（上），第89页。

游戏之历史，以为吾人若探索其源，颇可考得一部分历史事实，此又为他人所不能知，而为雨庵兄所独自抉发者也。"①史树青说："这部著作（指《孙作云文集》——本书作者），对我国古代史上的重要人物、重大事件、神话传说、文物考古等大有'凿破浑沌'之功，于后学研究工作的启迪和教育既深且远，其书是可以藏之名山，传之后人的。"②

关于孙作云神话研究的局限，笔者也愿借用孙作云批评马克斯·缪勒"语言疾病说"的两句话来评价他的图腾神话研究——"历史的实证少而抽象的思维多"、"行之太过"而又"限于一隅"。如此置评，也许不太过失之偏颇吧。

第十二节　胜利后的北平民间文学界

日本投降后，南下的学者教授和文化人陆续回到北平。学界对民歌民谣的议论，虽然也偶然出现于报端，但就民间文学来说，似乎难以再出现以往那种繁荣局面。充当日本汉奸的周作人，被国民党政府判处14年徒刑，关进了南京老虎桥模范监狱。胜利后，许多学者从各地回到北平，但北京大学歌谣研究会却再也没有恢复，只有几家报刊和学术刊物，偶尔发表一些民间文学文章。简述如下：

（一）《华北日报·俗文学》

20—30年代敦煌石室遗书中的俗文学资料的被发现，留学外国的学者们从各大图书馆藏书中抄录的外流中国俗文学资料的发表，催生了中国文学研究界的俗文学研究热。从郑振铎在《小说月报》上发表《敦煌俗文学》起，以《中国俗文学史》的出版（1938）为标志，一个俗文学研究学派逐渐形成了。这个俗文学学派所研究的对象——唐、五代及其以后的俗文学中，一部分是古代作家根据民间文学改变或模仿民间文学创作的作品，提供了古代民间文学的渊源，也有一部分干脆就是古代的民间文学作品。故而俗文学与民间文学有着难解难分的血肉关系。渐而，俗文学研究在民间文学研究中成为一个重要的学术流派。而《华北日报·俗文学》的创刊（1947年7月4日），自然就成了逐渐形成的、以郑振铎为旗帜的俗文

---

① 姚鉴《孙作云〈蚩尤考〉跋》，《孙作云文集·中国古代神话传说研究》（上），第239页。
② 史树青《孙作云文集·〈楚辞研究〉序》（上），第3—4页。

学研究流派在北方的一个重要园地。《华北日报·俗文学》周刊，胡适题名，傅芸子、傅惜华主编，被史家称为"平字号"俗文学周刊，与戴望舒1941年春在香港主编的《星岛日报·俗文学》（被称为"港字号"俗文学周刊），赵景深先后在上海主编的《神州日报·俗文学》《大晚报·通俗文学》《中央日报·俗文学》（后被统称"沪字号"俗文学周刊），并称抗战胜利后三个发表俗文学研究文章的副刊园地。其作者有郑振铎、俞平伯、朱自清、赵景深、孙楷第、吴晓铃、傅惜华、叶德均、傅芸子、关德栋等。一向在研究并在课堂上讲授歌谣的朱自清在《华北日报·俗文学》第27期上发表了《歌谣里的重叠》，论述了重叠在歌谣中的地位和作用，认为从歌谣发展史来看，重叠乃是歌谣的生命，歌谣原只要重叠（重叠是为了强调），而不一定要用韵，韵是后起的，是重叠的简化。吴晓铃在《华北日报·俗文学》发表文章最多，第1、11期（1947年7月4日、9月12日）上发表《关于俗讲考也说几句话》，与傅芸子发表在《新思潮》第1卷第2期（1946年）的《俗讲新考》进行商榷讨论，继而又在第4/25期发表《故事的巧合与转变——俗文学研究方法一》，阐述了对"母题"法研究的见解：第一，不能粗心地看到两个平行的故事就拿来放在一起比较，猛看处处相似，谁知却像两条铁轨，虽然在远处交合，不知中间的距离却始终并没有缩短或伸长。第二，不可粗心地看到两个同型的故事，便不管地域远近，时代古今，而贸然捏合成一个。文学作品的演变是错综而复杂的，俗文学尤其如此，它萌芽于民间、成长于民间、开花结果于民间，而民众的头脑往往比文人活泼，想法也新颖，一方面有意无意地遵循一个传统的轨迹走路，一方面又把头塞进书堆里不见天日。第60期（1948年8月20日）又发表了《朱自清先生和俗文学》。孙楷第在第12/13期发表了《宋朝的傀儡戏和影戏》。傅惜华、关德栋等发表的文章主要是论述俗曲、子弟书、快书、鼓词、梨花大鼓、西河大鼓、梅花大鼓、莲花落等曲艺方面的。[①]

（二）重启歌谣和神话研究

《太平洋》月刊于1947年在北平创刊。第9期发表了署名张国军的《民歌漫谈》文章，重新提出重视歌谣的问题。他写道："记得何畏（按：即何思敬——引者）先生曾经说：'文学革命的意义有很多，如建设了一个

[①]　参阅关家铮《20世纪40年代北平〈华北日报〉的〈俗文学〉周刊》，中央研究院中国文哲研究所《中国文史研究通讯》第12卷第2期，台北。作者在此文中附录了《华北日报·俗文学》周刊的全部目录和主要文章的简释。

新作家的文坛，输入了新思想，其外还有一个很重要的意义，即参加这运动的人，都能想到要注意民间文学。'过去国人对于民间文学的搜集与研究，曾下过一番工夫，也很有成绩，然而现在却没有更多的人，去继续努力，这是颇可痛心的！""在抗战时期，大后方盛行很多民谣，有的是出自文人之手，有的是自然的由民众中产生，意义都非常深刻，人们都相信这些东西的力量，更是唤起大众唯一的有效途径！可惜到现在还没有人出来，对过去的与现在加以整理，本来这是一件有重大意义，而并不十分繁重的工作，如果我们认为这次的抗战是中国近代历史中最重要的一个阶段时，那么那些民谣实有研究的价值，可是至今仍没有人去注意整理，这真是文坛上最坏的表现，让人不能不叹气！"[1]抗战歌谣，作为一个大时代的文化现象，引起了全国进步文化界的注意，特别是受到解放区的作家、文化人和民间文学研究者的关注，出版了许许多多的小册子，记录下了这笔人民创作的财富。相对来说，北平的文化人却对此视若无睹，表现出相当的冷漠，其情形正如张国军所批评的那样。

北平研究院史学研究会是一个颇重视民间文学、特别是神话研究的学术团体。1937年曾经出版过由冯沅君翻译的法国汉学家马伯乐著《〈书经〉中的神话》一书，由于马伯乐首次提出了中国神话的"爱凡麦化"（历史化）倾向，并对其作了精到的分析，故而在我国史学界和神话学界发生过很大影响。《书经》既是最早的汉文典籍，又是保存了古神话的宝库。顾颉刚为之写序评价说：

> 自从中国的书籍流传到西方，外国学者运用他们的精密的头脑，科学的方法，居然把我们几部古书也整理出一部分的头绪来。马伯乐先生就是一个以外国学者的资格来研究中国古书的人，他曾著有《中国古代史》、《中国文化起源》、《中国汉代以前所受西方影响》等书。这部《〈书经〉中的神话》，就是他的著作中尤应介绍到中国来的。现在已由冯沅君女士把它精细译出，更经陆侃如先生把马伯乐先生的事迹写出了一篇简传，使得我们可以领略这位外国学者的治学精神，这是怎样值得感谢的一件事！
>
> 这部书共分三章，是：一，羲与和的传说；二，洪水的传说；三，重黎绝地天通的传说。关于第一部分，马先生根据《归藏》和《山海经》等书，以为羲和本是一个神话中的人物，她（羲和本是个

---

① 张国军《民歌漫谈》，《太平洋》月刊1947年第9期，北平。

女性）仿佛是个司日的神，她是太阳的母亲兼御者，后来才变成羲与和的四个天文家。跟着他叙述关于十日与羲和传说共有六种：（1）禹的传说；（2）台骀的传说；（3）女娲的传说；（4）共工的传说；（5）蚩尤的传说；（6）混淆了的传说（如禹与共工、女娲传说的混淆）。他以为中国文化只是现在的中国与印度支那北部的人民的共同文化的进展；把这些传说与那些落后的部落的传说相比较，我们便可以想象出它们在古中国人的信仰中所占的地位。于是他跟着举出了几个印度支那半岛的神话以与中国的洪水传说相比较，觉得两方面很相接近。关于第三部分，马先生以为"重黎绝地天通"也是一种神话（《国语》的解释不可靠），他取了几种外国神话来比较它，结果，他以为这个神话的大纲本是这样："在原始时天与地是互相交通的，一些神能自天下降于地；后来上帝命重黎绝天地之交通，于是人神间的关系就停止了。"

本书的见解很精到，称引得很繁博，骤然看去，简直叫人不信这是一本外国学者讨论中国学问的书。对于问题的讨论，我们即使有些不能完全同意的地方，但就大体上说，这部书究竟是值得特别称道和介绍的。①

抗日战争结束了，北平研究院所属史学研究会改名为历史研究所，并创办了《史学集刊》，恢复史学研究的园地。该刊由徐炳昶（旭生）主持。徐炳昶于1943年在上海出版了古史神话专著《中国古史的传说时代》（中国文化服务社1943年初版；1946年再版）。1947年第5期的《史学集刊》发表了徐炳昶和苏秉琦合写的《试论传说材料的整理与传说时代的研究》长文，把该所神话研究的传统再度接续起来了。徐、苏此文的写作固然在大西南，然到胜利后才带回北平发表，是为当时北平学坛上出现的少数重要神话研究论文。关于徐炳昶这一时期的古史神话研究以及这篇神话学论文所阐述的"三集团说"所显示的以神话资料重建古史的思路，美籍华人学者张光直评论说："30年代以后，有的史学家似乎逐渐采取了'各行其是'的态度——考古者考其古史，而神话资料上亦可以'重建'先殷古史。换言之，传统的先殷古史是神话，但其材料可以拿来拆掉重新摆弄一番，建立一套新的先殷古史。这一类的工作，

---

① 顾颉刚《〈书经〉中的神话·序》，第2—3页，国立北平研究院史学研究会出版、商务印书馆发行1937年。

有蒙文通的三集团说，徐炳昶的三集团说，傅斯年的夷夏东西说，以及W. Eberhard氏的古代地方文化说。新的先殷古史，固然仍使用老的材料，但都是经过一番科学方法整理以后的结果，其可靠性，比之传统的神话，自然是大得多了。"①

报刊中另有一份《国语小报》（三日刊）于1947年元月15日创刊，成为国民学校教学、人们练习国语的教材，常发表谣谚、民间故事、童话、谜语、成语、格言等。是一份通俗性大众性的报纸，而并非学术性期刊。

（三）寥落的民间文学出版物

本来就甚是寥落的北平民间文学出版界，在沦陷后，就更显得寥落和冷清。出版过民间文学普及读物的出版社有：老向著《民间集》（北平民间社1937年）；李晓清编《报恩鸟》（曲园出版社1941年）、周建章编《牛郎和织女》、窦芥青编《聪明的孩子》、张腾霄编《钱塘江》、沙文编著《白雪姑娘》（童话）、王洁忱等编《儿童故事》上下集（老二西堂书局1944年）等。出版的那些朴素而又充满机智和趣味的民间作品，数量虽然有限，却以乡土教材的面貌流行于世，不仅能在读者中唤起爱国家、爱家乡的强烈情感，起着思想教化的作用，而且为民间文艺学这门年轻的学科积累了资料。

抗战胜利后，益昌书局出版了张公民编的《民间故事》（1947年6月），这本书，无论选材和质量，在北平这一时期的民间文学出版物中最值得称道。

第十三节　胜利后的上海民间文学界

（一）民间文学出版的复苏

抗战胜利到新中国成立，上海再度成为全国文化和出版中心。作为出版中心的上海出版界在这个时期出版了许多民间文学书籍。1924年成立于北京、1926年迁往上海的北新书局，在文艺书籍出版方面堪称全国出版界"老大"，于30年代在李小峰的主持下，聘请赵景深为主编，编辑出版了大量民间文学读物，特别是李小峰以"林兰"笔名编辑的民间故事书籍，

---

① 张光直《商周神话之分类》，《中央研究院民族学研究所集刊》第14期，1962年，台湾；又见所著《中国青铜时代》，第252—253页，北京/香港：三联书店1983年。

不仅在读者中不胫而走，影响巨大，而且对于民间文学事业的开展，起了重要的推动作用。到40年代，北新遇到几次打击后，陷入衰落趋势，民间文学书籍的出版已属难得。40年代上海出版界出版民间作品最多而且成系列的有：国光书店、正气书局、大方书局、儿童书局、经纬书局等。正气书局和文益书局联合出版了黄华编《民间故事》，这是一部选择较精、编辑认真的民间故事选集。全书分四集出版。第一、二集于1947年12月由正气书局独家出版，第三、四集于1948年2月和12月由正气书局和文益书局联合出版。四集共选录民间故事142篇。编者在《绪言》里说：

> 民间故事，由口头传说而广其流布；讲的人为讲故事而讲，听的人为听故事而听，无所谓其他作用。讲而动人听闻，听而发生兴趣，那就建立了这故事的存在价值；否则，就自然淘汰。无待于圣贤提倡，无须乎官家推行，更不怕"读死书""死读书"那些学究们的鄙薄与歧视。它虽然不一定是文学上的结晶品，而不能不承认它是真正来自民间的文学的一种。

> 民间故事的内容，含有说教意味者，似乎不多？其中不乏俗而伤雅者，这倒也足以为食色天性的证明；本来假道学气氛，在这里是不很浓重的。而"朴实""机智""风趣""讽刺""幽默"种种气味，却是相当丰富。有时候显得非常"大胆"往往流于"粗野"，那正是民间故事的"特色"。

> 坊间民间故事的刊行，尚不太少。但是比较精善之本，也不多见。本书当然不敢自夸精美已极；可是，一，取材方面经过了一番沙里淘金的功夫；二，编选方面经过了一番轻重配列的功夫；三，写述方面经过了一番去芜存菁的功夫，与东拉西扯，随便凑集他人笔调不同之旧作成书者不同。所以，本书一可供研究俗文学者的参考，二可视作消闲遣兴的趣文，三可备采作学生课外自修之用。

> 编者卅六，十，一

此外，重要的民间文学作品集还有：胡骏千编《神怪讽刺故事》一、二集（经纬书局1946年7月），林秀容编《民间故事集》（春明书店1946年9月再版），谢颂羔编著《雷峰塔故事》（国光书店1946年10月再版），金川编《傻子》（上海育才书局1948年），姜祖夔编《民间异闻》（国光书店1948年8月再版），倪念劬编著《民间说怪》（国光书店1949年1月再版），严殊炎编《民间传说》（国光书店1949年1月再版），严大椿编《民间神话》（国光书店1949年4月再版），田星编《民间故事选集》（群育出版社1949年12月），石再恩编《徐文长趣事》（国光书店1949年）等。

比较重要的民歌民谣的选集有：张亦庵编绘《民间情歌画集》（中央书局1937年），朱雨尊编《民间歌谣全集》（普益书局1943年），刘兆吉的《西南采风录》（商务印书馆1946年12月），薛汕的《金沙江上情歌》（春草社1947年6月），沈为芳选辑《民歌四十首》（商务印书馆1947年10月），刘家驹编译的《康藏滇边歌瑶集》（知止山房1948年4月）等。

重要的理论著作有：杨荫深著《中国通俗文学概论》（世界书局1946年2月），丁英著《妇女与文学》（沪江书屋1946年2月）。

（二）丁英和上海民歌社

抗战胜利后不久，1947年5月，在上海成立了一个以诗人为主体的民间文学搜集研究团体——民歌社，提倡搜集民歌（也附带搜集民间故事）。

丁英（丁景唐）从1945年抗战胜利起，在上海协助魏金枝编辑《文坛月报》，又在党的领导下，与袁鹰（田钟洛）等人组织上海市文艺青年联谊会，参加政治斗争。薛汕从1941年起，历广东、江西、广西、湖南、贵州、四川等地的城乡，搜集当地的民歌民谣；1943年与顾颉刚、娄子匡等在《柳州日报》上编辑《民风》副刊，抗战胜利后，于1946年来到上海，任上海震旦大学教授。这些在共产党影响下和领导下的上海从事进步文化工作的诗人们，成立"民歌社"，是有感于文坛对民间文艺的忽视，旨在改造人民的文艺。民歌社的主要负责人丁英说："在这个苦难的国土上，学术的花朵是常被当作野草般践踏的，近些年民歌的研究工作益发显得沉寂了，即使有些可敬的先导者在默默地耕耘，除为生活的负荷所胁迫外，还得忍受孤独的寂寞。自私自利的市侩气在学林中也不是不存在着的，成批的歌谣材料无人肯承担出版，连报纸期刊上也很少能偶尔发表，于是珍贵的材料散失了，偏爱的人索性秘藏起来，而从事于民歌收集的研究者要想搜集这方面的材料，也颇有'踏破铁鞋无觅处'的苦楚了。"这就是他们要成立民歌社的初衷。

民歌社的成员有：丁英、王采、吕剑、郭明、席零、黎明、李凌、沙鸥、吴越、李索开、徐淑岑、劳辛、袁鹰、项伊、陆以真、陆纯淳、谭林、向前、霞巴、赵小訶、孙慎、林慧、叶友秋、张文纲、陆素、麦野青、徐渡、萌竹、廖晓帆、叶平、庄稼、默之、刘岚山、魏绍昌、薛汕、张周、洛汀、苏金伞、马凡陀、廖逊人、端木蕻良。名为民歌社，其实，他们要搜集和研究的范围，就是人们一般所称的民间文学或民间文艺。

"民歌是我们的中心，其他地方戏、时调、小曲、唱本、谚语、谜语、歇后语也附带收集。我们竭诚欢迎研究民俗学、民间艺术、地方戏、民间故事的先生们来共同合作，因为这些都是属于民间文艺的范畴，不可孤单地割裂的。"[①]

《民歌社征求各地民歌启事》全文如下：

爱好民歌的朋友们：

为了加强与开拓诗的创作道路，必须注意民间的文艺宝藏——歌谣。因此，特恳切的希望各地的朋友们，代为大量的搜集，好让我们整理、保存、研究和出版，这工作，我们相信是有意义的，现将征求的内容列项如下：

直接录自口头的歌谣、曲调、谜谚等。特别是反映现实生活的：如各种职业——渔夫、乞丐、工匠、流浪人等。如农村的破落、穷苦、灾荒、饥饿、兵燹、保甲长的政风、妇女的被压迫以及一切不平和反抗等。

间接转录自报纸刊物上的各类歌谣，介绍文字或研究论文等。

全国各省各县各盟各族各设治区的歌谣均需要，各少数民族——如满、蒙、藏、苗、瑶、僮、羌等，尤其需要，不论是汉文，少数民族文字，最好是请翻译出来，并标明流传的年代地区。

各地如已有出版的歌谣集，不论何种性质，不论新旧，不论大小，不要存也许我们已有的心理，请转让与我们，要不，借抄也好，若需酬劳，也望开一个最低的价格。

请帮助我们，如果你们也有这份兴趣，更盼共同合作，作友谊的通讯与联络，我们当引以为荣，敬候佳音。

并致

热烈的握手礼！[②]

这份征求全国民间歌谣的启示在上海各报上刊登，同时，他们又转托了北平的丁东、开封的苏金伞、重庆活路社的老粗和青年创作社的雷韧、南京的默之、四川岳池的庄稼、惠安的非蒙、宁波的麦野青、镇海的臧洛

---

① 丁英《怎样收集民歌》，上海：沪江书屋，1947年5月。
② 丁英《怎样收集民歌》，上海：沪江书屋1947年5月。

克、台湾的罗沉、福州的欧坦生和成寂等朋友，在各地发布和宣传。丁英热心提倡搜集研究民歌，撰写和出版了《妇女与文学》（沪江书屋1946年2月）和《怎样搜集民歌》（沪江书屋1947年），论文《歌谣中的官》（《新诗歌》第3期，1947年3月）[①]。薛汕于1947年初在《新诗歌》上发表了几十首讽刺政治腐败和内战残酷的《胜利灾》民谣转辑，引起诗歌界的注意；他还自组春草社，出版了《金沙江上情歌》（1947年）一书，辑录了他此前在金沙江两岸，即石鼓、鹤庆、丽江、巨甸等地搜集的各民族人民的情歌。

"民歌社"的成员，倡导搜集民歌，发表了多篇呼吁向民歌民谣学习的文章。劳辛于1947年3月撰写了《怎样向民谣学习》的长文，阐述民谣作为新诗民族化和大众化的源泉："从这个源泉里，我们感觉到新诗歌要有适切的音韵和简单的形式，……而最重要的就是怎样反映生活的内容——思想、愿望与情绪等；以及怎样运用艺术手法来表现这些内容。"[②]除劳辛外，最有激情提倡搜集歌谣和强调歌谣在文艺上的价值的，是薛汕写于1946年的一篇《为人民文艺服务的歌谣工作》。他写道："要走上明白平易、喜闻乐见的中国气派，如果不对歌谣下调查、记录、整理、研究、汲取的功夫，则不论作者主观上的精神如何强烈，仍然不能得到任何结果的。原因很简单：出自人民大众口中的歌谣，如果被忽视，也就是被无视了事实，应是不可原谅地被错过了真正的文艺遗产，——这几千年来成为被压迫阶层表现情感的精美，再没有比这更有真实生命的作品，也曾经成为诗经、编入乐府、填进词曲、插入杂剧的年代，但其流传不应一登堂而减去了光辉，削弱了价值，反而处处富有其不可磨灭的力量，从这发掘出好的部分，是毫无疑问的，不手触这些，妄想改造，徒自创造，均是不可能的。特别是人民的时代，处处发能，地地发热，人人发声……一个澎湃不能抑止的民主革命狂潮，不谈反映这一现实则已，如欲进而要谈到文艺必须指导现实的话，恐不是作家的小圈子主义的作法吧！要，须是作者就是人民，要，人民就是作者该表扬出来，那就是：生活在人民之中，好好地建立起文艺的灯塔。诗，是文艺作品中在表现上的顶点；歌谣，如果人民的文化水准还不能到表现诗的时候，无疑地在艺术的表现力上，是唯一

---

① 此文收入作者《犹恋风流纸墨香——丁景唐六十年文集》，第120—127页，上海文艺出版社2004年。

② 劳辛《怎样向民谣学习》，见《诗的理论与批评》，上海正风出版社1950年。

的顶点了。"①

上海虽然从20世纪20年代起就是中国文化的中心，但由于政治斗争的激烈，进步文化界（主要是左翼文化人）把主要精力放在对付国民党的文化迫害上，而没有精力关心和研究民间文学，当然，他们也受到"左"的教条主义思潮的影响，有的人甚至把民间文学说成充满了封建主义的毒素。在这种文化背景下，上海没有出现过民间文学的研究团体。"民歌社"的成立是重要的。由于国民党对进步文化人的迫害，"民歌社"成员很快就风流云散了。"民歌社"这一民间文学搜集研究团体，前后活动了两年的时间，上海就解放了。

（三）李白英和中国民俗学社

李白英（1903—1981）江苏无锡人。1927年"四一二"反革命事变后到武汉，任《革命军日报》发行处主任。不久到上海。后在中华书局、光华书局、育才中学工作。1954年任长征出版社编辑。著有诗集《沉闷》《孤独者之死》《时代祭》，剧本《资本轮下的分娩》，小说《某夫妇》等。在20年代出版过《江南民间情歌集》（上海大光书局1929年）。1943年8月10日—1944年4月27日，与在北新书局当编辑的钱小柏，在上海《新中国报》上编刊《民俗周刊》，发表民俗学文章和民间故事；李白英起草《中国民俗学社的组织和简章》，成立中国民俗学社。关于《民俗周刊》创办的过程，钱小柏后来回忆说："在日伪时期，李白英由内地回到了上海，在《新中国报》编文艺副刊《学艺》。当时的《学艺》以刊登散文、诗歌为主，偶然也刊登一些民俗学、民间文学的散文，他以为都是超政治的。这时，我于太平洋战争爆发后，从香港回到上海，曾向李白英建议说：在日本人的报刊、杂志里搞文艺，当然可以避开政治，但是为啥不另搞一个《民俗周刊》来专门刊出民俗学和民间文学方面的文章，把政治气氛冲得更淡，使中国的乡土气息更加浓厚呢！他认为很好，可以一试，于是，就准备搞一个《民俗周刊》，借《学艺》版面，每周出一期。"《民俗周刊》第1期是作为该报"学艺"副刊（第864期）出版的，从第2期起，便将"学艺"的报头去掉，单立门户了。同时，还编辑出版一种《七日谈》小册子，选登民间故事。②

---

① 薛汕《为人民文艺服务的歌谣工作——谨提出我的报告、请求及以后的希望》，《文萃》第9期，1946年12月5日。

② 钱小柏给王文宝写的材料，见王文宝《中国民俗学史》，第248—251页，成都：巴蜀书社1995年。

（四）文艺界对民间文学的关注

抗日战争开始后，文艺大众化成为文艺界关心的重要问题，到1940年，掀起了"民族形式"问题的论争。波及武汉、重庆、延安、上海等地。民歌民谣作为重要文艺形式受到文艺界和宣传界的重视，发挥着从来未曾有过的鼓动作用。戏剧家洪深有一段话，最能说明民间作品在当时的作用："从那乡土性浓厚的山歌、小曲、金钱板、高台曲等，到楚、汉、湘、桂、豫、陕、川、滇、粤等各类地方戏，到那集地方戏大成的平剧——在抗战开始后，都曾由爱国的从业人员，用来服务于抗战，从事宣传、慰劳、征募（寒衣鞋袜现金之类）……等工作。他们宣传抗战的方法是不拘一格的；有的也曾适合当前的需要，编写新唱本新脚本；有的只是增添若干抗战的唱词与白口，或略微改动原来剧本的故事，使演出时更能赞扬爱国，斥责奸邪；有的不暇求精，索性停锣演说。"[①]毛泽东延安文艺座谈会讲话之后，新诗的民族化与大众化问题，日益成为诗歌界关注的重点。李季的《王贵与李香香》在延安的出版，马凡陀（袁水拍）的《马凡陀的山歌》在上海出版，成为诗人向民歌学习的重要成果。

其时，上海的文艺界，也开始就搜集研究民间文学，特别是民歌，发出声音。《文艺复兴》《文萃》《时与文》《文讯》《新诗歌》等都发表了不少民间文学的文章。闻一多逝世一周年之际，郑振铎、李健吾主编的《文艺复兴》月刊第3卷第5期（1947年7月1日）发表了闻一多的遗著《神仙考》，并朱自清的短跋；该刊《中国文学研究专号》（1948年9月10日）发表了余冠英的《谈吴声歌曲里的男女赠答》；这些都是颇有分量的学术文章。诗人臧克家于1947年3月9日写了一篇题为《民歌的"刺"》的文章，发表在《时与文》上，谈论抗战时期的民歌，提倡搜集"动乱大时代"的民歌。他写道："抗战期间，产生了大量的讽刺民歌，有一首是关于汽车的，虽可笑，然而却太逼真了：'一去二三里，抛锚四五回，下车六七次，八九十人推。'战事结束了，人家胜利，我们也借光胜利了。四万万人的一个共有大希望一下子破了，随着胜利而来的却是千灾百难，老百姓用自己的口唱出了自己的心，那么痛苦，而又那么辛辣！这样的歌谣真成了今日的'国风'，吹遍了二十几省，已经另有朋友把它们采集在一起了。其实，也不必是成串的歌，三几个字就可以不朽了：'重庆

---

① 洪深《民间形式与地方戏》，见《抗战十年来中国的戏剧运动与教育》。转自王瑶《中国新文学史稿》（下册）第19页，上海：新文艺出版社1954年。

人'——这三个字比千万句歌谣更有力、更丰富、更含蓄，也更狠毒了。'五子登科'（金子、房子、馆子、戏子、女子）——这四个字已经画出了图形，说尽一切了。我希望对民歌有兴趣的朋友们，多多努力，把这个动乱大时代里产生出来的民歌采集齐全，给后代留下一面镜子，这不但是功德无量，而且还可以使诗歌工作者们从中汲取一些滋养。民歌，是一个老人，也是一个孩子。"①

曾经出版过《贵州苗夷歌谣》等许多少数民族民间文学作品和论著的贵阳文通书局主办的《文讯》月刊，抗战期间在文化界影响很大，拥有一个120人的作者群体。抗战胜利，由于受大西南的文化人内迁的影响，约稿困难，文章发表后，往往找不到作者的新地址，故而也不断向内地迁移，最后落户上海，请臧克家出任主编。先后发表了许多谈论民歌的文章，钟敬文的《诗与歌谣》一文，就是发表在该刊第7卷第1期（1947年6月15日）上的。

《文萃》是上海地下党办的一家月刊，也发表了不少提倡和论述民间文学的文章。薛汕的一些文章，除了上面提到的《为人民文艺服务的歌谣工作》以外，还发表了《米乡吟——兼介皖湘的几首民谣》（第二年第1期，1946年10月10日）、《东北劫收后的歌谣》（第22期，1947年3月6日）等。

茅盾于1947年9月写了《民间艺术形式和民主的诗人》一文，提倡学习歌谣，褒扬民间诗人。他写道："世界上，凡是有过光辉的战斗历史的人民，莫不保有这种光荣的文学遗产——歌谣。各民族的歌谣，其体制虽然不尽相同，可是基本特色则大抵不外乎：质朴，刚健，有音乐性而又容易传唱。在现代，由于物质条件的不同，人民争自由的文艺斗争的武器已不复以口头传唱的歌谣为唯一的工具了。然而歌谣这一式样，因其扎根在广大人民群中，为人民所'喜闻乐见'，所以现代的争自由的人民诗人，还是爱用这一形式。……抗战以前，我们的优秀的诗人已经吸取了歌谣的特点，使新诗歌放一异彩。在这上面，蒲风的成就，我们尤其不能忘记。抗战时期，由于柯仲平、田间等诗人的努力，运用民间形式遂蔚然成为风气。最近，马凡陀的胎息于'吴歌'的新诗，也颇值得赞赏。而一些青年诗人的'方言诗'亦往往有佳制；'方言诗'的格调也和民间歌谣有血脉相通之处。这一趋势，显示了我们的新诗歌正在大众化的路上快步前进。特别值得注意的，却是解放区的民间艺人也早已在民间形式（不限于歌

---

① 臧克家《民歌的"刺"》，上海：《时与文》1947年第2期。

谣）中注入了新的血液。"①

第十四节　香港的民间文艺活动

抗战胜利后，国民党发动内战，又发布了"戡乱令"，对有"左倾思想的"知识分子进行迫害，一些进步文化人和教授不得不逃到香港。他们有的在香港办报刊从事文化宣传，有的在民主党派办的达德学院教书。一时间，香港的革命文化氛围浓厚起来，成为又一个文化中心。中国文艺家协会香港分会也应运而生。为了使他们的作品，能够更便于操粤语的广东人民阅读，中华文艺协会香港分会成立了民间文艺研究部（由钟敬文负责），下设三个组：广州方言文艺组，由符公望负责；客家方言文艺组，由楼栖负责；潮州方言文艺组，由薛汕负责。提出了"方言文学"的口号，创办了《方言文学》杂志，开展了有关"方言文学"的讨论。有些原来在大陆从事民间文学搜集研究的文化界人士，到香港后失去了到老百姓中去搜集作品的条件，便在有限的条件下撰写些民间文学的文章，因而民间文学的研究得到了一定程度的繁荣。

（一）钟敬文与方言文学

散文家、民俗学家钟敬文从抗日前线回来后，第二次到广州中山大学执教。在国民党的"戡乱令"出来后，他被学校当局当作左倾分子而解聘。于是他于1947年7月与同伴化装逃到了港九，在民主党派创办的达德学院教书。民间文学是他教的几门课程中的一门。在港期间，他参加了中华全国文艺家协会（任常委），他写作的文章，却多是文艺学方面的。为推进方言文学在广东各地的作用，响应香港进步文艺界的方略，也写了几篇有关方言文学的文章（当时他是方言文学研究会的会长），如《方言文学的创作》（《大众文艺丛刊》1948年7月）、《方言文学试论》（《文艺生活》总第38期，1948年3月25日）、《〈方言文学〉双周刊发刊词》（《方言文学》第1期，1949年5月）、《方言文学运动的新阶段》（《方言文学》第1期）等。方言文学当然与民间文学有很密切的关系，但毕竟还不是民间文学本身。直接论述民间文学的文章则有《诗与歌谣》，发表于1947

---

① 茅盾《民间艺术形式和民主的诗人》，《文艺丛刊》第1集，文艺出版社1947年。后改标题为《民间、民主诗人》，收入《茅盾全集》（第23卷），第372—375页，北京：人民文学出版社1996年。

年6月15日在上海出版的《文讯》上。这篇文章的写作意图固然是针对诗歌的写作倾向，但行文的重点却是对歌谣的全面阐释。在钟敬文的歌谣文章中，至今仍然不失为一篇上乘之作。另一篇文章《民间的讽刺》，发表于香港《大公报》副刊1949年第77期。讽刺是民谣的特点之一，特别是汹涌如潮的抗日歌谣的产生，把歌谣的这一特点推到极致，为许多作家所倾倒，以致讨论歌谣的讽刺特点的文章，大量出现于报纸杂志上。钟作正是在这样的背景下写作的。在达德学院文哲系主办的刊物《海燕》（1948年6月）上发表了《谈〈王贵与李香香〉》的评论。他文章的副题是《从民谣角度的考察》，谈的自然是民歌民谣和作家如何向民谣学习的问题。钟敬文自1937年"八一三"抗战炮声响起，从杭州辗转浙西、南昌、衡阳、桂林，到广州四战区，走上抗日前线起，到1949年5月应邀离开香港到北平去出席全国第一次文代会。这一大段时间，是他一生中研究和撰写民间文学论文最少的时期。这是时代所使然。

中华全国文艺协会香港分会方言文学研究会编辑的《方言文学》刊载了金帆的《略谈客家的民间文学》，该文采用述略的方式，分述并论析了客家人的九种民间文学形式：山歌、唱本、打甲塞、童谣、佛曲、说四句、讲古典（讲故事）、招魂词、叫哀子，以及北江连县等地的跳春牛。作者对客家民间文学的各种形式，重点在文体的介绍，既有文艺的分析又不流入单纯的文艺分析，而是结合客家人的生活习俗和思维观念立论。在此文之前，虽已有许多客家民间文学的大小文章见诸报端，如黄诏年《客家及其山歌》（武汉《中央日报·副刊》，1927年8月23、24、30日）、钟敬文《客音的山歌》（《语丝》第118期，1927年）、辛水《客人的恋歌》（《语丝》第5卷第27期，1929年）、贺扬灵《客家的情歌》（《读书杂志》第1卷第2/3期，1931年）、清水《客家情歌一簪》（《天地人》第1卷第11期，1936年）、张腾发《客家山歌的社会背景》（《民俗》季刊第1卷第1期，1936年）等，而其荦荦大者如罗香林的《粤东之风》，但在中华文艺协会香港分会的方言文学研究会的成员中，能有人在研究的基础上对客家人的民间文学，作出如此简明而又颇见深度的概括，仍不失是一篇好文章。

（二）收获期的薛汕

1.《民风》双周刊与《愤怒的谣》和《岭南谣》

薛汕到香港后，参加了中华文艺协会香港分会，并担任了该会民间文艺研究部下面的潮州方言文艺组的组长，大部分精力投入文艺活动。他仍然怀念在柳州创刊又夭折了的《民风》双周刊，于是在香港大学冯平山图书馆馆长陈君葆的斡旋和帮助下，从1948年9月16日起在《星岛日报》出版一张双周的副刊《民风》。由于陈兼职太多，故由香港大学中文系主任马鉴挂名主编，从薛汕和刚从上海来港的诗人戴望舒编辑。该刊以发表民间文学的材料和民俗学的文章为主。1950年12月26日终刊，大约出了50期。撰稿人多为他认识的内地民俗学家、民间文学家、俗文学家、语言学家等文化人，如朱介凡、王镜清、于飞、傅懋勣、王季思、万年青等。

薛汕在该刊发表的民间文学文章有：《论潮州的叙事歌谣》（第1期）、《科学的民俗学发凡》（第2期，署笔名谷辰）、《中国民俗学史的回顾》（第2期）、《论歌谣的方言性》（第6期）、《民俗学者的急务》（第8期）、《由潮州的"仔"看民风》（第9期）、《整理歌谣的三个态度》（第17、18期）、《民俗学研究些什么》（第29期）、《歌谣的风格与内容》（第34期）、《歌谣的形式与表现方法》（第35期）、《琼崖歌谣的四种表现形式》（第37期，署名索之）、《民间文艺的加工态度》（第41、42期）等。[①]《〈岭南谣〉后记》（1948年10月28日）也是在《民风》发表的。除了在《民风》上撰文外，他还在《文汇报》等报刊上发表民歌论文。这是薛汕在民间文学研究上的一个多产时期。

移居澳大利亚的民间文学研究家谭达先在评论薛汕在香港所编《民风》副刊时说："在五六十年后的今天看来，他的上述论文，似乎是不够深刻的；可是在当年英人统治下的香港，以英文为官方语言，连中小学也采用英文教学，在大专学校的中文系里和华人社会中，均只重视中国古典文学，不重视白话书面文学，特别是俗文学与民间文艺。可是，薛汕编的《民风》刊出于华人资本家控制下的日报，坚持以大力倡导、推介中国民间文艺与俗文学为目标，这就完全符合于促进中国民间文化发展的大方向。更可贵的是，他以身作则，刊出了多篇专文，以作配合。这确有助于扫除当时香港社会轻视中国民间文艺、俗文学的陈腐观念，使社会上更多的人关心它们。这个副刊，虽只存在过一年多，却能刊出126篇至今仍很具学术价值的民间文艺、俗文学（以前者为主）的文章，对于在国外推介中国民间文艺，是一大贡献。在当时的反帝反封建斗争中也有较大的作用。在香港影响之大，不可低估。因此，它在中国现代民间文学发展史上，应

---

① 《民风双周刊目录》，见《民间文学研究动态》1984年第1期（总第2期），中国民间文艺研究会研究部编印。据《民风》编者薛汕提供的《目录》附记说：《民风》哪一期终刊，未能直接找到资料，现就找到的抄出止于第41期。

获得较高评价。"①

薛汕在上海时与李凌、沙鸥等合编《新诗歌》，移师香港后仍然继续出版。他从上海民歌社征集的民谣中选编的《愤怒的谣》（民间文艺丛书）于1948年4月由中华全国文艺协会香港分会出版，由冯乃超执笔、以香港文协研究部的名义为其写《前言》。该歌谣集是上海民歌社的同仁们征集的歌谣中的一部分，共选录了40年代日本帝国主义投降后，流行于江苏、浙江、福建、台湾等19个省和地区的民谣271首。正如冯乃超在《前言》里说的：

> 《愤怒的谣》是薛汕先生和好几位热心搜集民间歌谣的朋友共同努力的成绩，也是散处全国各地无名诗人的作品的合集。诗集向来就不容易找到出版的地方，这样的诗集尤其难得有机会出版的。文协港分会相当注重民间文艺的研究，愿意把这个集子拿出来出版。文协港分会虽然有了一个研究民间文艺的组织，对于普及文艺的提倡工作，多少也做了一些事。但对于搜集民间歌谣，加以整理与研究，尚没有切实地着手去做。这本集子的出版，属于上海的民歌社朋友们的功绩，应该在这里声明一下。相信这本集子的出版，对于我们的研究工作，创作工作，都会有很大的帮助的。
>
> 这里面的歌谣，有几首为大家公认为比较完整而成就颇高的作品，值得我们揣摩学习的；如浙东的《兵老队，老队兵》，赣西的《有面子，没脑子》，四川的《推磨，押磨》，河南的《太阳落西山，大祸叩人间》，商城的《小梆子，梆梆响》，陕西的《老乡见老乡，两眼泪汪汪》，甘肃的《老天爷，你年纪大》等等。
>
> 这本集子里面所载的歌谣，差不多都表现一个中心主题，可以用"官发胜利财，民遭胜利灾"这句话来概括的主题，反映出"惨胜"以后的深重的民间疾苦。这倒不是故意先立标准从事挑选的结果，而是全国各地都是一片心酸的自然写照。民间歌谣是人民自然流露的声音，这本集子的声音，显然唱出了时代的特点，写出了一个日暮途穷奄奄一息的旧世界的真实面目，隐隐地汇合成为一股感情的激流，喊出"你塌了吧！"的粗壮呼声。"老百姓"的心事，可得知矣。
>
> 这里面的作品，未必都是"惨胜"后的作品，有些是抗战期中的，也有更旧的，我们是来不及鉴定了。这个搜集研究的工作，显然不是少

---

① 谭达先《墨香溢室外——薛汕老人，我永远怀念您》（手稿）。

数人负担得了的，希望国内有志于此项工作的前辈及朋友，共同努力。

香港民主文化事业基金会玉成这本书的出版，谨在这里表示感谢。

中华全国文艺协会香港分会研究部识

1948年4月21日①

薛汕在《附记》里写道：

这里所辑录的，是日本帝国主义投降后流行于全国各地的人民歌谣，这一部分，原已编入《政治谣》作为第二时期的，即从1945年9月起至1947年7月底止，这个时期的特点是人民享不到胜利之福，在饱受独裁政府的浩劫后，痛苦而愤怒地发出吼声，书前的提语，即此一意思的说明。

《政治谣》是一部未刊稿，是近百年来中国人民忍受双重压迫——帝国主义与封建势力的民间作品，是从鸦片战争失败起至人民解放战争开始的歌谣实录，采集时曾花了不少的时间，特别是在求内容的真确上，相当吃力，然而，站在保留时代诗篇这一意义上虽是抄抄剪剪的工作，想不至完全没有必要。

至于为什么要先把这一部分印出呢？理由很简单：里面所诅咒的，所痛恨的，所抨击的，是我们生活的一部分，血肉相关。这种现实感，对于我们大有裨益，"从人民中来，回人民中去"，一定会增强我们的信念，再不愿向任何剥削人民利益者低头，战到"死而后已"！如果，再能从中寻觅到有关文艺上的若干问题，如表现一些什么内容，有些什么新的形式……则是另外一些收获了，这或则，可以作为每个文艺工作者，连我在内的学习课本吧！

这里面，由于我学力不够，见闻不广，对于歌谣的收集，挂一漏万，在所难免，这是很需要各方加以补充的。至于流行的地点，以及每一首的辨别，——凡发现是"文人"润色的或我代笔的，是毫不吝啬的剔去了，然而难免仍混有；所有这些，一定还有错误，那就希望海内先进及读者们，予以不客气的教正，在此先志感谢之忱。（1948年1月8日）②

① 冯乃超《愤怒的谣·前言》，中华全国文艺协会香港分会出版，1948年。
② 《愤怒的谣·附记》，第97—98页，中华全国文艺协会香港分会1948年4月初版，生活书店总经售。

薛汕在香港期间还编辑出版了另一本歌谣集《岭南谣》（新诗歌丛书）。该书是编者在中华文艺家协会香港分会民间文艺部担任潮州方言文艺组组长时，为响应方言文学的号召和潮流，为对诗歌创作在方言运用上有所助益而编辑的。歌谣是方言的文学，歌谣中所用的词语带有地域性。他在《后记》中写道：

> S以及朋友们，很想有三个方言区的歌谣来参考，使诗歌创作在方言的运用上，有所帮助；但由于旧的歌谣集子不易找到，新记录的又不能较有系统的得见，于是感到有编一本，即使是少量也好，印出来读一读的必要，在这一希望下，我才不量力的着手了。
>
> 这些材料，除了自己记录的以外，还从陈元柱的《台山歌谣集》，林耕的《客族の山歌》，管又新的《客家平民山歌》，和丘玉麟的《潮州歌谣》中选下来，由于不能搜罗到广东各区已出版的歌谣集子，故只能就所见的编成现在这个样子，这种负愧，我不知怎么样说才好。
>
> 这些歌谣，流传的时间，在十年以前便有了，抗日时期的，我想在别一部分来处理它，而"情歌"，原是歌谣中最多量的，在这儿，除"客族"有几首较含蓄的以外，差不多没有选，主要的想把篇幅多给触及现实意义的；在时代的激变下，人民的生活状况、贫穷、浪迹海外……等，看人民如何在作品上反映出来。
>
> 把三个方言区的歌谣放在一起，多少是有比较作用的，什么地方可学习，什么地方该弃除，应该有意见的，这有待诗人们提供出来。（1948年7月20日）①

《岭南谣》辑录了当时流行于广府、客家、潮州三个方言区的民谣。广府区包括了台山、曲江、中山、广州、连县、香港等地，分为"贫穷的日子"、"激变的潮流"、"蛋家的歌唱"三辑；客家区包括大埔、梅县、英德、翁源、连平、惠阳等地，分为"情爱的奔驰"、"贫穷的日子"、"出洋的前后"、"激变的潮流"四辑；潮州区没有标明地区，分为"贫穷的日子"、"出洋的前后"、"激变的潮流"三辑。这本歌谣选的小册子，虽然所录歌谣数量不多，但极有特点，不仅向诗歌作者们展示了方言对诗歌（歌谣）的重要，方言诗歌（歌谣）与接受和传播的关系，

---

① 《岭南谣·后记》，第49—59页，新诗歌社1948年初版，南国书店总经售。

而且从深度和广度上反映出了广东三个方言区的平民百姓的独特生活样相和血泪历史。从而也可显示出编者的历史观和苦心。

2. 民歌观

写于桂林的《民间诗歌的几种表现形式》（1942年4月16日），是薛汕民间文学理论文字最早的一篇。它表明薛汕是从一个诗人的即文学的角度去看民间诗歌的，而这样的视角，正是中国自古以来的文化传统的继续。他为了推动新诗创作的民族化（他很反对当时诗界的"欧化"风派），着重研究了民间诗歌的形式。他在自己搜集与朗读中，把民歌的形式归纳为七种：第一种：用谈话的方式表现出来。第二种：用一问一答的方式表现出来。第三种：用连环的方式表现出来。第四种：用全盘依次说明的方式表现出来。第五种：用一样物质来作旨意，然后以事实继续说明的方式表现出来。第六种：用字音相同而含有双关意的方式表现出来。第七种：用故意颠倒取谑，作为讥讽的方式表现出来。在论述每一种表现形式时，他都举出民歌的例子来。一问一答的方式，是民歌中常见的形式，通常我们把它叫做"盘歌"。连环的方式，在民歌中也甚是时行。倒是把"谈话的方式"列为第一种，显出他的诗人的眼力的非同凡响。他举的例子是："姐娘睏到半夜三更哭出来，阿娘听见吃惊呆。'你要铜钱银子娘房里有，你要红绿绒线我叫你爹爹买转来。''要那铜钱银子来买棺材？要那红绿绒线结子吊起来？只要大哥哥转来勿搭嫂同房。'//嫂嫂堂前踱进来，'你小姑娘说话勿应该，上有东村八十岁公公捏仔龙头拐杖也要婆房里去，哪有少年夫妇活拆开？小姑娘勿要慌，勿要忙，等你爸爸转来替你拣好郎。你爹娘勒十字街头替你排八字算命，说要六十岁嫁郎八十岁死，你命里只有二十年好风光！'"[1]用谈话的方式，娓娓道来，诙谐有趣，活龙活现地表现出了一个小姑娘青春期的心理躁动之态。

如果说《民间诗歌的几种表现形式》里所显示出来的薛汕关于歌谣的观点，基本上是文艺学的，到经过在重庆对西南地区少数民族民歌的广泛涉猎，特别是抗战胜利即"复员"后从重庆到上海，在编辑和研究纳西人和古宗人的歌谣时，他的民间文学观中出现了新的因素，即更多从人种学、人类学和社会学着眼去看歌谣，从而使他有异于一般的文艺学家。如他在分析了古宗人的"充沛着丰富的生命力"，"用火热的感情，毫无顾

---

① 薛汕《文艺街头》，第50—60页，上海：春草社1947年。

忌地使山光水色，为之一变，使茂林巨石，为之动容"，"因时因地随唱随答，婉转追逐，歌之不歇"等特点外，还指出："原来在这一带的人民，并不是单纯的一个民族，除了'大汉族主义者'一贯是从上而下的采取高压的政策外，所有一般汉人，是与古宗族等相处极融洽的，尤其是从前由南京一带迁移而来的，他们的后代，似乎体味了这种艰辛，早就与少数民族的子民建立起极好的友谊，而且是在共同的歌唱了，如今有些读音，充满了江南的意味，这是有原因的。我想，如果这些歌谣有异于其他各地的，要是指出它的优美、自然、缠绵……所有这一切的好处，毫无异议的是这二族的人民，经过了生活的凝练，互相汲取对方的善处，百年千年，终于结成这红润的果子，呈现在一向被目为蛮荒的地面上，否定只有'正统文化'才伟大的那一种说法。"据史料，明代开国皇帝为镇压边疆少数民族及其首领的造反，曾从江南一带调兵遣将远征云南，并屯兵贵州，这些汉族士兵及家属后来就落根于当地，从而发生着如薛汕所说的与当地土著民族之间的文化交融。而这种民族文化的交融与吸收，相当明显地表现于民歌上。这样的见解，显然是借助于人类学和史学的手段，显露出跨学科研究的学科意识。

在重庆时，薛汕并没有什么固定的工作，花了很大的精力编辑各地和各种歌谣集，编纂了"说文社"接受出版而终未出版的《自由形式的歌谣》，并撰写了好几篇论述自由形式歌谣的论文；特别是编纂了酝酿已久的《中华民族歌谣大系》多卷本歌谣丛书，并于1944年9月12日写完了《中华民族歌谣大系·总序》。如果说，在桂林写《民间诗歌的几种表现形式》时，他还没有掌握更多的资料，也没有能够静下心来思考民歌学的种种问题，而只是有感于当时诗歌创作的"欧化"倾向而强调从民间诗歌学习更口语化、更群众化、更生动活泼的表现方法的话，那么，在重庆写的《中华民族歌谣大系·总序》和《谈自由形式的歌谣》（1944年9月12日）、《人民歌谣的警语部分》（1945年8月30日），以及后来写的《诗歌分行的价值》（1946年10月19日，上海）、《人民歌谣初论》（1948年5月11日，香港）、《论歌谣的方言性——就三种粤歌作一比较》（1948年7月17日，香港）、《论潮州的叙事歌谣》（1949年7月28日，香港）、《近代的歌谣》（1949年，香港）等歌谣论文，则是在系统地掌握了和研究了民间诗歌的大量资料，并在民间诗歌的学理问题上做了许多思考后的结晶。尽管这篇《总序》的学理性还相当欠缺，但已经可以看作是他的一部简略的概括的歌谣学。

他的歌谣观的基本点是三种类型论："歌谣起源于劳动，也就是说，经济制度决定着人们的生活和意识，作为生活和意识的产物的歌谣，自然地反映出这一特质了。各个社会的经济制度有着不同，各个民族的生活方式也有很多差异。因此，每个人的意识也就不能划一，这样一来，作为表现人们的生活、理想和愿望的歌谣，也就有了不同的风格。中国是一个多民族的国家，由于历史上的原因，文化生活是有不同的，语文也不一样。所以表现出来的就有多种多样的风格了。大体上有三种类型：第一，住在山岭上、生活于大山中的人们，所产生的大多是山歌。第二，居住在江河湖海或者靠江河湖海为生的人们，大多产生水调。第三，居住在平原，以耕种、畜牧为生的人们大多产生农歌、牧歌等。"①中国是个幅员广阔的多民族大国，其文化是多元一体的，不同文化的发展是不平衡的，而地理历史条件对民间文化的决定影响是不言而喻的。尽管从《诗经》的"十五国风"起，古人就认识到中国传统文化的多元性特点，但秦汉大一统以来，主体民族汉民族文化和中原文化意识的霸权地位越来越强烈，在这种社会意识和文化思潮下，薛汕在20世纪40年代能够从地理历史这个角度去思考问题，并认识到和强调指出中国民歌的多元格局和特质，应该是难能可贵的。

薛汕的歌谣研究的另一特点是，自觉发掘和阐释歌谣与社会生活的紧密联系。社会生活变化了，前进了，新的社会矛盾必然地在歌谣中有所反映。歌谣是最活跃最敏感的一种民间文体，生活的激发常常能在老百姓的歌谣这种敏感的口碑文学中得到最早的反映。在这一点上，歌谣与故事是大异其趣的。薛汕抓住了歌谣的这个特点，他在歌谣中发现了一般粗心的研究者发现不了或不愿意看见的新意。他说："这里所指的人民歌谣，不能不强调抗日民族自卫战争结束以后这一个时期所产生的。因为人民天天盼望抗日战争胜利，盼到了，结果作了一场空梦。国民党反动派用的是残暴的手段，人民比以前还要遭受到更悲惨的浩劫，为了'求生'起见，必然发出了控诉，字字血泪，以表达他们的感情。由于这一缘故，就跟抗日内容的全部相反了，而且，比抗日的更敢怒、更敢言；在形式上，采取的手法，也来得更深更广，而且更紧凑更多样。"②他把抗日战争结束后的新的时期的歌谣归纳出几个特点：第一，空前地敏感，往往一两天以前的事件，随即就被歌唱出来。第二，因时因地而异，并不囿于一定的样式，爱唱就唱，毫无拘束。第三，只是诅咒已不能满足人民心中的仇恨时，就用讽刺或冷嘲，抨击入木三分。口语化，方言运用自然，能诵能唱。薛汕的

---

① 薛汕《中华民族歌谣大系·总序》，1944年9月12日。
② 薛汕《人民歌谣初论》，1947年12月17日。

观点代表了左翼文艺界的思想艺术取向，而这一点，是同某些以书斋学者自居的民俗学者迥然有别的，远离社会生活和种种事变，不投入情感的研究方法，至今还影响着我们当今的民俗学界。

薛汕对歌谣的形式问题的关注与探索，在当时研究者大多注重开掘歌谣的社会政治作用和与社会生活的关系的文化背景下，不仅在文学界和学术界占风气之先，而且在对歌谣艺术规律的探讨上提出了可以自圆其说的见解，尽管他对歌谣形式的研究，也还包含着某些艺术教条主义的偏狭，如认为"内容决定形式"之类。他认为歌谣的形式大体有七种：史诗的形式，如苗族的创世神话诗；赞美诗的形式；叙事诗的形式，常见的如汉族的叙事诗；抒情的形式，简短的语言，隽永的意思，常使人萦绕脑际；讽刺诗的形式；格言的形式，以西藏的民歌为最常见；急口令的形式。

关于歌谣的方言问题的研究，薛汕卓有建树。在香港时期，他担任中华文艺协会香港分会民间文艺组潮州方言文艺组组长，积极提倡方言文学，写了小说（如《和尚舍》，香港潮州图书公司1949年），还写过一篇《论歌谣的方言性——就三种粤歌作一比较》的论文。歌谣是最具有方言性的一种意识形态，离开了方言，就无所谓歌谣。中国现代民间文艺史上，北大歌谣研究会的出现，与方言的研究关系莫大。这一研究传统，到20世纪40年代，为中华文艺协会香港分会民间文艺研究部所继承，设立了几个方言文艺组。在香港的潮州方言文学作家阵容很强大，作出的成就也最令人刮目。

3. 向民俗学的拓展

到香港后，一向以歌谣研究为学术领地的薛汕，其研究疆域和学术眼光，逐步向民俗学拓展。在《民风》上连续发表了《科学的民俗学发凡》《中国民俗学史的回顾》《民俗学工作者的急务》《民俗学工作断想》等文章。是什么原因使他在学术上发生了这样的变化，我们现在还无法知道，但这种转变确是发生了。

在20世纪40年代前，薛汕一直没有机会和可能加入北大歌谣研究会和中山大学中国民俗学会这两个团体，与这两个团体的学者们的学术思想之间，也有一定的距离。作为在左翼文学熏陶下的一个青年诗人，抗战开始以来在西南地区流浪，深受少数民族文化的熏陶，于是开始客串文学与民俗学两个领域，并以在柳州与娄子匡和顾颉刚合作办《民风》为起点，涉猎的范围和学术的观点逐渐开始起变化。在柳州，他曾写过批评"特族"称呼的文章。当他到香港后，能够以较多的精力和时间专门从事民间文学的编辑和研究时，他较多地关注起民俗学来了。也因为他的客串的身份，对此前有二十多年历史的中国民俗学学坛，有着比较清醒的认识。他高度评价了中国民俗学取得的成就，但他也指出了中国民俗学的致命弱点，而这是身在其中的那些民俗学者们所没有意识到、至少是没有说出来的。

他说："中国民俗学在短短的二十来年中，对于社会、对于人民，有过一定的贡献。从事民俗学的工作者，对于这幼茁的科学，也付出了不少的辛劳。可是，在今天，中国历史学的成就，往往使民俗学大有赶不上之慨；以中国文学的丰沛说，且有了斐誉国际的作品，更使民俗学大有显得冷落之感。这对于民俗学工作者，不能因此而气馁：一方面是加紧向欧美以及苏联各民俗学先进学习，以其经验和成就来充实自己，不论是研究方法抑或是表达技能；再一方面，是在科学的世界观上，如何来建立正确的中国民俗学体系，使不但整理了'已往的'，而且提出了'将来的'实践方法。在前一点，中国民俗学工作者曾走了好多冤枉的路，摸索了又摸索，多少发掘了一些宝藏，留下了为数可观的业绩，即使零星了一点，仍然是值得珍贵的；在后一点，有眼光、有见地，能把握历史科学方法的，现在才开始，阵容是弱了一些。由于时代的、人民的实际需要，正在为它催生，相信在不久以后，在展开讨论、严格批判中，一定能成长，也一定有花果出现的。"

在谈到中国民俗学所以发展迟缓的原因时，他指出，不谈作为一种运动，"政治气候太右"的问题（在《中国民俗学史的回顾》[①]里则说：民俗学运动与其他的领域的相关运动不发生关系，而是"自流地，孤独地勉强前行"），仅从著述上来分析，有三个：一是观点上的混乱。民俗学的方向问题没有解决，缺乏为建立一个新的民风的意识，故而导致了"样样杂陈，无样可陈"的局面。二是考证学的余毒。除了一些直接采录自民间的记述外，不少是抓住某一问题，拼命于古籍里群征博引，以为精致，其实是食古不化的考证学在作怪。考证学无可厚非，群征博引也不应反对，问题在民俗学不是从旧籍里可以找到问题的答案的。三是整理方法有了毛病。民俗材料，重在采风之后，予以正确的整理，使真理从中出现，以为借鉴。然而，很多人却采用归纳法和演绎法，不是偏于一方，就是攻其一点、不及其余。在此三点中，"以第一点为年来最严重而未予解决的，正因为这一原因，所以民俗学的发展迟缓了。凡是与现实与人民脱节的任何学问，必然遭受淘汰。反之，就能发扬光

---

① 薛汕《中国民俗学史的回顾》，见《星岛日报·民风》双周刊第3期，1948年10月14日，香港。

大，民俗学何曾不如此。"①他认为，对于中国民俗学而言，所面临的主要任务，是应改变与运动脱节、与人民脱节、与历史脱节的缺点和偏向，"建立科学的新民俗学思想体系"。

第十五节　解放区的民间文学搜集研究

红军长征1936年10月到达陕北，与在当地建立了革命根据地的刘志丹会合，建立了陕甘宁边区。于是，延安成了中国未来的灯塔和象征。大批文化人从上海，从武汉，从北平，从西安，从祖国各地奔赴延安。毛泽东说过，中国革命有文武两条战线。在延安也有文武两条战线。在延安的文化人以马列主义、毛泽东思想为指针，创建了和发展了适应于战争需要和边区需要的新民主主义的文化。特别是在1942年5月在延安召开的文艺座谈会上，毛泽东发表了文艺问题的讲话，成为此后很长一个历史时期中国文艺工作的指导文件。民间文学是传统文化的一部分，在陕甘宁边区以及全国各地的其他解放区，基本上是要搜集、要吸收但首先要改造。1943年在延安开展的轰轰烈烈的改造旧秧歌、发展新秧歌、改造旧说书、发展新说书的运动，其基本出发点就是"群众要求新文艺，但封建旧文艺在群众中尚占优势"的估价上的一项文化政策。1944年11月16日边区文教大会通过，经边区二届二次参议会批准的《关于发展群众艺术的决议》中规定："虽然边区群众及其艺术工作者，已经为了教育自己的队伍在斗争中创造了自己的艺术，但由于过去一时期的被重视不够，新艺术至今在群众中未得到充分发展，宣传封建迷信的旧艺术在群众（主要是农民）中仍占着相当的优势，所以迫切需要用大力在群众中发展新艺术和改造旧艺术，使新艺术在边区建设中，发挥它的力量。……要在群众中发展新艺术和改造旧艺术，……必须承认，旧艺术与群众的不可忽视的历史联系，也不仅表现在旧戏班和其他职业性的旧艺人的活动中，而且表现在广大工农兵的春节娱乐或平时娱乐中。因此，今天发展边区新艺术的任务，必须从两方面同时进行，即一面在新基础上发展，一面在旧基础上改造。"②从当时边区所处的具体环境来说，强调发展新艺术、改造旧艺术以适应时局的需要的方

①　薛汕《科学的民俗学发凡》，见《星岛日报·民风》双周刊第2期，1948年9月30日，香港。

②　《关于发展群众艺术的决定》（1944年11月16日，延安），《解放日报》1945年1月12日。

针，是必要的，是可以理解的，但把一切流传于群众中的传统民间文艺都看作是旧文艺，无疑是一种错误的、至少是偏激的政策。但实际上，在延安的一些文化人在改造旧秧歌的同时，花了很大力量于搜集和研究流传于民间的陕北民歌和民间故事，做出了可以彪炳青史的文化成绩，成为中国民间文艺学术的一个重要流派。

（一）柯仲平、林山和陕甘宁边区文化协会

陕甘宁边区文化协会成立于1937年11月14日，负责人是成仿吾、周扬、柯仲平等。诗人柯仲平是驻会主持工作的负责人。文协成立后不久，便于1938年2月10日在延安《新中华报》上发表了一份征求歌谣的启事。《启事》宣布："利用歌谣的旧形式装进新的内容，或多少采用歌谣的格调和特点来创造新诗歌，这对抗战和新诗歌的大众化都有很大的作用。因此，我们决定广泛而普遍的收集各地歌谣，加以研究与整理。希望同志们尽量把各地的山歌、民谣小调等等抄给我们，不论新旧都需要。"这个《启事》可能就是出自柯仲平的手笔。

柯仲平（1902—1964），现代著名的革命诗人。原名柯维翰。出生与云南省广南县。童年与少数民族相处，自幼谙熟家乡邻近地区的少数民族的民间文学。他的诗作广泛吸收了民间文学的养分。1919年领导昆明地区的学生运动，1921年离开家乡到北平，从此开始了漫长的革命生涯。肄业于北京政法大学法律系。他是"创造社"的成员，曾在"创造社"出版部、"狂飙社"出版部工作。大革命时期，参加党领导的上海工人秘密斗争，组织秘密工会。1924年前后开始写抒情诗，大部分发表在《洪水》《狂飙》《草原》等杂志上，还出版了抒情长诗《海夜歌声》（上海光华书局1924年）。1937年到延安，任边区文协副主任、主任。以"狂飙诗人"著称于文坛，提倡重视民间创作，活跃于延安文坛。他创作了众多的政治抒情诗，如《边区自卫军》和《平汉工人破坏大队》等，同时写了《劳工神圣》《无敌民兵》《十二把镰刀》等优秀剧目。除此之外，他还积极为革命做宣传和组织联络工作。他所创作的诗歌戏剧被毛泽东称为"既是大众性的，又是文艺性的，体现中国气魄和中国作风"。他与其他诗人发起街头诗和朗诵诗运动，发起组织了边区民众剧团，并率领剧团跑遍了陕甘宁边区各地。新中国成立后，他先后任中国作家协会副主席、西北文联主席等职。

柯仲平在1939年2月10日的《新中华报》发表了关于民族形式的文章《谈中国气派》。同年2月13日，他率领边区文协领导的民众剧团一行30人到陕北各地巡回演出。路经延安、延川、定边、盐池、志丹等地，步行

2500里，历时四个月零三天。同年8月3日，他参加了边区中央局在延安召集的文化界座谈会，并就文艺的民族形式问题发了言。稍后在《文艺战线》上发表了一篇《论文艺上的民族形式》。他在文中写道："'五四'文艺运动的缺点是：当时未能批判地接受外来的文艺遗产，未能接受中国文艺传统上的优点——最主要的尤其是未能吸收在中国大众中流传着的一部分较生动的民间文艺的优点。"[1]他的这个意见很中肯，道出了"五四"文学的弱点。同年11月21日，柯仲平在安塞写了长篇民歌论文《论中国民歌》，发表在《中国文化》第1卷第3期上。当时边区文艺界比较普遍地认为民间作品体现的主要是封建落后的思想，故强调改编、改造，所以有"改造旧说书"运动。而他在这篇论文里却强调"我们应继承并发展中国民歌的传统——民间艺术"。他写道：

> 民歌中存在着听天由命的思想（这主要是被封建主义统治剥削压迫的结果），有帮助封建统治稳定的作用，这是不用说的。但也有反抗封建统治的，暴露封建黑暗的更不少。不过，鲜明地表现出反抗来，就会被认为是大逆不道了；这种作品是很难存在的。用哀诉的情调来表现封建痛苦，这是不能摧毁封建统治的，因此得在民间流传着。封建统治阶级中也有矛盾，它会产生一些不得志的文人，这些文人也是有助长民歌的作用，甚至常把一部分封建上层的文化成果转化到民歌（一切民间艺术）中，借民歌来发泄他们的不平。民歌也每每会给封建文人许多助力，当文人受到一些民歌影响时，他的诗作便会添了一些生气，如大家熟知的白居易等。这种文化上的交流作用虽然有，但民歌总是代表着被统治的人民大众的。民歌中不能有彻底的反抗意识，这是历史决定的。历史上就没有出现过农民阶级的政权。农民问题的解决，是必然要到出现无产阶级，受无产阶级正确的领导后，才能解决的。中国民歌也正如中国的农民问题一样。历代都有农民暴动，但那只不过能稍稍推动社会发展，能使农民成分起多少的变化罢了。被统治的农民阶级仍旧是一个被统治的农民阶级。历代民歌，虽有多少变化，仍是以农民为主的被统治人民的民歌。在十余年以前，民歌并无大发展。直到中国无产阶级运动，在反帝反封建的任务下抬起头来以后，农民得到正确而有力的领导，因此，在不少的农村中，新的民歌产生了。这些新的民歌，虽然在

---

[1]　柯仲平《论文艺上的民族形式》，《文艺战线》第1卷第5期，1939年11月16日，延安。又见《柯仲平文集》（三），昆明：云南人民出版社2002年。

形式上还没有一个大的发展，但在内容上却充满着反帝反封建，反一切压迫与剥削的思想与情绪。并且，这是进步的农村大众爱唱的。在城市方面，有一部分从"五四"新文化运动当中锻炼出来的诗歌作者，是或多或少地把民歌的一部分作风吸入自己的诗歌创作中来了。在这些作品中，有一部分是往建立新的中国大众诗歌的方向努力的。当然，是否有了一些什么好成绩，这是待检讨的一个问题。总之，中国民歌是开始得到新的继承和发展了。

我们发展民歌，吸收民歌作风到新诗歌的创作中来，不只因在政治上它有功用性，而且同时因为它是中国文化中的一种优秀的、活的、大众的艺术。它有许多优点是值得我们吸收的。当然，吸收它，也如吸收中外其他诗歌的优点一样，要加以融化。它只是新的大众诗歌创造中的最重要的因素和基础。①

他的这篇文章，虽然文笔很自由，理论性却很强，论战性也很明显。还介绍了和论述了陕北革命民歌的问题。中央红军从井冈山北上长征途中从《大公报》上获悉陕北有刘志丹坚持的根据地，于是前往会合。歌颂刘志丹的民歌在陕甘宁边区乡野此起彼伏。柯仲平在文章里以关于刘志丹的民歌为主，论述了第二次国内革命战争时期的革命民歌的一般问题。他无疑是中国民间文学的学术史上第一个论述革命民歌的人。边区文协的作家董均伦写了一本《刘志丹的故事》，经《解放日报》负责人艾思奇审定并在《解放日报》上连载。1946年董均伦经中央组织部同意回山东，请柯仲平为这本故事集写序，柯很快（1946年3月15日）便把序言写好了。《刘志丹的故事》被各解放区的报纸转载，各地新华书店出版。据知，最早的版本是晋察冀新华书店于1947年出版的《刘志丹的故事》。董均伦于1949年春到北平，《刘志丹的故事》于1949年8月由北平的天下图书公司出版。②

陕甘宁边区文协另一位从事民间文艺工作并作出成绩的是诗人林山。

林山（1909—1984），广东澄海人。1930年入上海暨南大学文学院学习，毕业后先后在桂林、苏北等地从事革命文艺工作。在苏北盐阜区提倡

① 柯仲平《论中国民歌》，延安：《中国文化》第1卷第3期（1940年5月25日）。又见钟敬文编《民间文艺新论集》，第34—36页，北京：中外出版社1950年。柯仲平进城后，于1950年5月17日应钟敬文之约，对这篇旧文作了修订。又见《柯仲平文集》（三），第107页，昆明：云南人民出版社2002年。
② 董均伦《刘志丹的故事》，北平：天下图书公司1949年，有柯仲平的序言。后柯序被收入《柯仲平文集》第3卷（文论卷）中。

"街头诗"，参与《大众知识》杂志的工作。据延安《解放日报》报道，1938年1月25日延安战歌社举行"诗的朗诵问题座谈会"，林山在会上发言，《新中华报》发表了座谈纪要。他在《新中华报》发表的《关于街头诗运动》成为中国诗坛开展街头诗的宣言。他说："时代迫切的需要诗歌的朗诵，而诗歌也可以而且应该是一种朗诵的艺术。"[1]据1940年4月6日重庆《新华日报》在《我们声讨汪（精卫）逆！》栏题下发表一组桂林文艺界同仁讨汪文章，其中有林山的文章《扑杀另一种狗》。这又可以肯定其时林山在桂林。据"盐城旅游信息港"网载《苏北抗日根据地文化大事记》：1941年6月28日，"苏北诗歌协会因常务理事分散各地无法集中，特由副理事长劳辛聘林山、陆维特、江明、高文四同志组成诗歌辅导委员会，林山为主任委员。"1941年7月19日，"苏北诗歌协会在《江淮日报》辟'街头诗运动专号'，发表《自卫队》《都来参加妇救会》等8首街头诗和林山文章《开展街头诗运动》。"可见，林山1941年初即到了苏北新四军。1943年11月13日，"王阑西、阿英、林山等人研究，拟将《大众知识》扩大改名为《新知识》，每期5万字。……林山作10首墙头诗发表在《大众知识》第7期上，师鲁工团为诗配画，于是林山又发起组织'墙头诗画社'，出版了《墙头诗画集》，其中集诗28首，画6幅。"1943年1月4—6日，"因形势紧张，黄克诚同杨帆等人商议决定将尚在盐阜区的文化人转移到阜东县海边八大家一带。6日起行。他们是芦芒、林山、沈柔坚、阿英、铁璎、贺绿汀等。"这是盐阜区文化大事记有关林山的最后一次记载。此后，林山于1943年到了延安。[2]林山到延安后入鲁迅艺术学院，后到陕甘宁边区文化协会工作。

陕甘宁边区文协于1945年成立说书组，由安波、陈明、林山等组成。他们采取"联系、团结教育、改造民间说书艺人，启发引导、帮助他们编新书、学新书和修改新书，发挥他们自己的天才，鼓励他们自己创作"的方针。说书组举办说书训练班，培养说书艺人。米脂县的盲艺人韩起祥就是在林山的帮助下成长起来的。据延安《解放日报》7月23日报道："延安县河庄区张家窑子说书人韩起祥，由于思想转变，自编新书，从去年7月开始已编新书《红鞋女妖精》《反巫神》《掏谷搓》《四岔捎书》《二流子转变》《张家庄祈雨》《吃元宝》等12本，在农村说唱。7月12日第二次到延安，边区文协特予招待食宿，并介绍到西北局、边区政府、新市

---

[1]　林山《关于街头诗运动》，见《新中华报》1938年8月15日，延安。

[2]　林山因1962年反右倾运动中受批判和处理，1984年病故于家乡，故留下的史料很少。他到延安的时间，史料多有矛盾，1943年到延安的说法较为可信。

场说书。在延安五天说了七次，都得到好评，并收到西北局、教育厅的奖赏。"《张家庄祈雨》就是林山整理的，并在《解放日报》上全文发表。林山在《附记》中写道："编书人韩起祥是米脂人，三岁眼瞎，14岁说书，今年31岁。去年思想转变，开始说新书。他有很强的创造力，自己改编、创作了许多新书，在农村演唱很受欢迎。这一篇是他最近新编的。"①在发表这篇说书词的前两天，即8月5日，林山在《解放日报》上撰文《改造说书》，介绍了延安地区改造说书工作的情况和经验，重点介绍了韩起祥编新书的经验。该报同时发表了傅克的特写《记说书人韩起祥》，写韩起祥改造旧格式，说生产备荒新书的事迹。另据《解放日报》1946年5月19日报道："民间艺人韩起祥与边区文协林山沿东路直达绥德县进行说书宣传。他的作品经林山、高敏夫、程士荣三同志整理出版，有《张玉兰参加选举会》《刘巧儿团圆》《张家庄求雨》《四岔捎书》《狼牙山五神兵》等。"5月25日报道："韩起祥偕边区文协林山到达米脂县，先后在米脂中学、街头、高小、女小说唱《刘巧儿团圆》《张玉兰参加选举会》《四岔捎书》《红鞋女妖精》《张维正请巫神》《吃洋烟二流子转变》《栽树》等书。《刘巧儿团圆》说了三遍，最受欢迎。有几个老汉每场必到，成为'新书迷'。韩起祥于6月2日到绥德县，帮助分区文协筹备说书人座谈会。"韩起祥在林山的陪同下在绥德的说书受到当地农民，特别是文艺工作者的欢迎。吴江平在6月20日《解放日报》上发表题为《绥德分区人人欢迎韩起祥》的文章称：韩起祥在米脂县说了六天，座谈会上大家一致称赞。他说书常用小调作插曲，模拟人物腔调，带有感情，语言丰富，咬字清楚。在绥德县召集六个瞎子说书人学习会。分区文工团派薛增禄记谱和学说新书，地委宣传部吴文遴召开座谈会，鼓励多编多说新书。8月25、26日，朱德总司令在枣园机关连听两天韩起祥的说书，鼓励他多编多说新书，更多注意国家大事，学习讲普通国语，将来好去远地说书和广播。1947年8月，毛泽东请韩起祥在延安中央大礼堂说书。韩起祥和王宗元合编的《时事传》在《解放日报》（1947年9月7日）发表后，林山撰文《一个宣传时事的好办法——读〈时事传〉后的几点意见》予以介绍和评论。

北平解放，林山到北平参加了第一次全国文代会。在文代会开幕之前，1949年6月，林山应钟敬文之约撰写了一篇长文《盲艺人韩起祥》，系统全面地介绍和评价韩起祥及其说书，还介绍了另一位遭到国民党枪杀的盲艺人、韩起祥的师兄高维旺。这是他研究韩起祥的带有总结性的文章。

---

① 韩起祥编、林山整理《张家庄祈雨》，见《解放日报》1945年8月7日。

钟敬文将其收入所编《民间文艺新论集》（中外出版社1950年8月初版，北京）一书中。林山在文章中论到陕北的说书这种民间艺术时写道：

> 陕北的民间文学和民间音乐的遗产很丰富。又是经过土地革命的老苏区，产生许多新的民歌、传说。韩起祥对陕北的民间音乐和文学是很熟悉的。他能弹奏50多种陕北民间小曲子，能唱许多民歌小调，能讲许多民间传说、故事、剧本等等。这，对他的创作当然也有很大的帮助。在说书中插进一些民歌小调，本来从陕北的旧说书也常常可以听到的，但用得特别多的，却只有韩起祥的新说书，成为他的特点之一。熟悉旧说书和民间文艺，我以为就是韩起祥的文艺修养。这是他能够创作的基本条件之一。
>
> 陕北的说书是一种口头文学，又是个人自弹自唱。无论书词、曲调，都没有定型化，变动性很大，也可以说很自由。同一本书，同一种调子，每个说书人演唱出来时，或多或少总有些变化、出入。同一个说书人，每次演唱也不完全一样。这一方面固然是由于口头文学本身的容许，一方面也由于实际的需要——适应各种听众，说书人有意这样做的。一个说书人，假如没有增加或删节书词和音乐的本领，不能根据一定的时间、场合把书词和音乐拉长或缩短，就很难满足听众的要求。[①]

林山的《陕北改造说书》，由柯仲平写序，于1949年12月出版。

林山这位在延安以倡导"街头诗"和题为《新的土地》的诗集知名于文坛、在培养和帮助说书盲艺人韩起祥整理说书作品上贡献颇大的诗人，以解放区来的作家和民间文艺家的身份参加了1949年7月在北京召开的第一次全国文学艺术工作者代表大会。在文代会期间，他曾与钟敬文一道酝酿成立全国性民间文艺研究机构——中国民间文艺研究会。钟敬文回忆："连续开了二十天的新中国第一次文代大会结束了（7.9）。与会代表纷纷离京。这时广东等省还没有解放。广东籍的代表拟随军南下。欧阳山、符罗飞等同志都邀我一道走。但我因为想要组织全国性的民间文艺研究机构，就违背了他们的好意，留下来了。建立一个专门搞民间文艺工作的机

[①] 林山《盲艺人韩起祥——介绍一个民间诗人》，据钟敬文编《民间文艺新论集》，第162—163页。作者1957—1963年在中国民间文艺研究会工作期间，曾对原作做了一次修改，并将他修改过的钟敬文所编原书赠送给笔者。这里引文中的少量改动，就是根据作者本人的修改本。

构，虽然是我个人的夙愿（解放前我在广州、杭州等地都参与创办了这类学术活动机构），但是，这时具有这种愿望的人却不只限于我一个。例如在延安曾经帮助过说书艺人韩起祥的诗人林山同志，就是很热心的一位（可惜因为工作关系，在次年这种机构成立时，他已经不在北京了）。"①钟敬文说的"这种机构"就是成立于1950年3月29日的中国民间文艺研究会。文代会结束后，林山随欧阳山等广东籍作家们一道南下了。广东解放后，林山担任广东省文化局长，1957年6月奉调到北京，担任中国民间文艺研究会秘书长。他到京之时，正是陈伯达提出"厚今薄古"的方针之日，他执行了这个方针，在民间文学工作中，把在延安时"改造旧说书"的老经验带到协会工作中来，加上他去延安前在苏州被国民党逮捕入狱的一段历史问题，于是，在全国性的"反右倾运动"中，他被定为民间文艺界的右倾代表人物，于1961年7月1日开始受到批判，直至罢官放逐回广东老家。

（二）周文和陕甘宁边区大众读物社

周文（1907—1952）是陕甘宁边区文化界倡导民间文学的主要领导者和组织者之一。现代作家。原名周稻玉，字开荣，笔名何谷天，树嘉等。四川荥经人，1932年参加革命。1933年加入共产党。在上海参加"左联"。1934年3月任左联组织部长。先后在安庆任左翼文化总同盟安徽分会组织部长，创办《安庆晚报》副刊《雀鸣》。在上海参加"左联"。1933年在《文学》杂志第1卷第3期发表的短篇小说《雪地》是他的成名之作。与刘丹合编《文艺》杂志。1937年赴四川成都开展文化界统一战线工作，促成中华全国文艺界抗敌协会四川分会的建立和巩固，主持了文协会刊《笔阵》，任《四川日报》《新民报》副刊编辑。1938年夏在成都写成《唱本·地方文学的革新》一文，发表在茅盾、楼适夷于同年2月在广州创刊的《文艺阵地》第1卷第6号上，那时，文艺大众化问题的讨论在报刊上正如火如荼。1939年春到延安，任中华全国文艺界抗敌协会延安分会主办的《大众文艺》（原名《文艺突击》，萧三编辑）主编。他在该刊第1卷第4期（1940年7月15日出版）发表《搜集民间故事》一文；紧接着，又在第5期发表了《再谈搜集民间故事》，积极提倡和推动边区民间故事的搜集工作。该刊1940年4月15日创刊，同年12月15日停刊，共出版了九期。他又仿效顾颉刚在"九一八"后在北平创立的通俗读物编刊社，在延安积极组

---

① 钟敬文《周扬和民间文艺》，见王蒙、袁鹰主编《忆周扬》，第332—340页，呼和浩特：内蒙古人民出版社1988年。

织和创立陕甘宁边区大众读物社，并任社长。该社成立于1940年3月12日，先属陕甘宁边区中央局、后属西北中央局领导。同时他又兼任该社报刊之一《大众习作》杂志（胡采主编）的编委，不仅亲为《大众习作》撰写了《创刊词》，还在创刊号上发表了《大众化运动历史的鸟瞰》和《关于故事》的文章，继而又在第2、3期合刊上发表了《谈谈民歌》一文，鸟瞰式地扫描和总结了抗战以来关于文学大众化的文艺运动，积极提倡和推动边区传统民间文艺的搜集、研究和改编工作。后奉调离延安，先后任重庆《新华日报》社副社长、晋绥分局秘书长、宣传部副部长、部长等。1949年出席第一次全国文代会，被选为全国文联委员。1952年在"三反"运动中受冤屈，不幸逝世。1979年中央组织部为他平反恢复名誉。1980年人民文学出版社和四川人民出版社分别出版了《周文选集》。

他对顾颉刚在北平创立的大众读物编刊社和孙伏园等平民教育促进会所做的定县秧歌调查给予了正面而积极的肯定："自从'九一八'以后，在北平，有通俗读物编刊社出现，专门编印利用旧形式的小册子；在定县，平教会也编印些利用旧形式的小册子。他们都主张通俗化，在北方，他们都尽了教育大众的任务。在抗战前夜，顾颉刚先生等还出版了《大众知识》，文字虽然还不很通俗，但是都是为了这方向奋斗的。"[①]这是笔者所见到的出自延安文艺界对于顾颉刚的通俗读物编刊社和孙伏园的平民教育促进会的唯一评价。

抗战以来，四川出现了一些题为《中日大战》的"汉奸唱本"流行于坊间，宣传失败主义和奴化思想。这种民间文学或俗文学现象促使周文于1938年6月5日写了《唱本·地方文学的革新》一文，以这些唱本中所暴露出来的粗陋和恶俗的思想倾向为依据，对全国文艺界讨论得热闹、也进行得很热闹的"旧形式的利用"，提出了自己的见解——"地方文学革新"。他的见解归纳为四点：

> 第一，单单提出"旧形式的利用"是不够的。因为这有过分看重形式的一面，而忽略内容一面的危险；也就是过分看重"利用"，既然是"利用"，就有被误解为应时的俯就的，因而也就只单纯的把它看作"宣传"工具，以致无选择地什么都用，而又偏颇地甚至庸俗地单单加些政治观念或口号进去就以为尽了它的任务，而忽略了最根

---

① 周文《大众化运动历史的鸟瞰》，见《大众习作》第1期，1940年8月1日，延安。

本的思想斗争和艺术创造。……我认为要形式内容都兼顾，应该提出"地方文学的革新"这个口号来代替。……

第二，我们的文学要真正的深入大众，必然是方言文学的确立。方言文学可以创造新形式，而且非创造新形式不可；但既成的旧形式我们也不能放弃，而且应该把握它。那么今天的"旧形式的利用"的问题，实际就是"地方文学革新"的问题。

第三，文学大众化这个口号提出多年了，但实际能够做到的实在有限得很，这是不可否认的事实。我看只有方言文学，地方文学的提出，才能得到解决。地方文学旧有的东西固然是粗陋，恶俗，但它压根儿就是和民众密切结合着的东西，从它的流布，影响，是那么的普遍，一直至今不衰这点上，就可以证明。这里明明给我们指出大众化的道路。要真正彻底实现大众化，文学工作者非和民众一起去彻底的了解他们不可，这样在进行地方文学的革新运动才有可能。很显然，这和"利用"是有了大大差别的。[①]

在这三点之外，他还谈了一个"艺术创造"的问题，他主张，通过再创作，提高唱本一类民间流行文学的艺术质量，并采用"唱本朗诵会"一类的方法，使其再回到民众中去。他的方言文学的见解和思路，与后来1949年5—7月间在香港的进步文艺工作者们中间开展的方言文学的讨论不谋而合；他的新口号虽然没有得到文艺界的普遍响应，但在延安的"改造旧秧歌""改造旧说书"的理论与实践，与他的思路显然是一致的。他看问题的出发点，与抗战前一些民俗学者的立场是有很大差别的。

《搜集民间故事》[②]是一篇号召性的、入门性的民间故事谈。他的写作对象是到了延安的作家们，他以《水浒》为例，谈论搜集民间故事对于从事文艺工作的人和创作出伟大作品的意义。他说："我们知道，《水浒》是民间流传的许多断片的故事，由某一个作者（就算是施耐庵吧）搜集起来，加以综合，组织，而写出来的。《水浒》这作品，在综合的过程中，虽然通过了作者的观点，对于原来的东西，有着某一程度的改变，但从作品里，还是能看见当时农民对于那里边某些人物的典型的创造，还是能真

---

① 周文《唱本·地方文学的革新》，见《文艺阵地》第1卷第6号，1938年7月1日，广州。

② 周文《搜集民间故事》，见《文艺突击》第1卷第4期，1940年7月15日出版，延安。

正嗅得出当时民间的生活，和代表农民、并为农民所想望的影响。《水浒》能够在民间流传这么多年代，还为广大民众所爱好，而且影响民众生活如此深刻和长久，并不是偶然。因此，可以得到一个结论：一个从事文艺工作的人，要真正写出一部伟大作品，搜集民间故事，是一条重要的道路。这条道路，是许多人都曾指出过的，但是到今天真正去走的人还是少得很。"他说："你走遍全中国，只要你到处拿耳朵去听，很清新很刚健的民间故事，真是随处都是。"尽管他所用的"清新"和"刚健"四个字，是从鲁迅那里借来的，但从他引用的流传于故乡四川的张官甫的故事来看，可以看出，他对民间作品不仅充满了爱，而且是深知的。

如果说《搜集民间故事》一文还是通过对《水浒》这个著名的例子，提出并促进文艺工作者们关注民间故事的搜集和吸收的话，那么，随后发表的《再谈搜集民间故事》，则是一篇对一个故事类型——流传于四川的张官甫故事群的剖析和研究，而且其见解相当精辟和深刻。这在当时资料非常缺乏的延安，实在是难能可贵的。张官甫的故事群，属于20世纪80年代学界开始研究的"机智人物故事"，可惜的是至今还没有被研究者们著录和论及。周文在文章里列举了这位张官甫趣闻的八种不同的说法，把这个充满了大智大愚、无惧无畏、乐观机趣的下等人物的精神面貌，表现得入木三分。他借用鲁迅先生在《伪自由书》里说的"下等华人话"一语，来界定这类机智故事的性质和类型，倒也显得很合适和恰当。他先引述了四个说法不同的张官甫故事，进行比较研究。这四个故事是：

第一个故事：据说张官甫是清代一个总爷下面的跟班，那时的总爷有点像目前国统区里的保安队长，而跟班则像目前保安队长下面的勤务兵。张官甫给总爷当跟班的第一天，总爷吃罢饭，少爷坐上去吃，他也跟着上去吃，总爷就骂他不守规矩，教他："你要等少爷吃完后，你才能吃！我呢，是吃上饭，少爷是吃中饭，你是吃下饭，懂不懂？"张官甫说："是，我懂了。"有一天，太太正在喂小少爷的奶，小少爷刚刚吃完，他就跑上去一口含着太太的奶头。太太就打了他一耳光，骂他。他说："这是老爷说的：老爷吃上饭，少爷吃中饭，我吃下饭，少爷吃省的就该我吃呀！"

第二个故事：有一次，总爷请客，张官甫送菜，老远他就大声喊道："让开让开！肉来了！肉来了！"总爷瞪了他一眼，骂他："你这样没有规矩！这样粗俗！下次不准你叫'肉'，要叫'菜'！懂不懂？"张官甫说："是，我懂了。"下次总爷又请客，是大热天，总爷把衣服脱了下来，身上只留一件汗衣，那汗衣上却有一个洞，把膀子上的肉露了一点出来，张官甫在一旁，指着那点肉说道："老爷，你的'菜'出来了！"

第三个故事：张官甫受了总爷的气，心头很气愤，他去给总爷喂马，就夹了一把雨伞，向马请了一个安起来，就拿雨伞打那马，把马打得乱跳起来。以后每次去喂马，他都照样干，马非常害怕他，只要见他一请安，就乱蹦乱跳的躲。有一天，总爷骑马在街上走，张官甫夹一把伞走来，迎面向总爷请一个安，马立刻跳起来，把总爷甩下地里去了。

第四个故事：张官甫同一个人打赌，他说他要去打总爷的耳光。那是大热天，总爷坐在花厅里乘凉，他就在旁边打扇。他让一个蚊子在他的右手心里吃得胖胖的，然后把蚊子弄死，就给总爷一耳光。总爷气得跳了起来，他就把右手给总爷看，说："老爷，你看，我帮你打死一个蚊子。"

他对这四个故事的研究的结论是：

> 这四个故事，都是独立的，也差不多是从不同的人的嘴里先后听来的。第一个故事，是讽刺那种严格的等级制度，第二个故事是讽刺上流社会的虚伪。这两个故事，都是很巧妙而且是大胆的尽了讽刺的能事。至于第三第四两个故事，就简直表现出阶级的仇恨，进行报复了。很明显的，这四个故事，都是出自民间的，是健康的东西。

他还叙述了关于同一个主人公张官甫的另一种类型的四个故事。

第一个故事：有一次，张官甫到瓷器店里。东看西看的看了半天，店里老板见他又不买什么，很不高兴的说："你究竟买不买！"张官甫于是指着一把茶壶问："要多少钱？"老板说："一吊钱。""一百钱。"他说。老板冷笑道："哼，一百钱！恐怕是买一个茶壶嘴！"张官甫拿起茶壶在石头上一碰，把茶壶嘴碰了下来，给老板一百钱，道："好，我就买一个茶壶嘴。"

第二个故事：张官甫买鸡蛋，把个价钱还得很少，卖鸡蛋的抢他一句："你几世人吃过鸡蛋！"张官甫于是走开，到一家公馆门口，又叫住那卖鸡蛋的，价钱还得很慷慨，买蛋的就答应买了。他于是叫卖鸡蛋的把两手圈在石凳上，他就一个一个把蛋拣在里面，把所有的蛋都堆上去，越堆越高，这才给了卖鸡蛋的几个耳光："你看老爷吃过鸡蛋没有？"卖蛋人只是告饶，一动也不敢动。

第三个故事：有一次，他和别人打赌，不要一个钱可以吃得嘴角流油，他就跑进一家面馆，叫了一盘包子。在成都面馆的规矩，凡是要了一盘包子，照例另外送一杯有点油珠的高汤，是不要钱的。他就单喝了高汤，不吃包子就走了。嘴角的确流了油，一个钱不花。

第四个故事：张官甫的小姨子和他开玩笑敲他请客，他说"好"，就决定在放生会那天。他租了一条船，弄了几样菜，都咸得很，另外弄一把很小的茶壶，一个小火炉。他向他的朋友说："你们看，今下午我那几个小姨子的裤子都会变成湿的。"到时候，他把小姨子们请上船，一面看河里许多赶放生会的船，一面吃着酒菜。小姨子们吃了，都喊口渴，要喝茶。他就拿小茶壶一点一点的烧。烧好一壶给它们吃，弄得更口渴，他又再烧，一直烧了十几壶还是止不了渴，而水已喝得不少了。小姨子们几次要把船靠岸，他只说："看，划龙船的快来了！"他如此等等推阻了几次，把小姨子们在船上急得要命，又不敢明说，一直挨到下午，才下船，张官甫就叫他的朋友去看："你不信你去看，她们的裤子都是湿的。"

他从这四个故事的分析中，又得出了另外的一个结论：

> 就这上面四个故事看来，第一个虽然颇为调皮捣蛋，但却是对于看不起"下等人"的商人的一种反抗。然而第二第三两个故事，却就不免流氓气了，而第四个就简直是非常龌龊的恶作剧。这给人的印象是：张官甫已经不是那么值得可爱的反抗上流社会的张官甫，而是一个下流无耻的流氓化身的张官甫了。如果把张官甫的许多故事归纳起来，大体上可以分为两类：一类是可爱的张官甫，一类就是可厌的张官甫。前者是人民的创作，后者当是统治者或受统治阶级教养的人编造出来的，他们为了把张官甫画成一个白鼻子的小丑，以混淆他的反抗行为，使张官甫这样的人在民众的眼前破产，而达到统治者的统治目的，是有可能的。①

作者前后排列了流传于四川省的八个关于张官甫的故事，并对张官甫这个所谓"机智人物"的所作所为做了社会学的分析。姑且不说社会学理论在当时战争和革命时期的作用，对民间作品作社会学的分析，也是一种非常必要的方法和手段，从这种分析中可以看出流传于其中的民众的人心背向。这种方法，即使在20世纪末的西方也还相当时兴，并没有失去光彩。20世纪30年代就已经引进的西方的类型研究，固然在学术上有其独特

---

① 以上引自周文《再谈搜集民间故事》，见《文艺突击》第1卷第5期，1940年8月，延安。此据周文逝世后编辑出版的《周文选集》，第460—465页，成都：四川人民出版社1980年。

的发现和价值，但忽视民间故事的社会学内容的研究，却是它的致命弱点。周文的切入和研究是有价值的，但他的结论也显得有些偏颇，或更甚些，有些陷于机械论了。从民间故事中的这类"机智人物"的特征来说，戏弄权贵固然是他们性格的基本的一面，这在学术界是认识一致的，但他们也相当普遍地显示出庸俗耍笑的一面，这两面的性格加起来才是机智人物的全部特点。至于庸俗耍笑、玩世不恭的性格之所以出现于这些人物的身上，不能说没有统治阶级的影响或下流文人的推波助澜，而更不可忽视的是来自农民本身的历史局限性。这局限性也可从两方面来看：一是农民处身于狭隘的小农经济和宗法制度的包围之中，他们不可能成为具有眼界开阔、大公无私、以解放全人类为己任的无产阶级；另一方面，农民需要自娱自乐，只有在自娱自乐的人文环境中，他们才能健康地生存和发展。但他们却只能在非常愚昧和非常狭小的范围内求娱求乐，庸俗甚至低级的趣味在民间故事中比比皆是，也就是不可避免的了。

（三）中国民间音乐研究会

1939年3月5日，在延安鲁迅艺术学院正式成立了中国民间音乐研究会。会员19人。选出树连（李禄永）、罗椰波为正副主席，李焕之、王莘、铁铭分任研究、采录、出版工作。同年5月，改选铁铭为主席，天风、鹰航、王莘、梁玉衡分任研究、出版、演唱、采集工作。中国民间音乐研究会，是在延安成立的第一个、也是最有成绩的一个民间文艺研究团体，组织人员到边区各地搜集民歌。第二年，在晋察冀成立了分会，后又成立了陇东分会。[①]它的工作范围逐渐扩大，其成员们1940年从前方回到延安时，他们不仅搜集到民歌，而且也搜集了郿鄠、秦腔、道情、说书等方面的乐曲。[②]

抗战爆发不久，音乐家吕骥带着他从绥远、内蒙古地区搜集的民歌，来到了延安。到延安后，他又先后在延安地区和晋察冀边区发动搜集民歌。1941年，鲁艺音乐系再次派遣了河防慰问团（包括音乐系、文学系、美术系的成员），到绥德359旅司令部，然后沿黄河两岸去米脂、清涧等地慰问部队，同时进行采风。参加的人有安波、马达、关鹤童、庄言、刘

---

① 艾克恩编著《延安文艺运动纪盛》，第117—118、123页，北京：文化艺术出版社1987年。

② 参阅贾芝《延安文艺丛书·民间文艺卷·前言》，第7页，长沙：湖南文艺出版社1988年。作者说：中国民间音乐研究会（当时称中国民歌研究会）在吕骥的主持下，成立于1938年夏天。与艾克恩根据《新中华报》所述多有出入，故存疑。

炽、张鲁、焦心河、张潮、邢立斌等。这次又搜集了大量民歌。著名的《移民歌》《黄河九十九道湾》就是当时在葭县、吴堡搜集的。参加民歌研究会采风的，还有殷铁民、李凌、徐天放等。①

据延安《解放日报》1942年8月24日报道："中国民间音乐研究会于20日在鲁艺举行第五届会员大会，出席会员60余人，首先由吕骥同志对三年来该会搜集研究民歌工作加以详述与检讨，来宾何其芳、严文井、李元庆等同志，相继发言，希望效法该会精神，延安文艺界能有民间文学研究会之组织。最后进行民歌欣赏，有全国各地地方戏与民歌唱片。"另据《解放日报》1943年1月21日报道："中国民间音乐研究会（原名民歌研究会）自成立以来，仅采集陕甘宁边区各县民间歌曲即已达700余首。此外，如蒙古、绥远、山西、河北及江南各省之民歌，亦均有数十以至一二百首不等，总计共有2000余首，现正分别整理，准备付印。边区文委认为，该会提倡民间艺术，并实际从事搜集研究，卓有成绩，特拨发奖金2000元，以示鼓励。兹经该会理事会决定分别奖励三年采集成绩最优秀者张鲁、安波、马可、鹤童、刘炽及战斗剧社彦平、朋明等十余同志云。"尽管当时延安没有如何其芳等所期望的民间文学研究会的组织，没有可能全面地搜集和研究民间文学（包括民间故事在内），但所幸中国民间音乐研究会所搜集的民歌，是既记录曲谱又记录歌词的，他们当年所搜集的陕甘宁民歌（古代所谓"乐歌"），无疑是一宗极其珍贵的民间文学遗产。

延安中国民间音乐研究会的成员们与延安鲁迅文艺学院音乐系的师生们从1937年到1945年间搜集的民歌，经过马可与刘恒之等的整理，在延安时曾油印成《陕甘宁边区民歌》第1集、第2集。因为战争的原因，这些材料一直未能铅印出版。1945年日本投降后，这批材料随着中国民间音乐研究会成员的流动而带到东北，1949年又带到关内。最后经中央音乐学院民族音乐研究所关立人整理，以《陕甘宁老根据地民歌选》为名，作为中国民间文艺研究会编、中央音乐学院民族音乐研究所丛刊之一，由音乐出版社于1953年7月在上海出版。该书收入中国民间音乐研究会成员们搜集的陕甘宁老根据地民歌选572首（包括歌词和曲谱），是中国民间艺术的无价之宝。60年后，中华人民共和国文化部、民族事务委员会、中国音乐家协会主编的《中国民间歌曲集成·陕西卷》（中国ISBN中心1994年版），从这些早年记录的民间歌曲中选录了120余首，搜集者是：吕骥、马可、安波、李劫夫、周巍峙、李焕之、关鹤童、刘炽、张鲁、孟波、周云深、李刚、林里、聿尹、瞿维、

唐荣枚、苏林、加洛、彭瑛、李丽莲、杜矢甲、李鹰航、刘恒之、杜利、黄准、王依群、方韧、薛景武、张一鸣、刘义、徐徐等。

吕骥在谈到延安的民间音乐研究与音乐创作的关系时说："陕甘宁边区民间音乐研究会的研究工作与1943年以来的秧歌运动，与歌剧《白毛女》的创作是分不开的。可以说，如果没有自1938年开始并逐渐深入的对民间音乐的研究，1943年的秧歌运动就不可能在短期获得那样光辉的成绩，《白毛女》也很难顺利地产生。反过来，在秧歌运动与《白毛女》的创作过程中，不断遇到新的问题，研究并且解决这些新的问题，就使原来的民间音乐研究工作得到了新的发展。这样的研究工作才是与实践密切联系的，才真正具有实际意义。"他提出把民间劳动音乐、民间歌曲音乐、民间说唱音乐、民间戏曲音乐、民间风俗音乐、民间舞蹈音乐、民间宗教音乐、民间器乐音乐八大类列入民间音乐研究的范围。[①]

（四）晋冀鲁豫和晋绥边区

在晋冀鲁豫边区，1946年4月22日成立了文联和文协分会，范文澜、陈荒煤为正副理事长。推选赵树理、于黑丁、曾克、高沐鸿、王玉堂等31人为理事，并决定出版综合性刊物《北方杂志》。太行山文协创办了《文艺杂志》。太岳军区副司令员孙定国在战争和行军空隙中，在太行、太岳一带搜集了一宗当地歌谣。1946年6月25日，太岳军区在邯郸市举行"群众翻身诗歌座谈会"，出席者有军区党政负责人，文联的荒煤、黑丁、曾克，《人民日报》的袁勃等。出席者以孙定国搜集的群众歌谣为例进行研讨，肯定了群众诗歌是新诗创作的方向，号召发起"群众翻身诗歌创作运动"。[②]《北方杂志》第2期发表了这次座谈会的《纪要》。《解放日报》8月19日予以转载。

在晋绥，晋绥文联于1946年召开戏剧工作座谈会，确定今后工作方针：第一、进一步开展剧运，帮助发展群众剧运；第二、向历史及民间艺术学习；第三、开展写作运动、开展批评与介绍工作，创办刊物；第四、扩大戏剧工作统一战线，团结旧艺人，推动他们创作、排演新戏；第五、加强文艺组织领导。

---

① 吕骥《中国民间音乐研究提纲》，原载《民间音乐研究》创刊号，1942年，延安；1987年7月作了修改。其中谈到1943年秧歌运动的成就与民间音乐研究的关系的地方，显然是后来加上去的。这里引自《延安文艺丛书·民间文艺卷》，第406—410页。

② 江超中编《解放区文艺概述》，第61页，天津：百花文艺出版社1958年。

1946年3、7、8月分别由吕梁教育文化出版社、华北地区新华书店、晋冀鲁豫军区政治部出版了《毛泽东的故事》。1946年6月由新华书店严绥分店、10月由太岳新华书店出版了张友编的民间故事集《水推长城》，其中收入的李束为搜集写定的故事《水推长城》是一篇记录整理得相当优秀的传统故事。1947年5、8、10月分别由冀南书店、华北新华书店、吕梁文化教育出版社出版了作家马烽编的民间故事集《地主和长工》，其中收入了马烽自己搜集的流传于晋察冀边区的名篇《金马驹和火龙衣》。1948年3月5日延安《解放日报》发表了作家柯蓝搜集写定的民间故事《鸟王作寿》。1949年4月，太岳新华书店连续出版了《民间故事集》丛书四种：《刨元宝》（之一）、《鸟王做寿》（之二）、（之三待查）、董均伦等作《觅汉和少掌柜》（之四）。这三本故事集的细目如下：

《刨元宝》（民间故事集之一），康濯等作，包括九篇故事：刨元宝（康濯）、粪变金（柯蓝）、背山歌（鲁琪）、穷神（董均伦）、太子滩地打石三（生本记）、骑骡马不如提粪筐（姬树旺）、想吃死食挨大饿（孙世瑜）、一顿省一把、老头忌酒（马夫）。

《鸟王做寿》（民间故事集之二），柯蓝等作，包括八篇故事：鸟王做寿（柯蓝）、安泰和他的母亲（群众日报副刊）、狼（董均伦）、忘本（玉君）、楚人刻舟求剑（蔚之）、拿钱去买批评（前线报）、皇帝的新衣（晋绥日报）、一、二、三（张光）。

《觅汉和少掌柜》（民间故事之四），包括八篇故事：觅汉和少掌柜（董均伦）、元宝（董均伦）、铁毛猴（新黑龙江报）、二阎王和王二（冀中群众）、半湾镰刀（董均伦）、八大将军（董均伦）、潘大牛（董均伦）。

民歌方面的出版物有：吕梁文化教育出版社印行的《小歌集》（1946年4月），田间选录《民歌杂抄》（48首，冀晋区星火出版社1946年7月），太岳新华书店编印的《血泪歌声》（蒋管区民谣集，1946年12月），冀鲁豫书店出版的李春兰编《蒋管区民谣集》（1947年8月），晋察冀军区政治部编《诉苦复仇》（1948年1月）。太行文联主编《文艺杂志》常常发表民间歌谣，第2卷第2期（1945年11月11日）荣一农辑《阎顽区民谣一束》三首；第3卷第2期（1946年4月1日）孙成文搜集的《民歌拾零》；第3卷第3期发表《斗争诉苦谣》。

（五）东北解放区

延安鲁艺迁往东北后，于1947年5月改称东北鲁艺，组成了四个文艺工作团。一团为牡丹江鲁艺文工团，二团为合江鲁艺文艺工作团，三团为松江鲁艺文工团，四团为通化鲁艺文工团。

合江鲁艺术文工团驻地是合江省的首府佳木斯。该团将所搜集到的东北民间故事编为一册《民间故事》（民间文学丛书之一），1949年1月由东北书店出版。这本民间故事集由作家周立波写序。该书所收民间故事，都标有记录者和口述者的名字，记录者都是合江鲁艺的干部和学生，显然是受过专业训练的。如谭亿记录的《地主招女婿》、《地主调戏儿媳》、《祝寿》等故事，叙事风格朴实，篇幅简短，比较忠实于讲述者的讲述。是一本既符合忠实记录的原则，又具有可读性和文学性的民间文学读物。周立波的序言写道：

> 合江鲁艺文工团的农民组讲述的这些故事，是一些富有风趣，又有意义的故事。21篇中，有的反映了地主和农民中间的矛盾和斗争；有的暴露了剥削阶级的虚伪和刻薄；而所有的篇章的共同的特点是显露了农民的智慧。农民，和其他的劳动人民一样，被剥夺了文化的享受，从而又被一些知书识字的、能说会唠的人们骂作"愚民"，已经有几千年的历史。现在来看看这些故事吧，这里头显现的农民，不只是富有生产的知识，在反剥削的斗争中，也是机智的。地主的毒招，他们最善于应付。地主的心事，他们最清楚。他们和地主之间的日常的不断的斗争，真是针尖对麦芒，十分尖利。
>
> 这些故事，写的都是土地改革以前的情景。这里头没有土地改革时期的风暴式的斗争，但是封建地主和劳动人民之间的这种日常的事故，正是土地改革以前的农村里的重要矛盾的表现。为了更多的剥削农民的劳力，地主花招是多的。"歇晌是从古到今，庄稼地的老规矩，"地主却不兴歇晌，"晌午头也得干。"扛活的一年到头吃不到一顿好饭，到年能吃一顿好的了，地主也要耍尖头，推说饺子没煮好，劳金饿的吱吱叫，地主劝他"先吃块窝窝头"，把肚子塞饱，这真是"计算到穷人的骨头里了"。
>
> 农民成年溜辈受地主的糟践和计算，一旦觉悟，一有机会，对地主就不讲客气，不讲亲爱温柔，对他们的毒招，给以机智的回敬，对他们的丑恶，给以尽情的暴露，泼辣是民间文学的一个重要的特点。《摆谱》（载《文学战线》第3期）是这样的一例。地主老婆上穷人家串门，穷人请他吃饺子，她嫌乎埋汰，又说没香味，吃了几个，就不吃了。这是白天的事，下晚吹灯以后，就发生了另外的事。地主太太

饿的慌，赤身露体起来偷饺子，饺子筐挂在磨盘顶上一个钩子上，磨盘上放半盘菜汤。她爬上磨盘，一手夹汤盆，一手摘筐子，疙瘩瘩挂在钩上了。她心一慌，手一松，菜盆摔地下，把穷人惊醒，"点灯一看，哎呀，原来是摆谱的富家太太，光腔拉檫地偷吃饺子呢。"

用短短的450来个字，把剥削者的虚伪的衣裳剥了下来，叫她光腔拉檫地站在灯光之下，穷人之前，让大伙瞧瞧，嫌乎穷人饺子埋汰的太太，自己是多么干净，说着穷人饺子没香味的贵人，自己是那么有味，这实在是一幅绝妙的讽刺画。

看这些故事，常使人发笑，《谨言》、《祝寿》、《初五开封》和《车老板子》，都是这样的例子。幽默是文学的要素之一，因为它也就是人生的要素之一。中国农民懂得这玩艺（意），但是劳动人民的幽默多少带些土气味、泥滋味，和书本子上的幽默有些不同。

因为对于生活的深深的熟悉，写出的人物和情景都显出农村的本色。凡所描画，都能抓住生活里的节骨眼，绘画即省笔，情景又逼真。在《地主和劳金的故事》里，写地主糟践着劳金，叫他们成天赶早贪黑的干活，眼瞅要下雪，还得干下去。大伙合计好办法，下雪还用磙子压。"把雪都压化，豆子都湿了。"不是农村里的人，就不会知道雪能压化，也就不能写的这样简短而逼真。

民间故事的主题还应多样些。比如，在旧社会里，劳金斗不过地主的例子，是很多的，悲剧性的故事也还是生活的真实。又比如说，翻身以后，农民应有新的劳动的态度，农民在新民主主义社会里，应该以一种愉快的精神来进行劳动，这是一个重要的新主题。我们应该有一些新故事来处理这些新主题。

语言的简要，结构的完整，人物行动的有力的记述多于人物姿态的静止的刻画，都是值得效法的优点。但语言还可以更多些色彩，人物行动的过程也还可以写的更细致一些。而心理描写是其他艺术形式难于比上的文字艺术的长处。一部小说，一个故事，要是插进一些心理描写，容易显露人物的性格，使故事往深处扩展，人物活跃于纸上。而这些故事，在这几点上，还较比弱些。

但人们是会喜欢这些故事的。由农民口述，知识分子笔记的这些篇章，是清新而刚健，我们希望继续有人把各省的民间故事多多搜集和记录，越多越好。把沃野的鲜花移植到文苑的土壤的工作，是新文学的一桩重要的值得尊重的工作。

1949年1月

随着战争形势的紧张，一些革命文艺工作者纷纷从东北和山东聚拢到了苏联红军占领下的大连。1946年，大连中苏友协出版了东北文艺工作团编、艾思奇等著《秧歌论文选集》。由于国民党重点进攻山东，1946年年初从延安回到山东的董均伦，也从烟台到了大连，带着民间故事集《半弯镰刀》的稿子，投奔在延安时期的朋友、现任大连大众书店任编辑部主任的叶克，并经叶克介绍请当时也在大连的阿英为《半弯镰刀》写序，很快便由大众书店出版了。此外，东北书局出版了周扬等著《民间艺术和艺人》（1946年12月）、胜利报社《老百姓》编辑部编《庄稼话》（1947年8月）、李石涵辑《现代民歌民谣选》（1947年11月）。

鲁文在1947年5月15日的《东北日报》上发表一篇《从蒋军士兵的歌谣中看国民党的军队》，集中介绍了一些从解放了的蒋军士兵口中搜集的歌谣。欧阳山尊在1947年5月30日的《东北日报》上发表一篇《介绍一些蒋管区的诗歌与民谣》长文，实际上是从各地报纸上辑录的蒋管区的24首民谣，描绘了蒋管区的种种不平等、不自由、不合理的现象，同时也表现出蒋管区人民的痛苦、不满、愤怒与反抗的情绪。

另一支人马是成立于1947年的冀察热辽鲁艺的那些文艺工作者，如音乐家安波、刘炽，文学工作者勇夫，以及鲁艺的学生许直、胡尔查。作为鲁艺院长的安波（1915—1965）不仅自己，而且还组织过内蒙古东部民歌的搜集工作。他们的成果《蒙古民歌集》，由内蒙古日报社出版发行部于1949年11月初印行，标明"东北文协文工团民间音乐资料之一"。时在东北文协的安波在同年9月19日写的《〈蒙古民歌集〉出版感言》里说道："八一五后，我到了热河，多年所梦想的机会居然我也得到了！我曾经下过乡，参加过蒙民的清算斗争，和他们一起吃过饭，唱过歌，在极短的时间内，就搜集了七八十首民歌。这时我才具体地认识了蒙古人民生活的苦痛，蒙古人民纯朴真诚顽强不屈的伟大性格，蒙古人民爱好音乐的特性，及无限丰富的音乐宝藏。我爱蒙古民族！这不仅是马列主义的思想这样教育了我，也是内蒙人民具体的教育了我。我与很多同志都很想为内蒙人民做一点事情！哪怕是一点点。四七年，冀察热辽鲁艺成立了，我们从各方面招来了一些蒙古青年来校学习。……就在这一时期，许直同志与胡尔查同志亲密合作，记录了200余首民歌，他们整理、抄写、翻译，前后经过了半年之久，到现在总算完成了初步的工作。这是一件大事，他们的辛劳是值得表扬的！虽然这里搜集的材料还只是东蒙民歌的一部分，在记录与翻译上难免有一些缺点，但是这本民歌集出版以后，它对于中国新音乐的贡献是可以想见的。因为从这里我们可以读到多么优美的民间诗句！丰富的想象，美丽的形象，真情的流露，自然的音节，当然是民歌的特点，但是我觉得蒙古民歌比汉族民歌仿佛来得更要精彩，更要动人！从这里我们又可以获得若干优美的曲调：高阔、辽远、真切、热烈。从这些曲调中，我们可以发现许多天才的作曲法！虽然这些民歌大部由五声音阶构成，但是各种不同的音的排列，不同的节奏处理，特殊的调式，却构成了色彩奇异的民族音乐！"[1]新中国成立以后，这本内蒙古东部民歌的集子，被收入中国民间文艺研究会主编的《民间文学丛书》，改名为《东蒙民歌选》，由上海新文艺出版社于1955年新版。

（六）董均伦、钱毅及其他

董均伦（1917—2004），山东威海人。作家、民间故事搜集家。1935年进北平外国语专科学校读书，参加了"一·二九"运动。1937年"七七"事变后，在烟台创办文艺周刊《流火》，第1期出版后，由于受国民党当局追捕，1938年6月到延安，入延安抗大学习。毕业后，在八路军医院为柯棣华医生做翻译。在边区搜集并在《解放日报》发表了《刘志丹永宁闹革命》。这篇民间流传的故事，是边区较早搜集的民间故事之一。1947年3月15日，柯仲平为其写了序言。1947年11月，《刘志丹的故事》一书由东北书店在哈尔滨出版，第一版印行一万册。1949年前，此书再版多次。柯仲平的《序言》写道：

> 我们有无数的先烈，为民族、为人民解放，流尽了最后一滴血。这些先烈们永远被怀念在人民的心里，被歌颂在人民的口中。在西北，这样的先烈很多。西北先烈们的代表是谁呢？就是刘志丹同志。刘志丹是"对民族，对人民无限忠诚，和群众亲同骨肉"的代表；是"英勇善战，百折不回"的代表；是"实事求是，随时随地都能发挥创造性"的代表。是西北人民的一面胜利旗帜，是中国共产党的一位模范党员。
>
> 文艺永远是歌颂人民和人民领袖的。目前可惜我们的这种人民文艺还不多。我们相信，今后一定能够渐渐多起来。因为中国人已经开始抬起头来了，任何独夫民贼都不能再把人民压下去了。
>
> 均伦写的《刘志丹的故事》，算得人民文艺宝库中的一册。这一

---

[1]　安波《蒙古民歌集·出版感言》，第3—4页，呼和浩特：内蒙古日报社出版发行部1949年。

册，虽只是人民海洋中的一点一滴，只写了伟大的人民领袖的几个片段，但，她是和我们非常亲切的，值得我们珍爱的！因此，我也就很乐意介绍给广大的读者。

（1947年3月15日）[①]

董均伦1946年回到山东解放区从事文学创作和继续搜集民间故事。1948年9月大连和哈尔滨东北书店出版了他搜集的民间故事《半湾镰刀》（阿英作序），其中除了作为书名的故事外，还包括后来常被引用和提及的《觅汉和少掌柜》《穷神》等；1947年9月由山东新华书店出版了《红军长征故事》。

这一时期，东北书店、华北新华书店、山东新华书店等出版了不少民间文学集子。东北书店出版了王希坚编《翻身民歌》（1947年4月）、山东新华书店出版了林冬白编《蒋管区民谣集》（1948年1月）等。华北新华书店先后出版了《蒋管区民谣集》（1947年1月）和华北新华书店出版的马石安辑《揭石板集》（1947年5月）等。

华中解放区的首府和新四军的领导机关在江苏省的盐城，那里不仅有中共中原局的机关报《江淮日报》和江淮出版社，而且集中了一批文化名人。鲁艺华中分院于1941年2月8日在盐城成立，刘少奇兼院长。4月16日苏北文化界协会也在盐城成立，会长是钱俊瑞。阿英于1942年7月14日率全家由沪抵阜宁停翅港。1943年4月25日，阿英与张仲惠、钱毅到海边向老人们搜集海边风俗、谣谚、神话等民间文学资料，作为民间文学和创作大众文学的参考。华中文化协会成立，推选阿英、适夷等为委员，该协会所编《大众文艺的理论和实践》，于1946年3月由华中新华书店出版。新华书店盐城分店于1949年也编辑出版了一本《民间故事》（第一册）。诗人林山发起"墙头诗"运动，组织"墙头诗画社"，组织出版了"墙头诗画集"。编《盐阜大众》的钱毅，在残酷的战争环境和紧张的编务之余常深入到当地老百姓中去搜集谚语，编成并出版《庄稼话》一册。

钱毅（1925—1947），安徽芜湖人。1941年从上海到解放区，参加新四军。1943年"苏北大扫荡"调东海大队，担任文化政治工作。后转攻大众文艺与民俗学，"决心将余生献给工农大众的文学事业"。1944年入盐阜大众报社任编辑。1946年兼任华中文协大众文艺委员会委员。1947年调新华社盐阜分社，兼《盐阜日报》特派记者。同年3月1日在突围时被蒋军

---

① 柯仲平《董均伦〈刘志丹的故事〉序》，哈尔滨：东北书店1947年。

俘虏，翌日从容就义，壮烈殉国。生前在盐城一带搜集农谚语和故事传说，编成《庄稼话》一册。在《序例》中写道：

> 中国庄稼话，以前难得有人编书，据我晓得，汉朝有崔实《农家谚》，还有什么《田家五行》、《种蒔占书》、《田家杂占》、《天时杂占》、《四时占候》、《农事占候》（《农政全书》的一部分）。13年前，阜宁夏大山编过一本《中华农谚》。这些书，现在看来，里面有许多不科学不实用的。
>
> 我从1942年麦后开始搜集庄稼话，到第二年秋天，有了1800多条，编成一本《占候谣谚集》，当时未想到"实用"，把许多不科学的话全扯在里头。现在把不科学的、意思太旧的去掉（约有470条），加上两年来继续搜集到的，加上"生产"类全部、"庄稼"类后半部，编成这本《庄稼话》。
>
> 最近收到山东新华书店出版的《庄稼话》，淮北王化东、陈建平同志合编的《淮北庄稼话》，其中许多，这本书里没有，现在照我编这本书的标准，做个"补遗"，印在后面。（1946年2月3日修正）[①]

钱毅还在阜东一带搜集了许多流传于农民、渔民、盐民中的传统民间故事传说，随时发表在他所任职的《盐阜大众》报上，后曾编成一本题为《海洋神话与传说》出版（出版社和出版日期待考）。其中包括10篇神话和传说：《海啸是怎样发生的？》《碰潮为什么有涨有落？》《海啸的声音从哪里来？》《海里的怪物——地精》《人逃碰潮鬼搬家》《犯了罪的龙鱼》《大老爷——虾兵蟹将》《月光下的皇墩之神》《洋河为什么弯弯曲曲？》《现庄、现殿——海市蜃楼》。从这些神话传说的题目中，我们看到他对待传统神话传说所持的科学态度，即使在那样残酷的战争环境中，他也非常尊重民众的创造，看重其中所反映的民众的观念。他在《引言》里写道：

> 虽说篇数不怎样多，但我们从这里头透过去看，却能明白海边的农民、盐民、渔民、棉民、一大伙人，是生活在怎么样的一种观念形态底下，又好晓得，他们还蕴蓄有丰富的不曾发扬出来的，一种无比

---

① 钱毅《庄稼话·序例》，见陈允豪、钱璎、钱小惠编《钱毅的书》，第100—101页，北京：三联书店1980年。

的力量、才能。

在这些神话和传说里，是反映着科学和迷信的问题，也就是科学思想和封建思想的问题。这些神话、传说，在他们当中行得通，正好比告诉我们，不久之前，残余封建势力和封建思想是怎样地在霸住、支配他们。所以，除开我们从政治上应当继续廓清残余封建势力之外，还必定要加强科学教育，来肃除这一种"神祇"与"命运"的观念。要让他们晓得："自然"，是可以征服的！只要广大的农民、盐民、渔民、棉民，把力量集合拢来，"只要人手多，牌楼搬过河"。生产和日子都一准会变好。

我们又可以瞧出他们对自己老家、故乡的热爱和关心。他们跟任何旁地方的人民一样，总爱创造好些神奇幻妙的传说，来美化、夸耀自己的家园、生活，把神——崇高伟大的象征，和自己连接起来。如果我们能够从这些地方去了解、把握、发动，就很容易强固他们爱护家邦故土、爱护国家民族的观念，能以极大的努力和牺牲发挥抗击我们民族的敌人——日本鬼子——的战斗精神。

在有些人脑子、眼睛里，滨海地方，是没有文化的地方，滨海人民，是跟"仔猡"一样的"江北佬"。但是从这一部分神话和传说里头，我们却很明朗地看到，生活在浩渺海洋旁边的他们，伴随着波涛汹涌，他们的想象力驰骋得是如何地丰富，所反映的艺术才能和天资是多么地高妙、朴质。他们所缺少的，老实说，只不过是良好的教育，和写作的技能，一旦他们得到了这些，他们的文化基准和艺术天才，就会很快的、很容易的提高、苗长、茂盛，以至开结出鲜艳、灿烂的花果来。

神话和传说，实际上，是表现了他们——海边的农民、盐民、渔民、棉民——的思想与生活。①

"他们跟任何旁地方的人民一样，总爱创造好些神奇幻妙的传说，来美化、夸耀自己的家园、生活，把神——崇高伟大的象征，和自己连接起来。"钱毅表述的思想，很容易令笔者联想起恩格斯年轻时代写的《德国的民间故事书》里的一段话："民间故事书的使命是使一个农民作完艰苦的田间劳动，在晚上拖着疲惫的身子回来的时候，得到快乐、振奋和慰藉，使他忘却自己的劳累，把他的硗瘠的田地变成馥郁的花园。民间故事书的使命是使一个手工业者的作坊和一个疲惫不堪的学徒的寒伦的楼顶小屋变成一个诗

---

① 钱毅《海洋神话与传说·引言》，见《钱毅的书》，第237—238页。

的世界和黄金的宫殿，而把他的矫健的情人形容成美丽的公主。但是民间故事书还有这样的使命：同圣经一样培养他的道德感，使他认清自己的力量、自己的权利、自己的自由，激起他的勇气，唤起他对祖国的爱。"①

这些神话和传说，钱毅搜集记录于1944年的阜东海滨，时年仅19岁。尤其难能可贵的是，在多数神话、传说的记录文本后面，都有钱毅所写的跋语按语，有的是记述流传情况、文本变异，有的是据当地志书或古籍进行的考释。

如《海里的怪物——地精》的按语说："明徐应秋《玉兰堂谈荟》卷二十三曾经引了《霏雪录》里的一段记载说：'洪武丁卯，会稽王家堰，夜大雨，水暴至，死者十四五，水上有火万炬，咸以为鬼。予尝询于习海事者，曰咸水夜动则有光，盖海水为风雨所击，故其光如火耳。'虽没有阐明光的来源，但已经指出这并不是'鬼'，足资旁证。"（第248页）

如《犯了罪的龙鱼》按语说："魏武《四时食制》记道：'东海有鱼如山，长五六里，谓之鯢，时死岸上，膏流九顷。'《异物志》也有类似的载记：'鲸鱼长者数十里，小者数十丈。雄曰鲸，雌曰鲵。或死于沙上，得之者皆无目，俗言其目化为明月珠。'由此更加可见是鲸鱼，不是龙鱼了。"又：清淮阴百一居士《壶天录》："俗传岁逢闰月，海中必送罪鱼，此常事也。未有若钱江之多者。潮汛以八月十八日为巨。辛巳八月，有海中巨鱼，为潮打入者，不知凡几，殆如横江铁锁横亘中流，船为阻碍。鱼状巨喙箕口，广颡丰颐，鼓吻雷鸣，扬鬐波立，大者千万斤，小亦数百斤。老渔谓系海鳛，性喜噬人，巨者能吞舟，孽最重，故有此报。或陷泥沙，或停江岸，目皆无珠，任人碎割以偿厥罪。且鱼身溃烂，臭秽逼人，渡江皆绕道而过云。'大约这种传说，是广泛流传在中国沿海，而不单只是阜东仅有的。"（第252页）

钱毅处在战争环境，没有更多的资料可援，如有更多的资料可稽，他的《引言》和跋，可能还会对有关这些神话、传说的学术问题做更多的发挥。

（七）改造旧秧歌旧说书

周扬1949年7月在北平召开的第一次文代大会上的报告《新的人民的文艺》，以及第二年即1950年3月29日的《中国民间文艺研究会成立大会开幕词》，在谈到解放区的民间文艺时，没有正面的论述，他所强调的，是改

---

① 恩格斯《德国的民间故事书》，《马克思恩格斯论艺术》（四），第401页，北京：人民文学出版社1966年。

造旧秧歌、发展新秧歌、改造旧说书、发展新说书及其所取得的成就。他说：“文艺座谈会以来，文艺工作者在搜集研究与改造各种民间形式上，都做了不少的工作。其中最主要的收获是秧歌，我们在农村旧秧歌的基础上创造出了新的人民的秧歌，它的影响现在已遍及全中国。”①他固然也谈到了“搜集研究”“各种民间形式”，但他的着眼点在改造、利用和吸收旧的民间文艺的形式，以创造新的文艺，根本没有具体谈论民间文学的“搜集研究”，更没有触及民间文艺的思想和内容。而改造利用也正是解放区搜集民间文学作品的出发点。

秧歌是陕甘宁边区农民群众中源远流长的一种民间文艺形式，特别是每到一年一度的春节，以跳秧歌为主要形式的社火，是终年附着在土地上劳作的农民群众自娱自乐的很好的形式，也是他们发泄多余的精力的很好方式。在残酷的战争环境下，在生产自给的艰苦条件下，革命的理想和精神力量是最重要的因素。当时的中央文委和边区政府提倡改造旧秧歌，发展新秧歌，要求一切艺术与人民的生活与斗争相协调，自然是为了适应环境和理想的需要。改造旧秧歌运动也的确取得了可喜的成果：一方面，在吸收、改造秧歌和其他民间文艺的基础上，创作出了许多风格独异、脍炙人口的优秀文艺作品；另一方面，边区政府把刘志仁和他的南仓社火树立为群众新秧歌运动的先驱和模范（他是第一个把秧歌与革命结合起来的人），在改造旧艺人的前提下，在群众自觉自愿的基础上，提倡群众自己改造旧有的秧歌，发展适合革命和生产需要的新秧歌。这就是当时提出的口号“旧基础上改造，新基础上发展”的涵义。关于延安的秧歌和秧歌剧运动及其成就，许多作家都写过文章，如周扬的《表现新的群众的时代》、艾青的《论秧歌剧的创作和演出》、张庚的《鲁艺工作团对于秧歌的一些认识》等。②

改造说书，也是边区民间文艺工作的一个重要方面。延安文艺界人士认为，如果说，在陕北，信天游是农村流传的民间抒情诗，那么，说书则是农村流行的民间叙事诗。说书是农村里一种喜闻乐见的民间艺术形式。在边区以说书为业的书匠很多。据统计，清涧、绥德、米脂、葭县一带流动的书匠最多，仅绥德一县就有90多个。他们走乡串村，没有季节性，不

---

① 周扬《新的人民的文艺》，《周扬文集》（第1卷），第519页，北京：人民文学出版社1984年。

② 均见东北文艺工作团编《秧歌论文集》（新演剧丛书之三），大连中苏友好协会出版1946年。

像秧歌是春节才活动。唱本和唱词，本来就到处流行，经书匠用一种优美的音调来朗诵，用音乐伴奏，听众特别喜欢。但书匠在说书时，往往加上一些宣传封建道德和因果报应的思想，甚至为人算命，被认为是迷信思想的传播者。因此，在边区对书匠和说书进行改造，帮助他们改变思想，要他们编新书、说新书。成功的例子是盲艺人韩起祥。在延安改造说书有三个措施：改造说书匠，训练新说书人才，编印新说书（唱本）。①

在各解放区，经过改造的新艺人及他们创作的新秧歌、新坠子、新大鼓书、新快板、新莲花落、新渔鼓词、新花鼓词、新洋琴词、新洋片唱词、新音乐吹奏牌子等民间艺术，以及农民群众创编的新歌谣，在解放区的社会政治生活中，特别是在大反攻中，解放战争中，的确发挥了非常积极的作用。如冀鲁豫民间艺人宣传大队百余人，响应晋冀鲁豫中央局宣传部的号召，加强大反攻宣传，曾于1947年10月作400里长途巡回宣传试演，所到之处，人山人海，受到当地军政机关及群众的热烈欢迎。②作为在特殊社会环境中出现的一种历史文化现象，确是值得研究的。

（八）解放区的民间文学研究

在陕甘宁边区、在晋察冀、在东北、在苏北、在冀中等解放区，文艺家们和研究家们搜集民歌和民间故事的实践和成果，理所当然地大大推动了民间文学、特别是民歌的理论研究。

在延安，作家周文从国统区调到延安来后，任中华文艺界抗敌协会延安分会的负责人，他积极倡导大众文艺，积极提倡搜集民间故事和民歌。周文在他主编的《文艺突击》（后改为《大众文艺》）第1卷第4期（1940年7月15日出版）发表了《搜集民间故事》、在第5期发表了《再谈搜集民间故事》。同时，在胡采主编的《大众习作》（由延安大众读物社编辑出版）创刊号（1940年8月1日出版）上发表了《关于故事》，继而又在第2、3期合刊（11月15日）上发表了《谈谈民歌》一文。

柯仲平1939年11月21日写于安塞的长文《论中国民歌》，以他丰富的人生阅历，从云南边疆少数民族的民歌（他是云南边疆人），到陕北的革命歌谣，信手拈来，举例论述了中国民歌的特点。他说：（1）民歌的内

① 参阅林山《改造说书》，原载《解放日报》1945年8月，后收入《民间艺术和艺人》，东北书店1947年。
② 《加强大反攻宣传——艺大400里巡回试演》，《冀鲁豫日报》1947年10月25日。

容，在一定社会的发展阶段中，它完全是尽情尽理的，是现实的。（2）民歌对于人民的功用性是很大的。（3）民歌中使用的语言，是人民中活生生的言语，是经过他们的歌喉而被锤炼了的言语。（4）民歌的格律，比任何诗歌的格律都自然。（5）好的民歌，内容、歌词和曲调，总是谐和到三位一体的程度，达到恰到好处的程度。①他的论述，并不限于社会政治性的论点，而是从一个诗人的立场剖析中国民歌的艺术优长。

再如诗人严辰的《从歌谣中看民心》，分上下两篇在《东北日报》连载，上篇简述国民党统治区的歌谣，下篇简述解放区的歌谣，在两个不同政治体制的区域内产生的歌谣的对比中，论述了所反映的人心向背，具有鲜明的时代特色。②严辰在那时还写了好几篇论民歌的文章，如《谈民歌的"比"》、《谈民歌的"兴"》（《华北文艺》第1期，1948年8月）。

诗人王希坚不仅搜集了山东解放区流行的农民翻身歌谣，而且还撰写了《民歌民谣是群众斗争的传统武器》等好几篇文章。③以陕甘宁边区文教会艺术组名义撰写的《吆号子——介绍关中唐将班子的文化娱乐活动》，④也是一篇难得的好文章。

关于解放区的民间艺术和民间艺人，东北书店于1947年10月出版了一本由周扬、萧三、艾青编的《民间艺术和艺人》选集，其中收入了好几篇介绍和分析民间艺人及作品特点的文章，如：周扬《一位不识字的劳动诗人——孙万福》、萧三和安波《练子嘴英雄拓老汉》、艾青《汪庭有和他的歌》、丁玲《民间艺人李卜》、马可和青宁《刘志仁和南仓社火》，以及林山发表在《华北文艺》上的《盲艺人韩起祥》等⑤，都是这一时期很有代表性的文章。关于民间艺人的记述和研究，取得了很好的成绩，在当时来说，是一种研究领域的新开拓，填补了中国民间文艺研究史上的空白，也为后人研究民间艺人的创作和特点提供了较为丰富的资料。

解放区对民间故事的搜集与研究，较之民歌和秧歌，显得大为逊色，甚至很薄弱。只见到李束为撰写的《民间故事的搜集整理》和周立波写的《民间故事小引》两篇，在新中国成立后的1950年，由钟敬文将其选入他

---

① 柯仲平《论中国民歌》，见钟敬文编《民间文学新论集》，第27—50页，北京：中外出版社1950年。

② 严辰《从歌谣中看民心》，《东北日报》1946年7月30—31日。

③ 王希坚《民歌民谣是群众斗争的传统武器》，收入钟敬文编《民间文艺新论集》一书中。

④ 原载《解放日报》1944年11月，后收入钟敬文编《民间文艺新论集》一书中。

⑤ 林山《盲艺人韩起祥》，《华北文艺》第6期，1949年7月1日。

编的《民间文艺新论集》一书中。李束为当时在晋绥区工作，延安文艺座谈会后深入农村，逐渐接触了民间故事，因而采集了一些。晋绥区的文艺工作者们出版了《水推长城》《天下第一家》《地主和长工》三个民间故事集子。《晋绥大众报》把他们采集的故事全部发表了，受到了农民群众的欢迎。由于这三个民间故事集子里所收的大多是地主与长工类型的故事，所以在晋绥地区凡是具有初步阅读能力的区村干部、小学教员、中学生，几乎人手一册，民间故事成了干部和群众的好朋友。李文就是他们在农村采集故事的经验的总结。周立波的文章是为东北合江鲁艺文工团搜集编辑的《民间故事》一书所作的序言，则对民间故事的固有特点作了中肯的评价，如他指出"泼辣"、"幽默"、"语言的简要"、"结构的完整"、"人物行动的有力"、不长于"心理描写"等，是民间故事的特点和因素。周立波虽然不是民间故事研究的专门家，但他是个通晓文艺理论和中外文学的学者，他所指出的这些特点，可以看出造诣的深厚和观察阅读的细致。综观解放区对民间故事搜集研究的相对薄弱，可能与民间故事在本质上不能很直接地为战争服务、为大生产服务有关。

第十六节 何其芳的民间文学理论与实践

鲁迅艺术学院于1938年4月10日在延安成立。鲁艺文学系的民间文学教学、音乐系和文学系的陕北民歌采录活动，以及以何其芳为代表的鲁艺学者群对民歌的研究，形成了中国现代民间文学学术史上的一个重要流派。

（一）开设民间文学课编订陕北民歌选

何其芳（1912—1977）于1938年夏到达延安，执教于鲁迅艺术学院（成立于1938年4月10日，1940年改名为鲁迅艺术文学院），后任文学系的主任。在当时的延安，积极提倡和从事民间文艺搜集和研究的，鲁迅艺术学院也是其中之一。20世纪40年代，鲁艺有组织地派遣学员下乡，到边区各地直接从老百姓口头搜集民间文学作品，主要是民歌，并以《陕北民歌选》（晋察冀新华书店1945年第1版）和《陕甘宁老根据地民歌选》（音乐出版社1953年第1版）为成果，开创了解放区，乃至全国有组织地直接搜集和研究民间文艺的新阶段。

在鲁艺，除了音乐系及中国民间音乐研究会之外，还有两个部门也搜集和研究民间文学，一个是文学系，一个是文艺运动资料室。这两个部门也都由何其芳负责。1941年3月6日何其芳被任命为文学系主任。何其芳和张松如（公木）两人在系里共同开设了一门民间文学课程。鲁艺的老师和学员多次深入到陕北和其他毗邻地区去，一面参加社会斗争体验生活，一面采集流传于人民群众中的民间口头作品，而从农村采集来的民间文学作品，便汇集到后来成立的文艺运动资料室加以保存和整理。何其芳后来写道："1945年2月，延安鲁迅文艺学院成立了一个文艺运动资料室，学校方面要我负责，先后参加工作的有张松如、程钧昌、毛星、雷汀、韩书田等同志。这个资料室的具体工作之一就是把鲁艺的同志们在陕北收集到的民间文学材料加以整理，编为选集。由于民歌材料最多，我们就先从民歌着手。这时张松如同志和我又在鲁艺文学系共同担任民间文学一课，民歌部分由我讲，所以我一边整理陕北民歌，一边找了一些地方的民歌集子和登载民歌的刊物来同时研究。"[1] 刚刚从重庆回到延安的何其芳，只在延安呆了八个月，日本投降，9月他再次奉调去重庆。在延安的这段期间里，他集中精力进行《陕北民歌选》的编选、注释，为了序言的写作，他还阅读和研究了许多当时能够找到的民间文学书刊资料，包括北京大学歌谣研究会编辑的《歌谣》周刊和各地的歌谣集子。

经过了六七个月的忙碌，何其芳终于把这本陕北民歌的选集大体编定了。当时处于战争环境，何其芳两度被调往重庆工作，所以他没有看到《陕北民歌选》的出版。对此，他有过一段很感人的记载："剩下的工作就是为这个选集写一篇序文了。但这篇序文我才起草了一半，日本就投降了，张松如同志去东北，我接着也去重庆。记得那一个晚上我已经睡了，鲁艺的负责同志打电话通知我被调到重庆工作，并且天一亮就要搭汽车动身。我匆忙地料理了一些事情，并把《陕北民歌选》编定稿交程钧昌同志，嘱托他在有机会出版时由他写一篇编选例言，不必等我的序文。最后靠着行装想假寐一会，而天已发白。到重庆后，一直再没有时间研究民歌，只曾为一个报纸副刊写过两篇有关民间文学的小文章。1947年2月，蒋匪特务军警半夜包围了我们所住的曾家岩50号，并大肆抢劫。不但衣物，连我抗战初期在前方所记的材料、日记和其他读书笔记都被拿去。但大部分手抄的民歌材料因为是用的质量很坏的土纸，未被注意，尚得幸存。撤退到解放区后，10月到前晋察冀边区，才知道《陕北民歌选》已由程钧昌交前晋察冀新华书店出版，而程钧昌本人却已逝世。"[2]

何其芳第二次离开延安后，程钧昌遵嘱于1945年10月写了一篇《陕北

---

[1] 何其芳《陕北民歌选·重印琐记》，第290页，新文艺出版社1952年。

[2] 何其芳《陕北民歌选·重印琐记》。

民歌选·凡例》。他不仅交代了书中材料的来源，也写了先后参加工作的人员，特别是提到了几位并非鲁艺的文艺工作者："（《陕北民歌选》）材料来源主要是中国民间音乐研究所的同志们几年来所采录的歌词，鲁艺文学系和其他文艺团体的同志们也供给了我们一部分。其中也有很少一部分是我们直接由农民口中采录的。这些材料部分地曾先后经过张松如、葛洛、厂民（即严辰——引者）、舒群等同志的初步整理。全部歌词的最后写定、选择、编辑以及注释的工作则由何其芳负责，张松如、程钧昌、毛星、雷汀、韩书田参加。附录中的曲调是请鲁艺戏剧音乐系的李焕之、张鲁、马可、刘炽等同志写的。"①

　　《陕北民歌选》是20世纪30年代末到40年代中期延安鲁迅文艺学院师生和延安文艺界深入民间直接从老百姓口中采风的集大成之作。尽管文学家们期望在延安成立一个民间文学研究会一类的民间团体的愿望没有能够实现，鲁艺音乐系和文学系的师生们以及延安文艺战士们在边区各地的多次采风及其成果，多少弥补了这一历史的缺憾。以如此规模和如此成就，有组织地直接从老百姓口中的采风，在中国现代民间文学学术史上，是第一次。全部采风所得，据说有千余首传统歌谣和少量革命歌谣。《陕北民歌选》这部民歌选集的所选，大体以反映陕甘宁边区一带过去和当时（1945年前）的人民生活为主；有些民歌虽说是从别的地方传来，然已在边区群众中广泛流行，因此也选入其中。全书共分五辑：前三辑为传统民歌，后两辑为新民歌，即当时新编唱的民歌。第一辑"揽工调"，共12首，反映了劳动人民被剥削的痛苦和他们的劳动生活。第二辑"兰花花"，共18首，其内容大多是反映封建社会里的妇女的痛苦生活和歌唱男女爱情的。第三辑"信天游"，共293首，内分三类：其一为农民情歌233首；其二为不满旧式婚姻者35首；其三为杂类。第四辑"刘志丹"，包括革命民歌24首，新内容的信天游46首，大多数是土地革命时期的新民歌。第五辑"骑白马"，共13首，主要是反映抗战和边区建设的，其中也有对于国民党反动派的揭露和诅咒。可以认为，这部当时由"鲁迅文艺学院"署名的《陕北民歌选》，是20世纪上半叶还流传在老百姓口头上的陕北民歌的一部代表作。

　　书中选录的《移民歌》，是一首传统民歌的形式和新的革命内容相糅合的民歌，是鲁艺的张松如与孟波、刘炽、于蓝和唐荣枚1944年冬天到绥德地区采风时采录到的。其中第一段歌词是："东方红 / 太阳升 / 东方出了个毛泽东 / 他为人民谋生存 / 他是人民的大救星"。据何其芳在注释中

---

①　《陕北民歌选·凡例》。

说，《移民歌》系由当地的歌手李增正在带领移民队由葭县南下延安时创作的。①一年后，《移民歌》由张松如（公木）和作曲家刘炽合作改编为后来唱遍全国的《东方红》。据张松如遗孀吴翔回忆："1945年9月2日，由60多位鲁艺师生组成的东北文艺工作团从延安向东北进发，公木和刘炽也在队伍当中。为了排解行军中的枯燥，他们一路行军，一路唱歌，曲调朴实、歌词朗朗上口的《移民歌》被反复地传唱。10月底来到沈阳后，文艺工作队为了向当地群众宣传党的政策，打算组织文艺晚会。在筹备过程中，大家认为《移民歌》中有歌颂伟大领袖的歌词，决定把它改编成可以演唱的歌曲。一天晚上，公木、刘炽、高阳、田方等工作队的队员聚集在一起创作歌词，大家你说一句我说一句，共凑出了四段歌词，公木执笔记载。后公木又对歌词进行了整理修改。晚会演出时，报幕员将这首歌报为'陕北民歌《东方红》'，'东方红'这个名字就这样在沈阳诞生了，后来《东方红》逐渐传唱回陕北，最后流行到了全国。"②

新中国成立后，成立了中国民间文艺研究会，编辑出版民间文学丛书时，何其芳应约把他手中保留下来的一份《陕北民歌选》手稿校阅了一遍，作了一些字句上的校勘和注释上的增改，各辑先后也略加变动，并为这个重印本写了一篇代序。他说："虽说也临时看了一些过去没有看过的民歌材料，代序中的主要论点却都是在延安时研究的结果，就是说仍然是相当简陋的。至于字句上的校勘和注释上的增改，除了根据张松如同志的意见和我保存的一份草稿而外，又曾请在陕西生长的柳青同志、李微含同志就原书校看过一遍，并最后向马列学院的陕北同志高朗山、李之钦、王朗超、王琼作过口头调查。中国民间文艺研究会的贾芝同志为这本书的校正重印也花了一些时间，有些疑难的地方，曾代为调查。附录的曲调则是请马可同志代校的。"收入中国民间文艺研究会主编的"民间文学丛书"时，征得了原鲁艺的负责人周扬的同意，将编者改为何其芳和张松如（公木）二人署名。

从何其芳的《重印琐记》里我们看到了以何其芳为代表的鲁艺派学者们的民间文学观，看到了他在对待民间文学材料的采录和编纂上的一丝不苟的科学态度，也正是由于他们的这种科学态度，使《陕北民歌选》至今还是一个不可企及的典范。他写道："回忆我们过去对于陕北民歌的词句

---

① 《移民歌》注释，《陕北民歌选》，第218页。
② 据张诚、金巍采访张松如遗孀吴翔回忆，《北京晨报》2001年6月28日据《沈阳晚报》文章。

的写定，每篇的去取，编辑的体例以及注释的工作，也是经过反复的考虑或再三的调查的。但这次校阅，仍发现有许多不妥之处。我们几个参加编选的人都非生长在陕北，这增加了工作中的困难。我解决这种困难的办法主要是依靠多次地向陕北同志作调查。我认为整理民间文学作品和利用民间文学的题材来写作是两回事情，不能混同的。整理民间文学作品应该努力保存它的本来面目，绝不可根据我们的主观臆测来妄加修改。虽然口头文学并不是很固定的，各地流传常有些改变，但那种口头修改总是仍然保持民间文学的面貌和特点，而我们根据主观臆测或甚至狭隘观点来任意改动，却一定会有损于它们的本来面目，对于后来的研究者是很不利的。"

（二）民间文学观

有些评论家认定何其芳早期的以自我为中心的、浪漫主义的诗歌和散文所显示的才是一个真正有个性的诗人，而一旦到了延安、投身于抗日战争和革命，一旦接受了马列主义、毛泽东思想，一个杰出的诗人便毁灭了。他们推崇《预言》和《画梦录》，贬低《夜歌和白天的歌》。"何其芳现象"成了和平时代青年论者们的一个时髦词和通用语。连美国哈佛大学东亚研究院的何其芳研究者庞尼·麦克道高尔（BonnieMcDaugall）都承认："抗日战争是何其芳一生中的一件大事，使他从一个个人主义者变成了社会主义和民族主义者。"[1]而我们自己的评论家们却把漫长的时间隧道想象成什么也没有发生过的一段空白，而何其芳本应该是在这空白中的。

诗人食指（郭路生）在一篇访谈录里说，他在上中学、开始写诗的时候，曾在他的同学、何其芳的女儿何京颉的带领下，去拜访过何其芳，何其芳向他讲解过诗歌的格律，成为他的启蒙老师。但他却在另一篇访谈里说，何其芳不喜欢民歌。他说："我还到何其芳那儿找了很多民歌，何其芳不喜欢民歌，都让我拿走，我背了这么一摞子民歌到农村去看。所以我后来在乡下写了一些民歌体的诗歌，比如《窗花》：'地主窗上冰花在／俺家糊纸花不开／红纸巧手细剪裁／一朵窗花剪下来／太阳一出乐开怀／温暖穷人心里揣／地主窗上冰花败／俺家窗花向阳开。'"[2]这一段话，让我惊讶和怀疑。我不知道，诗人食指关于何其芳不喜欢民歌的印象从何

① 庞尼·麦克道高尔撰何其芳诗文集《梦中道路·导言》——《何其芳的早期生活和时代》（谢蔚英译），见中国社会科学院文学研究所编《文学研究动态》1980年第2期。

② 杨子《食指：将痛苦变成诗篇》，《人民日报》2001年5月28日。

而来。我想，可能来自于1958—1959年诗坛上围绕着何其芳提出的建立现代格律诗而引起的争论吧。在那场争论中，公木曾在一篇发表于1958年的《人民文学》上的文章里提到何其芳"反对或怀疑""歌谣体的新诗"，何其芳为此曾著文《关于新诗的百花齐放问题》加以反驳和讨论。

其实，我们从何其芳早期的散文里可以看到，他出身于一个战乱的时代和一个为了保存生命和财产而不得不颠沛流离的富庶家庭。家乡万县一带的社会情景、传说歌谣、文化背景，在他的心灵中打下了深刻的烙印，他的作品中写的是下层人民（乡村货郎、算命先生、未婚的姑姑以及被抛弃在社会之外的孤独者）的生活、思想、风貌和情状。他在山东莱阳和成都时期的所见所闻、所思所想，也从来没有离开过人民大众的苦难。他甚至还以《傻女婿的故事》为题写过一篇随笔。

延安文艺座谈会之后不久，何其芳于1942年8月25日写了《杂记三则》。在第三篇《旧文学和民间文学》里，他阐述了他关于旧文学（即今言之古典文学）和民间文学这两大文学遗产及其与当代作家创作之关系的观点。他写道：

> 那些还活在民间的传说、故事、歌谣，我们也要算入我们的财产单内。它们也许比那些上了文学史的作品更粗一些吧。然而恐怕也更带着中国人民大众的特点。自从我告别了我的童年，可以说我就告别了中国的农村。然而那些流传在农村的文学现在回想起来仍然是动人的。传说、故事重述起来太长了，只抄几句歌谣吧：
>
> 洋雀叫唤李贵郎，
>
> 有钱莫说（娶）后母娘。
>
> 前娘杀鸡留后腿，
>
> 后娘杀鸡留鸡肠……
>
> 在这后面大概还有一些叙述、描写和诉说吧，可惜我已经忘记了。然而就是这样四句也就能够直截了当地打进人的心里去。我们家乡叫杜鹃为洋雀。大家都知道那个书本上的有名的传说，蜀王杜宇亡国后化为杜鹃，每年春天叫着"不如归去"。这个歌谣却和那不同，它包含着另外一个故事，似乎是叙述一个被后母虐待而死的孩子化身为鸟以后的哀鸣。这是卑微的，平凡的，然而比那些经过了文人按照他们的思想和兴味粉饰过的传说反而动人一些。广泛地收集这类民间文学的工作需要有些学校、机关或者团体有计划地来做，但在实际工作中的爱好文学者也可以做一部分。将来材料多了，除了作旁的参考，作了解中国的社会和

历史的参考而外，就是对于我们的文学创作也一样有帮助的，至少我们可以吸取其质朴地中国风地表现生活的特点吧。[①]

他不仅谈到了民间文学对于作家文学创作的帮助，至少可以增加作家"吸取其质朴地中国风地表现生活的特点"，更重要的，他还谈到"作旁的参考，作了解中国的社会和历史的参考"这一功能。对于历史上发生的事情，大至一个时代、一段历史，小至一种现象、一个事件，人民大众都会有自己的看法，他们的观点往往与写正史（包括文化史）的人的观点迥然有别，但民众的观点往往被湮灭在历史的烟尘之中而悄无声息，而要寻找民众对历史、对事件的声音，只能靠在他们口头上流传的民间文学作品。何其芳和他的战友们当年就是在上面他所说的这种指导思想下，在陕北和其他地区搜集民歌和编订民歌的，即一方面作社会历史的见证，一方面作作家创作的营养。

我们从何其芳开始于1945年到1950年9月才写完的《论民歌》这篇长文里知道，即使在延安和重庆那样的艰苦和繁忙的环境里，他在编订陕北民歌时，阅读了在边区搜集的上千首陕北民歌之外，还查阅了北大歌谣研究会编辑出版的《歌谣》周刊，阅读了国统区出版的许多地方民歌集，并做了摘录。这些集子是：刘经庵《妇女与歌谣》（商务印书馆1927年3月，上海），李金发采编《岭东恋歌》（上海光华书局1929年），陈增善、顾惠民编《中国民歌千首》（上海开华书局1931年1月），林宗礼、钱佐元编《江苏歌谣集》一、二辑（江苏省立教育学院1933年2月，无锡），朱雨尊编《民间歌谣全集》（上海世界书局1933年），《白雪新音》（民间文艺研究社编，北新书局1935年6月），罗香林编《粤东之风》（《民国丛书》，北新书局1936年），陈志良编译《广西特种部族歌谣集》（《说文月刊丛书》，中央银行经济研究处1942年11月，桂林），陈国钧编译《贵州苗夷歌谣》（文通书局1942年4月，贵阳），刘兆吉采录《西南采风录》（商务印书馆1946年12月，上海），薛汕编《金沙江上情歌》（春草社1947年，上海），《现代民谣》第一辑（武汉人民艺术出版社），等。

何其芳既不是个不喜欢民歌的人，也不是个对民歌缺乏研究的人。

如果说，《杂记三则》所表达的关于民间文学的见解，还是一个作家和诗人基于青少年时代家乡民间文化传统留给他的朴素印象所作的思考，

---

① 何其芳《杂记三则》，《何其芳文集》（第4卷），第9页，北京：人民文学出版社1983年。

那么，写于1946年10月23日的《谈民间文学》和写于同年11月14日的《从搜集到写定》①，特别是完稿于1950年的长文《论民歌——〈陕北民歌选〉代序》，则是他在对陕北民歌和各地民歌的广泛涉猎、对民歌理论的深入研究的基础上形成的有自己独特见解的民歌理论。他的这些文章，总结了陕甘宁边区民歌搜集运动的经验和成绩，并在与各地民歌的比较中，提出了一些重要的带有规律性的东西，特别是他得出了这样一个结论：延安的民歌运动，无论在深度还是在广度上，远远超越了北京大学歌谣研究会当年所取得的成就。他写道："他们（北大歌谣研究会）搜集的歌谣在数量上的确不少。但凭我的印象来说，还是民谣儿歌居多。真正艺术性高的民歌还是较少。对于研究老百姓的生活，思想，民谣儿歌当然也有用处。但要新文艺去从民间文学吸取优点，则艺术性较高的民间作品尤可珍贵。而延安鲁艺所搜集的民歌，我觉得在这点上是似乎超过北京大学当时的成绩的。我曾经把鲁艺音乐系、文学系两系搜集的民歌全部读过一遍，觉得其中有许多内容与形式都优美的作品。这原因何在呢？我想，在于是否直接从老百姓去搜集。北京大学当时主要是从它的学生和其他地方的知识分子去搜集，因此儿歌民谣最多。鲁艺音乐系却是直接去从脚夫、农民、农家妇女去搜集。深入到陕北各地，和老百姓的关系弄好，和他们一起玩，往往自己先唱起歌来，然后那些农夫农妇自然也就唱出他们喜欢唱的歌曲来了。"②何其芳是至今第一个、也是唯一的一个以科学的态度指出这一点的学者。

他的三篇关于民间文学的论文，在理论层面上阐述了一系列重要的观点：

——民间文学是作家创作的养料，是了解和研究中国社会和历史的参考。

——传统的民歌都是旧社会的产物。"产生在旧社会的民歌的确主要是农民的诗歌，而且主要是反映了他们过去的悲惨生活以及对于那种生活的反抗。""我们不要以为这是响着悲观的绝望的音调，相反地，应该从

---

① 这两篇文章最早收入作者自己编订的《关于现实主义》一书中。新中国成立后，钟敬文曾收入所编《民间文艺新论集》（中外出版社1950年8月初版）。何其芳去世后，先后收入《何其芳选集》第2卷（成都：四川人民出版社1979年）和《何其芳文集》第4卷（北京：人民文学出版社1983年）。贾芝曾收入所编《延安文艺丛书·民间文艺卷》（湖南文艺出版社1988年8月）。这些版本，都没有标明文章的出处。据作者在《陕北民歌选·重印琐记》里说，此二文是在重庆时为一个报纸副刊写的。

② 何其芳《从搜集到写定》，《何其芳文集》（第4卷），第147页，北京：人民文学出版社1983年。

这里看到农民对于当时的现实的清醒的认识，并且感到他们的反抗的情绪和潜在的力量。"

——与同样广泛地在民间流传的民间戏剧比较起来，民歌"具有更浓厚的劳动人民的特点，更直接地反映了劳动人民的生活和思想，愿望和要求"。

——民歌具有很高的思想认识和社会价值。农民被紧紧地束缚在地主的土地上或者他们自己的小片土地上，而他们对于现实的观察和理解却达到清醒的程度。

——情歌在民歌中占绝大多数（百分之八十以上）。"对于这些情歌，我们必须把它们和过去的婚姻制度，和过去的社会制度，和在那些制度下的妇女的痛苦联系起来看，然后才能充分理解它们的意义的。""旧社会里的不合法的恋爱不仅是一种必然的产物，也不仅是一种反抗的表现，而且必须知道，这种反抗的结果必然是不幸的，并不能真正解决问题的。我们读那些情歌的时候，不要像过去的文人学士们一样只是欣赏那里面表现出来的热烈的爱情，而还应该想到随着那种短暂的热情而来的悲剧的结局。"

——封建主义的烙印是中国民间文学的一个共同特点。"而在民歌当中，这种烙印主要的还并不是表现在某些封建思想的侵入，而却是表现在和压在农民头上的封建秩序对抗的作品占了很大的数量。"而随着中国农民命运的变化，"不能不在旧的民歌之外，产生了新的民歌。"

——"民歌，不仅是文学，而且是音乐。音乐的语言并不像一般的语言那样确定，或者说那样含义狭窄。而一首民歌，据说又可以用不同的感情去歌唱。那么，可以在不同的情形之下唱相同的歌，也可以在相同的情形之下唱不同的歌，正是自然而且合理。""由于民歌还和最初的诗歌一样，是和音乐密切结合着的，这就带来了又一个艺术性方面的优点，它的节奏鲜明而且自然。"

——把整理保存民间文学作品与根据民间文学材料进行文学创作区别开来；采录和整理民间文学作品，是绝对不容许根据主观臆测来妄加修改的，要尊重人民大众创作和流传的作品的原貌。搜集者是直接从老百姓的口中搜集的。编者在可能的条件下把民歌的创作和流传情况、流传地点、内容背景等，通过尽可能详尽的注释加以标明。"更重要的是要有一种尊重老百姓的态度。不然，我们像这个旧中国的统治者征粮征丁一样去征民间文学，那是征不到好作品的。不要看不起老百姓，不要不耐烦。既然是去向老百姓请教，那就要有一种尊敬老师与耐心向学的精神。对于他们的作品也要尊重。"

——鲁艺师生们在民歌采录整理工作中遵守着三条原则：首先是"忠实地记录"。"若是民歌，最好把谱子也记下来。本地人搜集本地民间文学那是最理想的。若是外省人，不能记的字句可以用拉丁化记，但应加解释，鲁艺音乐系搜集的民歌，因用拉丁化记的部分未加说明，后来写定时很费事。"其次，"民间文学既是在口头流传，就难免常因流传地区不同与唱的人说的人不同而有部分改变或脱落。我们在采录时，同一民歌或民间故事就应该多搜集几种，以资比较参照。"第三，"在写定民歌时，字句不应随便改动增删。"碰到不懂时，要多作调查，要多比较几种记录稿。民间故事虽然难于一字一句保存原来面目，但也应基本上采取一种忠实于原故事的态度。"若系自己改写，那就不能算是道地的民间文学，而是我们根据民间文学题材写成的自己的作品了。"①何其芳于1946年所写到的这些原则，既是陕北采风时的原则，也是从民间文学的实地调查采录中得出的经验，因而是科学的，有田野作业支持的。可以认为，鲁艺当年已经很好地解决了民间文学的采录整理的原则，并已上升到了理论。遗憾的是，到了20世纪50—60年代，我国民间文学界并没有很好地研究和吸取延安鲁艺所取得的这些成功经验，因而在民间文学的采录整理问题上长期争论不休，走了不小的弯路。

何其芳在鲁艺开过民间文学的课程，对民歌进行过较为专门而系统的研究，相信他是有讲稿的。②可惜的是，他的讲稿在进城后并没有发表，下落如何，是否包括在他交给青年诗人食指的那些民歌材料中，不得而知，希望食指在适当的时候能披露出来。

无论是从搜集和写定的角度看，还是从学术史的角度看，《陕北民歌选》都是中国现代民间文学学术史上的一个成功的个案，至少在20世纪前50年中，还没有一例可与之媲美。但随着时代的转换，对同一件事情的理解和解释，却可能发生很大的差异。差异确实出现了。当代文学批评家孟繁华说："30年代一直到40年代，我们国家事实上进行的是一场整体的民族动员，就是说既反对了旧文化，同时也对知识分子的文化进行了'转译'。我记得何其芳和公木曾编过一本《陕北民歌选》，它特别值得作为

---

① 何其芳《从搜集到写定》，《何其芳文集》（第4卷），第148—149页，北京：人民文学出版社1983年。

② 在鲁艺当过老师的周立波讲授的是外国文学，"文革"后，他把他当年的讲稿《契呵夫的小说》的复印件送给我一份。根据这个经验，何其芳讲授民歌研究，肯定也是有讲稿的。

文化研究的一个个案来考察。你会发现，民间的很多有趣的东西都被放在注释中，只有像《兰花花》这样比较健康的东西才作为正式的文本出现。这个选择的背后隐藏着一种诉求，就是要用活泼的、朗健的、透明的大众文化进行民众动员，就是要把知识分子说的那些民众听不懂的话转成民间能够听懂的小二黑的话、白毛女的话、王贵与李香香的话。"①笔者不赞同他对何其芳们《陕北民歌选》的做法和意义的解释。他对《陕北民歌选》的这番解释，无论是与原书面貌所显示的，还是与公认的民间文学学术原则，都是南辕北辙的。任何一个时代的民间作品的选编者，都会有自己的取舍和阐释，亦即学术立场或政治立场，但充其量他的权限是有限的，只能限制在取舍和选编上，而不能超越这个限度而走到造伪的程度，如此，一部民间作品就在客观上向不同思想倾向的学者和政治家提供了借以研究时代、民心、社会情状、民众世界观等的可贵材料，就向那些追求"中国作风"的诗人和作家提供了丰富的本土文化的养分和可资借鉴的材料。何其芳他们的选编，固然体现了一定的思想和艺术原则，却根本不是对农民文化向知识分子文化或对知识分子文化向农民文化的"转译"。如果要说有"转译"的话，那也是用陕北农民的思想和文化，对来到延安的那些知识分子的文化"转译"。

（三）民族形式论争与民间文学问题

毛泽东于1938年10月在中共六届六中全会上所作的报告《中国共产党在民族战争中的地位》说："使马克思主义在中国具体化，使之在其每一表现中带着必须有的中国的特性，即是说，按照中国的特点去应用它，成为全党亟待了解并亟须解决的问题。洋八股必须废止，空洞抽象的调头必须少唱，教条主义必须休息，而代之以新鲜活泼的，为中国老百姓所喜闻乐见的中国作风和中国气派。把国际主义的内容和民族主义的形式分离起来，是一点也不懂国际主义的人们的做法，我们则要把二者紧密地结合起来。"同年11月25日，以《论新阶段》为题，全文发表于《解放》周刊第57期。

抗战开始后，文艺界便掀起了文艺大众化的运动和展开了关于大众化的讨论。毛泽东的报告发表以后，民族形式问题成了重庆和延安两地的文学界新的共同话题，从而展开了长达两年之久的关于民族形式问题的论争。已故文学史家王瑶说："这话自然也适用于文学的领域，特别是因为新文学的作

---

① 孟繁华《与大众文化喝下午茶》，录自："世纪中国"www.cc.org.cn，2001年8月17日。

品一直没有能够深入到工农群众间，为老百姓所喜闻乐见，因而立刻引起了文学工作者的反省与检讨。那时正是制作通俗文艺的高潮刚过去，大家对于运用旧形式的意见并不完全相同，甚至可以说有的很不相同，于是在深入学习毛主席的报告中，文艺界便展开了有关民族形式的论争。"[1]

最早响应的是延安的文艺界。1939年8月3日在延安陕甘宁边区中央局召集文化界人士民族形式问题座谈会上，何其芳发了言。据冼星海日记载：在这次的座谈会上，"争论非常激烈。尤以周扬、沙汀、何其芳及柯仲平、赵毅敏等。晚十点半始散会。"[2]稍后，何其芳在11月16日出版的《文艺战线》第1卷第5期上发表《论文学上的民族形式》的文章，正式以文字的形式表达了他的观点："这种更中国化的民族形式的文学的基础应该是"五四运动"以来的还在生长着的新文学呢，还是旧文学和民间文学？"据吴福辉《沙汀传》：沙汀事后整理了历次的发言，以《民族形式问题》为题，在《文艺战线》发表文章。他反复阐发的见解是：不同意把旧形式利用在文艺上的价值抬得过高。……（鲁迅的"写实手腕"）大半是从世界文学来的……现实主义在中国的文艺传统上都非常薄弱，写实的技巧更是简陋的。……[3]在延安的讨论中，何其芳是主张文学的民族形式是"要以采取进步的欧洲文学形式为主"，而反对在民众文艺基础上发展民族形式的。

延安的《新中华报》《文艺突击》《文艺战线》，晋察冀边区的《边区文化》等，相继发表了艾思奇、柯仲平、萧三、冼星海、沙汀、刘白羽、劳夫、陈伯达等人的文章，联系利用旧形式问题，围绕着创造文艺的民族形式展开了讨论。周扬在《中国文化》上发表文章说："利用旧形式不但与发展新形式相辅相成，且正是为实现后者的目的的。把民族的、民间的旧有艺术形式中的优良成分吸收到新文艺中来，给新文艺以清新刚健的营养，使新文艺更加民族化，大众化，更为坚实与丰富"。"旧形式正是以那文字的简单明白而能深入了广大读者的心的，但这工作还没有得到普遍的重视，民间艺术的宝藏还没有深入地去发掘。对这工作也还没有完全正确的态度，还没有把吸收民间文艺养料看作新文艺生存的问题。用简洁明了的文字形式，在活生生的真实性上写出中国人来，这自然就会是

① 王瑶《中国新文学史稿》（下册），第22—23页，上海：新文艺出版社1953年。

② 艾克恩《延安文艺运动纪盛》，第145页，北京：文化艺术出版社1987年。

③ 吴福辉《沙汀传·有目的地进入陌生生活》，第235—236页，北京十月文艺出版社1990年。

'中国作风与中国气派'，就会是真正的民族形式。"①

继而，在国民党统治区的《文艺阵地》《文学月报》《大公报》《国民公报》《新蜀报》等报刊上，发表了黄绳、巴人、张庚、罗荪、魏伯、冯雪峰、王冰洋等人的文章。中华全国文艺界抗敌协会桂林分会召开了有艾芜、鲁彦等人参加的座谈会。在香港地区，以《大公报》的《文艺》副刊为中心，召开了座谈会，开辟"创造文艺民族形式的讨论"专栏。黄药眠、杜埃、宗珏、黄绳、袁水拍等人纷纷著文讨论。1940年3月24日，向林冰在重庆《大公报》副刊《战线》发表了《论"民族形式"的中心源泉》，强调要以民间形式为民族形式的中心源泉，否定"五四"以来的新的文艺形式。葛一虹在《文学月报》第1卷第3期上发表《民族遗产与人类遗产》，对此表示异议。由此引发了一场文艺论争。在这场关于民族形式的讨论中，围绕着如何对待已有的民间文艺或民间形式与"五四"以后的新兴文艺形式，形成了尖锐对立的两派。许多著名的作家和文学理论家都被卷入其中。

延安文艺座谈会后，何其芳关于什么是中国文学的民族形式的观点发生了变化。1944年7月写的《关于艺术群众化》和1946年5月写的《略论当前的文艺问题》里也都谈到在延安关于民族形式的这次讨论。他在后文里写道：

> 抗战期间，延安和重庆都曾经讨论过民族形式问题。当时都未在理论上得到结论。然而在解放区，最近三年来的文艺运动的事实已经给这个争论作了结论了。就我的理解简单说来，民族形式问题实质上是一个文艺与中国广大人民结合的问题。因此，凡是符合今天中国人民的需要，能够为今天中国人民服务的，无论它是新形式或从新形式改造过来的，无论它是旧形式或从旧形式改造过来的，都是民族形式。只有这样一个最高的也是最宽的标准。形式的基础是可以多元的，而作品的内容与目的却只能是一元的，那就是只有从人民生活中去获得文学的原料，并使文学又回转去服务人民。我想，这个经验在这大半个旧中国也是适用的。这大半个旧中国的文艺也可以有多种的形式去适应多种的读者。
>
> 比如第一，五四以来的新形式是否应该完全抛弃呢？不应该的。新形式也有它的群众基础，不过还不够广大，所以应该适当地加以改

---

① 周扬《对旧形式利用在文学上的一个看法》，《中国文化》创刊号，1940年2月15日；又见《周扬文集》（第1卷），第294—295、302页，北京：人民文学出版社1984年。

造，使它更中国化，更大众化。

第二，大量地利用各种民间形式，如唱本，说书，章回小说，旧戏（地方戏在内）等等，也是很必要的。这不但为了适合众多的文化程度较落后的读者，而且这种利用经过一定时期的提高，改造，还可以给中国的文艺带来新的创造，如陕北的秧歌剧就是一个最显著的例子。

第三，旧形式也好，新形式也好，都应该研究如何更好地与各大城市，各中小城市的报纸结合。报纸的读者一般地比文艺书刊的读者广，而且有时广得多。……

第四，为着能够达到不识字或识字很少的群众中间去，文学应该和其他艺术结合。如与戏剧结合，写话剧及旧剧剧本；与音乐结合，写歌词，歌剧；与美术结合，写连环画的说明，等等。①

他的这些观点，后来连他自己也承认，是一种调和论。

新中国建立以后，何其芳提倡建立现代格律诗，写过好几篇文章，阐述他现代格律诗的主张。其基本要求是："按照现代的口语写得每行的顿数有规律，每顿所占时间大致相等，而且有规律地押韵。"②1958年7月号的《处女地》上发表了何其芳的《关于新诗的"百花齐放"问题》后，围绕着他有关建立现代格律诗的主张，文坛上再次掀起了相当激烈的论争，甚至发展成为对何其芳的批评和声讨。何其芳被指责为："怀疑民歌，轻视民歌，否定民歌，歧视民歌，或者说怀疑新民歌，轻视新民歌，否定新民歌"；坚持"主观唯心论"；资产阶级的艺术趣味和个人主义倾向；形式主义观点；自觉不自觉地对诗人和群众的结合、知识分子诗人的彻底改造或工人阶级化有所抵触；影响人们不去深入群众斗争生活；是要不要走群众路线、要不要真正的民族风格问题；对民族诗歌传统的学习抱轻视态度；贬低从古典诗歌和民歌基础上发展新诗、包括从旧形式推陈出新发展新形式、新格律的创造性的努力，等等。③人所共知，"大跃进民歌运动"

① 何其芳《略论当前的文艺问题》，《何其芳文集》（第4卷），第112页，北京：人民文学出版社1984年。
② 何其芳《关于现代格律诗》，《何其芳选集》（第2卷），第153页，成都：四川人民出版社1979年。
③ 见张先箴《谈新诗和民歌》（《处女地》1958年10月号）、宋垒《与何其芳、卞之琳同志商榷》（《诗刊》1958年10月号）、沙鸥《新诗的道路问题》（《人民日报》1958年12月31日）、张光年《在新事物面前》（《人民日报》1959年1月27日）；又见《张光年文集》（第3卷），第231—244页，北京：人民文学出版社2003年）等。

或曰"新民歌运动"，是在毛泽东的倡导下于1958年春天发动起来的。在古典诗歌和民歌基础上发展新诗，也是毛泽东提出和设计的新诗发展道路。在如此大规模的围攻运动中，何其芳不得不于1959年1月撰写了一篇《关于诗歌形式问题的争论》长文，就指责他否定民歌（尤其是新民歌）和认为"民歌体有限制"的论者进行辩诬，并做了某些有限度的检讨。

在现当代诗人和学者中，何其芳是为数不多的认真研究过中国各地民歌的人之一，他在带有浓重政治色彩的这次诗歌论争或批判中，仍然始终坚持科学态度。他说："我国古代的诗歌的形式大都起源于民间是事实。但五四以来的新诗并非'起之于民间的歌谣'，这是常识，写批评文章是不应该弄错的。"[1]

毛泽东1942年5月23日在延安文艺座谈会上的讲话，促进了延安的，以及延安以外的边区和其他解放区的作家和艺术家们，深入到边区的老百姓中间去，了解群众火热的斗争生活，向民间文学和文化传统学习，创作民族的大众的、中国作风中国气派的新文学。延安的作家诗人们虽非专业的民间文学工作者，却也搜集了不少民间作品。诗人李季在三边搜集了陕北的"信天游"民歌3000首，并在民间传说的基础上创作了著名的叙事诗《王贵与李香香》。诗人严辰（厂民）在陕北、晋西北、内蒙古等地搜集了近千首"信天游"，新中国建立后出版了他编的《信天游》一书，并在报刊上发表了好几篇谈论陕北民歌的文章。诗人贺敬之和丁毅在秧歌剧、民歌和民间传说的基础上创作了脍炙人口、耳目一新的新歌剧《白毛女》。

由于战争形势的发展和革命形势的需要，1947年，延安的文艺工作者，包括鲁艺的师生，从延安出发分赴各地，在其他解放区开创新局面，成立了几个鲁艺的文工团。他们带去了延安的文艺工作传统，一面创作，一面搜集和出版了一些各地流传的民歌和民间故事。

第十七节　1937—1949年民间文学运动的特点

抗战时期国统区的民间文学运动，作为中国现代民间文学运动史上一个重要的阶段，无论从文化思潮的角度，还是从理论成就或工作实绩的角度来看，都呈现出若干显著的特点。

---

[1] 何其芳《关于诗歌形式问题的争论》，《何其芳文集》（第6卷），第38页，北京：人民文学出版社1984年。

（一）民族精神的体现

抗战爆发，在民族和国家处于危亡之际，民族的不屈精神在民众中空前高涨，民族的凝聚力空前加强，在这种情势下，平日被掩盖着的，不被人们注意的民间文化，上升为民族精神和民族传统的体现者，民族间血缘文化关系的纽带。这种情况的出现，不只是在我们的国家，在世界上凡是处于民族危亡关头的民族，其发自普通老百姓的肺腑的民间文学，往往成为体现该民族不屈精神和牢固民族传统的表现，尽管不是唯一的表现。爱尔兰民族长期被英国人所统治，所奴役，但爱尔兰人从未屈服，从不放弃自己民族的传统，他们的弹唱诗人就成为在英格兰统治、奴役爱尔兰民族的传统的主要代表者，他们的民歌、民间叙事诗、传说，就成为该民族传统的最宝贵的遗产。芬兰民族在12世纪前后曾经沦为瑞典和俄国的牺牲品，生活于民族遭受蹂躏的水深火热之中，但他们的鲁诺（民歌）就成为他们斗争的力量和慰藉，后经隆洛德（Elias Lonnrot）连缀整理为芬兰民族史诗《卡勒瓦拉》，成为芬兰民族精神和民族传统的集中代表。可以断言，民间文学是与一个民族的命运相联系的民族精神载体。抗战时期的中国，情形正是如此。

日本侵略者以"东亚共荣圈"的理论口号作掩饰，先是建立所谓"满洲国"，继而推行华北地区自治，企图在军事侵占之下对中国蚕食。但是中国境内各民族、各地区是以悠久的文化血缘而凝聚在一起的，即使东北亚文化也与大陆文化、与西南地区的文化有着血肉相连、不可分割的联系。他们的政治阴谋和霸权企图都是无法得逞的。民俗学家、神话学家们在我国南方民族中间发掘和记录的一些神话，证明与发达较早的中原地区的古代神话有若干相似或相通之处，后者在历史的变迁中已经变得残断不全、形迹模糊了，而前者却依然活生生地存在于乡民的记忆和口头上。民俗学家和神话学家们以南方民族现存的社会组织、礼俗、信仰等民族志材料，揭示了神话中隐匿着先民的图腾制度，如龙蛇图腾、鸟图腾、槃瓠图腾等等，从而揭示了居住在中国领土上的各个民族，包括古代居住在东部沿海一带的东夷部族，同西南的越濮民族，有着文化血缘关系。当时，图腾制度的研究形成学术界一个热点，发表了很多文章。其时正在贵州大学、贵阳大夏大学社会学系任教又曾到黔东南荔波水族进行过实地调查的岑家梧，对于图腾制度所作的研究最有代表性。他撰于1940年的《槃瓠传说与瑶畲的图腾制度》，把古籍的考稽与民俗学的调查材料结合起来，论证了苗、瑶、畲、黎等民族的血缘文化关系，说："我们从槃瓠传说及瑶畲的图腾习俗加以考察，决定瑶畲确为《后汉书·南蛮传》所述的槃瓠子孙。"[①]这些问题虽属学术问题，在当时提出并为许多学者所重视和关注，并不是没有现实意义的。即使撇开现实意义，从民俗学和神话学的学科建设来说，这类研究特别是相当客观的新材料的发掘记录，大大推动了中国神话学的研究水平。

（二）有组织的科学调查

如果说，"五四"以后至抗战前中国民间文学的搜集工作还只限于一些热心者个人的活动的话，那么，抗战时期由于许多民族学者、社会学者、作家和文化人的介入，已经转入有计划的调查为主的阶段。这种有计划的调查的作用表现在，一方面向广大读者层和学术界提供了我国一些少数民族的民间文学作品，而在此之前，少数民族的民间文学作品可谓寥寥可数；另一方面填补了我国民间文学、民俗学这门既古老又年轻的学科若干方面的空白，这就为进一步地开展深入的比较研究打下了初步的基础，而这种比较研究，对于我们这个多民族的国家的民间文化来说，是绝对需要的。有计划的调查的特点是，主持和参与调查采录的人员有一定的设想，具备民俗学考察的基本素质，包括民俗调查常识和用国际音标记录少数民族语言的能力，具有多学科的知识，把民间文学调查和民俗、信仰、甚至社会调查紧密地结合起来，从而起到互相参照、相得益彰的效果。因此，也可以说，如果北京大学歌谣研究会时代胡适、沈兼士、顾颉刚等前辈学人提出的"文艺的、学术的"两个学术意向，还只偏重于"文艺的"一个方面的话，抗战时期的有计划的调查，则达到了两者兼顾的要求，或者说在重视文艺性的同时，偏重于要求其学术性。应当看到，受着时局和条件的限制，抗战时期的有计划的调查，还仅仅在西南地区和陕甘宁边区，还只涉及了云南、贵州、湖南的部分地区、部分民族以及陕甘宁边区的若干县份。从全国来看，情况是极不平衡的，当然也不可能平衡。对于其他广大地区来说，大部分还是个人爱好者在环境许可的条件下，做个人的搜集，而且有些也很有成绩。

（三）多学科、多学派、多角度研究

多学科、多学派、多角度的研究，克服了以往某些学者中单一研究的

---

① 岑家梧《槃瓠传说与瑶畲的图腾制度》，《西南民族文化论丛》，岭南大学西南社会经济研究所印行，1949年12月初版。

弊端，综合的、纵深的、专题的研究取得了长足的进展。中国民间文学运动的发生阶段，几乎仅仅是文艺的采集与研究，到了20年代末以及整个30年代，逐渐与民族学、人类学、社会学等等学科建立了亲密的联系，在方法论上吸取了这些学科的方法。20世纪80年代，民间文学界曾经讨论过英国文化人类学中的人类学派对中国民间文学界的影响。如果说二三十年代人类学派在中国民间文学界的影响占上风的话，30年代后半期和40年代，欧洲的社会学派和功能学派、美国的博厄斯学派的影响，就越来越大了。这与当时的社会情况和知识界的情况有密切关系。由于抗战时期的特殊历史条件的决定，迁移到西南的各大学和科研机构中的大批学者，以民族学、人类学和社会学者为主体，对当时少数民族的民间文学、风俗习惯、宗教信仰、社会秩序等民俗事象进行实地调查，并将所获得的材料放到整个中国文化的大背景上进行综合比较。民间文学是整个民间文化锁链中的一环，是在与其他诸种民间文学现象的联系与影响中而存在、而发展的，它不是孤立的，也不是在书斋里只供玩赏的文学作品。在许多研究少数民族神话、传说的学者中，大多数人一般不再恪守人类学派那种把过去的作品仅仅看作"遗留物"，以及不顾及民族或部落内口传神话所表现的历史价值、在民族或部落中的作用、不讲求神话的艺术价值的研究方法，而是充分重视口传神话所由产生的社会的、人伦的古代信息与价值观，作为原始思维的产物的神话的艺术价值，等等。

社会学家们不仅在搜集少数民族的神话、传说、歌谣方面作出了成绩，在考察神话、传说的社会文化背景方面迈出了踏实的一步，而且对神话、传说的母题的考察和社会文化功能进行了极为有益的探讨。继民族学家芮逸夫在《苗族的洪水故事与伏羲女娲的传说》（1938）中提出"兄妹配偶型"洪水故事的地理分布大约北自中国北部，南至南洋群岛，西起印度中部，东迄台湾岛，并且进一步论证了所谓东南亚文化区，从地理上察看，其中心当在中国本部的西南，从而推论"兄妹配偶型"洪水故事或即起源于中国的西南，由此而传播到四方。[1]吴泽霖和陈国钧进而就兄妹配偶型洪水故事提出了若干有价值的探讨性见解。如关于神话中透视出的苗民（生苗、花苗、黑苗、鸦雀苗等他们曾亲自调查过的地区）对于血亲婚的观念，说明禁止血亲婚、优生的事实，在他们的神话时代已被重视。吴泽霖说："苗族神话中的兄妹结婚，妹都不愿意，一再提出条件后，始勉强答应，这很可以说明在这

---

[1] 芮逸夫《苗族的洪水故事与伏羲女娲的传说》，《人类学集刊》第1卷第1期，1938年。

些神话形成的时候，兄弟姊妹间的婚姻已不流行或已在严厉禁止之列，否则何必提出几种几乎无法履行的条件呢？"又如陈国钧根据生苗的两则神话中一对夫妇生下的6个子女恩、雷、虎、龙、蛇、媚，论证了苗族与图腾的关系。吴泽霖曾经师从博厄斯，他遵从博厄斯的下列论点："在一个民族的故事中，那些日常生活的重大意外事件，是附带插入故事中，或者用以当作故事中的主要情节的。大部分关于民族生活模式的陈述，都很正确地反映他们的风俗。再者，故事中情节之发展，也很明显地表白了他们所认识的是非观念。……部落的神话材料，并不代表该部落的'生活传'。"他十分重视对神话传说的社会文化功能的考察，不仅根据他在八寨各苗民中记录的神话、传说，确认其中所述都不是开天辟地之后的第一代（第一个）始祖的故事，而是"人类遇灾后民族复兴的神话"，而且从神话中所提到的金属制品（铁器）判定神话产生于春秋以后，根据神话中关于火的起源，提出了苗族关于撞击生火的说法，从而打破了美国人类学家关于摩擦生火的单一见解。[1]尽管在今天看来，他们的观点也许还有可讨论、修正、补充之处，但他们的开拓意义仍然是不能抹杀的。

　　闻一多是对抗战时期的中国现代神话学有很大贡献的一位学者。我很赞成这样的评价："闻一多结合了各相关学科的理论方法，在一个深远广阔的文化背景上，在各民族文化相互联系的整体中探求神话传说的内在本质和民族文化的基本形态，获得了一些有价值的结论和构想。他的研究与抗战时期神话学的发展趋势相一致。他与各方面从事神话研究的学者们一起，以现代科学方法开拓新的领域，有力地推动了中国现代神话学的进展。"[2]我要补充的是，闻一多把口传的民族志神话传说材料与古典的神话传说材料加以综合、对比，以民族学、考古学、训诂学、文艺学的多种方法去考证、破译、研究、评说中国神话传说，在中国现代神话史上开拓了新局面。"朱自清先生热情地赞扬闻先生关于少数民族的神话研究是'给我们学术界开辟了一条新的大路'，而闻先生正是沿着这条大路，决定而坦然地力排众议，写出许多独辟蹊径的著名论文。"[3]实际上，至今我们还

---

[1]　见吴泽霖《苗族中祖先来历的传说》和陈国钧《生苗的人祖神话》。前文发表于《贵阳革命日报·社会旬刊》第4—5期，1938年5月19日；后文发表于《贵阳日报·社会研究》第20期，1941年3月25日。后均收入《贵州苗夷社会研究》一书中。

[2]　郭于华《论闻一多的神话传说研究》，《民间文学论坛》1988年第1期，北京。

[3]　马学良《记闻一多先生在湘西采风二三事》，《楚风》1982年第2期，长沙。

在沿着这条道路继续探索前进。孙作云沿着闻一多开辟的路子，运用多重证据法，并引进图腾理论、语言学派等方法研究神话，并开创了神话图像学。徐旭生、常任侠、程憬等，各自以艺术考古、历史和考据方法介入神话领域，都在神话研究上多有贡献。

复刊一年半又在卢沟桥事变后停刊的《歌谣》周刊，虽然选登了许多名家的文章，较之前期《歌谣》周刊来说，也积累了一些歌谣（俗曲方面有所扩展）资料，但在方法、研究水平方面，却说不上有什么大的进展。连他们的成员，也意识到了自己的落伍。[①]恰恰是西南、西北地区的歌谣研究，在《歌谣》所开启的传统下，达到了一个崭新的高度。如果要用简约的语言概括一下哪个时期的研究特点的话，那就是他们把歌谣当作社会文化史的一个组成部分进行综合研究，力求发掘其民族性、地方性以及深厚的社会历史价值。民间故事的研究，比起抗战前民间文学领域里那一大群骁将（如钟敬文、赵景深、娄子匡等）所达到的成就来说，显然是暗淡的。卢沟桥事变前夕发表的几篇论文，如钟敬文的《地域决定的传说》（浙江《民众教育月刊》5卷4、5期，1937年2月1日），叶德均的《猴娃娘型故事略论》（广州《民俗》1卷2期，1937年1月30日），欧阳云飞的《牛郎织女故事之演变》（《逸经》第35期，1937年8月5日），娄子匡的《孟姜女故事与人体牺牲习俗》（《孟姜女》1卷1期，1937年1月1日），曹聚仁的《白娘娘传说中的悲剧成因》（《论语》第107期，1937年3月1日），黄芝冈的《粤风与刘三妹传说》（《中山文化教育馆季刊》4卷2期，1937年夏季号）都是值得注意的，可以看出当时民间故事研究思潮的趋势。当时在西南流亡的民族学者陈志良（《说文月刊》的编辑），除了搜集研究西南地区的民间传说故事外，还曾撰写《沉城的故事》发表在《风土什志》（1卷3期）上，把民俗资料与考证古籍相结合，用比较的方法，剖析了内地的陆沉故事（即石狮子眼里出血的故事）与西南地区的洪水故事的联系。这可以看作是吸收西南地区神话传说研究的新方法而撰写的一篇有代表性的故事论文。

在回顾抗战时期民间文学研究的成就时，我们不能忘记顾颉刚、杨宽、吕思勉等历史学家，卫聚贤、杨堃、常任侠等考古学家、民族学家和美术史家对中国神话传说研究所作的贡献。

---

① 参见魏建功《歌谣采辑十五年的回顾》，《歌谣》第3卷第1期，1937年4月3日。

（四）民间文学的社会功能被空前强调

1942年5月在延安召开的文艺座谈会上，毛泽东发表了关于文艺问题的讲话。这个讲话，对于我国民间文学事业的影响是深远的。

（1）毛泽东在《在延安文艺座谈会上的讲话》中阐发文艺为什么人的问题时，批评和纠正了革命文艺工作中间有些人瞧不起民间文学的倾向："他们在某些方面也爱工农兵，也爱工农兵出身的干部，但有些时候不爱，有些地方不爱，不爱他们的感情，不爱他们的姿态，不爱他们萌芽状态的文艺（墙报、壁画、民歌、民间故事等）。他们有时也爱这些东西，那是为着猎奇，为着装饰自己的作品，甚至为着追求其中落后的东西而爱的。"[1]他是从文艺工作的角度讲作家们轻视民间文学的倾向的，他没有讲到民间文学的学术研究工作。他的讲话击中了我国文艺界的要害。回想五四新文学运动以来，有不少作家、评论家十分重视民间文学及其对作家文学的影响。鲁迅先生在《破恶声论》《汉文学史纲》等著作中，曾系统地阐述了他对民间文学的卓越见解。茅盾有一段时间曾专门研究过神话学，并且写过专著。文学研究会的成员郑振铎终生倡导民间文学和俗文学的搜集与研究，自己还写了著名的《中国俗文学史》。文学研究会的另一位成员王统照编辑了《山东民间故事》，他所撰序言中，不仅论及民间故事的教化作用，还提纲挈领地谈到了民间故事类型学的研究和民俗学的研究的必要性。但是，遗憾的是左翼作家们却对民间文学极为忽视，瞧不起，甚至夸大其中的封建迷信和糟粕。毛泽东批评的不爱老百姓的萌芽状态的文艺的现象，是一针见血的。毛泽东的讲话，目的在解决边区革命文艺队伍的认识问题，以革命家的眼光，指出了民歌、民间故事等民间文艺的社会价值与文艺上的价值，号召革命文艺工作者在向人民群众学习的同时，也要重视向民间文艺学习；当然，《讲话》也指出了民间文艺中也存在着落后的东西，这些落后的东西，是历史的局限性。毛泽东的这一论述，尽管只是提出了问题，并没有展开论述，却大大提高了边区和国统区许多文艺家对民间文艺本质的认识，其作用是历史性的。

（2）此后，边区的文艺家们纷纷下乡，一方面去加强思想感情的锻炼改造，了解群众的火热的斗争生活，另一方面，去收集蕴藏在老百姓之中的民歌和民间故事。延安的鲁迅文艺学院文学系、音乐系和中国民间音乐研究会（在其他地方，还有此类团体，如中国民间音乐研究会陇东分会，

---

[1]　《毛泽东选集》，第858—859页，北京：人民出版社1966年。

晋冀鲁豫文联民间艺术部，后从文联独立出来，改名为晋冀鲁豫民间艺术研究会）的人员，在陕甘宁边区、晋冀鲁豫、晋绥、冀中、东北、山东、苏北等解放区开展了规模不等的采风活动，出版了许多民歌和民间故事集子。在抗日战争和解放战争中，老百姓即席编唱，出现了大量的新民间作品，如民歌，民谣，唱词，说书，秧歌……在民族危亡的时代，成为加强民族凝聚力，振奋民族精神和鼓舞人民士气的精神力量，起到了团结人民、打击敌人的作用。这些适应时代需要而产生的新作品，也借那些在斗争第一线的作家们和学者们的劳动，而得以记录下来，成为那个特殊年代的民族声音。可以设想，如果没有毛泽东的文艺讲话，大概不大可能有大批作家的深入到老百姓的斗争生活中去的行动，也就不大可能有以《陕北民歌选》为代表的那一大批民间文学作品的被记录和出版，即使有，也不会有那样的规模。毛泽东的文艺问题讲话发表以后，在蒋管区的文化工作者中间也发生了很大影响。他们在不同层次上接受了《讲话》的观点。在上海的文化界，共产党人和左翼进步人士，一向在起着主导作用。他们在孤岛时期，为抵抗日本人的侵略和奴役，在解放战争时期，在反饥饿、反独裁、反内战、迎解放等斗争中，都做了艰苦而出色的工作。茅盾在报纸上发表文章大声疾呼："人民的嘴巴是封不住的。人民的天才的创造力无论如何是不能摧毁的。在悠长的岁月中，当一切发表言论的工具都被统治者一把抓在手里的时候，人民曾以歌谣这形式作为反抗暴政、要求解放的最有力的'宣传工具'。"[1]

（3）由于抗日战争和国内战争的残酷环境的需要，共产党在文艺政策上特别强调了文艺的社会功能。故而在所有的解放区，无论是搜集和出版民歌、故事，改造秧歌和说书，还是在民间文艺的理论研究上，都大大地突出了民间文学作品的社会功能和教化作用，而相对忽视了或掩盖了民间文学作品固有的审美价值和民俗价值。这种战争年代的文艺政策和文艺思想倾向，或多或少地影响了后来的（主要是20世纪50—60年代）的民间文学学术研究。

1949年7月，来自解放区、国统区和香港的文艺家们会师北平，参加第一次中国文学艺术工作者大会，随着解放战争的胜利结束，在中华人民共和国即将成立的前夕，中国文艺的新纪元已经开始了。

---

[1]　茅盾《民间艺术和民主的诗人》，《文艺丛刊》（第1集），文艺出版社1947年。

第五章
共和国"十七年"的民间文学搜集研究
（1949—1966）

中华人民共和国的建立，结束了长达二十二的内外战争和分裂局面，给全国人民带来了渴望已久的和平环境，也给民间文学的搜集与研究开辟了前所未有的坦途。从1949年10月中华人民共和国成立到1966年6月"文化大革命"爆发这十七年的民间文学理论研究，虽然在50年代后期到整个60年代，受到政治上越来越烈的"左"倾思想和政治运动的影响，但总的看来，应该说还是取得了十分可喜的成就和进展。

第一节　群团时代

前面讲过，20世纪中国现代民间文艺学的第一次高潮，出现于五四新文化运动发动前后的北京大学这座高等学府里。高等学府里优越的客观条件，本应为民间文学学科的建设奠定深厚扎实的学术基础，但由于种种原因，如战争的频仍，社会的动荡，学科意识的薄弱，等等，初期热心提倡民间文艺的各路人马，不久便风流云散，到中华人民共和国成立时，却并没有真正形成一支有一定规模的、有一定专业素养的民间文学搜集和研究队伍。在新中国成立后的十七年间，从事民间文学搜集和研究者，除了为数不多的专业研究者和高校教师外，基本上都是从文学爱好者营垒中出来的散兵游勇，业余爱好者和搜集者，本应属于国学研究或人文科学研究的民间文学研究工作，却纳入了文艺工作体制，在文艺界成立了一个群团组织——中国民间文艺研究会，从而进入了一个群团主导的时代。

（一）中国民间文艺研究会的成立与"文艺研究"范式的确立

全国文艺工作者的团体——中华全国文学艺术界联合会，于1949年7月19日在北平宣告成立。许多专业的文艺团体，在文代会后相继成立。应中国共产党中央之邀，自香港来北平参加第一次全国文代会的民间文艺家钟敬文，是从20年代起就从事民间文学搜集、研究和教学的为数不多的专家之一。他与来自延安的民间文艺家林山在文代会上见面，并同他讨论过建立一个全国性民间文艺研究机构的设想，林山对此表示赞同。在延安时，林山曾担任陕甘宁边区文协秘书长兼说书组长，帮助韩起祥整理过《刘巧团圆》，是从解放区来的民间文学方面的代表人物之一。钟敬文在文代会期间向当时担任文化部副部长的周扬提出建立民间文艺专业机构的倡议，并很快得到了周扬的答应。周扬当时兼任文化部副部长，是文艺界党内的高级领导人，他指定文化部艺术局编审处处长蒋天佐协助钟敬文一道筹备成立中国民间文艺研究会、起草有关文件，拟定有关人员名单。筹备工作是在周扬的领导下进行的。由于文代会闭幕时，广东等省还没有解放，林山与欧阳山等文艺工作者随军南下，没有能够参加中国民间文艺研究会的筹备工作。作家老舍从美国讲学回国后，被邀参加了筹备工作。[1]另据回忆材料，在钟敬文于第一次全国文代会期间向周扬提出建立民间文艺研究机构的建议之前，周扬也曾同音乐家吕骥商谈过成立民间文艺研究机构的问题。[2]根据材料，吕骥虽然在新中国成立前领导了延安的中国民间音乐研究会，并主持了民间音乐的搜集，但并没有实际参加中国民间文艺研究会的筹备工作。中国音乐家协会成立后，他担任了该会的领导人。

中国民间文艺研究会的筹备工作是从1949年冬天开始的。因筹备工作由文化部艺术局的蒋天佐负责，筹备会议也就在北京东城区东四头条胡同文化部召开。经过两个多月的筹备，中国民间文艺研究会于1950年3月29日在北京宣告成立。大会主席周扬主持了中国民间文艺研究会成立大会，并致开幕词、报告筹备经过，然后郭沫若、茅盾、老舍、郑振铎相继讲话。周扬在谈到为什么要成立中国民间文艺研究会时说：

今天我们开这个会，召集了许多文艺界的朋友。成立民间文艺研

---

① 钟敬文《周扬和民间文艺》，《民间文学》1989年第11期，北京；又见王蒙、袁鹰主编《忆周扬》，第332—347页，呼和浩特：内蒙古人民出版社1998年。
② 贾芝《民间文艺事业在春天中萌发》，《民间文学》1990年第4期，北京。

究会是为了接受中国过去的民间文艺遗产。民间文艺是一个广阔的富藏，它需要我们有系统的来发掘。在"五四"时期曾有些爱好民间文艺的文艺工作者，出版过不少各种的关于歌谣的刊物。在我们解放区也曾有过地方戏剧的研究，如今天优秀的歌剧作品，都是研究民间文艺的成果。但我们觉得最出色的民间艺术还没有发掘出来。今后通过对中国民间文艺的采集、整理、分析、批判、研究，为新中国新文艺创作出更优秀的更丰富的民间文艺作品来。

不仅让对民间文艺有素养的文艺工作者来参加，还让那些只爱好民间文艺并非文艺工作者来参加。我们的民间文艺专家要和广大的民间文艺采集者紧密结合。①

作为党在文艺界的主要领导人和中国民间文艺研究会的筹备领导者，周扬的开幕词，给即将成立的中国民间文艺研究会的性质作了简短的阐述，也给中国民间文艺的研究事业，定下了基调——"接受中国过去的民间文艺遗产"，"通过对中国民间文艺的采集、整理、分析、批判、研究，为新中国新文艺创作出更优秀的更丰富的民间文艺作品来"。这个开幕词，作者过去一直没有发表过。第一次出现于作者生前编定的《周扬文集》中。在其《文集》中，许多曾经发生过重大影响的文章，都没有被选入，而这篇短小的、此前从未发表过的讲话，却被作者珍藏多年并选入自己的文集，可见作者对此文是重视的，对其所阐述的观点是坚守不移的。

郭沫若在成立大会上发表了《我们研究民间文艺的目的》的讲话：

今天，民间文艺研究会成立，主席周扬同志要我来讲几句话。我感到非常惶恐：第一，这些日来我好像是青蛙跳上了干坎，专心搞科学行政的工作，把文艺从脑子里赶了出去，叫我今天来谈文艺，实在有些生疏；第二，说实话，我过去是看不起民间文艺的，认为民间文艺是低级的、庸俗的。直到1943年读了毛主席在延安文艺座谈会上的讲话，这才启了蒙，了解到对群众文学、群众艺术采取轻视的态度是错误的。在这以后，渐渐重视和宝贵民间文艺，可是，直到现在还没有做过深入的研究，更没有写过什么东西，不像在座的钟敬文先生是民间文艺的研究家，老舍先生是民间文艺的写作家。我什么也不是，

---

① 周扬《在中国民间文艺研究会成立大会上的开幕词》，《周扬文集》（第2卷），第10页，北京：人民文学出版社1985年。

也说不出什么。

民间文艺包括范围很广，文学之外还有各种艺术。如果要我全面地来发表意见，是不可能的事。但如果回想一下中国文学的历史，就可以发现中国文学遗产中最基本、最生动、最丰富的就是民间文艺或是经过加工的民间文艺的作品。

最古的诗集是《诗经》，其中包括国风、大小雅、三颂（周、鲁、商）。国风是当时（春秋末，战国初）的民歌民谣，大雅小雅主要是周代的宫廷文学，周颂是周朝祭神的颂歌，鲁颂是鲁国祭祀的赞美诗，商颂是宋襄公时代的祭祀之歌，也是贵族文学。所以一部《诗经》，只有国风是来自民间的，雅、颂都是贵族文学、宫廷文学。但是比较起来，国风的价值远超过雅、颂。也就是说，民间文学的价值远超过贵族化的宗庙文学、宫廷文学。

再说到众所周知的《楚辞》。屈原写《离骚》是采取了民间的文艺形式而又发展了的。其他有些也是民间文艺作品，经过宋玉、景差等人加工的。这证明了经过正当加工的民间文学是最有价值的，是有最长的生命的。

两汉引以自傲的赋，实际上是一种像两扇大门一样死板的，比明清的八股还要没有价值的东西。两汉遗留给我们的最有价值的是乐府。而乐府正是从民间来的诗歌。它们所达到的艺术水准，现在的诗人还达不到。

六朝盛行骈文，但是这些东西在今天已没有价值。有价值的是民间的，尤其是在南朝流行的《子夜歌》《读曲歌》等。这些作品都是非常佳妙的，非常动人的。

再往下跳跃一大步吧，可以看到奇峰突起的元朝戏剧。在中国文学史上是个突然的高潮。现存的元曲数量很多，大都是很有价值的。元朝的统治者是个外来民族，还不知道利用文学艺术作为统治人民的工具。一般文人巴结不上，只得下求，创作以人民为对象的作品，使民间文艺开放了奇花异彩，至今仍具有很大吸引力。明清小说如《水浒》《西游记》《三国演义》等，都是承袭了民间的传统如变文、评话等创作出来的中国文学史上的伟大成就。

国风、《楚辞》、乐府、六朝的民歌、元曲、明清的小说，这些才是中国文学真正的正统。以前认为是正统的那些，事实上有许多是走入了斜道的，在今日已经毫无价值的东西。

今天，经过了毛主席的启示，我们应当彻底改正以前蔑视民间文

艺的错误观点。民间文艺是无尽的宝藏。从事文艺工作的人应当特别
重视它，并且加以研究。

我们今天成立民间文艺研究会，就是要对中国古代和现代的民间
文艺进行深入的研究。我们研究的目的，我想到的有五点：

（一）保存珍贵的文学遗产并加以传播。中国幅员广大，各地
有各地方的色彩，收集散在各地的民间文艺再加以保存和传播，是十
分必要的。我很喜欢《国风》这个"风"字，这"风"用得真是不能
再恰当了。民歌就是一阵风，不知道它的作者是谁，忽然就像一阵风
地刮了起来，又忽然像一阵风地静止了，消失了。我们现在就要组织
一批捕风的人，把正在刮着的风捕来保存，加以研究和传播。在中国
五千年的历史上，捕风的工作是做得很不够的，像《诗经》这样的搜
集就不多。因此有许多风自生自灭，没有留下一点痕迹。今天我们不
能重蹈覆辙，不能再让它自生自灭了。

（二）学习民间文艺的优点。我们搜集了民间文艺，并不是纯
粹为了当作艺术品来欣赏，甚至奉为偶像，而是要去寻找它的优点来
学习。在诗歌，要学习它表现人民情感的手法语法，学习它的韵律、
音节。同时，还可以借民间的东西来改造自己。民间艺术的立场是人
民，对象是人民，态度是为人民服务。凡是爱人民的即爱护之，反对
人民的即反对之。我们的作家应当从民间文艺中学习改正自己创作的
立场和态度。

（三）从民间文艺里接受民间的批评与自我批评。文艺不仅是现
实生活的反映，而且是现实生活的评价与批判。民间文艺中，或明显
的、或隐晦的包含着对当时社会，尤其是政治的批评。所以今天我们
研究民间文艺不单着眼在它的文学价值，还要注意其中所包含的群众
的政治意见。今天我们大家都要有自我批评，更要收集群众意见。在
民间文艺中就提供了不少材料。民间文艺是一面镜子，照出政治的面
貌来。这个道理，并不是今天才发现的，古人也早已有此见解。据说
古代统治者派遣采诗官，采集诗歌在朝廷演奏，借以明了民间疾苦。
这种事是否确有，不能确定，但至少有人有过这种想法。在音乐方
面，古人也知道"审乐而知政"，从民间音乐的愉悦或抑愤中考察政
治的清明或暴虐。我们不好单把民间文艺当作一种艺术来欣赏，一种
文学形式来学习，还必须借民间的镜子来照照自己。

（四）民间文艺给历史家提供了最正确的社会史料。过去的读书
人只读一部二十四史，只读一些官家或准官家的史料。但我们知道民

间文艺才是研究历史的最真实、最可贵的第一把手的材料。因此要站在研究社会发展史、研究历史的立场来加以好好利用。

（五）发展民间文艺。我们不仅要收集、保存、研究和学习民间文艺，而且要给以改造和加工，使之发展成新民主主义的新文艺。在中国历史上长久流传的文学艺术，如《离骚》、元曲、小说等，都是利用民间文艺加工的。这对我们是个很好的启示。今天研究民间文艺最终目的是要将民间文艺加工、提高、发展，以创造新民族形式的新民主主义的文艺。[①]

郭沫若在中国民间文艺研究会成立大会上的讲话，以我国文学史上的宗庙文学、宫廷文学与民间文学的关系和发展为基点与参照，把成立中国民间文艺研究会的目的，具体表述为五点，即：保存珍贵民间文艺遗产；学习民间文艺的优点；了解民众的疾苦和政见；民间文艺是珍贵的史料；发展民间文艺、创造民族新文艺。郭沫若所阐发的论点，显然更多地继承和发展了中国古代"观风俗知得失"、"观风俗知厚薄"的民间文学传统理念，是对周扬简短开幕词的补充和深化，成为中国民间文艺研究会成立后相当长一个时段中的指导方针和工作原则。

老舍也在大会上发表了题为《老百姓的创造力是惊人的》的讲话。他说：

假如我们能到外国的博物馆与艺术馆去参观，我们就可以看到中国部门的陈列品都是：玉器、瓷器、铜器、银器、佛像。这些都是工人做的。文人的作品不过是几张书生画与书法而已。工人的作品替中国人挣得荣誉，而文人的书画不过聊备一格。有些外国人收集并研究了中国的窗楞图案、墙纸、年画、剪纸，及地毯的花样等等，著为专著；一经发表，便对他们的工业美术起了很大的影响。创作这些图案与花样的都是无名的、民间的艺术家。他们大概多数的并没有受过教育，可是他们创作的图案是那么大雅，他们的用色施彩是那么调谐活泼，使世界上的人都赞赏钦佩。不信，请细看看我们的瓷器与地毯。我们的老百姓的创造力实在是惊人的。回过头来，看看那些写四六文，与诗词的人，他们到底有多大的贡献呢！

---

① 郭沫若《我们研究民间文艺的目的》，《人民日报》1950年4月9日；中国民间文艺研究会编《民间文艺集刊》（第1册），新华书店1950年，北京；又见钟敬文主编《中国民间文艺学的新时代》，第7—8页。兰州：敦煌文艺出版社1991年。

就文学来说，我在少年的时候，曾经学过旧诗与古文；虽然工夫不深，可是也能照猫画虎的写出一些，并不太难。自从对日抗战以来，我就用心学习民间文艺，可是直到今天还没有写成一篇像样的，足见不大老容易。

在学习写作民间文艺的过程中，我觉得最困难的是我们不了解老百姓的生活。于是也就把握不到他们的感情，不明白他们如何想象。因此，说评书的就有那么些人围着听，而我们的作品不能深入民间。说评书的了解老百姓的感情、心理与想象，我们不懂。我有很多的文艺界友人，可是没见过任何一位，会写出一个足以使识字的与不识字的人听了都发笑的笑话。笑话的创造几乎是被老百姓包办了的。许多热心旧戏曲改革的朋友也因此而气闷，他们因为不了解老百姓，所以就不明白老百姓为何接受这个，而拒绝那个。哼，民间的玩意儿很够我们学习多少年的呢！

自然，民间的东西不会都是好的。有一位法国人有一回对我说："我从来没有听过比打牙牌更软的调子，这调子连一丁点儿抵抗性也没有！"那么，我们若不下工夫去拣选，而随便的用这种靡靡之音去作宣传，岂不是劳而无功么？

我以为收集民间文艺中的戏曲歌谣，应注重录音。街头上卖的小唱本有很多不是真本，而且错字很多。我们应当花些钱去录音，把艺人或老百姓口中的活东西记录下来。歌词是与音乐分不开的；一经录音，我们才能找到言语与音乐密切结合的关系。①

在成立大会上协商产生了由47人组成的理事会；推选郭沫若为理事长，老舍、钟敬文为副理事长。在理事会里，除了一些多年来从事民间文学、艺术的搜集和研究的专家沈雁冰、郑振铎、钟敬文、江绍原、容肇祖、魏建功、常惠、阿英、艾青、吕骥、柯仲平、光未然、吴晓铃、俞平伯、林山、柯蓝、孙伏园、黄芝冈、常任侠等外，还包括了周扬、欧阳予倩、赵树理、程砚秋等许多文艺界的领导人和与民间文学艺术有某种关系的文艺界名人。会议通过了《中国民间文艺研究会章程》和《征集民间文艺资料办法》。

《章程》规定：中国民间文艺研究会的宗旨是："在搜集，整理和研究中国民间的文学、艺术，增进对人民的文学艺术遗产的尊重和了解，并

---

① 老舍《老百姓的创造力是惊人的》，《民间文艺集刊》（第1册），北京。

吸取和发扬它的优秀部分，批判和抛弃它的落后部分，使有助于新民主主义文化的建设。"具体工作规定为四项："甲、广泛的搜集我国现在及过去的一切民间文艺资料，运用科学的观点和方法加以整理和研究。乙、刊行、展览或表演整理、研究的成绩，以帮助推动民间文艺的创作、改进与发展。丙、举行学术性的座谈会及演讲会，进行关于民间文艺的专题报告及讨论。丁、协助或发起有关民间文艺的保存、研究等活动。"

《章程》规定两种人可以参加研究会："（1）对文艺具有修养，并热心民间文艺的整理、研究及改进工作者；（2）对民间文艺有兴趣，并在搜集上有一定成绩者。"《章程》还规定，凡能供给民间文艺资料，可以当"通讯会员"。①

这次成立大会，是为中国民间文艺研究会的第一次代表大会。

4月12日召开的中国民间文艺研究会第一次理事会上，决定由周扬、吕骥、艾青、赵树理、俞平伯、欧阳予倩、程砚秋、常惠、郭沫若、老舍、钟敬文11人组成常务理事会。并暂定了各组组长，还决定编辑出版一套《民间文学丛书》和一套《民间音乐丛书》。

初期的中国民间文艺研究会设立七个组：（1）秘书组，组长贾芝；（2）民间文学组，组长钟敬文、楼适夷；（3）民间美术组（包括绘画、图案、雕塑、建筑等），组长胡蛮；（4）民间音乐组，吕骥、马可；（5）民间戏剧组（包括一切地方戏、扮演故事、皮影戏、傀儡戏等），欧阳予倩；（6）民间舞蹈组，戴爱莲；（7）编辑出版组，组长蒋天佐。

如今看来，中国民间文艺研究会筹备和成立之初，其成员仅仅局限于在北京的极少数民间文艺专家，在常务理事中只有钟敬文、常惠、吕骥和俞平伯，后者于40年代在《华北日报·俗文学》周刊发表文章，与朱自清、吴晓铃、傅芸子交好，可算是"俗文学派"的一员，但也谈不上民间文学的专门家。中国神话研究领域里的奠基者沈雁冰，可能因为当了文化部长的原因，没有进入常务理事会，更没有被选为副理事长。民间文学的俗文学派领军人物郑振铎和"古史辨"派神话学的代表人物顾颉刚，都没有进入常务理事会。还有一些较长时期从事或从事过民间文艺搜集、研究和教学的专家学者都没有吸收进来，如：北京的魏建功、傅振伦，上海的赵景深、丁英（景唐）、胡怀琛、杨荫深、钱小柏，从香港回来的薛汕，云南的徐家瑞，四川的萧崇素、庄学本、于

---

① 《中国民间文艺研究会章程》，《民间文艺集刊》（第1册），第104页，北京。

飞、袁珂，江苏的钱南扬、钱静人、白得易，湖北的刘兆吉，辽宁的孙作云（时任东北大学教授），甘肃的张亚雄、关德栋（建国初期他由新疆到兰州大学执教，后调到了山东大学），等等。是什么原因造成了这个结果，不得而知，也许是由于不了解历史情况而造成的疏忽吧。但这却铸成了这个研究机构和这门学科的先天不足，也为后天失调埋下了种子。这一点，越到后来看得越加清楚。

中国民间文艺研究会的成立及其《章程》，以及筹备主持人周扬、理事长郭沫若、副理事长老舍的讲话，在涉及民间文艺的研究方针问题的提法上是有差异的。郭沫若强调要学习民间文艺的优点，但所谓优点并不"纯粹为了当作艺术品来欣赏，甚至奉为偶像"，即"不单着眼在它的文学价值，还要注意其中所包含的群众的政治意见"，还"给历史家提供了最正确的社会史料"。他毕竟是一个文学家兼学者，他对民间文艺的价值和作用所作的诠释，比较符合民间文艺固有的品质和规律，他也洞悉20世纪以来学术界关于民间文学的研究的进展。但从总体上说，文件和讲话都无可置疑地确立了民间文艺是"人民的文学艺术"的概念和界说；确立了民间文学研究的基本方向——文艺的研究；确立了基本的研究方法——"吸取和发扬它的优秀部分，批判和抛弃它的落后部分"。

中国民间文艺研究会成立初期，由兼职的副理事长钟敬文主持工作。其工作范围，包括民间文学艺术的各个门类，其隶属关系，挂靠在文化部艺术局。由于在研究会办事机构中主持秘书组工作的贾芝和主持出版工作的蒋天佐都转到了人民文学出版社，于是研究会的隶属关系，不久也转到了人民文学出版社。在这段时间里，人手少，归属不定，经费缺乏，工作一时难于开展。后又随贾芝工作关系的变动，转到了北京大学文学研究所（后改为中国科学院文学研究所），具体由副所长何其芳和毛星主管。1954年最终转到了中国文学艺术界联合会，成为该会的一个团体会员。由于各艺术门类的文艺家协会相继成立，而中国民间文艺研究会的工作范围，则缩小为以搜集研究民间文学为主。1957年"反右"斗争前夕，由广东调林山来任中国民间文艺研究会秘书长。在这场运动中，钟敬文被划为"右派"分子，撤销其副理事长职务。由于中国文联所属各协会的任务是组织创作，而只有民研会的职责是搜集与研究，故而常常发生工作对象和工作方式的矛盾和争论。本来应是科学研究的团队，却误入了文艺团体的胡同里。这种充满矛盾的体制一直延续下来，曲曲折折起起伏伏地走过了五十年，是为一个中国民间文学学术史上的"国"字号"群团时代"。

（二）《民间文艺集刊》

在中国民间文艺研究会成立初期，沿用"五四"歌谣研究会和《歌谣》周刊时代的办法，创办一个刊物并通过刊物来"征集"民间文学作品，成为一种可行的选择。一份不定期的民间文艺研究刊物《民间文艺集刊》，就在这样的背景下于1950年11月在北京创刊了。但它的寿命并不长，一共出了三期就停刊了。[①]

这个刊物以发表理论研究文章为主，同时也发表一些征集来的民间文学作品。刊物上发表了许多有价值的研究文章，如钟敬文的《口头文学：一宗重大的民族文化遗产》，安波的《谈内蒙民歌》，游国恩的《论〈孔雀东南飞〉的思想性及其他》，俞平伯的《民间的词》，王亚平的《民间艺术中的梁山伯祝英台》，贾芝的《老苏区的民歌》（以上第1辑）；何其芳的《关于梁山伯祝英台故事》，马可的《马头琴及其他》（以上第2辑）；周扬的《继承民族文学艺术的优良传统》，严辰的《歌谣——劳动人民宣传教育的武器》，钟华的《贵州苗族的民歌》，以及原苏联学者开也夫的《苏联民间文学理论的一般问题》（以上第3辑）等，从不同方面对传统的民间文艺，也包括革命老区的民间文艺，进行学术研究，而不只是评论介绍。同时，也发表了一些来自各地搜集者搜集的民间文艺作品。其中包括在山东解放区以搜集民间故事而著名于文坛的董均伦搜集的民间故事，从陕北来的诗人严辰搜集的陕北民歌，从晋绥解放区来的青年作家马烽等搜集写定的毛主席、朱总司令以及红军的传说和农民起义的传说。就其倾向来看，《民间文艺集刊》在选择作品时，编者强调适应当时的政治需要，因而政治性显得很强。作为中国民间文艺研究会的机关刊物，在第一辑上发布了一些文件：《本会成立概要》《本会理事会及各组负责人名单》《本会征集资料办法》《本会本年度预定出版丛书目录》《本会收到资料目录》。不仅在刊物上发布征集民间文艺资料的启事，并在刊物上陆续公布收到的资料目录，与搜集者进行交流。这在新中国成立初期对民间文艺工作的发展是起了一定的推动作用的。截止到1951年7月，共收到寄赠的民间文艺资料858条。《民间文艺集刊》第3辑出版后，由于隶属关系不顺，也由于对民间文学事业的轻视，不得不宣布停刊。中国民间文艺研究会的工作从此也陷于停顿状态之中。直到1954年4月，中国民间文艺研究会

---

① 《民间文艺集刊》，中国民间文艺研究会编，共出版了三辑。第1辑出版于1950年9月，第2辑出版于1951年5月15日，第3辑出版于1951年9月1日。

以团体会员的身份加入中国文学艺术界联合会，才得以恢复工作。

《集刊》所发表的理论文字，从总体上看，显示了编者的意图：希望办成一个以繁荣民间文艺理论研究为主的学术性集刊。在约稿、编稿方面，既容纳了来自解放区的和国统区的两支作者队伍以及不同学术倾向的文章，又表达了编者的思想倾向，即：（1）民间文艺是劳动人民的创作；（2）把作家文学的批评标准——以形象的塑造、内容的是否深刻作为判断作品的标准，亦即把作品的社会政治历史作用放在首位——移用于民间文学，把民间作品等同于一般作家文学。

钟敬文的《口头文学：一宗重大的民族文化遗产》是一篇有时世针对性、有相当深度的文章，在原苏联口头文学理论的影响下，第一次提出了"人民口头文学"、"人民口头创作"的概念（术语），以此代替了一向通用的"民间文学"或"口头文学"的概念（术语），并将其作者定位为"人民"或"劳动人民"，从而赞美民间文学在思想上、艺术上的优越之处。也因为作者的立意旨在赞美，便缺乏对民间文学及其价值的全面的科学的评估。"人民"或"劳动人民"在20世纪50年代是一个特定的概念，甚至是一个政治性的概念。与20年代胡愈之在《论民间文学》一文中所说的"创作的人乃是民族全体"、徐蔚南在《民间文学》一书中所说的民间文学"乃为民族的全体所合作的"相比，钟敬文的"人民"或"劳动人民"显然过于狭窄化、过于意识形态化了。由他首倡的这种学术理念，几乎流行了整个20世纪五六十年代。

在这样的一种把政治与文化混淆起来的学术氛围中，凡是劳动人民创作之外的民间创作，都被屏弃在民间文学这个概念范围之外。俞平伯的《民间的词》一文，是从所谓"俗文学"观点立场，探讨词之如何从民间词走向文人词的，同时也论及了民间词的特点。我们很容易从俞文的字里行间看出作者的立场和愿望：

> 老实说，这些词不一定太雕琢、艰深、晦涩，譬如上边所引李易安词句实在很漂亮的，不过老百姓们不唱，亦无可如何。花间词以来词的"雅化""诗化""文人化"的运动在文学史上或者有相当的成功，但在词的演唱方面，简直可算大大的失败。拿事实对照起来是个大大的嘲讽。自然，词人的名著也有传唱的，不过只限于少数罢了。所以我们大学里讲授的词史只是文人词的历史，而不是真的、活的词史。
>
> 那些民间词的价值更不容易评定，况且材料又这样子的缺少。历来做词话词论的人，照例以"俚鄙"两字抹杀了他们，那不公平是不

消说的。即如上引所谓遭俗子窜改的冯正中词，重复虽然是病，末句却写出妓女们的心理，比冯相公的官派三愿实在更要有意思些。①

如果承认20年代顾颉刚、40年代朱自清所说的研究对象在科学研究上是平等的这一理念是对的，那么讨论民间词和文人词的关系和发展趋向，原本应是民间文艺学的题中应有之义，且俞文对民间词的议论也并没有什么可挑剔的。但编者却在俞文的后面加了一个意味深长的《编者附记》："词的起源如何，其与劳动人民文学的血肉联系如何等，今天还都是值得探讨的问题。（我们现在所读到的词，大都是统治阶级的'正统文艺'，或者商业都市的'游乐文艺'——露骨点说，就是供上层阶级消遣的'倡优文艺'。）对于这些问题，我们希望能够由于俞先生这篇文章而引起进一步的研究。"可以见出，编者是把被称"俗文学"的那些民间作品，看作是要么属于统治阶级"正统文艺"，要么属于市民阶层的"游乐文艺"，总之是有闲阶级的"倡优文艺"，而不是编者概念中的民间文艺——"劳动人民的文艺"，故而他按捺不住发出了"引起进一步的研究"的呼吁。

（三）《民间文学》月刊

1955年4月《民间文学》月刊创刊。与《民间文艺集刊》不同，这是一份以发表来自全国各地的搜集者的民间文学作品自然来稿为主、兼发民间文学理论和评论文章的专业刊物。经过了三年困难时期后，在国民经济调整中，从1962年起改为双月刊，直到1966年6月"文化大革命"爆发，第3期（即总第108期）出版后，便在"文化大革命"的风暴中不宣而停了。②该刊自创刊至1957年"反右"运动前，编辑委员会由钟敬文、贾芝、陶钝（以上为常务编委）、阿英、王亚平、毛星、汪曾祺7人组成。③1957年反

---

① 俞平伯《民间的词》，《民间文艺集刊》（第1册），第39—42页，北京。

② 贾芝在《中国新文艺大系·民间文学集》（1949—1966）的序言中说《民间文学》在"文革"爆发前出版了107期，是因为他当时被关在"黑帮"反省室里，不知道第3期出版后的情况。当时我是《民间文学》编辑部的负责人，刊物出版后，机关红卫兵造反队看到封面上所选用的一幅农村妇女手捧《毛泽东选集》的剪纸，其书的四周是"黑框"，就把当时也被打入反省室内的我揪出来，在那种形势下，我只好宣布把已出版的第3期送造纸厂化浆。但我还是偷偷留了一本，作为纪念。我相信，这期刊物有少数会流落在社会上，不过不被注意罢了。

③ 此名单从《民间文学》1955年5月号起连续刊登了3期。

右斗争中，钟敬文和汪曾祺被错划为右派，改由中国文联党组副书记、副秘书长、著名文学研究家阿英任主编。刊物编辑部的实际主持者，由于民研会领导干部的变动，前后也有过一些变动：从创刊到1957年春天，由贾芝负责；从1957年到1962年底由林山负责；林山在反右倾运动中被错误地打成右倾机会主义分子，刊物从1963年起先后由刘超和由贾芝负责，直到1966年6月停刊。

1963年和1964年毛泽东前后对文艺工作发出两个"批示"，批评文艺界被封建主义和资本主义思想统治着，文联各协会滚到了"裴多斐俱乐部"的边缘，中宣部责令并派人帮助文联及各协会进行文艺整风。在此阶级斗争"年年讲、天天讲"的时期，虽然《民间文学》已尽其可能地适应为政治服务的方针，但主持者总感到以发表传统民间文学作品为主的办刊方针与为无产阶级政治服务的文艺方针之间的矛盾难以克服，于是决定在加强为农村读者服务的名义下，增办一份一个印张的小附刊《民间文学增刊》。第1辑于1965年10月出版，第2辑于1966年2月4日出版。"五一六通知"发表后，捣毁一切文化的"文化大革命"就爆发了，中国文联和各协会被"砸烂"，刊物也统统停刊。

《民间文学》创刊号（1954年4月23日）的《发刊词》系钟敬文所撰，现在看来，虽然有一些趋时的段落和语言（如对胡风的批判等），已属过时或错误，但从民间文学的一般原理上看，应该说是一篇比较全面阐述民间文学的含义和工作宗旨的宣言。《发刊词》写道：

> ……不管过去流传的，还是现在新生的，优秀的人民口头创作都有它的重要的意义和作用。首先我们说它的教育作用。人民创作，是人民思想、感情和艺术才能的表现。过去的广大人民都处在奴隶的地位，但是他们对于压迫者或侵略者并不低头。他们对于自己的生活和前途抱着坚强的信心和期望。他们热爱劳动与和平。他们热爱自己的乡国。在过去各族人所创造的语言艺术中，他们强烈地歌咏着这种进步的思想和感情，描写出体现这种思想、感情的英雄人物。这是人类精神上的珍宝。它决不会因为时间和社会的变迁而消失光彩。
>
> 人民不仅有美好的精神和性格，他们同时还是艺术上的能手。过去广大人民尽管被剥夺了享受文学、艺术的机会，可是，他们不但有自己的丰富的创作源泉（社会生活），他们还有自己的艺术传统和艺术经历。除了少数的民间艺人，一般的民间作者都是非职业的，但是他们却往往创造出非常美丽动人的作品。这种作品是封建地主阶级或

资产阶级的许多文人墨客的诗文所不能比拟的。……过去优秀的人民创作是人民教养上永远需要的一股活泉源。它不枯竭，也不变质。

……人民口头创作，不但具有教育作用，同时也具有认识作用，两者本来就不是完全不相关的。过去人民所创造和传承的许多口头创作，是我们今天了解以往的社会历史，特别是人民自己的历史的最真实、最丰饶的文件。……在这种作品中，记录了民族的历史性的重大事件，记录了广大人民的日常生活和斗争，记录了统治阶级的专横残酷和生活上的荒淫无耻，……作为古代社会的信史，特别是人民生活和思想的信史，人民自己创作和保留的无数文学作品，正是最珍贵的文献。

……我们今天要比较确切地知道我国远古时代的制度、文化和人民生活，就不能不重视被保存在古代记录上或残留在口头上的神话、传说和谣谚。现在流行在我国西南许多兄弟民族间的兄妹结婚神话，不但对于那些民族荒古是婚姻生活史投射了一道光明，同时对于全人类原始社会史的阐明，也供给了一种珍贵的史料。[①]

关于民间文学与文学的关系的段落，我们就不引了。可以看出，这篇《发刊词》的立场基本上是文艺学的，虽然也谈到了民间文学的历史认识作用，是与《中国民间文艺研究会章程》的宗旨基本一致的。如果将其与郭沫若在中国民间文艺研究会成立大会上的讲话加以比较，就可看出，郭沫若的讲话，在唯一价值之外，还强调了民间文学的社会价值、特别是"审乐而知政"、从民间文学听取老百姓的政治意见的功能，算是多学科的作用和多学科的研究，但其最重要的意义，在开启了民间文学的"文艺研究"范式。而在这篇《发刊词》里，多功能性和多学科性被阉割了，更多地强调了民间文学的文学价值和文艺学的研究。即使这篇比较充分地阐明了民间文学的文学性而有意无意地忽略了民间文学的多学科性和多学科研究的文件，在后来的办刊过程中也没有严格遵守，而是越来越偏离了。

新中国成立后"十七年"的中国文坛，曾经有过两个较为宽松的年份，一个是提出"百花齐放、百家争鸣"的1956年，一个是提出"调整、巩固、充实、提高"政策的1962年。这种历史过程也可以在《民间文学》杂志的版面上得到证实。1962年恰逢北京大学《歌谣》周刊创刊40周年，中国民间文

① 钟敬文《〈民间文学〉发刊词》，《民间文学》创刊号，1954年4月23日，北京。

艺研会举办了一系列学术报告会，邀请"五四"时代的老学者到会作报告，并由《民间文学》组织了回顾文章。先后发表的文章是：魏建功《〈歌谣〉四十年》（上、下篇，第1、2期）、顾颉刚《我和〈歌谣〉》（第6期）、常惠《回忆〈歌谣〉周刊》（第6期）、容肇祖《忆〈歌谣〉和〈民俗〉》（第6期）、周启明《一点回忆》（第6期）、杨成志《我国民俗学运动概况》（第5期）。这一年又是毛泽东《在延安文艺座谈会上的讲话》发表20周年，研究会也举办了纪念活动，《民间文学》上发表了贾芝和姜彬写的两篇长文，虽然角度不同，但共同的一点是，历数了并高度评价了《讲话》对民间文艺工作的意义和解放区的民间文学工作成就，但也把五四新文化运动中所诞生的歌谣运动置于解放区和新中国成立后民间文学工作的前驱地位，应该说，这在学术史上是一个很大的进步。这一年的这些机遇和措施，接续"五四"以来的民间文学研究，而且对长期冷落了的民俗学也敞开了一条门缝，显然促进了一种正常的学术研究气氛的养成。

虽然自1955年批胡风起不断受到或"左"或右的、主要是"左"的错误思潮的影响，走过许多弯路，但《民间文学》杂志在其出刊的11年间，还是发表了各地搜集者从群众口头上新搜集来的大量作品，包括歌谣、神话、故事、谚语和叙事长诗，为中国民间文学这一新兴学科的发展积累了可贵的资料，培养了许多人才。民研会依靠自然来稿收集到大量原始资料，并安排专人分类保管，经过多年，初步形成了一个数量可观的民间文学资料库。可惜的是在"文革"中，民研会机关被"砸烂"，干部下放干校劳动，前后达十年之久，这些资料被留守者送进了造纸厂，毁于一旦。

据日本中国民话の会编《〈民间文学〉分类目录》①的统计，《民间文学》第1—107期（1954—1966）发表的理论文字如下：

（1）民间文学理论　　　　14篇
（2）研究史（学术史）　　15篇
（3）故事（包括评论）　　29篇
（4）神话　　　　　　　　6篇
（5）历代革命传说　　　　27篇
（6）少数民族故事　　　　18篇
（7）歌谣　　　　　　　　95篇

这个数字，既包括理论研究文章，也包括评论、随笔和报道等。真

---

① 日本中国民话の会编《〈民间文学〉分类目录》，东京：日本中国民话の会发行，1981年9月。

正有分量的论文，实在是少之又少。比较有时代特色的，大约有两类文章：一是对一些少数民族的民间文学的概述式的介绍评价文章；二是关于义和团与捻军等农民起义的传说的研究。前者，如戈宝权、贾芝、张鉴三等关于流传于维吾尔族等民族中的阿凡提的故事的介绍与研究（1956年第1、7期，1963年第1期），祁连休论述阿古登巴的故事的文章（1965年第6期）、王浩等《"花儿"源流初探》（1962年第6期）、周忠枢《傈僳族的民间诗歌》（1962年第6期）、徐嘉瑞《关于相会调》（1961年第11期）、唐春芳《贵州苗族的民歌》（1955年第8期）、马学良《关于苗族古歌》（1956年第8期）、王尧的《藏歌——"谐"——浅论》（1957年第3期）与《略谈西藏民歌中的谐系民歌》（1962年第2期）、杨成志《瑶族的社会历史体现》（1962年第1期）等。这类文章，在1949年共和国成立之前，即使在抗战时期的大西南地区，也并不是很发达，都能看得到的。许多过去不为人知的少数民族的民间文学，如傈僳族的长诗《逃婚调》《重逢调》；傣族的《阿郎（銮）故事》；壮族的长诗《百鸟衣》、勒脚歌《华特之歌》等等，在《民间文学》上介绍出来，并进行了一定的综合与研究，给民间文学的研究开辟了耳目一新的思路，也标志着少数民族民间文学的调查研究已经进入了一个前所未有的新的时代。

（四）民间文学丛书

编辑出版《民间文学丛书》是中国民间文艺研究会成立后的又一战线。最早出版的有安波、许直编《东蒙民歌选》（新文艺出版社1950）和《中国出了个毛泽东》（人民文学出版社1951）。陆续编入《民间文学丛书》中的有：光未然搜集的《阿细人的歌》（人民文学出版社1953），韩燕如搜集的《爬山歌选》（一、二，人民文学出版社1953）、三集（1958），纪叶编《青海民歌选》（人民文学出版社1955），陈清漳整理翻译的蒙古族叙事长诗《嘎达梅林》（上海文艺出版社1956），何其芳、张松如选辑《陕北民歌选》（新文艺出版社1957），严辰编《信天游选》（新文艺出版社1957），高泽编《茅山歌》（作家出版社1957），李刚夫整理《康藏人民的声音》（藏族民歌集，作家出版社1958），萧甘牛、覃桂清整理《哈迈》（大苗山苗族民歌集，作家出版社1958）等。单行本还有冬池采辑的《大别山老根据地歌谣选》（作家出版社1957）、广西宜山农民报编的《柳州宜山山歌选》（通俗文艺出版社1958）以及边垣在新疆监狱中从一难友满金口中记录下来的蒙古族史诗《江格尔》中的片断《洪古尔》单行本等。而拟议中的"民间音乐丛书"实际上以"中央音乐学院民族音乐研究所丛刊"的名义陆续问世，有：中国民间文艺研究会编、中央音乐学院民族音乐研究所整理的《陕甘宁老根据地民歌选》（音乐出版社1957），安波编《秦腔音乐》，常苏民编《陕西梆子音乐》，中央音乐学院研究部编《河北民间歌曲选》等八种。①

　　"大跃进"运动改变了原先的路子。1958年3月，毛泽东在成都会议上提出，要各地领导干部搜集民歌。周扬根据毛泽东的这一思想在中共八大二次会议上作了《新民歌开拓了新诗的道路》的发言，发表在《红旗》杂志创刊号上。《人民日报》于4月14日发表《大规模地收集全国民歌》的社论。从此，在全国各地展开了一次新民歌运动。各地编印的新民歌集不计其数。中国民间文艺研究会编印了好几本大跃进民歌选：如《农业大跃进歌谣选》《工矿大跃进歌谣选》《少数民族大跃进歌谣选》等等。郭沫若看了民研会编印的新民歌选后非常高兴，他在《答〈民间文学〉编辑部问》时说："你们编的那两个资料本，我看了一下，里面有很好的东西。僮族的那首'山南、山北'就很好。"又说："好的东西，它自然就会流传开的，你不要替它担心。但从今天来说，假如有好的东西还没有流传开，那我们就有使它流传开的责任，而且要用各种各样的方法来使它流传开。……要使民歌民谣向全国流传，向后代流传。"②这些在发展为"人人写诗、人人画画、人人唱歌"的"浮夸风"下编辑的民歌集，如今都已在历史的烟尘中成为文化垃圾了，只有由郭沫若和周扬编选、由民研会工作人员协助编辑的《红旗歌谣》（《红旗》杂志出版，1958）还保留下来当年新民歌运动的一点历史风貌。郭沫若很重视《红旗歌谣》的编选，他对协助他和周扬作编选工作的编辑人员说：入选的歌谣要"着想超拔、形象鲜明、语言生动、音调和谐"。③但不可否认的是，新民歌运动也确实给中国民间文艺研究会及中国民间文学事业带来了历史机遇，使这个一向被轻视的协会和专业一时间热闹起来。因为毛泽东说民歌和古典诗词是发展新诗的基础，要求全党全民动手搜集民歌（包括旧民歌）。在搜集新民歌的同时，旧民

　　① 据贾芝《中国新文艺大系·民间文学集·导言》，北京：中国文联出版公司1991年。
　　② 郭沫若《关于大规模收集民歌问题——答〈民间文学〉编辑部问》，见中国民间文艺研究会编《大规模地收集全国民歌》，第8—17页，北京：作家出版社1958年。
　　③ 吉星《1958年编书的回忆》，见钟敬文主编《中国民间文艺学四十年》，第342—348页，敦煌文艺出版社1991年。

歌的搜集也开展起来，一向被埋没的长篇叙事诗和英雄史诗也受到了文化部门的重视。这一年的7月9—17日在京召开了中国民间文学工作者大会，修改了1950年制定的中国民间文艺研究会会章，改选了领导班子（理事会由50名改为92名），因而实际上是中国民间文艺研究会的第二次代表大会。周扬在大会上作报告提出了"全面蒐集"的方针："凡是今天在活人中流传的民间文艺，包括各种形式，全部把它搜集起来，不要把它看成封建的东西，好像'古'呀、'落后'呀，就歧视它。"会议制定了"全面搜集、重点整理、大力推广、加强研究"的十六字方针。在周扬的直接主持下，以中宣部的名义，于7月17日召集参加民间文学大会的各自治区和少数民族代表开了少数民族文学史座谈会。8月15日中宣部将《关于少数民族文学史编写工作座谈纪要》转发各地，并要求各地"与编写少数民族文学史或文学概况的工作相结合，各地还要有计划地搜集整理和翻译各民族的文学作品，编印选集，并汇编出版各种有关资料。"组织有条件的少数民族和地区编写少数民族文学史，这也是民间文学界的历史性的大事，这项工程一直延续到90年代。

为向新中国成立十周年献礼，中国民间文艺研究会成立了献礼办公室，调集人马，并对原有的"丛书"作了调整。由中国民间文艺研究会主持，由共青团中央委托中国少年儿童出版社编选《中国儿歌选》资料本（中国少年儿童出版社，1959）；《中国歌谣选》五卷资料本，古代卷聘请魏建功、杨晦主持终审（作家出版社，1959）；由兰州艺术学院文学系55级民间文学小组编《中国谚语资料》（三卷本，上海文艺出版社，1961）。并开始编辑出版《中国各地民间故事集》《中国各地歌谣集》和《中国民间叙事诗丛书》三套丛书以及当时认为水平较高的《中国民间文学丛书》，统由人民文学出版社出版。编入《中国各地民间故事集》的有：《吉林民间故事》（1960），《湖南民间故事》（1960），《安徽民间故事》（1960），《义和团民间故事》（1960）等。《中国各地歌谣集》出版的较多，除山东省和宁夏回族自治区两省区没有出版外，其他各省市均已出版。编入《中国民间叙事诗丛书》中的有：云南省人民文工团圭山工作组搜集整理、中国作家协会昆明分会重新整理本彝族撒尼人叙事诗《阿诗玛》（1960）[①]，云南省民族民间文学红河调查队搜集整理的阿细人叙事诗《阿细的先基》（1960），云南省民族民间文学楚雄调查队搜集整理的彝族叙事诗《梅葛》（1960），

---

① 《阿诗玛》的整理者是：黄铁、杨智勇、刘绮、公刘。

云南省民族民间文学德宏调查队搜集整理的傣族叙事诗《娥并与桑洛》《召树屯》和《葫芦信》（1960）等。编入《中国民间文学丛书》的有：中国作家协会昆明分会编《云南省各族民间故事选》（1962），贵州省民间文学工作组编《苗族民间故事选》（1962），董均伦、江源记录整理的《找姑鸟》（汉族民间故事集，1963），陈石峻整理《泽玛姬》（藏族民间故事集，1963）等。

　　新中国成立后的十七年时期，特别是1958年之后，中国民间文艺研究会及其研究部，以及地方分会，开始有意识地强调按照"忠实记录，慎重整理"的原则进行有组织的科学的采集。同年，中国民间文艺研究会研究部派路工和刘锡诚到福州和厦门海防前线搜集战士歌谣，出版了一本《海防前线战士歌谣选》（上海文艺出版社，1958），并发表了调查报告。①1959年5月中国民间文艺研究会研究部组织到江苏省常熟县白茆公社进行的民歌调查，参加调查者有路工、张紫晨，江苏的周正良、钟兆锦、陆瑞英，这次调查采录的成果，出版了《白茆公社新民歌调查》一书。②1962年夏，中国民间文艺研究会派李星华、董森、刘锡诚到河北省乐亭县沿渤海地区调查搜集渔民的民间故事；同年冬，又派员到湖南江华瑶族自治县进行的民间文学调查，参加调查者有陶建基、潜明兹等，调查报告和搜集的作品发表在《民间文学》杂志上。③1965年8—10月，派员到西藏的山南藏族聚居地区和错那县门巴族聚居地区进行民间文学调查，参加调查者有董森、刘锡诚、才旺冬久、洛布，搜集的部分作品发表在《民间文学》杂志上。④特别值得记下一笔的是1964—1966年由中国民间文艺研究会派员参加的柯尔克孜族英雄史诗《玛纳斯》的采录，这是一次中国民间文学发展史上重要的科学搜集采录工作。这部史诗的正式记录工作开始于1960年，中央民族学院的师生在新疆乌恰县根据"玛纳斯奇"铁木尔的演唱记录了《玛纳斯》第二部《赛麦台依》，并发表于《天山》（汉文）和《塔里木》（维文）上。1961年中国民间文艺研究会、新疆文联、新疆文学研究所、克孜勒苏柯尔克孜自治州州委和中央民族学院，抽调人员组成史诗《玛纳斯》工作组，记录了25万行（其中朱素甫·玛玛依演唱11.7万

---

　　①　路工《最前线的诗歌阵地》，《民间文学》1959年第1期。

　　②　路工等《白茆公社新民歌调查》，上海文艺出版社1960年。另，路工《新民歌的光辉成就》（白茆新民歌调查报告），《民间文学》1959年第11期。

　　③　陶建基《湘西采风杂记》，《民间文学》1964年第2期。

　　④　《西藏藏族民歌》《西藏门巴族民歌》，《民间文学》1965年第6期。

行，曾印为《玛纳斯》上、下两册）。[1]1964年，中国民间文艺研究会、中国作家协会新疆分会、中共克孜勒苏柯尔克孜自治州州委宣传部组成《玛纳斯》工作组，并邀请中央民族学院语文系参加，深入柯族地区进行补充调查。参加这次调查的人员有：中国民间文艺研究会的陶阳（组长）、郎樱，新疆作协的刘发俊（副组长）、赵秀珍；柯尔克孜自治州的玉山阿里、帕孜力、阿不都卡德尔、尚锡静；中央民族学院语文系的沙坎·玉买尔和赵潜德。进入翻译阶段后，人员还有增加。这次补充调查，又搜集了294200行。通过补记和新记，基本上把著名"玛纳斯奇"居素甫·玛玛依演唱的《玛纳斯》六部全部记录下来，并译成汉文。保存在中国民间文艺研究会资料室中的全部手稿，"文革"中在转运外地过程中，不幸遗失。"文革"后，曾在中国文联资料室中堆积的资料中找回大部分。[2]

第二节　调查采录

（一）中国社会科学院和国家民委系统的搜集采录

1953年6月中国科学院就出版了由语言学家袁家骅1945年在云南省路南一带记录搜集的阿细人（彝族支系）的叙事诗《阿细民歌及其语言》。[3]该书收录的阿细人民间诗歌《悲歌》等作品，搜集于1945年，其特点是作者在路南地区进行语言调查的成果，具有严格的科学性。作者在调查时，找到了光未然1943年3月到1944年9月在路南采录《阿细人的歌》时的发音人毕荣亮，请他再次演唱，并将他演唱的诗行用国际音标记音，并用直译的方式译成汉文，彝汉对照。这应是新中国成立后出版的第一部以科学的方法调查的民间文学作品记录，在中国民间文学史上具有重要意义。

1954年夏，中国科学院文学研究所研究人员孙剑冰先后到内蒙古锡林郭勒盟民族地区和内蒙古西部河套地区搜集民间故事和民歌。他与爬山歌的搜集者韩燕如一起，在内蒙古乌拉特前旗农业区的六个村子里采集故

---

① 胡振华《柯尔克孜族英雄史诗〈玛纳斯〉的搜集、翻译、整理工作应当尽快上马》，《民间文学工作通讯》1979年第4期。中国民间文艺研究会筹备恢复小组、中国社会科学院文研所民间文学组编。

② 陶阳《英雄史诗〈玛纳斯〉工作回忆录》，钟敬文主编《中国民间文艺学的新时代》，第261—270页，兰州：敦煌文艺出版社1991年。

③ 袁家骅记录翻译《悲歌》，见《阿细民歌及其语言》，北京：中国科学院出版，1953年。

事。他在这里发现了付家圪堵村的女故事家秦地女老婆婆，并从她的讲述中记录了《张打鹌鹑李钓鱼》《蛇郎》等故事。后来出版了《内蒙古民间故事》《中滩民间故事》《天牛郎配夫妻》等故事集。他还写过一篇《略述六个村的搜集工作》[①]叙述他采录和整理民间故事的经过、原则和方法。孙剑冰搜集的故事，尊重讲述者的讲述风格，其语言和叙述朴实，再现了民间故事（特别是《蛇郎》）独有的结构模式。他在内蒙古南部的农耕地区发现的女故事家秦地女，并提出了故事讲述者的个人讲述风格问题，在我国民间故事搜集史上尚属首次。

1956年9月，中国科学院文学研究所组织了民间文学采录调查组，到云南白族聚居的大理州和纳西族聚居的丽江地区进行民间文学采录调查。领队毛星。调查组兵分两路，一路去大理调查白族，一路去丽江调查纳西族。参加白族调查组的有：毛星、李星华、陶阳（后二人为中国民间文艺研究会），以及云南大学的杨秉礼（白族）、洱源县的杨亮才（白族）。白族调查组在大理、邓川、洱源、剑川等地，调查采录民间故事和民歌。其成果是李星华记录整理的《白族民间故事传说集》（人民文学出版社，1959）和杨亮才、陶阳记录整理的《白族民歌集》（人民文学出版社，1959）两本书。参加纳西族调查组的有：孙剑冰、刘超（中国民间文艺研究会）以及丽江的牛相奎（纳西族）。其成果是刘超记录整理的《纳西族的歌》（人民文学出版社，1959）。这三本书都由中国科学院文学研究所民间文学组主编。

贾芝与孙剑冰编选的《中国民间故事选》（第一集），由作家出版社于大跃进的1958年出版。1959年又以简编本的形式出版。第二集出版于1961年。

1962年6月，文学研究所仁钦道尔吉和祁连休到内蒙古自治区东部呼伦贝尔盟的陈巴尔虎旗和新巴尔虎左旗进行民间文学调查，搜集到9部蒙古族短篇史诗的近20种异文和一些民间故事。文学研究所各民族民间文学组于1978年1月将他们搜集的民间文学作品编印成《民间文学资料·蒙古族英雄史诗专辑》（第1辑），其中收录了《英雄希林嘎拉珠》《英武的阿布拉尔图汗》《阿拉坦嘎鲁》三部史诗。《阿拉坦嘎鲁》又发表在《民间文学》

[①] 孙剑冰《略述六个村的搜集工作》，最早发表在《民间文学》1955年4月号上；1981年3月18日他对此文作了修改，附录于上海文艺出版社1983年出版的《天牛郎配夫妻》一书中；1990年中国民间文艺研究会成立40周年编辑《中国民间文艺学的新时代》时，他应编者之约再次作了修改和增补，收入该书中，这应是最完备的一稿。

1979年第6期上。据搜集者《附记》说：1962年夏天，他们到巴尔虎草原进行民间文学调查，总共记录了这部长诗的五种异文，它们分别由陈巴尔虎旗乌珠尔公社社员乌尔根必利格、巴尔嘎布、达木钉苏伦、宝尼和新巴尔虎左旗达赉公社女社员罕达讲述的。他们搜集的民间故事，发表在《民间文学》1962年第6期上。1963年春夏，文学研究所民间文学室祁连休、卓如还到闽西、赣南和井冈山等革命老区进行采风。

早在解放初期，国务院民族事务委员会和各有关少数民族地区，就曾组织民族研究方面的学者和民族工作者，对当地少数民族的社会历史情况进行过调查。1956年，全国人大民族委员会和国务院民族事务委员会，进一步组织了若干调查组，对各少数民族的社会和历史进行了大规模的调查研究。1958年，在国务院民族事务委员会和中国科学院哲学社会科学部的领导下，中国科学院民族研究所、中央民族学院和各少数民族地区的有关单位，在编写《少数民族简史》《少数民族简志》《民族自治地方概况》三套丛书的过程中，又作了一次必要的调查。[①]在已出版的这些民族社会历史调查中，几乎每个民族都搜集了若干神话故事和歌谣，而且这些文艺作品是作为历史资料搜集记录的，所以比较忠实可靠，科学性较强。另据资料，这次为期八个月的少数民族社会历史调查，有三十多个民族的文艺工作者参加了调查工作。后来由民族文化指导委员会编印了一本《1958年少数民族文艺调查资料汇编》，其中包括29篇调查报告，把有关民间文艺的部分收罗其中。[②]

西藏民间故事，在中华人民共和国成立前，曾出版过若干单行本，但都是从外文翻译过来的，如英国人薛尔登辑述、胡仲持翻译的《西藏故事集》（开明书店，1930）、远生编译《西藏民间故事》（上海世界书局，1932）、程万孚译《西藏的故事》（亚东书局，1939）、A.L.Sheltan著甘棠译述的《西藏民间故事》（商务印书馆，1934）等。1958年，经中央宣传部批准，由中国科学院文学研究所主持的少数民族文学史编写计划启动后，国家民委委托中央民族学院编写《藏族文学史》。中央民族学院藏语系为编写文学史，成立了藏族民间故事编译小组，并于1959年4月编译印行了《藏族民间故事》（第一集）。这是共和国成立以来我国学者第一次编

---

① 据国家民委民族问题五种丛书编辑委员会《社会历史调查资料丛刊·出版说明》。

② 据贾芝《中国新文艺大系·民间文学集·导言》（1949—1966），第16页，北京：中国文联出版公司1991年。

辑翻译并印行的藏族民间故事集。书中收入民间故事66篇，大部分是发动中央民族学院藏族师生口述或直接书写出来，由编译小组翻译的；少数几篇是青海省少数民族社会历史调查组采集的，或从《西藏日报》《草地》《红岩》杂志上选录的。在此基础上，编写组组织民间文学工作者于1960年5—9月赴西藏、四川、云南、甘肃南部的藏族居住区进行藏族民间文学调查和采录。参加这次调查的有中央民族学院藏语系的王尧、佟锦华、耿予方、陈践践，文学研究所的孙剑冰、祁连休、卓如，中国民间文艺研究会的安民，北京大学中文系的段宝林。他们在四省区藏族中搜集的民间故事，曾有少量发表在《民间文学》杂志上，1961年编印了一个《藏族民间故事选》送审本，但未能出版。"文化大革命"后由《藏族文学史》编写组选编入《藏族民间故事选》（上海文艺出版社，1984）一书中。此次调查采录的藏族民歌，部分收录于中央民族学院语文系藏族文学小组编的《藏族民歌选》（民族出版社，1981）中。

（二）沿海地区诸省市的搜集采录

沿海诸省市在新中国成立后十七年间开展民间文学调查采录较好、学科意识较强的当推安徽和河北两省。安徽省，主要是阜阳地区，围绕着捻军传说的搜集和研究，出现并形成了一个搜集者群体，其核心人物有缪文渭、牛家琨、母连甫、白岩等，他们不仅搜集了大量关于捻军的传说（在《民间文学》杂志上发表，也出版了《安徽捻军传说故事》专集多册），而且比较具有学术意识，注意记录的忠实性。因此，成为中国民间文艺研究会当时抓科学搜集的一个重点。为增强搜集整理的学科意识，尊重讲述者的讲述和风格，在搜集中做到忠实记录，减少搜集者的主观任意创编成分，从50年代末到60年代成为搜集工作中关注的焦点。《民间文学》杂志曾经就搜集整理问题开展讨论。1961年3月6—10日，中国民间文艺研究会派出丛书编辑部主任陶建基带领《民间文学》编辑部的吴超和研究部的刘锡诚到阜阳，召开"捻军传说座谈会"，研讨捻军传说记录整理中遇到的学术问题和实际问题。《安徽省阜阳专区捻军传说座谈会记录》及有关典型案例资料等[1]发表后，在全国民间文学搜集工作者中产生过一定影响。河南省商丘地区搜集捻军传说的工作，很快也跟了上来，并取得了成绩和重

---

[1]　《安徽省阜阳地区捻军传说座谈会记录》及典型案例附件，见中国民间文艺研究会研究部编《民间文学参考资料》第5辑，1963年4月。

要经验，到1963年统计，共搜集到故事241篇，歌谣394首。①

以搜集整理河北省安次县、武清县一带流传的义和团传说而驰名的张士杰，出版了《托塔李天王》《金沙滩》《张绍桓包打西什库》《红缨大刀》《洪大海》等传说集，异军突起，成为60年代全国知名的民间文学搜集家。围绕着他的搜集方法和成就而展开的讨论，在一定程度上推动和带动了河北省的以及全国的民间故事搜集工作。河北还出现了李盘文、刘艺亭等人。义和团故事的搜集，其影响不限于民间文学界，也引起了历史学界的注意。顾颉刚、吴晗等历史学家也撰文评论。

在义和团传说和捻军传说的带动下，太平军传说（江苏、广西）、方腊传说（杭州）、张角传说（河北）、张献忠传说（四川）、大刀会传说（上海），以及镇江对抗英传说、陕西对大巴山红军传说、吉林对东北抗日联军传说、广东对彭湃传说、浙江余姚对四明山革命传说故事的搜集，也在各地开展起来，并成为60年代中国民间文学百花园的一时之盛。安徽捻军传说的搜集经验，河北义和团传说的搜集工作，再次引发了1962年在《民间文学》杂志上就民间文学搜集整理问题展开讨论，中国民间文艺研究会编辑出版过一本《民间文学搜集整理问题》（第一集）②。

苏南文学艺术界联合会于1952年8月发出通知，号召全区文艺工作者搜集和整理民间音乐，到第二年春天，共收到民间歌谣和戏曲2275首。参加采风领导组织工作的钱静人著有《江苏南部歌谣简论》（江苏人民出版社1953）对这次大规模的采风活动有所记录并挑选出800多首编成《苏南民间歌曲集》。③钱著应是新中国成立后我国民间文学界第一部田野采风调查报告。解放战争期间就在苏北一带从事民间文学搜集工作的白得易，出版了一本《苏北民谣》，收入他在战争期间在当地搜集的民间歌谣，堪可为那个时代的真实历史记录。④新中国成立后，穆烜、陈秉生记录了南通大生纱厂工人歌谣，并编印了资料本，也在报刊上零星发表了一些，"文革"后，于1982年9月由江苏人民出版社出版了《南通纺织工人歌谣选》。南通大生纱厂是我国早期的具有代表性的现代民族资本主义企业。1958年10

---

① 《我们是这样搜集整理捻军故事传说的》，《民间文学参考资料》（第6辑），第1—11页，中国民间文艺研究会研究部编1963年。
② 中国民间文艺研究会编《民间文学搜集整理问题》（第1集），上海文艺出版社1962年。
③ 钱静人《江苏南部歌谣简论·前记》，南京：江苏人民出版社1953年。
④ 白得易《苏北歌谣》，上海文化出版社1955年。前面有长序，既有对歌谣的分析，也有史料价值。

月，中国科学院江苏分院文学研究所曾把1928年印行的中山大学民俗学会丛书王翼之编的《吴歌乙集》、1929年印行的中山大学民俗学会丛书《淮安歌谣集》以及江苏省教育学院1933年出版的林宗礼、钱佐元（钱小柏）编《江苏歌谣集》三书合为《江苏民歌参考资料》第一辑，作为开展新民歌调查的参考和江苏民间文学的史料。1959年，中国民间文艺研究会与江苏省的民间文学工作者联合进行了常熟白茆公社的民歌调查。到50年代末60年代初，南京的周正良和华士明，作为专业的民间文学工作者，在吴歌和工人传说故事的搜集上；苏州的袁震在苏州地方风物传说的搜集上；苏北的袁飞在歌谣（《江苏歌谣散辑》一书由上海文化出版社于1955年出版）和太平军传说（《太平天国的歌谣和传说》一书由上海文艺出版社于1959年出版）的搜集上；镇江的康新民、赵慈风等人在反映鸦片战争抗英传说的搜集上，都在全国发生了很大影响。

浙江的陈玮君、朱秋枫在搜集工作上的成就，也为全国同行们所瞩目。陈玮君从1955年出版第一个民间故事集《长寿草》（上海文化生活出版社）以后，一发而不可收拾，又出版了《龙王公主》（1956）、《神郎和彩姑》（1957）、《金鱼郎》（1958）等。朱秋枫搜集的浙江渔家情歌于《民间文学》1955年9月号发表后，《浙江民间歌谣散辑》一书接着于1956由上海文化出版社出版。

上海是全国出版中心，新中国成立前夕，就出版了许多民间文学作品和研究著作，新中国成立后，上海市的民间文学家很快就出版了一些民间文学书籍。现代文学研究家和民间文学研究家丁景唐，在新中国成立前就与袁鹰、薛汕组织民歌社，提倡搜集民歌，撰写和出版了《怎样搜集民歌》（沪江书屋1947）。解放后，他编的《南北方民歌选》一书由华东人民出版社于1950年在上海出版。上海市群众艺术馆于1958年编辑出版了《上海歌谣》，上海民歌编委会编辑了《上海歌谣集》14集，上海市委宣传部编了《上海民歌选》，青浦县出版了《青浦田歌》。[1]1958年新民歌运动之中，上海成立了上海民歌、民间故事编委会，发动搜集上海的民歌和民间故事。50年代末到60年代初，由上海民歌、民间故事编委会组织，对小刀会起义的传说和上海工人斗争的故事的采录，在城市民间文学领域里取得了令人瞩目的成绩。所采录的作品，在上海出版的《民间文学集刊》和北京的《民间文学》上都有

---

① 据《上海文艺出版社、上海文化出版社30年图书总目》；天鹰《四十年来吴语地区的民间文学》，见钟敬文主编《中国民间文艺学的新时代》，第230—234页。

发表。①综合性的《上海民间故事选》也于1960年由上海文艺出版社出版。上海的新文艺出版社（后改名上海文艺出版社，副牌上海文化出版社）在十七年出版过大量民间文学作品和理论书，是我国唯一多年如一日地出版民间文学的少数出版社。该社还以上海文化出版社的名义于1957年12月创刊了期刊性的连续出版物《民间文学集刊》，到1960年2月出满10期后停刊，"文革"后先后改名为《民间文艺季刊》和《民间文学集刊》，由上海民间文艺家协会继续编辑出版。1960年由姜彬主持，组织中国作家协会上海分会、上海市群众艺术馆、上海文艺出版社人员参加的上海第一次民间文学田野调查，搜集了《白杨春》叙事长歌、《哭嫁歌》，撰写了《奉贤民歌调查报告》。②上海是我国新故事创作的发源地，群众性的新故事创作和讲说活动在1958年后蓬蓬勃勃。到1963年被柯庆施利用，并提出"写十三年"的口号，否定我国社会主义文艺的巨大成就。毛泽东于1963年12月12日在柯庆施的报告上作了批示，说："许多共产党人热心提倡封建主义和资本主义的艺术，却不热心提倡社会主义的艺术"，成为1964年文艺界小整风和继而于1966年发动"文革"的导火线之一。

本世纪30—40年代，上海是我国民间文学的出版中心，出版了大量的读物和著作，为民间文学学科的建设保存和积累了丰富的资料。中华人民共和国成立后，上海出版界继承了这一传统。新文艺出版社（后易名为上海文艺出版社，或以文化生活出版社、上海文化出版社名义）设立民间文学编辑室，有系统地编辑出版民间文学作品和理论读物，也培养和锻炼出了如郑硕人、王文华（仿）、钱舜娟、涂石、徐华龙等名编辑。十七年间该社出版了《民间文艺选辑》12辑（1954—1956），《民间文学集》10集（1957—1960），民间文学理论著作九种，《故事会》24辑（1963·7—1966·5）以及笑话、谚语、谜语、寓言类12种。

该社出版的重要民歌选集有：何其芳等编《陕北民歌选》（1951）、安波等编《内蒙东部地区民歌选》（1952）、苏岚编《藏族民歌》（1954）、严辰编《信天游选》（1954）、江城编《客家情歌》（1955）、白得易编《苏北民谣》（1955）、马兴荣编《云南民歌》第一集（1955）、李青编

---

① 《民间文学集刊》1959年第8本第一次以"上海小刀会起义的传说故事"为栏题发表小刀会的传说。

② 参阅姜彬《论吴歌及其他》，第29页注1，上海文艺出版社1985年。姜文说，此次调查的时间是1961年，可作备考；参加单位还有上海文学研究所民间文学组和奉贤县文化馆的同志。

《云南民歌》第二集（1955）、邓浩编《两广民歌散辑》（1955）、谭宝彝编《四川民歌选》（1955）、江流编《淮水谣》（1955）、袁同兴编《晋察冀妇女歌谣》（1955）和《晋察冀根据地抗日民歌选》（1956）、苗得雨编《山东歌谣》（1956）、朱秋枫编《浙江民间歌谣散辑》（1956）、袁苏编《贵州兄弟民族情歌散辑》（1956）、青松编《贵州民歌散辑》（1957）、上海群艺馆编《上海歌谣》（1958）、达玉川编《青海花儿选》（1958）、洪永固编《台湾民歌选》（1958）等。重要的长篇民间叙事诗和史诗有：青海民间文学研究会译《格萨尔·霍岭大战》（上部，1962）、云南民族民间文学德宏调查队搜集、李广田整理《线秀》（傣族，1962）、云南大学中文系学生搜集整理《朗鲸布》（傣族，1962）、云南民族民间文学丽江调查队搜集、徐嘉瑞、和鸿村整理《相会调》（纳西族，1962）、伊旦才让翻译整理《婚礼歌》（藏族，1963）等。出版的重要民间故事集有：陈玮君记录《长寿草》（1955）、萧甘牛等记《椰姑娘》（1955）、费林记《三潭记》（1955）、萧甘牛和萧丁三记《刘三姐》（1956）、陈玮君编著《龙王公主》（1956）、刘金记《九斤姑娘》（1957）、蒋亚雄记《丹珍和塔尔基》（1957）、陈贵培翻译整理《画神多兰嘎》（傣族，1958）、赵世杰译《阿凡提的故事》（1958）、王尧整理《文成公主的故事》（1958）、曹格整理《九隆王》（傣族，1958）、本社编《革命传说故事》第一集（1958）、郑邦宁和黄长源等整理《窖山取宝》（1959）、袁飞等搜集整理《太平天国的歌谣和传说》（1959）、张士杰记录《金沙滩》、单超整理《仙桃园》（1959）、苏芳桂整理《苹果姑娘》（1959）、孙星光整理《修禹庙》（1959）、赵景深主编《龙灯》（1960）、《上海民间故事选》（1960）、中共云南省丽江地委宣传部编《阿一旦的故事》（1960）、张士杰搜集整理《张绍桓包打西什库》（1960）、赵燕翼整理《金瓜和银豆》（1961）、吉林大学中文系编《金凤》（1961）、上海文艺出版社编《中国动物故事集》（1962）、中国科学院内蒙分院语言文学研究所编《蒙古族民间故事集》（1964）、安徽阜阳专区文联《捻军故事集》（1962）等。①

山东省，20年代，在北京大学读书并任教的谷凤田，大概是最早从事民间文学搜集研究的学者，当年他在《歌谣》周刊以及后来的《北京大学研究所国学门周刊》上发表过许多山东省青州一带的歌谣和研究文章。到了30年代，山东省民众教育馆倡导并致力于歌谣的搜集，曾出版一部《山东

---

① 据《上海文艺出版社、上海文化出版社30年图书总目》（1952—1982），第150—184页。

歌谣集》（1930），继而有王统照编的《山东民间故事》（上海：儿童书局1937年8月）和方明编的《民间故事集》（上海：元新书局1937）问世。40年代，张玉芝编有《山东省渔民歌谣集解》（山东水产协会1947年12月1日印行）一书。新中国成立以后，从延安和胶东解放区来的董均伦和夫人江源矢志不渝，潜心于民间文学的搜集。他们始在牟平，继在鲁中鲁西，搜集了大量故事。"文革"前十七年陆续出版了《单辫郎》（1950）、《传麦种》（1952）、《金瓜配银瓜》（1954）、《龙眼》（1954）、《玉石鹿》（1955）、《金须牙牙葫芦》（1955）、《石门开》（1955）、《三件宝器》（1956）、《一棵松树的故事》（1957）、《玉仙园》（1958）、《匠人的奇遇》（1958）、《找姑鸟》（1963）等民间故事集子，成为成就卓著而自有特点的著名民间文学搜集家。60年代还出现了刘思志、管延钦等几个活跃在胶东一带的年轻民间文学搜集者，他们搜集的传统民间故事，大多在《民间文学》杂志上发表，在全国也有一定影响。

（三）西南中南少数民族地区和老区的搜集采录

云南省是多民族聚居的省份，民间文学的蕴藏十分丰富，搜集和出版工作也起步较早。早在新中国成立初期，1953年5月，云南省人民文工团就组织了包括文学、音乐、舞蹈和资料等人员参加的圭山工作组，开始深入到撒尼人（彝族支系）聚居的路南县圭山区进行发掘工作，经过三个多月的调查搜集，搜集到叙事长诗《阿诗玛》材料二十多份，民间故事38个，民歌300多首，分别于1954年7月和12月由云南人民出版社和中国青年出版社出版。从1956年1月起，云南省文学艺术工作者联合会与中国作家协会昆明分会民族文学工作委员会联合编辑，由云南人民出版社出版《云南民族文学资料》（共出3辑），发表省内文化史家、民间文学家和作家诗人（如徐家瑞、李乔、周良沛、刘绮等）历年来搜集的民间文学作品和资料，其中重要的如《阿诗玛》的原始资料四份。作协昆明分会召开全省民族民间文学工作会议，派出三个调查组分赴红河、西双版纳、大理、丽江等地，对傣、白、彝、哈尼、纳西等族的文学情况作了初步调查，整理发表了民间叙事长诗《召树屯》（傣族）、《红昭与绕觉席娜》（苗族）、《勒加》（苗族）、《逃到甜蜜的地方》（彝族）、《生产调》和《逃婚调》（傈僳族）、《扎努扎别》（拉祜族）等。[①]傣族长诗《娥并与桑洛》和

---

① 刘辉豪《云南民间文学的春秋》（二），见《边寨文化论丛》，第203—204页，昆明：云南大学出版社1992年。

《召树屯》于1960年由作家出版社出版后，不仅使更大的读者群通过歌颂忠贞纯洁爱情的故事，了解了受到多神教和佛教影响的傣族的传统文化，而且也在文艺界特别是诗歌界发生了一定影响，曾在报刊上展开过热烈的讨论。《召树屯》的整理出版，已经接触到了民间文学与宗教的关系问题，云南的搜集整理者对此所作的处理，应该说触动了当时庸俗社会学的民间文学思潮，大大推动了民间文学思维的更新。[①]同年，中国科学院文学研究所组成调查组，在毛星的率领下，成员有中国民间文艺研究会的李星华、刘超、陶阳，对大理州的白族和丽江的纳西族的民间文学进行了调查采录，这次调查的成果是中国科学院文学研究所民间文学组主编、人民文学出版社于1959年出版的《白族民间故事传说集》《白族民歌集》和《纳西族的歌》。前面已述，此处不赘。

云南省民间文学搜集工作的异军突起，是在1958年以后的事。同年5月，在云南省委宣传部和中国作家协会昆明分会的领导与组织下，以民族聚居地区为单位，调集云南省的文学工作者、民间文学工作者以及昆明师范学院的师生，组成楚雄调查队、红河调查队、大理调查队、文山调查队、思茅调查队、丽江调查队、德宏调查队等七个调查队，以民间故事和民族叙事诗为重点，对这些地区和民族的民间文学进行了普查性的全面调查采录。这次调查采录不仅成绩斐然，而且材料的科学性较之以往有了显著的提高。这次史无前例的大规模民间文学调查，历时一年多，搜集了包括纳西、白、彝、哈尼、傣、壮、苗、瑶、傈僳、蒙古等民族在内的500多万字的记录材料，陆续出版了叙事长诗《娥并与桑洛》《梅葛》《创世纪》《葫芦信》《苏文纳和他的儿子》等多部，并写出了《白族文学史》《纳西族文学史》等的初稿。在开展搜集工作的同时，云南的民间诗人康朗甩以其《傣家人之歌》和波玉温以《彩虹》，经过翻译家陈贵培的翻译脱颖而出，引起文坛的广泛注意。云南编辑的《云南各民族民间故事选》作为"民间文学丛书"最早的成果之一于1962年由人民文学出版社出版，选入了云南省汉、彝、白、傣、纳西、壮、苗、佤、傈僳、布朗、拉祜、景颇、瑶、藏、普米等十多个民族的民间故事近百篇。

贵州省最早的搜集工作，是1952年中央民族学院的马学良率邰昌厚、

---

① 参阅王松《召树屯·前记》，北京：作家出版社1960年；又见王松《民间文学论》，第241—247页，云南省社会科学院民族文学研究所编印《民族文学研究集刊》之14，1998年，昆明。王松当年任昆明作协分会副主席，是云南省民族民间文学的搜集整理工作的主持者之一，又是《召树屯》的整理者之一。

潘昌荣、今旦在清水县苗族中调查苗语，搜集语言材料，记录了当地苗族歌手演唱他们民族的古老史诗：《金银歌》《古枫歌》《蝴蝶歌》，以及《洪水滔天》《溯河西迁》族源故事等。粉碎"四人帮"后，由贵州民间文学工作组整理、田兵编选的另一本《苗族古歌》于1979年由贵州人民出版社出版。1957年初，贵州文联组织民间文学工作组到清水流域苗族地区重点进行民间文学的搜集，在台江、雷山、丹寨、麻江、施秉、剑河等七个县，搜集到苗族民间诗歌90首，民间故事、寓言等100多个。1957年开始编印《贵州民间文学资料》。到"文革"开始，共编印了45集。这一套《贵州民间文学资料》汇集了省内民间文学专家、爱好者和大学师生们搜集记录的包括苗、布依、侗、彝等民族的各类民间文学作品。这套资料的特点是：第一，所收民间文学作品，把记录的科学性放在第一位，要求忠实地把讲述者讲述的文本记录下来，不作整理，凡是经过整理的，都作了说明；第二，收录了一些重要的民族民间文学作品，如《仰阿莎》（苗族）、《张秀眉》（苗族）、《阿戈楼》（彝族）等。①这就为我国民间文学的学科建设打下了坚实的基础，在各民族中培养了一大批民间文学专业干部，如王冶新、苗丁、燕宝、刚仁、魏绪文等。②还出版了《苗族文学史》《布依族文学史》等。③贵州编的《苗族民间故事选》作为中国民间文艺研究会主编的"民间文学丛书"最早的民族作品于1962年问世，选辑了苗族神话传说50余篇。

广西壮族自治区于1958年在区文联内建立了"广西民歌编选委员会"，负责组织搜集民歌，到1960年止已出版了民间故事集和民歌集62本。接着又成立了《广西壮族文学史》编辑室，组织调查组到32个县进行壮族民间文学的调查搜集，搜集了歌谣30000多首（其中长篇叙事诗41首，如《布伯》《文龙与肖尼》《甫娅》等），故事200多万字。④60年代成立广西民间文学研究会。1965年开展横县山歌评比活动。⑤新中国成立

① 据《贵州民间文学资料·前言》（第1集），出版于1957年；第15集，出版于1959年9月，贵阳。

② 见燕宝编《崎岖的路》（贵州民间文学30），中国民间文艺家协会贵州分会编印1987年。

③ 据贾芝《中国新文艺大系·民间文学集·导言》（1949—1966），第17页，北京：中国文联出版公司1991年。

④ 据《广西壮族自治区民间文学情况和今后规划》，《民间文学》1960年第2期。

⑤ 《横县新山歌评比活动调查报告》，广西壮族自治区民间文学研究会编《广西民间文学》1966年第2期（总8期）。

后的十七年间，有成绩的民间文学搜集家有：萧甘牛、蓝鸿恩、黄勇刹、韦其麟、侬易天和覃桂清等。萧甘牛一生出版了63本书，其中重要的民间文学作品集有《哈迈》（八大苗歌之一，与覃桂清合作整理）、《龙牙颗颗钉满天》（苗族民间故事）、《台湾民间传说》（与夫人合作），以及《大苗山情歌集》《大苗山民间故事集》《红水河》《一幅壮锦的故事》等。①蓝鸿恩因记录整理了《布伯》和《布洛陀》等壮族神话而闻名，后来出版了《神弓宝剑》。韦其麟以一部《百鸟衣》而在文坛上取得了很高的名声，常被评论家们与《王贵与李香香》的作者李季相提并论。侬易天搜集整理的作品常在《民间文学》等刊物上发表，读来脍炙人口。覃桂清从1955年起深入山区搜集整理"八大苗歌"，对于苗族的民间文学的发掘整理，功莫大焉。年轻的诗人农冠品60年代参加壮族文学史编辑室的工作，以整理发表壮族长诗《特华之歌》而走进民间文学领域中来。②

　　湖南省的民间文学最早引起读者注意的是一批革命传说。向人红搜集整理的《赤水河》《棉背心》《红军桥》等，③成为读者中受欢迎的湖南老区的民间作品。于1962年3月中旬组成"湖南少数民族民间文学调查组"，深入湘西土家族苗族自治州进行调查搜集，在凤凰、花垣、古丈、泸溪、吉首、保靖等六县召开了座谈会，了解民间文学的情况，制定调查计划。于4—10月间，先后在花垣、凤凰的苗族聚居区和保靖土家族部分地区进行搜集，搜集到神话、故事、传说377篇，歌谣734件。其中有讲述苗族开天立地、苗族来源的"古歌"，有歌颂民族英雄吴八月、石三保、石柳登的传说，有流传极广的机智人物故事老晃的故事47则和接亲嫁女的"做客歌"；有讲述土家族英雄的《向大官人的故事》和挖土《锣鼓歌》。保靖县马王乡的土家族歌手田茂忠，也在这次搜集中脱颖而出。同年冬季，该省少数民族民间文学调查组又在湘西土家族苗族自治州所辖的其余10个县和江华瑶族、通道侗族、新晃侗族、城步苗族等自治县进行调查搜集。④

------

　　① 据曹廷伟《生命不息战斗不止——悼萧甘牛、袁凤辰和谭荣生三同志》，《广西民间文学丛刊》（第8本），第27—33页，广西民间文学研究会编1982年。

　　② 《特华之歌》，《民间文学》1964年第4期。

　　③ 《赤水河》，发表于中国民间文艺研究会编《民间文艺集刊》第2辑，1991年5月15日；《棉背心》等，发表于《民间文学集刊》第5本，上海文艺出版社1959年。

　　④ 据《湖南大力开展少数民族的民间文学调查工作》，《民间文学》1962年第6期。湖北省也进行过土家族民间文学的搜集。武汉大学中文系土家族文艺调查组搜集整理的土家族《哭嫁》和武汉大学中文系与中央民族学院分院中文系合编的《土家族歌谣选》两书，由湖北人民出版社于1959年出版。

　　四川以搜集藏族和彝族民间故事为主的萧崇素和以搜集近代革命传说为主的方赫最令人注意。萧崇素早年曾参加左翼戏剧组织南国社等，后来在重庆任过《新蜀报》的主笔，新中国成立后，从1954年起先后深入甘孜、阿坝、凉山等少数民族地区体验生活和采风，长期从事藏族和彝族民间文学的搜集整理。"文革"前，从1956年起就在《民间文学》杂志上陆续发表他在四川藏区和彝区搜集的藏族和彝族民间故事，并出版了《青蛙骑手》（1956）、《山兔的故事》（1956）、《奴隶与龙女》（1957）、《葫豆雀与凤凰蛋》（1957）等民间故事集子。方赫当时是四川省民间文艺研究会的负责人，他搜集的作品主要是张献忠的传说、革命故事和革命歌谣，也发表过彝族的民歌作品。四川省民间文艺研究会1959年编辑出版了《四川歌谣》，1963年组织采录并编辑出版了《大巴山红军传说》。①四川民族出版社于1963年出版了《四川彝族民间故事集》《羌族民间歌曲选》和《藏族民间歌曲选》。②

　　江西老区的革命传说和红色歌谣，在50—60年代得到民间文学工作者们的特别关注。1959年由中国作家协会江西分会编选的《红色歌谣》两卷，收录了历年来搜集的江西苏区的487首红色歌谣，是红色歌谣出版的集大成。当时的省委书记杨尚奎作序说："红色歌谣是老革命根据地人民的心声，是革命时代大风暴的产物，是革命人民感情的真实记录。这些歌谣在团结人民、教育人民、打击敌人、消灭敌人的斗争中，曾起到很重要的作用。苏区人民拥护共产党、拥护红军、拥护革命政权，他们把革命当作自己的生命，把革命当作他们无上光荣的旗帜。国民党用尽全力进攻红色区域，老革命根据地人民和红军一起，用生命和国民党决斗，粉碎了敌人五次'围剿'，发展了革命战争，写下了中国革命光辉灿烂的一页。这些歌谣反映了这个伟大的时代，反映了革命战争，直到今天，它们仍然具有很高的价值，它们是永不褪色的红色诗篇。"③这本书出版后，受到读者欢迎，同年内便再版了一次。

　　在谈到红色歌谣的搜集时，我们不能忘记诗人萧三的特殊功劳。他早就注意搜集材料，新中国成立后未久，他奉命到国外去参加世界和平理

---

　　①　四川民间文艺研究会研究室《谈〈大巴山红军传说〉的采风整理工作》，《民间文学参考资料》（第6辑），第41—46页，中国民间文艺研究会研究部编1963年。

　　②　《四川省民族出版社整理出版少数民族歌曲故事选集》，《民间文学》1963年第1期。

　　③　杨尚奎《红色歌谣·序》，南昌：江西人民出版社1959年。

事会的工作，行前他把他在1947年搜集和积累的革命歌谣的材料，交给了刚刚成立的中国民间文艺研究会。1951年中国民间文艺研究会在他所搜集的基础上，又汇集了其他方面得到的材料，编辑了一本《中国出了个毛泽东》，交由人民文学出版社于同年出版。这本书里所收的材料，因限于歌颂毛泽东的，其他红色歌谣未能收入。后来，1959年，他又亲自编辑了一本收罗宏富的《革命民歌集》，由中国青年出版社出版。闽西老根据地的歌谣、洪湖老根据地的歌谣、陕南红色歌谣、大别山老革命根据地的歌谣，在50年代末到60年代初，在有关地区都得到了搜集和出版，如：杨子江整理《洪湖渔歌》（通俗读物出版社，1956）、《洪湖革命诗歌选》（湖北人民出版社，1956）、冬池采辑《大别山老根据地歌谣选》（作家出版社，1957）、《陕南红色山歌》（一、二集，东风文艺出版社，1958）、曾静华采辑《革命歌谣选集》（安徽文艺出版社，1959）、田海燕和高鲁编《红色歌谣集》（山西人民出版社，1959）等。

（四）英雄史诗及西部地区的搜集采录

新中国成立后的十七年，民族英雄史诗的搜集工作方面，除了前面提到的中国民研会与新疆等合作搜集翻译柯尔克孜族的英雄史诗《玛纳斯》外，青海省文联从1957年起就开始了对藏族英雄史诗《格萨尔王传》的搜集翻译工作，并取得了举世瞩目的成绩。1958年冬中宣部批转了由中国社会科学院文学研究所和中国民间文艺研究会联合提出的由青海负责搜集整理藏族史诗《格萨尔王传》的计划后，中共青海省委宣传部决定由青海省文联成立《格萨尔》工作组，对史诗进行调查、搜集、翻译和整理。青海省相继成立了"民族民间文学调查团"，组织省内大专院校及文化宣传部门数百人，分赴全省各地展开大规模调查和搜集，并派人前往西藏、四川、甘肃、内蒙古等地进行搜集。搜集到大量藏文手抄本。先后译成汉文者，达74种，计2500万字，并全部铅印成册。这些宝贵的材料，在"文革"中，大部被焚毁，幸得青海省参加搜集整理工作的徐国琼冒着生命危险从劫火中救出。[①]搜集到的还有与史诗有关的各种文物，如唐卡、雕塑、照片等。1959年夏天，笔者曾被中国民间文艺研究会派往西宁，调查和商谈《格萨尔王传》的搜集、翻译和整理问题。1959年12月8日，中国民间文艺研究会、中国科学院文学研究所和青海省文联联合在京举行座谈会，由

---

① 徐国琼《关于藏族民间英雄史诗〈格萨尔〉——向中国民间文艺研究会汇报摘要》，《民间文学工作通讯》1979年第4期（1月出版）。

中国民间文艺研究会副理事长老舍主持，就《格萨尔》搜集、翻译、整理进行了座谈，并由青海省文联负责人程秀山报告搜集调查的进展情况和问题。①先后参加搜集、翻译、整理工作的有：王歌行、左可国、徐国琼、华甲、欧旺群丕、吉合老、钟秀生等。"文革"前，除了上述74册内部铅印资料本外，1962年曾由上海文艺出版社出版了青海省民间文学研究会翻译整理的《格萨尔·霍岭大战之部》（上部）汉文版，由青海人民出版社出版了藏文版。

按照统一规划，与藏文本《格萨尔王传》同源异流的蒙文本的《格斯尔可汗传》搜集整理工作由内蒙古自治区负责。从1958年起根据蒙古族民间艺人琶杰说唱的《英雄格斯尔》记录、录音，整理出了六万多行。此外，又收集了民间写本、抄本：北京木刻版、北京隆福寺本、鄂尔多斯本、乌素图召本和蒙古人民共和国影印刊行的诺木其哈敦本、扎木萨拉诺本、卫拉特托忒文本、咱雅本以及铅印刊行的《岭格斯尔》。在此基础上，出版了《十方圣主格斯尔可汗传》（上、下册，内蒙古人民出版社，1956）、其木德道尔吉根据琶杰演唱整理的《英雄格斯尔》（蒙文整编本，内蒙古人民出版社，1959）、《英雄格斯尔可汗》（汉文本，作家出版社，1959）、《格斯尔传》（人民文学出版社，1960）。②顺便在此说说，新中国成立后十七年间，内蒙古民间文学工作者的阵容相当可观，如安柯钦夫、韩燕如、胡尔查、芒·牧林、扎拉嘎胡、白歌乐等，成绩也颇为显著。新中国成立初期，胡尔查就出版了《蒙古民歌集》（东北文协文工团民间音乐资料之一，内蒙古日报社出版发行部，1949年11月），这本新中国成立后"我国第一部少数民族歌集"③的出版，使胡尔查终身与中国民间文学事业结下了不解之缘。后来又出版了《昭乌达民歌集》《勇士谷诺干》《智勇的王子希热图》《成吉思汗的两匹骏马》等书。内蒙古人民出版社还于1954年出版了内蒙古歌舞剧团的奥其、松来翻译的《内蒙古民歌》，其中收入的91首民歌，大部分是东部的，还附有曲谱90个。甘珠

---

① 长山《青海省大力搜集著名史诗〈格萨尔王传〉》，《民间文学》1960年第1期。

② 《内蒙古〈格斯尔〉工作回顾与展望》，见《内蒙古〈格斯尔〉工作》，内蒙古自治区《格斯尔》工作领导小组编1986年编印。写到此处，我表示对蒙古族诗人、翻译家其木德道尔吉的深切怀念，当年他翻译琶杰的《英雄格斯尔》时，我曾去呼和浩特与他多所交往。

③ 胡尔查《我与民间文学》，见《胡尔查译文集》第一卷《蒙古族英雄史诗》第2页，呼和浩特。

尔扎布搜集的故事《猎人海力布》在《民间文学》上发表后，成为很多选本的必选名篇。韩燕如花了二十年时间在旧时的绥远（后划为内蒙古自治区）搜集的爬山歌，以林林总总的大气派接连出版了三集，填补了河套地区民间文学的一个空白。

除了史诗的发掘整理外，西北各省区对其他民间文学形式的搜集工作也取得了可喜的收获。新疆维吾尔族和哈萨克族等各民族民间文学的搜集颇有成绩，发表和出版了大量脍炙人口的故事和叙事诗。就笔者所见，最早出版的是关德栋搜集的《新疆民歌民谭集》（上海北新书局，1950）。是作者随解放军进疆后，在当地搜集的维吾尔族、哈萨克族、锡伯族的民歌的结集。阿凡提的故事（笑话）、英雄埃里·库尔班的故事、古加纳斯尔的故事走入千家万户。《一棵石榴树的王国》《三件宝器》和《锅生儿》被选入各种选本中。对西藏藏族的民间文学的搜集，新中国成立初期随进藏部队进军四川藏区和西藏的文化工作者，如李刚夫，搜集并出版了《康藏人民的声音》（作家出版社，1958）；集体搜集的《西藏歌谣》（人民文学出版社，1959）；中央民族歌舞团的陈石峻搜集并出版的故事集《泽玛姬》（人民文学出版社，1962）；田海燕的《西藏民歌集》和王尧的《藏戏故事集》。还要提到的是前面谈到的中央民族学院《藏族文学史》编写组1960年在西藏、四川、甘南、云南等地藏区的搜集活动。青海省土族、撒拉族的作品从1957年起就在《民间文学》上陆续发表，成为全国读者的文学读物。青海、甘肃和宁夏对在土、撒拉、汉、裕固、回、东乡、藏等七个民族中传唱的"花儿"进行过规模不等的收集工作。"花儿"演唱歌手朱仲禄名播全国。1963年甘肃人民出版社出版了由郗慧民编的《花儿》一书。[1]从1961年起连续两年在青海、甘肃和北京的有关报刊上开展过有关"花儿的来龙去脉"的讨论。[2]宁夏文联于1962年11月12日到12月28日组成民族民间文艺调查组，在永宁县进行调查搜集。[3]

（五）东北三省的搜集采录

吉林省通化、抚松一带的长白山人参故事、打围故事，富有传奇性和人情味，脍炙人口，影响播于国内外。于济源以搜集人参故事、齐兆麟以搜集"东边外歌谣"、富育光以搜集长白山传说、夏映月以发表抗联传

---

①　郗慧民编《西北花儿》，第6—7页，西北民族学院研究所1984年印行。

②　参阅青海省文学艺术研究所编《花儿论争集》，1987年印行。

③　《宁夏文联积极开展民间文艺调查搜集工作》，《民间文学》1963年第2期。

说和东部蒙古族歌谣而为民间文学界所熟悉。延边朝鲜族自治州的民间文学工作者十分活跃，郑吉云是朝鲜族资格最老的民间文学家，他搜集的朝鲜族故事传说《天池水》《百日红》等一大批作品，为朝鲜族民间文学搜集工作和文学史写作起了奠基的作用。何鸣雁搜集的朝鲜族民歌等也有一定影响。吉林是民间文学工作开展得较好的省份，在1958年成立了吉林省民间文学工作委员会，该委员会于1958年春在通化地区进行一次有组织的采风；1960年与吉林大学、吉林师范大学中文系联合组成一个由120人的民间文学普查队，对吉林地区的永吉县、蛟河县，白城地区的白城市、洮南县、前郭罗旗进行了一次民间文学普查。在这个基础上，吉林省编辑出版了《吉林民间故事》（"民间文学丛书"之一）、《吉林歌谣》（"中国各地歌谣集"丛书之一）以及《抚松县人参故事》（抚松县文联编印，1962）、《长白山人参故事》（春风文艺出版社，1962）、《延边抗日歌谣》（春风文艺出版社，1962）以及抗联故事等多种书籍。人参故事所发生的影响，一时间"小红孩"成为各个年龄段的读者所喜爱的形象。中国民间文艺研究会吉林分会主办的工作交流性的内部刊物《吉林民间文学丛刊》于1963年创刊，出了八期，到"文革"爆发时停刊。

地处北部边陲的黑龙江省的民间传统文化，读者是从孙连金搜集的"五大连池"的传说中初识其风采的。孙连金以朴素的笔墨把祖国北部边陲五大连池的水乡风情和文化内涵，特别是把一个富有传奇色彩的、流传于黑龙江、吉林和山东等省的秃尾巴老李的形象，介绍给了全国读者。[①]隋书金是最早介绍和搜集鄂温克族民间传说故事的人之一，他搜集的《狐狸姑娘》是《民间文学》杂志创刊以来第一次发表的鄂温克故事。

（六）汉族民间叙事诗的新发现

汉民族没有叙事诗传统，几乎是"五四"以来文学理论界的一个定论。早期，胡适在《故事诗的起来》一文中所持的这一观点，是有代表性的。他说："故事诗在中国起来的很迟，这是世界文学史上一个很少见的现象。要解释这个现象，却也不容易。我想，也许是中国古代民族的文学确是仅有风谣与祀神歌，而没有长篇的故事诗，也许是古代本有故事诗，而因为文字的困难，不曾有记录，故不得流传于后代；所流传的仅有短篇

---

① 孙连金的五大连池的故事传说，见《民间文学》1963年第4、5期；并有专书出版。

的抒情诗。这二者之中，我却倾向于前一说。"①后来出版的文学史也大都持这种观点。

我国少数民族民间叙事诗的蕴藏异常丰富。新中国成立后的十七年间，民间叙事诗，在云南、贵州、内蒙古、新疆等省区的许多民族中都有所发现和搜集，甚至搜集整理了藏族的《格萨尔王传》、蒙古族的《江格尔传》和柯尔克孜族的《玛纳斯》三部长篇英雄史诗。新中国成立前，在汉族地区一直没有发现和搜集到长篇的民间叙事诗，但新中国成立后的十七年间，民间文学工作者在楚文化地域和吴文化地域的汉民族中都发现和搜集到了民间叙事长诗，这无疑是新中国成立后民间文学领域的重要开拓。面对民间叙事诗的发现这一事实，旧日的中国文学史应予改写。

新中国成立初期，宋祖立、吕庆庚在湖北崇阳蒲圻一带搜集的《双合莲》②，是一部约1500行的汉族叙事长诗，讲的是郑秀英和胡三保生死相依、凄婉动人的爱情悲剧故事，发现和记录于50年代。同一时期在湖北发现和搜集起来的另一部叙事诗，是反映农民起义的《钟九闹槽》。这两部长诗的发现和搜集，使民间文学研究者们大喜过望，汉民族终于有了自己近代流传的叙事作品。"文革"后，1985年8月，中国民间文艺研究会湖北分会、咸宁支会编印了一部《鄂南汉族民间叙事诗选》，收入在湖北鄂南一带收集到的汉族叙事诗歌16部，除了前面提到的两部外，还有《赛牡丹》《海棠花》《手巾记》《三月春》等。③

江南吴语地区也在新中国成立初期就搜集到了长篇叙事诗歌。钱静人于1952—1953年在江苏南部搜集到一部长达275行的叙事吴歌《狄庚》，成为吴歌搜集史上的一大收获。④叶至善50年代初期在松江采风中记录了两部分别长达千余行的叙事诗《沈七哥》和《红郎偷小姨》，因政治形势的原因未能出版。⑤1960年上海的《民间文学集刊》发表了杨末郎等唱、王仿整理的上海民间叙事诗《贩桃郎》。这部长314行的叙事诗，流传于上海的崇明、嘉定和江苏的海门、启东等地，整理者以崇明县阜康镇的杨末郎兄弟

---

① 胡适《白话文学史》第6章《故事诗的起来》，上海新月书店1928年；又见马昌仪编《中国神话学文论选萃》（上册），第109页，北京：中国广播电视出版社1994年。

② 宋祖立、吕庆庚搜集整理《双合莲》，武汉：湖北人民出版社1954年。

③ 据中国民间文艺研究会湖北分会编印《民间文学之友》1985年第2期。

④ 钱静人《江苏南部歌谣简论》。

⑤ 金煦、陈泳超《吴歌研究70年》，见吴同瑞等主编《中国俗文学70年》，第53—71页，北京大学出版社1994年。《沈七哥》于80年代由朱海容重新搜集整理了一个本子，收入吴歌学会编《江南十大民间叙事诗》一书中，上海文艺出版社1989年。

二人的演唱本作基础，参照嘉定的和海门、启东的本子。①吴语地区的长篇民间叙事诗，大都以封建制度下的爱情悲剧为题材。而《贩桃郎》中讲的聪明勇敢的三娘和老实善良的桃郎之间的爱情，却以自己的聪明和胆识战胜了封建势力吴家兄弟和县官，表现了民间作品的乐观主义精神。同年王仿等搜集另一篇长篇叙事诗《白杨村山歌》，篇幅更长，但因当时没有搜集到结尾部分，只打印了资料本，未能出版，到80年代才得以完整地整理出来，收入《江南十大民间叙事诗》一书中。②80年代以来，民间文学工作者们搜集到的叙事诗就数量更多了。

楚地和吴地民间叙事诗的被发现和搜集，在中国民间文学史和中国文学史上是一件具有重要意义的事。这一事实说明，中国人是有叙事传统的，不过因为某种原因（最主要的是文人不重视搜集民间流传的作品），致使这类作品在流传中失传了。尽管现在发现的作品还很有限，但至少纠正了以往文学史界的误解。

（七）古文献中民间文学作品的辑录

散见于各类古文献中的历史民间文学作品浩如烟海，新中国成立后十七年间，在这方面有几位研究者做了大量工作，成绩斐然。计有：北京师范大学中文系学生及中国文学教研组部分教师集体编选《中国古代民间歌谣选》（高等教育出版社，1958）、路工编《孟姜女万里寻夫集》（上海出版公司，1955）、《梁祝故事说唱集》（上海出版公司，1955）、蒲泉、群明编《明清民歌集》（甲、乙两集，上海出版公司，1956）；杜颖陶编《董永沉香合集》（上海出版公司，1955）和《岳飞故事戏曲说唱集》（古典文学出版社，1957）；傅惜华编《白蛇传集》（上海出版公司，1955）、《西厢记说唱集》（上海出版公司，1955）等。

第三节 民间文学理论的主导思潮

（一）阶级斗争格局下的民间文学理论

新中国的建立为民间文学事业的发展，特别是为民间文学的理论研究

---

① 《贩桃郎》，见《民间文学集刊》第10本，上海文艺出版社1960年；王仿《〈贩桃郎〉的整理经过》，见同期。

② 姜彬主编《江南十大民间叙事诗》，上海文艺出版社1989年。

和学科建设，带来了蓬勃的生机和难得的机遇。民间文学理论研究以唯物史观为指导，在"双百"方针下，获得了长足的发展。但道路并不是笔直的。1956年中央提出"双百"方针不久，很快就被1957年早春的反右斗争所打断，"左"的气氛越来越浓，民间文学理论研究也被纳入"文艺为政治服务"的总框架内。前进固然是前进了，却东摇西摆，左支右绌。

新中国成立初期，郭沫若和周扬在1950年3月29日中国民间文艺研究会成立大会上讲话，就发展中国新民主主义的民间文艺事业提出了一些观点和办法，他们热情地肯定和鼓吹搜集研究民众自己的文艺，建立一个新的机构和一种新的学科，这在中国历史上是没有先例的，但究竟还属于继承民族文化优秀遗产的一般性观点，并没有、也不可能涉及民间文艺学内部的一些深层问题。钟敬文教授从香港来到北京，在被选为民研会的副理事长之前，已连续在报刊上发表了一些文章，提出了一些观点，如1949年7月28日在中国文学艺术界联合会主办的《文艺报》第13期上发表的《请多多地注意民间文艺》，1950年3月1日在《光明日报》上发表的《民间文艺论片断》，3月1日在《新建设》上发表的《关于民间文艺的一些基本认识》等，以及《口头文学：一宗重大的民族文化遗产》[①]，也都是比较偏重于从社会政治的或从社会学的层面上谈论民间文艺的价值、作用。显然新中国刚刚成立，百业待兴，整个文艺工作也在创建时期，因而还不具备提出以新观点和新方法建立中国民间文艺学的时机和条件。

文化学术界的人员是从四面八方聚拢来的。他们带来了不同的经历，当然也带来了不同的观点。从延安来的文艺干部，多数原本都是轻视民间文艺的，受毛泽东的延安文艺座谈会讲话的感染和教育，转而开始重视民间文艺了。但他们大致上是把民间文学和作家文学等同对待，用思想内容的进步与落后、是否能为政治服务、艺术上是否典型、情节结构是否合理、语言是否精炼等等，来作为衡量民间文学的标准，没有看到更不可能强调民间文学的特殊性。从国统区来的学者教授们，则比较熟悉西方民俗学的理论和方法，他们把民间文艺当作民俗学的分支之一，通常是从社会、思维、宗教、民俗等角度来看待民间文艺，却常被当作资产阶级的学术来对待。同样都重视搜集和阐述民间文艺，但这两种不同的学术立场观点，却显出很大的差异。

整个50年代，中国的学术界都在热情地学习马克思主义的辩证唯物

---

① 《民间文艺集刊》第1辑，1950年11月；1951年8月由北京师范大学出版部出版单行本。

主义和历史唯物主义。学术研究不应有国界，要广泛吸收外来文化发展自己的学术。但由于历史的局限，那时中国只能"一边倒"，倒向原苏联。原苏联的确在社会科学许多领域里比我们高明，但他们也有严重的教条主义。介绍马克思主义经典作家和原苏联的民间文学理论是时代的潮流，原苏联的理论和方法被认为是马克思主义的，是我们学习和借鉴的唯一理论体系。《民间文学》发表过恩格斯青年时代写的《德国的民间故事书》[①]和《爱尔兰歌谣集序言札记》[②]以及高尔基的《论民间文学》《论故事——〈一千零一夜〉俄译本序言》《谈〈文学小组纲要草案〉》等文章。[③]《民间文艺集刊》和《民间文学》杂志从创刊之日起就不断发表余绳荪、王智量、曹葆华、连树声等翻译的原苏联学者的民间文学研究文章。最早翻译的是克拉耶夫斯基著《苏联口头文学概论》和阿丝塔霍娃著《苏联人民创作引论》。[④]1958年中国民间文艺研究会研究部又编选出版了《苏联民间文学论文集》。同时出版的还有《民间文学工作者必读》《什么是口头文学》《苏联民间文艺学40年》等。[⑤]那时，连老民俗宗教学家江绍原先生，也沉浸在翻译和研究马克思主义经典著作家和原苏联民间文学理论之中。他发表过《恩格斯论德国民间传说中的英雄龙鳞胜和》的长文[⑥]，还出版过一本以"文种"的笔名翻译的《资产阶级民族学批判译文集》。[⑦]其中就

---

① 恩格斯《德国的民间故事书》（曹葆华译），《民间文学》1961年第1期。

② 恩格斯《爱尔兰歌谣集序言札记》（刘锡诚、马昌仪译），《民间文学》1962年第1期。

③ 高尔基《论民间文学》（刘锡诚译），《民间文学》1963年第3期；《论故事——〈一千零一夜〉俄译本序言》（刘锡诚、马昌仪译），《光明日报》1962年2月20日；《谈〈文学小组纲要草案〉》（刘锡诚译），《民间文学》1963年第2期。

④ 克拉耶夫斯基《苏联口头文学概论》、阿丝塔霍娃《苏联人民创作引论》，均为连树声译，东方书局1954年。

⑤ 中国民间文艺研究会研究部编《苏联民间文学论文集》，北京：作家出版社1958年；克鲁宾斯卡娅、希捷里尼可夫《民间文学工作者必读》（马昌仪译），北京：作家出版社1958年；梭柯洛夫《什么是口头文学》（连树声、崔立滨译），北京：作家出版社1959年；索柯洛娃等《苏联民间文艺学40年》（刘锡诚、马昌仪译），北京：科学出版社1959年。

⑥ 江绍原《恩格斯论德国民间传说中的英雄龙鳞胜和》，《民间文学》1961年9月号。

⑦ 布琴诺夫等《资产阶级民族学批判译文集》（文种译），北京：三联书店1956年。1959年他在科学出版社任编审，我与他交往甚勤，帮我出版了《苏联民间文艺学40年》一书，并把他的这本译作送给我。

选译了原苏联著名民间文艺学家、莫斯科大学教授契切罗夫的《拉格朗男爵——反动民俗学的理论家》。由于主客观条件的限制，当时我们所翻译和介绍的原苏联民间文学理论，还多是些单篇文章或入门读物，许多重要的理论专著并没有介绍过来。在一般从事民间文学研究的人的心目中，原苏联的理论就是这样的，其实原苏联民间文学界和民俗学界是有不同流派存在的，在主流之外，就还存在着和发展着被西方学界称为"形式主义"的流派，而我们却对此一无所知。而更重要的是，对西方的民间文学和民俗学理论成果，亦步亦趋地跟在原苏联人后面，对其采取排斥和批判的态度，不能不使我们自己长期处于半封闭的状态中。

关于这种"一边倒"的情况，钟敬文曾写道："十月革命后的苏联的学术，对我们的新学术的建设有过很多影响。我个人在这方面的经验是微小的。可是，它可以证明在苏联科学的引导下，我们能够怎样避免错误和比较快步前进。解放以来，我比较有机会学习苏联学者和教育家们关于人民口头创作的优秀理论。凭着这种理论的启发和帮助，使我能够抛弃了那些不正确的看法，使我能够解决那些有疑惑的问题，和重视那些原来不大留意的课题。"[1]《民间文学》1957年11月号发表编辑部文章《认真深入学习苏联先进经验为发展我国民间文学事业而奋斗》，提出了学习原苏联先进经验是"我们必须坚持的方针"。同期的《编后记》说：中国的民间文学工作，是"直接在苏联的文学艺术和民间文学工作的经验的影响下成长和发展起来的"。那时的情况就是这样。原苏联的理论和影响，一方面推动了我们的学术发展，另一方面，他们的教条主义也给我们自己的"左"倾思想推波助澜。

"左"的思想越来越严重。1954年《民间文学》创刊时的钟敬文撰写的《发刊词》指出："过去人民所创造和传承的许多口头创作，是我们今天了解以往的社会历史，特别是人民自己的历史的最真实、最丰饶的文件。……在这种作品中，记录了民族的历史性的重大事件，记录了广大人民的日常生活和斗争，记录了统治阶级的专横残酷和生活上的荒淫无耻……作为古代社会的信史，人民自己创作和保留的无数文学作品，正是最珍贵的文献。我们都读过或知道恩格斯的《家庭、私有制和国家的起源》。它是列宁所称赞的'现代社会主义的基本著作之一'。在这部原始及古代史的经典著作里，恩格斯就引用了希腊等民族的神

---

① 钟敬文《〈苏联口头文学概论〉序》，《民间文艺谈薮》，第62—70页，长沙：湖南人民出版社1981年。

话、史诗、歌谣去论证原始社会的生活、制度。人民的语言艺术，在这里发挥着远古历史证人的作用。我们今天要比较确切地知道我国远古时代的制度、文化和人民生活，就不能不重视那些被保存在古代记录上或残留在现在口头上的神话、传说和谣谚等。"①这个《发刊词》除充分地估价了民间文学的文艺作用即教育作用和审美功能外，特别阐述了民间文学的认识作用，是力求兼顾到民间文学作为文艺创作的源泉和参照与作为学术研究的资料这两个方面的功能的。到1957年5月号的《编后记》中还理直气壮地提出批"左"，说"'左'倾教条主义在民间文学的各种有关工作——搜集、整理、编辑、出版、研究、教学……中都起着作用。"但当反右运动开始后，"左"的声音和做法不断升级。主要作为人类文化遗产的民间文学，也必须"文艺为无产阶级政治服务"；在搜集和研究中所运用的方法，基本上堕入了庸俗社会学的和文艺学的观点和方法，把民间文学等同于作家文学，对于民间文学作品的分析研究，也往往只限于对主题思想、教育意义的阐释和演绎；《民间文学》被用来作为政治宣传的工具，从发表《狼外婆》的故事以配合肃清一切暗藏的反革命分子的斗争，到发表《兄弟分家》故事以配合宣传农业合作化运动；从发动新民歌运动以配合"三面红旗"——"总路线"、"大跃进"、"人民公社"三大政治运动，到组织创作新歌谣去配合国际上反修反帝斗争……缺乏自觉的学科意识。

民间文学是群众中传承的口头文学，与作家文学相比，在创作上往往是不自觉的。它与一个民族和地区的民俗生活、信仰、生产方式等有直接的关系。因此，大多数国家的学者是把民间文学看作是民俗的一部分或与民俗有密切联系的精神现象。我国则把民俗学批评为资产阶级的科学，把民俗学的学者斥为资产阶级学者，在研究民间文学作品时完全不顾其与民俗的关系，更无视人类思维、语言、巫术等对民间文学的影响，而把它作为一种纯粹的文学现象来对待，显然是进入了误区。这种倾向的造成，固然是与片面地学习毛泽东的《讲话》和原苏联经验有关，而在"左"的思想下，把民间文学等同于一般文学创作，把它当成"为政治服务"的工具的思想泛滥，也是一个重要原因。

---

① 钟敬文《〈民间文学〉发刊词》，《民间文学》1955年4月创刊号；又见《中国民间文学论文选》（1949—1979）（上册），第5—13页，上海文艺出版社1980年。

（二）民间文学界的几次大讨论

1. 关于搜集整理问题的讨论

"搜集整理"一词在《民间文学·发刊词》里第一次以官方文章的形式出现，此后便被广泛运用于民间文学作品的搜集中。但当一篇口述作品被记录下来后，搜集者在对其作加工整理时，其幅度有多大，没有、也不可能有一个"量化"的规定。加之从事民间文学搜集的人又多是从文学的营垒里过来的人，而他们在加工整理民间作品时，为适应政治的或教育的需要，往往拔高作品的主题，篡改作品的内容情节，用知识分子的语言代替讲述者的口语，其结果弄得面目全非。这种状况的加剧，在民间文学界引发了一场大讨论。最早出现的争论是围绕着当时中学课本中选用的《牛郎织女》一文展开的，李岳南肯定和赞赏整理编写的成功，刘守华则批评故事中对人物心理的细致入微的刻画，不符合民间作品的艺术风格。[①]继而刘魁立在《民间文学》1957年6月号发表《谈民间文学的搜集工作》，除阐述自己的见解外，还对董均伦、江源的做法有所非议，于是引出了董、江二人的答辩。一场讨论从此展开。许多从事搜集和研究工作的同志，如朱宜初、陈玮君、巫瑞书、陶阳、张士杰、李星华，以及1959年参加云南省搜集整理叙事长诗的一些同志也都参加了讨论。1961年，毛星在《民间文学》第4期上发表《从调查研究说起》，贾芝在《文学评论》第4期上发表《谈各民族民间文学搜集整理问题》，系统地发表了对"忠实记录，慎重整理"的阐释意见。讨论文章结集而成《民间文学搜集整理问题》第1集。[②]但实际上，讨论还在发展。到1963年，《民间文学》和《奔流》上还发表了许多文章，其中不仅有张士杰谈义和团故事搜集整理和创作的经验（《民间文学》1963年第1、2期），有陈玮君的《必须跃进一步》（《民间文学》1963年第3期），也有李缵绪和谢德风关于《游悲》的整理的讨论（李文见《民间文学》1963年第2期；谢文见第6期）。讨论继续延伸到了近现代革命题材的传说故事的搜集整理领域。中国民间文艺研究会研究部于1963年邀请河南、四川、广西、江苏、安徽、吉林6个省的搜集研究

---

① 李岳南《由〈牛郎织女〉来看民间故事的思想性和艺术性》，《北京文艺》1956年8月号；刘守华《慎重地对待民间故事的整理编写工作》，《民间文学》1957年1月号。

② 中国民间文艺研究会编《民间文学搜集整理问题》（第1集），上海文艺出版社1962年。

者，就此举行了一次座谈讨论，各省参加者不仅有经验总结发言，还各自提供了若干传说故事的记录稿和整理稿，以供研究讨论。这次座谈会上提供的文章和记录或整理稿，汇编为《民间文学参考资料》的第6辑（1963年8月）和第7辑（1963年9月）两辑。应当说，搜集整理问题的讨论，是学科意识提高的一个表现。

2. 关于文学史的主流问题的争论

贬低民间文学作为文化史现象的价值以及贬低民间文学作为口头文学的思想和艺术价值的观点，在中国现代文化史上屡见不鲜。胡风在新中国成立初期向中共中央就文艺问题提出的意见书里说民间文艺是封建文艺，对其持贬低甚至否定态度。尽管作为政治问题对胡风进行的批判和监禁已经得到了平反，但他对民间文艺问题的见解，仍然不能不认为是错误的、不能赞同的。在文艺界和学术界持这种观点的当然不止胡风一人。从而引出了什么是中国文学史的主流的讨论。最早关于这个问题的文章是陆侃如发表在《文史哲》1954年第1期上的《什么是中国文学史的主流》一文。到"大跃进"中，出版了以民间文学作为中国文学史的"主流"和"正宗"的两部著作：北京大学中文系55级集体编写的《中国文学史》和北京师范大学中文系55级集体编写的《中国民间文学史》。作者们提出了民间文学是中国文学史的"主流"和"正宗"的口号。对这两部书的出现，报刊上充满了一片赞美之词，同时（1959）也围绕着"主流"问题展开了争论。《光明日报·文学遗产》《解放日报》《文汇报》《文学评论》《文史哲》《北京师范大学学报》《复旦》《读书》等报刊都发表了许多文章。中国科学院文学研究所、中国民间文艺研究会召开过讨论会。被称为"红色文学史"的学生著作是新生事物，但"主流"论和"正统"论的提出，显然是政治上和意识形态上"左"倾幼稚病的产物。尽管在这种"左"的思潮面前，许多知名学者不愿意去硬碰批评，也还是有许多学者发出了不同的声音。《解放日报》（1959年3月19日）发表程俊英和郭豫适的《应该把作家文学视为"庶出"吗——"民间文学正宗说"质疑》，《光明日报·文学遗产》（1959年4月5日第254期）发表乔象钟的《民间文学是我国文学史的主流吗？》，《光明日报·文学遗产》1959年4月19日发表刘大杰的《文学的主流及其他》后，何其芳在《光明日报·文学遗产》1959年7月26日起连续三期发表了《文学史讨论中的几个问题》。到此，"主流"论就告结束了。

3. 关于民间文学范围界限问题的讨论

第一次提出民间文学的范围界限问题的，是克冰（连树声）在《民间文学》1957年5月号发表的《关于人民口头创作》一文。到1958年新民歌运动起来之后，又出现了群众创作的新故事。新民歌与新诗的界限模糊了。新故事与传统故事之间哪些属于继承？哪些属于创新？人人作诗，人人画画，人人唱歌，农民知识分子化，共产主义很快就要来到了！民间文学和作家文学不是很快会"合流"了吗？这些在"左"的思想影响下出现的"新问题"被提到了民间文学研究者们的面前。1961年4月和11月，中国民间文艺研究会研究部与《民间文学》杂志联合召开了两次"社会主义时期民间文学范围界限问题讨论会"，并在刊物上陆续发表文章。来自一些大学的民间文学教师，许钰、段宝林、朱泽吉、义龙、吴开晋和李文焕等，在会上发言；贾芝、天鹰（姜彬）、巫瑞书、陈子艾、王仿等发表了文章，都对"新事物"持肯定态度。所谓社会主义民间文学的范围界限问题，包括：第一，社会主义时期民间文学的特征；第二，社会主义时期民间文学的范围界限与合流问题；第三，新民间故事问题。[①]在头脑发昏、思想膨胀的情况下，认为民间文学和作家文学会很快合流的想法，如同"一觉醒来就进入了共产主义天堂"一样，是多么天真多么荒谬呀！这个问题，始作俑者是周扬，他在《新民歌开拓了诗歌的新道路》里说："诗歌和劳动在社会主义、共产主义思想的基础上重新结合起来，正是在这个意义上，新民歌可以说是群众共产主义文艺的萌芽。"研究者们正是从这里出发，去想象民间文学的共产主义思想和作家文学与民间文学的合流的。到1960年8月，讨论中出现了尖锐的意见分歧，问题再次摆到了周扬面前。他说："总的趋势是要合流的，但合流的时间有多长？当然是要随着整个社会的发展。民间文学、民间文艺是一个历史的范畴。它同人民和历史的范畴一样，同历史上发生的任何事情一样，有它的发生，也有它的消灭。民间文艺将来是会没有的。要搜集新民歌，也要搜集旧民歌。毛主席说，民歌新的要搜集，旧的也要搜集。毛主席非常重视旧民歌。因为旧民歌里面有很多宝藏。（民研会）既然是研究会，还是要强调搜集工作，强调研究工作，新旧都要，新的要搜集，旧的要搜集，新的有个范围，旧的也有

---

① 钟秀《社会主义时期民间文学范围、特征的意见综述》、在中国民间文艺研究会研究部和《民间文学》杂志社召开的讨论会上的发言，均见中国民间文艺研究会研究部编《民间文学参考资料》第2辑，1962年7月。

个范围。……正是因为发展中的民间文艺就在群众创作里头，包含了许多新的不定性的民间文艺，因此民间文艺研究会应当去重视它，推动它，但不能把推动群众创作作为全部任务，因为它还要去搜集、研究过去的……它是从研究新旧时代的民间文艺，用研究的成果去推动。"①经过两年多时间，周扬显然冷静下来了，他的话讲得科学多了。

4. 关于民间文学与宗教关系问题的讨论

民间文学与宗教信仰的关系十分密切。有些古老的作品，甚至是与宗教糅合在一起难解难分。在搜集整理民间文学作品时，遇到有关宗教的情节，如图腾信仰、神灵人物、宗教氛围等，为了避免惹来麻烦，往往会被搜集整理者无端地删去或改编，这就给读者一个虚假的文本，给研究者造成迷误。讨论是在昆明的《边疆文艺》杂志上开展的。该刊自1961年4、5月号至1962年10月号，先后就这个问题发表了五篇文章。争论是由陈戈华的《泛谈宗教与文学》引起的。讨论涉及五个重要问题。第一，关于对宗教的理解。第二，关于宗教对文学的作用问题。第三，关于民族民间文学、神话中的神和宗教中的神的问题。第四，关于宗教与民族民间文学的关系问题。第五，关于宗教文学的产生问题。②这次讨论是在坚持"宗教是人民的鸦片烟"的论断前提下发表意见，其局限性是显而易见的。这次讨论的积极作用是提出了和在一定程度上承认了宗教对文学的发展既有消极的作用、也有积极的作用，承认了不是任何宗教和任何时期的宗教对文学的影响都应该予以否定。宗教的神与神话中的神，没有明确的界限，但也不可相提并论，有时二者是对立的。这无疑是一种历史主义的态度。

5. 关于"花儿"的讨论

"花儿"是流传于青海、甘肃、宁夏的一种民间对唱歌曲形式，为当地汉、回、撒拉、藏、东乡、裕固这六个民族的共有民歌。1958年新民歌运动中的浮夸风与虚假风，渐而为人们所认识，因而从1961年起，青海省"花儿"研究者们围绕着民歌如何发展和提高的问题展开了讨论。《青海湖》1961年第9期发表黄荣恩的《青海"花儿"的来龙去脉》后，讨论渐而

---

① 周扬《在中国民间文艺研究会扩大理事会上的讲话》（1960年8月4日），中国民间文艺研究会打印稿。

② 金坚《〈边疆文艺〉讨论宗教与文学的关系问题》，见《文汇报》1963年1月17日。

进入了"花儿的来龙去脉"即"花儿"源流的层次。接着，该刊第12期发表了赵村禄的《"花儿"的来龙去脉再探》，《青海日报》1962年3月10日发表刘凯的《可疑的和可信的》，《青海湖》1962年第6期发表南京大学教授孙殊青的《"花儿"的起源——"花儿"探讨之三》，《青海日报》9月9日发表黄荣恩的《河州是"花儿"的正宗质疑》，《青海日报》11月7日发表刘凯的《"花儿"与"叶儿"》，《民间文学》1962年第6期发表王浩和黄荣恩的《"花儿"源流初探》，《青海湖》1963年第1期发表刘凯的《再谈"花儿"与元代"散曲"》等。这次关于"花儿"的源流的讨论持续了两年，虽然文章大多发表在青海的报刊上，"花儿"的流行区甘肃省的研究者和文化界没有响应，就其深度和影响来讲，是具有相当学术水平的。二十年后，甘肃民间文艺研究者魏泉鸣在《青海民族学院学报》（1986年第3期）上发表《青海对花儿来龙去脉的探讨》的文章，认为这次讨论"为尔后的花儿学研究，开了良好的先河"，可看作是这次讨论的一个总结。青海省民间文学界60年代关于"花儿"的讨论，作为"花儿"研究的开端，走在其他民族和地区的民歌研究的前面。

第四节　理论研究和学科建设的开拓

（一）理论研究概述

新中国成立后"十七年"的民间文学理论研究，大致可分为两个阶段：第一阶段，自共和国成立到反右斗争（1949—1957）；第二阶段，自"大跃进"运动到"文化大革命"爆发（1958—1966）。现概述如下：

1. 第一阶段

民间文学的研究和评论甚为活跃，在理论研究和评论的队伍里，既有民间文学专家、历史学家，也有从事一般文学研究的理论家，在研究方向和研究方法上，尽管当时基本上或多数是在社会学的、文艺学的框子里进行的，但其发展状况是良好的、平稳的、有创造性的。《光明日报》1950年3月起开辟《民间文艺》专版，每周一期，发表民间文艺作品和研究文章。以发表理论文章为主的《民间文艺集刊》也于1950年11月在北京创刊。北京师范大学中文系主编的《文艺集刊》第1册于1951年9月29日出版。

相继出版的民间文学理论著作有：

钟敬文编《民间文艺新论集》（中外出版社1950年8月，北京）；赵景深著《民间文艺概论》（北新书局1950年，上海）；钟纪明著《向民间文艺学习》（华东新华书店1950年10月，上海）；袁珂《中国古代神话》（商务印书馆1951年4月）；钟敬文著《口头文学——一宗重大的民族文化遗产》（北京师范大学出版部1951年，北京）；钟敬文著《歌谣中的觉醒意识》（北京师范大学出版部1952年9月，北京）；唐因著《谈民间歌谣》（人间书屋1952年，北京）；钱静人著《江苏南部歌谣简论》（江苏人民出版社1953年）；李岳南著《民间戏曲歌谣散论》（上海出版公司1954年）；天鹰著《论歌谣的手法及其体例》（文化生活出版社1954年）；何满子《神话试论》（上海出版公司1957年）；匡扶著《民间文学概论》（甘肃人民出版社1957年）；天鹰著《中国古代歌谣散论》（上海古典文学出版社1957年）；王焕镳著《先秦寓言研究》（古典文学出版社1957年）；李岳南《神话故事、歌谣、戏曲散论》（新文艺出版社1957年）；乌丙安《人民口头创作概论》（沈阳师院教材科1957年7月）等。

重要文章有：钟敬文的《对于民间文艺的一些基本认识》（《光明日报·民间文艺专刊》1950年3月1日）、严辰《谈民歌》（《人民文学》1950年6月1日2卷2期）；何其芳《论民歌》（《人民文学》1950年11月1日3卷1期）；钟敬文《民间文艺学上的新收获》（《新建设》1951年5卷1期）、孙作云《说羽人——羽人图、羽人神话及飞仙思想之图腾主义的考察》（《国立沈阳博物馆筹备委员会汇刊》1951年）；钟敬文《略谈民间故事》（《民间文学》1955年10月号）；孙剑冰《〈阿诗玛〉试论》（《文学研究集刊》1956年第1期）；乌丙安《第二次国内革命战争老根据地歌谣简论》（《教学研究集刊》1956年第1期）；毛星《不要把幻想与现实混淆起来》（《民间文学》1956年4月号）；徐旭生《禹治洪水考》（《新建设》1957年第7期）；顾颉刚《息壤考》（《文史哲》1957年第10期）等。

这一阶段的民间文学理论研究，从选题上看，多数属于阐释民间文学的社会历史价值的；也有的属于民间文学专题研究，如民歌、神话、叙事诗等，这方面的文章数量虽少，却达到了较高的水平。钟敬文、何其芳、天鹰、孙剑冰、孙作云的著作或文章，在各自不同领域里带有开拓性的作用。新中国成立初期在神话研究方面，就几乎同时出现了两部专著：一部是袁珂的《中国古代神话》；一部是丁山的《中国古代宗教神话考》。袁珂的书于1951年初即出版，且颇受到读者欢迎，一版再版，到1956年已印行6.7万册之多。丁山的书稿于1950年12月15日完成后，一直未能出版，直到1961年2月才得以以龙门联合书局（科学出版社副牌）的名义作为"内部资料"出版，而且第一次印数只有1300册。这两本神话研究著作在研究方法上各有特点。袁著以夹叙夹议的方式，归纳梳理散乱庞杂的中国古神话资料，使其系统化，以求恢复中国神话固有的"旧观"，同时作者还力求站在唯物史观的立场上，阐发其文化的内涵，探讨其历史化的原因，从而成为我国第一部系统的中国神话全书。丁著则以比较神话学和比较语言学的方法，考订和论证包括史前神话、夏、商、周、秦诸代的世系传说在内的中国古代神话与宗教的关系和演变，从而探索中国文化的来源。这两本神话研究著作，很自然地成为新中国成立初期中国神话学的代表作。这个时期研究工作中的缺点和不足是，对于民间文学的一些重要问题，特别是基本的问题（例如民间文艺的本质、它的特征、境界及演变的规律等）还没有人着手去做深入的探究。而"有些讨论问题的文章，大概由于作者一般理论修养的缺乏和钻研精神的不够，多少不免犯着材料主义或主观主义的毛病。他们往往在文章里罗列了许多材料，却没有什么新颖精确的解说，论断，或者不仔细研究资料和相关的各种情况，只凭着一些社会科学上的抽象原理、原则，就大意地下判词。"[1]

2. 第二阶段

1956年提出"双百"方针后不久，就开始了反右斗争，正常的学术研究和秩序被打断。尽管1958年新民歌运动中，搜集工作得到了较大的发展，民间文学的学术研究却一直滞后，学术性的研究被对新民歌的虚夸赞扬所掩盖。三年困难结束，中央提出"调整、巩固、充实、提高"八字方针，文艺界相应地于1962年出台了《文艺八条》，调动一切积极力量，一向被当作资产阶级学者的老专家顾颉刚、魏建功、常惠、容肇祖、周作人、杨成志等，也被请出来参加活动，写文章。[2]过去宣传的是延安文艺座谈会把我国民间文学工作"引上了无产阶级的轨道"，1962年却能够举办《歌谣》周刊创刊40周年的活动，也承认北京大学歌谣研究会是我国歌谣运动的肇始。理论研究因而出现了一个小小的高潮，以往仅限于政治性和社会性研究的狭隘局限也得到了一定的拓宽。毛泽东1963年、1964年关于文艺工作的"两个批示"，使文艺领域的阶级斗争形势严重加剧，文艺整风迅即开始，短暂的宽松局面很快就结束了。

这一阶段出版的部分理论著作有：

北京师范大学中文系55级学生编著《中国民间文学史》（人民文学

---

[1]　钟敬文《民间文艺学上的新收获》，《新建设》1951年5卷1期，北京。
[2]　《民间文学》1962年1、2、6期集中发表了"五四"歌谣运动老专家的文章。

出版社1958年）；中国民间文艺研究会编《大规模地收集全国民歌》（作家出版社1958年）；《向民歌学习》（作家出版社1958年）；策·达木丁苏荣著、白歌乐译《格斯尔的故事的三个特征》（内蒙古人民出版社1958年）；安旗著《论诗与民歌》（作家出版社1959年）；天鹰著《扬风集》（上海文艺出版社1959年）；天鹰《1958年的中国民歌运动》（上海文艺出版社1959年）；谭达先著《民间童谣散论》（广东人民出版社1959年）；谭达先著《民间文学散论》（广东人民出版社1959年）；吉林大学等东北五高校中文系合著《民间文学概论》（辽宁大学内部编印，1959年）；李岳南著《与初学者谈民歌和诗》（上海文艺出版社1959年）；《民歌作者谈民歌创作》（作家出版社1960年）；路工等《白茆公社新民歌调查》（上海文艺出版社1960年）；丁山著《中国古代宗教神话考》（龙门联合书局1959年）；中国民间文艺研究会编《民间文学搜集整理问题》（第一集，上海文艺出版社1962年）；张紫晨著《民间文学知识讲话》（吉林人民出版社1963年）；高亨著《上古神话》（中华书局1963年）；贾芝著《民间文学论集》（作家出版社1963年）。

报刊文章值得注意的有：

萧三《〈革命民歌选〉序言》（中国青年出版社1959年）；汪玢玲《试论长白山区人参的传说》（《吉林师范大学学报》1959年第4期）；罗永麟《试论〈牛郎织女〉》；王一奇《中国劳动人民智慧的化身》（《民间文学》1960年第5期）；马昌仪《研究被压迫民族民间文学的珍贵文献》（《民间文学》1962年第1期）；刘守华《谈动物故事的艺术特点》（《民间文学》1962年第3期）；陶阳《琶杰的诗歌艺术》（《民间文学》1962年第3期）；天鹰《〈哭嫁歌〉的思想性与艺术性》（载《哭嫁歌》，上海文艺出版社1962年）；贾芝《民间故事的魅力》（《民间文学》1962年第12期）；钟敬文《晚清革命派著作家的民间文艺学》（《北京师范大学学报》1963年第2期）；许钰《民间文学中巧匠的典型》（《民间文学》1963年第2期）；刘锡诚《马克思恩格斯与民间文学》（《草原》1963年第2期）；袁珂《关于舜象斗争神话的演变》（《江海学刊》1964年第2期）和《神话的起源及其与宗教的关系》（《学术研究》1964年第5期）等。

这期间民间文学研究重点表现为对歌谣、特别是新民歌的研究与阐发。文章很多，好的却少见，能够在历史上留存下来的则更少。包括郭沫若和周扬的《红旗歌谣·前言》在内。在歌谣研究方面用力最多、成绩最显著的是天鹰。他的《1958年民歌运动》固然是趋时之作，而《论歌谣的手法及其体例》却是一部探讨各类歌谣的艺术特征和表现手法的专著，时有真知灼见。他对哭嫁歌的研究也富有新意。诗人萧三为其所编的《革命民歌选》所写的序言，较早地预示了一股民间文学潮流的出现，文章写得有思想有文采。谭达先远离政治斗争的中心北京，倒能潜心作些学问，出版了两本书：一本是散论，一本专著，实属难能可贵。故事研究方面，显然较第一阶段有所进步，对以《义和团故事》为代表的农民起义军传说的研究评介固然带有有失客观的政治色彩，毕竟还是达到了一定的成就。贾芝、毛星、罗永麟、汪玢玲、刘守华对故事传说的研究，虽然没有脱出一般文艺学的分析的范畴，但都有发别人之所未发之论，是值得肯定的，但从故事研究的总体来看，由于"左"的思想的影响，片面强调故事的思想内容的教育作用，有的搜集整理者甚至为了提高其思想性不惜在内容上进行篡改和拔高，而这种"反历史主义的"做法，有时竟然也得到研究者的好评。有论者指出："从建国后至'文化大革命'前的十七年，可以说是民间故事搜集和研究的第二个阶段。这期间……片面突出民间故事的教育作用，简单、庸俗地理解故事的'思想意义'过分强调民间故事为'无产阶级政治服务'的功用。有学者称赞民间故事'在艺术上达到惊人成就'，有'完美的形式'，而在论述这一'形式'时却令人失望。……总的说来，从科学的角度上，这段时期的民间故事的研究成果，甚至大大落后于前一时期。对西方故事研究的新理论、新进展，更是拒之门外。"①这个评价，应当说是准确的。神话研究的进展相对缓慢，甚至还徘徊在二三十年代《古史辨》开创的考据思路上。孙作云的研究继承了闻一多等前辈的方法，在古典神话的研究，特别是在神话图像学的研究上另开一路，作出了成绩。史诗和叙事诗的搜集成就较大，带动了理论研究的前进，这在新中国成立前是没有的。从历史的角度检讨起来，仍然是属于工作性和搜集整理问题的居多，而属于探讨史诗和叙事诗内部问题的嫌少。民间文艺学史的研究处于起步阶段。

关于这一时期的民间文学理论研究，中国民间文艺研究会上海分会和上海文艺出版社于1980年编选出版了一部三册《中国民间文学论文选》（1949—1977），共选入论文87篇（上册34篇、中册29篇、下册24篇）。②尽管编选时"左"的思想的禁锢还没有完全破除，但大体还算反映了"十七年"时期我国民间文学理论研究的概貌。现将其目录附之如下：

①　李扬《中国民间故事形态研究》，第14页，汕头：汕头大学出版社1996年。

②　中国民间文艺研究会上海分会、上海文艺出版社编《中国民间文学论文选》（1949—1977）上、中、下册，上海文艺出版社1980年。

［上册］

大规模地收集全国民歌（《人民日报》社论）

《民间文学》发刊词

我们研究民间文艺的目的——在中国民间文艺研究会成立大会上的讲话（郭沫若）

关于大规模收集民歌问题——答《民间文学》编辑部问（郭沫若）

就当前诗歌中的主要问题答《诗刊》社问（郭沫若）

《红旗歌谣》编者的话（郭沫若、周扬）

新民歌开拓了诗歌的新道路（周扬）

《中国歌谣选》序（周扬）

马克思、恩格斯与民间文学（刘锡诚）

列宁怎样评价劳动人民创作（刘锡诚）

毛主席与民歌（周红兴、李如鸾）

论高尔基的民间文学观（刘锡诚）

鲁迅与民间文学（路工）

从民间文学中吸入刚健清新的养料——学习鲁迅关于民间文学问题的论述札记（王永生）

口头文学——一宗重大的民族文化遗产（钟敬文）

关于兄弟民族文学工作的报告（摘要）——在中国作家协会第二次理事扩大会议上的报告（老舍）

论民间文学的社会地位和作用——纪念《在延安文艺座谈会上的讲话》发表20周年（贾芝）

高原上的曙光——为《在延安文艺座谈会上的讲话》发表20周年而作（天鹰）

扼杀民间文学是"四人帮"反马克思主义的一场疯狂表演——兼驳"文艺黑线专政"论（贾芝）

民间文学的社会价值（段宝林）

民间文学在文学史上的地位（赵景深）

略论我国民间文学的人民性与阶级性（王骧）

民间文学界说（魏同贤）

晚清革命派著作家的民间文艺学（钟敬文）

"五四"前后的歌谣学运动（钟敬文）

少数民族文学史编写中的问题——在中国科学院文学研究所召开的少数民族文学史讨论会上的发言（何其芳）

傣族古代的几部长篇叙事诗（云南省民族民间文学西双版纳调查队）

《哭嫁歌》的思想性和艺术性（天鹰）

关于《嘎达梅林》及其整理（陈清漳）

［下册］

民间故事的魅力——《中国民间故事选》二集序言（贾芝）

不要把幻想和现实混淆起来——试答关于几篇民间故事的疑问（毛星）

传说与历史（吴超）

民间童话与神话、传说（刘守华）

《神话故事新编》前言（袁珂）

试论苗族的洪水神话（吕薇芬）

试论《牛郎织女》（罗永麟）

孟姜女名称的来源（顾颉刚、姜又安）

试论梁山伯与英台的故事（罗永麟）

试论《白蛇传》故事（戴不凡）

关于白族的民间故事传说（李星华）

民间文学中巧匠的典型——关于鲁班传说（许钰）

中国农民革命的光辉记录——试论我国历代农民起义口头传说（董森）

试论长白山人参的传说（汪玢玲）

略论动物故事（张紫晨）

长工和地主故事的教育作用和艺术价值（冯贵民）

漫论新故事（魏同贤）

关于阿凡提和阿凡提的故事（戈宝权）

机智勇敢的劳动者形象——《少数民族机智人物故事选》序言（祁连休）

论笑话艺术（陈戈华）

略论中国谚语（王毅）

科学的小诗哲理的小诗（齐翼）

论谜语和儿童谜语诗（李岳南）

试谈谜语的特点及其表现手法（吴超）

编后记

（二）丁山的古代神话研究

神话的考释学研究，一向是中国神话学研究、特别是早期研究的重要流派之一。这一方面是由于载籍中的上古神话零碎而分散，而古人的阐释又多存歧义所决定的；另一方面，20世纪初，人类学和民俗学在中国还缺乏根基，而研究中国神话的学者，多为中国文学史和史学领域的学者。这两方面的情况，决定了考释学的研究在神话学研究中的重要地位。到50年代，社会和文化背景发生了巨大变化，但这种研究传统仍然得到了继承和延续。丁山就是这方面研究的主要代表人物。

丁山（1901—1952），原名丁增熙，安徽和县城南乡人。幼年丧父，自学成才。靠半工半读，旁听北京大学文科课程。1927年经沈兼士介绍，会试入研究所国学门攻读。后任教于厦门大学、中央大学、中央研究院、山东大学、同济大学、四川大学、东北大学、西北大学、齐鲁大学、南京临时大学、暨南大学。20世纪20年代着重于文字、音韵研究。20年代末转向甲骨文考释，著有《说文阙义笺》《释梦》《由齐侯因次敦铭黄帝论五帝》等；30年代后着重研究古代史，著有《由三代都邑论其民族文化》《吴雷考》《论炎帝太岳与昆仑山》《新殷本记》《商周史料考证》《甲骨文所见氏族及其制度》《姓与氏》等论著。遗著有《中国古代宗教与神话考》（1961）、《古代神话与民族》（2005）等。

丁山对于中国古代神话的研究，主要在30—40年代，在神话的考释和论述方面，取得了令人瞩目的成绩。撰于1848年的《古代神话与民族》一书，当时未能出版。新中国成立后，在山东大学教书时，又于1950年撰成《中国古代宗教与神话考》书稿，但不幸英年早逝。此遗著于十年后由龙门联合书局（科学出版社的副牌）于1961年在北京内部出版，成为50年代初中国神话研究领域里的一部巨著。关于这部书稿，如他在《卷头语》里所说："意在探寻中国文化的来源，……用比较语文学与比较神话学给史前神话加以初步的分析"，可作商周史的前篇。比较语文学和比较神话学是他所采用的研究方法。

著者在这部著作中研究了中国古代祭祀天神地祇、山川日月、风云雷雨的习俗，天体认识、五行思想以至敬祖观念的发展，考证了夏、商、周、秦各代的世系传说，论证了中国古代宗教与神话的演变。他以"蜡八之祭"论证了自然崇拜与多神崇拜曾经盛行于中国古代社会之中，推翻了近世学者所主张的中国古代只有祖先崇拜而没有自然崇拜的观点。从简狄生契、姜嫄生后稷的故事，证明"中国原始宗教也曾经过'地母'大神的阶段，然后分化出来谷神以完成社稷一体的祭典"。^① "后土是自初民社会所祭的'地母'神演来。因为地母能生殖五谷，五谷由野生培植为人工生产，是由妇女创造的，在女性中心社会时代即称地母为后土。"^②

丁山在具体的神话释读和连缀上，运用了传统的比较语文学和比较神话学，而在总体的社会发展和文化演进观上，则接受了郭沫若等人的由母权到父权的古代社会进化模式和顾颉刚"古史辨"派的"层累地造成的古史"观，他将其熔为一炉，走出自己的道路，形成了自己的宗教与神话观。他认为中国古代文化的演进过程始于多神信仰。他写道："总而言之，中国古代也是多神教；神的发现，不是由'灵魂主义'求什么死后解脱，而实由于草木会春生、秋凋，人也会有生、老、病、死，古代人不明'新陈代谢'的自然规律，疑惑有神灵在暗中主持，所以发生禳祈的祭典。尤其深山大泽多虫蛇猛兽，在一片的原林阴影之下，又疑若有那些魑魅魍魉，都为害于人类，因而产生一种以山魈为图腾的信仰。图腾祭，显然是纯自然经济时代渔猎为生者的宗教。到了新石器时代，古人开始经营农业，水旱之灾，霜雪不时，时常威胁人类本身与其劳动生产品；于是乎由地神到天神，无神不祭。正如春秋时代大政治家郑子产所说，'山川之神，则水、旱、疠疫之灾，于是乎崇之；日月星辰之神，则雪、霜、风、雨之不时，于是乎崇之。'（见昭公元年，左传）从殷商王朝所遗留下来的断简残编甲骨文一直看到诗、书、三礼、左传、国语，封建主们除了日祭、月祀、时享、岁祢所举行的例祭之外，余则都是禳灾、祈雨，或祈祷疾病的特祭，不离生命与生产的问题。可是这套不修人事但凭鬼神的宗教思想，在公元前三世纪时代就被大儒荀卿完全否定了。而两千多年的封建社会里农业生产者始终不曾勘破'从天而颂之，望时而待之，因物而多之，思物而物之'的'听天由命'思想，还是迎神赛会，举国若狂；这不能不归狱于统治阶级欲以神道设教愚弄民众的荒唐手段。因为荀卿的痛诋，加上天神又为最高封建主所私有，'上帝'在中国人的心目中总不曾如天主教徒基督教徒那样的郑重信仰，没有造成宗教的黑暗时代，差可说是不幸中之大幸。但是，儒家一方面否定了自然神，一方面又推阐氏族家族的精神，建立一套'宗法'组织，以维系社会，使社会组织沉没在封建深渊里，达于两千多年，长期停顿在家族主义的生产关系上。然而，'圣王之制祀也，法施于民则祀之，以死勤事则祀之，以劳定国则祀之，能御

---

① 丁山《中国古代宗教与神话考》，第9—11页，北京：龙门联合书局1961年。
② 丁山《中国古代宗教与神话考》，第147—148页，北京：龙门联合书局1961年。

大灾则祀之，能捍大患则祀之；非是族也，不在祀典。'（鲁语文）这虽是殷周两代的教条，可是，教条所尊祀的圣王贤相，也只能从训语与瞽史之记一类传说里探寻出来各式各样的天地开辟神话与文化创造神话而已，那只是古代的宗教祭典，说不上历史的体系。"①这就是丁山从古代宗教与神话中"考"出来的真谛。

他的另一部遗稿《古代神话与民族》，在他死后由其遗孀陶梦云托付给顾颉刚，嘱予设法出版，却一直躺在顾颉刚的书箧之中达半个世纪。本书的序言《从东西文化交流探索史前时代的帝王世系》，由顾的学生王煦华交由《文史》杂志于1985年出版的第28辑发表，全书则由商务印书馆于2005年出版面世。

（三）钟敬文的民间文学研究及"民俗学派"的沉浮

1. 新的民间文艺体制草创阶段

钟敬文于1949年5月从香港回国后，进北京师范大学当教授，同时在北京大学、辅仁大学兼课，1950年3月29日又兼任了中国民间文艺研究会的副理事长，并被指定负责主持研究会的会务。这样一来，他就不能不把在全国如何开展民间文学工作放在心上。中国民间文艺研究会成立之后没过几天，5月6日，他就着手改定了一篇在文代会前夕草拟的关于搜集工作要求的文稿《谈谈口头文学的搜集》。②这篇文章既讲了搜集口头文学的一些原则，也为搜集者（个人和集体两类搜集）设计了一些具体项目和细节，是一篇实用性很强的搜集工作指导手册。接着，和研究会的人员一起，着手编制《民间文学丛书》的编辑和出版计划，同时，于1950年10月（？）创办了一份以理论研究为主的不定期刊物——《民间文艺集刊》，第一册由新华书店出版发行。③第一册上发表了钟敬文的长篇论文《口头文学：一宗重大的民族文化遗产》。

钟敬文开始了他最顺利的人生。对于他所兼职主持工作的中国民间文艺研究会，也是充满热情和恪尽职守的。那个时期，他在报刊上（如《光

---

① 丁山《中国古代宗教与神话考》，第601—602页，北京：龙门联合书局1961年。

② 《谈谈口头文学的搜集》，收入《民间文艺谈薮》第304—316页，长沙：湖南人民出版社1981年。

③ 刊物发稿时，地址还是东四头条82号，即文化部所在地，出版时，已搬到演乐胡同74号中国民间文艺研究会的新址。

明日报》的《民间文艺》周刊）写的民间文艺文章很多。民研会成立半年后，1950年9月18日，他写了《一年来的新民间文艺学活动》，从民研会领导人和学者的双重角度，从组织机构的发展、资料的整理和出版、理论研究等三个方面，总结了一年来所取得的成绩。他写道："这个会（中国民间文艺研究会）现在有会员二百多人。会中设有民间文学、民间美术、民间音乐、民间戏剧、民间舞蹈和编辑出版等组。半年来主要的工作是计划并实行编辑《民间文艺丛书》（按：应为"民间文学丛书"）和《民间文艺集刊》等。自从这个全国性的民间文艺研究会成立后，各地（例如上海、西安、广州、四川等）的文艺界同志都准备成立分会。他们有的正在酝酿，有的已经在积极筹划。西北人民艺术学院的教职员和同学中，对这方面工作已经有相当成绩或抱很大兴趣的共30余人。他们在今年8月24日开过一个座谈会，讨论成立分会、进行搜集、研究工作等。其他，希望成立分会或小组的地方、文艺工作团体也当不少。""由于条件的便利，资料集的整理和出版也越加兴盛起来。在这种出版物中比较优秀的，要算去年11月出版的、安波编辑的《蒙古民歌集》。这不但是介绍我们兄弟民族（蒙古族）民歌的第一个集子，而且就它的数量或质量看，也都是值得我们称许的。除新编印的以外，也有把已经刊行过现在再加以整理或增补出版的，例如田星编的《民间故事选集》、李束为等记录的《水推长城》、董均伦编录的《单辫郎》等。至于中国民间文艺研究会所编辑的《民间文艺丛书》共12种，它们的名称，有《陕北民歌选》《东蒙民歌选》《定县秧歌选》《北京歌谣选》《民间故事传说选》《云南民歌选》《陕西梆子音乐》《西北少数民族歌曲选》等。这些资料集，有的早就付印，有的已经整理完毕，有的还在编辑中。今年底将印出一部分来。此外，还有一些性质比较特殊的著作，例如袁珂的《中国古代神话》，是把我国那些著名的古典神话加以编写的；又如边垣的《洪古尔》，是用纯诗体去改写兄弟民族的民间传说的（据说原文是有唱有白的弹词体），这些都是值得注意的民间文艺学方面的新尝试。"他在总结理论方面的成绩时说："严格说来，这方面并没有很大的成绩。"但他还是实事求是地做了分析：第一，"现在已经有了一些比较精细分析的文字。"如严辰等写的一些关于歌谣的短论。第二，"谈论的对象也扩大了。""过去几年，大家谈论到秧歌、民谣、故事、窗花、门神等，近来，大家注意和探讨的对象是更加广泛了，莲花落、相声、灯影戏、道情……这些名目都上了'论坛'。这是我们民间文艺探究范围的一种开拓。"第三，"不断出现了许多工作经验的总结报告"。他还特别提出了《民间文艺集刊》的编印。过去的民间文艺集子，大都是资料的集子，为着补救我们学界这方面的缺陷，研究会的同仁决定编印一种集刊，"它当然还负有别的任务（如反映会务，沟通消息等），但是理论研究无疑是它所负担的一种主要任务。创刊号编好了，理论方面的文字，共有十多篇。我们希望这个集刊逐渐发展下去，能够成为民间文艺理论研究方面的一个中心园地。这在整个新民间文艺学运动上无疑是很需要的。"

他还指出了民间文艺研究会以及民间文艺界所存在的缺陷和问题，提出了一些批评和要求。比如，他说，全国性的搜集研究机关是建立了，但由于这个机关的负责的同志大都是兼有别的职务的，因此，"在工作的设计和实行上，不免有些滞涩。"在资料的编辑、整理、出版上，固然有了可喜的成绩，"但是，有好些做这种工作的同志，在见解上多少还存在着偏向。例如对于民间文艺作品的采录和编印，只抱着一种狭窄的功利主义，即单纯的'从民间来、到民间去'的思想，没有周全地考虑到人民创作一般的历史、社会的意义，没有考虑到它对于当前文艺及一般学术、文化可能发生的多方面的作用。因此在材料的弃取上，在记录的方法上，都可能发生某些问题。有许多本来有用的材料，因为不合于那'直接还给人民'的标准而被抛弃了。又因为记录者的目的只限于编辑大众读物，对于某些材料就不免加以删削或增益。这些做法，从民间文艺的广泛的意义和作用看，是值得商量的。自然，采取人民自己的创作，并加以严密的审订，然后还给人民，这是我们今天文艺界应该做的一件工作，而且是相当重要的一件工作。肯去担任这种工作的人是我们应该尊敬的。但是，我们要记住：这种做法，只是处理民间文艺'资产'工作的一部分，而决不是它的全部。此外，还有别的同样重要的做法。例如把比较有意义的和有价值的民间文艺资料忠实地、丰富地采录起来，并给以印行，去供给一般文艺工作者学习、研究。这也是这方面整个工作的一部分。而在这种工作中，即使有些局部带有缺点的材料，也不妨收录（不必说，完全健康的当然更好）。至于为供给历史学者、社会学者们的参考而集录的材料，自然界限更加宽大了。总之，民间文艺的意义和作用是多方面的，我们对它的看法和处理也不要单单限于某一面（尽管那一面是怎样重要）。"

除了对民间文艺工作者和研究会工作人员中存在的缺点和问题外，钟敬文还对当时文艺界、文化界某些人对民间文艺的不正确的态度和看法，提出了自己的意见。他说："有些人对于神话、童话等的看法，就有些不正确的地方。他们一看到这类作品中有着'超自然的'的人物和情节，就轻率判定它是迷信的，甚至于是反动的。他们不明白那种天真的想象，大部分是文化没有发展成熟的人民在精神上的自然产物。真正由劳动人民自己的头脑产生的虚构性的作品，在根底上往往是唯物主义，是现实主义的（自然，这是朴素的唯物主义和现实主义的）。它在一定社会阶段上尽着一定的社会作用，而且在今后的社会里也还是有益无害的艺术品。这跟统治阶级、宗教骗子们所伪造的东西，是形貌相近而实质不同的。这些道理，在马克思和高尔基的论著中是说得相当清楚的。可是，文化界和文艺界中有些同志，对这些还没有相当透彻的理解……"①

钟敬文在这篇新中国成立一周年时写的民间文艺工作的总结性文章里所发表的两个批评性观点，在正常学术环境中纯属学术的见解，现在看来无疑是正确的。在新中国成立二周年时，他又发表了一篇类似的总结性的文章，在历数了民间文艺工作所取得的成绩后，再次指出了上面谈到的那些问题，特别是批评了根据当前的思想政策去窜改民间作品的思想和情节、拿现在流行的或个人爱好的文体去改变固有的叙述的不良倾向。②如果当权者接受了他的这些正确的批评意见，对存在的偏向或缺点及时加以引导和纠正，我们的民间文艺工作肯定会沿着一条比较规范、比较健康的道路前进的，但由于他的批评意见牵涉到了当时某些担任领导工作的同志，所以种下了几年后在反右派斗争中遭到批判并被划为右派分子的种子，并被指责为"资产阶级民俗学"的"学阀"，从而酿成了他的命运的悲剧。

编辑《民间文艺集刊》第二册时，正值抗美援朝战争爆发刚四五个月，全国上下反美情绪高涨，钟敬文把原拟写作的《中国近代歌谣中的反帝意识》，改写成了一篇《民间歌谣中的反美帝意识》，发表在他所主持的刊物的这一期上。刊物初创时，是由新华书店出版发行的，从第二册（1951年5月15日出版）起，改由人民文学出版社出版，继续由新华书店发行。第三期（9月1日出版）上，他又发表了一篇《从口头文学看武训与人民的距离》的文章。编者在《编后记》中允诺从下期起更多地发表民间文学作品，但由于抗美援朝战争的原因，第三册出版后就停刊了。这份以推动理论研究为宗旨的民间文艺刊物，虽然前后只存在了不到两年的时间，仅出了三期，但它团结了全国各地的许多民间文艺专家和有志于民间文艺

---

① 钟敬文《一年来的新民间文艺学的活动》（1950年9月18日），发表于《胜利一周年》（纪念文集），1950年；后收入作者《民间文艺谈薮》，第269—280页，长沙：湖南人民出版社1981年。

② 钟敬文《民间文艺学上的新收获》，写于1951年9月20日，发表于《新建设》第5卷第1期，1951年；后收入《民间文艺谈薮》，第281—293页。

的爱好者，收到了许多民间文艺工作者寄来的珍贵资料，对中国民间文艺学的研究和资料的收集、整理工作，尤其是在倡导科学的搜集和研究方法上，起了开拓性的引导性的作用。

事实上，编者也是把刊物当作推动工作发展和引导学术进步的重要工具和渠道。如编者在第二期的《编后记》里就当时民间文学的学术思潮发表议论说："过去有些学者，把民间文艺比做古文化上的枯枝和落叶。这自然是极端错误的。相反的，民间文艺是一株古老而却永远年青的树，它每年都在添新叶，吐花朵。这是因为劳动人民永远是文化的创造者。特别是在社会处于大变革的时代，新的生活和思想，必然更加丰富和新颖的反映在群众自己的创作里。……当然，旧的比新的不知多好多倍，对于旧的，绝不应该存有任何的轻视心理，——我们的工作，正是要发掘多年的宝藏；但我们同时也非常希望各地的同志们注意搜集新的作品，而且也绝不要因为新的在技巧上不如旧的，一般比较的粗糙，也就随便轻视它。"这通议论，显然是有所指的。同一时间，钟敬文在给《光明日报·民间文艺》所写的一篇文章《对于民间文艺的一些基本认识》里，也说了意思大致相同的一段话："过去，民间文艺，在人民的教养上，无疑是一个巨大力量。除了那些实际生活和风俗、习惯之外，在民间，尽着重要的教育作用的，就是它。一般民众，从摇篮时代起到进坟墓时候止，差不多都沐浴在民间文艺的江河里。它给他们教导，给他们鼓励，给他们扶持，给他们快乐和希望。它是生活的百科全书，是知识上、行动上多方面的教师、朋友和爱人。自然，今天，那些作品再不能担当起这种重任了。它的大部分已经随着'社会的地震'而掉落了它的作用。但是，在今天，并且在明天，一部分优越的民间文艺，还是一种'活的文化'。对于新教养，它还是个继续能够提供新鲜奶汁的乳房。"①

从1952年起，钟敬文又接连受命担任了北师大的副教务长；1953年起创建了人民口头创作教研室，开始招收民间文学研究生；1954年被任命为学校科学研究部主任。因此，在中国民间文艺研究会的兼职，特别是主持会务，不能不陷入捉襟见肘之势。

2.《民间文学》发刊词

《民间文学》创刊于1955年4月，其《发刊词》是由钟敬文执笔撰写

---

① 《对于民间文艺的一些基本认识》，原载《光明日报·民间文艺》，后收入《民间文艺谈薮》，第22页。

的。由于《发刊词》在一定程度上带有半官方文告的性质,包含着一些重要的原则和思想,所以它的发表,是受到民间文学界的重视的。它包含了一些有关民间文学的基本观点,特别引人注意的是,以编者的名义宣传了民间文学的文学性和文艺学研究的方法论。前文已有叙述。作为中国民间文艺研究会机关刊《民间文学》的《发刊词》,它所阐发的有关民间文学的一些基本观点,成为一个时期(20世纪五六十年代)我国民间文学工作的基本信条,其影响,远远超出了任何一篇个人的文章,特别是对散布在全国各地的业余民间文学搜集者起着启蒙甚至指导的作用,对我国民间文学事业(尤其是搜集整理工作)起了推动作用。这篇文章既是官方性质的,又是个人的。作者采用"人民口头创作"一词,显然是从原苏联的民间文学理论中借用而来的。当时钟敬文在北京师范大学、北京大学、辅仁大学三校开的课程,也叫"人民口头创作"。这是历史的必然,是几乎很难超越的,因为那时是全社会都在"一边倒"。把民间文学定位为"人民口头创作",有很强的阶级性,是建基于从原始社会的统一的文化进到奴隶社会之后,文化便一分为二,出现了与统治阶级的文化与人民的文化这个基本点上的。这种观点曾经在很长的时间里影响着我国的民间文学工作,起了积极的作用,其消极的影响也是显而易见的。比如,有些学者和基层文化工作者强调"被压迫者的创作"这一观念,在搜集和整理民间作品时,为了突出其所谓的思想性和战斗性,往往任意拔高和篡改其内容,走到了反历史主义的斜路上去,并且成为我国民间文学工作的一大顽症。在这一点上,钟敬文的此文无疑为日后越来越严重的"左"的、庸俗社会学的民间文学思潮的泛滥,留下了可乘之机。

这篇《发刊词》发表时,文艺界的反胡风运动正开展得如火如荼,作为一种半官方文件,作者没有超越、也无法超越这次波及全国的政治运动的阴影,况且多少年来钟敬文都是以左派学者和作家面貌出现于文坛上的。因此,在此文中,对胡风把民间文艺说成是"封建文艺"的理论进行了批判。到20世纪80年代历史新时期,胡风的冤案平反昭雪后,钟敬文在把这篇职务作品收到自己的《钟敬文生平·思想及著作》一书中时,将这段批判的文字删除了。尽管对胡风的批判是新中国成立后的一大政治冤案,现在已经彻底平反昭雪,我还是不能不表达这样一种观点,胡风关于民间文艺的观点仍然是错误的,但它属于学术上的一种观点,把他的民间文艺观点拉到政治运动中是不适当的。

1956年,对资本主义私有制的社会主义改造宣告完成,国家进入了历史性的转变时期。党中央召开了知识分子问题会议,周恩来作了知识分子问题报告。4月28日，毛泽东在中共中央政治局扩大会议上提出了"百花齐放，百家争鸣"的方针。钟敬文作为民研会的副理事长和作家协会的常务委员，积极参加了文联和作协举办的一系列活动。3月，中国作家协会召开第二次理事扩大会议，老舍在会上作了搜集、整理和翻译兄弟民族文学的报告；钟敬文也在会上作《回答新形势的要求》①的发言（3月6日），呼吁作家协会、高校的文学史教材要重视人民口头创作问题。这年的暮春，他又参加了中国文联组织的文艺界人士西北参观团，在陕西、甘肃两省的一些大中城市参观访问；8月底从兰州回到北京，又到西山碧云寺去写作和休息，前后住了个把月才回到学校。这时全国党组织整顿"三风"的运动已经开始了。

　　在1956年整个一年中，钟敬文没有在民研会的刊物上发表过一篇文章，大概也没有怎么过问民研会的事。这种情况的出现，当然是耐人寻味的。根据后来的（1957年10月之后到1958年上半年发表在《民间文学》上的）一些批判文章所提供的材料判断，在此之前和在此期间，他与在会里工作的党员负责人之间，产生了一些意见分歧。这些意见分歧，逐渐演变成为所谓党外人士向党内人士争权、甚至力图摆脱党的领导的一种罪证。

3. 跌入政治低谷

　　1957年的春天，"双百方针"得到继续贯彻，各民主党派充分发挥参政议政作用，畅所欲言，知识分子帮助党整风，大鸣大放。像许多知名学者教授一样，钟敬文在北师大、教育部等单位召开的帮助党整风的座谈会上发了好几次言，在《人民日报》上发表了《破浪前进》的短文，在《文艺报》上发表了《为了我们高贵的共同事业》。

　　到了夏季，全国政治形势发生了急剧的变化。6月初，反右派斗争开始了。在逐渐升级的反右斗争中，钟敬文在座谈会上的几次发言成了他向党进攻的罪证。他任教的北京师范大学，对他以及黄药眠、穆木天、彭慧、启功、李长之、陈秋帆、俞敏等好几位知名教授，口诛笔伐，把他们划为"向党猖狂进攻"的右派分子。这时，中国民间文艺研究会也开始对钟敬文进行揭发批判。《民间文学》第10期发表了贾芝的长文《必须坚持为人民服务的方向——论民间文学工作中的两条道路》，把"五四"新文化运动以来民间文学领域里的学术观点，划分为资产阶级和无产阶级两条道路。文章虽然没有点名，行内人士一眼便知道，钟敬文便是作者所指的

---

① 《回答新形势的要求》，收入《民间文艺谈薮》，第13—19页。

保留着"一套腐朽的学院派学术思想"、又代表着"资产阶级"方向道路的代表人物，并给他开列了六条大罪状。同期发表的，还有钟敬文当时最信任的学生、在后来的批判中被指责与他的老师划不清界限的某某的文章《民间文学能不要党的文艺方针吗？》，这篇批判文章，把钟敬文在新中国成立一周年时写的《一年来的新民间文艺学活动》等的观点引出来加以批判，说他在根本上反对毛泽东的文艺方针，以表示他已与他的老师划清了界限。11月9—19日，中国民间文艺研究会又连续在王府大街64号文联二楼会议室召开了三次会议，邀请部分理事、《民间文学》编委、民研会全体工作人员、北师大民间文学教师和研究生等参加，批判钟敬文的"反党反社会主义的罪行"。①

钟敬文在97岁时，在西山修养，静思中想起走过的近百年的坎坷历程，却还是禁不住要把真话写出来告诉读者，于是一发不可收拾，写下了一篇回忆录：《我与我们的时代·祖国》。在写到关于中国民间文艺研究会召开的那几次批判会时说道："我的主要工作岗位是在北师大，批判（以后还要管制）活动的重点当然也在这里。但是，我还兼任中国民间文艺研究会管事的副理事长，就常理说，在这样大是大非的阶级斗争上，会里当然不能轻易放过我，何况还有其它的因素在加温呢？因此，在这一年冬天（我已被强制劳动），民研会特地为我召开了两天批判会。由于准备充分，加之某些领导的个人感情因素，其炮火的猛烈，比起北师大，实有过之无不及。批判会散场后，我在那里的职务、权利当然都被取消了。"②

由于钟敬文被认为是"反动学术权威"，所以在批判告一段落之后，北师大中文系的学生组织专门班子写作了一本专著《钟敬文文艺思想批判》（人民文学出版社，1958）。《结语》里写道："解放后，他继续贩卖资产阶级民俗学的观点，顽固地坚持他的反动立场。他攻击党的领导和党员干部，攻击党的文艺方针、政策，打起'外行不能领导内行'的旗号，贴着几个'马列主义'的标签，到处招摇撞骗。1957年5月，在黑云滚滚的时刻，他也乘机兴风作浪，企图使中国沦为帝国主义的殖民地，复辟资产阶级的民俗学。一声春雷天地动，反右斗争开始后，他的罪恶目的暴露于光天化日之下，一切隐隐现现的东西，新新旧旧的货色，都不可逃遁

---

① 《民间文学》杂志记者《打垮右派分子钟敬文对民间文学的进攻》，《民间文学》1957年第12期，第9—13页。

② 钟敬文《我与我们的时代·祖国》，《历史的公正》，第422页，北京：大众文艺出版社2000年。

地呈现出来。历史就是这样不可凌辱，不可动摇。"①他在回忆中写道："为了批判我，某些人（包括后来中国民间文艺研究会的一些同志）不但搜查了故纸堆，发表了口头批判和书面论文，还写作了专书（《钟敬文反动文艺思想》），在国家一级的书店里刊行。（那时跟我同样受到这种待遇的，记得还有王瑶同志，虽然他侥幸未被划为右派。）这样做，还嫌不够彻底，于是又组织了大学本科的优秀学生，大兵团作战，日夜鏖兵，编纂了一部数十万字的《中国民间文学史》（按：上、下册，人民文学出版社，1958），即进一步批判了我的'谬论'。"②的确，这大概是当代史留下来的一本奇书了！《中国民间文学史》的作者在《导论》中主要以郑振铎先生的《中国俗文学史》和钟敬文的民俗学理论为批判对象，除了学术批判之外，甚至把钟敬文说成是"自觉不自觉地充当了帝国主义的代理人"。③这部书出版后，中国作家协会、中国科学院文学研究所、中国民间文艺研究会、北京大学、北京师范大学联合或分别召开座谈会，进行讨论，在充分肯定学生们的革命精神的前提下，也提出了一些具体意见。学生们又于1959年和1960年两次进行修订，并印出了修订本，但基本格调如旧，没有什么大的改变。

钟敬文的副理事长职务，在民研会召开的三次批判会后，就无形中被终止了。在1958年的"三面红旗"运动中，"浮夸风"刮遍全国，新民歌应运而生，风起云涌，自然也给以搜集民歌民谣为己任的民研会带来了大好机会。7月初，在北京召开全国民间文学工作者大会，在会上产生了新的即第二届理事会和主席、副主席，郭沫若继续为主席，副主席为周扬、老舍、郑振铎。④这次会议，钟敬文当然被取消了参加的资格，而且在组织上完成了撤销其副理事长职务的手续。从此，他与中国民间文艺研究会的关系就切断了。

被划为右派、政治生命受到惨重打击的钟敬文，被监管劳动。正式的文件是1958年2月下达的："钟敬文，职务：研究部主任、人民口头创作教研组主任、校务委员会委员、师大学报编委、教授。处理意见：按五

---

① 北京师范大学中文系四年级批判右派分子钟敬文反动学术思想小组编著《钟敬文文艺思想批判》，第145页，北京：人民文学出版社1958年。

② 《钟敬文文艺思想批判》，第441—442页。

③ 北京师范大学中文系55级全体同学著《中国民间文学史》，第19页，北京：人民文学出版社1958年。

④ 《中国文学艺术工作者第三次代表大会资料》，第498页，中国文学艺术界联合会1960年编印。

类处理，保留教授学衔，由一级教授降至三级教授（工资由345元降至245元），撤销研究部主任、教研组主任、校务委员、学报编委职务。"（见《北师大反右运动档案·1957年被划右派分子名单及其处理情况》）[1]

此去五年，只有在1962年"摘帽"后的1963年春天，他才第一次被邀请参加民研会的活动，即观看应邀来京的河北省乐亭皮影演出，并应《民间文学》编辑之约，写了一篇《看了乐亭皮影以后》的短文，发表在该刊第2期上。

4. 学术史的研究

跌入政治低谷的钟敬文，在屈辱和寂寞中过着改造思想的日月，到1962年才被摘掉"右派分子的帽子"。摘帽后，他又捡拾起荒废已达五年之久的民间文艺的研究，写作和发表了两篇关于晚清民间文艺学史的论文：《晚清革命派著作家的民间文艺学》（写完于1963年7月5日）[2]、《晚清革命派作家对民间文学的运用》（写完于1963年8月6日，未刊）[3]、《晚清改良派学者的民间文艺见解》（写完于1964年3月17日，未刊）[4]。这三篇文章合为一组，为晚清民间文艺学的形成和基本特点勾画了一个轮廓。其翔实的材料和平实的文风说明，这也是他在撰著上用功最多、用力最勤的三篇文章。

在他的学术史思考的深层理念中，中国的现代民间文艺学，应起始于晚清，而不是北大歌谣征集处成立的1918年。这一理念，就是在这个时期初步形成的。他在《晚清革命派著作家的民间文艺学》一文的《结束语》里这样写道：

> 中国过去长期封建社会中所发育起来的民间文艺学，用现代这门学科所达到的水平来衡量，不用讳言，一般地是比较幼稚的。从历史的发展过程看，晚清民间文艺学的气象繁荣，内容新颖，正表明我

---

① 转引自杨哲《风雨世纪行——钟敬文传》，第365—366页，上海：华东师范大学出版社1999年。

② 钟敬文《晚清革命派著作家的民间文艺学》，《北京师范大学学报》（社会科学版）1963年第2期。

③ 钟敬文《晚清革命派作家对民间文学的运用》，《民间文艺学文丛》北京师范大学出版社1982年3月。

④ 钟敬文《晚清改良派学者的民间文艺见解》，《钟敬文文集·民间文艺学卷》，第278—352页，合肥：安徽教育出版社2002年。

国这门科学在历史上跨进了一个新时期。革命派著作家在这方面的努力和成就，是形成这个新时期的主要力量。他们勇敢地提出或触到许多新问题，像神话的性质、神话产生的客观条件、恶魔派诗歌与民间创作、外国民间史诗的价值等，也重新提起一些旧问题，像古帝王的感生神话、文学体裁的起源、神话中的动物形的或半动物形的英雄人物等。对于这些问题，他们都用自己新的理解给以回答。在这些回答中，有一部分意见是相当正确的，甚至于是很优越的，像鲁迅对于神话中的抗神者、神话的性质及其与历史关系、荷马史诗等看法，章炳麟等对于感生神话的看法，柳亚子对于民间戏剧及黄节、刘光汉对于乐舞的看法，……一般说来，他们对于民间文学的这些见解，是跟过去封建学者的民间文学的看法很不同的。它是这个历史时期新兴资产阶级意识形态上的新花朵。我们如果把它跟革命派作者著述民间文学化的倾向等联系起来，就更加可以看出它的时代的意义和性质。尽管这些著作家的意见是零碎的、散在的，但是，只要就一定的问题把同样的意见汇集在一起，尤其是把他们对各问题的意见都汇集在一起，就可以明白看出他们的某些共同倾向，共同见解。它不是个别学者的个别意见，是在新的历史条件下，具有共同社会意识的成员一种学术上的表现。这种表现，表明它是"五四"以前，中国这门科学史上一个照耀着霞彩的时期。

　　……晚清革命派著作家的民间文艺学遗产，虽然有它不可掩饰的缺点、错误，但它的进步的社会意义和那些优异的实际成就，是不能轻易抹杀的。他们的努力，不但使中国民间文艺学展开了新页，也使它向世界这门科学的领域挺进了一程。"五四"以后，民间文艺学的发展，固然有它的新的社会基础，但是从学术史本身的继承和发展来说，晚清革命派学者的成就，正是一个有利的土台。①

　　他用"一个有利的土台"这样含混概念来比喻晚清民间文艺学与"五四"以后民间文艺学之间的关系。显然，在他写作这篇文章的1963年，客观上还不具备把中国现代民间文艺学始自晚清这样的意见公开明白地发表出来的条件。直到三十年后的1998年，他才在《建立中国民俗学派刍议》讲稿（正式出版时改为《建立中国民俗学派》）中公开地提了出来：

---

　　①　钟敬文《晚清革命派著作家的民间文艺学》，《钟敬文文集·民间文艺学卷》，第254—255、257页。

严格地讲，中国科学的民俗学，应该从晚清算起。因为，晚清在
中国历史上是一个很重要的时期，等于古代的春秋战国，是一个社会
形态的转型期。……他们（指梁启超、严复、黄遵宪、鲁迅等一批有
识之士——本书作者）当时阐释民俗所运用的概念和方法，借鉴了当
时西方先进的启蒙学说，显示了近代学术的性质。因此，这一时期中
国知识分子对民俗的理性认识，和春秋时代一样，是社会意识形态转
型时期的产物。当然，在性质上，两者又有了实质性的差别。晚清时
期的民俗学，是与'五四'的新文化运动相接续的，它是中国现代民
俗学的一个不可分割的组成部分。①

只要把1963年与1998年两个时间写的这两段话加以对比，就看出作者
提出这个见解的学术史意义了。

（四）《中国民间文学史》的出版与对郑振铎俗文学观的批判

由于国民党的追缉而流亡欧洲后，郑振铎接触和翻译了英国人类学
派神话学和民俗学理论，并接受了进化论，后成为一个具有马克思主义唯
物史观的文化学者。《中国俗文学史》于1938年由商务印书馆在长沙出版
后，20世纪40年代，在文学界发生了很大影响，而且在他的周围、并以他
为旗帜，聚集了一大批有造诣的俗文学研究学者，形成了一个中国现代文
学批评史和中国民间文学学术史上的"俗文学学派"，如赵景深、许地
山、戴望舒、谢六逸、钱杏邨（阿英）、冯沅君、朱自清、傅芸子、黄芝
冈、王重民、杜颖陶、吴晓铃、杨荫深、叶德均、关德栋等。这个流派在
抗战胜利后的北平、上海、香港活跃一时，达到了一个高峰。

新中国成立以后，由于"左"的思想的泛滥，尤其是1958年在全国知
识界开展的"拔白旗"运动中，郑先生的文学史观、俗文学与民间文学史
观，受到了猛烈的非学术的批判。以这一年的6月2日《文汇报》发表一篇
对他所影印的《天竺灵签》和《历代古人像赞》的批评、6月7日《光明日
报》发表的一篇《评郑振铎编的两种古代版画》为开端，北京大学中文系
二年级瞿秋白文学研究会继其后，在《文学研究与批判专刊》第4辑上发表
《郑振铎著〈插图本中国文学史〉批判》《〈中国俗文学史〉批判》，北
京师范大学中文系55级学生编著的《中国民间文学史》，把一向与祖国同

———————
① 钟敬文《建立中国民俗学派》，第6—7页，哈尔滨：黑龙江教育出版社
1999年。

命运、积极争取进步、知识渊博、著作等身的郑振铎，推到了非要打倒的"白旗"（资产阶级专家）的位置上。

在1958年的教育革命中掀起的批判"资产阶级学术权威"的风潮中，北京大学中文系55级学生集体编写的《中国文学史》和北京师范大学中文系55级学生集体编写的《中国民间文学史》成为当时思潮下两部有代表性的著作，被称为"红色"文学史。学生们的著述以"大跃进"和"不破不立"为写作的指导思想，气势凌厉地指向被他们认为是资产阶级理论学说的代表人物和著作。《中国民间文学史》主要以郑振铎为代表的民间文学研究的俗文学学派和以钟敬文为代表的民间文学研究中的民俗学派为批判和破除的对象，他们认为，只有把这两个学派的理论和体系批判和破除了，马克思主义的中国民间文学史才能建立起来。①

在这部著作的长篇《导论》中，郑振铎出版于1938年的《中国俗文学史》成为重点批判的两个对象之一。作者对郑著的批判主要在下列三个问题上：（1）"歪曲我国的民间文学"；（2）"取其糟粕，弃其精华"；（3）"形式主义的研究方法"。经过此后近五十年的时间检验，已经证明了，这种被狂热的小资产阶级知识分子的激情鼓动起来的批判运动，不过是一场缺乏实事求是的科学态度和冷静的学理分析的闹剧。现将这次批判的要点简述如下：

郑振铎在《中国俗文学史》第一章里说："何谓'俗文学'？'俗文学'就是通俗的文学，也就是大众的学。"批判者们写道：

　　我们说"民间文学"就是指劳动人民在生产斗争和阶级斗争的过程中所创造的口头文学。民间文学是劳动人民自己的创作，它直接表现劳动人民的思想感情、要求和愿望，在奴隶制社会里，民间文学主要是指奴隶的创作；在封建社会里民间文学主要是指农民和手工业者的创作。

　　通俗的、在民间流传的文学，不一定就是劳动人民自己的创作，不一定就是直接表现劳动人民思想、感情、要求和愿望的，因而也就不一定是民间文学。因为在阶级社会里，每一个民族都有两种互相斗争的文化，而统治阶级的文化又是占统治地位的，统治阶级总是千方百计地用自己的文化、道德观念来向人民灌输，麻痹人民的斗争意

①　北京师范大学中文系55级学生集体编写《中国民间文学史》（初稿，上、下册），北京：人民文学出版社1958年。1959年11月—1960年4月间进行了修改，并于1960年出版了修订本（内部）。

识。对劳动人民自己的文化，统治者总是极力摧残。他们一方面用暴力消灭真正的人民的创作，禁止劳动人民文学的流传；另一方面，当他们发现就是暴力也不能达到消灭劳动人民文化的目的时，就伪造篡改一些作品，冒充民间文学作品，鱼目混珠，使之在民间流传，以达到毒害人民的目的。

有些作品虽是人民自己的创作，但因受统治阶级思想的影响，常常带有一些不健康的成分，对这样的作品我们也应该认真进行批判、抉择。在民间流传的通俗的文学，不能一概认为是民间文学，同等看待，而应以阶级的观点去检查这些作品，看看它对劳动人民的态度如何，是否真正是劳动人民的思想感情。郑先生既然用一种"超阶级"的观点，实质是资产阶级观点，来对待民间文学，说民间文学"就是通俗的文学"，因此他就把一些地主的小市民的通俗作品，都滥竽充数地算作民间文学。

郑先生在谈到俗文学第四个特征时，说它"是新鲜的，但是粗鄙的……未经雕斫，相当的粗鄙俗气"。这种看法我们是不能同意的，难道劳动人民认为自己的创作是粗鄙俗气的吗？……更加不对的是，郑先生在《中国文学研究》里说民间文学是"充满了命运的迷信，因果报应的幻觉，对于压迫者的无抵抗的态度……对于女性的蔑视与高压；差不多是要不得的东西占了大多数"。这里的错误实在太明显了。

民间文学史，应该是阶级斗争史的反映，郑先生的俗文学史，没有反映出这种历史的斗争！根本就没有提到隋朝农民起义领袖王薄的传说，唐代农民起义领袖黄巢的诗，宋代反映宋江农民起义的民谣，元代反映刘福通农民起义的民歌，明代关于李自成的传说和歌谣，清代歌颂张秀眉的史诗，晚清歌颂太平天国、捻军、义和团、宋景诗的民歌和传说，三元里抗英斗争的民歌。此外像孟姜女的故事、牛郎织女等反抗性强的民间故事，都也没有提到。……从马克思主义观点来看，反映农民阶级斗争，农民起义和农民战争的作品才是民间文学中最主要的作品，才是我国古代文化中的珍珠。民间文学史就应当把这些珍珠串起来，看出其发展规律。可是郑先生却丢掉了这些珍珠，而去宣扬那些封建文人的废品。①

---

① 北京师范大学中文系55级学生集体编写《中国民间文学史》（初稿，上册），第9—12页，北京：人民文学出版社1958年。

这就是作者们对郑著所指斥和批判的"歪曲民间文学"的部分。接着是对"形式主义研究方法"的批判。郑振铎的俗文学学说，从论点、内容到方法，都被指为资产阶级的。总的结论是："《俗文学史》是一些地主阶级、小市民的庸俗作品的堆积，没有反映出我国民间文学史的真实面貌。"

1958年初稿本出版后，中国作家协会、文学研究所、中国民间文艺研究会、北京大学和北京师范大学联合举行和分别举行了座谈会，对书中涉及的若干文学史和文学理论问题进行了讨论，并提出了一些意见。1960年修订本的编写者们在修订本的《前言》中，重申了他们的基本观点："《初稿》的方向是正确的。它努力以毛泽东思想作指导，探讨我国民间文学的发展过程，初步地理出了以反映我国劳动人民的优秀创作为主体的民间文学史的轮廓，推翻了以反映地主、小市民的通俗创作为主体的俗文学史体系，恢复了我国民间文学的真正面貌，显示了它在文学史上不可忽视的重要地位。"①他们认为，他们的最大成绩，在于推翻了俗文学派的中国民间文学史体系，恢复了中国民间文学的真正面貌。他们还重申了他们有关中国民间文学史的四个大问题上的见解：

第一，我国古典民间文学的范围问题

他们认为："民间文学是劳动人民自己创作的语言艺术，因此，划分民间文学的范围，必须以马克思主义的阶级观点对作品的作者、内容作阶级的分析。在剥削阶级占统治地位的社会里，凡是文人的创作和一切非劳动人民利用民间文学形式创作的通俗作品，都不是民间文学。只有那些真正是劳动人民创作的，反映了劳动人民的思想、感情、要求和愿望的作品，才属于民间文学。劳动人民这个概念，在我国社会发展的不同阶段有着不同的涵义。……修订本即是以广大农民、工人的创作为主体，较全面地论述了各阶层的劳动人民的创作。"

第二，民间文学的进步性和局限性问题

他们认为："劳动人民是生产者和被剥削者，长期的劳动生产实践和被压迫被剥削的苦难生活使他们具有进步的世界观和优秀的品质，他们是历史上先进的革命的阶级，他们的生活是最生动最丰富最基本的文学艺术原料的矿藏。这就使民间文学具有很大的进步性，是一种先进的文学。它深刻地反映了劳动人民被剥削被压迫的痛苦生活，暴露和控诉了剥削制度

---

① 北京师范大学中文系55级学生集体编写《中国民间文学史》（修订本，上册），第2页，北京师范大学1960年4月内部排印本。以下引自修订本者，不再另注。

的罪恶。它强烈地反映了劳动人民对奴隶主、封建统治阶级和帝国主义的斗争，充满了革命精神和爱国主义思想。它热烈地歌颂了劳动人民勤劳、朴实的品质，反映了劳动人民美好的理想和愿望，塑造了劳动人民自己的形象。这说明，民间文学具有鲜明的阶级性，是劳动人民进行阶级斗争和生产斗争的有力武器。因此，对民间文学的进步性和巨大的社会作用必须予以充分的估价，那种贬低民间文学的观点和态度是错误的。"他们同时指出，由于劳动人民长期地从事于个体经济的生产，长期生活于私有制的社会中，故而他们具有二重性，即既是劳动者，又是私有者。此外，他们还受着统治阶级的影响。"旧时代的民间文学除了主要具有进步性外，还不可避免地具有局限性，不可避免地打上了私有者的烙印。"

第三，民间文学在文学史上的地位问题

他们认为：劳动人民"是历史的创造者，历史的真正主人。劳动人民的文学在文学史上应该列入正宗的地位。千百年来，封建地主阶级、资产阶级总是把他们的宫廷文学、庙堂文学抬上文学史的宝座，而把民间文学踩在脚底下，不许劳动人民的创作登'大雅之堂'。'五四'以后，具有资产阶级观点的文学史著作，也都排斥、贬低民间文学。为了推翻这种做法，为了恢复民间文学的地位，《初稿》在'导论'里提出'民间文学与杰出的作家作品同样应列入文学史的正宗'……这一口号还富有积极意义"。

第四，民间文学与作家文学的关系问题

他们认为："民间文学和进步作家文学的关系……往往是相互影响相互促进的，民间文学是历代优秀作家的乳娘，推动了进步作家文学的发展；进步的作家文学也影响了劳动人民的创作，进步作家也往往对民间文学起了记录、整理、丰富、提高的作用；有些作品甚至是由民间口头创作和作家加工而不断形成和丰富起来的。"

北京师范大学的学生们集体写作的《中国民间文学史》对郑振铎的批判，在这次批判资产阶级学术权威的运动中，起了重要的带头作用。此书出版后不久，郑振铎任所长的北京大学文学研究所（后易名为中国科学院文学研究所）也不得不召开座谈会，对所长郑振铎展开批判。文学研究所召开的郑振铎学术思想批判会还没有结束，他因奉命率中国文化代表团出访赴阿富汗请假。不料10月17日，当飞越原苏联楚瓦什共和国的卡纳什地区时飞机失事而殉国。

1958年对郑振铎"俗文学"思想的批判，是意识形态的需要所导致的历史的噪音，因为那场批判主要是政治性的，而不是学术性的，尽管打的是学术批判的旗号。被批判者与批判者的分歧点很多，但在当时，处于被批判地位的郑振铎并没有答辩的权利。分歧点涉及的问题虽然很广泛，但其根本点只在于：一个说俗文学是大众的文学、民间的文学，一个说民间文学是劳动人民的口头创作，而劳动人民及其口头创作乃是纯而又纯的、是没有糟粕的文学，一切糟粕都来自于统治阶级强加于劳动人民的，俗文学则恰恰是"小市民"所创作、为"小市民"所享受的、充满了消极因素甚至封建毒素的文学。批判者指责《中国俗文学史》的作者郑振铎模糊了、抹杀了或取消了阶级界限。这就是问题之所在，这就是被定为"白旗"的症结。

郑振铎是20世纪的一位大文学家，一位百科全书式的人文学者，他所以倡导、搜辑、梳理和阐释俗文学和民间文学，特别是历史民俗学和历史民间文学，大体是从文艺学的立场、从文学史建构的角度，而在其阐释和论述中，又广泛地吸收和采用了西方人类学的比较研究法，表现出了他独具的丰富的文献知识和广泛的具体而微的民间智慧，对中国民间文学史和民间文学学术史的草创起了奠基的作用。[1]

（五）何其芳：反"主流论"的中坚

1. 关于梁祝传说和戏曲

何其芳在40年代曾是延安鲁迅艺术学院文学系的主任，主持编辑了《陕北民歌选》，在重庆时期撰著过一些有关民间文学的文章。1950年发表了长文《论民歌》。新中国成立初期，有一段时间，中国民间文艺研究会挂靠在文学研究所，行政上、业务上由何其芳直接领导和指导，所以他对民间文艺不仅是关注者，而且是民间文学的专门家。

1951年，何其芳在《人民日报》上发表过一篇颇有影响的《关于梁山伯与祝英台故事》论文。[2]其所以发生较大的影响，是因为当时有批评文章说梁山伯、祝英台这两个人物对封建势力缺乏"斗争"，站在"地主资产阶级的立场"；梁山伯是"傻蛋"，祝英台是"淫贱"，其"主题是命运的，迷信的，因此祝英台……没有反抗的意义"；"化蝶"是迷信；等

---

[1]　参阅刘锡诚《郑振铎在中国民间文学学术史上的意义——为郑振铎诞辰110周年而作》，北京：《民间文化论坛》2009年第3期（总第196期），2009年6月15日。

[2]　何其芳《关于梁山伯祝英台故事》，《人民日报·人民文艺》第92期，1951年；收入《何其芳文集》（第4卷），第309—319页，北京：人民文学出版社1983年。

等。何其芳"批评代表了目前已经存在的一种不好的倾向，这种倾向就是简单地鲁莽地对待过去的文学遗产，并企图以自己的主观主义的想法来破坏那些文学作品原有的优美的地方。"

作者为写作这篇论战性的文章，翻阅了20世纪以来几乎所有能找到的有关文章，包括20年代《北京大学国学门周刊》和30年代广州中山大学《民俗》周刊上发表的钱南扬等研究梁祝故事的文章和相关民间故事集子中的文本，以唯物史观的立场和文艺学的审美观，对民间故事的情节、结构、人物以及民俗（如被误指为迷信的"化蝶"）作了阐释和辨析。此文对于批评和纠正那种错误地对待文学遗产的倾向，起了重要作用。但由于作者所取的是纯文艺学的批评方法，把梁祝传说归结为"积极的浪漫主义作品"，因此，又不能不认为是不自觉地陷入了另一种谬误或尴尬。

2. 新诗：并非起于歌谣

围绕着何其芳提倡格律诗的那一桩公案，前文已作过讨论。何其芳提倡建立现代格律诗，写过好几篇文章，阐述他关于现代格律诗的主张。他的基本要求是："按照现代的口语写得每行的顿数有规律，每顿所占时间大致相等，而且有规律地押韵。"[1]1958年7月号的《处女地》上发表了何其芳的《关于新诗的"百花齐放"问题》后，围绕着他有关建立现代格律诗的主张，文坛上再次掀起了相当激烈的论争，甚至发展成为对何其芳的批评和声讨。何其芳被指责为："怀疑民歌，轻视民歌，否定民歌，歧视民歌，或者说怀疑新民歌，轻视新民歌，否定新民歌"；坚持"主观唯心论"；资产阶级的艺术趣味和个人主义倾向；形式主义观点；自觉不自觉地对诗人和群众的结合、知识分子诗人的彻底改造或工人阶级化有所抵触；影响人们不去深入群众斗争生活；是要不要走群众路线、要不要真正的民族风格问题；对民族诗歌传统的学习抱轻视态度；贬低从古典诗歌和民歌基础上发展新诗、包括从旧形式推陈出新发展新形式、新格律的创造性的努力；等等。[2]人所共知，"大跃进民歌运动"或曰"新民歌运动"，

---

① 何其芳《关于现代格律诗》，《何其芳选集》（第2卷），第153页，成都：四川人民出版社1979年。

② 见张先箴《谈新诗和民歌》（《处女地》1958年10月号）、宋垒《与何其芳、卞之琳同志商榷》（《诗刊》1958年10月号）、沙鸥《新诗的道路问题》（《人民日报》1958年12月31日）、张光年《在新事物面前》（《人民日报》1959年1月27日；又见《张光年文集》第3卷，第231—244页，北京：人民文学出版社2003）等。

是在毛泽东的倡导下于1958年春天发动起来的。在古典诗歌和民歌基础上发展新诗，也是毛泽东提出和设计的新诗发展道路。在如此大规模的围攻运动中，何其芳不得不于1959年1月撰写了一篇《关于诗歌形式问题的争论》长文，就指责他否定民歌（尤其是新民歌）和认为"民歌体有限制"的论者进行辩诬，并做了某些有限度的检讨。

在现当代诗人和学者中，何其芳是为数不多的认真研究过中国各地民歌的人之一，他在带有浓重政治色彩的这次诗歌论争或批判中，仍然始终坚持科学态度。他说："我国古代的诗歌的形式大都起源于民间是事实。但'五四'以来的新诗并非'起之于民间的歌谣'，这是常识，写批评文章是不应该弄错的。"[1]他的这一观点，与朱自清是不谋而合的。

3. 反"主流论"

"大跃进"运动中，相继诞生了多部大学生写的中国文学史：北大中文系55级同学编著的《中国文学史》（人民文学出版社，1959）、北师大中文系三四年级同学和古典文学教研室教师合编的《中国文学讲稿》第三分册和北师大中文系55级同学编著的《中国民间文学史》（人民文学出版社，1959）。复旦大学中文系55级古典文学组学生也写了一部《中国文学史》（中华书局，1959）。这些一度被称为"红色文学史"的著作，是在很短的时间里集体"速成"的，这些"新事物"一经出现，便得到了来自各方面的喝彩。报刊上纷纷发表文章予以评论和肯定。中国科学院文学研究所遂于1959年7月在京召开文学史讨论会，对前三部文学史进行研讨。

把民间文学看作中国文学的主流，是这几部文学史的共同指导思想和共同特点之一。由于这些文学史被认为是代表正确方向的生力军占领学术舞台的成果，也由于"左"（宁左勿右）的思想和庸俗社会学的阶级论的盛行，把民间文学看作是劳动人民的口头创作、从而也就是文学的主流的观点，很快也在报章杂志上盛行起来了。因此，民间文学是否是中国文学的主流，也就成为这次讨论会重点讨论的三个问题之一。何其芳在作会议总结发言——《文学史讨论中的几个问题》——时，面临着两难的处境，但他最终选择了科学的立场。在讲到这个问题时，他开宗明义说："说只有民间文学是中国文学的主流，这在理论上和事实上都是说不通的。"

---

[1]　何其芳《关于诗歌形式问题的争论》，《何其芳文集》（第6卷），第38页，北京：人民文学出版社1984年6月。

他阐述自己的观点说：“文学艺术起源于劳动人民，这是真理，还是原始共产主义社会的时候，文学艺术就产生了，那时还没有剥削者和被剥削者的差别。等到人类进入了阶级社会以后，文学艺术也就有了阶级的划分。在被剥削被压迫的人民中间，文学主要是依靠口头流传和保存。这种保存方法是不如文字记载更能够传之久远的。因此比较早的人民口头创作很多都失传了。当然，在被文字记载下来的一部分古代人民口头创作中，就有很重要很可珍贵的作品，如《诗经》中的民歌，汉魏六朝的民歌，等等。它们对于后来的文人的诗歌发生了很大的影响。还保存在今天的人民中间的口头创作，也有很光彩夺目的珠宝，还需要进行广泛的深入的发掘。但我们的文学史是不能把这一部分算作主流的。我们无论如何不能忽视文学史上的长期的大量的文人文学的存在。在阶级社会里，文学也有阶级的划分。但人民的文学之外的文人文学，虽然它的作者们绝大多数都是出身于剥削阶级（在我国的封建社会更几乎是全部），它却不是一模一样的。还必须再加以划分。在文人作家之中，有坚决地站在剥削阶级的立场上的；有思想体系或思想倾向基本上属于剥削阶级的范畴，但他们的作品在内容上和艺术上却有可取之处的；有虽然也还没有摆脱剥削阶级的思想体系，但他们的作品却反映了人民的观点和要求的；有和自己出身的阶级决裂，站在人民的革命的立场上从事写作的。情况就是这样复杂。在我国的文学史上，屈原、司马迁、李白、杜甫、白居易、关汉卿、王实甫、罗贯中、吴敬梓和曹雪芹等大体上都属于第三类。鲁迅属于第四类。施耐庵的生平我们还不大清楚，但从他的作品《水浒传》看来，或许也应该列入第四类。他们都是代表我国过去的文学的成就的高峰，在文学史上都是必须用专章来写的。怎么可以把他们的作品不算在主流之内呢？不算主流，难道只能算支流吗？”[①]

“民间文学主流”论者的一个主要论点是，民间文学是劳动人民的创作，而劳动人民是神圣的、不能亵渎的，从而劳动人民创作的文学也自然就应该是优越的、健康的、没有糟粕的。这关系到民间文学的一些理论和概念——如民间文学的性质和地位，民间文学的创作主体是什么社会群体等。关于民间文学的创作主体是什么社会群体的问题，并不是新问题，从中国现代民间文艺学诞生以来，学界就存在着不同的说法，一直到20世纪

---

① 何其芳《文学史讨论中的几个问题》，《何其芳文集》（第6卷），第107—108页。

末的近几年，也还有学者在不断地进行探索和阐释。①

如：郭绍虞于1920年写的《村歌俚谣在文艺上的位置》说："我们要宣传民众艺术，便应得注重普通所谓村歌俗谣——村歌俗谣四字，似乎有贬视的意思，实在这些都是国民情调的表现，简直可作为《国风·小雅》一例看待——这些歌谣，写的是真景，抒的是真情，会的是真意趣，是绝对真实的表现，是极端自然的文章。不管是田夫野老的所唱，是傍人渔父的所唱，或且出之于十三四女孩儿的口中，就歌辞来讲，情景总是很深，趣味总是很浓，就音节来讲，声韵又是无不调和的。自然的灵秘，不必一定是艺术家才能感受得到，才能表现得出，尽有不识字的人，自能运用质实，朴素，逼真的手腕，发为自然的歌诗，成为天地间的妙文。因为他并不懂得格式，所以不为格式所拘泥；他又不要雕琢，所以不受雕琢的累赘。……我人不要看轻这些俚俗歌谣，须知它在文艺上的位置，并不低下的。"②郭绍虞的论述侧重于村歌俚谣在文艺上的价值，但他也明确地指出了这了村歌俚谣的作者是"田夫野老"、"傍人渔父"，他们都是些"不识字的人"的下层老百姓。

如：常被学界引用的胡愈之于1921年写的《论民间文学》一文说："民间文学……是指流行于民族中间的文学。民间文学的作品，有两个特质：第一，创作的人乃是民族全体，不是个人。第二，民间文学是口述的文学，不是书本的文学。所以民间文学和普通文学的不同：一个是个人创作出来的，一个却是民族全体创作出来的；一个是成文的，一个是口述的不成文的。"③他说民间文学的作者是"民族全体"而不是个人。据我的理解，这个"民族全体"是"集体"的意思，是相对于作家的作品是个人的创作而言的。

如：董作宾则提出：民间文学是平民的文学。他于1927年为中山大学民俗学会创办的《民间文艺》所写的《告读者》说："从历史上演成的一种势力，使社会分出贵族和平民的两个阶段（级），不但他们的生活迥异，而且文化悬殊。无疑义的，中国两千年来只有贵族的文化：二十四史，是他们的家乘族谱；一切文学，是他们的玩好娱乐之具；纲常伦理、

---

① 如高丙中《民俗文化与民俗生活》，北京：中国社会科学出版社1994年；吕微《中华民间文学史·导言》（祁连休、程蔷主编），石家庄：河北教育出版社1999年。

② 郭绍虞《村歌俚谣在文艺上的位置》，《晨报·艺术谈（31）》，1920年8月21日。

③ 胡愈之《论民间文学》，《妇女杂志》1921年第7卷第1号，上海。

政教律令，是他们的护身符和宰割平民的武器。而平民的文化，却很少有人去垂青。但是平民文化也并不因此而湮灭，他们用口耳相传来替代汉简漆书，他们把自己的思想、艺术、礼俗、道德及一切，都尽量的储藏在他们的文化之府——民间文艺的宝库里，永远的保存而且继续地发展着。"①他指出，平民与贵族是对立的阶级，平民文化自然也是与贵族文化是相对立的。

如：顾颉刚在1928年写的《圣贤文化与民众文化》说："……他们（民众）虽是努力创造了些活文化，但久已压没在深潭暗室之中，有什么人肯理会它呢，——理了它不是要倒却自己的士大夫的架子吗！直到现在，中华民国成立，阶级制度可以根本推翻了，我们才得公然起来把它表章。我们研究历史的人，受着时世的激荡，建立明白的意志：要打破以贵族为中心的历史，打破以圣贤文化为固定的生活方式的历史，而要揭发全民众的历史。但是我们并不愿呼'打倒圣贤文化，改用民众文化'的口号，因为民众文化虽是近于天真，但也有许多粗劣许多不适于新时代的，我们并不要拥戴了谁去打倒谁，我们要喊的口号只是：'研究旧文化，创造新文化。'所谓旧文化，圣贤文化是一端，民众文化也是一端。……以前对于民众文化，只取'目笑存之'的态度，我们现在偏要向它平视，把它和圣贤文化平等研究。"②

如：钟敬文在1935年写的《民间文艺学的建设》一文里说："他们（民众）有着自己的诗歌，有着自己的小说，有着自己的格言，这些就是过去的文人和文艺研究者所不知道或轻蔑了的民间文艺，是组织和促进民众生活的利器，同时也是反映他们内外生活的明镜。"③他的观点，与顾颉刚一致，认为民间文艺是民众的文学。他还说，民间文艺是"集团"的创作，而不是个人的创作。这一观点又与胡愈之《论民间文学》一文里说的"民族全体"的创作的观点不谋而合。但新中国成立后，钟敬文的观点发生了变化。他在1953年为克拉耶夫斯基著、连树声译的《苏联口头文学概论》写的序言里写道："过去我们学术界中有不少学者把口头文学（我

① 董作宾《民间文艺·敬告读者》，《民间文艺》第1期，广州中山大学，1927年11月8日。

② 顾颉刚《圣贤文化与民众文化——1928年3月20日在岭南大学学术研究会演讲》，《民俗》周刊第5期，广州中山大学，1928年4月17日。

③ 钟敬文《民间文艺学的建设》，1935年11月4日。《民间文艺学及其历史》，第7—8页，济南：山东教育出版社1998年。

们更习惯的称呼是'民间文学'和'民间文艺'）的范围伸展得很广远，差不多除了那些封建士大夫、文人创作的'高雅的'诗文和现代专业作家的一般作品之外，一切流传在民间的、多少有些通俗意味的作品都包揽进去。这里面，自然包含着真正劳动人民的作品，可是也广泛地包括了那些乡村地主阶级、城市市民阶级的'口头创作'，乃至于封建士大夫或小资产阶级知识分子的某些通俗作品。因为有着这种缺乏原则性的看法，就使某些粗心的文艺理论家误认为人民的口头创作是包含封建毒素的，是洋溢着小市民低级趣味的；也因此使某些老实的文艺工作者对于高尔基许多称赞人民创作的名言是否适用于中国的口头文学的问题，表示相当的怀疑。我自己虽然很早就认为只有绝大多数劳动人民（过去，主要是农民和手工业工人）所创作和传诵的作品，才算得真正的口头文学，至于那些封建文人、城市知识分子创作的通俗文学和一般地主、富农及市民等制作的'口头文学'，尽管中间有些也值得注意或者可以吸收的，但是，一般地说，这些不能算是真正的人民口头文学，它的内容的和艺术的价值也不能跟真正的人民创作无区别地相提并论。原苏联学者们所谓口头文学（或译作'民间文学'），一般是指劳动人民自己创作和传播的语言艺术。……有了这样明确的界限，我们就无须再像过去那样，把许多虽然流传在民间而本质上却不属于广大人民的东西算作口头文学或人民创作了。今后为着使大家对它的观念更清晰起见，干脆地废去那些界限广泛而意义模糊的'民间文艺'一类的旧名称，采取'人民口头创作'或'人民创作'的新术语是有好处的。"①钟敬文在此第一次采用"人民口头创作"这个词语，来代替"民间文学"这一约定俗成的专有名词，并且认为"人民口头创作"一般是指劳动人民的创作。在他的倡导呼吁下，新中国成立后，高等学校中文系陆续开设了"人民口头创作"课程。他的这一思想，在他为1955年4月出版的《民间文学》杂志撰写的《发刊词》里再次加以确认并发挥。

从上面列举的几则史料中，我们不难看出，提倡重视和研究民间文学的学者们怎样一步步地把民间文学定义为"人民口头创作"，又怎样把"人民口头创作"等同于"劳动人民的创作"的，青年学者们又怎样走入"民间文学是文学史的主流"这一误区的。

何其芳指出："民间文学和人民的口头创作不是一个同义语"。何其芳从讨论"人民"这个概念的内涵和历史变化着手反驳"民间文学主流"

---

① 钟敬文《苏联口头文学概论·序》，北京：东方出版社1954年；又见杨哲编《钟敬文生平·思想及著作》，第349—356页，石家庄：河北教育出版社1991年。

论："顾名思义，民间文学是产生和流传在人民中间的文学。毛泽东同志曾经说过：'人民这个概念在不同的国家和各个国家的不同的历史时期，有着不同的内容。'在奴隶社会、封建社会和资本主义社会，人民都是指统治阶级以外的被剥削被压迫的阶级和阶层。劳动人民是人民的主要部分。但在我国的封建社会里，一般的市民是应该算作人民的。人民和劳动人民是两个范围大小不同的概念，民间文学也就不等于劳动人民的文学。只能说劳动人民的口头创作是民间文学的主要部分。产生和流传在我国封建社会的市民中间的作品，其中一些民主性很鲜明，另外有一些却夹杂着封建思想和市民本身的消极落后的思想，那是十分自然的。我们不能把后一部分排除在民间文学之外。它们和封建统治阶级的文学还是显然不同的。民间文学也是有糟粕的，不必否认这些糟粕是民间文学。"[①]

何其芳还指出：强调民间文学的优点，强调作家应该向民间文学学习，都是对的。但如果强调到这样的程度，认为一切作家文学都不能和民间文学相比并，作家只能够向民间文学学习，别的文学都不必学习，那就错了。文学的历史告诉我们，作家文学的精华部分是可以和民间文学的精华部分相比并的。文学的历史还告诉我们，那些杰出的作家之所以杰出，并不仅仅由于他们从民间文学吸取了营养，而且由于他们继承了以前的作家文学的优良传统，包括他们本国和外国的作家的优良传统，而且更重要的，还由于他们自己有很大的创造。认为作家文学命定地比不上民间文学，不但不符合文学的历史事实，对我们今天的文学运动也是不利的。

4. 编写少数民族文学史中的有关问题

"大跃进"使我们的党和国家陷入了误区。但历史地看，"大跃进"时代也给我们留下了某些丰厚的历史遗产。少数民族文学史的写作就是这份遗产中的一颗硕果。

1958年7月17日，中共中央宣传部召集来京参加"全国民间文学工作者大会"的各自治区及有少数民族聚居的省的部分代表和北京有关单位，座谈并决定编写少数民族文学史，向建国10周年献礼，进而在各少数民族文学史（或文学概况）的基础上，编著包括少数民族文学在内的多卷本《中国文学史》。同年中宣部下发了《中共中央宣传部关于少数民族文学史编写工作座谈会纪要》。1958年，中国民间文艺研究会提出编选各地歌谣选、各地民间故事选和民间叙事长诗选，中国科学院文学研究所提出编写

---

① 何其芳《文学史讨论中的几个问题》，《何其芳文集》（第6卷），第114页。

少数民族文学史，这些由中宣部批准实施的计划，俗称"三选一史"。

编写多民族的中国文学史的构想，是由中国科学院文学研究所提出来的。何其芳是首倡者。他说过："直到现在为止，所有的中国文学史都实际不过是中国汉语文学史，不过是汉族文学再加上一部分少数民族作家用汉语写出的文学的历史。"[①]参与这个构想的，还有文学研究所各民族民间文学组的贾芝和毛星。中共中央宣传部的文件规定，这项工作由中国科学院文学研究所负责。这项计划被"文革"打断了。"文革"后，1983年3月7日中宣部批复，由新成立的少数民族文学所继续接手此项工作。《纪要》中规定的第一批民族文学史或文学概况是：蒙古族、回族、藏族、维吾尔族、苗族、彝族、壮族、朝鲜族、哈萨克族、锡伯族、白族、傣族、纳西族。接受编写任务的省区，展开了有组织的民族文学（主要是口头文学）的调查采录和整理工作。到1959年新中国成立10周年时，已经有10种少数民族文学史和14种文学概况出版。1961年3月26日—4月17日，中国科学院文学研究所在京召开少数民族文学史讨论会，选择《蒙古族文学简史》《白族文学史》和《苗族文学史》三部文学史作为讨论的重点，就少数民族文学史编写中的一些原则性问题进行学术研讨。[②]会议的最后一天，由所长何其芳作大会发言，作会议的总结。他在发言中，就文学史写作中提出的若干民间文学问题发表的意见，成为他在新的历史条件下，对民间文学的若干理论问题所作的最集中、最完整的一次论述。

第一，关于口头文学作品的断代问题。由于许多少数民族都没有书面文学传世，只有今人记录和整理的口头文学，因此，撰写文学史面临的第一个问题就是分期问题，而分期解决之后，还有一个更困难的问题——作品的断代的问题。这是民间文学研究者遇到的一个新问题。何其芳说，他在读《白族文学史》的时候，觉得它的材料是丰富的，对于很多材料的处理也是妥当的，但对某些作品的断代却有一些疑问。如梁山伯祝英台的故事在白族人民中也很流传，并且产生了以这个故事为题材的长诗。《白族文学史》把这些作品划入南诏及大理国时代，理由是估计在南诏时代梁祝故事已经或者开始传入白族。他说，编写者有三点根据，但他感到理由不足。他说：

---

① 何其芳《少数民族文学史编写中的问题》，《文学评论》1961年第5期；又见《何其芳文集》（第6卷），第266—267页，北京：人民文学出版社1984年。

② 参阅《关于少数民族文学史写作的讨论》，《人民日报》1961年6月28日；《少数民族文学史讨论会旁听记》，《民间文学》1961年第5期。

梁山伯祝英台的故事在汉族中的确是很早就流传的。徐树丕《识小录》卷三说，南北朝的梁元帝萧绎所著《金楼子》中就载有这个故事。但查现在还存在的从《永乐大典》辑录出来的《金楼子》残本，不见有这样的记载，徐树丕的话就无法证实。徐树丕是明末清初的人，他当时是见到《金楼子》是全书还是根据别的书的转引，甚至他的话是否可靠，我们都无法断定。我们如果谨慎一些，是不能根据他这句话来推断梁祝故事的流行的朝代的。现存的较早而又可靠的根据是南宋张津等人撰的《乾道四明图经》卷二和元代袁桷等人所撰的《四明志》卷七都提到的唐代《十道四蕃志》中关于梁祝故事的记载。根据这个记载，断定梁祝故事在唐初已经在汉族某些地区流行，是无可怀疑的。也有记载说梁山伯生于晋穆帝时（见蒋瑞藻《小说枝谈》所录《餐樱庑漫笔》中所引的宋人作的梁山伯庙记），但这当是传说，不一定可靠。而且传说里面说什么人物是什么时候的人，和这个传说产生在什么时候，也是两回事。至于那个白族调中的祝英台的祭文所说的朝代和年月，更是虚构之虚构，怎么能够根据它来推断这个故事的发生和发展的时间呢？那个祭文中所说的“大周定王”远在春秋时代，和传说的梁山伯祝英台是东晋时人又大相矛盾。这种时代和年月显然是荒唐无稽之谈，是完全不能用来作为考定梁祝故事的发生和发展的问题的材料的。梁祝故事在汉族中广泛流行以后，自然有传入白族地区的可能。但故事传入以后，要在白族中广泛流行，以至产生以它为题材的长篇民间诗歌，恐怕又还需要一些时间。要断定白族文学史中的梁祝故事诗产生的时间，不能单从这个故事什么时候传入白族着眼，更重要的是必须考察这些作品本身，从它们的内容、语言、形式、风格等等看它们到底像是什么时代的产物。我没有读到这些作品的全文，很难在这方面发表意见。但从《白族文学史》中所引的一些片段看来，并不像是很古的作品。所以把白族文学中的梁祝故事诗划在南诏及大理国时代，似乎是根据不足的。[①]

口头文学的断代是一个普遍而又困难的问题。写文学史的人，不能想当然，也不能根据似是而非的材料，就草率地作出结论。白族文学中的梁祝故事诗的时代问题，就是编写少数民族文学史中在断代问题上的一个很

---

① 何其芳《少数民族文学史编写中的问题》，《文学评论》1961年第5期；又见《何其芳文集》（第6卷），第274—275页。

典型的例子。何其芳对这个个案的解剖，既对编写者提高学术水平有益，也对提高民间文学的学科意识大有裨益。

与断代问题有关，少数民族文学史讨论会主办单位发给与会者每人一份题为《苏联学者关于编写民间文学史的意见》的参阅材料。材料显示，断代问题，也是当时原苏联学者们遇到的一个棘手问题。他们当年正在编写多卷本的《俄罗斯民间文学创作》，在第1卷的编者前言里就说：故事、仪式歌、谜语等，由于"没有包含一定历史事件的直接或间接的反映"，所以不能确凿无误地确定作品的年代。只是根据"历史事件的反映"来判断是有困难的，甚至会是错误的，因为民间文学作品虽然"奇特地伴随着历史"，但是并不等于是历史的例证和插图。[①]我们也遇到了类似的问题。作品中能够显示出"历史事件的反映"固然很好，但大量的作品是没有这种"历史事件的反映"的，尤其是那些幻想性较强的民间故事。

何其芳提出多民族中国文学史的设想四十年后，张炯、邓绍基、樊骏主编的十卷本《中华文学通史》（华艺出版社，1997），已经把各少数民族的文学融入中国文学史的不同时代之中。但张炯的《导言》并没有触及何其芳当年所谈的那些问题是怎样解决的。但何其芳的夙愿毕竟已经实现了。中国有了第一本多民族的中国文学通史！此外、祁连休、程蔷又另行主编多卷本的《中华民间文学史》，作为简本的一卷本也已于1999年出版。

何其芳还强调指出，写作文学史时，在民间文学材料的处理上，要坚持实事求是的科学精神，不能把自己的论断建筑在推测上。《白族文学史》在《南诏及大理国时代的白族文学发展概况》一节中说："在目前搜集到的材料中，南诏时代的白族民歌尚未发现，但可以肯定，这时期白族民歌一定是很丰富的。"他对这种建筑在推测之词上的断语表示了异议。他说："这种估计的根据是唐代樊绰的《蛮书》和《新唐书·南蛮传》中的三条材料。但这些材料也并不是都能作这样的解释的。比如材料之一是《蛮书》记载了当时洱海附近地区的商人的一首歌谣。怎样能从这样的材料就得出当时白族民歌很丰富的结论呢？这就不能不把论断建筑在一些推测之词上了：那个商人'很可能就是在那里经商的白族人'，因此这首歌谣'亦可能是白族歌谣'，而且'估计这首歌谣原来可能是用白话唱的，《蛮书》所记可能是翻译出来的'等等。以这些'可能'为基础，书上就作出了这样的论断：'由此可见，南诏时代的白族民歌是发达的。'但这些'可能'究竟不过是可能。即使这些'可能'都估计对了，也不过证明

---

① 会议参阅材料《苏联学者关于编写民间文学史的意见》。

当时白族有民歌，怎么能根据一首民歌就判断当时民歌很丰富呢？”①在民间文学材料的使用上，考证有时是需要的，离开扎实的考证轻率地推衍出某种结论，不是科学的态度。强调这一点，在今天依然具有现实意义。

第二，何其芳批评了下面的这种倾向：三部文学史的有些地方，把民间文学作品中思想内容有矛盾、宣扬封建思想意识、表现因果报应或者有其他消极思想的部分，断定为是经过了过去的统治阶级的篡改。针对这种情况，他说：“我觉得判断作品的什么部分经过了篡改，这是应该十分慎重的。这种判断必须有可靠的根据。比如文字记载的根据，或者原先的作品还存在，可以和后来的作品对照，等等。不能仅仅因为作品中有消极的思想内容，不能代表人民，就断定是经过了过去的统治阶级的篡改。因为这些消极思想内容也可能是受到了过去的统治阶级思想的影响，或者是反映了过去的人民的落后思想。如果轻易断定为经过了篡改，甚至按照我们的想法把这些部分加以删改增减，结果就反而把可靠的材料变为不可靠了，我们根据这些不可靠的材料写出的文学史也就并非信史了。有了充分而可靠的材料，我们在处理、解释和运用材料的时候还要有严格的科学精神，不可牵强附会，不可断章取义，不可随意引申，不可选取对自己的主观想法有利的部分而抹杀不利的部分，不可使我们的解释和判断经不起别人查对原来的材料，不可把结论建立在仅仅是可能的基础之上。”②

第三，关于“左”的思想和庸俗社会学的阶级论的影响。在分析历史上流传下来的民间文学作品时，不自觉地用阶级斗争的理论来套古代的民间作品，任意突出和拔高作品中的阶级斗争和阶级矛盾，在当时的民间文学界是一种相当普遍的倾向，也是这些少数民族文学史写作中暴露的一个突出问题。何其芳委婉地批评了这种不正的观点和学风：“在运用马克思列宁主义原理的时候，有些地方也还可以讨论。比如怎样用阶级观点来解释描写爱情的作品就是一个问题。《白族文学史》对于有名的《望夫云》的传说是这样说明它的思想意义的：先说它有两个主题，一个是歌颂爱情的主题，一个是反映阶级斗争的主题，两个主题又是有机地联系着；后来又说，‘如果说《望夫云》中的爱情事件是现象，则阶级斗争主题是它的本质’。《苗族文学史》对于古代苗族情歌说，它们‘也是苗族人民进行

---

① 何其芳《少数民族文学史编写中的问题》，《文学评论》1961年第5期；又见《何其芳文集》（第6卷），第275—276页。
② 何其芳《少数民族文学史编写中的问题》，《文学评论》1961年第5期；又见《何其芳文集》（第6卷），第277页。

阶级斗争的有力武器'。阶级社会的文学都有阶级性，阶级社会的民间文学很多都反映了或者接触到阶级矛盾，阶级压迫，这是没有问题的。阶级社会的爱情也有阶级性，阶级社会的描写爱情的作品也总是表现了不同阶级的生活、思想、感情、恋爱观等等，而且有些作品更通过爱情的题材反映了阶级矛盾，阶级压迫，这也是没有问题的。然而我们并不能因此就把一切作品，一切描写爱情的作品，都看作是以反映阶级斗争为主题。《望夫云》的传说是多种多样的，这些传说的思想意义和阶级性的表现也是比较曲折复杂的，恐怕不宜于把它们的主题都归结为反映阶级斗争。整个说来，阶级社会的文学当然是阶级斗争的武器，这也是没有问题的。然而我们也不能因此就把全部苗族的古代情歌都说成是苗族人民进行阶级斗争的有力武器。这恐怕是不符合实际的。我们需要把阶级性和阶级斗争这两个概念加以适当的区别。"①

　　第四，关于民族民间文学遗产的批判继承问题。任何古代的民间作品，即使是杰出的作品，在今人看来，都是有局限性的，有的甚至还有消极因素。古人不可能超越时代，对古代的作品不可苛求。在研究古代民间文学时，必须树立历史唯物主义的观点。但在20世纪60年代，"左"的思想影响着所有的学术领域，在古代作品的继承问题上，甚至在被认为人民性较强的古代民间作品的继承问题上，强调的首先是批判，把批判放在前面，没有批判就谈不上继承。曾有一个时候，甚至提出过"越是精华就越要批判"的口号。在《红旗》杂志出版的《未定稿》上曾经连载过对《水浒传》的批判，在一段原文前面先写一段批判，很像是夹叙夹议，让读者先读批判、然后再读正文。这种"左"的思想，也对文学史的写作发生过明显的影响。在供会议讨论的三种文学史中，对每一部入史的古代作品，几乎都要写一段批判的文字，而且给读者以用今人的标准要求古人的印象。何其芳举例说："《蒙古族文学史》对《江格尔传》、《红色勇士谷纳干》等作品，批评它们没有摆脱'英雄造时势'的唯心主义观点，把主人公写成了个人英雄，对人民群众是历史的创造者表现不足。但古代的神话传说，英雄史诗，以至像《三国演义》《水浒传》《西游记》等著名小说，差不多都是这样写的，是不是都应该加以这样的批判呢？古代的作者不可能有我们今天的历史唯物主义观点。他们在作品中把个别人物写得很突出，一般人民群众写得很少或者甚至没有写，自然是和他们的思想有关

---

　　①　何其芳《少数民族文学史编写中的问题》，《文学评论》1961年第5期；又见《何其芳文集》（第6卷），第278—279页。

的。但这里面是不是也还有一个文学特点的问题呢？这种作品总要创造英雄人物，这些英雄人物形式上是个人，实际上却是通过他们集中地表现了人民群众的力量、智慧和愿望。这正是文学艺术的一种比较曲折地反映现实的形式。"[1]

何其芳还举出《蒙古族文学史》关于《孤儿舌战钦达嘎斯琴》和《额尔戈乐岱》，《苗族文学史》关于张秀密叙事诗的例子，提出：不能要求作品里的人物具有明确的斗争目的，不能提出超越作品基本思想范围的要求，不能要求民间作品像作家创作那样细致和完整。同样，也不能对某些民间作品作不相称的过高的评价和赞扬。

第五，关于厚今薄古的问题。20世纪60年代初陈伯达提出"厚今薄古"的口号以后，厚今薄古几乎成为全国各个学术领域里的方针。这个口号对民间文学领域的影响是很大的，不仅表现在理论上，而且也表现在实际工作中，对过去时代的民间文学作品的搜集一时间大为减弱，甚至停顿下来，除了歌颂农民革命军的传说而外，"大跃进"歌谣、新民歌、与民间故事传统几无关系的"新故事"，成了民间文学工作的重中之重。而在文学史的写作中，对"厚今薄古"的方针自然也是无法回避的，在如何贯彻这一方针上，与会者们发生了争论。有人认为，在编写少数民族文学史或文学概况时，不必提"厚今薄古"的口号，因为少数民族的文学遗产还发掘得不够，而且工作中并没有发生厚古薄今的偏向。有人认为"厚今薄古"既然是学术工作的方针，就应该在编写工作中也适用，就不能打折扣，就应该百分之百地加以贯彻。有人主张在篇幅上古的少一些，今的多一些。有人说不一定表现在篇幅上，主要还是观点问题，看对待古代的作品和今天的作品的态度怎样，是不是看到了两者本质上的不同，是不是有一代比一代强的思想。有人认为既要从篇幅上来表现，也要从对作品的评价上来表现。总之，谁也无法跳出陈伯达"厚今薄古"的手掌心。

何其芳费尽心机地绕着弯子，既不能得罪"厚今薄古"的官方口号引火烧身，又要引导编写者们跳出"厚今薄古"的紧箍咒，以实事求是的科学态度，花较多的笔墨、用较大的篇幅去挖掘过去时代的民间文学。他批评了那种用上卷写古的、下卷写今的做法。他说："厚今薄古虽然是一个带方针性的口号，但究竟还是一个针对学术界一定时候的偏向提出的口号，和学术工作的根本方针、根本政策还不同。"他用这样一句话就把那

---

[1] 何其芳《少数民族文学史编写中的问题》，《文学评论》1961年第5期；又见《何其芳文集》（第6卷），第279页。

个闹得热火朝天的口号放到一边去了。他说："由于学术界的确存在过厚古薄今的不正常的风气，这个口号在全国发生了很大的影响。但随着也产生了一些错误的理解。有些人以为提倡厚今薄古就可以对文化遗产采取粗暴的态度，就不必再进行整理和研究文化遗产的工作，在学校里也不必给学生以必要的历史知识，不必读古典作品，等等。厚今薄古的口号应该包括这样一些基本内容：我们的学术应该以研究现实生活中的新问题为主，应该为今天服务；我们对待遗产应该采取批判的态度，不受老传统的束缚；这样我们的学术活动才有创造性，才能大大提高我们的学术水平。但是，一定的口号和公式都有一定的局限性，像这样一些基本内容就不是厚今薄古这个简单的口号所能完全表达出来的。因此，人们就容易只在厚今薄古这四个字的字面上着眼，就容易产生一些简单化和庸俗化的理解。"他力图以绕着弯子的表达方式，来抵消"厚今薄古"这个口号的影响，提倡实事求是的科学精神，鼓励学术研究的创造性。

第六，关于民间文学里面有没有两种文化的斗争问题。两种文化的斗争，是列宁在《关于民族问题的批评意见》里提出来的一个论断："每个民族的文化里面，都有一些哪怕还不大发达的民主主义和社会主义的文化成分，因为每个民族里面都有劳动群众和被压迫群众，他们的生活条件必然会产生民主主义的和社会主义的思想体系。但是每个民族里面也都有资产阶级的文化（大多数的民族里还有黑帮和教权派的文化），而且这不仅是一些'成分'，而是占统治地位的文化。因此，'民族文化'一般说来是地主、神甫、资产阶级的文化。"[①]在民间文学里面有没有两种文化的斗争，这个问题的提出，是对列宁的理论原则的延伸，实际上是指承不承认在民间文学里面存在着精华部分，也存在着糟粕部分；如承认这一点，那么如何看待精华与糟粕的性质，即这种精华与糟粕并存的情况，是来自于劳动者内部的进步与落后的差别，还是来自于劳动者与剥削阶级两种思想的斗争。前面说过，到20世纪60年代，在民间文学界，这样的思路占据着绝对的强势：认为人民口头创作是劳动人民的创作，其内容和所表达的思想是健康的、向上的、积极的，而一切消极的思想和封建的糟粕，都是统治阶级强加的。这当然是一种形而上学的观点，但在当时却是打着马列主义标签的理论观点。何其芳的回答是："民间文学里面有两种文化的斗争；但民间文学的糟粕的确很多都是剥削阶级的思想在其中的反映；因

---

① 列宁《关于民族问题的批评意见》，《列宁论文学与艺术》（一），第139—140页，北京：人民文学出版社1960年。

此，民间文学里面的两种文化的斗争的形式还是表现得曲折一些；和整个社会上的两种对立阶级的文化的斗争还是有所不同。"①何其芳的这个回答，实在很蹩脚，或者干脆一点说，他的观点是不全面的或错误的。他没有、也不敢说作为民间文学创作主体的农民，作为束缚在狭小的土地上的小生产者，其本身就天然地、自发地产生着落后的思想体系，而民间文学中的那些被我们今人看来是落后的内容和落后的思想，正是这些小生产者本身的必然产物，当然也不排除他们同时也接受了大量统治阶级的思想影响。如果承认一个社会有上层文化也有下层文化这两种文化的存在，而这两种文化在相互对抗中，也在不断地发生着相互间的影响和融合。民间文学不也显示着这种既对抗又融合的印记吗？可惜，在这个问题上，何其芳还缺乏这样的思考。这也可能就是他的局限吧。

（六）毛星：对文学史模式的颠覆

毛星（1919—2001），原名舒增才，四川德阳人。1938年在延安鲁艺文学系学习和工作，40年代调入鲁艺研究室和文艺运动资料室。1946年任《人民日报》副总编辑，东北人民出版社社长兼总编辑。1956年任北京大学（后改为中国科学院）文学研究所研究员、领导小组副组长、《文学研究》副主编。主要研究古典文学和民间文学。40年代参与编辑《陕北民歌选》、50年代主持云南民间文学调查采录、70年代主编《中国少数民族文学》。

五四新文化运动前两年，已有北京大学教授刘师培的《中国中古文学史讲义》问世（1917），这部书虽在中国文学史写作上有无可置疑的开创之功，却并算不上是一部完整的中国文学史，比较稳定的中国文学史的架构和模式的形成，则是在"五四"新文化运动之后。总起来看，到了20世纪50年代，已形成的中国文学史的基本模式是：其一，中国文学史是汉民族的文学史，而不包括其他民族的文学；其二，文学史是作家和作品的历史，而忽略文艺思潮对作家和创作的影响，这种结构是在西方文学史的影响下建立起来的。这种中国文学史模式从"五四"算起差不多持续了三十年，到1950年代后期，随着各少数民族民间文学作品的大量搜集和问世，才遭到了质疑。

中国文学史不应仅仅是汉民族的文学史，也应该包括在中国境内的

---

① 何其芳《少数民族文学史编写中的问题》，《何其芳文集》（第6卷），第290页。

其它民族的文学！提出这一质疑并认识到以往的中国文学史结构模式的这一缺陷的代表人物，是在当时中国科学院文学研究所主持领导工作的何其芳和文艺理论家毛星。在文学研究所成立之初，研究人员来自不同的领域，有着不同的学术倾向。何其芳和毛星等，他们都是来自延安鲁迅文艺学院的学者。1945年毛星曾在延安鲁艺文艺运动资料室工作过一段时间，在何其芳领导下，负责对当时延安各文艺单位的同志们在陕甘边区所采集的民歌进行整理和编订，最后由何其芳和张松如（公木）编为《陕北歌谣选》。这一段经历，使他有机会接触到大量民间作品并作过一些研究。到文学研究所工作之后，他对文艺理论、古典文学、民间文学都时有涉猎，特别是《关于李煜的词》[1]《不要把幻想和现实混淆起来——试答关于几篇民间故事的疑问》[2]《论文学艺术的特性》[3]等文章的发表，影响很大，显示了毛星在文艺理论上的实力。遗憾的是，精力的分散，哪里有任务就投向哪里，哪里有斗争就冲向哪里。如这些文章，几乎都是为讨论做总结而撰，这种在任务感召下而从事的文艺批评式的研究，使他无法更进一步地深下去沉下去，一篇文章完成，便宣告此项研究暂时终止，致使他在50年代中期，还没有形成自己的专有的学术方向和学科优势。这也许不是毛星一个人，而是延安来的那批文艺工作者后转而从事文学研究的学者们的共同的历史局限。但，应该说，在民间文学研究上，毛星的深厚的理论功底和扎实的研究功夫，使他登上了较高的学术境界，尽管他的理论中也像那个时代里所有从事意识形态研究和著述的人一样，依稀可见"左"的和庸俗社会学的影响的印记。

除了在鲁艺文艺运动资料室时所作的民间文学研究给予他的文艺学术观点以重要影响外，毛星关于中国文学史应是多民族的文学史这一观点的形成，还与他在文学所各民族民间文学组工作时，于1956年9—11月，受何其芳指派、率领中国科学院文学研究所云南民间文学调查组到滇西进行的民间文学调查采录不无关系。这次滇西调查，也得到了时在云南大学任教的李广田的支持。参加这次民间文学调查组的队员有：李星华、陶阳、孙剑冰、刘超、青林（后因故先期回京）。到云南后，分为大理和丽江两个小组。大理组又吸收了当地文化工作者杨秉礼、杨亮才为助手。这次调查采录的成果有李星华记录整理的《白族民间传说故事》（人民文学

① 毛星《关于李煜的词》，文学研究所编《文学研究集刊》1956年第3册。
② 毛星《不要把幻想和现实混淆起来》，《民间文学》（月刊）1956年第4期。
③ 毛星《论文学艺术的特性》，《文学研究》（季刊）1957年第4期。

出版社，1959），杨亮才、陶阳搜集整理的《白族民歌集》（人民文学出版社，1959）、刘超采录的《纳西族的歌》（人民文学出版社，1959）。毛星作为这次为期三个月的滇西民间文学田野调查的负责人，在调查结束后写了一篇《关于白族的几点情况》，以文献材料和口述材料为根据，对白族的历史和文化、风俗习惯和宗教信仰、白族与汉族的文化关系等作了相当深入的论述，作为李星华《白族民间传说故事》的序言印在前面。其实毛星的这篇长文，我们有理由看作是这次滇西采风的调查报告。如果加上李星华书后所附的《关于白族民间故事传说》一文，陶阳、杨亮才书的《前言》对白族民歌调查的记载，这次调查活动的调查报告就更全面了。毛星在文章里充分吸收了他这次在滇西一带从大理、洱源，到凤翔、邓川，再到西山等坝子和山区里白族居住地的实地调查采访所得，如果没有这次田野调查，他就不可能写出这篇文章，尤其写不出这样一篇以文献和田野两方面材料的比较研究的文章来。这种把文献与田野结合起来的研究文章，不仅在毛星本人的学术生涯中，即使在文学研究所所有研究人员的治学中，大概也算得上是开风气之先的文章之一。

编写多民族的中国文学史的构想，是由中国科学院文学研究所提出来的。这一构想，实际上是对过去文学史模式的颠覆。何其芳曾概括地说过："直到现在为止，所有的中国文学史都实际不过是中国汉语文学史，不过是汉族文学再加上一部分少数民族作家用汉语写出的文学的历史。"[1]1958年7月17日，中共中央宣传部召集来京参加"全国民间文学工作者大会"的各自治区及有少数民族聚居的省的部分代表和北京有关单位，座谈并决定编写少数民族文学史，向建国10周年献礼，进而在各少数民族文学史（或文学概况）的基础上，编著包括少数民族文学在内的多卷本《中国文学史》。同年中宣部下发了《中共中央宣传部关于少数民族文学史编写工作座谈会纪要》。

中共中央宣传部的文件规定，编写少数民族文学史或概况的工作由中国科学院文学研究所负责。《纪要》中规定的第一批民族文学史或文学概况是：蒙古族、回族、藏族、维吾尔族、苗族、彝族、壮族、朝鲜族、哈萨克族、锡伯族、白族、傣族、纳西族。接受编写任务的省区，展开了有组织的民族文学（主要是口头文学）的调查采录和整理工作。到1959年建国10周年时，已经有10种少数民族文学史和14种文学概况出版。1961年3月

---

[1] 何其芳《少数民族文学史编写中的问题》，《文学评论》1961年第5期；又见《何其芳文集》第6卷，第266—267页，北京：人民文学出版社1984年6月。

26日—4月17日，中国科学院文学研究所在京召开少数民族文学史讨论会，选择《蒙古族文学简史》《白族文学史》和《苗族文学史》三部文学史作为讨论的重点，就少数民族文学史编写中的一些原则性问题进行学术研讨。[①]这项计划被"文革"打断了。何其芳也不幸于1977年逝世，多民族中国文学史的设想没有来得及实现。[②]

"文革"结束后，文学研究所恢复工作，由毛星负责组织班子，以文学所各民族民间文学室的人员为主，吸收各少数民族和地区的学者一道，着手合作进行三卷本的《中国少数民族文学》的编写。经过几年的努力，于1982年完成，并由湖南人民出版社于1983年7月出版。这部大型的集体著作《中国少数民族文学》，实际上就是1958年规划中的中国少数民族文学概况，是中国第一部包括所有少数民族在内的文学简史和概况著作。

由毛星统领全书写作并为之写序的这部中国少数民族文学的概况，是以我国现有的少数民族为依据，每一个民族的文学都以其历史发展为线索，兼及已被记录成文的和还流传在口头上的文学，把作家文学（有的民族没有作家文学）和民间口头文学整合在一起来叙写的。以史为线索兼及现状的评介（毛星特别强调不是评论，而是介绍），这就决定了既是简史又是概况成为这部著作的一个突出的特点。但既写史又写概况，也就给写作带来了相当大的难度。因为在中国漫长的历史上，包括汉族在内，因战乱、天灾等原因，各民族间的侵袭、战乱、灭族、融合等是时常发生的，因而文化的变迁也是既频繁又缓慢的，给文学史家提出了大量难题，不是在短时间里可以解决得好的。

作为主编，毛星没有采用语族和语系为参照，而以现今的地理分布、特别是以"许多山脉的源出地和交会点、古代中西交通的要道葱岭开始"，由西而东，而东南，而西南，再折向东南，分民族做各自的叙写。他的这个排列顺序，当然是权宜之计，也许未见得符合文化文学发展变迁的规律，但即使是权宜之计，总得有个解决的办法吧，因此，作为"第一个吃螃蟹者"的第一部尝试之作，还是留待历史去评说吧。

毛星写于1982年上半年的《序言》，是一篇浸注着作者研究心血和闪耀着学术光彩的著述。他在《序言》里着重解决的，是少数民族文学发

①　参阅《关于少数民族文学史写作的讨论》，《人民日报》1961年6月28日；《少数民族文学史讨论会旁听记》，《民间文学》1961年第5期。
②　关于20世纪五六十年代少数民族文学史写作的情况，另见拙作《作为民间文艺学家的何其芳》，《民族艺术研究》2004年第1期，昆明。

711

展中一些共同性的、带规律性的理论问题，也正是在这些问题上，见出他的文学理论修养和民间文学功底。在论述神话的产生、特点、流布和嬗变时，他的论说基本上是对马克思《〈政治经济学批判〉导言》中关于希腊神话的见解的解说与发挥，但在洪水神话和开辟神话这类几乎中国多数民族所共有的神话时，他的见解又显示出了前人少有触及的新意。譬如，关于洪水神话与射日神话的关联的见解。关于对天地开辟神话三个类型的归纳和阐释：珞巴族的天地自开说；佤族、水族、彝族、布依族的分开天地说；阿昌族、瑶族、哈尼族、布朗族、土家族的造天造地说。在神话阐释上，他多少有点儿"背叛"了他长期十分忠实地坚守的"延安学派"的文学观念，不自觉地吸收了曾经被原苏联理论界批判过的地理环境决定论的某些合理成分。他说："各族神话的特色和差异来源于各族各有特点的民族生活。而在'人类童年时代'，不论文学的特色或民族生活的特色，都与所处的自然环境有着密切的巨大的关联。自然环境不仅给各族古代的语言、语汇、由语言构成的形象等，打上了鲜明的印记，而且很大程度影响了神话、史诗等的内容。比如，几乎所有的民族都有洪水故事，但在珞巴族的一些氏族中却没有。这是由于这些氏族住在高山峡谷的半山腰，不存在洪水淹没的问题。又比如，雷公在好多民族的神话中是反面角色，是洪水灾难的罪魁祸首，但在黎族中，雷公却是正面人物。这是因为海南地区雷的威力特大，比起别的地区的人来，这里的人们对雷神怀有更大的敬畏。"[1]这种挣脱文艺理论政治化、意识形态化的理论倾向，在他写于1957年6月、定稿于1959年4月27日的《关于白族的几点情况》里已经略见端倪，到"文革"后写的这篇序言，则表现得十分明显了。

他还着力论述了在史诗、叙事诗问题上某些少数民族与汉族文学传统的差异。就他对北方三大民族史诗——藏族的《格萨尔》、柯尔克孜族的《玛纳斯》、蒙古族的《江格尔》——的断代（"产生在氏族社会末期和奴隶制早期"）以及史诗叙事传统的论述而言，尽管未免有失简略，但在中国的"新时期"之始的学界，无疑是难能可贵的。遗憾的是，与一切历史人物一样，他也受到自己所处的历史的局限，未能勾画出北方民族的史诗与南方民族的叙事诗在起源上和诗学上出现差异的清晰画面和解剖其造成这种差异的深层原因。毛星在文章里强调在一些少数民族中间发现和记录下来的长篇叙事诗，以及叙事文学传统在中国文学史上的意义，这是

---

① 毛星《〈中国少数民族文学〉序》，《民间文学论坛》1982年第2期；又见《中国社会科学院学者文选·毛星集》，第361—362页，北京：中国社会科学出版社2002年。

十分敏锐、十分重要的，但在汉民族缺乏叙事诗的问题上，却重复了胡适早年发表过的一个观点：汉民族是一个缺乏想象力和不富于叙事诗传统的民族，除了《孔雀东南飞》外，几乎没有长篇的叙事诗留下来。（《白话文学史》）我想，毛星在这篇《序言》里所以发表这样的观点，是一种历史的局限，除了他所受胡适的影响而外，他还没有看到先是在吴越文化的江、浙、沪地区、稍后在楚文化和秦文化交汇而又相对封闭的鄂西北地区发掘记录下来的数量很大的一批民间叙事诗遗产，而这些叙事作品的被发现，应当引起文学史家们的重视，有充足的理由引发中国文学史的改写浪潮。如果毛星看到了这些新搜集的叙事诗篇文学遗产，他也许会乐于修正他的观点的。

《中国少数民族文学》的出版，为毛星等所倡导的多民族文学史的蓝图和学科建设迈出了可贵的第一步，至少在多民族文学史的有关理论原则和实际资料上，奠定了初步的、却又是相当坚实的基础。

（七）贾芝的《民间文学论集》

贾芝（1913—），原名贾植芝，山西襄汾人。1938年到延安，在抗日军政大学、鲁迅艺术学院学习和工作。1949年参加第一次文代会后，参与筹建中国民间文艺研究会。先后任文化部艺术局、北京大学文学研究所（后改为中国社会科学院文学所）和少数民族文学研究所研究员。著有诗集《水磨集》（1935），民间文学论集有《民间文学论集》（1963）、《新园集》（1981）、《播谷集》（1994）等。

贾芝认为，"五四"以来的民间文学工作出现了两个"传统"、两条道路："一个（传统）是从五四新文化运动中积极提倡人民创作开始，经过左翼文学运动时期鲁迅、瞿秋白对民间文学的正确阐述和红色政权下革命歌谣的产生和采集，到毛主席的《在延安文艺座谈会上的讲话》奠定了新文艺的发展方向，以至开国后政府把发掘和研究民间文艺的任务列入第一个五年计划，这是一条马克思主义的道路；特别是从毛主席提出文艺为工农兵服务的方向，解决了作家和群众的关系、文艺的普及和提高的关系以及新文艺和文艺遗产的关系等一系列的问题以后，加上我们有民主政权这样一个极其重要的条件，民间文学在我国才开始了一个新的正当的地位。另一个传统是，从《歌谣》周刊发展到《民俗》周刊、《艺风》，提倡人民创作的热心家们的雄图，不过是在中国建立资产阶级民俗学，这是一条资产阶级的道路。虽然在一个相当长的时期内，这些热心家在民间文学方面做了不少工作，但因为他们继承了外国资产阶级的衣钵，倾心于什么形式主义的比较法、考据法，故事的型式分类，传播说，寻求'文化的残留物'等等，他们除了在提倡民间文学和发掘材料上有些贡献而外，研究方面的成绩却是薄弱的，而且是包含着错误的。后来有的人改了行，有的人倾向于马克思主义了，然而胡适的反动的学术思想和资产阶级民俗学对于民间文学工作所产生的不良影响，至今也还不曾澄清。"①这两个"传统"和两条道路，代表了"在学术思想和工作方法上"的"两种态度，两种观点，两种方法"。②

他自述他所主张的学术思想和方法与所谓"资产阶级学者"的分野是：

第一，我们把民间文学首先当作劳动人民的文艺作品来看，可是资产阶级学者却把它仅仅看作是与人民生活无关的"科学研究"的材料。不错，民间文学是劳动人民的生活历史的生动记录，具有很高的科学价值，但把它仅仅看作民俗学的一个组成部分，或把它只作为探讨人类文化的科学材料来处理，那是很不够的。在劳动人民翻了身、当了权的时代，他们的长期遭到轻视与排斥的口头文学创作，特别是那些久经时间考验的作品，越加光彩焕发，受到人们的喜爱。应当把它们列入我们的文艺宝库。资产阶级学者并不是完全看不见民间文学的这种历史变化，然而他们是更加醉心于从民间文学中寻求"文化残留物"的，他们喜欢把它们看作历史材料；他们虽然有时也站在人民群众或所谓"未开化的民族"的头上夸奖几句这些作品，而并没有真正尊重民间文学。我们还认为，民间文学是在群众中活着的文艺作品，我们有责任把它们及时发掘出来，加以整理和传播，使它们的内容和形式更加完善，恢复它们的本来面目，目的是要让它们更好地流传下去。我们也反对任意修改，画蛇添足，而主张以科学的态度来整理，忠于原作。任意毁坏民间作品，也会遭到群众反对的。可是资产阶级学者，因为把民间文学仅仅看作"科学研究"材料的原故，坚持"一字不动论"。他们把生动活泼、复杂多彩的民间文学现象看作一种僵硬静止的现象；对民间文学的向前发展也漠不关心，而硬要把它

---

① 贾芝《必须坚持为人民服务的方向——论民间文学工作的两条道路》，《民间文学》1957年第10期，北京。又见作者《民间文学论集》，第57页，北京：作家出版社1963年。

② 贾芝《必须坚持为人民服务的方向——论民间文学工作的两条道路》，《民间文学》1957年第10期。又见作者《民间文学论集》，第58页，北京：作家出版社1963年。

们弄成一堆死材料。

第二，我们发掘民间文学宝藏的目的，首先是为了把民间文学作为文艺作品提供给群众欣赏，直接为工农兵及全体人民服务，为社会主义建设服务。因为民间流传的优美作品永远不失为鼓舞劳动热情，增强民族信心，让人们热爱和平、坚持正义，为了美好的理想而奋斗的美妙的艺术。在社会主义时代，它们依然为群众喜闻乐见，而且为全民所需要，能帮助我们教育后代，建设社会主义。至于群众的出色的新作，它们本来是社会主义文艺的一部分，群众自然也乐于接受，也是教育群众的有效工具。而无论传播传统作品或新作，无疑也将促进民间文学本身的发展。……

第三，资产阶级学者的"科学研究"，根本是脱离实际的，也是不要群众的。我们发掘民间文学宝藏的另外一方面的目的，就是为了科学研究工作。而这也首先是为了推进社会主义的文艺建设事业和增进群众对民间文学的了解，而绝不是为科学而科学，为研究而研究。例如我们的迫切任务之一，是研究我国各个民族丰富多彩的民间文学，以便推陈出新，促进我们的社会主义新文艺的发展；例如旧时代的或某一民族的作品，是存在着一些群众需要得到解答的复杂的问题，研究这些问题也完全可以把帮助群众理解作品与系统的文艺理论建设结合起来；例如，只有对我国民间文学进行一些切实的探讨，并且研究了各民族的民间文学的发展，中国文学发展的历史和文艺学才能得到全面的正确的阐述。此外，民间文学既然具有多方面的作用，文艺以外的其他哲学和社会科学如历史学、民俗学等等都可以从它获得珍贵资料，这是不消多说的。……[①]

作者还发表过一篇《再论民间文学工作的两条道路》（《民间文学》1958年第1期），对他上文的观点作了补充。如果要加以概括的话，可以看出，贾芝的论述表明他是民间文学的文艺学研究者，而与一般持文艺学观点研究民间文学的学者不同的地方，是他站在"党的立场"上对"资产阶级学者"钟敬文的"政治"批判。抛开政治的因素不谈，也可以看出，与北京师范大学55级学生集体编著的《中国民间文学史》所设立的对象——

---

① 贾芝《必须坚持为人民服务的方向——论民间文学工作的两条道路》，《民间文学》1957年第10期，北京；又见作者《民间文学论集》，第59—60页，北京：作家出版社1963年。

以郑振铎为代表的俗文学派和以钟敬文为代表的民俗学派——不同，作者批评的对象，主要是民间文学研究的民俗学派，而以钟敬文的民间文学思想观点为代表，把他称为"并不是资产阶级民俗学的最初的开拓者，而是它的最后一个不光荣的代表"。

贾芝的民间文学论说的重点，除了上述对"五四"以来民间文学两条道路斗争的论述和对民俗学派的批判以外，主要放在了民间文学工作和运动的引导方面，如对"大跃进民歌"的鼓吹与论述，而对于民间文学本身的学术问题的研究则属鲜见。最有影响的文章是《民间故事的魅力——〈中国民间故事选〉二集序言》。[1]作者以一般文艺学和文艺社会学的立场和观点，论述与分析民间故事中对劳动人民创造精神和斗争精神的讴歌（如义和团、捻军、太平天国灭洋人等近代革命传说的社会价值），对阶级斗争的反映，对凶残、腐败、丑恶的揭露（如暴君、土司、地主、外国殖民主义分子等），对故事中的传奇英雄（如蒙古族的巴拉根仓、藏族的登巴叔叔、湘西苗族的反江山等）和聪明智慧人物（如巧女、仙女等）的社会学分析。

（八）天鹰的歌谣论著

天鹰（1921—2004），本名姜彬，浙江慈溪人。1939年参加革命。1944年任四明山解放区鲁迅学院副大队长。1950年任华东新华书店总店副总编辑。1954年任上海人民出版社副社长兼副总编辑。1954年任上海文艺出版社总编辑。"文革"后任上海社会科学院文学研究所研究员、所长。著有《中国古代歌谣散论》（1957）、《论歌谣的手法及其体例》（1959）、《扬风集》（1959）、《1958年中国民歌运动》（1959）、《中国民间故事初探》（1981）、《论吴歌及其他》（1985）、《区域文化与民间文艺》（1986）等。

天鹰的民间文学研究，其重点和成绩，主要在歌谣研究方面。他的学术思想的特点，是以一般文艺研究的立场和方法研究歌谣，对歌谣和民间文学作社会历史—美学的解说。"文革"后，其学术思想发生了很大的转变，基本上放弃了民间文学的文艺研究，转向民俗学的调查和研究，先后主持并完成了三个国家社会科学基金项目：《稻作文化与江南民俗》《吴

---

① 贾芝《民间故事的魅力——〈中国民间故事选〉二集序言》，《民间文学》1961年第12期；又见作者《民间文学论集》，第359—381页，北京：作家出版社1963年。

越民间信仰》和《海岛文化与民间信仰》。

作者新中国成立后"十七年"的民间文学研究,以早期出版的《歌谣的手法及其体例》为最重要;"文革"后的研究以《论吴歌及其他》为最富特点。《歌谣的手法及其体例》一书不是一本理论性的论著,而是一本知识性的著作,论述和剖析了歌谣的种种表现手法,如夸张、比兴、排比、对比、反比、反复、重叠、概括、拟人化等,也旁及歌谣的体裁、内容、体例、结构上的问题,如反映阶级关系的民歌、情歌、对妇女地位和亲属关系的描写、劳动歌等。作者立论的特点是,小处着眼,以小见大,论述比较准确,分析比较细致,没有空疏玄泛的弊端,却呈现出细致绵密的风格。是一本可供民间文学和文学初学者参考的民间文学理论读物。

兴起于1958年春天的"新民歌运动",是由于毛泽东在中共中央召开的成都会议、郑州会议、八大二次会议上讲话中连续提出要搜集新民歌和旧民歌而发动起来的。毛泽东讲话后不久,中宣部副部长周扬便把他在八大二次会议上的发言在《红旗》杂志上发表了,文章的题目是《新民歌开拓了诗歌的新道路》。接着《人民日报》也发表社论《大规模地收集全国民歌》(4月14日);许多知名人士纷纷发表谈话、写文章、开座谈会,宣传的声势很大。于是,一个"人人会唱"的新民歌的运动便形成了。在亿万民众中自上而下地形成一个民歌"运动",这在中国历史上是绝无仅有的事情。这件事非常值得研究。尽管对于这次民歌运动,几十年后的学界聚讼纷纭,但在当时,却是众口一词的。天鹰就这次民歌运动写了一本长达二十二万四千字的著作,记录下这场民歌运动的情况和论列了民歌运动所以兴起的社会原因和发展趋向,题名为《1958年中国民歌运动》。作者说,1958年的新民歌运动,"是时代的号角"[1],"反映了劳动人民向自然界进军的伟大胜利"[2],"是成亿人参加的群众文艺创作运动,……是共产主义文艺的萌芽"[3];体现了"革命现实主义和革命浪漫主义相结合的精神"[4],"使马克思主义的民间文学理论也得到了相当大的发展","这一年,在中国民间文学史上,真是一个五光十色、灿烂辉煌的伟大年代"[5]。"文革"后再版,作者在后记里说:"这本书如果有保留价值的话,可能

---

① 天鹰《1958年民歌运动》,第144页,上海文艺出版社1959年11月。

② 天鹰《1958年民歌运动》,第154页。

③ 天鹰《1958年民歌运动》,第120页。

④ 天鹰《1958年民歌运动》,第167—178页。

⑤ 天鹰《1958年民歌运动》,第75页。

是由于它还比较系统地记录了表现大跃进中人们的战斗风貌和崇高精神状态的新民歌运动。"①

"大跃进"运动几乎把中国的经济推到了崩溃的边缘，不久我国便出现了"三年困难"时期，已经被历史证明是一次瞎指挥、瞎折腾。而对于新民歌运动的历史评价，也到了重新认识的时候了。"文革"结束后，就有学者撰写了文章重新进行反思和评价。但在民间文学界的认识还相当分歧。不管怎样，天鹰论著中所描绘的新民歌运动的情景，作为那个时代的记录，其资料是珍贵的，而他的观察和结论显然缺乏史家的洞察力和科学判断，与那个时代里涌现的许多文章一样充满着浪漫主义的狂想，中国的民间文学和民间文艺学也没有按照他所规划的线路发展。至于该书中对新民歌的艺术手法的论述，并没有脱出他早年所写的那本《论歌谣的手法及其体例》，其差别，只是较前著增加了一些新民歌的举例而已。

《论吴歌及其他》②的写作，是作者在80年代参与主持了上海、江苏、浙江"两省一市"吴语地区的民间文学工作者们对吴歌的联合调查搜集之后陆续写作的单篇论文的结集，既有顾颉刚等前辈吴地学者20年代的吴歌研究的基础，又有80年代吴歌（特别是长篇吴歌）的新收获、新材料的根据，故而他的这本著作立论比较扎实、见解多有新颖，造就了他的学术生涯的顶峰。特别是关于仪式歌《哭嫁歌》的研究，论及哭嫁仪式与家长制社会、婚姻制度的关系等，颇有深度。③这本书的编辑，也是促使他从空疏的社会历史阐释研究而最终选择地域文化作为以后的研究方向的一个标志。

（九）孙作云：神话研究的开拓

孙作云在新中国成立后，继续开展神话研究。而他的神话研究的特点，在于通过探索图像神话意义而追寻其原始的图腾根源。这也就是他赋予他所追求的图像神话学的含义。1950年任北京历史博物馆（今国家博物馆）研究员，担任中国通史展览的设计工作。1952—1978年先后在新乡平原师范学院（今河南师范大学）、开封师院（今河南大学）历史系任

---

① 天鹰《1958年民歌运动》，再版后记，上海文艺出版社1978年。

② 天鹰《论吴歌及其他》，上海文艺出版社1985年。

③ 天鹰《〈哭嫁歌〉的思想性和艺术性》，原载《哭嫁歌》，上海文艺出版社1961年。此文被选入中国民间文艺研究会上海分会和上海文艺出版社编选的《中国民间文学论文选》（1949—1977）中册，上海文艺出版社1980年5月。

教，同时整理40年代写作的神话论文，并着手对楚文化进行全面深入的研究。对汉画像石中神话母题的研究，是他40年代对考古器物神话图像探讨的延伸，这一方面的重要论文有：《敦煌画中的神怪画》（1960）、《长沙马王堆一号墓出土画幡考释》（1973）、《洛阳卜千秋墓壁画考释》（1977）、《河南密县打虎亭东汉画像石墓雕像考释》（1978）、《中国古代器物纹饰中所见的动植物》（1980）等。他的《天问研究》（中华书局，1989）饮誉海内外，成为这一方面的经典之作，而他对《天问》中所见春秋末年楚宗庙壁画的探讨，在中国神话学史上有着不可忽视的意义。

1. 饕餮纹乃蚩尤

孙作云在40年代就曾写过一篇题为《饕餮考》的论文（论见本书第四章），对古器物中的饕餮纹的出现、演进、象征、神话对应等进行了深入的研究。新中国成立后，饕餮纹仍然是他的一个未解的学术情结，他又连续写了补遗和续篇。

50年代初，原苏联考古学家吉谢列夫在北京大学理学院演讲，有人问他对饕餮纹的看法，他说饕餮纹不是中国固有的花纹，而是外来的花纹，又说花纹的本形是兽。孙作云不同意他的看法。在1950—1952年间写了一篇短文《说饕餮——旧作饕餮考的总结及补遗》。他在文中说："饕餮纹虽然表面上像'兽头'，——它兼有为人像、蛇纹的两层性格，不能一概地称为兽纹。同时，这种花纹是中国本土的，不是外来的，在它的背后有一整套的神话传说，也可以说是一整套的文化传统，它牵连着一系列的问题，也绝不能片言解纷"，"饕餮这个问题虽小，但……贯串了一部中国图案花纹史"[①]，值得认真地加以探讨。（本书作者注：此文作者生前未发表）1960年10月间，他又写了一篇《饕餮形象与饕餮传说的综合研究》，继续深化他的这项研究。"所谓综合研究"，当然就不是使用一种方法，研究所有有关饕餮的相关问题，形象与传说都在其内。文章开篇就阐述了他的基本观点："饕餮形象的最显著的特征，是它既像是人，又像是兽和蛇。它有时作人面，有时作兽面，有时作人面、有角、人身，有时作兽面人身，有时也作兽面、兽身，但是这个兽身一定作人的姿势，或跪坐、或蹲踞，而绝不作四脚爬行的样子。又有时作人面、有角、蛇身。整体地说起来，人的成分多于其他的成分，可以说是一种有兽和蛇的象征的怪人

---

① 孙作云《说饕餮——旧作〈饕餮考〉的总结及补遗》，《孙作云文集·中国古代神话传说研究》（上），第343—348页，开封：河南大学出版社2003年9月第1版。

719

像。"①作者"不同意把饕餮纹只限于专指兽头的那一部分，并且定名为'兽头纹'"。认为："从原始信仰上看，从传说系统上看，这个兽头也不是真正的兽的头，而是一个龙头"。这个怪人像就是史书和传说中与黄帝作战，被应龙所杀的蚩尤。蚩尤是原始社会末期的酋长，图腾崇拜已衰退，酋长崇拜已产生，所以人的成分压倒了物的成分。蚩尤死后，氏族人相信，他会还原为龙，遗留在传说上，说蚩尤龙首，或人面龙（蛇）身。这个传说表现在艺术形象上就是饕餮纹。饕餮基本是人形，由于蚩尤以龙为图腾，龙头即兽头，所以饕餮纹多作兽头形，又龙身即蛇身，所以饕餮纹又作人面蛇身之形。因此，孙氏不同意学术界把饕餮纹叫做兽面纹。这是有神话传说作为依据的。②

他认为，饕餮即《山海经·北山经》中的狍鸮，是人面羊身、虎齿人爪、目在腋下的食人畏兽。饕餮在器物上的形象却千变万化，这千奇百怪的容貌，成为神话传说与器物图像纹饰中许多奇神异兽形貌造型的基础与根据。孙作云在《饕餮形象与饕餮传说的综合研究》中列举了考古器物上的五种饕餮形象，并将其加以比较：

第一种形象：兽面形饕餮纹。最常见的是全体作一兽面形，有特大的双目，有眉，有角，有耳鼻口，有时露齿吐舌，样子可怕。有时有爪，其爪似鸟爪。此形象采用局部（头部）代表全体的表现法。孙作云认为，从传说系统来考察，此兽头非兽，而是龙首。③第二种形象：人面形饕餮纹。器表是一特大人面，有眉、目、鼻、口、齿，耳特显，有时有二角。④第三种形象：人面有角蛇身之饕餮纹。如现存美京弗利亚美术馆之"饕餮纹（禾皿）"便是。⑤孙作云说，这个例子虽然不多见，但十分重要，它反映了饕餮传说真相的一部分。在汉以后的许多人面蛇身像，与此不无关系。他还在注中说："东汉石刻（画像石）中的伏羲女娲像、日母羲和、月母常羲像，皆作人首蛇身之形，意这种形象，远有所承。汉代人去古已

---

① 孙作云《饕餮形象与饕餮传说的综合研究》，《孙作云文集·中国古代神话传说研究》（上），第349页。

② 孙作云《饕餮形象与饕餮传说的综合研究》，《孙作云文集·中国古代神话传说研究》（上），第350页。

③ 孙作云《饕餮形象与饕餮传说的综合研究》，《孙作云文集·中国古代神话传说研究》（上），第355页。

④ 孙作云《饕餮形象与饕餮传说的综合研究》，《孙作云文集·中国古代神话传说研究》（上），第356—358页。

⑤ 见《邺中片羽》（第三集），第358页，北京：尊古斋自印本1942年。

远，已经不甚知道古代的传说，往往纠结错杂。但是他们把天地开辟，人类起源说成由人面蛇身的人所创造，却反映了我国原始社会蛇氏族地位的重要性。"①第四种形象：兽面（兽头）人身，两臂上举，手作爪形。这一类型有的写实的成分大，有的图案化的成分大；有有身与无身（省略）、有尾、有首与无首之别；无首者可称刑天纹。也有人首有角，两腿向外蹲踞，两臂上举，手作爪形。②第五种形象：有的饕餮纹，似兽的成分加多：有兽头、张巨口、露齿，似食人状；但整个躯干仍作人的姿势——跪坐，臀部坐在脚上。

孙作云指出，以上五种饕餮形象造型是相互矛盾的：似人、似兽，又似蛇；人、兽、蛇合一，正是神话中蚩尤形象的写照。③但这些饕餮形象又有一个显著的特点，即无论怎样变化，总离不开人的形体或姿态。如虽有蛇身，但终有人面；虽有时作兽头，但亦作人头；只要有身体，皆两臂上举，或蹲踞，或跪坐，人的姿势十分明显。④如果说，40年代所写的《饕餮考——中国铜器花纹中图腾遗痕之研究》对饕餮纹即蚩尤的神话图像研究，还是一个论证并不充分的假说，那么，到50年代发表的《说饕餮——旧作饕餮考的总结及补遗》和《饕餮形象与饕餮传说的综合研究》二文，已对这个假说做了综合的多重的论证。

2.《山海经》的图与文

孙作云1960年发表《敦煌画中的神怪画》说："《山海经》原来是说明山海图的，《山海经》既有此相柳氏的说明，则山海图中一定有此相柳图。《山海经》是战国时代所编集的巫书，与屈、宋之作同时，所以这种神怪图，既见于《楚辞》，又见于《山海经》，这并不是偶然的事。"⑤而且图先于文："《山海经》本来是山海图的说明，其重点在'图'，而不在经，……晋时尚有古图。古本山海图中的刑天像早已不见，想不到在白陶花纹中见之。可见此类巫术图谱遥在悠久的传统。"他在注中进一步解释说："商代白陶……上的有人身的饕餮像，无一不作两臂上举之形。我

---

① 见《邺中片羽》（第三集），第359页，北京：尊古斋自印本1942年。

② 见《邺中片羽》（第三集），第360—361页，北京：尊古斋自印本1942年。

③ 见《邺中片羽》（第三集），第362—363页，北京：尊古斋自印本1942年。

④ 见《邺中片羽》（第三集），第366页，北京：尊古斋自印本1942年。

⑤ 孙作云《敦煌画中的神怪画》，《考古》1960年第6期；收入《孙作云文集·美术考古与民俗研究》，第283页。

想：这两臂上举之形，即表示刑天（蚩尤）操干戈以舞的传说。操者，用手操持之；舞者，举臂舞之；故在商代器物上作此两臂上举之状。由此可见，古传说、古艺术如何保存了古老的传统。"①"彩陶上的人形纹和白陶上的人形纹有许多相同之点：一，二者皆有时有头，有时无头；二，其身体姿势也完全相同，皆两腿向外蹲踞，两臂上举。这种相同绝不会是偶然的，一定有共同的传说、共同的信仰为之素地。"②

3. 开拓帛画、画幡与汉画像石神话母题研究

50年代以来，孙作云就当时出土的帛画、画幡、汉画像石写了一系列论文，这些论文贯穿着一个重要的思想："用战国时代人的、特别是楚国人的思想来解释楚国的文物"③；用汉代人的观念而不是用今人的观念来解释汉代的文物。例如，关于长沙战国时代楚墓出土的帛画，孙作云不同意郭沫若在《关于晚周帛画的考察》里的分析，郭氏认为，画中的凤夔之争是善灵战胜恶灵，生命战胜死亡，和平战胜灾难，是生命胜利的歌颂、和平胜利的歌颂。孙作云则认为，其所表现的是人死有龙凤导引或驾龙乘凤，就可以升天，与埋葬死人有关。这是一幅升仙图，是墓中死者的亲人们为了使死者的灵魂早日升天而画的。帛画不是一张普通的画，更不是表现画家的理想，有什么高深用意的一幅画。又如，马王堆汉墓画幡反映了汉代人的升仙观念，有日月、有帝阙、有人类始祖、有升仙的神物，又有人间的祭祀。从整体来说，是以人物为中心，用装饰性的画面表现神话传说，达到很高的艺术水平。④再如，他认为，马王堆一号汉墓的漆棺画是神话中地下世界的艺术再现。如吃蛇的土伯、守卫天门的神豹、表示"一福压百祸"的吉羊、神虎等等，无不栩栩如生。⑤

关于汉代图画，孙作云认为，汉代人的观念，除了祖先崇拜外，其有

---

① 孙作云《饕餮形象与饕餮传说的综合研究》，《孙作云文集·中国古代神话传说研究（上）》，第379页。

② 孙作云《饕餮形象与饕餮传说的综合研究》，《孙作云文集·中国古代神话传说研究（上）》，第378页。

③ 孙作云《长沙战国时代楚墓出土帛画考》，《人文杂志》1960年第4期；《开封师院学报》1960年第5期，见《孙作云文集·美术考古与民俗研究》，第92页。

④ 孙作云《长沙马王堆一号汉墓出土画幡考释》，《考古》1973年第1期；又见《孙作云文集·美术考古与民俗研究》，第114页。

⑤ 孙作云《马王堆一号汉墓漆棺画考释》，《考古》1973年第4期；又见《孙作云文集·美术考古与民俗研究》，第130—143页。

关死亡的迷信，不是打鬼，就是求仙：打鬼是消极的去祸，求仙是积极的
求福。例如，洛阳西汉卜千秋墓壁画上众多的神话图像，如伏羲、女娲、
日中飞鸟、月中蟾蜍、手捧三足乌的西王母、其状如人而善笑的枭羊、人
首鸟身有翼的仙人王子乔等等，都是升仙图中的角色。① 又如，河南密县打
虎亭东汉画像石墓上的神话传说雕像，四神、方相氏、人首蛇身像、人首
兽身像、人首鸟身像、三珠树、蟾蜍玄武等等，都具有辟邪、打鬼、升仙
的含义。②

4. 关于敦煌画中的神怪画的图腾根源

1951年春，敦煌艺术研究所在北京办展览，其中有一部分神怪画，由
孙作云为之定名并作说明。应该怎样认识佛教影响以前的本土艺术呢？他
在《敦煌画中的神怪画》一文里说："这一部分神怪画，是受佛教影响以
前的本土迷信与艺术，求其根源，皆滥觞于原始社会的图腾信仰及氏族制
度，后来皆与神仙思想有关。"③ 他对一些神话人物的图像的"原始意义"
即"图腾根源"作了"追寻"。关于相柳，他阐释说：相柳见于《海外北
经》，也就是《天问》中的"雄虺九首"，是古代以泥鳅为图腾的氏族酋
长。相柳与神话中的应龙、虺龙是一而非二。相柳九首并非有九个头，是
由于泥鳅似蛇而古"九"字即像蛇形，后来九字成了数目字。"在古代神
话传说之中，因字义的演化而发生传说上的分歧，是有不少这样的例证
的。"④ 关于玄武，他阐释说：玄武图即龟蛇交尾图。玄武的最早记载，
是《海外北经》中的禺强。禺强珥两青蛇、践两青蛇，与玄武龟蛇交尾之
像，似不无关系。《天问》中"鸱龟曳衔"之像即"玄武"。"鸱"字本
字应作"虫"，"虫"即蛇，蛇龟曳衔，正是玄武之像。⑤ 与龟氏族相近

---

① 孙作云《洛阳西汉卜千秋墓壁画考释》，《文物》1977年第6期；又见《孙作
云文集·美术考古与民俗研究》，第199—210页。

② 孙作云《河南密县打虎亭东汉画像石墓雕像考释》，《开封师院学报》1978
年第3期，又见《孙作云文集·美术考古与民俗研究》，第211—237页。

③ 孙作云《敦煌画中的神怪画》，《考古》1960年第6期，又见《孙作云文
集·美术考古与民俗研究》，第303页。

④ 孙作云《敦煌画中的神怪画》，《考古》1960年第6期，又见《孙作云文
集·美术考古与民俗研究》，第284页。

⑤ 孙作云《敦煌画中的神怪画》，《考古》1960年第6期，又见《孙作云文
集·美术考古与民俗研究》，第286页。

的是鳖氏族，禹的父亲鲧便是鳖氏族的酋长。①关于飞廉，他阐释说：古人把飞廉说成是风神，到了汉代，飞廉成了升天时所骑的神兽。唐陵前的有角、有翼石兽，都是飞廉。飞廉的原始意义是风氏族的图腾，古凤、风一字，古人相信风的生由于凤之飞，所以在传说上它是风神。飞廉原来是鸟，是神禽，"能致风气"。或"头似雀"，画在图像上、雕刻上，作有翼、有羽毛、鸟爪之形，尚保留一部分鸟的形状。后来它成了人们升仙时骑乘之物，所以逐渐变成了兽类，只在两肩上敷翼罢了。②关于西王母，他阐释说：西王母是西北荒的一个女酋长。《山海经》所说她虎齿豹尾，并非她长成这个怪样，而是她的图腾服饰。

5.《天问》与楚宗庙壁画

孙作云在写作《天问研究》之前，40年代初曾有过写作《天问图》的构想，希图重构屈原所见楚宗庙的壁画。由于当时正处于抗战烽火之中，未能如愿。③1975年，孙作云在给史树青先生的信中说："我很想把屈原所见楚宗庙壁画，恢复一部分，大约可以找到30张图，使考古材料与《天问》相印证。"④目前我们所见到的收在《天问研究》中的《从天问中所见的春秋末年楚宗庙壁画》一文⑤可能就是孙作云计划写作的《天问图》一书的缩影（所搜集的34幅《天问》插图收在《孙作云文集·楚辞研究》下册中）。他认为，研究《天问》本文，可以确信《天问》是根据壁画而作的，《天问》中的那些问题又是根据壁画而发的。王逸《天问章句》序中所说的壁画内容，为天地、山川、神灵、怪物及古圣贤行事，都符合壁画的实际情况。细看《天问》中所反映的壁画内容有下列几个方面：

首先，画在宗庙主室天棚上的，有天象图及天上的神怪图。其中有九层天图，日中有鸟、月中有蟾蜍图，群星图，嫦娥奔月图，王子乔死后化为大鸟图，雨师屏翳图，风神飞廉图。

---

① 孙作云《敦煌画中的神怪画》，《考古》1960年第6期，又见《孙作云文集·美术考古与民俗研究》，第288页。

② 孙作云《敦煌画中的神怪画》，《考古》1960年第6期，又见《孙作云文集·美术考古与民俗研究》，第296—297页。

③ 孙心一《孙作云〈天问研究〉后记》，第342页，北京：中华书局1989年。

④ 史树青《孙作云文集·楚辞研究·序》（上），第2页。

⑤ 孙作云《从天问中所见的春秋末年楚宗庙壁画》，见《天问研究》，第52—59页，北京：中华书局1989年；又收入《孙作云文集·楚辞研究》（下），第548—554页，郑州：河南大学出版社2003年。

其次，在这以下的墙壁上，画大地图，其中有鲧、禹治水图（或鲧、禹像），昆仑山图，烛龙图、雄虺九首图、鲮鱼图，鸷雀图等等。

再次，画人类起源及历史人物的画像，其中有女娲像，尧、舜像，夏禹王像（或禹娶涂山氏女娲图），伯益像，启像（或益、启争国图），羿等图像。其后为商代人物、春秋时代人物画像，等等。

这些壁画有三个特点：第一，只画女娲，不画伏羲。《天问》的女娲是涂山女，禹之妻，不是伏羲的老婆，伏羲女娲成为夫妻是战国、秦汉以后的事。《天问》所反映的壁画只画女娲，不画伏羲，说明壁画还保存了古老的传统。因此，可以推测，具有这样古老传统的壁画传统的楚先王庙，应该时代很早，说它建造于春秋末年，是极可能的。第二，壁画中一些反映古传说或"犯上作乱"内容的图画，不见于后代的壁画与画像石，可见其时代之久远。第三，壁画中所反映的神仙思想与后世的神仙思想不同，显示出它的早期性。例如《天问》中有昆仑山，而无西王母，也没有东王公以及与之有关的大大小小随从，如三青鸟、三珠树、九尾狐等等，说明其神仙思想是比较质朴的。

6. 史前器物上的图像与神话释义

孙作云认为，神话图像学的任务，就是通过对神话形象的形貌造型、肖像特征、异形特禀的分析，以探求形象的构成与神话根源。20世纪80年代，孙作云的神话图像研究，延伸到了古文字符号领域。有关古器物神话图像的论述，其思想的要义，归结起来，不外乎从史前图像纹饰中探讨文字出现之前的神话。他认为：仰韶庙底沟彩陶上常绘有大叶纹，即车前草纹，是夏人在氏族社会的文化遗物。蛇是夏人的主图腾，由于从事农业，又以车前草为夏人的"副图腾"。在神话中遗留有夏人先妣吞车前子而生夏人的传说。[①]

而人神异形，是原始神话形象造型的鲜明特征。《山海经·海外南经》有"神灵所生，其物异形"的说法，说的是宇宙之间，人神万物的形貌常常是超自然的、非现实的。神话中的主要角色是鸟兽虫蛇，人常以超自然的、与鸟兽蛇虫合体的面目出现。

[①]　孙作云《中国古代器物纹饰中所见的动植物》，《孙作云文集·美术考古与民俗研究》，第7、8页，开封：河南大学出版社2003年。

第六章
新时期的民间文学理论建设
（1976—1999）

　　新时期（一般以1977年为起始）二十年来，中国的民间文学学术有了很大的发展，在搜集采录和理论研究两个方面都取得了很大的成绩。第一，围绕着编纂《中国民间故事集成》《中国歌谣集成》《中国谚语集成》"三套集成"而开展了一次前无古人的有组织有领导的全面、系统、科学的民间文学普查，并取得了巨大成绩，各省卷本已出版了17卷（1998年统计）。第二，各种类型、各种形式的民间文学作品都得到了出版，出现了新中国成立以来前所未有的规模，除"三套集成"外，中央和地方的出版社以成套的形式或单行本的形式，出版了大量的民间故事集、民歌集和叙事诗集，初步满足了人民群众对优秀传统民间文化的需要，还首次出版了中国文化瑰宝——《格萨尔王传》《江格尔》《玛纳斯》三大民族英雄史诗。第三，民间文学的理论研究，在继承传统的基础上，吸收现代外国民俗学和文化人类学的一些研究方法和理论原则，找到了新的学科生长点，从而促进了研究的深化和发展，出版了数以百计的民间文学理论专著，创办了多种理论研究期刊。第四，恢复了以侧重发表民间文学作品的刊物《民间文学》，创刊了民间文学理论学术刊物《民间文学论坛》（1982—1999），各地也创办了一些以发表民间文学为主的刊物，有些刊物受到广大读者的欢迎，促进了科学的发展。①第五，各省市恢复和新成立了民间文学专业机构，专业人员倍增，形成了一支可观的搜集和研究队伍。大专院校恢复了招收民间文学硕士，并逐步招收和培养出了我国自己的民间文学博士。中国民间文艺研究会的会员，从"文革"前只有大约200人，发展到了90年代初的3000多人（缺乏最近的统计）。其中从事民间文学搜集和研究者，估计大约有1500人左右，而先后参加"三套集成"原始资料的搜集者则更多，总数达200万人次。

第一节　拨乱反正、正本清源

20世纪50—60年代流行的"左"的社会思潮和文艺思潮对民间文学研究的影响很深。"文革"十年期间，"四人帮"及其控制的舆论机关，对

---

①　据1985年7月中国民间文艺研究会召开的第一次民间文学报刊会议的统计资料，全国各省市（不包括民间团体）主办的民间文学报刊计有：（一）公开发行期刊：《民间文学》（综合，月刊，中国民间文艺研究会主办）、《民间文学论坛》（理论学术季刊，后改为双月刊，中国民间文艺研究会主办）、《民族文学研究》（理论研究，双月刊，中国社会科学院少数民族文学研究所主办）、《民俗》（画刊，月刊，中国民间文艺出版社主办）、《民间文学集刊》（开始不定期，后改为季刊，上海民间文艺研究会分会与上海文艺出版社合办）、《民间故事选刊》（作品，月刊，河北省民间文艺研究会主办）、《山西民间文学》（综合，季刊，山西省民间文艺研究会分会主办）、《新聊斋》（综合，月刊，山东省民间文艺研究会分会主办）、《山海经》（综合，月刊，浙江省民间文艺研究会分会主办）、《故事林》（综合，月刊，福建省民间文艺研究会分会主办）、《故事家》（综合，月刊，河南省民间文艺研究会分会主办）、《山茶》（综合，双月刊，云南省民间文艺研究会与民族文学研究所合办）、《南风》（综合，双月刊，贵州省民间文艺研究会分会主办）。（二）内部发行期刊：《黑龙江民间文学》（黑龙江省民间文艺研究会主办，出版22辑）、《吉林民间文学丛刊》（内部不定期，吉林省民间文艺研究会分会主办，至1966年出版6期，1978年复刊，1979年改为季刊，1982年改为《吉林民间文学》双月刊，1983年改为《民间故事》，公开发行）、《民间文学研究》（河北省民间文艺研究会与河北大学民间文学研究室合办）、《风俗》（月刊，浙江省民间文艺研究会分会主办）、《天南》（综合，广东省民间文艺研究会分会主办）、《百越民风》（综合，双月刊，广西民间文学研究会主办）、《楚风》（综合，双月刊，湖南省民间文艺研究会主办）、《巴蜀风》（综合，内部，四川民间文艺研究会分会主办）。（三）公开发行报纸：《采风报》（旬报，上海市民间文艺研究会分会主办）、《乡土报》（江苏省民间文艺研究会分会主办）。（四）内部发行报纸：《中国歌谣报》（不定期，中国民间文艺研究会与中国歌谣学会主办）、《邦锦梅朵》（不定期报纸，西藏民间文艺研究会分会主办）。

民间文学进行了前所未有的污蔑和扼杀。进入历史新时期以来，重新审视以往的理论成果和学术思潮，特别是为民间文学界的一些冤案进行平反，批判"左"的思潮和"极左"路线的危害，成为发展和建设民间文艺事业的当务之急。

（一）给"孟姜女冤案"、《格萨尔》等平反

在"文化大革命"十年浩劫中，林彪和"四人帮"把民众世代相传的民间文学污为"四旧"，并加以挞伐，全国唯一的民间文学期刊《民间文学》被迫停刊达十年之久。江青说："越剧、广东戏不可救药，靡靡之音；民歌是下流的，不能表现现代生活。""民歌不是个事，净是情郎妹子，不就是后花园赠金。"各地区各民族的成千上万的民间文学作品被污蔑为封建的毒品，予以打杀和焚毁；许多民间艺人，特别是边疆少数民族地区的艺人，受到残酷的迫害，有的甚至致死。1973年末到1974年的"评法批儒"中，北京和其他一些地方被"四人帮"控制的一些舆论机关，曾掀起一股围攻孟姜女故事及其研究的恶浪。他们说："孟姜女哭长城的故事，是由杞梁妻哭长城的故事演变而来的，同秦始皇毫无关系。""所谓孟姜女哭长城完全是孔孟之徒……为了达到不可告人的目的，硬是随意捏造历史，把莫须有的罪名加到秦始皇的头上。""孟姜女哭长城的编造者对法家代表人物的攻击，恰恰证明他们自己是彻头彻尾的民族投降主义者！"

"四人帮"被粉碎后，在批判"四人帮"的第三阶段，特别是1979年10月与第四次全国文代会同时召开的中国民间文艺研究会第三次代表大会上，许多代表的发言，异口同声地声讨"四人帮"污蔑民间文学作品和迫害民间艺人的行径，要求给一切冤狱平反。在文艺界集中火力批判"文艺黑线专政论"时，钟敬文就奋笔写了一篇《为孟姜女冤案平反——批驳"四人帮"追随者的谬论》，发表在复刊不久的《民间文学》1979年第7期上。钟文的批判矛头，主要在"四人帮"强加的污蔑秦始皇这个政治性的焦点问题上，为了强化批判的信服力，作者着重叙述和分析了孟姜女传说的变迁及所谓"伪造"问题，民间传说的历史真实性问题，故而学理性甚强。直至1983年8月16日在由中国民间文艺研究会河北分会和秦皇岛市文联联合在秦皇岛召开的（第一次全国）"孟姜女故事学术讨论会"上，对"四人帮"的批判和继续肃清"四人帮"的影响仍然是一个重要的话题。另一方面，对"四人帮"的批判，也诱发了学界对孟姜女故事的研究与探讨的兴趣，除了秦皇岛的学术会议及其编印的《孟姜女故事学术讨论会资

料汇编》（1983年10月）外，中国民间文艺研究会上海分会于1984年5月公开征集"孟姜女资料"（次年3月汇编为《孟姜女资料选集》）并于1985年召开了（第二次全国）孟姜女学术讨论会；江苏省民间文学工作者协会于1986年编印了《润土集——孟姜女研究专号》；常州市民间文学研究会也于1986年2月编印了《常州地区孟姜女故事歌谣资料集》。

给《格萨尔》平反是全国民间文学界另一个引人注目的事件。1978年11月13日，中共青海省委发布"青发〔1978〕300号中共青海省委文件"——批转省委宣传部"关于为藏族民间史诗《格萨尔》平反的请示报告"。兹将青海省委宣传部的请示报告录之如下：

> 著名的藏族民间史诗《格萨尔》，在广大藏族、蒙古族人民中广为流传，资料十分丰富，是迄今为止所知道的世界上最长的一部史诗（300万行，1000多万字），流传至今，至少有八九百年的历史。建国以来，党对这部作品的资料搜集、整理工作甚为重视。1958年，中共中央宣传部批转的中国科学院文学研究所和中国民间文艺研究会关于"各省（区）建国十周年献礼计划"中，指定由青海负责搜集、整理《格萨尔》。1960年，省委指示文联和有关单位组成"省民间文学调查团"，分赴我省牧区及西藏、四川、甘肃、内蒙等省（区）广泛搜集资料，组织力量进行翻译。1962年，纪念毛主席《在延安文艺座谈会上的讲话》发表20周年时，青海省民间文学研究会整理、上海文艺出版社出版了《格萨尔》中的《霍岭大战》（上部）汉文本，同时由青海人民出版社出版了藏文本。该书出版后，《人民日报》《光明日报》《文艺报》《文学评论》《民间文学》等报刊都曾发表报道与评论，予以肯定，深受各族读者欢迎。
>
> "文化大革命"中，由于林彪、"四人帮"反革命修正主义路线的干扰破坏，把《格萨尔》打成毒草，进行了公开批判。1966年6、7月间，由于对林彪、"四人帮"的假左真右的反革命修正主义路线认识不清，省委宣传部曾错误地发过《格萨尔》一书是一株大毒草，停止发行出售的通知和"大写批判文章，清除《格萨尔王传》……的恶劣影响"的决定。1971年10月，"四人帮"在青海推行反革命修正主义路线的挂帅人物张江霖主持工作期间，把《格萨尔》定为"具有代表性的毒草作品"。由于以上错误的通知和决定的影响，从1966年5月起，在《青海日报》《青海藏文报》等报刊上对《格萨尔》一书进行了公开批判，为《格萨尔》作序、插图、翻译、整理、出版等工作的许多

同志，也因此遭受了批判或斗争。与此同时，已搜集整理的《格萨尔》的许多资料，或遭毁焚、或化纸浆、或者散失。损失极其严重。

根据上述情况，为了拨乱反正，正本清源，我们建议：

一、为《格萨尔》一书公开平反。尽快由省委宣传部负责在我省文艺界召开平反大会，恢复名誉，《青海日报》《青海藏文报》和青海人民广播电台发表平反消息、文章，《青海文艺》摘发《格萨尔》的某些章节和插图，广为宣传，澄清是非，肃清流毒。

二、"文化大革命"期间，以省委、省委宣传部、省革委政治部名义所发所批的一切批判和否定《格萨尔》的通知、决定等文件，应一律撤消。

三、凡因积极领导和参与《格萨尔》的搜集、整理、翻译、写序、插画、改编、排演等工作而受到牵连和处分的同志，予以彻底平反，一切不实之词，应予推倒；对以此作为错误或罪行而装入个人档案的材料一律抽出销毁；对因此而受的处分应予撤销。

四、根据毛主席关于整理民族文化遗产工作的有关指示精神，责成文联、民研会等单位，成立专门小组，继续搜集有关《格萨尔》的遗散资料，做好整理工作，力争早日出版《格萨尔》"霍岭大战"的中、下部和其他部分。与此同时，由省人民出版社、民族出版社和新华书店积极作好准备，恢复《格萨尔》汉文、藏文版的出版、发行工作。

五、鉴于对《格萨尔》的批判曾在文艺界造成较大影响，建议省委将此报告批转全省，由各有关单位切实做好《格萨尔》的平反工作。

妥否，请批示。

中共青海省委宣传部
1978年10月18日

中共青海省委于1978年11月13日批转了省委宣传部的这份请示报告；11月30日在西宁召开了平反大会，由省委书记梁步庭发表了为《格萨尔》平反的讲话。继而，报纸上发表了平反消息报道。史诗《格萨尔》的搜集、整理、翻译、出版工作，在经历了十年曲折和劫难之后，再次启动。

在"文革"中，民间文学作品被打成毒草、民间文学工作者被打成牛鬼蛇神者，所在多有，《孟姜女故事》和《格萨尔》只不过是两个典型事例而已。那是中华民族历史上一段毁灭文化的惨痛历史。

（二）对新民歌运动的评价和反思

1958年的新民歌运动曾经轰轰烈烈热闹一时，人人能唱，人人能诗，人人能画，到处都是诗的海洋。民间文学界和新诗界，都是以民间文学是文学创作（包括诗歌）之母的一般常理去看这场并不一般的群众运动，于是，赞叹之声如潮似涌，且不说评论张扬的短简零篇，仅专著就出了好几本。时过境迁，经过"文革"的阵痛之后，人们开始反思，产生了不同的认识，原来那是一场违背民歌规律催生出来的怪胎。

《南京师院学报》1980年第1期发表新民和耘青的文章《一九五八年民歌创作中的反现实主义倾向》，揭开了清理20世纪50—60年代民间文学领域里"左"的思想影响的序幕。作者指出："民歌之所以是民歌，不仅由于它出自人民群众之口和采用人民熟悉的喜闻乐见的形式，更重要的还必须真实地反映人民的生活，真实地表达人民的爱憎，而且这种感情的抒发，又必须是自觉自愿地自由创作。可是五八年的民歌运动，从它的兴起、发展和它所反映的内容来看，与这些都是背道而驰的。……1958年的民歌创作运动是自上而下地号召、组织，甚至是在强制下人为地发动起来的。它不是人民群众的自由创作，而是一次违反文艺创作规律的运动，是经济工作中浮夸风的反映。"作者从三个方面剖析1958年民歌运动的非现实主义性：第一，这是一次人为地掀起的诗歌创作运动，在内容上深深地打下了时代的烙印，从形象到手法，都在为浮夸风、共产风、瞎指挥呐喊助威；第二，鼓吹和无视客观规律，赞美主观唯心主义；第三，用虚妄的色彩涂改生活的真实面貌，讴歌现实生活中根本不存在的"人间天堂"。

作者是从现实生活和文艺规律两个方面着眼来反思评价1958年的新民歌运动的，他们的声音得到了一些文艺评论界人士的响应。但民间文学领域里的学者们的反映却异常冷淡，特别是那些讴歌过、推动过新民歌运动，给它以高度评价的学者们，并没有从过去的盲目性中清醒过来。嗣后，报刊上发表的评论《红旗歌谣》的文章，也并非出自民间文艺学家之手，而大都是出自文艺评论家们的手笔。对文艺界和民间文学学术领域里的"左"的思想路线的漠然，对"十七年"的错误思想和文艺路线的反省与清理不力，成为民间文学学术领域的一种怪现象，也是使这门学科后来一直"封闭"、"独处"而缺乏活力、缺乏与其他相关学科对话能力的重要原因。

对于新民、耘青的文章，陶阳于1981年发表《关于1958年民歌的评价问题》，表示不能同意，提出商榷。他写道："尽管1958年民歌创作运动，存在严重的浮夸风，值得吸取的教训很多，然而，不能对民歌创作全盘否定，或者基本否定。应当一分为二。我说'一分为二'，不是从原则出发，而是有事实根据的。比如，1958年民歌代表作选集《红旗歌谣》，虽然第一版也收了个别带有浮夸风的作品，但是，绝大多数是好作品。它所包括的内容，不像新民、耘青所说的那样，而更多的是以现实主义精神表现新的世界、新的生活、新的人物的作品，更多的是表现劳动人民为把社会主义祖国建设得繁荣富强的那种英雄主义的作品。现在重读新版的《红旗歌谣》，不仍然受到教育和鼓舞吗？这些作品，不仅思想内容健康，而且在诗歌艺术上，也是精彩的。称它是'社会主义的新国风'，是当之无愧的，并非过誉之词。"[1]

关于1958年新民歌运动和《红旗歌谣》的评价问题，到了20世纪90年代，仍然存在着很大的分歧。分歧之点，大体如前引二文。还有待于更多的讨论和时间的检验。

（三）对"改旧编新"的批评

20世纪50年代末、60年代初，由于宣传工作的需要，在文化馆干部等辅导下，民众中出现了一些可以讲述的"新故事"。在上海郊区、沈阳工业区等地，也出现了一些以讲新故事为业的故事家。民间文学的范围受到了挑战。1958年大跃进时期，民间文学界曾经出现过一种"民间文学也要来个大跃进"的意见。1960年前后，民间文学界开展了"民间文学范围界限"问题的讨论。1963年，上海在"大写十三年"的口号下，新故事创作大发展起来。"改旧编新"作为一种民间文学理念和思潮，就是在这样的社会背景下出现的。

新时期的初期，长春出版的大型学术杂志《社会科学战线》于1978年第2期，发表了一向坚持"改旧编新"观点的张弘的长文《民间文学工作者在群众"改旧编新"面前》。同期还发表了署名木宗的《"改旧编新"论质疑》一文。此外，吉林省民间文学工作委员会主办的《吉林民间文学丛刊》（内刊）上，也陆续发表了王关山、李景江、冰凌、柯扬的文章。一时形成争鸣之势。

---

① 陶阳《关于1958年民歌的评价问题》，《民间文艺季刊》1981年第1集，上海。

第二节　民间文学的考察与采录

改革开放新时期以来中国民间文学的采录工作，大而言之，可以分为三个阶段：第一个阶段，从1979—1983年。第二个阶段，从1984—1987年。第三个阶段，从1988—1999年。

（一）第一阶段（1978—1983）

这一阶段民间文学采录工作的特点是，百废待举，热情很高，想把失去的时间重新夺回来。各地以不同方式（如征集的方式，多数是组成调查采录小组或小队下去作田野调查采录）开始组织采录民间文学作品。现把几个重要的、遵照科学要求所作的调查项目，按其开始的时间先后胪列如下：

1. 史诗《江格尔》调查（1978）

《江格尔》研究者仁钦道尔吉在1999年8月出版的《〈江格尔〉论》里写道："《江格尔》是在中国、蒙古国和俄罗斯境内的各蒙古语族民众中以口头形式流传着的英雄史诗，即以活形态存在着的史诗。""在我国新疆蒙古族卫拉特地区和俄国伏尔加河下游的卡尔梅克地区，《江格尔》演唱已有数百年的历史。"[①]

1950年商务印书馆出版了边垣编写的《洪古尔》，这是在中国第一次出版的《江格尔》部分内容的汉文改写本。1958年在呼和浩特，1964年在乌鲁木齐先后用蒙古文出版了《江格尔传》，其中收有1910年以前在俄国出版的《江格尔》的13部作品。

我国新疆民间文学工作者对蒙古族卫拉特人英雄史诗《江格尔》的调查搜集记录，开始于"文化大革命"之后的历史新时期的1978年。托·巴德玛、宝音和希格二人到巴音郭楞、博尔塔拉两个蒙古族自治州和伊犁、塔城地区12个县的蒙古族聚居地区进行了5个月的调查，访问了30多位"江格尔奇"，搜集记录了15部《江格尔》。[②]此书先于1980年由新疆人民出版社在乌鲁木齐出版了托忒文本，后于1982年由内蒙古人

[①]　仁钦道尔吉《〈江格尔〉论》，第5、12页，呼和浩特：内蒙古大学出版社1999年。

[②]　巴塔《搜集调查〈江格尔〉工作报告》，见中国民间文艺家协会新疆维吾尔自治区分会编《〈江格尔〉论文集》，第7页，乌鲁木齐：新疆人民出版社1988年。

民出版社在呼和浩特出版了回鹘式蒙古文本。同年7—8月，仁钦道尔吉与道尼日布扎木苏在新疆巴州记录了巴桑、乌尔图那生和额仁策演唱的4部。1978年下半年，新疆成立了《江格尔》领导小组，1980年3月成立了《江格尔》工作组，同年10月成立了中国民间文艺研究会新疆分会，开始了有计划的搜集工作。以蒙古族学者巴德玛和贾木查为首的《江格尔》工作组，深入到巴音郭楞蒙古族自治州、博尔塔拉蒙古族自治州、伊犁哈萨克自治州和塔城地区的近二十个县的蒙古族聚居区，进行普查。他们共录制了民间口头流传的《江格尔》187盒式录音磁带（约187小时），其中有157部长诗及异文，约19万诗行。1981年6—7月间，在博尔塔拉、巴音郭楞和塔城举行了《江格尔》演唱会，也对演唱作了录音。1981年8—9月，仁钦道尔吉去博尔塔拉、伊犁二州的6个县访问了10多位讲唱《江格尔》的艺人——江格尔奇，除录制若干资料外，还调查了一些江格尔奇的生平资料。

在历次搜集采录的基础上，在新疆先后出版了三种《江格尔》版本：（1）托·巴德玛、宝音和希格等搜集整理的《江格尔》15部本。霍尔查将其译成汉文，由新疆人民出版社于1988年出版。（2）中国民间文艺研究会新疆分会、新疆人民出版社于1982—1985年在乌鲁木齐以托式文出版了《江格尔》资料本第1—5卷，此后，中国民间文艺出版社于1988年前在乌鲁木齐以托式文出版了第6—9卷。这九卷本包括94部。（3）1985年和1987年新疆人民出版社分别出版了中国民间文艺研究会新疆分会和新疆《江格尔》工作组搜集整理的《江格尔》（一）和（二），其中收入60部约8万诗行。这两卷60部长诗，由内蒙古人民出版社分别于1988年和1989年在呼和浩特出版了由托式文转写的回鹘文本。1993年新疆人民出版社出版了由黑勒、丁师浩译的60部中的前26部汉文译本。[①]

1978年以来，新疆的民间文艺工作者，在调查中陆续发现了朱乃、冉皮勒、普尔布加甫、普尔拜、门图库尔等数十名"江格尔奇"。其中演唱部数最多的当属朱乃和冉皮勒二人。朱乃于1926年出生在新疆和布克赛尔中旗的加甫家，能演唱《江格尔》26部，他还演唱了《格斯尔》《汗哈冉

---

① 参阅仁钦道尔吉《〈江格尔〉论》，第51—64页，呼和浩特：内蒙古大学出版社1994年；巴塔《搜集调查〈江格尔〉工作报告》，见中国民间文艺研究会新疆分会编《〈江格尔〉论文集》（第1集），第6—9页，乌鲁木齐：新疆人民出版社1988年；浩·巴岱《我国对〈江格尔〉的搜集出版及其研究展望》，见《江格尔》汉文全译本（一），乌鲁木齐：新疆人民出版社1993年。

贵》等其他多部英雄史诗以及很多民歌、祝词、赞词等，是一位传唱《江格尔》部数最多的卓有贡献的江格尔奇。冉皮勒于1923年出生在新疆和布克赛尔中旗一个贫苦牧民波尔来家，能演唱《江格尔》21部。

2. 史诗《格萨尔》调查（1982）

藏族英雄史诗《格萨尔》的收集整理翻译工作，开始于1958年12月9日中宣部第641号发文批转中国民间文艺研究会制定的"三选"（中国歌谣丛书、中国民间故事丛书和叙事诗丛书）和中国科学院文学研究所制定的"一史"（少数民族文学史）计划。计划中明确华甲和王沂暖已有一部《格萨尔王传》的译稿，责成青海负责定稿。1959年5月25日青海省文联上报《青海省关于〈格萨尔王传〉的调查、搜集情况和问题》。入夏，笔者被中国民间文艺研究会派往西宁，与青海省委宣传部副部长兼文联负责人程秀山商谈如何落实文件精神，进一步组织搜集和翻译《格萨尔王传》事宜。此后青海省文联陆续搜集手抄本、木刻本28部54种，[①]并组织省内专家、包括一批在监狱服刑的前国民党要员参加翻译，"文革"前以白皮书内部资料的形式印行了70本。

"文革"后，青海省委于1978年11月13日发文为《格萨尔》平反。《格萨尔》的搜集翻译工作从此恢复。1979年成立由中国社会科学院少数民族文学研究所筹备组与中国民间文艺研究会共同组成的领导小组。1980年4月中国社会科学院少数民族文学研究所与中国民间文艺研究会在峨眉山召开《格萨尔》工作会议商讨和部署工作。连续召开三次《格萨尔》工作会议。青海自1980年起到1984年2月，又搜集到手抄本10多种，加上"文革"前搜集的70种，共81种，并再版了《霍岭大战》上部，新出版了《霍岭大战》下部、《赛马称王》《马燮扎石窟》《门岭战争》《地狱救妻》《梅岭金国》《歇日珊瑚》等七部。[②]西藏自治区于1983年初成立了专门的搜集整理班子，调集了李朝群、黄文焕、齐美多吉等专业人员开始搜集记录工作。截止到1982年5月，西藏民间文学工作者

---

① 参阅青海省文联1983年12月26日《关于开展藏族英雄史诗〈格萨尔〉抢救工作的请示报告》（青文联党字［83］08号），见中国社会科学院少数民族文学研究所《格萨尔》办公室编《〈格萨尔〉工作通讯》1984年第2期（总第11期）。

② 参阅青海省文联1983年12月26日《关于开展藏族英雄史诗〈格萨尔〉抢救工作的请示报告》（青文联党字［83］08号），见中国社会科学院少数民族文学研究所《格萨尔》办公室编《〈格萨尔〉工作通讯》1984年第2期（总第11期）。

根据札巴老人、玉梅姑娘、卡则札巴·阿旺江措、阿达尔等10余位著名史诗说唱家的说唱，录音600余小时，转换成文字可达数百万字。同时在全区展开普查，于1982年6月走访了昌都、类乌齐等六个县，历时两个月，共收集到15部手抄本、木刻本和油印本，加上此前自治区出版局收集到的17部，累计为32部。①1983年又派出工作组到阿里，在七个县、12个区的23个公社进行普查，搜集到手抄本和影印本六部，调查到能演唱十八大宗的说唱艺人平措伦珠。这一年共收集到手抄本19部。为札巴老人录制了《乌斯茶宗》一部，为玉梅录制了《塔岭》磁带六盘，为那曲的拥珠录制了《甲昂巴盔甲宗》一部。《天岭》和《松岭》两部业已整理完稿，交出版社。②1983年7—8月，中国社会科学院少数民族文学研究所与甘南藏族自治州文联联合调查组赴甘南藏族地区进行了普查。青海省、云南省也在调查中收集到一些新资料。③西南民族学院《格萨尔王传》科研组于1982年8—9月间组织四位藏族老师赴阿坝藏族自治州江原、阿坝、马尔康三县，访问了11位民间艺人、10位歌手，搜集到22万字的《格萨尔王传》资料，其中有藏文抄本5种。④西北民族学院成立了格萨尔研究所，出版了《土族格萨尔》。

1983年3月17日，"《格萨尔》搜集整理"作为国家重点项目，正式列入"六五"期间国家社会科学规划，负责人由中国社会科学院少数民族文学研究所、中国民间文艺研究会改为王平凡、仁钦、降边嘉措。次年1月11日召开了第四次《格萨尔》工作会议。由于此项目牵涉七个省区，工作量大，问题很多，三个课题负责人无法开展并完成工作，遂由中国社会科学院出面于1984年2月20日向中宣部递交《关于加强国家重点科研项目〈格萨尔〉工作的报告》，要求"在原协调小组基础上调整充实，成立全国《格萨尔》工作领导小组"，并在该院少数民族文学所设立办公室负责日常

① 李朝群《西藏抢救〈格萨尔〉工作成绩显著》，《民间文学论坛》创刊号，1982年5月。

② 《1983年西藏〈格萨尔王传〉抢救工作总结》，中国社会科学少数民族文学研究所《格萨尔》办公室编《格萨尔工作通讯》1984年第2期（总11期），第54—58页。

③ 据降边嘉措《〈格萨尔〉工作汇报和对今后工作的意见》（1984年2月在第四次《格萨尔》工作会议上的汇报），中国社会科学院少数民族文学研究所《格萨尔》办公室编《〈格萨尔〉工作通讯》1984年第2期（总第11期）。

④ 转自姚居顺、孟慧英《新时期民间文学搜集出版史话》，第60页，沈阳：辽宁大学出版社1989年。

工作。中宣部办公厅于同年2月28日批复同意。到1984年2月，据不完全统计，五个省区共搜集到藏文手抄本和木刻本48部，100多本；蒙文本12种；记录民间艺人的说唱本20多部；出版了34部。[①]

《格萨尔》研究者降边嘉措在世纪末1999年8月出版的《格萨尔论》一书里说："（根据说唱艺人的说唱记录），到目前为止，共记录了300多部，除去异文本，约为120多部。"搜集到手抄本和木刻本近100部。出版藏文《格萨尔》75部。发现优秀说唱艺人二十几位，具有非凡天才的有扎巴、桑珠、玉梅、阿旺嘉措、玉珠、阿达、才旺居勉（以上是西藏人）、才仁旺堆、昂仁、古如坚赞、次仁多杰（以上是青海人）。[②]可见，新时期二十年来，在七个省区的专家和文化工作者的共同努力下，藏族英雄史诗《格萨尔》的搜集和出版，取得了前所未有的巨大成绩。

3. 史诗《玛纳斯》调查（1979）

柯尔克孜族英雄史诗《玛纳斯》的搜集采录是从1961年开始的。调查人员在新疆克孜勒苏柯尔克孜族自治州的调查中发现了著名玛纳斯奇居素甫·玛玛依，他用了七八个月的时间演唱了这部史诗中的《玛纳斯》《赛麦台依》《赛依铁克》《凯涅尼木》《赛依特》五部。初步记录整理的资料曾由新疆文联铅印成册。

1964年6月，由中国民间文艺研究会、中国作家协会新疆分会及克孜勒苏自治州三方组建《玛纳斯》工作组，再次启动《玛纳斯》的田野调查记录工作。同时组成了以新疆作家协会的刘发俊和中国民间文艺研究会的陶阳为组长的调查采录组。先后参加调查采录组的成员还有：新疆作家协会的赵秀珍，克孜勒苏自治州的玉山阿里、帕兹力、阿布都·卡德尔、尚锡静，中央民族学院语文系的沙坎·玉买尔、赵潜德，中国民间文艺研究会的郎樱。调查采录小组在克孜勒苏州（主要是四个县）作调查，重点记录了大玛纳斯奇居素甫·玛玛依演唱的《玛纳斯》第三部《赛依铁克》、第四部《凯涅尼木》、第五部《赛依特》、第六部《阿勒巴恰与别克巴恰》。在普查搜集中，还根据乌恰县的玛纳斯奇艾什玛特·买买提和天山以北特克斯县的玛纳斯奇萨特瓦勒德·阿勒的演唱，

---

① 据降边嘉措《〈格萨尔〉工作汇报和对今后工作的意见》，《格萨尔工作通讯》1984年第2期。

② 降边嘉措《〈格萨尔〉论》，第59—60页，呼和浩特：内蒙古大学出版社1999年。

记录了若干异文。调查采录组的工作十分艰苦。"文化大革命"爆发，打乱了一切，调查组在困境中一直坚持到1967年，终于完成了全诗23万行的记录和汉译。"文革"中记录稿不幸佚亡。所幸第二部为新疆文联曾参加搜集工作的刘发俊保存下来。后又从北京中国文联的散乱资料档案中找到了《赛依特》《阿斯勒巴恰与别克巴恰》及第1部《玛纳斯》的记录和翻译原稿。①

"文革"结束了，春回大地。1979年，《玛纳斯》的记录工作重新启动，居素甫·玛玛依被邀至北京，补唱了第七部《索木碧莱克》、第八部《奇格台依》，参加记录工作的，有中央民族学院的胡振华和新疆克孜勒苏州的尚锡静。至此，史诗《玛纳斯》全部演唱记录完毕。嗣后，新疆文联《玛纳斯》工作组集中进行整理、翻译和出版。经过三十年许多专家的努力，柯尔克孜文的《玛纳斯》第一部一、二、三、四分册和第二部《赛麦台依》的一、二、三分册，汉文译本《玛纳斯》的一、二分册，于1991年正式出版。居素甫·玛玛依的《玛纳斯》演唱全本（柯尔克孜文本，共八册，约为23万行），也由新疆人民出版社于1991年出版。居素甫·玛玛依对保存柯尔克孜民族的英雄史诗的贡献殊大，被称为"当代的荷马"。②

4. 满族民间文学调查（1979）

1979年10月，辽宁省民间文艺研究会与辽宁大学中文系联合组成满族民间文学调查队，携录音机、照相机，前往黑龙江省依兰、宁安，吉林省以及辽宁省的新宾等地采录满族民间文学。1980年7月21日—8月6日，又前往辽宁省的丹东地区满族聚居县社进行了为期半个多月的调查。在岫岩县的偏岭、雅河、苏子沟、红旗营子等乡的18个村，访问满汉居民180人，采录民间传说、故事、歌谣资料50万字，照片100余幅。在凤城县也采录了一些传说和歌谣，数量未详。③从1981年4月起，沈阳军区前进报编辑裴永镇在沈阳市郊区苏家屯采集民间故事时发现了朝鲜族故事家老大娘金德

---

① 据陶阳编著《英雄史诗玛纳斯调查采录集》（样本），北京：中国文联出版社2010年。

② 郎樱《〈玛纳斯〉论析》，第113—114页，呼和浩特：内蒙古大学出版社1991年；《〈玛纳斯〉论》，第37页，呼和浩特：内蒙古大学出版社1999年。

③ 沈学民《辽宁省满族民间文学调查队获可喜收获》，中国民间文艺研究会编《民间文学工作通讯》（内刊）第24期，1980年9月。

顺，从她口中记录下来150多个故事，于1983年结集出版了《金德顺故事集》。①岫岩县民间文学搜集者张其卓和董明在1979—1980年调查时，发现了李马氏、佟凤乙和李成明三位满族民间故事讲述家。于是他们从普遍调查采访转移到对三位老故事家的专题采录，前后花费三年时间，到1983年完成。李马氏讲述故事73篇，佟凤乙讲述故事117篇，李成明讲述故事115篇。对他们的故事都录了音，拍摄了照片。他们的调查所得，以及他们的调查采录水平的提高，资料科学性的程度，对于中国民间文学界来说，具有重要的阶段性意义。他们所搜集的故事以《满族三老人故事集》为题于1984年出版。②

乌丙安在《满族三老人故事集·序》中写道："以往我们在普及民间文学基本知识时，常常把民间文学的集体创作和传播这个特点，讲得过分笼统，仿佛民间文学作品家喻户晓，脍炙人口，不胫而走，真像'风'在山乡、田野、村寨中吹一样，无根无源；又仿佛民间文学作品出自无名氏的群众之口，便只能是集体创作和集体传播了。岂不知在民间故事的采集实践中，并不完全如此，在多数情况下，大量民间故事却掌握在某些'见识多，说话巧'的'讲手'的个人手里，这些'讲手'就是民间故事讲述家，在学术上又称他们为民间故事传承人。"③在《〈金德顺故事集〉·序》里他又写道：民间故事讲述家的故事专录，"这种方法是在村落普查的基础上对专人的采访，是由局部到细部的科学采集方法。它的科学性在于：通过讲故事能手的讲述，既可以找到故事在世代传承中的源流，也可以找到故事在地理分布和传播上的源流，这便构成了故事学上被称做'传承路线'的故事系统，对了解故事的价值和作用有科学意义。道理很简单，民间故事在集体中保存和流传，主要依靠这些讲述家的口头艺术创造，他们是各民族历代民间文学的藏'书'家，活的'百科全书'和'口碑'；因此，采辑他们的口头故事具有更大的文学与科学价

---

① 裴永镇搜集《金德顺故事集》，收入《朝鲜族传说故事73篇及故事梗概33则》，上海文艺出版社1983年。

② 张其卓、董明《满族三老人故事集》，沈阳：春风文艺出版社1984年。书前有乌丙安的序，书后有张其卓的调查报告《这里是"泉眼"》。这篇调查报告，最先发表于中国民间文艺研究会研究部编的《民间文学研究动态》第1984年第3期。特别值得注意的地方是，作者较早地触及了故事家个性的形成及故事传承—祖承—线路问题。她还于1982年发现了另一个故事家张文英。

③ 乌丙安《张其卓、董明整理〈满族三老人故事集〉·序》，沈阳：春风文艺出版社1984年。

值。"①"故事家研究"这一课题,最先由辽宁省民间文学界率先提出来,逐渐受到全国的重视。②辽宁民间文艺学家们所搜集和编定的这两部故事集,其学术上的首创意义,主要表现为,中国民间文学界从此开始对故事家及其个性的关注与研究。

5. 泰山故事调查(1980)

新中国成立以来,由于民间文学队伍构成的多元来源,研究队伍和研究工作的薄弱等,在民间文学的搜集整理原则上,多有分歧。情况大体上是这样的:搜集者和研究者长期处于割裂状态,搜集者队伍,多为文学爱好者、初学写作者,和未经学科训练的基层文化工作者与中小学教师,他们大多主张对搜集来的民间作品进行加工修改,到60年代甚至出现了"改旧编新"说;研究者队伍,多为高校专业教师和研究所人员,或可把他们称为学院派,则主张忠实记录,对民间作品不要擅自修改,过去发生论争中甚至出现过"一字不动"论,但他们没有田野调查和搜集采录的实践,更没有提供出科学记录的民间作品样板。1962年,中国民间文艺研究会研究部曾将历年来关于这个问题的讨论文章选编为一集《关于民间文学的搜集整理问题》。③但问题远未解决,"文革"后,再次上升为一个突出的学术顽症。

改革开放之初,中国民间文艺研究会派出研究部的陶阳、徐纪民、吴绵三人组成调查组,于1980年5月15日—7月2日到泰山、徂徕山地区的一些公社和灵岩寺一带调查采录民间故事,其目的,就是为了探索搜集记录民间故事的科学性和可能性。这次调查实行"全面搜集"的方针和采用"有闻必录"的方法,用笔录和录音并用的手段,采录到泰山神话、传说、故事、童话,包括异文,近300篇;徂徕山革命故事和传统故事100篇,革命民歌近300篇。在这次实地调查之前,北京和长春的刊物上,正开展民间文学作品"改旧编新"的讨论。他们的调查目的在回答"改旧编新"论者。他们所调查采录到的民间故事编为《泰山民间故事大观》。④调查者所追求的是一种科学采录的境界,他们希望能向民间文学界提供一种"忠实记录"的样板。

---

① 乌丙安《裴永镇〈金德顺故事集〉·序》,第2页,上海文艺出版社1983年。

② 李扬《辽宁省调查研究民间故事讲述家故事活动情况简述》,中国民间文艺研究会研究部编《民间文学研究动态》1984年第5期,第19—24页。

③ 见本书第五章第三节。

④ 陶阳、徐纪民、吴绵编《泰山民间故事大观》,北京:文化艺术出版社1984年。全书共431页,分7辑。书前有贾芝所撰序言,书后附有搜集者的编后记。

贾芝在《序言》中评价说："民间文学的搜集整理工作，由于各种原因，例如不熟悉这项工作，尤其是对口头文学的特点认识不足，在理论上与实践上至今还有分歧。但大多数民间文学工作者是赞同和遵循'忠实记录，慎重整理'这一原则的。我们必须重视不注意工作的科学性，即不注意记录和整理民间创作应力求忠实于原作而任意编、改的危害性。……我们为了摸索'忠实记录，慎重整理'的经验，特派研究部的陶阳等三位同志去泰山实地调查，这次调查是实习性质，也是为了能够从实践中做出一个符合搜集、整理科学性的一个实例来。……他们摸索的经验不仅有力地说明了'忠实记录，慎重整理'原则的正确性，具体做法还有值得人们参考的是：（1）依靠地区文化部门的领导；（2）坚持做到全面搜集、全面调查（包括口头记录与考察历史文献）；（3）利用录音机，同时笔记，还要力求做到有闻必录；（4）记录同一母题故事的异文；（5）研究每一尊神的来历，对故事的异文作比较研究和有关理论上的探索。"①

多年来，我国民间文学界在民间作品的记录和整理问题上，存在不同意见。前面说到，从1957年起，曾不止一次地在报刊上发生过公开的争论。1982年1月2日，中国民间文艺研究会常务理事扩大会通过的决议中，写入了计划编纂《中国民间故事集成》《中国民歌民谣集成》《中国谚语大观》的计划。搜集记录的问题，再此提到了领导者和学者们的面前。时任中共中央书记处书记的胡乔木看了"决议"后，就民间文学作品的记录原则发表了如下意见：

> 编这三部书，我赞成。民间故事内容很多，《中国民间故事集成》是一部很大的书，编十年没有问题。《民间文学》（月刊）发表了不少民间故事。过去"五四"时代北京大学搜集歌谣，北新书局也出版了一些民间故事。那些东西，作为《集成》，可以收进去。
>
> 我有一次看到《人民日报》发表了黄永玉的一篇文章，他主张不随便改过去时代的作品，我很赞成他的意见。民间故事，有的改得很厉害；改的结果，就不能成为研究的对象，而成了70年代、80年代文人的作品了。我们对历史上遗留下来的民间故事，主要的是要注意保持原来的面目；失掉原来的样子，就没有科学价值了。比如用比较研究法研究民间故事，我们搜集了中国的民间故事，还有印度的、欧洲的，研究它们的历史也好，源流也好，如果都是经过加工了的，那就

---

① 贾芝《泰山民间故事大观·序言》，第3页，北京：文化艺术出版社1984年。

不能研究了。

我想起20年代起收集的民间故事，大体上是比较真实的。解放后，大家都看不起那些故事，认为没有多大意义，没有社会意义。但这也很难说。比方，巧媳妇的故事，呆女婿的故事，都有益于提高人民的智慧；说呆，也能从反面提高人民的智慧。另外，像笑话、谜语、巧对，这类故事流行的很多。现在搜集民歌、民间故事、谚语，当然很好。谜语是历史上留下来的，有的连带着一个故事，也可以搜集。民间的巧对，大都连带一个故事。这种巧对，带有汉语的特点。别的国家不会有对联，只有中国有。这些东西，我想应当收集。编辑《集成》，是大规模的；另外，也可以有小规模的，出些小册子。《中国民间故事选》，选得窄了些。有政治内容的，有社会意义的，固然应当入选，但不能只选这类作品；如果仅仅是地主与长工、革命领袖的故事，就把民间故事贫乏化了。解放后出版的民间故事，比较地贫弱。50年代，莫斯科大学有一个副教授问我：中国出版的民间故事为什么这样少？中国是这么大的一个国家，有这么悠久的历史，民间故事书出版得太少了！过去，这也是一种"左"的思想。1964年我同你谈话，那时，思想就不敢解放，认为流传的东西统统都应否定。有一派人就是这样主张的。民研会有一个人，他把民间文学全否定了。强调新创作，还有什么民间文学？通俗文艺，有它的需要，但通俗文艺，不就是民间文学。

民间文学是人民长期历史遗留下来的作品。是些什么样的故事、民歌，出在哪个朝代，都应搞清楚。现在不搜集，还要作假！"改旧编新"那是另一回事。民间文学不能改。把唐诗统统改一遍，杜甫的诗，李白的诗，统统改一遍，然后还说是唐诗，行吗？那是假古董，连假古董都不如，因为假古董还要模仿，在市场上还要求它像。一改，就没有底了，改到了什么程度算是民间文学？没有标准了，意义就失掉了。民间文学如修改了，那是颠倒黑白，混淆是非，真假不分，子孙后代都要遭殃，失掉了研究的基础。

选民间故事，要采取客观的态度，眼界要放得比较宽。有的故事，今天选也许没有好处，但可作为资料，供专家研究。（作为读物）出版，选的范围可以小一点。

民间故事的出版是一回事，搜集整理是另一回事。民间故事要注意两种情况。一种情况是，过去强调民间故事的社会意义，强调到了不适当的程度，把编选、出版的范围都缩小了；另一种情况，就是随便修改，改得面目全非。民间故事，搜集的人不能任意修改。一个是，不要人工地缩小它的范围；一个是，不要人工地修改它的真相。这两条是前提。不解决这个问题，工作做不下去，越做越坏。①

《泰山民间故事大观》的出版，实际上是在中国语境下对民间文学"忠实记录"的可能性和可行性的一个实验，也可看做是多年来关于记录与整理的争论的一个总结。

6. 赫哲族民间文学调查（1980）

中国社会科学院文学研究所、黑龙江民间文艺研究会、黑龙江省音乐家协会和合江地区组成联合调查组，于1980年9月下旬至10月中旬，1981年2月中旬至3月中旬，两次到黑龙江省合江地区的饶河四排、抚远、同江、八岔、街津口、富锦城区等地，对赫哲族民间文学进行抢救性调查。采录歌手10余人，用磁带录音机根据葛德胜、吴连贵、尤树林的口述录制了赫哲族长篇叙事诗"伊玛堪"四部，民歌"嫁令阔"10首。所收作品经调查组翻译后，主要部分发表在《黑龙江民间文学》（内刊）1981年第2集上。②以此作为开端，后来还对赫哲族的民间文学进行过多次调查，但这次对赫哲族民间文学特别是对"伊玛堪"的调查，无论就调查的科学性而言，还是就调查的成果而言，应是继20世纪30年代民族学家凌纯声的赫哲族调查之后又一次重要的调查，基本摸清了"伊玛堪"的蕴藏情况，完整地记录了几部作品。由于这篇调查报告发表在内部刊物上，当时印行数量极少，执笔者马名超逝世后出版的《马名超民俗文化论集》（黑龙江人民出版社，1997）中又没有收入，故节要录之如下：

附：《赫哲族伊玛堪调查报告》（1981年，节录）

联合调查组　执笔者：马名超

由中国社会科学院文学研究所、黑龙江省民间文艺研究会、黑龙江省省音乐家协会以及合江地区的有关民间文学工作者组成的抢救赫哲族民间文学联合调查组（其成员有李熏风、马名超、全景运、胡小石、赵晓辉、杨晶、尤志贤、傅万全、韩福德、黄任远等同志）于

① 此为胡乔木于1982年1月2日在听取了中国民间文艺研究会负责人贾芝、王平凡的工作汇报后所作的谈话的记录。笔者在引用时作了节录。
② 据抢救赫哲族民间文学联合调查组《抢救赫哲族民间文学遗产取得显著成果》，见《黑龙江民间文学》1981年第1集，第273—275页；联合调查组（马名超执笔）《赫哲族伊玛堪调查报告》，《黑龙江民间文学》1981年第2集，第473—516页。

1980、1981年，先后两次在黑龙江省合江地区的饶河、同江、抚远三县境内的赫哲族聚居区，进行了以"伊玛堪"采集为中心的民间文学专题考察活动。

"伊玛堪"是赫哲族中长期流传的一种传统说唱文学形式，素为国内外学术界所瞩目。由于诸多历史原因，这一被视为"国宝"的"伊玛堪"口头文学遗产，除在建国后作过一些小规模的搜集以外，迄今从未进行（过）有组织的专题采集，时至今日，已所存寥寥。鉴于这种情况，经过研究，认为很有抓紧抢救的必要，遂组成调查组，专门进行此项工作。除事前准备和事后整理材料的时间，我们先后共进行了大约50天的实地考察。

这次调查，是分两期进行的：

第一次调查，自1980年9月下旬开始，到10月中旬止，先后走访了饶河、抚远、同江三个城镇和饶河县八岔公社八岔大队以及街津口公社街津口大队。因抚远镇只有赫哲族傅兴文、尤碧坤、傅秀珍等几户，调查组在那里只作了短暂的停留。在全部行程中，重点采访了著名歌手葛德胜（70岁，住饶河四排）和吴连贵（72岁，住同江八岔）两位老人。对街津口渔民尤树林老人（66岁），只作了一般性的访问。这次调查的主要收获是：首次使用现代化采集工具，录制了用民族语言讲唱的三部"伊玛堪"作品的音响资料和其他有关社会调查材料，使我们对"伊玛堪"的面貌，有了进一步的认识，在今后的研究工作上，有了比以往更为可靠的基础。这次采集的作品，有葛德胜讲唱的《香叟莫日根》（片断）、《西尔达鲁莫日根》（片断）和吴连贵讲唱的《木都里莫日根》（片段）。在这次采集中，参加过1979年召开的全国少数民族民间诗人、歌手座谈会的吴连贵老人，不顾重病缠身，仍坚持在录音机旁讲唱"伊玛堪"作品。谁料，调查小组离开八岔大队后仅一月，他给我们留下的歌声，竟成了千古绝响！

第二次调查，是隔年、即1981年2月中旬开始，到5月上旬进行的。继续前段抢救工作，这次把歌手葛德胜老人专程请到佳木斯市，重点采录了他讲唱的三部长篇"伊玛堪"作品，即：《满斗莫日根》《香叟莫日根》和《阿格弟莫日根》，取得了可供播放近30个小时的音响资料。这次重新采集的《乡叟莫日根》，对前次采录本作了大量的补充，在"香叟离家"的基础上，又增补了"西征"、"遇难"、"求救"、"复仇"等重要情节，使故事臻于完整。根据这三部作品的录音资料，邀请民族干部尤志贤（同江县委统战部长）、傅万全

（绕河县四林子公社党委书记）两同志担任顾问和翻译工作，采用逐句意译（《满斗莫日根》由尤志贤译述）和分节、分段意译；《香叟莫日根》由傅万全译述；另有《阿格弟莫日根》由傅万全、韩福德翻译）的作法，共译出约20万字的汉语记录文稿。这次调查采集工作的特点是：认真贯彻了"全面搜集，忠实记录"的方针，在翻译与文字记录上，都竭力保存原貌，不加任何随意的增删或篡改，经过小组成员通力合作，取得了民族民间文学采集与翻译工作上的新成果。

（一）赫哲族住地的自然、社会、人文

赫哲，又作"赫真"、"黑斤"等，属民族语词的同音异写，含有"下面"、"东方"的意思。原来，"赫哲"一词，只是根据他们住地不同，对部分赫哲人的称呼，在长期流传中，才逐渐变成民族通称的。有关"赫哲"的叫法，最早见于《清实录》，历史文献中，也有称之为"鞑靼"的。其他，如"呼尔哈"、"瓦尔喀"、"萨哈连"、"乌德哥"等，则属于民族他称。而在赫哲人自己，往往亲昵地称他们为"那奈"（nanai）或"那尼敖"（naniaou），意在说他们都是"本地人"。

赫哲族，是目前我国人口最少的一个兄弟民族。据调查，现在（1981年）的人口，已由1945年的"300人"增至900人。他们主要居住在黑龙江省合江地区的饶河县西林子公社八岔大队。其他，如桦川、抚远等沿江县份和佳木斯市，也有少量的赫哲族居民。随着国家建设的发展和他们民族人口的逐渐增多，全国大部分省区，都有赫哲人在那里工作或学习。

赫哲人世代久居的三江（黑龙江、松花江、乌苏里江）原野，山水纵横，得天独厚，自然资源十分丰富，从遥远的古代起，这里就是丰腴的天然渔场和逐鹿之地。三江流域，是典籍中屡有记述的"海东青"①的主要产地；也是打牲贡物，如"银狐"、"紫貂"、"鹿茸"、"熊胆"等贵重毛皮和驰名药材的盛产地区。游弋在这一带江河中的"三花"（鳌花、鳊花、鲫花）、"五罗"（哲罗、发罗、雅罗、铜罗、胡罗）以及鲟（俗名"七里浮子"）、鳇（传谓"鱼中之

---

① "海东青"，一种形体巨大、矫健狞猛的珍禽。黑龙江地区的少数民族，在历史上向中原历代王朝进献的贡物中，以"海东青"为著。赫哲历史文物，如佩饰、雕刻或绘画中，也屡有所见。"伊玛堪"故事中神女变"阔力"的幻想性构思，即此类自然生物的艺术再现。

皇"）、鲑（俗称"大麻哈"）①等特种渔产，其肉可为美食，皮经捶熟以后，可缝制衣服、靴鞋。据调查，赫哲人除在三江水域从事捕鱼生产外，解放以前，以狩猎为其主要生活来源的那部分赫哲人，每年进山打围，纵马可南抵密山、林口县区，西迄依兰（古称"三姓"）、通河诸地，北达小兴安岭的伊春、萝北一带。可见，勤劳、勇敢的赫哲人民，开发、征服了三江流域的山山水水，为祖国多民族文化宝库增添了无限光彩。正如一则赫哲风土谣所颂赞的："'两块板'可以穿沟跳涧，'三块板'可以漂江过海"②，这是对于驰骋在三江流域具有非凡胆力的赫哲人民性格的生动写照。

赫哲族历史悠久，有关它的族源问题，学界往往以《史记·五帝本纪》《尚书序》《左传·昭九年》等文献记载为据，认为赫哲人的远祖应是黑龙江流域最古老的原始群团，即肃慎人的后裔。"肃慎氏在不咸山北"，他们散居在长白山以北的三江流域，从事自然采集的渔猎生产，属本地原住部族之一。有关史书记载，也为近年来这一地区考古科学的新成就所一再证实。例如：对黑龙江沿岸的绥宾县"同仁"、"中兴"以及乌苏里江流域的"新开流"、"小南山"等文化类型的断定③，便是我们在研究赫哲族社会历史发展上的有力证据。在北起黑龙江南至兴凯湖一带的出土文物中，鱼钩、鱼叉、鱼标、鱼卡子等捕捞工具，为数最多。器物文饰，也多为鱼鳞纹、鱼网纹、菱形纹等，其文化面貌，普遍地带有强烈的渔猎特色。所有这些，都应被视作赫哲族先人劳动生活在物质文化上的具体反映。与此相对应的，是作为赫哲族精神文化成果的人民口头创作中渔猎题材作品的大量存在。这样一些社会观念形态上的突出特征，充分地证明了赫哲族历史的悠远。从目前赫哲族居住的地域上来加以考察，三江流域的原始文化，应是古代肃慎、挹娄、勿吉、靺鞨人的文化遗存。例如建立渤海国的主体民族粟末靺鞨，即是从三江平原一带迁居于松花江上游和牡丹江流域的，时间大约在汉代以后。留在松花江下游、黑龙江中、下

---

① "大麻哈鱼"，是一种回游性鱼类，系赫哲族住地主要特产。"鲑鱼籽（卵）"，粒大如樱，色泽嫣红而透明，营养价值极高，传谓：七颗鲑鱼籽可抵一蛋。

② 歌手尤树林口述："两块板"，即猎民冬季进山打围时，穿用的木制滑雪板；"三块板"，是渔民常年使用的简易木船，即"三叶板子"之类的渔船。

③ 据黑龙江省文物考古工作队发表的《密山新开流新石器时代墓地发掘报告》，见《考古学报》1979年第4期；《黑龙江畔中兴金墓群》，见《文物》1977年第4期。

游的靺鞨人，史称黑水靺鞨，他即应是赫哲族的直系祖先。唐代的赫哲驻地，隶属黑水府管辖之下。元代，该地区曾设水达达路。明代设卫、所以治，当时该地区曾是通往三江下游奴儿干都司的必经之路。及至清代，那一带地区更是抵御沙俄入侵者和国际"冒险家"的防务要冲。多少世代，英勇的赫哲族人民在开发东北边疆和保卫祖国神圣领土、抵御外侮的斗争中，作出了巨大的贡献。

但是，赫哲族过去社会生产力的发展速度，却一直比较迟缓，原始采集的自然经济和原始民族部落的组织形式，也持续相当长的一段历史时期。据考证：辽代著名的"五国部"，就是建立在黑龙江下游地区的五个大部落。到了这时，已形成了带军事性质的部落联盟，大规模的攻城略地和掠夺人口，已司空见惯。反掠夺的血亲复仇，屡屡发生。这时的赫哲族社会已发展到了早期的奴隶制阶段。大量的"伊玛堪"故事作品，就真切地反映了这一社会历史阶段的基本特征，并构成一些重要篇目中规模壮阔的社会生活内容。在长期发展中，由赫哲人创造的古代文化，特别是包括"伊玛堪"在内的精神文化，曾经有过它的相当发达的历史阶段。在一个今天看来人口不足千人、生产上比较后进的少数民族中，竟然拥有如此丰富的人民口头创作遗产，即使屡遭破坏，甚至在他们的民族都曾一度濒于灭绝的情况下仍旧未尝消歇的生动事实，十分有力地证明了马克思在《〈政治经济学批判〉导言》中所阐述的关于艺术同社会发展不平衡规律的科学论断。马克思这一论述，原来是针对古代希腊神话艺术的产生与发展的规律来加以概括的，而赫哲族"伊玛堪"文学的创作与流传，则以东方民族在新的历史条件下的生动实践，进一步证实了伟大导师所作论断的普遍真理性。

赫哲族，有自己的民族语言，但无文字。在古代，他们长期削木裂革以记事。赫哲族属阿尔泰语系通古斯语族满语支。据初步调查，根据过去赫哲族住地的不同，他们所操语言大体可分为三个方言区：（一）松花江下游，即上起依兰、下至同江一带，为第一方言区；（二）混同江（即黑龙江与松花江汇流以下地段），今同江至抚远一带为第二方言区；（三）乌苏里江沿岸地带为第三方言区。方言区之间，语言上的区别甚大。比如：这次采集的用第一方言区语言讲唱的"伊玛堪"作品音响资料，给"下江"即第二方言区居民播放时，那里的赫哲人就有很多语言听不懂，甚至完全不明白。赫哲语词汇并不太多，不少语词，具有一词多义和词意不甚稳定的特点。例如"额真"（Egin）一词，即有多种含义，可译作"国王"、"皇帝"，也可译作"城主"、"头领"等等，甚至连"家长"，也称"额移卓额真"。其语言结构也较单纯，有时只能"意会"（根据特定的语言环境等），或依语言习惯来理解其含义。但是，通过巧妙地组合与运用，却可以产生出强大的语言艺术魅力。语言比较复杂，具有音乐的美感力量。这一赫哲族口头文学，特别是对于韵文的发展，如民歌、韵语故事以及"伊玛堪"讲唱文学，有很深的影响。

赫哲族，能歌善舞。除"萨满鼓"和"口弦琴"外，据说还有一种叫"库姆罕盖"的弦乐器，但早已失传。此外并无其他乐器。口弦琴，只有大三度音，颇为原始古朴。舞蹈，只有"萨满舞"。每逢节日"跳鹿神"①时，则出现以萨满为中心的群众性的舞蹈场面。这一带有原始风格特征的习俗，在这次采集的《满都莫日根》等记录文本中，即有真切的反映。据调查：解放后一度传出的"天鹅舞"、"叉草球舞"等，概为拟作，并非民族传统所有。歌曲，除民歌小调外，也以"萨满调"为最普遍。萨满调对于"伊玛堪"的基本曲调——"赫里勒调"（注：应为helile,er而非henine）影响很深。因此，听唱"伊玛堪"，不时地出现"呵呵咧咧"的音调，总使人感到它有浓重的跳萨满的味道。赫哲人笃信萨满教，这一原始宗教信仰，深刻影响了赫哲族社会生活的各个领域，尤其对口头文学的影响要更直接、更强烈些。"伊玛堪"里很多幻想性神奇人物形象、情节的构成，都是和萨满观念紧紧联系在一起的。因此，在"伊玛堪"文学的研究中，也必须与原始萨满教在该族的形成、发展等问题结合起来加以考虑，才可以深入底里，弄清它的本质。

除崇信"萨满"以外，他们也信仰多神。大体可分为外神（家外神）与内神（家内神）两类。"家内神"包括爱米、额其和、萨勒卡、比柔乌本玛发（老祖宗神）等，并将这些神统称为"色翁"。"家外神"包括山神、水神、木头神、瘟神、萨格迪玛发（即虎神，原语为大的老虎，兽中之王）等。近世以来，又有"老把头"和"关老爷"神，前者是采参放山人敬奉的，后者是汉族所信奉的，大约系赫哲人与满、汉等兄弟频繁交往中，渐次传入的，并非其本族所原

---

① "跳鹿神"，系赫哲族过去的祭神节日活动，倍极红火、欢腾。每年在古历"三月三"、"九月九"举行。以萨满为主，穿神衣，戴铁角神帽，绕村环行，边跳边喊"ho,go,ya,go"，群众随后，相伴起舞。舞罢共进"喜肉"，借以祈求丰年或还愿。

有。所有这类宗教观念和原始信仰，都曲折地反映在"伊玛堪"讲唱文学之中。

（二）"伊玛堪"的讲唱形式及其篇目

"伊玛堪"（imakan），是赫哲族劳动人民长期精心创作并在他们当中广泛流传的、以颂赞原始部落间征服与反征服中的英雄业绩为其主要内容的一种有讲有唱的传统民间文学样式。对"伊玛堪"一词，迄今为止，尚难作出语源上的解释。过去，在赫哲人自己，并没有对口头文学细致的分类称谓，只是与"说胡鲁"（又译作"说胡力"，即"民间故事"）和"特伦固"（即具有一定历史真实性的民间传说）相对，把那些长篇讲唱古代英雄故事的口头文学形式，习惯地统称作"伊玛堪"。它的讲唱人，被尊称为"伊玛卡乞玛发"，或一般地称为"伊玛堪奈"，即"讲唱伊玛堪的人"。

过去的搜集者与研究者，有把"伊玛堪"称为"故事"的，未免失之笼统。也有人认为它是"说唱文学，以说为主，以唱为辅"，"类似北方的大鼓，南方的苏滩"的。这种看法，只注意到"伊玛堪"也有说有唱，即其表面形体的一面，但却忽略了它在创作年代、题材内容以及语言表达等多方面特点的古老性质，把它划归到一般"说唱文学"、即属于"曲艺"一类形体的范围，并误以为它是"说重于唱"的，这不能不说是一种界限上的混淆不清。

现实生活中的"伊玛堪"，到底是个什么样子呢？

（1）"伊玛堪"讲唱时间、场地和讲唱形式

"五十多年以前，差不多都会唱伊玛堪，好多都是一家一家的歌手"。葛德胜老人说的这些话，并非虚夸之辞。歌手吴连贵（已故）在回忆他青年时期学唱"伊玛堪"的情景时说："我是跟莫托鄂学的。三间屋子两铺炕，人坐得满满的。听到半夜，有人想下炕回家。忽然他又唱个好的，大伙就又磨身重新上炕了。他也故意给你唱好的听，随时发挥，硬加花点子，让你笑得直不起腰来。不觉景儿，天就放亮了。"

上面，说的是在赫哲人聚居的村屯里讲唱的情景。

"冬天，撵皮子回来，猎手们睡不着觉。在树林子里，趁夜静一边烤狍子肉，一边烧着吊锅子。劳德玛发（指猎手中最有经验的领路人，也称'把头'。）分派好了第二天的活计以后，（椆）上几口酒，嗷嗷地就唱起来了。一唱，大伙就跟着来精神啦。唱到精彩地方，大伙还要'呵''呵'或'可''可'地应和着，既表示捧场，也是一

种礼貌，表明大伙都专心一意，听得挺入神。"

上面，指的是在深山猎场行围露宿中讲唱"伊玛堪"的情景。

除此以外，也在网滩、钧地、船上、庭院里或是"打小宿儿"（露宿）时，都随时随地地讲唱。不唱成本大套、由头到尾的，也可以把哪段热闹的，单抽出来唱。有个公认为最好的伊玛堪歌手古托力，他在江边上唱，"借水音更是好听"。桦川县万里霍通的老歌手芦升（著名歌手芦明的哥哥），他一唱啊，"各屯子里都是他的动静"。

从讲唱时间上看，多在劳动以后。每逢年节，或遇上"大事小情"（婚丧嫁娶），一早一晚也唱。唱"伊玛堪"，再好的高手，也分文不取，都白尽义务。他们没有职业艺人，祖辈以来都是业余活动。

"伊玛堪"的演唱形式是：

故事都从散文体说白入手，对故事发生的时间、地点、人物先作一番交代。开头时，歌手先拉长声说个"阿郎——"。这是一个引出故事的惯用套语，相当于汉语讲故事习用的"话说"、"却说"、"且说"之类。

由说白转入起唱以前，都要把最后那句话末尾的字音，拉长几个拍节，如同一般"叫板"那样，随后，便徒口唱起"赫力勒调"。

什么时候"讲"或"唱"，大体也有一定的规律。一般地说，主要的对话都要唱。主要人物的思想感情发生转折、变化时，也都以唱来表达。如主人公遇难，作战求救，苦诉衷肠，欢庆胜利等，即需要用歌唱形式来表达。一句话，凡是喜怒悲欢、最动感情的地方，都要起唱。使用的腔调，依歌手的修养不同也各有变化。一般的，都应男有男腔，女有女调，还有老翁调、少年调，得胜有高兴调，败阵有悲伤调，绝望有凄苦调，随时随地有所变化。

由唱再转为说白，一般除用"阿郎"外，也说"额乞合西安切阿日纳——"另一套语，来结束唱段的。"额乞合西"，意为"你记住了吗？""安切"是"没有"的意思。"阿日纳"无甚具体意思。全句是"我的话，你记住了没有"。就这样，一说一唱地重复下去，循环不止，直到把故事演完。

可见，"伊玛堪"文学，是以唱为主的。其讲述部分，有时只起简要的"搭桥""过渡"或者"交代"情节的作用。此次采集的《满斗莫日根》，即包括78个大小唱段，约占全部作品的三分之二强。据调查，早年流传的"伊玛堪"，在演唱中更是唱多于说。著名的歌手，都是以唱见长；而群众欣赏"伊玛堪"艺术，除了爱听曲折的故事内容以外，也把很大的注意力集注在唱词中富有诗意的形容、描写和曲调的变化上。好的唱段，语言连贯、生动，讲究押头韵，没有"断苗缺空"之隙，因此十分悦耳动听。由于"伊玛堪"演唱是徒歌的，不假任何乐器伴奏，甚至除轻微的手势以外，也绝少表演动作，因而在口语艺术和徒口吟唱上，便产生了特殊的要求。只有用加工、提炼后具有诗的素质的艺术语言，并辅以节奏鲜明的声乐艺术的渲染，才能使缺乏伴奏的演唱增加引人入胜的声色。因此，赫哲族"伊玛堪"讲唱文学，根据它所反映的社会生活内容与形式，特别是参照其早年在流传中的口碑史料，不能不使我们想象到它原来是否属于古老的口传长篇叙事诗，即英雄叙事诗，或是依据其所反映的时间与生活内容的规模而近于民族史诗之类的形体。这一点，在我国西南、西部、西北、东北西部草原地区的蒙古族、鄂温克族以及达斡尔族中，均有过类似的口头文学形式的发现，而在东北地区东部几个少数民族中（如满族、鄂伦春族等）截止目前为止，却绝少发现。伴随"伊玛堪"长篇叙事韵文作品的越来越多的采集，不能不引起我们对这一"缺环"问题的认真的思考。

（2）"伊马堪"的主要篇目考释

由于历史原因，不少前代传唱的"伊玛堪"作品，早已湮没无闻了。直至1930年夏秋之间，我国民族学者凌纯声氏，曾深入到松花江下游地区，搜集、整理过19篇赫哲族故事，辑成《松花江下游的赫哲族》下卷。这一专著，是今天我们研究赫哲族文学，特别是研究"伊玛堪"文学之国内著作中不可多得的唯一蓝本。其中19篇故事的汉语记录，属于"伊玛堪"创作的，约占14篇。另有五篇，是关于萨满、狐狸仙话等题材的其他故事。这批文字记录，并不是依据原来在当地群众中流传的"伊玛堪"故事源源本本的采录，而是凌纯声氏由"张蕎孙氏襄助整理而成的"。张氏并未参加那次实地考察，他的整理工作，除据凌氏原来记录外，当无其他与"伊玛堪"故事有关的文字记录可资依凭。可见，对于这些整理文本，如从研究民间文学的角度，当然不能不有所"戒备"。一个十分明显的事实，就是他们并没有保存下作为"伊玛堪"文学卓具特色的诗体韵文，即其唱段部分。只在《松花江下游的赫哲族》上卷书后，作为"民歌"举例，辑录下几则伊玛堪唱词的片断。如《苏完尼别汗》《额真汗别姬》《莫土格格奔月》等即是。据此可见，凌纯声先生整理的这14篇伊玛堪作品，实际乃是他们根据赫哲人提供的故事材料所作的一种改写，只保存了故事的大致轮廓，而大量质朴、美好的语言材料均已屏弃殆尽，一些感人的民间叙事诗的形象描述，也已荡然无存，整个"伊玛堪"故事的民主性内容和艺术上的特点，也大都黯然失色。更确切地说，那些作品，实际只是经过搜集者用他们自己文绉绉的语言加以重叙，甚至是改写过的故事梗概。限于半个世纪以前的政治、历史乃至采集技术和采集人的立场、观点、方法等等条件，当然不能过分苛求于前人，但是，根据新的科学资料，比较客观地指出前人著述中的某些局限性和错讹之处，应该说是很必要的。不过，有一点是很值得提出的，即《松花江下游的赫哲族》下卷所收14篇"伊玛堪"故事，有个不容遗忘的好处，就是他并没有更多地加添所谓文学性和政治内容，使后来者尚能据以看出"伊玛堪"文学的基本面目，从而使这一部分民间文学的采集成果，在目前科研资料十分缺乏的情况下，仍具有足资凭信的科研价值。这一点，对于我们今天究竟怎样看待和进行民族民间文学的搜集与整理工作，也是个较好的借鉴。

建国后，自1958年以来，在党的正确方针指引下，赫哲族"伊玛堪"采集工作进入一个新的历史阶段。据调查，二十余年中，已经搜集带唱段的"伊玛堪"作品有：《安徒莫日根》（1958年，伍进才讲唱，尤志贤搜集整理）、《爱珠力莫日根》（1964年，毕张氏讲述，韩福德搜集、待整理）、《松香德都》（毕张氏讲述，韩福德记录整理）和不带唱段的《西尔达鲁莫日根》（片断，葛长胜讲述，赵振才搜集整理）等。此外，对《满格木莫日根》《木竹林》《西雅丘》《木都里》《亚热勾》《莫土格格奔月》《木出空》《阿格弟莫日根》《宁蒂奥莫日根》《哈斗莫日根》《木鲁莫日根》《西尔达鲁和哈毖鲁》以及其他一些长、短篇"伊玛堪"作品，也都做过调查与采录。其中，除少数作品保存下一些唱段以外，有的只记下了故事梗概。在采集方法上，虽然各不相同，但都为研究伊玛堪文学积累下十分珍贵的资料。然而，直到目前为止，我们还没有发表过真正足以反映"伊玛堪"作品本来面目的整理本，这一点，不能不说是我们采集工作中一个很大的缺陷。由于资料保存过于分散，因而也影响了研究工作的开展。

关于"伊玛堪"篇目总量，迄今并无确数。有人估计为四五十部，只是一个大致的荒数。早期的篇目统计，已很难作出了，根据这次调查，并综合解放前后著录和尚未发表的"伊玛堪"作品，大致可以确认出下面一些篇目：

（1）《西尔达鲁莫日根》（介绍和评价从略，下同）

（2）《满格木莫日根》

（3）《西热勾》

（4）《木竹林》

（5）《阿格弟夏日丘莫日根》

（6）《木都里》

（7）《香叟莫日根》

（8）《牟哈莫日根》

（9）《满斗莫日根》

（10）《安徒莫日根》

（11）《杜西里》

（12）《沙里比吾》

（13）《爱珠力莫日根》

（14）《马尔托莫日根》

（15）《杜布秀》

（16）《阿尔奇五》

（17）《查格占哈特勒》

（18）《乌力莫日根》

（19）《莫土格格》

（20）《松香德都》

（21）《淑艳马赫莫日根》

（22）《多如坤莫日根》

（23）《阿地拉汗》

（24）《木出空》

（25）《宁蒂奥莫日根》

（26）《哈斗莫日根》

（27）《土如高》

（28）《达南布》

此外，尚有《天鹅德都》《姑娘与壮士》《红姑娘》《比武招婿》等短篇，只在内部资料中存其篇名，未见著录或其他资料。这些作品究竟应否属于“伊玛堪”的范围，值得加以鉴别。如果这类品不属于一般民间故事，有的很可能是长篇“伊玛堪”部分节段的“拆讲”或“摘唱”之类。

上面列举的篇目，有的重复出现；有的内容相似，只改换了人物名称；有的还只是一般故事、传说，应不属伊玛堪的范围。这些复杂情况，就严重地影响了篇目确数的估算。经粗略调查，仅就目前已知材料和失传的，如说赫哲族"伊玛堪"篇目总量为三四十部，可能比较接近于实际。

（三）结语

根据两次调查，在赫哲族中尚可以讲唱"伊玛堪"故事并提供流传中有关资料的，目前只有葛德胜（饶河）和尤树林（同江）两位老人。此外，群众还提到过现住饶河镇的王姓老夫妇（按：即西林子公社王秀林同志的父母）和同江县街津口公社何景山同志（公社会计）的岳父，都是值得今后注意的线索。另据饶河县西林子公社党委书记傅万金同志回忆：几年前，他的婶母（孀居，后与汉人结婚）居绥宾县，早年也会唱"伊玛堪"，今已不详她的住址。这类线索虽然渺茫，但都说明对于歌手的调查，仍有进一步探寻的必要。

我们在调查中发现："伊玛堪"作品传播至今，存在着十分复杂的情况。仅以葛德胜所提供的两部较完整的作品为例，有关民族语言的严重遗忘，现代观念的大量渗入，讲唱条件与周围环境的急剧变化（包括时代的、听众对象的、讲唱场所的等），也给"伊玛堪"文学，其中包括整个民族民间文学各类形体的存在与发展，带来一系列新的变化。这里，一个十分明显的例子，即解放后，除了当专门家进行采访时，歌手还可以讲唱些"伊玛堪"故事的某些片段之外，在另外的情况下，通常只有简短形体的民间文学样式尚有一定用武之地，而在历史上曾经大量存在过的长篇"伊玛堪"讲唱活动，却已全然销声匿迹了。这就是我们这次调查中所面临的"伊玛堪"讲唱文学疾速"退化"乃至濒于"消失"的问题。它的退化，就其本身来说，是全面性的，在语言、技巧、内容和曲调等方面，都有非常明显的反映。这一现象，并不是孤立的。当前，从赫哲人的生产、居住、语言、文化教育、婚姻、习俗、礼仪、思想气质等社会生活的各个侧面，都反映了这一深刻变化。……作为一种特殊的意识形态的记录，如长篇"伊玛堪"作品主要保存在少数较有文艺才能的歌手的记忆中，比起带有广泛群众性的一般短小题材作品的抢救来，就显得更加迫切了。

（1981年4月27日）①

---

① 《赫哲族伊玛堪调查报告》，见黑龙江省民间文艺研究会编印《黑龙江民间文学》（内部刊物）第2集，1981年11月。

　　到了20世纪90年代，黑龙江省民间文艺家协会的主持人李路，将80年代先后两次调查所得及50年来其他搜集者调查记录的成果，精选汇编为《伊玛堪》（上、下）一书，交由黑龙江人民出版社于1997年在哈尔滨出版，总算完成了一代"伊玛堪"搜集研究者的心愿，也成为凌纯声《松花江下游的赫哲族》之后20世纪下半叶赫哲族"伊玛堪"调查收集工作的总汇。笔者在为该选集所写的《序言》里作了这样评价："据调查，赫哲族的伊玛堪蕴藏量总数为40部左右。20世纪30年代，凌纯声在赫哲族进行民族调查时搜集到了第一批伊玛堪文本，开了赫哲族伊玛堪搜集工作的先河。50年代以来，在党和政府以及有关专业机构的领导下，由本民族和汉族专家参加，先后有组织地进行了多次调查采录，至今完整地采录、翻译出来的业有10部之多。由于赫哲族生活方式和生产方式的转换，社会变迁很快很大，多数老伊玛卡乞玛自然死亡，年轻一辈的讲唱人后继乏人，讲唱伊玛堪的传统正面临着中断的危险。因此，已经搜集起来的这些优秀伊玛堪作品，就成为赫哲族传统文化的绝唱，愈加显得弥足珍贵了。黑龙江省民间文艺家协会的几代同仁，过去在组织搜集、采录、整理和翻译赫哲族的文学遗产伊玛堪的工作中，脚踏实地而默默无闻地作出了很大的贡献。现在他们又从已经翻译成汉语的伊玛堪中，遴选出其中的十余部优秀的作品，汇编成集出版。摆在读者面前的将是一部脍炙人口的文学读物。中国多民族的文学史上，也将因此而又添上新的篇章。他们为赫哲族的文化事业所作的奉献，学界和广大读者都是不会忘记的，他们的辛劳将永载史册！"①

7. 云南省民族民间文学调查（1981）

　　云南省是我国民间文学队伍较为集中、资源较为丰富、搜集工作基础较为雄厚的少数省区之一。1979年建立了民族文学研究所，1981年成立了中国民间文艺研究会云南分会。为撰写各民族文学概况，派出九个调查组深入傣、彝、藏、哈尼、纳西、景颇、阿昌、傈僳、基诺、德昂、布朗、蒙古等民族的聚居地进行民间文学调查，搜集到约700—800万字的资料，特别重要的是搜集到一批少数民族的史诗和长篇叙事诗，如傣族的《相勐》《兰戛西贺》《叶罕佐与冒弄央》《阿暖贡玛纳》；阿昌族的《遮帕麻与遮米麻》；哈尼族的《奥色密色》《哈尼阿培聪坡坡》；拉祜族的

---

　　①　黑龙江省民间文艺家协会选编《伊玛堪》（上），第9页，哈尔滨：黑龙江人民出版社1997年。

《牡帕密帕》；彝族的《查姆》《阿鲁举热》；景颇族的《凯刚和凯诺》等几十部，大大地丰富了史诗和叙事诗的阵容。尤其可贵的是，还发掘出了傣族古典文学论著《论傣族诗歌》。①这部写于1615年（傣历903年）的文艺理论和民间文学理论著作，以傣文手抄本的形式流传于民间，于1980年由岩温扁根据康朗英收藏的手抄本译为汉文，1981年由中国民间文艺出版社云南分社在昆明出版。云南民间文学界根据书中提到的一个佛教职位的名称，把该书的作者定名为"祜巴勐"。②这部书的被发现和翻译出版，引起了全国民间文艺研究者的广泛关注。另据报道，云南省少数民族文学研究所与省民间文艺研究会委托云南大学中文系组成15人的调查队于1980年8月到景谷县进行了为期二十多天的民间文学调查收集。调查队重点调查了钟山、永平、猛班、民乐四个傣族聚居的公社，搜集了民间文学作品93件，计70万字（包括叙事长诗八部计10335行，传说故事85件）。③

这一阶段，有两部被称为史诗的傣族长篇诗体叙事作品的发掘、整理、出版，在傣族文学化上具有重要意义。一部是《相勐》，一部是《兰嘎西贺》。

《相勐》由岩峰和王松搜集整理，发表于《山茶》1980年第2期上。1983年中国民间文艺研究会举办的"1979—1982年全国民间文学作品评奖"中，被评为一等奖。④发表时《山茶》编辑部标明是"傣族叙事长歌"。2007年11月云南民族出版社新版《相勐》（三部傣族叙事长诗）时，王松在《伟大的傣民族的精神遗产——序史诗〈相勐〉、悲剧叙事诗〈宛纳帕丽〉和〈娥波冠〉》一文中把《兰嘎西贺》改称"史诗"。⑤《相勐》所展示的是傣族从部落社会过渡到地方性国家的艰难历程。沙瓦里和召相勐是史诗中两个对立的人物，前者是野蛮、残忍、刚愎自用的暴君，

---

① 刘辉豪《新的发展 新的开拓》，《边疆文化论丛》第3辑，1991年，昆明。

② 参阅王松《十论傣族叙事长诗·九论：傣族诗歌发展的总结》，第293—309页，哈尔滨：北方文艺出版社2009年。

③ 杨振昆执笔《关于景谷县傣族民间文学的调查报告》，中国民间文艺研究会编《民间文学工作通讯》1980年第26期。

④ 《1979—1982年全国民间文学评奖获奖作品总目》，见《1979—1982年全国民间文学评奖获奖作品选》（故事传说部分），第646—659页，北京：中国民间文艺出版社1984年。

⑤ 西双版纳傣族自治州民族宗教事务局编《相勐》（傣族英雄史诗），岩峰、王松翻译整理，昆明：云南民族出版社2007年。该书除《相勐》外，还收入《宛纳帕丽》和《娥波冠》两部民间长篇叙事诗。

他连做梦都想当森林里101个国家的统治者；而后者则是傣族理想中的英雄。召相勐从魔洞中拯救了被魔王掠去的公主勐荷傣，不料却被沙瓦里将其捆绑在马厩里，准备将其杀害。受尽折磨和侮辱的召相勐得神人之助，被从马厩里救出，于是开始了两个部落之间的征战。仁慈的召相勐没有杀掉战败的沙瓦里。国王废除了沙瓦里的王位后，宣布召相勐和嫡西里总布结为夫妻，并让召相勐登基做了勐荷傣的国王，让101个国家的百姓过上了和平安详的生活。

1981年9月，云南人民出版社出版了刀兴平、岩温扁等翻译整理的《兰嘎西贺》，一时研究评论如潮。"兰嘎西贺"的意思，是兰嘎地方的十头王。长诗描绘了勐沓达腊塔王子召朗玛和勐兰国王捧玛加（即十头魔王）两人一生的事迹，通过二人争夺勐甘纳嘎公主南西拉，展开了一场错综复杂、曲折尖锐的斗争，歌颂了正义的战争和惩治暴凶的英雄行为。译者称其为"神话叙事长诗"。在傣族居住地区，西双版纳、德宏、思茅、临沧等地，《兰嘎西贺》几乎家喻户晓，妇孺皆知，唱本有大小之分，称《兰嘎竜》者，即大兰嘎；称《兰嘎囡》者，即小兰嘎，大小二者简繁不同。关于《兰嘎西贺》的渊源，有学者认为，《兰嘎西贺》是从印度史诗《罗摩衍那》演变而来的。

1984年开始的《中国民间文学三套集成》普查和编纂工作，大致延续到1989年或1990年，大大推动了云南省民间文学的调查和采录。省里成立了集成编辑办公室，15个专、州、市也先后成立了集成办公室，在11个地市举办了培训班，培训民间文学骨干3532人。各地、州、市、县编印了民间文学集成资料本151册，编入资料3000万字。此外，还按民族编辑出版了《白族神话传说集成》《云南彝族歌谣集成》《纳西族祭天古歌》《云南拉祜族民间文学集成》《云南傈僳族风俗歌集成》《云南蒙古族民间文学集成》《云南苗族民间故事集成》《云南拉祜族苦聪人民间文学集成》《云南基诺族民间文学集成》等。在八九十年代搜集整理发表的民间长诗达100部以上，除了上面提到的以外，还有：傣族《三只鹦哥》《缅桂花》；壮族《幽骚》；苗族《古歌》《叶兹里堂和妮波妮当》；瑶族《虹腮与蝉美》；德昂族《达古打愣莱标》；藏族《格萨尔——加岭传奇》；普米族《熊巴佳佳和他的伙伴》；傈僳族《猎手的歌》；纳西族《鲁摆鲁绕》；白族《串枝连》；彝族《腮玻媸》《白蚩尼和白拍蒙》《七色女》等。正式出版的民间文学集子在30种以上，计有：《白族民间故事》《景颇族民间故事》《傈僳族民间故事》《哈尼族民间故事》《西双版纳傣族民间故事》《阿昌族文学作品选》《崩龙

族文学作品选》《云南少数民族机智人物故事选》《杨升庵在云南的传
说》《昆明的传说》《纳西族民间故事选》《彝族民间故事选》《傈僳
族民间故事选》《彝族叙事长诗选》等。①

　　同一时期，除了民间文艺家协会所主持的"中国民间文学三套集成"
的普查和编纂之外，还有其他机构，也搜集和编印了许多民间文学作品。
以彝族而论，除了前面提及的《彝族叙事诗集》②里包括的《鲁巴林与都
荻莺》《门拜歌》《母吾奕支叟》《阿非叟》《喜作叟》《莫合》六部长
篇叙事诗外，楚雄州文学艺术界联合会搜集、编印了《太阳金姑娘与月亮
银儿子》《阿鲁举热》《哭嫁歌》《五兵歌》《布木乌鸟图》《彝族六祖
史》《阿买》《阿谷鸟》八部叙事诗。③云南省社会科学院楚雄彝族文化研
究所彝文古籍研究室编印的《彝族民间文学》第3辑收录了基默热阔记录翻
译的《吉嫫阿尔和乃吾丝妮》（曲布嫫俄热唱）。④此外，彝族文献的收集
方面，云南省有关部门也收集了许多长篇叙事诗，极大地丰富了彝族民间
文学的宝库。云南省少数民族古籍整理出版规划办公室编印的《云南省少
数民族古籍译丛》第28辑，收入了根据手抄本翻译的《彝族创世史——阿
赫希尼摩》。⑤此诗是流传于滇南哀牢山下段彝族地区的一部彝文古籍，篇
幅浩瀚，计有53章1.9万余行。第22章以后，其内容不属于创世史。此译本
是根据红河哈尼族彝族自治州元阳县新街乡水卜龙村公所小心寨施文科毕
摩及其徒弟李亮文共同收藏的手抄本翻译的。云南省社会科学院楚雄彝族
文化研究室编印的《彝文文献译丛》第一辑，收录了史诗《门咪间扎节》
《迭咪开益得》；叙事诗《龙王四姑娘》《张三姐的故事》《多叶若》
《多叶与阿左》《火烧阿左》《赶马任的故事》《三姑娘的遭遇》《山苏
茂叶颇》《姑娘哭丧调》《三仙女找雨》。第二辑收录了罗希吾戈翻译的
《人生三部曲》（序作者拟题，实际上就是"指路经"），包括《追忆亡

---

① 刘辉豪《云南民间文学的春秋》（二），见刘辉豪《边寨文化论集》，第
203—206页，昆明：云南大学出版社1992年。

② 玉溪地区群众艺术馆、元江哈尼族彝族傣族自治文化馆编《彝族叙事诗
集》，芒市：德宏民族出版社1987年。

③ 祁树森主编《太阳金姑娘与月亮银儿子》（楚雄彝族民间中长诗选），昆
明：云南美术出版社1993年。

④ 《彝族民间文学》（第三辑），第36—56页，云南省社会科学院楚雄彝族文化
研究所彝文古籍研究室1984年12月编印。

⑤ 《彝族创世史——阿赫希尼摩》，《云南省少数民族古籍译丛》第28辑，汉
彝对照，昆明：云南民族出版社1990年。

人》《送魂》《招魂》《丧终》四个部分。第五辑收录了张兴等译的《六祖分支》和杨自荣等译的《六祖魂光辉》。云南省曲靖地区少数民族古籍办公室主持出版了昂智美灵、李红昌、美雨三人合作以原文加标音、对译、意译四行译法的彝族叙事长诗《尼迷诗》①。

傣族民间文学的调查收集工作所取得的成绩，也是非常辉煌的。傣族是一个富有叙事诗传统的民族，新中国成立后的"十七年"，曾由省委宣传部发动并领导云南大学中文系毕业班师生在楚雄、大理、德宏作过大规模的调查，曾经采录了《召树屯》②《线绣》③《娥并与桑洛》④《葫芦信》⑤《叶罕佐与冒弄养》《苏文纳和他的儿子》⑥《松帕敏和嘎西娜》⑦等许多部傣族的民间叙事长诗，并整理出版。这些长诗，大半于改革开放之初的1978年再版，流行于读者中。

据傣族文学专家和调查负责人王松提供的材料，1978年在德宏举办傣族民间文学训练班时，所有参加训练班的傣族歌手一致认定，德宏傣族的"阿銮故事"民间叙事长诗有550部；此后不久，西双版纳方面也认定他们那里的傣族也同样的拥有550部"阿銮故事"民间叙事长诗。王松在《十论傣族叙事长诗·论前语》里提供了云南民间文学界这一时期有关傣族叙事长诗收集和翻译的情况：

> 自此我们才敢确定西双版纳傣族确有500部叙事长诗，而德宏也确有550部叙事长诗。可是这些叙事长诗究竟在哪里？这些古代人说的话究竟可信不可信？接着我们又开始收集这些叙事长诗，直到少数民

---

① 云南曲靖地区少数民族古籍办公室编《尼迷诗》（彝族创世史诗，昂智灵、李红昌、美雨译），昆明：云南民族出版社1989年。

② 《召树屯》（傣族民间叙事长诗），北京：人民文学出版社1956年；昆明：云南人民出版社1979年。

③ 云南省民族民间文学德宏调查队搜集《线绣》（傣族民间叙事长诗，李广田整理），昆明：云南人民出版社1964年第1版、1978年第2版。

④ 云南省民族民间文学德宏调查队搜集翻译整理《娥并与桑洛》（傣族民间叙事长诗，袁勃作代序），昆明：云南人民出版社1960年第1版、1978年第2版。

⑤ 云南省民族民间文学西双版纳调查队搜集翻译整理《葫芦信》（傣族民间叙事长诗），北京：人民文学出版社1960年。

⑥ 云南省民族民间文学德宏调查队搜集翻译整理《苏文纳和他的儿子》（傣族民间叙事长诗），昆明：云南人民出版社1960年第1版、1978年第2版。

⑦ 陈贵培译《松帕敏和嘎西娜》（傣族民间叙事长诗），昆明：云南人民出版社1960年第1版，1978年第2版。

族所云南分所结束，我们通过了艰苦的努力只找到了三百多部目录和一百多部傣文手抄的叙事长诗。为了郑重起见，我不得不把公开出版的书目开列如下：

《召树屯》《线绣》《娥并与桑洛》《苏文纳和他的儿子》

《九颗珍珠》：云南大学《少数民族民间文学概论》师训班《九颗珍珠》翻译整理；云南人民出版社1982年出版。

《三只鹦哥》：李子贤整理；云南人民出版社1980年出版。

《一百零一朵花》：罕华清、沈应明、胡德宏、冯寿轩、和鸿春翻译、整理；云南人民出版社1987年出版。

《兰嘎西贺》：刀兴平、岩温扁、高登智、尚仲豪、吴军翻译、整理；云南人民出版社1981年出版。

《厘俸》：刀永明、薛贤、周凤祥翻译、整理；云南民族出版社1987年出版。

《三牙象》：杨明熙、杨振昆搜集、整理；云南人民出版社1983年出版。

《巴塔麻嘎捧尚罗》：岩温扁翻译；云南人民出版社1989年出版。

《十二头魔王》（即《兰嘎西双贺》）：岩峰、岩温扁、王松整理、翻译；中国民间文艺出版社1990年出版。

《金湖之神》：岩林翻译；中国民间文艺出版社（云南）1984年出版。

《天神英叭》翻译者：岩温扁；唱述者：佚名。

《帕雅桑木底》唱述者：佚名；岩温扁翻译。

《甘哈邦莫万》唱述者：岩罕；岩温扁翻译。云南人民出版社1989年出版。

《銮列銮短》唱述者：岩罕叫；翻译岩温扁。云南人民出版社1989年出版。

以上各篇均见于《云南民族口传非物质文化遗产总目提要史诗全卷》上。

《葫芦信》：1959年刀振纲根据当地传说写成叙事诗，云南人民出版社出版。

《红宝石》：何大妈唱述；岩林翻译；岩林、仲录整理；云南人民出版社1989年出版。

《阿暖和他的弓箭》：帕戛莫唱述；方峰群翻译；方峰群、何少林、刘辉豪整理；刊于《山茶》1980年第1期。

《缅桂花》唱述者：佚名；翻译者：思永宁；整理：冯寿轩；云

南人民出版社1979年出版。

《金孔雀》：方有朋、杨正平唱述；晓黎翻译；吕晴整理。1983年第6期《山茶》。

《贡麻与玛尼》：银老二唱述；希宝兰翻译；张楠整理；刊于《山茶》；1991年第5期。

《香发公主》：佚名唱述；孟尚贤翻译；孟尚贤、方佩龙、南唤整理，刊于《山茶》民族文学双月刊1990年第5期。

《朗伦与金野猫》：岩弄、召罕唱述；杨利先、李静波、王建中采录；刊于《山茶》1993年第1期。

《山白鱼》：周雪波整理；刊于《个旧文艺》1981年3期。

此外，还有未正式出版的：《乌沙麻罗》《粘巴西顿》《粘响》《乌莱》《召苏瓦》《婻乖风》《螺蛳姑娘》《走勐乃》《金纳丽》《阿雷汗罕》《白虎阿銮》《七头七尾象》《十二位王妃的眼珠》《万相边勐》《三时香》《朗腿罕》《婻妙》《花蛇王》《三尾螺》《召温邦》《沙里》《金牙象》《盘巴与雀女》《仙芒果》《千瓣莲花》《尖达巴佐》《秀披秀滚》《金螺姑娘》《金乌龟》《章英与南葛花》《婻窝妮》《南娥洛桑》《窝拉翁与召烘罕》。

翻译成诗歌的共有75部；再加上用散文体记录德宏傣族叙事长诗《阿銮的故事》，用散文体记录的40部；其中如：《五个神蛋的故事》《金岩羊阿銮》《姆色与金狮》《四脚蛇阿銮》《只有头的阿銮》《柠檬姑娘》《牧羊阿銮》《阿銮射星》《酸鱼鲊阿銮》、《卖叶子的阿銮》《樵夫与七公主》《草药的故事》《岩结焕》《花水牛阿銮》《马利占杀龙》《七头七尾的象》《稀奇古怪》《独角黄牛》《洛体浪夏》《阿銮吉达公玛》《白鹦哥》《阿銮麻哈哈》《柚子姑娘》《粘响》《三时香姑娘》《阿銮兰刹》《五百个牧童玩游戏的故事》《三眼阿銮》《婻嘎罕》《白蚂蚁阿銮》《阿銮金乱》《神马》《阿銮维纳》《召玛贺的故事》《九颗宝石》《阿銮打莫》《口袋阿銮》《白蚌壳阿銮》《白虎阿銮》《俄恩罕和他的朋友》《阿銮多哈巴任那》。

加上这41部，共有115部，这其中有些已翻译整理成长诗，如《九颗珍珠》《粘响》还有一些是重复的，但是都是已经翻译成汉文的了，还有《相勐》《宛纳帕丽》《婻波冠》，以及在刊物上发表还没成书的如《叶罕佐与冒弄养》等共有100多部，这些都是翻译成汉文我亲自看过的，还有许多我们还没有收集到的和散失了的，再加上目录和傣文手抄本就完全可以证明傣族叙事长诗有500部或550部，因此，

550部阿銮故事或叫550部傣族叙事长诗是可信的。[①]

仅此一个书目，就不难见出改革开放的新时期，云南民族民间文学的调查搜集工作取得了何等丰硕的成果。正如许多学者指出的，那个时期，是云南民族民间文学工作"最繁荣、最活跃的时期"，也是云南省历史上搜集整理民间文学最多、培养人才最多、出成果最多的时期。正是有了这个基础，中国社会科学院才于1978年在昆明召开了社会科学规划会议，并决定建立少数民族文学研究所，同时设立云南分所，因而形成了中国民间文艺研究会云南分会、中国社会科学院少数民族文学研究所云南分所、中国民间文艺出版社云南分社"三驾马车"合作开展民族民间文学搜集与研究的新格局。

至于傣族民间叙事长诗的性质问题，即是不是佛教经典的问题，学界所进行的争论，经过1981年9月20—29日中国社科院少数民族文学研究所云南分所、云南社科院民族民间文学研究所、中国民间文艺研究会云南分会、中国少数民族文学学会云南分会联合主办的"傣族文学学术讨论会"上的广泛讨论，问题已经得到了解决[②]，这里不赘。

8. 江南吴语地区的叙事长诗调查（1982）

江南长篇吴歌的搜集在这一时段取得了重大成绩。1981年秋无锡县朱海容搜集到500行的《沈七哥》，发表于《江苏民间文学》同年第3、4期上；接着，上海民间文学研究者钱舜娟于1982年6月、1983年4月、1984年5月、1985年5月、1987年5月多次到无锡调查《沈七哥》，搜集到11种不同异文的版本。1981年12月6—20日在苏州召开的民间文学吴语协作区第一次吴歌学术讨论会上，苏州市民间文学工作者献出了陆阿妹老人演唱的长达2900行的长篇吴歌《五姑娘》[③]。从此陆续搜集到《孟姜女》《赵圣关》《林氏女望郎》[④]《鲍六姐》《薛六郎》《魏二郎》《红娘子》《小青青》《刘二姐》《陈瓦爿》等30余部长篇叙事诗。继而上海民间文学工作者王仿、任嘉禾、周进祥、潘文珍连续三次在南汇县调查，搜集到长篇

---

① 王松《十论傣族民间叙事长诗》，第9—12页，哈尔滨：北方文艺出版社2009年。

② 《傣族文学学术讨论会在昆明举行》，《山茶》1981年第4期，昆明。

③ 《五姑娘》，《采风报》第21期。

④ 《林氏女望郎》，《民间文艺集刊》第4集，上海文艺出版社1983年。

《哭嫁歌》和《哭丧歌》。^①据研究者的研究，在上海发现的长篇叙事诗二首（1000行以上）、中篇的叙事诗五首（三四百行到千行以下）、短篇的叙事诗六首（一两百句的）。江南吴语叙事诗的调查，不是单纯地寻找和记录几篇民间叙事诗的文本，调查者还对这类长篇的和中篇的叙事诗的艺术形态以及产生和流传的原因作了考察和思考。这是学科意识提升的表现。以《白杨村山歌》为例。^②这篇叙事山歌流传于奉贤县西部江海、庄行、齐贤、肖塘、邬桥五个乡，上海县与之接界的马桥乡也有人会唱。内容写农村青年男女相爱，女的迫于父母之命，另嫁别人，男的两次寻到女的夫家，最后一次被女的丈夫用石灰撒瞎眼睛，认不得路，断了私情。就内容看，《白杨村》与沪剧《卖红菱》相近，很容易使人想到是根据沪剧《卖红菱》改编的。王仿、郑硕人的研究结论说，他们的调查说明，沪剧产生时，传说已有流传了，没有实证的材料，可以说明是从《卖红菱》搬来的。而且当地压根儿就没有一个白杨村，长诗的故事是虚构的，不是真人真事。全诗18节，正歌八节，约1600行，加上可以穿插进去唱的"丫枝"九节（有一节失传），约2700行。^③调查者把《白杨村山歌》与冯梦龙的《山歌》以及当地流行的一些山歌进行了历史比较研究，认为，"许多小山歌是建筑叙事山歌这座大厦的砖头。歌手们靠了'肚里山歌万万千'，……一些具有一定情节的山歌段子，一些初具规模的故事，经过他们的加工，渐渐趋于丰富和完善，而逐渐成为叙事诗了。"^④而江南吴语地区之所以有如此丰富的叙事诗流传于民间，与当地的山歌传统是分不开的。"把《哭》《嫁》《断私情山歌》（包括'男断私情'和'女断私情'）和《卖衣香》的集中异文，跟《白杨村》放到一起考察，进行比较，可以看出，从《哭》到《断私情山歌》，就产生了可以发展为叙事民歌的胚胎。'男断私情'与男的另娶，对原先的情人已没有什么感情，无发展的余地，成不了叙事诗；而'女断私情'，女的被迫另嫁，男女双方

---

① 钱舜娟《江南民间叙事诗及故事》，第2—4、39—41页，上海文艺出版社1997年；上海民间文艺家协会、上海市南汇县文化馆编《哭丧歌》（上海文艺出版社1988年）有姜彬撰写的序，其中谈到这三次调查。

② 《白杨村山歌》（记录稿），《民间文艺集刊》第5集，上海文艺出版社1984年。

③ 王仿、郑硕人《〈白杨村山歌〉源流考》，《民间叙事诗的创作》，第21—23页，上海文艺出版社1993年。

④ 王仿、郑硕人《汉民族叙事诗初探》，《民间叙事诗的创作》，第18页，上海文艺出版社1993年。

仍旧相爱，希望以后能在一起生活，就有了发展的条件。女的嫁期到了，希望能跟旧情人再见一面，没法通知对方，或者男的听到消息，从远处赶来看她，这就构成了'嫁姐'的情节；出嫁时，旧时有哭嫁的风俗，这是'哭嫁'的基础。这些组成了《白杨村》的主要部分，而开头和结尾是它的延伸和发展。"①综合观察在吴语地区搜集到的多种叙事长诗，其主要内容，是反映不自由的婚姻制度所造成的社会悲剧，以及妇女的悲苦命运，讴歌坚贞不渝两情相悦的爱情，与同时期在鄂西北地区搜集到的一些叙事长诗相比较，则有显著的不同，尽管鄂西北地区也保存着若干古代（明代）移民从江南带来的吴语山歌及其传统。②

上海、江苏的民间文学家们调查采录到的这些长篇叙事吴歌，不仅是新时期民间文学搜集工作的一大收获，而且在中国民间文学史上具有重要意义。因为自"五四"以来，中国文学界较为一致的见解是汉民族没有长篇叙事诗产生。有代表性的是胡适在《歌谣》周刊发表的《故事诗的起来》一文。近代以来，包括顾颉刚先生在内的学者们在吴语地区采集到的吴歌，也都是短歌。调查采录这些民间长篇叙事诗由《民间文艺集刊》（后改为《民间文艺季刊》和《中国民间文化》）发表，后于1989年由上海文艺出版社汇编出版了一部总汇式的《江南十大民间叙事诗——长篇吴歌集》③。此书出版后，上海的诗人们召开了专题座谈会，他们说："《江南十大民间叙事诗》宛如一座用珍珠穿缀的玲珑宝塔，晶莹灿烂，光彩照人。这部长篇吴歌集的出版，将对上海乃至全国诗坛产生深远的影响，特别是对当代叙事长诗的创作，产生良好的影响，提供可贵的借鉴。"④

（二）第二阶段（1984—1987）

这是新中国成立以来我国民间文学采录工作中成就最为辉煌的一个阶段。这个阶段的特点是围绕着"中国民间文学集成"而开展的全国民间文学普查全面展开，并基本结束。这次普查，无论就其规模而言，还是就其

---

① 王仿、郑硕人《〈白杨山歌〉源流考》，《民间叙事诗的创作》，第38页，上海文艺出版社1993年。

② 参阅拙文《武当山南神道民间叙事诗集·序》（陈连山、李正康编），武汉：长江出版社2009年。

③ 吴歌学会编、姜彬主编《江南十大民间叙事诗——长篇吴歌集》，上海文艺出版社1989年。

④ 《上海诗人座谈〈江南十大民间叙事诗〉》，《民间文艺集刊》1990年第1期。

深度而言，都是中国几千年的文化史上绝无仅有的，其意义极为深远。同时，以某一课题为主题而进行的科学考察，也取得了可喜的成绩。

1. 全国民间文学普查

1984年5月28日，中华人民共和国文化部、国家民族事务委员会、中国民间文艺研究会联合签发了文民字（84）第808号《关于编辑出版〈中国民间故事集成〉、〈中国歌谣集成〉、〈中国谚语集成〉的通知》，并附有中国民间文艺研究会起草的这三个集成的编辑方案和意见。（中国民间文艺研究会于1987年更名为中国民间文艺家协会）这项前无古人的宏大文化工程，从1981年起，经过几年的酝酿，终于从1984年4月付诸实施。成立了以中国文联主席、著名文艺理论家周扬为总主编，以文化部代部长、著名音乐家周巍峙和北京师范大学教授、中国民间文艺研究会主席钟敬文为常务副总主编，马学良、任英、林默涵、贾芝、高占祥为副总主编的全国编委会，聘请钟敬文、贾芝和马学良分别担任《中国民间故事集成》《中国歌谣集成》和《中国谚语集成》的主编，并在中国民间文艺研究会机关内成立了中国民间文学集成总编辑部作为工作机构。

开展全国民间文学普查是编辑民间文学三套集成的第一步，也是最重要的基础性的工作。全国各地的县（市）要在普查的基础上编辑出版自己的县（市）卷本，把普查的成果收录在县（市）卷本中。在开展普查之前，中国民间文艺研究会邀请专家拟定了《中国民间文学集成工作手册》，并为各省卷本和县卷本所收资料确定了全国统一体例和编码。

做好普查和民间文学作品采录工作的关键，是对参与领导这次全国民间文学普查的省级民间文艺研究会的领导人的培训，取得认识上的一致。为此于1984年7月召开了第一次民间文学集成工作会议（威海）以及读书班。由中国民间文艺研究会书记处的书记们向各省市自治区民研会的同志讲课，马振讲述808号文件形成的过程和主要精神，刘锡诚讲集成工作的规划轮廓和实施步骤，刘魁立、陶阳、张文等讲集成的意义和要求。1985年6月5日在京召开第二次民间文学集成工作会议，由钟敬文作《关于民间文学集成的科学性等问题》的报告，贾芝作《民间文学的普查与记录》的报告，马学良作《关于忠实记录的问题》的报告，刘锡诚作《统一认识，协同工作》的总结。这两次工作会议的主题都是民间文学的普查，对于推动普查工作的健康展开，对于各地参加普查民间文学的几十万业余民间文学爱好者统一思想，标准一致地参加普查工作，起了重要作用。1986年又在京召开了第三次集成工作会议，全国艺术科学规划领导小组组长周巍峙宣布，经全国社会科学规划领导小组批准，接纳中国民间文学三套集成与其他七部"民族民间文艺集成集成志书"并列为"十部文艺集成志书"，并申报列入国家七五重点项目。经过试点、培训和学术研讨等，普查先后在全国各地开展起来了。[1]

1987年9月在杭州召开的中国民间文学首届编选工作会议上正式宣布，全国民间文学的普查工作于1987年底基本结束。[2]全国绝大多数的县（自治县、区、旗）都编印出版了自己的县卷资料本。据中国民间文学集成总编委会编辑部1997年底提供的数据，1984—1990年间，全国约有200万人次参加了民间文学普查采录工作，各地共搜集民间故事184万篇，歌谣302万首，谚语748万余条，总字数超过40亿字。各地编选县、地、市卷本约3000余种。一些起步较迟的省（市、自治区）和县（市），通过艰苦努力，如今也已完成任务。新疆维吾尔自治区在1988年全国初次统计普查采录成果时，是唯一没有编印县卷本的地区，而近年全区已编印资料本391种。上海市编印了350余卷。[3]20世纪80年代在全国范围内开展民间文学普查的计划已圆满完成，取得了辉煌的成果。

这次全国民间文学普查采录活动及其所取得的成果，得到了各级党委政府领导、文艺界领导和文化研究者的高度评价。周巍峙说："《中国民间故事集成》《中国歌谣集成》《中国谚语集成》这三套集成无论是在普查和搜集资料，还是在整理、翻译、鉴别、编排上，都做到忠实原貌，记述准确无误，概念定义科学。各省卷还以县为单位进行了一次比较全面的采集，收集到的原始资料数以亿计，有1000多个县整理编印出县卷本，每一部省卷本都是在县卷本的基础上精选而成的。"[4]

围绕着编纂"中国民间文学三套集成"而开展的全国民间文学普

---

① 马振《民间文学史上的壮举——记中国民间文学三套集成工作的开创》，见钟敬文主编《中国民间文艺学的新时代》，第355—362页，兰州：敦煌文艺出版社1991年。

② 中国民间文学总编委会于1987年9月7—11日在杭州召开首届编选工作会议，宣布普查工作基本结束，研究部署进入第二阶段——编选阶段。民间文学集成总编委会办公室提供大会的《三年来的集成工作小结》说："1987年底将结束集成的普查工作。"（见《中国民间文学集成通讯》1987年第1期）

③ 中国民间文学集成总编辑部《任重行难　成绩斐然——全国民间文学集成工作已逾10年》（1996年12月汇报材料）。又《中国民间文艺家协会1997—1999年工作规划要点草案》，见《民间文艺家》（中国民间文艺家协会编）1998年第1期。

④ 周巍峙《编好民族文艺集成志书　创建中华民族文化长城——在文艺集成志书工作会议暨成果表彰会上的讲话》，1997年11月21日，北京。

查，其地域之广和收录作品之多，堪称前无古人。但成绩还不止于此。在有些地区发现了此前我们的民间文学武库中从来没有的作品。由于各种原因，"民间文学三套集成"中没有把大型的民族史诗的搜集记录列入计划。但新疆的民间文学工作者们，借这个机会开始了对卫拉特蒙古的英雄史诗《江格尔》的调查、收集和记录工作，经过二十多年的艰苦努力，一直延续到90年代才告圆满结束。另外一件事是，在钱塘江流域发现了古典防风神话遗存，并于《民间文学》杂志1990年第1期发表了九篇新采录的口承神话作品记录稿，从而促进了全国防风神话学术研讨会于1990年12月在德清县的召开。[①]浙江还在古吴越地区发现了"人有尾巴"的神话故事10例；[②]在鄂西北地区和长江三角洲吴语地区，先后发现了和采录了一批民间长篇叙事诗；发现了湖北省丹江口市伍家沟村和河北省藁城市耿村两个故事村（90年代又发现了重庆市的走马镇），发现了一大批民间故事讲述人并分别把他（她）们讲述的故事记录下来了。这些新的发现，应该说是1980年代全国民间文学普查中的重大发现和突出成绩，是要记入史册的。

中国民间文学集成全国编辑委员会1992年5月为《中国民间故事集成》写了一篇备受称赞的总序，概述了中国民间故事的历史渊源、民间故事中所显现的中外文化交流和影响、民间故事的纵向和横向的流传情况，亦即各类故事的演变及特点。但很遗憾的是，这篇总序并没有能就几十万民间文学工作者和基层文化干部从1984年起花费了大约五年时间所作的民间文学普查中发现了什么样的新东西，亦即没有能根据丰富多样的调查资料，指出每个时代（譬如序文中划定的第二个阶段——1840—1980年代）给民众口承的民间文学带来了、注入了或造就了什么新的东西。这个遗憾，只

---

　　①　参阅浙江省民间文艺家协会编《民间文学集成研究》，北京：新华出版社1993年；钟伟今主编《防风神华研究》，合肥：安徽文艺出版社1996年；钟伟今、欧阳习庸《防风氏资料汇编》，天津古籍出版社1999年；《民间文学》1990年第1期。

　　②　参阅莫高《吴越神话"人有尾巴"说的初步探讨》，见浙江省民间文艺家协会编《民间文学集成研究》，第33—45页，北京：新华出版社1993年。这10个神话故事，分别见于民间文学集成县卷本（内部资料）：《余杭县故事、歌谣、谚语卷》（1987）、《淳安县故事、歌谣、谚语卷》（1988）、《德清县故事、歌谣、谚语卷》（1990）、《定海县故事、歌谣、谚语卷》（1988）、《奉化市故事、歌谣、谚语卷》（1987）、《鄞县故事、歌谣、谚语卷》（1988）、《舟山市普陀区故事、歌谣、谚语卷》（1988）、《缙云县故事、歌谣、谚语卷》（1989）、《诸暨市故事、歌谣、谚语卷》（1988）、《兰溪市故事、歌谣、谚语卷》（1989）。

能期待年轻一代的学者们来弥补了。

2. 中芬三江联合考察

由中国民间文艺研究会、广西民间文学研究会、芬兰文学协会及北欧民俗研究所、土尔库大学文化研究系联合组织的中国—芬兰民间文学联合考察，于1986年4月1—20日在广西壮族自治区三江侗族自治县进行。这次联合调查的目的是：双方学者联合调查民间文学，培养青年学者。考察分三个步骤：第一步，对所有参加考察的中方人员在南宁集训；第二步，召开中芬民间文学调查、保管学术研讨会；第三步，实地考察。

参加田野考察活动的有42位两国中青民间文学工作者。考察分四个组分别在三个点上进行。这三个点是：皇朝寨、岩寨（召集人：乌丙安、杨通山）；马安村、冠洞村（召集人：祁连休、马名超）；八都村、八江村（召集人：蓝鸿恩、张振犁）。芬方考察人员劳里·航柯、劳里·哈尔维拉赫蒂、马尔蒂·尤诺纳赫没有固定考察点，由中芬联合考察秘书长刘锡诚等陪同，每天到一个村寨考察、摄像。为了提高考察的科学性，考察队员自备录音机和照相机，每组配备了英语和侗语翻译以及专职的摄像人员。在考察队进点之前，三江县文化宣传部门把多年来搜集到的民间文学作好了完整的档案，并为这次考察作了调查摸底，向考察队提供了170位有一定知名度的故事家和歌手名单，作为即将进行的考察访问的线索。实际上在考察过程中队员们又发现了若干县里没有列入的故事家和歌手，并从他们口中录制了一些有价值的作品。

"此次民间文学考察是一次科学考察。这次考察与过去的历次考察不同的地方，除了与外国人合作外，最大的特点是采用比较先进的技术手段（包括录音、录像、摄影）和科学的方法，记录活在群众口头的民间文学作品，观察研究民间文学作品在群众中活的形态和讲述人在讲述中的作用、特点，探讨民俗、风情、文化传统对民间文学的形成、变化的影响，研究侗族传承与现代文明、与其他民族的传承的交融现象，等等，从而研究民间文学的规律与特点。"此次考察所获作品均有录音磁带，录音磁带与文字记录分别复制成3套：一套保存在中国民间文艺研究会；一套保存在广西壮族自治区民间文学研究会；一套保存在三江侗族自治县文化馆的资料档案部门。磁带由中国民研会统一编号，可供研究侗族民间文学的人员使用。此次考察中方人员所摄之照片和录像片以及芬方交换的录像片，均由中国民间文艺研究会和广西民间文学研究会归档保管，初步探索并形成中央与地方民间文学资料的共管体系。①参加此次考察的青年学者写作了一批考察报告。他们是：邓敏文、吴浩《侗族款词的传承情况及社会影响考察》、金辉《劳里·航柯的田野作业观》、李路阳《侗族一个故事之家传承因素的调查》、曾晓嘉《侗族女歌手吴仕英侗歌传承和传播情况调查》、李扬、马青《关于三位侗族讲故事能手的调查报告》、杨惠临、贺嘉、张学仁《八江琵琶歌传承情况的调查》、王光荣《侗族机智人物故事考察》、王强《林溪乡萨神调查》、吴浩《侗族民间故事分类》。由中芬民间文学联合考察及学术交流秘书处编辑的《中芬民间文学搜集保管学术研讨会文集》一书，于1987年12月由中国民间文艺出版社在北京出版，汇集了中芬两国学者向学术会议提供的关于民间文学搜集和保管工作的30篇论文。

中芬三江民间文学联合考察，作为我国民间文艺学史上的第一次科学考察，是成功的。现将这次学术交流和考察活动的总结录之如下：

附：中芬民间文学联合考察暨学术交流总结

中芬民间文学联合考察秘书处 执笔：刘锡诚

根据1986年中国芬兰文化协定的有关条款，中国民间文艺研究会、广西民间文学研究会和芬兰文学协会（会同北欧民俗研究所、土尔库大学文化研究系民俗学和比较宗教学部）于1986年4月4—15日在广西南宁市联合召开了"中芬民间文学搜集保管研讨会"，在三江侗族自治县进行了"中芬民间文学联合考察"。这是一项牵动人数较多、组织工作复杂、包括学术会议和实地考察多项内容的大型国际双边文化交流活动。这项活动在中国文联、广西壮族自治区党委宣传部、广西文联、民委、三江县委和人民政府、三江县若干村寨的领导干部和群众的指导、协助和支持下，经过全体到会代表和全体考察队员的努力，终于取得了圆满的成功。这样的双边国际合作，是在对外开放的形势下，我国民间文学界走向世界的一个重要步骤。

一、此次考察活动的缘起与筹备

中芬民间文学联合考察最初是1983年9月芬兰文学协会主席劳里·航柯教授首倡的。1985年2月，以贾芝同志为团长的中国民间文学

---

① 《中芬民间文学联合考察暨学术交流活动总结》（1986年5月10日）及《中芬民间文学联合考察队关于学术论文和考察资料的协议书》（1986年4月15日，南宁）。

工作者代表团应邀去芬兰参加《卡列瓦拉》出版50周年纪念活动时，芬兰文学协会又提议中芬合作共同培训从事搜集整理的中青年干部。1985年3月23日劳里·航柯先生致函中国民间文艺研究会，提出了中芬联合考察的初步计划，中国民间文艺研究会复函表示原则上同意举行联合考察。此后，中国民间文艺研究会即与广西民间文学研究会协商决定在广西南宁和三江侗族自治县举行中芬学术交流会议及联合考察。1985年10月，趁劳里·航柯由马尼拉去东京途中顺访北京之际，中国民间文艺研究会代表、副主席贾芝与副主席刘锡诚、书记处书记贺嘉，广西民间文学研究会代表、秘书长农冠品，与芬兰文学协会代表、协会主席劳里·航柯在京进行了会谈，就1986年4月在中国广西南宁市和三江侗族自治县进行民间文学联合考察和学术交流达成了协议，两国三方于10月16日通过了《1986年中芬学者联合进行民间文学考察及学术交流计划》。

根据《计划》，这次在广西举行的民间文学考察由中国民间文艺研究会、广西民间文学研究会和芬兰文学协会（会同北欧民俗研究所、土尔库大学文化研究系民俗学和比较宗教学部）三家主办，秘书处由中国方面组成。中国民间文艺研究会与广西自治区文联商定，秘书处由中国民间文艺研究会副主席刘锡诚任秘书长，广西文联书记处书记武剑青、中国民间文艺研究会书记处书记张文、贺嘉、三江县县委宣传部副部长罗黎明为副秘书长。

秘书处在三江、南宁、北京召开过几次会议并分头进行筹备工作。筹备工作包括：组织考察队、组织学术研讨会论文的撰写、选拔、翻译、印刷，学术会议和考察的选点，文件的准备，歌手故事家的摸底和集训，三江情况的撰写与翻译印制，考察经费的预算，器材的购置，后勤工作、外事安排等。经过5个多月的努力，到3月底基本就绪。

为了保证在学术会议和实地考察中达到预期的目的，于4月1—3日在南宁市举办了全体考察队员的集训，采取专家授课的方式，提高队员对考察意义的认识、增长队员对实地考察的了解。同时各考察组根据各个考察点的实际情况，制定进点后的考察提纲。

二、学术研讨会概况

中芬民间文学搜集保管学术会于4月4—6日在南宁市西园饭店举行。应邀出席研讨会的正式代表67人（其中芬兰代表团5人）。中国方面62名代表分别来自中直系统各单位和13个省、市、自治区的民研分会、大学、研究所和群众文化机关。大会上宣读了25篇学术论文（其中芬方8篇）。由于时间的原因，另有7篇论文只向大会提供而未能安排宣读。

研讨会围绕着六个专题进行。这六个专题是：（1）民间文学的普查与保护；（2）民间文学的实地考察方法；（3）资料的保管与档案制；（4）民间文学的分类系统；（5）对民间文学的广泛兴趣；（6）民间文学的出版和利用。这六个专题既是我国民间文学工作中，特别是"中国民间文学集成"编辑工作过程中目前遇到的和即将遇到的迫切问题，也是国际上为民间文学界所普遍关心的一些问题。1985年1月联合国教科文组织在巴黎召开的政府专家特别委员会所起草的文件，以及10月份在索非亚召开的联合国教科文大会所讨论的问题，都是有关民间文化的保护的问题。因此，这次中芬民间文学搜集、保管学术研讨会的议题和论点，是与国际民间文学界息息相关的。

芬兰方面的八篇论文，根据芬兰民间文学界丰富的经验和研究成果，对民间文学的保护、分类与保管等重要问题，作了精辟的、内容充实的阐述，对我国民间文学搜集与保管，特别是对我们的"集成"工作和正在筹办的中国民间文学资料档案馆，有借鉴意义。中国方面的论文，根据我国的具体情况和经验，阐述了关于搜集、普查、分类、出版，特别是实地考察方法方面的观点，概括和总结了我国广大民间文学工作者创造的丰富经验，使之上升为理论。双方在论述上各有侧重，互相补充，通过宣读论文和自由讨论，对考察中的一些理论问题和实际问题，在认识上有了一定的提高，为下一步的实地考察作了较为充分的准备。

学术研讨会由两国三方的代表轮流主持。主持人是：芬兰方面的劳里·航柯、玛尔蒂·尤诺纳赫；中国民研会方面的贾芝、刘锡诚；广西民研会方面的武剑青、兰鸿恩。会议采用国际会议通用的办法，宣读论文的时间每人限定20分钟。自由讨论时，参加会议的一些青年学者踊跃发言，提出了值得重视的见解。通过自由讨论，增长了见识，锻炼了才干。

大会由贾芝致开幕词，劳里·航柯致闭幕词。丘行代表广西文联致辞，刘锡诚报告筹备经过，宣读中国文联的贺电和中国民研会主席钟敬文的贺信。

会议工作语言为汉语、芬兰语和英语。会议文件一律用中、英两种文字印刷。

闭幕后，由广西文联组织广西美协书画家郭龄、帅立志等当场作画、题字赠送国内外与会人士。

三、三江实地考察情况

4月7日，参加考察的考察队队员乘车取道柳州赴三江侗族自治县进行民间文学联合考察。8日下午抵达三江县所在地古宜镇。在考察队员必经之路——县委招待所前马路上，当地干部群众采用侗族传统的迎客方式，架起拦路凳，唱起拦路歌。乌丙安教授用蒙古歌调对歌，劳里·航柯教授等饮侗家姑娘敬上的米干酒。这时，芦笙高奏、乐鼓齐鸣，八个侗家后生跳起芦笙舞，为考察队员开路。考察队下榻在县委招待所。

联合考察队由来自全国各地的37名中青年民间文学学者和5名芬兰学者组成。中国方面考察队员分三个组分别到林溪点（皇朝寨、岩寨）、马安点（马安村、冠洞村）和八江点（八斗小、八斗大、八江村）进行田野考察。林溪点考察组组长是乌丙安（辽宁大学教授）、杨通山（三江县文联主席）；马安点考察组组长是祁连休（中国社会科学院文学所民间室主任、副研究员）、马名超（黑龙江师大副教授）；八江点考察组组长是兰鸿恩（中国民研会副主席、广西民研会副主席）、张振犁（河南大学教授）。以劳里·航柯教授为首的芬兰学者五人、贾芝先生、中国民研会两名青年学者和两名翻译为第四组，该组没设具体考察点，而是根据考察计划，在三个考察点范围内安排考察项目、流动考察。

此次民间文学考察是一次科学考察。这次考察与过去的历次考察不同的地方，除了参加者来自两个操不同语言的国家的学者外，最大特点是采用比较先进的技术手段（包括录相、录音、摄影）和科学方法，记录活在群众口头的民间文学作品，观察研究民间文学作品在群众中活的形态和讲述人在讲述中的作用、特点，探讨民俗、风情、文化传统对民间文学的形成、变化的影响，研究侗族传承与现代文明、与其他民族的传承的交融现象，等等，从而研究民间文学的规律与特点。根据县文化宣传部门提供的170名左右的有一定知名度的故事手和歌手名单，各考察组的队员们在考察过程中又不局限于此，而是扩大线索有新的发现。诸如在调查歌手传承路线时，发现了不少未在县文化部门提供的歌手名单中的歌手，在调查故事的传承路线时，发现了"故事之家"，同时，也发现某些故事手并非民间故事讲述者，而是民间说书人。考察中，一些队员深入到村民中间，对鼓楼、风雨桥、木楼等建筑在修建、使用上的民俗现象作了大量有价值的调查。一些队员注意到歌手演唱"多耶"、弹"琵琶歌"时的手抄汉字记侗音的歌本，并对其来龙去脉作了调查，并摄有照片资料。一些队员根据侗家爱歌、爱讲故事的特点，对整个寨子乃至乡的文化背景作了深入的调查，发现了一些值得研究的文化现象，诸如：转世观念、鬼魂观念、文化断裂现象、机智人物故事中阶级对立不明显的情况，及鼓楼的文化地位问题等等。一些队员对侗族古老的"款词"做了详细的采录工作，并就它的传承及影响进行了较深入的调查。

除了点上的考察外，考察队员还在"三月三"花炮节那天晚上，采访了居住在古宜镇附近两个乡的"六甲人"（尚未被确认为民族）歌手十余名，录制了他（她）们的高亢而抒情的民歌。4月14日，在县委党校校舍，对来自榕江河等地区的歌手及故事手进行了考察采录。这使考察队员对林溪、八江、榕江河及"六甲人"情歌的不同特点有了新认识；同时发现了在三江县境内一些民间故事的变异现象。

此次考察，中国民研会共收藏考察队录制的磁带150盘。根据三江县10余位翻译同志所言，磁带中85%以上都是他们未曾采录整理过的，因而是一批很有价值的资料。这批资料将成为侗族民间文学的第一批科学资料。这一批科学资料将分别复制成三套：一套保存中央档案部门（目前是中国民研会）；一套保存在自治区民研会；一套保存在三江县文化馆的资料档案部门。磁带由中国民研会统一编号，供全国研究侗族民间文学的人员使用。这三套资料的保存方式，将为初步形成中央与地方民间文学资料档案的网络提供借鉴。

此次考察中所获摄影资料，按考察队规定，拍摄者向中国民间文艺研究会提供样片一套，由中国民间文艺研究会永久收藏，并供展览和编书之用。中国民间文艺研究会统一编号，底片可异地保管。凡自愿将所摄底片交中国民研会者，由中国民研会编号；凡不愿交中国民研会保管而愿意交本人所在单位或地方分会保管者，由中国民研会统一编号，标明底片保管单位及地点，中国民研会有权随时调用。

根据中芬三方代表签订的《协议书》规定，"此次考察中所获得的文字资料、调查报告和照片，由中国民间文艺研究会和广西民间文学研究会负责编选出版科学版本"；"中芬互相提供此次考察中各自录音磁带的目录及保管地点。中芬双方相互提供此次考察中所录制的录音磁带和拍摄的照片的目录及部分样品"。

此次考察中三方均拍摄了三江侗族民间文学的讲述情况、民俗、风情以及考察队的活动情况，这些材料是中国民间文艺学史的重要资料，将加以制作，妥善保管，供研究和宣传之用。根据中芬三方代表签署的《协议书》规定，三方拍摄的原始录相资料（指未经剪辑的录相），一律复制三份，互相交换。"芬方将制作一部三江民间文学的录相片无偿赠送给三江人民政府。"

四、学术会议和考察活动基本上达到了预期目的

（1）举办此次联合考察和学术交流活动有两个目的：第一个是两国学者交流民间文学搜集保管方面的经验；第二个是通过学术会议和实地考察培养青年学者。这两个基本目的是达到了。首先，两国学者在自由讨论中发了言，各自发表了意见，介绍了经验。根据三方签署的《协议书》，由中国民间文艺研究会编辑并委托中国民间文艺出版社出版《1986年中国芬兰民间文学搜集保管学术研讨会文集》中文本，由芬兰文学协会会同北欧民俗研究所、土尔库大学文化研究系民俗学和宗教学部编辑并出版上述文集的英文本。

（2）预计这次考察将采用先进技术手段取得考察资料，试验运用科学方法进行田野作业的目的，也基本达到了。中国方面，中国民研会录制了5个小时的录相资料，根据协议，这些资料要互相交换。然后可编辑剪辑成一部三江侗族的完整的民间文学、民俗风情科教片，为侗族人民，为我国民间文艺学史积累了一份珍贵的文化资料。中国方面全体考察队员共录制了150盘录音磁带，这些磁带连同记录翻译稿，将作为侗族文化和我国民间文艺学史料被保存利用。文字资料、调查报告、照片将由中国民研会、广西民研会和三江县共同编辑出版一部三江侗族民间文学的科学版本。

（3）这次两国三方的联合考察，在我国还是第一次，属试验性质。这次考察从大的方面看，是成功的，从一周左右的时间看，取得的成果是足以自豪的。这次考察的成功，在民间文学方面为进一步进行双边合作，积累了初步的经验，锻炼了一批干部，同时，也必将为世界民间文学界所瞩目。在国内已经引起了文化界、新闻界的重视。《广西日报》、广西电视台、广西人民广播电台、《南宁晚报》、《柳州日报》、《桂林日报》发了消息。北京的《人民日报》、《光明日报》、《文艺报》、《民间文学》、《民间文学论坛》，上海的《文学报》也发了消息。《文艺报》发表了该报记者沙林撰写的侧记；《文学报》发表了金辉撰写的《与芬兰朋友在三江采风》；本会

主办的《民间文学》第6期节发了航柯先生在学术研讨会上的论文《民间文学的保护》；《民间文学论坛》第5期选发三篇调查报告：邓敏文和吴浩（侗族）的《侗族款词的传承情况及社会影响考察》、金辉的《劳里·航柯的田野作业观》和李溪（李路阳）的《侗族一个故事之家的传承诸因素调查》。芬方在北欧民俗研究所（Nordic Institute of Folklore）主办的《News letter》上发表了劳里·航柯、贾芝、刘锡诚的文章，把这次学术会议和联合考察的情况介绍到了国外。

五、存在的问题

这次中芬民间文学联合考察有两国多方的人员参加，规模大，由于第一次举办这样的学术考察活动，组织工作缺乏经验，因此出现一些缺点和不足是难免的，这些缺点和不足，可以作为以后组织类似活动的借鉴。这些缺点和不足是：

（1）考察规模大了些，队员来自几十个单位，给管理和考察带来一些困难。与外国朋友合作考察，住在招待所，每天"日出而作，日入而息"，不能与被采访者同吃、同住，交流感情，难以做到"参与观察"。因而使这次考察不够深入，有些场合甚至流于表演的性质。尽管有些中国方面的队员抓住时机深入到群众家里，晚上不回招待所住宿，扩大线索，深入开掘，取得了一些成绩，但总的说，这方面的缺点仍然是明显的。由于规模过大，又是第一次进行这样的科学考察，经验不足，组织工作上显露出较大的弱点。根据这次考察的经验和教训，以后的田野考察以采取小型分散为宜，要事先拟订好考察提纲，有目的地进行全面、深入的调查。

（2）在这次考察中，有的队员对讲述环境不够重视，急切想知道被采录者所唱所述的内容，故而有时打断被采录者的讲述，询问所述何意，或问翻译，结果造成被采录者的讲述情绪受到破坏，翻译人员的翻译声音与被采录者的讲述语言重合，录音磁带里听不清被采录者的讲述语言，造成原始资料的某些漏失。根据这一教训，在今后的采风中，当特别注意保持讲述环境。至于翻译上的问题，应在采录结束后再去切磋解决。

（3）航柯先生针对马安点考察组和八江点考察组的考察情况，提了几个值得重视的意见：①在人数较多的环境下进行田野作业，应划整为零，在各个角落分散活动，并注意静听观察并录音；②采访上要注意让周围所有人都感到自己不是局外人，不要一开始就盯住一人问，而不顾其他人。③要注意保护演唱和讲述环境。当场翻译，会破坏歌手情绪。歌手不愿唱的歌，不要强迫，而要注意发现其中的原因是否与演唱环境有关。航柯先生的这几点意见，恰恰是我们在考察中多少有所忽略的。

（4）筹备工作是在北京、南宁、三江三地分头进行的，秘书处未能妥善地加以安排、检查、协调，因而在某些环节上出现了某些脱节现象。（1986年6月）

作为芬兰文学协会、同时又是联合国教科文组织民间创作政府专家委员会的负责人，劳里·航柯倡导的这次中芬民间文学联合调查，也是他在亚洲各国宣传和推广他的学术理念（田野调查）和研究方法（参与观察）的一次实验。三江调查的情况和成果，由他报告了联合国教科文组织。

3. 中原神话考察

为执行河南省哲学社会科学科研规划、以河南师范大学（后复名河南大学）张振犁为课题负责人的《中原古典神话流变考论》，河南大学中文系于1983—1990年间连续组织了七次调查队，进行了长达八年的民间文学调查——中原神话考察。1983年11月2日—12月6日，调查组到西华、淮阳、沈丘、项城、新郑、密县等地进行以"古神话流变"为专题的调查。这次调查，侧重调查了女娲、伏羲、黄帝的神话传说。调查组采录到各类民间文学作品109件，其中神话68篇（包括异文及有关资料），录制磁带14盒，拍摄照片128幅。[1] 1984年11月30日—12月26日，调查组跨越陕西和河南两省在西华山和桐柏山地区进行调查采录。这次调查采录共记录到神话资料50余件（包括各种异文），其他传说故事30多件，摄影100余帧。这些神话资料中包括：黄帝神话传说、夸父神话、盘古神话、大禹治水神话。[2] 1985年4月13日，中原神话调查组考察了豫西太行之阳的盘古寺，采得盘古出世神话。4月14日考察了位于河南西北部的王屋山，在济源县采录到了完整的女娲神话。4月17日在孟津县采录到了伏羲神话，4月21日在三门峡大安村采录到了禹王治水神话。这次调查前后二十天，采录的神话故

---

[1] 河南师大中文系中原神话调查组《中原神话调查记》，中国民间文艺研究会研究部编《民间文学研究动态》1984年第1期（总第2期）；又见张振犁《中原古典神话流变论考》附录：《中原神话调查报告之一》，上海文艺出版社1991年。

[2] 程建军《漫游在神话世界里——中原神话调查报告之二》，中国民间文艺研究会研究部编《民间文学研究动态》1985年第6—7期合刊。

事中多受了很重的道教思想影响。①考察的成果有：张振犁著《中原古典神话流变论考》专著一部；程建军撰《中原神话调查报告》三篇；《中原神话专题资料》一册；录音、文字资料310余件；碑文、建筑物、实物、实景、档案照片、图片90余件。

张振犁把中原神话考察的收获归结为下列四点：

其一，开辟创世神话在中原地区的被发现，在我国形成了南北各不相同的两大洪水神话体系（从盘古出生、创世、治水、结婚、划九州等）。这样就打破了学术界一向认为这类神话只能产生自南方，然后流传到北方的观点；

其二，对我国商周以前传说阶段的口头神话与古文献神话资料的关系，有了比较全面的认识，史前传说时期口头神话的受重视，就否定了认为商周以前无神话的观点；

其三，明确了古典神话流变中出现的异文与新神话的界限；

其四，纠正了对中国古代神话不适当的分期的弊病。"以往在某些中外学者的论著里，曾经把中国古代神话划分为原始神话、道教神话、佛教神话和民间神话等若干时期。似乎这样就是中国古代神话发展的轮廓。我们从调查中看到，在所谓'道教神话'、'佛教神话'时期，在人民口头上还保存有不少直接与之相对立、宗教色彩淡薄或消失的比较朴素、生动的原始形态的神话。实际，如果不把注意力只集中在文献资料上，认真到群众中实地调查的话，这个问题便迎刃而解。"②

钟敬文在为张振犁的《中原古典神话流变论考》所写的序言中，给了肯定的评价，认为作者的研究是对中国神话学"学科疆土的一种新开拓"：

> 首先使我感到它的意义所在，是许多中原古典神话口头遗留财富的搜集和整理。由于张教授数年来的辛苦致力，使我们有机会看到那些多年来隐没在民间的古典神话各种新形态（张教授等曾编有《中原神话专题资料》一书，1987年）。这是我国神话研究者的福音，同时也是世界神话学者的一种奇遇。世界一些远古的文明国家如希腊、印度，都曾经产生过许多神话、传说，并且有幸保留下来（主要凭借文字记录），成为人类共有的精神财富。但是，时代远远过去，许多宝贵的古典神话消

---

① 程建军《豫西撷英——中原神话调查报告之三》，《民间文学研究动态》1985年第6—7期合刊。

② 张振犁《中原古典神话流变论考》第274—286页，上海文艺出版社1991年。

亡了。像希腊、印度等国，未闻他们在今天国民的口头中，还有大量古典神话的遗存。从这个意义上说，中原人民口头遗存下来的古典神话，便是一种文化史上的奇迹，是十分值得重视的珍宝。

它更重要的意义，则不仅在于大量古典神话口头遗存的本身，而且在于这些历史文化遗物可以大大裨益于我们今天神话科学的建设和繁荣。……

其次，……张教授的这份科学作业，却用的是一种民俗学的方法，即用本民族的现代口头传承去论证古典神话的方法。这种方法自'五四'新文化运动以来，虽不断有学者在应用，但是像张教授在这部专著中的大规模运用，还是比较少见的。除方法论外，著者的视野也比较广阔。在神话本身上，既能打破古今及民族的疆界；在知识运用上，又能融汇各种学科的成就；甚至在对于某些问题的剖析和论断上，还达到了比较成熟的境界。总之，这部论考，是我国神话学史上一个有突破性的尝试。①

张振犁的中原古典神话流变研究，以实地调查、或曰实证研究为基本方法，把从当代民众中调查采录得来的古典神话的现代口承形态，与历史上不同时代记载下来的古典神话文本，进行地理历史的比较研究，与考察的相关民俗生活和搜集的民俗实物，进行关联研究，探幽触微，考其流变，打破了长期以来只在古典神话文本研究上兜圈子的研究范式。

张振犁及河南大学中文系的师生们于1977年11月在王屋山所做的"愚公传说调查"之后，于1983—1990年启动的"中原古典神话"考察研究课题，先后到周口、开封、洛阳、南阳、新乡五个地区的21个县、市，调查走访了数百个调查对象，对有关盘古、伏羲、女娲、皇帝、夸父、愚公、大禹、商汤等上古神话及其流传情况，进行了实地调查，收集记录了极为丰富而又鲜活的材料。但他们的考察毕竟还是局限于河南境内，而"中原"概念（地理的和人文的）之下的地区，应当还包括陕西、山西的一些重要地方，那里也有古典神话的遗存，可惜他们未能涉及。

"战斗正未有穷期"。差不多十年后，我们高兴地读到了山西大学文学院刘毓庆教授撰著的《上党神农氏传说与华夏文明起源》与他主编的《华夏文明之根探源——晋东南神话、历史、传说与民俗综合考察》两部

---

① 钟敬文《张振犁〈中原古典神话流变论考〉序》，张振犁《中原古典神话流变论考》，上海文艺出版社1991年。

神话研究著作，^①这两部著作的内容，正是作者及其学术群体在晋东南地区所作的实地调查研究的成果。晋东南地区自然也应属于中原腹地的一部分。这些著作，在华夏文明起源的语境下，向我们展现了另一部分中原古典神话的流变情况。

附录：中原神话调查记（节录）

河南师大中文系中原神话调查组　执笔：程建军

为进行河南省哲学社会科学科研规划的《中原古典神话流变论考》科研工作，最近，河南师大中文系组织了"中原神话调查组"。对西华、淮阳、沈丘、项城、新郑、密县等地的古典神话流变情况作了一次专题调查。调查组有两名教师，张振犁副教授亲自参加了这次调查活动。调查工作自11月2日开始，到12月6日结束。在短短的三十几天时间里，调查组共采录到各类民间文学作品109件，其中神话68篇（包括异文及有关资料）。录制录音磁带14盒，拍摄照片128张，摘录了一部分碑文和文物档案材料。

这次调查集中力量调查女娲、伏羲、黄帝的神话传说。

11月3日，雨过天晴。我们在西华县文化馆两位同志的陪同下，骑自行车行程20余里，来到了位于城东北的思都岗大队。据旧志记载：思都岗是女娲氏遗民思念祖先在此建都而得名的。现在的思都岗，仍有丈余高的土台。台上的建筑有龙泉寺，院门、大殿和东西厢房还保存完好。寺内大殿里，过去供奉有身披葫叶的女娲像。在龙泉寺内，我们请来了张慎重老先生，他滔滔不绝地给我们讲述了《思都岗的来历》《女娲炼石补天》《女娲修城》等神话传说。相传，远古时期，天塌以后，女娲在这里修城筑堤，造福人类。因此，这里的人民，对女娲有着特殊的感情。他们把女娲尊为自己的保护神。在思都岗大队，关于女娲的传说故事，是老幼皆知的。只要你一提起女娲，不管是谁，都能给你讲起许多故事来。

从思都岗向西北行约2里，就是女娲城遗址。蜿蜒起伏的古城墙，还隐约可见。据说，城中的土岗上，过去曾建有"女娲阁"。城址南

---

① 刘毓庆《上党神农氏传说与华夏文明起源》，北京：人民出版社2008年；刘毓庆主编《华夏文明之根探源——晋东南神话、历史、传说与民俗综合考察》，北京：学苑出版社2008年。

约二里的地方，还有"女娲坟"。这里曾有被誉为西华八景之一的"娲城晓烟"的美景。旧志所载：女娲城"为女娲所筑之城，古老相传，由来已久。春夏之交，城上朝烟，缤纷在目。诗曰：女娲炼石自何年，补尽人间缺漏天，石屑化为城上土，常将五色幻朝烟。"

文化馆的孟白同志，带我们来到了曾经发掘过的一段女娲城城墙遗址。他拣了一些春秋时期的陶片给我们看。在这里曾发掘出春秋时期的下水管道，还可以看到明显的夯土层。西华县文物室里陈列的"娲"字汉砖，也是在这里发现的。

为进一步弄清女娲神话的流传情况，我们来到了有"小南京"之称的逍遥镇。根据80级一个同学提供的线索，在公社文化站同志的帮助下，找来了几位老先生座谈。从上午到下午，虽讲了不少的民间故事，但有关女娲的神话，却没有涉及到一点。天近傍晚，我们都有点失望了。最后，我们抱着一线希望，找到了寨外的刘炎老先生，他开始有顾虑，等我们说明来意后，他便兴致勃勃地讲了《女娲补天》，又讲了《鲁班》《祸从口出》等几个故事。他讲的《女娲补天》，不仅比我们在思都岗采录到的材料完整，而且细节特别生动感人。眼看太阳近西山了，我们才依依不舍地告辞了老先生，登上了最后一班回县城的公共汽车。

以淮阳为中心的附近几县，又形成了洪水过后、伏羲兄妹再造人类的神话群。传说远古时候，太昊伏羲氏风姓，人首蛇身，头生双角，以木德王都宛丘。宛丘就是现在的淮阳。伏羲兄妹在这里创制人烟，始作八卦，结绳为网以渔，教民耕种，造《驾辨》之曲，成为中华民族的斯文之祖。人们都习惯称伏羲为"人祖爷"，亲切地叫女娲为"人祖奶"。后来据说孔子带着子路等弟子周游到陈国（淮阳），发现了头生双角的人祖爷头骨，便劝服陈王，在淮阳城北找了一块"风水宝地"。陈王亲自点穴动土，为人祖伏羲修建了陵墓，并举行了隆重的葬礼。到了明朝初年，朱元璋为报人祖爷救命之恩，下圣旨从全国征收了很多金银物资，要仿照南京城扩建人祖庙。结果经办这事的官员贪污了大量钱财，最后只建成了方圆540亩大的一座宫殿式的陵园，名为太昊伏羲陵。

太昊陵，……丈余高的大青石墓碑，因年深久远，已风化脱层，但"太昊伏羲之墓"几个大字仍依稀可辨。雄伟的显仁殿。典雅的钟鼓楼，古朴的明代午朝门，错落有致。小巧玲珑的画卦亭，建筑在"白龟池"中的"白龟"背上。陵丘的背后，就是伏羲的蓍草园。传说，伏羲就是在这里用蓍草占卜，为民除灾祛病的。陵前，蔡河水像一条长长的玉带，环陵而过。

在这里，我们不仅搜集到了大量的伏羲神话，饱览了太昊陵的胜景，还重点调查了太昊陵古庙会的习俗。每年从农历二月二到三月三，庙会历时一个月。会期，河北、山东、安徽、湖北、河南等五省的香客、商人云集这里，进行物资贸易。无数的善男信女，来到太昊陵前上香祭祖，祈求富贵，求子求孙。他们甚至相信，太昊陵上的土和草籽、草根就能给他们除祛百病。有趣的是，在庙会期间，还有大量的泥塑玩具出售（当地人叫泥泥狗）。泥塑工艺古雅，品种极多。有泥捏的人、龟、青猴子、小鸟等百多个品种，而且都能吹响。泥玩具价格很低，一角钱可以买二十几个。来赶庙会的人，大都要带一些回去，意思是带回了人祖爷家乡的土。太昊陵附近有几个村庄，大都以捏泥人为家庭副业。至于这种捏泥人的传统工艺，和洪水以后再造人类有没有必然的联系，还有待于进一步的研究。

从文献记载和地名遗迹来看，河南的新郑和密县，是黄帝及其大臣们活动的主要地区之一。在周口地区调查结束以后，我们又来到了"轩辕故里"。在新郑北关，实地考察了竖立"轩辕故里"碑石的遗迹。可惜的是，刻有"轩辕故里"字样的巨大的"槐抱碑"，如今下落不明了。残存只有几间古庙。当地群众传说，黄帝就是出生在这里。新郑西南和密县交界的几座大山，都是以黄帝的几个大臣命名的。如风后岭（顶）、具茨山、大鸿山、力牧台等。这一地区流传有关黄帝得"八阵图"、练兵、讲武、战蚩尤等的神话。

11月27日，我们向风后岭出发了。风后，传说是黄帝大臣三公之一。起初，黄帝为求贤臣治国安邦，不辞辛苦，在东海边上找到了风后、力牧二将。后来，风后、力牧帮助黄帝战胜了蚩尤，平定了天下。黄帝便把一座山改名风后岭，封给了风后。在风后岭脚下的驼窑林场，我们访问了几位老先生。林场的史水池同志主动为我们当向导，向风后岭攀登。我们越岭爬坡，穿过一道石券门，便来到了位于悬崖峭壁之间的王母洞。洞口在峭壁上，离可以立足的地方有两丈来高。向上看，山峰似有压顶之势；向下看，又如在行云之上。传说，这个王母洞，是黄帝为报王母娘娘派"华盖童子"给他送宝之恩而建造的。解放前洞前有大梯子可以攀上。洞内塑有伏羲、神农、有巢氏的神像，每年庙会期间，香火不断。

绕过王母洞，穿过"风后"，爬过"鹰嘴岩"，再往上走，就到了风后岭的最高峰。风后顶有一座石结构的祖师庙，十八根大石柱支撑着九条大石梁。石窗石门，雕刻十分精细。就连用石板刻成的大石瓦，看上去也相当精致。石脊上的石兽，更是栩栩如生。据说，这座石庙里，过去也塑有身披葫叶的神像，可惜现在已荡然无存了。在风后岭南侧的深谷里，我们还看到了黄帝三公的庙宇及黄帝"成仙"的梳妆台。

调查组到密县后，主要围绕着黄帝及其大臣活动的中心——云岩宫开展调查活动。当地群众讲，云岩宫是黄帝住的宫殿。有首民谣称赞说："南京到北京，不如云岩宫。二百（柏）一十（石）三座庙，王母娘娘坐空中。老龙叫唤不绝声。"我们一踏进云岩宫内，果然看到了山水如画的景色。一座座宫殿式的建筑，座北向南，正对着林立的峭壁。脚下是十几丈深的峡谷。一河碧水穿谷而过，发出雷般的轰鸣。这就是所说的"老龙叫唤不绝声"。向县南望去，远处的大鸿山、风后岭，近处东南角的力牧台（讲武山）等群峰叠翠，像是一个个顶天立地的武士，日夜守卫着云岩宫。……我们访问了一位年纪80多岁的老人和一位叫王石关的园林工人。他们说：黄帝和力牧白天在讲武山练兵讲武，夜里住在云岩宫。宫内的点兵台，是黄帝点兵的地方。云岩宫附近还有养庄（黄帝养马的地方）、马骥岭（黄帝遛马的地方）、饮马河（黄帝饮马的地方）、仓王庄（黄帝储粮的地方）等黄帝留下的遗迹。在南面20多里的大鸿山上，还有黄帝的避暑宫、御花园、梳妆楼等遗迹。云岩宫向西40里，就是黄帝炼玉膏的密山。

第二天，我们又步行去大鸿山考察。途经大隈镇，便去镇西的修德观察看。在修德观附近村头的小桥上，我们偶然碰到了一块作桥板的残碑。碑文是明万历四年刻的"敕建重修兴修德宫记"。残损的碑文提到："……黄帝问道于是，而修德以为始平之本……广成子曾隐于大隈之山……广成子与黄帝有问答之书传于世……"等内容。可见，黄帝向广成子问道的故事，在此地有流传。

考察大鸿山是这次调查活动中最艰苦的一天。同行的还有密县文化馆、苟堂公社的四位同志。为了抓紧时间，我们在天黑之前赶到了山下的申闹大队。第二天早饭后，我们从申闹大队开始登山。途经南朱寺，来到半山腰的任家庄。说是"庄"，实际只有一户人家。任家庄背靠大鸿山，南面峭壁，北临深谷。这里怪石嶙峋，草木繁茂。因为是在山阴，大鸿山山峰又高，每年有半年时间见不到太阳。主人任民章热情好客，见我们远道而来，赶忙端出了一筐子刚蒸熟的红薯，又捧出了板栗让我们品尝。当我们问起黄帝避暑宫时，他说：我们不叫避暑宫，叫避暑洞。现在，我把它改造成了我家的仓库。他用手向一块巨石下面指了指："这就是。"我们走进洞内察看，这个洞只有十几平方米，并不像我们想象的那样大。但这里地处山阴，树木成林，泉水长流，也真是一个避暑胜地。他还告诉我们：当地群众把"御花园"叫"花园坡"，离这里还有十来里山路。山顶有一个像大盆那样大的饮马槽。我们向山顶爬的路上，又遇到一位叫王有才的农民，他指着山凹里一片开阔地说："当地群众在花园坡种地时，常常翻出带花纹的碎砖烂瓦。"

从花园坡东行五里，就到了黄帝的梳妆台（当地也叫擂鼓台）。到此，我们要考察的黄帝遗迹，基本都了解到了。晚八点半，我们摸黑赶到垌堆山腰的张闲投宿。

密山，在密县城西南60里的平陌公社境内，当地群众也叫密岵山，是传说中黄帝探玉策和炼玉膏的地方。我们又用一天的时间考察了这座名山，采录到了一些神话传说。

1983年12月23日

程建军撰写的《中原神话调查报告》之二《漫游在神话世界里》和之三《豫西撷英》发表在中国民间文艺研究会研究部编印的《民间文学研究动态》1985年第6—7合刊上。这里不能全文附录，只把目录列下以供检索。前文共分四段：（1）《黄帝与黄帝岭》、（2）《夸父神话异文及有关习俗的发现》、（3）《盘古山与盘古神话》、（4）《大禹治水与玉井龙渊》。后文共有四段：（1）《盘谷寺与盘古寺辨疑》、（2）《重上王屋山》、（3）《巧遇"龙马负图处"》、（4）《"三门"寻迹》。河南师范大学（后复名河南大学）中文系中原神话调查组于1983—1985年间四次调查采录的神话记录稿，收入张振犁、程建军编《中原神话专题资料》（中国民间文艺家协会河南分会1987年内部印刷）一书中。调查情况，还可参阅张振犁撰《中原神话专题资料·代序》。

<h2 align="center">（三）第三阶段（1988—1999）</h2>

全国性的民间文学普查大部分省（市、自治区）于1987年结束，少数省（市、自治区）继续进行，延迟到90年代初，也告结束。已经基本结束普查的大多数省（市、自治区），极少数专业干部进入三套集成的编辑阶

783

段，多数搜集者则陷于盲目的沉寂状态。据中国民间文学集成总编委会办公室1996年12月提供的资料称："近几年普查采录和各地资料本的编印工作又有了新的进展。一些起步较晚的地区，通过艰苦的努力，争取社会力量的支持，资料建设工作进展迅速，成绩喜人。福建省截至1994年初，全省已编印三套民间文学集成县（市、区）卷铅印本200卷。新疆维吾尔自治区在1988年全国初次统计普查采录成果时，是唯一没有编印一部县卷本的地区，而近年全区已编印资料本391卷，其中241卷已铅印出版。上海市编印的350余卷资料本中还编印了街道卷和乡卷本。"①预计1998年底前将要出版的全国集成卷本有七卷：谚语集成：贵州卷、江苏卷、上海卷；歌谣集成：江苏卷；故事集成：四川卷、福建卷、北京卷。②

个人的采录也有收获。活跃于50年代的韩燕如、孙剑冰、陈玮君、黎邦农等，崛起于80年代的裴永镇、刘思志、张其卓等，由于各种原因，进入90年代以来多没有再继续下去，而老民间文学搜集家董均伦、江源夫妇还坚持不懈，继续深入采访，不辞劳苦地到孔子的家乡曲阜及周边地区，采录有关孔子生平和家世的传说，并出版了《孔子世家——九十九个半的故事》。③组成《孔子世家》一书的这99个半故事，是在不同地点采集和写定的，每一个故事述说了孔子这位万世师表的一件事迹，99个半故事合起来，就成为一本民间视角的孔子传记。从民间视角看孔子，当然与学者看孔子会有所不同，正如野史与正史不同一样。唯其是民间视角，才更显得难得和可贵。

河南省的马卉欣在80年代后期以田野调查脱颖而出，他原是河南省桐柏县文化馆的干部，1979年开始对盘古神话发生兴趣，后逐步作了一些搜集材料的基础工作。1988年开始，对盘古神话进行考察，先是考察家乡河南省各地与盘古神话有关的地区和遗迹，进而考察范围扩大到全国许多与盘古神话有关的地方，足迹所至，有湖南、湖北、贵州、云南、四川、陕西、青海、河北、山东、吉林、黑龙江、河南、安徽、江苏、浙江、上

---

① 中国民间文学集成总编委会办公室《任重行难 成绩斐然——全国民间文学集成工作已逾十年》，1996年12月内部汇报资料。

② 据中国民间文学集成办公室提供的材料，到2004年底的统计：在全国普查中收集到民间故事183万件、歌谣302万首、谚语748万条，先后编印县（市）卷资料本3900余种，总字数约6.4亿字。正式出版卷本53卷。补注：截止到2010年，《中国民间文学三套集成》，全国30个省（区），不包括台湾，故事、歌谣、谚语每省各一卷，均已出齐，总计90卷。——2011年3月31日作者补记。

③ 董均伦、江源《孔子世家——九十九个半故事》，北京：作家出版社1991年。

海、江西、福建、广东、广西等省区和二十多个民族，历时九个月，行程三万里，搜集记录各地民俗、民族、史学、考古、志书、神话、传说文字资料180斤，录制磁带27盒，拍摄照片资料40余幅。最终成果是上海文艺出版社1993年出版的马卉欣编著的《盘古之神》①一书，分《盘古神话诸形态考察与研究》《原始盘古神话的遗存》和《盘古神话的遗风》三编，把他多年的调查所得收罗以尽。进入21世纪之后，盘古神话的调查和研究有了更多的开拓和提升，在湘西的沅陵和广西的来宾，都有新的资料发现，但那已经不是本书的研究范围了。

第三节　重要民间文学成果览胜

改革开放新时期以来，我们迎来了民间文学出版的最佳时期。在这一时期内出版的民间文学作品，不仅品种齐全，故事、歌谣、史诗、谚语，每一种形式的作品都出版了一定数量，而且还显示出以下五个显著的特点：一是新从群众中搜集采录的来的作品超过新中国成立来任何时期；二是科学性大为加强，长期困扰着民间文学界的搜集作品写定时加工太大的弊端大有改善；三是成套的图书相继问世，既检阅了我们搜集工作的成绩，又把分散的民间文学图书系统化、系列化；四是55个少数民族的民间文学被记录下来，受到了出版界和学术界的空前重视；五是民间文学作品和研究著作受到了出版机构的关注。新中国成立初期的十七年间，民间文学的出版单位，最重要的是上海文艺出版社（原新文艺出版社），有一段时间人民文学出版社（作家出版社）成立了民间文学编辑室。"文革"后，除了上海文艺出版社继续出版民间文学书籍外，还成立了中国民间文艺出版社（可惜的是，1987年被撤销了）。这两家出版社以及各省市的出版社，二十年来出版了大量的民间文学图书，基本上满足了读者对民间文学读物的要求。中国民间文艺研究会（中国民间文艺家协会）于1983年和1989年先后进行了第一届和第二届全国民间文学作品评奖，促进了民间文学作品的出版和质量的提高。现将有代表性的、有特点的、重要的民间文学作品集介绍和评述如下：

（一）第一届全国民间文学作品评奖（1979—1982）获奖作品

第一届全国民间文学评奖于1983年9月在北京举行，经以周扬为主任

---

① 马卉欣《盘古之神》，上海文艺出版社1993年。

的评奖委员会通过预选和终审评选出获奖作品86部。其中一等奖7部；二等奖23部；三等奖29部；荣誉奖27部。在86部获奖作品中，少数民族的作品有50多部，包括蒙古、回、藏、维吾尔、苗、彝、壮、布依、朝鲜、满、侗、瑶、白、土家、哈尼、哈萨克、傣、傈僳、佤、畲、高山、东乡、纳西、景颇、柯尔克孜、达斡尔、布朗、撒拉、毛南、仡佬、鄂温克、裕固、鄂伦春、赫哲、基诺等民族的作品。其中还有用藏、蒙古、柯尔克孜、维吾尔、壮、哈萨克、傈僳等7种民族文字记录并出版的13部作品。少数民族文字的文学作品参加全国评奖，这在我国文化史上是第一次。获奖的86部作品，第一次向国内外展示了我国民间文学的丰富多彩和56个民族的民间文学工作者的搜集成果。颁奖大会于1983年12月15日在北京举行，中国文联主席、中国民间文艺研究会主席周扬主持颁奖。

获一等奖的民间文学作品是[①]：

《格萨尔王传·霍岭大战之部》（英雄史诗，藏文，青海省民间文艺研究会整理，青海民族出版社1981年）

《江格尔》（15章本，蒙古文，托·巴德玛、宝音和希格等搜集整理，新疆人民出版社1981年）

《玛纳斯》第5部（英雄史诗，柯尔克孜文资料本，居素普·玛玛依演唱本，新疆民间文艺研究会编印1982年）

《苗族古歌》（田兵编选，唐春芳、汛河、燕宝、苏晓星、潘光华、桂舟人、龙明伍、今旦、邰昌厚搜集整理，贵州人民出版社1979年）

《西藏民间故事》（第一集，廖东凡、次仁多吉、次仁卓嘎搜集整理，西藏人民出版社1982年）

《相勐》（傣族叙事长诗，岩峰、王松搜集整理，载《山茶》1980年第2期）

《乌赫勒贵灭魔记》（蒙古族史诗，琶杰演唱，丹碧扎拉桑整理，胡尔查译，载《勇士谷诺干》，内蒙古人民出版社1980年）。

需要特别一提的是《藏族民间故事》（第一集）。1979年廖东凡、次仁多吉、次仁卓嘎到后藏采风为时100天，行程3000多公里，搜集到故事、传说、歌谣近百万字。开启了西藏有组织的调查采录。同年于乃昌等在珞巴、门巴地区采风；1981年自治区民间文学讲习班分7个组到楚河、雅鲁藏布江、雅隆河、拉萨河、羊卓雍湖采风；1982年廖东凡、次旦多吉在墨脱

---

① 《1979—1982年全国民间文学评奖获奖作品名单》《全国民间文学作品评奖委员会名单》及受奖大会的报道，均见《民间文学》杂志1984年第1期。

珞巴、门巴地区采风；1983年米林地区民间文学调查；1986年张学仁、冀文正等再次到的墨脱调查。廖东凡等的这本《西藏民间故事》作为新中国成立以来第一部由以汉文公开出版的西藏民间故事集，无论在西藏文化史上，还是中国文化史上，都有着重要的意义和地位。

《相勐》是傣族的阿銮叙事长诗之一。傣族全民信仰小乘佛教，宗教世界观对傣族影响甚巨。傣族流行一种叫做阿銮的故事，就是产生和流传于寺庙里的作品，多以诗体形式流传。据在西双版纳的调查，傣族仅歌颂阿銮的长诗就有550部之多。[1]长诗讲的是勐维扎王子相勐统一茫茫森林里101个国家的故事。在这个动人的古代爱情故事的背后，其实是古代不同的农耕氏族部落（森林国家）之间的血仇战争和部落兼并的血腥现实。这个作品，除了真挚的爱情给读者以情操的陶冶和美感的享受而外，还给读者以历史感和人民性。

（二）第二届全国民间文学作品评奖（1983—1988）获奖作品

第二次全国民间文学作品评奖于1989年8月在北京进行，经以钟敬文为主任的评奖委员会评选出获奖作品81部。其中荣誉奖5部，一等奖3部，二等奖16部，三等奖35部。授奖大会于1989年9月在大连市举行，授奖仪式由中国民间文艺家协会主席钟敬文主持。获一等奖的三部作品是：《天牛郎配夫妻》（故事，孙剑冰搜集整理，上海文艺出版社，1983）；《密洛陀》（史诗，蓝怀昌、蓝书京、蒙顺通等搜集整理，中国民间文艺出版社，1988）；《祭天古歌》（歌谣，戈阿干、巴茅翻译，中国民间文艺出版社，1988）。[2]

《密洛陀》是流传于布努瑶人中间的一部原始性叙事长诗，整理稿长达1.4万行，可谓长篇巨制。搜集者们从1962年起便开始到广西都安瑶族自治县采风，前后历经27年才得以完成。叙事诗通过对创世母神密洛陀这一形象的叙述与讴歌，表达了布努瑶在长期生存繁衍中征服和改造大自然的愿望。密洛陀是布努瑶族群的母神，在这部神话诗中，宇宙万物是由她用风和气流创造出来的，山川平地、湖海森林，一切生命之物，也是密洛陀创造出来的。密洛陀派她的儿子射杀了威胁着人类的太阳和月亮，斩除了危害着人类的凶

---

① 据毛星主编《中国少数民族文学·傣族》（下卷），第283页，长沙：湖南人民出版社1983年。

② 《第二届全国民间文学作品评奖获奖名单》及评奖委员会名单，均见《民间文学》1989年第10期。

猪、妖猴、魔虎。密洛陀的精神指引着布努人战胜困难和敌人，不断走向光明。《密洛陀》是布努瑶的文学，又是布努瑶的编年史。

《祭天古歌》是云南省民间文学普查后取得的第一批重要成果，所收作品是纳西族信仰的东巴教祭祀仪式有关联的作品。纳西族的祭天古歌中，包含着大量原始的、朴素的幻想，是该民族远古神话的一种表现形式。因此，《祭天古歌》不仅是一部良好的民间文学读物，而且对于我们今天的读者和研究者复原远古时代的思维和生活有着重要的参考价值。

第二届评奖设有荣誉奖奖项，主要是对成绩卓著的老学者的奖励，得奖者有：《聊斋汉子》及《聊斋汉子》（续集）（故事，董均伦、江源搜集整理，中国民间文艺出版社，1982；《续集》，1987）、《增布的宝鸟》（故事，萧崇素搜集整理，重庆出版社，1983）、《阿诗玛》（叙事诗，马学良、罗西吾戈、范慧娟搜集翻译，中国民间文艺出版社，1985）、《格萨尔王传·门岭之部》（史诗，王沂暖、余希贤翻译，甘肃人民出版社，1986）。董均伦和江源夫妇的《聊斋汉子》是他们进入新时期以来在山东农村新搜集的民间故事。他们的搜集方法和风格自成一体，一般是听了农民讲述人的讲述之后，回来后用自己的语言表述出来，精神不走样，叙述文字上口，但不是逐字逐句地忠实于讲述者。他们搜集的作品是一种很好的文学读物，颇受读者的欢迎，被翻译成多种外文。在新时期，他们并未因年事已高就放下笔来，而是继续"行万里路，找千人谈"[1]。王沂暖教授多年从事藏族英雄史诗《格萨尔王传》的翻译，改革开放以来，焕发了青春，在这一领域里辛勤耕耘，默默无闻地翻译了《格萨尔王传》中的多部。因此，评奖委员会给予他的劳动崇高的评价。萧崇素30年代是左联的成员，新中国成立后长期从事四川少数民族的民间文学搜集采录，出版过《奴隶与龙女》《青蛙骑手》《葫豆花与凤凰蛋》《五色海的传说》等民间故事集。新时期以来，他又满怀热情地开始搜集和编印四川地区流传的《格萨尔王传》版本的工作，编印过多种有价值的资料。对他的《增布的宝鸟》授予荣誉奖，是广大民间文学工作者对他一生从事文艺工作、后半生献给民间文学的事业奖励。

（三）《中国民间故事集成》《中国歌谣集成》《中国谚语集成》

根据文化部、国家民委、中国民研会共同签署的文民字（84）第808号文件"关于编辑出版《中国民间故事集成》《中国歌谣集成》《中国谚语

---

[1] 董均伦、江源《行万里路　找千人谈》系《聊斋汉子续集》的代后记。

集成》的通知"而开展的全国民间文学普查工作于1987年基本结束，同年三套集成的编纂工作便陆续开始了。根据计划，每省（市、自治区）应出故事、歌谣、谚语各一卷，全国总计编辑出版90卷。截止到2000年末，已出版的有：

《中国民间故事集成》（钟敬文主编，至20世纪末共出版了11卷）：吉林卷（中国文联出版公司1992年），辽宁卷（中国ISBN中心1994年）、陕西卷（中国ISBN中心1996年）、浙江卷（中国ISBN中心1997年），北京卷、江苏卷、福建卷、四川卷（中国ISBN中心1998年）、山西卷、湖北卷、宁夏卷（中国ISBN中心1999年）。

《中国歌谣集成》（贾芝主编，至20世纪末共出版了8卷）：广西卷上下册（中国社会科学出版社1992年）、西藏卷（中国ISBN中心1995年）、浙江卷（中国ISBN中心1995年）、宁夏卷（中国ISBN中心1996年）、海南卷（中国ISBN中心1997年）、江苏卷（中国ISBN中心1998年）、湖南卷（中国ISBN中心1999年）、甘肃卷（中国ISBN中心2000年）。

《中国谚语集成》（马学良主编，至20世纪末共出版了11卷）：宁夏卷（中国民间文艺出版社1990年）、河北卷（中国社会科学出版社1994年）、湖北卷（中央民族大学出版社1994年）、湖南卷（中国ISBN中心1995年）、浙江卷（中国ISBN中心1995年）、广东卷（中国ISBN中心1997年）、山西卷（中国ISBN中心1997年）、贵州卷（中国ISBN中心1998年）、上海卷（中国ISBN中心1999年）、江苏卷（中国ISBN中心1999年）、陕西卷（中国ISBN中心2000年）。

中国民间文学三套集成所选录的民间作品，大部分是从1984年起开展的全国民间文学普查中，各地区、各民族的民间文学工作者根据群众、特别是故事讲述家的口头讲述采录下来的；一小部分选自"五四"以后七十多年间一代又一代民间文学搜集家们在不同时期采录的作品。无论什么来源，编者在编选时，都以1984年5月28日《关于编辑出版民间文学三套"集成"的意见》中规定的"三性"为标准取舍定夺的。这"三性"是：科学性、全面性和代表性。[①]所谓科学性，就是在向讲述者搜集采录民间文学

---

① 《关于编辑出版民间文学三套"集成"的意见》：三套集成的要求是"总结以往搜集工作的经验，进一步开展普查，用科学记录的方法，在广泛搜集的基础上编选出各地区、各民族各种形式的优秀的口头文学作品。三套集成各卷本要严格注意科学性、全面性和代表性，选入的作品，一定要符合'忠实记录，慎重整理'的原则，避免失真。"见中国民间文学集成总编委会办公室编印《中国民间文学集成工作手册》，第3—4页，1987年3月。

作品时，要根据讲述人的讲述忠实记录下来，尊重讲述者的讲述内容、情节、表述文字及表述方式，在进行文字整理时不随心所欲地根据自己的想象作较大的改动；每一篇作品讲述时的民俗人文环境要在文末作出交代和注释；如有不同的异文应同时附上以备比较参照；等。所谓全面性，主要是指搜集的时候，避免随意取舍，要求全面采录，特别是不能遗漏那些最有代表性的、最有地方特点的、最为群众喜闻乐见的民间作品。所谓代表性，对于一个地区来说，民间文学作品既有代表性的作品也有非代表性的作品；即使对于某一种类、某一形式（体裁）的民间文学作品来说，也有代表性和非代表性之作的区分。凡此种种，在编选时，都在权衡之列，勿失之偏颇，要慧眼识英雄，把那些有代表性的作品遴选进来。这就是中国民间故事集成、歌谣集成、谚语集成的编选原则。省（市、区）卷本所选作品，是从地、县卷本的作品中遴选出来的。

收集在《中国民间故事集成》各省市卷本中的故事，是指广义的故事，既包括神话、传说和故事（狭义的故事）这三种异中有同、同中有异的民间叙事作品。《中国民间故事集成》的编选，编者充分注意到了民间故事的地方特色和民族特色。许多省（市、自治区）的卷本注意选入那些被称为故事家的人讲述的优秀故事。故事家及其讲述的故事，成为我国民间文学研究者的研究对象和搜集者的搜集对象，是80年代以后的事。这是一个很大的进步。一般说来，这些具有专门才能的人所讲述的故事，具有他人无法超越的优长，是自不待言的。在省（市、自治区）卷本的卷末，附有故事讲述家的简明介绍材料。从第二册《辽宁卷》起在卷末都附有《常见故事类型索引》。"类型研究"是民间故事研究领域中诸多研究方法之一，其特点是把情节相似的民间故事（仅限于已有文字记录者）归纳成若干类型。"类型索引"的作用在于通过故事类型的归纳和比较，研究某些类型的故事的起源、流传、变异情况。

（四）《中华民族故事大系》

《中华民族故事大系》（1—16卷，上海文艺出版社，1995），收录了56个民族的2500余篇各种类型的民间故事，是上海文艺出版社从20世纪80年代初起前后历时15年的时间，组织各地区、各民族的7000多位民间文学搜集者采录、整理、编选而成的。全书约1200万字。是此前我国出版的规模最大、收录故事最多的民间文学总集。该书取材包括56个民族的神话、传说、故事、笑话、寓言等各种广义的民间故事，大多数是首次发表。编者在编选时，既考虑到每一个民族的代表性作品，同时又顾及内容、形式的多样化，以求反映出每一个民族民间故事的概貌。该书所收民间故事在整理时保留了民族的文化特色，是一部资料丰富、色彩斑斓、文学性较强的民间文学读物。著名民间文艺学家钟敬文在该书《序言》中称赞它"是民族民间文学成果出版方面的一件壮举"。[①]这套故事大系丛书，作为20世纪80年代以来大陆地区各地区、各民族个人采录民间故事的集大成者，对于我国传统民间文化的积累，是功不可没的。应予说明的是，在上海文艺出版社出版该16卷本《中国民族故事大系》之前，巴黎大学博士、法国科研中心研究员陈庆浩和剑桥大学博士、台湾大学教授王秋桂主编之《中国民间故事全集》，以省立卷，包括台湾省卷，共40卷，已由远流出版事业股份有限公司于1989年在台北出版。

（五）《中国新文艺大系·民间文学集》

《中国新文艺大系》是三中全会之后由中国文学艺术界联合会组织专家学者编选的一套文艺分类选集，其所涵盖的时间跨度，从1917年五四新文化运动到改革开放初期的1982年（策划此书的时间）止。正如有的文学理论批评家所说的，20世纪我国文艺实现了巨大的深刻的历史转变，它不仅意味着我国文艺的形式从传统向现代的转变，也意味着文艺所蕴含的文化内涵从半封建半殖民地的旧文化向无产阶级领导的民主革命和社会主义革命的新文化的转变。这套《中国新文艺大系》，在30年代由赵家璧主编、上海良友图书印刷公司初版、80年代上海文艺出版社继续编纂出版的《中国新文学大系》之外，扩而大之，包括民间文学在内的各种艺术门类，尊重历史，反映历史，含英咀华，力求充分反映不同历史时期文艺发展的整体风貌及其各种艺术流向。全书按历史时期分期，共五辑：第一辑（1917—1927）；第二辑（1927—1937）；第三辑（1937—1949）；第四辑（1949—1966）；第五辑（1976—1982）。周扬为总顾问，陈荒煤为总主编，冯牧、李庚为副总主编。聘请文艺学术界的著名专家学者担任各卷主编。这套包括文学艺术各门类的大系，旨在精选60年来不同历史阶段上发表的文艺作品，全面反映中国新文艺在不同时期的历史面貌。"编纂一部反映'五四'以来中国新文艺优秀成果及其发展历程的拔萃本总集，目的是为继承和发扬革命传统、进一步繁荣我国的社会主义文艺事业，为研究、总结我国文学艺术的发展、衍变的规律和历史经验，提供一套比较系

---

① 钟敬文《中华民族故事大系·序言》，《中华民族故事大系》（第1卷），第5—7页，上海文艺出版社1995年。

统、完整的资料。"①

"新文艺"一般是指五四新文化运动以来创作的文学艺术。民间文学之被纳入"新文艺"的范畴，似乎需要略加说明。民间文学与作家艺术家的创作不同，它有自己的特点，即在某一历史时期中搜集或公开发表的民间文学作品，除了一部分时政歌谣和一部分新创作的反映当代生活的作品而外，大部分都是流传于前朝前代的传统作品，或其"内核"早已流传于世的，与当代社会生活没有必然的紧密关系。但，如果"当代流行的文化就是当代文化的一部分"这一论断能够成立的话，那么，各个时期搜集的民间文学，包括从前人传承下来的传统作品和取材于当代生活在当代创作出来的作品，无疑都应当归入那个时期的文学艺术之列，因为文学艺术的享用者——人民群众，毕竟是接受这些民间文学的。更进一步说，一个时期搜集的民间作品，其所以搜集这些作品，而不搜集那些作品，也自有其搜集者或编者的社会观点、审美情趣与时代需要、时代精神相呼应的一面；而且一部分传统民间作品在当世所以得到盛行，而另一部分传统作品在当世则逐渐衰落，这种文化现象的出现，也往往归因于社会的是否需要。从这些观点和立场来说，把民间文学纳入"新文艺"的范畴，也是顺理成章的，况且当代人编选的《中国新文艺大系·民间文学集》，不仅所选的作品能够适应我们今天的审美的、甚至思想（或主流价值观）的需要，而且能够体现编者的社会与美学的观点。

"民间文学"是《中国新文艺大系》这套新文艺总集的一个门类。在每一个规定时段内，"民间文学"都单列为一卷。从1982年《大系》策划并实施起，到笔者撰写此文（1998年底）止，《中国新文艺大系·民间文学集》一共只出版了三辑：第三辑（1937—1949，刘锡诚主编）②；第四辑（1949—1966，贾芝主编）③；第五辑（1976—1982，钟敬文主编）。④每一辑都由主编撰写了长篇《导言》，交代编选原则、论述概貌特点。

《民间文学集》第三辑（1937—1949），在这个时段里，中国人民经

① 《中国新文艺大系·出版说明》，《中国新文艺大系》各卷之首，北京：中国文联出版公司。
② 刘锡诚主编《中国新文艺大系·民间文学集》（1937—1949），北京：中国文联出版公司1996年。
③ 贾芝主编《中国新文艺大系·民间文学集》（上、下册）（1949—1966），北京：中国文联出版公司1991年。
④ 钟敬文主编《中国新文艺大系·民间文学集》（1976—1982），北京：中国文联出版公司1987年。

历了八年艰苦卓绝的抗日战争和三年国内战争，一方面受尽了战争的煎熬，一方面表现了爱国主义、争取光明和真理的顽强精神。许多爱国文化人士（包括民间文学专门家）为了对付日本帝国主义对中国人民的奴化教育，利用其他书刊不易出版的环境，纷纷将手头上已经掌握的民间文学作品编辑出版，以此向中国广大读者、特别是青少年读者进行民族精神、民族传统和中国民族文化的教育。这些琳琅满目的民间文学出版物以乡土教材的面目流传于世，不仅能在读者中唤起爱国家、爱家乡的强烈感情，起了思想教化的特殊作用，而且为民间文艺学这门年轻的学科积累了资料。沦陷后的北平的民间社、曲园出版社，上海的正气书局、国光书局、儿童书局、大方书局等，都出版了不少这类民间故事图书，成为选编取材的对象。《小狗耕地》《继母》《呆女婿》《可恨的嫂嫂》《皮狐子娘》《牛郎和织女》《凝翠晓钟》《聚宝盆》《姑姑鸟》等，选自方明编《民间故事集》（上海元新书局，1937）。《田螺精》和《蛇郎》选自严大椿编《民间神话》（上海国光书店，1949），另一篇《田螺精》选自李浩编《民间故事新集》（上海大方书局，1927）。《牵牛郎》《四兄弟》选自王统照编《山东民间故事》（上海儿童书局，1937）。《画中仙女》《马娘娘》《问天老爷去》等选自黄华编《民间故事》（上海正气书局，1947）。《狐外婆》《苦呵鸟》《海龙王的女儿》选自严殊炎编《民间趣事》（上海国光书店，1948）。《十兄弟》选自王忱石编《民间故事》（上海经纬书局，1946）。《穷神》和《半湾镰刀》选自董均伦编《半湾镰刀》（哈尔滨东北书店，1948）。这些选本中的民间故事，成为《中国新文艺大系·民间文学集》中汉民族传统民间故事的主要来源。

　　抗战期间，民间文学搜集与研究的中心，转移到了西南——大后方。云、贵、川、湘集中了一大批文人学者，加上当地的文化界人士，形成了雄厚的学术力量。他们开了少数民族民间文学搜集研究的先河，在田野第一线做了大量地搜集和研究工作，成绩卓著，成为《大系》选编的重点。有凌纯声和芮逸夫于1933年5—8月在湘西的凤凰、乾城、永绥三县边境地区调查时记录的几则苗人洪水神话。临时大学于1938年春天由长沙迁址昆明，有一个200人组成的"湘黔滇旅行团"，徒步向昆明进发。刘兆吉在闻一多指导下沿途采风，采得各地区、各民族民间歌谣2000多首，编为《西南采风录》一书，既包括湘、黔、滇一部分地区的民歌，也有即席编唱的"抗战歌谣"和"民怨"歌谣，强烈地反映出民心的背向。不仅提供了认识民歌源流与变迁的珍贵资料，而且对认识社会风尚提供了弥足珍贵的资料。由沪迁筑的大夏大学社会学教授吴泽霖调查记录的贵州花苗兄妹婚神话、大花苗的古歌《洪水滔天歌》、八寨黑苗的洪水遗民神话，以及炉山等地的短裙黑苗的洪水神话；陈国钧记录的三则苗的人祖神话，以及黑苗、花苗、红苗、白苗、生苗、花衣苗、水西苗、仲家、水家、侗族等的苗族歌谣；中央博物馆研究人员李霖灿在云南丽江搜集的东巴故事，其中包括几个创世神话，如《敦和庶的故事》《洪水故事》；中央研究院历史语言研究所的芮逸夫与傅斯年的研究生胡庆钧在川南叙永县鸦雀苗居住地搜集记录的婚丧礼俗仪式歌；马学良在云南彝族地区搜集的神话、传说和故事《洪水》《八卦》《山神》等；上海之江大学史学教授徐松石在桂北苍梧一带搜集的《竹王的故事》以及手抄歌本《盘皇书》（忻城县瑶人）。诗人光未然搜集写定的彝族支系阿细人的民间长篇叙事诗《阿细的先鸡》；北京大学文科研究所语音乐律实验室的语言学家袁家骅用国际音标记录由中国科学院印行的《阿细民歌及其语言》。从大西北来到重庆的新闻记者张亚雄搜集记录的《花儿选》。西康出版的《康导月刊》上发表的王铭采用五言译的《康藏情歌》，陈宗祥译的藏族伟大史诗《格萨王传》序幕之一、序幕之二。都成为入选《大系》的民间作品。延安鲁迅艺术学院学员们搜集记录的陕北民歌、东北鲁迅艺术学院学员们搜集记录的东蒙民歌，也是本选集的重要来源。

关于这一时期民间文学的搜集研究与所选作品的特点，编选者在《导言》里作了如下的概括："（一）民间文学被当作民族精神、民族传统的体现和民族间血缘关系的纽带，而得到阐发和强调，成为抗战时期民间文学理论研究乃至整个民间文学运动的主旋律和重要特点。抗战爆发，在民族和国家处于危亡之际，民族的不屈精神在民众中空前高扬，民族的凝聚力空前加强，在这种情势下，平日被掩盖着的、不被人们注意的民间文化，上升为民族精神和民族传统的体现者，民族间血缘文化关系的纽带。……（二）如果说，"五四"以后至抗战前中国的民间文学搜集工作还只限于一些热心者个人的活动的话，那么，抗战时期由于许多民族学者、社会学者、作家和文化人的介入，已经转入有计划的调查为主的阶段。这种有计划的调查的作用表现在，一方面向广大读者层和学术研究界提供了我国一些少数民族的民间文学作品，而在此之前，少数民族的民间文学作品可谓寥寥可数；另一方面填补了我国民间文学、民俗学这门既古老又年轻的学科若干方面的空白，这就为进一步地开展深入的比较研究打下了初步的基础，而这种比较研究，对于我们这个多民族的国家的民间文学、和扩而大之对于我们这个多民族的国家的民间文化来说，是绝对需要的。……（三）多学科、多学派、多角度的研究，克服了以往某些学者中单一研究的弊端，综合的、纵深的、专题的研究取得了长足的进展。中国民间文学运动的发生阶段，几乎仅仅是文艺的采集与研究。到了20年代末以及整个30年代，逐渐与民族学、人类学、社会学等等学科建立了亲密的联系，在方法论上吸取了这些学科的方法。"①

《民间文学集》第四辑（1949—1966）收录的材料颇为丰富，分上下两卷。上卷收录的是韵文类作品："民间长诗"：包括创世纪史诗、英雄史诗、叙事诗、抒情诗；"歌谣"：包括颂歌、劳动者的歌、民主革命历史歌、解放之歌、新中国成立后生产建设歌谣、爱情婚姻歌、儿歌、杂歌。下卷收录的是散文类作品：神话；传说；民间故事。

这一时段，正是文学史上所说的"新中国成立后的十七年"。一方面，社会转型，生产关系发生了根本性的变革，社会生产力得到了初步的发展；另一方面，文艺创作和学术研究上受到了"左"的思想和政策的很深的影响和严重的干扰。民间文学也不例外。解放初期，在郭沫若在中国民间文艺研究会成立大会上的讲话《我们研究民间文艺的目的》的指导下，民间文学搜集工作出现了蓬勃繁荣的局面。1956年党提出"百花齐放，百家争鸣"的方针，大大地激励了民间文学工作者的积极性。各地区和各民族的民间文学搜集者、爱好者，搜集和发表了大量的民间作品。

编者在《导言》里援引报刊文章描述这一时期的民间文学搜集工作的成绩说：据1964年的不完全统计，省市以上出版社出版的各民族民歌集有1700多种，民间故事集500多种。较早引起注目的民间故事有：新疆维吾尔族《一棵石榴树的王国》《英雄艾里·库尔班》；四川藏族《青蛙骑手》《青稞种子的来历》；壮族《一幅壮锦》；白族《望夫云》；侗族《长发妹》等。比较出色的专集有：《蒙古族民间故事集》《四川彝族民间故事选》《藏族民间故事》《泽玛姬》《黎族民间故事选》《白族民间故事传说集》《苗族民间故事选》等。汉族民间故事有《传麦种》《找姑鸟》《甘肃民间故事选》《中国动物故事选》《吉林民间故事》《上海民间故事选》《湖南民间故事选》《云南民间故事选》《四川民间故事选》《黑龙江民间故事选》《中国民间故事选》（第1、2集）等。"十七年"期间，还出版了多种历代革命传说故事集：《大巴山的红军传说》《太平天国故事歌谣选》《安徽捻军的传说》等。这个时期出版的韵文作品有：汉族《劳工记》《崇阳双合莲》《钟九闹漕》；苗族《苗族古歌》；蒙古

---

①　刘锡诚主编《中国新文艺大系·民间文学集·导言》（1937—1949），第10—14页，北京：中国文联出版公司1996年。

族《江格尔》（部分章节）；回族《马五哥与尕豆妹》；维吾尔族《塔伊尔与左哈拉》；彝族《妈妈的女儿》《我的幺表妹》；壮族《布伯》；瑶族《创世纪》；哈萨克族《萨里哈与萨曼》；傣族《召树屯》《俄并与桑洛》；傈僳族《逃婚调》《重逢调》《生产调》；土族《拉仁布与且门索》等。①

"民间长诗"所占的分量最大，共414页，所选作品主要是少数民族作品，有：纳西族《创世纪》（节选）；彝族《梅葛》（节选）；苗族《笃哥王》《苗族古歌》（节选）；侗族《起源歌》；藏族《格萨尔》（节选）；蒙古族《嘎达梅林》《英雄格斯尔可汗》（节选）、《江格尔》（节选）、《红色勇士谷诺干》（节选）；柯尔克孜族《玛纳斯》（节选）；彝族《阿诗玛》（节选）；傣族《召树屯》；哈萨克族《考孜奎勒帕什与芭彦苏鲁》；维吾尔族《塔伊尔与左合拉》；回族《尕豆妹与马五哥》；汉族《双合莲》《银花姑娘》；彝族《阿姆里色》；傈僳族《重逢调》；壮族《特华之歌》。"歌谣"部分所选作品，包括为数不少的"大跃进"歌谣中的作品和时政性的歌谣。尤其是70多首"颂歌"显得特别突出。例如，歌谣《东方红》创作和流传于40年代的陕北边区，不是"十七年"时期的作品。同样，下卷中所收之马烽整理的《金马驹和火龙衣》、束为搜集的《水推长城》，也不是"十七年"时期搜集的民间作品。前者最早收载于张友编的同名书《水推长城》，新华书店严绥分店于1946年6月、太岳新华书店于同年10月出版；后者最早收载于同名书《金马驹和火龙衣》，冀南书店、华北新华书店、吕梁文化教育出版社分别于1947年5、8、10月出版。本辑集中了丰富的材料，留下了历史的光影，但超范围选录，"歌谣"部分多未标明出处，使本选集的科学性多少有所损伤。

1957年的"反右派"斗争，1958年的"大跃进"和"浮夸风、共产风"，"人人作诗，人人画画，人人唱歌"的"狂热"与民歌运动，以及跟踵而来的批判"反动学术权威"的斗争，1960年开始的三年自然灾害，1964年文艺界的"小整风"，……使民间文学界遭遇了严重的干扰和困境。"左"的思想和政策，在民间文学领域，主要表现为"厚今薄古"的口号及其所代表的思潮。而"厚今薄古"的思想理论基础，则是用"精华与糟粕"的二元对立哲学、用一时的政策和需要代替唯物史观的价值观要求民间文学，把民间文学看成是封建迷信、封建糟粕的藏污纳垢之所，于

①　贾芝主编《中国新文艺大系·民间文学集·导言》（1949—1966），北京：中国文联出版公司1991年。

是，导致了"越是精华越要批判"、乱改乱编（改旧编新），直至在"大写十三年"的口号下用"新故事"取代民间文学。

《民间文学集》第五辑（1976—1982）。十年"文化大革命"扼杀了中国的传统文化，当然民间文学也在劫难逃。1976年"四人帮"被粉碎后，文学艺术迎来了灿烂的春天。曾经被打成"四旧"的民间文学及受到迫害的民间艺人，重新恢复了应有的地位。随着文化部门（包括中国民间文艺研究会各地分会的成立）和民间文学研究与教学机构的恢复工作，民间文学的搜集和研究工作，呈现出了一派繁荣高涨的景象。这一辑，就是选自历史新时期初期搜集、发表、出版的民间文学作品。以钟敬文的名义撰写的《导言》中，除了分类叙述和阐释主编的学术理念和对所选作品的评价外，还在文末写了一段有关民间文学在文坛的地位的文字，兹引述如下：

> 本卷所选录的作品大部分是传统作品。这在《新文艺大系》中恐怕是比较特殊的。这也是民间文学本身的特点。因为民间文学是广大劳动人民的集体创作，一般都要经过长期的口头流传。不少是无名作家的几百几千年的作品。我国民族众多，历史悠久，传统作品多是很自然的，也是很值得自豪的。此外，因为过去民间文学长期不受人重视；在'左'的思潮影响下，大部分传统作品更是不能见到天日，它们只是在党的十一届三中全会之后，才第一次发表出来与广大读者见面。在这个意义上说，它们又是新作品。所以传统作品多，这也是时代的特点。也有些作品保留下了作者的名字。这些作者一般是民间文学素养很深的民间艺人、民间歌手，他们的作品为广大劳动人民喜闻乐传。这是不折不扣的民间文学。这些作品只因为能及时发表而保留下了作者的姓名，也是新时代的新现象。①

第五辑的编纂和出版，在已出版的三辑《新文艺大系·民间文学集》中，是最早动手编纂的。钟敬文在《导言》中的这段文字，是要回答民间文学是否应列入《新文艺大系》中的问题。它所阐述的思想，可与笔者在本节开头所写的那一小段关于民间文学的现代性的意见相呼应。这个问题，其实并不是编纂《新文艺大系》才提出来的问题，而是把民间文学置于文学范畴之内，首先要解决的问题。

---

① 钟敬文《中国新文艺大系·民间文学集·导言》（1976—1982），第26—27页，北京：中国文联出版公司1987年。

（六）《中国民间故事精品文库》

中国广播电视出版社于1996年出版了由刘锡诚、马昌仪、高聚成主编的十卷本《中国民间故事精品文库》[①]：

第一卷	马昌仪编	《中国神话故事》
第二卷	荣士娣、顾建中编	《中国民间英雄传奇故事》
第三卷	贺学君、茅鲁敏、张炜编	《中国民间爱情故事》
第四卷	俞航（冯志华）、蜀舟（祁连休）编	《中国民间智谋故事》
第五卷	高聚成编	《中国动物故事》
第六卷	白山、青梅、田野编	《中国名人传说》
第七卷	陈子艾编	《中国神怪故事》
第八卷	一苇编	《中国民俗故事》
第九卷	程蔷、浩宇编	《中国地方风物传说》
第十卷	萧莉、萧芃编	《中国幽默故事》。

这套以主题立卷、各自独立的民间故事精品选本，既收入了一部分以往（包括20—30年代以来）搜集写定的民间文学作品，也收入了许多近年新采录的、首次与读者见面的民间故事；在编选时，编者既顾及民间作品的科学性及科学价值，又充分考虑到广大读者的需要和口味，旨在为读者编选一套优秀的民间文学读物。这套故事选集的特点是：第一，书中所选民间故事，是从老百姓口头上记录下来、文字稍加规顺整理的民间故事，既不失民间作品固有的社会历史认识价值和人生价值，也具有较高的文学性。第二，编者从许多相同或相似的故事中，选取最优秀者或最有代表性者。第三，编者充分考虑到了民间故事的民族特色和地方特色。第四，编者注重故事作品的健康有益的思想意义。

（七）《江南十大民间叙事诗》

中国古代有没有叙事诗的问题，是20世纪初年的一个热门话题。前面已提到，胡适在《白话文学史·故事诗的起来》里说："故事诗（Epic）在中国起来的很迟，这是世界文学史上一个很少见的现象。要解释这个现象，却也不容易。我想，也许是中国古代民族的文学确是仅有风谣与祀神歌，而没有长篇的故事诗，也许是古代本有故事诗，而因为文字的困难，

[①] 刘锡诚、马昌仪、高聚成主编《中国民间故事精品文库》（十卷），北京：中国广播电视出版社1996年。

不曾有记录，故不得流传于后代；所流传的仅有短篇的抒情诗。这二说之中，我却倾向于前一说。"①20世纪50年代，在湖北省的古楚之地、现今汉族聚居地区发现了几部长篇民间叙事诗，如《双合莲》和《钟九闹漕》等。遗憾的是，文学史家们很少关注民间文学方面取得的成果。20世纪80年代，又在吴语地区搜集采录到了近30部长篇叙事诗，由上海文艺出版社选择其中十部优秀者编成了一部厚厚的《江南十大民间叙事诗——长篇吴歌集》②。这在中国文学史上是一件不容忽视的大事。此书出版后，江、浙、沪的民间文学研究者们召开了专题研讨会。上海的文艺界人士召开了座谈会。参加座谈会的人士给予江南长篇叙事诗的发现与出版充分重视。民间文艺研究家姜彬说：80年代"发掘出来的长篇吴歌达三四十部之多，把历史上认为'江南无长篇叙事诗'的结论，用事实来加以重新认识。"③这些长篇叙事诗的发现与出版，给胡适等先生70年前提出的中国没有叙事诗的结论以回答：中国古来是有长篇叙事诗传统的，至于古代诗歌选集中为什么没有留下来足够多的长篇叙事诗歌，其原因并不是没有，而大半是由于没有专门的人在民间搜集起来并予以写定的缘故。中国的文学史理应予以修正。遗憾的是，文学史研究界由于学科的封闭与保守，对民间叙事诗的大量被发现视而不见。

（八）藏族史诗《格萨尔王传》

藏族史诗《格萨尔王传》的出版，开始阶段处于没有规划和分工的状态，分属于不同的出版社。据中国社会科学院少数民族文学研究所格萨尔办公室1984年初统计，全国七省区藏区已出版《格萨尔王传》45部：汉文4部，藏文35部（含异文本）；蒙古族《格斯尔王传》：汉文2部，蒙古文4部。④据《格萨尔》领导小组负责人王平凡1991年提供的数据：已出版藏文本65部，蒙古文本13种17卷。⑤据笔者所见，中国民间文艺出版社出版的有：《岭·格萨尔王》（上、中、下三部，王歌行、左可国、刘宏亮整

①　胡适《白话文学史》，第6章，上海新月书店1928年。

②　《江南十大民间叙事诗——长篇吴歌集》，上海文艺出版社1986年。

③　姜彬《钱舜娟〈江南民间叙事诗及故事〉序》，见钱舜娟《江南民间叙事诗及故事》，上海文艺出版社1997年。

④　《〈格萨尔王传〉已出版45部》，见《〈格萨尔〉工作通讯》1984年第1期（总第10期）。中国社科院少数民族文学研究所《格萨尔》办公室编。

⑤　王平凡《巨大的成就，灿烂的前景——回顾40年的〈格萨尔〉工作》，见钟敬文主编《中国民间文艺学的新时代》，第25页，敦煌文艺出版社1991年。

理，1985）、《格萨尔·加岭传奇》（阿图、徐国琼、解世毅翻译整理，云南版，1984）。甘肃人民出版社出版的有：《格萨尔王传》（贵德分章本，王沂暖、华甲译，1981）、《格萨尔王传·降服妖魔之部》（王沂暖译，1980）、《格萨尔王传·世界公桑之部》（藏文，贡去胡才旦整理，1981）。青海省人民出版社出版的有：《霍岭大战》（上、下册，中国民间文艺研究会青海分会编，吴均、金迈译，左可国、雷廷梓、徐国琼整理，1984）。西藏人民出版社出版的有：《格萨尔王传·木岭之战》（藏文，根据手抄本整理，1982）。四川民族出版社出版的有：《格萨尔王传·门岭之战》（藏文，1982）等。少数民族文学研究所研究员降边嘉措于1991年起承担了《〈格萨尔王传〉优秀艺人口头说唱科学版本》重点课题（1991—1995），最终成果为整理出版10部。①此外，在社会上流通的，还有降边嘉措的《格萨尔王全传》（宝文堂书店本）和王沂暖的《格萨尔王本事》（甘肃人民出版社本）两种缩写本。

（九）蒙古族史诗《江格尔》

史诗《江格尔》已出版的有：《江格尔》托忒文，托·巴德玛、宝音和希格搜集整理，新疆人民出版社，1980年；《江格尔》（上、下册），回鹘式蒙古文，宝音和希格、托·巴德玛搜集整理，内蒙古人民出版社，1982年；《江格尔》汉译本，色道尔吉译，人民文学出版社，1983年；《江格尔》，托忒蒙古文资料本一、二册，中国民间文艺研究会新疆分会编印，三、四、五册，新疆人民出版社，1985年，六、七、八、九册，中国民间文艺出版社出版，无出版年月；《江格尔》（一、二），托忒文文学读本，中国民间文艺研究会新疆分会整理，新疆人民出版社，1985—1987；《江格尔》汉译本，霍尔查译，新疆人民出版社，1988年；《江格尔》回鹘式蒙古文，（一），内蒙古人民出版社，1988，（二），1989年；《江格尔》（汉文全译本第1、2册），新疆人民出版社，1993。②

（十）柯尔克孜族史诗《玛纳斯》

前面说过，史诗《玛纳斯》的搜集记录工作开始于20世纪60年代。除"文革"十年被迫中断外，记录翻译工作迄未间断，浸透了许多学者的

---

① 见《中国社会科学院少数民族文学研究所科学研究成果题录》（1079—1995），第113页。

② 据仁钦道尔吉《〈江格尔〉论》，第374—375页。

心血。以往出版的都是资料本，直到新时期才有正式版本出版。据极不完全的资料，已出版：居素甫·玛玛依演唱本《玛纳斯》柯文本，新疆人民出版社，1984年；《玛纳斯》汉文本第1部上卷，新疆人民出版社，1991年；《赛麦台依》汉文译本出版时间未详。《玛纳斯》全诗为八部：第一部《玛纳斯》、第二部《赛麦台依》、第三部《赛依铁克》、第四部《凯涅尼本》、第五部《赛依特》、第六部《阿斯勒巴恰与别克巴恰》、第七部《索木碧莱克》、第八部《奇格台依》。每一部都以玛纳斯家族的一位英雄的名字命名。气势宏伟，结构复杂。全诗20万行。①第一部《玛纳斯》是全诗的重点之作，从民族英雄玛纳斯的神奇诞生起，通过柯尔克孜民族与异民族的全民战争，描绘了作为民族精神支柱的玛纳斯的非凡武功和宏阔伟业，在震撼人心的厮杀中，抒发了和体现出强烈的民族精神和家园意识。

（十一）赫哲族史诗《伊玛堪》

"伊玛堪"是赫哲族最重要的文学遗产。赫哲族在我国56个民族中人口最少，而一代一代的赫哲人孕育的"伊玛堪"，却是可以与世界不同文化区系的著名文化遗产相媲美的辉煌文学作品。"伊玛堪"是赫哲族的一种长篇叙事作品，运用史诗特有的散文与诗体交替"夹叙夹唱"的叙事方式，以部落之间的征战和部落联盟的形成等史事为题材，赞颂了部落英雄的功业。黑龙江人民出版社于90年代出版的《伊玛堪》上、下册（黑龙江省民间文艺家协会选编），收选了14部。②这些作品是从近二十年来黑龙江省民间文学家们在多次调查中从被称为"伊玛卡玛发"的赫哲族歌者口中搜集采录的"伊玛堪"中精选出来的。这部书里还附录了"抢救赫哲族民间文学联合调查组"撰写的《赫哲族伊玛堪调查报告》和《伊玛堪歌手情况简表》（均为马名超执笔）。

（十二）贵州民间文学资料

贵州省的《民间文学资料》（内刊），在全国各省主办的民间文学内部刊物中是出刊最多、资料最为丰富的一种。发刊于1957年1月。唐春芳和伍略主持。"新中国成立十七年"期间，总共编印了43集。"文革"后，

---

① 郎樱《〈玛纳斯〉论析》，第49页。
② 黑龙江省民间文艺界协会选编《伊玛堪》（上、下），哈尔滨：黑龙江人民出版社1997、1998年。

贵州省成立了中国民间文艺研究会贵州分会，在田兵的主持下，龙从汉、龙玉成主编，将前面出版的43集加以翻印，并继续编辑出版，出至第72集终刊。最后一集出版的时间是1985年6月。贵州省各地区各民族的许多重要民间文学作品，都是先在这本《民间文学资料》上发表的。《民间文学资料》成为贵州民间文学的一座宝库。

贵州是一个多民族聚居的省份，也是民间文学资源最为富饶的省份之一。20世纪之初起，就有中外学者在那里作调查和搜集工作，本书第二章第六节论述的家乡歌谣学家寿生和第三章第三节论述的神话学家谢六逸，就是贵州省民间文学搜集和研究者的先驱学者。1980年，贵州省文联和民间文艺家协会在继续编辑出版《民间文学资料》的同时，又创办了民间文学杂志《南风》，在20世纪80年代的十年中，培养了和锻炼了一大批各民族的民间文学优秀搜集者和研究者。随着时间的推移，编印时间断断续续延续了四十年之久的贵州《民间文学资料》，如今已成珍本，很难找齐了。现将贵州《民间文学资料》各集的内容和编印时间著录如下：

第1集	黔东南苗族《仰阿莎》等叙事诗	贵州省文联编印	1957年1月
第2集	苗族《张秀眉》、彝族《戈阿楼》史诗	（同上）	1957年2月
第3集	苗族《嘎百福歌》	（同上）	1957年3月
第4集	黔东南《苗族古歌》	中国作家协会贵阳分会筹委会编印	1958年11月
第5集	黔东南《苗族叙事诗》	中国作家协会贵阳分会筹委会、贵州省民族语文指导委员会、贵州大学苗族文学史编写组编，中国作家协会贵阳分会筹委会印	1959年9月
第6集	《苗族古理歌》	（同上）	（同上）
第7集	苗族分支《开亲叙事诗》	（同上）	（同上）
第8集	黔东南、湘西《苗族情歌》	（同上）	（同上）
第9集	黔东南《苗族民间故事集》	（同上）	（同上）
第10集	《侗族新民歌》《情歌》	（同上）	1959年8月
第11集	《苗族民间传说故事》	（同上）	1959年11月
第12集	《苗族古歌》与《情歌》合集	（同上）	1959年9月
第13集	《侗族叙事歌、神话、传说、故事》	（同上）	（同上）
第14集	《苗族苦歌、反歌、逃荒歌》等合集	（同上）	（同上）
第15集	《苗族传说故事》	（同上）	（同上）
第16集	《苗族古歌》	（同上）	（同上）
第17集	《苗族婚姻歌》	（同上）	（同上）

第18集	《布依族情歌新民歌》合集	（同上）	（同上）
第19集	《布依族神话传说故事童话寓言》	（同上）	1959年10月
第20集	《布依族苦歌、酒歌》等合集	（同上）	1959年9月
第21集	《黔东南苗族传说故事》	（同上）	（同上）
第22集	《苗族传说故事》	（同上）	（同上）
第23集	《苗族酒歌、祝词、嘎福歌》等合集	（同上）	（同上）
第24集	《苗族春季歌》《活踏歌》等合集	（同上）	1959年10月
第25集	《苗族酒药歌、造纸歌》等合集	（同上）	（同上）
第26集	《黔东南新民歌》	（同上）	（同上）
第27集	《张秀密起义史料、传说、歌谣》	贵州省民间文学工作组编印	1960年9月
第28集	《布依族歌谣传说故事集》	（同上）	1961年
第29集	《滇黔、湘西苗族歌谣集》	（同上）	1961年11月
第30集	《侗族陆大用歌、叙事歌、传统歌谣》等	（同上）	1960年9月
第31集	《侗戏》	（同上）	1961年12月
第32集	《布依族传说故事》	贵州省民间文学工作组编，中国作家协会贵阳分会筹委会编印	1962年1月
第33集	苗族《佳》《说古唱今》	（同上）	1962年11月
第34集	《彝族洪水氾滥史》《水西制度》《水西全传》	（同上）	1962年
第35集	彝族《西南彝志》一、二卷	（同上）	1963
第36集	彝族《西南彝志》三、四、五卷	（同上）	（同上）
第37集	彝族《西南彝志》六、七、八卷	贵州省毕节专署彝文翻译组、贵州省民间文学工作组编印	（同上）
第38集	彝族《西南彝志》九、十、十一卷	贵州省民间文学工作组编，中国作家协会贵阳分会筹委会编印	（同上）
第39集	彝族《西南彝志》十二、十三卷	（同上）	（同上）
第40集	彝族《西南彝志》十四、十五、十六卷	（同上）	（同上）
第41集	《布依族古歌、叙事歌》	贵州省民间文学工作组编印	1963年8月
第42集	《布依族情歌》	（同上）	1963年
第43集	《布依族民间故事》	（同上）	（同上）
第44集	《布依族神话传说故事童话寓言》	贵州省民族事务委员会、黔南布依族苗族自治州文艺研究室、中国民间文艺研究会贵州分会编印	1980年5月
第45集	《布依族古歌叙事诗情歌》	（同上）	（同上）

第46集	《水族双歌单歌集》	贵州省民族事务委员会、中国民间文艺研究会贵州分会编印	1981年8月
第47集	《布依族对歌》	中国民间文艺研究会贵州分会编印	1982年11月
第48集	《苗族焚巾曲》	中国民间文艺研究会贵州分会、贵州民族学院编印	1982年10月
第49集	《仡佬族民间故事》	（同上）	1982年11月
第50集	《彝族古歌》《叙事诗》	贵州省民族事务委员会、中国民间文艺研究会贵州分会编印	（同上）
第51集	《苗族民间故事》	中国民间文艺研究会贵州分会、贵州省苗族民间文学讲习会编印	（同上）
第52集	《苗族习俗、起义斗争歌》	（同上）	（同上）
第53集	《苗族游方歌、叙事歌》	（同上）	（同上）
第54集	《侗族大歌》	中国民间文艺研究会贵州分会编印	1982年12月
第55集	《侗族情歌》	（同上）	（同上）
第56集	《侗族民歌》	（同上）	1983年5月
第57集	《侗族民歌》	（同上）	1983年7月
第58集	《侗族琵琶歌》	（同上）	1983年8月
第59集	《苗族开亲歌、巫歌巫词》	（同上）	1983年夏
第60集	《苗族古老话》	贵州省民族事务委员会、中国民间文艺研究会贵州分会编印	1983年11月
第61集	《苗族祭鼓词、贾理词》	（同上）	1983年12月
第62集	《仰阿莎》	中国民间文艺研究会贵州分会编印	1984年4月
第63集	《布依族酒歌、叙事歌》	（同上）	1984年？月
第64集	（暂缺）	（暂缺）	（暂缺）
第65集（上）、（下）	黔中《布依族礼俗歌》《牛经书》	中国民间文艺研究会贵州分会编印	1984年8月
第66集	《苗族婚俗礼俗歌》	（同上）	1984年9月
第67集	《贵州各族谚语、成语、谜语、格言、歇后语》	（同上）	1985年5月
第68集	《彝族古歌、叙事诗》	（同上）	1985年8月
第69集	《侗族酒歌》	（同上）	1985年7月
第70集	《侗族叙事诗》	（同上）	1985年6月
第71集	苗族古歌《天地开辟》	（同上）	（同上）
第72集	《苗族古歌》	（同上）	（同上）

进入90年代，由余未人策划、卢惠龙主编，由贵州人民出版社于1997

年出版了一套"贵州民间文学选粹丛书"（10卷）：龙玉成、王继英编《贵州民间歌谣》，燕宝、张晓编《贵州民间故事》，燕宝、张晓编《贵州神话传说》，阮居平编《贵州民间长诗》，龙跃宏、龙宇晓编《侗族大歌琵琶歌》，潘定智、杨培德、张寒梅编《苗族古歌》，何积全编《彝族叙事诗》，刘之侠、潘朝霖编《水族双歌》，康健、王冶新、王子尧、何积全编《彝族古代文论》，韦兴儒、周国茂、伍文义编《布依族摩经文学》。不仅系统地把这些山地农耕少数民族的民间文学作品公之于众，而且展示出贵州民间文学搜集工作的煌煌成就和济济人才。作为一个边远省，在民间文学上作出如此业绩令人敬佩。

第四节　故事家和故事村

新中国成立以来，民间文学界发现了许多演唱民歌的歌手和史诗的艺人，如最有名的《玛纳斯》说唱艺人居素甫·玛玛依，《格萨尔王传》说唱艺人扎巴老人、玉梅姑娘，蒙古族民间艺人琶杰，湘西土家族歌手田茂忠，云南傣族章哈康朗甩，安徽肥东山歌歌手殷光兰，江苏常熟歌手陆瑞英，苏州长篇吴歌演唱家陆阿妹，等等。但民间故事讲述家却少有人去发现或注意。在全国民间文学普查中，地方的民间文学工作者们发现了若干个"故事村"和"故事家"，成为改革开放二十年来民间文学领域里取得的又一大成绩。笔者以为，故事村和故事家的发现和研究，是中国学者在20世纪80年代的两大贡献，其核心是对故事讲述家个性特点的发现与张扬。同时，故事家和故事村的发现和研究，也是整个民间文学学科拓展和深化的一个表现。现分述如下：

（一）故事家

据不完全统计，能讲述50则以上民间故事的故事讲述家不下9000人。[1]

最早闻名于全国的是民间文学搜集家裴永镇发现的朝鲜族老太太金德顺，她讲述的故事集纳成为《金德顺故事集》一书，由上海文艺出版社于1983年出版。在这本书里收集了她讲述的73篇故事和33篇故事资料，一时间成为报刊传媒和民间文学界关注的热点话题，并从而引导出了故事家及其个性和传承问题的研究课题。《民间文学论坛》杂志曾召开过专题座

---

[1] 据刘守华《中国鄂西北的民间故事村伍家沟》，见《民俗曲艺》民俗调查与研究专号第111期，财团法人施合郑民俗文化基金会，1998年1月，台北。

谈会。乌丙安在为《金德顺故事集》所撰序言里指出："这些故事优美动人，不仅有鲜明的主题，而且还有讲述家富于感染力的语言艺术风格和浓郁的朝鲜族民俗特色。绝大部分故事是完整的，在世界故事类型中是比较典型的。"①她所讲的故事中，以幻想性故事最具特色。讲述故事的现场，往往对讲述者产生某种影响，如她常常根据在场的听众和场合而选择讲述某类故事或某个故事，而且简繁也有别。搜集者将其称作"有针对性"。②除了金德顺外，辽宁省先后发现的故事家，还有岫岩县的李马氏③，鞍山市山区的于春贵（缪歌今采录），喀喇沁左旗的蒙古族故事家武德胜④，新民县故事家谭振山⑤等。

20世纪80年代初，黑龙江省民间文学工作者们在宁安县发现了满族故事家傅英仁，并对他所讲述的故事进行了采录。东北其他两省的民间文学搜集研究家，特别是神话学家，也向他搜集采录过满族神话故事。傅英仁与多数民间故事讲述家不同，他的特点是，不仅能讲述，而且也能自己写定，可以把自己烂熟于心的故事用笔写下来。他讲述的故事，开始时在《黑龙江民间文学》和《民间文学》杂志上发表，后来有成书问世。他讲述和写定的故事，已出版的有《满族神话故事集》（北方文艺出版社，1985）等多种。1984年4月黑龙江省委授予他"民间故事家"称号，并作为黑龙江省的代表出席了于1984年11月在石家庄市举行的中国民间文艺研究会第四次会员代表大会。⑥他对满族神话的搜集与研究贡献颇大。

湖北民间文学搜集研究家王作栋1983年在湖北省五峰县发现了故事讲述家刘德培老汉。⑦80年代以来的十年间，刘德培一共讲述了508则故事。经王作栋记录和录音整理的长达48万字的刘德培故事集《新笑府》，于1989年由上海文艺出版社出版。刘德培见多识广，阅历丰富，少时与周围能讲故事的能手（当地叫"树蔸"者）多所交游。他讲述的故事以笑话为

---

① 乌丙安《金德顺故事集·序言》，上海文艺出版社1983年。

② 裴永镇《金德顺和她所讲的故事》，见《金德顺故事集》，第1—12页。

③ 张其卓《这里是"泉眼"——搜集采录三位满族民间故事家的报告》，见《满族三老人故事集》，沈阳：春风文艺出版社1984年。

④ 参阅《辽宁省民间故事讲述家简介》，《中国民间故事集成·辽宁卷》，第971—973页，中国ISBN中心1994年。

⑤ 江帆《民间文化的忠实传人——民间故事家谭振山简论》，《民间文学论坛》1989年第2期。

⑥ 金辉《他所走过的路——访满族故事家傅英仁》，《民间文学》1985年第6期。

⑦ 《新近发现的民间故事家刘德培》，《湖北日报》1983年12月23日。

主，能"随方就圆，挥洒自如"，富于幽默的风格。[1]刘德培及其故事，从80年代起引起海内外理论界的注意，评论和研究较多。

山东省在民间文学集成普查中陆续发现了多位故事讲述家。1982年4月在临沂发现了尹宝兰老太太（92岁，记录了200多则）、胡怀梅老太太（记录了100多则）、王玉兰老太太（讲述300多则，记录了100多则）、刘文发老人（记录了100多则）。临沂地处山区，交通不便，信息闭塞，是一个有着丰厚的文化传统和革命传统的地区。这四位故事讲述家，虽同处大致相同的社会政治、地理自然和文化传统的环境之中，但由于他们每个人的身世不同、经历各异，故事也各有其不同特点。尹宝兰讲述的故事，内容涉及社会的各个方面，但基本的是：穷人、弱者、受欺侮者最后总有好的结局，富人、恶人、统治者最终总要受到应有的惩罚。[2]胡怀梅人生经历坎坷，她所讲的故事围绕着一种思想：善有善报，恶有恶报。她的处世箴言是："为男为女在世间，良心行为要当先；为人不懂世间理，枉在世界走一番。"这一思想渗透在她所讲的故事中。[3]中国民间文艺研究会山东分会于1986年编印了《四老人故事集》一书。1987年10月26—30日在临沂召开了四老人及作品研讨会，对他们的作品和风格特点进行了学术研讨。

1979年青岛市发现了故事家宋宗科。宋宗科老人生于费县，也是临沂山区，但他后来的经历非凡，因而造就了另一种风格的故事家。宋宗科小时候上过私塾，15岁到临沂学医，曾拜当地民间曲艺艺人高敬修和邹明山为师，学渔鼓和山东快书。20岁出家到云蒙山当了道士，渐而升为禅士、讲士，到处传经讲道，曾到过多处名道观、古庙刹，漫游过各地名山大川和古都名城。曾在北京白云观代理道长，研究过道教经典，阅览过皇宫藏书。他阅历丰富，学识广博，天资聪慧，强记博闻。从1947年起还俗从医。他讲的故事题材广泛，但以传说为多，这与他的经历不无关系。有生活故事、历史人物传说，也有人文传说、地方风物传说和趣闻笑话等。[4]他的故事中受道教文化的影响较重。山东省民间文艺家协会与青岛市民间文艺家协会合编了《宋宗科故事集》一书，由中国民间文艺出版社于1990年

---

① 王作栋《刘德培与前辈传承人》，《民间文学》1987年第9期；王作栋《刘德培印象》，见《新笑府——刘德培故事集》，上海文艺出版社1989年。

② 王全宝《尹宝兰简介》，见《四老人故事集》，第442页，中国民间文艺研究会山东分会编印1986年。

③ 靖一民、靖美谱《胡怀梅简介》，见《四老人故事集》，第437—439页。

④ 参阅山东省民间文艺家协会、青岛市民间文艺家协会编《宋宗科故事集·前言》，北京：中国民间文艺出版社1990年。

出版。中国民间文艺家协会山东分会授予他"民间故事家"称号。

吉林省延边朝鲜族自治州民间文学工作者在20世纪80年代初发现并记录了朝鲜族故事家黄龟渊讲述的故事。从1983年7月到1987年，黄龟渊先后讲述了530则故事，其中包括朝鲜族的神话传说。1986年延边人民出版社出版了金在权采录的黄龟渊故事集《天生配偶》，1989年民族出版社出版了他的第二本故事集《破镜奴》。前者获吉林省"长白山文艺奖"民间文学二等奖。[1]吉林省在民间文学普查中发现的另一位故事家黄显孚，祖籍山东蓬莱，早年逃荒到吉林省柳河县。新中国成立后先后做过通讯员、勤杂人员、街道扫盲教员和筑路工等，后下放农村，双目失明，被通化社会福利院收养。民间文学工作者记录了他讲述的民间故事380篇，收入《梅河口市故事卷》。吉林省编印的《黄显孚故事集》收入他讲述的故事140篇。中国民间文艺家协会吉林分会授予他"民间故事家"称号。[2]

山西民间文学搜集者范金荣，1986年在山西省朔州市神头镇马邑村发现了故事讲述家尹泽老人，并于次年开始向他记录故事。[3]共记录尹泽讲述的故事150则，歌谣120首。尹泽于1989年逝世。山西省民间文艺家协会于1989年3月31日追认为山西省优秀民间故事讲述家。1994年山西省民间文艺家协会、山西省民间文学集成办公室、朔州市民间文艺家协会出版了范金荣采录的《尹泽故事歌谣集》。他采录整理的另一本尹泽故事集《真假巡按》收入57个故事，由山西古籍出版社出版。尹泽属于"没有走出过村"的类型的故事家。他的活动范围只是他附近的村寨，他讲述的故事，其内容和风格趋于原始质朴，[4]与那些见多识广的故事家（如宋宗科）迥然有别。

（二）故事村

在从1984年开始的全国民间文学普查中发现了若干个"故事村"。所谓"故事村"者，标志是：其一能讲故事者，人数之众超出于一般村落；其二以讲故事者的记忆和讲故事的方式，相当完整地保存下来了当地的传

---

[1] 参阅《朝鲜族民间故事讲述家黄龟渊》，《民间文学》1986年第12期；《吉林省民间故事家简介》，《中国民间故事集成·吉林卷》，第981—982页，北京：中国文联出版公司1992年。

[2] 参阅《吉林省民间故事家简介》，《中国民间故事集成·吉林卷》，第981页。

[3] 范金荣《尹泽和他讲述的故事》，《民间文学》1987年第8期。

[4] 张余《尹泽故事歌谣集·序》，《尹泽故事歌谣集》，第1—2页，山西省民间文学家协会、山西省民间文学集成办公室、朔州市民间文艺家协会编印1994年。

统文化和文化传统。这是20世纪中国文化的一大奇观，已引起世界民间文学界的广泛注意。包括联合国教科文在内的若干外国专家团体，先后深入到这些村寨去作考察，并撰文介绍。这些"故事村"，如河北省藁城县的耿村，重庆市九龙坡区的走马镇，湖北丹江口市的伍家沟村等。现将耿村和伍家沟两个较为著名的"故事村"的有关情况简述如下：

（1）河北省开展民间文学集成调查过程中，1986年在藁城县耿村发现了成群的讲述故事的能手，如靳景祥、靳正新、王玉田等。先后在此进行了六次全面调查，确认称得上故事家和歌手者达26人。采录故事、歌谣等民间作品达280余万字，编印了《耿村民间故事集》四册，计222万字。该村被命名为"故事村"。"故事村"这个名称在中国文化史上第一次出现，具有历史意义。这些考察资料弥补了史乘文献的空白。在文化区系上，耿村应属于中原古文化范畴，在此地发现如此众多的一个民间故事家群体和如此丰厚的故事资源一事，引起了国内外研究者的强烈反响。来此参观采访者络绎于途，先后多次召开过学术会议和有国外机构、国外及境外学者参加的科学考察。石家庄文艺评论家袁学骏撰写了一部专著《耿村民间文学论稿》，全面叙述和论列了耿村现象的产生、特点和意义。[①]

（2）80年代以来，湖北省丹江口市六里坪文化站站长李征康，在湖北省民间文艺家协会、湖北省群众艺术馆、湖北省民间文学集成办公室的支持下，在道教胜地武当山北侧的丛山中一个只有216户、分17个居民点居住、890口人的伍家沟村里，先后搜集采录三年时间，发现了会讲故事者85人，约占总人口的10%。其中能讲50—100个故事的有35人，能讲100以上故事的有8人，还有2人——李德富、葛朝宝能讲400则以上的故事。现已采录故事1000多篇。1989年出版的《伍家沟村民间故事集》收录故事236篇。1996年又出版了《伍家沟村民间故事》第二集，收入故事165篇。[②]因此，伍家沟村于1995年被丹江口市政府和湖北省民间文艺家协会命名为"民间故事村"。伍家沟村民间故事以幻想性神仙鬼怪精灵故事见长，据故事学家刘守华统计，这类故事约占已出版的400篇故事的一半。这个小山村因有如此众多的故事家群和故事蕴藏而负盛名。

一南一北两个"故事村"的故事各有特色，呈现出两种类型。姜彬

---

① 袁学骏《耿村民间文学论稿》，北京：中国民间文艺出版社1989年。

② 李征康录音整理《伍家沟村民间故事集》，北京：中国民间文艺出版社1989年；湖北省群众艺术馆编《伍家沟民间故事集》（第二集），济南：山东文艺出版社1996年。

说："故事家和故事村有两种类型：一是封闭型的；二是开放型的。"[①]耿村是开放型的故事村。刘守华评述说："耿村是中国华北平原上的一个小集镇，它的故事内容广博，现实感强，具有以儒家思想为主导的中原文化的浑厚特色。南方山村伍家沟的故事，则以染有神秘幽玄的道教文化色彩显现出自己的特殊魅力与价值。"[②]

第五节　民间文艺学的学科建设（上）

（一）学科建设概述

1976年10月上旬，林彪、江青反革命集团的反动统治结束了，中国的社会主义革命和建设事业出现了根本性的转折。随着民间文学专业团体的恢复，民间文学的学术研究也复兴起来了。如果说，"文化大革命"之前，民间文学工作的重点是对流传于人民群众口头上的民间作品进行搜集、记录、整理、出版，以满足广大人民群众阅读和文艺界人士借鉴的需要，理论研究工作虽然也投入了一定的力量并且取得了一些成绩，但从总体上来说还有欠深入、有欠全面、有欠系统的话，那么，在进入新时期以来，民间文学的理论研究得到复兴，尤其是有了中共十一届三中全会精神的光照，建设有中国特色的民间文艺学体系，就成为绝大多数民间文学工作者的共同愿望和奋斗目标。

建设有中国特点的、以马克思主义为指导的民间文艺学这一口号的提出，是1979年的事情。经过反思50年代初期学习苏联学者们关于民间文学的理论，1958年的新民歌运动的经验教训，民间文学搜集和范围界限的讨论，各族民间文学概况和民间文学史编写中的成败得失，第三次全国民间文学工作者大会对1949年以来民间文学工作的基本总结，新时期以来对民间文学与宗教等文化现象关系的讨论，等等，痛感到"左"的思想给当代中国民间文学事业所造成的危害，痛感民间文学的搜集、研究中教条主义、简单化、庸俗化倾向的泛滥，于是普遍对于在拨乱反正、树立实事求是的学风的同时，提出建立真正的马克思主义的民间文艺学有一种认同

---

① 姜彬《故事村是一定时代的文化现象》，《民间文学论坛》1991年第6期；又见《姜彬文集》第五卷，第75—78页，上海社会科学院出版社2007年。

② 刘守华《中国鄂西北的民间故事村伍家沟》，《民俗曲艺》第111期，施合郑民俗文化基金会出版，1998年1月，台北，

感。1979年11月，在中国民间文艺研究会第三次会员代表大会上，钟敬文作了《把我国民间文艺学提高到新的水平》①的发言，阐述了关于建立真正的马克思主义的民间文艺学的主张。半年之后，1980年7月，他又在昆明云南大学《思想战线》编辑部召开的座谈会上作了关于建立具有中国特点的和具有较高科学意义的民间文艺学的意见。②嗣后，1981年5月17日，在中国民间文艺研究会第一届学术年会上，他又作了《关于民间文艺学的科学体系及研究方法》的演讲，论证了民间文艺学的科学体系所包括的一般理论、民间文艺史、民间文艺学科学史、民间文艺学方法论、民间文艺学资料学，以及民间文艺某些方面的系统的专门研究如神话学、童话学等重要组成部分。1983年4月11日，在该会第二次学术会议上，他再次作了《建立新的民间文艺学的一些设想》的报告。③在这个报告中，作者系统地论述了关于建立"以马列主义为指导的、从实际出发的、具有中国特色的、系统的民间文艺学"的全面构想和应作的努力。

建设有中国特色的、以马克思主义为指导的民间文艺学的构想，作为中国当代民间文学事业的一个战略性口号提出之后，得到了许多理论工作者的赞同，其反响是强烈的。贾芝在为中国民间文艺研究会首届年会作小结时说："今后……我们民间文学研究工作的奋斗方向，就是要努力建立中国的马克思主义民间文艺学。中国的民间文学很有特点，应当进行系统的研究，我们应从党对民间文学的领导，民间文学在社会主义革命中应起的作用，我们的经验等等这些方面来进行研究，建立有中国特点的民间文学研究。"④乌丙安、张紫晨分别于1982年10月出版的《湘潭大学学报》（社会科学版）的"民间文学增刊"上发表了关于建立中国马克思主义民间文艺学的文章；许多高等学校的文科教师在北京师范大学出版的《民间文艺学文丛》上撰文，发表了各自的见解。

为了把这一设想变为中国民间文学界所有理论工作者和搜集工作者共同的任务，中国民间文艺研究会于1983年12月召开了第三届第二次理

① 钟敬文《把我国民间文艺学提高到新的水平》，《民间文学》1980年第2期；后收入《新的驿程》，北京：中国民间文艺出版社1987年。

② 钟敬文《建立具有中国特点的民间文艺学》，《思想战线》1980年第5期；后收入《新的驿程》，北京：中国民间文艺出版社1987年。

③ 钟敬文《建立新的民间文艺学的一些设想》，《民间文学论坛》1983年第3期；后收入《新的驿程》，北京：中国民间文艺出版社1987年。

④ 贾芝《中国民间文艺研究会首届年会小结》，中国民间文艺研究会研究部编《民间文学论文选》，第19页，长沙：湖南人民出版社1982年。

事会，对加强理论研究工作进行了专门的讨论。民研会主席周扬在理事会上讲了两点意见：（1）"我们国家应该造就很多而不是几个研究民间文学、民俗学的人才。"我们国家"应该招收民间文学博士研究生"。（2）提高民间文学研究的学术水平，"使这些研究达到世界科学的研究水平"。①民研会书记处常务书记刘锡诚在《全面开创社会主义民间文学事业的新局面》的报告中，在论述了民间文学搜集整理和理论研究的相互关系之后，强调加强民间文学的理论建设，就是"以建设和发展具有中国特色的、以马克思主义为指导的民间文艺学体系为核心内容和奋斗目标"。②

理事会闭幕之后，在一些刊物上，围绕着这一论题展开了深入的讨论。姜彬、王平凡、王松、黎本初、柯杨、潜明滋等都写了文章。姜彬就中国民间文艺学的方法论问题，分别在《文学报》和《民间文学论坛》上著文，着重论述了马克思主义和各学派的方法论体系的关系以及在马克思主义指导下批判地吸取中国古代和现代学术研究中的方法，形成中国民间文艺学的独特的民族方法的必要性与可能性。③王松以云南省民族民间文学取得的成就为例，指出中国民间文艺学应该冲破把民间文学只看作纯文学的框框，进行多方面、多角度、多层次的研究，并且要努力建立田野作业法作为中国民间文艺学的主导方法。④柯杨对于开展多层次、多角度研究，克服过去的单一的、平面的研究，发表了自己的见解："过去的研究工作，表层的研究比较多，深层的研究比较少；微观的研究比较多，宏观的研究比较少；封闭式的研究比较多，开放式的研究比较少；历史性的研究比较多，现实性的研究比较少。这一切，都与我们还没有能够真正建立一种科学的整体观和层次观有关。"由于民间文学是"集体劳动人民的历

① 周扬《努力提高我国民间文学研究的学术水平》，《民间文学》1984年第7期；又见《中国民间文艺研究会第三届第二次理事会文件汇编》，1983年12月编印。

② 该报告的理论部分以《民间文学理论建设刍议》为题，发表在《民间文学论坛》1984年第1期上；后收入《原始艺术与民间文化》，第108—115页，北京：中国民间文艺出版社1988年。

③ 姜彬《加强研究是当前民间文学工作的重要一环》，《民间文学论坛》1984年第2期；另见《吴歌及其他》，第242—249页，上海文艺出版社1985年。《民间文艺学中的方法论问题》（探索提纲），见《姜彬文集》第2卷，第489—496年，上海社会科学院出版社2007年9月。

④ 王松《关于建设中国式的民间文学理论体系的几个问题》，《民间文学论坛》1984年第4期。

史、伦理、宗教、文学、艺术和科学的集大成，具有一种'百科全书'的性质"，如果仅"从文学一角度去研究它，就如同只从一个侧面去观察它一样，很难认清它的全貌，我们强调多角度的研究，也就是要对民间文学进行主体的研究，从各个角度与侧面来全面地认识民间文学这个对象的特殊性及其产生、发展、演变的规律。"①对于中国民间文艺研究会和中国民间文学事业来说，中国民间文艺研究会的三届二次理事会是一个转折点，从此转移到了以理论研究、特别是以建设中国特色的民间文艺学及其学科体系为中心上来。

在有关建设有中国特色的民间文艺学的讨论中，对于中国民间文艺学应以马克思主义为指导同时吸收各派的长处以为自己的血肉这一重要原则上，是没有分歧的，如果说有分歧的话，那就是在打破以往的封闭状态进行多元吸收的过程中，某些学者对生吞活剥或不加分析地吸收一些西方学派的倾向颇有微词。在这场大讨论中，分歧观点大致集中在两个问题上：（1）有的学者认为，建立中国式的民间文艺学的命题本身就是站不住脚的，因为民间文艺学是一门国际性很强的学科，无所谓某一国家、某一民族的特点；（2）有的学者认为，强调多角度研究会削弱从文学的角度的研究，而民间文学主要是一种文学现象。主张这种观点的潜明滋说："从文学的角度去进行研究应摆在首要位置，并以此为立足点，吸收有关的其他人文科学的研究成果，以加强研究的深度。""不能半斤八两地对待多角度。""由于这几年对民间文学是一种文学现象的特性认识不够，片面强调它的所谓多功能性和'多角度'研究，致使这个领域和其他文学艺术领域的关系越来越疏远了。"②由于第一个分歧点尚属私下议论中的看法，因此，在报刊上没有展开讨论。多数文章认为，不同国家的学术界对某种共同的人文现象进行科学研究，当然会呈现一定的共同性。但是，由于各国和各民族的社会现实、文化现实、历史经历以及研究目的和研究方法的不同，其研究结果必然会呈现出或大或小、或强或弱的特色。多年来，由于我们对建立具有中国特色的民间文艺学的学科意识较弱，过分强调民间创作的内容，强调民间文学为政治服务，因而不仅把民间文学的艺术表现、形态学等忽略了、看轻了，甚至连民间文学反映社会生活的广阔性、与社会生活的其他方面的联系

---

① 柯杨《民间文学研究中的多层次多角度问题》，《民间文学论坛》1984年第4期。

② 潜明滋《对理论建设的几点意见》，《民间文学论坛》1984年第4期。

大大缩小了。关于多角度研究问题，经过讨论也为多数学者和实际工作者所接受。钟敬文说："关于这个问题，据说有人不大同意我的看法，主要理由是，多角度的研究会削弱（甚至于取消）民间文学的文艺性的研究，将导致这方面研究成果的损失。我认为对民间文学的多角度研究是根据学科对象本身的特点和要求而产生、发展的。它的得失，已经有世界科学史大量事实的证明。"①

　　1984年5月22—28日，中国民间文艺研究会作为全国民间文学搜集、保存、出版、研究的协调机构，在四川峨眉山召开了有18个省（直辖市、自治区）分会以及各研究机构、大学民间文学理论工作者参加的"民间文学理论著作选题座谈会"。这次座谈会的直接目的是贯彻落实中国民间文艺研究会三届二次理事会提出的加强理论研究，建设有中国特色的民间文艺学的决策，对全国民间文学理论研究进行规划，按照"全面规划，重点突破，落实措施，通力合作"以及普及与提高结合、微观研究与宏观研究结合、当前与长远结合等原则，制定选题，推动研究工作向纵深发展，不断开拓新的研究领域，改进和改善研究方法。②这次座谈会决定编辑出版一套《中国民间文学理论建设丛书》和一套《中国民间文学专题资料丛书》。第一套丛书《中国民间文学理论建设丛书》由中国民间文艺出版社陆续出版了以下几种：钟敬文的《新的驿程》（1987）、刘锡诚的《原始艺术与民间文化》（1988）、马学良的《素园集》（1989）、姜彬的《区域文化与民间文艺学》（1990）。第二套丛书《中国民间文学专题资料丛书》由于种种原因未能启动。中国民间文艺出版社于1989年撤销。新时期民间文学理论研究工作的发展与成果在这次座谈会之后的10年中才显示出来，除了陆续出版的一些供高校教学用的"概论"一类的著作外，在选题计划之中以及之外的一些专著选题，陆续编撰完成并得以出版。

　　民间文学理论著的出版证明了这次选题座谈会是适时的、重要的，使建设有中国特色的民间文艺学的构想在理论工作者中间深入人心。把这个构想变为现实，必须靠几代理论工作者和搜集工作者的努力才能达到。在这次"民间文学理论著作选题座谈会"上成立了以袁珂为会长的中国神话学会。

---

　　① 钟敬文《新的驿程·自序》，第7页，北京：中国民间文艺出版社1987年。
　　② 刘锡诚《发展我国自己的民间文学理论》，《民间文学》1984年第7期；又，《新的起点——民间文学理论著作选题座谈会纪要》，见中国民间文艺研究会研究部编《民间文学研究动态》，1984年第3期。

（二）民间文学概论的建设

民间文学是一种社会文化现象，又是一门人文科学学科。既然是一门学科，就要有理论和方法，对有关的种种现象、特点、问题、规律等作出规范性的界说和阐释。于是，"民间文学概论"一类的著作是时代的需要，便应运而生了。

回顾我国现代民间文学学术史上最早出现的这类著作，当推1927年由文学研究会成员徐蔚南编著、世界书局出版的《民间文学》一书。继之，陆续出版了杨荫琛的《中国民间文学概说》（华通书局，1930）、赵景深的《民间故事丛话》（中山大学语言历史学研究所，1930）、王显恩的《中国民间文艺》（广益书局，1932）、陈光垚的《中国民众文艺论》（商务印书馆，1935）等。

新中国成立十七年间，随着人民当家做了主人，民间文学的社会地位提高了，民间文学的研究著作理应有很大的发展，但实际上这类著作的出版并不是很多，总共只有赵景深的《民间文艺概论》（北新书局，1950）、匡扶的《民间文学概论》（甘肃人民出版社，1957）、乌丙安的《人民口头创作概论》（内部，沈阳师范学院教材科，1957）、东北五院校中文系编著的《民间文学概论》（内部，1959）和张紫晨的《民间文学知识讲话》（吉林人民出版社，1963）5本，而且或多或少地受到极"左"的、庸俗社会学思想的影响，机械地以阶级和阶级斗争划线，使理论的阐释常常带有机械唯物论和庸俗社会学的色彩。

"文革"后的历史新时期，思想解放，学术回归，民间文学的基本理论，逐渐摆脱庸俗社会学和机械唯物论的束缚，走上学科建设的道路。高校中文系普遍开设了民间文学必修课，应教学之需，民间文学概论的编写与出版出现了"井喷"之势。自1979年起，截止到2000年底，一共出版了19种"概论"，计有：张紫晨的《民间文学知识讲话》（上海文艺出版社，1979），乌丙安的《民间文学概论》（春风文艺出版社，1980），钟敬文主编的《民间文学概论》（上海文艺出版社，1980），段宝林《中国民间文学概要》（北京大学出版社，1981），朱宜初和李子贤合著《少数民族民间文学概论》（云南人民出版社，1983），刘守华的《民间文学概论十讲》（湖北教育出版社，1985），陶立璠的《民族民间文学基础理论》（广西民族出版社，1985），叶春生的《简明民间文艺学教程》（湖南文艺出版社，1987），吴蓉章的《民间文学理论基础》（四川大学出版社，1987），段宝林等主编

《中国民间文艺学》（文化艺术出版社，1987），张文的《民间文学入门》（花山文艺出版社，1988），刘守华的《故事学纲要》（华中师范大学出版社，1988），李景江等《中国各民族民间文学基础》（吉林大学出版社，1988），张紫晨《民间文艺学原理》（花山文艺出版社，1991），刘守华、巫瑞书合著的《民间文学导论》（长江文艺出版社，1993），周作秋《民族民间文学原理》（广西师范大学出版社，1993），汪玢玲《民间文学概论》（中央广播电视大学出版社，1994），张余的《民间文学与民俗学基础》（山西高校联合出版社，1994），高国藩的《中国民间文学新论》（河海大学出版社，1996），李惠芳的《中国民间文学》（武汉大学出版社，1996）。相比起"文革"前的同类著作来，这些"概论"在民间文学的阐释上有一些明显的变化，虽然各有不同。钟敬文主编《民间文学概论》是一部集体著作，集中了许多学者的智慧，出版时间较早，影响也比较大，它带头修正了50年代学界对"民间文学"是"劳动人民的口头创作"的界说，提出民间文学是"人民大众的口头创作，它在广大人民群众当中流传，主要反映人民大众的劳动生产、日常生活和思想感情，表现他们的审美观念和艺术情趣，具有自己的艺术特色。"这个界说的特点在于：其一，民间文学的创作者"人民大众"，既包括"劳动人民"——农民、工人和手工业者，也包括从事商业、游民等各行各业的市民阶层。其二，采用"反映论"的观点，认为民间文学是反映人民大众劳动生产、日常生活和思想感情，表现他们的审美观念和艺术情趣的口头创作。有别于西方某些民俗学者把民间文学仅仅看作是民俗生活的不可分割的组成部分的观点。尽管有批评说这个界说仍然带有浓厚的政治色彩，但笔者认为，这个界说既摆脱了机械唯物论和庸俗社会学的影响，又符合我国古典诗学和现代文艺理论对作为精神文化之一的民间文学的本质特点。在论述民间文学的基本特征时，虽然基本上延续了旧说，即集体性、口头性、变异性和传承性，但肯定民间文学的传承性，认为民间文学是传承的口头创作，这一点具有学科意义，因为此说排除了把新的创作看作是民间文学的可能性。

由于"概论"一窝蜂地出现，沿袭多而创新少，被讥为"概论思维"，故而从80年代中期起受到学界的批评和冷淡。

（三）学术会议

学术会议的兴起是新时期的民间文学界的新事物，也是推动学术研究进步的重要驱动力。这一时期民间文学领域里的学术会议，大致上可以分为三类：

1. 第一类：中国民间文艺研究会举办的学术会议

1981年5月12—17日中国民间文艺研究会在北京举行的第一届学术年会，以加强民间文学研究、探讨民间文学规律为中心主题。这次学术会议，是改革开放以来民间文学界首次举行的学术会议，是一次老中青三代学者大会师的学术会议。老一辈的学者有：常惠、钟敬文、萧崇素、容肇祖、于道泉、常任侠、杨堃、吴晓玲、马学良、魏传统、韩燕如、彭燕郊、贾芝、匡扶、罗永麟、毛星、蓝鸿恩、杨成志、王骧等。向大会提交论文和发言的有：钟敬文《论民族志在古典神话研究上的作用》、陈子艾《〈粤风续九〉与〈粤风〉的搜集、传播和研究》、程蔷《鲧禹治水神话的产生和演变》、乌丙安《洪水故事中的非血缘婚姻观》、潜明兹《神话与原始宗教源于一个统一体》、白崇人《试论神话与原始宗教的关系》、刘铁梁《劳动歌与劳动生活》、屈育德《传奇性与民间传说》、朱刚《从民间传说谈撒拉族族源》、萧崇素《美丽的传说　丰富的史影》、罗永麟《论白蛇传》、王骧《白蛇传传说故事探源》、刘守华《印度〈五卷书〉与中国民间故事》、刘魁立《欧洲民间文学研究中第一个流派——神话学派》、马昌仪《人类学派与中国近代神话学》、张紫晨《民间小戏的形成与民间固有艺术的关系》、宋德胤《论曹雪芹与民间文学》、汪玢玲《蒲松龄与民间文学》、段宝林《蔡元培先生与民间文学》、许钰《鲁迅对民间文艺理论的贡献》、张振犁《晚清顽固派的民间文学观》、车锡伦《封建神学对古代童谣儿歌的歪曲及影响》、蒋风《漫谈儿童文学与民间文学的关系》、朱宜初《论民间文学与宗教》、巫瑞书《民间诗人创作的民族形式与个人风格》、蓝鸿恩《人的觉醒》、柯杨《"花儿"溯源》、韩燕如《爬山歌的语言艺术》、黄永刹《壮族排歌放光彩》、张志姚《梅县客家山歌概述》等。[1]从大会上发表的论文可以看出，民间文学界的学者们已经走出了"文化大革命"带给我们的"左"的思想影响和教条主义学风，开始探讨和深入到民间文学学科的一些重要而敏感的领域。学界走出的这第一步，是十分可喜的一步。

---

[1]　《中国民研会首届年会纪略》，见中国民间文艺研究会编《民间文学工作通讯》1981年第7期。又林相泰《加强民间文学研究——中国民间文艺研究会举行首届年会》，见《光明日报》1981年5月22日。

　　1983年4月8—17日在北京西山举行的第二届学术年会，以探讨学科建设——建立中国民间文艺学为主题。[①]与会学者一致认为，我国的民间文艺学在老一辈学者的努力下，经营了几十年，到现在已经初步形成了一门学科，而且在高等院校中得到了承认，作为一门独立的学科来设置。在抢救学科中把民间文学作为一个重点抢救项目，这就显示了民间文学已经以一个独立的学科立于社会科学之林，并且发生了一定的影响。但也要看到，民间文学比起别的学科，如古典文学、历史学、语言学等，无论在研究队伍的数量和质量上，还是在研究历史的悠久方面，都是差得很远的。已经出版的几本《概论》，也有很多相似之处。要提高学科水平，就必须向专论发展，在神话学、故事学、传说学、歌谣学等各个领域，拿出高质量的专论来，才能使民间文艺学学科有所进步。会议批评了把民间文学学科看作是其他学科的附属品的倾向，例如把民间文学混同于一般文艺学；也批评了在加强边缘学科的研究中出现的"太边"的倾向。要在多学科综合研究的实践中，建立起一套本学科的研究方法和学术体系。学科建设包括实践和理论两个方面，只谈理论研究而忽视材料的调查和占有是不够的。理论研究工作者要更多地深入实际，掌握第一手材料；实际工作者要更多地钻研理论和提高学养。学科建设，既要立足于本国的民间文学理论文献的整理和研究继承，也要学习和借鉴外国的民间文学的理论成果和研究方法。"国外的研究侧重的是民间文学的结构、形象的演变、体裁的起源、流传的过程等方面的认识，而我们则在挖掘作品的内涵和它的思想、形象本身的美的方面，出现了许多质量比较好的论文。因此，对国外研究的借鉴，要抓根本，搞清什么是他们的高峰和精粹，抓住他们学派里经典性的、奠基性的著作，而不要拿那些枝枝节节的东西来作点缀，赶时髦。同时，对国外的经验、学说，也不能生吞活剥、生搬硬套，而要从我们的现实引出自己的结论，创造出符合我国实际情况的学说。"[②]

　　钟敬文在会上作了《建立新民间文艺学的一些设想》的长篇讲话，阐述了他对学科建设的思考。他在回答自己向自己提问"建立一种什么样的民间文艺学"时，给"民间文艺学"下了这样的定义："以马克思主义为

---

　　①　《中国民研会第二届年会及八三年工作会议大会简报》（1—7期），中国民间文艺研究会编《民间文学工作通讯》1983年第5期（总第67期）。4月11日上午，钟敬文向大会作《关于建立我国民间文艺学的设想和意见》的报告。

　　②　肖旭《把民间文艺学的建设推向一个新阶段——第二届年会关于"学科建设"讨论侧记》，见《民间文学论坛》1983年第3期（总第6期）。

指导的、从实际出发的、具有中国特色的、系统的民间文艺学。"其中对
"从实际出发的"所作的阐释是："这是一般科学研究的当然态度，即一
种实证精神。"①

　　1985年4月29日—5月4日在北京举行的第三届学术研讨会，以"中国
各民族的传说"为主题。②与会者宣读的60多篇论文中，探讨传说理论的不
多，只有巫瑞书的《传说探源》、刘晔原的《论历史人物传说形象构成》
等寥寥几篇，多数是关于某地的风物传说、历史人物传说、文人传说、风
俗传说、山川地理传说、道教神仙传说等的，整体学术水平不高，提出学
术新见的实属罕见，能在学术史上留下来的委实不多。这次以传说为主要
议题的学术会议之所以乏见高水平的学术论文，固然因为专家学者参会的
不多，多为地方基层文化工作者，即使参会的专家，所撰论文也多半不是
长期研究的结果，而是临时应景之作，重要的是，印证了两年前第二届学
术会议上很多学者对我国民间文学学术水平的担忧，以及呼吁从"概论"
思维转到"专题"研究上来的正确性。

　　1988年3月23—25日举行的第四届学术研讨会，以民间文学的基本理
论为主要议题。内地各研究机构和高等院校以及香港的68位老中青专家学
者，从不同地方聚首于改革开放前沿的珠海（白藤湖）和深圳，围绕着即
将到来的21世纪民间文学的走向、建立中国民间文艺学体系、民间文学的
理论、观念、方法以及流派等民间文学基本理论问题，各抒己见，展开热
烈的学术研讨。《民间文学论坛》编辑部记者兰叶在长篇报道中评论说：
"会议宣读的61篇论文，对于观念的深化、体系的建立以及研究目的、心
态、方法上的各家独到、富有见地的宏论，令人感到欣喜和乐观。"③本次
研讨会关注的几个重要学术问题是：

　　（1）民间文学在当代的走向问题。鉴于本年度晚些时候即将在意大利
戈里齐亚召开的第一届世界民间文化大会已经把"民间艺术与民间文化在
世界各国和各地区目前所处地位及对2000年的展望"作为大会主题，即将
到来的新世纪民间文学及其研究工作的走向，自然也就引起了第四届学术

---

　　①　钟敬文《建立新民间文艺学的一些设想》，见《民间文学论坛》1983年第3期
（总第6期）。

　　②　刘晔原《中国民间文艺研究会在北京召开第三次学术讨论会》，中国民间文艺
研究会研究部编《民间文学研究动态》1985年第4—5期（总第10—11期）合刊，第1—
3页。附：大会入选论文目录。

　　③　兰叶《新的视点——全国民间文学基本理论学术研讨会侧记》，见《民间文学
论坛》1988年第4期（总第33期）。

会议与会民间文学专家学者们的关注和思考。有些与会学者指出，工业社会对民间艺术和民间文化走向的强大影响是世界性的，中国正在加入工业和商业世界大循环的行列，我国当代社会条件下，由于经济基础的巨大变化，通讯技术的发展和信息量的扩大，民众对文化的选择更加多样了，故而民间文学（民间文化）可能出现三种趋势：其一，内部结构发生变化，尤其是民间故事的类型发生变化，而民间艺术将日益兴旺；其二，特征上的变化，一方面越来越大众性、娱乐性；另一方面，民间文学将作为一种资源加入到商品经济的行列中去，形成新的竞争机构。其三，多元结构。如果民间文学不能在新的形势下体现出自己的特点，将会失去传统的地位逐渐消亡。也有学者指出，民间文学不会消亡，优秀的民间文学富有永恒的生命活力，有其稳定性和持久性，在商品经济和工业社会条件下，会通过转型和整合等方式使其更富生命力。不论哪种观点的学者，一致认为，民间文学研究界要树立危机意识，要密切关注一切新的民间文学形态加强对转型的民间文学的研究。

（2）关于学科体系的建构问题。建立中国特色的民间文艺学学科体系问题，第一、二两届学术研讨会上都曾得到广泛关注，这次会议的讨论中小有突破。大家认为，虽然民间文学是国际性学科，但中国民间文艺学在世界上是有独具的特点的。我们应从中国实际情况出发，重中国特色，充分利用我们在研究资料上占有的优势，不闭关自守，注意吸收国内外新的理论和成果，真正建立起具有中国特色的民间文艺学体系。马名超、郭崇林强调：建立中国民间文艺学的第一要务，在于科学的民间文艺资料的建设。《中国民间文学三套集成》的作业和成就，提供了对中国民间文艺学本体特征的再认识的可能。张振犁阐述了科学考察对于建立民间文艺学体系的重要性："要建立中国特色的民间文艺学，需要有大量坚实的民间文学资料做基础。否则，研究对象的可靠性缺乏保证，就是在沙滩上建立学科体系。"

（3）对传统思维定势的反思。杨知勇大会发言指出：民间文学研究要进入深层研究。其核心问题，是必须把人作为中心，必须重视民间文学的主体性，重视民间文学所体现的价值观念，而这个问题的解决，又必须冲破传统思维定势的束缚。长期以来，研究者们习惯于强调文学艺术反映现实的功能，而忽视了审美主体在艺术创作过程中的积极性、主动性与创造性。民间文学除了它独具的集体性、变异性等特征以外，另一重要特征，是与宗教的关系甚为密切。调查表明，人们并不因为经济状况的改变而放弃对宗教的信仰。反映论、唯生产论不能涵盖一切民间文化现象。事实说明，人们的许多意识仍然受着原始意识和传统观念（集体无意识）的支配。对传统思维定势进行反思的观点一经提出，在与会者中间引起了强烈反响。许多学者赞同，克服传统思维定势的束缚、突破不合理的理论模式，是本学科走向深化的关键。

（4）民间文学研究学派问题。许钰从历史的回顾和宏观的审视出发，将我国民间文学研究分成三个流派：单一民间文学派（文学角度）、复合派（人类学、文艺学方法的结合）、综合派（以民间文学为对象，无论用何方法，宗旨在民间文学）。刘晔原从研究者的学术观点、研究方法着眼，将民间文学研究划分为民俗学派（有历史传统、重田野作业、重遗留物、受人类学影响）和文学派（历史更为悠久、新中国成立后发展到极致）、民族学派（20世纪初已形成、调查材料科学）和俗文学派（在实践中突破模式、创造了自己的特点）。与会者一致认同，学派问题是一个需要研究的问题。民间文学研究的学派，将伴随着民间文艺学体系的建设的始终。

研讨会上还涉及民间文学研究的现代化、特区民间文学的新风采等问题。本届学术会议，立足实际，深化思考，在民间文学的若干基本理论问题上，有所推进。大会论文，部分选登在《民间文学论坛》上。①

所惜的是，中国民间文艺家协会连续主持召开了四届的全国性学术研讨会，于1990年后中断了，笔者没有在报刊上看到继续举办全国性的民间文学学术研讨会的报道。取而代之的，是由各省市民间文艺家协会的协作组织举办的一些地域性的学术会议。如吴语地区的江、浙、沪两省一市民间文艺家协会从1981年起每隔两年举行一次吴歌学术研讨会，至1995年一共举行了六次，其主题大都围绕着吴歌与吴文化。此外，两省一市民协还举行过白蛇传（1984）、孟姜女（1986年6月）的学术讨论会，浙江省民间文艺家协会举行过两次（1991年12月、1993年12月）防风神话学术研讨会。北方地区的十省市（北京市、辽宁省、吉林省、黑龙江省、内蒙古自治区、山西省、陕西省、河北省、河南省、天津市）民间文艺家协会从

---

① 《民间文学论坛·全国民间文学基本理论学术研讨会特辑》：《我们需要活力、发展和生机》（刘锡诚）、《区域文化与民间文艺学》（姜彬）、《民间文艺学的中国特色问题》（段宝林）、《论科学考察与民间文艺学》（张振犁）、《民间文艺学流派漫谈》（许钰）、《论〈集成〉作业与中国民间文艺学体系的构筑》（马名超、郭崇林）、《进入深层研究的必由之路》（杨知勇）、《民间文学研究的科学风度》（程蔷）、《文化的选择与重构——兼论传统文化与现代生活》（丁守璞）、《在文学表象的背后——民间文学本体论思考提纲》（毕尔刚）、《试论深圳新民俗文化——兼议中国民间文学的现代化发展方向》（杨宏海），1988年第4期（总第33期）。

1992年起，先后在山西省太原市（主题是麦黍文化与民俗）、河北省石家庄市（主题是庙会文化）、河南省汝阳县（主题是酒文化）、吉林省长春市（举办北方民间文学评奖）、北京市（主题是新民俗）举办过五届"北方民间文艺协作区理论研讨会"，但所研讨的问题，多半不再是民间文学问题，而转向了民俗问题。1996年4月22—28日，中国民间文艺家协会和中国通俗文艺研究会联合在北京承办了"国际叙事文学研究会北京学术讨论会"。其主题是：一、民间叙事文学的地方性、民族特点与同一性；二、民间叙事文学新形式的发展：新材料、新理论；三、方法论。

2. 第二类：中国民间文艺家协会及其分会、研究机构或民间社团举行的专题性学术会议

中国神话学会于1987年11月在郑州举办的"中国神话与中国文化"学术讨论会；中国神话学会与山东省文联于1990年5月26—31日在济南市联合举行的"中国齐鲁神话讨论会"；中国故事学会于1986年在沈阳市举行的"民间故事与故事家"学术讨论会；中国社会科学院文学研究所于1984年在湖北省咸宁举行的"机智人物故事"学术讨论会和1985年5月在南通市举行的"神话理论"学术讨论会[1]；中国社会科学院少数民族文学研究所于1987年在内蒙古海拉尔举行的"阿尔泰语系叙事文学与萨满教文化"学术讨论会[2]；新疆维吾尔自治区文联等三单位于1990年12月26—28日在乌鲁木齐市举行的"首届中国史诗《玛纳斯》研讨会"；1994年9月26—29日，又由新疆维吾尔自治区文联民间文艺家协会与《玛纳斯》工作领导小组在乌鲁木齐市联合举行的史诗《玛纳斯》国际学术讨论会[3]；第一届（1989，成都）、第二届（1991，拉萨）、第三届（1993，呼和浩特）《格萨尔》国际学术讨论会；《民间文学论坛》编辑部于1985年5月8—11日在南通市举行的"田野作业与研究方法"座谈会；山东民间文艺家协会于1988年11月28—30日在枣庄市举行的"秃尾巴老李学术讨论会"；河北省文联于1991

---

① 刘魁立、马昌仪、程蔷编《神话新论》（1985年南通"神话理论学术讨论会"论文集），上海文艺出版社1987年2月第1版，上海。

② 仁钦道尔吉、郎樱编《阿尔泰语系民族叙事文学与萨满文化》（学术会议论文集），呼和浩特：内蒙古大学出版社1990年。

③ 《玛纳斯》学术研讨会（1990）和国际学术研讨会（1994）的情况，见阿地里·居玛吐尔地《〈玛纳斯〉国内外研究概述》，《新疆民间文学30年》（内部资料），2000年。又见"中国民族文学网"—— http://iel.cass.cn/news_show.asp?newsid=8870&detail=1。

年5月11—17日在藁城市举行的"中国耿村故事家群及作品和民俗活动国际学术研讨会"；中国俗文学学会、天津社会科学等单位于1990年11月2—4日在天津市联合举行的"首届全国宝卷子弟书研讨会"；等等。

3. 第三类：以某一民族的民间文学为主题的学术讨论会

云南民族文学研究所与中国民间文艺研究会云南分会于1981年举行的"傣族文学学术讨论会"[①]；中国民间文艺研究会浙江分会于1984年在温州举行的"畲族民间文学讨论会"；湖南省民间文艺家协会、湘西州民委等单位1990年10月20—23日在湘西土家族苗族自治州泸溪县联合召开的"全国槃瓠文化讨论会"[②]；云南大学西南边疆经济文化研究中心与红河哈尼族彝族自治州民族研究所于1993年2月28—3月5日在红河联合召开的"首届哈尼族文化国际学术讨论会"[③]等。这些以一个主题为议题的学术会议，由于讨论的问题比较集中，与会学者一般都是这一行的专家，故而对问题的探讨比较深入。这些学术会议都有论文集问世。

4. 学术会议对提高学科意识的启示和推动

学术会议的召开，增强了民间文学界的学科意识，为学科建设扫清了障碍。长期以来，中国民间文学界学科意识是薄弱的，学科建设裹足不前，首先来自"左"的思想的束缚和教条主义的影响。例如在研究工作中，往往以今天的某些思想要求（而且这些思想要求未必就是对的）或价值观去衡量作品中的思想倾向和社会意义，从而作出极其简单的价值判断，无非是"主题思想是积极的（或消极的）"一类僵死的套式，无法深刻地认识民间文学的本质。学科的特点和规律，被政治的和社会的概念代替了，从而学科也被取消了。教条主义的态度随处可见，往往喜欢用马列主义中的一些结论简单地套在中国的民间文学实际上，而不愿意从实际出发、从中国民间文学的具体情况出发，概括、提炼出合乎实际情况的结论

[①] 左玉堂《傣族文学学术谈论会在昆召开——讨论繁荣傣族社会主义文学等问题》，《云南日报》1981年10月15日；《傣族文学学术谈论会在昆明举行》，《山茶》1981年第4期（12月5日）。《山茶》编辑部编《傣族文学讨论会论文集》，北京：中国民间文艺出版社（云南版）1982年。

[②] 姚本奎、龙海清主编"1990年全国盘瓠文化讨论会论文集"《盘瓠文化探源》，长沙：中南大学出版社2004年。

[③] 李子贤、李期博主编《（1993）首届哈尼族文化国际学术讨论会论文集》，昆明：云南民族出版社1996年。

来。比如马克思在《〈政治经济学批判〉导言》里所说的关于神话的那一段著名的话，中国民间文学界在很长一段时间里，几乎是把它当作不容置疑的定义来对待的，这样做的结果，在一定程度上阻遏了中国民间文学理论家们根据本国的神话材料进行创造性的研究，提出新见。这倒不是说马克思的见解有什么误差，而是说中国学术界简单地把马克思的言论移植过来了事。这种现象一直延续到80年代初还存在。钟敬文先生就此指出："我们知道，当时（1857）他已经是一个马克思主义者，所以他的话是符合他和恩格斯所创立的主义的。而且说得的确很精彩。但同时我们也要看到，马克思写下这些见解的时候，欧洲的'近代神话学'还处在酝酿阶段，稍后比较得势的语言学的比较神话学，这时还未出世（这方面有代表性的著作《火与酒神的由来》的出版，就在它的后两年），人类学派的神话学的出现更在其后。后来不断产生的许多神话理论就更不用说了。而且马克思的那些意见，并不是在专门研究神话的著作里说的，只是他在谈到历史上社会经济与文化的发展不一定平衡的问题，举出希腊古代的神话和史诗作为例证罢了。"①新中国成立十七年间，中国民间文学界的教条主义倾向和"左"的思想影响所造成的庸俗社会学观点的盛行，从根本上说，也是因为民间文学队伍的理论修养不高、知识结构不合理等造成的。因此，在粉碎"四人帮"之后，特别是在中共十一届三中全会之后，民间文学界和全国其他行业一样，面临着一个拨乱反正、正本清源的严重任务。中国民间文艺研究会举办的第一届、第二届学术研讨会就是在这样的条件下召开的。不少理论工作者从不同的角度批评了对待马克思主义的这种教条主义态度，批评了政治上"左"的思想和庸俗社会学观点对民间文学理论界的影响，扫清了学科建设的障碍，使学科意识得以萌发。②

第二届学术讨论会作为"学科建设"讨论会，还提出了一些学科建设方面的深层问题。例如中国民间文学界的结构和中国民间文艺学建设的关系问题。中国民间文学界的队伍是由两部分人组成的，一部分是从事理论研究的人员，这部分力量几十年来虽已形成了一些骨干，但是，无论是和我国民间文学的现状相比，还是从当前的需要来说，这部分力量都是薄弱的，不相适应的，而且这些人员由于缺少长期的田野调查的经验和素养，往往不能直接了解实践中出现的问题。而另一部分人员是从事地方基

①　钟敬文《建立具有中国特点的民间文艺学》，《新的驿程》，第126—127页。
②　参阅《把民间文艺学的建设推向一个新阶段——第二届年会关于"学科建设"讨论侧记》，《民间文学论坛》1993年第3期。

层文化工作的同志，这部分人数众多，工作热情高，干劲大，但由于日常工作繁忙，他们把民间文学工作当作一般文化或文学工作来对待，缺乏理论的学养，对实践中出现的问题（如在搜集整理中遇到的问题），往往不能作出分析，从理论的高度加以解决，更谈不上高屋建瓴地发展理论。相应地，学科建设是由实践和理论两部分组成的，只谈理论研究是不够的，因为理论研究工作必须有相当深厚的基础和各方面的准备，尤其是民间文艺学这门学科是一门实践性很强的学科，必须在占有大量资料（特别是实地考察的资料）的基础上才有可能进行。中国民间文学界的这种先天的弱点，也在一定程度上给中国民间文艺学体系的建立与发展带来了困难。有的学者已经提出，中国特色的民间文艺学的建立，一方面，要求理论工作者树立在科学理论指导下的田野考察基础，这是最为基本的方面；另一方面，有效地提高实际工作者的理论修养和学科意识。①只有这两个轮子前进的速度比较一致了，学科的发展才算是具备了较好的条件。

1988年在深圳举行的全国民间文学基本理论学术研讨会即第四届全国民间文学学术研讨会，在探讨民间文学的基本理论时，给予研究工作者传统思维定势的反思以关注。学者们认为，用反映论概括一切文学现象；用生产力决定论判定民间文学的价值，这两种表现形态的思维定势，对民间文学理论研究的创新与探索是很不利的。②改变思维定势，更新观念，既不是可做可不做的事，也不是一个人两个人的事，而是中国民间文学理论界普遍面临的选择。

几次学术会议都有一个共同的结论性的看法：今后学科建设应重视由"概论"向"专论"发展和过度，提倡开展专题研究、撰写专题论著。第二届全国民间文学学术会议（1983）、全国民间文学理论著作选题座谈会（1984）都重申了这个意见，这个意见也得到了许多理论工作者的认同。作为这个意见的补充，"概论"式的研究同样是必要的，也应该进行研究和给予重视。中国的民间文艺学在老一辈学者的努力下，到80年代，已经初步形成为一门学科，在科研机构和高等院校中得到了承认，作为一门独立的学科来设置。在抢救学科中，把民间文学作为一个重点抢救项目，立于社会科学之林。民间文学作为一门独立的学科，受到国家的重视，不仅培养了相当数量的硕士研究生，现在又有了博士研究生。一些科研项目和"中国民间文学三套集成"，经全国社会科学

---

① 张振犁《论科学考察与民间文艺学》，《民间文学论坛》1988年第4期。
② 杨知勇《进入深层研究的必由之路》，《民间文学论坛》1988年第4期。

规划领导小组批准，列为国家"六五"、"七五"和"八五"计划的重点项目。令人惋惜和不解的是，到90年代后期，国家有关领导机构却又将民间文学降低为三级学科，那么多学者和文化工作者多年为抢救学科所作的努力，再次毁于一旦！

从五四新文化运动中民间文艺学诞生至今八十多年来，经几代学者的共同努力，民间文学的搜集和研究都取得了一定的成绩。国家进入改革开放以来的二十年间，在出版了大量民间文学作品的同时，相继出版了一批供高校教学用的民间文学教材。这些综合性的民间文学概论的出版，说明民间文艺学这一学科已经具备了较为完善的学术体系。当然，与古典文学、历史学、语言学、考古学等学科比起来，民间文艺学仍然是一门年轻的学科，是一门刚刚获得独立的边缘学科，无论在研究队伍的数量和质量方面，还是研究的历史和专著的积累等方面，都还是薄弱的。特别是缺乏大量的各类专著作为学科的雄厚支柱，而且仅就已经出版的这些概论、通论而言，相沿居多，创新嫌少，要想突破已经形成的模式，也还有一定的困难。因此，要提高整个学科的学术水平，就面临着研究范式的转换，必须有计划地由概论、通论向专论过渡，提倡在神话学、故事学、传说学、歌谣学等各个学术领域，拿出高质量的学术专著来，只有出现了一大批学术水平较高、眼界开阔、方法新颖的专著，中国民间文艺学才算站稳了脚跟，才能在社会科学和人文科学中占据一席之地。提倡专著、专论，不等于排斥或忽视基础性研究、普及性著作、知识性著作的写作与出版。专论、专著上去了，概论就会在这个基础上"更上一层楼"，就能达到出新意的期望。问题的关键在于要处理好宏观研究与微观研究、总体研究与支学研究、高精研究与普及研究、理论研究与应用研究这诸多方面的关系。

新中国成立以来，民间文学课程的普遍开设，专业教师的成长和增加，使这门学科在我国高等院校中站稳了脚跟。但也要看到，由于学科的依附性很普遍，设立独立教研室的学校不多，民间文学教师也多寄居在现当代文学或古代文学教研室里，因此高校很难单独或联合举办学术研讨会。在这种格局下，各个民间文学专业团体举办的各种名目的学术会议，推动了民间文学的多向研究，发挥了重要作用。80年代中期发表的一些民间文学学术论文，除了从文学的角度、用文学研究的方法研究以外，从文化人类学的角度、运用文化人类学的方法进行研究的，一时成为一种新的浪潮或趋势，并给在困惑中的民间文学研究注入了生机。向文化人类学延伸借鉴，并不是一桩坏事。一则因为文化人类学是人文科学中较全面、完整地把人作为研究对象的一门学科，当今世界人文科学中出现了许多学科向其靠近的趋向；二则在人文科学和社会科学各学科之间分工趋于细而严的时代，正向着相互交叉和模糊界限的趋向过渡，民间文艺学想再保持那种井水不犯河水的君子风度，已经是不可能的了；过去我们一向学习和借鉴的苏联民间文学学术研究，其实早已在我们之前与文化学、文化人类学（民族学）挂了钩，而且许多享誉世界的著述，都是融文化学、文化人类学理论和方法在内的多学科研究成果。现在，引进和借鉴文化人类学的理论与方法，已经不再被认为是怪物了。但，研究角度的拓展，并不意味着民间文学的本质发生了变化，民间文学仍然是人民的文学，是一种有别于作家文学的特殊的文学。

当代世界是一个信息时代，技术革命时代。一切人文科学正在或将要爆发出自身的活力以适应时代的变革和人类的进步。中国的民间文艺学研究，在当前经济改革和政治体制改革的大潮中，如何摆脱封闭、停滞、僵化、孤立的状态，进入现代的更高层次，无疑是学科发展面临的又一问题。

深圳民间文学基本理论学术研讨会，在民间文学研究与当代这个问题上形成的共识有两点：第一，这需要不断反思，更新观念，摆脱妨碍和束缚学术前进与提高的非科学和反科学因素，克服封闭意识，自足意识，积极与世界对话，广泛地吸收国内外新的理论与研究方法，从中国的实际情况出发，实事求是地进行理论概括。[①]妨碍科学研究的非科学化倾向，危害最烈的，莫过于狭隘的和短视的功利主义。这种狭隘的和短视的功利主义非科学态度，不仅把学者们的某些具有科学价值的思考扼杀在胚胎和萌芽状态之中，而且还造成了或助长了研究工作的庸俗习气。[②]第二，民间文艺学研究不应当仅仅在人类的历史生活中搜珍求异，而应当在关注过去时代的民间作品与文化现象的同时，关注今天人民生活中产生的新作品和传统作品在新时代的变异，应当密切注意和探讨民间文学在当代生活中的地位和作用。不能设想，一种与当代人民生活和思考无关的学科，能够从自身爆发出活力来。人民需要学者们从原始艺术文学、从民间文学去研究人类早期社会的简单细胞，人民更需要学者们从当今的民间文学现象和民间文化现象的研究中回答当代所关心的问题。

---

① 　马昌仪《中国神话：寻求与世界的对话》，《北京师院学报》1988年第3期。
② 　程蔷《民间文学研究的科学风度》，《民间文学论坛》1988年第4期。

（四）学术期刊的繁荣

中外历史业已证明了，办好一家有学术品格的期刊，能开创和代表一个学术时代。民间文学理论研究期刊和丛刊的创办，是新时期民间文艺学的研究局面飞跃发展的重要标志之一。这固然是由于客观上具备了办刊的条件，包括形成了能够实现1956年就提出而迄未实现的"百花齐放，百家争鸣"这样一种生动活泼政治局面；但更重要的是，民间文学事业本身已经积聚了一种强劲的内驱力，包括一种强烈的科学意识和一支比较成熟的作者队伍。新中国成立十七年间没有条件创办民间文学理论研究刊物，而进入新时期，在新的政治、文化条件下，多种民间文学的理论研究刊物诞生了。

《民间文学论坛》，1982年5月创刊，中国民间文艺研究会主办。在北京出版。始为季刊。从1985年第1期（即总第12期）改为双月刊，出至1992年第6期（即总59期）。从1993年第1期（即总第60期）起又改为季刊。到1998年底，出至总第83期。[①]从1999年起，改为《民间文化》，虽然还延续出刊总期号，但已不再是学术刊物，而变成了一家通俗性的、时尚性的民俗学期刊。《民间文学论坛》出刊16年的历史证明了，它的创办，以及编者和作者的支持，使它成为20世纪80年代中期到90年代中期中国民间文学学术思潮和学术成就的标志。在它的周围，团结和培养了一大批中青年民间文学学者，铸造了一个民间文学研究初步繁荣的时代。

《民间文艺集刊》于1981年11月在上海创刊。中国民间文艺研究会上海分会主办。始为半年刊，自1986年第1期（总第9期）起改为季刊，刊名也改为《民间文艺季刊》；从1988年起建立编委会，姜彬为主编，王文华、陈勤建为副主编。从1991年第1集起改名为《中国民间文化》，另行编号，每年出4本。从1995年第1集（总第17集）起改为每年出两本。至1997年底出至第22集后停刊。

《民族文学研究》，1983年11月15日在北京创刊。中国社会科学院少数民族文学研究所主办。始为季刊。自1986年第1期（总第10期）改为双月刊。设有"民间文学论坛"专栏，发表少数民族民间文学研究文章。2000

---

① 《民间文学论坛》历届主编情况如下：1982年第1期—1983年第2期（总第5期），主编贾芝，副主编陶阳；1983年第3期（总第6期）—1987年第6期（总第29期），主编陶阳；1988年第1期（总第30期）—1991年第2期（总第49期），主编刘锡诚；1991年第3期（总第50期）—1994年第1期（总第64期），主编冯君毅；1994年第2期（总第65期）——1998年第4期（总第83期），主编刘魁立、贺嘉。

年最后一期即第6期，为总第82期。

《学术之声》——《北京师范大学学报》（社会科学版增刊），北京师范大学中文系主编。刘锡庆主编。部分版面发表该校中文系民间文学教研室教师的民间文学文章。仅就笔者看到的有：第1期，1988年8月；第2期，1988年11月；第3期，1989年？月；第4期，1989年4月。

《民俗研究》，1985年10月试刊一期，1986年6月正式创刊。山东大学（先为社会学系，继而为民俗研究所）主办。季刊。部分版面发表民间文学论文。2000年最后一期即第4期，为总第56期。

《民间文学研究》，1984年创刊。河北省民间文艺家协会与河北大学民间文艺研究室主办。内部刊物，双月刊。在保定出版。出至1989年第4期停刊。

《边疆文化论丛》，年刊，中国民间文艺研究会云南分会、云南省民间文学集成编辑办公室、云南省社会科学民族文学研究所、中国少数民族文学学会云南分会编。编辑组成员有：杨知勇、张福三、佘仁澍、史军超。第1辑（312页），云南民族出版社，1988年8月；第2辑（200页），中国民间文艺出版社，1989年9月；第3辑（256页），改由云南省民间文艺家协会、云南省民间文学集成编辑办公室编，1991年7月内部出版。编辑组长杨知勇，成员有：佘仁澍、张福三、史军超、阿罗。第3辑出版后即停刊。作为《边疆文化论丛》的前身，中国民间文艺研究会、云南省社会科学民族文学研究所、中国少数民族文学学会云南分会还曾于1986年12月编辑、由云南民族出版社出版一本《云南民间文艺源流新探》，编辑组成员有杨知勇、张福三、史军超、佘仁澍，收民间文学论文35篇、序言一篇，306页。

除此而外，许多省、自治区、直辖市的社会科学刊物，特别是民族研究刊物和大学学报，也有相当篇幅发表有关民间文学的理论研究文章和田野调查报告。这些学术期刊的编辑发行，有力地促进了民间文学学术思潮与学术探讨的发展，推动了学术成果的产生与理论人才的成长。学术期刊的兴办与学术思潮的关系极为密切，而且二者互为促进、相得益彰。期刊办得好、质量高，仰赖于它的编者能在学术思潮的涌动中得风气之先，以刊发高水平的文章而推波助澜；反过来，学术思潮十分活跃，就能促使期刊编者勇于创新、敢于探索，从而推动学科健康地发展。尽管由于种种原因，有的期刊停刊不办了，但凡是办得好的期刊，就是这样走过来的。民间文学理论期刊的创办，大大推动了民间文学理论研究领域的拓展、观念和方法的更新。

第六节　民间文艺学的学科建设（下）

　　建立中国特色的民间文艺学体系，是民间文学界在"文革"结束后总结"十七年"的经验教训和在对历史的反思中得出的一个结论。怎样建立我国自己的民间文艺学和建立一个怎样的民间文艺学，却不是一件可以一蹴而就的事情。除了一些学术会议上提出的提倡有组织地开展科学的田野调查，以获取翔实可靠的民间文学资料，建立科学的资料学，培养一支有一定数量、修养有素的研究队伍（周扬1983年12月在中国民间文艺研究会第三届二次理事扩大会上提出要培养我们自己的硕士和博士）、加强理论研究的规划（选题和出版）等外，至关重要的是，系统地整理和研究中国古典文论以及中国现代文学史和民间文学学术史的遗产的同时，研究和介绍外国古典的和现代的学术成就，全面地而不是片面地借鉴外国民间文艺学的成果和经验。

（一）对学术史的再认识（上）

　　20世纪二三十年代，在我国民间文艺学的滥觞时期和奠基时期，民间文艺学家们翻译介绍了许多外国民间文艺学和民俗学的理论著作，特别是英国的人类学派的著作，当然还有日本的、德国的、法国的民俗学著作，这些著作曾经给了我国学者们开展民间文学的搜集和研究以利器。许多知名的作家和学者，包括周作人、鲁迅、茅盾、郑振铎……一大批知名的作家和学者，都或多或少地受到过人类学派的影响。十年的"文化大革命"，是一场空前的文化浩劫，在"大批判"和"破四旧"的口号下，不仅使我们数典忘祖，学术研究出现了严重的断层，而且长时期的闭关锁国政策，使我们不了解外国人文学术研究的历史和现状。于是，对外国的学术史及其在中国的影响的再认识和当代新进展的介绍和引进，就成了历史发展的要求。

　　刘魁立关于欧洲民间文化史的系列论评文章，就是在这样的社会和学术背景下应运而生的。他青年时代留学于苏联，就读于莫斯科大学俄罗斯语言文学系，师从著名民间文学专家契切洛夫、鲍米兰采娃等教授，学习民间文学课程。1957年在《民间文学》（6月号）上发表了第一篇民间文学论文《谈民间文学的搜集工作》，因主张记录民间作品时要求"一字不移"而带有的"科班"色彩，而引发了关于民间文学搜集整理问题的讨论。新时期以来，他连续发表了《世界各国民间故事类型索引述评》《欧洲民间文学研究中的第一个流派——神话学派》《欧洲民间文学研究中的流传学派》《〈金枝〉论评》《缪勒和他的〈比较神话学〉》《泰勒和他的〈原始文化〉》《历史比较研究法与历史类型学研究》[①]等介绍和评述欧洲和苏俄民间文学的学术史的系列论文，与他策划并主编的《原始文化名著译丛》相配合，填补了我国民间文学界的空白。他在《刘魁立民俗学论集》自序里说：

（毛星主编）《中国少数民族文学》付排以后，我便有时间放开思想思考问题。我感觉到，长时间对国外的学术发展闭目塞听的封闭状态，使我们缺少了参考和比较，限制了中国学者才智的发挥；教条主义和经验主义的思想方法，使我们进步缓慢，研究难以深入，甚至使我们的许多优长也渐渐失去光泽，有的甚至变成不断重复的陈词老调。大家都痛感有尽快改变这种落后状况的必要。为此，首先要运用科学的、辩证唯物主义和历史唯物主义的理论和方法，深入实际，全面掌握和分析民间文化的现实状况和真实材料；同时还要总结和借鉴人类智慧之光已经照亮的科学发展道路，包括中国学者和外国学者已经走过的探索历程。有鉴于此，我开始研究欧洲民间文化研究史问题，并着手撰写这方面的系列论文。评论神话学派、流传学派等文章就是这样写成的。

为了认识和分析当代外国的五光十色的新理论、新观点，我认为有必要以简捷的办法和较快的速度追视其历史，明了其根源，这样才不致于在这些新论调的绚丽的外衣和炫目的光彩面前感到困惑莫解。于是，1985年开始，我策划主编了一套《原始文化名著译丛》，希望能把欧洲民间文化研究最基本的理论著作介绍给国人，尽快填补这一空白，免去学人再在二三流著作上花费更多的精力和时间。我希望我国学界能在较短时间内迎头赶上，充分利用我国的优越条件，做出我

---

① 《世界各国民间故事类型索引述评》，见《民间文学论坛》创刊号，1982年5月，北京；《欧洲民间文学研究中的第一个流派——神话学派》，见《民间文艺集刊》第3辑，上海文艺出版社1982年；《欧洲民间文学研究中的流传学派》，见《民间文学论坛》1983年第3期，北京；《〈金枝〉论评》，见《民间文学论坛》1987年第3期；《缪勒和他的〈比较神话学〉》，序言，见缪勒《比较神话学》（金泽译），上海文艺出版社1987年；《泰勒和他的〈原始文化〉》，见泰勒《原始文化》（连树声译），上海文艺出版社1992年；《历史比较研究法与历史类型学研究》，见《民间文化讲演集》，南宁：广西民族出版社1998年。

们出色的贡献，在广泛的国际学术对话中发出更强的声音。①

80年代，刘魁立为《中国大百科全书·文学卷》撰写了《神话及神话学》以及关于神话的研究文章。主持了从60年代就由前辈学者规划和启动、因"文革"爆发而中断了的"中国少数民族文学史"和"文学概况"的编写工作，并在主持进行这项浩繁工程的同时，撰写了《民族传统文化和民间叙事文学》②《赫哲族史诗〈伊玛堪〉》③《〈福乐智慧〉的象征体系》④等论文。90年代，以《中国蛇郎故事类型研究》⑤和《论中国螺女型故事的历史发展进程》⑥为开端，民间故事的类型研究成为他尔后学术生涯的一个重点。

与刘魁立关于欧洲民间文艺学中的神话学派、流传学派的文章相呼应，连树声于1982年初在钟敬文主编的《民间文艺学文丛》上发表《俄国民间文艺学中的重要流派》。⑦这本辑刊上同时还发表了关于鲁迅民间文艺观等有关学术史的文章。

相对于对西方古典的民间文艺学思想的研究，我国学界对现代西方的和俄罗斯的民间文艺学的研究，不仅数量不多，深入剖析的研究成果更少，学者们主要忙于翻译原著或将外国人的观点搬运过来。80年代，中国民间文艺研究会所属的中国民间文艺出版社在出版《中国民间文学理论建设丛书》的同时，出版一套《外国民间文学理论著作翻译丛书》，并由其所属的研究部主编出版《民间文学理论译丛》。⑧《丛书》收编有代表性

---

① 《刘魁立民俗学论集·自序》，上海文艺出版社1998年。

② 刘魁立《民族文化传统文化和民间叙事文学》，见仁钦道尔吉、郎樱编《阿尔泰语系民族叙事文学与萨曼文化》，呼和浩特：内蒙古大学出版社1990年。

③ 刘魁立《赫哲族史诗〈伊玛堪〉》，在苏联卡尔梅克自治共和国国际会议上发表，1990年。

④ 刘魁立《〈福乐智慧〉的象征体系》，见《西域研究》1994年第1期。

⑤ 刘魁立《中国蛇郎故事类型研究》，《民间文学论坛》1998年第1期。

⑥ 刘魁立《论中国螺女型故事的历史发展进程》，发表于亚洲民间叙事文学学会第五届年会，1998年。

⑦ 连树声《俄国民间文艺学中的重要流派》，见钟敬文主编《民间文艺学文丛》，北京师范大学出版社1982年。

⑧ 《外国民间文学理论著作翻译丛书》先后出版的有：[日]柳田国男《传说论》、[日]大林太良《神话学入门》、[英]马林诺夫斯基《巫术科学宗教与神话》、[英]马林诺夫斯基《文化论》。《民间文学理论译丛》（第一集），北京：中国民间文艺出版社1986年。

的、重要的专著，而《译丛》则以译载单篇论文为主，二者有所分工。

较早出版的与民间文艺学有关的文化人类学著作，是叶舒宪两本对原型批评理论著作的译编：《神话—原型批评》和《结构主义神话学》以及在这个基础上撰写的《探索非理性世界》。[①]前书所选之［加］N.弗莱的《作为原型的象征》和《原型批评：神话理论》，可以看作是全书命题的有代表性的基本的篇目。原型批评理论作为一种文学批评方法和流派，叶舒宪在《神话——原型批评的理论与实践》（代序）里说，"原型批评是取代了统治现代批评史数十年之久的新批评派而流行于西方的。……原型批评以人类学的理论及视野为基础，其核心方法，按照弗莱的倡导，叫做'远观'（Stand back），可以说是一种宏观的全景式的文学眼光。它要求把文学的各种现象——体验、题材、主题、结构乃至作品名称——放到文化整体中去考察，恢复被新批评派所割裂了的文学的外部联系。在这种'文学人类学'的处理下，文学不再是孤立的字面上的东西，而是整个人类文化创造中的有机组成部分，它同古老的神话、信仰、宗教仪式及民间风俗等有着密不可分的血缘关系。"[②]在整个80年代，原型批评理论在我国民间文学和民间文化研究中，发生了很大的影响。在内容上，象征研究的开拓，在方法上，多元化的参与，应该都是这种影响的明显的佐证。

外国民间文艺学、特别是神话学著作的翻译介绍，自20世纪80年代始，一时呈现出纷至沓来的局面。据笔者所见，最先翻译过来的，是德国学者恩斯特·卡西尔（Ernst Cassirer）的《人论》（甘阳译，上海译文出版社，1985）、《语言与神话》（于晓等译，三联书店1988）、《神话思维》（黄龙保等译，中国社会科学出版社，1992）。接着，［美］戴维·利明（Darid Leeming）和埃德温·贝尔德（Edwin Belga）著《神话学》（李培茱等译）于1990年由上海人民出版社出版。上海文艺出版社组编的《世界民间文化译丛》，第一本是［美］阿兰·邓迪斯（Alan Dundes）编的《世界民俗学》（陈建宪、彭海斌译，上海文艺出版社，1990年7月）。接下来，是［美］斯蒂·汤普森著《世界民间故事分类学》（郑海等译，上海文艺出版社，1991）、［美］约翰·维克雷编《神话与文学》（潘国庆等译，上海文艺出版社，1995）。［苏］叶·莫·梅列金斯基著《神话

---

①　叶舒宪《神话—原型批评》（译编），西安：陕西师范大学出版社1987年；《结构主义神话学》（译编），西安：陕西师范大学出版社1988年。《探索非理性世界》，成都：四川人民出版社1988年。

②　叶舒宪《神话—原型批评的历史与实践》，见《神话—原型批评》，第38页。

的诗学》（魏庆征译）由商务印书馆于1990年出版；谢·亚·托卡列夫和梅列金斯基等著《世界各民族神话大观》由国际文化出版公司于1993年出版。在这些琳琅满目的外国现代民间文学理论著作译本中，原本应该比较容易被中国人接受的梅列金斯基的《神话的诗学》，却并没有在中国学者中引起多少波澜，倒是后来翻译出版的前苏联文艺理论家巴赫金的著作和普罗普的《神奇故事的历史根源》，在中国民间文学学坛上声望颇高。早就盛行于国际学坛、也曾给予中国学者以深刻影响的类型研究，因［美］丁乃通著《中国民间故事类型索引》（1986）[①]、［美］汤普森著《世界民间故事分类学》（1991）和［德］艾伯华著《中国民间故事类型》（1999）[②]在中国的出版，而再次掀起了一股小小的波浪，引发了此后中国民间文学研究中类型研究的流向。

20世纪90年代末，青年学者朝戈金把美国学者帕里-洛德的"口头程式理论"（Oral Formulaic Theory）介绍到中国来。他在《中国民俗学年刊》1999年卷上发表的《"口头程式理论"与史诗"编创"问题》，可能是我国第一篇介绍和研究帕里-洛德学说（Parry-Lord Theory）的文章。"口头程式理论"是帕里和洛德这两位学者先后通过"现场实验"的方法得出的一种史诗理论：同一地区不同歌手所唱同一部史诗作品，以及同一个歌手的每一次演唱，其记录下来的文本，都是一部"新"的作品。"口传史诗传统中的诗人，是以程式的方式从事史诗的学习、创作和传播的。""史诗歌手不是逐字逐句背诵并演唱史诗作品，而是依靠程式化的主体、程式化的典型场景和程式化的句法来结构作品的。"帕里逝世之后，洛德还进一步证实了："程式的丰富积累，会导致更高水平的创造和再创造的变体；主题和故事的积累，会导致在限度之内产生大量同类变体。"朝戈金强调指出："程式问题是该学派的核心概念，这确实抓住了口传叙事文学，特别是韵文文学的特异之处，开启了我们解决民间文学在创作和传播过程中的诸多问题的思路，所以，这一学说对我国民间文学研究界的影响，应当不止于史诗研究。"[③]此后，21世纪第一个十年中，在中国社会科学院民

---

① ［美］丁乃通《中国民间故事类型索引》（郑建成等译），北京：中国民间文艺出版社1986年。

② ［德］艾伯华著《中国民间故事类型》（王燕生等译），北京：商务印书馆1999年。

③ 朝戈金《"口头程式理论"与史诗"编创"问题》，中国民俗学会编《中国民俗年刊》1999年卷，上海文艺出版社1999年。

族文学研究所，逐渐形成了一个以朝戈金为中心的以"口头程式理论"或"口头诗学"为学术理念的"口头传统"研究学派。^①

　　日本民间文学和民俗学的成就与经验，历来为我国学界所关注。20世纪80年代，中日民间文学交流空前高涨。被称为日本民俗学之父的柳田国男的《传说论》、大林太良发表于21年前的《神话学入门》，都在这个时期被译成中文，列入中国民间文艺研究会主办的《外国民间文学理论著作翻译丛书》中出版。伊藤清司的《〈山海经〉中的鬼神世界》（刘晔原译）也在稍后出版。^②在历史新时期，张紫晨是积极引进和研究日本老一代民俗学家的著作和理念的学者之一。还在1980年4月，他就撰写过一篇《日本民间故事的编选与研究管窥》的长文，以日本民间故事（《日本昔话通观》）的选编为切入点，梳理了日本民俗学和"口承文艺学"中从柳田国男到关敬吾这一条线的发展脉络。^③张紫晨组织翻译了前述柳田国男的《传说论》一书，并为此书中文本写了长篇序言。他在《序言》里概括地分析了柳田国男传说论的观点的核心（"把传说看成是处于不断发展和演变中的事物"），如传说的四个特点（可信性、其核心必有纪念物、叙述的自由性和可变性、逐渐与历史远离），传说圈的提出，评价了他这本著作在当时还没有关于传说的研究著作出现的日本民俗学中的地位和价值："柳田在他这部《传说论》中，提出了一系列重要的问题，为民间口头文艺学在日本的发展奠定了一个基础，其深入的研究精神和科学态度是值得赞扬的。特别是在传说研究史上，这部著作更是一个少有的开创的工作。"^④在新时期，我国学界关于传说的研究还十分薄弱的时候，柳田的这本《传说论》的出版，在我国读者和学界得到了非常广泛的传播。

　　日本民间文学新一代的代表人物，如大林太良、直江广治、君岛久子、伊藤清司等人的著作多有翻译和介绍，他们也多次被邀访华做学术演讲。伊藤清司从1982年9月起应邀在我国中央民族学院、中国社会科学院少数民族文学研究所、广东民族学院、北京师范大学、云南大学、辽

---

　　① 2010年12月3日至5日在"帕里—洛德遗产"国际学术研讨会上，朝戈金发表演讲宣称，创立口头传统研究的"中国学派"。

　　② ［日］伊藤清司《〈山海经〉中的鬼神世界》（刘晔原译），北京：中国民间文艺出版社1989年。

　　③ 张紫晨《日本民间故事的编选与研究管窥》，见《张紫晨民间文艺学民俗学论文集》，第50—62页，北京师范大学出版社1993年。

　　④ 张紫晨《柳田国男〈传说论〉序言》，第16—17页，北京：中国民间文艺出版社1987年。

宁大学等进修、讲学，先是由辽宁大学乌丙安策划为其编辑出版了《中国、日本民间文学比较研究》（在华学术报告集），后由云南大学李子贤策划出版了《中国古代文化与日本——伊藤清司学术论文自选集》两书。①如果说，前者收集了伊藤《中国古代典籍与民间故事》（1983年5月15日在中央民族学院的演讲）、《中国与日本民间文学比较研究的几个问题》（1983年4月29日在广东民族学院的演讲）、《日中两国民间故事的比较研究》（1983年5月30日在辽宁大学的演讲）、《〈天婚〉故事的结构论研究》（1982年12月4日在北京师范大学的演讲）、《传说与社会习俗——"火把节"故事研究》（1983年3月1日在云南大学的演讲）这五篇于1982年至1983年在华期间所写的论文，那么，后者所收录的，则是伊藤近四十年来的学术研究成果，其中包括关于中国古代文化及江南、西南少数民族文化的比较研究。

钟敬文在为伊藤清司这本自选集《中国古代文化与日本》所写的序言中，描述了包括伊藤在内的日本现代中国学家们的学术方向的转折和研究成果。他写道："学界曾经有过这样一类的传言：'中国学的重点，在欧洲是巴黎，在东方是日本京都。'所谓中国学，不仅限于民间文化的研究；日本的中国文化研究也不仅限于京都学者。在指出这两点之后，对于那传言是可以首肯的。明治以来，日本学界，确有一批东方史学者在从事我国历史、文化的研究，他们注意到中国的神话、传说、故事等的探索，其中较早的学者如白鸟库吉、小川琢治等，稍后的出石诚彦、直江广治、森三树三郎等，都在这方面做出了成绩。但是，这些学者偏重于古代文献的记载（即古典的神话、故事等），而他们也不全是这方面的专家。历史的车轮不断滚滚向前。由于中国民间文学发掘工作的跃进，这方面的资料涌现出新的面貌。在古文献的记载之外，又增添了大量的口传资料的记录。这不能不引起我们邻国敏感的学者们的注意。他们不像他们的前辈只向我们的古代典籍堆里去讨生活。他们把眼光移到许多新出版的神话、传说集、民间故事集，特别是从五十多个少数民族那里发掘出来的这类新资料。他们探索这类新资料，或进而把它去跟本国和其他东方民族的同类作品进行比较，写出了许多有分量的论文，乃至于专著，使日本学坛这方面的研究增添了许多奇花异草。这方面的学者，虽然并不算太多，但是人

---

① ［日］伊藤清司《中国、日本民间文学比较研究》（在华学术报告集），辽宁大学科研处1983年8月编印；《中国古代文化与日本——伊藤清司学术论文自选集》，昆明：云南大学出版社1997年。

数正在不断增加，如直江广治博士、君岛久子教授、泽田瑞穗教授，年纪较轻的，如加藤千代、谷野典之，而伊藤清司教授，正是他们中的翘楚。"①钟敬文的这番话，恰如其分地描绘了日本近现代中国文化研究的路向和特点。

（二）对学术史的再认识（下）

党的十一届三中全会前后，思想解放大势所趋，民间文学领域也不例外。在对学术史再反思与再认识的学术思潮中，一方面，是开放禁区，引进、翻译、借鉴和研究外国的现当代民间文艺学著作，另一方面，是对中国近现代早期民间文艺学史以及20世纪三四十年代民间文艺学史的发展进行再反思和再认识。对学术史进行再反思和再认识，是历史发展和学术发展的必然，是"拨乱反正"的必然，是粉碎"四人帮"的反革命阴谋政治之后，学术领域里不能不做的事情，否则，在"文革"前五六十年代的阶级斗争年代，在"左"的思想下对学术史发展"道路"所作的"结论"，就无法推倒。

（1）1981年5月，在中国民间文艺研究会召开的第一届学术年会上，马昌仪发表了题为《人类学派与中国近代神话学》的论文。当时的国内人文学界和意识形态领域里，在政治问题、社会发展问题上，虽然"实践是检验真理的唯一标准"已经在论争中得到确立，解放思想也已大势所趋，但教条主义还依然十分得势，此文认为中国近现代神话学的诞生，无论在理论、观念上，还是方法、体系上，都直接受到英国人类学派神话学的影响。包括鲁迅、周作人、茅盾、郑振铎等，无不受其影响。作者说："在马克思主义神话理论广为传播以前，人类学派的神话学在欧洲和日本都拥有很大的势力，起过积极的作用，并于20世纪初传到我国，为一些向往新思潮的进步的知识分子所接受，在'五四'前后对我国的神话研究产生过深远的影响。这种影响主要表现在相当数量的神话研究者在接受人类学派神话理论的同时，进一步加以改造，并用之以探究中国神话和世界神话诸问题，从理论和方法上为我国的神话研究打下了良好的基础。不妨说，中国近代神话学还在襁褓的时候，就处在人类学派神话学的影响之下了。"②

---

① 钟敬文《伊藤青司〈中国古代文化与日本〉序》，见伊藤青司《中国古代文化与日本》，第3页，昆明：云南大学出版社1997年。

② 马昌仪《人类学派与我国近代神话学》，见《民间文艺集刊》第1集，上海文艺出版社1981年。

也就是说，中国近代神话学或民间文艺学，在其滥觞时期，是在旧民主主义的社会氛围中接受了欧洲人类学派神话学的思想、观点、理论、方法的。在接受马克思主义之前或曰在寻找马克思主义之时，中国近代神话学或民间文艺学，是以进化论为其历史观的。"晚清已经开始有人介绍欧洲的神话，或者运用西方资产阶级的某些理论来评述神话，不过当时这样的研究成果仍属凤毛麟角。如1903年蒋观云在《新民丛报》上发表的题为《神话、历史养成之人物》的短文，同年上海广益书局出版的《支那四千年开化史》，1907年商务印书馆出版的《希腊神话》，以及章炳麟、刘光汉、黄节等晚清民主派人士论述神话的片断文字，均试图以进化论观点，以新的自然科学的知识解释一些神话现象，特别是注意于希腊、北欧、印度神话及其对本国和欧洲文学发展的影响，较之过去我国古代文论对神话的论述，在方法论上是前进了一大步。"北京师范大学中文系民间文学教研室于1982年编印的《民间文艺学参考资料》第一集（上册）收录了此文，显然此文的观点，与《资料》编者的《编选说明》中所宣布的"随着资本主义科学文化的发达和文艺上浪漫主义思潮的兴起，这个学科（指民间文艺学）首先在德国、英国、芬兰等国家发展起来。我国近代关于民间创作的搜集、研究活动，是在五四新文化运动中开始的（滥觞于晚清）……"[1]是吻合的。（编者说明中既然说是"在五四新文化运动中开始"，又在括号里写上"滥觞于晚清"，实在是有点言不由衷。）差不多同时，马昌仪又连续撰写了《鲁迅论神话》（1978）[2]、《论茅盾的神话观》（1981）[3]。稍后一些时候，又发表了《我国第一个评述拉奥孔的女性——论单士厘的神话与美学见解》[4]，把目光向前伸展到了晚清这位被遗忘的多才睿智、做出了伟大贡献的女性学人。

（2）杨宏海在复旦大学《中国文化》（研究集刊）1985年第2辑上发表《黄遵宪与民俗学》；潜明兹在《吉林师范学院学报》1986年第1期上发表《晚清神话观》。

（3）与此思潮相适应，上海文艺出版社从1985年8月起，陆续推出了

---

① 《民间文艺学参考资料·编者说明》（第一集上册），第1页。北京师范大学中文系民间文学教研室1982年3月编印。
② 马昌仪《鲁迅论神话》，见中国民间文艺研究会研究部编《民间文学论丛》，北京：中国民间文艺出版社1981年。
③ 马昌仪《论茅盾的神话观》，见《民间文学》1981年第5期。
④ 马昌仪《我国第一个评述拉奥孔的女性——论单士厘的神话与美学见解》，见《文艺研究》1984年第4期。

《民俗民间文学影印资料》（丛书）。

第一辑30种：其中属于民间文学的计有：李鉴堂《俗语考源》、史襄哉《中华谚海》、黄芝岗《中国的水神》、黄石《神话研究》、丁山《中国古代宗教与神话考》、施密特《原始宗教与神话》、李家瑞《北平俗曲略》、瑞艾德《现代英吉利谣俗与谣俗学》、钟敬文《歌谣论集》。

第二辑30种：其中属于民间文学的计有：（杭州）中国民俗学会《民俗学集镌》、冯梦龙《黄山谜》、郑旭旦《天籁集》、顾颉刚《吴歌甲集》、玄珠、谢六逸、林惠祥《神话三家论》。

第三辑30种：其中属于民间文学的计有：徐桌呆《笑话三千》、朱雨尊《民间谜语全集》、蒋祖怡《中国人民文学史》、王显恩《中国民间文艺》

（4）上海书店推出了《民国丛书》。其第二编第16种：徐松石《粤江流域人民史》；凌纯声、芮逸夫《湘西苗族调查报告》合集。第三编第56种：胡怀琛《中国民歌研究》、陈光尧编《谜语研究》、陈汝衡《说书小史》、赵景深《大鼓研究》、阿英《弹词小说评考》、赵景深《弹词考证》合集。第四编第60种：罗香林编《粤东之风》、钟敬文编《歌谣论集》、刘经菴编《歌谣与妇女》合集。

（三）比较研究

民间文学的比较研究，在国际民间文艺学界和国际民俗学界并不是什么新的方法和思潮，而且一百多年来一直未曾衰落，为不同的学科和学派所垂青。在中国，20世纪30年代之前曾一度发展起来，而且有专著问世。战争年代民间文学的比较研究长期消歇，姑且不去论说；新中国成立之后，比较研究几乎被看作是资产阶级理论范畴之内的东西，无人敢于问津。改革开放新时期，民间文学的比较研究是与文学的比较研究同时发展起来的。当它一旦冲破"左"的束缚喷薄而出之后，立刻得到了许多民间文学研究者的欢迎与支持，欣喜自己的阵营里又学得了一种新的有用的枪法。短短几年里，不仅从事比较研究的学者人数增多了，比较研究的成果引起了国内外社会科学和人文科学界的重视，而且形成了一股颇有势力的思潮。

1979年9月《民间文学》杂志率先发表了刘守华的文章《一组民间童话的比较研究》，开了新时期民间文学比较研究的先河。此后，他又接二连三地发表了《民间童话之谜》《略谈中日民间故事的交流》《〈一千零一夜〉与中国民间故事》《印度〈五卷书〉与中国民间故事》等一系列民间文学比较研究的论文，从某些中国—日本、中国—印度民间故事的比较，探索和构架中国比较故事学。作为从50年代末就从事民间文学教学和科研的一位学者，他在近二十年中出版了《略谈故事创作》（长江文艺出版社，1980）、《中国民间童话概说》（四川民族出版社，1985）、《故事学纲要》（华中师范大学出版社，1985）、《民间故事的比较研究》（中国民间文艺出版社，1986）、《口头文学与民间文化》（中国文联出版公司1988）以及《比较故事学》（上海文艺出版社，1995）等论著。应当说，他对民间故事的比较研究，才算是真正找到了自己的研究特点。他在《民间文学论坛》杂志上发表的《多侧面扩展民间文学的比较研究》[①]一文，可以视为他的比较民间文艺学的观点的代表作。他认为，民间口头文学适用于作比较研究，只有采用比较方法，才能更好地显露民间文学发展的规律和特点。他主张影响研究与平行研究相结合，微观比较与宏观比较相结合，国内外的比较研究相结合。根据他的比较研究，提出了中国民间文学的五分系统，即：（1）交融着中西多种文化成分、尤以浓重的伊斯兰文化色彩引人注目的西北天山文化系统；（2）北部草原文化系统；（3）中原黄河流域文化系统；（4）具有海洋文化色彩的东南沿海文化系统；（5）受南亚佛教文化影响又保存了最丰富的中国古代本土文化因子的南方长江流域文化系统。

《民间文学论坛》从创刊号发表段宝林撰《狼外婆故事的比较研究初探》之日起，就热情地倡导比较民间文学研究和比较民间文艺学的建立。先后发表了多篇比较研究论文，集中编辑了3期比较研究专栏。刘魁立《民间文学研究中的流传学派》、汪玢玲《天鹅处女型故事研究概观》和《东西方"早期维纳斯"比较研究》、柯杨《中国的山魈和巴西的林神》、张紫晨《中日开辟神话的比较》、杨知勇《人与神的位置——云南哈尼族与日本倭族创世神话比较》、阎云翔《纳西族汉族龙故事的比较研究》、马名超《伊玛堪、摩苏昆、柔卡拉——中国、日本北方渔猎民族英雄史诗形体论》、郎樱《盘瓠神话与日本犬婿故事的比较研究》、何彬《中国西南地区与日本民间故事传播途径》等许多学者的比较研究文章，都是在这家刊物上发表的。

在倡导比较民间文艺学的思潮中，上海的《民间文艺集刊》与北京的《民间文学论坛》南北呼应，推波助澜，起了积极的作用。不少颇有影响的文章都是在这家刊物上发表的。如乌丙安《藏族故事〈斑竹姑娘〉与日

---

① 刘守华《多侧面扩展民间文学的比较研究》，见《民间文学论坛》1985年第3期；又见《民间故事的比较研究》，第10页，北京：中国民间文艺出版社1986年。

本〈竹取物语〉故事的原型研究》、萧崇素《灰姑娘型故事与中国民间童话》、枕书《〈阿里巴巴〉与〈酉阳杂俎〉》、阎云翔《论印度那伽故事对中国龙王龙女故事的影响》、季羡林《关于葫芦神话》、赵橹《白族龙神话与诸夏文化之关系》、汪玢玲《中国的普罗米修斯：拖亚拉哈和托阿恩都——东西方盗火英雄比较研究》等。其他文学杂志和社科杂志上，也时常发表一些有关民间文学比较研究的论文，如，刘锡诚《中日金鸡传说象征意义的比较研究》①，发表在《文学评论》1991年第4期；赵永铣、巴图《蒙古族民间故事与印藏民间故事的关系》，发表在《内蒙古社会科学》1996年第5期；郎樱《贵德分章本〈格萨尔王传〉与突厥史诗之比较》，发表在《民族文学研究》1997年第2期；嘎孜·旦正加《〈格萨尔王传〉与〈罗摩衍那〉之比较研究》，发表在《西藏研究》（拉萨）藏文版1997年第3期；等等。

老一辈民间文艺家钟敬文早年就发表过比较研究的论文，如1932年撰写的《中国的天鹅处女型故事》和1934年撰写的《老獭稚传说之发生地》等，就是有代表性的比较研究成果。新时期以来，他也写了多篇比较研究的文章。1990年他为新创刊的《中国与日本文化研究》杂志撰写了《洪水后兄妹再殖人类神话》②，1991年他又向北京大学日本研究中心主办的"中日民俗比较研究学术讨论会"提交了《中日民间故事比较泛论》③，在两国共同的50多种类型的故事中，着重讨论了灰姑娘型、老鼠嫁女型故事两种共同类型的故事。他给刘守华的题词说："比较方法是现代科学研究手段之一；只要善于运用，就能奏效立功。"

季羡林在新时期也写作了许多比较民间文学研究文章，如：《比较文学与民间文学研究相得益彰》（1982）、《关于葫芦神话》（1982）、《跨越国界的民间故事》（1983）、《佛经故事传播与文学影响》（1983）、《人同此心，心同此理》（1984）、《〈罗摩衍那〉在中国》

---

① 刘锡诚《中日金鸡传说象征意义的比较研究》，系作者向北京大学日本研究中心主办的"中日民俗比较研究学术会议"（1991）提交的论文；又见贾蕙萱、沈仁安主编《中日民俗的异同和交流》，第274—293页，北京大学出版社1993年。

② 钟敬文《洪水后兄妹再殖人类神话》，见《中国与日本文化研究》（第1集），中国大百科全书出版社1991年；又见马昌仪编《中国神话学文论选萃》（下卷），第710—733页。

③ 钟敬文《中日民间故事比较泛论》，系作者向"中日民俗比较研究学术讨论会"（1991）提交的论文，见贾蕙萱、沈仁安编《中日民俗的异同和交流》，第5—32页，北京大学出版社1993年。

（1984）、《民间文学与比较文学》（1986）等。他将自己的比较研究论文集定名为《比较文学与民间文学》，1991年由北京大学出版社出版。他谈到他的比较研究观时说："我赞成比较文学研究直接影响的一派。……这并不是说，我反对平行研究。我只是想说，搞平行研究，必须深入探索，细致分析，瞻前顾后，明确因果，然后从中抽绎出理论，这样的理论才是可靠的，我是拥护的。"[①]他所发表的比较民间文学研究的文章，正是他的这种"直接影响"主张的体现。

这两位老学者用比较研究的方法研究中国的鼠嫁女故事，得出中国鼠嫁女故事来自印度的结论。马昌仪也运用比较的方法，在比较研究了286个不同时代和不同地域的鼠嫁女作品后，得出了与他们两位不完全相同的结论。[②]可见，比较研究方法，是一种能够把民间文学的研究推向深入、探求真理的方法。

中国的比较民间文学研究，在新时期迈出了很大很扎实的一步。在中外（主要是中日、中印等亚洲近邻）民间文学的影响研究上，取得了可喜的进展，在民间文学的平行研究上，在比较研究理论的开拓与探索上，则需要继续努力。比较研究作为一种研究手段和一种研究思潮，在未来的研究领域里，方兴未艾，还有巨大的发展的空间。

（四）田野调查与参与观察

田野调查和参与观察本是当代文化人类学和社会人类学的一种理论和方法，由于学科的交叉发展与渗透，民间文艺学已经将这种行之有效的理论和方法"嫁接"过来，而且得到了适度发展。许多当代知名学者都采用这种理论和方法来深化民间文学的理论研究，认识那些从来没有被深刻而全面地认识的民间文学现象。芬兰学者劳里·航柯（Lauri Honko）的主张[③]和美国学者阿兰·邓迪斯（Alan Dundes）的主张[④]，都在《民间文学论坛》等刊物上介绍过来了。他们都认为，民间文学研究者应该与其被研究的民族或群体共同生活，甚至在其中担任一定的社会角色，以达到对民间文学

---

① 季羡林《民间文学与比较文学》，见《比较文学与民间文学》，第2—3页，北京大学出版社1991年。

② 马昌仪《中国鼠婚故事类型研究》，《民俗研究》1997年第3期，济南；《民俗曲艺》1998年第111期，台北；《鼠咬天开》，北京：社会科学文献出版社1998年。

③ 参阅阎云翔《国外民间文学研究新动向拾零》，《民间文学论坛》1985年第3期。

④ 参阅金辉《劳里·航柯的田野作业观》，《民间文学论坛》1986年第5期。

的深刻把握。以往的学者只注意到老百姓中去记录若干异文中的一种异文，并以此为满足，或只用心研究用文字记录下来的文本，而置那些与讲述者有关的文化心理、民俗生活等于不顾的做法，是片面的，不科学的。

新时期以来，在中国民间文学界，随着海禁开放，新学说传进来，随着各地民间文学普查和专业人员所进行的专题考察的开展，思考与研究之风大兴，田野调查与参与观察得到了一些从事搜集调查和理论研究的民间文学工作者的赞同与采纳。一方面，他们纷纷撰文提出新说，如民间文学的整体性研究、立体描写研究、综合性研究等，从不同角度评析了以往提出的"忠实记录，重点整理"这一口号在认识论上的片面性和在研究工作中出现的弊端，论述了加强田野调查与参与观察的必要性；另一方面，他们在实地考察和学术研究中贯穿着参与研究的意识，并且陆续在民间文学刊物上发表了一些较有分量的考察报告和学术论文。

1. 马学良：首倡田野调查、参与观察

正如雅格布·格林和威廉·格林一身兼而为民间文学领域中神话学派奠基者和历史比较语言学的开创者一样，作为民族语言学家的马学良，注定与我国的民俗学和民族民间文学结下了不解之缘。1938年，马学良在昆明出版的《西南边疆》（第3期）上发表的处女作《湘黔夷语掇拾》，是他在抗战烽火中，跟随闻一多等学者老师由长沙到昆明3500里长途跋涉中沿途采风的成果。该成果既是语言学的，又是民俗学的。那次被迫的长途迁徙，不仅使闻先生转向研究少数民族的民俗学和民间文学，并写出了《伏羲考》等20多篇把考证与田野调查结合起来、闪耀着光辉的民俗学论文，而且也引导刘兆吉出版了《西南采风录》和马学良发表了他的上述处女作。从西南联大毕业后，马学良到流亡在四川省南溪县李庄的中央研究院工作，并被派往云南彝族聚居地区调查彝语。从此开始了他长达60年的语言学和民俗学研究生涯。

他在1941年发表的《云南土民的神话》一文中，根据马林诺斯基的理论，在民俗学和民间文学领域里提出了立体调查与参与观察的田野工作方法。他写道："研究神话必须深入他们的乡土，留心日常工作中间的一幕一幕的实际情形，表现在具体行为之间的事务，才会彻底了解他们的一切仪式与风俗的起源，发现只凭故事中得不到的奥秘，所以记录故事与观察故事怎样变化的走到生活里面与社会实体的接近是应相提并重的。那么我们研究民俗故事的新方法应当怎样呢，马氏曾详明的提出以下几点意见：'民俗故事是不能脱离仪式，社会学，甚或物质文化而独立的。民间

故事传说与神话，必要抬到平面的纸面以上，而放到立体的实地丰富生活以内，至于人类学的实地工作，我们显然是在要求一个新的方法来搜集事实。人类学家不要在传教士的庭院，政府机关，或者开垦的家园等享福的地方，配带了铅笔与记事簿，或者有时更来一点威斯忌酒与汽水，而听报告人的口述，而记故事，而使一张一张的纸充满了野蛮人的字句；他应该走到村子里去，应该看土人在园子海滨，丛林等处工作，应该跟他们一起去航海，到远的沙洲，到生的部落，而且观察他们在打渔，在交易，在行海外贸易。一切的知识都是要因亲眼观察土人生活而得来丰满，不要由着不甚情愿的报告人而挤一滴一点的谈话。实地工作也可以是头货或二手货，即在野蛮人之间，即在棚居之间，即在不与实际吃人或猎头的事实相远的地方，也可以有这种分别。露天的人类学，与传闻的笔记相反，难是难，但也极有趣。只有露天的人类学，才会给我们原始人与原始文化的八方玲珑的景色。这样的人类学告诉我们关于神话的话，说他们不但极不是无聊的心理消遣，而且是与环境的实用关系中一件重要的成分。'"①马学良在早年就提出把马氏的"露天的人类学"（田野人类学）新方法，用于中国民俗学和民间文学的搜集和研究中，强调"记录故事与观察故事怎样地走到生活里面与社会实体的接近"二者相提并重。

马学良在云南寻甸、禄劝彝区所作的《倮文作斋经译注》，堪为民俗学调查和研究的典范之作。那虽然是一部彝族《作斋经》的译注，但实际上，这部译注的形成，却是建立在对彝族礼俗的大量田野调查上的。正如作者自己所说："经典中的记载，多为其礼俗之缩影，要想彻底了解经文大意，必先了解倮族的礼俗。所以我们在译某经之前，先问明与此经有关之各种礼俗，然后再译经文，便可豁然贯通。"作者根据他一再申明的原则和方法，在译文之前，专门写了一篇当地彝族礼俗调查报告：《作斋礼俗述要》。除了这篇调查报告外，还在大量的译注中，根据田野调查所得引注了许多彝族礼俗知识和神话传说；在篇末附录一篇《作祭献药供牲图二帧》。

全国解放后，特别是改革开放新时期，他大声疾呼要建立中国自己的民俗学体系，呼吁在民间文学的搜集工作中要贯彻"采风问俗"的原则，要作到忠实记录。

1978年8月，他在北京师范大学中文系民间文学暑期讲习班上所作的

① 马学良《云南土民的神话》，《西南边疆》1941年第12期。后收入《云南彝族礼俗研究文集》第120~121页，四川民族出版社1983年。

演讲《关于少数民族民间文学的搜集、整理问题》，虽然还没有完全跳出影响既久的"忠实记录"的老思路，却已经清醒地阐述了这样的思想：对于一个民间文学研究者来说，仅记录下一个民间作品的文本和仅根据一个文本就对民间作品作含义的解释，显然是极为不够的，也不可能达到真正的了解与研究。"各民族的口头文学如诗歌、故事、神话、传说，反映了劳动人民许多世纪以来的生产斗争、阶级斗争的经验，蕴藏着极为珍贵的历史材料，通过丰富优美的词语、韵律，生动形象地表达出来。因此，不熟悉这一民族的历史、地理环境、社会制度和风俗习惯等，尽管记录得忠实，也无从了解其真实内容。"[1]四年以后，当他编辑自己的《云南彝族礼俗研究文集》并为之作序时（1982年10月），回顾几十年的治学生涯，总结大半生的经验，写下了他的主张："面对大量彝文经典，我几次投师，发现很多经师，只能照本宣读，而不解经意。……但从中我得知彝文经典主要是关于原始宗教的记载，而彝族日常生活习惯、心理状态，莫不受宗教的影响和制约。所以不了解社会风气，就无从理解经意，这是我调查彝族社会的缘起。……除书本知识外，必须作实地调查，一是参加他们的各种祭祀仪式，一是随呗耄（彝族主持祭仪的巫师）实地操作。好的呗耄作仪式时都是按经书所记操作，通过实践，加深经文的了解。我的体会是，研究彝文经典，必须先通彝族礼俗。以礼俗释经，经义自明，反之以经说明礼俗之所据，更可明礼俗之源流。往者对彝族社会调查，平面调查者多，引经据典者少，'典'即彝族的历史、古记，彝人称之为'根基'，可见他们看得重。而我们调查时往往忽略了这点，所以调查出的材料，他们不是不承认，就认为是'走样子'了。我当时有鉴于此，所以下决心在彝区住上几年，研读彝文经典，从日常生活中了解他们的风俗习惯、心理状态。"[2]他所倡导的，恰恰是田野考察和参与研究的要义。他的学术思想在少数民族民间文学和民俗学干部中有着广泛影响。

段宝林提倡"立体描写研究"，也可纳入这一学术思潮。他在1982年第2期的《南风》杂志上发表《加强民族民间文学的描写研究》一文，最先提出这个主张；1984年5月在峨眉山全国民间文学理论著作选题座谈会上，他又进一步作了发挥；1986年又在《民间文学论坛》第5期上发表一篇《论民间文学的立体性特征》，最终完善和形成他的这一学术主张。他

---

① 马学良《关于少数民族民间文学的搜集、整理问题》，《民间文艺集刊》（第1集），第186页，上海文艺出版社1981年。

② 马学良《云南彝族礼俗研究文集》，第3页，成都：四川民族出版社1983年。

从对民间文学的立体性的立场出发，认为"我们过去强调科学地记录民间文学作品，要求保持它的口头语言的原貌，要'一字不改'，似乎这就行了。……然而如果从立体性特点去要求，则显得不够了。只记下作品本文还不是作品的全部，民间文学记录工作应该把作品的立体性也全面地保存下来，这就要进行'立体描写'。"

2. 田野作业与研究方法座谈会

《民间文学论坛》杂志1985年第3期发表了《金德顺故事集》的搜集者裴永镇写的《故事家故事的搜集方法浅论》以及关于吉林省东丰县文化馆民间文学专干、中国民间文学刊授大学学员刘丰年在农村搜集民间文学的报道，编辑部同时收到了云南民族学院汉语系民间文学教师兰克（阿南，彝族）的一篇《关于阿昌族神话史诗的（调查）报告》。[1]他们的民间文学田野考察以及他们在考察中所表现出来的参与意识，促使编辑部决定召开一次"田野作业与研究方法"座谈会。这次座谈会以及座谈会的报道的发表，把田野考察与参与研究（当时叫体察法）从理论和实践的结合上说清楚了。[2]

兰克（阿南）在阿昌族的调查经验最受到学界重视。他根据自己十年从事田野调查的经验，总结为以下几点：（1）"民间文学是一种口头语言艺术，它的特征决定了民间文学的理论研究不能局限于加工整理过的书面读物上。流传在民间口头上作品都具有特定的生活背景，在什么样的场合由什么样的人向什么样的听众讲述哪一类作品，都有着严格的限制。民间文学作品的上下文和作品本身共同构成一个立体的系统，是民间文学理论研究不可缺少的材料。""我早期的调查方法基本上是'工作队'式的访问、旁观者的观察和单纯作品的搜集，完全不关心作品的习俗背景和上下文，还常常用当代的观念和个人的意识去选择和处理民间文学作品。"（2）田野作业不等于收集整理，方法不等于具体的手段，"忠实记录"仅仅只是田野作业整体过程中的一个很小的环节，是把全部调查用文字记录时的原则。（3）时间较长的田野考察，他采用体察法。"所谓体察法就是使调查者参与被调查的群体之中，努力把自己变成他们中的一员，参加日常生活的各种活动，从中央到地方亲身体验和直接观察所要调查的内

---

[1] 阿南《关于阿昌族神话史诗的报告》，《民间文学论坛》1985年第5期。

[2] 《本刊编辑部在南通市召开田野作业与研究方法座谈会》，《民间文学论坛》1985年第5期。

容。"（4）他把体察法概括为下列理论原则：其一，当代心理学的发展还不能突破思维难关，无法用理论推理和实验方法确切地分析口头文学创作和原始信仰的心理活动。因此，身临其境的体察法是民俗和民间文学田野作业较为可靠的方法；其二，体察法能够突破调查者与被调查者之间的文化与心理障碍，获得被调查群体的信任，使所要调查的内容和现象在正常的活动中自然流露，被调查者所讲述的是真话，而不是象征性的表演、被迫的回答和应付之作；其三，活在民间口头的作品本身不是口头文学的全部，只有当讲述者和听众在讲唱的环境中或仪式中才赋予它全部的含义。

1986年4月下旬，中国民间文艺研究会、广西民间文学研究会与芬兰文学协会（会同北欧民俗研究协会、土尔库大学比较宗教学部）在广西南宁市举行的中芬民间文学搜集保管学术研讨会，及会后两国联合调查队在三江侗族自治县的六个寨子所进行的民间文学考察，就始终强调调查人员坚持参与研究的原则。"如果说芬兰学者提倡的是一种维持原有环境的'自然考察法'，那么，中方学者所展示的则是'参与考察法'。他们很快就和热情好客的侗族乡亲建立了互相信任的朋友关系，在亲亲热热的交谈中，搜集到大量的民间文学原始资料。"①而对于这次考察的芬方主持者劳里·航柯教授来说，他的"田野作业的意向，主要在于研究传统之活的形态以及它是如何形成的"，"他考察中的兴趣与其说在搜集材料本身，毋宁说是要了解整个传统体系在这个村里发生什么作用？谁跟谁学来的？哪些是专门的知识？这些传统在村民们当中分布不均匀的原因何在？由此而来可以得出结论：传统的存在及其作用，比传统本身更为重要。这种方法可以在田野考察中取得真正丰富而深入的资料。"②这次田野考察时间虽短，但对于我国青年民间文学研究者们来说，是一次严格的田野考察和参与观察研究方法的实验和演练。

3. 整体研究的提出

有学者呼唤民间文学的整体研究。刘锡诚在《整体研究要义》一文中说："任何一件原始艺术作品、民间口头创作和民间艺术作品，作为文化的一个小小组成因素，都不是孤立存在的，而是与一定的文化环境相联系的。当我们研究这些作品时，只有把所要研究的作品放到它原初的生存

---

① 本刊记者《交流·合作·发展——中苏民间文学搜集保管研讨会暨联合考察散记》，《民间文学》1986年第6期。

② 金辉《劳里·航柯的田野作业观》，《民间文学论坛》1986年第5期。

环境中去，才能真正了解它、阐明它。"他引用马林诺夫斯基在《巫术科学宗教与神话》中讲过的观点："我们在这里关心的，不是每个故事怎样一套一套地说，乃是社会的关系。说法本身自然十分要紧，但若没有社会关系作上下文，作布景，便是死的东西。"他从这段话生发开来，指出："研究老百姓讲述的故事必须将在什么场合、什么季节（时刻）、当着什么听众（男、女、老、少）、听众反应情况、有无巫力、当地风俗习惯与文化传统等多种因素综合考虑，进行整体研究。如果置上述诸文化因素于不顾，只将记录下来的故事本文进行一般文艺学的研究，那就会使人无法了解故事本文背后的深层意义，甚至带来错误的印象，因此是绝对不可取的。"[①]民间文学这种原初的生存环境，只有通过参与观察才能发现和得到。而田野考察与参与观察，正是实现对民间文学进行整体研究的不可缺少的手段，不仅是搜集者的话题，对理论研究者也同样是重要的。但在中国的国情下，搜集者与研究者常常是分离的。对于大多数搜集者来说，对于文献的陌生和理论的欠缺是致命的弱点；而对于大多数研究者来说，案头研究和文献研究似乎更为方便，对民间文学作品进行整体研究是可望而不可即的理想。这种搜集者与研究者分离的状况，是对民间文学进行整体研究的最大障碍。这种认识，在1984年开始的中国民间文学"三套集成"普查中，开始得到大多数参与者的认同和实践。但摆在我们面前的路还很长很长。

（五）多学科研究

前面说过，民间文学是一种特殊的文学。与文人（作家）的文学不同，民间文学不是作者自觉地对现实生活的反映，而是一定的种群的人们以不自觉的方式通过口耳相传，在流传中不断增减其情节和内容，世世代代积淀而成的；它与一定的种群的生产方式、生活方式、风俗习惯、礼仪信仰紧密地糅合在一起。对民间文学作品，可以从文学的角度去研究，也可以从其他学科的角度，或引入其他学科的研究方法去进行研究。对民间文学进行多学科的研究，可以从不同的侧面深入地认识它的固有特点。但对于多学科研究，并不是一开始就取得了共同的认识并得到广泛采用的，而是经历了漫长的时间，到了改革开放的新时期才被多数研究者认同的。1978年11月1日，顾颉刚、白寿彝、容肇祖、杨堃、杨成志、罗致平、钟敬文等7位教授提出的建立民俗学及研究机构的倡议书，是民间文学的多学科

---

① 刘锡诚《整体研究要义》，《民间文学论坛》1988年第1期。

研究被多数人所接受并得以发展和光大的重要契机。①在某种意义上说，走出单纯从文学的角度、甚至是单纯的社会政治的角度和方法，转而采用多学科、跨学科的方法进行民间文学研究，乃是新时期民间文学研究的一个飞跃。

作为语言学家和少数民族民间文艺学家，马学良积极提倡民族民间文学的多学科与交叉学科研究，以期把其他毗邻学科的研究方法引进来，激活民间文学的研究。他在谈到语言学对研究民间文学和民俗学的重意义时说："近年来，在新的语言学体系中，提出了语言的深层结构和表层结构的理论，假设隐藏在表层结构背后有深层结构的语言。虽然深层结构实际上是从表层结构抽象出来而加以改造的，但在理论上，表层结构从深层结构生成，所以我们只能从抽象的深层结构推导出表层结构，却不能反过来从表层结构来证明其深层结构必然如此。同样这种理论对民俗学、民间文学的研究上也有其应用的价值，如我们面对同一民族的同一主题的民俗学或民间文学，就有错综复杂各自不同的内容和表现形式。""对于一切习俗，不仅只限于观察现象，积累事例，重要的是要寻找现象之间的关系，并预言新的现象。……我们调查民间文学、民俗学，不能只停留在表层的搜集整理，应当参考语言学的比较方法向深层发掘，就是要兼顾共时的和历时的比较研究。"②他运用宗教学和语言学的知识以及在田野调查中所取得的知识，解决了彝族洪水神话的许多疑难问题；他引用黄文焕先生运用历史学和民族学资料考证藏族史诗《格萨尔》，得出基本上是吐蕃人按照吐蕃时期的基本史实创作的长篇诗体作品的结论；这些事例，都是具有很强的说服力。

回顾二十年来我国民间文学的理论研究，以笔者的管见，成就最为显著的莫过于神话和史诗这两个领域。而这两个领域所以取得如此令人瞩目的成绩，除了在资料的收集、研究领域的拓展、研究力量的雄厚等因素外，在很大程度上取决于研究观念和方法的更新。

---

①　《建立民俗学及有关研究机构的倡议书》（1979年11月1日），在1979年11月召开的中国民间文艺研究会第3次会员代表大会上向代表们印发，后刊登在复刊后的《民间文学》杂志1979年12月号上。根据倡议书的思想，经钟敬文先生的提议，在中国民间文艺研究会成立了民俗学部，希望把民间文学研究与民俗研究都纳入研究会的工作范围。由于研究会人员缺少，民俗学部于1984年底合并到研究部中。

②　马学良《民俗学、民间文学离不开语言学》，见《民俗学讲演集》，书目文献出版社1986年；又《素园集》第90—92页，中国民间文艺出版社1989年。

第七节　神话研究

如果说20世纪50—60年代的中国神话研究，一度从20—40年代形成的多学科比较研究，萎缩到了单一的社会政治研究的话，那么，从1978年起到20世纪末二十年间的神话学研究，则又把从20—40年代的多学科比较研究的传统衔接起来，并成为百年来最活跃、最有成绩的研究领域之一。

（一）袁珂：典籍神话考释与广义神话论

50年代在神话研究领域里，特别是在典籍神话考释和重构方面，崭露头角的新秀，是后来做出巨大贡献的袁珂。袁珂（1916—2001）是一位几十年如一日徜徉在中国神话、主要是中国上古神话的宝库之中，辛勤耕耘、著述丰厚的神话学家，是20世纪继鲁迅、茅盾、顾颉刚、闻一多、芮逸夫等人之后成绩卓著的神话学家，他把一生的精力献给了中国典籍神话的钩沉、梳理、考释、整合和构建，努力使其系统化，用他自己的话说，中国神话"汪洋宏肆，有如海日"，而他所做的正是"填海逐日"的工作。[1]

从他的总的学术倾向来看，他应是融合典籍考释学和文艺学神话研究的主要代表。考释是他的研究方法和手段，而神话是文学则是他的基本学术理念。他说："神话本身有一个自始至终不变的属性，其属性为何？曰文学是也。处于发生阶段的神话，在万物有灵论这个学说所能概括的时期，诚然，它是和多种学科相结合的，如宗教学、民俗学、历史学、地理学、天文学、人类学、民族学、医药卫生学……等等，因而具有多种学科的因素，而其本质，则专在于文学。文学是神话最根本的属性，不过在万物有灵时期，它被其他诸种学科的因素所淹没了，文学的因素遂隐而不彰。尤其是与神话有紧密关联的宗教，几乎要取神话的地位而代之，使神话成为它的同义语。但究其实际，神话自神话，宗教自宗教，它们之间既有联系，又有差别。宗教须靠神话以宣扬、推广其教义，神话却能不靠宗教而独立存在，其支柱就是属于人类共同心声的美学范畴的文学。离开了文学，便无从在神话发生时期的诸种学科中去识别神话，故文学是神话最根本的属性，是它的主旋律。"[2]

从历史新时期开始，他的研究领域从上古神话扩展到道教仙话和各

---

[1]　袁珂《〈山海经〉校注·序》，上海古籍出版社1980年。

[2]　袁珂《中国神话研究的范围》，《中国神话与传说学术研讨会论文集》（台湾汉学研究中心丛刊论著类第5种）下册，第745—746页，1996年3月，台北。

少数民族的神话，并宣布他是"广义神话论"者，从而成为"广义神话论"的代表人物，在典籍神话的考释研究与文艺学研究之外，向现代记录的口传神话拓展。他对上古神话的钩沉与考释以及他的神话学观点，在海内外神话学界有广泛影响，对于我国的神话学的学科建设有重要意义。新时期的二十年来，他出版的神话学研究著作和神话选集20部，总计500多万字。重要的计有：《古神话选释》（1979）、《山海经校注》《神话选译百题》（1980）、《神话论文集》（1982）、《中国神话传说》（1984）、《中国神话传说词典》《山海经校译》（1985）、《中国神话史》（1988）、《中国民族神话词典》（1989）、《中国神话通论》《中国文化集粹丛书·神异篇》（1991）、《袁珂神话论集》（1996）、《中国神话大词典》（1998）等。《山海经校注》是袁珂所有神话著作中最优秀的代表作，是继清代郝懿行校本后公认的注本。他在中国典籍神话的考释和研究上，做出了至今无人超越的成就。

　　袁珂的中国神话研究，开始于1949年10月新中国成立以前，他的早期成果，上海商务印书馆于1950年出版的《中国古代神话》是一部适应读者需要的神话故事读物。此书屡经修订或改写再版，到1984年出版的《中国神话传说》（上、下册），算是最终完成了将中国古代神话的系统化、完整化的宏大而繁难的著述工作："把这些（神话）碎片排比起来，加以考订，汰其重复，去其矛盾，扫除其由历史家、哲学家、神仙家所加予的烟瘴，还它的本来面目，把它安排在一个适当位置上，用艺术的炉火与匠心，熔铸它成为结晶的整体。"①从《中国古代神话》到《中国神话传说》，在中国古代神话的通俗化传播与民族认同方面，起了重大作用。

　　《中国神话大词典》（四川辞书出版社）是他花费了二十年时间编著的一部大型的中国神话词典，是他重构中国神话体系的庞大计划的一个组成部分，也是他的"广义神话"论的代表作。所收词条，除了古籍文献所载古典神话（这是主要的一大部分）外，还选取了许多道教的仙话和佛教的人物神话。

　　《中国神话史》是袁珂倾注了巨大心血的一部神话著作，也是中国古代神话断代研究的第一部尝试性著作。该著从原始社会的神话，到先秦两汉直至明清历代载籍、包括一些稀见的笔记中的神话资料，作了系统地梳理、辨析、甄别和论述。作者这样表述他观察的神话发展史的基本理念："主张神

---

① 袁珂《中国神话传说·序》（上），第1—2页，北京：中国民间文艺出版社1984年。

话是和原始社会同始同终的同志，总是强调神话的原始性这一点，仿佛神话离开了原始性就不成其为神话了，其实是偏颇的说法。产生于原始社会并在那个时期焕发出异常光彩的神话，原始性固然是构成神话的要素，但是，神话是会随着时代的进展而发生变化的。不管是口头流传的也好，或经过文人记录而加工润色的也好，总的趋势，都是要朝着由朴野而文明这条路子走去的。神话的原始色彩，自然会在流传演变的过程中而有所减退，但减退了原始色彩的神话，仍然是神话，或者毋宁说是更高级更优美的神话，例如我们今天所见到的希腊神话，原始性就不那么浓厚，而颇具有粲然的文明色彩。可见原始性不是神话的唯一因素。"①在作者的笔下，一些从神话演变为传说的口述作品，如牛郎织女、白蛇传、董永与七仙女、沉香劈山救母等，以及仙话中的神话、佛道神话等，也纳入了他的神话体系中，显示了他从1983年起就提出并坚持不渝的"广义神话"、"新神话"的理念。

（二）创世神话研究

1. 长沙子弹库楚帛书创世神话研究

华夏创世神话，自20世纪上半叶，开始引起我国学界的注意。自玄珠（茅盾）于1925年发表《中国神话研究》，说盘古神话"是中国神话的第一页"，是"中国的开辟神话"②之后，屡有论述发表，特别是30—40年代，杨宽《盘古传说试探》（1933）③、卫聚贤《天地开辟与盘古传说的探源》（1934）④、杨宽《略论盘古传说》（1936）⑤、卫聚贤《盘古的传说》（1937）⑥、吕思勉《盘古考》（1939）⑦的发表，盘古神话作为中国创世神话得到了更细致深入的论述。但也存在着一些遗憾，学者们普遍认为，盘古神话应属于南方民族的神话，而在三国时代才传入中原地区并被

---

① 袁珂《中国神话史》，第15页，上海文艺出版社，1988年。

② 玄珠《中国神话研究》，《小说月报》1925年第16卷第1期；1929年收入《神话杂论》中。作者在稍后发表的《中国神话ABC》（1928）中说，盘古开天辟地神话是南方民族的神话。这一观点被后来许多研究者所采用。

③ 杨宽《盘古传说试探》，《光华大学半月刊》2卷2期，1933年10月。

④ 卫聚贤《天地开辟与盘古传说的探源》，《学艺》第13卷第1期，1934年2月。

⑤ 杨宽《略论盘古传说》，上海《大美晚报·历史周刊》第11—12期，1936年。

⑥ 卫聚贤《盘古的传说》，《古史研究》1937年第3期。

⑦ 吕思勉《盘古考》，写于1939年，发表于《古史辨》第七册，出版时间是1941年。

融入华夏神话之中。而先秦典籍中保留下来的其他创世神话资料，除了羲和生日月等资料外，创世神话资料少之又少。1942年在长沙子弹库出土的楚帛书，在某种程度上改变了华夏神话没有创世神话的状况。

湖南省长沙东郊杜家坡出土的战国墓的楚帛书，先归蔡季襄，后转售美国人柯克思，现存美国华盛顿弗利尔美术馆。此帛书全文共分三篇，沿周围一篇分12小段，每段记一个月的名称与宜忌，有战国文字和彩绘图像，全篇与古代卦气说有关，学者们称为"月忌篇"。中间是两段战国文字，左边一段共13行，与古代天文学有关，又称"天象篇"。右边一段共八行，称为"神话篇"，叙述宇宙的起源与形成，记载了许多神话人物，是研究上古神话的重要资料。此楚帛书的文字和图像涉及地理、考古、民俗、宗教、神话、天文、历法、美术等众多领域，是为我国最早的创世神话的载籍材料，近二十年来学界在楚帛书创世神话的研究方面所取得的成绩，不仅驳斥了外国神话学家和汉学家关于中国没有创世神话的观点，而且把中国神话学大大推进了。在此，笔者仅就楚帛书的文和图讨论创世神话而又有代表性的观点，作一简述：

连劭名在《长沙楚帛书与中国古代的宇宙论》一文中认为：楚帛书中所记"天地四方起源"的神话，与《系辞》中的记载基本一致。"天地生成之前的蒙昧状态，即古代哲学中所说的太极。"而《淮南子·精神训》中所说的"天地生成之前，有像无形，窈窈冥冥的景象，正是帛书中梦梦墨墨，瘴气四溢的状态。"二神即伏牺与女娲，分别阴阳，开天辟地。伏羲、女娲即两仪，四子即四象。他说："自天地奠定之后，立四子为四方，形成六合，先造就了宇宙的框架。"帛书"是襄天践，是各参化法逃。"就是天造草昧，乾知大始的意思，天地六合的确立，是宇宙产生之始。自禹、契经营下土之后，又开拓了天步，使天体可以上下升腾，道首先开始运行。帛书在叙述完天地四方生成的经过后，阴阳二气疏导山川。天地之气相交，方能繁衍众物。疏导山川之后，四神开始运动，循环往复，形成四时。而这些都在日月生成之先。他认为，帛书《神话篇》的第二段主要叙述日月与九州的出现，实际上是对于天地的进一步治理，是宇宙演化的第二个过程。"四神乃作至于覆"，覆即指天盖。与古代盖天说有关。帛书接着叙述炎帝命令祝融确立"三天"、"四极"的事情。天旁即北极璇玑，也就是北斗。因此，只有三天四极奠定之后，方可推究九天运行的法则，安排日月的运行。他还指出，帛书第三段文辞"共工口步十日四时"所记，是共工推动"十日四时"运转的故事，实际上是叙述历法的产生。十日为了记日，四时为了记年。因为在往古时代，旬与季的观念要比年与月更为古老。而制定历法需要考虑置闰的问题，故帛书云："□神则闰。"连劭名的观点，大致可以归结为：楚帛书与南方楚文化有关，除了叙述了伏羲、女娲这两位创造宇宙的创世大神之外，还提到了南方之神炎帝，两个商人系统的神话人物——帝俊和契，以及南方楚人系统的共工。特别是关于共工推动十日四时的一段叙述，提供了其他文献所没有的情节，实属珍贵。他的研究结论是："帛书《神话篇》共提到了伏牺、女娲、禹、契、炎帝、祝融、帝夋、共工等8位古史传说中的人物，大多与南方楚文化有关，充分反映了帛书《神话篇》的地方色彩。……长沙楚帛书是研究上古神话与古代文化的宝贵资料。叙述宇宙起源的传说，自成体系，结构完整，其中掺和了当时流行的哲学思想和天文学知识，说明它已经过加工和整理。帛书是楚人直接书写的一篇古代文献，与传世古籍中的记载多有不同，为我们研究传统中国文化提供了新的线索。"[①]他是很少数在美国华盛顿弗利尔美术馆亲眼观摩过楚帛书原件的学者之一。

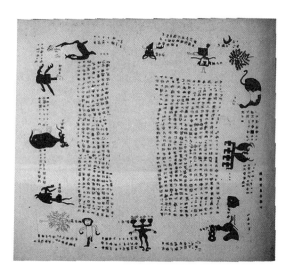

院文清在《楚帛书与中国创世纪神话》一文里说，"四时"篇（作者采用的是李学勤在《长沙楚帛书通论》[②]一文中对帛书三篇的拟名"四时"、"天象"、"月忌"）"实质上是一部先秦时期最为完备的中国体系创世纪神话。"他的主要观点是：第一，楚帛书的雹戏（伏羲）是诞生于雷霆闪电之中的造化之神，最为古老的天神。他写道："帛书云：'曰

---

① 连劭名《长沙楚帛书与中国古代宇宙论》，《文物》1991年第2期。

② 李学勤《长沙楚帛书通论》，《楚文化研究论集》（第1集），武汉：荆楚书社1987年。

古嬴熊宓戏，出自□霆，居于颧□。'在这里交代了宓戏从其名号、形体以及诞生过程，都与自然现象风雨雷电相关。戏是中国上古神话传说中开天辟地的人类始祖之一。'宓戏'之'宓'古文作'靁'，与古雷字形相似，甲骨文中有'雷'字而无'宓'字，雷作申，申作'𦥑'即为雷电形象，是自然现象中雷暴闪电的形象刻画。"他认为，长沙子弹库楚帛书中关于宓戏诞生的文字记载，与战国早期的曾侯乙墓出土衣箱上所描绘的宓戏女娲形象——宓戏龙躯人首——是一样的，宓戏诞生于雷霆之中，故而与龙和雷霆的关系密切。宓戏龙躯人面，半人半兽，表现出了神性的原始性。[①]第二，他认为，在楚帛书中，宓戏诞生之时，宇宙处在混沌未开的蛮荒状态（"梦之墨墨，亡章弼弼，□每水□，风雨是於"），他并没有着手去开天辟地，创造世界，而是首先娶妻生子（"乃取虔遑□子之子曰女皇，是生子四"），明确了宓戏与女娲的夫妻关系，"并非似后世有关二者的兄妹之说，此乃宓戏女娲之本来面目"。接下来是创世和造物。宓戏女娲的创世之功是：襄理天地，辟涉山岭河川，参化万物，始创四时。帛书中的"□□是襄，天地是各"就是说他们"从一片混沌状态中创造了天和地"。帛书中的"参化棽逃，为禹为万"，说的就是"天地创造之后便开始了世间的生命万物的创造"。第三，宓戏女娲之后"千又百岁"，由帝俊创生了太阳和月亮，从而"帝俊乃为日月之行"成为主宰日月之神。太阳月亮的诞生"使昏暗无际的世界开始有了光明"，是"创世神话中一个非常重要的组成部分"。在楚帛书第三章《创世篇》里，"共工夸步十日四时"。帝俊时代以"月纪四时"，十日依序而出；而到共工时代，发现"四时"有所出入，出现了一个闰月的问题。"风雨晨祎乱作"，共工"乃逆日月，以逊□思"，共工重新循序制定了日月运转规律，恒定了一日之中的时辰，使"有宵有朝，有昼有夕"。院文清指出，在史籍中，共工通常是作为"罪恶之神"面目出现的；而在楚帛书中，共工则被尊为"天神"，为创世创下了丰功伟绩。第四，他的结论是："'创世篇'从宓戏诞生到共工恒定朝夕昼宵，所表现出了（的）楚人宇宙观中的世界形成之观念，天地、四时及万物皆为天神创造和主宰，帛书所述神话可以说是中国最为古老的创世神话版本。"他不同意此前有些神话研究者的意见，"神话学界多将之（伏羲女娲神话）作为南方少数民族的创世神话，楚帛书宓戏女娲神话的发现，无疑可以证实其本源则在于中原神话，在于

---

① 院文清《楚帛书与中国创世神话》，《楚文化研究论集》（第4集），第598—600页，郑州：河南人民出版社1994年。

以华夏文化为主体而具有强烈自身文化特色的楚文化之中。"①

　　杨宽在《楚帛书的四季神像及其创世神话》（《文学遗产》1997年第4期）一文中对楚帛书创世神话的考释与研究，其观点与连劭名有所不同。他认为，楚帛书创世神话，可分为两段（部分）。伏羲是在混沌中开天辟地的创世者，而祝融的使"四神"则属于进一步创世。这是他对楚帛书神话见解的独到之点。他写道："楚帛书中间八行一段文字，讲的是开天辟地的创世神话，这是我们所见到的时代最早的创世神话文献。全文可以分为两节，上节较短，讲的是伏羲创世的神话；下节较长，讲的是祝融进一步创世的神话。……既说伏羲生"四神"，而使"四神"从一团混沌中开天辟地，使得日月分明和四时运行，又说祝融顺天意、奉炎帝之命而统帅"四神"，进一步完成创世工程，……帛书所讲的创世神话，实质上就是太阳神的创世神话。……炎帝既是出于日神、火神的分化演变，祝融所统帅四季之神中的夏季之神又是火神的分化。"②他的这些观点，显然是他写于1938年的《中国上古史导论》中提出的古史神话"分化演变说"的继续。其次，他还指出：伏羲既是最早的创世神，又是最早的造物神。他说：在楚帛书中，"伏羲生下四时之神，在一团混沌中使四时之神开天辟地，使得日月分明和一年有四季，说明伏羲是楚神话中的最早创世者。"而1973年长沙马王堆"长沙汉初墓葬出土的帛书《易系辞传》，又以伏羲为最早的造物者"。最早的创世者和最早的造物者，二者是有渊源和联系的。

　　董楚平从20世纪90年代末以来陆续发表了《"鸟祖卵生日月山"——良渚文化文字释读之——兼释甲骨文 "帝"字》（《故宫文物月刊》第168期，1997年3月）、《良渚文化创世神话补证》（《故宫文物月刊》第174期，1997年3月），力图通过对良渚玉器文字和纹饰等古史资料"复原"已经在漫长的历史烟尘中失落了的原始创世神话意象。接着，他又写了《中国最早的创世神话》，对长沙子弹库楚帛书中的创世神话进行考释和阐发。③

---

　　① 院文清《楚帛书与中国创世神话》，《楚文化研究论集》（第4集），第605页。

　　② 杨宽《楚帛书的四季神像及其创世神话》，《文学遗产》1997年第4期；又见《杨宽古史论文选集》，第364—365页，上海人民出版社2003年。

　　③ 董楚平《中国最早的创世神话》，《杭州师范学院学报》1988年第2期。此后，他又在这篇文章的基础上，继续进行开掘和深化，于2002年发表了《中国上古创世神话钩沉——楚帛书甲篇解读兼谈中国神话的若干问题》（《中国社会科学》2002年第5期），从时间上说，已不属于本课题的研究范围了。

讨论子弹库楚帛书创世神话的文章和著作还有不少，重要的诸如：李零《长沙子弹库战国楚帛书研究》（中华书局，1985）、高明《楚缯书研究》（《古文字研究》第12辑，中华书局，1985）、何琳仪《长沙帛书研究》（《江汉考古》1986年第2期）及《长沙帛书通释》（《江汉考古》1986年第1期）等。20世纪最后二十年关于楚帛书创世神话的研究，取得了可喜的成绩，但应该说也还没有取得共识。情况正如杨宽所说的："半个世纪以来中外不少学者对此作考释和研究，先后所发表的专著和论文多到70种以上，真可以说极一时之盛，可是所有的探讨，看来还没有得其要领，因而尽管不少学者一次次对此作出种种推断，至今还没有得出学术界公认的结论。"[1]

2. 创世神话的整合研究

20世纪最后二十年间，有关创世神话（不包括洪水后人类再生神话）研究的文章，据有关方面统计，约在六七十篇以上。尽管这个数字不是一个学术意义上的统计，但还是有一定参考价值的，说明创世神话受到了学界的重视，特别有价值的信息是，一向被忽视的少数民族创世神话受到了空前的重视。探讨少数民族创世神话的文章，如：

杨知勇	《从彝苗两族看创世神话的思想特征》	《云南社会科学》1984年第4期
兰克	《从创世神话看神话的本质特征》	《云南民族大学学报》1986年第4期
赵永铣	《蒙古族创世神话与萨满教九十九天说探新》	《内蒙古社会科学》1989年第4期
杨秀绿	《侗族创世神话的历史价值和科学价值》	《西南民族大学学报》1991年第4期
萧川	《侗族创世神话与史诗的哲学思想论析》	《怀化学院学报》1991年第4期
德吉卓玛	《藏族创世神话与宗教》	《西南民族大学学报》1993年第4期
张彦平	《创世神话——原始初民的宇宙观——柯尔克孜族创世神话探析》	《西域研究》1995年第3期
向柏松	《水生型创世神话在现代民俗中的沉淀》	《中南民族学院学报》1997年第2期
才让、杨生芳	《藏族创世神话中的文化内涵》	《西北民族研究》1999年第1期
张萍	《试论苗族创世神话中的审美意识》	《贵州民族研究》1999年第3期
王会莹	《北方"天空大战"神话的时空哲学——满族创世神话原型解读》	《黑龙江民族丛刊》1999年第4期

---

[1] 杨宽《楚帛书的四季神像及其创世神话》，《文学遗产》1997年第4期；又见《杨宽古史论文选集》，第354页，上海人民出版社2003年。

少数民族创世神话研究之外，还提出或触及了人日创世神话（叶舒宪）、鸡子与宇宙卵意象（钟年）和中外创世神话比较研究等问题。

在这些创世神话研究中，最值得重视的是陶阳和钟秀夫妇合著的《中国创世神话》（上海人民出版社，1989）。它是新中国成立50年来出版的第一部、也是唯一的一部有关创世神话的专著。陶、钟著作的最重要的特点是，在运用了中国古代典籍中的盘古创世神话和羲和生日月神话等有关创世神话的资料并进行了一定的梳理和阐发之外，广泛地采用了当代搜集的至今还流传在各少数民族中的创世神话材料。这一特点是新中国成立50年来民间文学搜集与研究的一个缩影。开拓各少数民族口传神话的研究领域，是1949年以来、特别是历史新时期以来中国神话研究的新的拓展和特点。由于中国上古神话中最具代表性的创世神话——盘古神话最初在三国时徐整的《三五历记》中才出现，有学者又认为它原本是南方民族的神话而在三国前后被中原民族所吸收和融合，因而华夏古神话中的创世神话极不发达，故而在一定程度上阻碍了学界对创世神话的研究与在理论上的开拓。

陶、钟在其专著中提出了创世神话包括天地开辟神话与人类起源神话两大基本主题说。他们以归纳法为基本方法，梳理历代汉文典籍中的神话材料和新收集的少数民族神话材料，把"开天辟地"创世神话归纳为自生型、胎生型、蛋生型、开辟型、创造型、变生型六种型式，证明中国各民族创世神话及其宇宙形成观的丰富性和多样性。这是他们的贡献所在。但他们对来源不同的神话资料缺乏科学的比较和分析，也带来了不少学理和结论上的缺陷和不周。如在对开辟神话中天和地的认识上，他们没有指出，华夏上古神话与某些少数民族神话是有差异或不同的。他们写道："宇宙起源神话，原始先民称为天地开辟神话（按：实际情况并非'原始先民称为'，而是学者们'称为'——本书作者）。原始先民通过直观，把整个宇宙分为天和地两个部分，把地看成为一块平板，把天看成是一个笼罩在大地上的半圆体，所以，他们的天地开辟神话，实际上是指整个宇宙的起源。"（第145页）天地开辟神话"永远被放在首位""是因为原始先民们当时已认识到，'天'和'地'，尤其是大地，是世间万物（包括人类自身在内）赖以生活和存在的场所。"[1]学者已经指出，在华夏上古神话中，"地"的观念出现在先，而"天"的观念出现在后。在上古创世神话的研究上，作者完全没有注意到和吸收此前有关长沙子弹库楚帛书中创世神话的研究成果，因而，他们关于创世神话的一些结论受到了局限。

---

[1] 陶阳、钟秀《中国创世神话》，第145—146页，上海人民出版社1989年。

在神话理论上，他们提出的创世神话并不是神话最早的形态，"以其明确的探源主旨的形式出现，大约在人类进入新石器以后，相当于母系氏族公社的中、后期"的论断，已得到了杨堃先生的赞同与肯定。[1]审视全书，我们也发现，作者并没有始终遵循他们为"神话"所作的界说——"神话就是关于神们超凡行为的故事"[2]——显然这样的定义是陈旧的、过时的，而在对创世神话的具体分析中实际上已否定了自己的界说。应该说，作者引进多学科的研究方法对少数民族创世神话资料所作的整合与分析研究，提出和解决了一些以往神话研究、特别是创世神话研究中未能很好解决的理论问题，如弥补了自顾颉刚等"古史辨"派起只研究"古史传说"而忽视原始创世神话的其他构成内容的局限，如开辟了"人类起源神话"、"文化起源神话"等专章，接受和发挥了西方和国内学者们已经广泛盛行的"文化英雄"的理论，为创世神话的理论构筑了新的学术框架。作者对创世神话的研究，既采用了文学和审美的研究方法，又采用了民族学和比较研究的方法。通过对近代处于不同阶段的原始民族之间创世神话的研究和比较，间接地推测创世神话的大体发展历程和基本发展规律，从而得出结论说：创世神话的发展大体上经历了胚胎期、形成和发展期、成熟期三个大的发展阶段。"到了原始社会末期（包括母系氏族公社后期和父系氏族时期），创世神话进入了成熟期，即创世神话发展的第三个阶段，也就是最后一个阶段。成熟期的主要标志：一是宇宙起源神话的出现。这时期的人类已能从整个宇宙的角度来思考问题，把'天'和'地'作为一个整体来看待；二是系列创世神话（主要是长篇创世史诗）的产生。这时期人类的思维能力进一步发展，能把零散的各物种的起源神话综合起来，并加以有次序的安排，于是从天地开辟起，依次包括日月星辰的来源、人类的起源、洪水滔天、兄妹婚等大致相同的模式，组成了有系统的创世史诗或散文体创世神话。"[3]

3. "文化英雄"的提出

马昌仪著文《文化英雄论析》，引进当代外国神话学家在分析文化起源神话时所使用的"文化英雄"的概念和理论，并加以阐发："对于我国读者来说，文化英雄（Culture hero）也许是一个比较陌生的概念。但在

---

①　杨堃《中国创世神话·序》，上海人民出版社1989年。

②　陶阳、钟秀《中国创世神话》，第2页，上海人民出版社1989年。

③　陶阳、钟秀《中国创世神话》，第20页，上海人民出版社1989年。

西方和苏联的神话学、故事学、人类学、民族学和原始文化史中，文化英雄和创世神、人类始祖占有同等重要的位置。从北美印第安人的郊狼（凯欧蒂）、雷鸟，到西伯利亚古亚洲人的乌鸦；从澳洲墨累河流域各部族的楔尾鹰和渡鸟（穆克瓦拉和基利帕拉），到非洲阿散蒂人的蜘蛛（阿南绥）；从世界许多民族神话中普遍存在的'孪生子'，到古希腊的普洛米修斯，芬兰的万奈摩宁，中国的伏羲、黄帝、鲧等等，这一世界性的创建人类初始的文化业绩，并具有大致相似的性格特征，与创世神、人类始祖密切相关而又独具特色的文化英雄网络体系，在近百年西方的学术著作中，尽管已经勾勒出了一个依稀可见的轮廓。"①

"文化英雄"这个新的概念一经提出，旋即成为我国神话研究者们研究和阐释创世造物、文化起源等古神话的常用概念和工具。孟慧英评述道："关于文化英雄的特点，马昌仪先生在她的论文中提出独到的见解。她指出国际上关于文化英雄的特点虽然众说纷纭，但有两点是共同的。其一，文化英雄与创世造物者与人祖等同。他们是最先创制文化器物、教人技艺、制定社会典章制度的神话人物。其二，常以兽、鸟、人、半人半兽的形态出现。她认为应该强调的是，文化英雄是史前时代人类文化业绩的一个投影。文化是对自然的征服的产物。但对于文化与自然的对立，史前时期的原始先民是不理解的，他们把文化与自然二者混同起来，通过一种与文明人完全不同的感知方式在神话中表达出来。她进而提出文化英雄的五种类型，即（1）原始型文化英雄，可分为兄弟型、兄妹型。（2）孪生子型文化英雄，常态形象为鸟形或兽形。（3）半神或天神型文化英雄。（4）普罗米修斯型文化英雄。（5）传说人物型文化英雄。马先生的解说是比较充分的，应该补充的是，在我国少数民族中，这类神话人物也常常被赋予祖先神祇意义。"②

（三）古典神话流变研究

在古代中原神话发祥之地，调查采录和研究某些上古神话在当世民间流传的新异文、新版本，进行古神话的流变研究，是中国进入改革开放的新时期以来，古神话研究的两股新的研究潮流之一。（另一股潮流是对破碎的或被历史化了的上古神话进行"重构"和"复原"，详后）。这项研

---

① 马昌仪《文化英雄论析——印第安神话中的兽人时代》，《民间文学论坛》1987年第1期。

② 孟慧英《活态神话——中国少数民族神话研究》，第194—195页，天津：南开大学出版社1990年。

究，以张振犁主持的"中原古典神话流变研究"为代表。

《中原古典神话流变论考》（出版于1991年）是张振犁这项研究的最终理论成果，这项成果的基础是在他主持下河南大学中文系师生历时十年的系统的田野调查。在此著完成之前，他与他的学生程健君合编过一本《中原神话专题资料》（中国民间文艺家协会河南分会1987年印行），收录了他们在调查中记录下来的神话文本和辑录的有关史料。这些田野记录资料，包括有关盘古、女娲、伏羲女娲、洪水后兄妹婚、神农（炎帝）、燧人氏、祝融、阏伯、后羿、嫦娥、牛郎织女、王母、黄帝、夸父、尧、舜、禹、商汤、愚公等不同时期神话人物的神话传说。钟敬文称，这些中原神话资料的收集和编印，"是我国神话研究者的福音，同时也是世界神话学者的一种奇遇。世界一些远古的文明国家如希腊、印度，都曾经产生过许多神话、传说，并且有幸保留下来（主要凭借文字记录），成为人类共有的精神财富。但是时代远远过去，许多宝贵的古典神话消亡了。像希腊、印度等国，未闻他们在今天国民的口头中，今天还有大量古典神话的遗存。从这个意义上说，中原人民口头遗存下来的许多古典神话，便是一种文化史上的奇迹，是十分值得重视的珍宝。"①

神话之为神话，就在于它的神圣性，即西方学者所说的"神圣的叙述"（Sacred narrative），讲述者、演诵者将他们所讲述或演诵的神话信以为真，崇信不疑，如若失掉了这一基本特征，神话就变质了，就不成其为神话了。但是，不能不看到，神话是在历史演变中成为神话的，因此，也不可能不在历史演变中发生着历史化、现实化、科学化、宗教化的变革。一个原始神话的内核，经历过朝朝代代、千年百年的传承，就像滚雪球一样粘连上层层的外延物，当然也免不了在某个时候，因某种因素而失落了些什么。原始的内核、历代的不同积层、历史的失落以及与这些现象有关的社会与自然，都应该加以探讨，这种探讨有助于人类对自身的认识。中原古典神话的现代流变情况大体也是这样的："神话本来就不是固定不变。它除在文献中固定下来的特殊情况外，在口头相传的状态（或者叫'自然之潮流'）中，它从内容到形式，必然在逐渐流动、变化和发展的。而这种变化和发展，又是受一定的规律所制约的。"②

作为《中原古典神话流变论考》一书的总论《中原古典神话流变鸟瞰》，作者曾以《中原古典神话流变初议》为题先期于1983年在刊物上单

①　钟敬文《〈中原古典神话流变论考〉序一》。
②　张振犁《中原古典神话流变论考》，上海文艺出版社1991年。

独发表①，所论的三个问题，即（1）我国"开辟创世"和"洪水遗民，再造人类"神话的融合；（2）古典神话中出现宗教化和非宗教化倾向或世俗化并存的现象；（3）我国著名古典神话的地方化。可以看作是作者研究中原古典神话流变现象的总纲或主要论点。在此总纲的统揽下，作者具体论述和剖析了盘古神话发现的意义和原人的哲学观、女娲神话的地方化、中原洪水神话的多元透视与文化积淀、黄帝神话的传说化和历史化演化、夸父神话的原型与变异、华夏族系的盗火神话"商伯盗火"、牛郎织女神话、羿与嫦娥神话、大禹治水神话、商汤祈雨神话与巫风以及中原文化与楚文化的融合等专题。

张振犁所作的调查与研究是很有价值的，打开了中国古典神话研究的另一片新的天地。调查组的调查和他本人的学术研究，以大量新的材料和新的见解，引起了学界的关注和议论，从一个重要方面推进了古典神话的研究深度。但也有人认为，现时流传于民间的神话材料，并非是某一特定神话的"同质的变异"，因为所有流传地区，不是一个封闭的、不受外来文化影响的真空。

（四）洪水神话的重构或还原

对古典神话进行"重构"和"还原"研究，成为新时期古典神话研究中出现的另一股潮流。其特点是：运用民族学或民俗学调查中的新材料或文献资料作为参照物，借助于比较研究等方法，对破碎的、变异的、丢失的古神话进行重构或还原。

1. 钟敬文与80年代古神话还原重构思潮

1980年10月22日，钟敬文有感于《云南民族文学资料》第13集中刊登的一篇从云南迪庆藏族自治州搜集记录的《女娲娘娘补天》口述神话文本，而写作了一篇题为《论民族志在古典神话研究上的作用——以〈女娲娘娘补天〉新资料为例证》的文章，作为他向1981年5月中国民间文艺研究会第一届学术年会提交的论文。②题目所标示的，是说民族志在研究古典神话中的

---

① 张振犁《中原古典神话流变初议》，《民间文学论坛》1983年第4期，北京。

② 钟敬文《论民族志在古典神话研究上的作用——以〈女娲娘娘补天〉新资料为例证》，最早收入《钟敬文民间文学论集》（上），第148—172页，上海文艺出版社1982。同时收入中国民间文艺研究会研究部编《民间文学论文选》（该会第一届学术年会论文选），第13—33页，长沙：湖南人民出版社1982年。

作用，但其主旨，却在呼吁对那些被异化了的、合理化了的、变得零碎了的、互相矛盾的、被歪曲了的古神话，借助于民族学的鲜活材料以还原或重构古神话。古神话的还原和重构这种思想，其实早就在学界存在了，并非自钟敬文始，他所批评的袁珂在《中国古代神话》一书里对女娲神话所作的连缀贯通，应该说，实在也是一种重构的试验，而钟敬文此文所表达的还原或重构的思想，不过比较明显、比较突出、比较急切罢了。他写道："我们现在对古典神话研究的首要任务，是从那里去探究和阐明古代人民对自然现象和社会现象的思维、想象（艺术才能）及其所反映的社会、文化的性质、形态等。要达到这种科学的目的，首先一个条件，就是所掌握的资料要有可靠性。没有这一点，一切努力不免徒劳。在上述所说的那种情况下，要较有效果地进行工作，除了正确的观点等以外，必须借助于一些跟它有密切关系的辅助科学，而民族学、民族志，在这种研究上是尤其有效的工具或手段。"[1]他拿从迪庆记录的这个女娲补天神话的文本，与古代文献记载的有关事迹——用泥土制造人类的祖先（《风俗通》）、用五色石修补倾塌的天体（《淮南鸿烈》）、用鳌脚建立四极（《淮南鸿烈》）、杀黑龙、平洪水（《淮南鸿烈》）、制作乐器笙簧（《礼记·名堂位》）——相比较，发现"这个古典神话新资料的科学史价值，首先在于它具有古文献上那些重要的活动项目，并且比较完整地组织着这些项目。它把那些在古记录上相当分散的、断片的活动项目（如造人、制乐等）结合在一起——不，应该说，它保留了那神话的原来的活姿态。因此，它不仅使我们得以印证那些被分离的各个项目，更使我们能够看到它的原有的、较完整的存在形态。""更重要的是，它没有像古记录那样受到种种有害的'异化'。"[2]钟敬文的这篇文章，最初收在他自己编订、由上海文艺出版社于1982年出版的《钟敬文民间文学论集》和1994年首都师范大学出版社出版的《钟敬文学术论著自选集》里，此后，似乎就一直不大受到重视，多种重要文集中都略而不录。其实，它的学术史价值在于登高一呼，开启古神话的还原与重构之风。

　　钟敬文的《洪水后兄妹再殖人类神话》[3]是80年代开启的"重构"古神

　　① 钟敬文《论民族志在古典神话研究上的作用——以〈女娲娘娘补天〉新资料为例证》，《钟敬文民间文学论集》（上），第162页，上海文艺出版社1982年。

　　② 钟敬文《论民族志在古典神话研究上的作用——以〈女娲娘娘补天〉新资料为例证》，《钟敬文民间文学论集》（上），第165—166、167页，上海文艺出版社1982年。

　　③ 钟敬文《洪水后兄妹再殖人类神话》，《中国与日本文化研究》（第1集），北京：中国大百科全书出版社1991年。

话思潮的又一个个例。钟敬文的此文，是20世纪40年代芮逸夫（重点在关注于同胞配偶型洪水神话与南方民族神话的渊源关系）、闻一多（重点在运用王国维的二重考证法于洪水神话的研究）到50年代台湾学者李卉（重点是对大量山地少数民族的同胞配偶型洪水神话的实证与比较研究）洪水神话研究之后出现的又一重要研究成果，补缀了和开掘了石狮子与乌龟同洪水后人类再殖的情节并纳入洪水成因的分析，与以往的洪水神话研究相比，是一脉相承，而又在视野上有较大开拓的。

2. 乌丙安：洪水故事折射非血缘婚观

越是没有谜底的事情，就越是吸引学者们去探索。洪水神话就是我国民间文学中的一个永远的话题。乌丙安于1981年5月在中国民间文艺研究会第一届学术年会上发表的论文《洪水故事中的非血缘婚姻观》，把古籍文献中关于伏羲女娲神话的不同的记载，与从口头采录下来的多民族的兄妹婚神话进行比较，从众多的民族和地区的文本中提取和构拟出了洪水后兄妹婚神话的四个共同的"成分"（或近似成分）：（1）远古（宇宙初开或大洪水后），只有（或只剩）兄妹（或姊弟）二人；（2）兄向妹求婚，妹避讳不允，提出了成婚的先决条件（追逐或占卜的成功与否）；（3）约定各条件都经过试验取得成功（其一，兄多番追逐不成，改从相反方向拦截，追到妹；其二，举行一种或几种占卜，终于取得成功；其三，兄从相反方向迎截，违反了约束，妹再拒婚，又改行占卜一至几次，方成功），迫使妹就婚；（4）婚后生一非人形儿（肉球、肉块、瓜；无手足、无五官、无颜面怪胎等）。作者采用比较研究的方法，排除了这一神话在其不同时代的记载中所粘连上的种种后世的观念，力求探寻其本源的形态，阐释其原旨。他的结论是："大多数兄妹婚配神话传说是在家族制度发展第一阶段之后的某个阶段对血缘婚姻的某种追述。因为，作为反映社会生活的古老神话传说形式，在血缘家族阶段也只能表现'一群兄弟和姊妹之间的婚配'，绝不可能臆造出后阶段'一夫一妻'的兄妹二人婚姻形态。"[1]作者阐述的神话中的"兄妹婚"是"对非血缘婚的折射"与"对血缘婚的追忆"的观点，在20世纪80年代初的神话学界有一定的代表性。

作者对80年代初出现的神话研究思潮评论说："近二十年来，我国学

---

① 乌丙安《洪水故事中的非血缘婚姻观》，第35、41页，中国民间文艺研究会研究部编《民间文学论文选》，长沙：湖南文艺出版社1982年。

术界继闻一多之后再一次把注意力集中到这类神话传说上来，才开始用摩尔根、巴霍芬的调查和论断对兄妹婚姻型神话传说加以审视和印证；才开始用马克思、恩格斯的某些理论进一步处理这类神话、传说的许多问题。应该承认，这是一个有意义的飞跃，它标志着我国民族学、神话学正朝着更加科学化的方向迈开了步伐。"[1]

3. 杨利慧的女娲神话研究

杨利慧的博士论文《女娲的神话与信仰》[2]对女娲神话的调查与追溯，在女娲神话的口承文学资料即神话、传说之外，开拓了"多方面的民间传承文化体系（例如关于她的各种习俗、方言、礼仪、游艺）"的领域，而"民间关于她的信仰、祭祀，不但是这个传承文化体系里的重要方面，而且跟语言、文学的传承密切相关。"[3]开拓和认定女娲神话的多种方式叙事，是杨著的特点和贡献。

女娲是中华民族多民族共有的神话和信仰中的创世母神。作者在她的第一部书《女娲的神话与信仰》（中国社会科学出版社，1997）里已经对该神话的文本和信仰的内涵作了较为充分的阐释，在第二部书《女娲溯源》（北京师范大学出版社，1999）里为自己提出的命题是"女娲信仰起源地的再推测"，而这个命题也曾经是许多前辈人文学者倍感兴趣的。

探测女娲神话和信仰的起源地这一命题。作者面对的是持女娲神话"南方说"的学术大师们，如闻一多和芮逸夫们。她选择了"南方说"论者两个薄弱的侧翼（甚至不是侧翼，而是主要阵地），即女娲与兄妹始祖型神话的"一元论"的漏洞和女娲神话与信仰的发生地的臆断性，广泛涉猎80年代以来全国民间文学搜集者为编辑全国"民间文学集成"所搜集的文字资料，以年轻学者陈建宪所搜集的433篇和她自己所搜集的418篇洪水神话为基础，进行统计学和类型学等多学科的类比和分析，并借助于谷野典之和王孝廉等学者的武器和结论，直击"南方说"的要害，使"南方论"的伏羲、女娲即苗族、侗族等南方民族神话中的洪水遗民兄妹说，处于左支右绌之势。接着，她又跨进一步，在古文献学、地理历史学的基础上，引进芬兰学派和日本学者的传说"中心地"理论，引进我国考古学成

---

① 乌丙安《洪水故事中的非血缘婚姻观》，第35页。
② 杨利慧《女娲的神话与信仰》，北京：中国社会科学出版社1997年。
③ 钟敬文《杨利慧〈女娲 的神话与信仰〉序》，见杨利慧《女娲的神话与信仰》，第8—9页，北京：中国社会科学出版社1997年。

就和方法，如以出土于甘肃省甘谷县西坪乡的仰韶文化庙底沟类型的彩陶罐上的鲵鱼纹等，论证了女娲神话和信仰最初肇始于西北部，更具体地指明了甘肃省的天水地区。我们不敢说作者的结论就是在这一问题上的"终极"结论，但我们确信她的研究无可辩驳地动摇了论者们半个多世纪以来所持的女娲神话与信仰起源于南方少数民族地区的结论，使"北方说"在学理上更为有据了。但民俗学、神话学的起源地问题毕竟是一个难于确指的问题，不像一加一等于二那样简单，除非有考古学的确指性的文物出土。女娲的滥觞时代和原始产地，似乎也还有待于学术界的继续探讨和文物、文献等有力证据的新发掘新发现。

作者在研究中转而吸收和采用多学科的研究方法，特别是引进考古学的最新成就和研究方法，与民俗学原有的描述和比较方法相配合，弥补民俗学方法的不足和缺陷，用以解决如女娲神话和信仰的滥觞和远古起源地区这类繁难的民俗学问题，增强了理论阐述的穿透力和信服力，取得了相得益彰的效果。为了完成女娲研究的课题和这部著作的写作，作者还走出书斋，到河南、陕西、甘肃、河北等经历过历史风尘而残留至今的女娲遗迹所在地进行了田野采访，取得第一手民俗资料。而这些民俗资料，显然使她的研究变得色彩斑斓、信而有征。

4. 吕微：伏羲女娲对偶神及洪水遗民再创世型洪水传说考定

吕微（威）的《楚地帛书、敦煌残卷与佛教伪经中的伏羲女娲故事》，通过古文献考证和比较研究，在伏羲女娲对偶关系问题上提出了新见。作为"同胞（兄妹）配偶型"洪水后人类再殖、通常被称为第二次创世神话的伏羲女娲故事，虽经过40年代芮逸夫、常任侠、闻一多等学者运用人类学、考古学、"多重证据"等方法的研究，顾颉刚、徐旭生等的历史学研究，以及后来陶阳和钟秀、杨利慧等的民族学、神话学的综合研究，仍然有许多悬而未决的难题留给神话学界。吕微在《楚地帛书、敦煌残卷与佛教伪经中的伏羲女娲故事》（《文学遗产》1996年第4期）里，把先秦两汉文献中有关伏羲女娲的文字记载和画像资料（从伏羲、女娲两神分立像到两神交尾像）、长沙子弹库发掘的楚帛书上乙篇的文字解读，和敦煌遗卷中编号为伯4016（参校伯2652和斯5505）的《天地开辟巳（已）来帝王记（纪）》（定为六朝时期）的比较研究，特别是对楚帛书的资料解读，得出结论：

（战国末年的楚帛书乙篇）与传世文献中的伏羲、女娲故事均不相同，是传说的别一种异文。……诸神均属于创世神，代表着世界秩序，而非秩序的破坏者……。

最重要的是，伏羲、女皇（女娲）对偶神的关系可能并不是后来（如汉代）才确立的，而是有着极古老的传承。在帛书中伏羲、女皇（女娲）虽不是以兄妹相婚配，但考虑到同胞配偶型洪水神话中，男性洪水遗民娶"天女"或"帝女"为妻乃是兄妹婚的可置换情节，并以此构成其亚类型的标志，这就使我们可以进一步论证：婚姻的创造被置换于创世之初，或曰婚姻作为神创工作中的必要程序（神婚具有促成天地结合即创世的巫术功能），是中国洪水神话中的原初性和结构性成分，而不是后世附加或拼接上去的可有可无的要素。

……根据……得自民族学的实证调查和神话学的逻辑分析，我们才推断：在楚帛书所载初创世型洪水神话之外，当时可能还流行着以伏羲、女娲为洪水遗民的再创世型洪水传说；而且认定同胞配偶作为洪水—创世神话情节单元的结构性和原初性。[①]

作者对先秦文献的分析、楚帛书的解读（作者认为与《世本》记载的时间相当）和对敦煌遗卷中的佛典的考证，通过这些材料的比较分析，把伏羲、女娲的对偶婚配关系的出现时间，从此前公认的西汉，提前到了战国末年，把文献记载从此前公认的唐代李冗的《独异志》提前到了六朝佛典。由于作者发现和运用了新的材料，和采用了新的综合研究的方法和视角，使此文成为新时期以来发表的一篇备受关注的重要文章。

5. 常金仓的古史传说研究与对"还原"的质疑

常金仓在20世纪末开始进入古史传说——神话研究领域，发表了一组令人耳目一新的论文，如《古史传说中的泛图腾论》（《陕西师范大学学报》1999年第3期）、《鲧禹故事演变引出的启示》（《齐鲁学刊》1999年第6期）、《中国神话学的基本问题：神话的历史化还是历史的神话化？》（《陕西师范大学学报》2000年第3期）、《〈山海经〉与战国时期的造神运动》（《中国社会科学》2000年第6期）等以及《20世纪古史研究反思录》等多部专著。

---

① 吕威（微）《楚地帛书、敦煌残卷与佛教伪经中的伏羲女娲故事》，《文学遗产》1996年第4期；又见作者所著《神话何为》，第320—351页，北京：社会科学文献出版社2001年。

他的基本观点，大体浓缩在下面的这段文字中："中国现代神话学至今仍维持着一个基本的假定，即中国上古时代像西方一样也曾创造过丰富多彩的神话，至商周之际大部分神话被历史学家改造为历史传说而发生了一次神话的历史化，因而神话学的首要任务便是将历史'还原'为神话。这个假定是20年代在茅盾的《中国神话研究ABC》中确定的，而茅盾的神话理论则主要是在英国古典进化论者郎格以及当时盛行的疑古思潮影响下形成的。中西神话在本质上是有重大差别的，西方神话是以自然神为核心的，中国神话的重心却在英雄崇拜上，根本不存在所谓"神话历史化"，因而21世纪中国神话学有必要重新建立自己的体系。"①

常金仓是一位历史学家，他的古史传说研究，以学术史反思为特色，眼光独到，锋芒犀利，包含着一些重要的批评观点，表达了一种对于古神话的重新认识与本体复原的学术意向，在新时期古史传说研究领域里独树一帜，值得当代神话学界深长思之。他对自茅盾以来神话学研究中在进化论影响下的"神话历史化"说和神话"还原"说的质疑，其实也是另一种"还原"。

（五）新文化史学派

这一派的特点是，采用文化学的理念（如原型理论、母题等）对破碎的古神话进行"重构"或对他人"重构"的古神话系统进行"再重构"，以及运用种种民俗遗存研究神话。

1. 萧兵的文化考释研究

萧兵在神话学研究上的特点，是把多学科或跨学科研究引入神话研究。萧兵20世纪80年代至世纪末出版了多部神话学学术著作：《楚辞与神话》（江苏古籍出版社，1986）、《楚辞新探》（天津古籍出版社，1988）、《中国文化的精英——太阳英雄神话比较研究》（上海文艺出版社，1989）、《黑马——中国民俗神话文集》（台湾时报文化出版公司，1990）、《中国神话传说》（与王孝廉合著，台湾适用出版公司，1990）、《楚辞文化》（中国社会科学出版社，1990）、《楚辞的文化破译——一个微宏观互渗的研究》（湖北人民出版社，1991）、《傩蜡之

---

① 常金仓《中国神话学的基本问题：神话的历史化还是历史的神话化？》，《陕西师范大学学报》2000年第3期。收入所著《20世纪古史反思录》，第131—147页，北京：中国社会科学出版社2005年。

风》（江苏人民出版社，1992）、《老子的文化解读》（与叶舒宪合著，湖北人民出版社，1994）。他把台湾神话学家王孝廉、香港学者陈炳良的神话研究和他本人的神话研究并称为"新还原论"，"归属于'新文化史学派'"①。他以与传统研究不同的新视角和新姿态出现在学坛上，旨在重构和"还原"中国神话的体系。他在《黑马·代序》——《新还原论》一文里详细阐述了他的"新还原论"研究方法："我的研究方式和办法也没有太多的东西，基本上是乾嘉诸子那一套路数，加上点文化人类学的比较分析罢了。"他将其列为四条：第一，先尽可能汇集、登记、抄录有关的上古文化资料，加上初步的考据和鉴别。尽可能优先使用古老可靠的材料。第二，尽可能尊重和吸收前人的研究成果。第三，在原材料和诸家考据之上再解释和再发现。第四，尽可能利用考古发现和田野调查来印证和充实自己的结论。"我的工作主要是'神话的还原'——形态和意义最大程度的复原。我以为神话（或古代神秘现象和符号）大致上可分解为四个层面：叙述层次——显义；内容层次——本义；象征层次——喻义；背景层次——隐义。"②他的神话研究，以原始艺术学、文化人类学、民俗学、文艺学等诸学术领域的资料互为印证，以考据和比较为基本的研究方法，阐精发微，条分缕析，力求揭示出早已失去背景因素的古神话的真谛，作出了令人高兴的成绩。袁珂评价他的研究时说："比较神话学创新、大量而完整的运用，在中国，应该是从作者开始，他完成这项艰巨复杂的工作，是相当出色、相当成功的。"③在当代人文学术界，萧兵以涉猎资料的丰富和思想的敏捷著称。

2. 叶舒宪的原型模式研究

　　年轻的神话学者叶舒宪，20世纪80年代以论文《神话——原型批评的理论与实践》（1987）、专著《探索非理性的世界》（1988），介绍和

---

　　①　萧兵《王孝廉〈中国的神话世界〉序》，见王孝廉《中国的神话世界》，第24页，台北：时报文化出版企业有限公司1988年；第7页，北京：作家出版社1991年。又见萧兵《黑马——中国民俗神话学文集》，第70页，台北：时报文化出版企业有限公司1991年。

　　②　萧兵《黑马·代序——我怎样写〈楚辞与神话〉》，见《古典文学知识》1989年第6期；又见《黑马》。

　　③　袁珂《比较神话学运用的丰硕成果——读萧兵关于太阳英雄神话比较研究的一部新著》，昆明：《思想战线》1990年第4期。

研究西方的文化人类学、特别是原型理论而登上中国学坛。①后来，又连续出版了两本独立的神话学研究著作《英雄与太阳——中国上古史诗的原型重构》（上海社会科学院出版社，1991）和《中国神话哲学》（中国社会科学出版社，1992）。他宣称：他所以写《中国神话哲学》一书，是"试图将当代人文科学的研究方法综合应用于中国古典文学和文化的研究之中。……尝试了一种建立在模式分析基础上的'发掘'式研究，针对中国上古文献的简略和残缺，运用原型模式构拟方法，去重构和复原已经失传或丧失本义的上古神话，整理出中国神话宇宙观的时空象征体系。"②"广泛地借鉴和吸收当代国外人文科学发展中的理论与方法，特别是文化人类学、语言学和文艺学中已经广泛使用的模式分析法，使古老的中国文献得到新的理解，为素以残缺、简短、含混而著称的中国神话材料构拟出原型模式系统，并根据模式的理论演绎功能，参照跨文化的（包括少数民族的和外国的）同类材料，对若干残缺不全或完全失传了的上古神话做出原型重构。"③尽管叶舒宪在神话研究上钟情于原型模式构拟方法，但在此后的研究中，他还是广泛地运用了考据训诂等方法，并逐渐向萧兵的"新还原论"靠拢，把考据方法与文化人类学的比较方法结合起来，选取"原型模式"以"还原"（萧兵）/"构拟"（叶舒宪）某些已经"失传了"的古神话，陆续（关于他的神话哲学思想，后文还要谈到。）出版了《〈诗经〉的文化阐释》（湖北人民出版社，1993）和《老子的文化解读》（与萧兵合著，湖北人民出版社，1993）。肯定鲧、禹"取土造地"说的成立，是萧兵、叶舒宪为代表的新还原派学者的重要成果之一。④20—30年代"古史辨"派神话学家们"破坏"了鲧、禹作为古帝王的旧古史理念，新还原派则把世界其他地区和民族创世神话中的"动物潜水取土造地"类型拿来作为创世神话的一个原型，并用以"还原"华夏大地上的鲧、禹神话。他们改写了鲧、禹神话作为治水神话的结论，根据"窃

---

① 叶舒宪《神话——原型批评的理论与实践》，《神话——原型批评》一书的代序，西安：陕西师范大学出版社1987年。《探索非理性的世界——原型批评的理论与方法》，成都：四川人民出版社1988年。

② 叶舒宪《英雄与太阳——中国上古史诗的原型重构》，第2页，上海社会科学院出版社1991年。

③ 叶舒宪《中国神话 》，第4页，北京：中国社会科学出版社1992年。

④ 大陆和台湾的一些神话学者们在研究中国洪水神话时，提出这一思路和论点，盖源于美国神话学家阿兰·邓迪斯的"捞泥潜水者"说。见所著《潜水捞泥者——神话中的男性创世说》，《西方神话学论文选》，第357—381页，上海文艺出版社1994年。

息壤、堙洪水"、"奠定九州"而认定鲧、禹的业绩是在原始洪水中第一次创世，故鲧、禹神话属于创世神话。[①]而《高唐神女与维纳斯》（中国社会科学出版社，1997）虽然包含了一些比较神话学的内容和见解，但可以认为基本上不属于神话学而属于大文学史（所谓"宏观文学史"）的范畴。

叶舒宪神话哲学研究命题的提出，特别是引入原型模式理论于中国神话研究中，具有前瞻性和试验性；也确如作者所言，仅仅停留在具体的神话文本的考释研究上，而不能提升到更抽象的理论层面上，即对神话思维进行研究，许多问题是不能解决的。把原型模式理论运用于中国古代的"太一"、"道"的思维及其仪式的研究，从"黄帝四面"等研究中国神话的时空哲学，以息壤神话为例而建构神话的生命哲学，既打破了传统考据和历史研究等神话研究的一统局面，也使西方的原型模式理论面临着检验。但他呼吁把神话哲学研究即神话思维研究当作神话研究的"重心"，大家都向这方面"转向"，怕也未必能解决神话研究中的许多疑难，甚至连"失传了"的神话的"构拟"或"复原"也怕是难于达到完全满意。台湾学者胡万川就指出："叶舒宪在《中国神话哲学》中也有专章从同样的捞泥造陆观点，分析息壤神话的意义，他主要从文化哲学的大角度来论这一问题，时有启发之见，但对于其中鲧、禹关系，特别是禹在神话中的角色定位仍未清楚，尚待进一步的澄清探讨。"[②]

3. 何新的符号学研究

何新也是较早运用文化人类学派的理论与方法研究和还原神话的学人之一。同样，他也广泛运用考据训诂的方法，但在他所使用的武器中，主要的则是现代文化人类学中的"符号学"理论。他于1986年出版的《诸

---

① 萧兵《中国文化的精英——太阳英雄神话比较研究》，第767—774页，上海文艺出版社1989年；李道和《昆仑：鲧禹所造之大地》，《民间文学论坛》1990年第4期；叶舒宪《中国神话哲学》第317—363页，中国社会科学出版社1992年；吕微《"息壤"研究》，《中国文化》1996年第14期。台湾学者胡万川所撰《捞泥造陆——鲧、禹神话新探》也属于这一类型的探讨，但他之所据并非"原型构拟"的方法，该文于1999年首先在台湾清华大学纪念闻一多先生百年诞辰中国古典文学研讨会上发表，后收入朱晓海主编《新古典新义》（台北学生书局2001年）及胡著《真实与想象——神话传说探微》（台湾清华大学出版社2004年）。

② 胡万川《捞泥造陆——鲧、禹神话新探》，朱晓海主编《新古典新义》，第45—72页，台湾学生书局2001年。

神的起源》（生活·读书·新知三联书店）一书，以中国上古太阳神崇拜为主纲，把上古神话归结为日神崇拜。他认为，广泛出现于新石器时代器物上的十字纹，属于太阳纹图案的不同形态，是日神崇拜的见证和太阳神话的远源。他的结论是："上古时代的中国曾广为流行对太阳神的崇拜。这些崇拜太阳神的部落也许来源于同一个祖系，也许并非来源于同一个祖系。但他们都把太阳神看作自身的始祖神。并且其酋长常有以太阳神为自己命名的风俗。这些部落后来可能主要分化为两大系统。在北方的一系（颛顼族）称太阳神为羲（伏羲），以龙为太阳神的象征。这一系可能就是夏人的先祖。在东方的一族（帝喾族），称太阳神为'夋'，以凤鸟为太阳神的象征。这一系是商人的先祖。（其后裔中可能有一支南下，又成为楚王族的先祖。）"[1]何新的神话研究，初始时期受到历史学家、神话学家杨希枚的启发与影响。

杨希枚在评价何新的神话思想时说："研究中国神话的学者多认为中国古代神话不像西方神话的丰富多彩，而且认为大多数神话曾被儒家历史化（euhemerized），修饰得体无完肤，因而缺乏系统和完美性。我们多少承认这个说法，但是若能细加考察，则又可知中国古代神话实远非想象的那样贫乏。过去马伯乐据《尚书·尧典》虽指出中国古代有太阳神话，却不知太阳崇拜似乎是较之祖先崇拜更为普遍而重要的信仰之一。因为文献所见，不仅有古帝为太阳神的传说，古帝因梦日或红光而降生的故事；而且无论是祀典、歌舞、服饰、建筑或文学等等方面，都广泛地与太阳相关。如古代人君、天子，就是人间太阳神或其替身。太昊、少昊、炎帝、黄帝，从字义上就都是光帝，即太阳神。天官五帝则不过是四季不同方位的太阳神而已。故一年四季（在五行观念下变成五季）中，天子居于明堂，其意也不过是人间的太阳神。太阳神只是一个例子，其他神话亦可作如是研究，从而说明古人的信仰和相关的生活。……总之，我认为：从符号学的观点出发，我们从古代器物饰纹、图像、神话和祀典的研究上，是可以更多地了解古人的思想信仰和行事背景的。而事实上，这些不同形式的艺术也都是不同的符号。这是古史，尤其是先秦史研究领域中犹须开辟的一块天地，有许多课题都有待我们去深入发掘。"[2]

何新的太阳神话学说，在中国神话学史上并非第一人，中国的太阳神话研究起始于20世纪20—30年代。张若谷的《太阳神话研究》发表于《艺

---

[1] 何新《诸神的起源》，第26页，北京：三联书店1986年初版。

[2] 杨希枚《何新〈诸神的起源〉序》，北京：三联书店1986年初版。

术三家言》（1927年11月），赵景深的《太阳神话研究》发表于《文学周报》1928年2月第5期，都是曾经产生过一定影响的论文。何新与前辈学者的不同，在于他更多地吸收了现代文化人类学的观点、主要是符号学的理论与方法。

4. 陈建宪的神话母题研究

陈建宪以神话研究为职志，自90年代初以来，先后撰著和出版了《神祇与英雄——中国古代神话的母题》（生活·读书·新知三联书店1994）、《神话解读——母题分析方法探索》（湖北教育出版社，1997）。他的研究是"以文化人类学的眼光，通过中国神话来复原原始社会的历史，同时也以考古学、民族学、民俗学、宗教学等多学科的手段，揭示神话世界的奥秘"。[1]他的神话研究，始终以"母题"研究为手段和切入点，其研究领域涉及盘古神话（宇宙卵母题）、女娲神话（泥土造人母题）、昆仑神话（世界之脐母题）、人类再造神话（兄妹婚母题）、夷羿神话（射日母题）、农业神话（弃子母题）、黄帝神话（叛神母题）、治水神话（英雄战水怪母题）、冥界神话（彼岸母题）等，以洪水神话的母题研究最为用力和出色。1996年发表的《中国洪水神话的类型与分布》一文[2]，对所搜集到的443篇洪水神话的异文进行比较分析，并把中国洪水神话归纳为"神谕奇兆亚型"、"雷公报仇亚型"、"寻天女亚型"、"兄妹开荒亚型"四个亚型。他的研究，不仅弥补了自梁启超的《洪水考》以来近百年中国洪水神话研究的缺项，也补充了国际神话学界自斯蒂斯·汤普森、阿兰·邓迪斯，以至专门研究中国民间文学的爱伯哈特、丁乃通等学人所制定的洪水神话母题索引类型研究的不足和世界洪水神话系列中的中国缺环，作出了超越性的成果。

"母题"被认为是民间故事的遗传"基因"；"母题研究"是建立在实证基础上的一种研究方法。陈建宪将其广泛运用于内容、形态、结构都异常复杂的中国神话的研究中，特别是大量运用活态的神话材料，其所作的探索性研究及其所得出的初步结论，都推进了洪水神话的研究。

---

① 陈建宪《神祇与英雄——中国古代神话的母题·作者序》，北京：三联书店1994年。

② 陈建宪《中国洪水神话的类型与分析——对443篇异文的初步宏观分析》，北京：《民间文学论坛》1996年第3期。

5. 其他新文化学派研究

比较研究对于神话而言，是最常见的一种研究范式。20世纪二三十年代以来，多为我国学界所采用。进入历史新时期以来，随着文化人类学和文化哲学的兴起，比较研究再一次出现了复兴的趋势。谢选骏著《神话与民族精神》，就是较早以比较的方法研究中外神话的民族精神的一部著作。作者基于这样一种认识：神话中所表现出来的民族精神，是一个民族智慧的凝聚。他以埃及、苏美尔-巴比伦、印度、希腊、希伯来、波斯、北欧、日本、中国这些古代民族的神话表象的比较，发掘和阐释这些古老文明民族的民族精神和文化心理。作者此著的侧重点，不在独立神话，而在体系神话；从体系神话中才便于提取出隐蔽在故事中的民族精神和民族心理。"以前对独立神话的比较研究，多从片断、要素的相似着眼，而少从体系、系统的相异着眼，……实际上就整个神话研究而言，后一方面研究的意义也许更大些。因为，对不同民族的体系神话进行深入研究，有助于我们从世界神话纵横交错的整体上理解各民族神话的异同，有助于我们加深某一种体系神话及其单个神话、神话片断的全面认识。体系神话的研究一旦充分展开，独立神话的研究也就随之俱进了。……体系神话的系统有如一个巨型的座标系。一旦从宏观上把握住这一座标系的结构特点之后，各独立神话、神话形象、神话片断与要素等的位置、价值、命运变化等情况，也就一目了然地呈现出来。"①

运用民俗遗存之于神话研究，甚至用以反证失落了的神话的原相，在理念和性质上，也属于新文化学派之列。如陶思炎的《鱼考》、《中国宇宙神话略论》②，徐华龙的《西南少数民族弃子神话研究》③，大体就是这种学术倾向的研究成果。

（六）神话之文学研究

潜明兹是袁珂之外又一个以文学研究的方法或曰从文学的视角立场研究神话，并取得了可喜成绩的代表人物。新中国成立之初，从文学研究

---

① 谢选骏《神话与民族精神》，第39页，济南：山东文艺出版社1986年。

② 陶思炎《中国宇宙神话略论》，见马昌仪编《中国神话学文论选萃》（下册），北京：中国广播电视出版社1994年；《鱼考》，见作者《中国鱼文化》，北京：华侨出版公司1993年。

③ 徐华龙《西南少数民族弃子神话研究》，见作者《中国神话文化》，沈阳：辽宁教育出版社1993年。

的视角研究神话或把神话当作文学现象研究的学者颇多，如游国恩对楚辞神话的研究，胡念贻关于后羿传说的研究①、李谦《略论中国神话》②、高亨与董治安的《上古神话初论》③等，都属于这种研究的代表性著作。潜明兹是新时期二十年来始终以神话研究为主要学术方向的学者，除了在期刊上发表论文外，还陆续出版了《神话学的历程》（北方文艺出版社，1989）、《中国神话学》（宁夏人民出版社，1994）、《中国古代的神话与传说》（商务印书馆，1996）、《中国神源》（重庆出版社，1999）等多部著作。

　　作者的学术立场，与西方民俗学派及其中国的传人不同，是把神话以至民间文学作为文学来研究的。她写道：把"民间文学学科从民俗学中独立出来，这是社会主义新中国成立以后的事，在体系上不同于西方各科学派，也不同于解放前的民俗学。它是由革命的文艺工作者在马克思主义文艺学与毛泽东同志在延安文艺座谈会上的讲话的基础上建立起来的。它跟左翼文化一脉相承。神话学作为民间文艺学的一个支系，不应该背离这一基本观点和方法，……否定神话的文学性，不但违背我国的实际情况，也跟不上整个世界范围的神话发展趋势。……无视于神话的文学性，就是在西方也是过时的。"④

　　她的神话研究以在清理和批评前人的遗产中提出新见为特点。她批评了由顾颉刚、茅盾、马伯乐（法国汉学家）、杨宽、孙作云等开创和延续了近百年的将神话"历史化"看作是中国古代神话演变的"唯一途径"说，提出"历史的神话化"也是"普遍存在"的新神话观。她对于"神话是神们的故事"的理论，对于开天辟地创世神话（如盘古神话）、人类起源神话（如伏羲女娲神话）是"最早出现的神话"等学界流行的观点，都表示了异议，并提出了己见。她提出："最先产生的是图腾神话，图腾神话中最早的是动物图腾神话"，"图腾崇拜活动与有关的神话，相依而存，浑然一体，难解难分"，从成书于战国时期的《山海经》中记载的蛇，到苗族的巨鸟、蝴蝶妈妈，纳西族的白鸡，白族的白鹤，鄂温克族的

---

　　①　胡念贻《关于后羿的传说》，原载《文学遗产增刊》第4辑，1953年，北京。后收入作者《中国古典文学论稿》，上海古籍出版社1987年；又见马昌仪编《中国神话学文论选萃》（下册），北京：中国广播电视出版社1994年。

　　②　李谦《略论中国古代神话》，《新建设》1957年第10期，北京。

　　③　高亨等《上古神话初论》，《山东大学学报（语言文学版）》1962年第1期；1963年中华书局以《上古神话》为题出版单行本。

　　④　潜明兹《民间文化的魅力·代序》，合肥：安徽教育出版社2006年。

熊，彝族的虎……，都是图腾神话的角色。《山海经·海外南经》《大荒南经》中的灌头国人面、鸟喙、食鱼，说明"这个氏族可能以某种水禽为图腾"。她建构了一个神话之萌生与发展的序列模式：最早的神话是图腾神话，以及由它演变而来的祖先神话；其次是自然神话，包括对自然的解释和征服，创世大神多出现于征服宇宙的神话中；然后是英雄神话，包括征服自然的英雄、部落之战的英雄。她认为神话中的龙，是原始的蛇类崇拜的演化。①

（七）少数民族神话研究

新时期以来，一批以多民族神话为研究对象的学者，在80年代以来脱颖而出。如云南的王松、张文勋、杨知勇、李子贤、秦家华、赵橹、邓启耀、傅光宇、张福三、郑凡、兰克、白庚胜等；广西的蓝鸿恩、过伟；湖南的林河、龙海清；西藏的谢继胜等。相对而言，北方民族的神话研究开展较迟，也相对消沉，到80年代中后期，呈现出了异军突起之势，出现了富育光、程迅、黄任远、孟慧英、满都呼、巴图宝音、文日焕、宋和平等。

少数民族神话的研究者们共同的特点是：一方面在田野调查中发掘少数民族的活态神话，一方面进行理论研究、提升学术水平。与古典神话主要以载籍保存不同，少数民族的神话主要是保存在口头上的作品，要研究少数民族的神话，首要的问题就是到实地去调查采录。故而在80年代，田野调查是少数民族神话学者和少数民族地区的神话学者们神话研究的强项，他们在田野调查中调查搜集了大量珍贵的神话作品（包括一些以诗体的形式流传和保存下来的神话），在研究中提出了许多带有普遍意义的问题和经验。中国社会科学院文学研究所民间文学研究室于1985年5月在南通召开全国神话研讨会，就神话的本质、特征、发生、发展及神话的研究方法等学术界关心的问题进行研讨。尽管各地各族情况不同，但总体说来，少数民族地区的神话研究，正是在田野调查的基础上开展起来并逐渐深化的。如果说，20世纪40年代民族学家们在大西南所进行的神话研究，使学界初步了解到少数民族的活态神话的生存状况和丰富内容，第一次使中国神话学从以汉民族的载籍神话为限而走向全面，那么，新时期各民族的神话得到全面收集和全面研究，使中国神话学进入了学术成熟的新阶段。笔者在此只能有选择地作一评述。

---

① 潜明兹《中国神话学》，第25—34、217—256页，银川：宁夏人民出版社1994年。

　　李子贤是20世纪80年代初就以云南少数民族的"活态"神话为重点研究对象的青年学者。他以《试论云南少数民族的洪水神话》（《思想战线》1980年第1期）一文在中国神话学的学坛上崭露头角，从此一发不可收拾，锲而不舍，在神话研究、特别是少数民族神话研究领域里辛勤耕耘，陆续发表了《傣族葫芦神话溯源》（《民间文艺集刊》1982年第3集）、《论丽江纳西族洪水神话的特点及其所反映的婚姻形态》（《思想战线》1983年第1期）、《试论神话中神的内涵、本质及特点》（《思想战线》1985年第4期）、《羌族始祖神话断想》（《民间文艺季刊》1986年第1集）、《活态神话刍议》（《西北师大学报》1987年第4期）、《论佤族神话——兼论活态神话的特征》（《思想战线》1987年第6期）、《鱼——哈尼族神话中生命、创造、再生的象征》（《思想战线》1989年第2期）、《牛的象征意义试探——以哈尼族神话、宗教仪礼中的牛为切入点》（《民族文学研究》1991年第2期）等论文。他所编选的《云南少数民族神话选》和他的神话研究论文集《探寻一个尚未崩溃的神话王国》相继于1990年和1991年问世，后者选入了此前发表的23篇文章。[①]新时期脱颖而出的少数民族和民族地区的神话学者，大多是昙花一现的人物，而李子贤的神话研究，则贯穿了整个新时期二十年，20世纪最后一年发表的一篇论文是《被固定了的神话语存活着的神话——日本记纪神话与中国云南少数民族神话之比较》（《云南民族学院学报》2000年第1期）。

　　李子贤是为数不多的以少数民族神话（主要是云南和南方少数民族神话）为研究对象的汉族神话学者。他的神话研究的特点，是把一般的神话理论和方法，运用于不同社会阶段上形成的各民族的神话形态（大都是"活"形态）的研究中，结合社会发展的独特性，作出独到的剖析，特别是多学科的综合考察，从而在多层面上、文化多元性的学术理念上发掘和解读民族神话所蕴涵的意义和价值。他不是单纯的书斋学者，而是一个兼有田野实践和书斋研究的神话学者。他以新鲜的"活态"神话材料和学理探讨揭开了西南各少数民族神话的神秘面纱，从而赢得了同行和前辈学者的赞赏，也因此奠定了他在新时期中国神话学研究中的位置。他的《论佤族神话——兼论活态神话的特征》被选入马昌仪选编的《中国神话学文论选萃》（中国广播电视出版社，1994）；《活态神话刍议》被选入苑利主编的《20世纪中国民俗学经典·神话卷》（社会科学文献出版社，2002）。对于他的少数民族神话研究，张文勋评价说："他着眼于国内外

---

　　① 李子贤《探寻一个尚未崩溃的神话王国》，昆明：云南人民出版社1991年。

的最新成就，立足于我国西南少数民族的文化土壤，在深入调查并掌握大量材料的基础上，从理论上进行系统研究。……提出了不少引人注目的新见解。例如关于中国神话的内涵；活形态神话的性质特征；云南少数民族神话的分类及其特点等等，都是神话学中的重要课题，……能把宏观的把握与微观的考察结合起来，把一般的神话理论与西南民族地区的特殊神话现象结合起来，所以，不仅拓展了神话研究的理论视野，而且具有较高的理论水平。"①

满族学者富育光的《萨满教与神话》和《萨满教女神》（与王宏刚合作）②是北方民族萨满教与神话研究的重要著作。新时期的到来，使一向被禁锢的萨满教文化得到了调查和研究的机会。萨满教神话就是在萨满教文化的发掘过程中得到采集和研究的。自80年代初起，富育光开始在东北的满族、鄂伦春、鄂温克、赫哲族等北方通古斯民族中做深入的田野调查，并从90年代初起，先后撰著出版了上述两部神话学专著，成为以满族为主的信仰萨满教的诸民族的神话研究的先声。富育光的著作在萨满教神话以及原始巫文化研究领域里具有开拓的意义。其最主要的特点，是从实地调查中获取新鲜而翔实的资料、再参照他人的间接资料，以田野调查和比较研究的方法，对所掌握的第一手材料进行"掘进式"研究。

由于历史的原因，包括满族在内的北方民族，大体是有语言而无文字，而在满族甚至语言也已近失传，故而北方民族的神话，除了在民间还有一些抄本外，主要是靠口传心授的方式得以流传。富育光的萨满教神话研究遵循着 "萨满教是北方神话的胚基"的理念，在与萨满教的多神崇拜及仪式的紧密融合中、将其作为"统一体"进行研究的。这成为他的北方民族萨满教神话研究的最重要的特点。他把北方民族的萨满教神话分为五大类：创世神话、族源传世神话、祖先英雄神话、萨满神话故事、中原渗入型神话。他从萨满教神话的研究中所得出的结论是，从萨满教神话的存在形态中可以看到，神话在新的社会条件下可以"复苏"。他说："过去，不少人认为神话只是远古人类原始思维的产物，是片面的。神话的传播与存在，要因所处的地域条件、民族自身的文化素质、生活习惯、信仰以及文明生产进化程度等，有着极密切的关系和因素。我们在衡定神话形

---

① 张文勋《李子贤〈探寻一个尚未崩溃的神话王国〉序》，昆明：云南人民出版社1991年。

② 富育光《萨满教与神话》，沈阳：辽宁大学出版社1990年；富育光、王宏刚《萨满教女神》，沈阳：辽宁人民出版社1995年。

态中，是不容忽略的。神话在特定条件和环境里，还有可能复苏或仍具有生命力，甚至有可能在一定文化氛围中仍可衍生神话，并有多种不同的传播形式。所以，神话学研究也和社会其他精神现象一样，是一种复杂而顽强的思维形式与现象。"①由于萨满教的活动长期处于休眠状态，加上有的民族语言一度在民众中被遗忘，所以萨满教神话在传递过程中，可能出现一些缺环，一旦社会环境变了，出现了神话传播的适宜条件，神话可能会出现"复苏"的现象。

在他的研究中，北方民族的神话与萨满教及其原始的造型艺术是紧密地结合在一起的，甚至是一个无法剥离开的"统一体"。北方若干民族（主要是游牧民族）所传承和存留下来的浸润着萨满世界观和原始信仰的萨满艺术，即以原始巫为其思维方式和内容构成的艺术，显然带有原始艺术的特点。正如富育光所指认和研究的，造型艺术是原始艺术的一类比较常见的、典型的艺术形态，萨满艺术也不例外。造型艺术之外，以族群记忆为主旨的口传神话和受到心理激发的原始舞蹈，尽管较易受到文明社会诸因素的影响而变化较快、较多，但也应该说，较多地积淀着或保留着萨满文化思维的因素。因此，以唯物史观的立场，并借助一些业已公认的、成熟的方法系统梳理我国北方民族中的萨满艺术遗产、研究萨满艺术的规律、解读萨满艺术的内涵和特点，不仅对于认识和研究人类思维和文化进化的规律及其历史、破解人类文化难题、阐释神秘文化的密码，是必不可少的，而且也是书写和建立我国自己的艺术学或文艺理论的重要课题，而富育光所做的，恰恰是我国近六十年来文艺理论界做得较少的一个薄弱环节。

孟慧英的《活态神话——中国少数民族神话研究》②是一部以我国少数民族中还流传在口头上的"活态神话"为研究对象的神话理论著作，以神话的规律的理论阐发为其特点，并与专门研究某个民族的神话和以文献记载为主的典籍神话的著作相区别。作者围绕着神话载体、神话功能和口传规律等神话学基础问题，在民族历史、民族文化、民族宗教信仰、民族原始艺术等文化现象的格局内，概括和提炼出"活态神话"的种种规律，并提升为一般的普遍的神话理论。作者笔下的"神话——由民族需要所选择的观念体系"、"神话——载体历史层次制约着的活体"、"神话——民族形成与交流运动的见证"，构成了她的这部神话著作的主体思想和基本

---

① 富育光《萨满教与神话》，第186页，沈阳：辽宁大学出版社1990年。
② 孟慧英《活态神话——中国少数民族神话研究》，天津：南开大学出版社1990年。

理论框架。这部著作把少数民族口传神话的研究和阐释，在神话与仪式的关系、神话与原始艺术的关系、神话的社会功能等方面，对神话研究提供了新东西和新见解，并且与已有的成熟的神话理论体系相对接。

黄任远的《通古斯—满语族神话研究》[①]是一部研究分布居住在亚洲东北部的几个跨境民族——中国一侧的民族，主要是居住在辽宁、黑龙江、吉林、内蒙古、河北、新疆等省区的满族、锡伯族、鄂温克族、鄂伦春族和赫哲族。作者认为："通古斯—满语族的神话传说与萨满教一样，共同植根于万物有灵的认识论和灵魂不灭观念，同时又与通古斯—满语族原始先民以采集、渔猎为主的生产、生活方式和原始思维方式有密切关系。……从神话产生的历史顺序和所反映的历史内容来看，通古斯—满语族的神话传说大体拥有以下几种类型，即带有浓郁图腾色彩的动植物神话、自然神话、起源神话、部落争斗神话、萨满神话、英雄神话等。这些神话不仅堆积着原始人类对自然天体、社会变迁、人生沧桑的认知和体验，也曲折地反映了人类社会发展的历史轨迹。"鄂伦春是一个以狩猎为生的民族，长期生活在深山密林中，经常与动物打交道，所以拥有更多的动植物神话和自然神话。母熊与猎人结合繁衍了鄂伦春人的神话，就是鄂伦春族的族源神话。鄂温克族的神话与萨满崇拜有密切关系。《尼山萨满》就是广泛流传于北方通古斯—满语族中间的一则萨满神话。锡伯族的神话传说《阿布卡恩都哩与大地》反映了日月星辰的起源与人的关系。作者通过通古斯—满语族神话传说在母题、形象、情节结构等方面的比较研究，阐述了这些民族在形成过程、心理结构、精神文化上的共同特征。

（八）神话思维研究

神话研究中的比较方法，早在20年代就被大量采用，而且取得了重大成绩。如茅盾、谢六逸、黄石等，这些学贯中西的学者，都在比较神话学的建设上作出过各自的贡献。沿着这条路子走下来，到了新时期的神话研究，从比较研究进入达到了跨学科研究、特别是引入了当代文化人类学的方法和研究模式，强调在超乎传统的对具体神话现象的解读与研究，研究神话中的原始思维的特点或神话的哲学思想。这种研究思潮的出现，也适

---

① 黄任远《通古斯—满语族神话研究》，哈尔滨：黑龙江人民出版社2000年。杨治经、黄任远《通古斯—满语族神话比较研究》，曾由台湾红叶文化事业有限公司出版于1997年4月出版发行。全书由杨黄合著《导论》、黄著上篇《通古斯—满语族神话之比较》、杨著下篇《通古斯—满语族与汉族神话之比较》三部分组成。

应了中国人文社会科学界对原始思维和原始艺术的研究的关注。在这方面取得了一些进展或成绩，但仍然还是初步的，如何把西方的理论模式和框架用来深入研究、剖析、解读、构拟中国神话，还有较大的空间。这种研究以邓启耀的《中国神话的思维结构》（1991）和叶舒宪的《中国神话哲学》（1992）为代表。

在兴趣广泛的摸索中，邓启耀终于把思考集中在用文化人类学和思维学的方法研究神话上，十年磨一剑，经过长时期的研讨，于90年代初推出了一部力作《中国神话的思维结构》（重庆出版社，1992）。他以中国神话资料（古典的载籍神话和少数民族的活态神话）为对象，进入原始思维的研究领域，解剖人类思维从无序到有序这一漫长的历程中的奥秘。该著的特点，正如赵仲牧在序言中所说的：作者"在神话与思维、有序和无序这两个复合地区中开辟了一条新的研究途径。"[1]作者从中国神话的思维模式，即中国人的文化心理背景对中国神话的思维模式的影响，到神话的功能结构——认识功能与非认识功能；逻辑结构——近取诸身、远取诸于物，观象于天、取法于地、通神明之德、类万物之情；思维形式和思维符号；探讨了中国神话的"混沌整体观"和中国传统文化精神。他的结论是："中国民族传统思维方式在走过前综合思维必然要走的那段路（未分化）以后，似乎并没有真正实现一般期望的'分化'。与分化较明显的、以重分析推理和抽象逻辑见长的西方思维方式相比，我们民族似乎沿袭并发挥了前综合思维的更多特点。有机整体观即为其中之一。"[2]

（九）问题与倾向

新时期以来，神话研究呈现出繁荣的局面，成为民间文学领域里最有成绩的一个部类和人文社会科学领域里的显学，但也存在着一些带有倾向性的问题。譬如，自世纪初起在进化论的世界观和方法论影响下建立起来的神话观、社会观和图腾论，越来越成为我国神话研究、特别是古史神话研究的先验模式。常金仓指出：

> 进化论哲学对中国学术影响最深，差不多考虑一切问题皆以它为出发点……。我们知道进化论作为一种社会哲学，它描述的只是人

---

[1]　赵仲牧《思维的分类和思维的演化》，邓启耀《中国神话的思维结构·序》，重庆出版社1992年。

[2]　邓启耀《中国神话的思维结构》，第242页，重庆出版社1992年。

类社会的一般趋势，而我们研究的个别的、具体的历史文化却是多种多样的，进化论认为社会是从简单到复杂，由低级向高级发展，但不能排除个别文化在特定阶段上的曲折和反复，我们昧于哲学与科学之别，常常无视历史文化的多样性，认定每个民族都要井然有序地经过一些主要进化阶段，……可以说在整整一个世纪中，我们的历史文化研究工作没有突破这个思路，因而凡是域外之所有就一定要在中国历史上把它们'发现'出来，因而鲧在担任了普罗米修斯的神职的同时，还得兼任夏族的图腾、女阴象征物、产翁制的执行者。不特鲧禹如此，我们每个传说的祖先现今都是身兼数职，陷入不堪重负的苦境。此外，为了对号入座，将中国史填满进化论的货架，必须打破中国历史文化原有的程序而按照野蛮与文明程度重新组织史料，因而三国时才出现在文献上的盘古被放在进化行列的最前排，女娲、姜嫄、简狄，乃至后世根据这些传说复制出来的脩己、附宝，因为她们是女性，便统统列在母系的社会旗帜下，而黄帝、炎帝、伏羲，乃至一些寓言式人物如愚公、夸父，只因为他们是男性，就并入父系社会的阵营里。如果某些男性人物的事迹不符合他们想象的父权社会特征，就通过考据改变一下他们的性别，他们把复杂的历史简化成小学生都可以掌握的东西了。如果同一人物、同一事件文献上有相互抵触的记载，它们或出于讹传，或出于故意改造，我们则总是用社会形态转变的革命斗争学说来加以解释，'伯禹腹鲧'就是被解释为父权制与母权制斗争的一例。……鲧禹故事的演变既是进化论的一项杰作，也与疑古思潮有紧密的关系，正是疑古思潮把中国的史前史弄成一片空白以后，夹带着单线进化论的神话学才闯入这块领地的。[①]

西方文化人类学的种种理念和方法的蜂拥进入，多学科的参与，是好事，打破了以往中国神话学研究中考据训诂和历史研究的大一统局面，推进了神话研究的进步。但同时也出现了另一方面的隐忧，如生吞活剥、生搬硬套、热衷于理论构架而轻视调查和对本土神话资料的深入分析等。神话学者李立指出：

> ……我们承认人类在童年期在面对相同、相似或相近的思考和回答，这便决定了世界不同地域的不同民族、不同人群团体所创作的神话之比较研究的可能性的存在。运用比较研究的方法研究中国古代神

---

① 常金仓《鲧禹故事演变引出的启示》，《齐鲁学刊》1999年第6期，曲阜。

话，学术界老一辈学者已有所实践，并取得了相应的成就；当代学者则更加关注西方神话学理论与中国神话学的比较研究，尤其注重运用西方神话学的理论和方法来研究中国古代神话，所取得的成果，也是有目共睹的。然而，需要注意的是，这样的研究思路和方法并不是神话研究的万能钥匙，单一化、绝对化或方法的目的化，有可能导致学术成果在形式、内容和结论等方面出现问题，如简单或生硬的比较、理论的套用、带有臆想的结论等。

……学术研究的目的，是为了探求真理，推动人类社会的进步，因此，实用价值，永远是学术研究的重要目标，神话研究更不能例外。中国古代神话所体现的民族精神是什么，它的文化价值和意义体现在哪些方面，它对当代乃至未来民族文化的发展和建设将起到什么样的作用和影响等重大理论问题，早已为学术界所关注，但遗憾的是，这样的论著很少，相关的学术论文也并不多见。

神话研究作为学术研究，也需要朴实的学风，前辈学者以扎实的学术功底和深厚的学术功力，奉献出了一些经得起时间考验的神话研究专著，这是值得和需要今天的神话研究这学习的。①

进入21世纪后，西方学术思想的入侵和影响益发加剧，类似的反思和批评，以及"本土化"的呼吁，再度提到了中国青年一代学者们的面前。陈连山发表于2006年的《走出西方神话的阴影——论中国现代神话学之西方神话观念的局限》②就是一个代表。中国的神话学家们固然应该张开眼睛看世界，不能闭目塞听，但要正视的是不能永远生活在西方神话学的阴影下。

第八节　传说故事研究

20世纪80年代是一个思想解放的时代，随着政治上的思想解放，学术环境的改善（由封闭向开放的改变），民间文学的研究，特别是民间故事学的研究，无论是在价值观上还是在方法论上，逐渐从文艺学研究的一统天下，向着多元化的学术格局迈进，并取得了骄人的成绩，学术意识上也

---

① 李立《新中国神话研究的回顾与思考》，《文史哲》2002年第2期，济南。
② 陈连山《走出西方神话的阴影——论中国现代神话学之西方神话观念的局限》，《长江大学学报》2006年第5期。

有了较大的提升。在建设中国特色的中国民间文艺学的大前提下，各种不同学术背景的学人，陆续把各自所熟悉的异域理论引进来，于是，文艺学的故事研究、比较故事学、人类学的故事研究、故事类型的研究、故事母题的研究、原型批评理论等，在民间故事研究中平分秋色，在竞赛中寻找自己的位置，出现了在学术上"百家争鸣"的大好局面，成为百年中国民间文学学术史上最富成绩的风景。当然，种种理论和方法的并存，还只是显示了一种宽容的学术环境和争鸣的研究氛围，但，也要看到，互相间的交流和批评并不多，而且随着文艺和学术思潮的起伏，上述学说和方法常常呈现出"你方唱罢我登场"的不稳定局面，故而还难说已经形成了或建立起了中国的民间故事学体系。

"近二十年来，在民间文学的所有领域，故事研究的成果最为丰富，参与研究的学者的数量也最多。中国故事学研究取得长足进步，已经成为一门相对独立的学科。一方面，研究方法多样并得到比较娴熟的运用，另一方面，研究成果特色突出，并达到较高的学术水平。归纳起来，故事学的主要成就是：研究的内容、角度和方法的多样，视野开阔，呈现出明显的不断发展、深化的脉络。"①万建中对20世纪最后二十年故事研究的这个评价大体是的符合情况的。他还从研究方法、研究领域、文化属性三个方面列举了这一时期发表的一些重要文章：（1）研究方法的拓展方面：刘守华《民间故事的叙事艺术》、靳玮《民间故事的叙事结构》、周隆渊《论民间故事情节组合的"三段式"》（1988）；杨思民《中日民间"羽毛衣"故事异同及其文化源流》、刘守华《AT461型故事追踪研究》（1989）。（2）研究范围的拓展方面：月朗《民间故事的传承路线》、刘守华《文化背景与故事传承——对32位故事家的综合考察》、宋孟寅《民间故事的语言风格与科学价值》、李溪（李路阳）《黑色艺术——民间鬼故事的"有形"与"无形"》、许钰《民间故事家个性特征的思考》、韩致中《论民间故事家的地位、作用和基本条件》（1988）；袁学骏《耿村民间故事村调查》（1989）。（3）故事文化属性的拓展方面：陈建宪《民间故事与宗教文化》（1988）；王宵兵、张铭远《脱衣主题与成年仪式》《民间故事中的考验主题与成年仪式》和段宝林《民主思想的颂歌——韩老大和五娘子的思想意义》（1989）。要补充的是，在故事（生活故事、幻想故事、动植物故事、笑话等）和传说（人物传说、史事传说、地方风物传说、风俗传说、动植物传说等）的体裁的研究方面，优秀的论文还有

---

① 万建中《中国故事学20年学术评述》，《西北民族研究》2005年第4期。

不少；更不可忽略的是，一些传说故事研究的专著，也许更能够代表和展现出这个时段的学术水平。我们将在下面论到。

（一）故事学的建构

1. 姜彬

新时期最早出版的民间故事研究专著，当推姜彬的《中国民间故事初探》。这本22万字的民间故事研究著作，写于"文化大革命"高潮中的1972—1975年。其时，作者因心脏病得以获准从"五七干校"回家"休养"，在多年民间文学研究工作和知识积累的基础上，重新阅读个人藏书和赵景深先生的藏书，在这种特殊的境遇中，心无旁骛地写成了这部书稿。这是笔者见到的唯一的一部"文化大革命"中写作的民间文学理论研究著作。

该著由三个部分组成：一、总论部分，讲民间故事的源流、特点、方法论和故事的分类问题。作者认为，"民间故事是人类生产力和想象力发展到一定阶段上产生和发展起来的。""在我国近代社会以前，传奇故事和传说故事是民间故事的主要类别。"就其内容和中国漫长的社会发展的关系论，"我国的民间故事，具备了各个不同社会发展阶段的、和每一个阶段中各个不同的生活侧面的故事，组成了一部色彩鲜艳、丰富多彩的人类社会发展进程的生活图画。"在其构成上，中国的民间故事，除了表达人们的生活愿望和具有浓厚乡土气息的故事外，近现代革命故事（农民起义和反帝斗争）绽放出奇光异彩，成为我国民间故事的一个重要组成部类。二、现实性因素较强的故事，主要讲近现代人民革命斗争故事、长工和地主的故事、劳动阶级的人物故事。三、幻想性因素较强的故事，即传奇故事、传说故事和动物故事等。这部民间故事研究著作，资料搜集相当丰富，作者涉猎了、概括了"五四"以来、新中国成立"十七年"以来搜集发表的传说和故事的主要作品和主要类别，论述上具有鲜明的时代特点。由于写作时代的特殊性和出版的时间较早，尽管作者力图恢复和遵循马克思主义的唯物史观以分析和评价民间故事这类文化现象，但作者毕竟无法超越时代，摆脱主要用社会政治观点分析民间作品内容的学术倾向，如作者自己所说，"有很大的局限性"（《后记》）。

2. 刘守华：故事学守护者

在故事研究领域里，成绩最为卓著的当属刘守华。新中国成立以来很长一个时期里，由于社会思潮和文风学风的影响，喜欢发宏论高论的人多，扎实做专项研究的人少，而埋头于民间故事研究的人则更少；刘守华倾心于民间故事的研究，义无反顾，不东张西望，不左顾右盼，坚定地走自己的路，且勇于开拓，肯于吸收，善于建构，终于形成了自己的一套学术见解。他关于民间故事的许多见解，已经集中地写在《略谈故事创作》（长江文艺出版社，1980）、《中国民间童话概说》（四川民族出版社，1985）、《故事学纲要》（华中师范大学出版社，1985）、《民间故事的比较研究》（中国民间文艺出版社，1986）、《口头文学与民间文化》（中国文联出版公司，1988）、《比较故事学》（上海文艺出版社，1995）、《中国民间故事史》（湖北教育出版社，1999）等论著中。探索民间故事的艺术世界，几乎是他的故事研究的最重要的选择。他一直恪守"民间故事是人民群众的口头语言艺术"这个学术理念，探索用不同的手段和方法，包括文艺学的研究、比较研究、类型研究，不论什么方法和手段，目的在从不同的通道切入或进入民间故事的艺术世界。也正是这一理念及其探索，把他的研究与其他流派、其他学人区别了开来。他的这种民间故事研究理念的形成以及他对民间故事艺术世界的理解，也许与他青少年时代生活在农村并亲耳聆听故事的讲述和观察民间故事在农民生活中所起的作用、与他对农民心灵的体察与理解不无关系吧。

同任何人文知识分子的研究、创作一样，刘守华的民间故事研究，乃至民间文学研究，无例外地受到社会的影响和时代的制约，深深地打上了时代的烙印。他跨越了共和国的前"十七年"时期和改革开放的新时期两个时期。共和国的前"十七年"时期，他在民间文学研究上就已经崭露头角，比如，就中学课本中的牛郎织女传说的整理问题的质疑，就初步显示了清醒的学理意识。但他的学术成就，主要地不是在"十七年"，而是在改革开放的历史新时期。

1984年在我国民间文学史上是一个转折点。这以前，我国民间文学一直是以搜集整理为主导、为方向的时期，从这一年起，全国民间文学界开始走出以搜集整理为主、为工作方向的时期，过渡到以理论研究为重点和主导、努力建设有中国特色的民间文艺学的历史新时期。这一年的5月，包括刘守华在内的六十多位民间文学理论研究者聚集在峨眉山全国民间文学理论著作选题座谈会上，共议中国民间文学理论研究大计，大家一致认同，理论研究要摆脱多年来庸俗社会学的羁绊，告别"概论"式的、"通用机床"式的研究思路，开创以更深层次的专题研究和专著写作为标志的新时期。一年以后，1985年，刘守华推出了他的第一部专著《中国民间童话概说》。作者这部早期的故事学著作，延续了中断已久的"五四"时期周作人、赵景深等故事研究者的学术传统，既吸收了当代文艺学领域的方法和理念，也吸收了中外诸家的民间童话的理论，对口传童话的类型、典籍童话等初步作了梳理，为后来的比较研究和故事家研究作了准备。

比较研究是他在改革开放初期萌生、20世纪80年代倾力经营、稍后进入建构民间故事学的一个学术起点。他最初写作的一组总题为《一个著名故事的生活史探索》的文章，对不同文化背景下的"淌来儿"故事、"蛇郎"故事、"找好运"等故事（类型）的"生活史"的追踪研究和文化价值探求，不仅使他跨入了民间故事的比较研究，乃至比较文学研究的殿堂，更重要的是使他的故事研究登上了一个新的台阶。他的学术视野不断扩大，研究方法逐渐从单一到多元综合，从地理历史研究法到把类型研究与功能研究、意义研究结合起来，从跨国跨民族的比较研究到跨文化研究，从文本研究到历时的、共时的、多侧面的比较研究到结构形态研究……文化研究的介入，不仅打破了他的民间故事研究的单一的文艺学研究的模式，也走出了西方来源和背景的类型研究的困局。他在中国故事类型学研究上付出了大量心血，直到20世纪末还主持了一项《中国民间故事类型研究》的课题，选择和归纳了60个习见的中国故事类型加以剖析，以全面体现他对故事类型研究"本土化"的学术理念。从文学研究到文化研究，可以视为刘守华故事研究的一个转折。但与西方人不同的是，他始终坚守的，是民间故事的核心或本质是其艺术世界。在他的学术理念中，"中国民间故事是在多重文化纵横交错的历史背景下构成演进，从而获得丰厚的文化内涵与多姿多彩艺术特色的。"①

刘守华故事研究的另一特点，是伴随着中国民间文学事业的步伐，其研究对象和题材的不断拓展。在世界民间故事学术史上，20世纪80年代中国故事研究有两大贡献：第一个贡献，是先后发现了两个故事村（河北省藁城县的耿村；湖北省丹江口市的伍家沟村；90年代又发现和报道了重庆的走马镇）；第二个贡献，是发现了许多著名的故事讲述家，并陆续出版了他们讲述的民间作品。刘守华虽然不是故事村和故事家的直接发现者，但他却敏锐地捕捉到这一现象，及时地写了《中国鄂西北的民间故事村伍家沟》《清江流域的女故事家孙家香》《汉族杰出的民间故事家（刘德培）》等多篇文章。以往，由于西方民俗学把民间故事只看作是民俗的衍生物，而非独立的口头语言艺术作品，故而传统的民间故事研究，多半也就沿袭西方人开创的研究路子，较多地关注和研究民间故事的类型等，而

---

① 刘守华《中国民间故事史·绪论》，第26页，武汉：湖北教育出版社1999年。

对民间艺人（故事家、歌手）的个性特点及其对民间作品的创新、增益，则极端忽略。1985年10月20日《民间文学》杂志社率先举办了"《金德顺民间故事集》及故事家座谈会"，第一次把中国民间文学学术界对故事家的新主张新见解公布于世界。发表在《民间文学》杂志1986年第3期上的刘守华的发言《刘德培与金德顺》，着重讲了故事家讲述的故事的社会环境与传承关系以及他们的艺术风格，而故事家的艺术风格，在西方民俗学家们的研究中，则常常是缺位的。

《中国民间故事史》，是一项拓荒性的、有代表性研究成果。刘守华多年来徜徉于浩如烟海的古籍野史（主要是历代笔记小说、道教经典《道藏》和佛教经典《大藏经》）以及近代记录下来的口头故事资料大海中，对其进行了基础性的梳理和钩沉，用心分析评述、建构体系，不仅为中国文化史学科的建设铺设了一块新的基石，而且也是对旧中国文化史观的一个挑战。比起中国文学史来，中国民间故事史的写作当然是一个远为艰难的课题。其所以艰难，一是因为我国此前没有出版过一部中国民间故事史，没有先例可援，一切要从零开始，对民间故事的研究也相对薄弱得多。二是由于作为口头文学的民间故事与作为书面文学的作家文学的显著不同是，民间作品是依靠口头传承而得以传递和发展的，难于确定其最早产生的时代，这就导致了中国故事史在结构上的特殊性。故事的断代和生命（任何一个故事类型都会在流传中发生变异，而有的又会在流传中变得销声匿迹），记录者在作品中所留下的个性（世界观、艺术观等）等，都是常常碰到而又十分棘手的难题。《中国民间故事史》以纵的叙述为基本结构，即在作品断代和时代归属问题上，一般是根据某一类型的故事最早出现于史籍的时间来定位，把后来发生的重大变异，在比较中加以分析。根据大量的材料，作者肯定了先秦两汉是中国民间故事萌生成型的时期；魏晋南北朝是中国民间故事的第一个繁盛时期；隋唐，特别是唐代，是民间文学的黄金时代；宋元是中国民间故事集大成的时期，不仅出现了分类汇编古代故事的巨著《太平广记》500卷，而且还有收录2000余篇宋代故事的《夷坚志》的问世；明清时期，中国民间故事趋向成熟，各种题材、体裁、风格的故事获得了多样化的发展。而在某些问题上，如道教与佛教对民间故事的影响，无法将其归于一个时代的，则单立章节，作横向的、综合的、比较的论述。作者所建立的这一民间故事史的大框架和体系，无论在作者个人的研究史上，还是在全国民间文学研究中，无疑都是应该得到肯定的。《中国民间故事史》在研究方法上也有新的开拓。作者摒弃了在我国学术界习惯已久的、脱离民族文化根基的、因而是形而上学的陈旧方法，即用分析思想内容和艺术成就代替一切的方法，广泛地吸收一个世纪以来国际学术界，特别是文化人类学、民俗学、比较文学等新兴学科、边缘学科的研究方法及所取得的成就，探索运用于中国的民间故事史研究中，既剖析民间故事的"母题"和"类型"，又注重发掘其被形式所遮蔽着的民族文化底蕴，追索故事"生活史"的历史地理比较研究。他在先期撰著的《比较故事学》里就已经宣布过他的信念："运用剖析故事结构的方法来推断这些故事的深层含义成为可能的事情"。①

研究对象和题材的不断拓展，还表现在他对道教与民间文学、佛教与民间文学（主要是民间故事）的关系的研究。这两项研究也是执着而有成效的。

3. 祁连休的机智人物故事研究

祁连休于1959年四川大学毕业后，进入中国社会科学院文学研究所，开始了民间文学研究的生涯。1965年在西藏调查采录的基础上写成的《试论阿古登巴的故事》，开启了他的机智人物故事探索之旅，但那篇文章里还尚未提出"机智人物"这个名称，学科意识并不明确。此后，他专注于机智人物故事的搜求、编辑、探索与研究，在这一原本荒漠的原野上义无反顾地辛勤耕耘，做出了骄人的成绩。1978年在所著《少数民族机智人物故事选·序言》一文中写道：

> 在我们祖国的民间文学宝库里，各民族的民间故事、传说丰富多彩，放射出耀眼的光华。其中，有一类少数民族故事，用特定的机智人物的活动贯穿起来，幽默风趣，别具一格，给人们留下很深的印象。我们目前读到的这种机智人物的故事有：蒙古族的"巴拉根仓的故事"、"沙格德尔的故事"，藏族的"阿古登巴的故事"、"聂局桑布的故事"，苗族的"反江山的故事"，彝族的"罗牧阿智的故事"、"沙哥克如的故事"，壮族的"公颇的故事"、"伈巧的故事"、"老登的故事"、"天公的故事"，布依族的"甲金的故事"，哈萨克族的"和加纳斯尔的故事"、"阿勒的尔·库沙的故事"，侗族的"甫贯的故事"，佤族的"岩江片的故事"、"达太的故事"，瑶族的"卜合的故事"，纳西族的"阿一旦的故事"，乌孜别克族的"阿凡提的故事"……这一类故事，

---

① 刘守华《比较故事学》，第44页，上海文艺出版社1995年。

都有一个固定的机智勇敢的正面主人公，由一系列描写这个主人公活动的笑话、趣闻、讽刺故事组成，并且一般都用这个主人公命名。……总的讲来，奴隶和奴隶主、农奴和领主、农民和地主之间的阶级矛盾和斗争，是这类故事所表现的基本主题。这类故事，不但从各个角度比较真实地描绘了在奴隶主、封建领主和地主阶级的枷锁下，劳动人民所过的被欺压、被盘剥的悲惨生活，而且通过故事主角的行动，展开了劳动人民反抗压迫、剥削的斗争精神和他们要求改变不合理的现实生活的思想愿望。①

因了这篇文章和这本书，他成为中国学界第一个使用"机智人物故事"这一专名和概念的人。"机智人物"和"机智人物故事"这两个名称和概念一经提出，遂被学界所认同和广泛采用。

在"机智人物故事"研究上，他的主要贡献是：

第一，从品类繁多的民间故事中发现了和概括出了"机智人物故事"这个故事门类（故事群），并给予科学的界定。罗永麟评论说："首先将机智人物故事从笑话、趣闻、轶事中独立出来成为一个新的品种，是祁连休同志。"②祁连休认为，机智人物故事属于写实故事（生活故事）的一类。"从民间故事分类学的角度来考察，目前我国学界一般将机智人物故事划入写实故事这个民间故事的分支。这样的归类，是出于对机智人物故事大都具有写实性的认识和把握，无疑是比较准确的，但也不十分准确。因为机智人物故事不仅与写实故事中的斗财主故事、反官府故事、讽刺故事、家庭故事、工匠故事、僧侣故事、巧女故事、呆子故事、诗对故事、谜语故事、歇后语故事等和民间故事的又一个分支——笑话，以及民间传说中的人物传说有不少相似之处，而且还与民间故事的另外两个分支——幻想故事和寓言有某些相似之处。然而我们也应当看到，尽管机智人物故事包括了民间故事其他门类和人物传说的因素，但它却自成体系，跟其他门类的民间故事和人物传说存在着明显的区别，不能混同起来。"③

第二，论述了"机智人物故事"的基本特点。其特点是：（1）这类故事都是一些以诙谐、多智、富有正义感的正面主人公贯穿起来的故事群。

---

① 祁连休《少数民族机智人物故事选·序言》，上海文艺出版社1978年。
② 罗永麟《祁连休〈智谋与妙趣——中国机智人物故事研究〉序》，石家庄：河北教育出版社2001年。
③ 祁连休《智谋与妙趣——中国机智人物故事研究》，第5—6页。

每个故事群均由描写故事主人公活动的趣闻、轶事、笑话所组成，规模不等，少则数篇、十数篇，多则数十篇、数百篇。（2）这类故事大都为写实作品，很少具有幻想性。它们在反映现实生活时，善于虚构故事情节，擅长夸张人物性格，使作品往往带有喜剧色彩，滑稽诙谐，幽默感浓郁，充满笑的乐趣。（3）这类故事的主人公，无论是有生活原型，还是出自艺术虚构，都具有不同程度的箭垛式人物的特征，甚至可以说所属是箭垛式人物。几乎所有的故事群无不包含一定数量的类型故事，而且类型故事的比重一般都不小。（4）这类故事的内容丰富而庞杂。其中多数作品生动地展示出人民群众对压迫剥削、渴求伸张正义、摆脱不幸境遇的强烈愿望，赞扬真、善、美，鞭挞假、恶、丑，再现了人民群众乐观进取、自强不息的精神风貌，具有较为鲜明的现实性和人民性，长期以来广泛流传，不断充实，生命力非常旺盛。也有一部分作品的思想倾向性较差，趣味粗俗，格调低下，已渐为世人所不齿。①

第三，阐释了中国机智人物故事中的机智人物的双重性格特征。他认为，故事中的机智人物，不论是体力劳动者还是非体力劳动者，其基本性格特征中，都具有诙谐、多智、正义感三个性格要素。但在机智人物身上，一方面，具有前面所说的诙谐、多智、正义感三要素，这是本质的，另一方面，又有愚蠢、呆傻、恶作剧的种种可笑的行为，所以，机智人物故事中的机智人物，常常是智与愚、善与恶统一于一身的双重性格的角色。

第四，作者对中国机智人物故事的类型的确立、提取和研究，厘清了中国此类故事的形成途径和存在形态，开此类故事研究的先河。他认为："类型化趋势是中外民间故事发展的一个重要特征。……民间故事的类型化，与作品传播的广泛程度密切相关。在民间故事当中，机智人物故事属于生命力旺盛、流布甚广的一类故事，因此其中必然包含着大量的类型故事。通观中国各民族机智人物故事可以发现，几乎所有的机智人物故事群没有不包含类型故事的。以各民族的每一个独立的故事群而论，类型故事所占的比重一般为30%左右。"经过他的对中国古今有记载的民间故事的研究，确认中国的机智人物故事类型共有328个。

20世纪80年代，机智人物故事的研究，曾经成为民间故事研究的一时之盛，不少业内人士都写过这方面的文章。如吕洪年《关于徐文长的故

① 祁连休《智谋与妙趣——中国机智人物故事研究》，第5—6页。作者在与肖莉主编的《中国传说故事大辞典》（北京：中国文联出版公司1992年）的《机智人物故事》条目中，对"机智人物故事"也有一个大同小异的定义。

事》①，杭爱《论巴拉根仓故事的内在结构类型》②，王建章《论民间机智人物故事的结构艺术》③，等等，是从不同角度探讨机智人物故事的。80年代研究机智人物故事的人不少，而坚持深入探讨并卓有建树者并不多。如同登山，能登上顶峰的人毕竟只有寥寥几人而已。关于机智人物的性格是否具有"欺骗性"的问题，曾经在报刊上引起过争论，争论有助于对这类人物的特性的分析和判断。④可惜这个争论未能深入展开。

祁连休在民间文学研究方面的著作很多，而《智谋与妙趣——中国机智人物故事研究》一书堪称是其代表作。这部著作，作为"中国社会科学院院级重点科研课题"立项的时间是1989年，完成的时间则是六年后的1996年9月。

4. 许钰的故事理论研究

许钰（1925—1998）是一位在民间故事和民间传说研究上成就优异的学者。他的著述不多，在治学上十分严谨，一贯惜字如金。在他身后为其编选成集的《口承故事论》⑤一书收集了他一生所写的有关民间文学的文章。钟敬文在《口承故事论·序》中写道："当前，我们的口承故事学，不但在研究观点上是多元的，在研究成果上也多姿多彩，有的还成为灿烂的奇花。许钰教授，性格沉静，是个笃学之士。他研攻口承故事学，精神既贯注，用力尤勤勉。他不苟且执笔，或随便发表意见。一篇论文的出世，往往酝酿多年，虽然十年来发表的著作不算多，却是认真、严谨之作。在学术上，他不是哗众取宠的人。"

他在人物传说、故事理论和故事讲述者研究上多有建树。他连续以《鲁班传说概论》（1985）⑥和《鲁班传说的产生和发展》（1986）⑦两

---

① 吕洪年《关于徐文长的故事》，《杭州大学学报》1985年第3期。

② 杭爱《论巴拉根仓故事的内在结构类型》，《内蒙古师范大学学报》1985年第3期。

③ 王建章《论民间机智人物故事的结构艺术》，《湘潭大学学报·民间文学增刊》1986年第1期。

④ ［日］铃木健之《机智人物故事笔记——试论其欺骗性》，《东京学艺大学纪要》第二部门·人文科学，第34集，1983年；汉译文见《民间文学论坛》1984年第2期，北京。祁连休《试评"骗子"说》，《民间文学论坛》1984年第2期，北京。

⑤ 许钰《口承故事论》，北京师范大学出版社1999年。

⑥ 许钰《鲁班传说概论》，《民间文学论坛》1985年第2期。

⑦ 许钰《鲁班传说的产生和发展》，《民间文艺季刊》1986年第1期，上海。

文，把自己推到了我国改革开放新时期人物传说研究的最早的领军者的地位。他从历史上的鲁班其人的考析入手，扩及当代口头传播的传说中的鲁班形象，阐明了鲁班传说的产生、演变的过程和特点，从而提出了鲁班传说的"统一性"下的"差别性"——多种模式，并兼及人物传说的产生和演变规律。在许钰笔下，鲁班传说的最主要的特点是，"历代工匠不断把自己的发明创造和各种精巧的建筑归属到鲁班的名下，借以歌颂自己的辛勤劳作和高超技艺，表达改造工艺的愿望。"《口头叙事文学的流传和演变》^①（1994）所论口头叙事文学的五种形式，即（1）主人公性格基本定型、（2）故事主题或主人公性格在传承中发生重大转变、（3）故事中心母体不变而在传承中各种成分不断变化、（4）在传承中不断吸收其他故事的情节和母题、（5）在流传中不断增续新的内容和情节，是故事结构研究的有益探索。20世纪80年代起，我国民间文学的搜集者发现了许多杰出的民间故事讲述人，于是，讲述人的研究迅速映入了研究者们的眼帘，许多学者（如刘守华、乌丙安、王作栋、江帆等）撰写了这方面的文章，许钰因除了日常的教学、研究之外，还是《中国民间故事集成》的副主编，承担了省卷本的审稿工作，故而较早地注意到了这一研究课题。他的《民间故事讲述家及其个性特征》（1995）^②，就是在这种学术思潮下着手撰写的，他的文章不是个别杰出人物的论列或介绍，而是以揭示故事类型化常态中杰出讲述家的个性特征为己任。

5. 万建中：禁忌主题解读

万建中从20世纪90年代中期起着手民间故事的母题（主题）的研究，并选择"禁忌母题"作为他的长期研究项目。20世纪末，他连续发表了多篇禁忌母题的故事学论文，其中有的是阐释母题研究的文化价值的，有的是就某一类禁忌母题故事作人类学解析的。这种解读，无论对听众读者的接受还是故事学的建构，都是颇有积极意义的开拓。吕微在评论《避讳型故事中禁忌母题的文化解读》^③时指出了他的这种禁忌主题研究对故事学的意义："万建中阐发了故事之'母题学'研究的意义，他指出，禁忌母题是中国民间故事中的一个频发性母题，就避讳故事而言，禁忌母题即为故

---

①　许钰《口头叙事文学的流传和演变》，《北京师范大学学报》1994年期6期。

②　许钰《民间故事讲述家及其个性特征》，《北京师范大学学报》1995年第2期。

③　万建中《避讳型故事中禁忌母题的文化解读》，《南昌大学学报》2000年第1期。

事的中心主题。通过对这类叙事文本的阅读实例，可以暴露潜藏在这些文本下面的文化无意识；并从文化人类学的角度，挖掘出深层的文化底蕴、形成的根源、发展的脉络以及这一禁忌母题所表现的禁忌民俗在社会发展中具有的规范人们行为的作用。"①作者自己在《对民间故事中禁忌主题的功能主义理解》里也作过这样的申述："禁忌主题来自于禁忌民俗，也就是说，先有禁忌民俗及禁忌意识，才有禁忌主题。当然禁忌主题的功能首先在于有利于禁忌民俗的生存。禁忌主题的文学属性又使之必然具有文学功能。在有些民间故事中，设置禁忌便是设置悬念。听众或读者期待着禁忌的结果；人物一定会犯禁，否则，故事情节便不能顺利向前推进。"②

《蛇郎蛇女故事中禁忌母题的文化解读》③和《一场关于人与自然关系的深刻对话——从禁忌母题角度解读天鹅处女型故事》④，属于具体解析蛇郎故事型和天鹅处女型故事中的禁忌母题的文化内涵和故事的结构意义的。正如论者指出的，前者，其一，天鹅处女型故事隐含的禁忌母题所演示的设禁——违禁——惩罚的情节序列，其文化内涵是，人与自然的矛盾、对立关系的民间隐喻两个禁忌母题；其二，这两个禁忌，共同建构了此型故事第二代异文的基本框架，对故事的形态结构起着举足轻重的作用。后者，即蛇郎蛇女故事中的禁忌所显示的是，"最初的与现实生活中相对应的图腾禁忌习俗建立了一种牢固的互惠关系，后来的则透示了人与自然之间难以消解的对立：异类的设禁和人类的违禁是这种对立的行为显现。"⑤

母题（主题）研究是比较文学的方法应用于民间故事研究中的具体手段。它可以把不同的故事、包括不同类型的故事和不同地域的故事中所具有的共同的母题（主题），拿来进行比较研究和文化阐释。前者有助于探寻其渊源与发展，尤其是发现其原始的内核或原型，后者有助于解析禁忌思维与人类生活和民俗文化的关系。

---

① 吕微《民间文学研究综述》，《2001中国文学年鉴》，第290—301页，北京：中国文学年鉴社2002年。

② 万建中《对民间故事中禁忌主题的功能主义理解》，中国民间文艺家协会主办《民间文化》2000年第11/12期合刊。

③ 万建中《蛇郎蛇女故事中禁忌母题的文化解读》，《思想战线》2000年第5期，昆明。

④ 万建中《一场关于人与自然关系的深刻对话——从禁忌母题角度解读天鹅处女型故事》，《北京师范大学学报》2000年第6期。

⑤ 吕微《民间文学研究综述》，《2001中国文学年鉴》，第290—301页，北京：中国文学年鉴社2002年。

6. 民间故事的比较研究

比较研究不仅是民间故事多样化研究的方法之一，而且也是新时期民间故事研究中最富成绩的一个方面。前文讲到，季羡林的《比较文学与民间文学》（北京大学出版社，1991），刘守华的《比较故事学》（上海文艺出版社，1995），大力倡导用比较文学方法来研究民间文学特别是民间故事，都是这一领域里具代表性的研究成果。其他的研究专著还有：于长敏的《中日民间故事比较研究》（吉林大学出版社，1996）和刘介民的《从比较文学到民间文学》（暨南大学出版社，1998）等，作者都是比较文学学者，他们从不同的角度开展民间故事的比较研究，眼界开阔，各具特色。

重要的比较研究论文有：《民间故事大同小异的由来》[1]《藏族〈斑竹姑娘〉与日本〈竹取物语〉故事原型研究》[2]《槃瓠神话与日本犬婿型故事的比较研究》[3]《灰姑娘故事与中国民间童话》[4]《女人与蛇——东西方蛇女故事研究》[5]《论印度那伽故事对中国龙王龙女故事的影响》[6]《中日两国后母故事比较研究》[7]《中日两国民间故事比较研究泛说》[8]《中日两国金鸡传说象征意义的比较研究》[9]《论藏族和傣族的同源异流故事》[10]《中

[1] 杨知勇《民间故事大同小异的由来》，《民间文学》1981年第1期，北京。
[2] 乌丙安《藏族〈斑竹姑娘〉与日本〈竹取物语〉故事原型研究》，《民间文艺集刊》第4集，1983年5月，上海。
[3] 郎樱《盘瓠神话与日本犬婿型故事的比较研究》，《民间文学论坛》1985年第3期，北京。
[4] 肖崇素《灰姑娘故事与中国民间童话》，《民间文艺季刊》1987年第2期，上海。
[5] 陈建宪《女人与蛇——东西方蛇女故事研究》，《民间文学论坛》1987年第3期，北京。
[6] 阎云翔《论印度那伽故事对中国龙王龙女故事的影响》，《民间文艺季刊》1987年第1、3期，上海。
[7] 张紫晨《中日两国后母故事比较研究》，《民族文学研究》1986年第2期，北京。
[8] 钟敬文《中日两国民间故事比较研究泛说》，《民间文学论坛》1991年第3期，北京。
[9] 刘锡诚《中日两国金鸡传说象征意义的比较研究》，《文学评论》1991年第4期，北京。
[10] 王国祥《论藏族和傣族的同源异流故事》，《西藏研究》1994年第1期。

国民间叙事中禁忌主题与禁忌民俗的关系》①《裕固族与匈牙利民间故事比较研究》②等等。

"没有比较文学，则民间文学的研究将流于表面，趋于片面；没有民间文学，则比较文学研究内容也将受到限制。如果把二者结合起来，再加上我们丰富的古典文学和少数民族文学，这两方面的研究成果必将光辉灿烂，开辟一个新的天地。"③比较文学在"新时期"异军突起，取得了很大成绩，而故事的比较研究作为比较文学的一翼，也开出了艳丽的花朵。④

7. 类型研究与形态研究

（1）类型研究

民间故事的类型研究，发轫于19世纪欧洲学者，德国学者和恩（l. Hahu）、法国学者柯思昆（E. Cosquin）、英国学者克劳斯顿（A. Clouston）、俄国学者弗拉基米洛夫等，先后都在故事研究中制定了不同的故事类型体系。最成熟的、也是被各国学者广泛采用的是芬兰学派的学者安蒂·阿玛图斯·阿尔奈（Antti Aarne,1867—1925）的《故事类型索引》（1910）一书。阿尔奈分析比较了芬兰和北欧其他国家以及欧洲一些国家所出版的或保存的民间故事记录，把同一情节的不同异文加以综合，以极简短的文字写出了它的梗概提要，并根据一定的原则对这些故事情节进行了分类编排。阿尔奈将所有的故事分为三大部分：动物故事、普通民间故事、笑话，而每个部分又细分为若干类。其后，美国民间文艺学家斯蒂斯·汤普森（Stith Thompson，1885—1976）把故事的取材范围扩大到了整个欧洲，对阿尔奈的索引作了补充，弥补了阿尔奈索引只适用于芬兰和北欧民间故事而出现的局限性，编纂出版了《民间故事类型索引》（1926）。编制故事类型索引和对故事进行类型研究遂成为一个被学界关注的新的研究领域和方法。类型研究的方法于20年代末传入我国，钟敬文和杨成志曾翻译了路库德的《印欧民间故事型式表》（1928），钟敬文又

---

① 万建中《中国民间叙事中禁忌主题与禁忌民俗的关系》，《民间文学论坛》1991年第5期，北京。

② 钟进文《裕固族与匈牙利民间故事比较研究》，《民族文学研究》1992年第4期，北京。

③ 季羡林《比较文学与民间文学相得益彰》，《比较文学与民间文学》，北京：北京大学出版社1991年。

④ 这一小节论述，参阅了刘守华《世纪之交的中国民间故事学》，《华中师范大学学报》2000 年第1期。

于30年代初编制出了第一份《中国民谭型式》（1931），此后，又陆续研究了"狗耕田"故事、老虎外婆故事、天鹅处女故事、蛇郎故事等故事类型。在故事的类型研究上，赵景深、娄子匡、曹松叶、张清水等也多有呼应，撰写了研究文章，但没有取得多大的成绩。随之，故事类型研究就式微了。

素来被认为形式主义研究的类型研究，在经历过20世纪40年代和"十七年"的冷落与停顿之后，于改革开放的新时期又复苏了。刘魁立于1982年率先发表了《世界各国民间故事情节类型索引述评》的长文，全面介绍和述评了世界民间文艺学史上类型研究的学者、学说和他们编制的各种类型索引、情节索引和"母题"索引。[1]在此文中，作者冲破了当时意识形态的阻力，发表了自己对类型研究的总体看法：

> 民间故事作为人民群众集体创作的、传统的口头的语言艺术，是一种复杂的现象。民间故事不仅具有它特殊的艺术形式，而且还饱含着各自不同的思想内容。无论从形式方面，或是从内容方面，又都有多种因素在互相作用，以构成完整的、有机统一的艺术作品。民间故事在它的本身中蕴含着集体的因素和个人的因素，传统的因素和即兴的因素，古代的因素和现实的因素，乡土的因素和更广阔的地域的因素，民族的因素和世界的因素，如此等等。
>
> 思想深刻的民间故事研究家不能对上述诸因素采取漠视或回避的态度。此外，他还必须对民间故事的实质、民间故事的想象的特点、民间故事的语言艺术的结构和特点、民间故事的价值、功能、在社会生活中的地位等问题，进行认真的、深入的探索和研究。民间故事的所有这些方面，固然都不能脱离开情节而单独地、抽象地存在，但是关于情节的研究决不应该、也决不能代替对于蕴含于情节之中的其他因素的分析和研究。……
>
> 正是由于上述诸多原因使得我们只能把编纂索引看作是研究工作的手段，而不是研究工作的目的；看作是研究工作的准备，而不是研究工作本身。尽管如此，为便于掌握和利用无法数计的民间故事资料，类似AT索引的存在仍是十分必要的。我们利用这些索引，既不能说明我们对于它所存在的诸多缺点的迁就，也不意味着我们对其编者

---

① 刘魁立《世界各国民间故事情节类型索引述评》，《民间文学论坛》创刊号，1982年5月；后收入《刘魁立民俗学论集》，上海文艺出版社1998年。

的理论原则的苟同，我们利用这些索引手段仅仅是为了工作的便利和使大家在工作时能有一种共同的语言而已。[①]

在此，尽管作者是在把民间故事作为语言艺术的前提下、把类型研究和类型索引作为研究工作的手段这一意义上给予肯定的评价，故而是有限度的，应该说，对于运用类型理论进行故事研究和故事学建设起了有益的作用。后来，他又以类型理论研究了蛇郎故事，撰写了《中国蛇郎故事类型研究》。[②]自50年代进入民间文学研究领域以来，刘魁立一向以坚持民间故事的科学性和真实性为学理概念。在介绍和翻译外国理论方面，在神话学和故事学的基础理论方面，多有建树。

类型研究在"新时期"有较大的开展，甚至一时成为故事研究的一个热点。吕微认为："类型分析是故事研究的基本手段之一。"[③]值得注意的论文如：段宝林《"郎外婆"故事的比较研究初探》（1982）[④]、汪玢玲《天鹅处女型故事研究概观》[⑤]、阎云翔《〈蛇郎〉故事主题初探》[⑥]、缪永禾《略论人和异类恋爱的故事》（1983）[⑦]、刘守华《蛇郎故事比较研究》[⑧]、刘魁立《中国蛇郎故事类型研究》[⑨]、马昌仪《中国鼠婚故事类型研究》[⑩]、萧崇素《"灰姑娘型"故事与中国民间童话》（1987）[⑪]、陈建

---

① 《刘魁立民俗学论集》，第385—386页，上海文艺出版社1998年。

② 刘魁立《中国蛇郎故事类型研究》，《刘魁立民俗学论集》，第134—147页，上海文艺出版社1998年。

③ 吕微《民间文学研究综述》，《中国文学年鉴》（2001年卷），第293页，北京：中国文学年鉴社2002年。

④ 段宝林《"郎外婆"故事的比较研究初探》，《民间文学论坛》（季刊）创刊号，1982年5月。

⑤ 汪玢玲《天鹅处女型故事研究概观》，《民间文学论坛》（季刊）1983年第1期。

⑥ 阎云翔《〈蛇郎〉故事主题初探》，《民间文学论坛》1983年第2期。

⑦ 缪永禾《略论人和异类恋爱的故事》，《民间文艺季刊》第4集，1983年5月。

⑧ 刘守华《蛇郎故事比较研究》，《民间文学论坛》（双月刊）1987年第2期，1984年3月。

⑨ 刘魁立《中国蛇郎故事类型研究》，在日本大阪"亚洲民间叙事文学学会第四届年会"上的学术报告，1997年10月。

⑩ 马昌仪《中国鼠婚故事类型研究》，《民俗研究》1997年第3期，济南；《鼠咬天开》，北京：社科文献出版社1998年。

⑪ 萧崇素《"灰姑娘型"故事与中国民间童话》，《民间文艺季刊》1987年第2集。

宪《论中国天鹅处女故事的类型》①、范垂政《论民间故事〈天鹅仙女〉的族属问题》②；江帆《AT706故事研究——谭振山讲述的〈断手姑娘〉及其比较研究》（1994）③、陈岗龙《〈尸语故事〉：东亚民间故事一大原型》④、刘晓春《多民族文化的结晶——中国灰姑娘故事研究》⑤、顾希佳《龙蚕故事比较研究》⑥、傅光宇《"难题求婚"故事与"天女婚配型"洪水遗民神话》（1995）⑦、刘守华《"羽衣仙女"故事的中国原型及其世界影响》（1997）⑧、周北川《"解难题"母题的文化人类学溯源》（1998）⑨等。这就是说，学者们民间故事的类型研究的关注之情，贯穿于整个"新时期"的二十年而没有减弱过。用万建中的话说，如果说80年代的故事学仅涉及个别类型的话，那么，90年代的故事学研究，则对所有的著名故事类型都有所研究了。

80年代翻译出版了美籍华人学者丁乃通的《中国民间故事类型索引》（中国民间文艺出版社，1986）。钟敬文和贾芝都为丁著写了序言，向读者推荐中国学界久违了的类型研究方法。到90年代末又翻译出版了德国汉学家艾伯华（Wolfram Eberhard）的《中国民间故事类型》（商务印书馆，1999）。

故事类型研究的热势，直到世纪末和21世纪初仍在继续中。

（2）形态学研究

民间故事的形态学研究，随着外国文艺理论研究的新潮而被引进我国

①　陈建宪《论中国天鹅处女故事的类型》，《民族文学研究》1994年第2期。

②　范垂政《论民间故事〈天鹅仙女〉的族属问题》，《黑龙江民族丛刊》1994年第3期。

③　江帆《AT706故事研究——谭振山讲述的〈断手姑娘〉及其比较研究》，《中国民间文化》1994年第15期。

④　陈岗龙《〈尸语故事〉：东亚民间故事一大原型》，《西北民族研究》1995年第1期。

⑤　刘晓春《多民族文化的结晶——中国灰姑娘故事研究》，《民族文学研究》1995年第3期。

⑥　顾希佳《龙蚕故事比较研究》，《中国民间文化》1995年第2期。

⑦　傅光宇《"难题求婚"故事与"天女婚配型"洪水遗民神话》，《民族文学研究》1995年第2期。

⑧　刘守华《"羽衣仙女"故事的中国原型及其世界影响》，《湖北民族学院学报》1997年第2期。

⑨　周北川《"解难题"母题的文化人类学溯源》，《民间文学论坛》1998年第4期。

民间文学研究中来，其时间大约要比类型研究的兴盛稍晚，但始终未能像类型研究那样得到中国学界的认同。

李扬的《中国民间故事形态研究》，是运用俄罗斯学者普罗普（В.Я.Пропп）创立的民间故事形态学分析理论体系，对中国民间故事的形态结构进行初步的探讨的学术尝试。普罗普的学术方法，在前苏联时代，被称为形式主义者，他的民间故事形态学一直不受重视。改革开放以来，我国文艺理论界翻译出版了西方学者写的介绍和评论俄国形式主义的著作后，前苏联学者的形式主义文论才纷纷被译成中文出版，计有：［原苏联］什克洛夫斯基等《俄国形式主义文论选》（方珊等译，三联书店，1989）、［法］茨维坦·托多罗夫编选《俄苏形式主义文论选》（蔡鸿滨译，中国社会科学出版，1989）、［原苏联］巴赫金《文艺学中的形式主义方法》（李辉凡等译，漓江出版社，1989）等。从形式主义文艺学学者什克洛夫斯基，到诗学研究学者日尔蒙斯基，到民间故事形态学学者普罗普，都多多少少介绍给中国读者了。所惜的是，普罗普的代表作《故事形态学》和《神奇故事的历史根源》都还没有译成中文，故中国读书界对这位鼎鼎大名的民间故事学者，特别是他的结构主义的故事学说，仍然不免感到扑朔迷离，处于人言言殊的境地。李扬在香港大学读博士期间，选择普罗普的故事形态学中国化作为自己的论文选题，撰写了这本书。

普罗普对在他以前出现的种种民间故事分类法，采取批评和质疑的态度，认为那些分类体系都有严重缺陷：“或混淆不清、难以归类（最常见的分类法是将故事分为奇异故事、日常生活故事、动物故事等）；或概念模糊、界限不明（W.Wundt的分类法）；按照主题（theme）进行分类，更是人言言殊，依据的分类标准缺乏统一连贯性（R.M.Volkov教授的分类法）。”而芬兰学派的“历史地理研究法”的创立者阿尔奈（A.Aarne,1867—1925）的《故事类型索引》，普罗普认为，不仅民间故事的主题（类型）间互相交织、紧密联结，不可随意抽取加以孤立研究，而且在确立类型上，缺乏完全的客观标准。李扬对普罗普的学说作了高度评价，他写道：“《故事形态学》被认为是20世纪文学研究中具有独创性的典范著作，是结构主义思想方法的源头之一，同时也是结构主义神话学的奠基（之）作。特伦斯·霍克斯认为，这部著作至今仍是形式主义学派的重大贡献之一，它向适合小说艺术的‘诗学’迈出了一大步。他的方法‘至今仍有很高的结构价值，因为同神话一样，童话是所有叙事的重要原型。’美国学者罗伯特·萧尔斯总结道，除去对亚里士多德遗产的追溯，庶几可以说是对俄罗斯故事的研究开创了结构主义研究方法的先河。普罗普提出的'形式提纯'（simplification of form），一直是结构主义思想的一个重要的原动力。……而结构主义大师列维—斯特劳斯对普罗普理论的详尽介绍和高度评价，更使得普罗普在西方学界声名鹊起。"①

李扬认为：普罗普的故事结构形态理论虽然是以俄国故事为基础的，但这些故事大部分都能归属于国际故事的类型，它也适用于全部印欧故事和北美印第安人的故事，具有"跨文化"的意义。因此，他认为，"它至少也应适应于中国民间故事中与国际故事类型同型的故事"。他从1931—1986年间出版的中国民间故事集中选取了50个故事作为分析对象，根据普罗普的形态理论体系作功能的分析，每一个故事列出了"功能图式"。在普罗普的形态体系中，俄国故事的功能只有31个，而且功能在故事中出现的顺序总是相同的。而据李扬的研究，在中国故事中的功能总数，最多的是55个（《三根金头发》，孙剑冰搜集，见于《中国民间故事选》［一］，人民文学出版社，1980），最少的11个（《石门开》，董均伦、江源搜集，见于《聊斋汊子》，中国民间文艺出版社，1982），功能的出现率差异很大。作者对功能在中国故事中的变异规律作了探讨。

《中国民间故事形态研究》出版后，一段时间里在读者中和学界并没有很大的反应，过了差不多十年后，开始受到年轻一辈民间文艺学家们的关注和欢迎，不是没有理由的。一是民间文艺学的研究触觉相对于文艺理论界显得闭锁而滞后，二是民间文艺学界对形式主义、甚至更早些时候引进的结构主义等新的理论方法长期以来存在着某些文化排拒心理。吕微在《母题：他者的言说方式——〈神话何为〉的自我批评》一文里对李扬的此著所给予的评价，大概可以代表20世纪末和21世纪初年轻一辈学人的主流观点。他写道：

> 李扬在他的专著中着重讨论了普罗普关于功能顺序的假说，李扬随机抽取了50个中国的神奇故事做样本，通过分析，他发现，普罗普的功能顺序说并不能圆满解释中国的故事，中国故事中的许多功能并不遵循普罗普的功能顺序。李扬研究了其中的原因，他发现，在许多情况下，中国故事的功能之所以没有按照普罗普的设想依次出现，是因为普罗普给出的叙事法则如若在中国故事中完全实现还需要其他一些限定条件，因为中国故事比普罗普所使用的俄国故事更复杂，由于俄国故事相对简单，是一些简单的单线故事，所以在应用普罗普的假

---

① 李扬《中国民间故事形态研究》，第4—5、9—10页，汕头大学出版社1996年。

说时无须增加条件的限制。

李扬认为，在生活的现象中，构成事件的各个要素固然按照时间和逻辑的顺序依次发生，但生活现象中的事件并不是一件接一件地单线发生的，而是诸多事件都同时发生。因此，一旦故事要描述这些在同一时间内同时发生的多线事件，而叙事本身却只能在一维的时间内以单线叙述的方法容纳多线事件，故事就必须重新组织多线事件中的各个要素，这样就发生了在一段叙事中似乎故事功能的顺序颠倒的现象，这其实是多线事件在单线故事中的要素重组。

当然，李扬所给出的功能顺序的限定性条件不是只此一种，但却是其中最重要的一种，即功能顺序的假定只有在单线事件被单线故事所叙述的情况下才能够被严格地执行。从李扬的引述中，我们也读到了其他一些国家学者对普罗普功能顺序说的质疑，但我以为，李扬的分析之深入和清晰的程度不在那些学者之下，有些分析还在他们之上。

……据普罗普自己的说法，他对故事功能的研究属于形态学研究，即纯粹的形式研究。但是，通过我们将普罗普的假说与汤普森对故事母题的形式描述加以对比，我们就能发现，普罗普的形态研究并不纯粹，不是纯粹的形式研究，功能中渗透着故事的内容。换句话说，普罗普的关于功能顺序的理论，不属于纯粹的形式逻辑，而属于康德意义上的先验逻辑，也就是与内容相关的逻辑。

普罗普之所以认为自己的研究是纯粹形态学的，是因为他坚持说他的研究是对叙事规律的纯粹形式化的研究，如果把所有的故事内容都还原掉，功能顺序的形式命题仍然存在，尽管功能形式原本就是为了说明、解释内容的。在这个意义上，普罗普的功能理论的确是纯粹的形态学。[①]

吕微的评论，不仅给予了李扬这部著作以比较客观公允的评价，也隐约地表达了对普罗普学说的某些保留，同时，也就多少回答了学界一度所持的冷淡态度。

孙正国也评价说："这部专著是我国目前最系统的就民间故事形态所做的全面研究。论文主要运用前苏联民俗学家普罗普所创立的民间形态分析理论，结合叙事学理论对中国民间故事的形态结构进行了深入探讨，在细致研究中国民间故事功能形式的基础上，以'功能论'、'序列论'、

---

① 吕微《母题：他者的言说方式》，见《民间文化论坛》2007年第1期。

'角色论'等三个专题系统阐述了中国民间故事的叙事结构，'显示出中国民间故事的叙事已成为成熟的结构形式'。（引者按：这一结论尚可研究。）……所发掘出的中国民间故事结构形态上的共同规律和特点，为研究者得以从一个崭新的角度去观照民间叙事，并进行跨文化的比较研究提供了可贵的学术范例。同时，正如李扬在其论文的结语中所言：'本文的描述层次研究，严格说来，只是迈出了结构分析的第一步。中国民间故事形态的深层，是否隐伏着特定的文化传统，体现着传播的文化心理和世界观，从故事叙事中是否可以发现远古人类叙事的某种元语言等等，这些问题，有待于我们做更加详尽和深入的研讨。'①

作为第一个把普罗普的形态学理论引进中国民间文艺学界的学人，不是简单地介绍和搬用，而是以其理论和方法为工具，系统地对50个中国民间故事作形态学的分析研究（作者说是"中国民间故事功能形式补遗"），从而形成自己的理论选择和学术体系。在中国民间文艺学的舞台上，提供了一个新的研究视角和参照。

李扬的中国民间故事形态研究，还属于运用形态结构理论对中国故事形态结构作客观的描述和初步的探索，而对于中国故事的深层结构，故事结构的模型的内在体系，以及结构模型与中国文化传统、文化心理的互动关系等，还有待于作更深入的探讨。

8. 动物故事研究

无论在实际上，还是在理论上，动物故事分属于神话和故事两个类别。这应该是没有异议的。安德明在《万物有灵与人兽分开——猿猴抢婚故事的文化史意义》②中认为，与人类起源相关的猿猴故事中，猿猴抢婚在反映的动植物崇拜观念的同时，又体现着后世产生的"人兽分开"的观念，是这两种观念共同作用的结果，此外，也还反映了普遍存在于民间的"猴性淫"的观念。笔者认为，安德明对这一类动物故事所折射的文化意涵的解析是正确的。但要说明的是，"人兽分开"未必就是后世的观念，马克思主义经典作家说，劳动创造了人本身，所谓"人猿揖别"是经历了几百万年的事情。

---

① 孙正国《叙事学方法：一段历程，一种拓展——关于20世纪民间故事叙事研究的回顾与思考》，《荆州师范学院学报》2000年第6期。

② 安德明《万物有灵与人兽分开——猿猴抢婚故事的文化史意义》，《民族文学研究》2000年第1期。

与儿童文学在新的历史条件下获得了大发展相反，与20世纪五六十年代动物故事及其研究的兴旺也不相同，在历史新时期，民间文艺学家们对动物故事的研究显得多少有些冷淡。

（二）传说研究

与"十七年"传说研究相比，"新时期"的传说研究，有了令人欣喜的发展。表现出两个显著的特点：一个是向传统故事研究的回归和研究方法的多样化选择；二是研究领域的拓展。"十七年"传说研究的对象，最主要的是义和团、捻军、太平天国这样一些近代农民战争和抗英斗争传说的评述，意在彰显民众的革命精神；而在研究方法上，主要的是社会历史的、偶尔有美学的剖析。而"新时期"的故事传说研究，则回到了千百年来流传于民众中的传统故事传说本体的研究上，从传说学的基本学理而不再是从政治需要上去研究探讨传说的形成和演变、规律和特点，尽管其学术水平也许还并不是很高、很令人满意。

1.《中国民间传说论文集》

改革开放之初，在传说学方面我国学者的第一个成果，是中国民间文艺研究会研究部编的《中国民间传说论文集》。[①]这部论文集是中国民间文艺研究会主办的第三次学术年会的论文结集。收入了来自全国各地的31位民间文学工作者的论文。有关传说理论的，如巫瑞书《传说探源》、林忠亮《传说与民俗试探》、窦昌荣《风俗传说之探讨》；有关人物传说的，如黎邦农和刘应芬《包拯其人及其传说》、许钰《鲁班传说研究》、赵志毅《董永传说起源东台说质疑》、刘晔原《论历史人物传说形象构成》；有关宗教和信仰传说方面，如裘志熙《论道教与民间传说的关系》、徐华龙《八仙传说研究》；有关地方传说和风物传说的，如韩致中《风物传说价值谈》、袁学骏《地方风物传说审美初探》、金天麟《风物传说独特的时代价值》、吴一虹《风物传说与爱国主义》、刘亚虎《桂林山水传说的美学意义》、丁义珍《东海〈虎皮井〉传说探源》、金熙《苏州虎丘风物传说初探》、张定亚《试论陕西陵墓传说》、潜明兹《北京传说拾贝》、岑元冯《论雷州半岛的山水传说》、周春霆《秦皇岛传说之社会作用》；少数民族传说方面的，如杨昌鑫《乾嘉苗民起义历史传说传奇初探》、傅

---

① 中国民间文艺研究会研究部编《中国民间传说论文集》，北京：中国民间文艺出版社1986年。

光宇和张福三《论白族的文人传说》、李子和《论西南部分少数民族梁祝传说的流传和衍变》、赵振才《满族民间传说中的佛库伦》、宁锐《藏汉人民团结友谊的颂歌》、覃桂清《刘三姐传说与电影〈刘三姐〉》、汪玢玲《三宝传说美学四论》和苑利的《鸟类传说研究》等。

钟敬文为这个选集写的序言里评价说："这个论集里所录的三十多篇文章中，选用的题材是比较广阔的。其中有现代的，也有历史的；有关于著名人物的，也有关于地方风物的。多数是属于个别故事或类型的题材，但也有比较概括、抽象的。从传说的族属看，既有汉族中流传的，也有兄弟民族中流传的。像这样题材广阔的传说论集，很少见过。在考察的观点、方法上，有些从历史衍变的角度出发，有些比较注意故事的性质或结构、功能，而更多的却是沿用传统的社会学的分析……这些论文汇集在一起，好像是一个花篮。它凝聚着各种不同形状、不同色泽和不同香气的花朵。"①这部传说论文集的出版，堪可看作是中国学界建设中国特色的民间文艺学的计划中的一个实际行动，亦如钟敬文说的是"努力建筑过程中……的一块纪念碑"。

2. 传说分类的确立

我国是个传说大国。而传说的题材是异常繁复多样的，传说的分类问题是研究工作首先遇到的问题。没有比较一致的分类体系，就无法对话。民间故事的一些分类法，包括前文所讲的类型分类、功能分类，都不能成为中国传说的分类、特别是《中国民间文学三套集成》的编纂工作中可操作的分类体系和标准。1987年，《中国民间文学三套集成》的普查搜集工作基本结束之后，编纂工作即将开始之前，集中了若干专家在一起讨论研究，制定了一个大家都赞同的分类表，要求各地共同遵守。"传说"的界说和分类如下：

（一）传说也是一种古老的口头故事体裁，特别是在广大汉族地区，它在各个历史阶段都获得长足发展。民主革命和社会主义时期产生的民间传说，依其题材内容的特点，归入下述相应的各类之中，不单独成为一类。

（二）传说的突出特点，在于它具有特定的历史的和实在的因

---

① 钟敬文《中国民间传说论文集·序》，见《中国民间传说论文集》，第4页，北京：中国民间文艺出版社1986年；又，《民间文艺季刊》1986年第2期，上海。

素，或和这种因素相关联，以明确的"这一个"人或动植物、地方、或其他个别的自我或社会历史事象为对象。

（三）传说中的事件，有的也发生在古老的时代，但它却不是先于人类经验的时期，一般都属于一定的历史时代，或以一定历史阶段的社会生活为背景。

（四）传说常常寄寓着当地人民对所述人物、乡土、山川的深厚感情，对故事中所述也多视为真实，因而经常把有关的人名、地名、事件讲得确定，以增加故事的历史感和真实感。

（五）传说作为民间文学的一种体裁，它具有历史性，而又不简单地等同于历史，它所述的事件、人物，大多具有某些不平凡之处，或夹杂着某些神奇想象的因素。

（六）有些传说中也有原始思维为基础的幻想性情节（如人或其灵魂可变形为动物），还有一些精怪等。但这类东西在传说中大多作为社会现实生活中的奇异成分，作为特殊人物的奇异性能来表现。群众对这类人物有的也作为神灵来崇拜，这种崇拜既是对神的信仰，也包含着从现实生活出发的、对历史人物及其功业的崇敬心理和自身的愿望。因此，从整体来看，这类人物的故事，仍是以现实生活为基础的特定人物的传说，不因其中存在着某些与神话相似的超自然因素而把它们归入神话。如四川李冰父子斗尊龙的故事，华北、东北等地秃尾巴老李的故事，就都是这类传说。

（七）传说也常常对某种现象和事物的特点、来由予以解释，但这种解释和神话探求世界及宏观的某种物种或文化事象之原始根源不同，这种解释也并不完全是直接表述对事物之原始理解。传说以特定的个别具体事象为对象，其解释也是关于个别事象之具体的说明（常常是借用另外的故事情节来说明），属于微观的性质，具有多样性的特点。

（八）传说一般没有固定的叙述方式，某些传说（如地方传说和某些风俗传说）则有相对稳定的结构模式（如先简要介绍地方或风俗特点，再说具体的故事，最后点名故事与地方或风俗特点之关联），不可一律要求。

（九）传说涉及的对象十分纷繁，大体可分为下列各类：

（1）人物传说：是关于著名历史人物和虚构人物的故事。这类传说所述事件有的有一些史实的根据，有的则纯属虚构。

（2）史事传说，大多取材于某些重大历史事件（如农民起义、现代人民革命、社会主义建设、抗击外来侵扰）或人民反抗暴政等，以叙述个别事件为主，不重人物性格的刻画。

（3）地方传说，是关于名山大川、江河湖海、名胜古迹、著名园林、建筑、各种地名等的传说。

（4）动植物传说，多系说明某种动植物来由的故事，大多表现动植物与人或神的纠葛，常常归结到某种动植物系由人或神物所变的模式上。

（5）土特产传说，是关于各地农、林、牧、副、渔业产品，以及药材、饮食、日用制品等的传说。

（6）民间工艺传说，是关于陶瓷、冶炼、金木石雕、丝织刺绣、日用器皿制作、民间艺术品等的传说。

（7）风俗传说，是关于各地岁时、婚丧和其他礼仪、居住、饮食、服饰、娱乐、信仰、禁忌等风俗习惯的传说。

（8）其他。

（十）以上各类传说交叉较大，如史事传说与人物传说很难截然分开，可将著名历史人物的史事传说归于人物传说，关于一般人物的史事故事作为史事传说。又如地方传说、土特产传说、风俗传说等，也常常涉及著名历史人物的故事，分类时可就故事所说明的对象的性质，而分别归入不同类别。①

近二十五年来，在《中国民间故事集成》30卷的编纂工作中，全国各省市自治区的省卷本和县卷本的传说部分，大体就是按照这个分类系统来处理的。有了这个全国大体统一的传说分类系统，我们就可以谈20世纪最后二十年、即新时期民间传说的学术研究了。

3. 程蔷《中国识宝传说研究》与《中国民间传说》

我国传说研究刚刚恢复起步未久，于1987年翻译出版了日本柳田国男的《传说论》一书，成为我国学者案头必备参考书。1986年5月，程蔷的硕士论文《中国识宝传说研究》就由上海文艺出版社出版了。十年之后，她另一部传说学专著《中国民间传说》（1995）又问世了。

对于《中国识宝传说研究》的出版，作者的导师钟敬文以十分欣喜的心情说："程蔷同志这部专门论述识宝传说的著作，是我们传说学方面值

---

① 中国民间文学集成总编辑委员会办公室编印《中国民间文学集成工作手册》，第73—76页，1987年5月。

得注目的成果。……这个传说，由于它经历的久长，由于它形态的复杂，更由于它本身的意义，它大量出现在文献上和根据口头的新记录上，引起学者们的注意那是相当自然的。数十年来，国内学者如胡怀琛，日本学者如石田千之助（稍后有泽田瑞穗博士）等都一再介绍、谈论过这个类型的传说。……尽管有着上述的科学史事实存在，但是历史要求我们进一步发展这项工作。我们必须把千余年来文献上的记录和当前依口头传承的记录汇集起来，用马克思主义的观点、方法，加以分析、综合，使它的性质、特点、流传过程及社会意义如实地显现出来，这是我们科学工作发展的要求。程蔷同志的著作正是为回答这种要求而出现的。"①

如果说《中国识宝传说研究》是对一个或一类传说的专题研究，那么，《中国民间传说》则是一部传说学的基础理论著作，填补了我国在传说学研究上的空白，具有开创之功。该著除了概说、传说的产生、传说的特征、传说的流传和演变等几章，有前人所写的一些零星文章可资参照和外国学人的理论学说可资借鉴外，其他一些属于中国传说独有的特殊问题，如《描叙性传说》（上、下）和《解释性传说》，这些分类及其特征，都需要研究中国传说的实际构成情况，从而进行概括、归纳等研究的功夫，才能获得。作者把历代古籍（主要是笔记）中记载的古代传说和现代新搜集记录的传说，融为一体，参照文化人类学的传说学说，进行分析研究，把传说的特征归纳为四点：第一，传说中的人物往往是历史上实有的。第二，故事的背景往往是历史上实有的重大事件。第三，传说中提及的事物特性往往是实有的。第四，传说中提及的景观往往有遗迹可寻。总之，传说与故事不同，是有"可信性"的。②

4. 四大传说研究

牛郎织女、孟姜女、白蛇传、梁山伯与祝英台这四个传说，俗称"四大传说"。在国人中，包括在一些少数民族中，流传很广，几乎家喻户晓。其特点是，每一个传说都在其流传中逐渐形成了、亦即"层累地造成"了一个流传地域广阔、异文众多的"传说群"。20世纪以来，断断续续有不少研究论文和随笔见诸于报刊。当然，这四个传说群受到学界关注的情况是不一样的。20年代，顾颉刚的孟姜女故事研究，以地理历史研究的方法对当时所能

---

① 钟敬文《程蔷〈中国识宝传说研究〉序》，见程蔷《中国识宝传说研究》，第6—7页，上海文艺出版社1986年。

② 程蔷《中国民间传说》，第132—139页，杭州：浙江教育出版社1995年。

获得的书面的和口头的资料，进行了广泛深入的研究，取得了举世瞩目的成就，成为中国现代学者研究民间传说的先驱。中华人民共和国成立以后，对这些传说的研究，虽没有间断，也间有像范宁的《牛郎织女故事的演变》[①]等有影响的论文发表，但总的说，研究比较消沉，没有很多成就可陈，倒是由于取材于四大传说的戏曲的深入人心，大大促进了这些传说的流传，改编者的价值观、历史观和艺术观，也因此而影响了、甚至是在某种程度上左右了这些传说在民众中的传播走向。围绕着传说改编问题，文艺评论界曾经展开了一场旷日持久的论争，在论争中对传说的有关问题的探讨也得到了提高。作为民间文学研究，不能不提到的，是路工编《梁祝故事说唱集》[②]、路工编《孟姜女万里寻夫集》[③]、傅惜华编《白蛇传集》[④]三本书的出版，把这三个传说的有关历史记录文献资料，广泛搜求和梳理选辑，并作长序予以阐发。牛郎织女传说，由于历史资料较少，没有选辑。

　　进入新时期以来，罗永麟最早提出了"四大传说故事"这个概念，并逐渐为学界所接受。他的《论中国四大传说故事》一书，于1986年问世，收辑了作者自1957年发表的《试论〈牛郎织女〉》起至出书时止所写的有关"四大传说"的论文。[⑤]三年后，即1989年，贺学君的《中国四大传说》出版。贺著也是"四大传说"研究方面的重要著作，它的特点，与罗永麟的著作不同，是从这些传说中抽提出带有共性的问题来，展开学理上的论述。该著还有一定的篇章研究了"四大传说"在海外的传播情况。[⑥]从而结束了中国大陆没有研究"四大传说"的专著的历史。[⑦]程蔷的《谈谈我国的四大传说》[⑧]、郑劲松的论文《人仙妖之恋——试论中国四大民间故事的共

　　①　范宁《牛郎织女故事的演变》，发表于《光明日报》，后收入《文学遗产增刊》第一辑，北京：作家出版社1955年；又《范宁古典文学研究文集》，第368—379页，重庆出版社2006年。

　　②　路工编《梁祝故事说唱集》，上海出版公司1955年。

　　③　路工编《孟姜女万里寻夫集》，上海出版公司1955年。

　　④　傅惜华编《白蛇传集》，上海出版公司1955年。

　　⑤　罗永麟《论中国四大传说故事》，北京：中国民间文艺出版社1986年。

　　⑥　贺学君《中国四大传说》，杭州：浙江教育出版社1989年。

　　⑦　台湾地区关于"四大传说"的研究著作有：王孝廉《牵牛织女的传说》，台北：《幼狮月刊》第46卷第1期（1974年7月）；洪淑苓《牛郎织女研究》，台北：学生书局1988年；杨振良《孟姜女研究》，台北：学生书局1985年；潘江东《白蛇故事研究》，台北：学生书局1981年。

　　⑧　程蔷《谈谈我国的四大传说》，《文史知识》1985年第5期。

性结构模式及其文化内涵》①等文章，从一个新颖的角度——文化的同质性与结构模式，阐述了"四大传说"的结构特点与模式的共同性。

从总体来看，二十年来报刊上发表的有关"四大传说"的研究文章数量并不多，质量高的文章尤少，大量的是随笔一类，即便是论文，也很少达到二三十年代的研究水平。牛郎织女故事的研究文章相对来说则更为鲜见，几乎成为研究领域里被遗忘的角落。现分述如下：

（1）牛郎织女传说研究

在"四大传说"中，牛郎织女传说，在中国广袤的乡民社会中，可说是家喻户晓，其流传面和受众面最广的一个传说。就历史渊源而言，见于记载的历史也最早，但能见到的文字记载却最为稀少。历史进入20世纪80年代后，各地民间文学工作者在全面搜集民间故事、传说的基础上编纂的《中国民间故事集成》各省卷本中，入选的牛郎织女传说的数量，也显示出这个传说在各地的流行已经处于弱势，不像梁祝传说、董永传说那样，因受到戏曲和电影的激发而在民间重获传播的活力。尽管如此，在《中国民间故事集成》的县卷资料本，也收录了当代还在民间口头流传的牛郎织女传说达140篇。各地的民间文学工作者在20世纪80年代记录下的这些牛郎织女传说的不同异文，给研究中国民间文学的发展流变提供了丰富的珍贵的材料。

"文革"后，到1980年前，还在拨乱反正的阶段，报刊上没有发表任何有关牛郎织女传说的研究。报刊上见到有关牛郎织女传说的文章发表于1980年，计有周仁春《动人的故事，优美的语言——〈牛郎织女〉简析》②、吕洪年辑《牛郎织女故事的产生、流传和影响》③。1981年一篇：杨果、范秀萍《牛郎织女故事的源流》④。1982年一篇：胡绪伟《牛郎织女的故事与诗词》⑤。即使这样少的数量，也多是知识性的介绍或教学的辅助读物，谈不上是提出新见的学术研究性的论文。1983年以后，专

---

① 郑劲松《人仙妖之恋——试论中国四大民间故事的共性结构模式及其文化内涵》，《中国民间文化》1991年第4期，上海。

② 周仁春《动人的故事 优美的语言——〈牛郎织女〉简析》，《教学与研究》（南通师专）1980年第4期。

③ 吕洪年辑《牛郎织女故事的产生、流传和影响》（资料），杭州大学中文系办《语文战线》1980年7月第43期。

④ 杨果、范秀萍《牛郎织女故事的源流》，安徽省文学艺术研究所编《艺谭》1981年第3期。

⑤ 胡绪伟《牛郎织女的故事与诗词》，《知识窗》1982年第6期。

业学术期刊上始见有关这个传说的学术论文。如易重廉《牛郎织女故事叙论》①、唐琳《〈牛郎织女〉传说在清水江苗族中的变异》②、孙续恩《关于"牛郎织女"神话故事中的几个问题》③、《"牛郎织女"神话故事三议》④、姚宝瑄《"牛郎织女"传说源于昆仑神话考》⑤、《〈召树屯〉〈格拉斯青〉与〈牛郎织女〉之渊源关系——兼谈中国鸟衣仙女型传说对古代印度的影响》⑥、肖远平《试从系统观点看民间传说故事〈牛郎织女〉的魅力》⑦、徐传武《漫谈古籍中的银河牛女》⑧和《漫话牛女神话的起源和演变》⑨。

　　进入90年代，陆续发表的研究牛郎织女传说的文章有赵逵夫《连接神话与现实的桥梁——论牛女故事中乌鹊架桥情节的形成及其美学意义》⑩、《论牛郎织女故事的形成与主题》⑪、王雅清《论"牛郎织女"故事主题的演变》⑫、张喜贵《牵牛织女遥相望——谈中国古典诗歌中"牛女七夕"原型》⑬、李立《汉代牛女神话世俗化演变阐释》⑭、《从牛女神话、董女传

①　易重廉《牛郎织女故事叙论》，《楚风》1984年第1期，武汉。

②　唐琳《〈牛郎织女〉传说在清水江苗族中的变异》，《南宁师范学院学报》1984年第4期。

③　孙续恩《关于"牛郎织女"神话故事的几个问题》，《孝感师专学报》1983年第2期；又《湖北省民间文学论文选》，中国民间文艺研究会湖北分会编印，1983年7月，武汉；又《武汉大学学报》1985年第3期。

④　孙续恩《"牛郎织女"神话故事三议》，《民间文学论坛》1985年第4期。

⑤　姚宝瑄《牛郎织女传说源于昆仑神话考》，《民间文学论坛》1985年第4期。

⑥　姚宝瑄《〈召树屯〉〈格拉斯青〉与〈牛郎织女〉之渊源关系——兼谈中国鸟衣仙女型传说对古代印度的影响》，《民族文学研究》1987年第5期。

⑦　肖远平《试从系统观点看民间传说故事〈牛郎织女〉的魅力》，《广西民间文学丛刊》总第13期，广西民间文学研究会编印，1986年7月，南宁。

⑧　徐传武《漫谈古籍中的银河牛女》，《枣庄师院学报》1988年第8期。

⑨　徐传武《漫话牛女神话的起源和演变》，《文学遗产》1989年第6期。

⑩　赵逵夫《连接神话与现实的桥梁——论牛女故事中乌鹊架桥情节的形成及其美学意义》，《北京社会科学》1990年第1期。

⑪　赵逵夫《论牛郎织女故事的形成与主题》，《西北师大学报》1990年第4期。

⑫　王雅清《论"牛郎织女"故事主题的演变》，《玉溪师范学院学报》1994年第5期。

⑬　张喜贵《牵牛织女遥相望——谈中国古典诗歌中"牛女七夕"原型》，《克山师专学报》1996年第1期。

⑭　李立《汉代牛女神话世俗化演变阐释》，《洛阳师专学报》1999年第2期。

说到天女故事——试论汉代牛神话的变异式发展》①、汪玢玲《织女传说与中国情人节考释》②等。漫长的十年时间，进入笔者视野的，却只有这么6篇文章，尽管它们从不同角度研究和阐释了这个古老的传说群。

关于20世纪90年代牛郎织女传说的研究，不妨借用施爱东的评论来做个小结："关于牛郎织女传说源流、演变方面的历史考证，在进入1990年代之后，几乎没有任何新的进展，但这一方面的论文却并不见少，多数只是在前人成果的基础上重组文字重新表述，做些介绍性的工作。……（而有的文章）一般都是在简述牛郎织女流变史之后，结合具体朝代的所谓'社会特点'，借助作家文学的分析方法，或者原型理论等，对相关古诗词做些鉴赏性的分析，方法老套，内容也了无新意，因而也就很难发表于专业学术期刊。"③

（2）孟姜女传说研究

孟姜女故事的研究，因"文革"结束后钟敬文第一个写了《为孟姜女平反》的文章，从而激起了一个短暂的孟姜女故事研究热。

1983年河北省民研会与秦皇岛文联在秦皇岛市联合召开了孟姜女故事研讨会，其论文发表在《民间文学论坛》1984年第2期上：贾芝《关于孟姜女故事研究》、匡扶《略论孟姜女故事的产生和发展》、段宝林《孟姜女传说的演变与流传》、许钰《关于孟姜女传说的两个问题》及报道。秦皇岛会议的召开以及在刊物上集中发表几篇关于孟姜女传说的研究文章，这种学术形势，多少推动了顾颉刚编著的《孟姜女故事研究集》于1984年由上海古籍出版社再版。同时，包括顾颉刚、钟敬文等老一辈学者和青年学者撰写的孟姜女故事的文章，汇编为一本《孟姜女故事论文集》，同年也由中国民间文艺出版社出版。但该文集中所选的文章多乏新见，似并没有可以传世者。

两年后，1986年5月5—9日，在上海市举办了"江浙沪两省一市孟姜女学术讨论会"。到会并发表论文的人员，不限于两省一市，而是来自全国各省市研究孟姜女故事的学者40余位。

---

① 李立《从牛女神话、董女传说到天女故事——试论汉代牛神话的变异式发展》，《孝感师专学报》1999年第5期。

② 汪玢玲《织女传说与中国情人节考释》，《广西梧州师范高等专科学校学报》2000年第1期。

③ 施爱东《牛郎织女研究简史》，施爱东主编《中国牛郎织女传说·研究卷》，南宁：广西师范大学出版社2008年。这一小节所用的资料，大部分来自施爱东的上述文章，在此声明，并致谢。

上海：姜彬《孟姜女传说的演变及其原因》①、罗永麟《〈孟姜女〉的社会性与文学性》②、王永生《孟姜女故事人民性辨析》、徐华龙《〈孟姜女〉之悲剧心里》、郑土有《论孟姜女形象的深表层结构》③、毕尔刚《孟姜女故事艺术心理分析》④、王仿《同音联想对孟姜女传说发展的作用》⑤、钱基《略论孟姜女的阶级性》、胡堃《论战国时期杞梁妻故事的转变及其意义》⑥、涂石《美女与长城——孟姜女与我国古代文化》⑦、钱舜娟《孟姜女形象的新发展——谈长篇叙事吴歌〈孟姜女〉》、陈勤建《孟姜女形象的变形神话机制》⑧。

江苏：马汉民《长篇吴歌〈孟姜女〉探讨提纲》、秦寿容、袁震《苏南地区孟姜女传说的特色——专题采风调查报告》⑨、李平《孟姜女故事在宋金元明戏曲中的反映》⑩、朱恒夫《孟姜女戏剧琐谈》⑪、王骧《孟姜女故事的多重意义——长篇叙事吴歌〈孟姜女〉的认识价值》、王骧、郭维

①　姜彬《孟姜女传说的演变及其原因》，中国民间文艺研究会上海分会主办《民间文艺季刊》（孟姜女传说研究专辑）1986年第4期（总第12期），后收入所著《区域文化与民间文艺学》，北京：中国民间文艺出版社1990年。又见《姜彬文集》（第三卷），上海社会科学院出版社2007年。

②　罗永麟《〈孟姜女〉的社会性与文学性》，收入所著《论中国四大民间故事》，北京：中国民间文艺出版社1986年。又见所著《论中国文学发展规律》，济南：齐鲁书社2007年。

③　郑土有《论孟姜女形象的深表层结构》，《民间文学论坛》1986年第6期。

④　毕尔刚《孟姜女故事艺术心理分析》，《民间文学论坛》1986年第6期。

⑤　王仿《同音联想对孟姜女传说发展的作用》，中国民间文艺研究会上海分会主办《民间文艺季刊》（孟姜女传说研究专辑）1986年第4期（总第12期）。

⑥　胡堃《论战国时期杞梁妻故事的转变及其意义》，中国民间文艺研究会上海分会主办《民间文艺季刊》（孟姜女传说研究专辑）1986年第4期（总第12期）。

⑦　涂石《美女与长城——孟姜女与我国古代文化》，中国民间文艺研究会上海分会主办《民间文艺季刊》（孟姜女传说研究专辑）1986年第4期（总第12期）。

⑧　陈勤建《孟姜女形象的变形神话机制》，中国民间文艺研究会上海分会主办《民间文艺季刊》（孟姜女传说研究专辑）1986年第4期（总第12期）。

⑨　秦寿容和袁震《苏南地区孟姜女传说的特色——专题采风调查报告》，中国民间文艺研究会上海分会主办《民间文艺季刊》（孟姜女传说研究专辑）1986年第4期（总第12期）。

⑩　李平《孟姜女故事在宋金元明戏曲中的反映》，中国民间文艺研究会上海分会主办《民间文艺季刊》（孟姜女传说研究专辑）1986年第4期（总第12期）。

⑪　朱恒夫《孟姜女戏剧琐谈》，中国民间文艺研究会上海分会主办《民间文艺季刊》（孟姜女传说研究专辑）1986年第4期（总第12期）。

庚《别具风貌的〈春调孟姜女〉长歌》①、易人《论〈孟姜女春调〉》②、陶思炎《孟姜女研究三题》③、韦中权《孟姜女故事在常州地区的流传和落根初探》。

浙江：蒋风、陈华文《从孟姜女众多的生死地谈孟姜女传说的艺术生命力》、吕洪年《孟姜女故事在江南落根的原因》④、顾希佳《孟姜女传说传播手段刍议》、萧瑟《哀调音乐和杞梁妻》、雷国强（畲族）《畲族与汉族吴语方言区孟姜女传说的比较研究》、莫高《〈孟姜女〉民俗面面观》、周静书《论文人创作对孟姜女故事的影响》⑤、周耀明《孟姜女传说基本结构的伦理学价值》⑥。

北京：路工《孟姜女故事研究的目的何在？》⑦、潜明兹《评顾颉刚的孟姜女研究》⑧、李稚田《孟姜女传说研究的文化史价值与意义》⑨、刘晔原《孟姜女传说的传统妇女价值观》⑩。

河北：曹广志《孟姜女故事审美初探》。

吉林：汪玢玲《孟姜女哭长城与民族心理素质》⑪。

湖南：巫瑞书《巫风、楚文化与孟姜女——湖南孟姜女故事研究之

① 王骧、郭维庚《别具风貌的〈春调孟姜女〉长歌》，中国民间文艺研究会上海分会主办《民间文艺季刊》（孟姜女传说研究专辑）1986年第4期（总第12期）。

② 易人《论〈孟姜女春调〉》，中国民间文艺研究会上海分会主办《民间文艺季刊》（孟姜女传说研究专辑）1986年第4期（总第12期）。

③ 陶思炎《孟姜女研究三题》，中国民间文艺研究会上海分会主办《民间文艺季刊》（孟姜女传说研究专辑）1986年第4期（总第12期）。

④ 吕洪年《孟姜女故事在江南落根的原因》，中国民间文艺研究会上海分会主办《民间文艺季刊》（孟姜女传说研究专辑）1986年第4期（总第12期）。

⑤ 周静书《论文人创作对孟姜女故事的影响》，中国民间文艺研究会上海分会主办《民间文艺季刊》（孟姜女传说研究专辑）1986年第4期（总第12期）。

⑥ 周耀明《孟姜女传说基本结构的伦理学价值》，中国民间文艺研究会上海分会主办《民间文艺季刊》（孟姜女传说研究专辑）1986年第4期（总第12期）。

⑦ 路工《孟姜女故事研究的目的何在？》，《民间文学论坛》1986年第6期。

⑧ 潜明兹《评顾颉刚的孟姜女研究》，中国民间文艺研究会上海分会主办《民间文艺季刊》（孟姜女传说研究专辑）1986年第4期（总第12期）。

⑨ 李稚田《孟姜女传说研究的文化史价值与意义》，中国民间文艺研究会上海分会主办《民间文艺季刊》（孟姜女传说研究专辑）1986年第4期（总第12期）。

⑩ 刘晔原《孟姜女传说的传统妇女价值观》，中国民间文艺研究会上海分会主办《民间文艺季刊》（孟姜女传说研究专辑）1986年第4期（总第12期）。

⑪ 汪玢玲《孟姜女哭长城与民族心理素质》，中国民间文艺研究会上海分会主办《民间文艺季刊》（孟姜女传说研究专辑）1986年第4期（总第12期）。

一》①、杜平《试论湖南傩戏中的孟姜女》②、贾国辉、袁铁坚、杜平、巫瑞书（执笔）《湖南〈孟姜女〉调查报告》③。

湖北：黄永林《孟姜女传说在湖北》。

四川：李鉴踪《书面孟姜女故事与中国传统美学中"善"的观念》。

广西：过伟《孟姜女在少数民族中的变异》④。

甘肃：段平《流传在甘肃河西的孟姜女宝卷》（附：孟姜女哭长城宝卷）⑤。

涵盖了上海、浙江、江苏、北京、河北、吉林、湖南、湖北、四川、广西、甘肃等11个省区。尽管还有一些已知有孟姜女传说流传的省区，如辽宁、山东、山西、河南、陕西、安徽、福建、广东、云南九个省区，没有学者或文化工作者参会，笔者还是认为，可以将其称为第二次全国孟姜女故事学术讨论会。相比起在秦皇岛召开的第一次孟姜女故事研讨会来，上海会议不仅与会人数剧增，论题涉及更为广阔，又收获了少数民族地区的流传情况、吴语方言区的孟姜女宝卷等新材料。论文切入角度的选取和问题剖析的深度，也都有所提升。其中较为优秀者，分别为北京的《民间文学论坛》和上海的《民间文艺季刊》所选用。

（3）梁祝传说研究

梁山伯与祝英台的传说，是中华文化中生命力最为强劲的几个"传说丛"之一。由于其对忠贞纯洁爱情的讴歌，哀婉动人的艺术格调，悲剧的审美意识，在国人中几乎达到家喻户晓的程度。其流传的时间之长，自东晋有记载以来，少说也有1600年以上了。加上传说之外，又有戏曲，双管齐下，影响所及，上至达官贵人，下及村夫老妪，堪称中国女性文学之经典。

对梁祝传说的研究，肇始于二十世纪20年代的《北大国学门周刊》。

---

① 巫瑞书《巫风、楚文化与孟姜女——湖南孟姜女故事研究之一》，中国民间文艺研究会上海分会主办《民间文艺季刊》（孟姜女传说研究专辑）1986年第4期（总第12期）。

② 杜平《试论湖南傩戏中的孟姜女》，中国民间文艺研究会上海分会主办《民间文艺季刊》（孟姜女传说研究专辑）1986年第4期（总第12期）。

③ 贾国辉、袁铁坚、杜平、巫瑞书（执笔）《湖南〈孟姜女〉调查报告》，中国民间文艺研究会上海分会主办《民间文艺季刊》（孟姜女传说研究专辑）1986年第4期（总第12期）。

④ 过伟《孟姜女在少数民族中的变异》，《民间文学论坛》1986年第6期。

⑤ 段平《流传在甘肃河西的孟姜女宝卷》（附：孟姜女哭长城宝卷），中国民间文艺研究会上海分会主办《民间文艺季刊》（孟姜女传说研究专辑）1986年第4期（总第12期）。

到30年代初，随着民俗学研究机构和学人的南移，梁祝传说的研究，随之出现了一个小小的高潮。顾颉刚、钱南扬、赵景深、谢云声、陈光垚、谢兴尧等学者，都曾撰文论过。既然是传说，研究者们便总会顺理成章地追问传说所依附和延生的本事和人物，这是传说学的题中应有之义，也是研究深入的必然趋势。于是，梁祝传说的发祥地问题和梁祝其人其事的史实问题，也就自然而然地成为学者们探讨的一个重点。从县志、府志中搜寻梁山伯和祝英台的远影和近迹，成为当时的学术风景。宁波说、上虞说、宜兴说，以及其他诸说等，相继登场。1930年2月12日出版的《民俗》周刊（广州中山大学出版）第93、94、95期合刊（祝英台专号）上，发表署名马太玄的《宜兴历代志乘中的祝英台故事》一文，首开梁祝故事宜兴说之先河。未久，在北方，就梁祝传说的故事及其涉及的史实问题等，在《晨报·学园》上开展了长达一年多的讨论和争鸣，使对问题的认识大为深化、大为提升了。

新中国成立后的五十年间，由于戏曲、电影、音乐的介入，吸取梁祝题材而创制各类文艺新作，使这个古典的爱情悲剧故事，得到了新的演绎和前所未有的传播。梁祝传说，渐而扩展为我们今天所称的梁祝文化。新中国成立后最早论述梁祝传说的，是诗人兼文学理论家何其芳发表于1951年3月18日《人民日报》上的《关于梁山伯祝英台故事》（后收入《何其芳文集》第4卷，人民文学出版社，1983）。这篇文章是作者在研究了大量的梁祝传说、唱本、戏曲及其现代以来的研究论著之后写成的，虽然文章是从批评对《梁祝哀史》的粗暴批评开篇，但其主旨却在于批评那些对待民间传说中的"左"的、反历史主义的倾向；作者以文学批评的立场施之于民间传说，没有涉及梁祝传说的发祥地和史实问题。此后，对民间传说的文学研究，逐渐发展成为一种主导的流派或方向；对传说民俗学的研究，在一个时期里受到了冷落，显得有气无力，缺乏应有的成绩。在古典文学方面，钱南扬辑录了一本《梁祝戏剧辑存》（上海古典文学出版社，1956）；路工编了一本《梁祝故事说唱集》（上海古籍出版社，1985），为梁祝传说的研究提供了文献中的材料。

近五十年来，特别是新中国成立初期，在牛郎织女、孟姜女、白蛇传、梁祝这"四大故事传说"中，取材于梁祝题材的各类文艺作品（特别是川剧《柳荫记》、越剧和电影《梁山伯与祝英台》和小提琴协奏曲《梁祝》），傲然高踞于其他三者之上，无可比拟地深入人心；相反地，就对这些传说的研究而言，其他三个传说则又远胜于梁祝，学者们对梁祝传说的眷顾，却多少显得门庭冷落。新中国成立以后，王亚平在《民间文艺集刊》第一册上就发表了《民间艺术中的梁山伯和祝英台》一文。随着越剧、川剧、京剧等剧种对《梁祝》戏曲的改编，在党的"百花齐放、推陈出新"的戏改方针指引下，自1950年开始，在全国报刊杂志上也开展了对梁祝戏曲改编的讨论，从梁祝故事的起源演变，故事情节的发展以及梁祝人物性格的分析，发表了不少有见解的文章。讨论持续到1954年，据不完全统计，五年中在北京的《人民日报》《新民报》《文艺报》《人民文学》《人民戏剧》，上海的《解放日报》《文汇报》《新民晚报》《大众戏曲》，武汉的《长江日报》，广州的《南方日报》等主要报刊上共发表了60多篇评介文章。其中较有影响的，如何其芳《关于梁山伯与祝英台的故事》（《人民日报》，1951年3月18日）、雨辰《对〈梁祝哀史〉的意见》（北京《新民报》1950年9月8日）、舒天一《应该严肃对待剧本改编与演出工作——评京剧〈梁山伯与祝英台〉》（北京《新民报》1952年8月25日）、阿英《关于川剧〈柳荫记〉》（《光明日报》1952年12月17日）、戴不凡《谈〈梁山伯与祝英台〉故事》（《文艺报》1954年2月15日）等等。

罗永麟的《试论梁山伯与祝英台故事》原本写于"文革"之前的60年代，修改发表于1978年，收录于1986年出版的所著《论中国四大民间故事》一书。是改革开放初期研究梁祝传说的最全面最有水平的文章之一。论者说："从民间文学角度来探讨研究梁祝传说的文章，虽然也不少，但是比较全面、比较引人注目的，要数罗永麟在1978年发表的《试论梁山伯与祝英台的故事》。罗文从故事来源、发展、情节演变、人物性格等等方面，全面地提出自己的一些看法。他将《梁祝》故事的演变划分为三个阶段，认为，自东晋六朝梁元帝萧绎的《金楼子》到初唐梁载言《十道四蕃志》、晚唐张读《宣室志》等为梁祝故事发展的第一个阶段。由于封建文人的插手利用梁祝故事，借以宣扬封建礼教，以致使故事的情节主题，从这时起单线发展为双线。从宋代李茂诚《义忠王庙记》到明清的戏曲、唱本和民歌，最后到清邵金彪的《祝英台小传》，是故事发展的第二阶段，梁祝故事到此才完全形成。最后，罗文认为，从清到现在是故事发展的第三个阶段，就是说自清到解放前，梁祝传说、戏曲和唱本，虽然在发展过程中增加一些男女平等的民主思想，基本情节与《祝英台小传》没有多大出入。直到解放后，由于党的'百花齐放、推陈出新'的艺术方针，戏曲面貌焕然一新，梁祝戏曲在舞台上有了新的发展。现在新改编的京剧、川剧、越剧梁祝戏，就代表了梁祝故事的这个发展。"①

————————
① 莫高《"梁祝"研究大观》。

　　后来在报刊上发表的相关文章，按时间顺序排列起来，情况如下：黄海冰《论"梁祝"故事在壮族瑶族地区的流传变异》（《学术论坛》1982年第3期）、李子和《西南部分少数民族梁祝传说的流传和衍变》（《贵州社会科学》1984年第5期）、过伟《汉壮梁祝故事的描写研究》（《广西民间文学丛刊》总第13期，1986）、苏志刚《汉族"梁祝故事"的壮族特色》（《广西民间文学丛刊》总第13期，1986）、阮其龙《论"梁祝"故事流传发展的原因》（上海：《民间文艺季刊》1987年第2期）、吕洪年《梁祝"黄泉夫妻"说小识》（上海：《民间文艺季刊》1987年第2期）、金名《试论梁祝故事的原型与侠女说》（《民间文学论坛》1988年第5、6期合刊）、刘保元《略论流传于瑶族民间的梁祝故事》（《民族文学研究》1990年第1期）、汪玢玲《梁祝爱情故事的社会意义》（《东北师大学报》1991年第2期）、黄秉泽《贯穿一部俗文学史的梁祝故事》（《文史知识》1991年第6期）、杨莉馨《从"义妇"故事到爱情悲剧——梁祝故事主题的原型与衍变》（《南京大学学报》1993年第2期）。

　　1987年12月，江、浙、沪梁祝学术研讨会在宁波举行。这是第一次举行有关梁祝传说的学术研讨会。大会的论文，分别发表在上海的《民间文艺季刊》和北京的《民间文学论坛》上。罗永麟《梁祝故事构成的文化因素》[①]、高国藩《冯梦龙〈古今小说〉中的梁祝故事——兼谈江苏省民间梁祝故事》[②]、缪亚奇《论宜兴流传的梁山伯祝英台故事》[③]、王骧《梁祝故事与镇江关系漫谈》[④]、白岩《宁波梁山伯庙墓与风俗调查》[⑤]、吴祖德《梁祝故事在上海的传播及其特点》[⑥]、程蔷《梁祝故事与中国叙事艺术的发展》[⑦]、周耀明《论祝英台形象结构的吴越文化特征》[⑧]等，都是这次会

---

①　罗永麟《梁祝故事构成的文化因素》，《民间文艺季刊》1988年第2期。

②　高国藩《冯梦龙〈古今小说〉中的梁祝故事——兼谈江苏省民间梁祝故事》，《民俗曲艺》1991年第72—73期，台北。

③　缪亚奇《论宜兴流传的梁山伯祝英台故事》，《民间文学论坛》1988年第5、6期合刊。

④　王骧《梁祝故事与镇江关系漫谈》，钱南扬等著、陶玮选编《名家谈梁山伯与祝英台》，第161—164页，北京：文化艺术出版社2006年。

⑤　白岩《宁波梁山伯庙墓与风俗调查》，《民间文艺季刊》1988年第2期。

⑥　吴祖德《梁祝故事在上海的传播及其特点》，《民间文艺季刊》1988年第2期。

⑦　程蔷《梁祝故事与中国叙事艺术的发展》，《民间文艺季刊》1988年第2期。

⑧　周耀明《论祝英台形象结构的吴越文化特征》，《民间文艺季刊》1988年第2期。

议上的论文。罗永麟和程蔷的文章，分别着眼于传说的文化成因和叙事艺术，取材新颖，发人所未发，但大部分文章，其研究的内容虽有很大的拓展，但在学理的探讨和深化上，却未必有大的进步。

（4）白蛇传传说研究

20世纪前五十年间报刊上发表的有关白蛇传的研究论文，数量不是很多，似乎从未形成民间文学研究的热点，甚至可以说是一个颇为寂寞的领域，充其量不过十数篇（部），而且几乎大部分是考证其起源的。诸如，钱静方《白蛇传弹词考》（《小说考证》卷下第90—93页，商务印书馆，1924）；秦女、凌云《白蛇传考证》（《中法大学月刊》第2卷第3—4期，1932年12月、1933年1月）；谢兴尧《白蛇传与佛教》（《晨报·学园》1935年3月21日）；霭庭《白蛇传故事起源之推测》（《天地人》第1卷第10期）；（任）访秋《白蛇传故事的演变》（《晨报·学园》1936年10月6—8日）；曹聚仁《白娘娘传说中的悲剧成因》（《论语》第107期）；赵景深《弹词考证·白蛇传》（商务印书馆，1938）等，大多都属于这类的文章。他们探讨的重点是白蛇故事的起源或来源。这一时期的白蛇传故事的起源研究，大体可以赵景深先生为代表。

赵景深认为，白蛇传故事起源于印度："中国人的思想一向就是中庸的、调和的，因此《西游记》里同时有如来佛，又有玉皇大帝，并不认为冲突。不过《白蛇传》虽非专阐佛教，其来自印度，却有可信之处。本来有一派研究故事就说过，一切故事起源于印度，又何况是蛇的故事，怎能使人不疑心出自蛇之国呢！但我遍查《佛本生故事》，只叙到男蛇或蛇王Nāgas或Muchalinda，不曾提起女蛇。……大约《白蛇传》故事是从印度来的，另外印度又把这故事传到希腊，以致英国济慈（John Keats）又根据希腊神话而写的七百行的叙事诗《吕美亚》（Lamia）。……这故事中的李雪斯就是许仙，吕美亚就是白娘娘或白云仙姬或白素贞，阿坡罗尼阿斯就是法海和尚。田汉的《女与蛇》说阿坡罗尼阿斯：'曾由波斯旅行，到过印度国境，恐怕这段故事也和《西游记》一样，是印度古代的文献里产生的。因此一方传入希腊，经后世英国诗人的才笔化；一方传入中国，而成《白蛇传》。'的确，《吕美亚》与《白蛇传》相似之点极多。"他认为，在中国最早的白蛇传故事，应是明冯梦龙笔下的宋人话本《白娘子永镇雷峰塔》："我国最早的白蛇传故事，该是《警世通言》第二十八卷《白娘子永镇雷峰塔》，也许这一篇原为宋人话本，那末该是南宋的产物了。……在笔记小说中，很少有与《白蛇传》极相似的。只有清钱泳的《履园丛话》里的《蛇妻》最相似。但此书有道光五年孙原湘序，已是很迟的作品了。"①

郑振铎认为，最早的《白蛇传》是弹词，时代在明末。他所说的最早的白蛇传弹词，应该就是冯梦龙《警世通言》中所录之"话本"。"今所知最早的弹唱故事的弹词为明末的《白蛇传》。（与今日的《义妖传》不同。）我所得的一个《白蛇传》的抄本，为崇祯间所抄。现在所发现的弹词，更无古于此者。"②经查《郑振铎文集·西谛所藏弹词目录》等文，并没有见到他所说的抄本，只是《记1933年间的古籍发现》中有："（四十三）雷峰塔（白蛇事）五册。"一条，③所记是影戏脚本即影词，而不是弹词。

在赵景深的此论发表三十年后，美籍华人丁乃通先生于1964年在德国的一家杂志上发表长篇论文《高僧与蛇女——东西方〈白蛇传〉型故事比较研究》，进一步深化和肯定了白蛇传故事印度起源说。他的研究结论是：英国作家济慈《拉弥亚》（赵景深译"吕美亚"）中的印度故事，于公元2世纪传到希腊，于12世纪传到欧洲和中国，而冯梦龙的叙述只不过是济慈笔下的"拉弥亚"故事在中国的异文。他写道："笔者倾向于相信：费洛斯特图斯（案：系首先在欧洲记录了拉弥亚故事者）、瓦特·迈普和冯梦龙所记述的是同一个故事的异文，而不是各自完全自发的创作。它们共同的原型可能是一个宗教说教故事，这个故事的原型大家知道现在还未发现，不过，由于大多数宗教故事发源于普通民间故事，所以，如果我们能找到一个民间故事，它几乎以同样的方式和同样的讲述顺序组合A（案：费洛斯特图斯的说法）和B（案：冯梦龙的说法）中的大多数故事成分，就可以推测出该故事的一个构拟原型。这个民间故事就是《国王与拉弥亚》。《国王与拉弥亚》首先在《印度口传故事类型》一书中列为一个类型：该书提到了七篇异文，全部出自克什米尔—旁遮普地区。"④

20世纪50—60年代，中国社会进入新民主主义和社会主义改造和建设时期，随着社会制度和意识形态的变迁，文化和文化研究都发生了重大的变化。报刊上发表了至少30篇关于《白蛇传》的文章，除了李岳南《白蛇

---

① 赵景深《弹词考证》，第61、63页，北京：商务印书馆1938年。
② 郑振铎《中国俗文学史》（第十二章《弹词》），第352页，北京：作家出版社1957年。
③ 《郑振铎文集》（第6卷），第464页，北京：人民文学出版社1988年。
④ 丁乃通《高僧与蛇女——东西方"白蛇传"型故事比较研究》，见所著《中西叙事文学比较研究》（陈建宪等译），第5页，武汉：华中师范大学出版社2005年。

传神话的反抗性》①、戴不凡《试论〈白蛇传〉故事》②、赵景深《白蛇传中"水斗"的来历》③、程毅中《从神话传说谈到〈白蛇传〉》④等不多的几篇是论述民间传说的白蛇故事外，其他文章几乎都是评论或讨论白蛇戏曲改编问题的。而《白蛇传》的起源研究，无形中中断了，《白蛇传》的起源、《拉弥亚》与《白蛇传》之关系的研究，再也无人问津，被长期搁置起来了。

这一时期有关白蛇传研究的最重要的成果，非傅惜华（1907—1970）编纂的《白蛇传集》及其序言莫属；该书的最大特点是搜罗了历史上大量有关白蛇传传说的民间文学—俗文学资料，丰富多样，堪称是白蛇传故事历史资料集的集大成之作；所惜者，是作者没有能够收入当代流传在民间的口传资料，当然，当时他没有这个条件。他在长篇序言中叙述了白蛇传的演变情况，把最早的文本，定为南宋时代的"话本"《雷峰塔》。傅惜华这样写道：

> 《白蛇传》是一个具有深刻意义的优美的民间传说。它的起源，很是古远，距今八百年前的南宋时候，民间曲艺中的"说话"，就已经流行着这个故事了。今天所遗留下来的宋人话本里便有一本《雷峰塔》，收在明末冯梦龙编选的平话总集《警世通言》的第二十八卷，题作：白娘子永镇雷峰塔。从这个话本的内容，一些有关历史地理的问题，而与宋人史籍施谔的《淳祐临安志》，吴自牧的《梦梁录》，周密的《武林旧事》等书所记载的，比勘印证起来，另一方面再从这个话本的"说话"的风格研究起来，都可以证明它就是那个南宋时代所流行的话本。因此，《雷峰塔》的话本，可以认为是现存的《白蛇传》故事中最古老的作品。⑤

傅之所论，只限于中国最古的白蛇传文本，并没有涉及它的发生学意

---

① 李岳南《白蛇传神话的反抗性》，《北京文艺》1951年第1期；后收入所著《神话故事、歌谣、戏曲散论》，新文艺出版社1951年。

② 戴不凡《试论〈白蛇传〉故事》，《文艺报》1953年第11号；又见《中国民间文学论文选》（下册，1949—1979），第152—169页，上海文艺出版社1980年。

③ 赵景深《白蛇传中"水斗"的来历》，《新民晚报》1953年10月11日，上海。

④ 程毅中《从神话传说谈到〈白蛇传〉》，《光明日报》1954年4月12日，北京。

⑤ 傅惜华《白蛇传集·序》，上海出版公司1955年。

义上的起源问题。但他在将《雷峰塔》与宋人的其他史籍的比勘中得出的结论，则不仅有新意，而且在白蛇传早期文本研究上前进了一步。

在傅文发表之前，戏剧评论家戴不凡于1953年在《文艺报》上发表了一篇题为《试论〈白蛇传〉故事》的颇有深度的论文，因是发表在文艺界的重要报刊上、又因系参与戏曲改编问题讨论的文章，故而影响颇大。他虽然也没有绕开《白蛇传》的最早的形态这一属于起源范畴的问题，虽然也批评了一些戏曲改编者和评论者在改编和评论时离开了民间传说的原意，但戴文的主要之点，却是以当时一般文艺评论的立场和价值观来阐述白蛇传故事的"主题"和"演变"（包括改编）的"积极"意义。他的结论是："一、《白蛇传》是一个有深刻意义的优美的民间传说。它是通过神话的形式，像折光镜一样地反映了封建社会的根本矛盾。二、这是一个以反封建为主题的神话。这一主题是通过追求幸福的妇女（白蛇）和封建势力（法海）的矛盾和斗争而表现出来的。三、故事最早的思想内容和今天流传的不甚相同；许仙原先为坏人，在故事的演变途中，逐渐成为好人。这并不妨碍它的主题，而且和它的主题（反封建）的形成有连带的关系。"①显然，他在批评一些非历史主义倾向时，也站在主流思潮之中"拔高"了这个民间传说原本并不具备的思想意义。

概括地说，"十七年"时期的白蛇传传说的研究，实际上逐渐形成了以两大主题的阐释为主的格局：一、改编白蛇传故事能否适应新的社会变革、思想教化和审美情趣的需要；二、对白娘子形象的理想化和对自由婚姻的追求的赞美。围绕着田汉根据白蛇传传说改编的《白蛇传》而展开的规模很大的批评和讨论，多少离开了民间传说的本原思想和情节结构，大大强化了主流意识形态对民间故事的干预。又由于思想界对《红楼梦》研究"索隐派"的批判运动的影响，使得考据学大受挫折，前五十年曾经热闹一时的对白蛇传起源的追寻，到新中国成立初期戛然而止，没有再继续下去，悬而未决的《白蛇传》故事起源问题，也就自然而然地被挂了起来。

"文革"后改革开放新时期的二十年间，白蛇传传说的研究变得十分活跃，成为百年来最为繁盛的一个时期。中国民间文艺研究会浙江分会于80年代初编印了《白蛇传资料索引》（《白蛇传》研究资料之一，1982年7月）、《白蛇传故事资料选》（《白蛇传》研究资料之二，1983年5月）、《白蛇传歌谣曲艺资料选》（《白蛇传》研究资料之三，1983年5月）。

---

① 戴不凡《试论〈白蛇传〉故事》，《文艺报》1953年第11期。

同时，江苏省民间文学工作者协会及镇江分会编印了《白蛇传》（资料本），收录了该省民间文学家们新近从民众口头上采录的有关白蛇传传说的记录稿26篇（主要是流传在镇江及周围地区的）、山歌、清曲、扬剧记录整理稿7件。

1984年4月，江苏、浙江、上海两省一市的民间文艺研究会在杭州联合召开了"全国首届'白蛇传'学术讨论会"，大会收到论文30篇，分别探讨了白蛇传传说的起源、流变、内涵、艺术规律、价值及其与民间艺术和作家文学的关系等问题。罗永麟、王骧、吕洪年、程蔷、薛宝琨、陈勤建等所撰6篇大会论文被选登在同年第3期的《民间文学论坛》（北京）上。①陈勤建还在《民间文艺集刊》（上海）上发表了另一篇文章《白蛇形象中心结构的民俗渊源及美学意义》。②会议的论文集《白蛇传论文集》选录了15篇，于1986年10月由浙江古籍出版社出版。此外，1989年10月，两省一市的民间文艺家协会与镇江市文化局、文联联合又在镇江召开了"第二届'白蛇传'学术讨论会"，大会收到论文31篇，分别从吴越文化的关系、文人文学、接受美学、宗教问题、道德问题、妇女形象等角度，对白蛇传传说进行了探讨。贺学君《论四大传说故事的总体特征》、罗永麟《〈白蛇传〉与中国传统文化的冲突及其悲剧价值》、陈勤建《新女性的雏形——论白娘娘在中国文学史叛逆女性中的地位》、朱恒夫《评田汉的〈白蛇传〉》等4篇论文，在上海《民间文艺季刊》1989年第4期上选刊。张丹主编《白蛇传文化集粹·论文卷》，除了《民间文艺季刊》所收罗永麟、陈勤建、朱恒夫三文外，收入了王骧《〈白蛇传〉神话故事探源——论白蛇故事与杭州西湖的结合过程》、康新民《浅论〈白蛇传传说〉异文中的道德现象》、吕洪年《论〈白蛇传〉故事的世俗化倾向》、郭维庚《〈泪漫金山寺〉析》、陆潮洪《法海形象与法海其人辨趣》、张丹《传统伦理观下的白蛇传传说》、李鉴宗《〈白蛇传〉的神话引子与〈红楼梦〉的神话楔子》。③

---

① 罗永麟《白蛇传的历史价值和现实意义》、王骧《白蛇传故事三议论》、吕洪年《白蛇传说古今谈》、程蔷《一个闪烁着近代民主思想光华的妇女形象——白娘子形象论析》、薛宝琨《白蛇传和市民意识的影响》、陈勤建《"五四"以来〈白蛇传〉研究概述》，均见《民间文学论坛》1984年第3期。

② 陈勤建《白蛇形象中心结构的民俗渊源及美学意义》，《民间文艺集刊》（第6集），上海文艺出版社1984年。又见戴不凡等著、陶玮选编《名家谈白蛇传》，第298—313页，北京：文化艺术出版社2006年。

③ 张丹主编《白蛇传文化集粹·论文卷》，南京：江苏文艺出版社2007年。

上述这些文章广泛地涉及了白蛇传故事的起源、流变、灵异思想（异类婚姻）、与吴越文化的关联、与儒道释三教的关系、形象与艺术、历史价值和现实意义、戏曲的改编与戏曲对民间传说的影响等，在研究的广度和深度、理念和方法上，都有了较大的开拓。既有传统的文艺学的研究与阐释，也有民俗学研究的介入，学术思想和方法的多元，使白蛇传故事的研究呈现出多彩的格局。

王骧是较早研究白蛇传、在"文革"后新时期仍然继续深入的学者之一。他的研究方向一直没有离开白蛇传传说的起源问题，如《白蛇传说的镇江一源》（1962）①、《〈白蛇传〉中的法海其人》（1981）②、《〈白蛇传〉故事探源》（1982）③、《白蛇传故事三议》（1984）④。他把白蛇传传说中的人蛇结合（白娘子与许仙）与人蛇斗争（白娘子与法海）两大主题溯源到了上古的图腾崇拜，以期从发生学上解决白蛇传传说的起源问题。他认为"《白蛇传》故事在一定程度上承袭了古神话的传统，沉淀着古民俗信仰图腾崇拜的残渣，由魏晋志怪小说中异物化美女迷惑男子的简单传闻，发展为铺叙有致的唐传奇《白蛇记》，进一步再同宋代盛传的杭州雷峰镇怪和镇江僧龙斗法等地方风物传说结合起来，开始形成今《白蛇传》故事的基本轮廓。"他从宋话本、唐传奇、魏晋志怪小说上溯到有关的古代神话、民俗，进而溯源到图腾崇拜、异物变形的远古民俗信仰，是一篇较早冲破传统的研究模式的文章。但在文本分析上，可惜论述还嫌粗略，未能像丁乃通那样把费洛斯特拉图斯本《拉弥亚》和冯梦龙本《白蛇传》分解为十个共有的重要情节，从其重合与相异情节中找出故事发展演变的规律，从而得出可信的结论。

关于白蛇传传说起源的研究，新时期的中后期，连续发表了一些文章，

---

① 王骧《白蛇传说的镇江一源》，《人民日报》1962年6月6日。

② 王骧《〈白蛇传〉中的法海其人》，《民间文艺集刊》（第1集），上海文艺出版社1981年。

③ 王骧《〈白蛇传〉故事探源》，原载所著《民间文学讲座》（教学参考资料），第98—112页，镇江师专中文科1982年。又见中国民间文艺研究会研究部编《民间文学论文选》（中国民间文艺研究会首届年会论文选），第170—182页，长沙：湖南人民出版社1982年。收入陶玮选编《名家谈白蛇传》（北京：文化艺术出版社2006年）和张丹主编《白蛇传文化集粹·论文卷》（南京：江苏文艺出版社2007年）两书时，题名改署《〈白蛇传〉神话故事探源——论白蛇故事与杭州西湖的结合过程》（1989）。其实是同一篇文章。

④ 王骧《白蛇传故事三议》，见《民间文学论坛》1984年第3期。

如顾希佳的《从〈夷坚志〉看早期白蛇故事》、吕洪年的《〈白蛇传〉的古源与今流》、刘守华的《宋代蛇妻故事与〈白蛇传〉的构成》、陈泳超的《〈白蛇传〉成形前的情节定式》、徐华龙的《"白蛇传"中的潜性意识》、陈建宪《从淫荡的蛇妖到爱与美的化身——论东西方〈白蛇传〉中人物形象的演化》等，总体上看，在学术上较前并没有很大的推进。

罗永麟以20世纪50年代发表的《试论〈牛郎织女〉》（1957）[1]为起点，到改革开放的新时期，就"四大传说故事"发表了一系列文章。他的第一篇白蛇传研究论文《论白蛇传》，发表在1981年出版的《民间文艺集刊》第一集上。该文系统地探讨了白蛇传传说的产生、演变、情节结构、人物性格、主题思想和艺术特色，提出了白蛇传传说演变的"三个阶段说"。稍后，又陆续发表了《白蛇传的历史价值和现实意义》[2]（此文是第二次《白蛇传》学术讨论会的主题报告）、《〈白蛇传〉与中国传统文化的冲突及其悲剧价值》以及《〈白蛇传〉研究中的几个问题——在杭州大学中文系讲课提纲》[3]等。关于白蛇传传说，他的研究结论是：其一，白蛇传传说是在六朝志怪小说和唐宋传奇的直接影响下，结合当时社会历史背景和人事关系产生的一个"带神性的传说"，从明冯梦龙《警世通言》中的《白娘子永镇雷峰塔》始，才有了一个比较完整的文字记录文本。故事的发展，体现为一个从"人妖不能共处"到"人妖可以共处"的过程。其二，他运用社会学和反映论的理论，认为白蛇传传说"表面上……是讲佛道两教和蛇妖之间的斗争，但实际上是揭露代表封建统治阶级的佛道两教和人民群众反对封建婚姻和礼教、追求幸福生活斗争的反映。"其三，他用文学分析的工具分析论定白蛇传传说的艺术特点是：浓厚的生活气息；强烈的浪漫主义精神；文人文学与民间文学相结合的表现手法（即抒情兼叙事的手法；描绘人物手法的多样化）。他着眼于从传说的历史价值和现实意义等方面去挖掘传说的精神实质，如传说与市民阶层和宗教信仰的关系，传说与宋儒道学思想的关系，传说与南宋都城临安的风俗的关系，传

---

①　罗永麟《试论〈牛郎织女〉》，《民间文学集刊》第2本，上海文化出版社1957年。后收入自选集《论中国文学发展规律》（齐鲁书社2007年9月）一书时，改题为《论〈牛郎织女〉》。

②　罗永麟《白蛇传的历史价值和现实意义》，见《民间文学论坛》1984年第3期，北京。

③　罗永麟《〈白蛇传〉与中国传统文化的冲突及其悲剧价值》《〈白蛇传〉研究中的几个问题——在杭州大学中文系讲课提纲》，收入《论中国文学发展规律》，济南：齐鲁书社2007年。

说的形成与南宋市民文艺（特别是瓦子）的关系等，从这些方面去探究白蛇传故事的形成、发展和演变。当然，作者也从一般文艺的立场分析了情节的奇险、白娘子形象和性格的复杂性等。但他的论述的总倾向，是把社会阶级分析和文学反映论机械地移于传说的情节和人物的评价与解释上。

5. 人物传说与地方风物传说

人物传说，包括真实的人物传说和虚构的人物传说，在新时期受到了特别的关注。人们需要读物，从读物中吸取历史知识，社会需要从民间作品中提升社会的道德水平，于是报刊上发表了许许多多从民众口头上搜集来的各种类型的人物传说作品。而人物传说又与史事传说相交叉，许多文化名流、战争名将、科学家、创造家的事迹，通过民间传说家喻户晓。读者的喜爱，促进了作品的搜集，自然也催生了研究工作的开展。马捷《民间传说中的李秀成》（《民间文学》1981年第6期）、刘金《罗隐的故事种种》（《民间文艺集刊》第4集，1983年5月）、祁连休《论我国各民族的鲁班传说》（《民族文学研究》1984年第1期）、许钰《鲁班传说概论》（《民间文学论坛》1985年第2期）、许钰《鲁班传说的产生和发展》（《民间文艺季刊》第1集，1986）、车锡伦《八仙故事的传播和"上中下"八仙》（《民间文学论坛》1985年第4期）、吕洪年《略论八仙传说》（《民间文学论坛》1985年第4期）、简涛《沈万三的传说与迎财神的习俗》（《山东师范大学学报》1986年第2期）、班友书《董永传说演变史》（《民间文学论坛》1986年第6期）。其他人物传说，如董永传说[1]、昭君传说[2]、钟馗传说[3]等，也备受研究者关注。

地方风物传说，包括地方传说和风物传说两个方面。在80年代，在这方面的研究和评介工作，也出现了很好的形势。常被学者所乐道的著名文章，诸如许钰《地方风物传说简论》（《民间文学》1983年12月号）、乌丙安《论中国风物传说圈》（《民间文学论坛》1985年第2期）、林继富《中国地方风物传说结构试论》（《民间文艺季刊》第3集，1986）、唐

---

[1] 车锡伦《也谈董永故事的起源和演变》，《民间文学论坛》1983年第4期；《东台地区董永传说考》，见《扬州师院学报》1984年第3期；班友书《董永传说演变史考》，见《民间文学论坛》1986年第6期，北京。

[2] 高国藩《敦煌本王昭君故事研究》，《敦煌学辑刊》1989年第2辑。

[3] 刘锡诚《钟馗论》：（1）《钟馗传说和信仰的滥觞》，北京：《中国文化研究》1998年第3期；（2）《钟馗信仰的民俗化》，济南：《民俗研究》1998年第4期；（3）《钟馗传说的人文化倾向及现代流传》，北京：《民间文学论坛》1998年第1期。

呐《化身型风物传说浅论》（《民间文学》1986年第3期）、吴恭俭《风物传说与劳动者的审美观》（《湘潭大学学报》1986年第1期）等。乌丙安的"传说圈"理论来自日本，但作者结合中国的文化的传播实际以及分布情况，提出并阐述这一理论，不仅对于风物传说，而且对于所有传说的本质和传播规律，都是有实际意义和理论意义的。

中国有悠久的历史，文化的多民族性和多样性，决定了传说的多样性与复杂性。传说的富有是中国民间文化的一大特点。除了人物传说，还有许多传说系统，如神仙传说、山川风物传说、风俗传说、推源传说、工匠传说、城镇或地名传说、动植物传说等等。这些领域虽然都有数量不少的论文发表，但遗憾的是，在20世纪就要成为历史的今天，还没有专著问世。这一信息折射出我们在这些领域里的研究还相对薄弱。

第九节　史诗和叙事诗研究

（一）史诗研究

史诗这种古老的口头文学体裁，在中国大地上分布很广，大致可以分为北方的英雄史诗，和南方的创世史诗和英雄史诗两个地区。"文革"前我国虽然已对史诗的搜集做了许多值得赞叹的工作，但我国的史诗研究却大体是自20世纪80年代才起步的。二十年的时间在历史上是短暂的一瞬间，我国的史诗研究，以藏族和蒙古族的《格萨（斯）尔》、蒙古族的《江格尔》和柯尔克孜族的《玛纳斯》三部英雄史诗的研究为重点，所取得的成绩，却足以使我们兴奋莫名。南方民族的史诗（包括创世史诗和英雄史诗）的研究，也呈现出前所未有的色彩斑斓的繁荣局面。在这一短暂时期里，中国的史诗学研究的主要成就表现为，在口传史诗资料搜集记录日趋完备的基础上，提出并论证了英雄史诗是在人类社会历史上从部落联盟到地方邦国建立为标志的"军事民主主义"（恩格斯语）阶段上、以塑造和讴歌征战英雄为主要人物的文化遗产，同时，提出并论证了主要产生和流传于中国南方一些现代民族中的创世史诗是人类社会早期发展阶段上的、以叙述事物起源和歌颂神话中文化英雄及其文化业绩为主要内容的精神文化遗产。中国社会科学院少数民族文学研究所主持的"七五"国家研究课题《中国少数民族史诗研究》相继完成，在《中国少数民族史诗研究丛书》的名义下，从1990年起，陆续出版了《格萨尔》《江格尔》《玛纳斯》、南方原始性史诗和史诗理论研究著作各一种。1999年起，仁钦道尔吉和郎樱又主编了《中国史诗研究》丛书，相继出版了一批史诗研究著作，显示了中国史诗研究的成果。此外，各地区各民族包括高校和研究机构在内的南方史诗研究者，就南方史诗的诗学建构和史诗阐释贡献了大量的学术成果。中国年轻的史诗学所取得的辉煌成果，初步建构起了中国的史诗学；换言之，到20世纪末，中国史诗学学科已经从初创走向成熟，并在国际史诗学坛上取得了一席之地。

1.《格萨尔》的研究

《格萨尔》是在20世纪末还以口耳相传的"活态"形式流传于西藏、青海、甘肃、新疆、内蒙古、四川、云南等七个省区的一部藏族英雄史诗。该史诗是在藏族古代神话、传说、诗歌和谚语等口头文学的基础上产生和发展来的，作为藏族的百科全书，代表着古代藏族文化的最高成就。它描绘了主人公格萨尔一生不畏强暴、不怕艰险，以惊人毅力和神奇力量征战四方、降伏妖魔、抑强扶弱、造福人民的英雄业绩，热情讴歌了正义战胜邪恶、光明战胜黑暗的斗争。这部史诗反映了民族发展的重大历史阶段及其社会的基本结构形态，表达了人民群众的美好愿望和崇高理想，描述了纷繁的民族关系及其逐步走向统一的过程。其篇幅浩瀚（优秀的说唱大师能够演唱几十万行甚至上百万行），结构宏伟，情节曲折，流传的历史悠久，其兴盛时期可以上溯至7世纪前后。

1980年，"文化大革命"中被迫中断了的格萨尔抢救工作得以恢复。中国社会科学院少数民族文学研究所于1985年8月在北京创办了不定期的《格萨尔研究集刊》，由中国民间文艺出版社出版，成为《格萨尔》研究的园地。第二集出版于1986年。自第三集起，改由中国社会科学院少数民族文学研究所和全国《格萨尔》工作领导小组办公室联合主编，出版于1987年。第四集出版于1989年。这个基本上是年刊的研究集刊，20世纪末只出版了四集，便因中国民间文艺出版社的停办而停刊，待重新复刊时，已经是21世纪的事了。

最早出版的史诗研究的个人著作，当是中国民间文艺出版社于1986年12月发行的潜明兹的论集《史诗探幽》，其所论，既包括北方藏蒙两族的英雄史诗《格萨（斯）尔》，也包括南方少数民族的创世史诗（《苗族古歌》）和英雄史诗（傣族的《兰嘎西贺》《相勐》）。同一年出版的，还有专事研究《格萨尔》的降边嘉措的论文集《〈格萨尔〉初探》[①]。此后，20世纪

---

① 降边嘉措《〈格萨尔〉初探》，西宁：青海人民出版社1986年。

90年代的十年间，降边嘉措连续出版了三部研究著作：《〈格萨尔〉与藏族文化》《〈格萨尔〉的历史命运》（论文集）和专著《格萨尔论》①。土登尼玛主编的《格萨尔辞典》于1989年10月由四川民族出版社在成都出版。巴雅尔图的《蒙古族第一部长篇神话小说——北京版〈格斯尔〉研究》，由内蒙古大学出版社于1989年在呼和浩特出版。青海省社会科学院文学研究所编《格萨尔学集成》（全五卷），由甘肃民族出版社于1990年12月出版。同年，杨恩洪出版了《中国少数民族英雄史诗〈格萨尔〉》（浙江教育出版社）。之后，又于1995年1月推出了《民间诗神——格萨尔艺人研究》（中国藏学出版社），这是我国第一本以格萨尔说唱艺人为研究对象的著作。为《格萨尔》汉译立下汗马功劳的王沂暖（1907—1998）逝世后，主持西北民族学院格萨尔研究院的王兴先在主编5卷20册的《格萨尔文库》②之外，撰著了《〈格萨尔〉论要》③。

　　与这些研究著作相呼应，为了聚集和协调全国（相关的七个省区）的研究力量与研究课题，有关部门组成的《格萨尔》工作领导小组先后召开了一系列不同议题的研讨会和工作会，有关研究机构和个人启动了多个包括国家课题在内的研究课题，如《格萨（斯）尔的搜集、整理与研究》、《藏族〈格萨尔〉艺人说唱本（科学版本）》、《格萨尔文库》、《格萨尔学集成》、蒙古族《格斯尔》全书等。1989年11月4日，由中国社会科学院民族文学研究所、全国"格萨尔"工作领导小组办公室和四川省民委、四川省"格萨尔"办公室联合主办的"首届《格萨尔》国际学术讨论会"在四川省成都市举行。

　　史诗作为一个民族的文化传统的重要载体，是靠在草原上游吟的说唱艺人而得以传承并在民众中发生影响的。故而对史诗说唱艺人的研究，在国内外《格萨尔》研究中始终占有突出的地位。法国著名汉学家和藏学研究的泰斗石安泰（R.A.Stein）曾著有一部《西藏史诗与说唱艺人的研究》④，开西藏史诗艺人研究之先河，给了我国起步未久的史诗研究者们以启迪。20世纪80年代，我国学者开始在报刊上发表对《格萨尔》说唱艺人

　　①　降边嘉措《〈格萨尔〉与藏族文化》，呼和浩特：内蒙古大学出版社1994年；《〈格萨尔〉的历史命运》（论文集），成都：四川民族出版社1989年；《格萨尔论》，呼和浩特：内蒙古大学出版社1999年。

　　②　《格萨尔文库》（第一卷），兰州：甘肃民族出版社1996年。

　　③　王兴先《〈格萨尔〉论要》，兰州：甘肃民族出版社1991年。

　　④　［法］石安泰《西藏史诗与说唱艺人的研究》（耿昇译），拉萨：西藏人民出版社1993年。

及其演唱的描述与探究。

到了90年代，几部研究专著问世，从史诗形成的社会历史根源、所反映的民族精神，深入到史诗与原始巫文化、宗教信仰（从苯教到佛教）、部落社会生活与意识、原始艺术与思维等领域，以及对史诗艺术结构的研究和对艺人的探访与研究，都大为深入了。

降边嘉措的《格萨尔初探》在我国《格萨尔》研究上起了填补空白的作用。该著对史诗理论、史诗研究、《格萨尔》的产生年代、流传与演变、《格萨尔》说唱艺人、《格萨尔》的思想内容、艺术特色、与宗教的关系、世界上主要史诗在我国的传播情况等作了简要的概述。他的另一部著作《〈格萨尔〉与藏族文化》，则以史诗产生的历史文化背景、流传演变、人物、语言等为论题，多学科参与，论述了《格萨尔》在藏族文化史上的地位和影响。如果说前两部论著是其研究工作的铺垫的话，那么，《〈格萨尔〉论》则应视为他的成熟之作，作者在这本书里论述了《格萨尔》的流传演变过程、古代藏民族的图腾崇拜、佛苯之争与《格萨尔》的发展，以及说唱艺人等广泛的问题。[1]降边嘉措还主持了"八·五"期间（1991—1995）国家重点科研项目，编纂"《格萨尔》艺人说唱本丛书"（科学版，藏文本，共十卷，由中国藏学出版社陆续出版）。

王兴先的《〈格萨尔〉论要》[2]，从思想内涵、宗教文化、王室与部落结构、民俗文化、语言、歌诗、散文等方面，进行了条分缕析的较为全面系统的论述，同时从题材渊源、文体结构、宗教影响、说唱艺人等方面对蒙古族、土族、裕固族的《格萨尔》的关系进行了比较研究。藏族的《格萨尔》与蒙古族的《格斯尔》的关系研究，一直是史诗研究比较关注的领域，在这方面，我国学者在20世纪80年代作了大量研究。王兴先提出的藏族的《格萨尔》是"源"，蒙、土、裕固的《格萨尔》是"流"的观点，在学界产生了较大影响，被许多学者所认可。从而在某种程度上解决了藏蒙两族《格萨尔》关系上的长期争论。[3]

杨恩洪的《民间诗神——格萨尔艺人研究》，是继石安泰之后中国人自己写的一部以艺人调查和研究的专著，记录了20世纪80—90年代25位

---

① 参阅了索南卓玛《国内外研究〈格萨尔〉状况概述》，《西藏研究》2006年第3期。

② 王兴先《〈格萨尔〉论要》，兰州：甘肃民族出版社1991年。

③ 参阅了扎西东珠《西北民族大学〈格萨尔〉学学科建设述评》，《西藏研究》2005年第3期。

具有代表性的藏族、蒙古族、土族民间艺人的身世、史诗传承和演唱的技艺。她的著作从史诗说唱艺术这一综合艺术形式着眼，利用鲜活的田野调查资料，多侧面地论析了史诗说唱艺术的发展轨迹。研究者在实地调查中，根据其技艺的习得方式和说唱能力，把藏族的说唱艺人分为神授艺人（巴仲）、闻知艺人（退仲）、掘藏艺人（德尔仲）、吟诵艺人（丹仲）、圆光艺人（扎堪）五种，而在这五种类型的说唱艺人中，最受到学界关注的是神授艺人。因为这个艺人群体自称童年时做过一个奇异的梦，梦醒后，又患病，从而无师自通，便开始了说唱《格萨尔》的艺人生涯。于是，这个多少带有某种神秘感的艺人经历和类型，成了《格萨尔》研究的一个绕不过去而又饶有兴味的永恒课题。

2.《江格尔》的研究

《江格尔》是卫拉特蒙古人的口传英雄史诗。史诗以江格尔可汗为首的宝木巴地方英雄及臣民们所进行的多次战争为主线，描写了古代卫拉特蒙古人反抗侵略、反对内部邪恶势力，渴求和平幸福生活的斗争。史诗以口头演唱的方式在卫拉特蒙古人中代代相传，从13世纪起，至今已有600多年的流传史。与《格萨尔》的搜集整理不同的是，《江格尔》的搜集研究是1979年才起步的，尽管1950年商务印书馆就曾经出版了由边垣编写的故事片段《洪古尔》。新疆于1979年底成立了搜集整理《江格尔》领导小组，标志着《江格尔》的搜集整理工作进入了一个新的阶段。1982年8月16—20日由《江格尔》领导小组、自治区文联和中国民间文艺研究会新疆分会在乌鲁木齐联合召开了新疆蒙古族民间英雄史诗《江格尔》学术讨论会。中国民间文艺家协会新疆维吾尔自治区分会从这次学术会议的38篇论文中遴选出15篇，编辑为《〈江格尔〉论文集》一书，于1988年2月由新疆人民出版社出版。这是我国研究《江格尔》的第一本多人集研究著作，从此拉开了研究《江格尔》的序幕。

稍后，仁钦道尔吉于1990年出版了《中国少数民族英雄史诗〈江格尔〉》①。这是一本全面介绍史诗内容、人物、情节及其渊源流变的著作。1993年敖·扎嘎尔出版了《江格尔史诗研究》（蒙文）。②1994年仁钦道

---

① 仁钦道尔吉《中国少数民族英雄史诗〈江格尔〉》，杭州：浙江教育出版社1990年。

② 敖·扎嘎尔的《江格尔史诗研究》（蒙文），呼和浩特：内蒙古教育出版社1993年。

尔吉又出版了《〈江格尔〉论》①。在我国的《江格尔》研究中，仁钦道尔吉起了奠基的作用。《〈江格尔〉论》的出版，被评论者看作是"表明史诗研究已由搜集整理原资料、出版介绍、专题分析论述阶段步入了系统化理论研究的阶段"。②1995年格日乐出版了《十三章〈江格尔〉审美研究》（蒙文）③，从美学的角度研究了《江格尔》一个版本所体现的审美理想、审美意识、自然美、人体美、社会美以及审美意识的时代特征和民族特征。1996年金峰出版了《江格尔黄四国》（蒙文）。④论者说，作为蒙古史学者的金峰的这部著作，几乎把《江格尔》当成了史书，而"没有注意艺术真实与历史真实的区别"。⑤1996年贾木查出版了《史诗〈江格尔〉探渊》⑥。贾木查从1978年起就投入了《江格尔》田野调查和搜集记录工作，二十多年如一日，听了多少场说唱，访问了多少个说唱艺人，记录了多少部说唱文本，积累了丰富的资料，他把自己多年的研究所得都融汇到了这部著作中。2000年，青年学者朝戈金出版了他的博士论文《口传史诗诗学——冉皮勒〈江格尔〉程式句法研究》。⑦朝戈金的这部著作，首次以当代西方史诗研究的新学说——帕里—洛德的"口头程式理论"为分析工具，以著名说唱艺人冉皮勒演唱文本为个案，对蒙古史诗中的"程式"结构，作了独创而精细的剖析研究，试图建构一种新的史诗研究范式。他的导师钟敬文在序言中对此评价说：

> 朝戈金同学的这部专著在蒙古史诗的研究中很有创见的一篇博士学位论文。……论文显示了作者对国外史诗研究的新成果——口头程式理论、民族志诗学和表演理论等都比较熟悉、且能消化吸收，对本民族的史诗传统和相关学术史也较为了解；经过田野调查，又获得了新的理论思考。在此基础上，作者对以往国内史诗学和史诗哲学的

---

① 仁钦道尔吉《〈江格尔〉论》，呼和浩特：内蒙古大学出版社1994年。

② 呼日勒沙、甘珠尔扎布《〈江格尔〉研究的一部佳作——简论仁钦道尔吉教授〈江格尔论〉一书》，见《民族文学研究》1996年第4期。

③ 格日乐《十三章〈江格尔〉审美研究》，呼和浩特：内蒙古教育出版社1995年。

④ 金峰《江格尔黄四国》（蒙文），呼和浩特：内蒙古教育出版社1996年。

⑤ 仁钦道尔吉《国内外〈江格尔〉研究概况》，《民族文学研究》1996年第3期。

⑥ 贾木查《史诗〈江格尔〉探渊》，乌鲁木齐：新疆人民出版社1996年。

⑦ 朝戈金《口传史诗诗学——冉皮勒〈江格尔〉程式句法研究》，南宁：广西人民出版社2000年。

一些问题进行了整体考察，提出了许多个人创见。另一方面，作者又以蒙古歌手冉皮勒演唱的《江格尔》为个案，在国内首次运用口头程式理论，对这个民间唱本的词语、片语、步格、韵式和句法进行了扎实精密的研究，第一次证实了在蒙古史诗中确实存在'程式句法'的现象，还就蒙古史诗的"程式句法"和"语境"、"语域"的关系，提出了有价值的科学意见。这对于深入挖掘我国的史诗文化遗产是一种学术贡献，同时对于提高作者所在蒙古族的文化地位也有现实作用……①

钟敬文说，朝戈金的这部著作"对史诗《江格尔》十分复杂的文本情况做了沉潜的研索，他的著作就使人耳目一新"。笔者以为，我国的史诗研究，在20世纪即将成为历史之时刻，已经进入了一个多元研究的时代，但无可讳言的是，朝戈金的这部以"口头程式理论"为圭臬的著作的问世，在我国史诗研究的多元时代作为一种新范式已被学界所接受。

3.《玛纳斯》的研究

《玛纳斯》是流传于中亚地区的一部英雄史诗，除了在我国柯尔克孜族中口头流传外，在相邻的吉尔吉斯斯坦、哈萨克斯坦、乌兹别克斯坦、阿富汗等国也有流传。这部史诗从19世纪起引起学界注意，不断得到搜集、记录、研究、出版，到20世纪，发展成为世界性的研究课题。19世纪下半叶，俄罗斯涌现出了乔坎·瓦里汗诺夫（1835—1865）和维·拉德洛夫（1837—1918）两位著名的《玛纳斯》搜集、研究学者，他们在《玛纳斯》的调查和记录上的功绩，为世界各国《玛纳斯》研究者所瞩目。拉德洛夫所记录的《玛纳斯》以其系统性和全面性而成为西方学者们研究《玛纳斯》的最原始最重要的根据。原苏联时代，《玛纳斯》的搜集记录工作及"玛纳斯学"有了突飞猛进的提升。在我国，《玛纳斯》的介绍或简要的评介文章，最早出现在20世纪的40年代。实地调查搜集和研究工作则起始于1960年代。在研究工作刚刚起步的年代，前苏联学者的学术研究成果和观点陆续介绍到了我国，成为我国开展《玛纳斯》研究的参照系，因而对我国的《玛纳斯》研究所产生的影响是显而易见的。②

---

① 钟敬文《口传史诗诗学——冉皮勒〈江格尔〉程式句法研究·序》。

② 参阅阿地里·居玛吐尔地《〈玛纳斯〉国内外研究综述》，《新疆民间文学30年》（内部）2000年。

我国进入改革开放新时期，《玛纳斯》口述文本资料的记录，已经取得了令世界瞩目的巨大的成就，拥有以居素甫·玛玛依演唱本的八部（23万行）、艾什马特演唱本第二、三部《赛买台》（1.22万行）、北疆特克斯县玛纳阿斯奇萨特瓦勒德·阿勒演唱的玛纳斯八代祖先故事演唱本等为主体的文本资料，可以认为已经全面地掌握了史诗《玛纳斯》的全貌。在此基础上，研究工作走出了介绍评论阶段，始在学术的层面上迅速开展起来。曾经参加过20世纪60年代《玛纳斯》调查采录工作的郎樱，于1990年出版了我国第一部《玛纳斯》专题研究著作《中国少数民族英雄史诗〈玛纳斯〉》①。继而又于1991年出版了《〈玛纳斯〉论析》②，1999年出版了《玛纳斯论》。③这三部研究著作被学界誉为中国"玛纳斯学"的奠基之作。在这期间，还出版了张彦平与郎樱合作撰写的《柯尔克孜民间文学概览》④，曼拜特·吐尔地《〈玛纳斯〉的多种异文及其说唱艺术》（柯尔克孜文）⑤。郎樱的《玛纳斯》研究，以《玛纳斯论》为代表。在经历过对史诗学的普遍性问题，如史诗产生的时代、历史文化风貌、主题思想的蕴涵、人物创造及其演唱特点等的研究与阐释阶段后，在这部著作中，作者选择了以接受美学等的方法论对艺人的说唱文本进行研究与阐释，呈现其"活态"史诗的叙事特征和传承规律，以及著名演唱艺人的知识结构与叙事风格，从而把柯尔克孜族的史诗《玛纳斯》与其他古典史诗区别开来。

在《玛纳斯》的研究史上，两次重要的学术会议所起的促进作用，是不能忽视的。1990年12月在乌鲁木齐召开的"首届全国《玛纳斯》研讨会"，收到论文47篇，在会上宣读了30篇，从不同的角度对《玛纳斯》进行解读，既有从史学角度来研究史诗与柯尔克孜族历史文化的关系的，也有从民俗学、哲学、美学、文艺学角度解读《玛纳斯》的主题思想、人物创造与人物形象、艺术特色的，既有从史诗的叙事结构（如变体）角度进行阐释的，也有对史诗的音乐、唱本等艺术手段进行分析的。总之，这次会议第一次展示了我国《玛纳斯》的研究现状和研究队伍，促进了研究的

---

① 郎樱《中国少数民族英雄史诗〈玛纳斯〉》，杭州：浙江教育出版社1990年。

② 郎樱《〈玛纳斯〉论析》，呼和浩特：内蒙古大学出版社1991年。

③ 郎樱《玛纳斯论》，呼和浩特：内蒙古大学出版社1999年。

④ 张彦平、郎樱《柯尔克孜民间文学概览》，阿图什：克孜勒苏柯尔克孜文出版社1992年。

⑤ 曼拜特·吐尔地《〈玛纳斯〉的多种异文及其说唱艺术》（柯尔克孜文），乌鲁木齐：新疆人民出版社1997年。

发展和提高。这次会议的论文由新疆民间文艺家协会编辑为《玛纳斯研究》一书，成为我国《玛纳斯》研究的一个阶段性成果。①

4. 其他北方民族史诗的研究

我国的"北方"与中亚接壤，从共同的地理属性和文化属性上观之，许多相邻的民族共同构成了一个狭长的"史诗带"。在这一"史诗带"上，除了流传着著名的"三大史诗"外，还分布着被学界指称的"三大英雄史诗群"，即突厥语族史诗群、蒙古英雄史诗群、满–通古斯语族史诗群。②在"三大史诗"的研究之外，在新时期，还涌现出了一批研究其他北方民族史诗的论文和著作，如却日勒扎布《蒙古格斯尔研究》③、布林贝赫《蒙古英雄史诗的诗学》④、孟慧英《萨满英雄之歌：伊玛堪研究》⑤等有关蒙古英雄史诗、突厥英雄史诗、赫哲族的伊玛堪的研究著作。

《蒙古英雄史诗的诗学》一书的作者巴·布林贝赫，是蒙古族的诗人兼学者。他在这部著作中，从文化人类学、民俗学、社会学、宗教学、表演艺术学等多学科角度对蒙古英雄史诗进行综合的解读，揭示了蒙古英雄史诗的深刻内涵：第一，通过对产生于不同部落、不同地区的史诗作品的综合分析，认为原始性、神圣性和规范性是蒙古英雄史诗的共同特征。所谓原始性，主要是指同家庭、私有制和国家的产生联系在一起的"婚姻"和"征战"母题，同神话思维联系在一起的人物形象组合以及宗教观念中的拜物教、泛灵说和自然崇拜的痕迹；所谓神圣性，主要是指史诗产生（创作灵感）的神秘性、传承中的不可更改性、社会功能所包含的巫术性能（祈福驱灾）以及伴随演唱活动的仪式性；所谓规范性，主要是指人物形象的类型化、故事情节的程序化和描述方式的模式化。作者认为，蒙古史诗通过对"三界"（上中下）、时间、空间、方位、数目的生动描述，表现了游牧民族独特的宇宙观。史诗中总是把正面人物的高贵性同上

---

①　新疆民间文艺家协会编《玛纳斯研究》，乌鲁木齐：新疆人民出版社1994年。

②　参阅朝戈金、尹虎彬、巴莫曲布嫫《中国史诗传统：文化多样性与民族精神的"博物馆"——〈国际博物馆〉第245期"中国口头史诗传统"专号代序》，《国际博物馆》2010年第1期，总第245期"中国口头史诗传统"专号。

③　却日勒扎布的《蒙古格斯尔研究》（蒙文），呼和浩特：内蒙古教育出版社1993年。

④　布林贝赫《蒙古英雄史诗的诗学》（蒙文），呼和浩特：内蒙古教育出版社1997年。

⑤　孟慧英《萨满英雄之歌：伊玛堪研究》，北京：社会科学文献出版社1998年。

界联系在一起，而把反面人物的丑恶性同下界联系在一起，中界是他们生活和斗争的主要"场所"。混融性、形象性和模糊性是史诗时空观的主要特征。第二，史诗中的英雄的基本品格表现为人性与神性、共性与个性、伟大与幼稚、诚实与残暴的不同组合，而反面人物形象则具有禽兽性、鬼怪性或人类性，尤其是蟒古斯的形象，从外表到内心、从灵魂到肉体、从起居到环境，均充满着"丑恶"特征，具有很高的反审美价值。如果说蒙古史诗中的正面人物是人性和神性的统一体，蟒古斯是人性和兽性的统一体的话，那么只有英雄的坐骑骏马才被塑造为具有兽性、人性和神性为一体的艺术形象，表现了蒙古人对马的崇拜和神圣化。第三，以文化变迁为参照系，对史诗的发展、变异和衰落作了动态观照。认为蒙古英雄史诗的发展大致经过了三个阶段，即原始史诗阶段、发达史诗阶段和变异史诗阶段。原始史诗反映了狩猎、游牧经济生活、氏族社会特点和原始宗教。发达史诗基本上反映了游牧经济及其文化形态、宗教观念中萨满教和佛教影响并存，婚姻征战的基本母题得到进一步扩展并产生了新的母题。变异史诗（科尔沁史诗），一方面继承和保留了蒙古英雄史诗的基本精神和基本母题，另一方面由于历史的发展、印藏佛教文化和农业文化的强烈影响，导致人物形象、故事情节、作品结构、语言诗律等均发生了很大变化。可以说，科尔沁史诗是在从游牧经济向农业经济过渡、从信仰萨满教向信仰佛教过渡阶段繁荣起来的。如果说，卫拉特史诗标志着蒙古英雄史诗的黄金时代和高峰的话，科尔沁史诗则标志着它的衰落和尾声。①

孟慧英在《萨满英雄之歌：伊玛堪研究》中对赫哲族伊玛堪的论述，融汇了她的个人调查与观察以及此前已有的、包括1934年凌纯声收录的伊玛堪调查文本的研究所得，所以此作既有独特的研究视角、又显示出一定的深度。作者评价伊玛堪所反映的英雄时代："伊玛堪给人们提供一种不同于史料的特殊的历史文化描述，有着一系列独特的历史问题和解释这些问题的方式，因此有不可替代的文化意义和价值。借助于自身提供的宏伟的场面，复杂的情节，庞大的结构，它对英雄时代赫哲族的全部生活情状给予生动、鲜明的描绘。……围绕莫日根的个人经历，把英雄们的复仇行为及实现过程和结果与民族历史背景统一起来，使得它不仅在达到叙述上的事实完整，而且达到文化表现上的精神顽症。"但她也把对伊玛堪放在

---

① 笔者不懂蒙语，这里的论述和评价，参阅并借用了巴·苏和《古老的文学经典，当代的理论阐释——蒙古族英雄史诗研究概述》（《西北民族大学学报》2006年第1期）的观点和表述，特此致谢。

世界已有通识的"史诗"和"英雄史诗"的定义下，对其作出了下面一段非常客观的总评："同英雄史诗体裁内容比较起来，伊玛堪基本上具备了这种体裁（笔者按：指英雄史诗）的一般特点。当然它也有不成熟之处。由于它的事件起因多是民族内的部落间的冲突而不是大规模的异族之间的战争，所以在民族意识和史诗的历史精神方面，表现得不那么饱满、凝练、激昂、热烈；由于它是以个别英雄的故事，而不是所有英雄故事为一部讲唱的内容，他的内容规模显然不那么宏伟、广阔，它的主题也较为单薄。尽管如此，像所有史诗一样，伊玛堪在对往事的叙述上有着英雄史诗的那种基本稳定的表现体系，它的形象、事件和深蕴其中的观念、理想、道德，都有鲜明的英雄时代特点。"[1]她论述了赫哲族长篇说唱体叙事作品群伊玛堪的史诗功能、象征系统等。从文化功能上说明伊玛堪是史诗，指出传统史诗不仅因为它的长度和诗歌容量，也因为它们是表达民族认同性的故事、是民族群体借以自我辨识和寄托情感与理性的超级故事。作为赫哲族的英雄史诗的伊玛堪向我们提供了另一种英雄史诗的模式或类型，它的优长与不足，其实都来自于赫哲人的特殊的社会历史的制约。

5. 南方诸民族的史诗研究

南方诸少数民族的史诗之大量被发掘出来，是20世纪后半叶中国民间文艺学的重大成绩之一，而南方诸少数民族的史诗之进入学术研究的视野，则主要是20世纪最后20年的事。

北方的史诗，主要是如上文所论的三大英雄史诗和篇幅较短、情节较为单一的英雄史诗或称英雄史诗片断，而南方民族的史诗则有所不同，除了一些类似于北方的以氏族之间、部落联盟或异族之间的战争，或以民族大迁徙为题材的英雄史诗外，还有大量以先民关于天地开辟、万物起源、人类诞生、洪水泛滥、火的发明、弓箭的使用、家畜和农作物的来源以及早期人类的生活为题材的长篇叙事作品，学界也把这类作品称为史诗，名之曰创世史诗。[2]也就是说，南方诸民族的史诗，大致显示为两种类型：一种是创世史诗；一种是英雄史诗。也有学者持"原始性史诗"说，或曰三分说，即原始性史诗、英雄史诗、迁徙史诗。

---

[1]　孟慧英《萨满英雄之歌：伊玛堪研究》，第85、73页，北京：社会科学文献出版社1998年3月。

[2]　这里关于创世史诗的概括，主要参考了钟敬文主编《民间文学概论》中关于创世史诗的界说，第286页，上海文艺出版社1980年。

（1）创世史诗

创世史诗，又称原始性史诗、神话史诗。^①"创世史诗"这个术语的出现和确立，是有一个漫长的过程的。20世纪80年代初，一些南方民族的创世史诗（最早主要是云南）陆续被搜集记录下来并得以发表或出版，引起了学界的关注和研究，但并没有一个恰切的名称来认定和规范。在一些论到这类史诗性作品的文章里，常常称呼不一，颇为混乱。就笔者所见，"创世史诗"这一学术术语，最早出现于刘辉豪和白章富发表在《华夏人文地理》杂志1980年第3期上的《奥色密色：哈尼族民间传世史诗》一文中。^②1980年7月出版的钟敬文主编、集体编著的《民间文学概论》中采用了这种理念和说法，明确把史诗分为创世史诗和英雄史诗两大类。但该书作者说史诗"产生于人类的童年时代"的说法^③却引起了争议，因而成为史诗理论上出现论争的一个焦点。一方面由于这类民间作品的陆续发掘和出版、另一方面由于理论阐述上出现的争议，使创世史诗的问题受到了学界的关注，接连出现了一批文章。如果说，李子贤的《创世史诗产生时代刍议》^④和潜明兹的《创世史诗的美学意义初探》^⑤是刘辉豪之后最早肯定并使用"创世史诗"这个学术术语的文章的话，那么，杨知勇的《试论史诗对神话的继承和否定》^⑥与李子贤的《试论创世史诗的特征》^⑦，则是最先与《概论》观点进行争鸣的文章，而这类正名文章一直持续到1987年发表

①　仁钦道尔吉《中国少数民族史诗研究丛书·前言》（1990年3月30日）："根据这一课题计划（指中国社会科学院少数民族文学研究所承担的国家第七个五年计划期间的重点课题）我们要完成《格萨尔》、《江格尔》、《玛纳斯》、南方原始性史诗和史诗理论研究各一部。"刘亚湖在这个课题计划中所承担的子课题，其最终成果题为《原始叙事性艺术的结晶——原始型史诗研究》，内蒙古大学出版社1991年6月。学界对"原始型史诗"这个提法，存在争议。

②　在查阅材料完备之前，笔者姑且把刘辉豪和白章富发表于1980年3月的《奥色密色：哈尼族民间传世史诗》暂定为"创世史诗"最早的出处。最终结论待考。

③　钟敬文主编《民间文学概论》，第283页，上海文艺出版社1980年。

④　李子贤《创世史诗产生时代刍议》，《思想战线》1981年第1期，昆明；收入所著《探寻一个尚未崩溃的神话王国》，昆明：云南人民出版社1991年。

⑤　潜明兹《创世史诗的美学意义初探》，《思想战线》1981年第2期，昆明；收入所著《史诗探幽》，北京：中国民间文艺出版社1986年。

⑥　杨知勇《试论史诗对神话的继承和否定》，《思想战线》1981年第5期，昆明。

⑦　李子贤《试论创世史诗的特征》，《思想战线》1982年第2期；收入所著《探寻一个尚未崩溃的神话王国》，昆明：云南人民出版社1991年。

的潜明兹的《史诗类型研究》①。

关于"原始性史诗"这个提法，学界也有不同意见。1998年夏，巴莫曲布嫫对钟敬文做的关于"南方史诗与中国史诗学建设"的访谈录中写道："史诗类型的出现是否呈线性的发展呢？学者通常认为，西南史诗是在艺术发展不发达阶段上，由各民族先民在神话、传说、歌谣的基础上集体创作出来的一种规模宏大的'原始性'叙事长诗。我认为'原始性'的提法欠妥。因为史诗与人类早期的社会发展或民族、国家（地方政权）的形成、发展的历史相关联，因而被视为反映某一特定阶段的历史发展进程的时代和所包纳的内容也反映出了不同类型的作品在形成时间上的先后顺序：创世史诗的产生最早，其次是迁徙史诗，再者是英雄史诗。"②至于具体论述和阐释一部创世史诗作品的文章很多，仅以1984年前为例，除了韦其麟的《瑶族创世史诗〈密洛陀〉》③和郑凡的《创世史诗的结构和审美发生》④明确以"创世史诗"相称外，其他许多文章，如李明《读彝族史诗〈阿细的先基〉》⑤、秦家华《〈梅葛〉的科学价值》⑥、李延良《彝族史诗〈勒俄特依〉的哲学思想》⑦、陆桂生《瑶族史诗〈密洛陀〉初探》⑧、郭思九《〈梅葛〉与彝族民俗》⑨、姚天金《谈〈牡帕密帕〉中的厄沙》⑩、蓝克宽《瑶族史诗〈密洛陀〉初探》⑪等等，差不多一直延续到世纪末。除了云南学者之外，其他地方的学者，包括四川萧崇素、李明所撰

---

①　潜明兹《史诗类型研究》，《民族文学研究》1987年第4期；收入所著《史诗探幽》，北京：中国民间文艺出版社1986年。

②　巴莫曲布嫫《南方史诗传统与中国史诗学建设——钟敬文访谈录》（1998年夏），《民族艺术》2002年第4期，南京。

③　韦其麟《瑶族创世史诗〈密洛陀〉》，《南宁师院学报》1981年第1期。

④　郑凡《创世史诗的结构和审美发生》，《山茶》1983年第4期，昆明。

⑤　李明《读彝族史诗〈阿细的先基〉》，《西南民族学院学报》1981第2期。

⑥　秦家华《〈梅葛〉的科学价值》，《民族文化》1981年第4期，昆明。

⑦　李延良《彝族史诗〈勒俄特依〉的哲学思想》，《中央民族学院学报》1981年第4期。

⑧　陆桂生《瑶族史诗〈密洛陀〉初探》，《广西大学学报》1982年第1期，南宁。

⑨　郭思九《〈梅葛〉与彝族民俗》，《昆明师范学院学报》1982年第2期。

⑩　姚天金《谈〈牡帕密帕〉中的厄沙》，《民族文化》1982年第2期，昆明。

⑪　蓝克宽《瑶族史诗〈密洛陀〉初探》，《广西民间文学丛刊》（内刊）第8辑，1982年10月。

关于彝族创世史诗的论文①、北京学者刘亚虎论述"原始性史诗"的前述专著，基本上都没有采用云南学者首先发难、继而为《概论》所采用的"创世史诗"这一术语。直到21世纪之始，钟敬文的博士巴莫曲布嫫于1998年对他的访谈录《南方史诗传统与中国史诗学建设》发表②，这种情况才发生了突变，"创世史诗"这一术语，遂被中国社会科学院少数民族文学研究所的学者群和史诗学界所接受。

由于"创世史诗"是中国南方土地上和中国部分民族的一种特殊的文化现象，流行于西方的英雄史诗概念不适用于阐释中国南方民族的创世史诗，因而"创世史诗"这一概念的提出具有独特性和初创性，对其性质、特征以及史诗类型学的研究和阐释，也就成为20世纪八九十年代中国史诗学前进道路上的一个无法绕过的重要命题。在众多研究创世史诗的学者中，李子贤的《探寻一个尚未崩溃的神话王国》（收入了《创世史诗产生时代刍议》《创世史诗的特征》《南方少数民族原始性史诗形成和发展的历史根源》以及《彝族创世史诗〈梅葛〉简论》四篇研究创世史诗特点和历史根源的论文），对创世史诗的特征和形成根源的研究与阐释最值得重视。他认为："创世史诗是在原始神话的基础上发展起来的。各民族的创世史诗，大多以'创世'过程为线索，将零散的、解释自然现象和历史现象的神话、传说贯穿起来，形成了带有古代各民族先民认识世界特点的、反映各族先民心目中创世历史的宏篇巨作。"创世史诗有三个特点："第一，创世史诗本来是为了追溯人类的历史、祖先的业绩而产生的，但却把曾经极为盛行的、曲折地反映自然现象、人类与自然力作斗争的神话视为历史，并作了创世史诗的主干部分，成了创世史诗赖以形成的基础。""第二，在创世史诗中，虽然人已作为一种被意识到了的存在开始崭露头角，而且透过被组织到创世史诗中去的神话的灵光，可以看到原始初民艰难地向文明社会迈进的足迹，但是神仍然在创世史诗中占据着重要的地位。""第三，创世史诗中以反映人类活动为中心的趋势已经出现，但远没有达到否定神话思想的地步。只有到英雄时代充分发展的阶段，这才能够做到。正因为如此，每一个民族的创世史诗总是带有该民族神话的特点。""创世史诗与原始神话紧密联系这一现象，可以大体确定创世史

---

① 萧崇素《彝族史诗的珍宝——〈洪水纪略〉》，《民间文学论坛》1984年第1期；又见李明《彝族史诗〈勒俄特依〉初探》，《民族文学研究》1987年增刊。

② 巴莫曲布嫫《南方史诗传统与中国史诗学建设——钟敬文先生访谈录》，《民族艺术》2002年第4期，南宁。

诗只能出现在新石器时代之末，铁时代、即英雄时代之前这一阶段。"①李子贤的研究，丰富了我国关于创世史诗基础理论的武库。

刘亚虎的《原始叙事性艺术的结晶——原始性史诗研究》（1991）②和《南方史诗论》（1999）③两书，是作者多年研究南方创世史诗（他称之为"原始性史诗"）的苦心经营之作。他的南方创世史诗研究的特点是，以史诗的存在形态（祭祖仪式上的形态、生产与征战中的形态、人生礼仪中的形态）、史诗起源与衍变（《源流篇》）、史诗类型（分为孕育型、洪水型、射日型、斗雷型、考验型、离合型）等论题为切入点，对世居在或迁徙至中国南部山区而又处在不同社会发展阶段、不同社会形态的三十多个民族的原始性史诗进行了细致而微的研究。在他的研究视域中，涉及的民族及其"原始性史诗"（创世史诗）有：彝族《勒俄特依》《梅葛》《查姆》《阿细的先基》《夷僰榷濮》《阿赫希尼摩》《洪水泛滥》《尼苏夺节》《门咪间扎节》《创世纪》；纳西族《创世纪》《崇般图》；普米族《帕米查理》《创世纪"直呆木喃"》；白族《创世纪》；哈尼族《奥色密色》《哈尼阿培聪坡坡》《十二奴局》；傣族《巴塔麻嘎捧尚罗》；基诺族《阿嫫尧白》；拉祜族《牡帕密帕》《扎弩扎别》《古根》；佤族《司岗里》；布朗族《顾米亚》；景颇族《穆脑斋瓦》；德昂族《达古达楞格莱标》；阿昌族《遮帕麻和遮米麻》；傈僳族《创世纪》；独龙族《创世纪》；苦聪人《创世歌》；苗族《苗族古歌》《开亲歌》《佳》《鹡巴鹡玛》《纳罗引勾》；侗族《侗族祖先哪里来》《嘎茫莽道时嘉》；布依族《赛胡细妹造人烟》《造万物歌》；仡佬族《十二经段》；土家族《摆手歌》；壮族《布洛陀》《布伯》；瑶族《密洛陀》《盘王歌》《伏羲兄弟》；毛南族《创世歌》；畲族《槃瓠歌》；黎族《褪祷跑（追念祖先歌）》等。他认为，尽管这些民族的原始性史诗（创世史诗）在主题、内容和篇幅上因民族、环境、文化以及社会发展阶段的不同而各有其特点，但总的说来，南方的原始性史诗（创世史诗）是在上述特定的自然环境（大峡谷、高寒山区、半山区、丘陵河谷地带）与社会

---

① 李子贤《创世史诗产生时代刍议》，《思想战线》1981年第1期，昆明；又见所著《探寻一个尚未崩溃的神话王国》，第267、269—270页，昆明：云南人民出版社1991年。

② 刘亚湖《原始叙事性艺术的结晶——原始性史诗研究》，呼和浩特：内蒙古大学出版社1991年。

③ 刘亚虎《南方史诗论》，呼和浩特：内蒙古大学出版社1999年。作者早期著作署名刘亚湖，这本书改署刘亚虎。

文化环境（巫术、祭祀、图腾信仰等）中产生和发展起来的，其早期形态往往与族群图腾信仰、祖先祭祀仪式、巫术等结合为一起，且大都表现为祭仪中的祭词、巫术中的咒语等，在漫长的发展过程中逐渐从祭词、巫词发展演化而为史诗。他对影响创世史诗之产生与流传的自然环境与社会人文环境的作用的揭示是独到的。作为他的研究体系的基本理论框架，是南方原始性史诗"整体形态"这一概念工具，在"整体形态"中，又分为内层结构和外层结构两个层次。所谓内层结构，指的是史诗文本本身；所谓外层结构，指的是史诗生存与演述的外部环境。①

田兵不仅最早参与整理了《苗族古歌》，而且撰写了题为《从〈苗族古歌〉看古代南人与东人的关系》的长篇论文，从其中的《开天辟地歌》《枫木歌》《洪水滔天歌》《跋山涉水歌》四首古歌，追溯苗族的历史渊源，认定"古代的楚国、髳国、庸国、吴国、巴国的某些族，是今天苗族的先民。"②。潜明兹的《析〈枫木歌〉》一文则从另一个角度入手，以苗族的《枫木歌》为例，论述创世史诗中思维的两重性和超时空观。作者说："这组歌里有很多不合理的因素，这种不合理，决不能用现代人的思维逻辑去要求，但却是很符合原始人的思维特点。……原始人的思维特点，既把自然力视为和自己有亲缘关系，又把自然力看作是异己的力量。……《枫木歌》表现了一种强烈的欲望，企图挣脱图腾的束缚。"③枫木被看作是苗族的图腾，作者从《枫木歌》中看到的，却是企图挣脱图腾的欲望。这无疑是一种应该引起关注的解读。

在汉民族地区有一个个例。1983年，神农架文化馆干部胡崇峻在湖北省神农架地区发现了一部由歌手张忠臣藏抄的长达3000多诗行的手抄歌本《黑暗传》。其内容从盘古开天辟地唱起，天地玄黄、黑暗混沌、日月合明、人祖创世，一路唱下来，包括很多道教神话和仙话。1986年，中国民间文艺研究会湖北分会的何火将胡搜集来的多种原始资料包括手抄本汇编为《汉族长篇创世史诗神农架黑暗传》一书，在《民间文学研究资料之六》的名义下印行。1987年，在中国民间文艺研究会第四届二次理事会上，刘守华将其送给袁珂征求意见，袁珂将其认定为"神话史诗"。他在《喜读神农架〈黑暗传〉》一文中说："总观汇编本《黑暗传》八种残缺资料的大貌，我以为形成这部民间史诗的主要来源，还是从古代一脉相传

---

① 刘亚虎《南方史诗论》，第24—26页，呼和浩特：内蒙古大学出版社1999年。
② 田兵《从〈苗族古歌〉看古代南人与东人的关系》，《南风》1987年第6期。
③ 潜明兹《析〈枫木歌〉》，《南风》1987年第1期。

下来的属于巴楚地区原始文化中的中原神话，但其中又杂有道家思想、阴阳五行家思想，乃至佛教思想，真是五花八门；人物也出现了什么元始天尊、道天教主、白莲老母、观音佛祖之类，这大约是从《封神演义》和其他杂书中采取来的，分明可见历史长河中的积淀。因而……当然可能是有精华，也有糟粕。这就对我们下一步整理工作提出了难题。"①关于《黑暗传》，刘守华发表过好几篇论文，如《鄂西古神话的新发现——神农架神话历史叙事长歌〈黑暗传〉初评》、《关于〈黑暗传〉的神话史诗说》，基本上同意和支持袁珂的"神话史诗"说。②经过整理的《黑暗传》已于2002年由长江文艺出版社公开出版，那已不属于本书讨论的范围，是后话了。但《黑暗传》的在20世纪80年代被发现，说明在相对封闭的神农架地区，的确保存着更多的巴楚原始文化。

（2）英雄史诗

南方民族中也流传着各自民族的英雄史诗。在这类英雄史诗中，主要内容是叙述和描写部落、氏族之间或异族之间的战争、讴歌部落或氏族英雄的作品，如傣族《相勐》《兰嘎西贺》；壮族《莫一大王》；彝族《支格阿鲁》《阿鲁举热》；羌族《羌戈大战》；纳西族《黑白大战》《哈斯争战》；侗族《萨岁之歌》；普米族《支萨·甲布》等。还包括一些部落或民族的迁徙史诗，主要是古氐羌民族在强敌围攻下南迁过程中的悲壮的历史歌吟，如哈尼族《哈尼阿培聪坡坡》《雅尼雅嘎赞嘎》；彝族《赊榷濮》；侗族《祖公之歌》；拉祜族《根古》；苗族《溯河西迁》等。与北方民族的英雄史诗相比，特别是与三大英雄史诗相比，南方民族的英雄史诗，一般没有形成篇幅浩瀚的长篇巨制，情节、线索和人物较为单纯，篇幅相对较为简约。

彝族史诗《支格阿鲁》（又译《支格阿龙》），因方言的不同而有多个汉语译名。罗希吾戈于20世纪80年代中期发表的《从英雄史诗〈支格阿龙〉看彝族古代社会》③，在研究彝族英雄史诗《支格阿龙》的文章中

---

① 袁珂《喜读神农架〈黑暗传〉》，《中国文化报》1987年2月4日；又见胡崇峻搜集整理《黑暗传》，第237—240页，武汉：长江文艺出版社2002年。

② 刘守华《鄂西古神话的新发现——神农架神话历史叙事长歌〈黑暗传〉初评》，《江汉论坛》1984年第12期；《关于〈黑暗传〉的神话史诗说》，《中国艺术报》1996年5月24日。

③ 罗希吾戈《从英雄史诗〈支格阿龙〉看彝族古代社会》，中国民间文艺研究会、云南省社会科学院民族文学研究所、中国少数民族文学学会云南分会编《云南民间文艺源流新探》，第84—91页，昆明：云南民族出版社1986年。

是一篇值得重视的文章。作者认为，史诗写滇濮梭洛周围的大小部落推举支格阿龙为首领，意味着部落联盟的形成。根据作品中的以母系为主体的谱牒世系及一代又一代的母权氏族社会中婚嫁过程的描写，作者确认"远在'父系英雄时代'之前，彝族的古代社会已进入了氏族外婚时期的母权氏族社会"。（第86页）根据史诗中对支格阿龙的英雄业绩、他所使用的武器（铜弓、铜箭、铜锤、铜锄、铜棒、铜网）以及铜手镯，而这些铜器的使用，是人类由野蛮期跨入文明期的标志。作者对照楚雄石寨山出土的青铜器遗存与《西南彝志》中对"铜洞"的记载，认为"英雄史诗《英雄支格阿龙》展现了人类由母权氏族社会，经由石器时代进入铜器时代的历程，从而艺术地反映了彝族古代社会是怎样完成了由野蛮向文明的飞跃。史诗本身亦成了'由野蛮时代带入文明时代的主要遗产'。"（第88页）20世纪90年代末，罗边木果、罗青春发表的《彝族英雄史诗〈支格阿鲁〉初论》表达了不同的观点："（史诗）所反映的内容并非部落战争，而是射日月，打雷公，除妖魔，闯天牢等创世故事。这是人类文学所反映的最早时代，即神话传说时代了。特别应该注意的是史诗主人公支格阿鲁不是一个君主或部落首领，而是一个到处为人们除害的侠客式的英雄，甚至整部史诗都无君主或首领出现。就是说《支格阿鲁》的内容是世界上所有英雄史诗中最早的，是原始母系社会时期的。它比《吉尔伽美什》的奴隶社会初期的军事民主制时期还要早。……至少产生于彝文的产生或普遍运用之前的五千年前了，即它是世界上最早的一部英雄史诗。"[1]作者根据史诗内容和人物关系认为该史诗是反映母系社会的作品，其论点是可取的；但根据其反映的母系社会的情况就认定作品是"原始母系社会时期的"作品、甚至定位为"世界上最早的一部英雄史诗"，未免显得轻率和勉强。正如有学者指出的，反映了母系社会的情状和人际关系，可能是脱离了母系时代进入父权时代的人们对往昔时代的回忆。

迁徙史诗的研究，是南方史诗研究的另一扇窗口。哈尼族的迁徙史诗《哈尼阿培聪坡坡》带有典型性。巴莫曲布嫫说：《哈尼阿培聪坡坡》"是哈尼族传统文学的顶峰之作，具有较高的历史价值，是目前发现的系统、完整地记载哈尼族历史沿革的长篇史诗之一。作为哈尼族人民的'史记'，《哈尼阿培聪坡坡》以现实主义手法记叙了哈尼祖先在各个历史时期的迁徙情况，并对其迁徙各地的原因、路线、途程、在各个迁居地的社

---

① 罗边木果、罗青春《彝族英雄史诗〈支格阿鲁〉初论》，《西南民族学院学报》1999年第3期。

会生活、生产、风习、宗教，以及于毗邻民族的关系等等，均作了详细而生动的辑录，因而作品不仅具有文学价值，而且具有重大的历史学、社会学及宗教学价值。"①学者们对《哈尼阿培聪坡坡》的兴趣、关注和研究，可以看作是一个代表性案例。自20世纪80年代中期以来，关于这部史诗的研究未曾间断。如：史军超《读哈尼族迁徙史诗断想》②《迥异有别的"诗史"——哈尼族迁徙史诗〈哈尼阿培聪坡坡〉与荷马史诗》，史军超、陈志鹏《迁徙史诗断想——从哈尼族迁徙史诗谈起》③，史军超《滨海文化与高原文化的嫡裔——哈尼族迁徙史诗研究》，傅光宇《哈尼族迁徙史诗与古代社会》④，王清华《哈尼族的迁徙与社会发展——哈尼族迁徙史诗研究》⑤、史军超《哈尼族文学史》第二章⑥等。王清华的《哈尼族的迁徙与社会发展——哈尼族迁徙史诗研究》是一篇侧重于从史诗文本研究哈尼族大迁徙与社会发展的文章。作者说：史诗《哈尼阿培聪坡坡》"详尽地记述了哈尼族先民在漫长的历史岁月中，经历艰难曲折，从遥远北方向南迁徙的事迹。这部史诗是研究哈尼族历史、族源、族性、风俗演变、社会发展的重要文献。通过研究，作者认为，这部史诗不仅是一部哈尼族的迁徙史，而且是一部形象生动、脉络清晰的哈尼族社会发展史。由于哈尼族社会是在长期迁徙流动过程中形成和发展的，因而其社会发展的轨迹和社会文化的形成都具特殊性。"作为现代民族的哈尼族是一个农业民族。史诗从原始的渔猎生产生活开始，到母系社会制度，到父系氏族社会，到部落

---

① 巴莫曲布嫫《哈尼族的迁徙史诗〈哈尼阿培聪坡坡〉》，http://iel.cass.cn/news_show.asp?newsid。

② 史军超《读哈尼族迁徙史诗断想》，《民族文学研究》1986年第3期，昆明；史军超《迥异有别的"诗史"——哈尼族迁徙史诗〈哈尼阿培聪坡坡〉与荷马史诗》，《山茶》1987年第4期；史军超《滨海文化与高原文化的嫡裔——哈尼族迁徙史诗研究》，中国民间文艺家协会云南分会、云南省民间文学集成编辑办公室、云南省社会科学院民族文学研究所、中国少数民族文学学会云南分会编《边疆文化论丛》第1辑，云南民族出版社1988年8月，昆明。

③ 史军超、陈志鹏《迁徙史诗断想——从哈尼族迁徙史诗谈起》，《中国少数民族文学论集》第4集，北京：中国民间文艺出版社1988年。

④ 傅光宇《哈尼族迁徙史诗与古代社会》，中国民间文艺家协会云南分会、云南省民间文学集成编辑办公室、云南省社会科学院民族文学研究所、中国少数民族文学学会云南分会编《边疆文化论丛》第2辑，昆明：中国民间文艺出版社1989年。

⑤ 王清华《哈尼族的迁徙与社会发展——哈尼族迁徙史诗研究》，《云南社会科学》1995年第5期。

⑥ 史军超《哈尼族文学史》，昆明：云南民族出版社1998年。

联盟制社会，伴随着不断的征战而引发出不停地迁徙，一路写下来，斩荆披棘，风尘仆仆，曲折跌宕，死而后生，大迁徙铸造了这个民族的坚硬的灵魂和精神。作者的结论说："迁徙流动与社会发展的相互结合，是哈尼族历史的特色，也是《哈尼阿培聪坡坡》这部史诗的特色。"

（二）民间叙事诗研究

有别于以叙写人类早期社会的"文化英雄"及其业绩的创世史诗和歌颂部落联盟军事民主制时代的"征战英雄"的英雄史诗，民间叙事诗主要指的是阶级社会出现后产生的以爱情纠葛和阶级关系为题材的长篇民间诗体叙事作品。从其存在的形态来讲，民间叙事诗主要是指以口头讲述或演唱的方式在民间代代相传的诗体作品，也有一些以手抄本的形式存留在或流传在民间，这些手抄本常常成为部分歌师讲述或演唱时的底本。

1. 汉族地区的民间叙事诗研究

20世纪的最后二十年间，在汉族聚居的吴语地区和鄂西北与鄂东地区以及许多少数民族地区发现和记录出版了一些"活"着的长篇民间叙事诗，既为读者提供了脍炙人口的上好文学读物，也为民间叙事诗的内容和体裁的研究，特别是为研究汉文诗体的形成、定型、格律、音韵、句式与演进等，提供了新的材料。

江、浙、沪吴语地区在20世纪80年代到世纪末的二十年间，搜集记录和出版的民间叙事长诗，可以《江南十大民间叙事诗——长篇吴歌集》①为代表。这十部民间叙事诗是：《白杨村山歌》《沈七哥》《五姑娘》《林氏女望郎》《薛六郎》《魏二郎》《孟姜女》《小青青》《刘二姐》《庄大姐》。在一个经济特别发达、外来文化影响较为显著的沿海地区，还能保存着这么多的长篇叙事诗，实在是吴地文化的奇迹。搜集工作的成绩带动了吴歌研究的开展和深入。长篇吴歌的被发现和搜集成册，像研究者提出了许多问题，要求从理论上作出回答。譬如，长篇叙事吴歌是不是城市里流行的唱本或说唱文学？他们回答说："民间叙事长诗的存在是无可置疑的，它不同于唱本和说唱文学的唱词，这从两者的比较中就可以分得出来。民间叙事诗和唱本歌词有些什么不同呢？……概括地说：一个具有诗的特质，一个却只是记叙的歌体。两者在结构、语言和表现手法上，都不相同。民间叙事诗的结构比较单纯，留下许多空隙，让歌手浓墨重彩地铺叙感情，常常回环往复

---

① 《江南十大民间叙事诗——长篇吴歌集》，上海文艺出版社1986年。

地描述一件事和主人翁的心理活动；而唱本歌词只叙述情节，比较多的是过场式的叙述，有事无情；这是区别两种体裁不同的重要的一点；其次，在语言上，民间叙事诗形象性强、口语化、生动灵活；唱本的语言则较平板、很少有色彩，词汇贫乏，多套语，多陈腔滥调；句式上，长篇吴歌的句式起伏流动，变化难测，常常异峰突起，一波三折，歌手随情之所至，不能自已，有长达几十字，甚至一百余字的长句；在唱本中，则绝无这种现象，有些变化也是在山歌的影响下而出现的。"①

姜彬是江、浙、沪两省一市民间文学、特别吴歌搜集研究的领军者，在他影响和组织下，成立了民间性的"两省一市民间文学协作区"和吴歌学会。他在《近代长篇吴歌中妇女形象的历史意义》一文中，发表了对长篇叙事吴歌的一些基本观点和这一时期搜集长篇叙事吴歌的一些情况。他写道：

> 长篇吴歌是解放后，特别是近些年新打开的吴歌宝库。解放初期，上海地区搜集到一个小长篇，叫《贩桃郎》，计有三百多行，后来发表在《民间文艺季刊》②第十期上；1960年上海奉贤地区又搜集到一千多行的长篇叙事诗《白杨村山歌》③；"文化大革命"后，江苏苏州地区发掘了广泛流传在太湖边上的长篇叙事诗《五姑娘》④并于1982年整理出版，引起了全国民间文学工作者和诗歌界的广泛注意。从此，长篇吴歌像被打开的闸门那样涌现出来，在"文革"后新创刊的《民间文艺季刊》第3集上发表了《严家私情》《白六姐》和《五姑娘房门半扇开》三个资料本；在第4集又发表了《林氏女望郎》《红小姐望郎》两个同一题材不同唱文的本子。此后，苏州地区继《五姑娘》之后，又发现和正在记录一批吴歌叙事长歌⑤，在第二次吴歌学术讨论会上，浙江也传来了可喜的信息，发现和开始在记录的长篇吴歌达十个之多。关于这些长篇吴歌的许多问题，还有待进一步考证。从现有材料看来，它们大多产生在急剧变化的近代社会里，因此打上了比较强烈的资本主义意识的烙印，例如，它们对爱情和婚姻的观念，与早期和中期封建社会里产生的故事和诗歌中大不相同，人物的面貌和风

---

①　姜彬《江南十大民间叙事诗·序》，第5页。

②　原注：上海文艺出版社1960年出版。

③　原注：印有资料本。

④　原注：在五十年代浙江的嘉善地区也有过《五姑娘》十二月花名的采录。

⑤　原注：其中有《打窗栏》《鲍六姐》《卖烟香》《赵圣关》《沈七哥》《薛六郎》等。

采也不一样。早期的故事不去说它，如果说贾宝玉和林黛玉是封建社会的叛逆和牺牲品，那么，近代长篇吴歌中的主人公，便是敢于对封建婚姻冲锋陷阵的勇士和胜利者。近代长篇吴歌中妇女形象的出现是具有划时代的意义的，它说明了封建制度这时已处在风雨飘摇和急速瓦解之中，它是秋后的蚂蚱，经受不起新的潮流的冲击了。①

他还发现，在吴歌常见的喜剧结尾和悲剧结尾两种叙事模式中，"人民着力塑造的形象是具有喜剧意味的"，而"这是新的经济因素反映在人物身上的结果"。他对产生于近代社会条件下的长篇叙事吴歌的这种新的"资本主义意识"，在民间文学研究中具有开拓意义。他还写过《长篇叙事吴歌〈孟姜女〉的人民性》等文章，对一些具体作品进行分析评价。

长篇叙事吴歌的田野调查，带动了专题研究的进展。江、浙、沪三地的民间文学研究者从20世纪80年代起，发表了多篇有关吴越地区长篇叙事诗的论文，从不同角度对叙事诗作出阐释。90年代，先后出版了王仿和郑硕人著《民间叙事诗的创作》（1993）和钱舜娟著《江南民间叙事诗及故事》（1997）两部研究长篇吴歌叙事诗的论集。

王仿和郑硕人都是从50年代就开始关注和搜集吴语地区（主要是上海地区）长篇叙事诗的民间文学工作者和出版家，他们的研究角度和侧重点，是吴语地区长篇民间叙事诗的创作问题。他们这样表达对这一问题的关注："胡适在《白话文学史》说，中国地理不如印度等国家优越，人们忙于为衣食而奋斗，所以没有闲暇去创作叙事诗。受他的看法的影响，再加上自《孔雀东南飞》以后，汉族长时期没有出现民间叙事诗，周作人、胡怀琛等人就去寻别的原因，一说是因为叙事诗向曲艺发展了，一则说是向戏曲发展了。他们的看法也有一定的根据，民间叙事诗的确对曲艺和戏曲发生了影响，但同时民间叙事诗也受到曲艺和戏曲的影响，而它本身仍然存在，并未消亡。民间叙事诗的研究，我们把重点放在它的产生和如何创作方面，由于找不到可资借鉴的现成材料，我们只能自己去寻找有关资料和进行实地调查：一、多方面寻找各种有关的书面资料；二、搜集歌手唱的各种异文；三、跟歌手交朋友聊天，向他们请教；四，到作品的发生地进行调查。其后将各种有关的材料加以比较，结合调查情况和从歌手那里得到的知识加以分析，使民间叙事诗如何创作，包括流传中的变异、

---

① 天鹰《近代长篇吴歌中妇女形象的历史意义》，《民间文学论坛》1983年第4期；又见所著《论吴歌及其他》，上海文艺出版社1985年。

歌手的艺术加工和创作方法等，能够大体上看出个眉目来。"①他们在对吴越地区和鄂西北地区的民间叙事长诗进行比较后，认为吴越地区的民间叙事诗是"比较典型的"，如果说，鄂西北地区的民间叙事诗的歌师大多根据抄本说唱的话，那么，吴越地区的歌师大多是师传的，尽管有的也有抄本，但在演唱时却不是"照本宣科"，而多是现场自由发挥，每人每次的演唱都有差异，所谓"十唱山歌九不同"。②

钱舜娟的《江南民间叙事诗及故事》中有关吴越地区民间叙事诗的研究，则侧重于搜集整理和歌手记述（如陆阿妹、姚永根等），而最显著的特点，是她的笔触深入到了民间叙事诗与吴越民俗的关系的描述与阐释。如《〈沈七哥〉与吴越文化》《〈薛六郎〉与江南婚俗》《〈陈瓦爿〉和江南砖瓦业》等篇。作者引用考古学的成果，如无锡仙蠡墩、太湖地区的青莲岗、吴县草鞋山、青浦崧泽、吴县钱山漾、杭州水田版、余姚河姆渡等地的考古发掘出来的稻谷等遗存，剖析了叙事诗《沈七哥》的产生和文本与江南稻作文化的关系，认为这部作品描绘了沈歌村从远古时代发展而来，反映了两个不同的家庭发展阶段，从而折射出"江南地区从采集经济向农耕经济发展的图景"，反映了一段重要的史前文化进程。③

在湖北汉江以南、长江以北的广袤地区发现和搜集记录下来的民间叙事诗，数量也不少，但研究工作一直跟不上，缺乏上好的文章和新鲜的观点可陈。

2. 云南的民间叙事诗研究

云南是多民族聚居的地区，许多民族都有传唱叙事诗的传统。20世纪50—60年代已经搜集和出版了好几部在全国有影响的叙事诗，如，《阿诗玛》《逃到甜蜜的地方》（彝族撒尼人）；《召树屯》《娥并与桑洛》《葫芦信》《线绣》《松帕敏和嘎西娜》《苏文纳和他的儿子》《一百零一朵花》（傣族）；《逃婚调》（傈僳族）；《相会调》（纳西族）等。进入新的历史时期以来，新搜集和出版的这类作品更引人注目。如，1979

---

① 王仿、郑硕人《民间叙事诗的创作·前记》，第1—2页，上海文艺出版社1993年。

② 王仿《吴越地区民间叙事诗概貌》，《民间叙事诗的创作》，第236页，上海文艺出版社1993年。

③ 钱舜娟《〈沈七哥〉与吴越文化》，《江南民间叙事诗及故事》，第39—55页，上海文艺出版社1997年。

年：《牡帕密帕》（拉祜族）、《缅桂花》（傣族）、《串枝连》（白族）；1980年：《逃婚的姑娘》（彝族）、《赛玻嫫》（彝族）、《三只鹦哥》（傣族）；1981年：《兰嘎西贺》（傣族）；1983年：《遮帕麻和遮咪麻》（阿昌族）；等。学界对叙事诗的研究也出现了新的局面。

以傣族而论，其叙事长诗据说有550部之多，陆续搜集和出版的傣族叙事诗有多少，没有确切的资料可据。最为著名的是总称为"阿銮的故事"的叙事诗作品。岩温扁说："傣族的诗歌分为民歌、情歌、叙事长诗等几种。写在贝叶经里的叙事长诗，在西双版纳能找到目录的，就有500部之多。其中，有反映善良战胜丑恶，诚实战胜奸刁，思想内容和艺术水平都相当高的长篇叙事诗《粘巴西顿》（四棵缅桂花树），这是根据37卷经书改写成的，故事完整，情节曲折，诗句优美，脍炙人口，全诗长达五万多行。有反映正义战争战胜非正义战争，小乘佛教和多种宗教之间你死我活斗争的神话叙事长诗《兰嘎西贺》（十头魔王），这部长诗是根据22卷贝叶经《兰嘎西贺》改写而成的，它是傣族500部长诗中情节最复杂、反映面最广、出现的人物最多而刻画得比较成功、气势磅礴的一部长诗。有反映男女青年向往自由和爱情生活的长篇叙事诗《恒勐拉》（上内地），有歌颂忠贞爱情，颂扬爱国主义的英雄长诗《召树屯》《沾相》《相勐》《召洪罕》，有反映历史悲剧和爱情悲剧的《楠波贯》（又名《宛纳帕》）华等。"

思想解放运动的激发，使学者们的视野扩大了，开始从不同的视角展开对叙事诗的研究，不再是单一地从作品的社会价值和审美意义作出描述和判断，初步形成了多角度、多学科、多方法的研究局面。朱宜初在《论傣族的几部民间叙事诗》中说："解放前产生的一些长篇叙事诗，在主题思想上，都暴露了封建领主制度的黑暗和腐败，刻画了一群代表恶势力的典型人物的嘴脸，比如《召树屯》中的摩古拉、召树屯的阿爹……召树屯通过对幸福和爱情的追求，反抗了摩古拉的宗教迷信和父王的迫害，表现了召树屯真挚的爱情与英雄的气概……"[①]如果说，朱宜初对傣族叙事诗的研究还局限于社会意义的解析的话，用其他理念和方法研究傣族叙事诗的作者，已经跨入了一个多元的时代。王国祥在《傣族叙事诗与佛教》（1981）里对傣族叙事诗的审视角度，则是佛教对傣族叙事诗的影响。他指出《千瓣莲花》和《兰嘎西贺》受印度史诗《罗摩衍那》的影响甚为明显。长诗《召树屯》脱胎于《树屯本圣经》。"据说《召树屯》的原本中

---

① 朱宜初《民族民间文学散轮》，第63—64页，昆明：云南人民出版社1980年。

杂糅有婆罗门教的思想，也说明它的题材来自印度。"①关于佛教对傣族文学的影响问题，许多论说者，多作如是说。但王松以《召树屯》为例，并不同意此说，而且对作品的渊源作了深入的开掘。他的结论是：一、"（《召树屯》的三种异文）反映了召树屯产生于狩猎社会，这个社会的基本人民是猎人，当然有了国王（部落首领？），故事所反映的也正是这个以狩猎为主的社会的结构……，产生的时代，不是农耕以后，更不是封建领主制建立以后，而是在渔猎社会的后期至开始祈求雨神灭巴拉'给勐板加带来风调雨顺'的农耕社会初期。"二、《召树屯》的母体，不是来自印度和佛经，而是来自西双版纳的一部叫《召洪罕与嫡拜芳》和德宏地区的一部叫《召西纳》的叙事长诗，是在这两个类似的故事的基础上发展起来的，换言之，这个故事的源头不是来自宗教，即"以七个孔雀姑娘作为故事的基点，没有七个孔雀姑娘，就没有这个'型'的故事。在这个'型'的基础上，产生了时代的先后和人物情节的变化，最后，主题思想也发生了变化。"②王松所说的"型"，即"《千瓣莲花》和《召树屯》就是所谓这种'天鹅处女型故事'（Swan Maiden Tale）最好的例子。"③

比较研究是80年代以来民间文学研究的新军，这种方法的加入少数民族民间叙事诗的研究，改变了民间文学研究的"自说自话"的阐释模式。高登智和尚仲豪的《〈兰嘎西贺〉与〈罗摩衍那〉之异同》（1983）④，刘守华、刘晓春的《白族民间叙事诗〈黄氏女〉的比较研究》（1993）⑤，以及梁树人的《汉族和少数民族民间叙事诗比较研究》（1998）⑥等，都是以比较研究介入南方少数民族民间叙事诗研究的有益尝试。

---

① 王国祥《傣族长篇叙事诗与佛教》，原载《山茶》1981年，后经修订收入《山茶》编辑部编《傣族文学讨论会文集》，第154—170页，北京：中国民间文艺出版社1982年。

② 王松《傣族长诗〈召树屯〉纵横谈》，《思想战线》1982年第4期；后收入所著《民间文学论》，第263—274页，云南省社会科学院民族文学研究所《民族文学研究集刊之十四》，1999年。

③ 鹿忆鹿《傣族叙事诗研究》（"中国文学研究丛刊"），第192页，台湾学生书局1996年，台北。

④ 高登智、尚仲豪《〈兰嘎西贺〉与〈罗摩衍那〉之异同》，《思想战线》1983年第5期。

⑤ 刘守华、刘晓春《白族民间叙事诗〈黄氏女〉的比较研究》，《民族文学研究》1993年第3期。

⑥ 梁树人《汉族和少数民族民间叙事诗比较研究》，《中央民族学院学报》1998年第5期。

3. 西南地区的民间叙事诗研究

　　贵州、广西等省区少数民族叙事诗的搜集和研究，情况虽然各有差异，但其共同的特点，是大都处在调查、搜集、整理和编印、出版材料的阶段，深入一步的理论研究和文本阐发，都还相对较为薄弱。尽管根据科学的原则所进行的调查采录，本来就是民间文学研究的一翼，没有以认真的科学态度记录的文本材料，就谈不上进一步的理论研究。这一时期，调查搜集到的叙事诗数量极为丰富，大致可分为两种情况：一种（数量较大）是内部编印成册作为进一步科学研究的资料者；一种是有选择的在民间文学和地方群众文化刊物上发表（少量公开出版）作为文学读物者。在20世纪的最后二十年这个新的历史时期里，这些南方省份的乡民社会所受到的现代化冲击还不是十分强烈，口头文学大致上还以自然状态保存在普通老百姓和一些师公等人的记忆中和流传在口头上，没有受到外来文化的深度影响。这一点，成为这一批民间叙事诗记录文本的重要特点，因而这既是地方文化工作者对民族传统文化积累所作出的巨大贡献，又是进一步进行深度学术研究的珍贵材料。据笔者从各种内部的和公开的材料中所作的不完全的钩沉，记载如下：

　　侗族：《张良张妹》《秀银与吉妹》《娘梅歌》（《侗族民歌选》，上海文艺出版社，1980年）；《独郎与茶妹》（《广西民间文学丛刊》第7期，1982年）；《丁郎龙女》（贵州省民族事务委员会、贵州省文联民研会编《侗族文学资料》第5集，1985年）；《贵金次郎》《花团元桂》《珠郎娘美》《刘妹上河》《老蛇》《门龙》《老姑娘》（贵州省民族事务委员会、贵州省文联民研会编《侗族文学资料》第6集，1984年）。

　　布依族：《（贵州）民间文学资料》第45集（1980）发布了《孃荷斑》《调北征南》《王仙姑》《王刚》《罗华先》《何东与何西》《布卡和兰莎》《古扎与春红》《月亮歌》《告状歌》《光铁芳》等11部。[1]继而，贵州省社会科学院文学研究所、黔南布依族苗族自治州文艺研究室编《布依族古歌叙事歌选》（1982）发表了《六月六》《何东与何西》《报摩山》《恍铁方》《伍焕林》《尔庆尔刚》6部。[2]除却《何东与何西》《恍铁方》2部叙事诗重复外，总共发表了布依族的民间叙事诗15部。《南

---

① 贵州省民族事务委员会、黔南布依族苗族自治州文艺研究室、中国民间文艺研究会贵州分会编印《民间文学资料》，第45集，1980年5月，贵阳。

② 贵州省社会科学院文学研究所、黔南布依族苗族自治州文艺研究室编《布依族古歌叙事歌选》，贵阳：贵州人民出版社1982年。

风》1982年第3期发表了《金竹情》。

壮族：《达备之歌》（广西人民出版社编辑出版的文艺丛刊《叠彩》1979年第1期）；《马骨胡之歌》（同上，1979年第2期；又中国民间文艺出版社1984年单行本）；《华特之歌（修订版）》（《中国民间长诗选》第一集，上海文艺出版社1980年）；《哈迈（修订版）》（同上，第二集）；《八姑》（《民间文学》1980年第6期）；《梅俏》（《广西文学》1980年第10期）；《唱秀英》（《广西文学》1980年第12期）；《甫娅》（《广西民间文学丛刊》第4期，1981年11月）；《十二月般郎歌》（五言勒脚歌，《广西民间文学丛刊》第4期，1981年11月）；《七姑》（《民间文学》1981年第6期）；《鸳鸯岩》（《民间文学》1981年第12期）；《忠诚的儿子》（《广西群众文艺》1982年第3期）；《达稳的歌》（《广西少数民族民歌民间故事》第4集，油印本，南宁师范学院广西民族民间文学研究室编印1983年6月）。

瑶族：《娓生和阿根》（《广西民间文学丛刊》第4期，1981年11月）。

苗族：《苗族长诗资料》（油印本，一、二、三集），发表苗族叙事诗多达30余种，包括新中国成立后十七年搜集出版的《哈迈》《友蓉伴依》等。[1]

毛南族：《枫蛾歌》（《民间文学》1981年第12期）。

上文胪列的贵州、广西两省区新时期20年搜集、整理、出版的诸民族的叙事诗，尽管只是一份远非完善的名单，即使如此，也已经是洋洋大观了。面对西南诸民族如此丰富的叙事诗资源，而对这些民族的叙事诗的理论研究工作，却显得十分滞后。

在西南民族的叙事诗研究论文当中，张紫晨的《苗族长诗中的舅表婚及其在文化史上的意义》（1984），是最值得注意的篇章。[2]其所以值得注意，是该文从文化史或民俗制度的角度去研究西部苗族的叙事诗，并达到了一定的深度。他从叙事诗《阿娇与金丹》《阿燕与略刚》（以上贵州苗族）、《哈迈》（广西苗族）及其众多的异文中，分析了所反映的舅表婚制与青年

---

[1]　广西民间文艺研究会编《苗族长诗资料》（油印本，一、二、三集），1962年7月。

[2]　张紫晨《苗族长诗中的舅表婚及其在文化史上的意义》，《民间文学论坛》1984年第4期；后收入他逝世之后朋友为它编辑的《张紫晨民间文艺学民俗学论文集》，第166—183页，北京师范大学出版社1993年。

男女渴求爱情和婚姻自由之间的矛盾，以及舅表婚制对苗族婚姻状况的严重制约。"这种舅表婚制，在人类历史和民族生活中发生过重要影响，也必然反映在民族的口头文学中，特别是那些比较古老的民族诗歌创作中。过去在分析这些作品时，仅仅把这种舅表婚制的存在，看作是一种阻碍自由爱情的封建势力的表现，而没有从文化史的角度认识它的重要意义。"于是，作者从叙事文本中着力挖掘舅表婚制在这些叙事诗中的古老形态及其演化过程，如外甥钱习俗、买骨钱、喂奶钱、离娘肉钱等所折射出来的习俗和观念。不揭示出舅表婚制的谜团及其隐蔽的含义，就无法解读这些苗族叙事诗真正含义，更无法评价这些叙事诗的价值。作者指出，较之《阿娇与金丹》《阿燕与略刚》《哈迈》的故事对舅表婚制的表现，就更加曲折和复杂一些，蒙上了一层天上与地下婚姻的幻想色彩，融进了等级观念和财势条件，显然后者被创作出来的时间大大晚于前者。这篇文章，不仅可以看作是作者在民间文学研究上从文学的研究向民俗学的研究转变的标志，而且把苗族叙事诗的创作纳入到了整体的民族文化中去解读。

与张紫晨的立场不同，诗人兼民间文学专家农冠品的《广西各民族民间长诗初谈》①（上、下），则主要是从文学评论的立场对各民族古老的民间叙事诗进行文本分析阐发，其特点，一是所涉猎的广西境内各族叙事诗的资料最为丰富，鲜有超越者；二是对一些叙事诗作品所作的分析和评价，盖来源于诗人的艺术感悟。而最不容忽略的，是作者关于叙事诗的悲剧性和悲伤的调子的论述。他认为，壮族的《达稳之歌》《达备之歌》《特华之歌》和《唱离乱》是比较典型的"悲歌"，"这是劳动人民在深受阶级压迫和剥削、奴役下发自深心的阶级的、个人不幸命运的呼号。这悲哀的调子，悲惨的歌声，这一声声不平的呼号，深深地打动着人心，感人泪下。"民间口头文学的忧郁、悲哀、悲伤的调子，悲剧的情怀，在全世界各个民族都是一样的，对此，许多伟大的哲人和作家都曾有过精彩的论述。恩格斯在《爱尔兰歌谣集序言札记》里说过：受到英格兰人迫害的爱尔兰弹唱歌手所传唱的爱尔兰民间歌曲，"大部分充满着深沉的忧郁，这种忧郁在今天也是民族情绪的表现。当统治者们发明着越来越新、越来越现代化的压迫手段，难道这个民族还能有其他的表现吗？"②广西境内的诸民族的叙事诗里所具有的悲哀的调子，不是也渊源有自的吗？

---

① 农冠品《广西各民族民间长诗初谈》（上、下），《广西民间文学丛刊》第6、7期，1982年9、10月。

② 恩格斯《爱尔兰歌谣集序言札记》，《民间文学》1962年第1期。

对布依族的叙事诗，期刊上曾发表过一些论析性的文章，值得记下的，如，庹修明《布依族民间叙事长诗〈金竹情〉》①、陈立浩《试论〈古扎与春红〉的艺术特色》②、汛诃《略论布依族叙事诗〈王仙姑〉》的文章③。这些民间叙事诗作品之所以引来研究者的目光和笔墨，大致是因为作品具有的较高的艺术魅力。贺学君在《中华多民族民间叙事诗谫论》中也论到布依族的叙事诗《伍焕林》，却并非因为作品艺术上的魅力，而是因为它是一篇"反压迫一类作品的优秀篇章"，可惜却只是一笔带过，未予详论。④关于苗族的叙事诗，论说者甚少，李雯《简论苗族诗歌中的分支开亲》⑤，其所关注之点，则在作品中所描写的打破苗族历史禁制，在氏族内实行分支开亲的习俗。在苗族的古代诗歌中，分支开亲有两类情况：一类是在同一个"江略"（黔东南庙宇：氏族。）之内，各家族间打破氏族内不通婚的禁限，实行分支开亲；另一类，是在人烟稀少、后代无法寻求异性开亲的情况下，两兄弟被迫分支开亲。作者以《分支开亲歌》为分析对象，通过人物形象及其关系和事件的分析，剖析叙事诗所描写的这种特殊的历史境况。上述这些文章显示了，20世纪最后的二十年间，在颇不发达的民间叙事诗的研究，尤其是少数民族民间叙事诗的研究中，文艺审美的评价体系与社会–人类学的评价体系，并存于民间文学的研究格局之中，各有其特点。

4. 西北地区的民间叙事诗研究

西北地区，甘肃和新疆两地在新时期发表或出版的各民族的民间叙事诗数量不少，据不完全统计，甘肃省出版的民间叙事诗计有：

《马五哥与尕豆妹》（1978，回族），最初于20世纪40年代由张亚雄收入所编《花儿集》，1978年由雪犁、柯扬重新整理，收入马学良主编的"高等学校文科教材"《中国少数民族文学作品选》中。⑥中国民间文艺研究会甘肃分会、甘肃省群众艺术馆编《民间叙事诗集》一书选录了《肖家女子》《满拉哥》（回族）；《米拉尕黑》（东乡族）；《苦媳妇》

---

① 庹修明《布依族叙事长诗〈金竹情〉》，《南风》1983年第6期，贵阳。

② 陈立浩《试论〈古扎与春红〉的艺术特色》，《南风》1985年第2期，贵阳。

③ 汛诃《略论布依族叙事诗〈王仙姑〉》，《贵州民族研究》1985年第1期。

④ 贺学君《中华多民族民间叙事诗谫论》，《民族文学研究》2000年第3期。

⑤ 李雯《简论苗族诗歌中的分支开亲》，《南风》1985年第6期，贵阳。

⑥ 据郭郁烈《甘肃民间叙事诗50年》，《甘肃文艺五十年》，兰州：甘肃文化出版社1999年。

《方四娘》《索菲娅诉苦》《野马河的故事》《十八姐担水》《尧熬尔来自西洲哈卓》（裕固族）等9篇民间叙事诗。①临夏回族自治州群众艺术馆选编印的《回族宴席曲》（内部本）在"叙事曲"这一辑中选录了《拉马令》《武总爷挑兵》《吃粮人》《当兵苦》《杨老爷领兵》《高大人领兵上口外》《韩起功抓兵》《满拉哥》《索菲亚诉苦》《方四娘》《孟姜女》《曹姐》《杨家将》《韩大郎放鹰》《可怜的四贝姐》《王哥》《十里亭》《蓝桥担水》《女想娘》《薛平贵出征》《绣荷包》《书生哥》《脚户哥下四川》《姣姣女》等24篇回族叙事诗。②《益西卓玛》一书选录了三首藏族民间叙事诗：《益西卓玛》《不幸的姑娘》《娜尔杰才罗的遗言》。③《拉萨怨》一书选录了9首藏族民间叙事诗：《上达奈沟与下豪仓川》《拉萨怨》《在康四堪道》《奔仓姑娘》《雅锐阿尔索忠告》《伊德尔盖腊的自白》《昂拉桑吉》《婚别歌》《婚礼祝福歌》。④

新疆搜集记录和出版的各族民间叙事诗中维吾尔族的叙事诗有：《艾里甫与赛乃木》（新疆人民出版社1980年）。阿布都克里木和井亚编《娜芝桂牡》（1981）选录了《赛依提诺奇》《娜芝桂牡》《玫瑰姑娘》。⑤其中《赛依提诺奇》在1983年全国民间文学作品评奖中获得二等奖。阿布都克里木和井亚编的《塔依尔与佐合拉》中选录了《塔依尔与佐合拉》《乌尔丽卡与艾牟诺江》《侃曼尔夏与鲜姆思佳娜》。⑥柯尔克孜族的叙事诗约有20多部，主要有《库尔曼别克》《艾尔托西托克》《艾尔塔毕勒迪》《艾尔塔尔兰》《艾尔托里托依》《考卓加什》《阿勒帕米什》《吐坦》《玛玛克—绍波克》《卡尔特考捷克》《赛依提别克》《加尼什和巴依什》《加额勒米尔扎》《奥勒卓巴依和克什木江》《库勒米尔扎》《凯代汗》《萨仁吉包凯依》等。哪些是新时期搜集翻译的，尚缺乏材料确定。哈萨克族的叙事诗，新时期搜集、整理、出版的有《萨里哈与萨曼》（新疆人民出版社1980）、《克孜吉别克》（《绿草》《遗产》杂志发表，1982）、《英雄谢力扎特》（《哈萨克族民间叙事长诗选》，新疆人民出版社1983），以及《四个四十》，即《克里木的四十位英雄》《巴哈提亚

---

① 中国民间文艺研究会甘肃分会、甘肃省群众艺术馆编《民间叙事诗集》，兰州：甘肃人民出版社1983年。

② 临夏回族自治州群众艺术馆选编《回族宴席曲》（内部本），1984年6月。

③ 尕藏才旦译《益西卓玛》，兰州：甘肃人民出版社1988年。

④ 尕藏才旦译《拉萨怨》，天津古籍出版社1994年。

⑤ 阿布都克里木和井亚编《娜芝桂牡》，乌鲁木齐：新疆人民出版社1981年。

⑥ 阿布都克里木和井亚编《塔依尔与佐合拉》，成都：四川民族出版社1982年。

尔的四十枝系》《鹦鹉故事四十章》和《四十个大臣》。

改革开放新时期的二十年间，西北地区的民间叙事诗研究，虽然先后发表了一些论文和评论，研究专著却一直没有问世，相对于史诗和民间故事的研究，显得薄弱和滞后。回族的叙事诗《马五哥和尕豆妹》虽然产生的时间较晚，其流传时间大约只有百年之久，但无疑是一首脍炙人口的民间作品。改革开放之初的1978年，便被重新整理发表，受到读者和研究者持续关注。武文在其专著《甘肃民间文学概论》里对这部叙事作品评价说："《马五哥和尕豆妹》为我们塑造了一对封建婚姻的叛逆者、反抗者的形象。相同的命运使这两个穷苦的青年人站在一起；爱情的涌动又使他们心心相印。……在生命的最后时刻，他二人的反抗性格升华到一个更高程度。他们都被问斩，也要死在一起。""长诗前后风格完全一致，有叙有唱，以唱为主；写人叙事，缠绵悱恻。特别在人物的心理描摹上，显得细致、生动，有不少出神入化之笔。"①

新疆各民族的民间叙事诗传统特别发达，每个民族都擅长以歌唱叙事的方式，来表达对外界世相和内心感受。对于他们创作和流传的以爱情和以氏族间的斗争为主题的民间叙事诗，研究者们发表过一些颇有见地的文章。张紫晨的《漫话〈萨里哈与萨曼〉》（1983）是一篇对哈萨克族古老而优美的民间叙事诗《萨里哈与萨曼》的评析之作，涉笔长诗的主题思想、时代背景、情节结构与人物描写，认为"是哈萨克族叙事诗中的一颗瑰宝，它思想深刻，触及哈萨克族历史上封建压迫的重大问题，反映了哈萨克人民反抗的心声。"②应该是作者从文学立场分析评价民间作品而又展现了其文学赏析修养的最后一篇论文。刘南《像玫瑰花一样美丽的爱情——评维吾尔族民间叙事长诗〈艾里甫与赛乃木〉》，分析了艾里甫和赛乃木两个不同社会地位的男女青年的爱情的曲折遭遇，粗看这部叙事诗，也许没有多少新意可陈，但作者不仅在主人公的曲折遭遇中探求他们爱情的真意和美好，而且从叙事诗所展现的爱情观的形成到发展过程中凸显他们爱情的意义。作者写道："叙事长诗《艾里甫与赛乃木》虽然形成于伊斯兰教在新疆的传播之后，但它所歌颂的自由、纯洁、坚贞、诚挚的

---

① 武文《甘肃民间文学概论》，兰州：甘肃人民出版社1996年5月。

② 张紫晨《漫话〈萨里哈与萨曼〉》，见王堡、雷茂奎主编《新疆民族民间文学研究》，第287—301页，乌鲁木齐：新疆人民出版社1986年。作者生前没有收入相关文集中，也没有收入他身后出版的《张紫晨民间文艺学民俗学论文集》（北京师范大学出版社1993年12月）中。

爱情观念，早在伊斯兰教传入之前就在维吾尔人民心目中根深蒂固了。这一观念是当时使用突厥语的诸民族在长期生活中共同形成的。到了中世纪的封建社会，随着伊斯兰教的清规戒律的增多，男女之间的爱情遭到封建势力的摧残。统治阶级甚至把女人视为怪物，当做玩偶，任意欺凌。他们建立了妇女毫无自由的教规，制定了极不合理的婚姻法和财产分配法，对妇女实行了绝对区别于男子的'面纱'制度。""人民就借助于口头吟唱来抒发自己对纯洁、坚贞的爱情的向往与追求，借以对抗邪恶，鞭挞腐朽。这就是维吾尔族抒情长诗《艾里甫与赛乃木》能够在那令人窒息的日子里，广为流传的最根本的社会原因。"①张凤武《新疆各族人民捍卫祖国统一的战歌——关于柯尔克孜族民间叙事诗〈玛玛克—绍波克〉的社会—历史分析》，对柯尔克孜族民间叙事诗《玛玛克——绍波克》的评析，以其正确的历史观显示出作者对这部长诗主题的把握和苍凉意味的体察："在近代新疆地方史上，各族人民团结一致，共同反对外来侵略和民族分裂，捍卫祖国统一，谱写下了一曲曲气壮山河、威震宇寰的英雄主义和爱国主义战歌。维护祖国统一，加强民族团结，反对帝国主义及其走狗的颠覆、侵略、分裂破坏活动，是包括柯尔克孜族在内的新疆各民族人民的光荣斗争传统。发扬这种集体英雄主义和崇高爱国主义精神，是柯尔克孜族民间叙事诗反复表现的重要题材领域和基本思想主题之一。在表现同类题材和主题思想的柯尔克孜民族民间文学作品中，《玛玛克——绍波克》苍凉悲壮、浑厚高亢，唱出了时代的强音，传达了民族的心声，堪称为柯尔克孜民族民间文学的上乘佳品。"②

（三）简短的小结

1. 20世纪最后二十年即新时期的史诗研究

如论者所说，"在我国三大史诗和其他数百部中小型史诗的极其丰富（的）资料基础上，系统深入地总结了许多重要的史诗理论问题"③，形成

---

① 刘南《像玫瑰花一样美丽的爱情——评维吾尔族民间叙事长诗〈艾里甫与赛乃木〉》，王堡、雷茂奎主编《新疆民族民间文学研究》，第332—341页，乌鲁木齐：新疆人民出版社1986年。

② 张凤武《新疆各族人民捍卫祖国统一的战歌——关于柯尔克孜族民间叙事诗〈玛玛克—绍波克〉的社会–历史分析》，《乌鲁木齐职业大学学报》1999年第2期。

③ 仁钦道尔吉、郎樱《〈中国史诗研究〉丛书前言》，呼和浩特：内蒙古大学出版社1999年。

了一些共同性的学科特点。大体可概括为：

（1）中国的史诗研究，是建基于"活态"史诗所显示的丰富信息上的，而不是建基于已经死亡了的史诗文本基础上的。俗称三大英雄史诗的藏族史诗《格萨尔》（蒙古族《格斯尔》）、蒙古族史诗《江格尔》和柯尔克孜族史诗《玛纳斯》，现在都还活在民众的口头上，都有优秀的传唱者——史诗艺人健在，他们一代一代歌手的演唱，为研究者提供了古希腊罗马史诗所没有、也不可能复现的丰富而生动的信息。这在世界上是少有的。研究者们多数直接参与了史诗的收集、记录、整理、翻译，与演唱艺人有直接的接触和交往，倾听过他们的演唱，故而他们的研究有条件论述和分析史诗演唱艺人的成长条件、社会职能、社会地位以及演唱特点、演唱习俗、演唱篇目和生平事迹。这对于准确地论述史诗的从创作、传承、流传、发展、甚至退化都极有意义。同时，研究者们也论析了听众在史诗演唱和史诗发展过程中的积极作用和贡献。无论从80年代盛行的接受美学（Receptional Aesthetic）①还是90年代盛行的表演理论（Performance Theory）来说，像史诗这样的有唱有叙、有丰富故事情节的长篇诗体叙事作品、需要分段连续演唱而无法一气呵成的口头作品，听众的参与和对演唱的影响，不是无足轻重的。每一部研究著作也都非常重视各自的史诗在形成过程中积淀起来的坚固的传统和在不同社会条件下发生的变异。这既是中国史诗理论的特点之所在，也是中国史诗研究取得的宝贵经验。

（2）民族学、民俗学与诗学、美学等的多学科综合研究与比较研究，是这一时期史诗研究的主要方法。我国的英雄史诗类史诗的主要流传地区在北部，即东起黑龙江东北部、内蒙古北部、甘新青三省区、康藏高原构成的半月形广大地区；而养成英雄史诗类史诗的社会条件和文化条件，主要是游牧部落和氏族的社会结构、草原文化传统和萨满信仰。在研究中，学者们不仅将这种生存环境当作史诗的文化背景，而是把它们看成与史诗的产生与发展演变不可分割的文化传统。只有多学科的参与，才能全面而深入地把握史诗的思想内容、题材风格、人物形象等。研究者们也程度不同地引入和借鉴了芬兰学派地理历史研究、西方文化人类学和社会

---

① "接受美学"（Receptional Aesthetic），又称"接受学"，是德国康茨坦斯大学文艺学教授尧斯（Hans Robert Jauss）在1967年提出的。表演理论（Performance Theory），兴起于20世纪60年代末70年代初，其代表人物主要有美国的理查德·鲍曼（Richard Bauman）、戴尔·海姆斯（Dell Hymes）、罗杰·亚伯拉罕（Roger Abrahams）、丹·本—阿莫斯（Dan Ben-Amos）等，以鲍曼影响最大。

人类学。

（3）90年代以来，随着国际和国内叙事学研究的新发展，史诗和民间叙事长诗的研究，在继承"五四"以来国学研究中关于叙事诗的传统和继而兴起的田野观察研究的经验的基础上，又引入和借鉴了新起的美国帕里—洛德的"口头诗学"的研究方法。帕里—洛德"口头程式理论"的核心在于"表演中的创作"，重视"活态"的口头传统诗歌现场的共时性的研究，强调表演和创作的互动性。①此种理论与我们的传统研究思路和研究实践相衔接、相贯通，故而比较容易被接受，融入我们本土的叙事诗和史诗研究理论和方法中，并在蒙古族史诗等的研究中已初见端倪。

（4）中国史诗学的创新，还表现在南北史诗的差异研究上，并以此而使中国的史诗学有别于西方的史诗学。中国幅员广阔，自南而北，地处赤道带、热带、亚热带、暖温带、中温带、寒温带六个热量带。地理环境、民族气质、历史发展道路使然，是造成中国国土上南北史诗的差异的重要因素。"南北史诗传统的差异性比较……具有另一种旨趣，其价值不是历史的，而是文化的。"②既排除拿欧洲的古典史诗模式来套中国南方的史诗，又不把中国北方的英雄史诗来当作史诗的唯一模式，运用比较研究等种种可行的方法，以探索南北史诗的差异性，丰富了方法论。

20世纪末的二十年间，中国的史诗研究从无到有，如今已经可以说，初步建立起了我国自己的史诗学理论框架和体系，初步形成了史诗研究的中国学派。更令人欣喜的是，史诗作为古代文学的重要体裁，已经赫然地登上了中国文学史的殿堂。

2. 诗的国度　诗的传统

中国素称诗的国度,不仅抒情诗丰富多彩,也有以《诗经》（部分篇章）、汉代乐府、南北朝民歌、唐代排律等为代表的叙事诗传统。西汉刘歆在《七略》中说："自孝武立乐府而采歌谣，于是有代赵之讴，秦楚之风，皆感于哀乐，缘事而发，亦可以观风俗，知薄厚云。""代赵之讴，秦楚之风，皆感于哀乐，缘事而发"，讲的就是叙事诗的规律和特点。

---

① 参阅［美］约翰·迈尔斯·弗里《口头诗学：帕里—洛德理论》，北京：社会科学出版社2000年8月；［美］阿尔伯特·贝茨·洛德《故事的歌手》，北京：中华书局2004年5月。

② 钟敬文、巴莫曲布嫫《南方史诗传统与中国史诗学建设——钟敬文访谈》，《民族艺术》2002年第4期。

《孔雀东南飞》是我国文学史上第一部长篇叙事诗，也是我国古代长篇叙事诗的艺术典范。历史虽然过去了千百年，而我们看到，刘、焦的爱情悲剧，在20世纪末的历史新时期搜集到的许多口传的民间叙事诗里，依然无数次地重演着。20世纪初有的文学史家关于处于温带的中国人忙于衣食而没有闲暇的时间，故而没有故事诗（叙事诗）的意见，到了世纪末，在许多少数民族地区和一些汉民族地区发现和搜集记录的大量口传民间叙事诗面前，应该偃旗息鼓了，中国文学史也该改写了。这主要应归功于民间文学工作者们在新时期的功劳，当然也离不开学界对民间叙事诗的研究和发扬。但是，如若与史诗的研究比较起来，叙事诗的研究似乎还是显得薄弱了。我们期待着一批能够支撑中国民间文艺学中的民间叙事诗学这个子学科的支柱性著作问世。

全书脱稿于2006年2月20日

2011年6月5日至2014年10月修订

附录
百年民间文学理论著作要目索引

1903年

《支那文明史》［日］白河次郎、国府种德　上海：竞化书局
《世界文明史》［日］高山林次郎　上海：作新社
《西洋文明史》［日］高山林次郎　上海：文明书局

1917年

《橐园春灯话》　张起南编纂　上海：商务印书馆

1924年

《童话评论》　赵景深　上海：开明书店

1925年

《中国民歌研究》　胡怀琛　上海：商务印书馆
《谚语的研究》　郭绍虞　上海：商务印书馆
《歌谣与妇女》　刘经菴　上海：商务印书馆

1927年

《民间文学》　徐蔚南　上海：世界书局

《神话研究》　黄石　上海：开明书店

《谜史》　钱南扬　广州：中山大学语言历史研究所民俗学会

《童话概要》　赵景深　北京：北新书局

《童话论集》　赵景深　上海：开明书店

《艺术三家言》　傅彦长等　上海：良友图书印刷公司

1928年

《歌谣论集》　钟敬文编　北平/上海：北新书局

《希腊神话ABC》　汪倜然　上海：世界书局

《神话学ABC》　谢六逸　上海：世界书局

《孟姜女故事研究》第1集　顾颉刚　广州：中山大学语言历史研究所民俗学会

《孟姜女故事研究》第3集　顾颉刚　广州：中山大学语言历史研究所民俗学会

《民间文艺丛话》　钟敬文　广州：中山大学语言历史研究所民俗学会

《印欧民间故事型式表》　杨成志、钟敬文　广州：中山大学语言历史研究所民俗学会

《谜史》　钱南扬　广州：中山大学语言历史研究所民俗学会

《民间故事研究》　赵景深　上海：复旦书店

《粤东之风》　罗香林编　上海：北新书局

1929年

《中国神话研究ABC》　玄珠　上海：世界书局

《童话学ABC》　赵景深　上海：世界书局

《神话杂论》　茅盾　上海：世界书局

《迷信与传说》　容肇祖　广州：中山大学语言历史研究所民俗学会

《孟姜女故事研究》第2集　顾颉刚　广州：中山大学语言历史研究所民俗学会

《湖南唱本提要》　姚逸之编述　广州：中山大学语言历史研究所民

俗学会

1930年

《中国民间文学概说》　杨荫深　上海：华通书局

《民间故事丛话》　赵景深　广州：中山大学语言历史研究所民俗学会

《楚辞中的神话和传说》　钟敬文　广州：中山大学语言历史研究所民俗学会

《中国寓言研究》　胡怀琛　上海：商务印书馆

《北欧神话ABC》　方璧（茅盾）　上海：世界书局

《谜语研究》　陈光尧　上海：商务印书馆

《中国文学研究译丛》　〔日〕青木正儿等著、汪馥泉译　上海：北新书局

1931年

《民俗学集镌》第1辑　钟敬文、娄子匡　杭州：中国民俗学会

《民间文艺漫话》　钱畊莘　杭州：浙江省立民众教育馆

1932年

《中国民间文艺》　王显恩　上海：广益书局

《粤南神话传说及其研究》　吴玉成　广州：中山印务局

《儿童文学小论》　周作人　上海：儿童书局

《民俗学集镌》第2辑　钟敬文、娄子匡　杭州：中国民俗学会

《现代英吉利谣俗及谣俗学》　〔英〕瑞爱德著　江绍原译　上海：中华书局

《中国俗曲总目》　刘半农等编　北平：国立中央研究院历史语言研究所

1933年

《民众文学新论》　老赵　上海：中国出版社

《民众文艺论集》 陈光垚 上海：启明学社

《文艺论集》 赵景深 上海：广益书局

《古中国的跳舞与神秘故事》 ［法］格拉勒（葛兰言）著、李璜译述 上海：中华书局

1934年

《松花江下游的赫哲族》 凌纯声 南京：国立中央研究院历史语言研究所

《神话论》 林惠祥 上海：商务印书馆

《童话评论》 赵景深编 上海：新文化出版社

《谜语之研究》 杨汝泉 天津：大公报社

《中国的水神》 黄芝岗 上海：生活书店

《古史研究》（第2集） 卫聚贤 上海：商务印书馆

1935年

《始祖的诞生与图腾》 李则刚 上海：商务印书馆

《童话与儿童的研究》 ［日］松村武雄著、钟子岩译 上海：开明书店

1936年

《粤东之歌》 罗香林 上海：北新书局

《歇后语论集》 李寿彭编 北平农报承印股

《说书小史》 陈汝衡 上海：中华书局

《神话故事与儿童心理》 黄翼 上海：商务印书馆

《巫术科学宗教与神话》 ［英］马林诺夫斯基著、李安宅译 上海：商务印书馆

《读曲随笔》 赵景深 上海：北新书局

1937年

《书经中的神话》 马伯乐著 冯沅君译 国立北平研究院史学研究会

《大鼓研究》 赵景深 上海：商务印书馆

《弹词小说评考》 阿英 上海：中华书局

《弹词考证》 赵景深 上海：商务印书馆

《古史研究》（第3集） 卫聚贤 上海：商务印书馆

1938年

《中国俗文学史》 郑振铎 长沙：商务印书馆

1941年

《粤江流域人民史》 徐松石 上海：中华书局

1942年

《中国古代神话研究》 孙作云 国立北京大学文学院

《贵州苗夷社会研究》 吴泽霖、陈国钧等 贵阳：文通书局

1945年

《南北两大民歌笺校》 顾敦编著 上海：世界书局

1946年

《妇女与文学》 丁英 上海：沪江书屋

《中国通俗文学概论》 杨荫深 上海：世界书局

《西南采风录》 刘兆吉 上海：商务印书馆

《民间艺术和艺人》 周扬、萧三等 哈尔滨：东北书局

1947年

《湘西苗族调查报告》 凌纯声、芮逸夫 上海：商务印书馆

《怎样收集民歌》 丁英 上海：沪江书屋

《读曲随笔》 赵景深 上海：北新书局

1948年

《比较宗教史》　［德］施密特著　萧师毅、陈祥春译　辅仁书局
《闻一多全集》　上海：开明书店

1949年

《方言文学》　中华全国文艺协会香港分会方言文学研究会编　香港：新民主出版社

1950年

《民间文艺新论集》　钟敬文编　北京：中外出版社
《民间文艺概论》　赵景深　上海：北新书局

1951年

《口头文学——一宗重大的民族文化遗产》　钟敬文　北京：北京师范大学出版部

1952年

《歌谣中的觉醒意识》　钟敬文　北京：北京师范大学出版部

1953年

《江苏南部歌谣简论》　钱静人　南京：江苏人民出版社
《汉魏六朝诗论丛》　余冠英　上海：棠棣出版社

1954年

《苏联人民口头创作引论》　［苏联］阿丝塔霍娃著　连树声译　北京：东方书店
《民间戏曲歌谣散论》　李岳南　上海：上海出版公司

1955年

《六朝乐府与民歌》　王运熙　上海：上海文艺联合出版社

1956年

《诗与神话》　闻一多　北京：古籍出版社
《昆仑之谜》　苏雪林　台北：中央文物供应社

1957年

《汤祷篇》　郑振铎　上海：上海古籍出版社
《中国歌谣》　朱自清　北京：作家出版社
《民间文学概论》　匡扶　兰州：甘肃人民出版社
《神话试论》　何满子　上海：上海出版公司
《中国民间音乐讲话》　马可　北京：工人出版社
《云南民族文学资料》（第三辑）　中国作家协会昆明分会民族文学工作委员会编　昆明：云南人民出版社
《神话故事、歌谣、戏曲散论》　李岳南　上海：新文艺出版社
《先秦寓言研究》　王焕镳　上海：古典文学出版社
《宋元明讲唱文学》　叶德均　上海：古典文学出版社
《民歌搜集者须知》　［苏联］巴琴斯卡雅著　张洪模等译　北京：音乐出版社
《中国古代歌谣散论》　天鹰　上海：上海古典文学出版社
《宝卷弹词书目》　胡士莹　上海：上海古典文学出版社

1958年

《中国民间文学史》（上、下）　北京师范大学中文系55级学生集体编著　北京：人民文学出版社
《格斯尔的故事的三个特征》　［蒙］策·达木丁苏荣著　白歌乐译　呼和浩特：内蒙古人民出版社
《大规模地收集全国民歌》　中国民间文艺研究会编　北京：作家出版社

《新民歌论文集》　东风文艺出版社编　沈阳：东风文艺出版社

《苏联民间文学论文集》　中国民间文艺研究会编　北京：作家出版社

《民间文学工作者必读》　〔苏联〕克鲁宾斯卡娅、希捷里尼可夫著　马昌仪译　北京：作家出版社

《钟敬文文艺思想批判》　北京师范大学中文系四年级学生　北京：人民文学出版社

《神话丛话》　娄子匡　台北：东方文化供应社

1959年

《民间童谣散论》　谭达先　广州：广东人民出版社

《民间文学概论》（内部本）　吉林大学等东北五高校中文系　沈阳

《新诗歌的发展问题》（一）　《诗刊》编辑部编　北京：作家出版社

《向民歌学习》　中国民间文艺研究会编　北京：作家出版社

《论诗与民歌》　安旗　北京：作家出版社

《谈谈新民歌》　刘家鸣　北京：高等教育出版社

《新国风赞》　田间　天津：百花文艺出版社

《1958年中国民歌运动》　天鹰　上海：上海文艺出版社

《论歌谣的手法及其体例》　天鹰　上海：上海文艺出版社

《扬风集》　天鹰　上海：上海文艺出版社

《苏联民间文艺学40年》　〔苏联〕索柯洛娃等　刘锡诚、马昌仪译　北京：科学出版社

《什么是口头文学》　〔苏联〕梭柯洛夫著　连树声、崔立滨译　北京：作家出版社

1960年

《民歌作者谈民歌创作》　中国民间文艺研究会研究部编　北京：作家出版社

《白茆公社新民歌调查》　路工、张紫晨、周正良、钟兆锦　上海：上海文艺出版社

《藏族文学史简编》　青海民族学院中文系　西宁：青海人民出版社

《山海经神话系统》　杜而未　台北：华明书局

1961年

《中国古代宗教与神话考》　丁山　北京：龙门联合书局
《宝卷综录》　李世瑜　北京：中华书局
《新民歌的语言艺术》　胡奇光等　上海：上海教育出版社

1962年

《民间文学搜集整理问题》（一）　中国民间文艺研究会编　上海：
上海文艺出版社
《唐代民歌考释及变文考论》　杨公骥　长春：吉林人民出版社
《昆仑文化与不死观念》　杜而未　台北：华明书局

1963年

《上古神话》　高亨、董治安　北京：中华书局
《民间文学知识讲话》　张紫晨　长春：吉林人民出版社
《民间文学散论》　谭达先　广州：广东人民出版社
《民间文学论集》　贾芝　北京：作家出版社
《五十年来的中国俗文学》　娄子匡、朱介凡　台北：正中书局

1964年

《中国谚语论》　朱介凡　台北：新兴书局

1966年

《凤麟龟龙考释》　杜而未　台北：商务印书馆

1967年

《论民歌》　史惟亮　台北：幼狮文化事业公司

1968年

《神话论》　林惠祥　台北：台湾商务印书馆

1969年

《台湾民谣研究》　许常惠　台北：中山学术文化基金会
《孟姜女考》　彭国栋　台北：新陆书局

1970年

《中国古今情歌举例》　梁启超等著　娄子匡编纂　台北：东方文化供应社
《神话丛话》　娄子匡　台北：东方文化供应社

1971年

《中国民间传说》　赵元任等　台北：水牛出版社
《宇宙巨人神话解释》　杜而未　台北：台湾商务印书馆

1974年

《中国古代神话研究》　〔日〕森安太郎著、王孝廉译　台北：地平线出版社
《中国歌谣论》　朱介凡　台北：商务印书馆

1975年

《先秦哲学寓言评介》　上海日用五金工业公司哲学、历史学习小组　上海：上海人民出版社
《中国古代民族神话与文化之研究》　印顺　台北：正闻出版社

1977年

《中国神话》 段芝 台北：地球出版社有限公司

《从比较神话到文学》 古添洪、陈慧桦 台北：东大图书公司

《昆仑文化与不死观念》杜而未 台北：学生书局

1978年

《太平天国诗歌浅谈》 天津市历史研究所文学研究室

《信仰与文化》 李亦园 台北：巨流出版公司

《老子的月亮宗教》 杜而未 台北：学生书局

《比较文学研究之新方向》 李达三 台北：联经出版公司

《民间文学与爱情》 冯明之 台北：庄严出版社

1979年

《民间文学基本知识》 张紫晨 上海：上海文艺出版社

《民间童谣散论》 谭达先 广州：广东人民出版社

《儿歌浅谈》 蒋风 成都：四川人民出版社

《诗经与周代社会研究》 孙作云 北京：中华书局

1980年

《中国民间文学论文集》（1949—1979，共三册） 中国民间文艺研究会上海分会、上海文艺出版社编 上海：上海文艺出版社

《民间文学概论》 钟敬文主编 上海：上海文艺出版社

《民间文学概论》 乌丙安 沈阳：春风文艺出版社

《民族民间文学散论》 朱宜初 昆明：云南人民出版社

《钟馗神话与小说之研究》 胡万川 台北：文史哲出版社

《神话与意义》 ［法］李维斯陀著 王维兰译 台北：时报文化出版企业公司

《山海经校注》 袁珂 上海：上海古籍出版社

《中国民间传说论集》 王秋桂编 台北：联经事业公司

《中国民间文学概论》 谭达先 香港：商务印书馆

《中国神话研究》 谭达先 香港：商务印书馆

《中国民间寓言研究》 谭达先 香港：商务印书馆

《台湾闽南语歌谣研究》 臧汀生 台北：商务印书馆

1981年

《神话研究》 茅盾 天津：百花文艺出版社

《中国的神话与传说》 王孝廉 台北：联经出版事业公司

《民间文艺谈薮》 钟敬文 长沙：湖南人民出版社

《中国民间文学概要》 段宝林 北京：北京大学出版社

《民间文学论丛》 中国民间文艺研究会研究部编 北京：中国民间文艺出版社

《新园集》 贾芝 北京：中国民间文学出版社

《中国民间故事初探》 天鹰 上海：上海文艺出版社

《广西民间文学散论》 兰鸿恩 南宁：广西人民出版社

《蒙古族文学简史》 齐木道古、梁一儒等 呼和浩特：内蒙古人民出版社

《苗族文学史》 田兵、刚仁等 贵阳：贵州人民出版社

《中国民间童话研究》 谭达先 香港：商务印书馆

《中国动物故事研究》 谭达先 香港：商务印书馆

《中国民间戏剧研究》 谭达先 香港：商务印书馆

《歌海漫记》 黄勇刹 南宁：广西人民出版社

《高尔基与民间文学》 ［苏联］尼·皮克萨诺夫著 林陵、水夫、刘锡诚译 北京：中国民间文艺出版社

《民间文艺集刊》（一） 中国民间文艺研究会上海分会编 上海：上海文艺出版社

1982年

《民间文学论文选》 中国民间文艺研究会研究部编 长沙：湖南人民出版社

《民间文学论文集》 浙江人民出版社编 杭州：浙江人民出版社

《民间文艺学文丛》 钟敬文主编 北京：北京师范大学出版社

《歌谣小史》 张紫晨 福州：福建人民出版社

《开辟神话》 朱传誉 台北：天一出版社

《后羿与神话》 朱传誉 台北：天一出版社

《凤凰与神话》 朱传誉 台北：天一出版社

《麟龟与神话》 朱传誉 台北：天一出版社

《数字与神话》 朱传誉 台北：天一出版社

《楚辞中的神话》 朱传誉 台北：天一出版社

《胡小石文集·屈原与古神话》 胡小石著 上海：上海古籍出版社

《民间文艺集刊》（二） 中国民间文艺研究会上海分会编，上海：上海文艺出版社

《民间文艺集刊》（三） 中国民间文艺研究会上海分会编，上海：上海文艺出版社

《壮族文学概论》 胡仲实 南宁：广西人民出版社

《民间文学丛谈》 赵景深 长沙：湖南人民出版社

《神话论文集》 袁珂 上海：上海古籍出版社

《钟敬文民间文学论集》（上） 钟敬文 上海：上海文艺出版社

《中国古代神话与史实》 朱芳圃遗著 王珍整理 郑州：中州书社

《汉族民歌概论》 江明惇 上海：上海文艺出版社

《云南少数民族文学论集》（一） 中国少数民族文学学会云南分会编 北京：中国民间文艺出版社（云南版）

《中国近代文学论文集·戏剧民间文学卷》 中国社会科学院文学研究所近代文学组编 北京：中国社会科学出版社

《台湾土著民族的社会与文化》 李亦园 台北：联经出版事业公司

《傣族文学讨论会文集》 《山茶》编辑部编 北京：中国民间文艺出版社

《中国评书（评话）研究》 谭达先 香港：商务印书馆

《中国民间谜语研究》 谭达先 香港：商务印书馆

《仓央嘉措及其情歌研究》 黄颢 拉萨：西藏人民出版社

《刘三姐歌韵歌例》 蒙光朝等 南宁：广西人民出版社

《乡土歌谣欣赏》 台北：（台湾）国家出版社编审部编著

《鸳鸯枕上》（明清民歌精华选读、注释、欣赏） 陈信元 台北：联亚出版社

1983年

《上古神话纵横谈》 冯天瑜 上海：上海文艺出版社

《中国神话》　〔日〕白川静著、王孝廉译　台北：长安出版社

《黄帝、尧、舜和大禹的传说》　黄崇岳　北京：书目文献出版社

《神话故事的故乡——山海经》　李丰楙　台北：时报文化出版事业有限公司

《中国古代寓言史》　陈蒲清　长沙：湖南教育出版社

《孟姜女故事论文集》　顾颉刚、钟敬文等编　北京：中国民间文艺出版社

《民间文学随笔》　谭达先　南宁：广西人民出版社

《爬山歌论稿》　韩燕如、郭超　呼和浩特：内蒙古人民出版社

《花儿论集》　中国民间文艺研究会甘肃分会编　兰州：甘肃人民出版社

《壮族歌谣概论》　黄勇刹　南宁：广西民族出版社

《民间文艺集刊》（四）　中国民间文艺研究会上海分会编　上海：上海文艺出版社

《白族文学史》（修订版）　张文勋　昆明：云南人民出版社

《布依族文学史》　贵州社会科学院文学研究所　贵阳：贵州人民出版社

《采风的脚印》　黄勇刹　北京：中国民间文艺出版社

《中国少数民族文学》（上、中册）　毛星主编　长沙：湖南人民出版社

《少数民族文学论集》（一）　中国少数民族文学学会编　北京：中国民间文艺出版社

《少数民族民间文学概论》　朱宜初、李子贤　昆明：云南人民出版社

《中国民间故事类型索引》　〔美〕丁乃通　沈阳：春风文艺出版社

1984年

《笑的艺术》　薛宝琨　天津：百花文艺出版社

《中国少数民族神话论文选》　田兵、陈立浩编　南宁：广西民族出版社

《民间文艺集刊》（五）　中国民间文艺研究会上海分会编　上海：上海文艺出版社

《民间文艺集刊》（六）　中国民间文艺研究会上海分会编　上海：上海文艺出版社

《民族民间文学论文集》 王冶新、何积全编 贵阳：贵州人民出版社

《印度两大史诗评论汇编》 季羡林、刘安武编 北京：中国社会科学出版社

《孟姜女故事研究集》 顾颉刚编著 上海：上海古籍出版社

《宝卷弹词书目》（增订本） 胡士莹 上海：上海古籍出版社

《中国谣俗论丛》 朱介凡 台北：联经出版事业公司

《希腊罗马神话词典》 鲁刚、郑述谱编译 北京：中国社会科学出版社

1985年

《中国民间童话概说》 刘守华 成都：四川民族出版社

《论吴歌及其他》 天鹰 上海：上海文艺出版社

《蒲松龄与民间文学》 汪玢玲 上海：上海文艺出版社

《民间文学概论十讲》 刘守华 武汉：湖北教育出版社

《钟敬文民间文学论集》 钟敬文 上海：上海文艺出版社

《民间文艺集刊》（七） 中国民间文艺研究会上海分会编 上海：上海文艺出版社

《中国民间文学概要》 段宝林 北京：北京大学出版社

《民族民间文学基础理论》 陶立璠 南宁：广西民族出版社

《民间文学实习手册》 ［苏联］科鲁格洛夫著 夏宇继译 北京：中国民间文艺出版社

《〈格萨尔〉研究》（1） 中国社科院少数民族文学研究所 北京：中国民间文艺出版社

《中国神话传说词典》 袁珂编 上海：上海古籍出版社

《神话·礼仪·文学》 陈炳良 台北：联经出版事业公司

《庄子宗教与神话》 杜而未 台北：学生书局

《中国古史的传说时代》（修订本） 徐旭生 北京：文物出版社

《少数民族文学论集》（2） 中国少数民族学会编 北京：中国民间文艺出版社

《民族文谈》 云南省民族文学研究所研究室编 北京：中国民间文艺出版社

《彝族文化研究文集》 云南社会科学院楚雄彝族文化研究所 昆明：云南人民出版社

《藏族文学史》 中央民族学院藏族文学史编写组编著 成都：四川民族出版社

《神话辞典》 〔苏联〕鲍特文尼克等编著 黄鸿恩、温乃静译 北京：商务印书馆

《中国神话资料萃编》 袁珂、周明编 成都：四川社会科学院出版社

1986年

《诸神的起源》 何新 北京：生活·读书·新知三联书店

《神话新探》 中国少数民族文学学会编 贵阳：贵州人民出版社

《神话与小说》 王孝廉 台北：时报文化出版企业有限公司

《神话与神话学》 〔日〕松村武雄著、林相泰译 北京：中国民间文艺出版社

《〈格萨尔〉初探》 降边嘉措 西宁：青海人民出版社

《史诗探幽》 潜明滋 北京：中国民间文艺出版社

《中国民间传说论文集》 中国民间文艺研究会研究部编 上海：中国民间文艺出版社

《民间文艺集刊》（八） 中国民间文艺研究会上海分会编 上海：上海文艺出版社

《灯谜入门》 本社编 上海：上海文化出版社

《巫术科学宗教与神话》 〔英〕马林诺夫斯基著 李安宅译 北京：中国民间文艺出版社

《传说论》 〔日〕柳田国男著 连湘译 北京：中国民间文艺出版社

《陕北民歌艺术初探》 王克文 北京：中国民间文艺出版社

《〈格萨尔〉研究》（二） 中国社科院少数民族文学研究所 北京：中国民间文艺出版社

《中国识宝传说研究》 程蔷 上海：上海文艺出版社

《论中国四大民间故事》 罗永麟 北京：中国民间文艺出版社

《俄国作家论民间文学》 刘锡诚编译 北京：中国民间文艺出版社

《中国民族民间文学基础》 李景江、李文焕 长春：吉林大学出版社

《民间文学理论译丛》（一） 中国民间文艺研究会研究部 北京：中国民间文艺出版社

《神话与民族精神》 谢选骏 济南：山东文艺出版社

《新疆民族民间文学研究》 王堡 乌鲁木齐：新疆人民出版社

《民间故事的比较研究》 刘守华 北京：中国民间文艺出版社

《中国民间故事类型索引》 〔美〕丁乃通 北京：中国民间文艺出版社

《新疆民族民间文学研究》 王堡、雷茂奎主编 乌鲁木齐：新疆人民出版社

《民间故事搜集整理常识》 涂石 福州：海峡文艺出版社

《民间文学的艺术美》 李惠芳 武汉：武汉大学出版社

《山西民间文学论文选》 郑笃编 太原：北岳文艺出版社

《原始人心目中的世界》 张福三、傅光宇 昆明：云南人民出版社

《楚雄彝族文学简史》 杨继中、芮增瑞、左玉堂 北京：中国民间文艺出版社

《民间文艺季刊》（第1期） 中国民间文艺研究会上海分会编 上海：上海文艺出版社

《民间文艺季刊》（第2期） 中国民间文艺研究会上海分会编 上海：上海文艺出版社

《民间文艺季刊》（第3期） 中国民间文艺研究会上海分会编 上海：上海文艺出版社

《民间文艺季刊》（第4期） 中国民间文艺研究会上海分会编 上海：上海文艺出版社

1987年

《中国的神话世界》（上、下册） 王孝廉 台北：时报出版公司

《新的驿程》 钟敬文 北京：中国民间文艺出版社

《神话新论》 刘魁立、马昌仪、程蔷编 上海：上海文艺出版社

《中国神话》（一） 袁珂主编 北京：中国民间文艺出版社

《楚辞与神话》 萧兵 南京：江苏古籍出版社

《山海经——神话的故乡》 李丰楙 台北：时报出版公司

《中国神话故事论集》 〔俄〕李福清著 马昌仪编 北京：中国民间文艺出版社

《空寂的神殿》 谢选骏 成都：四川人民出版社

《震撼心灵的古旋律》 郑凡 成都：四川人民出版社

《古史辨运动的兴起》 王汎森 台北：允晨文化实业股份有限公司

《中国民间文艺学》 周红兴主编 北京：文化艺术出版社

《简明民间文艺学教程》　叶春生　长沙：湖南文艺出版社

《民间文学理论基础》　吴蓉章　成都：四川大学出版社

《民间文学漫话》　老彭　重庆：重庆出版社

《中芬民间文学搜集保管学术研讨会文集》　中芬民间文学联合调查秘书处编　北京：中国民间文艺出版社

《少数民族文学论文集》（3）　北京：中国民间文艺出版社

《民间诗律》　段宝林、过伟编　北京：北京大学出版社

《少数民族诗歌格律》　中央民族学院编　拉萨：西藏人民出版社

《中国民族民间文学》　中央民院民族文学研究所　北京：中央民族学院出版社

《中国谚语里的历史传说》　朱介凡　台北：台湾省政府新闻处

《谜语之谜》　王仿　上海：上海文艺出版社

《常用谚语词典》　张毅　上海：上海辞书出版社

《中国历代民歌赏析》　陈立浩　贵阳：贵州人民出版社

《汉代乐府民歌赏析》　曾德珪　南宁：广西教育出版社

《神话——原型批评》　叶舒宪选编　西安：陕西师范大学出版社

《金枝》　［英］弗雷泽著、徐育新等译　北京：中国民间文艺出版社

《民间文艺季刊》（第1期）　中国民间文艺研究会上海分会编　上海：上海文艺出版社

《民间文艺季刊》（第2期）　中国民间文艺研究会上海分会编　上海：上海文艺出版社

《民间文艺季刊》（第3期）　中国民间文艺研究会上海分会编　上海：上海文艺出版社

《民间文艺季刊》（第4期）　中国民间文艺研究会上海分会编　上海：上海文艺出版社

《希腊罗马神话辞典》　［美］齐默尔曼编著、张霖欣译　西安：陕西人民出版社

《中外谚语分类词典》　徐汉华　西安：陕西人民出版社

1988年

《中国神话史》　袁珂　上海：上海文艺出版社

《中国古代神话》　陈天水　台北：万卷楼图书有限公司

《神与神话》　王孝廉、吴继文编　台北：联经出版公司

《神话·传说·民俗》 屈育德 北京：中国文联出版公司

《尧舜禹出现于甲骨文考》 卫聚贤 台北：山西文献出版社

《楚辞新探》 萧兵 天津：天津古籍出版社

《巫风与神话》 巫瑞书等主编 长沙：湖南文艺出版社

《贵州神话史诗论文集》 潘定智等编 贵阳：贵州民族出版社

《苗族神话研究》 过竹 南宁：广西人民出版社

《〈格萨尔〉研究》（3） 中国社科院少数民族文学所全国《格萨尔》工作小组编 北京：中国民间文艺出版社

《〈江格尔〉论文集》 中国民间文艺家协会新疆分会编 乌鲁木齐：新疆人民出版社

《原始艺术与民间文化》 刘锡诚 北京：中国民间文艺出版社

《民间文学入门》 张文 石家庄：花山文艺出版社

《中国现代民间文艺学家》（一） 王强、王康、李鉴踪 北京：中央民族学院出版社

《北平俗曲略》 李家瑞编 北京：中国曲艺出版社

《国风与民俗研究》 徐华龙 北京：中国民间文艺出版社

《牛郎织女研究》 洪淑苓 台北：学生书局

《黄帝的传说——中国古代神话研究》 ［日］森安太郎著、王孝廉译 台北：时报出版公司

《神话学入门》 ［日］大林太良著 林相泰、贾福水译 北京：中国民间文艺出版社

《符号·神话·文化》 ［德］恩斯特·卡西尔著 李小兵译 北京：东方出版社

《语言与神话》 ［德］恩斯特·卡西尔著 于晓译 上海：生活·读书·新知三联书店

《民间文艺季刊》（第1期） 中国民间文艺研究会上海分会编 上海：上海文艺出版社

《民间文艺季刊》（第2期） 中国民间文艺研究会上海分会编 上海：上海文艺出版社

《民间文艺季刊》（第3期） 中国民间文艺研究会上海分会编 上海：上海文艺出版社

《民间文艺季刊》（第4期） 中国民间文艺研究会上海分会编 上海：上海文艺出版社

《民间文学书目汇要》 老彭 重庆：重庆出版社

1989年

《中国神话》　谢选骏　杭州：浙江教育出版社

《神话学的历程》　潜明兹　哈尔滨：北方文艺出版社

《中国创世神话》　陶阳、钟秀　上海：上海人民出版社

《龙：神话与真相》　何新　上海：上海人民出版社

《中国民间传说》　程蔷　杭州：浙江教育出版社

《中国民歌》　吴超　杭州：浙江教育出版社

《中国四大传说》　贺学君　杭州：浙江教育出版社

《中国民间小戏》　张紫晨　杭州：浙江教育出版社

《中国谜语、谚语、歇后语》　王仿　杭州：浙江教育出版社

《华夏神话史论》　姚宝瑄　太原：北岳文艺出版社

《中国文化的精英——太阳英雄神话比较研究》　萧兵　上海：上海文艺出版社

《耿村民间文学论稿》　袁学骏　北京：中国民间文艺出版社

《素园集》　马学良　北京：中国民间文艺出版社

《民间文学的本质特征与发展前景》　丁慰南　北京：中国民间文艺出版社

《口头文学与民间文化》　刘守华　北京：中国文联出版公司

《花儿美论》　屈文焜　兰州：甘肃人民出版社

《中国科学神话宗教的协合——以李冰为中心》　罗开玉　成都：巴蜀书社

《土家族仪式歌漫议》　金述富、彭荣德　北京：中国民间文艺出版社

《中国谜语概论》　吴直雄　成都：巴蜀书社

《新时期民间文学搜集出版史略》　姚居顺、孟慧英　沈阳：辽宁大学出版社

《神话》　［美］卢斯文著　耿幼壮译　太原：北岳文艺出版社

《世界古代神话》　［美］塞·诺·克雷默著　魏亲刚正译　北京：华夏出版社

《比较神话学》　［德］麦克斯·谬勒著　金泽译　上海：上海文艺出版社

《中国古代的祭礼与歌谣》　［法］格拉耐著　张明远译　上海：上海文艺出版社

《外国神话传说大词典》　魏庆征编　北京：中国国际广播出版社

《民间文艺季刊》（第1期） 中国民间文艺研究会上海分会编 上海：上海文艺出版社

《民间文艺季刊》（第2期） 中国民间文艺研究会上海分会编 上海：上海文艺出版社

《民间文艺季刊》（第3期） 中国民间文艺研究会上海分会编 上海：上海文艺出版社

《民间文艺季刊》（第4期） 中国民间文艺研究会上海分会编 上海：上海文艺出版社

《中国民族神话词典》 袁珂 成都：四川社会科学院出版社

《世界神话辞典》 鲁刚主编 辽宁人民出版社

1990年

《活态神话——中国少数民族神话研究》 孟慧英 天津：南开大学出版社

《中国创世神话》 陶阳、钟秀 台北：东华书局

《神话与民俗》 朱可先、程建军编 郑州：中原农民出版社

《区域文化与民间文艺学》 姜彬 北京：中国民间文艺出版社

《中国当代民间文艺学家》 王康等 北京：中央民族学院出版社

《史诗·叙事诗与民族精神》 陈来生 上海：上海社会科学院出版社

《萨满教与神话》 富育光 沈阳：辽宁大学出版社

《中国婚嫁仪式歌谣研究》 谭达先 台北：台湾商务印书馆

《神话的诗学》 ［苏联］梅列金斯基著 魏庆征译 北京：商务印书馆

《神话学》 ［美］戴维·利明等著 李培茱等译 上海：上海人民出版社

《世界民俗学》 ［美］邓迪斯等著、陈建宪等译 上海：上海文艺出版社

《世界神话大全》 ［美］唐纳·罗森伯格编著 张明等译 太原：北岳文艺出版社

《民间文艺季刊》（第1期） 上海民间文艺家协会编 上海：上海文艺出版社

《民间文艺季刊》（第2期） 上海民间文艺家协会编 上海：上海文艺出版社

《民间文艺季刊》（第3期）　上海民间文艺家协会编　上海：上海文艺出版社

《民间文艺季刊》（第4期）　上海民间文艺家协会编　上海：上海文艺出版社

《中国各民族宗教与神话大辞典》　北京：学苑出版社

1991年

《中原古典神话流变论考》　张振犁　上海：上海文艺出版社

《比较文学与民间文学》　季羡林　北京：北京大学出版社

《中国史诗研究》（一）　编委会编　乌鲁木齐：新疆人民出版社

《〈玛纳斯〉论析》　郎樱　呼和浩特：内蒙古大学出版社

《原始叙事性艺术的结晶——原始性史诗研究》　刘亚虎　呼和浩特：内蒙古大学出版社

《中国的神话世界》　王孝廉　北京：作家出版社

《中国上古神话通论》　刘城淮　昆明：云南人民出版社

《中国神话故事论集》　［俄］李福清著　马昌仪编　台北：学生书局

《英雄与太阳——中国上古史诗的原型重构》　叶舒宪　上海：上海社会科学院出版社

《炎帝与炎帝文化》　陈放主编　武汉：湖北人民出版社

《中国民间文艺学的新时代》　钟敬文主编　兰州：敦煌文艺出版社

《文艺民俗学导论》　陈勤建　上海：上海文艺出版社

《论白族龙文化》　赵橹　昆明：云南大学出版社

《满族民间文学概论》　季永海、赵志忠　北京：中央民族学院出版社

《哈尼族文化初探》　毛佑全　昆明：云南民族出版社

《民间文艺学原理》　张紫晨　石家庄：花山文艺出版社

《道教与中国民间文学》　刘守华　台北：文津出版社

《中国少数民族英雄史诗》　潜明兹　天津：天津教育出版社

《黑马——中国民俗神话学文集》　萧兵　台北：时报文化事业有限公司

《钟敬文生平·思想及著作》　杨哲编　石家庄：河北教育出版社

《世界民间故事分类学》　［美］斯蒂·汤普森著　郑海等译　上海文艺出版社

《蒙古人民的英雄史诗》 谢·尤·涅克留多夫著 徐诚翰、高文风、张积智译 呼和浩特：内蒙古大学出版社

《中国民间文化》（民间文艺研究）第4集 上海民间文艺家协会编 上海：学林出版社

《探寻一个尚未崩溃的神话王国》 李子贤 昆明：云南人民出版社

1992年

《中国神话的思维结构》 邓启耀 重庆：重庆出版社

《中国神话》 叶舒宪 北京：中国社会科学出版社

《东北、西南族群及其创世神话》 王孝廉 台北：时报出版公司

《中原民族的神话与信仰》 王孝廉 台北：时报出版公司

《柯尔克孜民间文学概览》 张彦平、郎樱 新疆：克孜勒苏柯尔克孜文出版社

《哈萨克民间文学概论》 毕桪 北京：中央民族学院出版社

《探骊得珠——先秦寓言通论》 刘城淮 西安：陕西人民教育出版社

《中国民歌与乡土社会》 杨民康 长春：吉林教育出版社

《太平天国民间故事歌谣论集》 管林主编 广州：广东高等教育出版社

《神话与理性》 ［日］上山安敏著 孙传肇译 上海：上海人民出版社

《故事学新论》 ［日］关敬吾 张雪冬、张莉莉译 沈阳：辽宁大学出版社

《龟之谜——商代神话、祭祀、艺术和宇宙观研究》 艾兰著、汪涛译 成都：四川人民出版社

《神话思维》 ［德］恩斯特·卡西尔著 黄龙保等译 北京：中国社会科学出版社

《月亮神话——女性的神话》 ［美］艾瑟·和婷著 蒙子等译 上海文艺出版社

《北欧的神话传说》 阿海 沈阳：辽宁大学出版社

《世界神话百科全书》 J.-H吕凯等 徐汝舟等译 上海：上海文艺出版社

《中国民间文化》（民间文学研究）第2集（总第6集） 上海民间文

艺家协会编　上海：学林出版社

　　《中国民间文学大词典》　姜彬主编　上海：上海文艺出版社

1993年

　　《茅盾全集》第28卷（神话研究专卷）　北京：人民文学出版社

　　《中国神话通论》　袁珂　成都：巴蜀书社

　　《中国神话文化》　徐华龙　沈阳：辽宁教育出版社

　　《神话学论纲》　武世珍　兰州：敦煌文艺出版社

　　《三元——中国神话结构》　傅光宇　昆明：云南人民出版社

　　《女神的失落》　龚维英　郑州：河南大学出版社

　　《盘古之神》　马卉欣　上海：上海文艺出版社

　　《神话与民俗》　王增勇　西安：陕西人民教育出版社

　　《神话·民俗与文学》　涂元济、涂石　福州：海峡文艺出版社

　　《中国神话新论》　陈钧　桂林：漓江出版社

　　《格萨尔史诗和说唱艺人的研究》　〔法〕石安泰著　耿升译　拉萨：西藏人民出版社

　　《张紫晨民间文艺学民俗学论文集》　张紫晨　北京：北京师范大学出版社

　　《到民间去》　〔美〕洪长泰著　董晓萍译　上海：上海文艺出版社

　　《民间文学集成研究》　浙江民间文艺家协会编　北京：新华出版社

　　《讲唱文学·元杂剧·民间文学》　谭达先　台北：台湾商务印书馆

　　《中国传说概述》　谭达先　台北：台湾商务印书馆

　　《中国四大传说新论》　谭达先　台北：台湾商务印书馆

　　《中国描叙性传说概论》　谭达先　台北：台湾商务印书馆

　　《谭达先民间文学论文集》　北京：中国友谊出版公司

　　《民间叙事诗的创作》　王仿、郑硕人　上海：上海文艺出版社

　　《首届哈尼族文化国际学术讨论会论文集》　李子贤等主编　昆明：云南民族出版社

　　《中国的神话传说与古小说》　〔日〕小南一郎著、孙昌武译　北京：中华书局

　　《诸神的起源·续集——〈九歌〉诸神的重新研究》　何新　哈尔滨：黑龙江教育出版社

　　《彝族神话：创世之光》　傅光宇　南宁：广西民族出版社

《广西民间故事辞典》 曹廷伟 南宁：广西教育出版社

《台湾邹族的风土神话》 巴苏亚·博伊哲努（浦忠成） 台北：台原出版社

《美国民俗学》 ［美］布鲁范德著 李扬译 汕头：汕头大学出版社

《世界各民族神话大观》 ［苏联］谢·托卡列夫等著 魏庆征译 北京：国际文化出版公司1993

《中国民间文化》第3集（《民间口承文化研究》总第11集） 上海民间文艺家协会编 上海：学林出版社

1994年

《中国神话学》 潜明滋 银川：宁夏人民出版社

《神话叙事学》 张开焱 北京：中国三峡出版社

《中国神话学文论选萃》 马昌仪编 北京：中国广播电视出版社

《神祇与英雄》 陈建宪 北京：生活·读书·新知三联书店

《花与花神》 王孝廉 北京：学苑出版社

《水与水神》 王孝廉 北京：学苑出版社

《中国神话》 俞伯洪 台北：世一出版社

《伏羲文化》 霍想有主编 北京：中国社会出版社

《炎帝神农信仰》 钟宗宪 北京：学苑出版社

《炎帝与中华文化》 王德蓉等主编 北京：人民出版社

《老子文化解读》 叶舒宪等 武汉：湖北人民出版社

《民间文学与民俗学基础》 张余 太原：山西高校联合出版社

《〈江格尔〉论》 仁钦道尔吉 呼和浩特：内蒙古大学出版社

《〈玛纳斯〉研究》 新疆民间文艺家协会编 乌鲁木齐：新疆人民出版社

《中国少数民族英雄史诗》 潜明兹 台北：台湾商务印书馆

《台湾山胞各族传统神话故事与传说文献编纂研究》 尹建中编 台北：台湾大学文学院人类学系

《中国俗文学七十年》 吴同瑞等编 北京：北京大学出版社

《南方民间文化与民族文学》 过伟 南宁：广西民族出版社

《钟敬文学术论著自选集》 钟敬文 北京：首都师范大学出版社

《驿路万里钟敬文》 山曼 济南：山东画报出版社

《民间文学与元杂剧》 谭达先 台北：学生书局

《希腊神话故事》 赛宁等 北京：中国社会科学出版社

《西方神话学论文选》 ［美］阿兰·邓迪斯著 朝戈今等译 上海：上海文艺出版社

《中国民间文化》（民间文学探幽）第3集（《吴越地区民间艺术》总第15集） 上海民间文艺家协会编 上海：学林出版社

1995年

《神话考古》 陆思贤 北京：文物出版社

《比较故事学》 刘守华 上海：上海文艺出版社

《西部花儿散论》 刘凯 南宁：广西民族出版社

《江南民间社戏》 蔡丰明 上海：百家出版社

《中国民间文学新论》 高国藩 南京：河海大学出版社

《中国多民族文学史论》 邓敏文 北京：社会科学文献出版社

《中国民俗学历史发微》 朱介凡 台北：渤海堂文化公司

《俗文学丛考》 车锡伦 台北：学海出版社

《民间诗神——格萨尔艺人研究》 杨恩洪 北京：中国藏学出版社

《神话》 ［美］乔瑟夫·坎伯著 朱侃如译 台北：立绪文化事业有限公司

《神话与文学》 ［美］约翰·维克雷著 潘国庆等译 上海：上海文艺出版社

1996年

《袁珂神话论集》 袁珂 成都：四川大学出版社

《中国民间文学》 李惠芳 武汉：武汉大学出版社

《郑振铎与民间文艺》 黄永林 南京：南京大学出版社

《唐帝国的精神文明——民俗与文学》 程蔷、董乃斌 北京：中国社会科学出版社

《神话寻踪》 廖群 上海：上海古籍出版社

《中国神话传说学术研讨会论文集》（上、下） 台湾：汉学研究中心

《中国古代神话与传说》 潜明兹 北京：商务印书馆

《防风神话研究》 钟伟今主编 合肥：安徽文艺出版社

《荆楚民间文学与楚文化》　巫瑞书　长沙：岳麓书社

《中日民间故事比较研究》　于长敏　长春：吉林大学出版社

《中国民间故事形态研究》　李扬　汕头：汕头大学出版社

《超越神话——纬书政治神话研究》　冷德熙　北京：东方出版社

《傣族叙事诗研究》　鹿忆鹿　台北：学生书局

《甘肃民间文学概论》　武文　兰州：甘肃人民出版社

《台湾原住民的口传文学》　巴苏亚·博伊哲努（浦忠成）　台北：常民文化事业有限公司

《神话的智慧》　〔美〕乔瑟夫·坎伯著　李子宁译　台北：立绪文化事业有限公司

1997年

《神话与诗》　闻一多　上海：华东师范大学出版社

《神话解读》　陈建宪　武汉：湖北教育出版社

《女娲的神话与信仰》　杨利慧　北京：中国社会科学出版社

《神话与时间》　关永中　台北：台湾书店

《中国神话与小说》　刘勇强　郑州：大象出版社

《伏羲与中国文化》　朱炳祥　武汉：湖北教育出版社

《关公传说与三国演义》　〔俄〕李福清　台北：汉忠文化事业出版有限公司

《新的驿程》　钟敬文　北京：中国民间文艺出版社

《中国少数民族文学比较研究》　马学良、梁庭望、李云忠主编　北京：中央民族大学出版社

《江南民间叙事诗及故事》　钱舜娟　上海：上海文艺出版社

《论口承文化——云南无文字民族古风研究》　王亚南　昆明：云南教育出版社

《马名超民俗文化论集》　马名超　哈尔滨：黑龙江人民出版社

《民俗文化与民间文学》　陈益源　台北：里仁书局

《中国宝卷研究论集》　车锡伦　台北：学海出版社

《中国古代文化与日本》　〔日〕伊藤清司著　张正军译　昆明：云南大学出版社

《千面英雄》　〔美〕乔瑟夫·坎伯著　朱侃如译　台北：立绪文化事业有限公司

1998年

《中国神话的流变与文化精神》　金荣权　天津：天津人民出版社

《神话与中国社会》　田兆元　上海：上海人民出版社

《宗教与神话论集》　李亦园　台北：立绪文化事业有限公司

《汉朝的本土宗教与神话》　王青　台北：洪叶文化事业有限公司

《东方文明的曙光——中原神话论》　张振犁、陈江风　上海：东方出版中心

《从民间文学到比较文学》　刘介民　广州：暨南大学出版社

《东巴神话象征论》　白庚胜　昆明：云南人民出版社

《民间文艺学及其历史》　钟敬文　济南：山东教育出版社

《钟敬文民俗学论集》　上海：上海文艺出版社

《顾颉刚民俗学论集》　上海：上海文艺出版社

《周作人民俗学论集》　上海：上海文艺出版社

《黄石民俗学论集》　上海：上海文艺出版社

《刘魁立民俗学论集》　上海：上海文艺出版社

《填海逐日——袁珂神话研究纪念文集》　张家钊等编著　成都：四川大学出版社

《中国宝卷总目》　车锡伦　台北：中央研究院中国文哲研究所筹备处

《玛纳斯论文集》　乌鲁木齐：新疆人民出版社

《萨满英雄之歌——伊玛堪研究》　孟慧英　北京：社会科学文献出版社

《〈尼山萨满〉研究》　宋和平　北京：社会科学文献出版社

《野玫瑰：中国民间私情歌选评》　山民　北京：大众文艺出版社

《中国神话大词典》　袁珂　成都：四川辞书出版社

1999年

《茅盾说神话》　茅盾　上海：上海古籍出版社

《结构神话学 列维-斯特劳斯与神话学问题》　陈连山　北京：外文出版社

《神国漫游》　田兆元　上海：上海人民出版社

《中国民间故事史》　刘守华　武汉：湖北教育出版社

《中国民间文学》　鹿忆鹿　台北：里仁书局

《中国寓言史》　吴秋林　福州：福建教育出版社

《中国民间故事类型》　〔德〕艾伯华著　王燕生等译　北京：商务印书馆

《口承故事论》　许钰　北京：北京师范大学出版社

《中国神源》　潜明兹　重庆：重庆出版社

《防风氏资料汇编》　钟伟今、欧阳习庸　天津：天津古籍出版社

《伍家沟村民俗与研究》　韩致中　武汉：长江文艺出版社

《眼光向下的革命——中国现代民俗学思想史论》　赵世瑜　北京：北京师范大学出版社

《建立中国民俗学派》　钟敬文　哈尔滨：黑龙江教育出版社

《世纪老人的话——钟敬文卷》　（采访人）肖立、董晓萍　沈阳：辽宁教育出版社

《风雨世纪行——钟敬文传》　杨哲　上海：华东师范大学出版社

《中华民间文学史》　祁连休、程蔷主编　石家庄：河北教育出版社

《〈江格尔〉与蒙古族宗教文化》　斯钦巴图　呼和浩特：内蒙古大学出版社

《从神话到鬼话——台湾原住民神话故事比较研究》　〔俄〕李福清　台北：晨星出版社

《台湾民间文学采录》　陈益源　台北：里仁书局

《叙事性口传文学的表述》　巴苏亚·博伊哲努（浦忠成）　台北：里仁书局

《云南民族文学与东南亚》　傅光宇　昆明：云南大学出版社

2000年

《尧舜传说研究》　陈泳超　南京：南京师范大学出版社

《中国古代神话稽考》　金荣权、胡安莲、杨德贵　北京：中国文联出版社

《祭坛古歌与中国文化》　顾希佳　北京：人民出版社

《中国女神》　过伟　南宁：广西民族出版社

《文艺湘军百家文库·巫瑞书卷》　巫瑞书　长沙：湖南文艺出版社

《中国宝卷总目》　车锡伦　北京：北京燕山出版社

《苗族古歌与苗族历史文化研究》　吴一文、覃东平　贵阳：贵州民族出版社

《云南民族音乐论》　周凯模　昆明：云南大学出版社

原 版 跋

　　本书是在我所承担的国家社科基金项目《20世纪中国民间文学学术史研究》（项目编号为：03BZW055）最终成果的基础上修订而成的。

　　在步入古稀之年，决心写作这部规模如此之大的、带有拓荒性质的学术著作，实在是件自不量力的事情。所以下决心要写这本书，一是考虑到曾在民间文学工作岗位上前后工作了四十年之久，需要为这门学科做一点事情，至少是表达一下自己的学术观点，也算了结多年来的心愿；二是这门学科虽然走过了一个世纪的漫长途程，却至今没有一部类似的书来梳理一下其发展的历史，总结一下它的成就和不足。从学科建设来说，民间文艺学是由民间文学理论（包括原理体系和方法论）、民间文学史和民间文学学术史三者构成的，如果说，前二者先后都有人做过一些工作的话，而学术史的建构，理所当然就是一件刻不容缓的事情了。于是，我便不顾浅薄和年迈，在2003年的春天下了这个决心。

　　我已于1991年春起，就列名为中国文学艺术界联合会理论研究室的研究员，其实并未在那里接受过任何研究任务，也未做过任何实质性的工作，到1997年3月，我62岁时，办理了退休手续，彻底与研究室脱离了工作关系。要申报这项研究课题，首先要有一个名分，即要有一个所属单位。在这个时候，中国文联副主席仲呈祥同志和中国文联理论研究室的领导慨然同意了我的要求，同意我仍继续列名为该研究室的研究员。课题于2003年9月2日正式由全国哲学社会科学规划办公室批准立项；2006年3月5日完成，历时三年。研究过程颇为艰难。其所以难：一、此前没有任何同类著作（不算民俗学的和思想史的著作）可资借鉴，除了我的亲身经历和年轻时积累的资料外，许多急需的资料均须从头做起，一件件、一桩桩地翻阅、梳理、阅读、摘抄，而早期的资料又因湮没日久颇难找到；二、既然是学术史，就要对学术史上的代表人物的学术思想进行评论而不是大事记，而这既需要亲自读过而不是间接的获得，又要不怕世人非难，特别是对于那些已有定评的或尚健在的学界人物或学术思想；三、百年历史漫长，跨度太大，无先例可循，民间文学学术史既与文学发展史交叉重叠较多，受其影响，又跨历史学、民族学、人类学、考古学等学科，神话学的发展历程尤为突出。但这些困难，终于在某种程度上被克服，顺利完成了课题的研究与写作。

笔者以百年民间文学学术史上是否存在着流派和流派的消长为切入点，对学术史进行了深入的耙梳与研究，并力求在各流派下选择有代表性的代表人物加以评述。这是一个全新的角度和体系。为此，作者曾于2003年夏天在武汉华中师范大学举办的两岸民间文学学术研讨会期间约集一些同行进行过座谈，并在《文艺报》上发表过由华中师大文学院的研究生李丽丹同学撰写的座谈报道。参加座谈的朋友，对我的"流派"观点的提出、特别是对民间文学学术史多元构成的设想，是有不同看法的。2005年我又邀请十位海内外相关学者以《民间文学学术史百年回顾》为题举行过一次笔谈，以切磋百年民间文学学术发展的规律和特点，后得到《民间文化论坛》杂志主编的支持在该刊上发表。这些交流和切磋促使我做更多的思考，也更坚定了我的看法：一部中国民间文学的百年学术史，其学科内部，大体上是两种思潮：一种是以文以载道的中国传统文学价值观为引导和宗旨的文学研究和价值评判体系；一种是以西方人类学派的价值观和学术理念为引导的评价体系。这两种思潮几乎是并行或错落地发展，既有对抗，又有吸收，从而形成了多种学派共存的格局。而学科外部，由于属于下层民众所传承的民间文学，始终与以儒家文化为代表的上层文化或主流文化处于对抗的地位，在对抗中又互相吸收、融合，虽有一大批文化名流提倡，但始终未能获得西方社会那种人文条件，民间文学始终处于被压抑和被忽略的地位，故而，尽管学科已有了百年的发展史，却仍未能够达致成熟与完善的境地。

笔者所持的学术立场是：民间文学是文学；民间文学与作家文学有着千丝万缕的联系，但民间文学因其创作多是不自觉的、是群体性的、是口传的，故而在诸多方面与作家文学不同，而是特殊的文学。具体说来，一、民间文学首先是文学，是民众的集体口头文学，具有共时的类型化和历时的流变性特点；二、研究百年民间文学学术史，不仅需要普通文艺学的武器，还要借用民俗学和文化人类学的武器——理论和方法；三、打破"民俗学80年"体系成说，建立独立的百年民间文艺学学术史体系；四、展现文化对抗与文化融合的文化发展大背景下的民间文学学术发展历程的特殊性。然而，通观已有的民俗学史类著作或俗文学类著作，多以历史发展线索和大事纪的记述为特点，而缺乏或不重视对民间文艺学思潮和对有代表性的学者的学术思想的评论。笔者则力求把每个有代表性的学者放到一定的时段（历史背景上）和学术思潮中间，对他们的学术思想或著作的创见作出简明扼要的历史评价。把百年多种学者学术的学术思想排列与组合起来，就成为笔者所重构的学术发展史。

民间文学（口头文学）与作家文学不同，是民众以口传心授的方式世代相传的群体创作，与人民生活有着不可分割的关系。即：一方面以民众自己的立场认识生活描写生活，另一方面与民众生活形态（物质的和精神的）不可分割，有时甚至就是生活形态本身，如粘连着或某些民间信仰或干脆就是民间信仰的说明或民间信仰的一部分。这就决定了，即使运用文学的研究方法去研究民间文学，也与作家文学有所不同。民间文学的研究，不论采用何种具体的方法，都必须遵循唯物史观。

由于这项研究，犹如开垦一片处女地，学科积累和基础甚是薄弱，有些方面几乎没有前人涉足过，加之时间跨度大、资料多、涉及面广，在论述中，时段、人物、学说、体裁等不同领域，可能出现轻重、简繁、详略失当的弊端，评价上也可能出现有欠准确的地方。由于我的研究和写作，始终为个人独力完成，没有助手，借阅资料也颇困难，虽尽力而为，但眼界受限，疏漏或错误之处，在所难免。加上三年来夜以继日工作，到最后已感筋疲力尽，体力难支，故有些章节段落，未能做到完善，只好留待日后继续深入的研究。还要声明的是，本书中有个别章节，如鲁迅的神话思想、程憬的神话研究等章节，在写作时参考了或借用了我的老伴马昌仪的论文中的观点或文字。由于材料的不足和本人缺乏深入的研究，台湾神话学的发展历程没有能够列入本书，是一大遗憾，也有待日后补写。

在研究和写作过程中，得到了许多朋友的帮助，王孝廉（日本福冈西南大学）、王汎森（台湾中央研究院历史语言研究所）、鹿忆鹿（台湾东吴大学）、钟宗宪（台湾辅仁大学）、徐迺翔（中国社会科学院文学研究所）、刘守华（华中师范大学）、徐华龙（上海文艺出版社）、陶思炎（东南大学）、杨利慧（北京师范大学）、安德明（中国社会科学院文学研究所）、吴效群（河南大学）、张静（中国艺术研究员戏曲研究所）、李丽丹（华中师范大学）、刘晓路（中国民间文艺家协会）、刘涟（学苑出版社）等，以不同的方式给我提供资料，使我的研究得以顺利进展。中国文联副主席仲呈祥同志，研究室的前后两位主任夏潮、许柏林和理论评论处处长刘爱民同志，财务科郭丽同志，中共中央党校科研部高延斌同志，为我的课题的申报和成果的鉴定以及财务管理，付出了许多辛劳和精力。全国哲学社会科学规划办公室和中央党校科研部主持了对我的项目的评审，几位特邀的专家，仔细慎重的评审和对拙著提出的修改意见，对我帮助很大；国家哲学社会科学规划办公室最终认定拙项目成果以"优秀"等级。但由于是匿名审阅，至今我也不知道这些专家究系何人，借此出版的机会，谨向他们表示敬意和感谢。作为国家社科基金项目的前期成果，有些章节，曾先后在一些学术期刊上发表，这些期刊的主编和编辑，对拙文进行审阅、编辑、加工、修改，帮助甚多，在本书即将付梓的时候，对这些认识的和至今还没有谋面的朋友表示感谢。

河南大学黄河文明与可持续发展研究中心副主任、文化与民俗研究所所长高有鹏教授将拙著纳入他所策划的《中国民间文学百年研究丛书》，河南大学出版社资深编审和老友袁喜生先生在编完拙著《在文坛边缘上》之后又着手编辑本书、承担了繁重而琐细的编校任务。学术著作出版困难，是人所共知的事实。河南大学出版社的社长王刘纯、总编辑马小泉等领导人以出版家的远见和胸怀，毅然决定出版拙著，令我既敬佩又感谢。希望拙著的出版不辜负他们和读者的期望。也热切地期待着读者和专家们的指教。

三年来，我的老伴马昌仪几乎放弃了她自己的研究项目，承担了所有的家务、照顾我的健康，让我能够专心致志地投入研究和写作。

在本书即将付梓之际，对所有帮助和支持过我的朋友和亲人，表示最衷心的谢意。

刘锡诚

2006年8月1日于北京东河沿寓所

后记

本书系作者承担的2003年国家社会科学基金资助项目《20世纪中国民间文学学术史研究》（项目编号为：03BZW055）的最终成果，2006年结项，被评为"优秀"等级。高有鹏教授纳入他所策划的"中国民间文学研究书系"，袁喜生先生编辑，由河南大学出版社于2006年12月印行第1版，在部分高校的民间文学教师中交流。对他们的帮助，我衷心地感谢。作为我国民间文学领域里第一本20世纪学术史的出版，引起了学界的广泛关注。2007年7月23日，中国文联理论研究室和中国民间文艺家协会主办、河南大学出版社协办，在京召开了学者座谈会，会议纪要《世纪描述：民间文学学科的历史风貌》，发表在《民俗研究》2008年第1期上。会后陆续在报刊上发表了一些评论；许多高校的民间文学专业研究生采用为参考书。由于第一版印数很少，无法满足人文学界、特别是高校民间文学研究生的需要，修订、增补、完善的问题就提到日程上来了，于是从2011年起我集中精力对原书稿作了一次修订和增补。

这次修订，除了改正一些明显的错别字、引文标点的误植等外，内容上也作了一些调整、修订或增补。改动较大、增补较多的，是第六章《新时期的民间文学理论建设》。其中有些节、段，几乎是重写或新增写的。多少改变了出版座谈会上有学者指出的前五十年详、后五十年略的问题。学界朋友、同道提及的一些其他问题，如缺少对台湾民间文学学者成就的评述问题，限于精力，这次修订未能解决。这次增订再版，删去了原版的"附录一"《中国民间文学学术史百年回顾（笔谈）》一文。原本为出版插图本而搜罗的几百幅插图，考虑到书太厚定价太贵，也只好割舍了。在这次修订过程中，好友刘守华教授慷慨地给我寄来了他在华中师范大学文学院为研究生们开设中国民间文学学术史这门课程中，他的研究生们根据拙著的章节，分别查阅和补充材料、作多学科思考，拓展和深化所写的教案，让我有机会了解了许多我未曾触及的材料和观点，受益良多；好友刘涟女士从头到尾阅读增订本的全稿，提出许多宝贵的意见和建议，给我帮忙很大。对他们二位的帮助，在此表示感谢。

学术著作出版难的问题，在高校系统似乎已经得到了较好的解决，而对于像我这样的文化文艺部门的作者，尤其是退休久矣的老年作者而言，仍然是个很难迈过去的门槛。在市场经济条件下，中国文联出版社着眼于文化积累和对民间文学学科的支持，接受这部近百万字的学术著作的出版，我不胜感激。增订本的出版，得到了中国文联书记处书记夏潮和理论研究室主任陈建文的帮助以及中国文联艺术基金的资助。中国文联出版社朱庆社长和责任编辑顾苹女士为拙著的出版给予了热情的支持和宝贵的帮助，付出了辛勤的劳动，谨向他们表示真诚的谢意。

刘锡诚

于2014年10月9日